U0525530

增廣復堂詞話詳注

下

[清]譚　獻◎著

方智範◎編注

華東師範大學出版社

·上海·

四、《復堂日記》部分

讀嚴元照詞△[一]

借得歸安嚴元照修能《柯家山館詞》一册讀之。能爲雅音，高處望見北宋。乃晚年復染指玉田[二]，何與？

【注】

[一] 此則人文本未收。録自《補録》卷一同治元年（一八六二）十月二十五日。吴欽根《譚獻稿本日記研究》（下省作「吴著」）輯稿本日記原文，「《柯家山館詞》」作「《柯家山館填詞》」，「讀之」作「歸讀」。

[二] 玉田：即張炎。

評周星譽詞△[一]

季貺索歸叔昀《東甌草堂詞稿》[二]。叔昀詞頗事生新，不爲大雅，不能窺其年、錫鬯門户也[三]，然頗自負。

【注】

[一] 此則人文本未收。録自《補録》卷一同治元年（一八六二）十一月二十九日。稿本日記原文「季貺索歸叔畇《東鷗草堂詞稿》」作「叔畇《東漚草堂詞稿》一册，寬庵携來，在予所，季況索歸，今寄去」。

[二] 季貺：即周星詒。叔畇：即周星譽。

[三] 窺門户：謂入其門派。洪邁《容齋隨筆》卷十六：「孟子傳聖人心學，使無《中庸》及七篇之書，後人何所窺門户。」其年：即陳維崧。錫鬯：即朱彝尊。

閲《國朝詞綜補》[一]

閲無錫丁紹儀杏舲公《國朝詞綜補》稿本[二]。揚王昶侍郎之波[三]，集中輩行錯落，聞見淺陋。予所見近人詞，多丁所未見。《詞綜續編》[四]，嘉善黄霽青已成數十卷[五]，黄韵珊繼之[六]，有成書矣。

【注】

［一］ 録自《日記》癸亥（同治二年，一八六三）。載稿本日記同治二年七月初十日，此則與下一則原爲一則，原文爲：「閲無錫丁紹儀所爲《國朝詞綜補》。無論其揚王昶之波，而集中輩行錯落，聞見淺陋。予素非究心，而新見近人詞集，皆丁所未遇，夫亦何取而爲此哉！《詞綜續編》，嘉善黄霽青已成數十卷，海鹽黄韵珊繼之。大都黄茅白葦，門靡誇多。第二黄尚能自運成章，于此事小有窺見，尚不至如丁之陋也。」

［二］ 《國朝詞綜補》：參見「《詞綜補編》與《續詞綜》」一則。

［三］ 揚波：原意爲掀起波浪，《楚辭·九歌·少司命》：「與女游兮九河，衝風至兮水揚波。」此謂擴大其影響。王昶（一七二四—一八〇六）：字德甫，號述庵、蘭泉，江蘇青浦（今屬上海）人。乾隆進士，官終刑部侍郎。有《琴畫樓詞》四卷，嘉慶四年（一七九九）刻《春融堂集》本，編有《明詞綜》、《國朝詞綜》。

［四］ 《詞綜續編》：即《國朝詞綜續編》。

［五］ 黄霽青：即黄安濤。

［六］ 黄韵珊：即黄燮清。

閲《國朝詞綜補》△[一]

閲無錫丁紹儀所爲《國朝詞綜補》。《詞綜》補輯，嘉善黄霽青已成數十卷，海鹽黄韵珊繼之。大都黄茅白葦[二]，鬥靡誇多[三]。第二黄尚能自運成章[四]，于此事小有窺見，尚不至如丁之陋。

【注】

[一] 此則人文本未收。録自《補録》卷一同治二年（一八六三）七月初十日。

[二] 黄茅白葦：連片生長的黄色茅草及白色蘆葦，意謂整齊而單調，多指文學創作。語出蘇軾《答張文潛書》：「惟荒瘠斥鹵之地，彌望皆黄茅白葦，此則王氏之同也。」

[三] 鬥靡誇多：謂以詞藻和數量競勝。語出韓愈《送陳秀才彤序》：「讀書以爲學，纘言以爲文，非以誇多而鬥靡也。」

[四] 第二黄：指黄燮清。

讀柳永詞[一]

挑燈讀宋人詞，至柳耆卿，云：「狎興生疏，酒徒蕭索，不似少年時。[二]」語不工，甚可慨也。

【注】

[一] 録自《日記》甲子（同治三年，一八六四）。載稿本日記同治三年七月二十日，原文爲：「過卧老談，假其所選《詞軌》五册歸。挑燈讀之，至柳耆卿《少年游》云『狎興生疏，酒徒蕭索，不似少年時』，語不工，意可慨也。今日省三、宜生均招予出南臺，不赴，殆亦此詞意與？」

[二] 「狎興生疏」三句：柳永《少年游》中詞句。詞云：「長安古道馬遲遲。高柳亂蟬棲。夕陽島外，秋風原上，目斷四天垂。歸雲一去無蹤迹。何處是前期？狎興生疏，酒徒蕭索，不似去年時。」少年，一作「去年」。

閱《聚紅榭雅集詩詞》△[一]

閱《聚紅榭雅集詩詞》[二]。《聚紅榭》者，閩中社集合刻所作，長樂謝枚如持贈[三]。

凡四種，曰《雅集詞》五卷、《過存詩略》二卷、《游石鼓詩録》一卷、《黄劉合刻詞》二卷[四]。枚如社中巨手[五]，詞入能品[六]。徐雲汀、李星村亦高出輩流[七]。

【注】

[一]　此則人文本未收。録自《日記》甲子（同治三年，一八六四）。載稿本日記同治三年正月初五日，「閩中社集合刻所作」作「閩中名士社集合刻其所作也」，「長樂謝枚如持贈」作「初二日長樂謝章鋌枚如持贈」，「枚如社中巨手，詞入能品」作「枚如固社中巨手，填詞入能品」，「徐雲汀、李星村亦高出輩流」作「社中詩以徐雲汀、李星村、謝枚如亦高出流輩，詞則大都伯仲也」。

[二]　《聚紅榭雅集詩詞》：謝章鋌輯，爲聚紅榭詞社唱和詩詞的合集。

[三]　謝枚如：即謝章鋌。

[四]　《雅集詞》五卷：即《聚紅榭雅集詞》，爲聚紅榭詞社唱和詞集。今集有四卷本，刊于咸豐六年（一八五六），有黄宗彝序、謝章鋌小引；有六卷本，刊于同治九年（一八七〇），有魏秀仁序、謝章鋌小引。譚獻所閲五卷本不詳。謝章鋌《效顰詞序》記社集經過云：「適錢唐高文樵（思齊）從惠安來，文樵固善詞，予乃邀宋已舟（謙）、劉壽之（三才）及文樵與贊軒（劉勷）填詞，數日一聚，拈題分詠，今所傳《聚紅榭雅集詞》者是。」黄宗彝序云：「今吾閩聚紅榭，徵賢選賓，拈題分詠，自春徂秋，裒然成帙。其中芊綿穠麗，慨慷凄婉。苟有編焉，咸可觀也。」《過存詩略》二

卷：爲聚紅榭詞社唱和詩集，前有梁鳴謙叙、謝章鋌紀事，有同治二年（一八六三）福州刻本。謝章鋌《賭棋山莊筆記》云：「余生平詠物、詠古及一切應酬之作頗夥，率不留稿，蓋以無所寄托也。數年前，與友人爲鬮詩之戲，其法拈題分韵，限香三寸，成詩三首，或五律，或七律，迻寫糊名，立兩人爲主司分閲之，定其甲乙，所作不下數十卷。老友徐雲汀一鶚于散佚之餘，掇拾一二刻之，則今所傳《過存詩略》者是。」《黄劉合刻詞》二卷：這是譚獻對黄宗彝《婆梭詞》、劉勷《效顰詞》的合稱，并無此書。

［五］巨手：高手。汪森《摸魚子·寄錫鬯》詞：「儔班馬，一代推君巨手。」

［六］能品：精品，書畫三品之一，低于神品和妙品。夏文彦《圖繪寶鑒·六法三品》：「得其形似而不失規矩者謂之能品。」

［七］徐雲汀：即徐一鶚。參見「評徐一鶚《柳梢青·蓼花》」一則注［一］。李星村：即李應庚。村，原作「汀」，據謝章鋌《賭棋山莊詞話》續編卷五改。李應庚（一八一五—一八八五），字星村，又號餐霞仙，福建閩縣（今福州）人。諸生。爲聚紅榭詞社「祭酒」之一。有《琴寄齋詩剩》三卷，同治三年（一八六四）刊本。《聚紅榭雅集詞》存其詞四首。（參閲劉榮平《聚紅榭唱和考論》）

閲《詞軌》△[一]

閲《詞軌》畢[二]。所取有不可解者，人心之不同，于此可見。

【注】

[一]　此則諸本未收，據吴著補，載稿本日記同治三年七月二十二日。

[二]　《詞軌》：詞選，楊希閔編選，正編八卷，補録六卷，選唐五代至清代詞，成書于同治二年（一八六三）。選詞主渾成，宗常州詞派張惠言之説。

閲朱蓮峰詞△[一]

燈下點定蓮峰《翠微詩録》四卷畢[二]，録其佳篇于後。又閲其《碧雲詞》一卷[三]，非當家手筆，不作可也。

【注】

[一]　此則諸本未收，載稿本日記同治四年（一八六五）二月二十七日。

〔二〕蓮峰：朱蓮峰，江西南昌人。《日記》卷一癸亥（同治二年，一八六三）云：「蓮峰文學士，屈于卑官，志好文章，酷嗜予詩，以得見爲歡幸。亦一奇也。」餘未詳。

〔三〕《碧雲詞》：未見載録。

閱陳元鼎詞〔一〕

閱陳寶庵《鴛鴦宜福館吹月詞》〔二〕。婉約可歌，有竹山、碧山風味〔三〕。杭州填詞，爲姜、張所縛〔四〕。偶談五代、北宋，輒以空套抹摋〔五〕。百年來，屈指惟項蓮生有真氣耳〔六〕。實庵雖未名家，要是好手。

【注】

〔一〕録自《日記》乙丑（同治四年，一八六五）。載稿本日記同治四年九月十七日，「閱陳寶庵《鴛央宜福館吹月詞》兩卷畢」，「婉約可歌」作「婉約可誦」，「有竹山、碧山風味」作「頗有竹山、碧山風味也」，「爲姜、張所縛」作「苦爲姜、張所縛」，「偶談五代、北宋」作「人偶講五代、北宋」，「百年來」作「數百年來」，「屈指惟項蓮生有真氣耳」作「屈指惟項蓮生《憶雲詞》耳」，後有「其他皆鄙薄無足觀」，「要是好手」作「自是好手」。

［二］館：河北教育版、人文本、補編本均作「詞」，視《鴛鴦宜福詞》、《吹月詞》爲兩書。《鴛鴦宜福館吹月詞》應爲一書，中華版已改正。

［三］竹山：即蔣捷。碧山：即王沂孫。

［四］姜：即姜夔。張：即張炎。

［五］空套：空話套語。抹摋：抹煞，勾銷。

［六］項蓮生：即項鴻祚。

選次《瑤華集》［一］

選次《瑤華集》［二］，爲予《篋中詞》始事［三］。

【注】

［一］録自《日記》丙寅（同治五年，一八六六）。載稿本日記同治五年三月十三日，原文無「爲予《篋中詞》始事」句。

［二］《瑤華集》：清詞選集，蔣景祁編選，二十二卷。選明末至清初詞人五百零七家，詞二千四百六十七首，録陽羨詞派陳維崧等人詞爲多。作者《刻瑤華集述》謂「集名『瑤華』，亦猶師古

人之意云爾」，宋犖序云「尤肆心風雅，于《花間》、《草堂》，蓋兼綜而條貫之，猶以近日倚聲未有全書，乃網羅數十年來填詞宗工，薈萃成書……蓋將使後之學者由此知樂也」。有康熙二十六年（一六八七）天藜閣原刻本，中華書局一九八二年影印本。丁紹儀《聽秋聲館詞話》卷三云：「京少少與宋牧仲（宋犖）尚書友，以樂府相切劘。雖所選珉玞糅雜，而明末國初詞人姓氏實賴以存。乃王氏《詞綜》多未録。」蔣景祁（一六四六—一六九五），初字次京，改字京少，號罨畫溪生，江蘇宜興人。與陳維崧、朱彝尊交，有《梧月詞》二卷，未見傳本，朱彝尊序其集謂「而京少所刻《梧月詞》，凡二百四十餘闋，穠而不靡，直而不俚，婉曲而不晦，庶幾可嗣古人之逸響」（《曝書亭集》卷四十）。另有《罨畫溪詞》一卷，《百名家詞鈔》本，宋犖題其集云：「清蒼似片玉（周邦彥），流麗似草窗（周密），并不作意標新，而一種矜貴之氣，自浮動楮墨間。」

[三] 始事：謂《篋中詞》選詞先從《瑤華集》中采集，選編之事歷經多年，不斷增删。

評《瑤華集》△[一]

蔣京少所選國初人詞，頗雅，賢于《昭代詞選》多矣[二]。」

【注】

〔一〕此則諸本未收，載稿本日記同治五年（一八六六）十月初五日。

〔二〕《昭代詞選》：參見「閲昭代詞選」一則。

閲張鳴珂詞〔一〕

閲嘉興張玉珊《寒松閣詩詞稿》〔二〕。詩篇秀絶，未深思耳。詞尤婉麗。

【注】

〔一〕録自《日記》丁卯（同治六年，一八六七）。人文本、叢編本《復堂詞話》作「戊辰」（同治七年，一八六八），誤。載稿本日記同治六年二月十七日，原文爲：「玉珊詩筆秀絶，所少者深思耳。詞婉麗，頗不墮邪徑。」

〔二〕張玉珊：即張鳴珂。譚獻曾爲其《寒松閣詞》作序，參見「蘋洲漁唱叙」一則注〔一〕。

閲蔣春霖詞[一]

閲蔣鹿潭《水雲樓詞》。婉約深至，時造虚渾[二]，要爲第一流矣。

【注】

[一] 録自《日記》丁卯（同治六年，一八六七）。人文本、叢編本《復堂詞話》作「戊辰」（同治七年，一八六八），誤。載稿本日記同治六年十一月朔，原文爲：「點定江陰蔣春霖鹿潭《水雲樓詞》二卷，婉約可歌，時造虚渾，二張而後，斷推江南詞人第一流矣。」

[二] 虚渾：即返虚入渾，指渾化無迹的意境。

讀納蘭詞△[一]

點誦成容若《飲水詞》袁蘭生選本[二]。風格更高出蔣鹿潭矣[三]。有明以來詞手，湘真第一[四]，飲水次之，陳、朱而下皆小家也[五]。求其嗣響[六]，殆蘅夢乎[七]？

【注】

［一］　此則人文本、補編本未收。録自《補録》卷一同治六年（一八六七）十一月初二日。稿本日記「點誦成容若《飲水詞》袁蘭生選本」作「點誦容若《飲水詞》袁蘭生選本二卷」。

［二］　《飲水詞》：納蘭性德生前自編《側帽詞》刊印，康熙十七年（一六七八）其友人顧貞觀與吴綺爲之校定詞集，名《飲水詞》，刊于吴中。袁蘭生選本：嘉慶二年（一七九七），袁通刊印《飲水詞鈔》二卷，收詞二百餘闋，有小倉山房合刻本，楊芳燦作序。袁蘭生，即袁通。袁通（一七一六—一七九七），字達夫，號蘭村，浙江錢塘（今杭州）人。袁枚繼子，諸生。官河南汝陽知縣。工詞，與郭麐唱酬，爲浙派後期詞人之一。有《捧月樓詞》二卷，光緒刊本。

［三］　鹿潭：即蔣春霖。

［四］　湘真：即陳子龍。陳子龍（一六〇八—一六四七），字卧子，號大樽，松江華亭（今上海松江）人。崇禎十年（一六三七）進士，任兵科給事中。明亡後舉義兵抗清，事敗自盡。清乾隆時贈謚忠裕。工詩詞，詞集名《湘真閣稿》。今傳本《陳忠裕公詩餘》一卷，嘉慶八年（一八〇三）簳山草堂刊《陳忠裕公全集》本。

［五］　陳：即陳維崧。朱：即朱彝尊。

［六］　嗣響：謂繼承前人事業。《文選·沈約〈謝靈運傳論〉》：「若夫平子艷發，文以情變，絶唱高蹤，久無嗣響。」張銑注：「言張平子（張衡）文章之美，無能繼其音響。」

〔七〕 蘅夢：即郭麐。

閲項鴻祚詞〔一〕

閲項蓮生《憶雲詞》〔二〕。篇旨清峻，托體甚高，一掃浙中喘膩破碎之習〔三〕。蓮生仰窺北宋，而天賦殊近南唐。《丁稿》一卷，遍和五代詞〔四〕，合者果無愧色。有明以來，詞家斷推湘真第一，飲水次之。其年、竹垞、樊榭、頻伽〔五〕，尚非上乘。近擬撰《篋中詞》〔六〕，上自《飲水》，下至《水雲》，中間陳、朱、厲、郭、皋文、翰風、枚庵、稚圭、蓮生諸家〔七〕，千金一冶，殊呻共吟〔八〕，以表填詞正變，無取刻畫二窗〔九〕，皮傅姜、張也〔一〇〕。

【注】

〔一〕 録自《日記》丁卯（同治六年，一八六七）。人文本、叢編本作「戊辰」（同治七年，一八六八）。此則原與上一則分列，人文本、叢編本誤合爲一則。載稿本日記同治六年十一月初二日，原文爲：「讀項廷紀蓮生《憶雲詞》殘本甲乙稿二卷，篇旨清峻，托體甚高。浙詞自樊榭偶爲喘膩，破碎久矣。蓮生仰窺北宋，而天賦異秉，殊近南唐。其《丁稿》一卷，遍和五代諸家，合者竟無愧色。何時重得全本，當上合《飲水》，下及《水雲》，并二張、頻伽、吴枚庵、周稚圭諸家，合選以告天下。此事自有正宗，無取刻畫周、吴，皮傅姜、張爲也。」

［二］項蓮生：即項鴻祚。《憶雲詞》：即《憶雲詞甲乙丙丁稿》。

［三］浙中喘膩破碎之習：指浙西詞派末流沉溺于艷情與詠物的詞風。

［四］「《丁稿》一卷」二句：謝章鋌《賭棋山莊詞話》續編卷二：「《丁稿》自温庭筠至馮延巳各體皆擬之，且皆工，可以觀其所得力矣。」

［五］樊榭：即厲鶚。頻伽：即郭麐。

［六］近擬撰《篋中詞》：此句爲事後所加。據吴著考，此時撰《篋中詞》事尚未開始。（見第二節「人情、交游與經典化：《篋中詞》成書歷程的再考察」）

［七］翰風：即張琦。枚庵：即吴翊鳳。稚圭：即周之琦。

［八］「千金一冶」二句：意謂挑選具有不同創作個性的詞人作品編入《篋中詞》。殊呻共吟，劉勰《文心雕龍·才略》：「殊聲而合響，異翮而同飛。」意思略同。

［九］刻畫：精細地摹仿。杜甫《白鹽山》詩：「詞人取佳句，刻畫竟誰傳。」二窗：指周密、吴文英。

［一〇］皮傅：以膚淺的言詞牽强附會。《後漢書·張衡傳》「後人皮傅」，李賢注：「謂不深得其情核，皮膚淺近，强相傅會也。」常州詞派多以比興寄托解詞，常流于穿鑿。姜、張：即姜夔、張炎。

劉履芬爲譚獻莊棫詞合刻序△[一]

閲江山劉泖生駢文一稿[二]，有爲予與中白詞刻序[三]，昔未之見。

【注】

[一] 此則人文本未收。録自《日記》丁卯（同治六年，一八六七）。

[二] 劉泖生：即劉履芬。劉履芬《古紅梅閣遺集》卷一有《莊蒿庵譚仲修詩餘合刻序》云：「丹徒莊蒿庵、仁和譚仲修兩君客游京師，友人刻其所爲詞二卷，而督序于余，余諾而不果爲。兩君先後旋里，貽書重申此言，因取其所刻讀之……兩君年近三十，皆有志用世，顧方伏處菰盧，奔走衣食，不得已著此無益之言。嗟乎！塊壘難消，華年易減。識字而罹憂患，已屬可憐；談兵而有罪言，大爲氣短。兩君者，一則居吴，一則適越。登北固之樓，未窮所歷；挹南江之水，倘飲其源。」此實爲《三子詩選》所撰序。該選有莊、譚合刻詞，此序後出，故譚獻未見。

[三] 中白詞：即莊棫詞集，此應爲咸豐七年（一八五八）蔡壽祺在京師編刻《三子詩選》本，收莊、譚詞。

閲許宗衡詞[一]

閲許海秋《玉井山館詩餘》[二]。幽窈綺密[三]，名家之詞。

【注】

[一] 録自《日記》戊辰（同治七年，一八六八）。載稿本日記同治七年六月望日。原文爲：「閲海翁詞，清綺入能品也。當在蔣鹿潭下，陳實庵上。」

[二] 館：《日記》、人文本、叢編本作「房」，許氏《玉井山館集》作「館」，謝章鋌《賭棋山莊詞話》續編卷五亦作《玉井山館詩餘》。

[三] 幽窈：幽深。綺密：參見「評朱綬《瑞鶴仙·零雨飄風……》」一則注[二]。

閲《蓮子居詞話》[一]

閲吴子律《蓮子居詞話》[二]。頗見深微，有功倚聲不小[三]。

【注】

［一］　録自《日記》己巳（同治八年，一八六九）。載稿本日記同治八年十月三十日，「閱吴子律《蓮子居詞話》」作「借吴子律《蓮子居詞話》，閱畢」，「有功倚聲不小」作「有功倚聲不少」。

［二］　吴子律：即吴衡照。律，人文本、河北教育版、中華版均誤作「述」。叢編本作「律」，應是。吴衡照字子律。《蓮子居詞話》：四卷，道光十二年（一八三二）錢塘汪氏振綺堂刻本，同治六年（一八六七）補刊本，同治十年（一八七一）退補齋重刻本，收入唐圭璋《詞話叢編》。

［三］　「頗見深微」二句：許宗彦序云：「海昌吴君子律以名進士里居著述，輯《蓮子居詞話》四卷，于前哲及近人論次略備，持論尤雅。間有考訂古韵，辨證軼事，無不精審詳當。」屠倬序亦云：「吾友吴君子律深于詞，撰《詞話》四卷，其中有校正《詞律》訛誤之處，有考訂詞韵分并之處，有評定詞家優劣之處，有折衷古今論詞異同之處。至于博徵明辨，搜羅散佚，信足爲詞苑有功之書。」

閱龔自珍詩詞［一］

閱定庵詩詞新刻本［二］。詩佚宕曠邈［三］，而豪不就律，終非當家。詞綿麗沉揚［四］，意欲合周、辛而一之［五］，奇作也。

【注】

［一］錄自《日記》庚午（同治九年，一八七〇）。載稿本日記同治九年正月二十六日，「詩佚宕曠邈」作「定翁詩佚宕曠遠，故當在黄、舒間」，「終非當家」作「終不成家」，「意欲合周、辛而一之」作「真能合周、辛爲一手」。

［二］定庵詩詞新刻本：應指同治八年（一八六九）吴煦刻《定盦文集》本。定庵，即龔自珍。

［三］佚宕：不受拘束。簡文帝《玄虚公子賦》：「追寂圃而逍遥，任文林而佚宕。」曠邈：意境開闊。楊炯《庭菊賦》：「佇閑庭之曠邈，對凉菊之扶踈。」

［四］綿麗：詞藻華美。《新唐書·文藝傳下·李華》：「文辭綿麗，少宏傑氣。」沉揚：沉鬱而又飛揚，即所謂「能爲飛仙劍客之語」。

［五］合周、辛而一之：意謂融周邦彦之綿麗與辛棄疾之沉揚爲一體。

讀《絶妙好詞箋》［一］

讀《絶妙好詞箋》［二］。南宋樂府，清詞妙句，略盡于此，高于唐人選唐詩矣［三］。四水潛夫塡詞名家［四］，善别擇［五］，非《花間》、《草堂》之繁猥［六］。南宋人詞，情語不如景語〔七〕，而融法使才〔八〕，高者亦有合于柔厚之旨。

【注】

〔一〕 録自《日記》庚午（同治九年，一八七〇）。載稿本日記同治九年四月初五日，「讀《絶妙好詞箋》」作「讀《絶妙好詞》四卷」，「南宋樂府，清詞妙句，略盡于此，高于唐人選唐詩矣」作「南宋完篇，十得七八，大雅可誦，倚聲之規矩也」，「四水潛夫填詞名家」作「四水潛夫，樂府名家」，「非《花間》、《草堂》之繁猥」作「非《花間》、《草堂》之庸猥矣」，「高者亦有合于柔厚之旨」後有「皋文所謂可與詩賦之流同類而風誦者在此」一句。

〔二〕 《絶妙好詞箋》：查爲仁、厲鶚箋。《絶妙好詞》七卷，南宋周密編，收南宋詞始自張孝祥，終于仇遠，共一百三十二家，收詞三百八十五首。有明汲古閣抄本，康熙三十七年（一六九八）清吟堂高士奇刊本。焦循《雕菰樓詞話》云：「周密《絶妙好詞》所選，皆同于己者，一味輕柔潤膩而已。」查爲仁、厲鶚爲作箋，對原書編纂體例有所改動，通行于世，中華書局有排印本。厲鶚序云：「津門查君蓮坡（查爲仁），研精風雅，耽玩倚聲，披閲之暇，隨筆劄記。輯有詩餘、紀事若干卷，于是編尤所留意，特爲之箋。不獨諸人里居出處十得八九，而詞中之本事，詞外之佚事，以及名篇秀句，零珠碎金，攟拾無遺。俾讀者展卷時，恍然如聆其笑語，而共其游歷也。予與蓮坡有同好，向嘗掇拾一二，每自矜創獲。會以衣食奔走，不克卒業，及來津門，見蓮坡所輯，頗有望洋之歎，并舉以付之次第增入焉。」

［三］　高于唐人選唐詩矣：《絶妙好詞》爲宋人選宋詞，故云。今傳唐人所選唐詩選本，爲王士禛所輯《十種唐詩選》，參見「閲《草堂詩餘》」一則。

［四］　四水潛夫：周密之號。

［五］　别擇：鑒别選擇。《四庫全書總目四書管窺提要》：「當時門人編次，既不敢有所别擇，後來讀朱子書者，遂一字一句奉爲經典。」

［六］　非《花間》、《草堂》之繁猥：張炎《詞源》卷下云：「近代詞人用功者多，如《陽春白雪集》，如《絶妙詞選》，亦自可觀，但所取不精一；豈若周草窗所選《絶妙好詞》之爲精粹。」繁猥，繁瑣蕪雜，不精粹。宋咸《注孔叢子序》：「義例繁猥，隨亦删定。」

［七］　情語不如景語：李漁《窺詞管見》云：「詞雖不出情景二字，然二字亦分主客。情爲主，景爲客。説景即是説情，非借物遣懷，即將人喻物，有全篇不露秋毫情意，而實句句是情，字字關情者。」王國維《人間詞話》云：「昔人論詩詞，有景語、情語之别，不知一切景語，皆情語也。」

［八］　融法使才：融化法度，施展才華。

閲吴存義詩詞△[一]

揚州發舟[二]，閲先師吴和甫少宰《榴實山莊集》[三]，蓋新刻付校。詩篇粹美隱秀，不事蹊徑，而雅有師法。夙昔喜言放翁[四]，風格頗近。詞温雅，在君特、公謹間[五]。

【注】

[一] 此則人文本未收。録自《日記》辛未（同治十年，一八七一）。載稿本日記同治十年正月十一日，「閲先師吴和甫少宰《榴實山莊集》」作「校吴少宰師詩詞、駢文刻集四册畢」，無「蓋新刻付校」句，「詩篇粹美隱秀」作「先生詩粹美隱秀」，「夙昔喜言放翁」作「先生喜言放翁」，「風格頗近」作「風格頗近簡齋（陳與義）」，後有「蓋視陸較曲，視陳則則腴暢矣」句，「詞温雅」作「詞亦雅」，「在君特、公謹間」作「近南宋人，君平、公謹間」，後有「高其位置耳」句。

[二] 揚州發舟：補編本删此句。

[三] 《榴實山莊集》：吴存義撰，其中試律二卷，文稿一卷，詩鈔六卷，詞鈔一卷，有同治十年（一八七一）刻本。譚獻同治九年（一八七〇）爲作序，未收入《復堂類集》。

[四] 放翁：即陸游。

［五］　君特、公謹：即吴文英、周密。特，原誤作「平」，河北教育版已改。

閲《聽秋聲館詞話》△[一]

閲丁紹儀《聽秋聲館詞話》二十卷[二]。宗旨和雅，持論近正，蓋欲補《詞綜》之書[三]，涉獵頗廣。其訂正朱、萬之書[四]，校讎謬誤，多不標出處，恐不免臆見參入。

【注】

［一］　此則人文本未收。録自《補録》卷一同治十一年（一八七二）正月七日。稿本日記「閲丁紹儀《聽秋聲館詞話》二十卷」作「丁紹儀《聽秋聲館詞話》二十卷」，後有「無錫丁紹儀杏舫著」句；「恐不免臆見參入」作「恐不免臆見參入也」。

［二］　《聽秋聲館詞話》：丁紹儀撰，二十卷。主要評論清代詞人詞作，論詞主性靈、才學、格調。其自序云：「閑居無俚，就見聞記憶所及，或因詞及事，或因事及詞，拉雜書之，藉以消耗歲月。」有同治八年（一八六九）刊本，中華書局《詞話叢編》本。

［三］　《詞綜》：朱彝尊、汪森編。朱彝尊先編選二十六卷，汪森增補十卷，共輯唐五代至元代詞人六百五十多家，詞二千二百五十多首，推崇姜夔，以醇雅爲宗，體現清代浙西詞派的詞學

宗旨。有康熙三十年（一六九一）汪森刊本，上海古籍出版社一九七八年點校本。

［四］訂正朱、萬之書：朱、萬之書，指《詞綜》和萬樹《詞律》，《聽秋聲館詞話》卷十三較集中訂正兩書之誤。胡鑒（丁紹儀婿）跋云：「補《詞綜》之闕，正《詞律》之訛，辨同正異，網羅散佚，考遺聞于唐宋元明；采擷菁英，搜軼事于東西南朔。」

評江順詒詞［一］

江君秋珊，旌德人，刻《願爲明鏡室詞》［二］，來屬論定。有婉潤之致，不傖劣也［三］。欲爲删削，江君固有意重刻。詞中一語曰「楊柳當門青倒垂」［四］，七字名雋［五］。

【注】

［一］録自《日記》壬申（同治十一年，一八七二）。載稿本日記同治十一年正月十四日。原文爲：「江秋珊少尉來談詞。秋珊，皖人，好填詞，刻《願爲明鏡室詞》四卷。體勢婉潤，頗不傖劣。風塵吏得此雅才，足以近蹤高且圓矣。」

［二］《願爲明鏡室詞》：有九卷本，爲同治八年（一八六九）刻本；一卷本，爲同治十二年（一八七三）重校本。故謝章鋌《賭棋山莊詞話》續編卷三云：「《願爲明鏡室詞稿》一卷，旌德江

秋珊順治撰。據自序謂有九卷，而余所見只此二卷。」譚獻同治九年（一八七〇）爲作序，應是爲二卷本作。

［三］ 傖劣：粗劣。捧花生《畫舫餘譚》：「别有金翠河亭、一品軒諸處，大半傖劣，不足下箸。」

［四］ 楊柳當門青倒垂：爲江順詒《浣溪沙》詞首句。全詞爲：「楊柳當門青倒垂，一雙蝴蝶向人飛。封侯夫婿幾時歸？ 西子湖邊尋舊夢，東風陌上寄相思。一春心事没人知。」

［五］ 譚獻原注：「别十餘年，秋珊詞學大就，能求聲音之原，又言詞有襯字，辨相傳又一體之非。有《詞學集成》六卷。乙酉補注。」壬申爲同治十一年（一八七二），乙酉爲光緒十一年（一八八五），相隔十三年，故云「别十餘年」。今本《詞學集成》爲光緒七年（一八八一）刊本，凡八卷，此云六卷，可能是初編。

評元明清詞［一］

戴園獨居［二］，誦本朝人詞，悄然于錢葆馚、沈遹聲［三］，以爲猶有黍離之傷也［四］。蔣京少選《瑶華集》［五］，兼及雲間三子［六］。周稚圭有言：「成容若，歐、晏之流，未足以當李重光。」[七]然則重光後身，惟卧子足以當之[八]。嘉慶時，孫月坡選《七家詞》[九]，爲厲樊榭、林蠡槎、吴枚庵、吴穀人、郭頻伽、汪小竹、周稚圭，去取精審。予欲廣之爲前七家，則蘀文、葆馚、羨門、漁洋、梁汾、容若、遹聲[一〇]，又附舒章、去矜、其年爲十家[一一]。後七家則皋文、保緒、定庵、蓮生、海秋、鹿潭、劒人[一二]，又附翰風、梅伯、少鶴爲十家[一三]。詞自南宋之季，幾成絶響。元之張仲舉稍存比興[一四]，明則卧子直接唐人，爲天才。近代諸家，類能祧南宋而規北宋[一五]，若孫氏與予所舉二十餘人，皆樂府中高境，三百年所未有也。

【注】

[一] 録自《日記》壬申（同治十一年，一八七二）。載稿本日記同治十一年六月二十三日，「戴園獨居，誦本朝人詞」作「在戴園誦本朝人長短句」，「悄然于錢葆馚、沈遹聲」作「悄然于錢葆馚、沈遹聲諸人」，「以爲猶有黍離之傷也」作「以爲有黍離之傷也」，「周稚圭有言」作「周稚圭中丞答客有言」，「然則重光後身，惟卧子足以當之」作「竊謂重光後身，惟陳卧子足以當之」，「爲厲樊榭、林蠡槎、吴枚庵、吴穀人、郭頻伽、汪小竹、周稚圭」作「爲樊榭、蠡槎、枚庵、穀人、頻伽、小竹、稚圭」，「又附舒章、去矜、其年爲十家又附舒章、去矜、其年爲十家」作「又附舒章、去矜、太鴻爲十

家」,「詞自南宋之季,幾成絶響」作「詞自南宋之亡,幾至絶響」,「明則卧子直接唐人」作「明則卧子直到唐人」,「近代諸家,類能祧南宋而規北宋」作「本朝諸家,類能祧南宋而師北宋」。

〔二〕 戴園:在杭州城東,爲清代著名山水畫家戴熙故宅,同治間爲浙江書局校書處。譚獻友人施補華《澤雅堂詩集》卷五《戴園種花樹》詩:「戴園五畝城東隅,侍郎少日曾幽居(原注:戴文節公)。侍郎仗節死寇敵,祀之故宅偕馮、俞(原注:馮文介公、俞文節公)。門庭丹碧重修飾,此園亦復除榛蕪。去年借作校經室,遂有水石資清虚……」此詩作于同治十一年(一八七二),則戴園校書當始于同治十年(一八七一)。又據施補華《澤雅堂文集》卷三《王眉叔遺詩序》:「眉叔姓王氏,名詒壽,浙之山陰縣人,候補訓導。同治丁巳以後,與余同校書于會城之戴園。」同治朝無丁巳年,應爲「丁卯」,即同治六年(一八六七),爲浙江書局開辦之年。譚獻亦有《戴園寓興同諸子》、《戴園留别五章》詩,中有「中年踰四十」句,同治十一年(一八七二),譚獻四十一歲。

〔三〕 錢葆酚:即錢芳標。與董俞并爲雲間詞派後期代表詞人。沈適聲:即沈豐垣。

〔四〕 黍離之傷:指家國之感慨。《詩·王風·黍離》毛傳:「《黍離》,閔宗周也。周大夫行役,至于宗周,過故宗廟宫室,盡爲禾黍,閔周室之顛覆,彷徨不忍去而作是詩也。」

〔五〕 蔣京少:即蔣景祁。少,人文本、叢編本誤作「兆」。

〔六〕 雲間三子:指明末清初雲間詞派領袖陳子龍、李雯、宋徵輿。宋徵輿曾編三人詞,人各一卷，名《幽蘭草》，陳子龍序云：「吾友李子、宋子，當今文章之雄也。又以妙有才情，性通宮徵，時屈其班（班固）、張（張衡）宏博之姿，枚（枚乘）、蘇（蘇武）大雅之致，作爲小詞，以當博弈。予以暇日，每懷見獵之心，偶有屬和。宋子匯而梓之，曰《幽蘭草》。」三子之名或由此起。

［七］周稚圭：即周之琦。此評語見其所輯《心日齋十六家詞録》。李重光：即南唐後主李煜。

［八］卧子：即陳子龍。

［九］月坡：即孫麟趾。

［一〇］轅文：即宋徵輿。羡門：即彭孫遹。漁洋：即王士禛。梁汾：即顧貞觀。容若：即納蘭性德。

［一一］舒章：即李雯。去矜：即沈謙。其年：即陳維崧。

［一二］臯文：即張惠言。保緒：即周濟。定庵：即龔自珍。蓮生：即項鴻祚。海秋：即許宗衡。鹿潭：即蔣春霖。劍人：即蔣敦復。

［一三］翰風：即張琦。梅伯：即姚燮。少鶴：即王錫振（王拯）。

［一四］張仲舉：即張翥。

［一五］祧南宋而規北宋：從承繼南宋詞風入手，以北宋詞爲模仿的準則。祧，承繼。參見「願爲明鏡室詞稿序」一則注［一一］。

點定《同聲集》△[一]

點定《同聲集》[二]。凡七家，吴彦懷廷鈐《塔影樓詞》、王季旭曦《鹿門詞》、潘季玉曾瑋《玉洤詞》、汪逸雲士進《聽雨詞》、王蓉洲憲成《桐華山館詞》、魯尊生承齡《冰蠶詞》、劉莊年耀椿《海内歸棹詞》、龔定庵自珍《無著詞》[三]，以王季旭爲名家、定庵爲絶手，餘無譏焉[四]。

【注】

[一] 此則人文本、補編本未收。録自《補録》卷一同治十二年（一八七三）四月十三日。稿本日記「點定《同聲集》」作「昨燈前點定《同聲集》，今晨而畢」，「龔定庵自珍《無著詞》」作「龔定庵自珍《無著詞》也」，「定庵爲絶手」作「定庵爲高手」。

[二] 《同聲集》：張曜孫編選。參見「張琦詞」一則。

[三] 魯尊生承齡：尊，原誤作「芎」。劉莊年耀椿：劉耀椿（一七八五—一八五八），字莊年，號臞鶴，山東安丘人。嘉慶二十五年（一八二〇）進士，選爲庶吉士。歷任安徽潁上、阜陽知縣、六安知州、安慶知府。在福建興泉永道兼金廈兵備道任上，曾協同浙閩總督鄧廷楨，駐守廈

門抗擊英軍。官至四川按察使。有《海内歸棹詞》三卷，咸豐五年（一八五五）刻本。花壽山咸豐五年（一八五五）爲作跋云：「先生曰：『詞家率選平調，不知今人所謂拗，皆古人抑揚協律處。拙詞無他法，但不喜順，又好沾沾于古人耳。』乃三復是編，知其專宗白石，兼涉清真門徑，慣用逆筆，不作綺語。只争格韵，不鋪叙本事，故其光黝然而深，其味咀之乃愈處也。」龔定庵自珍《無著詞》：爲龔自珍《定盦詞》五種之一，《無著詞》係作者生前編選，初名《紅禪詞》。

［四］ 餘無譏焉：謂等而下之，不屑評議。譏，非議。《左傳・襄公二十九年》：「自鄶以下無譏焉。」孔穎達疏：「鄶、曹二國皆國小政狹，季子不復譏之，以其微細故也。」

偶作《十六字令》［一］

偶作《十六字令》云：「寒。燕子辭巢漸欲還。無人處，記取舊紅闌。」［二］蓋有去鄉之志［三］，占此爲别。

【注】

［一］ 録自《日記》癸酉（同治十二年，一八七三）。載稿本日記同治十二年九月初四日，「偶作《十六字令》云」作「爲子珍書扇，偶作《十六字令》云」，「蓋有去鄉之志，占此爲别」作「所感

者深久」。

［一］此詞《復堂詞》未收。

［二］去鄉：指離開家鄉杭州。

得《詞辨》△［一］

得玉珊書［二］，寄《詞辨》寫本至。《詞辨》原來十卷，爲周濟保緒撰，全書失于運河水中，僅存二卷，承子久、潘季玉曾刻行之［三］。今版久失，予屬玉珊借寫得之。風雨寂坐，持螯小飲，即以是卷佐觴，研朱點勘，終卷已燈上矣。

【注】

［一］此則諸本未收，載稿本日記同治十二年（一八七三）九月初九日。

［二］玉珊：即張鳴珂。

［三］承子久：即承齡。潘季玉：即潘曾瑋。

評《宋四家詞選》[一]

九月南還，十月一病幾殆。十一月赴官安慶[二]，道出嘉善，金眉生都轉招飲[三]。中坐以周保緒《宋四家詞選》見貽[四]，潘侍郎新刻[五]。周先生有《詞辨》十卷，稿本亡失[六]，潘季玉觀察刻二卷，版亦毁矣。去年重九，張公束寄我寫本[七]，甚珍異，嘗馳書越中，以托陶子珍[八]。此《四家詞選》爲後來定本，陳義甚高，勝于《宛鄰詞選》[九]，即潘四農亦無可詆諆矣[一〇]。以有寄托入，以無寄托出，千古辭章之能事盡[一一]，豈獨填詞爲然？

【注】

[一] 録自《日記》甲戌（同治十三年，一八七四）。載稿本日記同治十三年十一月二十六日，無「九月南還，十月一病幾殆。十一月赴官安慶，道出嘉善」數句，「金眉生都轉招飲。中坐以周保緒《宋四家詞選》見貽」作「今日眉生以周保緒先生《宋四家詞選》見贈」，「潘侍郎新刻」作「爲潘伯寅侍郎新刻」，「周先生有《詞辨》十卷」作「周氏有《詞辨》十卷」，「潘季玉觀察刻二卷」作「潘季玉觀察曾刻二卷」，「去年重九」作「去年秋」，「甚珍異」作「甚珍異之」，無「嘗馳書越中，以托陶

子珍」句，「爲後來定本」作「爲周氏後來定本」，「即潘四農亦無可詆諆矣」作「即潘四農見之，亦無可詆諆矣」，「豈獨填詞爲然」作「豈獨填詞然哉」。

［二］　赴官安慶：時在同治十三年（一八七四）。此年三月，譚獻赴京參加禮部試不第，南還後于十一月捐官安徽懷寧知縣，乘輪船離杭州。

［三］　金眉生：即金安清，譚獻友人。金安清（一八一七——一八八〇），字眉生，號儻齋，晚號六幸翁。浙江嘉善魏塘鎮人。幼隨父寄寓福建。國子監生。由泰州府同知，擢海安通判，歷官湖北督糧道、鹽運使、按察使。晚歸里，建偶園。工詩文，熟諳古今掌故。有《偶園詞鈔》一卷。都轉：明清時鹽運使全名爲「都轉鹽運使司鹽運使」，簡稱「都轉」。

［四］　《宋四家詞選》：周濟編選，不分卷，以周邦彦、辛棄疾、王沂孫、吴文英四家爲主，其他各家附屬于四家，選録宋詞人五十一家、詞作二百三十餘首，對其中重要詞人詞作加以評箋。該書《目録序論》，闡述了周濟的主要詞學主張。有清光緒刊本。

［五］　潘侍郎：即潘祖蔭。潘祖蔭（一八三〇——一八九〇），字在鍾，號伯寅、少棠、鄭盦。江蘇吴縣（今蘇州）人，潘世恩孫。咸豐二年（一八五二）進士，探花，授翰林院編修。官侍講學士、工部右侍郎、户部左侍郎、刑部尚書、軍機大臣署兵部尚書，加太子太保銜，謚文勤。通經史，精書法，藏書甚富。有《芬陀利室詞》一卷，光緒二十四年（一八九八）刻本。新刻：潘祖蔭得周濟門人符葆森（南樵）手抄本《宋四家詞選》，于同治十二年（一八七四）付刻，收入《滂喜齋叢書》。

〔六〕「先生有《詞辨》十卷」二句：周濟《詞辨》原有十卷，今存二卷。失，補編本作「佚」。參見「詞辨叙」一則。

〔七〕張公束：即張鳴珂。

〔八〕托：河北教育版、中華版均誤作「託」。陶子珍：即陶方琦。

〔九〕《宛鄰詞選》：即張惠言、張琦兄弟編《詞選》。

〔一〇〕潘四農：即潘德輿。無可詆諆：參見「潘德輿詞」一則。詆諆，毀謗，污蔑。黃淳耀《潘鱗長康濟譜序》：「士有談王霸之略者，率見詆諆，以爲迂怪。」

〔一一〕能事：所能之事。語出《易·繫辭上》：「引而伸之，觸類而長之，天下之能事畢矣。」孔穎達疏：「天下萬事皆如此，例象皆盡，故曰『天下之能事畢矣』也。」

讀周邦彥詞△〔一〕

讀宋詞至清真「夜如水，焚香獨自語」〔二〕，真如吾意中語也。

【注】

〔一〕此則諸本未收，載稿本日記同治十三年（一八七四）十二月十七日。

〔二〕 夜如水，焚香獨自語：爲周邦彦《尉遲杯·離恨》詞中句，今本作「夜如歲、焚香獨自語」。

閱陳溥評唐宋詞△〔一〕

借陳廣夫評唐宋詞〔二〕，枕上閱之，不以爲佳作。

【注】

〔一〕 此則諸本未收，載稿本日記光緒元年（一八七五）正月二十二日。

〔二〕 陳廣夫：即陳溥。陈溥（生卒年不詳），字广敷、廣夫、稻孙，江西新城人，監生。桐城派弟子，學古文于梅曾亮，學宗王陽明心學，主講于九峰書院。包世臣云：「新城陳溥，字廣夫，伯仁太史之子，石士侍郎之諸孫。年三十餘，泛覽百家，爲諸陳冠，詩文亦有卓犖之概，然自率資性，未見眞實工力。」（《藝舟雙楫》卷三《論文》）其評唐宋詞爲何書未詳。

評蔣春霖未刻詞△〔一〕

贊侯抄示蔣鹿潭未刻詞十餘首〔二〕。甚工〔三〕，百年來真無第二手也。

【注】

[一] 此則人文本、補編本未收。録自《補録》卷二光緒元年（一八七五）正月二十九日。稿本日記「贊侯抄示蔣鹿潭未刻詞十餘首」作「午前贊侯來談，抄示蔣鹿潭未刻詞十餘首」。

[二] 贊侯：即譚獻友人鄭襄。蔣鹿潭未刻詞：《水雲樓詞》二卷，收詞一百零六首，爲蔣春霖生前自定本，咸豐十一年（一八六一）杜文瀾刻于《曼陀羅華閣叢書》。鄭襄所抄十餘首，應在此書之外。同治十二年（一八七三）宗源瀚輯其未刻詞四十九首刊印，名《水雲樓詞續》，譚獻可能未見。

[三] 甚：補編本誤作「其」。

閲《國朝詞綜續編》△[一]

書肆取《詞綜續編》回[二]。《續編》成于海鹽黄韵甫大令[三]，開創于黄霽青太守也[四]，大令女夫宗子城太守刻于武昌[五]。二十一卷選予少作詞五首[六]，展卷幾不自憶，惘然而已。卷一載丹陽荆搢《念奴嬌·洞庭》詞[七]，即張于湖「洞庭青草」一闋[八]，不知何以誤入？于湖此詞南宋最有名，《絶妙好詞》且首列。二黄公必非未寓目者，可異。此書刻時，諸遲菊同年任校勘事[九]，暇當作書告之。

【注】

［一］　此則人文本未收。録自《補録》卷二光緒元年（一八七五）六月初三日。稿本日記「書肆取《詞綜續編》回」作「至書肆取《詞綜續編》回署齋」，「《續編》成于海鹽黄韵甫大令」作「《詞綜續編》成于海鹽黄韵甫大令」，「大令女夫宗子城太守刻于武昌」作「大令女夫宗子城大令刻于武昌」。

［二］　《詞綜續編》：即《國朝詞綜續編》，二十四卷，是繼朱彝尊《詞綜》、王昶《國朝詞綜》之後，選乾嘉以後詞人詞作而成。嘉善太守黄安濤（字霽青）先輯，黄燮清完成。有同治十二年（一八七三）鄂垣刻本。

［三］　黄韵甫：即黄燮清。

［四］　黄霽青：即黄安濤。

［五］　「大令女夫」句：杜文瀾《憩園詞話》卷二載此事甚詳，云：「韵甫大令……嗣又繼王蘭泉（王昶）侍郎《續詞綜》之後，纂成《續編》，得詞五百八十六家，都爲二十四卷。會遭寇亂，轉徙流離，此編失于逆旅。賴其女夫宗子城太守景藩，冒險往搜，竟得完璧。韵甫（黄燮清）亡後，子城商之張鹿仙（張炳堃）、胡月樵（胡鳳丹）兩觀察，諸遲菊（諸可寶）孝廉爲之校訂，同治癸酉刊

于武昌。」宗子城，即宗景藩，同治間曾任湖北武昌知縣。

〔六〕少作詞五首：五首詞爲《生查子》（牽衣話別時）、《高陽臺・越山秋夜》（玉樹花殘）、《高陽臺》（槳落潮平）、《更漏子》（酒杯停）、《芳草・贈別》（問西風玉階芳草）。選自譚獻早年詞集《蘼蕪詞》。譚集本收《更漏子》、《芳草》，未收《生查子》和《高陽臺》二首。

〔七〕丹陽荊摺：據清道光間王豫輯《江蘇詩徵》卷七十五作者小傳，荊摺字也衛，號石門，丹陽布衣。

〔八〕張于湖「洞庭青草」一闋：張孝祥《念奴嬌・洞庭》原詞：「洞庭青草，近中秋，更無一點風色。玉鑑瓊田三萬頃，著我扁舟一葉。素月分輝，明河共影，表裏俱澄澈。悠然心會，妙處難與君説。應念嶺表經年，孤光自照，肝膽皆冰雪。短髮蕭騷襟袖冷，穩泛滄溟空闊。盡挹西江，細斟北斗，萬象爲賓客。扣舷獨嘯，不知今夕何夕。」張孝祥，號于湖居士。

〔九〕諸遲菊：即諸可寶。

書《定風波》二調〔一〕

爲新城黄襄男題行看子〔二〕，書《定風波》二調：「歸興年年厭曉鴉。無風波處也思家。何況風波渾未了。不道。釣竿難覓似黃麻。老去臨淵何所羨。一綫。殘春心事惜飛花。漁弟漁兄無信息。贏得。鳴榔津鼓夢中差。」「雨笠煙蓑兩不知。擎杯偷照鬢邊絲。無用文章君莫笑。誤了。畫中人更誤伊誰。網得長魚鱗莫損。還肯。撇波來去寄相思。酒債尋常行處有。記否？冷吟閑醉少年時。」〔三〕

【注】

〔一〕録自《日記》卷三丙子（光緒二年，一八七六）。載稿本日記光緒二年四月二十八日，「爲新城黃襄男題行看子，書《定風波》二調」作「爲襄男題小影《定風波》詞云」。

〔二〕黃襄男：即黃長森。參見「評黃長森《踏莎行・秋懷》」一則注〔一〕。行看子：畫卷、畫像的别稱。看，《日記》、人文本均作「看」，叢編本視其爲詞調名，改作「香」，誤作《行香子》。按：樓鑰《題高麗行看子》詩序：「高麗賈人，有以韓幹馬十二匹質于鄉人者，題曰『行看子』。」郭麐《爨餘叢話》：「近人詩集，多以畫卷爲行看子。」稿本日記所謂「小影」，即畫像。

〔三〕《定風波》二調：此兩首《定風波》詞《復堂詞》未收，譚集本亦未據日記補。

閲《國朝詞綜》[一]

閲王氏《詞綜》四十八卷[二]，二集八卷。王侍郎去取之旨，本之朱錫鬯[三]，而鮮妍修飾，徒拾南渡之瀋[四]，以石帚、玉田爲極軌[五]。不獨珠玉、六一、淮海、清真皆成絶響[六]，即中仙、夢窗深處全未窺見[七]。予欲撰《篋中詞》，以衍張茗柯、周介存之學[八]，今始事，王選所掇者，百一而已。

【注】

[一] 録自《日記》丙子（光緒二年，一八七六）。載稿本日記光緒二年七月初七日，「閲王氏《詞綜》四十八卷，二集八卷」作「閲《國朝詞綜》四十八卷二集八卷畢」，「王侍郎去取之旨」作「王氏去取之旨」，「本之朱錫鬯」作「固本之朱錫鬯」，「予欲撰《篋中詞》」作「予久欲撰《篋中詞》」，「以衍張茗柯、周介存之學」作「以繼張茗柯、周介存之後」，「王選所掇者，百一而已」作「于王選所掇者，直百一而已」。

[二] 王氏《詞綜》：即王昶編《國朝詞綜》。其《春融堂集》卷四十一《國朝詞綜自序》自述編選經過云：「余弱冠後，與海内詞人游，始爲倚聲之學，以南宋爲宗，相與上下其議論。因

各出所著，并有以國初以來詞集見示者，計四五十年中所積既多，歸田後恐其散佚湮没，遂取已逝者擇而鈔之，爲《國朝詞綜》四十八卷。」（《清詞序跋彙編》收入此序，但誤題爲《國朝詞綜續編自序》。

［三］　本之朱錫鬯：朱彝尊、汪森編《詞綜》，以「醇雅」爲指歸，王昶編《國朝詞綜》，標榜「至選詞大旨，一如竹垞太史所云，故續刻于《詞綜》之後，而推廣汪氏之説，以告世之工于詞者」（《國朝詞綜自序》）。朱錫鬯，即朱彝尊。

［四］　徒拾南渡之瀋：比喻學南宋詞而徒勞無功。《左傳・哀公三年》：「無備而官辦者，猶拾瀋也。」杜預注：「瀋，汁也。言不備而責辦，不可得。」

［五］　石帚、玉田：即姜夔、張炎。極軌：最高的楷模。徐禎卿《談藝録》：「蓋觀于大者，神越而心游，中無植幹，鮮不眩移，此宏詞之極軌也。」

［六］　珠玉：即晏殊。六一：即歐陽修。淮海：即秦觀。清真：即周邦彦。

［七］　中仙：即王沂孫。夢窗：即吴文英。

［八］　張茗柯、周介存之學：指張惠言、周濟爲代表的常州詞學。今始事：此爲譚獻確定《篋中詞》編選宗旨之始。

閲《明詞綜》△[一]

閲《明詞綜》[二]。明自陳卧子外[三]，幾于一代無詞。擬略取數十首，列《篋中詞》之前也[四]。

【注】

[一] 此則人文本、補編本未收。録自《補録》卷二光緒二年（一八七六）七月初七日。稿本日記此則與上一則原爲一則，《復堂詞話》析爲兩則。

[二] 《明詞綜》：王昶所編明代詞選，十二卷。朱彝尊編《詞綜》，不選元以後詞，有意別選明人詞爲一編，王昶得其稿本，合以生平所搜得明人詞作，彙成一書，録明代詞人三百八十家，附刻于朱彝尊《詞綜》之後。王昶自序云：「蓋明初詞人猶沿虞伯生（虞集）、張仲舉（張翥）之舊，不乖于風雅。及永樂以後，南宋諸名家詞皆不顯于世，惟《花間》、《草堂》諸集盛行，至于楊用修（楊慎）、王元美（王世貞）諸公，小令、中調頗有可取，而長調則均雜于俚俗矣。然一代之詞，亦有不可盡廢者……」

[三] 陳卧子：即陳子龍。

［四］　列《篋中詞》之前也：《篋中詞》終未選晚明之詞。

常州詞派推尊詞體［一］

閱黄燮清韵珊選《詞綜續編》［二］。填詞至嘉慶，俳諧之病已浄［三］。即蔓衍闡緩［四］，貌似南宋之習，明者亦漸知其非。常州派興，雖不無皮傅［五］，而比興漸盛。故以浙派洗明代淫曼之陋，而流爲江湖［六］。以常派挽朱、厲、吴、郭佻染餖飣之失［七］，而流爲學究［八］。近時頗有人講南唐、北宋，清真、夢窗、中仙之緒既昌［九］，玉田、石帚漸爲已陳之芻狗［一〇］。周介存有「從有寄托入，以無寄托出」之論［一一］，然後體益尊，學益大。近世經師惠定宇、江艮庭、段懋堂、焦里堂、宋于庭、張皋文、龔定庵多工小詞［一二］，其理可悟。

【注】

［一］　録自《日記》卷三丙子（光緒二年，一八七六）。載稿本日記光緒二年七月十一日，「閱黄燮清韵珊選《詞綜續編》」作「閱黄燮清韵珊選《國朝詞綜續編》四卷」，「填詞至嘉慶」作「填詞至嘉慶以後」，「即蔓衍闡緩」作「蔓衍闡緩」，「明者亦漸知其非」作「明者亦漸覺其非矣」，「故以浙派

洗明代淫曼之陋」作「故以浙派洗明代及國初淫曼之陋」，「以常派挽朱、厲、吴、郭佻染餖飣之失」作「以常派挽朱、厲、吴、郭（原注：郭流寓嘉善）佻染餖飣之失」，「近世經師惠定宇、江艮庭、段懋堂、焦里堂、宋于庭、張皋文、龔定庵多工小詞」作「近世經師如惠氏、江氏、段氏、宋氏、張氏、龔氏多工爲小詞」，「其理可悟」作「其理可想」。

〔二〕閲黄燮清韵珊選《詞綜續編》：人文本無此句，據《日記》補。

〔三〕俳諧：詼諧戲謔，或輕薄淺俗。此指明代詞壇的游戲習氣。

〔四〕蔓衍闡緩：此指清初詠物詞創作中没有節制的創作態度。蔓衍，應同「曼衍」，散漫流衍，隨時變化。語出《莊子·齊物論》：「和之以天倪，因之以曼衍，所以窮年也。」成玄英疏：「曼衍，猶變化也。」又《莊子·天下》：「以卮言爲曼衍。」成玄英疏：「曼衍，無心也。」闡緩，寬容閑緩貌，後多指文學創作中不夠莊重、隨意放任的態度。《梁書·文學傳上》：「比見京師文體，懦鈍殊常，競學浮疎，争爲闡緩。」

〔五〕皮傅：參見「閲項鴻祚詞」一則注〔九〕。

〔六〕江湖：此指後期浙派詞人多寫徜徉山水的閑情逸趣。

〔七〕朱：即朱彝尊。厲：即厲鶚。吴：即吴翊鳳。郭：即郭麐。原有注：「頻伽流寓。」佻染：輕佻。參見「閲孫廷璋、陳壽祺詞」一則注〔四〕。餖飣：雜亂堆砌。指浙派詞人艷情和詠物之作的弊病。參見「厲鶚詞」一則注〔三〕。

〔八〕　學究：指學人之詞易患的迂腐淺陋習氣。

〔九〕　清真、夢窗、中仙之緒既昌：周濟《宋四家詞選》標舉周邦彦、吴文英、王沂孫及辛棄疾爲最高，謂可「領袖一代」。

〔一〇〕　已陳之芻狗：用以比喻無用而被抛棄的事物。芻狗，古代祭祀時用草扎成的狗。《莊子·天運》：「夫芻狗之未陳也，盛以篋衍，巾以文綉，尸祝齊戒以將之；及其已陳也，行者踐其首脊，蘇者取而爨之而已。」成玄英疏：「芻（狗），草也，謂結草爲狗以解除也。」

〔一一〕　「從有寄托入」二句：此爲周濟論詞綱領，語見《宋四家目録序論》。周介存，即周濟。

〔一二〕　惠定宇：即惠棟。惠棟（一六九七—一七五八），字定宇，號松崖，學者稱小紅豆先生。江蘇元和（今蘇州）人。早年隨父至廣東提督學政任所，父卒歸里，課徒著述，終身不仕。祖惠周惕、父惠士奇，皆治《易》學。其學沿顧炎武，精于漢代《易》學，著有《漢易學》、《周易述》等，爲漢學吴派代表人物。江艮庭：即江聲。江聲（一七二一—一七九九），本字濤，改字叔瀛，號艮庭、鱷濤。江蘇元和（今蘇州）人。祖籍安徽休寧。一生未仕。師事惠棟，精治《説文解字》，有《六書説》、《尚書集注音疏》等。段懋堂：即段玉裁。段玉裁（一七三五—一八一五），字若膺，號懋堂，晚号硯北居士，江蘇金壇人。乾隆二十五年（一七六〇）舉人，充景山教習，歷任貴州玉屏、四川巫山知縣，引疾歸，晚居蘇州。曾師事戴震，治文字訓詁音韵之學。有《説文解字注》、《六書音均表》等。龔自珍爲其外孫。段氏曾爲龔自珍詞作序，自述填詞經歷云：「予少時慕爲詞，詞不逮自珍之工。先君子誨之曰：『是有害于治經史之性情，爲之愈工，去道且愈遠。』予謹受教，輟勿爲。一行作吏，俄引疾歸，遂鋭意于經史之學，此事謝勿談者五十年。」焦里堂：即焦循。焦循（一七六三—一八二〇），字理堂、里堂，號仲軒，江蘇甘泉（今揚州）人，嘉慶六年（一八〇一）舉人，與阮元齊名。應禮部試不第，構「雕菰樓」，讀書著述其中。于經史、曆算、聲韵、訓詁之學皆精。有《易章句》、《易通釋》、《孟子正義》等。爲清代揚州學派代表人物。有《仲軒詞》一卷、《紅薇翠竹詞》一卷，光緒十一年（一八八五）儀徵吴氏刻《傳硯齋叢書》本；另有《雕菰樓詞話》一卷。宋于庭：即宋翔鳳。于，補編本誤作「子」。

閲《國朝詞綜續編》△[一]

閲《續詞綜》廿四卷畢[二]。搜葺雖勤，舛漏不免，去取之意漸求縝密[三]，與王氏之僅識江湖派者[四]，稍覺後來居上。然宗旨不立，本事不備，使閲者無可推尋。又補人在前，不復别白[五]，于體例亦未整齊。

【注】

［一］此則人文本未收。録自《補録》卷二光緒二年（一八七六）七月十九日。稿本日記「閱《續詞綜》廿四卷畢」作「閱《續詞綜》五卷，凡二十四卷」，後有「是書創于黄霽青觀察，成于黄韵珊大令，刻于大令女夫宗子城明府者也」數句。

［二］《續詞綜》：即《國朝詞綜續編》。

［三］去取之意漸求縝密：潘曾瑩《國朝詞綜續編序》：「是編所録，悉以雅麗藴藉爲準，求合乎無邪之旨。」可參。

［四］江湖派：此應指南宋後期姜夔、張炎等清空一派，爲王昶等浙派人士所崇尚。

［五］別白：另作説明。白，陳述。

閱《昭代詞選》△［一］

閱蔣氏《詞選》［二］。蔣重光子宣與張玉穀、沈光裕［三］，張朱、陳之餘緒［四］，意在鮮妍奔放［五］，不爲大雅。其采康熙以前與《詞綜》詳略互備，康熙末、乾隆初則遠不如王蘭泉之雅馴［六］。

【注】

〔一〕 此則人文本未收。録自《日記》丙子（光緒二年，一八七六）。載稿本日記光緒二年七月二十八日，「閲蔣氏《詞選》」作「《昭代詞選》卅八卷閲畢」，「其采康熙以前與《詞綜》詳略互備」作「其采康熙以前，校《詞綜》詳略互備」，「康熙末、乾隆初則遠不如王蘭泉之雅馴」作「康熙末、乾隆初則遠不如王蘭泉之雅馴也」。

〔二〕 蔣氏《詞選》：即《昭代詞選》，蔣重光編，三十八卷。選詞始自順治，迄于乾隆當世，選入詞人凡五百餘家，依科甲、雜宦、諸生、布衣排列，末附閨秀、名妓、詞僧、羽衣、女尼；同一詞人之作按詞調長短排列。乾隆三十二年（一七六七）經鉏堂刊刻。蔣重光《昭代詞選·凡例》述編書經過云：「友人張君蔭嘉（張玉穀）、沈君瞻文（沈光裕），當今之秀水朱、宜興陳也，先後來下榻荒齋，因相與討論從事兹役。凡五閲寒暑而書始成。兩君以輯選歸光，而謙居參定，光何敢當？顧竊以得執牛耳，始可收兩君佳製，增重集中。」蔣重光（一七〇八—一七六八），字子宣，號辛齋，江蘇吴縣（今蘇州）人。廩貢生。藏書甚富。有《賦琴樓集》。

〔三〕 張玉穀（一七二一—一七八〇）：字蔭嘉，號樂圃居士，江蘇吴縣（今蘇州）人。廩貢生。曾受學于浦起龍，游于沈德潛之門，助其校讎《國朝詩別裁集》。有《樂圃吟鈔》四卷、《樂圃詞鈔》四卷，及《古詩賞析》二十二卷。沈光裕（生卒年不詳）：字瞻文，一字禮門，江蘇元和（今蘇州）人，乾隆十七年（一七五二）舉人，官直隸知縣。有《拂雲書屋詞》。

［四］　張朱、陳之餘緒：蔣重光于朱彝尊、陳維崧選詞獨多，各自獨占兩卷，詞近兩百闋。朱，即朱彝尊。陳，即陳維崧。餘緒，留給後世的傳統。顔之推《顔氏家訓·勉學》：「或因家世餘緒，得一階半級，便自爲足，全忘修學。」

［五］　鮮妍：如朱彝尊之詞。奔放：如陳維崧之詞。

［六］　遠不如王蘭泉之雅馴：王昶《國朝詞綜序》提倡「樂而不淫，怨而不怒」，并云：「至柳耆卿、黄山谷輩，然後多出于褻狎，是豈長短句之正哉？」即含雅馴之意。王蘭泉，即王昶。雅馴：典雅純正。語出司馬遷《史記·五帝本紀論》：「而百家言黄帝，其文不雅馴。」張守節正義：「馴，訓也。謂百家之言皆非典雅之訓。」

黄襄男填詞△［一］

襄男刻《自知齋集》行世［二］，詩如青峭數峰，蕭然遠寄，以山谷立之幹［三］，以惜抱和其音［四］，作手可數。填詞性不甚近，又喜學北宋質直處［五］。北宋之質當學，直處不當學。此則爲二陳之説所眩［六］。二陳謂廣夫、藝叔。

【注】

［一］　此則人文本未收。録自《日記》卷三丁丑（光緒三年，一八七七）。載稿本日記光緒三年二月二十五日，「襄男刻《自知齋集》行世［二］，詩如青峭數峰，蕭然遠寄，以山谷立之幹［三］，以惜抱和其音［四］，作手可數」作「（黄長森）詞一卷」，「填詞性不甚近」作「性不甚近」，「直處不當學」作「直不當學」，「此則爲二陳之説所眩」作「此則爲二陳之説所惑」，「二陳謂廣夫、藝叔」作「二陳，廣夫、藝叔也」。

［二］　襄男：即黄長森。

［三］　山谷：即黄庭堅。

［四］　惜抱：即姚鼐，桐城派古文家。

［五］　質直：語出《論語·顔淵》：「夫達也者，質直而好義。」劉寶楠正義：「質直而好義者，謂達者之爲人，樸質正直，而行事知好義也。」此謂文辭質樸平實。譚獻所言，當爲鍾嶸《詩品》所謂「質木無文致」，即質樸木訥，缺少文采。許學夷《詩源辨體》：「班固五言《詠史》一篇，則過于質直。」

［六］　此則爲二陳之説所眩：謂黄襄男填詞受桐城派古文義法所縛，主理而不主情。二陳，即陳學受、陳溥，兩人爲從兄弟。陳學受（生卒年不詳），字永之，號藝叔、懿叔，江西新城人，監生。學古文于梅曾亮、朱琦，得桐城義法，主講七陽書院。陈溥，見「閲陳溥評唐宋詞」一則注［二］。同治《建昌府志》卷八《人物志》：「陳學受，字永之，號懿叔，附監生，新城人觀之孫，希頤之子也。與溥爲再從昆弟，比屋而居，志氣相得，不騖俗學，力追古人。一以推闡聖道爲己任。」

楊鍾羲《雪橋詩話續集》卷八云：「新城陳學受懿叔，能古文，與弟廣敷最友愛。嘗謂吾兩人落拓不遇，而令子鶴、服耔輩得志，吾以卜新城陳氏之衰矣。」曾國藩《歐陽生文集序》亦謂桐城派姚瑩後學「碩士之群從有陳學受藝叔、陳溥廣敷」。

録《篋中詞補》△[一]

飯後録《篋中詞補》[二]。將竟之業不欲輟耳。

【注】

[一] 此則人文本、補編本未收。録自《補録》卷一光緒三年（一八七七）八月二十三日。

[二] 《篋中詞補》：應爲今傳《篋中詞》正集之外的《續集》四卷，爲譚獻陸續補成，光緒八年（一八八二）收入《半厂叢書初編》。稿本今藏上海圖書館。

集周邦彦詞△[一]

去年意有所觸，集清真詞，語曰「流潦妨車轂」、「衣潤費爐煙」[二]，殆成讖兆。

【注】

〔一〕此則諸本未收，載稿本日記光緒四年（一八七八）正月十九日。

〔二〕語曰「流潦妨車轂」、「衣潤費爐煙」：參見《復堂詞敘》注〔二〕、注〔四〕。

詞與古文辭通△〔一〕

填詞〔二〕。長短句必與古文辭通〔三〕，恐二十年前人未之解也。

【注】

〔一〕此則人文本未收。録自《補録》卷二光緒四年（一八七八）三月初三日。稿本日記無「填詞」二字。

〔二〕填詞：據朱德慈《近代詞人考録》推測，可能是填《大酺》一調。

〔三〕長短句必與古文辭通：譚獻《譚評詞辨》與《篋中詞》評詞人詞作，多用評古文章法、筆法的術語。

閲黄增禄《拜石詞》△[一]

閲《拜石詞》，清綺成章，而無深湛之思，所謂江湖詞派也[二]。選録一調[三]。

【注】

[一] 此則諸本未收。載稿本日記光緒五年（一八七九）正月二十二日。黄增録，參見「評黄增禄《浪淘沙·天寒翠袖畫册》」注[一]。

[二] 江湖詞派：指南宋與江湖詩派相關的一批詞人，以姜夔詞爲宗，主清空騷雅，代表人物有劉過、戴復古、劉克莊等。近來也有學者把南宋姜夔、史達祖、周密、王沂孫、吴文英、張炎等都納入江湖詞派。

評潘德輿、何兆瀛詞[一]

《篋中詞》五卷，前年録成[二]，復補數家。潘四農《養一齋詞》[三]，清疏老成，而少生氣。其持論頗訾議《宛陵詞選》[四]，以北宋之詞，當盛唐之詩，不爲無見。而理路言詮[五]，終非直湊單微之手[六]。何青耜《心庵詞存》[七]，駘宕麗逸[八]，如見六朝人物[九]，與許海秋齊名[一〇]，不虛也。

【注】

[一] 録自《日記》己卯（光緒五年，一八七九）。《詞話叢編》作「乙卯」，誤。載稿本日記光緒五年二月初七日，「《篋中詞》五卷，前年録成，復補數家」作「昨今補鈔《篋中詞》」。

[二] 前年録成：《篋中詞》前五卷自光緒初年始録，此「前年」指光緒三年（一八七七）。

[三] 潘四農《養一齋詞》：參見「潘德輿詞」一則注[一]。

[四] 《宛陵詞選》：即張惠言、張琦《詞選》。

[五] 理路言詮：指詩詞的思路和語言重在意在言外。語出嚴羽《滄浪詩話・詩辨》云：「詩有別材，非關書也；詩有別趣，非關理也。然非多讀書，多窮理，則不能極其至。所謂不涉理路，不落言筌者，上也。」理路，思路，條理。言詮，也作言筌，指語言表達上留下的迹象。語見《莊子・外物》。參見「秋夢盦詞叙」一則注[三八]。

[六] 直湊單微：意謂直接了當地表達己見。語出《韓非子・有度》：「朝廷群下，直湊單微，不敢相逾越。」王先慎集解：「此言親近重臣合之疏遠卑賤之人，皆用法數以審賞罰，毋有相違。」直湊，原意爲直聚。王先慎集解：「《説文》：『湊，水上人所會也。』故湊有會合之義。」單微，

微賤，即王注所謂「疏遠卑賤」。

［七］何青耜：即何兆瀛。

［八］駘宕：即「駘蕩」。麗逸：華麗清逸。《南史·文學傳·丘遲》：「（丘）遲辭采麗逸。」

［九］六朝人物：指魏晋南北朝名士，具有任性放達的風度，如竹林七賢。

［一〇］許海秋：即許宗衡。

閲馮煦詞［一］

閲丹徒馮煦夢華《蒙香室詞》［二］。趨向在清真、夢窗，門徑甚正，心思甚邃，得澀意。惟由澀筆［三］，時有累句［四］，能入而不能出［五］，此病當救以虚渾［六］。單調小令，上不侵詩，下不墮曲［七］，高情遠韵，少許勝多，殘唐、北宋後成罕格。夢華有意于此，深入容若、竹垞之室［八］，此不易到。

【注】

［一］録自《日記》己卯（光緒五年，一八七九）。載稿本日記光緒五年六月二十五日。「閲丹徒馮煦夢華《蒙香室詞》」作「閲馮煦夢華《蒙香室詞》一卷」，「得澀意」作「甚得澀意」，「惟由澀

有意于此」，「深入容若、竹垞之室」作「深入容若、竹垞之室者」。

筆，時有累句」，「單調小令」作「又單調小令」，「夢華有意于此」作「夢華頗

詞一册就正。弟少頗嗜此，而未得導師，如冥行無燭，必至墮落坑塹。兄今之導師，乞爲我一一點勘，劣者竟汰去，而存其差可者，仍須一字一句逐加挑剔，若以虛言相市，則非弟求學之意矣。」（《詞學》第三十一輯載《馮煦致譚獻手札十一通》之第十一通）即爲日記中此則評語緣起。冒廣生《小三吾亭詞話》卷四評其詞云：「《蒙香室詞》，多其少作，幽咽怨斷，感遇爲多。」可參。

［二］閱丹徒馮煦夢華《蒙香室詞》：馮煦光緒五年（一八七九）六月致譚獻函云：「坿上拙

［三］澀筆：本爲書法用語，指古拙而不流利的筆法。如康有爲《廣藝舟雙楫·體變》云：「北碑當魏世，隸楷錯變，無體不有。綜其大致，體莊茂而宕以逸氣，力沉著而出以澀筆，要以茂密爲宗。」

［四］累句：病句。《西京雜記》卷三：「枚臯時有累句，故知疾行而無善迹矣。」

［五］能入而不能出：即周濟論詞所謂「專寄托不出」，尚未達「無寄托出」之高境。

［六］虛渾：即返虛入渾。

［七］「單調小令」三句：意謂詞體立于詩與曲之間。李漁《窺詞管見》云：「作詞之難，難于上不似詩，下不類曲，不淄不磷，立于二者之中。」又云：「詩有詩之腔調，曲有曲之腔調，詩之腔調宜古雅，曲之腔調宜近俗，詞之腔調，則在雅俗相和之間。」

［八］容若：即納蘭性德。竹垞：即朱彝尊。

閱馮煦續寄詞△[一]

閱馮夢華續寄詞稿，幽咽處有似項蓮生者[二]。

【注】

[一] 此則諸本未收，載稿本日記光緒五年（一八七九）七月二十四日。

[二] 項蓮生：即項鴻祚。

閱《草堂詩餘》[一]

行縣，大風[二]，輿中閉置，簾隙中閱《草堂詩餘》[三]。是書人以惡劄目之[四]，然去柳、黄、康、胡諸俚詞[五]，則名篇秀句，大略具在。予欲仿漁洋《十種唐詩》例[六]，取《花間》、《尊前》、《草堂》、《花庵中興》、《元儒草堂》各選删正之[七]。周公謹《絶妙好詞》可以孤行[八]，則不措手。漁洋各還本集，不薙複緟[九]。予則用明人選唐詩例合編之，注出某選。此付鈔胥[一〇]，十日可成。

【注】

［一］　録自《日記》己卯（光緒五年，一八七九）。載稿本日記光緒五年八月初八日，「行縣，大風，輿中閉置，簾隙中」作「大風雨，寒若初冬。冒雨出門，僕夫告瘁，不及他適。回路入城，岐嶇詰屈，登頓甚艱。下簾閉置，無憀特甚」，「是書人以惡劄目之」作「此書近代目爲惡札」，「然去柳、黄、康、胡諸俚詞」作「去其柳、黄、康諸人俚詞」，「則名篇秀句，大略具在」作「名篇大略具在」，「《元儒草堂》」作「《元儒》」，「則不措手」作「則不措意」，「不薙複緟」作「不除複重」。

［二］　風：叢編本、補編本下增一「雪」字。

［三］　《草堂詩餘》：南宋何士信編，有前後集各兩卷，共四卷。選輯唐五代宋詞三百六十七首，按内容分爲四季、節序、天文、地理、人物、器皿等十一類。有《四部叢刊》本。

［四］　以惡劄目之：視爲惡劣的文字。孫光憲《北夢瑣言》卷十二：「惡劄固無所怪，若以潤筆先賜，即不敢聞命。」清初浙西諸家多貶《草堂詩餘》，如汪森《詞綜序》云：「世之論詞者，惟《草堂》是規，白石、梅溪諸家，或未窺其集，輒高自矜詡，予嘗病焉，顧未有以奪之也。……庶幾可一洗《草堂》之陋，而倚聲者知所宗矣。」朱彝尊《詞綜・發凡》云：「獨《草堂詩餘》所收最下、最傳，三百年來，學者守爲兔園册，無惑乎詞之不振也。」

［五］　柳：即柳永。黄：即黄庭堅。康：即康與之。康與之（生卒年不詳），字伯可，一字叔聞，號順庵，洛陽人，居滑州（今河南滑縣），宋南渡後寓居嘉禾（今浙江嘉興）。依附秦檜，爲秦

門下十客之一，擢爲臺郎。檜死後編管欽州，復送新州牢城。詞多應制之作，但講究音律措辭。有《順庵樂府》五卷，已佚，有趙萬里輯本。沈義父《樂府指迷》云：「康伯可、柳耆卿音律甚協，句法亦多有好處，然未免有鄙俗語。」胡：胡浩然，身世不詳，《全宋詞》録其詞五首。朱彝尊《詞綜·發凡》云：「填詞最雅無過石帚（姜夔），《草堂詩餘》不登其隻字；見胡浩然《立春》、《去席》諸作，蜜殊《詠桂》之章，亟收卷中，可謂無目者也。」

［六］　仿漁洋《十種唐詩》例：王士禛（漁洋）編選《十種唐詩選》，乃對唐人選唐詩加以删汰而成。十種唐詩選本，指殷璠《河岳英靈集》三卷、高仲武《中興間氣集》二卷、芮挺章《國秀集》三卷、元結《篋中集》一卷、《搜玉小集》一卷、令狐楚《御覽詩集》一卷、姚合《極玄集》二卷、韋莊《又玄集》三卷、韋縠《才調集》十卷，及姚鉉《唐文粹》中所録唐詩。王士禛弟子盛符生序云：「壬申春，我師漁洋先生以《唐賢三昧集》垂示，因受而讎校之。集成，讀者靡不歎其神簡。蓋集中所載，直取性情，歸之神韵，凌前邈後，迥然出衆家之上。由是先生論詩之宗旨，益足徵信于于天下，凡宋、元、明諸選，或重風格，或主聲調，或取雄放，或趨幽僻，矜尚非一，舉無以涉其津涯，况絺章績句，争工于文字之末者耶？乃先生之意，以爲後人選唐詩，不若求之唐人，足見當代之遺，則復取唐人選唐詩九種，并姚氏所選《唐文粹》古詩，薈萃成編，共爲十選，各仍舊本，存選家之面目也，加以持擇，務取盡善，明删定之宗旨也。」

［七］　《花間》：即《花間集》。《尊前》：即《尊前集》，宋初人編，選録詞家三十六人，詞二百八十九首。有《彊村叢書》本。《草堂》：即《草堂詩餘》。《花庵中興》：即《花庵詞選》，南宋黄昇

編成于宋理宗淳祐九年(一二四九)。二十卷,前十卷爲《唐宋諸賢絶妙詞選》,後十卷爲《中興以來絶妙詞選》,共選詞一千多首。有《四部叢刊》本。《元儒草堂》:即《名儒草堂詩餘》,元廬陵鳳林書院輯,三卷。選南宋遺民詞,凡六十餘家,二百餘首。有《粤雅堂叢書》本。

[八] 周公謹《絶妙好詞》:參見「讀《絶妙好詞箋》」一則。

[九] 不薙複緟:不删除重複的篇目。薙,原意爲除草。《禮記·月令》:「燒薙行水,利以殺草。」鄭玄注:「薙謂迫地芟草也。」引申爲删去。複緟,亦作「緟複」,重複。許慎《説文解字·糸部》:「緟,增益也。」段玉裁注:「增益之曰緟,經傳統叚『重』爲之……今則重行而緟廢矣。增益之則加重,故其字從重。」

[一〇] 鈔胥:專事謄寫的書吏。俞樾《春在堂隨筆》卷中:「于吴下廣廬校讀一過,付鈔胥寫之。」《逸周書·作雒》:「凡工、賈、胥、市;臣、僕,州里,俾無交爲。」朱右曾校釋:「胥,庶人,在官給傜役。」

審定馮煦、張鳴珂詞△[一]

審定馮夢華《蒙香室詞》,録八首入《篋中詞》[二]。審定張玉珊《寒松閣詞》,頗傷浮麗,僅録一篇[三]。

【注】

［一］此則諸本未收，載稿本日記光緒五年（一八七九）八月二十日。

［二］録八首入《篋中詞》：與今本《篋中詞》合。參見「評馮煦《一枝花·曉經秦郵，過故居作》」一則。

［三］僅録一篇：今本《篋中詞》録四篇。參見「評張鳴珂《綺羅香·和羊辛楣》」一則注［一］。

閲《草堂詩餘》及《續編》［一］

村舍點閲《草堂詩餘》，擁鼻微吟［二］，竟忘身作催租吏也［三］。《草堂》所録，但芟去柳耆卿、黄山谷、胡浩然、康伯可、僧仲殊諸人惡劄［四］，則兩宋名章迴句傳誦人間者略具［五］，宜共與《花間》并傳，未可廢也。《詩餘續編》二卷［六］，不知出何人，擇言雅矣。然原選正不諱俗，蓋以盡收當時傳唱歌曲耳。《續》采及元人［七］，疑出明代。然卷中録稼軒、白石諸篇，陳義甚高，不隨流俗，明世難得此識曲聽真之人［八］。

【注】

［一］録自《日記》庚辰（光緒六年，一八八〇）。載稿本日記光緒六年三月初八、初九日，原

爲兩則。上一則「村舍點閲《草堂詩餘》，擁鼻微吟，竟忘身作催租吏也」作「閲《草堂詩餘》畢」，無「《草堂》所録」句，「但芟去柳耆卿、黄山谷、胡浩然、康伯可、僧仲殊諸人惡劄」作「去柳耆卿、黄山谷、胡浩然、康伯可、僧仲殊諸人惡札二十餘調」，下一則「《詩餘續編》二卷」作「《草堂詩餘續編》」，「《續》采及元人」作「《續編》采及元人」，「明世難得此識曲聽真之人」作「明世難得此眼界」。

［二］擁鼻微吟：指用雅音曼聲吟詠。典出《晋書·謝安傳》：「（謝）安本能爲洛下書生詠，有鼻疾，故其音濁，名流愛其詠而弗能及，或手掩鼻以效之。」擁鼻，用手掩鼻。

［三］催租吏：時譚獻在全椒知縣任上，春三月曾下鄉催賦税。

［四］僧仲殊：即僧揮。僧揮（生卒年不詳），俗姓張，名揮，字師利，法號仲殊，宋安州（今湖北安陸）人。曾舉進士，後棄家爲僧。住蘇州承天寺、杭州吴山寶月寺。善歌詞，蘇軾曾與之交往。徽宗崇寧中自縊而死。有《寶月集》，趙萬里輯本。

［五］名章迥句：被人傳誦的名篇佳句。語出鍾嶸《詩品上》評謝靈運詩：「然名章迥句，處處間起。」

［六］《詩餘續編》二卷：應爲《草堂詩餘續集》。顧從敬等編、沈際飛評《古香岑草堂詩餘四集》，共十七卷，其中第二種爲《草堂詩餘續集》，二卷，署「毗陵長湖外史類輯，姑蘇天羽居士評箋」，以小令、中調、長調分編，録唐至元人詞二百二十五首。有明萬曆四十二年（一六一四）翁少鹿刊本。

［七］《續》采及元人：《草堂詩餘續集》選入元代作家楊孟載等人詞作。

〔八〕 識曲聽真：原謂通曉音樂，此指内行。語出《文選・古詩十九首・今日良宴會》：「令德唱高言，識曲聽其真。」吕延濟注：「識曲，謂知音人聽其真妙之聲。」此則日記後有徐珂按語：「庚申（即中華民國九年）季春，武進趙君叔雍刊行之《蓼園詞選》，即取材于《草堂詩餘》而汰其近俳近俚諸作者也。每闋尾碼小箋，意在引掖後學。蓼園姓黄氏，廣西人。叔雍名尊岳，工詞。況夔笙前輩周頤嘗謂，叔雍微尚清遠，盛年馳譽，于倚聲之學，尤能研精覃思，發前人所未發也。」

評周岱齡《八寶妝》詞〔一〕

涑人刺史尊人介堂太守〔二〕，詠陳拜鄉八角陳鏡《八寶妝》詞云〔三〕：「翠箔成塵，銀華蝕土，一片南朝月冷。飛上棠梨雙蛺蝶，零亂隔江花影。歌殘《桃葉》數聲，金陵紫氣銷沉盡〔四〕。剩有興亡遺鑒，芙蓉睡醒。此日綉滿苔痕，繁華舊夢，擘箋人在荒梗。念誰伴、青燐碧草，雲母畫屏猶整〔五〕。好携去、金煙玉水，蟾蜍細細瑩珠粉。試照遍秦淮，菱花悵斷胭脂井。」〔六〕此詞絶似元遺山、張伯雨〔七〕。又有「秋老花新，酒濃人澹」八字，可入詞眼。斷句云：「緑上眉梢紅上頰，酒上心時。黛樣青山油樣水，花樣人兒。」〔八〕亦當時傳唱。

【注】

[一] 録自《日記》庚辰(光緒六年,一八八〇)。載稿本日記光緒六年四月初五日,「涑人刺史尊人介堂太守」作「涑人尊甫介太守」,後有「乾隆甲寅舉人」句,「詠陳拜鄉八角陳鏡《八寶妝》詞云」作「有《八寶妝》詞詠陳拜鄉八角陳鏡云」,無「此詞絶似元遺山、張伯雨」句,無「斷句云」句,「亦當時傳唱」作「亦爲當時傳唱」。參見「周岱齡詞」一則注[一]。

[二] 涑人刺史:即周星譽,曾官兩廣鹽運使,故稱。尊人:對對方父親的尊稱。介堂太守:即周岱齡,曾官保定知府,故稱。介堂,一作「芥堂」。

[三] 陳拜鄉:即陳祖望。陳祖望,山陰(今浙江紹興)人,字冀子,號拜鄉,晚號目宰翁,諸生。擅書法,工詩,有《思退堂詩鈔》。

[四] 「歌殘《桃葉》數聲」二句:《篋中詞》作「歌殘《桃葉》,數聲金碗凄凉,江陵紫氣銷沉盡」。

[五] 雲母畫屏猶整:《篋中詞》作「恁雲母畫屏猶整」。

[六] 此詞譚獻選入《篋中詞》今集卷四。

[七] 元遺山:即元好問。元好問(一一九〇—一二五七),字裕之,號遺山,太原秀容(今山西忻縣)人。金興定五年(一二二一)進士,正大元年(一二二四)中博學宏詞科,授儒林郎,充國史院編修,歷任鎮平、南陽、内鄉知縣,除尚書省掾、左司都事,轉員外郎。金亡不仕,專心著述。編有《中州集》十卷,附金代詞集《中州樂府》。著《遺山文集》四十卷,《遺山樂府》五卷。張

伯雨：即張雨。參見「評徐倬《金縷曲·中秋月食》」一則注[三]。

[八] 譚獻原注：「《八寶妝》與譜不協，有脫誤。」按《樂府雅詞》拾遺卷上載劉燾（一作李甲）《八寶妝》（門掩黃昏）詞，又名《八犯玉交枝》，其譜與周詞近，而字句略有不同。

補馮燾等近人詞△[一]

昨夢華寄《篋中詞》副本至[二]，又寄近人詞數家，屬補選。一爲馮燾[三]，一爲曾惠二泉（《夢軒詞》）[四]，一爲鹿潭《水雲詞續稿》[五]，一爲曾行淦蘋湘《蘋影軒詞》[六]，一爲寶應喬守敬巢生《紅藤館詞》[七]。予于吏事薅惱叢雜中已定前四家矣[八]。喬詞名家，兩卷富有，當徐審定之。

【注】

[一] 此則諸本未收，載稿本日記光緒六年（一八八〇）六月十九日。

[二] 夢華：即馮煦。

[三] 馮燾：參見「評馮燾《一痕沙》」注[一]。

[四] 曾惠：字二泉，《篋中詞》今集卷五選《一萼紅·依白石調》（灑離襟）一首。

［五］鹿潭：參見「評蔣春霖《木蘭花慢·江行晚過北固山》」注［一］。
［六］曾行淦：參見「評曾行淦《江南好》二首」注［一］。
［七］喬守敬：參見「評喬守敬《掃花游·次廓父登城北樓韵》」注［一］。
［八］嬦惱：煩惱。

閱喬守敬詞△［一］

閱《紅藤館詞》一卷、《心畫詞鈔》一卷，亦巢生作。巢笙孝廉，自叙填詞，志在玉田、淮海，持論甚高，又極取沖遠之境，而凡語不深，不逮所見，録三調補《篋中詞》［二］。

【注】

［一］此則諸本未收，載稿本日記光緒六年（一八八〇）六月二十一日。
［二］録三調補《篋中詞》：參見「評喬守敬《掃花游·次廓父登城北樓韵》」注［一］。

評劉履芬《古紅梅閣遺集》△［一］

亡友劉履芬彦清《古紅梅閣遺集》［二］，駢儷源于洪北江［三］，而植體清素，不爲恢張[四]，有幽咽潛轉之妙[五]；雖骨幹差柔，音辭未亮，要自檢點，情文不匱。詩參北宋壇宇，填詞名雋，不肯爲姜、張所囿[六]，足與駢儷文并傳。集中《懷人絶句》論予詩詞[七]，激賞于《蝶戀花》六章[八]。

【注】

[一]　此則人文本未收，録自《日記》庚辰。補編本删去「雖骨幹差柔」至「情文不匱」數句。載稿本日記光緒六年（一八八〇）十二月初五日，「亡友劉履芬彦清《古紅梅閣遺集》」作「輿中誦劉彦清《古紅梅閣遺集》略竟」，「駢儷源于洪北江」作「駢文源于洪北江」，「情文不匱」後有「足以名家」句。後有一段文字：「蓋予與彦清定交京邸，在丁巳、戊午間。亂離奔走，南北分張。彦清改官後，予以客蹤數相見于吴下，書問頻繁，賞析如一室。無端蒿里，君竟强死。卷中傳狀所述，尚多回隱之辭。予欲别撰一文以舒哀焉。附刻乃弟玉叔詞一卷，稍弱矣。」

[二]　《古紅梅閣集》：凡八卷，卷八附詞集《鷗夢詞》。

[三]　駢儷：指駢文。洪北江：即洪亮吉。洪亮吉（一七四六—一八〇九），清代經學家、文學家。字君直，一字稚存，號北江，晚號更生居士。江蘇陽湖（今常州）人，祖籍安徽歙縣。乾隆五十五年（一七九〇）中榜眼，授翰林院編修。嘉慶四年（一七九九）因上書極論時弊，免死戍伊犁，次年釋還，居家而卒。與張惠言、惲敬等交，是常州學派代表人物之一，工駢文詩詞。

［四］恢張：张揚。皇甫謐《〈三都賦〉序》：「自時厥後，綴文之士，不率典言，并務恢張。其文博誕空類，大者罩天地之表，細者入毫纖之内。」

［五］潛轉：即潛氣内轉。

［六］姜、張：即姜夔、張炎。

［七］《懷人絶句》：應即《旅窗懷舊詩》，共七十首絶句，見劉履芬《古紅梅閣遺集》卷八。其中懷譚獻詩云：「費他絶艷與驚才，此夕真宜酹一杯。萬里江山雙鬢髮，殘年懷抱向誰開？」下注云：「又《蝶戀花》六闋，余所最愛誦者。」

［八］《蝶戀花》六章：譚獻《復堂詞》卷一載有《蝶戀花》(樓外啼鶯依碧樹)六首。

誦黄景仁詞[一]

春光漸老，誦黄仲則詞「日日登樓，一换一番春色。者似卷如流春日，誰道遲遲？」[二]不禁黯然。初月侵簾，逡巡徐步，遂出南門曠野舒眺，安得拉竹林諸人，作幕天席地之游[三]？

【注】

［一］録自《日記》辛巳（光緒七年，一八八一）。載稿本日記光緒七年三月初四日，「誦黄仲則詞」作「誦黄仲則詞曰」，「不禁黯然」後一段文字無。

［二］「日日登樓」四句：爲黄景仁《醜奴兒慢·春日》中詞句。

［三］竹林諸人：指竹林七賢等魏晋名士。幕天席地：以天爲帳幕，以地爲卧席，指行爲放曠。語出劉伶《酒德頌》：「行無轍迹，居無室廬，幕天席地，縱意所如。」

閲于蓮生詞稿△［一］

閲于蓮生詞稿［二］，爽氣殊倫［三］，筆意不俗。

【注】

［一］此則諸本未收，載稿本日記光緒七年（一八八一）十一月初十日。

［二］于蓮生：生平不詳。譚獻時在安慶，《篋中詞》今集續卷四選陶邦穀《唐多令·重游皖城，遇于蓮生感贈》詞，知于蓮生應居安慶（皖城），與陶邦穀爲友。

［三］爽氣殊倫：語出杜甫《奉贈鮮于京兆二十韵》詩：「異才應間出，爽氣必殊倫。」爽氣，

豪邁的氣概。劉義慶《世説新語·豪爽》：「桓既素有雄情爽氣，加爾日音調英發，叙古今成敗由人，存亡繫才，其狀磊落，一坐歎賞。」

閲《歷代詩餘》△[一]

閲《歷代詩餘》。名氏與《花間》、《草堂》多不同，如《憶王孫》之四時詞作李甲、《太常引》之作元妓[二]，則斷爲《詩餘》誤也。

【注】

[一] 此則人文本、補編本未收。録自《補録》卷二光緒七年（一八八一）十二月二十二日。稿本日記所載同。

[二] 《歷代詩餘》：即《御選歷代詩餘》，清康熙帝領銜主編，侍讀學士沈辰垣、王奕清等編選。凡例稱選詞以風華典麗不失于正者爲準式。共一百二十卷，前一百卷爲詞選，後十卷爲詞人姓氏，最後十卷爲詞話。編成于康熙四十六年（一七〇七），有清内府刊本。

[三] 《憶王孫》之四時詞作李甲：《御選歷代詩餘》卷二載《憶王孫》（萋萋芳草憶王孫）等四首，署李甲作。據黄昇《唐宋諸賢絶妙詞選》卷七，實爲李重元詞。李甲，字景元，華亭（今

上海松江）人，宋元符中爲武康令。《太常引》之作元妓：《御選歷代詩餘》卷十九載《太常引·餞別》一首，署元妓劉燕哥作。詞云：「故人别我出陽關。無計鎖雕鞍。今古别離難。兀誰畫、蛾眉遠山？ 一尊别酒，一聲杜宇，寂寞又春殘。明月小樓間。第一夜、相思淚彈。」按元人《青樓集》、《説郛》、楊慎《詞品》均未云其妓女身份，《詞綜》卷三十録劉燕哥此詞，題「餞劉參議歸山東」，署「伎女」。徐釚《詞苑叢談》卷八《紀事三》作「元妓劉燕哥」，張宗橚《詞林紀事》卷二十二作「妓女」。

校《絶妙好詞》[一]

校《絶妙好詞》。往時評泊[二]，與近日所見義微不同，蓋庚午至今十三年矣[三]。

【注】

[一] 録自《日記》壬午（光緒八年，一八八二）。《補録》卷二正月初四日所記同，惟「義」字作「又」。稿本日記作「又」。

[二] 評泊：評論，評説。譚獻往時評論，參見「讀《絶妙好詞箋》」一則。

[三] 庚午至今十三年矣：庚午爲同治九年（一八七〇），此年譚獻首次讀到厲鶚《絶妙好詞箋》。

閲《樂府雅詞》、《陽春白雪》[一]

閲《樂府雅詞》、《陽春白雪》[二]。趙立之去取有意[三]，似勝曾慥。與四水潛夫《絶妙好詞》比肩鼎足者[四]，其《鳳林書院》乎[五]？

【注】

[一] 録自《日記》壬午（光緒八年，一八八二）。載稿本日記光緒八年二月十七日，「閲《樂府雅詞》、《陽春白雪》」作「燈下偶檢《樂府雅詞》、《陽春白雪》閲之」，「趙立之去取有意」作「趙聞禮編，去取有意」，「似勝曾慥」作「勝曾慥遠甚」，「與四水潛夫《絶妙好詞》比肩鼎足者，其《鳳林書院》乎」作「足與四水潛夫《絶妙好詞》比肩矣，鼎足者其《鳳林書院》乎」。

[二] 《樂府雅詞》：南宋曾慥編，成于紹興十六年（一一四六）。陳振孫《直齋書録解題》著録：「《樂府雅詞》三卷、《拾遺》二卷。」自序云：「余所藏名公長短句，裒合成編，或後或先，非有詮次，多是一家，難分優劣，涉諧謔則去之，名曰《樂府雅詞》。」選宋詞人五十家，不選柳永、秦觀、晏殊、晏幾道等人詞。爲宋人選宋詞至今尚存的最早一部總集，有《四部叢刊》本。《陽春白雪》：南宋趙聞禮編，正集八卷，外集一卷，選詞六百多首，以南宋爲多。以詞調分卷，每卷先慢

詞、後小令。清初流傳不廣，道光年間秦恩復收入《詞學叢書》。

［三］趙立之：即趙聞禮。趙聞禮（約一二四七年前後在世），字立之，一作正之，又字粹夫，號釣月，臨濮（今山東濮縣）人。有《釣月詞》。去取有意：《陽春白雪》所選以南宋爲主，正集詞作多工麗精妙，外集選有不少豪放詞人詞作。《四庫未收書提要》云：「此從舊鈔依樣倣寫，……宋代不傳之作，多萃于是。去取亦復謹嚴，絕無猥濫之習。」

［四］四水潛夫：即周密。

［五］《鳳林書院》：即《鳳林書院草堂詩餘》，參見「閱《草堂詩餘》」注［七］。

讀曾覿《朝中措》詞△［一］

讀《詩餘》至曾純甫《朝中措》詞云［二］：「莫問鶯花俱老，今朝猶是春風」，歎息絕倒。

【注】

［一］此則諸本未收，載稿本日記光緒八年（一八八二）三月二十九日。

［二］《詩餘》：指《歷代詩餘》。曾純甫：即曾覿。曾覿（一一〇九—一一八〇），字純甫，號海野老農，汴（今河南開封）人。南宋孝宗淳熙時權臣，有《海野詞》一卷。黄昇《中興以來絕妙

詞選》卷一評云：「純甫東都故老，詞多感慨……凄然有黍離之感。」陳廷焯《白雨齋詞話》卷八評云：「詞極感慨，但説得太顯，終病淺薄。」

閲《歷代詩餘》[一]

自杭州借高白叔藏《歷代詩餘》來[二]，排日閲之[三]，將以補《詞綜》所未備。如袁去華、韓淲[四]，竹垞所未見者具在[五]。予欲訂《篋中詞》全本，今年當首定之。選言尤雅，以比興爲本，庶幾大廓門庭，高其墻宇[六]。

【注】

[一] 録自《日記》壬午（光緒八年，一八八二）。吴著據稿本日記，此則文字乃合三則而成。光緒七年十二月十八日：「雨孫、鄂士、荔塘杭函至，借得高白叔《歷代詩餘》一部。」又光緒八年四月二十六日、四月十七日兩則，詳「閲《歷代詩餘》與《詞綜》可互補」、「閲《宋四家詞選》」。

[二] 高白叔：即高雲麟。高雲麟（一八四〇—？），字白叔，浙江仁和（今杭州）人。求學于杭州詁經精舍，舉人，曾官内閣中書。在西湖邊建别業名豁盧，俗稱高莊。民國後任杭州電報分局總辦。孫德祖《題楹福墨》卷一云：「同歲生仁和高白叔舍人，能飲而善弈，築别業于里湖，

曰『豁廬』。勝地新辟，游人謂之高莊，幾與彭庵、蔣祠、薛廬、俞樓稱伯仲，一邱一壑，并主人自出心裁而成，洵句留佳處也。」譚獻有《豁廬記》文。孫德祖生于清道光二十年（一八四〇），高雲麟與之同歲，因知其生年。

［三］排日，每日。陸游《小飲梅花下作》詩：「排日醉過梅落後，通宵吟到雪殘時。」

［四］袁去華（生卒年不詳）：字宣卿，豫章奉新（今江西南昌）人。南宋紹興十五年（一一四五）進士，曾任石首知縣。與張孝祥交往。有《宣卿詞》一卷。韓淲（一一五九—一二二四）：字仲止，號澗泉，韓元吉之子，開封雍丘人，居上饒。曾官判院，與辛棄疾交往。有《澗泉詩餘》一卷。

［五］竹垞所未見者具在：朱彝尊《詞綜·發凡》云「袁去華詞隻字未見」，也未收韓淲詞。

［六］「大廓門庭」二句：此處的「門庭」與「墻宇」，都有派別之意，指常州詞派所奉宗旨。王大之《薑齋詩話》卷二：「立門庭與依傍門庭者，皆逐隊者也。」

閱《宋四家詞選》△［一］

檢閱止庵《宋四家詞選》［二］。皆取之竹垞《詞綜》，出其外僅二三篇［三］。僕所由欲删定《篋中詞》，廣朱氏所未備。選言尤雅［四］，以比興爲本，庶幾大廞門庭。

【注】

［一］　此則人文本、補編本未收。録自《補録》卷二光緒八年（一八八二）四月十七日。稿本日記「檢閲止庵《宋四家詞選》」作「檢周止庵《宋四家詞選》」。

［二］　止庵，即周濟。

［三］　出其外僅二三篇：宋四家中，僅周邦彦《夜游宫》（葉下斜陽照水）、《感皇恩》（小閣倚晴空）兩首，辛棄疾《鷓鴣天》（枕散溪堂冷欲秋）一首，爲《詞綜》未收，由周濟增選，王沂孫、吴文英詞則全出于《詞綜》。

［四］　選言尤雅：周濟《宋四家詞選目録序論》云：「周、柳、黄、晁皆喜爲曲中俚語，山谷尤甚。此當時之軃平勾領，原非雅音。若托體近俳，而擇言尤雅，是名本色俊語，又不可抹煞矣。」

諸詞選可補《詞綜》△［一］

發篋閲諸詞選本，可補《詞綜》者不少。

【注】

［一］　此則諸本未收，載稿本日記光緒八年（一八八二）四月二十日。

閲《歷代詩餘》至七十三卷△[一]

閲《詩餘》至七十三卷，終不欲厚非《草堂》也[二]。

【注】

[一] 此則諸本未收，載稿本日記光緒八年（一八八二）四月二十二日。

[二] 厚非：過分責備。《漢書・王莽傳》：「莽怒，免英官。後頗覺寤，曰：『英亦未可厚非。』」《草堂》：即《草堂詩餘》。

閲《歷代詩餘》至八十卷△[一]

閲《詩餘》至八十卷，心如廢井，于辛、陸、吴、王樂府[二]，尤多所棖觸也[三]。

【注】

[一] 此則諸本未收，載稿本日記光緒八年（一八八二）四月二十三日。

[二] 辛、陸、吴、王：即南宋詞人辛棄疾、陸游、吴文英、王沂孫。

［三］ 棖觸：感觸。

《歷代詩餘》與《詞綜》可互補△［一］

閱《詩餘》百卷一過。固多可補《詞綜》，而《詞綜》所録未入選者亦不少，如林和靖詠草《點絳唇》最著者［二］，何以遺之？字句校讎與後人補正《詞綜》處多合。將以五月寫《篋中詞》始事，或仍曰《復堂詞録》［三］。

【注】

［一］ 此則諸本未收，載稿本日記光緒八年（一八八二）四月二十六日。

［二］ 林和靖詠草《點絳唇》：《復堂詞録》卷二録林逋《點絳唇·草》：「金谷年年，亂生春色誰爲主？餘花落處。滿地和煙雨。 又是離歌，一闋長亭莫。王孫去。萋萋無數。南北東西路。」

［三］ 或仍曰《復堂詞録》：此時《復堂詞録》尚未最後定名，亦名《篋中詞》，故云。

檢《絶妙好詞》△[一]

檢《絶妙好詞》，校定《詞綜》補人後二卷，半出周公謹選中[三]。

【注】

[一] 此則諸本未收，載稿本日記光緒八年（一八八二）五月初三日。

[二] 《詞綜》補人後二卷：《詞綜》宋詞第三十一、三十二兩卷爲「補人」。

[三] 周公謹選：即周密《絶妙好詞》。

録唐五代十國詞一卷△[一]

録詞，卷一始畢，蓋唐五代十國詞爲前集也[二]。詞人次第字句異同，大抵從《歷代詩餘》本。

【注】

［一］此則諸本未收，載稿本日記光緒八年（一八八二）五月十四日。

［二］蓋唐五代十國詞爲前集也：《復堂詞録》卷一前集録唐五代十國詞。

評柳永詞△［一］

抄詞，柳耆卿畢。知其隱秀［二］，王敬美所謂隱處藏高［三］。千秋毁譽，兩不得其平也。

【注】

［一］此則人文本未收。録自《補録》卷二光緒八年（一八八二）五月二十四日。稿本日記「王敬美所謂隱處藏高」作「即王敬美所謂隱處藏高」。

［二］隱秀：周濟評柳永詞云：「耆卿爲世訾謷久矣，然其鋪叙委宛，言近旨遠，森秀幽淡之趣在骨。」譚獻此評意思與之相近。

［三］王敬美：即王世懋。王，河北教育版、補編本誤作「望」，中華版已改正。王世懋（一五三六—一五八八），字敬美，號麟洲，王世貞弟，太倉（今屬江蘇）人。明嘉靖三十八年（一五五九）進士，選爲南京禮部主事，歷任北禮部主事、司寶丞、陝西、福建提學副使等職，官終南京太常

寺少卿。能詩文，有《奉常集》六十九卷（其中《王奉常詞》一卷）、《藝圃擷餘》一卷等。隱處藏高：意謂其高明處含而不露。出于王世懋《藝圃擷餘》評胡鴻然詩語：「余嘗服明卿五七言律，謂他人詩多高處失穩，明卿詩多于隱處藏高，與玉鱗作身後戰場，未知鹿死誰手？」

審定《復堂詞録》宋詞目△[一]

審定《詞録》，宋詞目排定[二]，可繕寫，出《詞綜》外者又十之二。

【注】

[一] 此則諸本未收，載稿本日記光緒八年（一八八二）六月二十八日。

[二] 宋詞目：指《復堂詞録》宋詞部分編目。今本《復堂詞録》宋詞部分，爲該書卷二至卷八，宋集凡七卷。

閲《篋中詞》△[一]

自檢《篋中詞》，似不在鈞月、公謹下也[二]。

【注】

［一］　此則人文本未收。録自《補録》卷二光緒八年（一八八二）八月初十日。稿本日記「自檢《篋中詞》」作「鈔詞二紙。檢《篋中詞》」。

［二］　鈞月：指趙聞禮所編《陽春白雪》。趙聞禮號鈞月。公謹：指周密所編《絶妙好詞》。周密字公謹。

寫定《復堂詞録》［一］

寫定《復堂詞録》［二］。以唐五代爲前集一卷，宋集七卷，金元一卷，明一卷爲後集。從《歷代詩餘》甄采，補朱、王二家《詞綜》所無，蓋十之二。又從丁紹儀《聽秋聲館詞話》中，鈔得明季錢忠介、張忠烈二詞［三］，如獲珠船［四］。予選詞之志亦二十餘年，始有定本，去取之旨，有叙入集［五］。

【注】

［一］　録自《日記》壬午（光緒八年，一八八二）。載稿本日記光緒八年九月二十二日，原文爲：「雨止仍寒，不出，鈔《詞録》，第十卷亦初畢矣。明詞作手僅一湘真耳。閲《聽秋聲館詞話》，補《篋中

詞》。丁杏舲云：『詩至南宋而極工，然如白石、夢窗、草窗、玉田，皆蕭疏江湖，故語多婉篤，去北宋疏越之音遠矣。』又曰：『宋末人詞語馨旨遠，淺涉者每視爲留連景物而已，不知其忠憤之忱，恒寓于諧聲協律中。蔣劍人讀玉田「西湖春感」詞，謂拳拳故國。集中多題水仙之作，此與趙子固同，意以寓其崖海之思。』從丁氏《詞話》中録得明末錢忠介、張忠烈二詞，補明人詞後，喜如獲珠船也。」

〔二〕寫定《復堂詞録》：譚獻此年九月所撰《復堂詞録叙》云：「乃寫定此千篇，爲《復堂詞録》前集一卷，正集七卷，後集二卷。」又《復堂諭子書》云：「又寫定爲《復堂詞録》十卷。」與此則所記相合。所謂寫定，只是初稿，譚獻自光緒八年以後仍陸續對該書修訂補充。

〔三〕錢忠介：即錢肅樂。錢肅樂（一六〇六——一六四八），字希聲，一字虞孫，號止亭，浙江鄞縣（今寧波）人。明崇禎十年（一六三七）進士，歷官太倉知州、刑部員外郎。清兵下杭州，倡議起兵，遣使請魯王監國，任右僉都御史、進東閣大學士，卒謚忠介。有《錢忠介公集》二十卷。《復堂詞録》卷十録其《滿江紅·次王昭儀韵》詞：「長信宫中，留不住、一枝春色。何處覓、風臺月榭，玉樓金闕？樹底鶯聲和夢斷，簾前燕翅迎風側。恨紅酣、緑醉也年華，今偏歇。紅蠟燼，青蛾滅。隋堤柳，無人識。看胭脂淚落，玉壺凝血。青塚不生邊地草，緑珠拚碎高樓月。願千秋、留取驛中詞，應無缺。」丁紹儀《聽秋聲館詞話》卷九所録，題中有「驛壁」二字，「翅」作「子」，「華」作「年」，「胭脂」作「燕支」，「應」作「詞」。張忠烈：即張煌言。張煌言（一六二〇——一六六四），字玄著，號蒼水，浙江鄞縣（今寧波）人。明崇禎舉人，官至南明兵部尚書。與錢肅樂等起兵抗清，後奉魯王，與鄭成功呼應，抗清近二十年。至南明時隱居不出，終被俘遇害。有《張蒼水集》。《復堂詞録》卷十録其《長相思·中夜聞箏》：「品瑶笙。按銀箏。换羽移宫無限情。秋天不肯明。　幾更更。幾星星。半是商聲半徵聲。羈人和夢聽。」丁紹儀《聽秋聲館詞話》卷九除録其《長相思》外，還録有《柳梢青》詞。

［四］　珠船：用真珠裝飾的船，比喻極珍貴的事物。王應麟《困學紀聞·經説》：「王微之云：『觀書每得一義，如得一真珠船。』」

［五］　有叙入集：指譚獻《復堂詞録叙》。

續寫《詞録》目録并撰叙△［一］

檢束群書，無可觀覽，乃復續寫《詞録》目録。忽有所觸，叙篇亦成［二］。人或曰老生常談，豈知予固稱心而言邪？

【注】

［一］　此則諸本未收，載稿本日記光緒八年（一八八二）九月二十二日。

［二］　叙篇亦成：指《復堂詞録叙》，署「光緒八年九月，譚獻書于安慶樅陽門内寓舍」。

評胡志章《唐多令·詠燕》△[一]

稚楓有《唐多令·詠燕》一詞見贈[二]，寓意雋永。

【注】

[一] 此則諸本未收，載稿本日記光緒九年（一八八三）五月初四日。

[二] 稚楓：即胡志章，爲譚獻官懷寧知縣時所交友人，其人其詞不詳。《日記》卷六癸未（光緒九年）記七夕池上題襟館迎秋之集，參加友人中有胡志章。又《復堂詩》卷六有《夜坐柬贊侯敬夫稚楓》詩，作于光緒元年（一八七五）。

評汪淵詞[一]

唐子愉以績溪汪時甫《藕絲詞》見貽[二]。清脆婉秀，固是當行，蓋王眉叔之友也[三]。

【注】

[一] 録自《日記》癸未（光緒九年，一八八三）。載稿本日記光緒九年九月十六日，「唐子愉

以績溪汪時甫《藕絲詞》見貽」作「唐子愉廣文以績溪汪時甫《藕絲詞》見貽」，「固是當行」作「固是內家」，「蓋王眉叔之友也」後有「選四調入《篋中續集》，大體皆可誦不易覯者」兩句。

〔二〕 唐子愉：即唐瑩。唐瑩（一八一三—一八八四），字子愉，號謝家山人，安徽當塗人。道光十七年（一八九一）舉人，曾先後主持安徽中江、廬陽、潛川、敬亭、翠螺書院，在湖北辦理牙厘稅務，同治九年（一八七〇）入安徽通志局，譚獻曾與商刻《安徽通志》。光緒四年（一八七八）任安徽懷寧教諭。有《謝家山人集》。譚獻《唐先生教思碑》：「十年夏四月，獻已奉合肥檄，未受代而先生病，病一日卒。……先生名瑩，字子愉，太平府當塗縣人。七葉爲儒，力田逢年，一門相師友。」汪淵：參見「評汪淵《一枝春・用弁陽嘯翁韵》」一則注〔一〕。

〔三〕 王眉叔：即王詒壽。

評《白香詞譜箋》〔一〕

廉訪亡友謝韋庵有《白香詞譜箋》稿本〔二〕，網羅亦富，所托未尊，不能追厲箋《絕妙好詞》也〔三〕。屬予校正付刻〔四〕。

【注】

［一］　録自《日記》甲申（光緒十年，一八八四）。載稿本日記光緒十年三月初十日，「廉訪亡友謝韋庵有《白香詞譜箋》稿本」作「樵公亡友謝韋庵有《白香詞譜箋》稿本」，「綱羅亦富，所托未尊，不能追厲箋《絶妙好詞》也」數句據後。

［二］　《白香詞譜箋》：《白香詞譜》一卷，舒夢蘭撰。選常見詞調一百，每調録詞一首，標示平仄聲韵，有嘉慶三年（一七九八）怡恭親王訥齋重刻本，不分卷，因簡便而通行于世。舒夢蘭（一七五九—一八三五），字白香，號天夢居士，江西靖安人。有《天香全集》。同治、光緒間謝朝徵作《白香詞譜箋》四卷，删去聲譜，改爲以詞人時代先後爲序編排，仿厲鶚、查爲仁《絶妙好詞箋》，并附較多資料，實爲詞的選注本。其所作《白香詞譜箋・凡例》云：「以同治壬申草創于鍾祥客館，光緒己卯成于蘄水之巴河鎮差次。每苦行篋藏書不多，或作或輟。」有光緒十一年（一八八五）重刊張蔭桓校本，即譚獻所校本，收入《半厂叢書初編》。廉訪：即張蔭桓。張蔭桓（一八三七—一九〇〇），字樵野，廣東南海人。曾任安徽徽寧池太廣道、安徽按察使，賞三品京堂，命值總理各國事務衙門，除太常寺少卿、太常寺卿，轉通政司副使，累遷户部左侍郎。戊戌變法時調任管理京師礦務、鐵路總局，後遭彈劾充軍新疆。謝韋庵：即謝朝徵。謝朝徵，字韋庵，廣東南海人，同治、光緒間任湖北典史。有《安所遇詞》。

［三］　厲箋《絶妙好詞》：即厲鶚《絶妙好詞箋》。

〔四〕囑予校正付刻：張蔭桓光緒十三年（一八八七）致譚獻信云：「承賜刊《白香詞（譜）箋》，久要不忘，感紉無盡。校字精嚴，披讀一過，只周清真箋內『汴都』誤『沛都』，朱竹垞箋下『按』字誤『接』字，此外絶無舛錯，彌仰嘉惠詞人之德。丁亥長至前三日。」（見《復堂師友手札菁華》）

閲方東溪詞△〔一〕

閲方東溪《小瑯嬛館詞稿》二卷〔二〕，學尚宋而得其粗，無可諷誦。

【注】

〔一〕此則諸本未收，載稿本日記光緒十年（一八八四）五月初十日。

〔二〕方東溪《小瑯嬛館詞稿》：其人其詞不詳。

評趙對澂詞〔一〕

趙對澂野航《小羅浮閣詞》，功力頗深，心思婉密，亦嘗染指蘇、辛，不徒柔膩。惟以兼治散曲，聲味不無闌入，韵雜律疏，未能多誦。録七首入《篋中詞》〔二〕，亦云識曲聽真矣。族孫彦倫懿士有《雲無心軒遺稿》[三]，詩律幽蒨[四]，琢句多姚合、許渾家法[五]。填詞不多，亦録一首[六]。

【注】

[一]　録自《日記》甲申（光緒十年，一八八四）。人文本删去「族孫」至「亦録一首」。載稿本日記光緒十年六月二十日，「趙對澂野航《小羅浮閣詞》」作「合肥趙對澂野航有《小羅浮閣詞》」，「族孫彦倫懿士」作「其族孫彦倫懿士」，「亦録一首」後有「二趙集，謙齋屬審定，閲竟還之」數句。

[二]　録七首入《篋中詞》：參見「趙對澂詞」一則。

[三]　彦倫懿士：即趙彦倫。

[四]　幽蒨：幽深鮮麗。

[五]　姚合（約七七九—約八五五）：唐代詩人。陝州（今河南陝縣）人。元和十一年（八一六）進士，官終秘書少監。與劉禹錫、張籍、王建等往來唱酬，詩風近賈島，多寫景之作，五律幽折清峭，爲南宋「永嘉四靈」及江湖派詩人所師。許渾（約七九一—約八五八）：唐代詩人。潤州（今江蘇鎮江）人。多懷古、田園之作，以律詩見長，詩律整密。

[六]　亦録一首：《篋中詞》今集續卷一録趙彦倫《鳳凰臺上憶吹簫·和李易安韵》（月滿離亭）一首，譚獻評爲「峭茜幽艶」。

校正《白香詞譜箋》△[一]

校正謝韋庵《白香詞譜箋》四卷，先改寫定譌字，尚須陳書一一讎定。是書爲張樵野奉常權皖臬時屬爲正定付刻[二]。本非可傳之業，以謝君身後，奉常將寄其哀逝之心也。

【注】

[一] 此則人文本未收。録自《補録》卷二光緒十年(一八八四)九月十九日。稿本日記「先改寫定訛字」作「先改寫人訛字」。

[二] 張樵野：即張蔭桓。奉常：太常寺卿的簡稱。權皖臬時：即暫任安徽按察使時。臬，臬司，與「廉訪」一樣是對按察使的習稱。

評李恩綬詞△[一]

得周六皆書[二]，以李亞白《讀騷閣詞》屬選[三]。頗有思力，趨向似在竹垞[四]。

【注】

〔一〕此則人文本未收。録自《補録》卷二光緒十一年（一八八五）二月二十日。稿本日記作三月二十日，無「得周六皆書」，「以李亞白《讀騷閣詞》屬選」作「閲《讀騷閣詞》」。

〔二〕周六皆：生平不詳。清代淮軍名將周盛波、周盛傳兄弟的家族子弟聚居于安徽肥西周老圩，光緒十年（一八八四），李恩綬被周氏聘教家塾，可能因此與其相識。故周六皆似爲肥西周族子弟。

〔三〕《讀騷閣詞》：參見「評李恩綬《百字令·春柳》」一則注〔一〕。

〔四〕竹垞：即朱彝尊。

評鄧廷楨詞〔一〕

甘劍侯主講六安書院〔二〕，寄鄧嶰筠督部《雙研齋詞》寫本來〔三〕。其才氣韵度與周稚圭伯仲〔四〕；然而三事大夫，憂生念亂〔五〕，竟似新亭之淚〔六〕，可以覘世變也〔七〕。

【注】

〔一〕録自《日記》乙酉（光緒十一年，一八八五）。載稿本日記光緒十一年五月初十日，「甘劍侯主講六安書院，寄鄧嶰筠督部《雙研齋詞》寫本來」作「夜得甘劍侯六安書院寄鄧嶰筠《詞鈔》，略一展卷」，「其才氣韵度與周稚圭伯仲」作「與周稚圭相伯仲也」，無「然而三事大夫」數句。

〔二〕　甘劍侯：即甘元焕。甘元焕（一八三九—一八九七），字劍侯，一字紹存，號復廬，晚號峴叟。江寧（今江蘇南京）人。世代爲藏書名家。光緒二年（一八七七）舉人，任宿遷訓導、豐縣教諭、同知銜候補知縣。有《復廬詩文集》。譚獻作《甘府君墓表》：「元焕，優行貢生，朝考一等，以教職用署宿遷縣訓導。」六安書院：疑即六安賡颺書院，初建時在縣城北關外，咸豐年間毁于兵燹，同治元年（一八六二）于城内北街重建，光緒元年（一八七五）又重修，遂正式改爲官辦州學，光緒二十七年（一九〇一）奉詔停辦。

〔三〕　來：人文本脱此字。

〔四〕　周稚圭：即周之琦。伯仲：原指兄弟，語出《詩·小雅·何人斯》：「伯氏吹壎，仲氏吹篪。」鄭玄箋：「伯仲，喻兄弟也。」後比喻事物不相上下。秦觀《代賀王左丞啟》：「學窮游、夏之淵源，文列班、楊之伯仲。」

〔五〕　「然而三事大夫」二句：參見「評鄧廷楨《酷相思》」一則。

〔六〕　竟似新亭之淚：參見「評周邦彦《大酺》」一則注〔三〕。似，補編本誤作「以」。

〔七〕　覘世變：觀察時勢的變化。覘，察看。據郭則澐《清詞玉屑》卷四：「海氛肇自焚煙一舉，林文忠（則徐）以江督奉使蒞粵督其事，與粵督鄧嶰筠（廷楨）有笙磬之契。嶰筠賦《高陽臺》云云。」雷瑨《蓉城閑話》云：「道光朝，林文忠公則徐奉朝旨由江督調粵治鴉片案，鄧嶰筠尚書廷楨實爲粵督，兩公志同道合，誓除毒氛，時權貴受人運動，忌文忠并及尚書，兩公先後戍邊，而煙禁遂由此除矣。尚書督粵，有《高陽臺》詞一闋，即詠文忠焚鴉片事也。」讀鄧詞可察時勢，由此可見一斑。其《高陽臺》云：「鴉度冥冥，花飛片片，春城何處輕煙？膏膩銅盤，枉猜繡榻閑眠。九微夜爇星星火，誤瑶窗、多少華年？更那堪、一道銀潢，長貸天線。　星槎直到牽牛渚，歎十三樓上，暝色凄然。望斷紅墻，青鸞消息誰邊？珊瑚網結千絲密，乍收來、萬斛珠圓。指滄波、細雨歸帆，明月空舷。」

閱鄧廷楨詞△[一]

閱鄧嶰筠《雙硯齋詞稿》。情韵不匱，詞旨清深，可名家也。

【注】

[一]　此則諸本未收，載稿本日記光緒十一年（一八八五）五月十一日。

閱孫廷璋、陳壽祺詞△[一]

潘氏刻近人詩詞[二]，如第一函之《越三子集》[三]，所謂盆景詩也。孫蓮士、陳珊士之填詞[四]，皆《草堂》之下乘[五]，閱竟無可選者。當時裙屐標榜[六]，頗負時譽，所謂佻染、禪悦者也[七]。

【注】

[一] 此則人文本未收，録自《補録》卷二光緒十一年（一八八五）八月十四日。

[二] 潘氏刻近人詩詞：指潘祖蔭輯《滂喜齋叢書》，清同治光緒間吴縣潘氏京師刊本。

[三] 《越三子集》：叢書第一函有其所輯《越三子集》，收孫廷璋《亢藝堂集》三卷、陳壽祺《陳比部遺集》三卷、王星諴《西鳧草》一卷。

[四] 孫蓮士：即孫廷璋。孫廷璋（一八二六—一八六六）：原名淳溥，字仲嘉，號蓮士，浙江會稽（今紹興）人。道光二十九年（一八四九）舉人，官國子監學録、遂安縣教諭、候選知府。陳珊士：即陳壽祺。陳壽祺（一八二九—一八六七）：原名源，字珊士、子穀，號慎三、雲彬，浙江山陰（今紹興）人。李慈銘表兄。咸豐六年（一八五六）進士，改庶吉士，官刑部主事、員外郎。喜作詩填詞，參與周星譽、李慈銘益社。同治、光緒間潘祖蔭輯《滂喜齋叢書》，收孫廷璋《亢藝堂文集》三卷（内有《玉井詞》一卷）、陳壽祺《陳比部遺集》三卷（内附《青芙館詞鈔》一卷、《二韭室詩餘》一卷）。譚獻所閲即爲此本。按：另有福建陳壽祺，號恭甫，乾嘉間經學家，曾與阮元交，聘爲杭州詁經精舍講師。亦見載《日記》。

［五］《草堂》：即《草堂詩餘》。

［六］裙屐標榜：指道光末越中士人結益社，相互標榜。裙屐，本指南北朝時貴游子弟，《北史·邢巒傳》：「蕭深藻是裙屐少年，未洽政務。」此指名門子弟。

［七］所謂佻染、禪悦者也：語出張世煒輯《唐七律雋》引張南士評韓翃《送襄垣王君歸南陽別墅》詩，云：「七律至劉隨州（禹錫）輩，依然王（維）、杜（甫）規格……自此以後，竟分作佻染、禪悦兩種，佻染宗大歷，禪悦宗長慶。因之晚唐、宋、元、初明皆遞相轉環，而不知于君平（韓翃）、樂天（白居易）三致意焉，可謂不知本矣。」意謂中唐詩人自劉禹錫之後分爲兩派，韓翃七律詩近佻染，白居易七律詩近禪悦。佻染，輕佻習氣。禪悦，佛教語，謂入于禪定，則心神怡悦。《維摩詰經·方便品》：「雖服寶飾，而以相好嚴身；雖復飲食，而以禪悦爲味。」

印《篋中詞》△［一］

金陵湯明林刻字人來［二］，《篋中詞》印本寄至［三］。

【注】

［一］此則人文本、補編本未收。録自《補録》卷二光緒十一年（一八八五）十月初十日。

〔二〕金陵湯明林刻字人：馮煦光緒十年（一八八四）十一月十六日致譚獻札云：「樣已飭湯明林寫，俟成再寄上。」（見《詞學》第三十一輯）則湯明林爲馮煦所請承擔刊刻《篋中詞》的金陵書局刻工。況周頤《蕙風簃二筆》：「咸豐十一年八月，曾文正公……既復江寧，開書局于冶城山，延博雅之儒，校讎經史，政暇則肩輿經過，談論移時而去。……此江南官書局之俶落也。」

〔三〕《篋中詞》印本：應指《半厂叢書初編》本。叢書陸續刊刻于光緒八年（一八八二）至光緒十五年（一八八九）。

誦姜夔詞〔一〕

宿中廟待月，月出，臨湖覽眺〔二〕。白石詞「千頃翠瀾」〔三〕，蕩人胸臆，姥山中流一螺〔四〕，殆如浮玉望焦山宅矣〔五〕。

【注】

〔一〕録自《日記》乙酉（光緒十一年，一八八五）。

〔二〕湖：此指安徽巢湖，在合肥東南六十里。

〔三〕白石詞「千頃翠瀾」：姜夔《滿江紅》全詞爲：「仙姆來時，正一望千頃翠瀾。旌旗共亂雲俱下，依約前山。命駕群龍金作軛，相從諸娣玉爲冠。向夜深、風定悄無人，聞佩環。神奇處，君試看。奠淮右，阻江南。遣六丁雷電，别守東關。却笑英雄無好手，一篙春水走曹瞞。又怎知、人在小紅樓，簾影間？」

［四］姥山：祝穆《方輿勝覽》卷四十八：「姥山在巢湖中。湖陷，姥升此山。有廟。」姜夔《滿江紅》詞小序云：「因泛巢湖，聞遠岸簫鼓聲，問之舟師，云：『居人爲此湖神姥壽也。』」

［五］浮玉望焦山宅：浮玉，指江蘇鎮江長江邊的金山、焦山。周必大《二老堂雜志·記鎮江府金山》：「焦山大江环遶，每風濤四起，勢欲飛動，故南朝謂之浮玉山。」王士禛《海門歌》：「中流一島號浮玉，登高眺遠何茫茫。」此處應只指金山。

評王尚辰詞［一］

謙齋老去填詞，吟安一字［二］，往往倚枕按拍，竟至徹曉。固知惟狂若嗣宗，乃爲至慎［三］。予自來合州［四］，與謙齋交，改罷長吟［五］，奚童相望［六］，兩人有同好也。

【注】

［一］録自《日記》乙酉（光緒十一年，一八八五）。

〔二〕　吟安一字：語出盧延讓《苦吟》：「吟安一個字，撚斷數莖鬚。」

〔三〕　「固知惟狂若嗣宗」二句：魏晋時名士阮籍（二一〇—二六三），字嗣宗，司馬氏當政，不問世事，口不臧否人物，常酣飲，「時率意獨駕，不由徑路。車迹所窮，輒慟哭而返。」（《晋書·阮籍傳》）王尚辰五十以後脱略公卿，因排行第五，人稱「五瘋」，時人孫家教題其集云：「有縱横氣即豪俠，以痛苦聲當嘯歌。」可見其與阮籍相似的疏狂個性。

〔四〕　合州：即安徽合肥。

〔五〕　改罷長吟：語出杜甫《解悶》之七：「陶冶性靈存底物，新詩改罷自長吟。」

〔六〕　奚童：未成年男僕。趙翼《錦囊》詩：「怕人笑我詩才盡，特遣奚童背錦囊。」

校《復堂詞録》△〔一〕

檢校《詞録》〔二〕。與周止齋《四家詞選》同者十九〔三〕，與周稚圭《詞録》同者十五而已〔四〕，以稚圭喜收疏爽小令也〔五〕。

【注】

〔一〕　此則人文本、補編本未收。録自《補録》卷二光緒十二年（一八八六）正月二十四日。

[二]《詞録》：即《復堂詞録》。

[三] 周止齋《四家詞選》：即周濟《宋四家詞選》。齋，補編本作「庵」。

[四] 周稚圭《詞録》：即周之琦《心日齋十六家詞録》。參見「周之琦詞」一則注[一]。

[五] 喜收疏爽小令：《心日齋十六家詞録》卷上選諸家詞以小令爲主，卷下則選慢詞。疏爽，疏朗清爽，相對密麗言。《朱子語類》卷一百三十四：「太史公書疏爽，班固書密塞。」陳田《明詩紀事戊籤・常倫》：「常評事詩，頗頗疏爽有奇氣。」

評王修甫詞△[一]

王修甫以《學操縵詞》示我，筆秀詞腴，頗似竹垞也[三]。

【注】

[一] 此則諸本未收，載稿本日記光緒十二年（一八八六）二月望日。

[二] 王修甫：王尚辰次子。《補録》卷一光緒十一年正月三日：「點次王修甫詩卷。謙齋次子也。」餘不詳。

[三] 竹垞：即朱彝尊。

録夏寶晋詞△[一]

亞白携高郵夏君《冬生草堂詞刻》見示[二]，録之，蓋郭頻伽翁之女夫也[三]。山抹微雲女婿，前後輝映矣。

【注】

[一] 此則諸本未收，載稿本日記光緒十二年(一八八六)二月二十一日。

[二] 亞白：即李恩綬。夏君：即夏寶晋。參見「評夏寶晋《湘春夜月》」、「夏寶晋詞」兩則。

[三] 郭頻伽：即郭麐。女夫：女婿。

校閲《復堂類集》詩詞△[一]

校閲《類集》詩詞又一過[二]，豪竹哀絲[三]，似亦不乖律吕耶？

【注】

[一] 此則諸本未收，載稿本日記光緒十二年(一八八六)三月初八日。

[二]《類集》詩詞：指《復堂類集》中所收自作詩詞。

[三] 豪竹哀絲：參見「評蔣春霖《臺城路・易州寄高寄泉》」一則注[二]。

《篋中詞》過繁△[一]

舟次誦《篋中詞》[二]，終嫌太繁。數十年内當必有删定者。

【注】

[一] 此則人文本未收。録自《補録》卷二光緒十二年（一八八六）四月十八日。稿本日記「舟次誦《篋中詞》」作「舟中誦《篋中詞》」，「終嫌太繁」前有「尚有訛字」句。

[二] 舟次：指譚獻此年四月離合肥赴任宿松知縣舟行途中。

審定俞廷瑛詞△[一]

昨今審定俞小甫《瓊華室詩詞》[二]，清麗爲鄰，亦通比興。予芟薙頗嚴，儻以爲定寫頗難，有佳致也。

【注】

[一] 此則諸本未收，載稿本日記光緒十二年（一八八六）九月初四日。

[二] 俞小甫《瓊華室詩詞》：參見「俞廷瑛詞」、「評俞廷瑛詞」等則。

閱常州人詞△[一]

閱常州人詞七八家，管貽葄樹荃、湯成烈果卿[二]，亦斐然矣。

【注】

[一] 此則諸本未收，載稿本日記光緒十二年（一八八六）九月十四日。

[二] 管貽葄（一七八九—一八四八）：字樹荃，號芝生，江蘇陽湖（今常州）人。嘉慶十八年（一八一三）舉人，官河南固始知縣。有《湘雨齋詞草》一卷，同治五年（一八六六）管氏刻本。《篋中詞》今集續卷二選其《采桑子·擬馮正中》、《南浦·歲暮旅感》二詞。湯成烈（一八〇五—一八八〇）：字果卿，號確園，江蘇武進（今常州）人。道光十一年（一八三一）舉人，官永康、永嘉知縣、玉環、仁和同知，主常州延陵書院以終。有《清淮詞》二卷，同治元年（一八六二）刊本。

閲厲鶚詩詞△[一]

翻帋《樊榭集》[二]，誠山水清音也[三]。

【注】

[一] 此則人文本、補編本未收。録自《補録》卷二光緒十二年（一八八六）十二月二十八日。

[二] 翻帋：隨意閲讀。《樊榭集》：即厲鶚《樊榭山房全集》。

[三] 山水清音：參見「東鷗草堂詞序」一則注[一七]。

閲王士禛、嚴元照、袁棠詞[一]

閲《阮亭詩餘》一卷[二]，與予舊藏寫本微異。嚴修能《柯家山館詞》[三]，婉約可歌。袁湘湄《洮瓊館詞》[四]，秀潤如秋露中牽牛花也[五]。

【注】

[一] 録自《日記》丁亥（光緒十三年，一八八七）。

[二] 《阮亭詩餘》：王士禛詞集初名。參見「校刻衍波詞序」注[一]。

[三] 嚴修能《柯家山館詞》：參見「嚴元照詞」一則注[一]。嚴修能，即嚴元照。

[四] 袁湘湄《洮瓊館詞》：參見「評袁棠《賀聖朝・春水和青庵》」一則注[一]。袁湘湄，即袁棠。

[五] 秀潤：秀麗潤澤。賀鑄《減字木蘭花》：「春容秀潤。二十四番花有信。」

評錢枚詞[一]

錢謝庵《微波亭詞》，一往情深[二]，似謝朓、柳惲詩篇也[三]。

【注】

[一] 録自《日記》丁亥（光緒十三年，一八八七）。

[二] 一往情深：楊芳燦《微波亭詞序》云：「調逸千秋，情深一往，世有解人，斯足傳矣。」

[三] 謝朓（四六四—四九九）：字玄暉，南朝齊陳郡陽夏（今河南太康）人。曾任宣城太

守、南東海太守、行南徐州事，遷尚書吏部郎。爲永明「竟陵八友」之一。長于五言詩，詩風清新，講究聲律。與沈約等創永明體，與謝靈運并稱「二謝」。有《謝宣城集》。鍾嶸《詩品上》評云：「一章之中，自有玉石。然奇章秀句，往往警遒。」柳惲（四六五—五一七）：字文暢，南朝河東解縣（今山西運城南）人。齊時遷太子洗馬，入梁除侍中、秘書監。出爲吴興太守。詩風清麗流轉，樂府《江南曲》頗爲著名。

閲錢枚詞△[一]

閲錢謝庵《微波亭詞》[二]，幽憶怨斷，如聞洞簫，「人爲傷心纔學佛」[三]，真傷心語[四]。

【注】

[一] 此則人文本未收。録自《補録》卷二光緒十三年（一八八七）四月二十四日。

[二] 波：人文本後有「亭」，是。河北教育版、中華版、補編本均無。

[三] 人爲傷心纔學佛：此爲錢枚《浣溪沙·記夢》中詞句。

[四] 真傷心語：楊芳燦《微波亭詞序》評錢枚詞亦云：「湘江淚竹，滴滴圓紅；洛浦情瀾，鱗鱗皺碧。回腸蕩氣，吊夢歌離，爲此辭者，其古之傷心人歟？」

閲《國朝詞綜補》△[一]

過邊竹潭[二]，借丁杏舲選《詞綜補》四十卷歸閲[三]。丁氏意在備人，補王氏《詞綜》、黄氏《續詞綜》所未及[四]，故佳篇不多覯也。

【注】

[一] 此則人文本未收。録自《補録》卷二光緒十三年（一八八七）閏四月十七日。

[二] 邊竹潭：即邊葆樞。

[三] 丁杏舲選《詞綜補》：即丁紹儀編《國朝詞綜補》。

[四] 王氏《詞綜》：即王昶編《國朝詞綜》。黄氏《續詞綜》：即黄安濤、黄燮清編《國朝詞綜續編》。

録《國朝詞綜補》△[一]

録丁杏舲《詞綜補》。凡王蘭泉《詞綜》、陶鳧鄉《詞綜二集》、黄霽青、韵珊《詞綜續編》已收者皆不録[二]。用補人補詞例，搜輯至四十卷，可謂勤矣。惟以意在補人，不無氾濫[三]。予補入《篋中詞續集》者數十篇耳[四]。《聽秋聲館詞話》所采之詞，亦有采入此集者。

【注】

[一] 此則人文本未收。録自《補録》卷二光緒十三年（一八八七）五月朔日。

[二] 陶凫鄉：即陶樑。陶樑（一七七二—一八五七），字寧求，號榮堂，更號凫鄉，一作芙香，江蘇長洲（今蘇州）人。嘉慶十三年（一八〇八）進士，授翰林院編修，歷官大名知府、禮部左侍郎。有《紅豆樹館詞》八卷、《補遺》一卷。游王昶之門，曾助其編《國朝詞綜》，并編《詞綜補遺》二十卷。《詞綜二集》：即《詞綜補遺》，有道光十四年（一八三四）陶氏紅豆樹館刻本。黄霽青、韵珊《詞綜續編》：即黄安濤、黄燮清編《國朝詞綜續編》。

[三] 氾濫：此處謂蕪雜。

[四] 補入《篋中詞續集》者數十篇：指《篋中詞》今集續卷二所采詞。參見「《詞綜補編》與《續詞綜》」一則。

校《片玉詞》△[一]

校《片玉詞》。爲丁氏新刻《西泠詞萃》本，邁孫校汲古本[二]，是正脱誤不少[三]。予病中杜門[四]，更爲發篋讎對[五]，與邁孫結習同深。

【注】

[一] 此則人文本未收。録自《補録》卷二光緒十三年（一八八七）十一月初二日。稿本日記「爲丁氏新刻《西泠詞萃》本」作「《片玉詞》爲丁氏新刻《西泠詞萃》本」。

[二] 「丁氏新刻《西泠詞萃》本」二句：丁丙（松生）于光緒十一年刻《西泠詞萃》，收周邦彦《片玉詞》，以毛晋汲古閣本爲底本，由榆園主人許增校訂。邁孫，即許增。許增《片玉詞跋》云：「《四庫》著録亦以汲古爲藍本，毛氏之有功于詞學實非淺尠。丁君松生刻杭人詞，屬爲校訂，其表章鄉邦文獻之盛心，實與子晋後先媲美。頃以《片玉詞》屬校，瀏覽永夕，似汲古本，亦尚有舛訛者，因取《清真集》、《美成長短句》按之圖譜，暨杜氏校勘《詞律》，句櫛字比，一一釐正之。不敢謂駕汲古而上之，要之繼汲古而起者，不得不謂之善本矣。松生屬書數語于後，似蒙之不學，烏足以語此，若視諸鈔胥之儔，則不敢辭焉。光緒丁亥正月，仁和許增跋。」

〔三〕　是正：訂正，校正。韋昭《國語解叙》：「及劉光禄于漢成世始更考校，是正疑謬。」

〔四〕　病中杜門：據譚獻《復堂諭子書》：「（光緒十二年，一八八六）徂秋予疾大作，邑雖小，曷敢卧治。迫冬眩作，氣上如沸，乃陳情大府，以疾請代。……丁亥（光緒十三年，一八八七）正月至省門，乞假未出。……且四月，挈汝母子至故鄉，無以爲家，賃廡轉徙，不遑安處。」

〔五〕　讎對：校對。葉夢得《石林燕語》卷八：「唐以前，凡書籍皆寫本，未有模印之法，人以藏書爲貴。人不多有，而藏者精于讎對，故往往皆有善本。」

校《片玉詞》△〔一〕

校《片玉詞》。盡記《歷代詩餘》諸書異同。徐誠庵《詞律拾遺》記《歷代詩餘》異字，有予所校本不異者〔二〕，豈《歷代詩餘》有别本邪？

【注】

〔一〕　此則人文本未收。録自《補録》卷二光緒十三年（一八八七）十一月初三日。稿本日記與下則合爲一則，原文爲：「校《片玉詞》。盡記《歷代詩餘》、《草堂詩餘》、《詞綜》、《詞律》異同，欲撰考異附焉。徐誠庵《詞律拾遺》記《歷代詩餘》異字，有予所校本不異者，豈《歷代詩餘》有別本邪？」

〔二〕徐誠庵：即徐本立。

校《片玉詞》〔一〕

校新刻《片玉詞》〔二〕。盡記《歷代詩餘》、《草堂詩餘》、《詞綜》、《詞律》異同，寫定考異百餘字。

【注】

〔一〕録自《日記》丁亥（光緒十三年，一八八七）。人文本作「丁丑」，誤。上一年《日記》爲丙戌，此年爲光緒十三年，歲在丁亥。

〔二〕新刻《片玉詞》：即光緒十一年（一八八五）所刻丁丙《西泠詞萃》本周邦彦《片玉詞》。

補校《片玉詞》△〔一〕

夜檢《樂府雅詞》、《陽春白雪》〔二〕，補校《片玉詞》。倚聲小集，讎對異同，亦如掃塵，旋去旋生[三]。讀書真非躁心之事。

【注】

[一] 此則人文本未收。録自《補録》卷二光緒十三年（一八八七）十一月初八日。

[二] 夜：補編本作「校」。

[三] 「亦如掃塵」二句：參見「歐陽修《采桑子》（群芳過後西湖好）」一則注[二]。

校沈景修詞△[一]

爲蒙叔校定《井華詞》一卷[二]。婉約可歌，亦二張伯仲間。二張謂韵梅、玉珊也[三]。

【注】

[一] 此則人文本未收。録自《補録》卷二光緒十四年（一八八八）二月二十八日。稿本日記「爲蒙叔校定《井華詞》一卷」作「校《詞律》」。蒙叔至杭，阻雨不得赴榆園談，爲定《井華詞》一卷」。

[二] 蒙叔：即沈景修。參見「井華詞叙」一則注[一]。

[三] 韵梅、玉珊：即張景祁、張鳴珂。

審定《詞律拾遺》[一]

審定《詞律拾遺》[二]。張韵梅校語精密固多[三]，臆説亦不少。徐君拾紅友之遺[四]，網羅散失[五]，不無襲謬因譌。且生澀俗陋之調求備[六]，殆可廢也。

【注】

[一] 録自《日記》戊子（光緒十四年，一八八八）。載稿本日記光緒十四年四月十六日，「張韵梅校語精密固多」作「韵梅校語審密固多」，無「徐君拾紅友之遺」以下數句。

[二] 《詞律拾遺》：參見「徐本立《詞律拾遺》」一則注[一]。

[三] 張韵梅：即張景祁。

[四] 徐君：即徐本立。紅友：即萬樹。

[五] 網羅散失：語出司馬遷《太史公自序》：「網羅天下放失舊聞，略考其事，綜其終始。」俞樾《詞律拾遺序》云：「（萬樹《詞律》）廓清之績雖著，補苴之功或疏。吾友徐君誠庵詞人也，廣搜博采，涉書獵史，成《詞律拾遺》八卷。」可參。

[六] 生澀俗陋之調求備：《詞律拾遺》所補之詞調諸體，有不少從《教坊記》、《羯鼓録》、

《院本名目》、《元曲選》、《六十種曲》、《南曲九宫譜》、《南詞新譜》、《北詞廣正譜》等書采入。

何兆瀛贈詞集△[一]

正欲撰《心庵詞續集序》[二]，而何介夫舍人來談，青耜先生以新刻《老學後庵自訂詞》二卷樣本見示[三]，索序，即予所謂續集也。

【注】

[一] 此則諸本未收，載稿本日記光緒十四年（一八八八）四月二十六日。

[二] 《心庵詞續集序》：即《復堂文續》卷二《老學後盦自訂詞叙》。

[三] 青耜：即何兆瀛。

審定吴承勛詩詞△[一]

審定吴子述《中隱詩》三卷、詞一卷[二]。詩秀潤近弱，有句無篇[三]。詞麗而不密，雋而未腴。詩詞多爲悼亡作。

【注】

[一] 此則人文本未收。録自《補録》卷二光緒十四年(一八八八)四月二十八日。稿本日記「審定吴子述《中隱詩》三卷、詞一卷」作「審定吴子述《中隱詩》三卷、《中隱詞》一卷」。

[二] 吴子述：即吴承勛。有《影曇館詞》一卷。《中隱詩》：不詳。參見「評吴承勛《四犯翠連環・雙調自度曲》」一則注[一]。

[三] 有句無篇：指作詩雖偶有佳句，而無完整篇章。王士禛《居易録》卷十二：「予觀閻作，但工七言八句，然率有句無篇。」

點閲《冷癡詞》△[一]

點閲《冷癡詞》[二]。漁洋所謂鱉斯踢耶[三]？

【注】

[一] 此則諸本未收，載稿本日記光緒十四年(一八八八)七月二十八日。

[二] 《冷癡詞》：不詳。

[三] 漁洋所謂鱉斯踢：見王士禛《漁洋詩話》卷下，是嘲笑孫寶桐執拗的話。鱉斯踢，比

喻人的言行不合情理，無理糾纏。謝肇淛《五雜俎·事部》載蘇軾嘲笑司馬光事：「東坡與温公論事，偶不合。坡曰：『相公此論，故爲鱉廝踢。』温公不諭其戲，曰：『鱉安能廝踢？』曰：『是之謂鱉廝踢。』」

評《芬陀利室詞話》△[一]

竺潭以蔣劍人《詞話》見示[二]。引馮柳東《詞律》校正語數條[三]，因檢諸家校語，皆已見，惟周清真《荔枝香近》增一「遍」字韵爲新得[四]。劍人論詞宗旨曰「以無厚入有間」[五]，此如禪宗多一話頭[六]，亦未必可信。

【注】

［一］此則人文本未收。録自《補録》卷二光緒十四年（一八八八）八月二十四日。

［二］竺潭：即邊葆樞。《詞話》：即《芬陀利室詞話》，蔣敦復（蔣劍人）撰，三卷，有光緒十一年（一八八五）弢園王韜刊本。以闡發常州詞派張惠言、周濟詞學主張爲宗旨。

［三］馮柳東：即馮登府。馮登府（一七八三—一八四一），字雲伯，號柳東、勺園，浙江嘉興人。嘉慶二十五年（一八二〇）進士，選庶吉士。官福建長樂知縣、浙江寧波府學教授、象山知

縣。治經深得漢儒家法，兼通金石文字，與阮元等訂交。有《種芸仙館詞》五卷，道光十二年（一八三二）刻本。《詞律》校正語數條：見《芬陀利室詞話》，其卷一云：「此類不可縷舉，萬氏無由考正，沾沾以辨上去爲獨得，句調之未審，何暇更論音律耶？」杜文瀾《憩園詞話》卷三云：「太史精于宫調，能糾前人之誤。于萬氏紅友尤多微辭，惟不以辨白去上爲然，未免千慮之失。」

[四] 周清真《荔枝香近》增一「遍」字韵爲新得：蔣氏記馮氏語原文爲：「周邦彦《荔枝香近》『香澤方薰』，脱『遍』字，是韵。」指周邦彦《荔枝香近》（夜來寒侵酒席）一首，後鄭文焯校《清真集》時已校補。

[五] 以無厚入有間：此處對蔣敦復論詞宗旨的概括有誤，蔣氏標榜的是「有厚入無間」，「以無厚入有間」是董士錫的詞學主張。《芬陀利室詞話》卷二云：「壬子秋，雨翁（湯貽汾）與余論詞，至『有厚入無間』，輒斂手推服曰：『昔者吾友董晉卿（董士錫）每云，詞以無厚入有間，此南宋及金元人妙處。吾子所言，乃唐、五代、北宋人不傳之秘。惜晉卿久亡，不克握麈一堂，互證所得也。』」王韜《芬陀利室詞話序》亦云：「劍人作詞，欲上追南唐北宋，而舉『有厚入無間』一語，以爲獨得不傳之秘。」其意應近于周濟視爲渾厚之境的有寄托而不見寄托之痕迹。「以無厚入有間」爲周濟從董士錫處得之，其《宋四家詞目録序論》中用以解釋「有寄托入」，所謂「驅心若游絲之罥飛英，含毫如郢斤之斲蠅翼」。此語原出《莊子·養生主》庖丁解牛事，即游刃有餘之意。

[六] 話頭：指啟發問題的話題。佛教禪宗往往拈取成語或古語，以啟發他人參究，稱爲

「話頭」。《五燈會元·黄檗運禪師法嗣·烏石靈觀禪師》：「曹山舉似洞山，山曰：『好個話頭，祇欠進語。何不問爲甚麽不道？』」

審定徐珂詞△[一]

定徐仲玉詞稿。年少才弱，有句無篇，然往往有清氣。

【注】

［一］此則人文本未收。録自《補録》卷二光緒十四年（一八八八）九月卅日。稿本日記「定徐仲玉詞稿」作「燈下點定徐仲玉詞稿」。

校《國朝詞綜補》二卷△[一]

校《詞綜補》二卷[二]，未刻十八卷寫本校畢。意存廣收，不暇去取，閲之不快。

【注】

［一］此則諸本未收，載稿本日記光緒十四年（一八八八）十月初九日。

［二］《詞綜補》：即丁紹儀編《國朝詞綜補》。

校《國朝詞綜補》四卷△［一］

校丁氏《詞綜補》已刻十八卷、未刻十八卷，粗粗閲竟。合前見之四十卷，蓋全書七十六卷也［二］。意在博采，去取無義例，而舛迕複重尤多［三］。頗以爲惡劄，但記名姓而已。

【注】

［一］此則人文本未收。録自《補録》卷二光緒十四年（一八八八）十月二十八日。稿本日記「校丁氏《詞綜補》已刻十八卷、未刻十八卷」作「校《詞綜補》四卷。凡已刻十八卷、未刻十八卷」，「頗以爲惡劄」前有「閲竟」。

［二］全書七十六卷：今傳丁紹儀《國朝詞綜補》五十八卷，《續編》十八卷，合共七十六卷。

［三］「意在博采」三句：丁氏《國朝詞綜補・例言》云：「綜一代人詞而薈纂之，或以人存，或以詞存，或以所詠之事存，或以調僻而存。苟無疵類，即應甄録，以待後人簡擇。非若選家宜别宗派，擷精華，嚴于去取，庶足以昭軌式。」可見其編纂宗旨在博采。

徐珂借詞籍△[一]

徐仲玉來，携《樂府補題》及予手批《詞學集成》去[二]。

【注】

[一] 此則人文本未收。録自《補録》卷二光緒十四年（一八八八）十一月朔日。

[二] 手批《詞學集成》：《詞學集成》八卷，江順詒輯，鐵嶺宗山參訂，分别爲源、體、音、韵、派、法、境、品，其編撰宗旨，宗山序稱「尋源竟委，審律考音，取諸説之異同得失，旁通曲證，折衷是，所以存前人之正軌，示後進之準則」。譚獻手批未見。參見「江順詒詞」一則。

復校《國朝詞綜補》△[一]

復校《詞綜補》[二]。其例凡王氏、黄氏已選之人注「補詞」字[三]，乃多漏注，又所補即原選，複重無謂。中有字句異同，不知孰爲善本。至五十八卷以後，未刻之十八卷則全未注[四]，而與黄選重出尤夥，殆難一一厘正矣。

【注】

[一] 此則人文本未收。録自《補録》卷二光緒十四年（一八八八）十一月初三日。

[二] 《詞綜補》：即丁紹儀編《國朝詞綜補》。

[三] 王氏：即王昶，編《國朝詞綜》。黄氏：即黄燮清，編《國朝詞綜續編》。

[四] 未刻之十八卷：今本《國朝詞綜補》附《續編》十八卷，爲武進趙尊岳于丁紹儀去世後得之于無錫，爲之刊布。有心禪記云：「邊竹潭（邊葆樞）先生來函云：『譚仲老（譚獻）謂杏翁（丁紹儀）搜采之勤，爲近今所未有，雖後二十卷于詞人行輩尚多排比舛誤，已刻者勢難改刊，或于凡例中增列數語，謂自某卷後隨得隨録，不復銓次云云，庶免人議踳駁，既不没杏翁搜輯苦心，餘以俟後人持擇可耳。』此函已來數年，頃偶檢得，抄在此，將來有人采擇之。」心禪居士，即丁紹儀表弟余一鼇。

閱鄧廷楨詞集△[一]

鄧太守以嶰筠中丞詞稿見示[二]。一卷爲《妙吉羊室詞》，一卷爲《精進喜庵詞》，寫定清本，則曰《雙硯齋詞鈔》，有宋于庭叙[三]。似予庚申秋見甘劍侯傳寫之本[四]，即從此清本出也。

【注】

［一］此則人文本、補編本未收。録自《補録》卷二光緒十四年（一八八八）十一月初六日。

［二］鄧太守：即鄧嘉純。嶰筠中丞：即鄧廷楨。

［三］宋于庭敘：參見「鄧廷楨詞」一則注［一］。

［四］庚申：此爲清咸豐十年（一八六〇），時譚獻在福州。甘劍侯傳寫之本：應即《日記》乙酉所記甘元焕（劍侯）自安徽六安所寄之《雙硯齋詞鈔》寫本，時在光緒十一年（一八八五），則此處「庚申」很可能是作者誤記，應爲「乙酉」。鄧廷楨曾孫鄧邦述民國十年（一九二一）《雙硯齋詞鈔》跋云：「先曾祖《雙硯齋詞鈔》二卷，先伯祖文愨公（鄧爾恒，鄧廷楨子）曾刻之滇中，經亂板毁，子姓守而弗失者印本一二部而已。外間鮮有見者。……邦述懼久更失傳，重付梓人。」

評陶方琦詞△［一］

子珍詞稿删存百餘章［二］。初學姚大梅［三］，傷于碎澀。庚午以來［四］，予力進以姜、張，詞格一變。通籍後［五］，一意清綺，日趨平正，有陳西麓、方千里筆意［六］，似又一變也。

【注】

［一］此則人文本未收。録自《日記》戊子（光緒十四年，一八八八）。載稿本日記光緒十四年十一月二十日，「子珍詞稿删存百餘章」作「夜審定子珍詞稿，曰《蘭當詞》、《湘湄館詞》，凡删存百廿三首」，「初學姚大梅，傷于碎澀」作「子珍詞初學姚大梅，琢詞傷于碎澀」，「詞格一變」作「詞體一變」，「有陳西麓、方千里筆意」作「有陳西麓、方千里一流筆意」。

［二］子珍：即陶方琦。有《蘭當詞》二卷。

［三］姚大梅：即姚燮。

［四］庚午：此爲同治九年（一八七〇）。

［五］通籍：入仕爲官。參見「鶴緣詞序」一則注［七］。

［六］陳西麓：即陳允平。有《西麓繼周集》一卷。參見「俞廷瑛詞」一則注［五］。方千里（生卒年不詳）：宋衢州信安（今屬浙江）人，官舒州簽判。有《和清真詞》一卷。

評鄧廷楨詞［一］

鄧嶰筠督部《雙硯齋詞》，宋于庭序之［二］，忠誠悱惻，咄唶乎騷人［三］，徘徊乎變雅［四］。「將軍白髮」之章，「門掩黄昏」之句［五］，後有論世知人者［六］，當以爲歐、范之亞也［七］。

【注】

[一] 録自《日記》戊子(光緒十四年,一八八八)。載稿本日記光緒十四年十一月二十七日,「鄧嶰筠督部《雙硯齋詞》」作「跋《雙硯齋詞》。蓋鄧督部填詞以是爲定本」,「忠誠悱惻」作「竊謂忠誠悱惻」,「徘徊乎變雅」作「裴回乎變雅」。

[二] 宋于庭:即宋翔鳳。庭,人文本、叢編本作「廷」。其咸豐元年(一八五一)撰《雙硯齋詞鈔序》云:「先生持節數省,潔清自守,居處飲食,一如寒素。胸次坦白,耆欲尤鮮。惟于音律,殆由夙授,分刌節度,有顧曲風。而于古人之詞靡不博綜,其自製詞則雍容和諧,寫其一往纖摯之音、逖濫之響。與塵坌而共洗,偕風露而俱清。雖所存無多,而所托甚遠。凡當大任者,必中有定識,斯外無疑難,舉而措之,莫不如志。往昔名賢,雅歌不廢,中夜起舞,由乎無所繫累,遂能處之裕如。若小丈夫者,瞻前顧後,得此失彼,絶無操持,空有疑慮。竊處高位,以寬仁爲迂,以吟誦爲諱,掩飾彌縫,終至墮裂。此賢否之所以殊途、難易之不容并論也。先生爰自通籍,至爲封疆,頻經盤錯,進退之際,喜愠不形,言之和平,出以藴藉。合生平之文筆,罔不歸乎正誼。」

[三] 咄唶:即「咄嗟」,呼吸之間,形容時間短暫、迅速。《文選·曹植〈贈白馬王彪〉》:「自顧非金石,咄唶令心悲。」李善注:「言人命叱呼之間,或至夭喪也。」騷人:詩人,文人。蕭統《文選序》:「騷人之文,自兹而作。」

[四] 徘徊:流連。變雅:指《詩經》中反映時代動亂的詩篇。

［五］「將軍白髮」之章：指范仲淹《漁家傲》詞，有「將軍白髮征夫淚」句。「門掩黄昏」之句：指歐陽修《蝶戀花》詞，有「門掩黄昏，無計留春住」句。

［六］論世知人：謂解讀作品需了解作者其人身世，以及所處時代背景。語出《孟子·萬章下》：「頌其詩，讀其書，不知其人可乎？是以論其世也。」

［七］歐、范之亞：謂僅次于歐陽修、范仲淹。亞，次于。

《玉琴齋詞》△[一]

邁孫又携示余澹心手稿《玉琴齋詞》[二]，有梅村、西堂題識[三]，又有顧千里、孫伯淵跋語[四]，皆手迹。

【注】

［一］此則人文本未收。録自《補録》卷二光緒十五年（一八八九）人日。稿本日記「皆手迹」後有「今年多見名籍，可喜可豪」兩句。

［二］邁孫：即許增。《玉琴齋詞》，余懷（澹心）詞集。

［三］梅村、西堂：即吴偉業、尤侗。

〔四〕　顧千里、孫伯淵：即顧廣圻、孫星衍。兩人均爲清代學者、詞人。

代許增跋《玉琴齋詞》△〔一〕

代許益齋跋《玉琴齋詞》〔二〕。

【注】

〔一〕　此則人文本、補編本未收。録自《補録》卷二光緒十五年（一八八九）正月十一日。跋《玉琴齋詞》：參見「玉琴齋詞題辭」一則注〔一〕。

〔二〕　許益齋：即許增。

閱諸可寶詩詞△〔一〕

閱諸儲菊《璞齋集》活字本。詩翔雅〔二〕，詞倜儻較勝。

【注】

[一] 此則人文本未收。録自《補録》卷二光緒十五年(一八八九)二月二十九日。稿本日記「詞倜儻較勝」後有「有《渡江雲・大觀亭》和予一調」句。諸儲菊,即儲可寶。

[二] 翔雅:安詳高雅。翔,通「詳」。釋文瑩《湘山野録》卷中:「而翔雅有體,氣調瀟灑。」

審定孔廣淵、張僖詞△[一]

蒙叔寄示孔廣淵蓮伯《兩部鼓吹軒詩餘》[二],屬入《篋中》之選[三]。詞亦朗詣[四],然眼光只在乾嘉間,于先輩頗近屠琴塢[五]。審定張韵舫《眠琴詞》[六],于南宋名家頗窺門徑[七]。

【注】

[一] 此則人文本未收。録自《補録》卷二光緒十五年(一八八九)三月初十日。稿本日記「蒙叔寄示孔廣淵蓮伯《兩部鼓吹軒詩餘》」作「得蒙叔書,寄孔廣淵蓮伯《兩部鼓吹軒詩餘》」,無「審定張韵舫《眠琴詞》,于南宋名家頗窺門徑」兩句,有「録三詞于此」句。

[二] 蒙叔:即沈景修。

［三］屬入《篋中》之選：《篋中詞》今集續卷三選孔廣淵詞二首，張僖詞七首。

［四］朗詣：參見「評陳澧《疏影·苔痕，越臺詞社作》」一則注［六］。

［五］屠琴塢：即屠倬。屠倬（一七八〇—一八二八），字孟昭，號琴塢，晚號潛園老人，浙江錢塘（今杭州）人。嘉慶十三年（一八〇八）進士，選翰林院庶吉士，授江蘇儀徵知縣，官任江西袁州知府，改九江知府，後因病辭歸。詩與郭麐齊名，旁通書畫金石。有《是程堂詞》二卷，馮震祥録《國朝六家詞鈔》本。吴衡照《蓮子居詞話》卷四評其詞云：「琴隖以詩畫鳴，自謂于詞不甚措意，然其豪爽疏雋處，不愧名家。」

［六］張韵舫：即張僖。《眠琴詞》：即《眠琴閣詞》。參見「眠琴閣詞序」注［一］。

［七］南宋名家：指姜夔、王沂孫、張炎等。

校《復堂詞録》△［一］

以《六十一家詞選》校《復堂詞録》［二］，略竟一過，頗有異同。毛本所據多可取［三］。

【注】

［一］此則人文本未收。録自《補録》卷二光緒十五年（一八八九）三月十三日。稿本日記

「以《六十一家詞選》校《復堂詞録》」作「日來以《六十一家詞選》校《復堂詞録》」。

[二]《六十一家詞選》：即《宋六十一家詞選》，十二卷，馮煦據毛晉汲古閣彙刊《宋六十一家詞》精選而成，有光緒十三年（一八八七）冶城山館刻本，即譚獻校《復堂詞録》所據本。其書「例言」後來單獨迻録成《蒿盦論詞》一卷。

[三] 毛本：即毛晉汲古閣本《宋六十一家詞》。

校定宗山詞[一]

予聞長白宗山嘯梧郡丞名字，由《侯鯖詞》[二]。五家中，吴晉壬爲卅年舊交[三]，鄧笏臣、俞小甫、邊竺潭歸里後[四]，談藝甚歡，而宗君已前卒[五]。今者校定遺稿，詩篇秀逸，詞旨遥深，雜著文外獨絶，言之有味。且嗣宗至慎，頗有見道之語[六]。

【注】

[一] 録自《日記》己丑（光緒十五年，一八八九）。載稿本日記光緒十五年四月初七日，「予聞長白宗山嘯梧郡丞名字」前有「審定宗山嘯梧遺稿，詩一卷，詞一卷，散曲一卷，雜著一卷」數句，此句作「予聞宗君名氏由《侯鯖詞》」，後有「又以摹刻《瓶水齋集》，信爲風雅好事，比謝病歸

里，以爲君方需次，必可晤語」數句，「吴晉壬爲卅年舊交」作「吴晉壬爲三十年舊友」，此句後有「時正筦榷處州」，「鄧笏臣、俞小甫、邊竺潭歸里後，談藝甚歡，而宗君已前卒」作「未握手而鄧笏臣、俞小甫、邊竺潭先後内交，宗君則已逝世」，後有「予叙《重刻瓶水齋集》已悼君傷謝」，「今者校定遺稿，詩篇秀逸」作「今爲閲校遺文，歎其詩篇秀逸」，「頗有見道之語」後有「益心儀其人，不識君九地精靈亦知有此不謀面之知己否邪？」兩句。

〔二〕《侯鯖詞》：吴唐林編選，選入宗山《窺生鐵齋詞》。參見「俞廷瑛詞」一則。

〔三〕吴晉壬爲卅年舊交：吴晉壬，即吴唐林。據《補録》卷一記載，譚獻與吴唐林晤面最早在同治九年（一八七〇）十二月赴京會試時蘇州舟中，後多次交往。此前交往未見記載。

〔四〕鄧笏臣：即鄧嘉純。俞小甫：即俞廷瑛。邊竺潭：即邊葆樞。歸里後：譚獻于光緒十七年（一八九一）六十歲時自鄂歸杭州，《日記》卷八辛卯載：「吴山文酒清集，余（應爲「俞」）筱甫（俞廷瑛）、邊竹潭（邊葆樞）、張雨生（張溥東）、楊古藴（葆光）爲主，陳烺叔明、予泊高白叔（高雲麟）爲客，坐抗峰高閣。」

〔五〕宗君已前卒：宗山卒于光緒十二年（一八八六），距此時已三年。

〔六〕「且嗣宗至慎」二句：謂其詞旨隱晦，藏有深意。嗣宗，即阮籍。參見「評王尚辰詞」一則注〔三〕。見道，明白道理。袁枚《隨園詩話補遺》卷十：「詩有見道之言，如梁元帝之『不疑行舫往，惟看遠樹來』，庾肩吾之『只認己身往，翻疑彼岸移』，兩意相同，俱是悟境。」

評俞廷瑛詞[一]

俞小甫《瑀華室詞》，雅令夷婉[二]，望而知其深于詩者[三]，無膩碎之習[四]，有繁會之音[五]。

【注】

[一] 録自《日記》己丑（光緒十五年，一八八九）。稿本日記載光緒十五年四月初十日：「俞小甫《瑀華室詞》作「審定俞小甫《瑀華室詞》」，無「望而知其深于詩者」句，「無膩碎之習，有繁會之音」作「無膩碎粗惡之病，可傳可選」。

[二] 夷婉：平易和婉。王澍《虚舟題跋·唐顔真卿告濠州伯父稿》：「此《告伯文》心氣和平，故容夷婉暢，無復《祭侄》奇崛之氣。」

[三] 詩：叢編本、補編本誤作「詞」。

[四] 膩碎：浮滑、破碎，此是常州派批評浙派詞風的貶語，如譚獻在本書中評項鴻祚詞「一掃浙中喘膩破碎之習」。

[五] 繁會之音：謂音調繁多，互相參錯。語出《文選·屈原〈九歌·東皇太一〉》「五音紛

兮繁會」，李周翰注：「繁會，錯雜也。」

評倪米樓詞△[一]

見倪米樓嘉慶十九年日記手書一册，文采斐然，想見南國承平，湖海之士跌宕風流[二]，亦太自喜。填詞入妙，有《雲林庵詞》所未載者[三]。

【注】

[一] 此則人文本未收。録自《日記》己丑（光緒十五年，一八八九）。稿本日記載光緒十五年四月二十日，「見倪米樓嘉慶十九年日記手書一册」作「今日見倪米樓嘉慶十九年日記手書一册」，「想見南國承平，湖海之士跌宕風流」作「想見承平年湖海之士跌宕風流」，「有《雲林庵詞》所未載者」作「此卷内有《雲林庵詞》所未載者」。倪米樓，即倪稻孫。參見「評倪稻孫《長亭怨慢·楚游歸經琵琶亭》」一則注[一]。

[二] 湖海之士：浪迹江湖、不與朝政的文士。《三國志·魏書·陳登傳》：「（劉）表與（劉）備共論天下人，汜曰：『陳元龍湖海之士，豪氣不除。』」

[三] 《雲林庵詞》：即倪稻孫《雲林堂詞集》，五卷，嘉道間刊本。

得鄭文焯《瘦碧詞》△[一]

作札與邁孫[二]，以《瘦碧詞》二卷見示，爲鐵嶺漢軍鄭文焯叔問孝廉作，爲蘭坡中丞子，號小坡者，易實君序之[三]。

【注】

[一] 此則諸本未收，載稿本日記光緒十五年（一八八九）四月三十日。

[二] 邁孫：即許增。

[三] 易實：即易順鼎。

評王潤詞△[一]

蒙叔寄示王四篁《賞眉齋詞》[二]，云是周保緒弟子[三]，以示俞少甫[四]，不以爲作家。今日閲之，平直而入于鈍[五]，蓋不欲爲側艷而實無才韵，得師説之皮毛者。

【注】

［一］此則人文本、補編本未收。録自《補録》卷二光緒十五年（一八八九）九月初五日。

［二］蒙叔：即沈景修。王四篁，即王潤，參見「評王潤《三姝媚・真州道中》」一則注［一］。

詞：河北教育版誤作「詩」，中華版已改正。

［三］周保緒：即周濟。王潤與蔣敦復交，蔣氏寶山人，周濟曾在寶山爲塾師，故云。

［四］俞少甫：即俞廷瑛。

［五］平直而入于鈍：即「常州詞派」一則譚獻所謂「不善學之，入于平鈍廓落」之意。

陳豪畫《填詞圖》△［一］

藍洲爲予畫《填詞圖》寄至［二］。筆情隱秀，當壓卷也。

【注】

［一］此則人文本、補編本未收。録自《補録》卷二光緒十五年（一八八九）重九。

［二］藍洲：即陳豪。陳豪（一八三九—一九一〇）：本名陳餘元，字藍洲，號邁庵、墨翁、止庵、怡園居士，浙江仁和（今杭州）人。同治六年（一八六七）舉人，官湖北漢川、蘄春知縣，改隨

州知州。工詩及書畫。有《冬暄草堂詩集》。爲予畫《填詞圖》：據吴著第三節「復堂填詞圖究竟有幾幅」考，爲譚獻畫《復堂填詞圖》者已知至少有九幅，陳豪所畫爲第四幅。

審定葉衍蘭詞[一]

番禺葉南雪太守衍蘭，介許邁孫以《秋夢盦詞》屬予讀定[二]，綺密隱秀，南宋正宗。于予論詞頗心折，不覺爲之盡言[三]。

【注】

[一] 録自《日記》己丑（光緒十五年，一八八九）。

[二] 許邁孫：即許增。

[三] 不覺爲之盡言：譚獻所言，見「秋夢庵詞鈔叙」、「秋夢庵詞叙」兩則。

評《絶妙近詞》[一]

孫月坡選《絶妙近詞》三卷[二]，多幽澹怨斷之音，可以當中唐人詩矣[三]。

【注】

［一］録自《日記》己丑（光緒十五年，一八八九）。

［二］參見「孫麟趾輯詞」一則注［一二］。

［三］中唐人詩：似指中唐李賀、賈島等人詩風。此則下有譚獻補注：「今年游鄂，交關季華，乃知集中有借刻名氏者。庚寅八月記。」庚寅，光緒十六年（一八九〇），時譚獻在武昌。

閲《聚紅榭雅集詩詞》［一］

閲閩中《聚紅榭雅集詩詞》。倚聲似揚辛、劉之波［二］，惟枚如多振奇獨造語［三］，贇軒較和婉入律［四］。

【注】

［一］録自《日記》己丑（光緒十五年，一八八九）。

［二］辛：即辛棄疾。劉：即劉過。

［三］枚如：即謝章鋌。

［四］贇軒：即劉勷。

評鄭文焯詞[一]

漢軍文焯叔問《瘦碧詞》[二]，持論甚高[三]，摛藻綺密[四]，由夢窗以跂清真[五]，近時作手，頗難其匹。

【注】

[一] 録自《日記》己丑（光緒十五年，一八八九）。

[二] 《瘦碧詞》：二卷，存詞六十七首，有光緒十四年（一八八八）刻本。作者晚年編定詞集《樵風樂府》時，删存僅七首。

[三] 持論甚高：鄭文焯《瘦碧詞自序》論音律云：「古人謂詞以可歌者爲工，近世善言詞者，僉昧于律，知律者又不麗于詞。而一二懸解之士，如方成培《詞麈》、許穆堂《自怡軒詞譜》、謝默卿《碎金詞譜》輩，于聲律遞變之曲，漫無關究，徒沿明人沈伯英九宫十三調之陋説，率以俗工曲譜爲之。……余幼嗜音，嘗于琴中得管吕論律本之旨。比年雕琢小詞，自喜清異，而若不能歌。乃大索陳編，按之樂色，窮神研覈，始明夫管弦聲數之異同，古今條理之純駁，雜連箄之于書，曰《律吕古義》，曰《燕樂字譜考》（附《管色應律圖》），曰《五聲二變説》，曰《白石歌曲補調》，曰

《詞源斠律》，曰《詞韵訂》，曰《曲名考原》，凡兹所得，雖孤學荒冗，未爲佳證，庶病于今，弗畸于古焉。世有解音善歌如堯章者，齊以抗墜，取余詞而聲之，倘亦樂府之一綖哉？」

［四］摛藻：鋪陳辭藻。《文選·班固〈答賓戲〉》「摛藻如春華」，李善注引韋昭：「摛，布也。藻，水草之有文者。」

［五］由夢窗以跂清真：此是常州派倡導的學宋詞四家路徑，即周濟所謂「問途碧山（王沂孫），歷夢窗（吴文英）、稼軒（辛棄疾），以還清真（周邦彦）之渾化」。跂，原意爲踮起脚跟，可以望遠，引申爲嚮往。《詩·衛風·河廣》：「誰謂宋遠？跂予望之。」

審定樊增祥詞△[一]

審定樊山詞稿[二]。本朝家數[三]，遂撮竹垞、頻伽之長[四]。

【注】

［一］此則人文本未收。録自《補録》卷二光緒十六年（一八九〇）二月二十七日。

［二］樊山詞稿：應指《東溪草堂詞》二卷，後收入光緒十九年（一八九三）渭南縣署刻《樊山集》。樊增祥《五十麝齋詞賡叙》自云：「余在渭南刻詞二卷，曰《東溪草堂樂府》，始癸酉，終甲

午，二十二年間所存，裁百數十首，所沙汰者蓋三倍于是。」譚獻有《樊山集叙》，兼評其詞云：「樊山塡詞與詩同原，而幽憶尤深，琴曲一終，弦外洋洋流水之音，鍾期遇之。」夏敬觀《忍古樓詞話》云：「樊山文詞艷冶，至老猶然。一時同輩，因亦目爲八十歲美女。」

〔三〕本朝家數：此指清初發端的浙派詞學傳統。

〔四〕撮：集合。《孔子家語·始誅》：「其居處足以撮徒成黨。」王肅注：「撮，聚。」竹垞：即朱彝尊。頻伽：即郭麐。

談《詞林紀事》〔一〕

俞成之來訪〔二〕，談海鹽張宗橚撰《詞林紀事》甚精〔三〕，刻本傳世絶少，記此以求。

【注】

〔一〕録自《日記》庚寅（光緒十六年，一八九〇）。人文本此則誤作「己丑」。

〔二〕俞成之：「俞」疑爲「余」，余成之即余一鼇。余一鼇（一八三八—一八九四），字成之，號心禪居士。江蘇無錫人，祖籍浙江開化。曾從水師戎幕，官候選通判。楊英燦外孫，楊夔生甥輩，丁紹儀表弟，與萬釗、劉炳照等有交往。擅詩詞，有《楚楚吟》、《覺夢詞》、《惜春詞》等。

［三］　張宗橚（一七〇五—一七七五）：一名東橚，字詠川，號思岩，又號藕邨，浙江海鹽人。爲現代學者張元濟六世祖。太學生。不求聞達，以詩詞自遣。室名紅藥山房、研古樓。有《藕邨詞存》二卷，嘉慶二十二年（一八一七）錢塘養桐書屋刻本。《詞林紀事》：張宗橚撰，二十二卷，搜羅自唐至元詞壇故事，旁及考證、評論。收詞人共四百十八家，大致以時代先後順序排列。有乾隆刊本。陸以謙《詞林紀事序》云：「紀事者何？有事則録之，否則，詞雖工弗録。」

張崇蘭爲人作詞話叙△［一］

見張崇蘭漪谷《悔廬文集》［二］，氣體高潔，語見真際［三］。……有爲人作詞話叙，與予論有笙磬之同［四］。

【注】

［一］　此則人文本未收。録自《日記》庚寅（光緒十六年，一八九〇）。

［二］　張崇蘭（一七九七—一八五六）：字漪谷、守陔，號悔廬，江蘇丹徒（今屬鎮江）人。有《悔廬文鈔》六卷。詞有《夢溪棹歌》二卷，光緒二十三年（一八九七）刻本。

［三］　真際：真義。平步青《霞外攟屑·論文上·積素齋文》：「與方書數語，最得古文真際。」

［四］「有爲人作詞話叙」二句：張崇蘭爲釋了璞撰《清夢軒詞序》云：「樂府遺音，詩家別調。澄思要眇，托興幽微。」（載道光刻本《清夢軒詩餘》）與譚獻詞學觀念接近。

宜昌《黄牛廟碑》拓本△[一]

宜昌有《黄牛廟碑》拓本[二]，分書十一行，行廿一字，即流傳之《黄陵廟碑》舊本。《諸葛忠武集》有之[三]，王士禛已辨之[四]。文云：「蒙劉氏顧草廬，勢不可却。」又云：「相拉總師。」詞旨凡猥，必出僞造。「亂石排空，驚濤拍岸」語，襲東坡《酹江月》詞[五]，非坡公曾見此碑。

【注】

［一］此則人文本、補編本未收。録自《日記》庚寅（光緒十六年，一八九〇）。

［二］《黄牛廟碑》拓本：宜昌黄牛廟，又名黄陵廟，位于長江西陵峽南岸黄牛岩山麓。禹王殿外立有《黄牛廟記》石碑，相傳爲諸葛亮撰寫，實後人僞托。

［三］《諸葛忠武集》：張澍編，十一卷，其中文集四卷。收《黄牛廟記》，文中云：「僕躬耕南陽之畝，遂蒙劉氏顧草廬，勢不可却，計事善之。于是情好日密，相拉總師。趨蜀道，履黄牛，

因睹江山之勝，亂石排空，驚濤拍岸。」

［四］王士緯已辨之：按：此恐係譚獻記憶之誤，應爲楊時偉。明代有王士騏、楊時偉先後編輯諸葛亮文集，譚獻將兩人混爲一人。王士騏，字冏伯，江蘇太倉人，編《武侯全書》十六卷；楊時偉，字去奢，江蘇吴縣人，編《諸葛忠武書》十卷。楊時偉《諸葛忠武書引》云：「《黄陵廟記》，亦絶不類當時語氣，别有附乙，以俟明者。」《四庫全書總目提要·諸葛忠武書》云：「且其中『亂石排空，驚濤拍岸』之語，乃剽竊蘇軾《大江東》詞，其僞妄尤不待言，時偉此編，于此類多所厘正。」

［五］東坡《酹江月》詞：即蘇軾《念奴嬌·赤壁懷古》。因蘇詞末句爲「一尊還酹江月」，後《念奴嬌》又名《酹江月》。

點定徐珂詞［一］

點定徐生仲玉行卷［二］。填詞婉約有度，詩篇能爲直幹。駢儷音采凡近，不見體勢［三］，情韵則非所長也［四］。

【注】

［一］録自《日記》辛卯（光緒十七年，一八九一）。載稿本日記光緒十七年正月十九日，「點

定徐生仲玉行卷」作「點定徐生仲玉雜稿」，「詩篇能爲直幹」作「詩篇直幹」，「駢儷音采凡近」作「駢儷凡近」，「情韵則非所長也」作「亦鮮情韵，非所能也」。

［二］　行卷：唐代舉子在應試前將所作詩文寫成卷軸，投贈朝中顯貴，稱爲行卷。胡震亨《唐音癸籤・談叢二》：「唐士子應舉，多遍謁藩鎮、州郡丐脂潤……至所干投行卷，半屬調詞，概出贋剿。」此處指弟子向老師請益的詩文。

［三］　體勢：根據情感表達的需要來確定作品的體式風格。劉勰《文心雕龍・定勢》：「夫情致異區，文變殊術，莫不因情立體，即體成勢也。」

［四］　情韵則非所長也：此下原有徐珂按語：「光緒己丑，珂自余姚還杭，應秋試，師方罷官里居，以通家子相見禮上謁（原注：時猶字仲玉，明年改字仲可）。呈所習駢文詩詞就正，皆十八歲前作。師獎勉殷拳，納之門下。越二年，爲辛卯，師點定寄還，即師加墨之行卷也。卷藏行笥，奔走南朔，恒自隨。戊戌秋，自小站袁項城幕乞假南旋，遘盜甬東，笥被攫，師之手迹，遂不可復睹。（原注：先子印香府君復盦《覓句圖》，亦是時所失。）僅得見之于師之《日記》矣。辛卯逮今，忽忽三十五載，師墓木久拱。珂五十無聞，且又加七，疇昔所學，曾無寸進之爲愧，而又自恨老之將至。（原注：七十始可曰老，見《禮記》。）爲人事所困，未能補讀也。濩落無成，愧負師門矣。乙丑三月，校刊時謹識。」

程頌萬題詞△[一]

程子大來取别，云閲日將行，自金陵赴京兆秋試，有《齊天樂》題予《篋中詞》[二]，《摸魚兒》題予《填詞第六圖》[三]，皆工。

【注】

[一] 此則諸本未收，載稿本日記光緒十七年（一八九一）五月初五日。

[二] 《齊天樂》題予《篋中詞》：程頌萬《齊天樂·譚仲修山長贈予《篋中詞》，用集中題《煮梦庵填詞圖》韵奉題一闋》：「妙鬘天上詞人劫，東風酒邊吹瘦。賺夢琴心，飄愁笛眼，記曲紅紅能受。花新月舊。問前輩風流，夜臺安否？墜簡商量，玉田白石是儂偶。香篝暗籠半牖。只低鬟淺夢，簾外春逗。蝶徑孤顰，鶯天剩怨，并入回腸如酒。秦黄以後。更偷唱屯田，曉風楊柳。直得銷魂，井波隨處有。」

[三] 《摸魚兒》題予《填詞第六圖》：應爲程頌萬《長亭怨慢·仲修山長出斜陽煙柳卷子，爲復堂填詞第六圖，屬題是闋。時予亦將别武昌矣》詞，《摸魚兒》或爲譚獻誤記。詞序「時予亦將别武昌矣」與此則日記「程子大來取别，云閲日將行」也相合。譚獻以《復堂填詞圖》一幅向程

頌萬徵題始末，見稿本日記光緒十八年（一八九二）十一月十二日：「去年在鄂以《填詞圖》索子大題，子大以屬陳伯嚴（陳三立）禮部。其從者誤置他畫卷中，子大以爲散失，故屬顧承慶梅君別作一幅，補題寄示。其實子大別後，伯嚴覓得，題詩見歸久矣。此亦友朋鄭重之意，可佩也。」此詞即爲譚獻填詞第六圖而題。

評《薇省同聲集》等[一]

臨桂況夔笙舍人周儀[二]，暫客杭州，聞聲過從[三]，鋭意爲倚聲之學。與同官端木子疇、王幼遐、許玉瑑唱和[四]，刻《薇省同聲集》[五]，優入南渡諸家之室。夔笙網羅詞家選本、别集，篋衍盈數百家[六]。秀水女士錢餐霞《雨花盦詩餘》[七]，予借觀，洗煉婉約，得宋人流别。附詞話[八]，亦殊朗詣。又示予蘇汝謙虚谷《雪波詞》寫本[九]，唐子實《涵通樓師友文鈔》附龍、王、蘇三家詞[一〇]，今寫本多唐刻所未見。蘇君超超，殆翰臣、少鶴兩先生所不能掩[一一]，予采擷入《篋中詞續》[一二]，此事殊未已也。

【注】

［一］ 録自《日記》辛卯（光緒十七年，一八九一）。此則實爲綜合與況周頤交往之日記數則

而成。載稿本日記光緒十七年九月二十四日：「臨桂況舍人夔笙周儀過訪，前日竹潭已紹介矣。深坐談藝，正究心倚聲之學，刻《薇省同聲》，爲端木子疇埰、王鵬運幼遐、許玉瑑鶴巢及夔笙，于南宋名家亦能出入矣。」又九月二十六日：「過答況周儀夔笙，不值。貽以諸詞刻，并以《憶雲詞》借鈔，并昨携之《絶妙近詞》、《復堂詞録》，亦鷗借也。」又十一月朔：「出過況夔笙談，見秀水女士錢斐仲餐霞《雨花盦詩餘》一卷，婉約得宋人流别，附詞話，殊朗詣。」又十一月初七日：「作札與夔笙，以《篋中詞》印本二贈之。下稷夔笙來，談久，携孫月坡《七家詞選》鈔本、《佩蘅》、《寄龕》二詞刻去，留《梁溪詞選》鈔本，又蘇栩谷詞稿鈔本借觀。」

［二］況夔笙舍人周儀：即況周頤。

［三］「暫客杭州」二句：光緒十七年（一八九一）秋七月，譚獻自武昌返杭州，暫住黄醋園。據今人鄭煒明《況周頤先生年譜》，時況氏三十一歲，于是年冬至次年春在蘇州，則譚、況于杭州初晤在夏秋之間。又趙尊岳《蕙風詞史》云：「譚仲修，名獻，杭人。一時詞流，奉爲大師。（況）先生由粤北行，過杭州，暢論詞學。爲題《斜陽煙柳圖》，賦《齊天樂》。」

［四］端木子疇：即端木埰。王幼遐：即王鵬運。

［五］《薇省同聲集》：參見「《薇省同聲集》」一則注［一］。

［六］夔笙網羅詞家選本别集二卷：況周頤于光緒六年（一八八〇）二十歲以後，開始網羅詞集。據其《薇省詞鈔·例言》云：「周頤齠齔即耆（嗜）倚聲，弱冠後浪游南北，所至吴越楚蜀名

勝之區，經過郡邑，輒肆蒐羅，或從藏書家輾轉傳鈔，十載京華，購求尤力，所收國朝詞別集將及千家，薇省詞亦將百家，各總集選本經刻行者略備。」（《蕙風叢書》第六册，上海中國書店藏版一九二六年刊本）（見鄭煒明《況周頤先生年譜》）

［七］錢餐霞：參見「評錢斐仲《高陽臺·戊申清明》」一則注［一］。

［八］附詞話：錢餐霞《雨花盦詩餘》附《雨花盦詞話》一卷，戚士元跋云：「余既刊其詞稿，復檢得詞話一種，附録卷末。兵燹之餘，多遭散佚，存者止此十一。」

［九］蘇汝謙：參見「蘇汝謙詞」一則注［一］。

［一〇］唐子實《涵通樓師友文鈔》：參見「蘇汝謙詞」一則。

［一一］翰臣：即龍啟瑞。少鶴：即王錫振。

［一二］予采擷入《篋中詞續》：蘇汝謙詞四首，采入《篋中詞》今集續卷四。

評程頌萬詞［一］

寧鄉程頌萬子大，在長沙聯湘社唱酬，如二易、何、王［二］，英英俠少［三］。而吾友江夏鄭湛侯［四］，以風塵吏蝨其間［五］，刻行《湘社集》［六］。子大《鷗笑集》［七］，填詞婉密。《蠻語集》詩卷［八］，才思不匱，趨向亦正。

【注】

［一］録自《日記》辛卯（光緒十七年，一八九一）。

［二］二易：即易順鼎、易順豫昆仲。冒廣生《小三吾亭詞話》卷三：「由甫兄弟，……又與王夢湘、陳伯弢、何詩孫、程子大在長沙結湘社，刻《湘社集》行世。」何：何維樸。何維樸（一八四二—一九二二），字詩孫，號盤叟，又號秋華居士、晚遂老人。湖南道縣人。何紹基之孫。同治六年（一八六七）副貢，官内閣中書，協辦侍讀，江蘇候補知府，清末任上海浚浦局總辦。工書畫，晚寓上海。有《何詩孫詞稿》一卷，附于詩稿，民國十四年（一九二五）鹿川閣摹印本。王：王以敏。王以敏（一八五五—一九二一），原名以慜，字子捷，一字夢湘，號幼階，一號檗塢，湖南武陵（今常德）人。光緒十六年（一八九〇）進士，授翰林院編修，官江西瑞州知府。有《檗塢詞存》十二卷，光緒刻本。陳鋭《裒碧齋詞話》評其詞云：「王夢湘詞，工于賦愁，長于寫艷，故亦卓犖偏人。」

［三］英英：形容俊美而有才華。《文選·潘岳〈夏侯常侍誄〉》：「英英夫子，灼灼其雋。」吕向注：「英英，美也。」俠少：任俠少年。陳後主《洛陽道》之五：「黄金彈俠少，朱輪盛徹侯。」

［四］鄭湛侯：即鄭襄。鄭襄（一八三六—？），字湛侯，一字贊侯，湖北江夏（今屬武漢）人。光緒十六年（一八九〇）進士，曾官湖南衡陽、貴州黔陽、安徽太湖等知縣。能詩詞，有《久芬室詩集》六卷。曾參加湘社唱和。

［五］風塵吏：謂陷于俗事的地方小官。白居易《初授拾遺》：「何言初命卑，且脱風塵

史。」蝨其間：置身其中。韓愈《瀧吏》：「得無蝨其間，不武亦不文。」

［六］《湘社集》：四卷，易順鼎、程頌萬輯，有光緒十七年（一八九一）長沙蜕園刻本。參見「程頌萬詞」一則。

［七］《鷗笑集》：程頌萬詞集，又名《滄浪榭詞集》，後名《蠻語詞》，一卷。其《蠻語詞記》云：「右詞一卷，戊子（光緒十四年，一八八八）客溪州（今湘西一帶）作，初名《鷗笑詞》，凡六十九闋，己丑（光緒十五年，一八八九）春仲刻于長沙，越十有一年庚子（光緒二十六年，一九〇〇）夏，重校訂于武昌，易今名，以次《言愁》（按即《言愁聞笛譜》，二卷）之末。」

［八］《蠻語集》：程頌萬詩集，有光緒十五年（一八八九）刻本。

審定張景祁詞△［一］

審定張韵梅《續詞》二卷［二］。不免老手頹唐之歎［三］。

【注】

［一］此則人文本未收。録自《續録》光緒十八年（一八九二）閏六月二十四日。

［二］《續詞》二卷：張景祁《新蘅詞》，除光緒九年（一八八三）百億梅花仙館六卷、外集一

卷本外，尚有光緒二十三年（一八九七）百億梅花仙館十卷、外集一卷本。譚獻審定的《續詞》可能是張景祁晚年所作，後收入十卷本。張韵梅，即張景祁。

［三］老手頽唐之歎：意謂至老年而創作力衰退。此年張景祁年六十六歲。袁枚《續詩品·辨微》云：「戒之戒之，賢智之過；老手頽唐，才人膽大。」其《隨園詩話》卷一亦云：「常規蔣心餘（蔣士銓）太史云：『君切莫老手頽唐，才人膽大也。』心餘以爲然。」

抄《篋中詞續》△［一］

又抄《篋中詞續》第四一卷。已將十家矣，此事亦未能卒業［二］。

【注】

［一］此則人文本、補編本未收。録自《續録》光緒十八年（一八九二）七月十四日。稿本日記「又抄《篋中詞續》第四一卷」作「鈔《篋中詞續》第四一卷」，謂鈔《篋中詞》今集續第四卷一卷。

［二］「已將十家矣」二句：第四卷實收詞人二十四家。

閲章氏父子詞△[一]

閲章次白《梅竹山房詩詞》，并乃父章坤静山《桐陰書屋集》[二]。次白廣文詩安雅超曠[三]，是南宋以來杭州士風，猶是浙西大家餘緒，絶無傖父面目。詞亦秀腴如其詩，于滋伯、仲甫二老有同聲之應也[四]。静山詩簡遠，有范、陸遺風，此廣文家學所自出[五]。

【注】

[一] 此則人文本未收。録自《續録》光緒十八年（一八九二）八月初二日。「閲章次白」句，補編本删去。稿本日記「并乃父章坤静山《桐陰書屋集》」後有「有沈赤然梅村序。次白詩則魏滋伯、錢楞仙、盛時霖序，序其詞者張韵梅也」數句。

[二] 章次白：即章黼。參見「評章黼《探春·同人蘇公祠訪梅》」一則注[一]。章坤（生卒年不詳），字厚安，號静山，仁和人，貢生，工書法。《桐陰書屋集》：章坤詩文集，三卷，有友人吴錫麒、沈赤然跋，嘉慶九年（一八〇四）其子章黼刻。

[三] 廣文：即廣文先生，清苦閑散的儒學教官。章黼曾任松陽縣教諭。葉適《鄱樣董季

興往游懷玉山》詩:「廣文偶來亦同病,買田施食慇懃請。」

[四] 滋伯:即魏謙升。魏謙升(一八〇〇—一八六一):字滋伯,號雨人,晚號無無居士,浙江錢塘(今杭州)人。以廩貢生選仙居縣訓導,不就,家居以著述自娱,尤工書法。死于太平軍陷杭州時。有《翠浮閣詞》一卷,道光十六年(一八三六)刻本,續稿二卷,咸豐五年(一八五五)刻本。丁紹儀《聽秋聲館詞話》卷十九評其詞云:「博學工文,近推詞壇祭酒。」仲甫:即張應昌。張應昌(一七九〇—一八七四),字仲甫,號寄庵,浙江錢塘(今杭州)人,生于歸安(今浙江湖州)。嘉慶十五年(一八一三)舉人,官内閣中書、實録館謄録。晚客蘇州,主平江書院。黄燮清《國朝詞綜續編》卷六云:「舍人性情誠懇,好學不倦,是編網羅考核,得力居多。詞亦清迥絶塵,使人自遠。」杜文瀾《憩園詞話》卷二云:「才人福薄,今古同悲,如吾鄉張仲甫舍人,垂老孤窮,抑鬱以殁。差幸逾八秩,耳聰目明,得鹿鳴重宴或所謂將壽補蹉跎耶?」能詩詞,與張景祁唱和,助黄燮清編《國朝詞綜續編》。有《煙波漁唱》四卷,咸豐刊《彝壽軒全集》本。杜文瀾《憩園詞話》卷二評其詞云:「其詞綿渺幽折,而言順律協,不蹈舊習。」《篋中詞》今集續卷二選張應昌詞一首,即《戀綉衾》(紅香醒夢裊篆香)。

[五] 「静山詩簡遠」三句:補編本删去。范、陸:即范成大、陸游。

審定沈昌宇詞△[一]

審定亡友沈子佩昌宇《泥雪詞》[二]。録存九十首，選二首入《篋中詞》[三]。才人失職，觸緒皆商音也。

【注】

[一] 此則人文本未收。録自《續録》光緒十八年（一八九二）十月初五日。

[二] 《泥雪詞》：即《泥雪堂詞鈔》。

[三] 選二首入《篋中詞》：《篋中詞》今集續卷四選沈昌宇詞二首，即《六州歌頭》（鵝黄淺嫩）、《蝶戀花》（布穀聲中鄉味苦）。

閱程頌萬詞△[一]

閱子大所撰《十韃詞》一卷[二]。甚有雅遠之韵。

【注】

[一] 録自《續録》光緒十八年(一八九二)十一月十三日。

[二] 《十韃詞》一卷:即程頌萬《十韃詞鈔》。初名《悔夢詞》,共七十三闋,附録一闋。有光緒十七年(一八九一)羊城藥州連理榕齋刊本。韃,河北教育版、中華版、補編本誤作「鍵」。

評王廷鼎、三多詞△[一]

王夢薇有《彩鶴詞遺稿》[二],生硬非當家[三],不足存也。六橋《粉雲庵詞》[四],清婉是其本色,淺直猶初入手耳。

【注】

[一] 此則人文本未收。録自《續録》光緒十八年(一八九二)十二月初三日。

[二] 王夢薇:即王廷鼎。《彩鶴詞遺稿》:今本王廷鼎詞集名《紫薇花館詞稿》,此可能是王夢薇詞集初名。

[三] 當家:行家,内行。范成大《次韵徐提舉游石湖三絶》之三:「天上麒麟翰墨林,當家手筆擅文心。」

〔四〕六橋：即鍾依三多。

閲葉衍蘭詞△〔一〕

翻閲《秋夢庵詞》。七十老翁〔二〕，旖旎風華〔三〕，不露頹脱〔四〕。此翁自少壯以來，殆專以倚聲爲寄者也。

【注】

〔一〕此則人文本未收。録自《續録》光緒十九年（一八九三）正月十四日。稿本日記作正月初十日。

〔二〕七十老翁：葉衍蘭生于清道光三年（一八二三），至光緒十九年（一八九三）年正七十歲。

〔三〕旖旎：多盛美好貌。《楚辭·宋玉〈九辯〉》「紛旖旎乎都房」，王逸章句：「旖旎，盛貌。」風華：風采才華。《南史·謝晦傳》：「時謝混風華爲江左第一。」

〔四〕頹脱：頹唐衰退，指老態。

定徐珂詞稿△[一]

爲徐生定詞稿。漸洗凡艷，蓋得力于程子大矣[二]。

【注】

[一] 此則諸本未收，載稿本日記光緒十九年（一八九三）二月初八日。

[二] 程子大：即程頌萬。

《復堂詞録》、《篋中詞續》△[一]

星海來[二]，還《復堂詞録》寫本二册、《篋中詞續》卷四稿本一册[三]。

【注】

[一] 此則人文本、補編本未收。録自《續録》光緒十九年（一八九三）四月望日。

[二] 星海：即梁鼎芬。

〔三〕《復堂詞録》寫本二册：梁鼎芬是譚獻《復堂詞録》初稿的主要校對者。《篋中詞續》卷四稿本一册：譚獻《篋中詞》今集續共四卷。

校《復堂詞録》△〔一〕

星海又校《詞録》一册來，欲補録白石《凄凉犯》、《醉吟商》、《霓裳中序第一》，稼軒《卜算子・尋春作》、《感皇恩》〔二〕，此可謂賞奇析疑之友矣〔三〕。

【注】

〔一〕此則人文本未收。録自《續録》光緒十九年（一八九三）四月十七日。

〔二〕欲補録句：梁氏建議補録的姜夔《凄凉犯》（緑楊巷陌）、《醉吟商小品》（又正是春歸）、《霓裳中序第一》（亭臯正望極）三詞，辛棄疾《卜算子・尋春作》（修竹翠蘿寒）、《感皇恩》（案上數編書）二詞，共五首，均選入《復堂詞録》卷五。

〔三〕賞奇析疑：語出陶潛《移居二首》其一：「奇文共欣賞，疑義相與析。」

選《嶺南三家詞》△[一]

葉蘭臺屬選《嶺南三家詞》[二]，爲沈伯眉、汪玉泉及蘭翁[三]，今日始就，審定圈識，寫目録寄去。沈爲《楞華館詞》，汪爲《隨山館詞》，葉爲《秋夢庵詞》。

【注】

[一] 此則人文本未收。録自《續録》光緒十九年（一八九三）八月初十日。

[二] 葉蘭臺：即葉衍蘭。《嶺南三家詞》：即《粤東三家詞鈔》。參見「三家詞叙」一則。

[三] 沈伯眉：即沈世良。汪玉泉：即汪瑔。

閲湘中六家詞△[一]

閲湘中六家詞[二]，以長沙張祖同雨珊《湘雨樓詞》爲冠[三]，婉麗妙遠，言辭相副，又當補入《篋中詞續》矣[四]。

【注】

〔一〕此則諸本未收，載稿本日記光緒二十年（一八九四）二月初八日。

〔二〕湘中六家詞：見王先謙編《詩餘偶鈔》六卷，光緒十六年（一八九〇）長沙王氏刊本。收咸同間孫鼎臣《蒼莨詞鈔》、周壽昌《思益堂詞鈔》、李洽《搗塵集詞鈔》、王闓運《湘綺樓詞鈔》、張祖同《湘雨樓詞鈔》、杜貴墀《桐花閣詞鈔》，詞共一百八十三首。六人同爲湖湘籍，締文字之交，復有姻親關係。詞風近常州詞派。

〔三〕張祖同（一八三五？—一九〇五）：字雨珊，號詞緣，湖南長沙人，同治元年（一八六二）舉人。

〔四〕當補入《篋中詞續》：六人詞終未及補入《篋中詞》續。

得《留雲借月詞》△〔一〕

得常州劉炳照光珊吴下留園來書〔二〕，寄新刻《留雲借月詞》五卷索序〔三〕。展卷已有晋壬、曲園、湗生、孟棨四序〔四〕，又有盛、左二跋〔五〕，又遠索弁言〔六〕，是亦不可以已乎！

【注】

［一］此則人文本、補編本未收。録自《續録》光緒二十年（一八九四）二月十三日。

［二］吴下留園：蘇州留園，位于閶門外，原爲明嘉靖太僕寺卿徐泰時東園，清嘉慶間劉恕改建，名劉園。同治時爲盛宣懷父盛康購得，改名留園。慧遠（夏緯明）《記蘇州鷗隱詞社》云：「昨讀劉語石炳照《無長物齋詞存》，略述鷗隱社梗概，故述之如下：蘇郡西偏有藝圃焉，爲勝國遺老姜如農給諫喬寓，詳汪堯峰先生前後記中。……乙未七夕後三日，偕同郡費屺懷、夏閏枝、錢塘張沚蒓、寶山陳同叔、金壇于仲成、餘杭褚繹堂、鐵嶺鄭叔問，結鷗隱詞社于此云云。按鷗隱社除上述數人外，先後入社者尚多。如張子馥、易中實、叔由、蔣次香、況夔笙、潘蘭史、金蟲生等皆有唱和；而在北方之半塘、古微諸人，亦時時郵箋往還。始終主其事者鄭叔問也。」（載張伯駒《春游社瑣談　素月樓聯語》，北京出版社一九九八年版，第七二頁）劉炳照亦爲主持者。

［三］《留雲借月詞》五卷：劉炳照《留雲借月盦詞》有二卷本、四卷本、五卷本、六卷本，均刻于光緒十九年。索序：此序即「留雲借月盦詞叙」一則。

［四］晋壬：即吴唐林。曲園：即俞樾。溎生：即金武祥。金武祥（一八四一——一九二六）：原名則仁，字溎生，號粟香，又號菽香，别署一厈山人、水月主人等，江蘇江陰人。入兩廣總督曾國荃幕，班捐爲廣東候補，署廣東赤溪直隸廳同知。終丁憂隱居。有《芙蓉江上草堂詩稿》、《木蘭書屋詞》、《粟香室文稿》等。孟棐：即吴翊寅。棐，原誤作「蜚」。吴翊寅（一八五二——一八

九六？）：字孟樂，一字遯庵，號悔庵，江蘇陽湖（今常州）人。光緒十七年（一八九一）舉人，授廣東龍川知縣。精于《易學》。有《曼陀羅花室詞》一卷，清光緒廣州廣雅書局刻本。《留雲借月盦詞》有吳翊寅叙。

［五］盛：盛星懷（一八六八—一八九四），字薇孫，盛宣懷五弟，候補知府，在甲午戰爭的平壤戰役中陣亡。左：即左運奎。左，原誤作「莊」。按：《留雲借月盦詞》除劉炳照自跋外，無莊姓之跋，有左運奎跋。左運奎（生卒年不詳），字祉文，江蘇陽湖（今常州）人，擅書法。光緒二十五年（一八九九），劉炳照、鄭文焯、左運奎等在蘇州結寒碧詞社，次年，左運奎又在杭州與劉炳照、張鳴珂等結詞社。有《迦厂詞》四卷，光緒刻本。

［六］弁言：序言。

評葉衍蘭詞△［一］

上江裕輪舶回杭。昨葉南雪以《詞續》寄示，鮮妍修飾，老猶少壯［二］，壽徵也［三］。予愧之。

【注】

〔一〕 此則人文本未收。録自《續録》光緒二十年（一八九四）二月念二日。稿本日記「上江裕輪舶回杭。昨葉南雪以《詞續》寄示」作「葉南雪以《詞續》寄我」。

〔二〕 老猶少壯：即前「葉衍蘭詞」一則「七十老翁，旖旎風華，不露頹脱」之意。

〔三〕 壽徵：長壽的徵兆。《詩·魯頌·閟宮》：「黄髮台背，壽胥與試。」鄭玄箋：「黄髮、台背，皆壽徵也。」孔穎達疏：「髮有黄色之髮，背有台文之背，得有如此長壽，相與講試氣力，奇其老而不衰也。」。台，通「鮐」，即鯖魚。《爾雅·釋詁上》：「鮐背、耇老，壽也。」

閱樊增祥詩詞△〔一〕

藍洲以樊雲門新刻詩詞示我〔二〕，蓋除夕寄至，簡藍洲索序于我。翻帋略竟。詩二十卷、詞二卷，情文并至，略患才多。李蓴客與袁爽秋合評〔三〕，品題悉當，無以易之。雲門庚午以後〔四〕，嚴與浙中同人切劘〔五〕，故陶子珍輩沆瀣無間〔六〕。京塵數載，師蓴客，友陶、袁〔七〕。予與藍洲應求且二十餘年〔八〕，近年鄂游，共昕暮〔九〕，益觀其深文學吏治，蓋畏友也。子珍久游〔一〇〕，蓴客新謝賓客〔一一〕，吟樊山有韵之文，盍禁黄壚之哭邪〔一二〕？

【注】

［一］ 此則人文本、補編本未收。録自《續録》光緒二十一年（一八九五）正月初三日。稿本日記「藍洲以樊雲門新刻詩詞示我」作「昨藍洲以樊雲門新刻《樊山詩詞》示我」，「子珍久游」作「子珍久逝」，「盍禁黄爐之哭邪」後有「掩卷喟然」句。

［二］ 藍洲：即陳豪。樊雲門新刻詩詞：應指光緒十九年（一八九三）渭南縣署刻《樊山集》中詩詞。樊增祥後又有《五十麝齋詞賡》三卷，收入光緒二十八年（一九〇二）刻《二家詞鈔》。

［三］ 李蓴客：即李慈銘。李慈銘（一八三〇—一八九四），初名模，字式侯，後改今名，字愛伯，號蒓客（莼即「蓴」），晚年自署越縵老人，别署霞川花隱生。浙江會稽（今紹興）人。光緒六年（一八八〇）進士，補户部江南司郎中。官至山西道監察御史。治經史，蔚然可觀。有《霞川花隱詞》二卷，光緒二十八年（一九〇二）刻《二家詞鈔》本。袁爽秋：即袁昶。

［四］ 庚午：此爲同治九年（一八七〇）。

［五］ 切劘：切磋相正。王安石《與王深父書》之一：「自與足下别，日思規箴切劘之補，甚于饑渴。」

［六］ 陶子珍：即陶方琦。沆瀣無間：指彼此意氣相投，契合無間。

［七］ 「京塵數載」三句：譚獻于同治六年（一八六七）鄉試獲舉，次年北上京城參加會試，與袁昶同行，途中在上海與湖北來的李慈銘相見。陶子珍亦同年中舉，多有交往。

〔八〕 與藍洲應求且二十餘年：據《日記》卷二丁卯，譚獻與陳豪初識于同治六年（一八六七），時浙江巡撫馬新貽、學使吴士林奏開浙江書局，以譚獻爲總校之一，陳豪爲分校之一。應求：即同聲相應、同氣相求。

〔九〕 昕暮：朝暮。昕，黎明，天亮。《禮記・文王世子》：「天子視學，大昕鼓徵，所以警衆也。」鄭玄注：「早昧爽擊鼓以召衆也。」

〔一〇〕 子珍久游：指陶氏早已去世。據譚獻《復堂文續》卷四《陶編修傳》，陶子珍「光緒十年（一八八四）十二月卒于京邸，年甫四十」，距此時十年，故曰「久」。

〔一一〕 尊客新謝賓客：指李慈銘剛去世。李慈銘卒于光緒二十年（一八九四），即上一年。謝賓客，此處爲人死亡的諱語。

〔一二〕 黄爐之哭：指對死者的哀痛。黄爐，亦作「黄壚」、「黄蘆」，猶黄泉。《淮南子・覽冥訓》：「上際九天，下契黄壚。」高誘注：「上與九天交接，下契至黄壚。黄泉下壚土也。」又劉義慶《世説新語・傷逝》：「（王濬沖）乘軺車，經黄公酒壚下過，顧謂後車客：『吾昔與嵇叔夜、阮嗣宗共酣飲于此壚……自嵇生夭、阮公亡以來，便爲時所羈紲。今日視此雖近，邈若山河。』」後世因用「黄壚」作悼念亡友之辭。

閲《嶺南三家詞》△[一]

得葉蘭臺粵華書院寄星海函[二]，屬予先閲。蓋以沈伯眉、汪玉泉及南雪詞屬予選定，將刻三家詞也[三]。卷中先有張韵梅、玉珊鈐小印記選[四]，予繼之，大同小異耳。遂即日加函匯封致衍若[五]，屬達星海金陵寓廬。

【注】

[一]　此則人文本、補編本未收。録自《續録》光緒二十一年（一八九五）上巳日。稿本日記「得葉蘭臺粵華書院寄星海函」作「得葉南雪粵華書院寄星海函」，「卷中先有張韵梅、玉珊鈐小印記選」作「卷中先有張韵梅、玉珊兩君鈐小印記選」，無「遂即日加函匯封致衍若，屬達星海金陵寓廬」兩句。

[二]　葉蘭臺：即葉衍蘭。粵華書院：一作越華書院，爲清代廣州著名官辦書院之一。葉衍蘭晚年辭官歸里後擔任書院主講。星海：即梁鼎芬。

[三]　將刻三家詞：《粵東三家詞鈔》在下一年、即光緒二十二年（一八九六）五月刻于廣州。葉衍蘭《自序》云：「海内詞人有淄澠味合者，不憚馳書千里以通縞紵，杭城譚仲修、張藴梅論交尤摯。仲修有《篋中詞》之刻，曾將三人詞選入續編，别采數十闋，標爲『粵東三家』。復得藴

梅補輯遺漏，校讎聲律，與仲修各加弁言，先後寄粤。余惟故人唱和之情與良友切磋之誼均不可没，遂鏤板以行。」參見「三家詞叙」一則。

［四］張韵梅：即張景祁。玉珊：即張鳴珂。鈐：蓋上印章。

［五］衍若：疑應爲「衍蘭」。

閲徐涵生、李緑茹詞△[一]

光珊寄陽湖徐佑成涵生《補恨樓詞》、武進李祖廉緑茹《懷青庵詞》至[二]。徐、李皆陽羡少年[三]，好綺語，閲之有朝華未實之歎[四]。

【注】

［一］此則人文本、補編本未收。録自《續録》光緒二十一年（一八九五）十一月初六日。稿本日記「光珊寄陽湖徐佑成涵生《補恨樓詞》、武進李祖廉緑茹《懷青庵詞》至」作「得劉光珊書，寄陽湖徐佑成涵生《補恨樓詞》、武進李祖廉緑茹《懷青庵詞》」。

［二］光珊：即劉炳照。徐佑成（生卒年不詳）：字涵生，江蘇陽湖（今常州）人，工畫山水，能詞。有《補恨樓詞》二卷，光緒二十一年（一八九五）刊本。龔樹聲序其詞集，謂其「情至之文」，

「不蹈拾宋人一字一調」。李祖廉（生卒年不詳）：字緑茹，江蘇武進（今常州）人。有《懷青庵詞》一卷，附徐佑成《補恨樓詞》後，光緒二十一年（一八九五）刊本。

[三] 陽羨少年：因徐氏爲陽湖人、李氏爲武進人，陽湖、武進皆屬常州府，故稱。陽羨，江蘇宜興，清時亦常州屬縣，此代指常州。

[四] 朝華未實：意謂初學填詞，尚未成熟。故譚獻《篋中詞》未選徐、李二人詞。

閱王尚辰詞△[一]

廬州人來[二]，得王謙齋一劄、《寄懷》一律[三]。新刻《益園詩餘》[四]，詩集刻成亦垂老矣[五]。閱謙齋詞，懷離歎老，泫然已涕。病中心緒往往至此。

【注】

[一] 此則人文本、補編本未收。録自《續録》光緒二十三年（一八九七）七月二十一日。稿本日記無「廬州人來，得王謙齋一劄、《寄懷》一律。新刻《益園詩餘》，詩集刻成亦垂老矣」數句。

[二] 廬州：即安徽合肥。

[三] 王謙齋：即王尚辰。劄：書信。《寄懷》一律：王尚辰《乙未仲春兀坐遺園松風閣有

懷仲修社兄先生即用少陵韵以寄懷録請吟正》詩云：「三載相思隔遠道，夢繞西泠春色早。錢花趙柳繫吟懷，暖風吹緑蘇堤草。南高峰對北高峰，碧障丹崖插蒼昊。尺幅煙嵐儼堂圖，平生笠屐舒襟抱。緑谿水響篁潛通，過塢茶香臼新搗。招隱閑登放鶴亭，清時甘向山林槁。君能宦海急歸□，誰識菰蘆有一老。大別平分江漢流，訪碑獨愛琴臺好。名成鸚鵡悼狂生，黄鶴樓空欲推倒。萬丈光芒劍不磨，幾人泠澹名長保。猶記高軒過我來，感今論古頻揮杯。香墩夏日信函絶，弩臺秋氣胡然哉。歷數心交半泉壤，惟君臭味同岑苔，良辰撫景偏多哀。」（見《復堂師友手札菁華》）

〔四〕《益園詩餘》：即《遺園詩餘》，于光緒二十一年（一八九五）刊刻。參見「遺園詩餘跋」一則注〔一〕。

〔五〕詩集刻成亦垂老矣：此年王尚辰七十一歲。譚獻曾輯王尚辰、徐子苓、戴家麟詩爲《合肥三家詩録》（一名《合肥三家詩鈔》）二卷，其中王詩一百十三首，有光緒十二年（一八八六）安慶刻本。《補録》卷二光緒十一年（一八八五）十一月二十五日譚獻評其詩并述編集經過云：「選録謙齋詩百十三首訖。謙齋早歲即從杜詩入手，故舉止老成，不免質直。中更兵亂，自在戎馬間奔走皮骨，悲歌慷慨，遂與老杜時地相副。所短者天性峭厲，處境悲凉，遂覺一發無餘，尚少含蓄變化。亂定後漸趨平淡，乃覺大雅不群。近作尤多弦外之音，王（王維）、孟（孟浩然）、蘇（蘇軾）、陸（陸游），轉益多師。異時論定本朝名家，自有一席。予去年讀定全稿，識以小印者有二百餘篇。舟中獨寤，又復縱心其間，乃寫完此百十三首。」

閱萬釗、冒廣生詞△[一]

閱《薑露詞》[二]，折衷南宋[三]，亦深美而未盡閎約之量[四]。方展冒鶴亭詞[五]，愛其有得于幽憶怨斷之音，欲爲論定，而魏孝廉汝駟劄來索還[六]，遂以歸之。

【注】

[一] 此則人文本未收。録自《續録》光緒二十三年（一八九七）十月二十三日。稿本日記「閱《薑露詞》」後有「未加墨」句，「愛其有得于幽憶怨斷之音」作「賞其有得于幽憶怨斷之音」。

[二] 《薑露詞》：萬釗詞集，有稿本，張鳴珂通篇批校，可能爲萬釗《蕢波詞》之初稿。又葉恭綽藏書目録有萬釗《玉屑詞》三卷。蔣兆蘭《詞説》記載與萬釗論詞事。

[三] 折衷南宋：譚獻評萬釗《蕢波詞》謂「深有合于南宋名賢清空不質實之旨」，與此意同。

[四] 深美而未盡閎約之量：此借用張惠言「深美閎約」標準評詞。

[五] 冒鶴亭：即冒廣生。冒廣生（一八七三—一九五九），字鶴亭，號疚齋，江蘇如皋人。光緒二十年（一八九四）舉人。曾任刑部郎中，民國初任江浙等地海關監督，後留居上海。新中國成立後聘爲上海市文管會顧問。有《小三吾亭詞》四卷，前有葉衍蘭序，另有《小三吾亭詞話》

五卷。光緒二十一年（一八九五）四月，因外祖周星詒之薦，冒廣生始赴杭州見譚獻，以詞稿請益，譚稱許「鶴亭詞格頗成就」（見今人冒懷蘇《冒鶴亭先生年譜》）。夏敬觀《忍古樓詞話》云：「如皋冒鶴亭同年廣生，亦號疚齋，巢民先生（冒辟疆）其二十世族祖也。鶴亭最熟于明清間諸老遺事，其詞亦宗竹垞（朱彝尊）、迦陵（陳維崧），旨趣與余絶異。尊前辨難，輒不上下，然每經一度商榷，轉益相親。……頃復得其近詞數闋，流麗清俊，如珠走盤。近人詞多極端趨向澀體，守律過嚴，病在沉晦。此派固亦不可少者。」

［六］　魏孝廉汝駟：不詳，應是譚獻同鄉友人魏錫曾（魏稼孫）後人。譚獻《亡友傳》有魏錫曾傳，謂「子本存，諸生」，「在閩嘗從予問業，今官福建府經歷」，未知是否其人。

閱成本樸詞△［一］

閱湘鄉成榷漁本樸《棲真室文詩詞稿》［二］。文規格老成，詩才閎肆［三］，倚聲婉秀，固雋才也［四］。然文當進之深厚，詩當進之沉淡，詞當進之幽遠。如相見，當面論之。

【注】

［一］　此則人文本未收。録自《續録》光緒二十三年（一八九七）十月二十七日。稿本日記

「閲湘鄉成榷漁本樸《棲真室文詩詞稿》」作「閲成榷漁《棲真室文詩詞稿》」,「當面論之」後有「爲硐民審定《薑露詞》,加墨,于南宋佳章,望塵可及矣」數句。

[二] 成本樸(一八七七—?):字琢如,一作榷漁,號淡庵,湖南湘鄉人。以優行貢京師,光緒初任浙江台州知府,後游日本。民國初在上海參加松江修暇社。有《湘瑟秋雅》、《淚影詞》、《碧雲詞》各一卷,合爲《通雅齋詞》三卷,光緒三十四年(一九〇八)刻本。《棲真室文詩詞稿》可能是其詩文詞集初名。其《淚影詞自序》云:「追念數年來死生聚散離合之故,與夫逆旅窮途飄轉流離之苦,不能無慨于心。少好小詞,緣感輒書,積之年餘,得數十闋。」又《湘瑟秋雅自序》詳述與譚獻交往經過云:「譚氏于詞家最爲大師,持論故精。然風雅萬變,又豈可强諸一途哉?余幼好爲詞,若有神悟。博觀諸家,用力既勤。而私心宗仰,獨在南唐五代,迄北宋而止。……丁酉(光緒二十三年,一八九七)之冬,余來杭州,始遇仲修于西湖。相見極歡,時已篤老,猶傾酒縱談,窮夜不歇。仲修既深契余之説,而特欲别標深澀爲幟志。此其獨到之詣,足以藥余之失者。余搜行篋中詞稿數十紙,請仲修手定之,曰《湘瑟詞雅》,多出于憫時憂亂不得志之所吟,故其聲哀以思。」葉恭綽《通雅齋詞跋》評云:「琢如標義頗高,而所作實不足副之。體格既嫌不高,選詞造句尤多淺率,于柔厚駘蕩之旨更少窺見,信哉全才之難也。」

[三] 閎肆:宏偉恣肆。曾鞏《李白詩集後序》:「白之詩連類引義,雖中于法度者寡,然其辭閎肆雋偉,殆騷人所不及,近世所未有也。」

［四］雋才：才智出衆。《左傳・宣公十五年》「酆舒有三雋才」，杜預注：「雋，絶異也。言有才藝勝人者三。」

得《常州詞録》△［一］

繆筱珊來［二］，一別又兩載矣。今日又走評［三］，詒《常州詞録》卅一卷。

【注】

［一］此則人文本、補編本未收。録自《續録》光緒二十四年（一八九八）閏三月十九日。《常州詞録》：即繆荃孫編選的《國朝常州詞録》，三十一卷，選録清代常州籍及曾寓常州的詞人四百九十八家，詞作三千餘闋。有光緒二十二年（一八九六）刻本。

［二］繆筱珊：即繆荃孫。繆荃孫（一八四四—一九一九），字炎之，又字筱珊，號藝風，江蘇江陰人。光緒二年（一八七六）進士，授翰林院編修。曾任常州南菁書院、龍城書院、南京鍾山書院山長。受聘籌建江南圖書館（今南京圖書館），出任總辦；創辦北京京師圖書館，任正監督。民國初任清史總纂。有《碧香詞》一卷，與《藝風堂詩存》合刊，民國江陰繆氏刻本。

［三］走評：推上下文，意爲來訪。中華版《譚獻日記》編者疑爲「來謁」之誤。

得《白雨軒詞話》△[一]

丹徒友人李恩綬亞伯寄陳廷焯亦峰《白雨軒詞話》附所作詩詞來[二]。蓋嚴事中白，《詞話》中奉爲正宗[三]，而以予附配，以爲同聲者也[四]。持論堅卓，自撰亦雅韵有神，惜年四十以乙科終。見其遺書，已不及遥申商榷矣。

【注】

[一] 此則人文本未收。録自《續録》光緒二十四年（一八九八）四月十九日。《白雨軒詞話》：即《白雨齋詞話》。《白雨齋詞話》，原稿十卷，生前未刊，陳去世後兩年由門人許正詩等整理，其父陳鐵峰審定，删并爲八卷，于光緒二十年（一八九四）刊行。

[二] 丹徒友人句：補編本删去「丹徒友人李恩綬亞伯寄」十字，及「來」字。李恩綬，河北教育版誤作「孝恩綬」，中華版已改正。參見「評李恩綬詞」一則注[一]。陳廷焯亦峰：陳廷焯（一八五三——一八九二），原名世焜，字耀先，一字亦峰，江蘇丹徒（今屬鎮江）人，流寓泰州。光緒十四年（一八八八）舉人。早歲即致力于詩文，習填詞，初受浙派影響，編成《雲韶集》，自謂「悉本先生（朱彝尊）《詞綜》，略爲增減，大旨以雅正爲宗，所以成先生之志也。」後師事姨表叔莊棫，改

宗常州派張惠言，以十年之功編成《詞則》二十四卷，表明宗旨。附所作詩詞指《白雨齋詞話》十卷本原稿後附陳廷焯詞一卷。

〔三〕「嚴事中白」二句：謂以莊棫爲填詞之師。中白，即莊棫。《白雨齋詞話》卷五云：「自丙子年（光緒二年，一八七六）與希祖（莊棫一字希祖）先生遇後，舊作一概付丙，所存不過己卯後數十闋，大旨歸于忠厚，不敢有背《風》、《騷》之旨。過此以往，精益求精，思欲鼓吹蒿庵（莊棫號），共成茗柯（張惠言）復古之志。」

〔四〕以予附配以爲同聲：《白雨齋詞話》卷五云：「仁和譚獻，字仲修，著有《復堂詞》，品骨甚高，源委悉達。窺其胸中眼中，下筆時匪獨不屑爲陳（陳維崧）、朱（朱彝尊），儘有不甘爲夢窗（吳文英）、玉田（張炎）處。所傳雖不多，自是高境。余嘗謂近時詞人，莊中白尚矣，蔑以加矣，次則譚仲修。鹿潭（蔣春霖）雖工詞，尚未升《風》、《騷》之堂也。」

評鄧邦達詞△〔一〕

鄧邦達仲璋來訪，以《睫巢詞稿》見質〔二〕。蓋嶰筠督部孫、筠臣太守子也〔三〕。詞當行，未出色。繼武家風〔四〕，尚待進境。

【注】

〔一〕　此則人文本未收。録自《續録》光緒二十四年（一八九八）六月二十日。稿本日記「鄧邦達仲璋來訪，以《睫巢詞稿》見質。蓋嶰筠督部孫、笏臣太守子也」作「審定《睫巢詞》」，「詞當行」作「當行」。

〔二〕　《睫巢詞稿》：或爲鄧邦達在世時詞集初名。

〔三〕　笏臣太守：即鄧廷楨之孫鄧嘉純。見質：詢問，就正。揚雄《太玄經·數》：「爰質所疑。」范望注：「質，問也。」

〔四〕　繼武：繼承。語出《禮記·玉藻》：「大夫繼武。」孔穎達疏：「繼武者，謂兩足迹相接繼也。」補編本「繼」誤作「斷」。

閲《白雨軒詞話》△〔一〕

重閲陳亦峰《詞話》。以沉鬱爲宗旨〔二〕，固人間精鑒也〔三〕。

【注】

〔一〕　此則人文本未收。録自《續録》光緒二十四年（一八九八）七月二十六日。

［二］以沉鬱爲宗旨：《白雨齋詞話》卷一云：「作詞之法，首貴沉鬱，沉則不浮，鬱則不薄。顧沉鬱未易强求，不根柢于《風》、《騷》，烏能沉鬱？」又專釋「沉鬱」云：「所謂沉鬱者，意在筆先，神餘言外。寫怨夫思婦之懷，寓孽子孤臣之感。凡交情之冷淡，身世之飄零，皆可于一草一木發之。而發之又必若隱若見，欲露不露，反復纏綿，終不許一語道破。匪獨體格之高，亦見性情之厚。」陳氏全書以「沉鬱」品評歷代詞家高下。

［三］精鑒：高明的鑒識。韓愈《與鳳翔邢尚書書》：「欲求士之賢愚，在于精鑒博采之而已。」

閱俞廷瑛近稿△［一］

昨筱甫以近稿見質［二］，晨起閱之，詩勝于詞，抑詞難于詩，如亦峰所言耶［三］？

【注】

［一］此則諸本未收，載稿本日記光緒二十四年（一八九八）七月二十七日。

［二］筱甫：即俞廷瑛。

［三］「抑詞難于詩」二句：陳廷焯《白雨齋詞話》卷七云：「詩詞一理，然不工詞者可以工詩，不工詩者斷不能工詞。故學詞貴在能詩之後，若于詩未有立足處，遽欲學詞，吾未見有合

者。」又云：「古人詞勝于詩則有之，未有不知詩而第工詞者。」即詞難于詩之意。亦峰，即陳廷焯。

評王僧保詞△[一]

《篋中詞》未見之王西御《秋蓮子詞》[二]，今甫寄舊本至。婉約有深韵，當續采[三]。

【注】

[一] 此則人文本未收。録自《續録》光緒二十四年（一八九八）九月二十九日。稿本日記「今甫寄舊本至」作「今時甫寄舊本至」。時甫，即汪淵。

[二] 王西御：即王僧保。

[三] 當續采：《篋中詞》終未及收王僧保詞。

補選王僧保、董士錫詞入《篋中詞》△[一]

《篋中詞》于江南名家有未見者，汪時甫寄王西御《秋蓮子詞》，繆筱珊刻董晋卿《齊物論齋詞》[二]。兩日來補選入録，此事亦未已。

【注】

［一］此則諸本未收，載稿本日記光緒二十四年（一八九八）十月初八日。

［二］繆筱珊刻董晉卿《齊物論齋詞》：指《齊物論齋詞》江陰繆氏刊《雲自在龕叢書·名家詞》本。《篋中詞》今集卷三已收董士錫詞二首，此應指見繆氏本後欲再補選，然未及補入。董晉卿，即董士錫。

閱《白雨軒詞話》△［一］

又閱陳丹崖孝廉《白雨軒詞話》。推見本末，洞達正變［二］。倚聲樂府有此曠古之識［三］，于流别一一疏證，與予夙論同者十之七八。蓋此君深契中白［四］，推爲正宗。因于復堂亦爲不謀面之知己。一舉于鄉，蕉萃早世，年尚不逮中白［五］，可悼歎也。檢《篋中詞》前後今集，證之陳氏，所論多合，益惜未得接席深談耳［六］。

【注】

［一］此則人文本未收。録自《續録》光緒二十四年（一八九八）十二月十六日。稿本日記原爲兩則，「檢《篋中詞》前後今集」以下爲十二月十七日所記。「又閱陳丹崖孝廉《白雨軒詞話》」

作「閲丹徒陳廷焯亦峰丹崖孝廉《白雨軒詞話》」，「一舉于鄉」作「乃一舉于鄉」。

［二］ 推見本末，洞達正變：陳廷焯《白雨齋詞話・自序》云：「撰《詞話》十卷，本諸《風》、《騷》，正其情性，温厚以爲體，沉鬱以爲用，引以千端，衷諸壹是。」可見其論詞宗旨。

［三］ 曠古之識：空前的見識。

［四］ 深契：交情深厚。王績《薛記室收過莊見尋率題古意以贈》詩：「故人有深契，過我蓬蒿廬。」

［五］ 年尚不逮中白：莊棫享年四十八歲，陳廷焯三十九歲即亡。

［六］ 接席：坐席相接，形容親近。語出曹丕《與吴質書》：「行則連輿，止則接席。」

評鄺滋德詞△［一］

閲《半情居集》畢。填詞修潔［二］，雜文老成，皆有師法。跋數行，并欲歸後撰序貽之。

【注】

［一］ 此則人文本未收。録自《續録》光緒二十五年（一八九九）五月二十五日。稿本日記無「跋數行，并欲歸後撰序貽之」兩句。鄺滋德（一八一七—一八六二），字黄芝，號昌言，浙江諸

暨人。著有《半情居遺集》十卷，編《諸暨詩存》十六卷。此年五月譚獻入諸暨城詣縣志局商修《鹽法志》事，得見此集。

[二] 修潔：秀美簡潔。

許增擬刻諸家詞話△[一]

榆園劄來[二]，有刻諸家詞話之意，因檢《聽秋聲館》、《芬陀利室》、《白雨軒》及《詞辨》四種[三]，將借之審定[四]。

【注】

[一] 此則人文本未收。録自《續録》光緒二十五年（一八九九）五月二十九日。

[二] 榆園：即許增。

[三] 《聽秋聲館》：即丁紹儀《聽秋聲館詞話》。《芬陀利室》：即蔣敦復《芬陀利室詞話》。《白雨軒》：即陳廷焯《白雨齋詞話》。《詞辨》：即周濟《詞辨》。今本《榆園叢刻》叢書未收此四種詞話。

[四] 定：補編本誤作「之」。

閲黄曉秋詩詞△[一]

黄曉秋以所著《瓦釜雷鳴詩》四卷、《欸乃餘曲詞》二卷、《無隧積談》一卷見質[二]，閲一過。詩篇出入中唐及明七子間[三]，婉朗有才思[四]。填詞超超，麗俊而有神韵，殊勝于詩。……詩詞皆後勝前作，年方二十，進境正未可量。集名失雅，當諷其改定[五]。

【注】

[一] 此則人文本未收。録自《續録》光緒二十五年（一八九九）七月初九日。稿本日記「黄曉秋以所著《瓦釜雷鳴詩》四卷、《欸乃餘曲詞》二卷、《無隧積談》一卷見質，閲一過」作「黄曉秋《瓦釜雷鳴詩》四卷、《欸乃餘曲詞》二卷、《無隧積談》一卷，閲一過」。

[二] 黄曉秋：生平不詳。

[三] 明七子：明代前七子，主張詩必秦漢、文必盛唐，包括弘治、正德年間李夢陽、何景明、徐禎卿、邊貢、康海、王九思、王廷相；後七子，也是復古詩文流派，指明嘉靖、隆慶年間的李攀龍、王世貞、謝榛、宗臣、梁有譽、徐中行、吴國倫。

[四] 婉朗：和婉俊朗。

［五］ 諷：勸告。《韓非子·八經》「故使之諷」，王先慎集解：「諷，勸諫。」

得劉炳照五詞△［一］

得劉語石書［二］，寄近作詞五闋［三］，多長調。此君于此事可謂當行。

【注】

［一］ 此則人文本未收。録自《續録》光緒二十五年（一八九九）七月十三日。

［二］ 劉語石：即劉炳照。

［三］ 「寄近作詞五闋」：檢《復堂師友手札菁華》收劉炳照手札，己亥（光緒二十五年）七月前手札僅一通，載《念奴嬌》詞（注「寒碧詞社第一集」），詞後署「己亥長至節，語石詞隱録稿」），未知是否爲五詞之一。兹據手札録詞如下：《念奴嬌·湯芷卿先生〈采石酹詩圖〉卷子，貞愍公遺筆也，今爲其族孫允孫大令所藏。允孫曾令當塗，祭墓修樓，續徵題詠，借東坡〈赤壁懷古〉詞韵》：「江山如故，自謫仙去後，都無人物。我輩登臨，君不見、敢向高樓題壁。力士工讒，夜郎遭貶，遺恨今誰雪？汾陽知己，漫誇詩聖文傑。　同此天地吟身，將軍下筆，腕底清風發。大節千秋，靈爽在、歷劫不隨灰滅。一卷傳家，重來吊古，幾換青青髮？桂尊親酹，醉魂飛下凉月。」此詞

後收入劉炳照《無長物齋詞存·夢痕詞下》，但文字有改動，并多處加注。手札中另有《疏影》、《暗香》、《百字令》、《轆轤金井》等四詞，作于此年之後，均爲寒碧詞社唱和之作。疑徐彦寬整理之《日記·續録》之語有改動，「近作詞五闋」未必皆作于七月十三日之前，則正與「作詞五闋，多長調」語相合。

得鄭由熙詞集△[一]

鄭由熙曉涵《蓮漪詞》二卷刻本，昨余太守詒示，丁亥戊子間曾爲删定，有跋識數行[二]。

【注】

[一] 此則諸本未收，載稿本日記光緒二十五年（一八九九）七月二十二日。

[二] 「丁亥戊子間」兩句：參見「蓮漪詞題識」一則注[一]。丁亥，光緒十三年（一八八七）。戊子，光緒十四年（一八八八）。

黄曉秋《南浦》詞仿復堂△[一]

黄曉秋示以《南浦》新詞[二]，秋雨述感，殊欲寫仿復堂也[三]。

【注】

[一] 此則諸本未收，載稿本日記光緒二十五年（一八九九）七月二十五日。

[二] 黄曉秋示以《南浦》新詞：參見「閲黄曉秋詩詞」一則。詞未見。

[三] 「秋雨述感」二句：譚獻詩詞中多有寫秋雨感懷的篇什。

審定吕耀斗詩詞△[一]

榆園以吕定子遺稿詩詞屬審定[二]，約略閲一過。詩格老成[三]，詞筆婉約，皆可觀。

【注】

[一] 此則人文本未收。録自《續録》光緒二十五年（一八九九）九月望日。稿本日記「榆園以吕定子遺稿詩詞屬審定，約略閲一過」作「前日榆園以吕定子遺稿詩詞亦屬審定，詞曰《鶴緣》」。

〔二〕 榆園：即許增。吕定子：即吕耀斗。

〔三〕 老成：謂功夫深厚，筆法老練。杜甫《敬贈鄭諫議十韵》詩：「毫髮無遺憾，波瀾獨老成。」

閲裕貴詩詞△〔一〕

閲六橋外王父裕貴乙垣禮部《鑄廬詩剩》、《詞剩》〔二〕，腴净安雅〔三〕。

【注】

〔一〕 此則人文本未收。録自《續録》光緒二十五年（一八九九）九月二十二日。稿本日記「閲六橋外王父裕貴乙垣禮部《鑄廬詩剩》、《詞剩》」作「閲裕貴乙垣禮部《鑄廬詩剩》、《詞剩》」。

〔二〕 六橋：即鍾依三多。外王父：外祖父。《爾雅·釋親》：「母之考爲外王父。」《鑄廬詩剩》、《詞剩》：《鑄廬詩剩》一卷，附《蕉竹山房詞剩》一卷，有光緒間石印本。俞樾《春在堂雜文六編》卷八有《乙垣禮部〈鑄廬詩剩〉序》云：「此卷僅存詩六十餘首、詞六首，蓋道光戊戌年入京後所作，至光緒丁酉，六十年矣。」裕貴（生卒年不詳）：字乙垣，號八橋，又號鑄廬，姓巴雅拉氏。滿洲鑲紅旗人，居長白。嘉慶二十三年（一八一八）進士，官至禮部員外郎，駐防杭州。

[三]　腴净安雅：豐潤明净，安穩和雅。俞樾序云：「余讀其詩，格高意遠，味淡神清，有蕭然自得之致。」可參。

審定胡念修詩詞△[一]

審定胡右階《靈芝仙館詩詞》一過[二]。其自言不以清廢麗、不以麗廢清，志之所在。予將序言[三]，亦勖其即以此爲成就，爲印證。填詞未盡曲折，可誦者少[四]。

【注】

[一]　此則人文本未收。録自《續録》光緒二十六年（一九〇〇）二月十六日。稿本日記「審定胡右階《靈芝仙館詩詞》一過」作「審定胡右階詩詞一過」，「不以麗廢清」作「亦不以麗廢清」。

[二]　胡右階：即胡念修。胡念修（一八五六—一九〇三後），字靈和，號右階，幼嘉，一號壺盦，有刻鵠齋、靈仙館、捲秋亭、向湘樓等室名，浙江建德人。附貢生，光緒間以道員候補江蘇，主講椒江書院。譚獻弟子。有《捲秋亭詞鈔》二卷（《瑶艇詩餘》一卷、《後庚雅詞》一卷），光緒二十七年（一九〇一）刻鵠齋刻本。其《瑶艇詩餘序》云：「余于音律素所未諳，倚聲一道，遂不輕議。間或試筆，稿亦鮮留。蓋恐率爾操觚，勿能協律，致有胡琴羌笛之譏。十年以來，巾箱所存，

不盈一册。今因編録詩集，姑擇其稍得性靈之作，以存詩之例存之。至于合調與否，無從自知，請質諸覽是卷者。己亥冬月自識。」己亥爲光緒二十五年（一八○九）。其《後庚雅詞序》云：「余始學填詞，就正復堂先生。先生以爲語近平鈍，因而發憤，盡棄前業。潛心意内言外之説，尋途《花間》、《花庵》諸集，揣摩期年，得詞二卷。重質復堂先生，先生遽以章句莞秀見許。退省其私，輒録而存之，竊喜詞學之一旦貫通也。昔定庵（龔自珍）先生《庚子雅詞》膾炙人口，余以《公羊》之言，猶起予之益，故名次卷曰《後庚雅詞》，用志不忘焉。」譚獻并對其詞作偶加點評。《靈芝仙館詩詞》：這是合胡念修詩鈔與詞鈔而言。

［三］　予將序言：《復堂文續》卷二有《靈芝仙館詩叙》，未署撰年，辛丑（光緒二十七年，一九○一）刻鵠齋《壺盦類稿》本《靈芝仙館詩鈔》譚獻叙文，署「光緒二十有六年歲在庚子仲春，仁和譚獻叙」，并對其詩偶加點評。譚獻此年去世，未及爲胡念修詞集作序。

［四］　填詞未盡曲折，可誦者少：胡念修學填詞甚晚。其辛丑年（光緒二十七年，一九○一）撰《復堂文續跋》云：「輒出所業詩文，前席請益。先生點勘不倦，許可尤多。惟謂稿無令慢之作，恐累通才。書誡面詔，堅其志力。念修學焉數載，積有百篇，未敢自信，而先生乃訝爲大進。」

蒲華畫《復堂填詞圖》△[一]

蒲作英畫《復堂填詞圖》見貽[二]。不以斜陽煙柳布色也[三]。

【注】

[一] 此則人文本、補編本未收。録自《續録》光緒二十六年(一九〇〇)八月五日。稿本日記「蒲作英畫《復堂填詞圖》見貽」作「蒲作英、林鞠農來談,作英畫《復堂填詞圖》見貽」。

[二] 蒲作英:即蒲華。蒲華(一八三二—一九一一),清書畫家,原名城,字作英,又字竹英,號青山野史、種竹道人,齋名不染廬,浙江秀水(今嘉興)人。出身于編籍墮民之家,屢試不第,最終只得秀才。擅畫山水花卉。曾東渡日本。長期寓居上海,與吴昌碩交游最深,與任伯年、吴昌碩、虚谷并稱「清末海派四大家」。《復堂填詞圖》:據吴著考,此爲《復堂填詞圖》第九幅。

[三] 不以斜陽煙柳布色也:今存吴昌碩繪《復堂填詞圖》,有其題詞「煙柳斜陽填詞圖,復堂先生命寫,庚寅二月,吴俊同客滬上」(吴昌碩初名俊)。又馬賡良致譚獻函云:「中夏曾屬止軒達悃,未知曾達否也?《斜陽煙柳圖》春間由止軒轉遞,諒早垂鑒。」(見《復堂師友手札菁華》)

馬賡良，譚獻友人，據《日記》卷四庚辰：「越詩人馬賡良幼眉，予于庚午（同治九年，一八七〇）定交，今刻《鷗堂詩》三卷寄示。」止軒爲王繼香號（參見「醉盦詞別集跋」一則注〔一〕），則馬賡良亦曾繪《斜陽煙柳圖》，由王繼香轉贈譚獻。此函未署日期。

謀刻《復堂詞録》△〔一〕

踵玉來言〔二〕，甬上方生欲來予門下〔三〕，謀刻《復堂詞録》以爲贄〔四〕。恐未必成，姑付之。

【注】

〔一〕此則人文本、補編本未收。録自《續録》光緒二十六年（一九〇〇）閏八月二十一日。

〔二〕踵玉：即徐珂。

〔三〕甬上：浙江寧波。

〔四〕謀刻《復堂詞録》：譚獻《復堂詞録》初編成于光緒八年（一八八二），九月撰《復堂詞録叙》，此後又續有修訂，但未及刊刻，譚獻即于光緒二十七年（一九〇一）去世。贄，資金。

商刻龔自珍詞△[一]

邁孫來談[二]，商刻定庵詞[三]。

【注】

[一] 此則人文本、補編本未收。録自《續録》光緒二十六年（一九〇〇）十一月初六日。

[二] 邁孫：即許增。

[三] 定庵：即龔自珍。許增《榆園叢刻》未收龔自珍詞集。

徐珂附記

同光間，吾師仲修譚先生，以詞名于世，與丹徒莊中白先生棫齊名，稱譚莊。所著曰《復堂詞》，學者宗之，稱之曰復堂先生。時猶未盡知王佑遐（王鵬運）、鄭叔問（鄭文焯）、朱古微（朱孝臧）、況夔笙（況周頤）四先生也。師之論詞諸説，散見文集、日記及所纂《篋中詞》、所評周止庵（周濟）《詞辨》。光緒庚子，珂里居，思輯爲專書，請于師曰：「集録緒論，弟子職也。侍教有年，請從事。」師諾，其年冬，書成呈師。師曰：「可名之曰《復堂詞話》。」師歸道山久矣，木壞山頽，吾將安仰？今付梓，校誦三復，掩卷泫然。

乙丑（中華民國十四年）三月，弟子徐珂謹識于上海寓廬。

附録

一、項君小傳[一]

譚　獻

項君鴻祚，字蓮生，錢塘人。道光十二年舉于鄉[二]。家世業鹽筴[三]，至君漸落。性湛然耆古[四]，嘗避喧南山[五]，讀書僧院，就泉看山，無復塵念。姊婿許文恪公視學江西[六]，君偶從之，一日游百花洲[七]，意有所感，輕舟徑歸，不以告也。君文辭爾雅，詩不多作，善填詞，幽異窈眇，浸淫五代兩宋而擷精棄滓，好儗温、韋以下小樂府，津逮草窗、夢窗，蹊逕既化，自名其家。談者比之江淹雜體詩云[八]。手訂詞稿，矜慎多芟削，最後存《憶雲詞甲乙丙丁稿》四卷行于世[九]。先是，家被火室燬[一〇]，奉母應文恪之招于京邸，途次遇水，母與從子皆道殁，君蒼黄歸[一一]，幽憂疾病不自振。既再上春官被放[一二]，轗軻久[一三]，遂卒，時道光十五年也[一四]。君詞稿自序一則曰「不無累德之言，抑亦傷心之極致」[一五]，再則曰「不爲無益之事，何以遣有涯之生」[一六]，嗚呼，悲矣！君原名繼章，改名廷紀，卒年三十八歲。

【注】

［一］本文據譚獻著，羅仲鼎、俞浣萍點校《譚獻集・補遺》，浙江古籍出版社，二〇一二年。

［二］道光十二年：公元一八三二年。

［三］鹽策：關于鹽税的政策法令，語出《管子・海王》：「海王之國，謹正鹽策。」此指鹽務。

［四］湛然：淡泊。謝靈運《佛影銘序》：「莫知始終，常自湛然。」

［五］南山：浙江天目山餘脉，在今杭州西湖之南。參見田汝成《西湖游覽志》卷三。

［六］許文恪公視學江西：許文恪公，即許乃普（一七八七—一八六六），字季鴻，一字經厓，別字滇生，浙江錢塘（今杭州）人。嘉慶、道光、咸豐朝三遷内閣學士，五入直南書房，五充經筵講官。曾任兵部、工部、刑部、吏部尚書，多次充任殿試考官。卒謚文恪。道光十三年（一八三三）任侍講學士時曾督江西學政。

［七］百花洲：在江西南昌，爲著名風景區。《大清一統志・南昌府》：「百花洲在南昌縣東東湖北，宋紹興中嘗習水軍于此。」

［八］江淹雜體詩：江淹（四四四—五〇五），字文通，濟陽考城（今河南商丘民權）人。南朝著名文學家，歷仕宋、齊、梁三朝。《雜體詩三十首》是其代表作，爲擬古之體。

［九］《憶雲詞甲乙丙丁稿》：四卷，有道光刊本。另有光緒二十一年（一八九五）《榆園叢

刻》本。

［一〇］家被火室燬：事在道光九年（一八二九）。

［一一］蒼黄：倉皇，倉促。温庭筠《湖陰曲》：「蒼黄追騎塵外歸，森索妖星陣前死。」

［一二］春官被放：項鴻祚于道光十二年（一八三二）中舉人，再上春闈不第。

［一三］轗軻：也作「埳軻」、「轗軻」，困頓，不得志。東方朔《七諫·怨世》：「年既已過太半兮，然埳軻而留滯。」洪興祖《楚辭補注》：「轗，音坎。埳坷，不平也。轗軻，車行不平。一曰不得志。」

［一四］道光十五年：公元一八三五年。

［一五］詞稿自序一則：見《憶雲詞甲稿自序》。累德之言：有損德行之言，此指歌詞創作。《莊子·庚桑楚》：「惡欲喜怒哀樂六者，累德也。」成玄英疏：「六者德之患累也。」

［一六］再則曰：見《憶雲詞丙稿自序》。無益之事，亦指歌詞創作。

二、譚獻《復堂日記》的詞學文獻價值

方智範

學界對于晚清著名詞學家譚獻(一八三二——一九〇一)的詞學活動和詞學理論的研究,主要文獻材料取自《復堂詞話》。《復堂詞話》并非譚獻的原著,而是其門生徐珂在譚獻生前所輯,一部分内容取自《譚評詞辨》和《篋中詞》,大部分則是從《復堂日記》中輯得。徐珂于《復堂詞話》後識云:「光緒庚子(光緒二十六年,一九〇〇),珂里居,思輯爲專書,請于師曰:『集録緒論,弟子職也。侍教有年,請從事。』師諾。其年冬,書成呈師,師曰:『可名之爲《復堂詞話》。』」此書于民國十四年(一九二五)始得正式出版,距譚獻下世已二十四年。後收入唐圭璋編《詞話叢編》,現今最通行的本子是收入郭紹虞、羅根澤主編「中國古典文學理論批評專著選輯」叢書本。[一]

然而,詞話輯自《復堂日記》的部分,删汰甚多,遠非完璧。其中客觀的原因,在于譚獻日記的寫作、整理、出版有一個較長而曲折的過程:前六卷載于清光緒十一年(一八八五)作者親自編成的《復堂類集》,其中内容已有缺漏(詳見下文)。光緒十三年(一八八七)作者編《半厂叢書初編》,收入《復堂類集》,又增補此後所記兩卷,譚獻本人作了删潤,徐珂輯《復堂詞話》即據此不甚完整的八卷本日記。從主觀的一面言,徐珂的采擇也并不完全令人滿意,常有重要遺漏,于是珍貴的詞學資料因此流失,這給學術研究所冀望的文獻完整性帶來缺憾。

所幸的是，譚獻次子的妻舅徐彦寬（一八八六—一九三〇）在譚獻去世後，勉力收存八卷中被作者删汰的日記，整理成兩卷《復堂日記·補録》，後又編八卷本刊後續寫的日記一卷，名爲《復堂日記·續録》，彙輯入《念劬廬叢刻》中。這後三卷日記由錢基博、錢鍾書父子作序，并于民國二十年（一九三一）由錢基博集資出版排印。通行本《復堂詞話》所據日記止于前八卷，未及這後三卷内容。此書流布未廣，似未引起詞學界的注意。[二]

徐珂輯《復堂詞話》取自《復堂日記》八卷的部分，年限從癸亥（同治二年，一八六三）始，止于辛卯（光緒十七年，一八九一）。而譚獻于《日記》首條申明：「同治二年五月以前《日記》淪失，不可記憶。今自癸亥五月始，删節十之二。大都循誦載籍，譚藝之言爲多，餘事略附，不能詮次首尾矣。」這八卷皆其手定，惜未注月日。徐彦寬所輯《補録》，不僅補上了具體月日，使譚獻詞學活動脉絡顯得更爲清晰，而且補入了被譚獻宣稱「淪失」的同治元年（一八六二）全年及同治二年五月前的日記若干條；而《續録》（自光緒十八年正月至光緒二十七年六月作者去世前）的日記，更未在徐珂選輯《復堂詞話》的視野之内；與八卷《日記》及《補録》前後互相銜接，時間跨四十年（一八六二—一九〇一）之久，内容益趨完整。近年來關于譚獻日記又有重大發現，南京圖書館藏有未刊的五十七册《復堂日記》稿本，有學者已陸續披露其中的一些文獻資料，并作了初步整理和研究。

本文所據，仍是整理本十一卷《復堂日記》。經對這些材料的梳理，筆者認爲比較重要的問題有：第一，譚獻與當時另一位重要詞人莊棫（一八三〇—一八七八）的關係；第二，譚獻與《白雨齋詞話》作者、晚清著名詞學家陳廷焯的關係；第三，譚獻的重要詞學活動；第四，《復堂詞話》没有收録的詞學評論資料。現依次論述如下。

一 譚獻與莊棫之關係

譚、莊關係，是研治晚清詞學的一個關節點，世人于此早有公論。[三] 今存譚獻《復堂詞》由莊棫作序，莊棫《蒿庵詞》亦由譚獻題辭——兩人惺惺相惜，交情甚深。那麼莊棫給予譚獻詞學以怎樣的影響？在通行本《復堂詞話》中没有對莊棫的任何記載和評論，這是很難令人滿意的。

如所周知，譚獻治詞初從浙派，後瓣香常州詞派張惠言和周濟。其《復堂諭子書》云：「甲寅年（咸豐四年，一八五四）館山陰村舍，始填詞，旋又棄去。後乃尊信張臯文、周保緒先正之言，鋭意爲之。」[四] 據此可知，譚獻初學詞，始于咸豐四年（一八五四），時年二十四歲。[五] 而尊信常州派張、周之學，已是他三十歲以後的事，所謂「三十而後，審其流别，乃復得先正緒言，以相啟發」[六]。譚獻三十歲時即咸豐十一年（一八六一），與其初學詞之間相隔有七八年之久。這裏值得推究的問題是：譚獻詞學由浙而常，其中轉折的關鍵究竟是什麼？他標榜的「比興柔厚」主張源自何人？

而從《復堂日記》中，可在譚獻經歷中發現一件重要事情：咸豐七年丁巳（一八五七）譚獻二十六歲時與莊棫相識于京師。從此譚獻在談及平生交游時，將莊棫引爲知音同道：

即論交游，齊名忝竊：二十歲前稱譚、高，蓋昭伯（高炳麟）。入京師稱吴、譚，則子珍（吴懷珍）。己未以後南北皆稱譚、莊，莊謂中白。丙寅、丁卯間忽有巨公言海内三異人：湘鄉左孟星（樞）、武進劉申孫（懌）及予也。昭伯、子珍、孟星奄忽謝世，所學未施。申孫五馬作郡，望實蔚然，予故未識面。今唯中白窮交白首，千里如在一室而已。更一二十年何所成就、何所位置？［七］

所謂「己未（咸豐九年）以後南北皆稱譚、莊」，譚、莊在學術藝文方面得以并稱，很大程度上是因爲兩人詞學創作和批評的取向相同。

《日記》記載了兩人在京時的交往。［八］參以譚獻所撰《亡友傳》中的莊棫傳［九］，譚獻咸豐七年與莊棫相識于北京顧亭林祠下，「遂稱知己」，當時二人都是赴京應試的青年學子。此後兩人的一次重要交往，是光緒三年（一八七七）在安慶：

莊中白從揚州來訪。不相見六七年，始得接席。見其篋中《大圓通義》八十二篇、《易緯略義》八卷。三日後即赴秣陵矣。［一〇］

參以《亡友傳》：「光緒三年七月，訪獻于安慶，語窮三晝夜，年未五十，諄諄言後事，獻默訝其不祥，明年，竟病殁于家。」次年莊棫卒，譚獻時在安徽歙縣任上，聞訊「出入寡歡，心志慘沮」，浩歎「茫茫六合，此身遂孤」，聲稱自己與莊棫的關係是「二十餘年，心交無第二人」。［一一］

譚獻轉向常州派，正是在與莊棫相交并接受了他的思想觀點之後，譚獻真正獨立的詞學活動，也是從這時開始的，可以説三十歲是譚獻詞學傾向轉變的一個節點。雖然譚獻早于咸豐四年二十三歲時有同鄉友人高錫恩爲刻《化書堂集》三卷，附《蘼蕪詞》一卷，在京師有與莊棫合刻《三子詩選》附詞，但其《復堂詞》作爲個人專門詞集，初刻于咸豐十一年（一八六一）三十歲時。其後，他于光緒四年（一八七八）編成《篋中詞》，標榜「麗淫麗則，辨于用心，無小非大，皆曰立言，惟詞亦有然矣」[一二]，以推尊詞體自許；同時專取周濟的《詞辨》二卷，對其所選唐宋人詞加以評泊，以張大常州詞派張惠言、周濟之門庭。

關于莊棫其人，史載事迹僅見譚獻所撰《亡友傳》，略云：莊棫，字中白，又字希祖，號蒿庵，江蘇丹徒人。家道中落，轉徙益困，曾國藩歎爲異才，聘其校正群籍。讀書好微言大義，善言名理，有《周易通義》、《易緯通義》、《蒿庵詞》。他的詞學成就和觀點，在陳廷焯《白雨齋詞話》中有記載和轉述。整理本《復堂日記》保留了譚獻與之交往的材料，對研究莊、譚關係和晚清詞學，彌足珍貴。

《日記》還提供了一個重要信息——兩人交往中，莊棫對譚獻學術傾向的評價，是把他歸屬于常州今文經學派的陣營。我們從《復堂日記》中，讀到譚獻早年在福州時大量研讀常州學派著作的記録，并載有一份《師儒表》，首列莊存與、莊述祖、劉逢禄等常州學派大師爲「絶學」。[一三]《日記》記録了莊棫對譚獻的期許及譚獻自述與常州學派的師承關係：

蓋莊氏一門、張氏昆季（惠言，琦）、申耆（李兆洛）、晉卿（董士錫）、方立（董祐誠）、稚存（洪亮吉）、淵如（孫星衍）皆嘗私淑，即仲則（黄景仁）之詩篇又豈易抗顔行乎？[一四]

顯然，譚、莊二人在學術上是以尊奉常州學派爲共同蘄向的。常州詞派的詞學理論，以《易》學爲基礎，由其開山祖師張惠言肇其端。莊棫也精于《易》學，曾以所撰《易》學著作贈譚獻，《日記》中有云：

赴江寧。舟中閱莊中白遺書《大圓通義》，亦曰《周易通義》，稿本十六卷八十一篇。《大傳》曰：「作《易》者其有憂患乎？」中白之書作于憂患，有爲而言，非經生家法也。後死之責，謀傳其書，以告心知其意者。〔一五〕

以六藝之理相貫通，以《易》學通于詩學，是清儒學術研究的慣常理路——《詩》本就與《易》一樣屬于「經」。如被譚獻心儀的章學誠，在其《文史通義·易教下》論《易》學就認爲：「《易》象雖包六藝，與《詩》之比興，尤爲表裏。」譚獻曾明言：「服膺會稽章先生之言，曰『詩教至廣，其用至多』，而又師其論文之旨，持以論詩。」〔一六〕他爲莊棫《周易通義》作序又云：「少治《易》，通張惠言、焦循之學；又好讀《緯》，以爲微言大義，非《緯》不能通經。」〔一七〕顯而易見，他循此思路，轉以論《易》之旨，持而論詞，晚年所作《復堂詞録叙》論詞之體性，云「又其爲體，固不必與莊語也，而後側出其言，旁通其情，觸類以感，充類以盡」〔一八〕，所用的正是出于《易傳》的經學話語。于此，我們可以得出這樣的結論：譚獻宗尚常州派張惠言、周濟的經學和詞學，作爲其溝通先正的中介人物，就是莊棫。

譚獻論詞的一個核心觀點，是所謂「折中柔厚」，其《詞辨跋》云：「予固心知周氏之意，而持論小異。大抵周氏所謂變，亦予所謂正也，而折中柔厚則同。」〔一九〕這指的是周濟早年在《詞辨序》中論詞標榜「藴藉深厚」、「中正」、「莊雅」。譚獻説的「折中」，見《中庸》：「執其兩端，用其中于民。」朱熹《楚辭集注》：「謂事理有不同者，執其兩端而折其中。」而《易傳》也以「中道」爲重要的哲學範疇，屢有論述。「折中」原則用于詩學，就是所謂「樂而不淫」、「怨而不怒」、「哀而不傷」，于是和詩教的

「温柔敦厚」(譚氏有時簡化爲「柔厚」)原則相通。

從《日記》中還可以發現一個十分重要的事實,「折中柔厚」或曰「比興柔厚」實際上是譚、莊交往過程中論詩、論詞的共同標準。譚獻以「柔厚」一詞評莊棫詩:

莊中白自泰州來,相見悲喜。至其寓小坐,出示近年所作詩。益柔厚,匆匆不能悉誦也。[二〇]

在譚獻自述其詞學觀時更進而云:

余録《篋中詞》終于中白,非徒齊名之標榜,同聲之喁于,亦以比興柔厚之旨相贈處者二十年。向序其詞曰:「閨中之思,靈均之遺則,動于哀愉而不能已。」中白嘗曰:「非我佳人,莫之能解也。」[二一]

由光緒四年莊棫去世上推二十年,正是咸豐七年,也就是説從咸豐七年譚獻與莊棫在京師初識時起,譚獻就確定了他論詞的核心範疇,即「比興柔厚」,這一思想主要是受莊棫啟發。

莊棫關于詞中比興的論述,首見于爲譚獻所作《復堂詞叙》,有「夫義可相附,義即不深;喻可專指,喻即不廣」的著名論斷(見陳廷焯《白雨齋詞話》卷五引)[二二],并反復倡言「風人之旨」,反對「狂呼叫囂」,主張寫詞要發「縹緲之音」,所以必用比興寄托。光緒八年(一八八二)九月,譚獻于安慶寓舍編成《復堂詞録》,提出「比興之義,升降之故,視詩較著」,最合詞之體性,顯然已以《易》學的義理和方法論詞,并進而揭櫫「甚且作者之用心未必然,而讀者之用心何必不然」這樣一條由讀者接受角度立論的著名闡釋原則。[二三]《日記》所載足證,莊棫是爲譚獻詞學「導夫先路」的引路人。

二 譚獻與陳廷焯之關係

譚、莊交往已如上述。然而晚清另一著名詞學家陳廷焯與譚獻關係又如何？譚、莊爲同輩相交，而陳廷焯于譚爲晚輩，且兩人從未謀面。譚獻當時是聲名已著的「風騷盟主」，《白雨齋詞話》中多次將譚、莊并提，自然十分合理，但這不過是一種單向的評價。進一步考察可以發現，陳氏對同治、光緒間早已聲名卓著的常州派詞學家周濟其人、其詞、其選、其論，竟然未置一詞。周濟的《詞辨》一書和弁于其卷首的《介存齋論詞雜著》，有譚獻的點評，周濟的《宋四家詞選》在當時也甚爲流行，所以陳氏不提周濟，不可能是疏忽，只能解釋爲有意迴避，在筆者看來，這是他建立自己的「詞學譜系」的需要。

陳廷焯治詞是從同治十二年（一八七三）至十三年（一八七四）編集《雲韶集》開始的，此書以朱彝尊《詞綜》爲藍本，顯然他早期也受浙派影響。光緒二年丙子（一八七六）陳廷焯二十一歲時，初識莊棫。莊棫是陳的姨表叔（《白雨齋詞話》八卷本説是「吾父之從母弟」），陳廷焯對常州詞派的了解和論詞趨向的轉變，起因于此：「自丙子年與希祖先生遇後，舊作一概付丙，所存不過已卯後數十闋，大旨歸于忠厚，不敢有背《風》、《騷》之旨。過此以往，精益求精，思欲鼓吹蒿庵，共成茗柯復古之旨。」[二一四]

陳氏爲人們描述了常州一脉的詞學譜系，二張（張惠言、張琦）之後，直接莊、譚：「萬事萬理，有盛必有衰。而于盛衰之時，又必有一二人焉，扶持之使不滅。詞盛于宋，亡于明。國初諸老（指朱彝尊、陳維崧等），具復古之才，惜于本原所在，未能窮究。乾嘉以還，日就衰靡，安所底止？二張出，而溯其源流，辨別真僞。至蒿庵而規模大定，而詞賴以存焉。盛衰之感，殊繫人思，獨詞也乎哉！」[二五]

與陳廷焯在詞話中大量引述和評價譚獻詞論、詞作相比，在徐珂整理的《復堂詞話》中却没有關于陳廷焯及其詞話的點滴評述，然而，在《續録》中，我們發現了三條十分珍貴的材料，找到了兩人之間聯繫的紐帶，填補了一段歷史空白。這三則記于光緒二十四年戊戌（一八九八）譚獻自鄂歸杭之後，他時年六十七歲，已届晚年：

丹徒友人李恩綬亞伯寄陳廷焯亦峰《白雨軒詞話》附所作詩詞來。蓋嚴事中白，《詞話》中奉爲正宗，而以予附配以爲同聲者也。持論堅卓，自撰亦雅韵有神，惜年四十以乙科終。見其遺書，已不及遥申商榷矣。（四月十九日）[二六]

重閱陳亦峰《詞話》。以沉鬱爲宗旨，固人間精鑒也。（七月二十六日）[二七]

又閲陳丹崖孝廉《白雨軒詞話》。推見本末，洞達正變。倚聲樂府有此曠古之識，于流別一一疏證，與予夙論同者十之七八。蓋此君深契中白，推爲正宗。因于復堂亦爲不謀面之知己。一舉于鄉，蕉萃早世，年尚不逮中白。可悼歎也。檢《篋中詞》前後今集，證之陳氏所論多合，益惜未得接席深談耳。（十二月十六日）[二八]

陳廷焯卒于光緒十八年（一八九二），《白雨齋詞話》則刊刻于光緒二十年（一八九四），譚獻讀到此書，已是陳氏卒後六年、書刻成後四年。一年中三閲，可見譚獻對此書的重視。

從這三則日記可知：

一、譚獻對陳廷焯的詞學思想有直探本原的把握，拈出「沉鬱」二字爲陳氏的論詞宗旨，并給予高度評價。陳氏之「沉鬱」説，反對直捷痛快，主張温厚和平，與譚獻「折中柔厚」之論皆以「詩教之正」爲其根本，兩者本是神理相通的，故譚獻贊爲「推見本末」，是「人間精鑒」、「曠古之識」。

二、注意到陳氏詞學受于莊棫。譚獻謂陳氏「嚴事中白」，「蓋此君深契中白，推爲正宗」，等于認識到兩人詞論的共同來源，陳氏以譚獻「附配以爲同聲」，似乎也中心許之。陳氏論歷代詞人詞作，于詞之正變流别最有發明，豐富和發展了常州詞派張惠言、周濟的正變觀，譚獻稱其「于流别一一疏證，與予夙論同者十之七八」，「洞達正變」，殆非虚譽，因爲「檢《篋中詞》前後今集，證之陳氏所論多合」。

三、譚獻引陳氏爲「不謀面之知己」，對陳氏的英年早逝深表痛惜[二九]，故反復慨歎「已不及遥申商榷矣」，「益惜未得接席深談耳」。我們可以設想，倘若譚、陳有緣相交，商榷詞學，對蘇、浙兩地甚至整個晚清時期的詞壇，將會是一件多麽有意義的事件！

三　譚獻的詞學活動

《復堂詞話》關于譚獻詞學活動的材料非常有限。而八卷本《復堂日記》以及增補的《補録》二卷、《續録》一卷中，記載了譚獻自同治元年至光緒二十六年的活動，保存了大量相關材料。兹逐年爬梳董理，將其中較爲重要的論叙如下。

（一）纂輯《篋中詞》、《復堂詞録》

談到譚獻在詞學方面的貢獻，不能不首先關注他所纂輯的兩部大型詞選，即清人詞選《篋中詞》和前代人詞選《復堂詞録》，其具體情形在《日記》中有詳盡記載。

第一，關于《篋中詞》的編選。

《篋中詞》六卷，續集四卷。編選工作經歷了較長的過程。《復堂詞話》録《日記》丙寅年所記：「選次《瑶華集》（蔣景祁編），爲予《篋中詞》始事。」可知譚獻初萌編選《篋中詞》的想法始于丙寅即同治五年（一八六六）。《日記》戊辰年又記，謂「近擬撰《篋中詞》，上自《飲水》（納蘭詞），下至《水雲》（項鴻祚詞）……以表填詞正變，無取刻畫二窗，皮傅姜、張也」，表示了與浙派異趨的編選意願，事在戊辰即同治七年（一八六八）。而他真正着手編選，已是光緒二年（一八七六）在安慶爲官時的事：「予欲撰《篋中詞》，以衍張茗柯、周介存之學，今始事。」[三〇]嘉慶以前詞，是書多從王昶《國朝詞綜》和黄燮清《國朝詞綜續編》選出，嘉慶、道光以下則多從傳抄別集中録得。《篋中詞叙》作于光緒四年立秋。光緒八年初刻正集六卷、續集二卷。

今檢徐彦寬所輯《補録》，關于《篋中詞》的編選尚有以下記載：

> 閲《明詞綜》。明自陳卧子（子龍）外，幾于一代無詞。擬略取數十首，列《篋中詞》之前也。[三一]
>
> 飯後録《篋中詞補》。將竟之業不欲輟耳。[三二]

譚獻在編選時，曾參閲《詞綜》、《明詞綜》、《國朝詞綜》及《國朝詞綜續編》等書，多有選録，但非議甚多；而對周濟的《宋四家詞選》特别重視。同治十二年（一八七三）潘祖蔭重刊周濟《宋四家詞選》，次年金安清（眉生）將此書貽譚獻。[三三]他所輯雖爲清人詞，但有意吸收周濟選宋詞尚雅正和「以比興爲本」的宗旨，作爲《篋中詞》選編的標準：

檢閲止庵《宋四家詞選》。皆取之竹垞《詞綜》，出其外僅二三篇。僕所由欲删定《篋中詞》，廣朱氏所未備。選言尤雅，以比興爲本，庶幾大厥門庭。[三四]

這與其《篋中詞叙》所述宗旨完全相合。光緒八年初刻之時，譚獻對此選自許甚高，與宋人所選《陽春白雪》、《絶妙好詞》并提，認爲無愧于古人：

自檢《篋中詞》，似不在釣月（趙聞禮）、公謹（周密）下也。[三五]

光緒十一年（一八八五）收入《半厂叢書初編》，是年十月初十日則記：「金陵湯明林刻字人來，《篋中詞》印本寄至。」但後來他對此書又表示不滿足：「舟次誦《篋中詞》，終嫌太繁。數十年内當必有删定者。」[三六]

不過，此後數年，譚獻又陸續從《國朝詞綜補》、《聽秋聲館詞話》及詞人别集中選詞增補《篋中詞》。光緒十三年、十八年在其杭州日記中有關于他編《篋中詞續》的記載：

録丁杏舲《詞綜補》。凡王蘭泉（昶）《詞綜》、陶鳧鄉（樑）《詞綜二集》、黄霽青、韵珊《詞綜續編》已收者皆不録。用補人補詞例，搜輯至四十卷，可謂勤矣。惟以意在補人，不無泛濫。

予補入《篋中詞續集》者數十篇耳。《聽秋聲館詞話》所采之詞亦有采入此集者。[三七]

又抄《篋中詞續》第四一卷，已將十家矣。此事亦未能卒業。[三八]

《篋中詞》未見之王西御（僧保）《秋蓮子詞》，今甫寄舊本至。婉約有深韵，當續采。[三九]

可見直至晚年，譚獻仍不斷地對《篋中詞》加以修訂、完善。

第二，關于《復堂詞録》的編選。

《復堂詞録》是譚獻所輯宋金元明人詞選。《日記》壬午年（光緒八年，一八八二）：「寫定《復堂詞録》，以唐五代爲前集一卷，宋集七卷，金元一卷，明一卷爲後集。從《歷代詩餘》甄采，補朱、王二家《詞綜》所無，蓋十之二。又從丁紹儀《聽秋聲館詞話》中，鈔得明季錢忠介、張忠烈二詞，如獲珠船。予選詞之志，亦二十餘年，始有定本，去取之旨，有叙入集。」《復堂詞録叙》云：「復就二十二岁以來，審定由唐至明之詞，始多所棄，中多所取，終則旋取旋棄，旋棄旋取，乃寫定此千篇，爲《復堂詞録》。」序後署「光緒八年九月于安慶樅陽門内寓舍」。[四〇] 此書共録歷代詞人三百四十餘家，詞一千零五十三首。徐珂于《復堂詞話》中按：「書成于光緒八年九月，未刊行，師歸道山矣。」顯見此書于譚獻生前已經編成，但未及刻印。

其實，譚獻此後并未消歇，《復堂日記》中記載，離安徽返杭州後，以及在湖北經心書院講學期間，他多年來仍致力于此書編撰，直至光緒二十七年去世前爲止。他所做的工作，其一是將《詞録》與周濟《宋四家詞選》、周之琦《心日齋十六家詞選》對校，「與周止齋《四家詞選》同者十九」，「與周稚圭《詞録》同者十五而已，以稚圭喜收疏爽小令也」[四一]。其二，又「以馮煦編《六十一家詞選》校《復堂詞録》」[四二]。而南海青年詞人梁鼎芬成爲譚獻晚年校詞、補録的重要助手。[四三]最後，譚獻意欲將此書付印，但終未成，次年即去世：「踵玉（徐珂）來言，甬上方生欲來予門下，謀刻《復堂詞録》以爲贄。恐未必成，姑付之。」[四四]這些材料，記載了譚獻晚年一項十分重要的詞學活動，但在通行本《復堂詞話》中均没有得到反映。

（二）校讀古今人詞籍

第一，校周邦彦《片玉詞》。

譚獻對北宋大詞人周邦彦詞的見解，僅見于他在《譚評詞辨》中評清真名篇《六醜・薔薇謝後作》和《少年游》（并刀如水）、《花犯・梅花》、《浪淘沙》（曉陰重）數語，應該説評價很高。光緒十二年（一八八六），譚獻友人、錢塘藏書家丁丙（松生）刻《西泠詞萃》九卷，共輯録宋人詞四種、元人一種，明人一種，作者皆錢塘人氏，其中收入了《片玉詞》，此集爲許增所校。書成後，譚獻專校其中周邦彦《片玉詞》[四五]。對此，通行本《復堂詞話》僅記：「校新刻《片玉詞》，盡記《歷代詩餘》、《草堂詩餘》、《詞綜》、《詞律》異同，寫定考異百餘字。」并注「《復堂日記》丁丑」。[四六]《補録》卷二于光緒十三年有更詳的記載：

> 校《片玉詞》，爲丁氏新刻《西泠詞萃》本。邁孫（許增）校汲古本，是正脱誤不少。予病中杜門，更爲發篋讎對，與邁孫積習同深。

校《片玉詞》。盡記《歷代詩餘》諸書異同。徐誠庵（本立）《詞律拾遺》記《歷代詩餘》異字有予所校本不異者，豈《歷代詩餘》有別本邪？

夜檢《樂府雅詞》、《陽春白雪》，補校《片玉詞》。倚聲小集，讎對異同，亦如掃塵，旋去旋生。讀書真非躁心之事。[四七]

細繹文意，《復堂詞話》的文字，很可能是譚獻綜合了上面三條加以簡化而成。讀此三條記載，可見他校訂鄉邦先賢、一代大詞人周邦彦詞態度十分恭謹，用功數日，樂此不疲。

第二，審校清人詞譜和詞話。

舒夢蘭《白香詞譜》，是因其簡便而通行于清代的一部詞譜。同治、光緒間，謝朝徵（韋庵）作《白香詞譜箋》，將其改造成爲一部詞選本，于光緒十一年（一八八五）刊行，譚獻收入《半厂叢書初編》。此前，譚獻應謝氏友人張蔭桓之請，爲之審校。譚獻對是書評價不高，但仍認真從事，此事在《復堂詞話》中有記載：「廉訪（張樵野侍郎蔭桓）亡友謝韋庵有《白香詞譜箋》稿本，網羅亦富，所托未尊，不能追厲箋《絕妙好詞》也，屬予校正付刻。」而在十一卷本《日記》中，記得更爲具體一些：

校正謝韋庵（朝徵）《白香詞譜箋》四卷，先改寫定訛字，尚須陳書一一讎定。是書爲張樵野（蔭桓）奉常權皖臬時屬爲正定付刻。本非可傳之業，以謝君身後，奉常將寄其哀逝之心也。[四八]

譚獻作爲詞論家，對詞話論著一直予以關注。全本《日記》中除對吴衡照《蓮子居詞話》、陳廷焯《白雨齋詞話》、江順詒《詞學集成》、錢斐仲《雨花庵詞話》（附其詞集《雨花庵詩餘》後）等有所評述外，還注意到蔣敦復《芬陀利室詞話》和丁紹儀《聽秋聲館詞話》，可補《復堂詞話》記載之闕：

閲丁紹儀《聽秋聲館詞話》二十卷。宗旨和雅，持論近正，蓋欲補《詞綜》之書，涉猎頗廣。其訂正朱、萬之書，校讎謬誤，多不標出處，恐不免臆見參入。[四九]

竺潭（邊保樞）以蔣劍人（敦復）《詞話》見示。引馮柳東（登府）《詞律》校正語數條，因檢諸家校語皆已見，惟周清真《荔枝香近》增一「遍」字韵爲新得。劍人論詞宗旨曰「以無厚入有間」，此如禪宗多一話頭，亦未必可信。[五〇]

丁氏書成于同治八年（一八六九）他寓居福州時，當時譚獻已離閩，故詞話中云「武林譚仲修孝廉，薄游閩中，余未之識」。

此外，譚獻晚年與好友許增還曾計劃刊刻幾種詞話：

榆園（許增）札來，有刻諸家詞話之意，因檢《聽秋聲館》、《芬陀利室》、《白雨軒》及《詞辨》四種，將借之審定。[五一]

因爲許增的《榆園叢刻》未收這幾種詞話，看來此事未成，可能與譚獻兩年後即去世有關。

四　譚獻的詞學評論

譚獻生活的晚清同治、光緒時期，詞壇已形成了以南方爲基地、以常州派爲主導的多元格局。其中蘇、浙是詞學重鎮，而湖湘、閩、粤三個地區爲其羽翼。譚獻作爲詞壇耆宿，隨着與當時詞人交往的增加，詞集經眼益多，隨閱隨評，在日記中留下了不少批評文字，可補苴《復堂詞話》之簡略，兹縷述于下。

（一）關于浙籍詞人

浙江及杭州占據乾嘉之後詞學圈的中心地位，譚獻身爲杭人，對浙籍詞人當然最爲關注。今將他對浙籍前輩詞人的評價，簡述如下。

厲鶚

厲鶚（一六九二—一七五二），錢塘（今杭州）人，乾隆時詞名卓絶，是繼朱彝尊之後的浙派中堅。譚獻《篋中詞》評：「太鴻思力可到清真，苦爲玉田所累。填詞至太鴻，真可分中仙、夢窗之席，世人争賞其餖飣窳弱之作，所謂微之識碔砆也。」于厲鶚詞得失，深中肯綮。光緒十二年（一八八六）十二月底，譚獻由安徽宿松任返杭時求得汪氏新刻《樊榭全集》，記曰：「翻閲《樊榭集》，誠山水清音也。」[五二]此條總評厲鶚之集，自然也包括詞，「山水清音」四字既指出樊榭詞多賦詠浙地山光水色的景色，也恰當地概括了其詞意境之清、音律之美，可謂的評。

龔自珍

龔自珍（一七九二—一八四一），既是今文經學家，又是嘉慶、道光間頗具藝術個性的詞人，其所爲詞，一空依傍。譚獻對這位大名鼎鼎的鄉先輩早存敬佩之心，同時注意到其詩詞，《復堂詞話》中對此有較高評價。全本《日記》記載，同治十二年（一八七三），譚獻讀張曜孫編選的《同聲集》七家詞，其中于吴廷鉁、潘曾瑋、魯承齡、汪士進等人總體評價不高，但惟對龔自珍《無著詞》稱爲「絶

手」，可與《復堂詞話》參觀。[五三] 晚年，譚獻曾與好友許增商刻龔自珍《定庵詞》，但次年譚獻即去世，此事未果。[五四]

錢枚

錢枚（一七六一——一八〇三），字枚叔，又字實庵，號謝庵，浙江仁和（今杭州）人。嘉慶四年（一七九九）進士，官吏部文選司主事。《復堂詞話》（出自《日記》丁亥）對其詞有評，今從《補録》卷二又得一條同年日記中評語：「閱錢謝庵《微波詞》，幽憶怨斷，如聞洞簫，『人爲傷心纔學佛』，真傷心語。」[五五]

錢枚有《微波亭詞》，在嘉慶初京城諸君中頗負盛名，與袁通（袁枚嗣子）、楊伯夔等相交唱和。楊伯夔序其詞集云：「調逸千秋，情深一往，世有解人，斯足傳矣。」可見其詞風傾向。譚獻「幽憶怨斷，如聞洞簫，人爲傷心」之評，較「一往情深」之泛語更見深切。

嚴元照

嚴元照（一七七三——一八一七），字修能，一作九能，號悔庵，又號蕙榜，浙江歸安（今湖州）人。不求仕進，致力經傳。《復堂詞話》僅謂其《柯家山館詞》「婉約可歌」，亦屬泛泛。《補録》則又有評，對嚴氏晚年學南宋張炎表示不滿：「借得歸安嚴元照修能《柯家山館詞》一册，讀之。能爲雅音，高處望見北宋。乃晚年復染指玉田，何與？修能負奇慧，文名藉甚，深于禪學。」[五六]

上述諸人是譚獻前輩，以下則爲與其同時的浙江詞人。

周星譽等益社詞人

周星譽、星詒兄弟皆能詞，與譚獻交游。周氏昆仲共八人，原籍河南祥符，寓居浙江山陰（今紹興）。周星譽（一八二六——一八八五），原名普潤，字叔云、畇叔，號鷗公、芝薌、涑人，道光三十年（一八五〇）進士，官兩廣鹽運使，兼署廣東按察使。周星詒外孫冒廣生《小三吾亭詞話》卷五（據唐圭璋編《詞話叢編》本）詳載王星諴等均爲山陰人。周星譽在家鄉與李慈銘結益社，社中人陳壽祺、孫廷璋、了益社的成員和活動，推譽其《東鷗草堂詞》「小令之工，幾于温、李。論者謂與竹垞《静志居詞》相伯仲也」。陳壽祺（一八二九——一八六七），本名源，字子谷、珊士，號雲彩，係李慈銘表兄，有《青芙館詞鈔》、《二非室詩餘别集》，詞風與周星譽近，唱和亦多，爲益社中堅。王星諴（一八三二——一八五九），本名于邁，又名章，字平子，改字孟調，副貢，以家貧游河北、河南爲書記，與李慈銘交好，號「王李」，年二十九病卒，詞多寫抑鬱。

譚獻官安徽時與周星譽往還論學甚密，光緒元年正月日記謂「相知名且二十年」，光緒十一年（一八八五）周星譽去世，譚獻日記云：「聞周涑人廿七日謝世之信，悼歎灑涕。平生故人，……在皖十餘年，同官同差，同文字飲。」[五七]然譚獻早年在福州時即得讀其詞，却無稱許：「季貺（周星詒）歸索叔畇《東鷗草堂詞稿》。叔畇詞頗事生新，不爲大雅，不能窺其年、錫鬯門户也，然頗自負。」[五八]周星譽寄潘祖蔭刻《滂喜齋叢書》予譚獻，譚獻閲其中所收益社詞人孫廷璋、陳壽祺、王星諴詞集，留下評語：「潘氏刻近人詩詞，如第一函之《越三子集》，所謂盆景詩也。孫蓮士、陳珊士之填詞皆《草堂》之下乘，闊竟無可選者。當時裙屐標榜，頗負時譽，所謂佻染、禪悦者也。王孟調才氣較清，風骨未遒。」[五九]其中「所謂盆景詩」，是説徒有虚名，類同擺設。

張景祁

張景祁、張鳴珂與譚獻，在同治、光緒間有「浙西三詞家」之目。

張景祁（一八二七—一九〇〇），字孝威，號韵梅，一號蘩甫，又號新蘅主人。浙江錢塘人。同治十三年（一八七四）進士。官福建連江知縣。晚歲由閩入臺，宦游淡水、基隆等地。有《新蘅詞》。早在同治五年（一八六六）至六年，譚獻往還于杭州與秀水（嘉興）之間，當時浙江學使、海寧人吴穎芳（西林）奏開浙江書局，以薛時雨主其事，張景祁、李慈銘、譚獻等爲總校，張鳴珂、沈景修等爲分校，諸人合作共事，常有詩酒文會。[六〇]同治七年（一八六八）譚獻署秀水教諭，冷官生涯中，往來更多，後曾與張景祁同赴京試。《篋中詞》中評其詞，視爲浙派後繼，但認爲其晚年在臺灣之作是「笳吹頻驚，蒼涼詞史」，充分肯定了其由南宋追北宋的創作轉向。日記中又評曰：「審定張韵梅《續詞》二卷。不免老手頹唐之歎。」[六一]對其晚年詞作趨于消沉似有不滿。

沈景修

沈景修（一八三五—一八九九），字蒙叔，號歐齋、汲民，晚號寒柯，浙江秀水（今嘉興）人，早年與譚獻同受知于薛時雨，在浙江書局校書及譚獻官秀水教諭期間訂爲莫逆之交，譚爲撰《墓誌銘》。關于兩人頻繁交往，《日記》中多有記載，譚獻評其《井華詞》：「爲蒙叔校定《井華詞》一卷。婉約可歌，亦二張伯仲間。二張謂韵梅、玉珊也。」[六二]沈氏與同鄉詞人張景祁、張鳴珂均爲摯友，詞風也相近。參照譚獻爲《井華詞》所作叙：「諷《井華詞》若游佳山水，一邱一壑，咫尺而萬里；若聆古琴瑟，變宫變徵，出風而入雅。往往相視而笑，莫逆于心者也。」可對「婉約可歌」的簡單評語有具體的理解。

章黼

章黼（一七八〇—一八五八），字次白，仁和（今杭州）人。杜文瀾《憩園詞話》卷三（據唐圭璋編《詞話叢編》本）記其文名著浙東西，詞不多作，有《梅竹山房詞鈔》。譚獻評其詩詞云：「閲章次白《梅竹山房詩詞》并乃父章坤静山《桐陰書屋集》。次白廣文詩安雅超曠，是南宋以來杭州士風，猶是浙西大家餘緒，絶無傖父面目。詞亦秀腴如其詩（原文誤作『詞』）。于滋伯、仲甫二老有同聲之應也。」[六三]滋伯指魏謙升，錢塘人，有《翠浮閣詞》，丁紹儀《聽秋聲館詞話》卷十九（據唐圭璋編《詞話叢編》本）謂其「博學工文，近推詞壇祭酒」。仲甫指張應昌，號寄巢，錢塘人，有《煙波漁唱詞》，杜文瀾《憩園詞話》卷二（據唐圭璋編《詞話叢編》本）謂「其詞綿邈幽折，而言順律協，不蹈舊習」。章黼與之同聲相應，大抵爲浙西詞風所煽。

（二）關于蘇籍詞人

鄧廷楨

鄧廷楨（一七七五—一八四六），字維周，號嶰筠，江蘇江寧人。嘉慶六年（一八〇一）進士，官至兩廣總督。《復堂詞話》于其人其詞極爲推崇，《補録》中有記與鄧廷楨孫嘉纯、曾孫邦達的往來：「鄧太守以嶰筠中丞詞稿見示。一卷爲《妙吉羊室詞》，一卷爲《精進喜庵詞》，寫定清本，則曰《雙硯齋詞鈔》，有宋于庭（翔鳳）叙。似予庚申秋見甘劍侯（元煥）傳寫之本即從此清本出也。」[六四]但《續録》中對其曾孫鄧邦達的詞，評價不高：「鄧邦達仲璋來訪，以《睫巢詞稿》見質。蓋嶰筠督部孫、笏臣（嘉純）太守子也。詞當行，未出色。繼武家風，尚待進境。」[六五]

王曦等《同聲集》詞人

王曦（一七九六—一八四七），字季旭，號鹿門，江蘇太倉人。王原祁裔孫。監生。有《鹿門詞》。爲武進張琦第四婿，其妻張紈英與姊妹并稱才媛，詞得常州一脉傳習。

潘曾瑋（一八一八—一八八五），字寶臣、季玉，號玉泉，晚號養閑居士，江蘇吴縣（今蘇州）人。大學士潘世恩幼子。官刑部郎中。

《同聲集》收王曦、潘曾瑋等人詞，由張琦之子張曜孫編選，取與常州派同聲之意，刊于道光年間。譚獻于《篋中詞》有評，并在日記中記此集，評王曦詞爲「名家」，可以參看：「點定《同聲集》。凡七家，吴彦懷廷鈐《塔影樓詞》、王季旭曦《鹿門詞》、潘季玉瑋《玉淦詞》、汪逸雲士進《聽雨詞》、王蓉洲憲成《桐華山館詞》、魯芍生承齡《冰蠶詞》、劉莊年耀椿《海内歸棹詞》、龔定庵自珍《無著詞》，以王季旭爲名家，定庵爲絶手，餘無譏焉。」[六六]

沈昌宇

沈昌宇（一八三六—一八八四），字子佩，號竹亭鋤玉生，江蘇武進（今常州）人。同治舉人，官直隸永年知縣。有《泥雪堂詩詞鈔》五卷，光緒十八年（一八九二）譚獻選《篋中詞續》，評其詞，同時將此事記入日記：「審定亡友沈子佩昌宇《泥雪詞》，録存九十首，選二首入《篋中詞》。才人失職，觸緒皆商音也。」[六七]

劉炳照

劉炳照（一八四七——一九一七），字光珊，號語石詞隱，又號復丁老人、抱翁等，江蘇陽湖（今常州）人。諸生。候補訓導，一生鬱鬱不得志。曾與夏孫桐、張上龢、費念慈等結鷗隱詞社，與譚獻、鄭文焯、俞樾等唱酬。掌寒碧詞社多年，人稱爲譚獻後詞壇耆宿。有《留雲借月庵詞》，譚獻爲作序，《篋中詞》有評。《續録》記兩人晚年交往至多，如：「得常州劉炳照光珊吴下留園來書，寄新刻《留雲借月詞》五卷索序。展卷已有晋壬（吴唐林）、曲園（俞樾）、溎生（金武祥）、孟棐（吴翊寅）四序，又有盛、左二跋，又遠索弁言，是亦不可以已乎！」[六八]「光珊寄陽湖徐佑成涵生《補恨樓詞》、武進李祖廉緑茹《懷青庵詞》至。徐、李皆陽羨少年，好綺語，閱之有朝華未實之歎。」[六九]「得劉語石書，寄近作詞五闋，多長調。此君于此事可謂當行。」[七〇]譚獻爲劉氏詞集作序、評其近作，劉氏將常州後學所寫的詞寄譚獻求教，可見兩人關係之密切。

冒廣生

冒廣生（一八七三——一九五九），字鶴亭，號疚齋，江蘇如臯人。光緒舉人。爲刑部郎中，民國初任江浙等地海關監督。有《小三吾亭詞選》一卷，詞話五卷。他于譚獻爲後輩，似無交往，但在

《小三吾亭詞話》卷一（據唐圭璋編《詞話叢編》本）中對譚獻極爲推許：「倚聲巨擘，《篋中》一選，海内視爲玉律金科，所著《復堂詞》，意内言外，有要眇之致。」《復堂詞話》對冒氏却無置評，于《續録》中則云：「方展冒鶴亭詞，愛其有得于幽憶怨斷之音，欲爲論定，而魏孝廉汝馴札來索還，遂以歸之。」[七一]

吕耀斗

吕耀斗（一八三〇—一八九五），字庭芷、定子，號鶴緣（鶴園），江蘇陽湖（今常州）人。道光三十年（一八五〇）進士，授翰林院編修，官至直隸天津道。有《鶴緣詞》一卷。善于比興，屬常州派後期詞人。譚獻爲作《鶴緣詞序》，并于《續録》記云：「榆園（許增）以吕定子遺稿詩詞屬審定，約略閲一過。詩格老成，詞筆婉約，皆可觀。」[七二]

（三）關于閩籍詞人

謝章鋌

譚獻于咸豐末、同治初在福建的事迹，《半厂叢書初編》本《復堂日記》中不詳，因此書所收日記的起始時間是同治二年癸亥（一八六三），譚獻在書卷首按語中説明「同治二年五月以前《日記》淪失，不可記憶」。所幸的是，據其在全本《日記》卷七前的按語可知：「有錢塘羅矩臣上舍曾于冷攤收得予閩中同治元年壬戌閏八月至癸亥三月《日記》手稿一册，出以見還。」其中對譚獻在福建的行事記載甚詳。綜合所補的這一年多記載，以及八卷本中未入《復堂詞話》的内容，譚獻早年在福建的詞學活動，主要是涉及與謝章鋌交往：「訪長樂謝章鋌枚如。此君于經籍、金石之學均有本末，閩中學人可以稱首。」[七三]可知譚獻與謝章鋌初交于同治二年（一八六三）。是年譚獻可能已經得到聚紅詞社唱和的詩詞集，他在次年日記中有評述：「閱《聚紅榭雅集詩詞》。《聚紅榭》者，閩中社集合刻所作，長樂謝枚如持贈。凡四種，曰《雅集詞》五卷、《過存詩略》二卷、《游石鼓詩録》一卷、《黄劉合刻詞》二卷。枚如社中巨手，詞入能品。徐雲汀、李星村亦高出輩流。」[七四]其後，二人在同治十年（一八七一）春試時見過面，但《日記》中無記載，再次見面是兩年後在京赴禮部試時：「入場。鄰號適晤長樂謝枚如同年，不相見又三年矣。矮屋促膝爲樂。」[七五]

按，在《篋中詞》和《日記》中，譚獻都曾評價謝氏和聚红榭詞社，但那已經是他識謝章鋌二十六年之後的事。據上引材料，則早在同治二年至三年，他游福建學使厲研秋幕中時就與謝章鋌有交往，獲贈閩人《聚紅榭雅集詩詞》，讚揚謝氏爲「社中巨手，詞入能品」。閩中濃厚的詞學氛圍給譚獻留下較深印象，與謝氏同氣相求，至二十餘年之後仍未忘懷，對此集再閱再評。以上兩段記載豐富了譚獻早年在閩詞學活動的內容。又《日記》記光緒間譚獻在合肥得謝氏所寄文集情形，可見兩人雖睽隔千里，但始終交往不絶：「《賭棋山莊文集》七卷，長樂謝章鋌枚如撰。枚如故人，又甲子同年也，不相見十三四年矣。《文集》刻成，自江右寄至。……」[七六]

（四）關于粵籍詞人

葉衍蘭等「粵東三家」

嘉道以還，嶺南詞學鼎盛，前有張維屏、吴蘭修、陳澧等卓然大家，後有所謂「粵三家」。《篋中詞》有對陳澧及葉衍蘭等「粵三家」的簡單評語，而關于《粵三家詞》（又名《嶺南三家詞》）的編選，《續録》中有較詳的記載。光緒十九年八月初十日記：「葉蘭臺屬選《嶺南三家詞》，爲沈伯眉、汪玉泉及蘭翁，今日始就。審定圈識，寫目録寄去。沈爲《楞華館詞》，汪爲《隨山館詞》，葉爲《秋夢庵詞》。」光緒二十一年三月三日記：「得葉蘭臺粵華書院寄星海函，屬予先閲。蓋以沈伯眉、汪玉泉及南雪詞屬予選定，將刻三家詞也。卷中先有張韵梅、玉珊鈐小印記選，予繼之，大同小異耳。遂即日加函匯封致衍若（按，似爲『蘭』字之誤），屬達星海金陵寓廬。」從這些材料中可知譚獻選編《嶺南三家詞》的大致情况：其時譚獻應聘在武昌，爲《嶺南三家詞》選目、定稿，參與其事的還有張景祁、張鳴珂，梁鼎芬此時正助譚獻抄校《篋中詞續》、《復堂詞録》，故居中聯絡。此事前後歷時將近兩年。

葉衍蘭（一八二三—一八九七），字蘭臺，號南雪，晚號秋夢主人，廣東番禺人。咸豐六年（一八五六）進士。官户部郎中。晚年辭官歸里，爲越（粵）華書院主講。爲詞追摹《花間》，壯歲所作趨于深沉，有《秋夢庵詞》及《詞續》、《再續》。汪瑔（一八二八—一八九一），字芙生，一字玉泉，號越人、穀庵，曾爲曾國藩幕賓，有《隨山館詞》。後其子汪兆銓、從子汪兆鏞傳其學。沈世良（一八二三—一八六〇），字伯眉，有《楞華室詞》。三人均宗尚南宋姜、張一派，主寄托，重格律。

譚獻終生未能與葉衍蘭謀面，彼此只是神交。《復堂詞話》載兩人交往的中介是許增，譚獻爲葉氏校訂詞集。《續録》中對葉氏晚年詞作評價甚高：「翻閲《秋夢庵詞》。七十老翁，旖旎風華，不露頽脱。此翁自少壯以來殆專以倚聲爲寄者也。」[七七]「上江裕輪舶回杭。昨葉南雪以《詞續》寄示。鮮妍修飾，老猶少壯，壽徵也。予愧之。」[七八]《續録》光緒二十三年八月十三日一條記：「閱《申報》，知葉南雪翁已歸道山。此十年未識面之老友，固逆知彼此暮年，相距迢遥，無相見期也。」對葉衍蘭的去世深表痛惜。

（五）關于湖湘詞人

程頌萬等湘社詞人

程頌萬（一八六五—一九三二），字子大，號鹿川田父、十髮居士，湖南寧鄉人。早年入湖北總督張之洞幕。有《美人長壽庵詞》、《定巢詞》。光緒十七年（一八九一），程頌萬假長沙周氏蜕園，結湘社，月必數集，文采風流，極一時之盛，海内稱之。湘社主要成員有易順鼎、易順豫、鄭襄、程頌芳等。譚獻當年即將此事載入《日記》[七九]，《篋中詞》又評程頌萬詞。今從《續録》中再獲一條：「閱子大所撰《十鞬詞》一卷，甚有雅遠之韵。……」[八〇]

湘社詞人易順鼎（一八五八—一九二〇），字實甫，號眉孫、琴志、哭庵，易佩紳子，湖南龍陽（今漢壽）人。光緒元年（一八七五）舉人，曾被張之洞聘爲兩湖書院經史講席。與弟易順豫皆能詞。譚獻與易順鼎的來往，在《續録》中有記載，如光緒十九年譚獻初赴武昌後，三月十九日「易實甫函來，貽詩，并示詩草一卷」，二十日「易實甫、梁西園、陳伯嚴先後來，綮談良久，客中得同氣數輩傾談，文行非他邦所可得也」，二十三日「易實甫以近刻詩詞……相貽」；光緒二十一年再赴武昌，七（《日記》误作「十」）月初二「易實甫來，談臺南戰守事，壯而危之，相向而哭」，初三「實甫函示近詩，皆變徵之音」，等等。但于易氏詞作，則未見置評。

王闓運

王闓運（一八三三—一九一六），字壬秋，號湘綺，湖南湘潭人。咸豐七年（一八五七）舉人。入曾國藩幕，歷主湖南等地各書院，近代詩壇老宿，亦能詞，有《湘綺樓詞鈔》。同治十年（一八七一）北上京師時游圓明園作《圓明園詞》，廣爲傳誦。譚獻雖未與之相識，但《日記》載：「湘潭王壬秋有《圓明園詞》，徐壽鴻兵部序之，作于辛未。予未與壬秋識面。《帝京》、《連昌》，談何容易！不知于《津陽門》何如耳。」[八一]以爲有論者將《圓明園詞》比爲抒盛衰興亡之感的唐盧照鄰《帝京篇》、元稹《連昌宮詞》，未必能及，但或許可與鄭嵎《津陽門詩》相比。這是筆者所見譚獻論及王氏的唯一一條材料。

樊增祥

樊增祥（一八四六—一九三一），字嘉父，號雲門、樊山、天琴，湖北恩施人。光緒三年（一八七七）進士，改庶吉士，官至江寧布政使。出李慈銘、張之洞門，與易順鼎齊名。擅艶體，有《樊山詞》，又輯《微雲榭詞選》。譚獻與他的交往，始于同治十三年（一八七四）在京參加考試時：「與宜昌樊增祥雲門定交。」[八二]光緒十六年（一八九〇）譚獻應張之洞之請，任武昌經心書院講席，抵城時「雲門亦來話，十八年離抱，悲喜交集矣」[八三]。據《補録》卷二，這次見面的具體時間在二月十七日，隨後，二十四日「赴樊雲門招集，攜其詩詞稿本回」，樊增祥以所作詩詞呈教；二十六日譚獻「點次雲門《樊山詩》一卷」，二十七日評其詞，認爲兼有浙西朱彝尊、郭麐的長處：「審定樊山詞稿。本朝家數，遂撮竹垞、頻伽之長。」[八四]譚獻晚年由鄂返杭後，回顧與樊增祥等友人的交游，還流露出深深的珍重之情：「藍洲（陳豪）以樊雲門新刻詩詞示我，蓋除夕寄至，簡藍洲索序于我。翻帘略竟。詩二十卷、詞二卷，情文并至，略患才多。李蒓客（慈銘）與袁爽秋（昶）合評，品題悉當，無以易之。雲門庚午以後，嚴與浙中同人切劘，故陶子珍輩沆瀣無間。京塵數載，師蒓客，友陶、袁。予與藍洲應求且二十餘年，近年鄂游，共昕暮，益觀其深文學吏治，蓋畏友也。子珍久游，蒓客新謝賓客，吟樊山有韵之文，盍禁黄壚之哭邪？」[八五]

五　餘話

譚獻在清代同治、光緒年間的學界、詞壇，交游至廣，影響至巨，可稱爲繼往開來之一大家，尤其到晚年，誠如錢鍾書先生《復堂日記序》所言：「哀樂迫于暮年，死喪萃于骨肉，訪舊半鬼，臣質多淪。經師如南海（康有爲）、餘杭（章太炎），才見頭角，詞客如樊山（樊增祥）、碩甫（易順鼎），方當盛年；視昔日固無復戴子高（戴望）、莊中白（莊棫）其人，視今日則康、易諸賢一時俱逝，章、樊而下僅有存者。……名山有書，當成以漸，而又身兼張文襄（張之洞）所謂刻書五百年不朽之業，于是乎爲不廉矣。」

譚獻的詞學，尚有很大的研究空間；《復堂日記》的文獻價值，應該納入我們的視野。本文梳述，十分粗淺，難免一孔半瓶之譏，惟不欲儉腹高談耳，抛磚引玉，尚祈後之來者。

【注】

〔一〕與周濟《介存齋論詞雜著》、馮煦《蒿庵論詞》二種合刊，人民文學出版社，一九五九年。

〔二〕河北教育出版社于二〇〇一年整理出版「近世學人日記」叢書，收入譚獻《復堂日記》全本（其中包括徐彦寬所輯《補録》二卷、《續録》一卷），由范旭侖、牟曉朋點校。下稱「全本《復堂日記》」。後列入「中國近代人物日記叢書」，改名《譚獻日記》，中華書局，二〇一三年。

〔三〕徐珂爲《復堂詞話》所識跋語：「同光間，吾師仲修譚先生，以詞名于世，與丹徒莊中白先生棫齊名，稱譚莊。」朱孝臧《望江南》：「皋文説，沆瀣得莊譚。感遇霜飛憐鏡子，會心衣潤費爐煙。妙不著言詮。」

〔四〕譚獻著，羅仲鼎、俞浣萍點校《譚獻集·復堂諭子書》，浙江古籍出版社，二〇一二年。

〔五〕《復堂詞録叙》亦云：「二十二旅病會稽，乃始爲詞，未嘗深觀之也。」見譚獻著，羅仲鼎、俞浣萍點校《譚獻集·復堂詞録叙》。

〔六〕譚獻著，羅仲鼎、俞浣萍點校《譚獻集·復堂詞録叙》。朱德慈《譚獻詞學活動徵考》認爲，譚獻填詞實始自咸豐三年（一八五三），即二十二歲時。

〔七〕〔八〕《復堂日記》卷二「壬申」。

〔九〕參見譚獻著，羅仲鼎、俞浣萍點校《譚獻集》。

〔一〇〕《復堂日記》卷四「丁丑」。

［一一］《復堂日記》卷四「戊寅」。
［一二］譚獻著，羅仲鼎、俞浣萍點校《譚獻集・篋中詞叙》。
［一三］［七四］《復堂日記》卷一「甲子」。
［一四］《復堂日記》卷二「己巳」。
［一五］《復堂日記》卷四「己卯」。
［一六］譚獻著，羅仲鼎、俞浣萍點校《譚獻集・明詩》。
［一七］譚獻著，羅仲鼎、俞浣萍點校《譚獻集・周易通義序》。
［一八］［二三］［四〇］譚獻著，羅仲鼎、俞浣萍點校《譚獻集・復堂詞録叙》。
［一九］譚獻著，羅仲鼎、俞浣萍點校《譚獻集・詞辨跋》。
［二〇］《補録》卷一，同治十年（一八七一）正月十日。
［二一］《篋中詞》今集卷五，羅仲鼎、俞浣萍點校，人民文學出版社，二〇一五年。
［二二］［二五］陳廷焯著，屈興國校注《白雨齋詞話足本校注》卷五，齊魯書社，一九八三年。
［二四］陳廷焯著，屈興國校注《白雨齋詞話足本校注》卷六。
［二六］［二七］［二八］《續録》光緒二十四年（一八九八）。今存關于陳廷焯的最早生平資料，爲李恩綬等所修《丹徒縣志摭餘》，民國七年（一九一八）刻本。
［二九］陳廷焯去世于一八九二年，年僅四十，譚獻時年已六十二歲。

[三〇]《復堂日記》卷三「丙子」。

[三一]《補録》卷二,光緒二年(一八七六)七月初七日。

[三二]《補録》卷二,光緒三年(一八七七)八月二十三日。

[三三][八一][八二] 《復堂日記》卷三「甲戌」。

[三四]《補録》卷二,光緒八年(一八八二)四月十七日。

[三五]《補録》卷二,八月初十日。

[三六]《補録》卷二,光緒十二年(一八八六)四月十八日。

[三七]《補録》卷二,光緒十三年(一八八七)五月朔日。

[三八]《續録》,光緒十八年(一八九二)七月十四日。

[三九]《續録》,光緒二十三年(一八九七)九月二十九日。

[四一]《補録》卷二,光緒十二年(一八八六)正月二十四日。

[四二]《補録》卷二,光緒十五年(一八八九)三月十三日。

[四三]《續録》,光緒十九年(一八九三)四月望日、十七日。

[四四]《續録》,光緒二十六年(一九〇〇)閏八月二十一日。按:《復堂詞録》十一卷,前八卷稿本今存北京圖書館。有羅仲鼎、俞浣萍點校本,浙江古籍出版社,二〇一六年。

[四五] 《片玉詞》譚獻校本今存上海圖書館。

[四六] 按：《復堂日記》卷四「丁丑」（光緒三年）無此條，而在卷七「丁亥」。顯然《詞話》的「丁丑」應爲「丁亥」之誤，譚獻校《片玉詞》應在光緒十三年丁亥（一八八七）。

[四七] 以上三條見《補録》卷二，光緒十三年（一八八七）十一月初一、初三、初八日。

[四八] 《補録》卷二，光緒十年（一八八四）九月十九日。

[四九] 《補録》卷一，同治十一年（一八七二）正月七日。

[五〇] 《補録》卷二，光緒十四年（一八八八）八月二十四日。

[五一] 《續録》，光緒二十五年（一八九九）五月二十九日。

[五二] 《補録》卷二，光緒十二年（一八八六）十二月二十八日。

[五三] 《補録》卷一，同治十二年（一八七三）四月十三日。

[五四] 《續録》，光緒二十六年（一九〇〇）十一月初六日。

[五五] 《補録》卷二，光緒十三年（一八八七）四月二十四日。

[五六] 《補録》卷一，同治元年（一八六二）十月二十五日。

[五七] 《補録》卷二，光緒十一年（一八八五）十一月朔。按：通謂周星譽卒于光緒十年（一八八四），據譚獻日記，誤。

[五八] 《補録》卷二，同治元年（一八六二）十一月二十九日。

[五九] 《復堂日記》卷六「乙酉」（光緒十一年，一八八五）；《補録》卷二，光緒十一年八月

十四日。

［六〇］《復堂日記》卷二「丙寅」（同治五年，一八六六）、「丁卯」（同治六年，一八六七）。

［六一］《續録》，光緒十八年（一八九二）閏六月二十四日。

［六二］《補録》卷二，光緒十四年（一八八八）二月二十八日。

［六三］《續録》，光緒十八年（一八九二）八月初二日。

［六四］《補録》卷二，光緒十四年（一八八八）十一月初六日。

［六五］《續録》，光緒二十三年（一八九七）六月二十日。

［六六］《補録》卷一，同治十二年（一八七三）四月十三日。

［六七］《補録》卷二，光緒十八年（一八九二）十月初五日。

［六八］《續録》，光緒二十年（一八九四）二月十三日。

［六九］《續録》，光緒二十一年（一八九五）十一月初六日。

［七〇］《續録》，光緒二十五年（一八九九）七月十三日。

［七一］《續録》，光緒二十三年（一八九七）十月二十三日。

［七二］《續録》，光緒二十五年（一八九九）九月望日。

［七三］《復堂日記》卷一「癸亥」。

［七五］《補録》卷一，同治十三年（一八七四）二月十一日。

[七六]《復堂日記》卷六「乙酉」。

[七七]《續録》，光緒十九年（一八九三）正月十四日。

[七八]《續録》，光緒二十年（一八九四）二月念二日。

[七九]《復堂日記》卷八「辛卯」。

[八〇]《續録》，光緒十八年（一八九二）十一月十三日。

[八三]《復堂日記》卷八「庚寅」。

[八四]《補録》卷二，光緒十六年（一八九〇）二月二十七日。

[八五]《補録》卷二，光緒二十一年（一八九五）正月初三日。

三、譚獻詞學活動年表

方智範

〇道光十二年壬辰（一八三二）一歲

十二月十七日出生于浙江仁和（今杭州）。

見《浙江鄉試同年齒録·同治丁卯科》。

〇道光十四年甲午（一八三四）三歲

本生父譚肇濬，仁和增生，似歿于此年秋八月。

譚獻《吴江徐孝子詩》：「聞昔甲午秋，有鴞啼我門。父年未四十，二豎纏父身。呱呱泣床頭，似知戀至親。八月下玉棺，堂構摧爲塵。一灑嫠婦血，已斷孤兒魂。」

譚獻《二十初度》詩：「少孤才九月，拊育慈母恩。」（均見《化書堂初集》卷二）

譚獻《送袁鳳桐陳州迎喪》詩：「我有孤兒淚，孩提灑至今。」（《復堂詩》卷一）

〇道光二十一年辛丑（一八四一）十岁

正月，嗣父國學生譚經去世。

譚獻《復堂諭子書》：「吾十歲之正月，丁汝嗣祖父憂。時惟汝長房伯父爲宗子，吾兼祧嗣祖父。」

《二十初度》詩：「十齡嗣大宗，余辜復奚言。」

受蔣亦欽賞識，命讀書其家。

《復堂諭子書》：「衰杖之日，無從師之束修，已將廢讀，乃以年家子吊于蔣亦欽師，數語奇賞，招余讀書其家，飲食教誨之。」

○道光二十三年癸卯（一八四三）十二歲

初讀家中舊藏《莊子》。

譚獻《復堂日記・補録》（下省稱「補録」）卷一光緒六年十一月十四日：「予十二歲得破書中《莊子》，因玩之，略可上口。」

○道光二十四年甲辰（一八四四）十三歲

應童子試，及敷文書院課。

《復堂諭子書》：「十三歲應童子試，及敷文書院課。」

受書院監院莫庭芝（粤生）賞識，許以孫女妻之。

《復堂諭子書》：「汝外王父莫粤生府君監院，又以數語奇賞。汝外曾祖秋樵户部公，爲汝曾祖嘉慶戊午同年。粤生府君又陳太宜人中表也，乃以汝母字予。」

因童子試受知于仁和知縣李枝青（李西雲）。

譚獻《李西雲先生遺書叙》：「方先生之宰仁和，獻童子試受先生知。初謁，先生即告以當讀邵氏《爾雅正義》、段氏《説文解字注》。」（引譚獻詩文見《譚獻集》，後不再注）

戴望《清故浙江同知署西安縣知縣李君事狀》記其生平，略云：李枝青，字蘭九，福建福安人。道光二年（一八二二）舉人，六試禮部不中。道光十五年（一八三五）後，歷署浙江餘杭、嘉興、仁和等地知縣，咸豐五年（一八五五）擢用同知署西安知縣。卒于咸豐八年（一八五八），享年六十。（《謫麐堂遺集》「文二」）

〇道光二十五年乙巳（一八四五）十四歲

初學詩，漸寫成卷。讀家中舊藏《古文眉詮》、《杜詩箋》。

《復堂諭子書》：「自十四學詩，漸寫成卷。其時家中故書兩遭火，惟有《古文眉詮》、《杜詩箋》二書，予略上口。」

〇道光二十六年丙午（一八四六）十五歲

在宗文義塾讀書，補弟子員。

《復堂諭子書》：「十五歲就宗文義塾讀書，補弟子員。」

譚獻《沈（祖懋）先生行狀》：「杭州舊有宗文義塾，教養孤寒子弟。」

《二十初度》詩云「十六獲一衿」，指補弟子員，有出入，姑存疑。或補弟子員在次年。

始誦習常州張惠言弟張琦編《宛鄰書屋古詩録》。

《復堂日記》（下省稱「日記」）卷二己巳：「《宛鄰書屋古詩録》，十五歲以來所誦習。」

○道光二十七年丁未（一八四七）十六歲

始爲童子師養家。

《復堂諭子書》：「十六歲，乃爲童子師。歲修脯不足三十緡，養汝祖母不足，賴針紉佐之。」

謁家祠展閱族譜，知譚氏祖籍山陰，後遷杭州。

《日記》卷三癸酉：「吾家自山陰遷杭，家祠譜諜遭亂盡毀。予十六歲時謁祠展譜，一更兵燹，無可推尋。」

譚獻《寄盦文賡叙》：「獻先世越州，西渡而家且百年。」

○道光二十八年戊申（一八四八）十七歲

始交游，有宗文義塾同學陳炳、俞之俊，及同鄉蔣恭亮、蔣坦、龔橙（龔自珍之子）、

張景祁、高氏子弟等。

《復堂諭子書》：「十七歲後，漸好交游。」（詳《七友傳·亡友傳》）

作詩近百首，友人稱其詩悲艷。

譚獻《懷佩軒詩叙》：「自憶十六七時，詩近百首，友人陳炳雲欽目曰悲艷，似亦出于怨者。」

〇道光二十九年己酉（一八四九）十八歲

始讀兩《漢書》、《三國志》。

譚獻《七友傳·俞之俊傳》：「兩家相距里許，晨暮過從借書，猶憶始見《兩漢書》、《三國志》，皆借之其家也。」

鋭意爲五七言詩。

《七友傳·陳炳文傳》：「時獻鋭意爲五七言詩，乃馳戒之。」

初在杭州應鄉試。

《日記》卷六辛未三月十五日：「念自己酉鄉闈至今，南北十一試，矮屋中過九十九日矣。」

《七友傳·陳炳文傳》：「道光二十九年己酉鄉試，寓杭州王氏廬時同居。」

〇道光三十年庚戌（一八五〇）十九歲

初得周濟《晋略》，受常州學術影響。

《日記》卷一甲子：「芝泉丈自京寄《晋略》至。予自十九歲得此書，所至必以自隨。」又云：「（與龔自珍）並世兩賢，殆難鼎足，庶幾周保緒（周濟）乎？」

〇咸豐元年辛亥（一八五一）二十歲

受知于浙江學使萬青藜，補縣學生。

《復堂諭子書》：「二十歲時，以觀風詩賦受知學使德化萬公，得飆于庠。」按：譚獻《復堂詩》卷一有《古風七首》、《妾薄命》、《行路難》（八首）、《戰城南》、《楊柳歌》、《子夜歌》（四首）等仿古樂府詩，《復堂文》卷二有《登城賦》，均爲早期作品，應即所謂「觀風詩賦」。

民國《杭州府志·文苑三》引吴慶坻《譚獻傳》：「年二十補縣學生，學使德化萬青藜亟賞之。」按：據《清代職官年表》，萬青藜于咸豐二年（一八五二）八月以禮部右侍郎任浙江學使。萬青藜（一八二一—一八八三），字文甫，號照齋、藕舲，道光二十年（一八四〇）庶吉士，官至吏部尚書。

與高炳麟定交。

《七友傳·高炳麟傳》：「既冠，與譚獻定交，平居相厲以義，既以詩推之，又往復論文，有三書見遺草。」

作《二十初度》詩述懷。

詩中概述家世云：「伊余生薄祜，大故遭蹇屯。少孤才九月，拊育慈母恩。十齡嗣大宗，余幸復奚言。門户夙衰薄，中落事尤艱。弱僅解文字，謀生失其源。頗愧奇童目，譽者一何繁。十六獲一衿，五載困邱樊。」

〇咸豐二年壬子（一八五二）二十一歲

暮春上武林城樓，作《登城賦》抒憤。

《登城賦》：「壬子三月三日，上武林城樓，馮高四望，慷慨傷懷，灑翰賦之，藉抒憤懣。」

〇咸豐三年癸丑（一八五三）二十二歲

自春至秋，在山陰某村學舍爲塾師。始爲詞，喜知人論世。

譚獻《復堂詞録叙》：「二十二旅病會稽，乃始爲詞，未嘗深觀之也。然喜尋其旨于人事，論作者之世，知作者之人。」

《復堂諭子書》：「甲寅年春館山陰村舍，始填詞，旋又棄去。後乃尊信張臯文（惠言）、周保緒（濟）先生之言，鋭意爲之。」

按：朱德慈以为譚獻自謂作詞始于甲寅年不確，應早一年。（見《近代詞人考録》）姑從之，繫于此年。

次年作《徵招》，詞序云：「去年三月，避地錢清，自西小江至九溪，四山清遠……」

按：錢清鎮在今紹興柯橋區，杭州灣南岸。嘉慶《山陰縣志》卷六：「縣西五十里曰錢清鎮，接蕭山界。」則所謂「旅病會稽」、「館山陰村舍」與「避地錢清」或即指一事，待考。

作《感懷》詩抒懷，應作于在山陰時。

有句云：「客子當落日，望古越王臺。茫然壯士心，低首藏蒿萊。一經傳家學，人詫奇童才。漸與人世接，孤憤生悲哀。」云「客子」、「越王臺」，知在山陰作。

有《秋日湖上寄懷茶庵》詩（《化書堂初集》卷二），知暮秋已自山陰返杭州。

始編録前朝人詞，後成《復堂詞録》。

《復堂詞録叙》：「復就二十二歲以來，審定由唐至明之詞，始多所棄，中多所取，終則旋取旋棄，旋棄旋取，乃寫定此千篇爲《復堂詞録》。」

〇咸豐四年甲寅（一八五四）二十三歲

在杭州。

正月初七日與友人孤山探梅。

有《人日立春大風雪同二高子孤山探梅》詩。（《化書堂初集》卷二）

約于此年春初識詞人周星詒。

譚獻《贈祥符周星詒（家山陰）》詩。（《化書堂初集》卷二）

五月吴懷珍爲作《復堂詩叙》。

文尾署「咸豐甲寅夏五月既望撰于金華旅邸」。

八月初與友人游吴山。

譚獻《湘月》詞序：「甲寅八月朔日，宿雨初歇，漱岩春疇，招同訪秋吴山……」

九月與友人吴山登高。

譚獻《放歌》詩序云：「去年九日，高炳麟昭伯招同龔橙孝拱、蔣恭亮賓梅、顧鏐子真吴山登高。今年九日，偕吴懷珍子珍、周炳伯虎、朱孝起廉卿重游，撫時感舊，慨焉作歌。」

與吴懷珍、高氏父子等聯鳴秋詞社。

譚獻《高先生行狀》：「咸豐甲寅乙卯間，獻年二十餘，同志吴懷珍輩八九人，聯鳴秋之社，以道義相劘切，每集皆記以詩文。昭伯（高炳麟）猶未病，與群從。（高）望曾字茶盦，傅謹字子容者，皆在。先生（高錫恩）輒引後進密坐燕語，若折行輩與論交者。」

高望曾《醜奴兒慢》序云：「吟秋詞社第四集，同賓梅（蔣恭亮）、滌生（譚獻）、子真（顧鏐）家飲高古民（高錫恩）叔、昭伯（高炳麟）兄集潘廉訪湖樓。」（高望曾《茶夢盦燼餘詞》）。詞有「正是蟹肥時候」句，當在秋冬之交。「鳴秋」與「吟秋」，應指同一詞社。

此前作《生查子》等五詞，録于黄燮清《國朝詞綜續編》卷二十一，《補録》卷二光緒元年（一八七五）六月初三日自云是其少作，乃選自《蘼蕪詞》。有可能爲鳴秋詞社活動時作品。

鄉賢邵懿辰罷官歸里，奉手請益。

《復堂諭子書》：「先達邵位西先生歸田，介袁敬民得見，與語學行文章之事。予之奉手先正，得師友之益，自此始也。」

譚獻《半岩廬遺詩跋》：「先生歸里後，獻介袁蓮伯（敬民）以見，勗之道義，乃請執弟子禮，先生報書數百言，……嗣是，析疑請益，若折輩行以交。」（見邵懿辰《半岩廬遺詩》）

邵懿辰（一八一〇—一八六一），字位西，仁和（今杭州）人。道光十一年（一八三一）舉人，授内閣中書，升刑部員外郎。咸豐四年（一八五四）坐濟寧府，以治河無功被撤職。咸豐九年（一八五九）由安慶引疾歸，家居養親。後太平軍圍攻杭州，在戰亂中身亡。

刻《化書堂初集》三卷，内附詞集《蘼蕪詞》一卷。

《復堂諭子書》：「學詩最早，二十歲時，高古民（錫恩）先生及令子昭伯（炳麟），刻《化書堂集》三卷。」

《日記》卷二壬申：「行篋偶携二十年前舊刻《化書堂集》詩詞，展卷慨然。」

按：高古民序文尾署「咸豐甲寅閏秋古民高學淳序」。「甲寅年」與《日記》壬申「二十年前」相合，則《復堂諭子書》謂「二十歲」時刻《化書堂集》不符，姑存疑。

邵懿辰《譚子化書堂詩叙》：「……譚子以化書名其堂，以化書堂名其詩，化之用，其不以氣乎？氣之用，其不以聲乎？聲之用，其不以示乎？吾將于詩觀譚子之聲，于聲

觀譚子之氣，作《化書堂詩叙》。」（《半岩廬遺集》，《續修四庫全書》第一五三六册）

結婚，娶莫氏（小名瑟瑟）。莫氏向學、能詩。

《復堂諭子書》：「時尚多疾疢，且新娶，汝祖母不遣遠游。」

《浙江鄉試同年齒録・同治丁卯科》：「莫氏，順天鄉試副貢生、雲和學教諭、敷文書院監院、咸豐庚申殉難恤贈都察院經歷銜、世襲雲騎尉、諱楷芳公第五女。」《日記》卷一甲子（同治三年，一八六四）云：「内子亦賦一絶，云（詩略）。」《補録》卷一同治二年六月十三日：「爲内子瑟瑟授《説文》。先書本文視之，就《繫傳》本録。」又同治三年十一月初十日：「星村以吴西林《臨江鄉人詩》贈我，内子爲整理之。」

○咸豐五年乙卯（一八五五）二十四歲

長子譚侖出生。

《日記》卷二戊辰：「正月四日，侖兒殤。十三年如一夢耳。」戊辰爲同治七年（一八六八），逆推十三年，譚侖應是此年出生。

重陽日與同鄉學友吴懷珍等重游吴山。

譚獻《放歌》詩序云：「去年九日高炳麟昭伯招同龔橙孝拱、蔣恭亮賓梅、顧鏐子真吴山登高，今年九日偕吴懷珍子珍、周炳伯虎、朱孝起廉卿重游，撫時感舊，慨焉作歌。」詩有「生同鄉縣才同調，高生與我年俱少」等句。

○咸豐六年丙辰（一八五六）二十五歲

春三月隨萬青藜學使初上北京。

《復堂諭子書》：「閲一年，萬公北覲，乃挈予入都。予亦體氣漸充，已生汝殤兄。」《亡友傳·袁鳳桐傳》：「小子二十五歲北游，明年客閩，居六年歸。」舟行近百日，沿途作詩多首，知其行程自春至秋。

客居萬青藜京邸四槐老屋。

《日記》卷七丁亥：「予以咸豐六年客京師。」譚獻客京師，自或云咸豐六年，或云咸豐七、八年，蓋六年爲抵京時間，而游學京師主要在咸豐七、八年間。

○咸豐七年丁巳（一八五七）二十六歲

《日記》卷一乙丑：「予與（薛）子振嘗同客德化萬藕舲侍郎京邸，居四槐老屋者數十日。」

在京城游學。因邵懿辰馳書推介，得見輦下諸公。

譚獻《在兹堂詩叙》：「咸豐七年，獻游京師。」

譚獻《道華堂續集叙》：「咸豐丁巳、戊午間，獻客京師，多接有道。」

譚獻《半岩廬遺集跋》：「咸豐丁巳，獻從萬文敏師入都，先生先期馳書輦下，諸老成皆以獻爲可以語上。獻之奉手哲人，與聞緒論，蓋先生假以羽毛也。」（見邵懿辰《半岩廬遺詩》）

《復堂諭子書》：「抵京師，邵先生先有書向通姓氏，輦下諸公桂林朱伯韓（琦）觀察、漢陽葉潤臣（名澧）舍人、代州馮魯川（沂）比部、馬平王少鶴（拯）章京、瑞安孫琴西（衣言）侍讀、上元許海秋（宗衡）起居、德化蔡梅庵（壽祺）編修，往往折輩行與交。」

與尹耕雲、李汝鈞、吴懷珍、楊傳第、劉履芬、夏氏兄弟等交。與莊棫定知己之交。

《復堂諭子書》：「而同志友人，則尹杏農（耕雲）御史、李子衡（汝鈞）刑部、楊汀鷺（傳第）孝廉，道義得朋，沆瀣無間。至于性命骨肉之交，丹徒莊中白（棫）爲最摯。鄉人吴子珍以公車留京，則舊好也。」

譚獻《亡友傳·莊棫傳》：「居蕭寺中，門多長者車轍。獻揖君于顧亭林祠下，遂稱知己。」蕭寺指北京慈仁寺，附建顧亭林（顧炎武）祠。據郭則澐《清詞玉屑》卷三：「慈仁寺附建顧亭林祠，創議自何子貞（紹基），而張石洲（穆）董其役，經始于道光廿三年夏，迄次年落成。」俞樾《春在堂詩編》卷三《勝果妙因圖歌》自注：「京師廣安門内有慈仁寺，乃古雙松寺故址，前明改建者也。」

初識徐樹銘，此後交往頻繁。

《復堂諭子書》：「長沙徐壽衡侍郎，顧（亭林）祠相見，立談傾倒。」此年徐樹銘授兵部右侍郎，次年督學福建。據《清代職官年表》，此年徐樹銘授兵部右侍郎，次年七月任福建學使。　徐樹銘爲道光二十七年（一八四七）庶吉士，官至工部尚書。

與詞人劉履芬定交。

《日記》卷五庚辰：「蓋予與彥清定交于京邸，在丁巳、戊午間。」劉履芬《旅窗懷舊詩》之五十自注：「仁和譚仲修獻明經，戊午客都門，往還最稔。」（《古紅梅閣遺集》卷八）

輯録《唐詩録》。

《唐詩録叙》：「丁巳之歲，游學京師。仰宮闕之壯麗，接衣冠之風采，攬時物之遷變，感家室之仳别，緣情感寓，不忘篇翰。主善爲師，及唐代之作者，導涇分渭，批榛采蘭，舉三百年之遺文，離爲八集，都爲一編，排纂未竟，旋以圖南。悠悠五載復事發正，録成定本，附《古詩録》之後。」

開始潛心經、子之學，有志于常州學派之微言大義。

譚獻《上座主湖北督學張先生（之洞）先生書》：「學無師授，至二十五六歲，始知推究于遺經。」

《復堂諭子書》：「于是問業焉，切磋焉。予之略通古今，有微言大義，皆此二年師友之所貺也。」

《日記》卷二己巳：「莊中白嘗以常州學派目我，諧笑之言，而予且愧不敢當也。」

夏寅官《譚廷獻傳》：「二十五、六以後，潛心經訓古子，有志于微言大義。」

在京城與好友莊棫合刻詞，後劉履芬作序。

蔡壽祺在京師編刻《三子詩選》本，收《復堂詩》三十首、《復堂詞》一卷。詞分甲、乙兩部，凡五十八首。與莊棫《中白詞》合刻。有蔡壽祺九月所撰序，卷末有涇縣吴紹烈跋云：「莊中白詞源出清真，而比興則碧山；譚仲修源出淮海，而聲情則白石。其沿而達于晚唐五代則一也。」後劉履芬有《莊蒿庵譚仲修詩餘合刻序》，云：「丹徒莊蒿庵、仁和譚仲修兩君客游京師，友人刻其所爲詞二卷，而督序于余，余諾而不果爲。兩君先後旋里，貽書重申此言，因取其所刻讀之……」（《古紅梅閣遺集》卷一）可能撰于書刊成之後，未收入合刻詞集。

《日記》卷二丁卯（同治六年，一八六七）云：「閱江山劉泖生駢文一稿，有爲予與中白詞刻序，惜未之見。」莊棫《復堂詞序》應亦作于此時。

〇咸豐八年戊午（一八五八）二十七歲

在京城，與莊棫、易佩紳、葉名澧等交往甚密。

易佩紳作詩《同譚仲修、莊中中白、集都門城西酒樓》（《函樓詩鈔》卷二），葉名澧作詩《譚仲修（廷獻）、莊蒿庵（忠棫）以秋宵唱和詩見示因贈》（《敦夙好齋詩全集·續編》卷九）。

八月應順天鄉試未售，南歸。

因太平軍與清兵交戰，渡江時曾被阻。《日記》卷二辛未：「戊午由孟河渡江，真潤（鎮江）賊逼，不能達（金山）也。」

按：據《清代職官年表》，萬青藜于此年十一月在順天學使任。《日記》卷二戊子：「咸豐戊午叔子（易佩紳）與莊中白（棫）送予廣慧寺，三人相向，哭失聲。」

《復堂諭子書》：「戊午京兆試後，不待榜發，即單車南下，以家端恪公方以直督被遣戍邊，久游無所依，負米不能贍，乃冒烽火垂橐歸。」其時所作詩《雄縣食魚鱠》有「八月江鄉水落時」及「京華倦客今歸去，千里秋風有所思」句，離京在秋，至冬抵杭州，《烏夜啼》詩有「天寒漏斷啼井梧」、「遠人歸來笑相語」句。按：朱德慈《譚獻詞學活動徵考》（收録于其所著《近代詞人行年考》，當代中國出版社二〇〇四年版）謂四月南歸。姑存疑。

易佩紳致譚獻手札：《喜將晤仲修因而有感即以呈教》詩自注：「咸豐戊午，君與莊蒿庵自都南旋，余餞別于廣慧寺，酒酣大哭。後余寄君書有云：『廣慧寺三副眼淚，可以千春。』」（見《復堂師友手札菁華》）

〇咸豐九年己未（一八五九）二十八歲

自杭州至嘉善，初識知縣薛時雨。

譚獻《薛中議慰農師六十壽言》：「廷獻于全椒薛夫子修相見禮，在咸豐協洽之年。」協洽，歲在未，應即此年。

《復堂諭子書》：「全椒薛慰農公宰嘉善時，吾偶相識」，薛氏任嘉善知縣僅一年，也即此年。

經邵懿辰推薦，入福建學使徐樹銘幕。

《復堂諭子書》：「視學福建過杭，訪士于邵先生，首及予，予適歸，即招延入閩，至學使幕。」

應在秋冬間赴閩，沿途有詩。先沿富春江、衢江舟行至桐廬、蘭谿、龍游，再陸行至福建浦城，再沿南浦溪、建溪入閩江，抵福州。

初交詞人楊希閔（卧雲）。

《復堂諭子書》：「同幕有新城楊卧雲，宿學也，相與討論，心目漸有歸宿。」

其時與莊棫并稱「譚莊」。

《日記》卷二壬申：「己未以後南北皆稱譚、莊，莊謂中白（莊棫）。」

〇咸豐十年庚申（一八六〇）二十九歲

春抵福州。在福州幕中從事經史校讎之事。

《復堂諭子書》：「文字外無他事，乃研討經史校讎之事，窮日夜爲之。」

三月太平軍攻占杭州，家得無恙。

《復堂諭子書》：「而杭州先以庚申三月不守，數日克復，家得無恙。道阻不得歸，歸又無所得食，因循旅羈，又病矣。」

譚獻《哭吴子珍》詩「故鄉忽殘毁」句自注：「二月辛酉，賊陷杭州。」

譚獻《憂憤》詩自注：「二月辛酉杭州陷，三月丁卯官軍克之。」

春在福建延平、建寧按試。

有《延平試院月夕和徐學使》、《春風樓（延平）》、《建寧試院送楊晋熙廣文歸杭州》等詩。此次按試應爲福建學使徐樹銘選派。

閏三月舟行回福州。

譚獻《江行雜詩》序云「閏三月既望發建寧，舟行四日至福州」。其十云：「悲凉烽火連三月，迢遞家書抵萬金。難得多情李别駕，平安兩字未浮沉。」自注：「李君寄語知家書已來，老幼無恙。」

秋赴汀州按試，與楊希閔同陷于太平軍，得脱。

《復堂諭子書》：「庚申汀州陷，方按試事未竟，予與楊君（希閔）同陷賊，貌爲書賈以免。」

譚獻《寄黔臬易大夫書》：「鄙人海客，與徐學使游，幾死于汀州之寇。」《亡友傳·楊象濟傳》：「獻客汀州，陷賊四十日，四方傳爲已死。」譚獻有長詩《悲憤》記之，知時在秋冬之間，在汀州被困四十天。

曾暫離福州返杭州，居十日，重返閩。途經嘉善、上海。

有《留別》、《七夕泊谷口》、《皋亭》、《九日雨中游嘉善面城園同汪仲得》、《梅花道人墓》、《黄浦》、《滬瀆雜詩》、《觀滄海》、《夷場行》等詩，可知秋冬經上海走海路前往福州。

友人吴懷珍卒。

作《哭吴子珍》詩悼之。

〇咸豐十一年辛酉（一八六一）三十歲

上年秋冬曾暫返杭州。二月再抵福州。

《復堂諭子書》：「辛酉二月，再至福州亦更生矣。」

有《泛海夜至福州》詩。

重九在漳州。

《宛轉歌》自注：「九日漳州作。」

秋厲恩官（研秋）代徐樹銘爲福建學使，仍聘譚獻入其幕。

《復堂諭子書》：「徐（樹銘）侍郎受代，仍就厲研秋光禄之聘。」應在七月至九月間。厲恩官，字錫功，硯秋，江蘇儀徵人。道光二十年（一八四〇）庶吉士，同治二年（一八六三）罷學使。

十二月杭州再陷，後知母親陳氏在兵燹中殉難。

《復堂諭子書》：「鄉井再陷，音書斷絶，心志瞀亂，不欲生，又不敢死，不復能治文字，去學使館舍流寓焉。」

有《秋雨五章》詩，自注：「時婦子居臯亭山中。」「舅氏婦翁，賊來皆亡。」

在閩首刻《復堂詩》三卷、《復堂詞》一卷，友人莊棫爲撰序。

《復堂諭子書》：「三十歲時，在閩刻《復堂詩》三卷、《詞》一卷。」《復堂詞自叙》應撰于本年。

莊序見陳廷焯《白雨齋詞話》卷五、卷六。

治經有窺微言大義，遂棄前之《日記》。

譚獻《答林賓君書》：「獻以訓詁小學治經，適得其末，而又不詳密。三十以後，差有窺于微言大義，遂棄前《日記》。」蓋由漢學轉向常州經今文學派。《日記》卷一前譚獻有記：「同治二年五月以前《日記》淪失，不可記憶。今自癸亥五月始，删節十之二。」《日記》卷七前又記：「《復堂日記》六卷訖丙戌五月……有錢塘羅椝臣上舍曾于冷攤收得予閩中同治元年壬戌閏八月至癸亥三月《日記》手稿一册，出以見還。」今《日記·補録》爲徐彦寬收入被八卷本删汰的部分日記，自同治元年三十一歲始。

〇同治元年壬戌（一八六二）三十一歲

冬春之交送徐樹銘赴京假歸省覲。

作詩《朱亭歌送徐侍郎假歸省覲》。

據《清代職官年表》，徐樹銘于上年八月卸福建學使任。

閏八月從龍岩至福州，辭學使厲恩官（研秋）幕，寓徐樹銘叔徐慶勛齋。

《日記》卷七補記：「壬戌閏（八）月自龍岩至福州，辭厲研秋學使幕，解裝長沙徐芝泉（慶勛）司馬寓齋。司馬爲前學使伯澂（徐樹銘）侍郎族叔。」

有《適中同伯澂學使夜坐有作》詩，自注「入龍岩州境」。

秋冬之交應邀游廈門。

《復堂諭子書》：「居末一月，南昌劉覺岸司馬招游廈防同知官齋，島嶼浪迹，真成海漚鳥矣。」在閩已五載。

冬結交德清戴望。

《日記》卷七壬戌：「交德清戴子高，爲銅士先生文孫、陳碩父（沆）先生弟子也。聞聲相思，傾蓋如故。經術辭章，途徑略近，海隅羈旅，忽得俊人。」

《復堂諭子書》：「是年冬，偶游廈門，交德清戴子高，陳碩父徵君弟子也。」離廈門時，戴望作《別譚儀》詩送行。譚作《贈德清戴望》、《廈門留別》。

在廈門得杭州家人平安消息。

《復堂諭子書》：「得汝母携汝兄避地消息，子高（戴望）方旋里，求訪老母，慨然兼任予事。」

十月閲嚴元照詞集。

《補録》卷一同治元年十月二十五日：「借得歸安嚴元照修能《柯家山館詞》一册，讀之。」

十一月閲周星譽詞集。

《補録》卷一同治元年十一月二十九日：「季貺（周星貽）歸索叔昀（周星譽）《東漚草堂詞稿》。」

〇同治二年癸亥（一八六三）三十二歲

在福州。

妻兒自德清至。得母親在杭州遇難消息。

《復堂諭子書》：「癸亥，仍寓福州，汝母挈子浮海至，始聞汝祖母殉難之耗。嗚呼！吾自此不得爲人子，遂不足爲人。雖門户所繫，覥焉視息而已絶于天，死于心也已。」

薛時雨任杭州府署糧儲道。

譚獻《山東道監察御史薛（春藜）先生墓表》：「同治二年，桑根先生知杭州府書糧儲道，謝病解職，講學西湖。獻著弟子弟子籍于薛氏，益習頗聞。」

吴存義任浙江學政。

《吴（存義）公行狀》：「同治二年，以户部侍郎簡放浙江學政，調吏部左侍郎。」

五月後結交福建詞人謝章鋌。

《日記》卷一癸亥：「訪長樂謝章鋌枚如。此君于經籍、金石之學均有本末，閩中學人可以稱首。」《日記》自癸亥五月始記，訪謝在五月後。陳昌强編《謝章鋌集》附《謝章鋌年譜》繫譚獻訪謝章鋌事在同治二年（一八六三）六月，劉榮平《賭棋山莊詞話校注·謝章鋌詞話補輯》注駁云：「但《復堂日記》卷二：『自福州携婦子三月十一日登舟，四月二十二日歸杭州。』則譚獻訪謝章鋌事當在三月左右，斷不可繫在六月，因爲譚獻四月就回到杭州。』」按：此段日記引文爲「乙丑」即同治四年（一八六五）事，卷一並云「將歸故鄉，收書入篋」，亦在此年，故陳氏不誤。

閲丁紹儀《國朝詞綜補》。

《日記》卷一癸亥：「閲無錫丁紹儀杏舲公《國朝詞綜補》稿本。……《詞綜續編》，嘉善黄霽青已成數十卷，海鹽黄韵珊繼之，有成書矣。」

《補録》卷一同治二年七月初十日：「閲無錫丁紹儀所爲《國朝詞綜補》。《詞綜》補輯，嘉善黄霽青已成數十卷，海鹽黄韵珊繼之。」

冬，爲周星譽撰詞集序。

《東鷗草堂詞序》文尾署「癸亥長至」。

金武祥《東鷗草堂詞序》云：「畇叔都轉《東鷗草堂詞》……舊有譚仲修序云（略）。」

（周星譽《東鷗草堂詞》卷首）

〇同治三年甲子（一八六四）三十三歲

在福州。

正月閲謝章鋌贈《聚紅榭雅集詩詞》。

《日記》卷一甲子：「閲《聚紅榭雅集詩詞》。《聚紅榭》者，閩中社集合刻所作，長樂謝枚如持贈。」謝章鋌《課餘偶録》卷三録日記中此評語，並云：「仲修詞之功與予派别不同，然亦有家數。近聞其棄官不事，去爲楚北書院（即湖北經心書院）院長矣。因檢書中所刻《日記》六卷，蓋按日讀書隨筆之作，中有數則爲予發者，録之，此亦風雨雞鳴之思也。」《賭棋山莊集·詩八》有《杭州雜詩》六首，其六賦杭州詁經精舍重建，有「能詩近日推譚峭，我爲徐陵憶客星」句，下注云：「謂譚仲修獻。仲修佐徐壽蘅學使校閲，頗叶時論。所著復堂詩詞亦入格，近聞其爲詁經精舍監院。」詩應作于兩年之後的同治五年（一八六六）。

爲周星詒撰詞集序。

《勉熹詞序》文尾署「甲子人日」。

《日記》卷一甲子：「季貺名星詒，祥符人，時官邵武府同知。」

冒懷蘇《冒鶴亭先生年譜》：「春，先生在京師廠肆購得外祖季貺所作《勉熹詞》一書歸，卷端有譚仲修序。此書原與其兄昀叔《東甌草堂詞》合刻于閩中，經亂板毁，外祖季貺自悔少年，秘不示人，故先生舊刻《五周先生集》獨缺此詞集。」

徐慶勛（芝泉）欲爲譚獻謀一官，不就。

《日記》卷一甲子：「徐芝泉丈京邸書來，羈孤可念。又爲予謀一官，不就。」

薛時雨任杭州知府。

《薛先生墓志銘》：「湘陰左公疏授杭州知府，先生于是去軍府，至治所，爲同治三年也。」

徐慶勛自京寄周濟《晋略》至。

《日記》卷一甲子：「芝泉丈自京寄《晋略》至。予自十九歲得此書，所至必以自隨，庚申汀州之難，書篋盡失。求之數年，復還舊觀，如故人久别矣。」

七月閲楊希閔《詞軌》。

稿本日記同治三年七月二十二日：「閲《詞軌》畢。」《詞軌》，楊希閔編選，正編八卷，補録六卷，選唐五代至清代詞，成書于同治二年（一八六三）。

喜得章學誠《文史通義》、《校讎通義》殘本。

《日記》卷一甲子：「于書客故紙中搜得章實齋先生《文史通義》、《校讎通義》殘本，狂喜，與得《晋略》同。章氏之識冠絶古今，予服膺最深。」

《日記》卷一甲子：「閲《文史通義·外篇》。……懸之國門，羽翼六義，吾師乎！吾師乎！」

論清代學術之變與近世漢宋經學之争。

《日記》卷一甲子：「本朝學術蓋嘗三四變矣。（下略）」

讀宋人詞。

《日記》卷一甲子：「挑燈讀宋人詞至柳耆卿云『狎興生疏，酒徒蕭索，不似少年時』，語不工，甚可慨也。」

○同治四年乙丑（一八六五）三十四歲

三月初作《明詩》一篇，以章學誠論文之旨論詩。

《補録》卷二三月初三日：「作《明詩》一篇贈鳳洲（潘鴻）、（朱）蓮峰。《明詩》者，予

《學論》篇目，五年未成。今粗引其端，異時詮次之入予書也。」

携妻兒啟程，四月返杭州。客游閩中七年至此结束。

《日記》卷二乙丑：「自福州携婦子三月十一日登舟，四月二十二日歸杭州。」

《補録》卷一五月三日：「始賃居杭城淳祐橋夔巷陳氏園室三楹。塵裝甫解，計福州束裝蓋五十日矣。」

譚獻《閩江曲》叙云：「蓬飛閩嶠，一息八載，亂離小定，泝江旋歸。……泛舟千里，成詩二十二章。」

長子譚侖病。

《復堂諭子書》：「杭州既復，旅貲匱，乙丑春，始拮据歸里門。汝殤兄侖不慧如汝，奔走饑凍，病已不淺。」

春末，與詞人王拯（王錫振）晤。

初識王拯于同治間在北京時。王拯于上年自北京舟行南下，逗留杭州，此年春，有詩《杭州積雨未發，伯平和詩與丁松生茂才（鴻）、譚仲修學博（廷獻）疊韵並至》。（《龍壁山房詩草》卷十四，自編年乙丑）據《清代職官年表》，王拯道光二十一年（一八四一）

進士，官至通政。同治三年（一八六四）降職。

與許增定交，直至暮年。

《復堂諭子書》：「壯而納交，首數許邁孫。」

譚獻《榆園記》：「同治之初，井里息烽燧，客游思故鄉。許增邁孫與獻先後歸杭州，定交杵臼間。」

譚獻《重刻四史疑年録叙》云「（許增）今年七十二矣」，署「時年六十四歲」，許增長譚獻八歲。

許增《書復堂類集後》：「同治三年夏，在江弢叔案頭讀譚君仲修所著《閩江曲》二十二章，心嚮往之，并世有其人，又生同里閈深，以不獲奉手爲憾。明年始晤于宗太守湘文席間……後數相見于薛慰農觀察所，蹤迹漸暱。」

夏拜杭州知府薛時雨爲師。

譚獻《薛中議慰農師六十壽言》：「廷獻于全椒薛夫子……著弟子籍，實同治旃蒙之歲。」旃蒙之歲，即乙丑年。

譚獻《蒙廬詩叙》：「自同治乙丑夏，傾蓋全椒薛師之門，勝友如雲。」

秋鄉試報罷。

《復堂諭子書》：「全椒薛慰農公宰嘉善時，吾偶相識，乃公不遺忘，時官杭州太守，相見傾愛，謀慮周至。吾之再從諸生服趨舉場者，公實强之。于是，著弟子籍，重理鉛槧，秋闈仍報罷。」

秋末薛因病辭官，繼任知府劉汝璆(笏堂)舉薦譚獻任學官。

《復堂諭子書》：「薛公謝病去官，劉笏堂太守繼之，分俸助予，就學官署。」

《補録》卷一九月望日：「過桑農(薛時雨)師，同人咸在，遂同赴閑福居酒樓會飲。」

譚獻《靈隱山游》詩序云：「十月六日吴恒仲英招同丁丙松生、高人驥呈甫、沈景修蒙叔陪前知杭州府全椒薛先生宿雲林寺……時先生謝病解官，將去杭州矣。」

薛時雨《摸魚兒》詞序云：「將去杭州，偕丁松生大令(丙)、吴仲英司馬(恒)、高呈甫廣文(人驥)、譚仲修(獻)、沈蒙叔(景修)兩明經，宿靈隱寺話别。」(《藤香館詞》)有《同人招泛兩湖和譚生仲修(廷獻)韵四首》，見《藤香館詩鈔》卷三「乙丑」。

立春日東坡生日同集宴會。

《補録》卷一十二月十九日立春：「赴高伯平(均儒)之招，爲東坡壽。同集者：高宰平（學治）丈、楊枌園（文傑）丈、鄒典三、丁松生（丙）、吴仲英（恒）、魏稼孫（錫曾），伯平翁爲主人，及其子叔遲，凡九人。」

閱陳文鼎詞集，論浙西詞派。

《日記》卷二乙丑：「閱陳元（應爲「文」）鼎《鴛鴦宜福館吹月詞》。婉約可歌，有竹山、碧山風味。杭州填詞爲姜、張所縛，偶談五代北宋，輒以空套抹殺，百年來屈指惟項蓮生有真氣耳。實庵雖未名家，要是好手。」

入采訪忠義局，參與編纂《忠義録》。

《復堂諭子書》：「先是予甫歸，已入采訪忠義局，遂同纂《忠義録》。」

譚獻《浙江忠義祠碑（代）》：「左（宗棠）公乃延攬賢大夫士，資其聞見，采掇遺烈，網羅幽潛，開采訪忠義局于寧波府城，後移杭州。……蓋繼左公者，菏澤馬端敏公，合肥李（鴻章）公及湘鄉蔣（益澧）公及（楊）昌濬。」據《清代職官年表》，左宗棠前此任浙江巡撫，首肇其端，上年九月馬新貽由安徽布政使繼任浙江巡撫。時蔣益澧任浙江布政使。譚獻有《投贈蔣布政使十韵》詩。

詞人黄燮清卒。

○同治五年丙寅（一八六六）三十五歲

正月杭州詁經精舍重建，浙江巡撫馬新貽任命其爲監院。

《復堂諭子書》：「丙寅、丁卯，馬端敏公（新貽）撫浙，檄詁經精舍監院。」《日記》卷二丙寅：「詁經精舍重建，馬（新貽）撫部檄予監院。同治五年正月晦，幞被載書，坐卧第一樓下……」又云：「蔣薌泉（益澧）布政買書弆精舍，凡千三百册。」

精舍因杭州兩次被太平軍攻陷而毁，本年由浙江布政使蔣益澧捐資重建。譚獻同鄉好友張預《崇蘭堂詩初存》乙集上有《臘日陪吴學使師（存義）讌集湖上詁經精舍》詩，自注云：「精舍毁于兵，布政蔣公重建始落成。」

陳豪有詩《余以同治五年奉馬端敏公設官書局，招往校讎，時僅十三人：薛時雨、孫憶言、高均儒、李慈銘、譚廷獻、張景祁、胡鳳錦、汪鳴臯、陸元鼎、張鳴珂、沈景修、王麟書及余，後增至三十六人，黄君質文亦奉檄至局，綜核出入之事。今年書來，屬有以志其盛，爲賦三絶寄之》（陳豪《冬暄草堂遺詩》）。

《清史稿·馬新貽傳》：「（同治）三年，擢浙江巡撫。……厚于待士，會城諸書院皆興復，士群至肄業，新貽皆視若子弟，優以資用獎勵之。」據《清代職官年表》，馬新貽（一八二一—一八七〇），字穀山，道光二十七年（一八四七）進士，後任兩江總督兼南洋通商大臣，被刺身亡。

俞樾于同治七年（一八六八）始主講詁經精舍。本年正月精舍重建後，春二月又爲主講，前後歷三十一年。《春在堂詩存》卷六有《戊辰歲余自蘇州紫陽書院移主杭州詁經精舍，開課之日偶成二律》、卷十二有《余主講詁經精舍自戊辰至丁亥，二十年矣……》詩。卷十六有作于丁酉（光緒二十三年，一八九七）詩《余主詁經精舍講席至今歲三十年矣，開課之日慨然有作》，云：「先皇同治七年春，是年太歲在戊辰。我來始主詁經席，第一樓頭作主人。荏苒光陰卅年久，竟自戊辰到丁酉。」又其《自述詩》自注云：「戊辰二月二十五日于詁經精舍開課。」

《補録》卷一同治十一年：「偶閱俞編修（樾）所刻書。説經紕謬，偶及小學，間可取其慧思。小言破道，私智盜名，謬種流傳。經生有俞樾，猶文苑之有袁枚矣。若俞之詩文，則又袁枚之輿臺。」此爲兩人共事數年後之語，以爲俞浪得虚名，貶之過甚。

秋同人于湖舫設宴送别薛時雨。

《日記》卷二丙寅：「同人觴薛慰農觀察師于湖舫。風日清佳，吟嘯甚適。一念此集爲離筵，不禁凄惻。」

薛時雨丙寅有《重抵武林》詩，秋又有《將去杭州述懷言别四首》「秋風催我賦歸田」句，離杭州返鄉。

吴存義視學浙江，譚獻拜吴氏爲師。

《復堂諭子書》：「泰興吴和甫侍郎督浙江學，予不得與工校，而論學尤契。吾之中年，虚鋒略盡，漸有見儲樸之意者，吾師泰興公教也。」

從蔣景祁《瑶華集》中選詞，始編《篋中詞》。

《日記》卷二丙寅：「選次《瑶華集》，爲予《篋中詞》始事。」

○同治六年丁卯（一八六七）三十六歲

四月浙江書局成立，馬新貽、吴存義聘譚獻等爲總校。

《復堂諭子書》：「又奏開書局，以予爲總校。」

《日記》卷二丁卯：「馬中丞（新貽）、吴學使（存義）奏開浙江書局，薛慰農、孫琴西（衣言）兩先生主之，高伯平丈、李蒓客（慈銘）、張韵梅（景祁）與予爲總校，胡肖梅（鳳錦）、汪洛雅（鳴皋）、陸春江（元鼎）、張子虞（預）、張玉珊（鳴珂）、沈蒙叔（景修）、王松溪

（麟書）、陳藍洲（豪）爲分校。」

譚獻《慕陔堂詩叙》：「當是時，大府奏開書局，群士輻輳，其人皆抗心希古，雅有志尚而不無蜂起之論。」

馬新貽《建復書院設局刊書以興實學折》（十月十二日上）：「竊臣先準禮部諮，議覆御史范熙溥奏：軍務肅清省份，亟宜振興文教，令將所屬書院妥爲整頓。奉旨依議。欽此。續又準諮，同治六年五月初六日奉上諭：鮑源深奏請刊刻書籍，頒發各學一折……自應在省設局重刊，以興文教。當經臣批飭，迅速舉辦，即于四月二十六日開局。」（《馬端敏公奏議》卷五）

浙江書局初設于杭州小營巷報恩寺，後移至中正巷三忠祠，而以報恩寺爲官書坊，專門發售書籍。（參見鄧文鋒：《晚清官書局述論稿》，中國書籍出版社，二〇一一年，第八四頁）

三月至五月，仁和知縣姚光宇（季眉）等多次集湖舫文會。

《日記》卷二丁卯：「姚季眉大令集江浙文士爲湖舫文會，以慰農薛師爲主。」

譚獻《祭姚季眉太守文》：「與諸文士前喁後于，春波秋樹，流連湖上。……獻也謝病歸尋墜歡，爲不速客，觴詠宵闌。」

張預《崇蘭堂詩初存》丁集下：「丙寅丁卯間，同人結文社湖上，請業于全椒薛先生，時季眉官仁和令，每集輒爲東道主。清樽畫舫，稱盛一時。」

秦緗業有《慰農移主金陵尊經書院講席，以〈留别虎林諸同人〉二律見寄，輒次原韵奉酬》詩（《虹橋老屋遺稿·西泠酬倡集》卷一）。

薛時雨有《西湖餞春曲（湖舫第一集）》、《四月廿八日招吴和甫學使（存義）沈念農少司成（祖懋）沈菁士太守（丙瑩）高伯平院長（鈞儒）譚仲修廣文）小集靈隱禪院學使有詩即和原韵二首》等詩記之。見《藤香館詩鈔》卷四（丁卯）。

秋應鄉試獲舉，擬明春北上應試。

《復堂諭子書》：「丁卯鄉試獲舉，年已三十六矣。同榜多聞人，亦多舊交。座主爲故禮部侍郎太和張霽亭（澐卿）公、今粤督南皮張薌濤（之洞）公。房師爲故處州太守漢陽蕭雲史公也。」

譚獻《寄黔臬易大夫書》：「廁名乙科，在丁卯之歲，行年三十六矣。」

譚獻《太和張（澐卿）公祠堂記》：「同治六年丁卯，朝命光禄寺少卿、太和張公典浙江鄉試，副以南皮張編修公。是年兼補甲子科，故選士倍恒。」

《日記》卷二丁卯：（除夕）「艱辛乙榜，屬望無人。師友風期，等于骨肉。獻歲發春，隨計北上。」

《補録》卷二光緒四年（一八七八）回憶：「丁卯浙中同舉諸君，經學文章各有門徑，一時稱盛。許竹篔、褚叔寅皆年少策名，而皆有志于學術。逝者已矣。竹篔官翰林久不進，又頗有蜚語，成就不知何如，病懶久未通書也。吾家科名不振，儒風淡薄，先大父嘉慶戊午榜中，如張叔未、陳仲魚諸先生，皆耆年宿儒，惜後生小子未得以年家末學撰杖老成。」

《浙江鄉試録·丁卯正科並補行甲子科》（光緒六年刻本）：丁彭年、胡壽頤、孫德祖、錢振常、孫詒讓、鮑謙、陶方琦、陶方琯、朱衍緒、江珍楹、許承勛、沈星標、汪汝綸、何增榮、沈善登、沈鎔經、羊復禮、錢炳奎、陶模、張預、王詠霓。

胡鈞《張文襄（之洞）公年譜》：「六月十二日奉旨充浙江鄉試副考官……九月十五日發榜，所取多樸學之士。」

薛時雨有《嘉興得見登科録諸生多獲雋者喜賦》詩，注「譚廷獻、張預皆湖舫文會第

二」。（《藤香館詩鈔》卷四）

故交徐樹銘繼吴存義爲浙江學使。

譚獻《重建再到亭記》：「同治六年丁卯，禮部侍郎長沙徐公，奉使來視浙學，勤德愛士，引掖成就尚友。」

譚獻《光禄大夫徐公夫人張氏靈表》：「比同治六年，長君以禮部侍郎使浙視學。」

據《清代職官年表》，吴存義于此年八月一日卸浙江學使任。

《清史稿·徐樹銘傳》：「同治五年，起署禮部左侍郎。明年，督學浙江，以薦舉人才中列已罷編修俞樾，嚴旨付吏議，謫遷太常寺少卿。」

徐樹銘光緒十八年（一八九二）八月《澂園自叙事略》：「同治丁卯，予以禮左奉命視學……適奉旨令舉人才，……群治所見經史諸子百家之説，爲論撰成《復堂彙編》，文辭淵雅，爲世所欽，式治世之術，夷然以清，則有若錢唐譚孝廉獻。」（《澂園遺集》卷首）

十一月讀納蘭性德《飲水詞》袁蘭生選本。

《補録》卷一同治六年十一月初二日：「點誦成容若《飲水詞》袁蘭生選本。風格更高出蔣鹿潭矣。有明以來詞手，湘真第一，飲水次之，陳（其年）、朱（竹垞）而下皆小家也。求其嗣響，殆蘅夢乎？」

閱張鳴珂（玉珊）詞集。

《日記》卷二丁卯：「閱嘉興張玉珊《寒松閣詩詞稿》。詩篇秀絶，未深思耳。詞尤婉麗。」

閱蔣春霖（鹿潭）詞集。

《日記》卷二丁卯：「閱蔣鹿潭《水雲樓詞》，婉約深至，時造虛渾，要爲第一流矣。」

閱項鴻祚（蓮生）詞集，擬撰《篋中詞》。

《日記》卷二丁卯：「閱項蓮生《憶雲詞》。……近擬撰《篋中詞》，上自《飲水》，下至《水雲》，中間陳、朱、厲、郭、皋文、翰風、枚庵、稚圭、蓮生諸家，千金一冶，殊呻共吟，以表填詞正變，無取刻畫二窗，皮傅姜、張也。」

詞人蔣敦復卒。

〇同治七年戊辰（一八六八）三十七歲

正月四日長子譚侖殤。

《日記》卷二戊辰：「正月四日，侖兒殤。十三年如一夢耳。」

《復堂諭子書》：「戊辰會將就道，而汝兄侖以正月殤，汝母之側，汝姊而已。」

首次赴京參加會試。正月八日發舟北上，二月二十四日抵京。

《補録》卷一同治七年正月八日：「發舟北上計偕，同行爲張子虞（預）、袁爽秋（昶）。」十日：「入嘉善城。」十八日：「抵上海。」二月初四日：「發裝上南潯輪船。」初九日：「啟輪。」望日：「輪舟入大沽口。」十六日：「移裝上小舟。午抵天津河北街旅邸。」十九日：「買舟赴通州。」二十三日：「抵通州。」二十四日：「黎明即登岸……比至東便門已薄暮矣。至仁錢會館解裝。」

《復堂諭子書》：「是時，北路尚梗，輪船遇風雪，不飽魚鱉者，呼吸事耳。體多痰飲，寒結筋絡，吾之患臂瘻即由于此。」

《上座主湖北督學張先生書》：「獻生三十七年矣……春趨京師，禮部報罷，幽憂多疾。又迫烽火，偃蹇圖南。」

在京見友人許宗衡。

《日記》卷二戊辰：「過許海秋起居。丈海内老成，晨星寥落。十年離抱，一概軍聲。痛話當年，屈指師友，覺長生久視爲無謂矣。」

《復堂諭子書》：「再入都門，耆舊零落略盡，惟見許海秋先生也。」

許宗衡《贈譚仲修還杭州序》：「十餘年來，宗衡居京師，所感于吾黨之淪喪者，蓋不忍心稽而意想。譚君仲修别既十年，當時相游燕……幸而仲修來，雖以益我悲，不又可以釋我悲乎？獨奈何仲修又將歸也……」（《玉井山館文續》卷二）

二月末考試，四月初十日發榜下第。

《補録》卷一同治七年二月二十八日：「黎明，詣保和殿覆試。午正，交卷出。」四月初十日：「晨起見全録，杭人售者六人，諸知己皆下第。同年生售者九人，以沈谷成（登善）、陶子方（模）爲魁傑。」

閏四月十二日返杭州。

《補録》卷一同治七年四月二十二日：「出都。午後至通州，登舟。」二十七日：「至天津。次日，上南潯輪船。」閏四月初三日：「駛行。」初六日：「達吴淞。」初七日：「買棹歸杭州。」十二日：「到家。」

五月署秀水（嘉興）教諭，仍兼書局、采訪局事。

《日記》卷二戊辰：「得檄，署秀水教諭。冷官身世，要當忍饑誦經耳。」

《補録》卷一同治七年五月初八日：「赴官秀水教諭，檢行篋上船。」十一日：「抵嘉興。」十六日：「朝衣上官，是何蟣虱臣邪！」二十三日：「回杭，發舟。」二十四日：「抵石門縣泊。」二十六日：「到家。」

《復堂諭子書》：「下第南還，署秀水教官，仍兼書局、采訪局事，故官秀水將兩期，居于學舍不過三月耳。」

《上座主湖北督學張先生書》：「獻以六月署秀水教諭。」此六月爲大略言之。

《湘春夜月》詞序云：「予以五月九日之官秀州」。（《復堂詞》卷二）

閲許宗衡《玉井山房詩餘》。

《日記》卷二戊辰：「閲許海秋《玉井山館詩餘》。」

九月吴存義卒。

譚獻《吴公行狀》：「（同治）七年九月，公卒于泰興里第。」

《補録》卷一同治七年十二月初八：「去年在泰興吴師節署……而吴師已歸道山矣，哀哉！」

張琦之子張曜孫輯刊《同聲集》。

詞人蔣春霖卒。

○同治八年己巳(一八六九)三十八歲

在杭州。

五月友人高古民卒。

《日記》卷二己巳:「五月望日,高古民丈病卒。追懷癸丑以來論交群紀之間,與昭伯結昆弟之好,又唱酬相得。」

《補録》卷一同治八年十月十四日:「撰《高古民(錫恩)丈行狀》。」

得新刊張琦《宛鄰書屋古詩録》。

《日記》卷二己巳:「《宛鄰書屋古詩録》……今年常州所刊本,蔣子相貽我,得還舊觀。莊中白嘗以常州學派目我,諧笑之言,而予且愧不敢當也。」稿本日記:「因蔣子相購《宛鄰書屋古詩録》,甚喜,復還舊觀。予治古詩以此書爲始事。莊中白嘗以常州學派目我,諧笑之言,予方愧不敢任也。蓋莊氏祖孫、張氏昆季、申耆、晋卿、方立、稚存、淵如皆嘗私淑,即仲則之詞章,又豈可多得者乎?」

治《文選》。

《日記》卷二己巳：「今春校《文選》卒業。……予欲撰《文選疏》，蓋泰興吴師爲衣鉢之授。」「治《文選》三十卷一過。校讎甫畢。已將一年，可愧。」

薛時雨離杭州，赴南京辦學。

譚獻《石城薛廬記》：「同治八年，先生去杭州，設教于石城山下。」

閱吴衡照（子律）《蓮子居詞話》。

《日記》卷二己巳：「閱吴子律《蓮子居詞話》。頗見深微，有功倚聲不小。」

友人許宗衡卒。

《日記》卷二己巳：「高叔遲來談，知許海秋丈已歸道山，海内又失一老成。」

江順詒《願爲明鏡室詞稿》刊行。

丁紹儀《聽秋聲館詞話》刊行。

〇同治九年庚午（一八七〇）三十九歲

在杭州。

正月閱龔自珍詩詞新刻本。

《日記》卷二庚午：「閱《定庵詩詞》新刻本。」

閲《定庵全集》七卷畢。

《日記》卷二庚午：「閲《定庵全集》七卷畢。」

四月閲《絶妙好詞箋》。

《日記》卷二庚午：「閲《絶妙好詞箋》。」

因莫氏不育，納妾徐氏，爲徐彦寬之姊。

《復堂諭子書》：「予辛未公車……吾友童子佩廣文，以汝母不再育，勸納妾，汝生母乃來。」

錢基博《復堂日記序》：「薇生姊氏適譚。」徐彦寬字薇生，後爲譚獻録《復堂詩續》，整理《復堂日記·補録》。

十二月登舟離杭，北上應試。

《補録》卷二同治九年十二月初九日：「北上計偕，登舟，同行爲（余）右軒、（褚）叔寅兩同年。」十二日：「暮抵嘉興。」十六日：「抵松江。」二十日：「抵蘇州。」二十四日：「泊無錫北郭。」

馬新貽卒。

○同治十年辛未（一八七一）四十歲

正月抵揚州，莊棫自泰州來見。

《補録》卷一同治十年正月初九日：「舟抵揚州。」十日：「莊中白自泰州來，相見悲喜。至其寓小坐，出示近年所作詩。」對赴京行程有詳記，此略。

此晤爲兩人預約，莊棫同治九年九月七日手札：「十年睽别，思念良殷。明歲禮闈，可否由敝省逕往？……邇時或便道至揚州，由淮壖進發，弟亦可握手作數日談。或弟至金陵，亦無不可也。前途蹤迹，甚屬茫茫，能得握手，皆爲幸事。」（《復堂師友手札菁華》）

閱吴存義詩詞。

《日記》卷二辛未：「揚州發舟，閱先師吴和甫少宰《榴實山莊集》。」

二月初至京師。

《補録》卷一同治十年二月初四日：「黎明發車，行四十里，入（京城）南西門。……解裝于西珠市口仁錢會館井福軒中。」

三月完試，四月會試揭曉，被放。五月到家。至今南北十一試。

《日記》卷二辛未：「三月十五日申，完三場卷。念自己酉鄉闈至今，南北十一試，矮屋中過九十九日矣。行年四十，騖此浮榮，亦何爲哉！」

《補録》卷一同治十年三月初八：「進場。」四月十一日：「揭曉，被放。」十七日：「與潘鳳洲（鴻）同車出京，出城二十里，登舟。」五月朔日：「未刻達上海，即買舟回杭。」初七日：「到家。」

稿本日記第一〇册《倦游日記》卷首小引云：「同治十年辛未夏五月，譚儀被放于禮部，歸家。」

徐樹銘薦舉爲鴻博，未獲召試，徐因被貶。

《復堂諭子書》：「繼吴公者即徐侍郎，篤故舊，忘形迹，而三年述職，上疏薦士，余亦與焉。嘗規阻之不得，侍郎遂以是疏謫。予辛未公車，杜門不欲接海内人士者以此。」

譚獻《誥封光禄大夫徐公（夔）墓志銘》：「子樹銘，道光廿七年翰林，歷官兵部、禮部侍郎，以薦士左遷，今官大理少卿。」

秦敏樹《小睡足寮補録》卷二：「同治間，徐侍郎樹銘舉君（譚獻）鴻博，未召試。」

六月後于戴園校書。此時已始編《復堂類集》。

稿本日記第一〇册《倦游日記》小引云：「六月初十日後，太白經天，儀處雪月，畏炎暑，杜門治群籍，揮汗輒不終卷。……寫定所著雜文，次第爲《復堂類集》。年既四十，公車再報罷，性不能治生，讀書苦不副願，慨然將賦倦游詩以見志。」

施補華有《校書戴園與同事諸君子》詩，作于同治十年冬，題下原注：「同是役者，爲黄以周元同、王詒壽眉叔、董慎言仁甫、高驂麟仲瀛、陳豪蘭洲、張預子虞、王麟書松溪及仲修、儀父等二十四人，種學績文，并時英妙。」（《澤雅堂詩集》卷五）

次子譚瑾出生。

《復堂諭子書》：「一年生汝瑾。晬時急病似不治，汝母幾欲身先之。汝僅免乳，固離生母而育于嫡也。」

《復堂諭子書》：「辛未瑾生。」

〇同治十一年壬申（一八七二）四十一歲

在杭州。

正月閲丁紹儀《聽秋聲館詞話》。

《補録》卷一同治十一年正月初七日：「閲丁紹儀《聽秋聲館詞話》二十卷。」

爲江順詒(秋珊)詞集定稿。

《日記》卷二壬申：「江君秋珊，旌德人，刻《願爲明鏡室詞》，來屬論定。」

元夕後游歷蘇州。

《日記》卷二壬申：「薄游吴門，元夕後三日發舟。」

有《吴江》詩。

二月爲江順詒撰詞集序。

《願爲明鏡室詞稿序》文尾署「同治十一年仲春月朔，仁和譚獻叙于吴門舟中」。

戴園獨居，誦本朝人詞。

《日記》卷二壬申：「戴園獨居，誦本朝人詞。」

有《戴園寓興同諸子》、《西谿詩同王麟書詩補華朱文炳作》詩。

九月爲王詒壽撰詞集叙。

《笙月詞叙》文尾署「壬申九月杭州譚獻撰」。

年底賃居杭州皮市南園。

稿本日記第一三册《南園日記》題識云：「王見大築南園于皮市，兵後，園爲義塾。北隅鄰廡，予以壬申歲不盡十日賃居焉。」

〇同治十二年癸酉（一八七三）四十二歲

正月渡錢塘江，應秦樹銛邀赴會稽，與諸友人游當地諸名勝。

《日記》卷三癸酉：「癸酉春正下旬一日，幞被度（錢塘）江赴秦樹銛秋伊娛園之約。」《補録》卷一同治十二年正月十一日：「薄游皋園。」二十四日：「與秦秋伊（樹銛）諸君共爲禹穴之游。」二十八日：「偕秋伊諸君至七星岩登覽。」

二月友人戴望卒于南京。

《日記》卷三癸酉：「凌子與自揚州馳書，告子高（戴望）病危。……第二書來，竟以二月二十六日丑歿于飛霞閣。」後在光緒元年（一八七五）赴南京時作《飛霞閣吊戴子高》詩悼之。

四月點定《同聲集》。

《補録》卷一同治十二年四月十三日：「點定《同聲集》。」

秋杭州鄉試期間與友人聚會。

《日記》卷三癸酉：「秋試，裙屐集于都會。朱鎮夫、陶子珍（方琦）兩同年以送考來，晨夕過從，談藝深至。」「偕新榜諸友入貢院。」應是指杭州鄉試。

重九得讀周濟《詞辨》。

稿本日記同治十二年九月初九日：「得玉珊書，寄《詞辨》寫本至。」

《日記》卷三甲戌：「周先生有《詞辨》十卷，稿本亡失，潘季玉觀察刻二卷，版亦毀矣。去年重九，張公束（鳴珂）寄我寫本甚珍異，嘗馳書越中，以托陶子珍。」謂「去年重九」，則事應繫于此年。

黃燮清《國朝詞綜續編》刊行。

潘祖蔭重刊周濟《宋四家詞選》。

劉熙載《藝概》刊行。

徐本立《詞律拾遺》刊行。

○同治十三年甲戌（一八七四）四十三歲

二月赴京，寓西城伏魔寺。

《補録》卷一同治十三年二月初四日：「登舟北赴禮闈。」二十四日：「解裝錢仁館。」

李慈銘《越縵堂日記·桃花聖解庵日記·癸集》二十一日：「午詣伏魔寺訪仲修、鳳洲。」

胡珠生編《宋恕集》載潘鴻詩，尾署「此甲戌秋與譚復堂寓京師西城伏魔寺所作……」。

三月第三次參加禮部考試，未售。

《補録》卷一同治十三年三月初八日：「入場。」十一日：「入場。鄰號適晤長樂謝枚如(章鋌)同年，不相見又三年矣。」十二日：「既明起，經義五道申初脱稿。寫卷至二鼓訖，臂痛大作。春秋闈十一試，未有如今年之不欲戰者。」四月十三日：「榜發，被放。」

稿本日記第一五册《三上記》、《人海密藏記》題識云：「甲戌首春，將起禮闈……又戊辰以後，與計吏偕，至是三踏京塵，不徒懸布再登，實已强臺三上，不無慷慨係之。」

四月在京與詞人樊增祥定交。

《日記》卷三甲戌：「與宜昌樊增祥雲門定交。」

譚獻《樊山集叙》：「譚生内交樊子，在甲戌之夏，公車被放，道義相期。」

譚獻與樊增祥此前就有交往，樊亦于同治六年(一八六七)鄉試中舉，故以同年相稱，同治九年（一八七〇），樊有《寄譚仲修（廷獻）同年杭州》詩（《樊山集》卷一《雲門初集上（起庚午，訖癸酉）》）。

八月乾清宫引見。

《補録》卷一同治十三年八月十二日：「寅初起，入城。辰正，乾清宫引見。」

九月南還，十月重病。

《日記》卷三甲戌：「九月南還，十月一病幾殆。」八月二十六日：「出都。」九月十一日：「回杭。」

十一月捐官安徽懷寧知縣，發舟離杭。

《日記》卷三甲戌：「十一月赴官安慶，道出嘉善。」「上安瀾輪船溯江。」「解裝懷寧東城，出郭，看『樅陽門』三大字。」

《補録》卷一同治十三年十一月二十二日：「發舟。」卅日：「抵滬。」十二月初五日：「上定海輪船。次日展輪。」

《復堂諭子書》：「甲戌三赴計偕，自顧漸老，稍欲以民事自試，假貸戚友，入貲以縣尹官皖，非素心也。」

譚獻《戴園留别五章》詩有「七年三度公車客」句，自同治七年至此共七年，其間共三次赴京參加會試。

道經嘉善，金安清貽新刻周濟《宋四家詞選》。

《日記》卷三甲戌：「十一月赴官安慶，道出嘉善，金眉生（安清）都轉招飲。中坐，以周保緒（濟）《宋四家詞選》見貽，潘（祖蔭）侍郎新刻。」

十二月抵安慶，謁安徽布政使孫衣言。

《補録》卷一同治十三年十二月初九日：「午抵安慶西門。」十六日：「謁方伯孫琴西（衣言）年丈，時以廉訪權藩篆也，不相見五六年矣。」孫衣言于咸豐八年（一八五八）出任安慶知府。俞樾《春在堂詩編》卷五有《送孫琴西同年（衣言）出守安慶，即用其癸丑年見贈原韵》，編在戊午年（咸豐八年）。

《復堂諭子書》：「同治十三年冬盡至皖，孫琴西（衣言）公以臬使權藩伯也。文字知交，又年家，然不欲干請。」時故友孫衣言以廉訪使身份權任安徽布政使。

〇光緒元年乙亥（一八七五）四十四歲

在安慶。

孫衣言離職，應繼任布政使紹誠之邀入其幕，共兩年。

《復堂諭子書》：「光緒元年，方伯紹誠公召予入幕，從事二年，又應官之知己也……」

正月訪周星譽。

《補録》卷二光緒元年正月二十六日：「過敬夫（趙曦明），并約鄭贊侯（襄）同詣周星譽涑人，蓋季貺（周星詒）之兄，相知名且二十年矣。」

友人鄭襄抄示蔣春霖未刻詞。

《補録》卷二光緒元年正月二十九日：「贊侯抄示蔣鹿潭未刻詞十餘首。」

六月得黄燮清《國朝詞綜續編》。

《補録》卷二光緒二年六月初三日：「書肆取《詞綜續編》回。……此書刻時，諸遲菊同年任校勘事，暇當作書告之。」

被聘入文闈，七月舟行赴南京，八月入闈，任秋試收卷官。九月出闈。

《日記》卷三乙亥：「七月赴金陵，八月入闈。簽掣上江外收卷官，閉置無事，賦詩遣日而已。」

《補録》卷二光緒元年六月十二日：「聘調入文闈檄下。」七月十四日：「發裝上船。」二十二日：「始達石城。泊岸西門。」八月初二日：「監臨吴撫部考簾官，文題《官事無攝取士必得》，詩題《不將今日負初心得心字》。予以申初納卷回。」初六日：「至江寧府署，候主試至午。」初七日：「上至公堂，公見監臨固始吴公。過午又上至公堂。」九月十二日：「送墨卷入内簾，看寫榜。」十三日：「撤棘出闈。」

七月游秦淮河，登清涼山。

《補録》卷二光緒元年七月二十三日：「始泛秦淮。雖劫灰之餘，而山水古秀，目所未經。」二十四日：「薄暮，偕慕淮、飴澍登清涼山望江。可謂曠絶，所歷山水未有雄秀如此者。」

九月家人自杭州來南京。同赴安慶懷寧。十月抵懷寧，賃居吕八街新宅。

《日記》卷三乙亥：「家人至金陵，遂買舟同赴安慶。……十月十二日，挈帑客懷寧矣。」

《補録》卷二光緒元年九月二十八日：「家人自浙買舟至。」十月十二日：「抵安慶。賃居吕八街新宅。」

《復堂諭子書》：「汝瑾乃從兩母偕姊妹至安慶。」

〇光緒二年丙子（一八七六）四十五歲

在安慶。

春末爲黄長森題行看子，書《定風波》二調。

《日記》卷三丙子：「爲新城黄襄男題行看子，書《定風波》二調。」

爲編《篋中詞》，閲《詞綜》等詞籍。

《日記》卷三丙子：「閲王氏（昶）《詞綜》四十八卷，二集八卷。……予欲撰《篋中詞》以衍張茗柯、周介存之學，今始事。王選所掇者百一而已。」

《日記》卷三丙子：「閲黄燮清韵珊選《詞綜續編》。」

《日記》卷三丙子：「閲蔣氏（重光）《詞選》（即《昭代詞選》）。……其采康熙以前與《詞綜》詳略互備，康熙末、乾隆初則遠不如王蘭泉（昶）之雅馴。」

《補録》卷二光緒二年七月初七日：「閲《明詞綜》。明自陳卧子外，幾于一代無詞。擬略取數十首，列《篋中詞》之前也。」

《補録》卷二光緒二年七月十九日：「閲《續詞綜》廿四卷畢。搜葺雖勤，舛漏不免，去取之意漸求縝密，與王氏之僅識江湖派者，稍覺後來居上。然宗旨不立，本事不備，使閲者無可推尋。又補人在前，不復别白，于體例亦未整齊。」

八月赴潛山、太湖、宿松、望江、東流等縣公事。

《補録》卷二光緒二年七月十九日：「方伯委勘秋成檄下。」八月初九日：「晨饌啟行。」初十日：「下稷入潛山縣城。」十一日：「赴蔣仙舫大令招飲，談秋成事。」十二日：「上道入太湖境。……贊侯（鄭襄）作宰此山水窟，吏有仙意。抵暮，月下入縣廨。與贊侯别半年矣。」十三日：「上道。抵宿松縣。」二十三日：「抵望江縣。」二十五日：「登舟即發，下稷達東流縣。」二十六日：「午抵省寓。」按：鄭襄《久芬堂詩集》卷四有丙子年《之任太湖初發懷寧寄仲修文卿笑逢》、《徐家橋再晤仲修》詩，後一首自注云：「仲修自潛山赴宿松過余廨舍，抵宿書來，並贈長句，爲前一日事。」

杜文瀾刻萬樹《詞律》刊行。

〇光緒三年丁丑（一八七七）四十六歲

在安慶。

閲黄長森詩詞。

《日記》卷三丁丑：「襄男刻《自知齋集》行世。」

七月莊棫從揚州來訪，三日後返南京。

《日記》卷三丁丑：「莊中白自揚州來訪。不相見六七年，始得接席。……三日後即赴秣陵矣。」

譚獻《周易通義敘》：「光緒三年七月，溯江來訪，始出《通義》之書。」

七月十六日檄權歙知縣，八月一日啟程，十七日至歙縣。

《日記》卷三丁丑：「八月之官歙縣。十四日上大洪嶺。……中秋宿漁亭。十八日上官。」

《補録》卷二光緒三年七月十六日：「檄權歙縣。」八月一日：「之官，登程。」十六日：「過休寧城外。」十七日：「抵縣境。」

《復堂諭子書》：「新安山水大好，去故鄉最近，文物尤茂，雖大亂之後，餘韵存焉。吾作宰朞月，心神相樂，民間亦似樂予，至今時時思之。」

録成《篋中詞》五卷。

《日記》卷四己卯：「《篋中詞》五卷前年（指丁丑年）録成……」

八月録《篋中詞補》。

《補録》卷二光緒三年八月二十三日：「飯後録《篋中詞補》。將竟之業不欲輟耳。」

秋三子譚瑜生。

《復堂諭子書》：「丁丑八月之官歙縣，乃生汝瑜于官舍。」

冬赴休寧。

有《休寧道中大雪》、《雪夜示休寧曹宰》詩。

〇光緒四年戊寅（一八七八）四十七歲

五月至交莊棫卒。

《日記》卷四戊寅：「忽得揚州書，乃莊中白訃也。郢人逝矣，臣質已淪。茫茫六合，此身遂孤。懷寧一别，竟終古矣！二十餘年，心交無第二人，素車之約，亦不能踐。」

稿本日記光緒四年五月十四日：「去年七月，中白訪我。懷寧月夜，促膝話舊。中白身世多傷，有不祥言語。豈意匆匆送别，從此終古。」（第三六册《天都宧記》）

《亡友傳·莊棫傳》：「光緒三年七月，訪獻于安慶，語窮三晝夜。年未五十，諄諄言身後事，獻默訝其不祥。明年竟病，没于家。」

《周易通義叙》：「四年四月，忠棫以連蹇死。」然其《寄黔臬易大夫書》云「己卯歲，中白淪亡」，相差一年，恐係誤記。

作詩《立秋前夕哀莊中白》。

立秋作《篋中詞叙》。

叙云：「至于填詞，僕少學焉，得本輒尋其所師，好其所未言，二十餘年而後寫定，就所睹記，題曰《篋中》。其事爲大雅所笑，其旨與凡人或殊」。文尾署「光緒四年立秋日」。

十月歙縣受代，暫返杭州，留五日又赴安慶。

《日記》卷四戊寅：「戊寅十月六日，歙縣受代。」「二十六日，發舟漁梁。」「暫歸杭州，句留五日聊牽小舟于岸上住。」「發舟赴皖，歲暮浮家。」「歲不盡五日，始抵樅陽門下，解裝定居。」

《補録》卷二光緒四年十月初六日：「送印新尹。」二十五日：「登舟待發。」二十八日：「發舟。」十一月初六日：「抵杭州。」十三日：「自杭發舟。」十二月二十三日：「抵皖垣，解裝舊寓姚家口屋。」

《復堂諭子書》：「戊寅受代，暫還家衖閭井遷改，至迷舉足。維舟五日，歲暮至皖。方伯以諱去，胡公代之，吾仍從事行省。」

有《泛新安江暫歸杭州五首》詩。

〇光緒五年己卯（一八七九）四十八歲

在安慶。

正月閲黄增禄《拜石詞》。

稿本日記光緒五年正月二十二日：「閲《拜石詞》。」

復補潘德輿、何兆瀛等人詞入《篋中詞》。

稿本日記光緒五年二月初七日：「昨今補鈔《篋中詞》。」

三、四月間偶赴江寧、桐城。

《日記》卷四己卯：「赴江寧。」「金陵事訖，回舟。」「偶赴桐城。」

五月奉檄全椒縣篆，六月至全椒任知縣，居官兩年。

《日記》卷四己卯：「之官全椒，道出白下（南京）。」「舟過六合。」「上官以六月下旬二日。」

《補録》卷二光緒五年五月十四日：「奉檄署全椒縣篆。」六月初八日：「之官，發舟。」十九日：「抵縣。」二十二日：「上官。」

《復堂諭子書》：「己卯七月蒞全椒，薛（時雨）師之鄉，習聞其土風。患寡患貧，居官兩年，殊疚心無一善也。」

有《舟行九章》詩，自注：「自江寧至全椒。」

六月請馮煦校《復堂類集》文稿。杭州書局初刻《復堂類集》。

《復堂諭子書》：「今年乃盡搜衍，自定《復堂類集》，凡文四卷，詩九卷，詞二卷，付杭州書局刻之。……《日記》六卷，多讀書譚藝之言，未審定。」

馮煦《致譚獻書》（六月二十二日）：「大稿再當細讀，如有可質疑處，亦必隨時奉聞，知已定文，先生既命之矣，私竊自揣所學所知，不逮兄萬一，然嗜好不甚相遠，或當從君之後坿驥尾而彰耳。」

又《致譚獻書》（九月二十二日）：「大稿仍未讀訖，月初有便，足來當可坿上，日記當再讀。」

又《致譚獻書》（十月初七日）：「大稿敬讀一通，醇雅樸茂，上揖漢魏，無一語降唐以下者，洵不朽之盛業。在本朝中與汪氏中、周氏濟如驂之靳，佩仰不可量。間有一二獻替，具于別紙，索瘢吹垢，不知有當于萬一否？集中有詩録序數篇，詩既選得，有副本否？弟欲得一讀也。所論次《明詩》尤與鄙見符契，如所欲言。大稿别有正本，故此册仍存弟處，以便誦習。鋟木之舉，勿緩勿緩！可以箴今日（沓）闒冗之作，與局局唐宋門徑者。《日録》二册亦讀竟，多讀書有得之言，甄采雜事，亦頗有思致。此本排日所得，無煩刊削，惟首載子高（戴望）一事，又間一林氏婦，義無所指，或不必以之開卷也。二册仍交飴澍交上，如須録副，再寄下。」

閱馮煦詞集。

《日記》卷四己卯：「閱丹徒馮煦夢華《蒙香室詞》。」

馮煦《致譚獻書》（六月二十二日）：「坿上拙詞一册就正。弟少頗嗜此，而未得導師，如冥行無燭，必至墮落坑塹。兄今之導師，乞爲我一一點勘，劣者竟汰去，而存其差可者，仍須一字一句逐加挑剔，若以虚言相市，則非弟求學之意矣。」

閱《草堂詩餘》等詞選，欲編唐宋人詞選集（即後之《復堂詞録》）。

《日記》卷四己卯：「行縣，大風，輿中閉置，簾隙中閲《草堂詩餘》。……予欲仿漁洋（王士禛）《十種唐詩》例，取《花間》、《尊前》、《草堂》、《花庵中興》、《元儒草堂》，各選删正之。周公謹《絶妙好詞》，可以孤行，則不措手。漁洋各還本集，不薙復緟。予則用明人選唐詩例合編之，注出某選。此付鈔胥，十日可成。」

補馮煦、張鳴珂詞入《篋中詞》。

稿本日記光緒五年八月二十日：「審定馮夢華《蒙香室詞》，録八首入《篋中詞》。審定張玉珊《寒松閣詞》，頗傷浮麗，僅録一篇。」

閲劉熙載（融齋）《藝概》，深賞之。

《日記》卷四己卯：「閲劉融齋《藝概》七卷。樸至深遠，得未曾有。」

冬友人劉履芬卒。

《日記》卷四庚辰：「彦清去年秋冬間權嘉定令，得心疾，以不良死。」

《日記》卷五庚辰：「亡友劉履芬彦清《古紅梅閣遺集》……集中《懷人絶句》論予詩詞，激賞予《蝶戀花》六章。蓋予與彦清定交京邸，在丁巳、戊午間。亂離奔走，南北分張。彦清自農曹改官後，予以客蹤數相見于吴下，書問頻繁，賞析如一室。無端蒿里，强死官齋。傳狀所述，回曲隱諱。予欲别撰一文以舒哀焉。」

〇光緒六年庚辰（一八八〇）四十九歲

在全椒。

點閲《草堂詩餘》。

《日記》卷四庚辰：「村舍點閲《草堂詩餘》。」

二月爲馮煦校閲詞集。

馮煦《致譚獻書》（光緒六年二月二十日）：「詞集已付寫人，弟意此次仍全數録出，弟有所獻替，簽于上方，仍候老兄自定。弟擬作一小序坿名集中，拙詞雖無足采，然亦願得兄一言爲重也。」馮煦望譚獻《篋中詞》能選入己作，並有評語，可能將詞集呈譚獻一閲。

六月請馮煦校《篋中詞》。

馮煦《致譚獻書》（光緒六年二月二十日）：「《篋中詞》久寫竟，弟尚未校畢付裝池也。」

又馮煦《致譚獻書》（光緒六年六月前）：「大詞尤不堪卒讀，有此手筆，人始不敢薄倚聲爲小道。弟日咿唔爲童子師，甚無賴，欲有所作亦不成，得此又使我怦怦心動。……《篋中詞》校竟，即奉上也。」

又馮煦《致譚獻書》（光緒六年六月十七日）：「又師友詞數家乞入選，由薛師處轉寄,當已達。」「《篋中詞》新舊共十册,大稿大小共二册,又新鈔一叠,并坿来足將去。雖略有獻替,亦苦心不能静,仍乞我兄定之。前寄師友數家詞,閲後亦乞坿下,緣其家皆無副本,仍須歸之也。」則其時馮煦師友有托《篋中詞》入選其詞者。(以上所引馮煦書札,均見王風麗《馮煦致譚獻手札十一通考釋》,載《詞學(第三十一輯)》,華東師范大學出版社二〇一四年版)。

六月補馮熹等近人詞。

稿本日記光緒六年六月十九日:「昨夢華寄《篋中詞》副本至,又寄近人詞數家,屬補選。一爲馮熹,一爲曾惠二泉(《夢軒詞》),一爲鹿潭《水雲詞續稿》,一爲曾行淦蘋湘《蘋影軒詞》,一爲寶應喬守敬巢生《紅藤館詞》。」

爲張鳴珂詞集撰叙。

《蘋洲漁唱叙》未署撰年,文中云「公束去年賦《春柳》四詩……予閲歲乃始和之」,據《日記》卷五庚辰:「和去年張公束《春柳》詩四律」,可推知此叙作于本年。

閲劉履芬《古紅梅閣遺集》。

稿本日記光緒六年十二月初五日:「輿中誦劉彦清《古紅梅閣遺集》略竟。」

○光緒七年辛巳（一八八一）五十歲

閏七月解官離全椒，入南京，下榻薛時雨廬。

《日記》卷五辛巳：「挈孥陳家淺發舟，不聞榜人煙語又一年矣。」「通江集出江，帆力不足，牽挽過燕子磯。」「次日入石城，下榻薛廬。」「草堂師友清集，句留三日。」

九月又回安慶，應安徽布政使盧士傑之邀入其幕從事。

《日記》卷五辛巳：「九月二日臨發。」「九月望夜，狼花帆葉，再到皖公山下，賃居城南。」

《補録》卷二光緒七年閏七月初十：「交印。」二十二日：「發舟。」九月望日：「夜抵懷寧東門泊。」十六日：「入城，解裝錢家牌樓宋氏賃廬。」

《復堂諭子書》：「辛巳秋九月，解官回棹，今方伯盧公又命備幕僚。」時任安徽布政使爲盧士傑。據《清代職官年表》，盧士傑，字子英，號藝甫，河南光州人。咸豐三年（一八五三）庶吉士。任漕督，光緒十四年（一八八八）卒。

《與黔臬易大夫書》：「乃以矗官入皖，忽忽八載。今年五十，頭童齒豁，臣精銷亡，與左右定交時，忽忽如前日，終以偃蹇，志事不展，何其寠與！」

閱莊棫遺集。

《補録》卷二光緒七年九月初六日：「舟次，閱莊中白遺集。」

閱于蓮生詞稿。

稿本日記光緒七年十一月初十日：「閱于蓮生詞稿。」

十二月閱《歷代詩餘》。

《補録》卷二光緒七年十二月二十二日：「閱《歷代詩餘》。」

江順詒輯刊《詞學集成》。

詞人杜文瀾卒。

劉熙載卒。

〇光緒八年壬午(一八八二)五十一歲

二月閱《樂府雅詞》、《陽春白雪》。

《日記》卷六壬午：「閱《樂府雅詞》、《陽春白雪》。」

四月借閱《歷代詩餘》，欲訂《篋中詞》全本。

《日記》卷六壬午：「自杭州借高白叔藏《歷代詩餘》來，排日閱之，將以補《詞綜》所未備。……予欲訂《篋中詞》全本，今年當首定之。」

閲周濟《宋四家詞選》，欲刪定《篋中詞》。

《補録》卷二光緒八年四月十七日：「檢閲止庵《宋四家詞選》。皆取之竹垞《詞綜》，出其外僅二三篇。僕所由欲刪定《篋中詞》，廣朱氏所未備。」

閲諸詞選本。

稿本日記光緒八年四月二十日：「發篋閲諸詞選本，可補《詞綜》者不少。」

五月校《絶妙好詞》。

《補録》卷二光緒八年五月初四日：「校《絶妙好詞》。往時評泊與近日所見又微不同，蓋庚午至今十三年矣。」

録《復堂詞録》唐五代十國詞一卷。

稿本日記光緒八年五月十四日：「録詞，卷一始畢，蓋唐五代十國詞爲前集也。」

抄詞至柳永畢。

《補録》卷二五月二十四日：「抄詞，柳耆卿畢。知其隱秀，王敬美（世貞）所謂隱處藏高。千秋毁譽，兩不得其平也。」

六月排定《復堂詞録》宋詞目。

稿本日記光緒八年六月二十八日：「審定《詞録》，宋詞目排定。」

七月《篋中詞》六卷刊行。

《篋中詞》今集五卷成，附自作《復堂詞》爲卷六。金陵書局刻印。由甘元焕題署書名，金壇馮煦校訂并爲之序，尾署「戊午秋七月」（見朱德慈《近代詞人行年考》）。

八月自檢《篋中詞》，頗自負。

《補録》卷二光緒八年八月初十日：「自檢《篋中詞》，似不在釣月、公謹下也。」

九月寫定《復堂詞録》，作叙。

《日記》卷六壬午：「寫定《復堂詞録》。……予選詞之志亦二十餘年，始有定本。去取之旨，有《叙》入集。」

叙文尾署「光緒八年九月，譚獻書于安慶樅陽門内寓舍」。

爲葉衍蘭撰詞集叙。

《秋夢庵詞鈔叙》約撰于光緒八年至十年間，故繫于此。

秋自安慶奉遣旌德公幹。十二月初權懷寧知縣。

《日記》卷六壬午：「奉遣旌德勾當。輪船至蕪湖。」「皖南山行。……自旌德回寓齋。」「忽于歲晚檄權懷寧令。」

《補録》卷二光緒八年十一月二十五日：「奉檄權懷寧令。」十二月三日：「上官。」

《復堂諭子書》：「壬午大水，季冬之月，饑民嗷嗷，大府以予權懷寧令，附郭都會，奔走云爾。稍以賑廪建築，與父老相見，宣上德非必通下情也。」

譚獻《唐先生教思碑》：「安慶建行省，懷寧爲附郭縣。光緒二年，縣令彭廣鍾始建鳳鳴書院。閱六年，獻蒞官。」

〇光緒九年癸未（一八八三）五十二歲

在懷寧。

分别于春、秋四爲池上題襟之集。

《日記》卷六癸未：「春晚爲池上題襟之集，代州馮笠尉（馮焯）、桐城方柏堂（方宗誠）、祥符周涑人（周星譽）、桐城方滌儕（方昌翰）、任邱邊卓存（邊葆樞）。以疾不至者，善化閻海晴（煒）、當塗唐子愉（瑩）。」

周星譽《池上題襟小集叙》云：「光緒九年，歲在癸未，田日向登，蠶月告至。譚君仲修，吏事既修，……君乃牽拂相招，賓主八人，飲酒其間，俯臨大江，東流浩淼，春爲之遠，賦詩餞之。」

方宗誠《池上題襟小集跋》云：「癸未三月，天氣晴和，漸有豐年之象，集同人于城南賓館池上，循修禊故事，流連竟日，古者學問之道，有藏修必有息游以涵蘊之，文武治世，張弛互有……是日游罷，令君倡爲詩，諸君屬而和之，閻（煒）君爲作圖，敷叙其事，予以郘民，幸與勝會之末，因識數語，語于圖後云。」（《柏堂集餘編》卷四）又，據周星譽《鷗堂賸稿·傳忠堂學古文》中《池上題襟再集序》，謂「癸未七夕，先一日立秋，譚君仲修復有池上之集，譽亦與焉。」譚獻有《題方滁儕湇水歸舟圖》注「池上第四集」。除《日記》所記八人，後陸續有參與者。池上爲懷寧城南賓館一景。

九月評汪淵詞。

稿本日記光緒九年九月十六日：「唐子愉廣文以績溪汪時甫《藕絲詞》見貽。」

編成《復堂文續》。

《補録》卷二光緒九年九月二十八日：「《復堂文續》廿二篇抄成清本，自校一過，頗以爲澹雅可喜。」

十月迎謁曾國藩。

《補録》卷二光緒九年十月初六日：「出城迎曾宫保，入見。百戰健兒，無復英英之氣矣。」

〇光緒十年甲申(一八八四)五十三歲

在懷寧。

春有池上題襟第五集。譚獻後輯成《池上題襟小集》。

作《池上第五集》詩，有句「熙兹春陽，日有和風」。詩作輯成《池上題襟小集》一書，後收入《半厂叢書初編》。

閲《白香詞譜箋》。

《日記》卷六甲申：「廉訪亡友謝韋庵有《白香詞譜箋》稿本。」

五月離懷寧令任，閏五月任合肥知縣。

《日記》卷六甲申：「閏(五)月七日，施口移舟抵泊廬州，之官合肥。」

《補録》卷二光緒十年五月十一日：「交印。」二十一日：「登舟。」閏五月初七日：「抵合肥。」十七日：「接合肥縣篆。」

《復堂諭子書》：「閱歲甲申閏月，移治合肥。」

閏五月初交王尚辰，爲其審定詩集并唱和。

《復堂諭子書》：「若王謙齋先生，名賢鉅學，著作大家，一見傾心，定千秋金石之交，如積素累舊者然。」

《日記》卷六甲申：「合肥王尚辰《謙齋詩集》七册屬予審定，訖。」

王尚辰《遺園詩餘序》：「甲申夏交譚仲修，暢聆緒論，得所皈依，遂搜討各家，幾廢寢食，沉思渺慮，頓悟詞旨。」（王尚辰《遺園詩餘》，光緒二十一年廬州刊本）

譚獻編《合肥三家詩鈔》三卷，收徐子苓、戴家麟、王尚辰三人詩，多加評點並撰叙。未署年月，文中謂：「宦游皖國……行且十年，作令合肥，與謙齋（王尚辰）班荆定交，而徐、戴則逝矣。」該書光緒十二年（一八八六）丙戌在安慶刻印。

爲王尚辰撰詞集跋。

《遺園詩餘跋》文尾署「甲申閏月始之合肥，以此卷當傾蓋之契」。

王尚辰《縫月軒詞序》：「余近六十始填詞，迨譚公復堂宰我邑，所作漸多。今集中《遺園詩餘》一卷是也。」

閲趙對瀓詞集，選録入《篋中詞》。

《日記》卷六甲申：「趙對瀓野航《小羅浮閣詞》……録七首入《篋中詞》，亦云識曲聽真矣。」

秋結遺園吟秋社。

王德名詩題《甲申秋杪，伯殳偕邑侯譚仲修先生結遺園吟秋社，同人均有和章，敬步原韵》。（王德名《澮雅居小草》，載王世溥輯《合肥王氏家集》）

王德棻詩《陰斜隱夕陽紅》云：「溯甲申乙酉年邑侯譚仲修結吟秋社，郡守黄冰臣聯消寒會。」（王德棻《枚蓀遺草》，載王世溥輯《合肥王氏家集》）

九月應張蔭桓之請，校正謝朝徵《白香詞譜箋》付刻。

《日記》卷六甲申：「廉訪亡友謝韋庵有《白香詞譜箋》稿本……屬予校正付刻。」

《補録》卷二光緒十年九月十九日：「校正謝韋庵《白香詞譜箋》四卷，先改寫定訛字，尚須陳書一一讎定。是書爲張樵野奉常權皖臬時屬爲正定付刻。」

十一月召諸同人登教弩臺作消寒會。

王尚辰《致譚獻信札》：「甲申十一月六日，仲公邇召，邀諸同人登教弩臺作消寒會。壬子秋曾讌于此，今三十年矣。賦請指正。」（《復堂師友手札菁華》）作《教弩臺消寒第一集》詩。後又有《消寒雜詠九首》，此消寒會曾行多次。

十二月友人陶方琦卒。

《日記》卷六乙酉：「聞陶子珍去冬死于京邸。」

《陶編修傳》：「光緒十年十二月，卒于京邸，年甫四十。」陶方琦，光緒二年（一八七六）庶吉士，光緒五年（一八七九）任湖南學使。

丁紹儀《國朝詞綜補》、《續編》是年起陸續刊行。

謝章鋌《賭棋山莊詞話》刊行。

項鴻祚《憶雲詞》刊入許增《榆園叢刻》。

詞人丁紹儀卒。

在合肥。

〇光緒十一年乙酉（一八八五）五十四歲

正月座師薛時雨在南京去世。

《補録》卷二光緒十一年二月初二日：「金陵書來，薛先生正月廿二日歸道山矣。」

譚獻《薛先生墓志銘》：「光緒十年冬，感末疾，憊甚，十一年正月廿二日遂捐館舍。獻宰合肥，方欲渡江視疾，而二孤來告哀矣。卒年六十八。」

馮煦《致譚獻書》（二月朔）：「慰丈自入春後，日益綿密，竟于正月二十二日時加卯歸道山矣。」

馮煦《桑根師誄》：「光緒十一年正月二十二日，桑根先生卒。」

二月《復堂類集》付杭州書局刻之，十一月刻成。年底作《自叙》。

《補録》卷二光緒十一年二月十五日：「將寄詩文回杭付刻，稍整理之。改詩數句，從謙齋所定也。」十一月二十九日：「得鄂士函，《復堂類集》刻成，初樣送至。」

《復堂諭子書》：「今年乃盡搜衍，自定《復堂類集》，凡文四卷，詩九卷，詞二卷，付杭州書局刻之。」

《復堂類集自叙》文尾署「光緒十一年歲不盡十日獻識」。

許增《書復堂類集後》：「仲修近刻《復堂類集》二十一卷，養夜卒讀，悉加句。」二十一卷，應除譚獻所言文四卷、詩九卷、詞二卷外，另加《日記》六卷。

三月閲李恩綬（亞白）詞集。

《補録》卷二光緒十一年三月二十日：「得周六皆書，以李亞白《讀騷閣詞》屬選。頗有思力，趨向似在竹垞。」

春徵題《復堂斜陽煙柳圖》。

王尚辰《陂塘柳》詞序云：「復堂徵題《斜陽煙柳圖》，取辛詞以寄慨，余倒用原韵質之度，亦云非我佳人，莫之能解也。」（《復堂師友手札菁華》）

王尚辰《致譚獻信札》：「復堂使君用稼軒《摸魚兒》『斜陽煙柳』詞句作圖徵題，春光將去，傷心人别有懷抱，例步原韵質之法家。」（《復堂師友手札菁華》）此札未署年月，應作于此時。

五月閱鄧廷楨詞集。

《日記》卷六乙酉：「甘劍侯（元焕）主講六安書院，寄鄧嶰筠督部《雙研齋詞》寫本來。」

六月有遺園、香花墩小集。

王尚辰《致譚獻信札》：「乙酉六月三日，招仲修使君暨諸同人小集遺園，因病未至，謝之，以詩例次原韵，即請正之。」（《復堂師友手札菁華》）

作《遺園招飲小病不赴》詩。

王尚辰《致譚獻信札》：「乙酉六月二十日，陸蘭生、吴驊仙諸子招陪仲修使君小集香花墩，仲公得五古一章。隔日與周素人刺史、蒯禮卿庶常飲仲公處，素公、驊仙均有和作，勉成二首，録請指正。」（《復堂師友手札菁華》）

作《香花墩小清集同謙齋作示同游諸子（善化陳蘭生、無爲吴驊仙、合肥王緝甫、衡甫、梁緝軒）》詩。

作《復堂諭子書》自述生平行事。

《復堂諭子書》：「五十四歲在合肥，同學諸子以予性行問爾孟仲，無以應，予手書數十行以告。」此爲《諭子書一》。

得謝章鋌寄贈《賭棋山莊文集》。

《日記》卷六乙酉：「《賭棋山莊文集》七卷，長樂謝章鋌枚如撰。……文集刻成，自江右寄至。」

八月閲孫廷璋（蓮士）、陳壽祺（珊士）詞。

《補録》卷二光緒十一年八月十四日：「孫蓮士、陳珊士之填詞皆《草堂》之下乘，閲竟無可選者。」

重九召諸同人教弩臺登高。

《日記》卷六乙酉：「重九，風日如春，人意安善。祓除愁病，嘯侶登高，乃有教弩臺之集。明教寺僧設伊蒲供客。高臺舒嘯，九日壺觴，醉把茱萸，遥續龍山故事。」

王尚辰致譚獻信札：「乙酉重九日，仲修邇召同人教弩臺登高，即席口占，録請哂正。」（《復堂師友手札菁華》）

作《九日教弩臺登高》詩。

十月《篋中詞》印本寄至。

《補録》卷二光緒十一年十月初十日：「金陵湯明林刻字人來，《篋中詞》印本寄至。」

友人周星譽卒。

《補録》卷二光緒十一年十一月朔：「聞周涑人廿七日謝世之信，悼歎灑涕。平生故人，又與其諸弟通縞紵。在皖十餘年，同官同差，同文字飲。新秋一别，無相見期。」

十二月評王尚辰詞。

《日記》卷六乙酉：「謙齋老去填詞，吟安一字，往往倚枕按拍，竟至徹曉。固知惟狂若嗣宗，乃爲至慎。予自來合州，與謙齋交，改罷長吟，奚童相望，兩人有同好也。」

爲薛時雨撰墓誌銘。

《皇清誥授資政大夫二品銜署浙江糧儲道杭州府知府薛先生墓誌銘》作于十二月六日後。

友人馮焯（笠尉）卒。

丁亥年作《寒食東方滁儕》詩，自注：「馮笠尉逝世二年矣。」

謝朝徵箋《白香詞譜》刊行。

蔣敦復《芬陀利室詞話》刊行。

〇光緒十二年丙戌（一八八六）五十五歲

在合肥。

正月檢校《復堂詞録》。

《補録》卷二光緒十二年正月二十四日：「檢校《詞録》。與周止齋《四家詞選》同者十九，與周稚圭《詞録》同者十五而已，以稚圭喜收疏爽小令也。」

二月評王尚辰次子王修甫詞。

稿本日記光緒十二年二月望日：「王修甫以《學操縵詞》示我。」

《補録》卷二光緒十一年正月三日：「點次王修甫詩卷。謙齋次子也。」

閱夏寶晋詞。

稿本日記光緒十二年二月二十一日：「亞白携高郵夏君《冬生草堂詞刻》見示。」

三月離合肥任，四月赴任宿松知縣，五月初到任。

《補録》卷二光緒十二年三月二十四日：「交印。」四月初四日：「發舟。」四月二十九日：「抵宿松境。」五月初二日：「受縣印上官。」

《復堂諭子書》：「丙戌移宿松，大府之意，仍欲以首劇見畀。予以觸末疾，筋力漸畏趨走，乃謝之。……不意赴宿松，民間以虚名著，相親也。」

稿本日記第五〇册《恒春小記》題識云：「右丙戌春夏半載所記。吏檄更調，浮家勞頓，人事寡歡，道念消損。此六月中詩文甚少。」

校閲《復堂類集》詩詞。

稿本日記光緒十二年三月初八日：「校閲《類集》詩詞又一過。」

嫌《篋中詞》太繁，望删定。

《補録》卷二光緒十二年四月十八日：「舟次誦《篋中詞》，終嫌太繁。數十年内當必有删定者。」

七月校莊棫《蒿庵遺集》，撰《蒿庵遺集叙》。

《補録》卷二光緒十二年七月十三日：「許子笠自豫章寄《蒿庵遺集》寫樣至，屬校，索叙。」十六日：「手寫中白稿草。前日欲撰《蒿庵集序》，已成駢體百數十字，酸嘶過甚，乃毁棄之。今日走筆成篇。……又成《中白像贊》。」

譚獻《蒿庵遺集叙》：「嗟乎，獻尚忍讀蒿庵遺文哉？然後死之責，獻能不理董其遺文哉？」應成于此時。

九月審定俞廷瑛詞。

稿本日記光緒十二年九月初四日：「昨今審定俞小甫《瓊華室詩詞》。」

閲常州人詞。

稿本日記光緒十二年九月十四日：「閲常州人詞七八家，管貽葄樹荃、湯成烈果卿。」

秋疾大作，十二月謝病請代，離宿松。

《日記》卷七丙戌：「十二月謝病受代。衣裳在笥，印綬辭身。」

《補録》卷二光緒十二年十二月十五日：「交印。」

《復堂諭子書》：「徂秋予疾大作……迫冬眩作，氣上如沸，乃陳情大府，以疾請代。時署藩司丁公十年來以國士待我，持牘不肯下，使醫來，始信病狀，許謝事。」

十二月閲厲鶚《樊榭集》。

《補録》卷二光緒十二年十二月二十八日：「翻帋《樊榭集》。」

四子譚璣生。

《復堂諭子書》：「丙戌璣生。」

○光緒十三年丁亥（一八八七）五十六歲

正月友人王麟書（松溪）卒。

《日記》卷七丁亥：「陳鄂士書告王松溪人日（正月初七）病逝。臨危有詩，題云《病亟矣胸中實無一事作詩留别仲修》……讀之眼枯心碎。」有《哀王松谿》詩，序云「君臨危有詩留别，節用其韵」，又自注：「君以人日逝。」

離安慶，四月歸杭州，賃居故友王麟書宅。

《日記》卷七丁亥：「正月之晦，解裝安慶。已决歸計，真蘧廬矣。」

《補録》卷二光緒十三年正月二十四日：「成行。」二十九日：「舟抵安慶。」四月初六日：「戒裝登江輪，遂發。」初八日：「抵上海。」十四日：「日出發舟。」望日：「未申間抵杭，入城，賃居故友王松溪宅。」

《復堂諭子書》：「丁亥正月至省門，乞假未出。……且四月，挈汝母子至故鄉，無以爲家，賃廡轉徙，不遑安處。」

《在兹堂詩叙》：「獻困公車，又病臂也，作令古皖國。……今年夏養疴里居，……時光緒丁亥夏六月。」

譚獻《歐齋記》：「光緒十有三年夏四月，獻養疴里門，秀水沈子蒙叔方寓榆園，廿載素交，晨夕過從，談藝討古。」

許增《書復堂類集後》：「今年夏，仲修乞假還杭州，所居相距不數武。」

四月校畢《復堂日記》樣本。

《補録》卷二光緒十三年四月二十四日：「校畢《日記》樣本。言念松溪爲予審正，相知定文，遽爲異物，能不悲哉！」《日記》後二卷應在此時增補，共八卷，刊入《半厂叢書初編》。

閲錢枚詞集。

《補録》卷二光緒十三年四月二十四日：「閲錢謝庵《微波詞》。」

《日記》卷七丁亥：「錢謝盦《微波亭詞》一往情深，似謝朓、柳惲詩篇也。」

閏四月爲王士禛詞集撰叙。

《校刻衍波詞叙》文尾署「光緒十有三年閏月既望」。

閲丁紹儀《國朝詞綜補》。

《補録》卷二光緒十三年閏四月十七日：「過邊竹潭，借丁杏舲選《詞綜補》四十卷歸閲。」

五月録《國朝詞綜補》，補入《篋中詞續集》數十篇。

《補録》卷二光緒十三年五月朔日：「録丁杏舲《詞綜補》。凡王蘭泉《詞綜》，陶鳧薌《詞綜二集》，黄霽青、韵珊《詞綜續編》已收者皆不録。用補人補詞例，搜輯至四十卷，可謂勤矣。惟以意在補人，不無泛濫。予補入《篋中詞續集》者數十篇耳。《聽秋聲館詞話》所采之詞亦有采入此集者。」

六月移居。

《補録》卷二光緒十三年六月初十日：「移居慶春橋東餘杭褚氏西偏廳事及河樓。」

《移居三首答張子虞》詩約作于此時。

七月撰《七友傳》稿。

《補録》卷二光緒十三年七月朔：「撰《七友傳》粗具稿。籠燈持商蒙叔、邁孫。」

《補録》卷二光緒十三年七月初二日：「重定《七友傳》，補俞之俊士升，而《中白傳》别出，以諸君皆童冠時鄉黨論交。出游後，取友則中白爲首，當并子高、汀鷺、稼孫、子縝、泖生。朱廉卿亦總角交，死稍後，亦入焉。爲《後七友》可也。」

應邀校丁紹儀《國朝詞綜補·續編》。

《國朝詞綜補·續編》今印本卷一尾注：「戊子七夕後一日，第一次閲，已翁。復堂校過。」以下除第十七卷，其餘各卷尾均署「復堂校過」或「復堂校畢」。（參見朱孝慈《譚獻詞學活動徵考》）

半厂叢書本《復堂類集》刻成。

許增《書復堂類集後》：「今年夏，仲修乞假還杭州，所居相距不數武。……仲修近刻《復堂類集》二十一卷……」文尾署「時丁亥八月二十二日」。所謂「近刻」，應指光緒十一年刻杭州書局本，此文則爲本年《半厂叢書》本而撰。

八月爲鄭由熙詞集撰題識。

《蓮漪詞題識》文尾署「丁亥八月朔」。

九月準補含山知縣，十月啟程，經上海會友，因病辭官，返回杭州。從此杜門不出。

《補録》卷二光緒十三年九月望日：「準補含山檄至。徘徊廊檻，殊不忍驅車再出。」十月初九日：「發舟。」十一日：「抵嘉善，入城訪舊。」十三日：「抵上海。」二十一日：「登舟解纜，繫小輪船駛行。」二十三日：「抵杭州。」二十四日：「掃几檢書，從此作杜門想矣。」

《日記》卷七丁亥：「小住滬上，聞宜昌楊守敬惺吾在此，相見甚歡。……王謙齋、陸蘭生、邊拙存太守皆得見于逆旅，烏程凌子與、桐城蕭敬夫久客，誠一時勝集矣。」

《日記》卷七丁亥：「滬瀆逆旅十日勾留，中寒驟病，決意馳牘移疾，請去官。蓋序補含山邑宰，方檄蒞官。既罷皖游，又束歸裝。」「抵杭州。郵亭曛黑，入城喘喙。回車無他日之悔，免意外之憂。蕉萃誰憐，沉淪自取，入門幾作《再生歌》也。」

《復堂諭子書》：「吾以就醫行耳，故仍序補含山令。檄之官，吾將謁群公辭職事，復出。取道滬瀆，疾大甚，夜嘔數升，苦如蘗。次日具牘請開缺，寄上大府，予之謝病去，輾轉如此。」

十月爲錢枚詞集撰叙。

《微波詞叙》文尾署「時光緒丁亥十月」。

十一月校周邦彦《片玉詞》新刻本。

《日記》卷七丁亥：「校新刻《片玉詞》。」

《補録》卷二光緒十三年十一月初二日：「校《片玉詞》，爲丁氏新刻《西泠詞萃》本。邁孫校汲古本，是正脱誤不少。」初三日：「校《片玉詞》。盡記《歷代詩餘》諸書異同。」初八日：「夜檢《樂府雅詞》、《陽春白雪》，補校《片玉詞》。」譚獻所校，爲錢塘丁丙輯《西泠詞萃》本，《片玉詞》二卷、補遺一卷，光緒十一年（一八八五）刊。

十二月初至宗文義塾課徒。

《補録》卷二光緒十三年十二月初三日：「至宗文義塾季課諸生徒。此亦十年磨迹，沈司業丈經復義塾，予實助心思耳目焉。」

《沈(祖懋)先生行狀》:「杭州舊有宗文義塾,教養孤寒子弟。先生倡議,請之有司,廢者復舉。」

閲王士禛、嚴元照、袁棠詞集。

《日記》卷七丁亥:「閲《阮亭詩餘》一卷,與予舊藏寫本微異。嚴修能《柯家山館詞》婉約可歌,袁湘湄《洮瓊館詞》秀潤如秋露中牽牛花也。」

讀劉熙載《藝概》、陳澧《東塾讀書記》。

《日記》卷七丁亥:「讀劉融齋先生《藝概》、陳蘭甫先生《東塾讀書記》,如飲醍醐。二家皆當補《師儒表·通儒》中也。」

馮煦輯《宋六十家一詞選》,刊于《蒙香室叢書》。

○光緒十四年戊子(一八八八)五十七歲

在杭州。

自號半厂。

《復堂諭子書》:「予戊子以來,自號半厂,以爲問學、游迹、仕宦、文辭,率止于半。」

《續録》光緒二十一年(一八九五)九月朔日:「予終愧泛濫無所成就,讓老友以專門。」

李恩綬《訥庵類稿》卷四「半厂」：「復堂大令與謙齋（王尚辰）書自言，科名、仕宦、學術、文章皆廢于半途，因號半厂。屬製一詞，謙齋譜《賀新凉》詞慰之云：『萬事如轉燭。歎茫茫、塵海勞形，幾人知足。不慣折腰抛手版，自笑未能免俗。把一卷、殘書遮目。閲世半生都坐懶，看雞蟲得失何榮辱。閑啖蔗，勝增禄。　相思夢遶西湖曲。莫漫説、牽船岸上，陸居無屋。三竺六橋圖畫裏，斗酒常招近局。我願作、雲龍追逐。偕隱有妻兒識字，共狂奴兩地消清福。《耆舊傳》，待君續。』大令曾輯《半厂叢書》，朋好之箸述居多，嘗補含山令不就，余在都時得其皖江書，因以詩懷之云：『好官純寫意，佳句愛箋愁。』謙老以爲實録。」

二月撰《亡友傳》，請許增審定。

《補録》卷二光緒十四年二月二十四日：「撰《亡友傳》。竟終于高子容，合之中白，蓋十九人。欷歔不可禁。過邁孫談，屬以審定。」

爲沈景修校定詞集。

《補録》卷二光緒十四年二月二十八日：「爲蒙叔校定《井華詞》一卷。」

三月整理去年詞稿。

《補録》卷二光緒十四年三月十四日：「寫定去年詞稿，得十二首，送蒙叔删定。」

四月審定徐本立《詞律拾遺》。

《日記》卷七戊子：「審定《詞律拾遺》。」

何兆瀛贈《老學後庵自訂詞》，爲撰序。

稿本日記光緒十四年四月二十六日：「青耜先生以新刻《老學後庵自訂詞》二卷樣本見示索序，即予所謂續集也。」則詞序撰于其時。

審定吴承勛詩詞稿。

《補録》卷二光緒十四年四月二十八日：「審定吴子述《中隱詩》三卷、詞一卷。」

夏再爲鄭由熙詞集撰題識。

《蓮漪詞題識》文尾署「戊子處暑後五日」。

七月點閱《冷癡詞》。

稿本日記光緒十四年（一八八八）七月二十八日：「點閲《冷癡詞》。」

八月閱蔣敦復《芬陀利室詞話》。

《補録》卷二光緒十四年八月二十四日：「竺潭以蔣劍人《詞話》見示。」

九月定徐珂詞稿。

《補録》卷二光緒十四年九月卅日：「定徐仲玉詞稿。」

十月校《國朝詞綜補》。

《補録》卷二光緒十四年十月二十八日：「校丁氏《詞綜補》已刻十八卷、未刻十八卷，粗粗閲竟。合前見之四十卷，蓋全書七十六卷也。」

十一月徐珂來借詞籍。

《補録》卷二光緒十四年十一月朔日：「徐仲玉來，携《樂府補題》及予手批《詞學集成》去。」

復校《國朝詞綜補》。

《補録》卷二光緒十四年十一月初三日：「復校《詞綜補》。」

閲鄧廷楨詞集。

《補録》卷二光緒十四年十一月初六日：「鄧太守（嘉純）以嶰筠中丞詞稿見示。一卷爲《妙吉羊室詞》，一卷爲《精進喜庵詞》，寫定清本，則曰《雙硯齋詞鈔》，有宋于庭叙。

似予庚申秋見甘劍侯傳寫之本即從此清本出也。」

評陶方琦詞。

稿本日記光緒十四年十一月二十日：「夜審定子珍詞稿，曰《蘭當詞》、《湘湄館詞》，凡删存百廿三首。」

跋《雙硯齋詞》。

稿本日記光緒十四年十一月二十七日：「跋《雙硯齋詞》。蓋鄧督部填詞以是爲定本。」

十二月再移居。

《補録》卷二光緒十四年十二月十六日：「移居興忠巷，賃黄松泉編修宅。」

稿本日記第五三册《冬巢日記》小引云：「戊子嘉平既望，自菜市橋移興忠巷，賃黄松泉編修宅以居。去年六月入褚家西偏廳事，盛夏百物躁動，宜十七月而又作搬薑之鼠。今歲不盡十日而卜居。」

易佩紳《函樓詩鈔》卷十《喜將晤譚仲修書感》（即致譚獻手札中《喜將晤仲修因而有感即以呈教》）作于本年初春，有「菜市橋頭雲滿徑」句並注云：「連日問其居不得，今始知居菜市橋。」又卷十《别俞樓先入城爲王夔石司農譚仲修大令拉飲許益齋觀察榆園薄暮冒風雪至三潭》詩有「清吟巷接菜市橋」句，乃年底從菜市橋遷至興忠巷。有《復譚仲修書》云：「戊子春，珂里聚晤，以爲足下暫假歸……」

冬爲顧翰詞集撰序。

《重刻拜石山房詞鈔序》文尾署「光緒戊子冬」。

詞人謝章鋌卒。

王鵬運《四印齋所刻詞》刊行。

〇光緒十五年己丑（一八八九）五十八歲

在杭州。

五子譚瑀生。

《復堂諭子書》：「己丑瑀生。」

正月閱余懷詞集，代許增撰跋。

《補録》卷二光緒十五年正月八日：「邁孫又携示余澹心手稿《玉琴齋詞》，有梅村（吴偉業）、西堂（尤侗）題識，又有顧千里（廣圻）、孫伯淵（星衍）跋語，皆手迹。」

《補録》卷二光緒十五年正月十一日：「代許益齋跋《玉琴齋詞》。」

二月閲諸可寶文集。

《補録》卷二光緒十五年二月二十九日：「閲諸遲菊《璞齋集》活字本。」

三月閲孔廣淵詞集。

《補録》卷二光緒十五年三月初十日：「蒙叔寄示孔廣淵蓮伯《兩部鼓吹軒詩餘》，屬入《篋中》之選。」

審定張僖(韵舫)詞集。

《補録》卷二光緒十五年三月初十日：「審定張韵舫《眠琴詞》。」

以馮煦《宋六十一家詞選》校《復堂詞録》。

《補録》卷二光緒十五年三月十三日：「以《六十一家詞選》校《復堂詞録》，略竟一過，頗有異同。毛本所據多可取。」

校定宗山詩詞遺稿。

《日記》卷八己丑：「予聞長白宗山嘯梧郡丞名字，由《侯鯖詞》。……今者校定遺稿。」

審定俞廷瑛詞集。

《日記》卷八己丑：「俞小甫《瑤華室詞》雅令夷婉，望而知其深于詩者，無膩碎之習，有繁會之音。」

九月閲王潤詞。

《補録》卷二光緒十五年九月初五：「蒙叔寄示王四篁《賞眉齋詞》，云是周保緒弟子。」

重九陳豪（藍洲）畫《復堂填詞圖》寄至。

《補録》卷二光緒十五年重九：「藍洲爲予畫《填詞圖》寄至。」

閲倪稻孫詞。

稿本日記光緒十五年四月二十日：「今日見倪米樓嘉慶十九年日記手書一册……此卷内有《雲林庵詞》所未載者。」

得鄭文焯《瘦碧詞》。

稿本日記光緒十五年（一八八九）四月三十日：「作札與邁孫，以《瘦碧詞》二卷見示。」

評孫麟趾選《絶妙近詞》。

《日記》卷八己丑：「孫月坡選《絶妙近詞》三卷，多幽淡怨斷之音，可以當中唐人詩矣。」（原注：今年游鄂，交關季華，乃知集中有借刻名氏者。庚寅八月記。）

評《聚紅榭雅集詩詞》。

《日記》卷八己丑：「閩中《聚紅榭雅集詩詞》倚聲似揚辛、劉之波，惟枚如多振奇獨造語，贊軒較和婉入律。」

評鄭文焯詞。

《日記》卷八己丑：「漢軍文焯叔問《瘦碧詞》，持論甚高，摛藻綺密，由夢窗以跂清真，近時作手，頗難其匹。」

葉衍蘭請代訂詞集，有詞互贈。

《日記》卷八己丑：「番禺葉南雪太守衍蘭，介許邁孫以《秋夢盦詞》屬予讀定，綺密隱秀，南宋正宗。于予論詞頗心折，不覺爲之盡言。」

葉衍蘭《瑣窗寒》（落拓江湖）詞序云：「譚仲修大令代訂詞集，賦此寄謝。」譚獻作《瑣窗寒·寄答葉蘭臺粤中》回贈。（參見謝永芳《葉衍蘭年譜》）

〇光緒十六年庚寅（一八九〇）五十九歲

正月張之洞延請任武昌經心書院講席，旋任院長。

《日記》卷八庚寅：「改歲十三日，南皮張師以武昌經心書院講席相延。書院爲公視學日創構，課郡縣高才生以經訓文辭，略同詁經精舍及學海堂之制。師友風期，敬諾戒行。」

《補録》卷二光緒十六年正月十三日：「得散之函，傳示鄂帥南皮師電音，以經心書院講席見屬，并促速行。」

《復堂諭子書》：「庚寅、辛卯，座主南皮張尚書督兩湖，招之至江夏，聘主都會經心書院講席，遂爲院長兩年矣。書院爲公視學日所創立，一以文達公（阮元）西湖詁經精舍爲規橅，以吾乙丑後，嘗爲精舍監院，習舊聞，非必學行足式高才諸生也。」

二月抵漢口，寓友人陳豪旅邸。

《補録》卷二光緒十六年正月二十七日：「發舟。」二月初六日：「抵滬。」十三日：「上江裕輪。」十六日：「抵漢口。」十七日：「渡江入城，解裝藍洲旅邸。」

謁見張之洞、張裕釗，入講舍。參加張之洞招飲。

《補録》卷二光緒十六年二月十八日：「入見南皮師。」十九日：「晤張廉卿（裕釗）中書談。」閏二月朔日：「移裝入講舍。」初六日：「赴南皮先生招。」

在上海與俞成之談及張宗橚《詞林紀事》。

《日記》卷八庚寅：「俞成之來訪，談海鹽張宗橚撰《詞林紀事》甚精，刻本傳世絶少，記此以求。」按：與俞相見，應是二月逗留上海時。

在鄂與樊增祥等同事交游燕集。

《日記》卷八庚寅：「解裝陳藍洲旅邸，雲門亦來話。十八年離抱，悲喜交集矣。吴澧園（士林）而在，又將抵掌高談。」「北窗望黄鶴樓有懷，約張子密同游。」「子密招同繆筱珊太史、樊雲門大令、凌仲瑗刺史三同年出平湖門渡江，琴臺登眺。漢陽令君朱晦之後至，集飲晴川閣。……雲門又拉月華樓買醉。……況遇故人，蓋旗亭嘯侣適遇陽湖陸彦碩，已卅年别矣，方牧沔陽州也。」「楊惺吾（守敬）自黄岡來，不相見又三年矣，清言逾晷。」

《補録》卷二光緒十六年二月二十一日：「又晤楊叔嶠鋭，蜀孝廉，南皮師弟子。」二十四日：「赴樊雲門招集。」閏二月初六日：「赴南皮先生招。仲容（孫詒讓）先在已十餘年不相見矣。午集五福堂。仲容、季平、叔嶠（楊鋭）、雲門及予五客皆同門。」三月二十三日：「繆筱珊來，談藝久之。」

《復堂諭子書》：「既游鄂，故交頗有，陳藍洲官漢川，亦以病在省城，氣誼與子虞、白叔無少殊。宜昌樊雲門定交京邸，矢以久要，俄焉聚首，所謂賓至如歸。」

《樊山集叙》：「比予謝病歸，南皮張公，開府三楚，聘主講席，雲門方居憂，客幕府。然後合并于黄鵠山下，琴歌酒賦，物外周旋，文字而外，道義企待，視疇昔加親。」

《復堂詩》卷十，有《黄鶴仙人歌送樊增祥雲門之官長安》、《再送雲門用留别韵》詩，作于庚寅。

繆荃孫《藝風老人日記》庚寅三月四日：「松兄延譚仲修、樊雲門、凌仲桓、陳幼蓮、陳藍洲豪小酌長談。」十日：「張子密招至八旗會館，譚仲修、凌仲桓、樊雲門先後至，出平湖門，渡江。進漢陽東門，出西門，循大别而下，登伯牙臺，……登晴川閣小飲，又渡踰漢江，登月華樓……」二十三日：「晤李湘桓、凌仲桓、譚仲修、洪桐雲、史越裳。」二十五日：「香帥招飲仲修、雲門全席。」二十六日：「與仲修長談，《篋中詞》相贈，并晤藍洲。」

審定樊增祥詞稿。

《補録》卷二光緒十六年二月二十七日："審定樊山詞稿。"

五月暫歸，舟行經上海，六月返杭。七月又返武昌，十一月回杭州。

《日記》卷八庚寅："五月下旬六日，又上江裕輪舶江上。雲山二千里，皆如故人。""七月望後三日又携瑜兒楚游，别同人，約歲晚相見滬上。""仲冬朔日，戒裝渡江，仍上江裕輪。"

《補録》卷二光緒十六年五月二十六日："暫爲歸計。"六月初三日："買舟即發。"初八日："入杭城。"七月十七日："登舟回鄂，以輪船挽行。"十九日："抵上海。"二十四日："移裝江永輪船，子正展輪。"二十八日："達漢口。"二十九日："渡江入城。至講院解裝。"十一月初一日："登江裕輪舶旋里。"初五日："抵滬。"初九日："以飛雲輪船挽舟行。"十一日："下稷抵杭州。"

何兆瀛卒。

《日記》卷八庚寅："上元何青耜先生壽終杭州，年八十二。先生在京曹時，獻入都接席。……先生官杭嘉兵備時，充丁卯鄉闈提調，榜後，獻以弟子禮見，而先生則以故交相接，折輩行加禮。比擢粵東鹺使，獻已作吏皖中。謝病歸里，而先生先乞休作杭州寓公。杖履矍鑠，時奉話言，推獎之辭，不啻口出。今年楚游暫歸時，方徂暑匿景，未叩起居。歲晚歸來，即聞公病。櫬哀藥裹中，竟不獲再見顏色。回車腹痛，如何可言！」

陳廷焯編成《詞則》。

○光緒十七年辛卯（一八九一）六十歲

在杭州。

正月點定徐珂行卷。

《日記》卷八辛卯：「點定徐生仲玉行卷。填詞婉約有度。」

《復堂詞話》徐珂謹按語：「光緒己丑，珂自余姚還杭，應秋試，師方罷官里居，以通家子相見禮上謁（時猶字仲玉，明年改字仲可）。呈所習駢文詩詞就正，皆十八歲前作。師獎勉殷拳，納之門下。越二年，爲辛卯，師點定寄還，即師加墨之行卷也。卷藏行笥，奔走南朔，恒自隨。戊戌秋，自小站袁項城幕乞假南旋，遘盜甬東，笥被攫，師之手迹，遂不可復睹。（先子印香府君復盦《覓句圖》，亦是時所失。）僅得見之于師之《日記》矣。辛卯逮今，忽忽三十五載，師墓木久拱。珂五十無聞，且又加七，疇昔所學，曾無寸進之爲愧，而又自恨老之將至。（七十始可曰老，見《禮記》）爲人事所困，未能補讀也。濩落無成，愧負師門矣。乙丑三月，校刊時謹識。」

三月第四次移居。回鄂。

《日記》卷八辛卯：「移居黄醋園外。丁亥四月歸里，至今四易地矣。」

《補録》卷二光緒十七年三月初三日：「移居黄醋園黄氏宅。」十四日：「回鄂。」十八日：「抵上海。」二十一日：「上江永輪船。」二十三日：「抵漢口，渡江入城。」

五月程頌萬爲譚獻題詞。

稿本日記光緒十七年五月初五日：「程子大來取别……有《齊天樂》題予《篋中詞》，《摸魚兒》題予《填詞第六圖》，皆工。」

七月辭經心書院院長，返回杭州。

《日記》卷八辛卯：「孟秋朔去鄂，七夕抵家。」

《補録》卷二光緒十七年七月朔日：「上江裕輪，夕亥開行。」初四日：「抵滬。」初五日：「買歸舟，就輪船繫纜曳行。」初七日：「抵杭州。」

赴嘉興吊唁親家故友李宗庚。

《日記》卷八辛卯：「得李子長逝世消息。卅年老友，申以婚姻，一别半年，遂成千古。……先一日過禾，爲子長腹痛也。……望前一日棹舟赴秀州，吊子長之喪。解裝七日，又叩舷而歌。……閱二日，入禾城哭子長，勾留三日。雪涕言歸。」

夏秋首次與況周頤晤，況爲題《斜陽煙柳填詞圖》。

《日記》卷八辛卯：「臨桂況夔笙舍人周儀暫客杭州，聞聲過從。」

據《況周頤先生年譜》，況氏于是年冬至次年春在蘇州，則譚、況于杭州初晤應在夏秋之間。況爲填詞《南浦》。此年況氏三十一歲。趙尊岳《蕙風詞史》：「譚仲修，名獻，杭人。一時詞流，奉爲大師。先生由粵北行，過杭州，暢論詞學。爲題《斜陽煙柳圖》，賦《齊天樂》（應爲《南浦》）。」

從況氏所藏諸家詞集中采詞入《篋中詞續》。

《日記》卷八辛卯：「秀水女士錢餐霞《雨花盦詩餘》，予借觀，洗煉婉約，得宋人流別。附詞話，亦殊朗詣。又示予蘇汝謙虛谷《雪波詞》寫本，唐子實《涵通樓師友文鈔》附龍、王、蘇三家詞，今寫本多唐刻所未見。……予采擷入《篋中詞續》，此事殊未已也。」

十一月親友爲預祝六十壽辰。

《日記》卷八辛卯：「十一月十七日，友朋、親串、生徒輩爲予豫祝六十生辰。」

爲張僖撰詞集序。

《眠琴閣詞序》文尾署「光緒十七年仲冬」。

關注湘社活動，閲程頌萬《鷗笑集》。

《日記》卷八辛卯：「甯鄉程頌萬子大，在長沙聯湘社唱酬，如二易何王，英英俠少。而吾友江夏鄭湛侯，以風塵吏虱其間，刻行《湘社集》。子大《鷗笑集》填詞婉密，《蠻語集》詩卷才思不匱，趨向亦正。」

撰《復堂諭子書》。

《復堂諭子書》：「不意予生憂患，年六十矣。……周甲生辰，續述近年心事如右。」此爲《諭子書二》。

〇光緒十八年壬辰（一八九二）六十一歲

在杭州。

三月初晤蒙古族詞人鍾依三多。

譚獻《可園詩鈔叙》：「蒙古鍾依氏六橋都尉，髦俊士也。……今歲暮春，相見于豁廬。」文署「光緒十有八年長夏譚獻」。豁廬，爲譚獻友人高白叔别業。俞樾亦有序，云：「壬辰暮春，六橋都尉携其師（王廷鼎）《瓠樓詩》數章訪余于石臺仙館。」署「光緒十有八年三月下浣曲園叟俞樾書于石臺仙館」。其時三多以師相稱，多交往，有《世丈高白叔（雲麟）中翰招陪譚仲修（獻）、師夢薇、師許邁孫（增）、楊雪漁（文瑩）、筱甫（俞廷瑛）、古蘊（楊葆光）諸先生飲豁廬賞牡丹賦謝》、《侍仲修師暨雪漁、筱甫、古蘊諸先生讌集净慈寺并訪南湖諸勝》詩（三多《可園詩鈔》卷二「壬辰」）。

四月薛時雨夫人去世，赴上海吊唁。與滬上諸友相見。

《續録》光緒十八年四月初九日：「薛師母楊夫人卒于上海。訃音至，買舟往作吊客。越日登舟。」二十一日：「衣冠入城，吊薛母。」二十三日：「發舟回杭。」二十六日：「抵家。」有《舟行五章》時，其第五章自注云：「上海與張子密、章菼汀、孫文卿、葉鞠裳、駱雲孫、萬劍盟相見，因懷淩子與、倪雲劬、吴滄石、俞成之諸故人。」

閏六月審定張景祁詞。

《續録》光緒十八年閏六月二十四日：「審定張韵梅《續詞》二卷。」

七月又抄《篋中詞續》。

《續録》光緒十八年七月十四日：「又抄《篋中詞續》第四一卷，已將十家矣。此事亦未能卒業。」

爲萬釗詞集撰題識。

《蕢波詞題識》文尾署「壬辰七月既望」。

爲鄧瑜詞集撰評語。

《蕉窗詞評語》文尾署「壬辰七月既望」。

八月閱章黻詩詞集。

《續録》光緒十八年八月初二日：「閱章次白《梅竹山房詩詞》。」

譚獻《梅竹山房集書後》：「時于章次白先生，惟于廣坐長者，一接顔色，未謦言笑。是日坐間聆一二文語，皆可入《世説》、《語林》。……今年次白先生文孫麟伯明經教授高氏，乃出先生《梅竹山房集》授獻讀之，鉛槧熌失，家寶孤本，行謀重刻以示來者。」

九月爲葉衍蘭詞集撰叙。

《秋夢盦詞叙》文尾署「光緒壬辰九秋」。

十月審定沈昌宇詞集，選詞入《篋中詞》。

《續録》光緒十八年十月初五日：「審定亡友沈子佩昌宇《泥雪詞》，録存九十首，選二首入《篋中詞》。」

十一月閱程頌萬詞集。

《續録》光緒十八年十一月十三日：「閱子大所撰《十韃詞》一卷。」

十一月爲沈昌宇撰詞集跋。

《泥雪堂詞鈔跋》文尾署「光緒十八年歲次壬辰孟冬五日」。

十二月閱王廷鼎、三多詞集。

《續録》光緒十八年十二月初三日：「王夢薇有《彩鶴詞遺稿》，生硬，非當家，不足存也。六橋《粉雲庵詞》，清婉是其本色，淺直猶初入手耳。」

四子譚寅逝。

《續録》光緒十八年十二月初十日：「寅兒以巳刻逝。成婚五載，無一孩提。少婦泣血，何堪使老夫婦見邪！」

張之洞復招赴武昌。

《續録》光緒十八年十二月十九日：「得穰卿及楊叔嶠武昌書。南皮公堅招仍赴鄂游，殊猶豫也。作答二君書，姑諾之。」

詞人陳廷焯卒。

〇光緒十九年癸巳（一八九三）六十二歲

正月元配夫人莫氏去世。

《續録》光緒十九年正月三日：「内子奄然竟逝。四十年貧賤患難，撒手長辭。」

正月二十日寄書張鳴珂云：「一月之内，兩遘朞喪，大兒寶謹逾冠之年，以臘之十日病殂；内子哀苦過甚，又復篤疾猝膺，正月之五長逝。」（書札載方繼孝《舊墨二記》，北京圖書館出版社，二〇〇六年，第六頁）

莫氏向學而能詩。稿本日記第一册《□樓日記》封面書有「仲義隨筆，瑟瑟察書」，《補録》卷一同治二年六月十三日：「爲内子瑟瑟授《説文解字》。」《日記》卷一甲子（同治三年，一八六四）：「内子亦賦一絶，云（詩略）。」

閱葉衍蘭詞集。

正月二十日寄書張鳴珂云：「葉蘭臺新詞行成，又將合汪莀生、沈伯眉刻《粤三家詞》。……詞卷索序，弟以名篇在，草書後以應，而再書敦促，仍爲儷體一首，不足繼高唱也。」（《舊墨二記》）

爲三多詞集撰序。

《粉雲庵詞序》文尾署「光緒十有九年春王正月」。

二月赴鄂，三月初九抵武昌，謁張之洞，招宴。七月返杭州。

《續録》光緒十九年二月二十五日：「登舟赴鄂。」三月初九日：「抵武昌。」十一日：「出謁南皮師。入見，久談。歸。」六月朔日：「赴南皮先生之招，同星海、伯嚴、穰卿、香驄集飲，自午正至酉初，談宴始終。」七月朔日：「登江裕輪還杭。」初四日：「抵滬，换舟。」初七日：「至杭城。」

四月請梁鼎芬校《復堂詞録》、《篋中詞續》、《復堂文續》。

《續録》光緒十九年四月望日：「星海來，還《復堂詞録》寫本二册、《篋中詞續》卷四稿本一册。」十七日：「星海又校《詞録》一册來。」五月十二日：「星海爲予審定《文續》卷二，札來，答之。」據《清代職官年表》，梁鼎芬爲光緒六年（一八八〇）庶吉士，任湖北按察使。

八月爲葉衍蘭選《嶺南三家詞》事成。

《續録》光緒十九年八月初十日：「葉蘭臺屬選《嶺南三家詞》，爲沈伯眉、汪玉泉及蘭翁，今日始就。審定圈識，寫目録寄去。沈爲《楞華館詞》，汪爲《隨山館詞》，葉爲《秋夢庵詞》。」

劉炳照《留雲借月庵詞》刊行。

〇光緒二十年甲午（一八九四）六十三歲

在武昌。

《日記》未載何時由杭州返回武昌。

張之洞于十月調任兩江總督，離武昌。據胡鈞《張文襄公年譜》卷三載，張之洞于甲午十月五日奉旨以湖廣總督署兩江總督任，八日張交卸畢即日啟程，並奉旨兼署江寧將軍，十一日抵江寧，十六日正式接任各職。繆荃孫時爲張氏重要幕僚。

二月閲湘中六家詞。

稿本日記光緒二十年二月初八日：「閲湘中六家詞，以長沙張祖同雨珊《湘雨樓詞》爲冠。」湘中六家詞，見王先謙編《詩餘偶鈔》，選咸同間王闓運、張祖同、杜貴墀、李洽、孫鼎臣、周壽昌等六位湖湘詞人詞共一百八十三首。詞風近常州詞派。

回杭州。

《續録》光緒二十年二月二十二日：「上江裕輪船回杭。」二十三日：「泊九江十數刻。」二十五日：「抵滬，換舟。」二十九日：「到家。」

葉衍蘭以《秋夢庵詞續》寄示。

《續録》光緒二十年二月二十二日：「昨葉南雪以《詞續》寄示。」

劉炳照寄新刻詞集索序。

《續録》光緒二十年二月十三日：「得常州劉炳照光珊吴下留園來書，寄新刻《留雲借月詞》五卷索序。展卷已有晋壬（吴唐林）、曲園（俞樾）、溎生（金武祥）、孟蜚（吴翊寅）四序，又有盛、莊二跋，又遠索弁言，是亦不可以已乎！」劉炳照《感知集》卷上有《仁和譚仲修獻大令》詩贊之：「皖水輟弦歌，通人相引重。論詞取徑高，南唐逮北宋。《蝶戀花》六章，纏綿寓沉痛。」

按：劉炳照于光緒十年（甲申）秋由家鄉常州至蘇，十一年春（乙酉）又至杭，十六年（庚寅）隨盛旭人離杭至蘇，居留園。留園主人爲光緒初湖北布政使盛康及其子盛宣懷。其《復丁詩紀》記：「（甲申）是秋挈眷寓蘇。」「（乙酉）莫春挈眷寓杭。」作于庚寅詩：「舊德新姻盛彦師，杭州六載許相隨。歸田先向蘇州住，我亦全家一舸移。」下自注云：「盛旭人姻丈白浙解組，卜宅金閶。庚寅秋由杭至蘇，挈眷相依者十年。」又云：「劉園重葺號留園，慣醉花前月下尊。佳日流連容我住，南州下榻比陳蕃。」下自注云：「旭丈得劉氏寒碧山莊，更名留園，聘予襄修家譜，下榻其中，七閱寒暑，坐花醉月，賓至如歸。」又《無長物齋詩集》卷二《丙午元日六十自述》詩其三「夢筆依人春復秋，留園下榻最清幽」二句下自注：「予客盛氏留園七閱寒暑。」其與譚獻相交應在此前。又《復丁詩紀》丙戌：「西泠酬倡四賢並，君特登壇又結盟。待續延年《五君詠》，詞家亦自有侯鯖。」下自注：「吳縣俞廷瑛筱甫、上元鄧嘉純笏臣、鐵嶺宗山嘯吾、任邱邊寶樞竺潭向有西泠詩社，吳唐林晋壬後至，合刻五家詞名曰《侯鯖》，予均獲締交焉。」其門生朱錕《復丁詩紀跋》：「南歸……與譚仲修、吳晋壬、鄧笏臣、宗嘯吾、邊竺潭諸君子續西泠詩社，迭爲賓主，極聯襼揄裳之樂。旋客蘇州留園，復與繆小山、夏閏枝、費屺懷、鄭叔問、張子純、子苾、陳同叔諸君子結鷗隱詞社于藝圃。」

應劉炳照之請，爲其《填詞圖》題詞。

作《洞仙歌·題劉光珊留雲借月盦填詞圖》。（《復堂詞續》）

三月、四月爲劉炳照詞集撰贈言。

《留雲借月盦詞贈言(一)(二)》兩文分别尾署「甲午暮春望日」、「四月下旬五日」。

夏爲劉炳照詞集撰叙。

《留雲借月盦詞叙》文尾署「時甲午立夏後三日」。

劉炳照《留雲借月盦詞》卷六有《金縷曲·寄譚仲修大令(獻)杭州》詞,其自注云:「君宰懷寧諸邑有善政。」「君刻《篋中詞》抉擇甚精,近輯續編,采及鄙製。」「君時自楚旋杭。」「昨以拙詞呈正,蒙賜弁言。」卷六跋署「乙未上元節」,則此詞及題詞、弁言均作于本年。

六月與繆荃孫多次晤談。

《藝風老人日記》六月二十一日:「詣譚仲修談良久,腹瀉,晚又寒熱。」二十八日:「譚仲修來,贈續刻《日記》一册。」二十九日:「詣譚仲修先生談并送行,贈以普寧寺鐘拓本,并卅一種宋元詞。」

八月作《三家詞叙》。

《三家詞叙》文尾署「光緒二十年甲午仲秋之月」。

約于此年前後爲沈景修詞集撰叙。

《井華詞叙》未署撰作時間。譚獻曾撰《蒙廬詩叙》，有「往歲叙蒙廬詩」之語，叙文尾署「光緒十有九年仲春七日」，則詞叙應作于其後。又譚獻光緒十九年正月二十日致張鳴珂書云：「蒙叔音問密邇，而不相見又年餘矣。近日寫定詩稿，屬獻編次，大約可得七八卷，填詞清婉，不愧浙派。」此叙未言及沈氏去世，則應作于光緒二十五年之前。張鳴珂《井華詞叙》作于光緒二十一年，約略在此前後不久。故繫于此。

陳廷焯《白雨齋詞話》刊行。

〇光緒二十一年乙未（一八九五）六十四歲

正月閱樊增祥新刻詩詞，爲作《樊山集叙》。

《續録》光緒二十一年正月初三日：「藍洲以樊雲門新刻詩詞示我，蓋除夕寄至，簡藍洲索序于我。翻帋略竟。詩二十卷、詞二卷。」

樊增祥《樊山續集》卷二十六有《同年譚復堂先生主講鄂中，惠寄〈樊山集叙〉，敬賦長句答謝，且申卜鄰之約》詩，謂：「里塾文章求甲乙，上公詩稿待删裁。……我昔春明與君别，鄂城再見頭如雪。……袖詩送我秦川行，老懷歧路難爲情。煙霜五載隔關隴，掉頭不見高堂生。篋中新槧《樊山集》，序詩乞取湘東筆。」時樊已離鄂五年。二人庚寅

（光緒十六年，一八九〇）在武昌離別，五年後譚獻爲作《樊山集叙》，即本年。

登舟離杭，二月初抵武昌。

《續録》光緒二十一年正月十九日：「登舟。」二十三日：「抵滬，晤諸知好。」二十七日：「登江永輪舶。」二月朔日：「抵鄂垣。」

三月閲《嶺南三家詞鈔》稿。

《續録》光緒二十一年上巳日：「得葉蘭臺粤華書院寄星海函，屬予先閲。蓋以沈伯眉、汪玉泉及《南雪詞》屬予選定，將刻三家詞也。卷中先有張韵梅、玉珊鈐小印記選，予繼之，大同小異耳。遂即日加函匯封致衍若（『若』疑爲『蘭』之誤），屬達星海金陵寓廬。」

與繆荃孫筱珊多次晤談。

《續録》光緒二十一年五月初四日：「筱珊……來談。」

繆荃孫《藝風老人日記》光緒二十一年二月二十日：「仲修索《雲自在龕叢書》，已無全者，檢一第二集與之。」四月十八日：「借仲修《藝概》。」二十九日：「還《瑶華集》一册與仲修。」五月四日：「又詣仲修談。校定常州詞十二、三、四共四卷。」十三日：「譚仲修、瞿苾生來。校常州詞第六。」二十九日：「還仲修《藝概》二册。」六月三日：「詣譚仲修談，并晤陳藍洲。」二十四日：「常郡七家詞印成，送仲修、仿青各一。」七月八日：「詣仲修談，索其《詞辨》一册。」二十九日：「況夔笙來，偕至經心晤仲修、高仿青。」八月十日：「仲修所仿青回約小談，并贈《篋中詞》。」

四月曾短期返杭，識周星詒外孫冒廣生。

冒懷蘇《冒廣生先生年譜》：「（四月）是月，在杭州先生因得外祖季貺（周星詒）之薦，始識仁和譚仲修（名獻），并就詞稿請益，譚稱許『鶴亭詞格頗成就』，……時譚長先生三十四歲，寵見長輩對後起之秀有獎掖之舉。」則譚獻曾于四月短期返杭，但《續録》未記載。

在杭關注時政，六月閲康有爲《公車上書記》。

《續録》光緒二十一年三月卅日：「春行盡矣。念亂憂生，家國蕭條，不圖今日只一苟字，何處有完美邪！」

又閏五月初二日：「見人間文字有云『非以今日爲外患之終，而以今日爲内變之始』，亮哉斯言！」

又六月初六日：「見《公車上書記》。會試舉人千數百人上書言時事，沮和約，安攘大計，萬千百言，綱目畢具，爲康祖詒長素撰稿，即著《新學僞經考》之人。」

七月況周頤抵武昌，兩人又晤。

《況周頤先生年譜》：「七月二十九日，先生至武昌，與繆荃孫同往經心書院，晤譚獻、高仿青。」

十一月閱徐祐成、李祖廉詞集。

《續録》光緒二十一年十一月初六日：「光珊（劉炳照）寄陽湖徐佑成涵生《補恨樓詞》、武進李祖廉緑茹《懷青庵詞》至。」

十二月辭明年經心書院聘書，似未成。

《續録》光緒二十一年十二月十六日：「致兼督譚敬帥書，辭還丙申關書。」

○光緒二十二年丙申（一八九六）六十五歲

在杭州。何時由鄂返杭，日記無記載。

與繆荃孫交往密切。

繆荃孫《藝風老人日記》光緒二十二年正月六日：「送詞與仲修。」二十日：「詣仲修談，仲修廿七行，言寄信至金橋許許陳宅轉交。」二十六日：「梁心海招飲譚仲修。」二月二十七日：「發……杭州譚仲修信。」三月二十九日：「接……譚仲修信。」八月八日：「詣譚仲修談。」

八月譚獻編《粵東三家詞鈔》刊行。

葉衍蘭《粵東三家詞鈔序》署「光緒二十有二年歲次丙申仲夏之月刻成」。

重九與徐惟錕、陳豪、楊文瑩吴山登高。

有《丙申重九同鍔青藍洲雪漁吴山登高》詩。

晤章太炎、三多。

《續録》光緒二十二年十一月朔：「章生枚叔來談，迫暮去。」初二日：「鍾依生六橋同華亭沈惟賢思齊來，談藝。」

應門人徐珂之請，爲周濟《詞辨》作評（即《譚評詞辨》）。

見譚獻《詞辨跋》。審定周濟《介存齋論詞雜著》或在同時。

繆荃孫輯刻《國朝常州詞録》三十一卷。

〇光緒二十三年丁酉（一八九七）六十六歲

關心時政，同情變法。

《續録》光緒二十三年正月收燈日（十八日）：「閲卷訖事，年内外了甄别生童文字，黄茅白葦，至千餘篇，不獨爲一隅歎。八股世界變相至此，宜海内皆望變法也。」又三月二十五日：「重檢《時務報》所載《盛世元音》（疑爲鄭觀應著《盛世危言》）及重譯《富國策》（即亞當·斯密《富國論》），此皆有實有用者。余光（兼喻身世）得此，能不動心！」

二月還鄂。

《續録》光緒二十三年二月初八日：「登舟還鄂。」二十三日：「抵鄂。」

五月鍾文烝（子勤）爲診治勸歸，辭經心書院院長之職，即返杭州。

《續録》光緒二十三年五月初十日：「子勤來，切脉處方。云已見代脉，勸予早歸。」二十一日：「乘江裕江輪行。」二十三日：「達上海。」二十五日：「换舟回杭。」二十六日：「到家。」

稿本日記第三三册《迎陽二記》卷首小引云：「前記題以『迎陽』，以始于發春也。出門三閲月，蕭齋息影，書牖南向，浪霖得晴，節物又端陽矣。」

黎仁凱《張之洞幕府》認爲，譚獻辭職原因在于「廢山長，設監督，實行書院體制改革，將原先教育部門相對獨立的狀况改爲教育隸屬于行政……但有些書院山長對這種改制不滿，經心書院山長譚仲修、江漢書院山長黄翔雲（黄侃之父）便爲此拂袖而去」（中國廣播電視出版社，二〇〇五年）。可參。

七月閲王尚辰詞集。

《續録》光緒二十三年七月二十一日：「廬州人來，得王謙齋（尚辰）一劄、《寄懷》一律。新刻《益園詩餘》，詩集刻成亦垂老矣。閲謙齋詞。」

八月友人葉衍蘭卒。

《續録》光緒二十三年八月十三日：「閲《申報》，知葉南雪（衍蘭）翁已歸道山。此十年來未識面之老友。」

晤俞樾。

《續録》光緒二十三年八月卅日：「俞曲園來談。七十七翁，聰明不廢。」

十月閲萬釗、冒廣生詞。

《續録》光緒二十三年十月二十三日：「閲《薑露詞》。折衷南宋，亦深美而未盡閎約之量。方展冒鶴亭詞，愛其有得于幽憶怨斷之音，欲爲論定，而魏孝廉汝馴劄來索還，遂以歸之。」

閱成本樸文集。

《續録》光緒二十三年十月二十七日：「閱湘鄉成榷漁本樸《棲真室文詩詞稿》。」

十一月受聘總續修《鹽法志》。

《續録》光緒二十三年十一月二十八日：「世傑振之都轉見過，面致聘書，總續修《鹽法志》事。」

王闓運輯成《湘綺樓詞選》。

〇光緒二十四年戊戌（一八九八）六十七歲

在杭州。

正月晤章太炎長談。

《續録》光緒二十四年元旦：「拜年客來謝之，惟章生枚叔入室長談。」

友人萬釗卒。

《續録》光緒二十五年（一八九九）正月十二日：「閱滬上《新聞報》云萬碉盟（釗）十二月十八日病卒，駭歎掩涕。」稿本日記「十八日」作「十六日」。

劉炳照來求見，交往甚多。

劉炳照《復丁詩紀》：「《篋中》別集廣搜遺，賤子曾經杖屨隨。會得斜陽煙柳意，挑燈怕讀《復堂詞》。」下自注：「譚復堂先生舊曾相識，病廢家居，踵門求見，縱談詞學，引爲同志。出《斜陽煙柳填詞圖》索題，並贈榆園精刻《唐文粹》及各家詞集。未幾即歸道山。君選《篋中》集以拙詞爲殿，倚聲家一知己也。」時在戊戌春夏之交。

三至五月與繆荃孫往來，獲贈《常州詞録》。

《續録》光緒二十四年閏三月十九日：「繆筱珊來，一別又兩載矣。今日又走評，貽《常州詞録》卅一卷。」

《藝風老人日記》二十四年三月二十九日：「許益齋增、譚仲修、陳藍洲招飲于娱園。」四月三日：「陳藍洲、譚仲修來。」五月三日：「接譚仲修信。」六月二十七日：「發譚仲修信。」

四月遷新居。

《續録》光緒二十四年四月二十三日：「卜後日遷祖廟巷新居。」

李恩綬寄陳廷焯《白雨軒詞話》及所附詩詞，後多次重閲。

《續録》光緒二十四年四月十九日：「丹徒友人李恩綬亞伯寄陳廷焯亦峰《白雨軒詞話》附所作詩詞來。」七月二十六日：「重閲陳亦峰《詞話》。」十二月十六日：「又閲陳丹崖孝廉《白雨軒詞話》。」

六月得鄧廷楨孫鄧邦達詞集。

《續録》光緒二十四年六月二十日：「鄧邦達仲璋來訪，以《睫巢詞稿》見質。蓋嶰筠（鄧廷楨）督部孫，笏臣（嘉純）太守子也。詞當行，未出色。繼武家風，尚待進境。」

七月閲俞廷瑛近稿。

稿本日記光緒二十四年七月二十七日：「昨筱甫以近稿見質，晨起閲之。」

九月得王僧保詞集，擬采入《篋中詞》。

《續録》光緒二十四年九月二十九日：「《篋中詞》未見之王西御《秋蓮子詞》，今甫寄舊本至。婉約有深韵，當續采。」

十月欲補選王僧保、董士錫詞入《篋中詞》，終未成。

稿本日記光緒二十四年十月初八日：「《篋中詞》于江南名家有未見者，汪時甫寄王西御《秋蓮子詞》，繆筱珊刻董晋卿《齊物論齋詞》。兩日來補選入録，此事亦未已。」

關心變法，爲變法失敗，爲譚嗣同及好友許景澄、袁昶被害而震驚。

《續録》光緒二十四年二月二十日：「康工部有爲有五次上書，爲大僚所格，未達九重。原文傳布，登滬上報章，展閱一過。言有過于痛哭者。扼不上聞，固爲沉篤之習。然以此爲藥，即能起篤疾，尚不敢信。」

又八月十一日：「駭聞震霆，獨處變栗，彼暱邇者將如之何？老夫避人妄議，往往後事悉中。從此當棘吾舌，毋徒多此不祥之言。」

○光緒二十五年己亥（一八九九）六十八歲

五月入諸暨城詣縣志局商修《鹽法志》事。

《續録》光緒二十五年五月二十日：「束裝上倪氏諸暨船，久不問之江渡矣。」二十一日：「至新亭鎮，……止泊。」二十二日：「城中人輿來迎，發裝登岸。入城，詣縣志局，晤吴亮工諸君談《志》事。」二十六日：「午後輿行至新亭，登舟。」二十七日：「到家。」

得酈滋德詞。

《續録》光緒二十五年五月二十五日：「閱《半情居集》畢。填詞修潔。」

五月與許增商刻諸家詞話，終未成。

《續録》光緒二十五年五月二十九日：「榆園劄來，有刻諸家詞話之意，因檢《聽秋聲館》、《芬陀利室》、《白雨軒》及《詞辨》四種，將借之審定。」

七月閲黄曉秋詩詞。

《續録》光緒二十五年七月初九日：「黄曉秋以所著《瓦釜雷鳴詩》四卷、《欸乃余曲詞》二卷、《無隧積談》一卷見質，閲一過。」

劉炳照寄近詞來。

《續録》光緒二十五年七月十三日：「得劉語石書，寄近作詞五闋，多長調。」

得鄭由熙詞。

稿本日記光緒二十五年七月二十二日：「鄭由熙曉涵《蓮漪詞》二卷刻本，昨余太守詒示。」

八月晤三多。

《續録》光緒二十五年八月初八日：「六橋來。」

九月審定吕耀斗詩詞稿。

《續録》光緒二十五年九月望日：「榆園以吕定子遺稿詩詞屬審定，約略閲一過。」

閲三多外祖父裕貴詩詞集。

《續録》光緒二十五年九月二十二日：「閲六橋外王父裕貴乙垣禮部《鑄廬詩剩》、《詞剩》。」

十月友人沈景修、黄以周卒。

《續録》光緒二十五年十月二十一日：「益齋（許增）札告蒙叔病危。檢野術，屬益齋寄致。」二十三日：「益齋札告蒙叔十九日已大去，哀悼不可言。」二十六日：「雪漁（楊文瑩）、仲恕（陳漢第）來，又知黄元同十七日逝于半山墓廬。」

十二月爲吕耀斗撰詞集序。

《鶴緣詞序》文尾署「光緒己亥十二月」。

冬寒碧詞社成立，因病推辭社長，由劉炳照擔任。

寒碧詞社創立于蘇州，組織發起人爲金石與劉炳照。金石《青蕤盦詞叙》云：「己亥冬，余與語石舉寒碧詞社，而陽羡蔣君香谷（蔣兆蘭）與焉。」劉炳照致繆荃孫書云：「寒碧詞社，命名雖出鄙見，而創議實由于石翁。」又云：「炳照推復堂爲祭酒，以老疚辭，謬引下走爲詞掌，名曰寒碧，每月兩期。」又庚子（光緒二十六年）新正五日書云：

「擬選兩年投報各作，及今年社課，合刻一集，名曰《石言》，已乞復堂作序。」（均見《藝風堂友朋書札》）寒碧即寒碧山莊，蘇州留園之別名。

王鵬運校刻《夢窗詞》。

〇光緒二十六年庚子（一九〇〇）六十九歲

在杭州。

正月與鄧廷楨孫鄧嘉純商刻《雙研齋筆記》，爲之撰叙。

《續録》光緒二十六年正月二十七日：「笏臣來談，商刻《雙研齋筆記》。」《雙研齋筆記叙》有「今年踰六十，得見鄧嶰筠督部先生筆記稿草……以復于公孫笏臣太守」等語，當撰于其時。

二月審定胡念修詞集，欲撰叙未成。

《續録》光緒二十六年二月十六日：「審定胡右階《靈芝仙館詩詞》一過。……予將序言，亦勖其即以此爲成就，爲印證。」《靈芝仙館詩叙》或撰于其時。撰詞集叙未成。

繆荃孫寄贈《名家閨秀詞》。

《藝風堂老人日記》光緒二十六年二月二十九日：「發譚仲修信，寄《名家閨秀詞》

十册。」

五月故人徐樹銘卒。

《續録》光緒二十六年五月朔日：「藍洲札告徐伯澂總憲卒于位。」

七月驚聞友人許景澄、袁昶被害，病情加重。

《續録》光緒二十六年七月十三日：「閲報章駭愕，冒熱出。……晤袁郎道沖。」袁道沖爲袁昶子。十四日：「藍洲札來，云許、袁二卿諍言刑辟，濟南電音有之，益駭愕。」二十二日：「子韶來，言許、袁大辟已見初三明降。成名而去，夫復何言！子韶脉我，謂有積滯，處方。我胸中所積，豈藥物所能去邪！」八月二十日：「（高）白叔來談許、袁被害始末。」

八月上海畫家蒲華贈《復堂塡詞圖》。

《續録》光緒二十六年八月五日：「蒲作英畫《復堂塡詞圖》見貽。」

閏八月長女自嘉興歸寧，談及許景澄家事。

《續録》光緒二十六年閏八月初六日：「大女自禾中歸寧，話許竹篔家事，不及重黎遠甚。」長女爲嘉興李宗庚媳。

弟子徐珂謀刻《復堂詞録》。

《續録》光緒二十六年閏八月二十一日：「蹥玉來言，甬上方生欲來予門下，謀刻《復堂詞録》以爲贄。恐未必成，姑付之。」

九月十三日同人公祭許景澄、袁昶，預撰公祭文。

《續録》光緒二十六年九月初七日：「撰《公祭許少宰袁太常文》，欲言未得盡言也。」

受聘任詁經精舍山長。

《續録》光緒二十六年九月二十六日：「詁經精舍監院曹樹培送劉撫部延予辛丑掌教精舍聘書來。回憶亂後重建精舍，予監院數載。」

十月弟子胡念修謀刻《復堂文續》。

《續録》光緒二十六年十月二十八日：「胡幼嘉來談。……又云明年謀刻《復堂文續》。」

胡念修《復堂文續跋》：「中年以前詩古文辭，略見于《半厂叢書》。晚歲撰文，手自寫稿，不録副本。庚子孟冬，念修亟請先生録副付梓，以餉學者，先生深嘉其意。爰次駢散體文百餘篇，定爲五卷，署籤曰《復堂文續》，使任棗梨之役。」

十一月商刻龔自珍詞。

《續録》光緒二十六年十一月初六日：「邁孫來談，商刻定庵詞。」

冬，徐珂編成其論詞諸説，定名《復堂詞話》。

徐珂《復堂詞話跋》：「師之所論詞諸説，散見文集、日記及所纂《篋中詞》、所評周止庵《詞辨》。光緒庚子，珂居里，思輯爲專書，請于師曰：『集録緒論，弟子職也。侍教有年，請從事。』師諾。其年冬，書成呈師，師曰：『可名之曰《復堂詞話》。』」

曾參與劉炳照等風餘詞社活動。

劉炳照《復丁老人詩記》自注：「庚、辛之際，余與公束、子容、夔伯諸子結風餘詞社，郵筒往復，無殊覿面。公束晚號寒松老人，煙柳謂復堂，新蘅，張景祁詞集名也。」

秋冬王鵬運與朱孝臧等作《庚子秋詞》。

○光緒二十七年辛丑(一九〇一)七十歲

在杭州。

正月温習劉熙載《藝概》，譽劉爲導師。

《續録》光緒二十七年正月□□日：「兩日温《藝概》。劉先生言一字一珠，不獨四方導師，亦千載導師也。」

始檢校《復堂文續》。

《續録》光緒二十七年正月十九日：「檢校《復堂文續》始事，以右階議代刻也。」胡念修《復堂文續跋》：「既而念修應官吴中，郵校匪易，遂由先生力疾自爲校訂。復以稿無副本，手民屢譌屢改，故經年而書始告成，蓋先生已不及見矣。」文尾署「辛丑九秋」。胡念修再跋：「《文續》五卷，始事于庚子之冬，經先生校樣上板，刻甫過半，先生已歸道山。又閲三月成書，乃乞錢塘羅君榘臣助爲覆校。」

二月委子代吊唁袁昶靈柩。

《續録》光緒二十七年二月二十二日：「袁京卿忠柩自松江來，擬廿四入城，廿五昭慶寺受吊。予委憊不能出，遣子代。」

四月撰文紀念袁昶。

《續録》光緒二十七年四月十三日：「袁郎來，呈改定《行狀》。當力疾挽筆成《墓碑》、《家傳》矣。期以十五日始，二十日脱稿。」二十日：「《袁碑》脱稿；將撰《袁君家傳》，以完諸責。」今集中所見《資政大夫太常寺卿袁府君墓碑》未完稿。

六月初高子韶來診，泄病不已。

《續録》光緒二十七年六月七日：「子韶來診。堅欲停藥，仍不能也。泄仍不已。」

六月底卒。

宋恕《致孫季穆書》（一九〇一年八月十四日）：「若論文學、見識則老先生中獨有譚仲修大令一人，惜此來未及見而遽故矣！然年已七十，不爲不壽。曾于開吊之日走奠，并作一聯語挽之，録于左，如季芃欲閲，可同閲也。『龔氏經，章氏史，浙東西百年危學，一髮繫先生。塊獨傷仲蔚窮居、淵明乞食，著書盈篋，坐視飛鵩，《復堂集》卓爾軼群，吾道非耶？忽忽老病死。　楚天秋，吴天春，江上下兩接清塵，五湖催遽别，竟未質鍾嶸《詩品》、王充《論衡》，請益有期，驚聞鳴鴂，求是院黯然思舊，斯人逝矣，悵悵去來今。』七月朔日，安字第五號。」（胡珠生編《宋恕集》，中華書局一九九二年版，第七一〇頁）挽聯撰于七月初一，則譚獻應卒于六月底。

胡念修《靈芝仙館詩鈔》卷十一《軍逢猿鶴，忽化羽而同歸；歲非龍蛇，乃騎箕而竟去。晨星寥落，舊雨飄零。愴懷師友，用以告哀》詩：「岱斗宏農老，頻年讀化書。談經銘座右，勸學醉詩餘。松菊開陶徑，瓊瑰載魯車。君山憔悴甚，流涕子雲居。」下注：「近梓先生《文續》告成。譚復堂司馬師。」

主要參考書目

譚獻著，羅仲鼎、俞浣萍點校《譚獻集》，浙江古籍出版社，二〇一二年。

譚獻著，范旭侖、牟曉朋整理《復堂日記》，河北教育出版社，二〇〇一年。

譚獻著，范旭侖、牟曉朋整理《譚獻日記》，中華書局，二〇一三年。

譚獻編選，羅仲鼎、俞浣萍點校《篋中詞》，人民文學出版社，二〇一五年。

譚獻養，羅仲鼎、俞浣萍整理《復堂詞録》，浙江古籍出版社，二〇一六年。

錢基博整理編纂《復堂師友手札菁華》，人民文學出版社，二〇一五年。

周濟、譚獻、馮煦著，顧學頡校點《介存齋論詞雜著　復堂詞話　蒿庵論詞》，人民文學出版社，一九五九年第一版，一九八四年第三次印刷。

馮乾編校《清詞序跋彙編》，鳳凰出版社，二〇一三年。

黄蘇、周濟、譚獻選評，尹志騰校點《清人選評詞集三種》，齊魯書社，一九八八年。

唐圭璋編《詞話叢編》，中華書局，一九八六年。

葛渭君編《詞話叢編補編》，中華書局，二〇一三年。

屈興國編《詞話叢編二編》，浙江古籍出版社，二〇一三年。

王昶、黄燮清、丁紹儀撰《清詞綜》，北京圖書館出版社，二〇〇六年。

黄燮清編纂《國朝詞綜續編》，民國間上海中華書局據原刻本校刊《四部備要》本。

丁紹儀輯《清詞綜補（附續編）》，中華書局，一九八六年。

繆荃孫《藝風老人日記》，北京大學出版社，一九八六年。

陳乃乾輯《清名家詞》，上海書店，一九八二年。

葉恭綽編《全清詞鈔》，中華書局，一九八二年。

吴熊和、嚴迪昌、林玫儀合編《清詞別集知見目録彙編》，臺北「中研院」中國文哲研究所籌備處，一九九七年。

楊廷福、楊同甫編《清人室名別稱字號索引（增補本）》，上海古籍出版社，二〇〇一年。

嚴迪昌《清詞史》，江蘇古籍出版社，一九九〇年。

莫立民《近代詞史》，人民文學出版社，二〇一〇年。

王兆鵬主編《唐宋詞彙評·唐五代卷》，浙江教育出版社，二〇〇四年。

吴熊和主編《唐宋詞彙評·兩宋卷》，浙江教育出版社，二〇〇四年。

朱德慈《近代詞人考録》，中國社會科學出版社，二〇〇四年。

朱德慈《近代詞人行年考》，當代中國出版社，二〇〇四年。

朱德慈《常州詞派通論》，中華書局，二〇〇六年。

尤振中、尤以丁編著《清詞紀事會評》，黄山書社，一九九五年。
嚴迪昌編著《近現代詞紀事會評》，黄山書社，一九九五年。
嚴迪昌編著《近代詞鈔》，江蘇古籍出版社，一九九六年。
馬興榮、吴熊和、曹濟平主編《中國詞學大辭典》，浙江教育出版社，一九九六年。
柯愈春《清人詩文集總目提要》，北京古籍出版社，二〇〇一年。
清代詩文集彙編編纂委員會編《清代詩文集彙編》，上海古籍出版社，二〇一〇年。
蕭統選編，吕延濟等注《日本足利學校藏宋刊明州本六臣注文選》，人民文學出版社，二〇〇八年。
劉勰著，范文瀾注《文心雕龍注》，人民文學出版社，一九五八年。
司空圖、袁枚著，郭紹虞集解、郭紹虞輯注《詩品集解　續詩品注》，人民文學出版社，一九六三年第一版，一九八一年第二次印刷。
鍾嶸著，曹旭箋注《詩品箋注》，人民文學出版社，二〇〇九年。
吴欽根《譚獻稿本日記研究》，鳳凰出版社，二〇二二年。

後記

一九七八年十月，也就是國家改革開放初期，我考取了華東師範大學中文系碩士研究生，師從著名詞學家萬雲駿先生與馬興榮先生，正式走上了學習研治中國古典詞學的道路。我在詞學方面本無基礎，但二十世紀六十年代初，在上海師大求學時，馬茂元先生開設的楚辭、唐詩課，胡雲翼先生開設的宋詞課，給我留下了深刻印象，至今歷歷在目，這或許是前輩大師在我心中播下的種子吧。

研究生畢業留校後，彈指之間，整整四十年過去了。業無大成，老境已至。想當年，我的碩士學位論文是清代常州詞派詞論研究，記得副標題是「從張惠言到周濟」。論文答辯時，除了兩位業師的悉心指導教誨，還請有外聘專家，一位是南京師大的金啟華先生，一位是上海古籍出版社的呂貞白先生，對我的論文都作了肯定和勉勵，這又一次激起我對清代詞學理論的興趣，也提振了我的學術信心。後來與幾位同窗合作撰成的《中國詞學批評史》，其清代常州詞派部分，主要由我執筆，其中當然包括了譚獻。

關于譚獻的資料，也是從那時開始積累的。但當時没有條件到各地圖書館訪書，所獲十分有限。令人欣喜的是，進入二十一世紀後，譚獻的日記、手札、文集、序跋、著作相繼被整理并出版，提供了相當豐富的文獻資料，也大大開闊了譚獻研究的學術視野。大約五六年前，我雖已髧頂鮐背，老眼昏花，還是抑制不住廣泛搜集譚獻詞學理論資料的衝動，不怕扣槃識日之愚，盡可能詳盡地加以箋釋，以便學子閱讀和研究。臨窗枯坐，翻閱載録，做的是死功夫，歷經數個寒暑，沉浸其中，樂此不疲，直至今日，終于完成了這部稿子。

然而也可以説，這是一部并没有完成的稿子。近年有青年學者發現了譚獻日記的稿本，其體量遠遠超出了已出版的十一卷《復堂日記》整理本；清人詞集浩如煙海，譚獻所撰詞集序跋散落的也必然還有一些，此外他與同時友朋的來往信札，遺珠恐不知凡幾。所以所謂「增廣」也好，「詳注」也罷，只是一個相對的概念。這是必須對讀者作出説明的。那麼，既然達不到百分之百的「增廣」和「詳注」，爲什麽還要纂著這樣一部書呢？因爲以我的主觀估計，舊刻八卷《復堂日記》以及譚獻弟子徐珂整理的一百三十一則《復堂詞話》，皆爲譚獻生前經眼和手定，也就是説，有重要價值的日記和詞話基本已備于此，能大致反映譚獻的詞學觀念。筆者再做增廣的工作，是在原來的牢固基石上，加以豐富，便于參照，盡可能令人知其來龍去脉。其中意義當然不僅限于對譚獻詞論的研究，而且對清代詞學的探討也大有裨益。所以我認爲，交代清楚這一點是必要的，也是負責的態度。新筍早已解籜，老柳尚願吹綿，希望我做的整理詮釋工作僅是開始，今後有更優秀的譚獻研究新成果問世。

本書寫作過程中，羅仲鼎、俞浣萍先生點校的《譚獻集》，范旭侖、牟小朋先生整理的《復堂日記》，馮乾先生編校的《清詞序跋彙編》，朱德慈先生撰著的《近代詞人考録》，吴欽根先生關于南圖藏譚獻日記稿本的論文及新著《譚獻稿本日記研究》都給了筆者很大的幫助，不敢掠時賢之美，耑此表示我對諸位的敬意。華東師大出版社龐堅先生是當代著名詞家，于清詞造詣尤深，對本書提出了很多寶貴意見，出版社時潤民博士爲青年才俊，文獻功底扎實，長于賦詩填詞，爲本書出版費心盡力，在此一并表示誠摯的感謝！

方智範

壬寅歲首于滬西桂韵書屋

增廣復堂詞話詳注（上）

［清］譚　獻◎著
方智範◎編注

華東師範大學出版社
·上海·

圖書在版編目(CIP)數據

增廣復堂詞話詳注 / (清) 譚獻著; 方智範編注.
—上海: 華東師範大學出版社, 2022
ISBN 978-7-5760-3551-3

Ⅰ. ①增… Ⅱ. ①譚… ②方… Ⅲ. ①詞話(文學)—
中國—近代 Ⅳ. ①I207.23

中國國家版本館 CIP 數據核字(2023)第 017985 號

增廣復堂詞話詳注

著　　者 [清]譚　獻
編 注 者 方智範
責任編輯 時潤民
責任校對 龐　堅
封面題簽 魏新河
裝幀設計 盧曉紅

出版發行 華東師範大學出版社
社　　址 上海市中山北路 3663 號　郵編 200062
網　　址 www.ecnupress.com.cn
電　　話 021-60821666　行政傳真 021-62572105
客服電話 021-62865537　門市(郵購)電話 021-62869887
地　　址 上海市中山北路 3663 號華東師範大學校内先鋒路口
網　　店 http://hdsdcbs.tmall.com

印　　刷 上海盛隆印務有限公司
開　　本 890 毫米×1240 毫米　1/32
印　　張 41.75
插　　頁 3
字　　數 912 千字
版　　次 2023 年 5 月第 1 版
印　　次 2023 年 5 月第 1 次
書　　號 ISBN 978-7-5760-3551-3
定　　價 280.00 元(上中下册)

出 版 人 王　焰

目録（加△者爲增廣部分）

附録

譚獻詞論的美學藴涵（代前言）

方智範

在清季詞論家中，以推衍常州派詞學理論振響于近代詞壇，在理論思考方面又具鮮明獨到見解者，不能不首推同治、光緒間的譚獻。

譚獻（一八三二—一九〇一），原名廷獻，字滌生，後改字仲修，號復堂，晚號半厂居士，浙江仁和（今杭州）人。同治六年（一八六七）舉人，屢赴進士試不第，署秀水（今浙江嘉興）教諭，入福建學使徐樹銘幕，任杭州詁經精舍監院、浙江書局總校。後捐官安徽懷寧知縣，歷任歙縣、全椒、合肥、含山等地知縣。不數年，罷病不愈，因淡于仕進，告歸鄉里，專意著述。晚年應湖廣總督張之洞之邀，赴武昌主持經心書院。

譚獻博古通今，而于詞學用力最勤。據其自述，填詞始于咸豐四年（一八五四）館于紹興村舍時，初傾心于朱彝尊、厲鶚、郭麐等浙派大家，但未能深觀，旋又棄去。後識江蘇丹徒人莊棫，受其影響，「三十而後，審其流別，乃復得先正緒言，以相啟發」[一]。他所尊奉的「先正」，就是張惠言和周濟，從此他轉宗常州詞派，并以常州派傳人自許。刊刻本朝人詞成《篋中詞》今集五卷、續四卷，收詞人三百七十餘家，詞作近千首，加上大量品評文字，并自道編集初衷是「衍張茗柯、周介存之學」[二]。又于「年至五十，其見始定」時初編成《復堂詞録》[三]，于是在詞學觀念和理論上漸臻成熟。譚獻又曾取周濟《詞辨》所選之唐宋佳作逐首品評，成《譚評詞辨》一書，示弟子徐珂以入門津筏。光緒二十六年（一九〇〇），徐珂經譚獻同意，將其散見各書及日記中的論詞之語輯成一書，定名《復堂詞話》。本文關于譚獻的詞學理論，所據主要是這些文獻。

一

從周濟去世至譚獻初編成《復堂詞録》，其間相隔四十餘年，浙派的理論與創作已經弊端畢露，常州派主張的偏頗亦已漸見端倪。譚獻依傍常州一派而未陷于門户偏見，適值清中期以後詞風轉移的關鍵時期，他順應客觀時勢的要求，以公正中肯的態度評定了浙派與常派的功過得失。誠如近人劉永濟先生所言：「文藝之事，言派别不如言風會。派别近私，風會則公也。言派别，則主于一二人，易生門户之争；言風會，則國運之隆替、人才之高下、體制之因革，皆與有關焉。」[四]譚獻能以較高遠的歷史眼光，從清詞百餘年來的發展趨勢及當時詞風流變角度進行評斷，此正是其可貴之處。他論浙派，能够深中其病，如以下幾則：

錫鬯、其年行而本朝詞派始成。顧朱傷于碎，陳厭其率，流弊亦百年而漸變。

浙派爲人垢病，由其以姜、張爲止境；而又不能如白石之澀、玉田之潤。

《樂府補題》别有懷抱，後來巧構形似之言，漸忘古意，竹垞、樊榭不得辭其過。

南宋詞敝，瑣屑餖飣，朱、厲二家，學之者流爲寒乞。枚庵高朗，頻伽清疏，浙派爲之一變。

而郭詞則疏俊少年尤喜之。予初事倚聲，頗以頻伽名雋，樂于風詠；繼而微窺柔厚之旨，乃覺頻伽之薄。又以詞尚深澀，而頻伽滑矣。後來辨之。（以上見《篋中詞》）

杭州填詞，爲姜、張所縛；偶談五代北宋，輒以空套抹撥。

故以浙派洗明代淫曼之陋，而流爲江湖；以常派挽朱、厲、吴、郭佻染餖飣之失，而流爲學究。

閲項蓮生《憶雲詞》，篇旨清峻，托體甚高，一掃浙中喘膩破碎之習。（以上見《復堂日記》）

以上評述浙派諸語，可説涵蓋了自康熙、乾隆直到嘉慶間浙派三代代表詞人的創作傾向，一針見血地指出其要害在「破碎」、「餖飣」，即喜堆垛典故，缺乏真情；其因在于從古人處討生活，以南宋姜、張自限，終不免流于空疏、薄滑的境地。他對浙派的剖析，「蓋棺論定」般地宣告了浙派的終結，從一個角度揭示了其必爲常州詞派取代的客觀趨勢。

譚獻是首先對浙派痛下針砭的人，也是正確認識和評價常州詞派歷史功績及其理論貢獻的第一人。在這方面，他同樣表現出歷史地審視問題的觀點。他恰如其分地肯定了二張的開派之功：

翰豐（張琦）與哲兄（張惠言）同撰《宛鄰詞選》，雖町畦未闢，而奥窔始開，其所自爲，大雅遒逸，振北宋名家之緒。其子仲遠序《同聲集》，有云「嘉慶以來，名家均從此出」，信非虚語。……要之，倚聲之學，由二張而始尊耳。[五]

他又盛赞周濟的後繼之力：

茗柯《詞選》出，倚聲之學，日趨正鵠。張氏甥董晋卿造微踵美，止庵切磋于晋卿，而持論益精。……以予所見，周氏撰定《詞辨》、《宋四家詞筏》（按，即《宋四家詞選》），推明張氏之旨而廣大之，此道遂與于著作之林，與詩賦文筆，同其正變。[六]

對于常州派詞學理論的精髓，譚獻也能鈎玄提要，作出正確的把握和評述。他特别拈出了該派的比興寄托説：

填詞至嘉慶，俳諧之病已净，即蔓衍闡緩，貌似南宋之習，明者亦漸知其非。常州派興，雖不無皮傅，而比興漸盛。……近時頗有人講南唐、北宋，清真、夢窗、中仙之緒既昌，玉田、石帚漸爲已陳之芻狗。周介存有「從有寄托入，以無寄托出」之論，然後體益尊，學益大。[七]

確實，從嘉慶初張惠言倡言「意内言外」之旨、「比興變風」之義，到道光年間周濟獨標「從有寄托入，以無寄托出」之論，比興寄托理論成爲掃蕩浙派末流「俳諧之病」和「蔓衍闡緩」頹風的一劑良藥，學詞者紛紛由尊南宋姜、張轉向重寄托的周邦彦、吴文英、王沂孫一路，清詞的意格得以提高，詞風得以重振，發生了具有積極意義的變化。還值得一提的是，譚獻不僅揭示出比興寄托理論在常州派詞論體系中的核心意義和關鍵作用，而且朦朧地體會到，周濟結合文學創作心理對傳統寄托理論的探討和闡發，除了有功于詞學外，還具有美學上的普遍價值，他説：「以有寄托入，以無寄托出，千古辭章之能事盡，豈獨填詞爲然？」[八]如果我們承認周濟的有關論述確實體現了一系列符合審美規律的要求的話，那麽應該肯定譚獻此論是識見超卓的。

總之，譚獻正確指出了常州詞派推尊詞體、提倡寄托、辨明正變以求提高詞的意格、重振清代詞風的歷史作用，在理論上正式確定了張惠言和周濟在清詞（包括理論批評）發展史上的重要地位。他的評斷，爲當時和以後的詞學界普遍接受，確是諦論。在其他詞論家如謝章鋌和王鵬運、況周頤等人論著中，我們可以明顯看到譚獻的影響，他實在是使常州派詞論薪火相傳的功臣。當然，作爲他超出宗派門户之見的又一表現，他對常州派這一派「學人之詞」的致命傷亦并不諱言，他説：「常州詞派，不善學之，入于平鈍廓落；當求其用意深雋處。」[九]他極力推崇的詞家，認爲「二百年中，分鼎三足」的，是納蘭性德、項鴻祚和蔣春霖，全不是常州一派中人。[一〇]對潘德輿批評張惠言《詞選》的言論[一一]，譚獻認爲「張氏之後，首發難端，亦可謂言之有故」，「針砭張氏，亦是諍友」[一二]，肯定了潘氏意見中的合理因素。作爲以常州派傳人自許的詞論家，這些見解都是難能可貴的。

二

話得説回來，如果譚獻僅僅停留于對浙、常兩派之功過得失作出公允的評價，而自身却并不能適乎時代之變遷、順乎詞壇之召喚，提出自己獨到的理論觀點，那麽，他仍不可能成爲常州派詞學理論的得力推衍者。恰恰相反，譚獻并不滿足于搬用和重複先輩提供的現成結論，他在張惠言和周濟確立的理論總框架中，力圖在某些方面向深處開掘，補先輩理論批評之不足，從而使常州派詞論體系更趨完善、更見豐富，他自己也順理成章地成爲近代詞壇舉足輕重的詞論家。要剖析譚獻的詞學理論觀點，我們必須先簡要地介紹他的社會政治思想和學術思想，以此作爲我們的依據和出發點。

新舊雜糅，復雜多變，本是鴉片戰争以後中國近代思潮的一大特徵，譚獻的思想觀念亦不例外。據《碑集傳補》卷五十一載夏寅官《譚獻傳》，譚氏的學術思想總的傾向于經今文學派。他「盛推武進莊方耕侍郎、會稽章實齋爲當代絶學」，并認爲清朝學術之變遷，到「顔習齋、李剛主，實踐樸學，折中六藝，爲命世之儒也」。故「二十五六以後，潛心經訓古子，有志于微言大義」。顯然，他順應了道光以後漢學衰微、宋學復盛的學術大勢，心儀于主張經世致用、關心國計民生的實踐學派。莊方耕即莊存與，爲常州學派創始人，標榜「獨得先聖微言大義于語言文字之外」[一三]，摒棄乾嘉考據瑣碎之風，在復古的外衣蔽護下推行新思潮。章實齋即章學誠，他力繼清初黄宗羲、顧炎武等經世派的傳統，倡言「六經皆史」，他的《文史通義》被梁啟超譽爲「乾嘉後思想解放之源泉」[一四]。至于顔元（習齋）、李塨（剛主）的實践主義一派，更主張學問要有益于人生，重行而不重知。關心社會，面向現實，貼近政治，是這些思想家迥異于乾嘉學者的共同點。在他們理論主張的影響下，譚獻的頭腦裏也被灌輸了面對現實社會的積極精神。帝國主義列强的輪番入侵，太平天國和義和團運動的驟起，震動朝野，也同樣摇撼着譚獻的心靈：「慨夫島夷索虜，兵革相尋，天下因之鼎沸，民命幾于剿絶；雖《春秋》記載弑君滅國，有其過之。」[一五]他把自己對當時動亂時代的感應，概括爲「憂生念亂」四字，從而又以此作爲他考察歷代和當代詩詞作品思想内容的一個總視點。他評價著名愛國將領鄧廷楨的詞作：「然而三事大夫，憂生念亂，竟似新亭之淚，可以覘世變也。」[一六]他論及董士錫之子董子中的詩：「而憂生念亂，則不能無悲悼感憤之辭。」[一七]他在論述金元詩歌時，也發現了金元時代與當世社會特徵的相通之處：「感威柄之褻越，悼徵賦之繁重，上帝甚蹈，下民孔哀，予輒録當時憂生念亂之言，以求世變之亟。」[一八]這些看法，當然都本之于儒家論詩的傳統政教觀念，如譚獻所説：「詩可以觀政，可以觀化。何以明之？賢士君子，哀樂過人。以詩爲史，風諭得失，陳説疾苦，而當時德禮政刑之迹，閲千載而如見。」[一九]這其中也有其好友莊棫的影響，但確也反映了譚獻注目于時代變亂、「世變之亟」之特徵，并力圖憑藉文學作品來觀察時代風貌、審視社會政治的文學觀念。其在經世派和實踐派學術、政治思想指導下形成的這一文學觀，應該説是具有進步意義的。

然而，問題的複雜性在于，進步與保守在譚獻那裏是并存不悖的。正當一大批志士仁人在努力實踐維新主張、并爲之奮鬥以至犧牲時，譚獻却又熱衷于闡道翼教，崇先法古。他被所謂「同治中興」的假象所迷惑，一方面感歎「今海内多事」，另一方面則宣稱「亂端漸已，承平且復」，「學人潛心大道，折中禮義，爲專門之著述」。[二〇]他幻想通過政治自救的方式，改變王朝的衰微之勢，從儒家傳統思想那裏去搬來顺應世變的教條，從而將他的文學觀鄭重其事地表述爲兩句話：「以憂生念亂之時，寓温厚和平之教。」[二一]

「温厚和平之教」，就是儒家的詩教。譚獻推崇詩教大義，首先着眼于文學與政教相通的社會功能。他篤信漢儒「變風變雅」的論詩原則：「世治則可以歌詠功德，揚威烈于無窮；世亂則又托微物以極時變，風諭政教之失，得綢繆婉篤于倫理之中。」[一二二]他企圖用詩歌來挽救世道人心，所謂「詩也者，根柢乎王政，端緒乎人心」[一二三]，這是常州詞派開創者以儒家詩教推尊詞體的故技重演，然而在業已進入近代社會的中國，實在是不合時宜的。但若我們對譚氏的觀點僅停留在這樣的認識和評價上，并未真正窺其壺奧。細究起來，「温厚和平」的詩教在精神上還是與「憂生念亂」的時代感應有血脉相通之處的。要知道，清代經世派知識分子其變革社會的根本觀念本就傳自孔孟，即如章學誠這樣一個敢于標新立異的思想解放先驅，恰恰在他的《文史通義》中大暢詩教之旨。《文史通義·内篇一·詩教上》説：「比興之旨，諷諭之義，……是以委折而入情，微婉而善諷也。」譚獻循此而發揮詩教之義説：

凡夫學者本末，皆有合于微言大義者也。……獻嘗服膺會稽章先生之言，曰：「詩教至廣，其用至多。」而又師其論文之旨，持以論詩，求夫辭有體要，万變而不離其宗，進退古今，以求其合，蓋千一而絀然。然一代政教、一時風尚則可以觀焉。世盛時草野皆和平之音，世亂則衣冠皆噍殺之音。流連風月，奔走聲氣，雖甚繁鄙，而可覘靈長；悲悼感憤，窮蹙酸嘶，雖甚迫狹，而可識兵凶。嚴刑峻法，世變日亟，則群樂放廢，家家自以爲老、莊；放僻邪侈，名實不副，而不耻于進，人人自以爲屈、賈。之數者，幾相感召，如環無端，無病而呻與樂憂者，非人情耳。[一二四]

孔子的興觀群怨説，漢儒的變風變雅説，在「世變日亟」這一新的時代條件下，得以成爲抒發「悲悼感憤」之情的理論依據，合于「微言大義」的宗旨。正是在這樣的認識基礎之上，譚獻對詞體的性質作出了判定。《毛詩序》：「至于王道衰，禮義廢，政教失，國異政，家殊俗，而變風、變雅作矣。」譚獻據此轉而論詞的體性説：「愚謂詞不必無頌，而大旨近雅，于雅不能大，然亦非小，殆雅之變者歟？」[二五]從而，他認爲詞體可承載重大的政治社會教育功能：「其感人也尤捷，無有遠近幽深，風之使來：是故比興之義，升降之故，視詩較著，夫亦在于爲之者矣。上之言志，永言次之。志潔行芳，而後洋洋乎會于風雅。」[二六]譚獻的詞學觀，就是這樣從經世派的學術、政治思想和以儒家詩教爲基石的文學觀引伸出來的。

三

如果説，「以憂生念亂之時，寓温厚和平之教」是譚獻的基本文學觀，那麽，大力闡揚「折中柔厚」之旨，就是譚獻詞學觀的核心。

在譚獻看來，「折中柔厚」四字是他從常州詞派先正那裏薪盡火傳般地推衍而來的獨得之秘：

> 及門徐仲可中翰，録《詞辨》索予評泊，以示榘範。予固心知周氏之意，而持論小異：大抵周氏所謂變，亦予所謂正也。而折中柔厚則同。仲可比類而觀，思過半矣。[二七]

周濟《詞辨》分「正」、「變」兩卷。卷一爲「正」，録温庭筠以下「莫不蘊藉深厚」，「諷誦紬繹，歸諸中正」的作品；卷二爲「變」，録李後主以下「駿快馳騖，豪宕感激」之作，因其「皆委曲以致其情，未有亢厲剽悍之習」，周濟視爲「正聲之次」。[二八] 譚獻則聲稱，自己與周濟在「正」、「變」的劃分方面雖有小異，而論詞的根本點即「折中柔厚」則相同。按，周濟并未提出過「折中柔厚」，但上述「蘊藉深厚」、「歸諸中正」云云，確與之意思相近。在評論詞人詞作時，周濟亦曾以「莊雅」爲本，發揮了與「折中柔厚」相類的觀點，如其評温庭筠詞，云「飛卿醖釀最深，故其言不怒不懾，備剛柔之氣」；評歐陽修詞，云「永叔詞只如無意，而沉著在和平中見」；評秦觀詞，云「少游最和婉醇正」；評王沂孫詞，云「碧山胸次恬淡，故黍離麥秀之感，只以唱歎出之，無劍拔弩張習氣」，等等。[二九] 因「折中柔厚」往往與運用比興手法相互表裏，譚獻有時亦稱「比興柔厚」。

「折中柔厚」，是譚獻「寓温厚和平之教」的文學觀在詞學批評方面的具體化。它既包涵着儒家詩教的第一義——確立了與政治教化相關的道德倫理規範；又蘊含着儒家詩教的派生意義，即揭櫫了中國古代傳統悠遠的審美原則。

從道德倫理規範的角度出發，譚獻十分强調詞是所謂「風詩之遺」。他在解釋何爲「詩餘」時説，詞是「樂府之餘」，「樂府之官廢而四始六義之遺蕩焉泯焉」，依遵先聖「禮失而求諸野」的古訓，「風詩」不傳以後，「生今日而求之似，不得不有取于詞矣」。[三〇] 儒家論風詩之精神，最重「發乎情，止乎禮義」，「怨而不怒」，「樂而不淫，哀而不傷」，其要義即在以理節情，其實質是由中庸哲學思想引伸出來的道德倫理規範。譚獻所説的「折中」，本就是「中庸」的同義詞，而「柔厚」即温柔敦厚，正包含着以理節情的意思，要求主觀感情態度有所節制，不温不火，反對感情傾向的强烈鮮明，排斥「獷氣」、「盛氣」。他從韋莊《菩薩蠻》（洛陽城裏春光好）中看出了「項莊舞劍，怨而不怒之義」，因這詞寫故國之思，伊鬱之情却以低徊委婉之語道出，所謂「洛陽才子他鄉老」、「凝恨對殘暉，憶君君不知」云云，説得欲露不露，被譚獻作爲以理節情的最好範例。他評晏幾道《臨江仙》（夢後樓臺高鎖）末二句：「名句，千古不能有二。所謂柔厚在此。」此詞抒發懷人之思，末結「當時明月在，曾照彩雲歸」言情而措辭婉妙，正合先儒「思無邪」的標準，故譚獻以「柔厚」論之。其他如評清陳澧《甘州》謂「柔厚衷于詩教」，評周密《解語花》謂「柔厚至此，豈非風詩之遺」〔三一〕，以及用「温厚」、「忠厚」等「柔厚」的同義詞評價詞作，多包含着在作品的立意和情感表達上符合儒家中庸之道的要求在内。

但「風詩」作爲儒家詩教的典範體現，還包含着審美方面的意義。譚獻的好友莊棫爲《復堂詞》作序，就從這方面立論：「自古辭章，皆關比興；斯義不明，體制遂舛。狂呼叫囂，以爲慷慨，矯其弊者，流爲平庸。風詩之義，亦云渺矣。」〔三二〕這就指出了「風詩之義」作爲審美原則的一面。自稱與莊棫「亦以比興柔厚之旨相贈處者二十年」的譚獻，對這一看法自然是贊同的。在清代詞壇，陽羨派難免「狂呼叫囂，以爲慷慨」之病，浙派起而矯其弊，但又易落入平庸。「叫囂」與「平庸」，都有違于柔厚的審美原則。譚獻把「薄」與「滑」——實與「平庸」相類——視作「柔厚」的對立面，他説：「予初事倚聲，頗以頻伽（郭麐）名雋，樂于風詠；繼而微窺柔厚之旨，乃覺頻伽之薄。又以詞尚深澀，而頻伽滑矣。後來辨之。」[三三]在譚、莊看來，達到柔厚之旨的最好途徑，是詞用比興，「斯義不明，體制遂舛」。

「比興柔厚」或「折中柔厚」，作爲審美原則，首先排斥放筆直幹、直露顯豁的抒情方法，力主義隱指遠，模糊多義，有含蓄藴藉之致。根據「秘響旁通，伏采潛發」（劉勰《文心雕龍·隱秀》）和「委折以入情，微婉而善諷」（章學誠《文史通義·内篇·詩教上》）的傳統要求，詞的創作須重情思而輕事實，重在傳達抒情主體那種與現實若即若離的心境意緒，就像徐珂在談到讀譚獻詞的感受時所形容的那樣：「讀其詞者，則云幼眇而沉鬱，義隱而指遠，腷臆而若有不可于明言。」[三四]所詠不過風花雪月、流連光景，而其中隱約傳導出身世之歎、家國之感。譚獻認爲詞體最宜用比興寄托，以達「柔厚」之旨：

又其爲體，固不必與莊語也，而後側出其言，旁通其情，觸類以感，充類以盡。[三五]昔人之論賦曰「懲一而勸百」，又曰「曲終而奏雅」。麗淫麗則，辨于用心；無小非大，皆曰立言。唯詞亦有然矣！[三六]

推測其意，「莊語」乃指較重大的政治社會性題材，「側出」、「旁通」、「觸類」、「充類」則是《易經》中對卦爻之象「語小旨大」、「言此意彼」的特性的概括；因此，在譚獻看來，入詞的題材「無小非大」，即無所謂大或小，不必像詩一樣出以「莊語」，只要運用「引而伸之，觸類而長之」的比興手法，即可指向具有重大意義的主題。這樣的詞作，稱得上「立言」（儒家稱「立德」、「立功」、「立言」爲「三不朽」)。昔揚雄《法言・吾子》論賦體曰「詩人之賦麗以則，詞人之賦麗以淫」，關鍵在「辨于用心」，比興寄托手法的運用，可借助艷詞綺思來表達端正而重大的情志。譚獻説「唯詞亦有然矣」，顯然他認爲文體對藝術表現手法有着選擇性，運用比興寄托最與詞的内在品性相合。以上兩段話，實是從體、用兼顧的角度發揮了張惠言「意内而言外謂之詞」的著名觀點。

總體來説，譚獻從對浙西詞派末流薄滑平庸詞風的排擊，對古代「風詩之義」的理解，以及對詞的體性的把握這幾個方面出發，提出了詞的立意和情感必須深厚，詞的風格必須含蓄藴藉這樣一個審美原則，以「折中柔厚」四字來概括這一審美原則的基本精神。「折中柔厚」所體現的要求在總方向上與周濟的「寄托出入」説相一致，但論述的重點已不知不覺地從詞的創作理論轉向了詞的藝術鑒賞理論。我們可以把「折中柔厚」看成是詞的鑒賞美學方面的一個命題，作爲這個命題的具體化，即在詞中的藝術體現，我們可從譚獻的評詞之語中鈎稽出主要的三點，這就是「潛氣内轉」、「返虚入渾」和「一波三折」。

「潛氣内轉」指的是主體情感在詞作中呈現的形態及所起的作用。其評辛棄疾《水龍吟・登建康賞心亭》云：「裂竹之聲，何嘗不潛氣内轉。」[三七]「潛氣内轉」一語本出漢魏時文學家繁欽《與魏文帝箋》：「潛氣内轉，哀音外激。……凄入肝脾，哀感頑艷。」這似乎是指一種内在的、深入臟腑的真情的流動，因其内在而更凄婉動人。以此語評辛詞，可能是揣摩到稼軒當年登樓時那種報國之情，本是慷慨激越，勢可裂竹，故「哀音外激」，但出之以詞，却將這一股縱横豪宕之氣深藏掩抑，筆筆側鋒，語語能留，百鍊鋼遂化爲繞指柔。就主體情感呈現的形態説，它顯然有别于情感外放型；這一種内在的流動的真情，使典故的運用千迴百轉又渾然一體，這又與南宋姜、張一派「善用虚字呼唤」、講究字面上轉接騰挪的手法異趣。故「潛氣内轉」追求的是含蓄蘊藉之美。

「反（返）虚入渾」指的是詞的意境所達到的某種藝術境界。譚獻評王沂孫《高陽臺》（殘雪庭陰）：「《詩品》云：反虚入渾，妙處傳矣。」[三八]他又以「運掉虚渾」評張炎《高陽臺·西湖春感》及以「時造虚渾」評蔣春霖《水雲樓詞》[三九]，大意相似。舊題司空圖所撰《詩品》有「雄渾」一品：「返虚入渾，積健爲雄。……超以象外，得其環中。」郭紹虞先生《詩品集解》釋云：「何謂渾？渾，全也，渾成自然也。所謂真體内充，又堆砌不得，填實不得，板滯不得，所以必須復還空虚，才得入于渾然之境。」「一方面超出乎迹象之外，純以空運，一方面適得環中之妙，仍不失乎其中，這即是所謂『返虚入渾』。」[四〇]可見超出迹象，渾成自然，正是指詩詞的意境言，并不限于「雄渾」之品。王沂孫《高陽臺》一詞，通過寫與越中諸友離别之情，抒發亡國哀感，詞却不涉國變家亡之事，但透過「小帖金泥，不知春是誰家」和「更消他，幾度東風，幾度飛花」等語，傳達出了一種時過境遷的感傷，一種心理上的幽怨，雖不可指實，而意藴深厚。譚獻總評馮煦《蒙香室詞》：「唯由澀筆，時有累句，能入而不能出。此病當救以虚渾。」[四一]馮煦學清真、夢窗一路，思致幽深，能得澀意，但「澀筆」却是累句，不復可取，因爲它破坏了詞的整體美感，故需以「虚渾」救之。聯繫譚獻「金碧山水，一片空濛。此正周氏所謂『有寄托入，無寄托出』也」[四二]的詮釋，「返虛入渾」之説顯然是指有別于圭角分明、着迹露象的寄托，所得在于詞的整體之美。

「一波三折」乃是就詞的章法言，要求富于變化，有離合吞吐之筆致。譚獻評項鴻祚詞云：「蕩氣迴腸，一波三折，有白石之幽澀，而去其俗；有玉田之秀折，而無其率；有夢窗之深細，而化其滯。」[四三]我們不必深究《憶雲詞》是否當此評語，但譚獻認爲合幽澀、秀折、深細于一體，即成「一波三折」之妙，而可免犯詞家大忌的俗濫、粗率和呆滯之病，確是道出了詞的章法之大要。沈祥龍《論詞隨筆》説得更爲明白：「詞能幽澀，則無淺滑之病。」[四四]「一波三折」是相對于妥溜以至滑易而言，宋末張炎詞所病即在「處處妥當」[四五]，清代浙派翕然宗之，難免淺滑之誚，故譚獻爲近世詞壇痛下針砭，欲以提倡章法曲折之美來相救。譚獻還打破了詩、文、詞之甸域，借用古文和長詩的章法布局來論詞之結構，亦使人眼界別開。如其評辛棄疾《漢宫春·立春》云：「以古文長篇法行之。」評其《蝶戀花·元旦立春》云：「旋撇旋挽。」評王沂孫《齊天樂·蟬》：「此是學唐人句法、章法。」評周邦彦《六醜·薔薇謝後作》：「但以七言古詩長篇法求之，自悟。」評周密《解語花》（暗絲罥蝶）：「層折層續，熔鍊瀝液。」[四六]如此評詞，頗開近代風氣，如晚近時陳洵《海綃説詞》説清真、夢窗詞，就喜歡用古代文章學的術語詳加剖析。

將譚獻的「折中柔厚」説視爲詞的審美鑒賞理論，如上所述，它實是體現了詞的含蓄美、整體美、曲折美的統一。這一理論觀點，既是譚獻從新的視角對古代婉約詞創作藝術成就的一種總結，亦是對周濟的「寄托出入」説和「渾化」説的重要闡發，是對常州派詞學理論的進一步推衍。撇開「折中柔厚」説關于道德倫理方面的迂腐説教，我們應該肯定譚獻在詞的鑒賞方面作出的貢獻。

四

同時，我們還須着重指出，譚獻對讀者作爲鑒賞主體的作用，也作出了有突破性的探討，從而使詞的鑒賞從客體（詞作）到主體（讀者），形成較爲全面的理論。這裏所指的，是他的「作者之用心未必然，讀者之用心何必不然」[四七]的著名論點。

在作者、作品、讀者這文學傳播的三大環節中間，對作品即鑒賞客體的特徵，中國古代文論有着深切的把握。中國古代文論十分重視文學作品涵義的模糊和多義性，這最早可追溯至古人對《周易》卦爻之象的特徵的理解。《易·繫辭傳》：「其稱名也小，其取類也大。其旨遠，其辭文，其言曲而中，其事肆而隱。」孔穎達疏「其言曲而中」云：「變化無恒，不可爲體例，其言隨物屈曲，而名中其理也。」韓康伯注「其事肆而隱」云：「事顯而理微。」孔穎達又疏云：「其《易》所載之事，其辭放肆顯露，而所論義理深而幽隱也。」（《周易正義》）這些話中包含着「書不盡言，言不盡意」這樣的命題，反映了古人對卦爻之象所具有的模糊性和多義性的認識，當然也是與藝術欣賞的審美意識相通的。後來者多喜引用上述言論來解釋文學形象的審美特徵，直至清代，章學誠還以《易》論《詩》，頗多發明。古人在强調鑒賞客體之審美特徵的同時，也注意到與之密切相關的鑒賞主體即讀者的鑒賞活動一面。如《孟子・萬章上》就提出了「以意逆志，是爲得之」的説法。這裏的「志」，可以説就是「作者之用心」，「意」則可理解爲「讀者之用心」，就是認爲必須通過讀者的「意」，即自己對作品的主觀感受，才能去推測、把握作者的「志」。中國古代文論中由《易・繫辭傳》「仁者見之謂之仁，知者見之謂之知」而提鍊出的「見仁見知」的觀點，已經説明了鑒賞主體的藝術想象力和情感體驗在藝術鑒賞過程中起着重要作用。一方面作品本身存在着模糊性和多義性，另一方面作品多層次、多側面涵義的發掘又有賴于讀者的主觀能動性的充分發揮，而讀者在藝術鑒賞過程中又有着時間、空間及個體的差異性。大概是有鑒于此，清代王夫之乾脆將「詩無達詁」的傳統説法改一字而爲「詩無達志」，用他另一句較爲明白的話來表述，就是「作者用一致之思，讀者各以其情而自得」[四八]，這裏，王夫之已將其立論的重心完全轉移到鑒賞主體的一邊了。常州派也是非常重視鑒賞主體作用的，如張惠言就用「探賾索隱」、「沉深解剥」這種解經的方法來解詞，他的學生宋翔鳳亦不無誇大地説：「引申自有無窮意，端賴張侯作鄭箋。」并自注云：「張皋文先生《詞選》申太白、飛卿之意，托興綿遠，不必作者如是。是詞之精者，可以仁者見仁，智者見智也。」[四九]但因其太過主觀隨意，鹵莽割裂，遂遭「癡人説夢」之譏。周濟解釋「無寄托出」，也説「指事類情，仁者見仁，知者見知」，并形象地描繪讀者的審美感受是「讀其篇者，臨淵窺魚，意爲魴鯉，中宵驚電，罔識東西，赤子隨母笑啼，鄉人緣劇喜怒」[五〇]，但其所論在「無寄托」的作品所造成的審美效應。我們不煩辭費地介紹前人的這些論述，是爲了説明，過去的思路，是從作者、作品走向讀者，作品的模糊性、多義性決定了讀者鑒賞的差異性； 王夫之的觀點充分肯定讀者的主觀能動作用，這給譚獻以巨大啟發，他逆向地思考文學傳播活動過程，把重點由作者和作品轉向了讀者一面，使讀者在藝術鑒賞過程中由被動變爲主動。既然譚獻認爲詞體有着「側出其言，旁通其情」的內在品性，又允許讀者在閱讀欣賞中「觸類以感，充類以盡」，充分發揮主觀想象和聯想，那麼「作者之用心未必然，而讀者之用心何必不然」，就是水到渠成的結論了。他還用一種小心謹慎的語氣，談到張惠言對蘇軾詠雁詞《卜算子・黄州定惠院中作》之解：「皋文《詞選》，以《考槃》爲比，其言非河漢也。此亦鄙人所謂作者未必然，讀者何必不然。」[五一] 張惠言引宋鮦陽居士語，對《卜算子》詞逐句箋解，後遭攻訐，但譚獻認爲以《詩・衛風・考槃》「賢人獨處」的詩旨來理解東坡黄州此作，是雖不中然亦不遠的。譚獻與張惠言不同的是，他不就詞意本身箋釋，而在理論上將解釋詞意的主動權歸屬于讀者。這裏至少有兩點作爲他的思維前提：第一，必須承認閱讀鑒賞也是一種具有藝術創造意義的積極的審美活動，讀者在閱讀鑒賞過程中需調動自身的感受能力、想象能力和聯想能力，對文本提供的形象或意境進行再現、加工、補充、發展，從而完成新的審美創造。第二，必須承認，作者創造出來的文本，其美學價值只有通過讀者的閱讀鑒賞過程才得以實現，文本具有的啟發誘導聯想的模糊多義特徵，只不過是一種「先結構」，由于讀者立場、觀點、經歷、趣味的不同，必然造成闡釋差距，故作者之用心絶不可能完全還原，那麼理應充分重視讀者之用心，給讀者以闡釋的主動權。譚獻吸收前輩詩論、詞論的有關成果，概括出了這一與現代接受美學和闡釋學理論要義相通的重要結論，其意義確實不容低估。他的這一觀點，也使常州詞派的闡釋鑒賞理論置于堅實而通達的基礎之上。

當然，譚獻此論，只是一種敏慧的點悟，他并未進而作科學界定和邏輯論證。所以，我們在充分肯定其理論貢獻的同時，尚須對如何正確理解和運用這一觀點作出限定性的説明。首先要指出的是，「作者之用心」與「讀者之用心」這兩者不可割裂，更不應對立。文本的形象和意境，是作者對現實生活中事物本質意義的獨特感受和認識，體現了作者的審美感情和理性評價，這就是文本的主體性所在，這種主體性不能不限制和影響讀者閱讀鑒賞作品的基本思路和趨向。换言之，「作者之用心」必然會對「讀者之用心」起規範和導向的作用。其次，讀者在閱讀鑒賞過程中進行藝術再創造，必須以文本本身提供的形象和意境爲基礎，以文本的客觀規定性爲前提，讀者不能離言求意，讓自己的想象和聯想逞意而行。因此，我們的結論是，對讀者作爲接受者的主觀能動作用不能絶對化，不能隨意誇大。正如唐代文史學家劉知幾在《史通·叙事》中所説，只有經過「望表而知裏，捫毛而辨骨」的一番功夫，方能「睹一事于句中，反三義于字外」，離開了作品的「表」和「毛」，則「裏」和「骨」就茫然不可求，或竟成緣木而求魚了。

【注】

[一][三][二五][二六][三〇][三五][四七]　譚獻著，羅仲鼎、俞浣萍整理《復堂詞録·復

堂詞録叙》，浙江古籍出版社，二〇一六年。

［二］［七］　譚獻著，范旭侖、牟曉朋整理《復堂日記》「丙子」，河北教育出版社，二〇〇一年。

［四］　劉永濟《詞論》，上海古籍出版社，一九八一年。

［五］［六］［九］［一二］［三三］　譚獻編選，羅仲鼎、俞浣萍點校《篋中詞》今集卷三，人民文學出版社，二〇一五年。

［八］　譚獻著，范旭侖、牟曉朋整理《復堂日記》「甲戌」。

［一〇］　譚獻編選，羅仲鼎、俞浣萍點校《篋中詞》今集卷五。

［一一］　譚獻《復堂詞話》引潘德輿《與葉生書》，周濟、譚獻、馮煦著，顧學頡校點《介存齋論詞雜著　復堂詞話　蒿庵論詞》，人民文學出版社，一九五九年第一版，一九八四年第三次印刷。

［一三］　莊存與《味經齋遺書・卷首》，光緒八年（一八八二）刻本。

［一四］　梁啟超《清代學術概論》，《梁啟超論清學史二種》，復旦大學出版社，一九八五年。

［一五］　譚獻著，羅仲鼎、俞浣萍點校《譚獻集・古詩録叙》，浙江古籍出版社，二〇一二年。

［一六］　譚獻編選，羅仲鼎、俞浣萍點校《篋中詞》今集續卷一。

［一七］［二二］　譚獻著，羅仲鼎、俞浣萍點校《譚獻集・學宛堂詩叙》。

［一八］　譚獻著，羅仲鼎、俞浣萍點校《譚獻集・金元詩録叙》。

［一九］　譚獻著，羅仲鼎、俞浣萍點校《譚獻集・稼書堂詩叙》。

[二〇][二二][二四]　譚獻著，羅仲鼎、俞浣萍點校《譚獻集・明詩》。

[二三]　譚獻著，羅仲鼎、俞浣萍點校《譚獻集・唐詩録叙》。

[二七]　譚獻著，羅仲鼎、俞浣萍點校《譚獻集・詞辨跋》。

[二八][二九]　周濟《詞辨自序》，周濟、譚獻、馮煦著，顧學頡校點《介存齋論詞雜著　復堂詞話　蒿庵論詞》，人民文學出版社，一九五九年第一版，一九八四年第三次印刷。

[三一][三七][三八][三九][四二][四六][五一]　譚獻《譚評詞辨》，黄蘇、周濟、譚獻選評，尹志騰校點《清人選評詞集三種》，齊魯書社，一九八八年。

[三三]　莊棫《復堂詞後叙》，譚獻著，羅仲鼎、俞浣萍點校《譚獻集》。

[三四]　徐珂《清稗類鈔》，中華書局，一九八一年。

[三六]　譚獻編選，羅仲鼎、俞浣萍點校《篋中詞・篋中詞叙》。

[四〇]　司空圖　袁枚著，郭紹虞集解　郭紹虞輯注《詩品集解　續詩品注》，人民文學出版社，一九六三年第一版，一九八一年第二次印刷。

[四一]　譚獻著，范旭侖、牟曉朋整理《復堂日記》「己卯」。

[四二]　譚獻編選，羅仲鼎、俞浣萍點校《篋中詞》今集卷四。

[四四]　沈祥龍《論詞隨筆》，唐圭璋編《詞話叢編》第五册，中華書局，一九八六年。

[四五][五〇]　周濟《宋四家詞選目録序論》，周濟、譚獻、馮煦著，顧學頡校點《介存齋論詞

雜著　復堂詞話　蒿庵論詞》。

〔四八〕　王夫之《薑齋詩話》卷一《詩鐸》，謝榛、王夫之著，宛平、舒蕪校點《四溟詩話　薑齋詩話》，人民文學出版社，一九六一年第一版，一九九八年第一次印刷。

〔四九〕　宋翔鳳《洞簫樓詩紀》卷三，道光十年（一八三〇）《浮溪精舍叢書》刻本。

一、序跋部分

蒿庵詞題辭△[一]

夫神之所宰[二]，機之所抽[三]，心之所游，境之所構，身之所接，力之所窮，孰能無所可寄哉？縱焉而已逝[四]，蕩焉而已紛[五]。魚寄于水，鳥寄于木，人心寄于言，凡夫寄于榮利，莊棫寄于辭。

填詞源于樂，閨中之思乎？靈均之遺則乎[六]？小子學詩，可以興，可以觀，可以群，可以怨[七]。沱潛洋洋，岷嶓峨峨[八]，泛彼柏舟[九]，容與逍遥[一〇]，爲《鶴鳴》[一一]，爲《沔水》[一二]，爲《園有桃》[一三]，爲《匏有苦葉》[一四]，吾知之矣，吾知之于其詩也。

輻堂序[一五]。

【注】

[一] 蒿庵詞題辭：此文人民文學出版社《復堂詞話》（下稱「人文本」）未收。鳳凰出版社《清詞序跋彙編》（下稱「彙編本」）作「蒿庵詞序」。據浙江古籍出版社點校本《譚獻集》（下稱「譚

集本」)補入。中華書局《詞話叢編補編》(下稱「補編本」)除此文外,又收《中白詞題辭》,兩文重複。《蒿庵詞》:莊棫早期詞集,一卷,有咸豐七年(一八五七)京師刻蔡壽祺編《三子詩選》本。據莊棫《中白詞自序一》:「戊午刻詞四十首于京師」,戊午爲咸豐八年(一八五八),即莊棫與譚獻同赴京應試時,兩人初識,譚獻此文很有可能即于此時爲此集而作。莊棫自序署丙寅年,即同治五年(一八六六),其流寓南京時。莊棫于同治八年(一八六九)又作《中白詞自序二》,云:「余自壬子(咸豐二年,一八五二)學爲詞,至今十八年,綜所作計之,幾三百首。」其詞集又有光緒十二年(一八八六)錢塘鄒氏校刊《蒿庵遺集》十二卷本,含《蒿庵詞》二卷、《補遺》一卷。今傳本《中白詞》四卷(含《中白詞》二卷、《補》一卷、《續補》一卷),有民國十八年(一九二九)寒匏簃刊本。莊棫(一八三〇—一八七八),一名忠棫,字希祖,一字中白,號蒿庵,別署東莊,江蘇丹徒(今屬鎮江)人。《白雨齋詞話》作者陳廷焯姨表叔。祖居揚州,先世業鹽,少即納資得部主事官。後家道中落,避亂遷居泰州。屢試不第,校書淮南、江寧各書局,曾入曾國藩幕。精研《周易》、《春秋》。譚獻《亡友傳》記其生平。當時與譚獻并稱「莊譚」,論詞尊奉常州詞派張惠言「意内言外」之説,崇尚比興寄托,曾爲譚獻《復堂詞》作後叙。

[二] 神之所宰:精神的主宰。

[三] 機之所抽:靈感的引發。沈作喆《寓簡》卷十:「機到語不覺自至,不可遏也。」

[四] 縱焉而已逝:即稍縱即逝。指對創作靈感的捕捉。蘇軾《文與可畫篔簹谷偃竹

記》：「乃見其所欲畫者，急起從之，振筆直遂，以追其所見，如兔起鶻落，少縱則逝矣。」

［五］蕩焉而已紛：廣大而紛繁。已，譚集本、補編本無，據彙編本補。

［六］靈均之遺則：指屈原留下的法則。《楚辭·屈原〈離騷〉》云：「字余曰靈均。」又：「雖不周于今之人兮，願依彭咸之遺則。」王逸章句：「遺，餘也。則，法也。」則，譚集本作「澤」，據彙編本改。

［七］「小子學詩」五句：語出《論語·陽貨》：「小子何莫學夫詩？詩可以興，可以觀，可以群，可以怨。」意謂詩歌可以承擔道德、情感、社交、批判等多種功能。劉寶楠正義引孔安國注：「興，引譬連類。」引鄭玄注：「觀風俗之盛衰。」引孔安國注：「群居相切磋。」引孔安國注：「怨刺上政。」

［八］「沱潛」二句：此以高山大川比喻莊棫作品成就。沱潛，語出《尚書·禹貢》：「岷嶓既藝，沱潛既道。」孔穎達疏：「岷山在西徼外，江水所出也。隴西郡西縣潘冢山西，漢水所出。」《爾雅·釋水》邢昺疏：「水自江出爲沱，自漢出爲潛。」洋洋，盛大貌。《詩·衛風·碩人》：「河水洋洋，北流活活。」毛傳：「洋洋，盛大也。」岷嶓，岷山與嶓塚山的并稱。峨峨，高貌。《文選·宋玉〈招魂〉》：「增冰峨峨。」吕向注：「峨峨，高貌。」

［九］泛彼柏舟：《詩·邶風·柏舟》中詩句。毛傳以爲此詩「言仁而不遇也。衛頃公之時，仁人不遇，小人在側」。一般認爲此詩是抒發怨憤之情。

［一〇］容與逍遥：「容與」與「逍遥」同義，皆爲徘徊猶豫，躊躇不前貌。《楚辭·屈原〈離

騷〉》：「忽吾行此流沙兮，遵赤水而容與。」又：「欲遠集而無所止兮，聊浮游以逍遥。」游國恩《離騷纂義》：「容與即猶豫，亦即夷猶，躊躇不前之意。」

［一一］《鶴鳴》：《詩·小雅》篇名。鄭玄箋：「教宣王求賢人之未仕者。」一般認爲鶴鳴是比隱居的賢人，後人視此爲招隱詩。

［一二］《沔水》：《詩·小雅》篇名。朱熹集傳：「此憂亂之詩。」

［一三］《園有桃》：《詩·魏風》篇名。毛傳：「《園有桃》，刺時也。大夫憂其君，國小而迫，而儉以嗇，不能用其民，而無德教，日以侵削，故作是詩也。」一般認爲是士大夫憂時傷己的詩。

［一四］《匏有苦葉》：《詩·邶風》篇名。朱熹集傳：「此刺淫亂之詩。」一般視爲情詩，表達對對方的期盼。

［一五］ 輻堂序：譚集本、補編本無此三字，據彙編本補。輻堂，即復堂。

夢草詞題詞△［一］

尊詞婉約淒麗，成就于曝書亭者爲多［二］。第此道之失殆數百年，非探比興之源、抉聲音之奧者，未易詣極。所欲陳于大雅者［三］，沈思獨往，則意境不浮；巧構形似[四]，則畦町未化[五]。少游、美成[六]，標幟于汴宋[七]；碧山、白石[八]，闢土于南渡[九]。然而得力不過一家，于一家中得力不過三四調，能自得師，且宜勿問玉田、君特也[一〇]。又製題選調，事理顯然，未著一字，而工拙已判。未透南渡之關，則無輕言北宋；未啟秦、周之户[一一]，則無高抯殘唐[一二]。僕十年顰效[一三]，下筆無所得，而展卷之頃，頗謂深究此事之是非。謹貢其愚謬，不足爲當世君子道也。

弟譚獻識。

【注】

[一] 夢草詞題詞：此文譚集本、人文本、補編本未收，據彙編本補入。《夢草詞》：徐延祺詞集，二卷，有民國七年（一九一八）《吴興徐氏遺稿》排印本。徐延祺（生卒年不詳），字引之，號芷綬，浙江南潯（今湖州）人。咸豐二年（一八五二）舉人，官内閣中書、總理各國事務衙門章京。有《怡雲館詩鈔》。其自序述填詞經歷及與譚獻交往云：「余年十六七，輒酷好長短句，得《曝書亭全集》，諷誦不去口。間一效顰，不敢出以示人也。……癸丑試春官不第，抵里無事，重理故業，凡《花間》、《蘭畹》、曾慥《樂府》諸集，概覓善本。夏夜晏坐，輒仿爲之。」「杭州吴子珍同年懷珍見余所書《齊天樂·詠闌干》一闋，大加歎賞，乃索稿本去，且云：『仲修譚子，杭之深于詞者也。將來京，盍與商之？』比子珍偕譚來訪，適余將爲北平之行，抵寓後，于燈下重録此册。今年

春三月，返京邑，子珍已旋南。適仲修招飲于酒樓，乃袖往請批。」吴子珍自京返回杭州在咸豐八年（一八五八）春三月，時譚獻在京有《送吴子珍南歸三首》詩，則譚獻此文應作于其時。

［二］曝書亭：室名，此代指朱彝尊。清代浙西詞派領袖。

［三］大雅：德高才大之人。參見《笙月詞叙》注［一九］。

［四］巧構形似：謂善于描摹物象。語出沈約《宋書·謝靈運傳論》：「（司馬）相如巧爲形似之言。」又鍾嶸《詩品上》評張協詩：「又巧構形似之言。」

［五］畦町未化：謂創作路徑未臻成熟之境。畦町，即町畦，路徑。羅大經《鶴林玉露》卷一：「至于詩，則山谷倡之，自爲一家，并不蹈古人町畦。」

［六］少游、美成：即秦觀、周邦彦。

［七］汴宋：此指北宋詞壇。北宋都汴梁，故稱。

［八］碧山、白石：即王沂孫、姜夔。

［九］南渡：此指宋南渡後詞壇。

［一〇］玉田、君特：即張炎、吴文英。

［一一］秦、周：即秦觀、周邦彦。

［一二］殘唐：晚唐，此指温庭筠、韋莊等花間詞人。

［一三］十年顰效：譚獻《復堂詞録叙》自謂「二十二旅病會稽，乃始爲詞」，則此文應作于

同治二年（一八六三）前後。　顰效，即東施效顰，謂徒事摹仿。

復堂詞自叙[一]

周美成云：「流潦妨車轂[二]。」又云[三]：「衣潤費爐煙[四]。」辛幼安云：「不知筋力衰多少，只覺新來懶上樓[五]。」填詞者試于此消息之[六]。不佞悦學卌年[七]，稍習文筆，大慚小慚[八]，細及倚聲[九]。鄉人項生以爲「不爲無益之事，何以遣有涯之生」[一〇]，其言危苦，然而知二五而未知十也[一一]。

【注】

[一]　復堂詞自叙：彙編本據光緒刻本《復堂詞》作《復堂詞序》。此文補編本未收。《復堂詞》：譚獻詞集。譚獻詞曾多次刊刻，分卷及詞作數不同。其最初刻詞集名爲《蘼蕪詞》，一卷，詞四十四首，有咸豐七年（一八五七）刊《化書堂初集》本，其好友高學淳爲作序。此年譚獻詞同時收入《三子詩選》本，析爲二卷，名《復堂詞》。本叙中云「不佞悦學卌年」，應指自幼至其時歷三十年，譚獻《復堂諭子書》云「三十歲時，在閩刻《復堂詩》三卷、《詞》一卷」，莊棫《復堂詞後叙》亦云「仲修年近三十」，則此本《復堂詞》應刻于咸豐十一年辛酉（一八六一），譚獻三十歲時，本叙亦

作于此年。光緒八年（一八八二）《半厂叢書》本《篋中詞》亦附刊《復堂詞》，一卷。同治四年（一八六五）《復堂詩集》本，二卷。光緒十一年（一八八五）《半厂叢書初編·復堂類集》本，三卷。譚集本綜合各本，收譚獻詞共一百四十九首。譚獻摯友莊棫爲作《復堂詞後叙》，云：「自古詞章皆關比興，斯義不明，體制遂舛。狂呼叫囂以爲慷慨，矯其弊者流爲平庸，風詩之義亦云渺矣。譚君仲修，深于詩者也。其言曰：『吾少志比興，未盡于詩而盡于詞。』又曰：『吾所知者比已耳，興則未逮，河中之水，吾詎能識所謂哉？』嗟乎！仲修之意遠矣。夫義可相附，義即不深；喻可專指，喻即不廣。托志帷房，睠懷君國，温（温庭筠）、韋（韋莊）以下，有迹可尋。然而自宋及今幾九百載，少游（秦觀）、美成（周邦彦）而外，合者鮮矣。又或用意太深，辭爲義掩，雖多比興之旨，未發縹緲之音。近世作者，竹垞（朱彝尊）擷其華而未芟其蕪，茗柯（張惠言）溯其原而未竟其委，意内言外之趣，仲修所作，殆無憾焉。或曰：仲修與子方厲學爲世用，安藉是靡靡者爲？予曰：仲修年近三十，大江以南，兵甲未息，仲修不一見其所長，而家國身世之感，未能或釋，觸物有懷，蓋風人之旨也。世之狂呼叫囂者，且不知仲修之詩，烏能知仲修之詞哉？禮儀不愆，何恤乎人言？吾竊願君爲之，而蘄至于興也。丹徒莊棫。」（載《蒿庵文集》卷六）其詞諸家有評，如陳廷焯《白雨齋詞話》卷五評譚獻詞云：「仁和譚獻，字仲修，著有《復堂詞》，品骨甚高，源委悉達。窺其胸中眼中，下筆時匪獨不屑爲陳（陳維崧）、朱（朱彝尊），盡有不甘爲夢窗（吴文英）、玉田（張炎）處。所傳雖不多，自是高境。余嘗謂近時詞人，莊中白（棫）尚矣，蔑以加矣，次則譚仲修。」冒廣生《小三吾亭詞話》卷一云：「仁和譚仲修獻，循吏文人，倚聲巨擘。《篋中》一選，海内視爲玉律金科。所著《復堂詞》，意内言外，有要眇之致。張臯文（張惠言）所云『欲與詩賦之流同類而風誦之』者也。仲修早歲與莊中白齊名，其後又與張韵梅（張景祁）、張公束（張鳴珂）有浙西三詞家之目。」葉恭綽《廣篋中詞》云：「仲修先生承常州派之緒，力尊詞體，上溯《風》、《騷》，詞之門庭，緣是益廓，遂開近三十年之風尚，論清詞者，當在不祧之列。」

［二］流潦妨車轂：此爲周邦彦《大酺·春雨》中的詞句。詞云：「對宿煙收，春禽静，飛雨時鳴高屋。墻頭青玉旆，洗鉛霜都盡，嫩梢相觸。潤逼琴絲，寒侵枕障，蟲網吹粘簾竹。郵亭無人處，聽檐聲不斷，困眠初熟。奈愁極頻驚，夢輕難記，自憐幽獨。行人歸意速，最先念、流潦妨車轂。怎奈向、蘭成憔悴，衛玠清羸，等閑時、易傷心目。未怪平陽客，雙淚落、笛中哀曲。况蕭索、青蕪國。紅糝鋪地，門外荆桃如菽。夜游共誰秉燭？」譚獻《譚評詞辨》卷一評云：「『行人』二句，此亦新亭之淚。」

［三］云：彙編本作「曰」。

［四］衣潤費爐煙：此爲周邦彦《滿庭芳·夏日溧水無想山作》中的詞句。詞云：「風老鶯雛，雨肥梅子，午陰嘉樹清圓。地卑山近，衣潤費爐煙。人静烏鳶自樂，小橋外、新緑濺濺。憑闌久，黄蘆苦竹，疑泛九江船。年年。如社燕，飄流瀚海，來寄修椽。且莫思身外，長近尊前。憔悴江南倦客，不堪聽、急管繁弦。歌筵畔，先安簟枕，容我醉時眠。」陳洵《海綃翁説詞稿》評云：

「人生苦樂萬變，年年爲客，何時了乎？」

〔五〕「不知」二句：此爲辛棄疾《鷓鴣天·鵝湖歸病起作》中的詞句。詞云：「枕簟溪堂冷欲秋。斷雲依水晚來收。紅蓮相倚渾如醉，白鳥無言定自愁。　書咄咄，且休休。一丘一壑也風流。不知筋力衰多少，但覺新來懶上樓。」俞陛雲《唐五代兩宋詞選釋》評云：「人之由壯而衰，積漸初不自覺，迨懶上高樓，始知老之將至，如一葉落而知秋至矣。……吾浙譚仲修丈，喜誦其『懶上樓』二句，謂學詞者當于此等句意求消息也。」

〔六〕消息：原謂事物的消長盛衰，語出《易·豐》：「日中則昃，月盈則食，天地盈虛，與時消息，而況于人乎？況于鬼神乎？」孔穎達疏：「天之寒暑往來，地之陵谷遷貿，盈則與時而息，虛則與時而消。」此指徵兆，端倪。譚獻《復堂日記》稿本光緒四年（一八七八）正月十九日記：「去年意有所觸，集清真詞，語曰『流潦妨車轂』、『衣潤費爐煙』，殆成讖兆。」謹按：本書凡引譚獻《復堂日記》稿本，均據吴欽根《譚獻稿本日記研究》所披露之材料，下省稱「稿本日記」，不再注。

〔七〕不佞：自我謙稱，猶言不才。《左傳·昭公二十五年》「羈也不佞」，杜預注：「佞，才也。」

〔八〕大慚小慚：意謂自己引爲恥辱者，别人却稱讚；自己更以爲辱者，别人却大力推崇。語出韓愈《與馮宿論文書》：「時時應事作俗下文字，下筆令人慚，及示人，則人以爲好矣。小慚者亦蒙謂之小好，大慚者即必以爲大好矣。」慚，羞恥。譚獻志在經學及詩文，却以詞名，故云。

〔九〕倚聲：詞的别名，指按譜填詞。

〔一〇〕「鄉人項生」二句：項生，謂項鴻祚，又名廷紀，浙江錢塘（今杭州）人。生平見譚獻《項君小傳》。所引其語，出《憶雲詞丙稿自序》。參見「項鴻祚詞」一則。遣，《詞話叢編》本《復堂詞話》（下稱「叢編本」）作「遺」。

〔一一〕知二五而未知十也：謂不知全面觀察問題。語出司馬遷《史記・越王勾踐世家》：「且王之所求者，鬥晉楚也；晉楚不鬥，越兵不起，是知二五而不知十也。」而，譚集本無，據彙編本、人文本補。也，彙編本誤作「一」。

東鷗草堂詞序△〔一〕

古詩皆入樂，流極爲填詞〔二〕。宋世朝廟鉅製，多用此體〔三〕。《應天長》、《瑞鶴仙》之譜，亦《朱鷺》、《翁離》矣〔四〕。士不稽古〔五〕，目爲小道，烏睹六義之遺乎？六義首風〔六〕，必優柔而善入〔七〕，則填詞爲近。屈曲其旨，故長短其言，窈眇其音〔八〕，而繁麗其色。充厥量者，代不數人〔九〕。

中州周叔雲，抗手竹林之游〔一〇〕，躡足承明之選〔一一〕。辭章瀹雅，而好深沉之思。沈詩任筆，兼善者尠〔一二〕，海內推許，于君無間〔一三〕。《東鷗詞》一卷，多其少作，白石、稼軒，去人不遠[一四]。予歎挹其辭，泠泠纍纍[一五]，若鳴雜佩，即之如爾，尋焉益遐[一六]，非夫雲霞奇意、山水清音也哉[一七]？可謂充其量已。叔雲製作才，朝廟疋誦之選也[一八]。而賦物緣情[一九]，風人遺則[二〇]，于其填詞遇之，張皋文所爲「欲與詩賦之流，同類而風誦之」也[二一]。

癸亥長至[二二]，譚儀仲儀叙[二三]。

【注】

[一] 東鷗草堂詞序：此文譚集本、人文本、補編本未收，據彙編本補入。《東鷗草堂詞》：周星譽詞集，有光緒十一年（一八八五）江陰金氏刻《粟香室叢書》本，二卷，補遺一卷，附録一卷。周星譽（一八二六—一八八五），原名普潤，字叔雲，一字畇叔，號鷗公、芝鄉、涑人，原籍河南祥符（今開封），寓居浙江山陰（今紹興），周星詒之兄。道光三十年（一八五〇）進士，改庶吉士，授翰林院編修，歷任日講起居注官、江南道監察御史、兩廣鹽運使，兼署廣東按察使。晚年退居山陰，與李慈銘、王星諴、陳壽祺、孫廷璋、周星詒等結益社，聞名于浙東。周星詒外孫冒廣生《小三吾亭詞話》卷五記益社事云：「道光末，余七外祖周畇叔都轉，以翰林家居，倡益社于越中，蒓客（李慈銘）亦隸社籍。社中如陳珊士壽祺、孫蓮士廷璋、王平子星諴，皆詞家也。」其詞諸家有評，如丁紹儀《聽秋聲館詞話》卷三云：「給諫名星譽，庚戌翰林，所著《東鷗草堂詞》尤精警。」李佳《左庵

詞話》卷上云：「祥符周昀叔都轉星譽詞，清新俊逸，惜全稿散佚。《東鷗草堂詞》僅百餘首，江陰金粟香（金武祥）爲刻入叢書中。」冒廣生《小三吾亭詞話》卷一云：「《東鷗草堂》小令，正使十八女郎執紅牙板歌之，恐聽者回腸蕩魄也。」又云：「七外祖周昀叔先生（星譽）……所著《東鷗草堂詞》，小令之工，幾于温（温庭筠）、李（李煜）。」籜公《忍寒漫録》云：「買得江陰金氏原刊《東鷗草堂詞》二卷，展誦一過，知其取徑于白石、稼軒，疏快清新，信爲才人之筆。」

［二］ 流極：演變到極點。方苞《春秋通論序》：「所以考世變之流極，測聖心之裁制。」

［三］ 「宋世朝廟鉅製」二句：指宋代朝廷重大廟堂活動，多有應製歌詞，采用詞體。《宋史·樂志》載：「宋初置教坊，得江南樂，已汰其坐部不用。自後因舊曲創新聲，轉加流麗。」又云：「太宗洞曉音律，前後親製大小曲及因舊曲創新聲者，總三百九十。」

［四］ 「《應天長》、《瑞鶴仙》之譜」二句：意謂後世的詞調，其性質相當于古代的樂府曲調。《朱鷺》、《翁離》，均爲漢鼓吹鐃歌十八曲之一。郭茂倩《樂府詩集》卷十六引《古今樂録》載漢鼓吹鐃歌十八曲，一曰《朱鷺》，五曰《擁離》。《擁離》亦名《翁離》。

［五］ 稽古：考察古事。語出《尚書·堯典》：「曰若稽古帝堯，曰放勛欽明文思安安。」孔安國傳：「稽，考也。」

［六］ 六義首風：《毛詩序》所列六義「風、賦、比、興、雅、頌」中，風居首位，故云。孔穎達疏：「六義次第如此者，以《詩》之『四始』，以風爲先，故曰風。風之所用，以賦、比興爲之辭，故于

風之下，即次賦、比、興。然後次以雅、頌。」

〔七〕優柔而善入：意謂委婉地諷喻。沈德潛《說詩晬語》卷上：「蘇（蘇武）、李（李陵）、《十九首》後，五言最勝，大率優柔善入，婉而多風。」

〔八〕窈眇：美好。《文選·劉孝標〈辯命論〉》：「觀窈眇之奇舞，聽雲和之琴瑟。」

〔九〕「充厥量者」二句：意謂能達到此境界者歷代没有幾人。

〔一〇〕抗手竹林之游：應指周氏晚年隱退山陰結益社事。竹林之游，指三國魏正始年間七位名士，常優游于竹林之下，時稱「竹林七賢」。劉義慶《世說新語·任誕》：「陳留阮籍、譙國嵇康、河内山濤，三人年皆相比，康年少亞之。預此契者，沛國劉伶、陳留阮咸、河内向秀、瑯琊王戎。七人常集于竹林之下，肆意酣暢，故世謂竹林七賢。」竹林在河内山陽（今河南焦作山陽區），爲嵇康寓居處。抗手，舉手，此表敬意。《文選·揚雄〈羽獵賦〉》「抗手稱臣」，李善注：「抗手，舉手而拜也。」

〔一一〕躡足承明之選：意謂周氏得以入朝爲官。躡足，置身，參與。賈誼《過秦論上》：「（陳涉）躡足行伍之間，俯起阡陌之中。」承明，即承明廬，爲漢時承明殿旁屋，侍臣值宿所居。《漢書·嚴助傳》：「君厭承明之廬，勞侍從之事，懷故土，出爲郡吏。」顔師古注引張晏曰：「承明廬在石渠閣外，直宿所止曰廬。」《文選·應璩〈百一詩〉》：「問我何功德？三入承明廬。」張銑注：「承明，謁天子待制處也。」後以入承明廬指入朝爲官。

〔一二〕 沈詩任筆：語出《南史・任昉傳》：「既以文才見知，時人云任筆沈詩。」南朝梁代，沈約以有韵之詩著稱，任昉以表、奏、書、啟等無韵之文擅名，時人稱爲「沈詩任筆」。筆，指無韵之文。尟：同「鮮」，少。《説文解字・是部》：「尟，是少也。」彙編本據同治二年（一八六三）刻本《東鷗草堂詞》作「鮮」。

〔一三〕 無間：意爲完全相合，無可非議。語出《論語・泰伯》：「子曰：『禹，吾無間然矣。』」朱熹集注：「間，罅隙也。謂指其罅隙而非議之也。」

〔一四〕 「白石、稼軒」二句：意謂其詞近于宋代詞人姜夔和辛棄疾。清常州詞派周濟以爲「白石脱胎稼軒」，故將兩人并提。

〔一五〕 泠泠纍纍：形容聲音悠揚而連貫。《文選・陸機〈招隱詩〉》其二：「山溜何泠泠，飛泉漱鳴玉。」《禮記・樂記》：「纍纍乎端如貫珠。」孔穎達疏：「言聲之狀，纍纍乎感動人心，端正其狀，如貫于珠。」

〔一六〕 「即之如爾」二句：意謂即之近而尋之遠。

〔一七〕 雲霞奇意：語出江淹《恨賦》：「鬱青霞之奇意，入修夜之不暘。」山水清音：語出《文選・左思〈招隱詩〉二首》其二：「非必絲與竹，山水有清音。」

〔一八〕 「叔雲製作才」二句：意謂周星譽乃廊廟之才，應爲朝廷製禮作樂。疋：誦，雅歌，宗廟之樂。疋，「雅」的古字。

［一九］ 賦物緣情：狀寫外物，抒發内情。語出《文選·陸機〈文賦〉》：「詩緣情而綺靡，賦體物而瀏亮。」李善注：「詩以言志，故曰緣情；賦以陳事，故曰體物。」

［二〇］ 風人：指古代采集民歌以觀世情民風的官員，後泛指詩人。劉勰《文心雕龍·明詩》：「自王澤殄竭，風人輟采。」《文選·曹植〈求通親親表〉》：「是以雍雍穆穆，風人詠之。」吕延濟注：「風人，詩人也。」

［二一］ 「欲與詩賦之流」二句：意即推尊詞體。語見張惠言《詞選序》。

［二二］ 癸亥：同治二年（一八六三）。長至：夏至。夏至白晝最長，故稱。《禮記·月令》：「（仲夏之月）是月也，日長至，陰陽争，死生分。」孔穎達疏：「長至者，謂此月之時，日長之至極。」

［二三］ 譚儀仲儀：譚獻初名儀，字仲儀。《清名家詞》本（下稱「名家詞本」）《東鷗草堂詞》作「儀」，彙編本無。

勉熹集序△［一］

儀交四方君子，則周子季貺爲最先［二］。季貺，中州名家子，有志節，能文章。定交之始，相視莫逆也。别六七年，儀游閩中［三］，季貺來官斯土［四］，得昕夕過從［五］。盡讀其文辭，同聲之應，如廢瑟焉[六]。

儀填詞工不及季貺，而先已棄去[七]。每誦其《勉熹詞》，婉篤微至[八]，如衛洗馬渡江時[九]，傾倒一世，令人怊悵不能自已。賢兄叔昀侍御詞名藉甚[一〇]，少作一卷，季貺屬儀審定[一一]，因取《勉熹詞》并列焉。當使四方君子，知填詞中有儀廙、機雲爾[一二]。

甲子人日[一三]，譚儀仲儀撰。

【注】

[一] 勉熹集序：此文譚集本、人文本、補編本未收，據彙編本補入。《勉熹集》：周星詒詞集，一卷，有光緒十六年(一八九〇)刊本。

[二] 周子季貺：即周星詒。周星詒(一八三三—一九〇四)，字季貺，號窳櫎，原籍河南祥符(今開封)，寓居浙江山陰(今紹興)。周星譽之弟。官福建建寧府知府。工近體詩，精目録學，藏書甚富。有《勉熹詞》一卷，同治間與周星譽《東鷗草堂詞》合刻于閩中。冒廣生跋其詞集云：「今日重讀，哀弦曼聲，似竹垞、其年兩家，亦異日續《皇朝詞綜》者所不廢也。」其《小三吾亭詞話》卷一又評云：「先生雖不以詞傳，而賦物緣情，詩人遺則，當使世知填詞中有儀廙、機雲也。」

[三] 儀游閩中：譚獻于咸豐八年(一八五八)首次赴京應試失利，返杭州後經邵懿辰推薦，入福建學使徐樹銘幕。譚獻《復堂諭子書》：「戊午京兆試後，不待榜發，即單車南下，以家端

恪公方以直督被譴戍邊。……長沙徐壽蘅（徐樹銘）侍郎顧祠相見，立談傾倒，視學福建過杭，訪士于邵先生（邵懿辰）。首及予，予適歸，即招延入閩，至學使幕。」

〔四〕季貺來官斯土：時周星貽任福建建寧知府。《復堂日記·補録》同治元年十一月二十九日：「季貺索歸叔昀《東漚草堂詞稿》。」（漚，通「鷗」）。按：本書凡引《復堂日記》，均依據河北教育出版社據《半厂叢書》與《念劬廬叢刻》整理出版之《復堂日記》十一卷本，後中華書局出版時改名爲《譚獻日記》。需要時省稱爲河北教育版、中華版。《復堂日記》省稱《日記》，《復堂日記·補録》省稱《補録》，《復堂日記·續録》省稱《續録》。

〔五〕昕夕：同「昕暮」，朝暮，謂整天。許應龍《送天台李守》：「學館暨郎省，昕夕相周旋。」

〔六〕同聲之應：謂志趣相投而相互感應。語出《易·乾》：「同聲相應，同氣相求。」孔穎達疏：「同聲相應者，若彈宫而宫應，彈角而角動是也。同氣相求者，若天欲雨而礎柱潤是也。此二者，聲氣相感也。」廢瑟：謂無須借助樂器而相知。張籍《贈殷山人》：「故裘餘白領，廢瑟斷朱絃。志氣終猶在，逍遥任自然。」

〔七〕先已棄去：譚獻《復堂諭子書》：「甲寅年館山陰村舍，始填詞，旋又棄去。」按：朱德慈以为譚獻自謂作詞始于甲寅年不確，應早一年。姑從之。（見《中晚期常州詞派研究·譚獻詞學活動徵考》）則譚獻館山陰在咸豐三年（癸丑，一八五三），時年二十二歲。

［八］ 婉篤：參見「願爲明鏡室詞稿序」注［一三］。微至：細緻，精妙。沈瑜慶《與崦樓寫詩》：「論詩貴微至，昌黎非神奇。」

［九］ 衛洗馬渡江時：用衛玠典，意爲神情感傷。衛玠（二八六—三一二），字叔寶，河東安邑（今山西夏縣北）人，晋清談名士和玄學家，官至太子洗馬。劉義慶《世説新語・言語》：「衛洗馬初欲渡江，形神慘悴，語左右云：『見此茫茫，不覺百端交集。苟未免有情，亦復誰能遣此！』」

［一〇］ 叔昀：即周星譽。參見《東鷗草堂詞序》一則注［一］。

［一一］ 屬：同「囑」，委托，囑咐。《左傳・隱公三年》：「宋穆公疾，召大司馬孔父而屬殤公焉。」

［一二］ 儀廙：三國時魏國丁儀、丁廙兄弟的合稱。機雲：晋時陸機、陸雲兄弟的合稱。均爲昆仲而有才名者。

［一三］ 甲子：此爲同治三年（一八六四）。人日：農曆正月初七日。《太平御覽》卷九百七十六引宗懔《荆楚歲時記》：「正月七日爲人日。以七種菜爲羹，剪彩爲人或鏤金箔爲人，以貼屏風，亦戴之頭鬢。又造華勝以相遺，登高賦詩。」

願爲明鏡室詞稿序△［一］

詞爲詩餘，掌之樂府。聲音之道，入人最深。唐人斂其吟歎歌行之才，濫觴厥製[二]。至于五代，競好新聲。顧其音抗墜[三]，其旨閎約[四]，如五言之有蘇、李矣[五]。纏令慢調[六]，宋世日出，遂極其變。然而大晟協律之奏，施諸朝廟[七]，《花間》、《草堂》，詩教最近，故不得目爲小文也。

聖朝文治邁古，賢人君子，類有深湛之思、澹雅之學。倚聲雖其一端[八]，亦必溯源以及流，崇正以盡變，而詞益大。六十七年間，推究日密，持論日高。阮亭、羨門慚其雅[九]，其年、錫鬯失其才[一〇]。乃至堯章、叔夏[一一]，亦不能匿其瑕，其升庵、元美之祧久矣[一二]。

旌德江君賦士不遇[一三]，乃隱于簿尉[一四]。憔悴婉篤[一五]，而無由自見于世。于是玲瓏其聲[一六]，有所不敢放[一七]；屈曲其旨[一八]，有所不敢章[一九]。爲長短言二卷，退然不欲附于著作之林[二〇]，而無靡曼奮末之病[二一]。杳杳乎山水之趣[二二]，依依乎花草之色。前代湘真[二三]，百年飲水[二四]，皆其師也。由是而求梅溪、竹山之遺則[二五]，生氣潤乎丹青，餘芳襲乎巾帶，抑亦極才人之致矣[二六]。

春風天涯，泛舟吴苑。懷古托之雲物，愁思近夫尊酒。君詞適在行篋，微吟點筆，會于予心。復思進以所未至，夙所持論，主于風諭，歸于比興，而惡夫世之以小慧爲詞者[二七]。偶撮大端，書以爲質。

同治十一年仲春月朔[二八]，仁和譚獻叙于吴門舟中[二九]。

【注】

[一] 願爲明鏡室詞稿序：此文譚集本、人文本未收，據彙編本補入。《願爲明鏡室詞稿》：江順詒詞集，九卷，初刻于同治八年（一八六九），有同治十一年（一八七二）刻本。江順詒（一八二二—一八八九），字子谷，號秋珊，晚號窳翁，自署願爲明鏡室主人，安徽旌德人。廪貢生，候補浙江錢塘縣丞。編有《詞學集成》八卷。其詞集自序云：「余性剛而詞貴柔，余性直而詞貴曲，余性拙而詞貴巧，余性脱略而詞貴縝密，余性質實而詞貴清空，余性淺率而詞貴藴蓄，學詞冀以移我性也。……今落拓半生，不復有所建白。惟思覓湖山一角，結廬作歸老計。因先取舊所爲詞，付之手民。」謝章鋌《賭棋山莊詞話》續編卷三評云：「凡秋珊之所言者，其故在不深于情耳，深于情則剛無不柔，直無不曲。當于性中求情之用，若徒求柔求曲，則詞格未工，而心術或先病矣。」

[二] 濫觴：指江河發源處水甚小，僅可浮起酒杯。酈道元《水經注·江水一》：「江水自此已上至微弱，所謂發源濫觴者也。」厥製：其製，指詞之體製。

[三] 抗墜：高下，指音調有高低清濁的變化。《禮記·樂記》：「故歌者上如抗，下如隊。」孫希旦集解引方慤：「抗，言聲之發揚；隊，言聲之重濁。」劉勰《文心雕龍·章句》：「歌聲靡曼，而有抗墜之節也。」

〔四〕 閎約：也作「宏約」，謂詞意豐富而風格婉約。翟汝文《忠惠集・上曾内翰書》：「以其主于中者約，而肆于外者宏。約，故能應古之士，所以出而涉世，而能有言語文章。」張惠言《詞選序》以「深美閎約」爲詞之高境。

〔五〕 五言之有蘇、李：舊傳最早的五言詩爲西漢蘇武、李陵之間的贈答詩。鍾嶸《詩品序》：「逮漢李陵，始著五言之目矣。」《文選》載李陵五言《與蘇武詩》三首。徐師曾《文體明辯序説》：「然論者以爲以謂五言之源，生于《南風》……殆漢蘇、李，始以成篇。」後人多以爲僞作。

〔六〕 纏令：原指宋代民間説唱一種曲調。灌圃耐得翁《都城紀勝・瓦舍衆伎》：「唱賺在京師日，有纏令、纏達。有引子、尾聲爲纏令。」此代指小令。 慢調：原指慢曲子，曲調舒緩。此代指慢詞。

〔七〕 「然而大晟」二句：據《宋史・樂志四》，宋徽宗于崇寧四年（一一〇五）置大晟府，掌朝廷樂律：「專置大晟府，大司樂一員，典樂二員，并爲長貳，大樂令一員，協律郎四員，又有製撰官，爲制甚備，于是禮樂始分爲二。……宜令大晟府議頒新樂，使雅正之聲被于四海。」

〔八〕 其：補編本無。

〔九〕 阮亭、羨門：即王士禛、彭孫遹。均清初詞人。

〔一〇〕 其年、錫鬯：即陳維崧、朱彝尊。均清初詞人。

〔一一〕 堯章、叔夏：即姜夔、張炎。均南宋具清空風格的詞人。

［一二］ 其：補編本作「而」。升庵、元美：即楊慎、王世貞。均明代文學家。祧：遠祖，引中爲承繼。韓愈《順宗實録三》：「付爾以承祧之重，勵爾以主鬯之勤。」此處意謂清初詞人遥承明代詞風。久矣：補編本前有「已」。

［一三］ 賦士不遇：漢代董仲舒、司馬遷及東晋陶潛均有以「士不遇」爲内容的辭賦，這是常州詞派熱衷表達的主旨。

［一四］ 簿尉：指擔任縣丞之類微職。杜甫《送高三十五書記十五韵》：「脱身簿尉中，始與捶楚辭。」

［一五］ 憔悴婉篤：語出王世貞《藝苑卮言》卷五：「又如衛洗馬言愁，憔悴婉篤，令人心折。」憔悴，憂傷，煩惱。劉向《九歎・憂苦》：「倚岩石以流涕兮，憂憔悴而無樂。」王逸章句：「中心憔悴，無歡樂之時也。」婉篤，委婉真摯。

［一六］ 玲瓏：形容聲音如玉般清越明澈。《文選・班固〈東都賦〉》：「鳳蓋棽麗，龢鑾玲瓏。」李善注引《埤蒼》：「玲瓏，玉聲。」

［一七］ 放：釋放，發散。

［一八］ 章：同「彰」，彰顯，明説。

［一九］ 爲長短言二卷：此二卷本爲同治十二年（一八七三）武林重刊。補編本脱「二」字。

［二〇］ 附于著作之林：意謂將小詞與詩文辭賦等正統文體同等看待。此亦是張惠言在

《詞選序》中表述的觀點，所謂「與詩賦之流同類而風誦之」。

［二一一］無靡曼奮末之病：意謂詞風既不柔弱，也不粗猛。靡曼，纖弱柔美。劉勰《文心雕龍·章句》：「歌聲靡曼，而有抗墜之節也。」奮末，語出《禮記·樂記》：「粗厲、猛起、奮末、廣賁之音作，而民剛毅。」鄭玄注：「奮末，動使四支也。」孔穎達疏：「奮末，謂奮動手足。」或云指樂終時聲音疾速。孫希旦集解：「猛起，謂樂之始剛猛；奮末，謂樂之終奮迅。」張惠言弟子金應珪《詞選跋》指「猛起奮末」爲「鄙詞」，是當時詞壇「三弊」之一。

［二一二］杳杳：幽遠貌。語出《楚辭·屈原〈九章·哀郢〉》：「堯舜之抗行兮，瞭杳杳而薄天。」洪興祖補注：「杳杳，遠貌。」

［二一三］湘真：指明末詞人陳子龍，其詞集名《湘真閣稿》。

［二一四］飲水：指清初詞人納蘭性德，其詞集名《飲水詞》。

［二一五］梅溪、竹山：即史達祖、蔣捷，均南宋末詞人。

［二一六］極才人之致：王世貞《藝苑卮言》卷四：「太白古樂府，窈冥惝恍，縱橫變幻，極才人之致，然自是太白樂府。」

［二一七］小慧：語出《論語·衛靈公》：「群居終日，言不及義，好行小慧，難矣哉。」何晏集解引鄭玄：「小慧，謂小小之才知。」

［二一八］同治十一年：公元一八七二年。

〔二九〕 吳門舟中：《日記》卷二壬申：「薄游吳門，元夕後三日發舟。」時在初春。

笙月詞叙△〔一〕

時則顥宇澄鮮〔二〕，凉波蕩潏〔三〕。明月千里，倡婦樓頭〔四〕；離笛三秋，西風江上〔五〕。王子于是悦縹緲之魂〔六〕，發徘徊之曲〔七〕。美人獨立，參差誰思〔八〕？鶴骨不肥，如答子晋〔九〕；銀河無景，疇箋玉谿〔一〇〕。《水調》百篇〔一一〕，《笙月》一卷，抑何玲瓏其聲，激昂善變！與夫采詩入樂，無詔伶人〔一二〕；按譜填詞，豈云小技？《子夜》、《讀曲》之變，勞人思婦之遺〔一三〕。致兼情文，雅備比興。世有作者，前無古人。庶尚友夫風騷〔一四〕，乃吐音于令慢〔一五〕。溺志閨帷之内〔一六〕，應求尊俎之間〔一七〕。刻畫微物以誇多，雕琢曼辭以取悦〔一八〕，閎達大雅〔一九〕，蓋無取焉。

王子之詞，儲體于潔〔二〇〕，結想斯遠。文外獨絶，予懷信芳〔二一〕。可謂古瑟未拌，洞簫作謚者也〔二二〕。僕擁鼻洛下之吟〔二三〕，隱几《玉臺》之集〔二四〕。深情只有一往，抽豪不知誰屬〔二五〕？竊托同調，敢曰知音。隴首雲飛，洞庭葉下〔二六〕。秋心杳然，秋士悲矣〔二七〕！

壬申九月，杭州譚獻撰[二八]。

【注】

[一] 笙月詞叙：此文人文本未收，據譚集本補入。《笙月詞》：王詒壽詞集，五卷，有同治十一年（一八七二）《榆園叢刻》本；尚有言情之作《花影詞》一卷，附刻于《笙月詞》之後。王詒壽（一八三〇—一八八一），字眉子、眉叔，號笙月，浙江山陰（今紹興）人。廩貢生，候選浙江武康縣訓導，任杭州書局校理，與譚獻、許增交。譚獻《亡友傳》記其生平。爲俞樾弟子，工詩詞。杜文瀾《憩園詞話》卷六評《笙月詞》云：「受而細讀，頗饒北宋風神。于萬紅友四聲之説不甚拘泥，慢詞多有出入，而姿趣超絶，極近《東澤綺語》（南宋張輯詞集名）。所附刻《花影詞》一卷，盡言情之作也。」

[二] 顥宇：蒼天。澄鮮：清朗。謝靈運《登江中孤嶼》詩：「雲日相輝映，空水共澄鮮。」

[三] 蕩潏：洶涌起伏。《文選·木華〈海賦〉》：「東西蕩潏，如滿于天。」

[四] 明月千里：謝莊《月賦》：「美人邁兮音塵闕，隔千里兮共明月。」倡婦樓頭：蕭繹《蕩婦秋思賦》：「秋何月而不清，月何秋而不明？況乃倡樓蕩婦，對此傷情。」

[五] 離笛三秋：謝榛《寄酬淮陰夏子吴門鄒子》：「馬融笛裏三秋月，王粲樓前萬里雲。」牟融《送沈翔》：「江上西風一棹歸，故人此別會應稀。」

［六］ 王子：即王詒壽。

［七］ 徘徊之曲：《古詩十九首·明月何皎皎》：「明月何皎皎，照我羅床幃。憂愁不能寐，攬衣起徘徊。」按張若虚《春江花月夜》：「可憐樓上月徘徊，應照離人妝鏡臺。」蘇軾《前赤壁賦》：「月出于東山之上，徘徊于斗牛之間。」均爲詠月名句，「徘徊」合于《笙月詞》名稱。

［八］ 「美人獨立」二句：此言思念之情。鄧牧《寄友》詩：「明月可望，佳人參差。笑言何時，寫我相思。」參差，遠隔。

［九］ 「鶴骨不肥」二句：用王子喬好吹笙駕鶴仙去之典。《太平廣記》卷四引《列仙傳》卷上：「王子喬者，周靈王太子晋也。好吹笙作鳳凰鳴，游伊洛間，道士浮丘公接以上嵩高山。三十餘年後，求之于山上，見桓良曰：『告我家，七月七日待我于緱氏山頭。』至時，果乘白鶴駐山頭，望之不得到，舉手謝時人，數日而去。」

［一〇］ 「銀河無景」二句：指《笙月詞》意旨往往惝怳難解。李商隱有《銀河吹笙》詩，首兩句云：「悵望銀河吹玉笙，樓寒院冷接平明。」玉谿爲李商隱號，其詩向來難解，故元好問《論詩絶句》有「詩家總愛西崑好，獨恨無人作鄭箋」之語。景，同「影」。疇，即「儔」，同類。《荀子·勸學》：「草木疇生，禽獸群焉。」楊倞注：「疇與『儔』同，類也。」

［一一］ 《水調》百篇：謂《笙月詞》有詞作近百篇。水調，本隋唐時曲調名，如杜牧《揚州》詩：「誰家唱水調，明月滿揚州。」自注：「煬帝鑿汴渠成，自造《水調》。」此處泛指詞調。

［一二］ 無詔：無須告訴。語出《莊子·人間世》：「若唯無詔，王公必將乘人而鬥其捷。」成玄英疏：「詔，言也。」伶人：樂工。《國語·周語下》：「二十四年鐘成，伶人告和。」韋昭注：「伶人，樂人也。」

［一三］ 「子夜」二句：謂《笙月詞》多寫艷情閨思。南朝樂府有《子夜歌》、《讀曲歌》，屬吴聲歌曲，多寫男女情愛。勞人：憂傷之人。《詩·小雅·巷伯》：「蒼天蒼天，視彼驕人，矜此勞人。」馬瑞辰通釋：「高誘《淮南子》注：『勞，憂也。』勞人，即憂人也。」思婦：懷念遠行人的女子。陸機《爲顧彦先贈婦》之二：「東南有思婦，長歎充幽闥。」

［一四］ 尚友風騷：意謂上攀《詩經》、《楚辭》傳統。尚友，與古人爲友。《孟子·萬章下》：「以友天下之善士爲未足，又尚論古之人；頌其詩，讀其書，不知其人，可乎？是以論其世也，是尚友也。」

［一五］ 令慢：小令、慢詞，是詞的不同體製。此代指詞體。

［一六］ 溺志句：意謂沉湎于閨情一類題材。《禮記·樂記》：「鄭音好濫淫志，宋音燕女溺志。」孔穎達疏：「言鄭國樂音好此相偷竊，是淫邪之志也。」「言宋音所安唯女子，所以使人意志没矣。」帷，榆園本、彙編本作「幨」。

［一七］ 應求句：意謂在酒席間酬唱。應求，即同聲相應、同氣相求，指彼此志趣相投。

［一八］ 雕琢曼辭：用華麗辭藻來妝飾作品。此爲張惠言《詞選序》對當時詞風的批評。

〔一九〕 閎達大雅：謂淵博通達的大雅之人。語出《文選·班固〈西都賦〉》：「大雅宏達，于兹爲群。」閎，通「宏」。李善注：「大雅，謂有大雅之才者，《詩》有大雅，故以立稱焉。《漢書》曰，司馬相如之倫，皆辯智閎達。」

〔二〇〕 儲體于潔：語出舊題司空圖《詩品·洗煉》：「體素儲潔，乘月返真。」意謂本質潔净，自能返璞歸真。孫聯奎《詩品臆説》釋云：「體素儲潔，曰白曰堅，本質自好。乘月返真，鍊氣歸神。」可參。潔，榆園本作「絜」。

〔二一〕 予懷信芳：意謂内心芳潔。《楚辭·屈原〈離騷〉》：「不吾知其亦已兮，苟余情其信芳。」信，誠然，確實。

〔二二〕 「古瑟未拌」二句：意謂能保持原有的本性。《吕氏春秋·古樂》：「瞽叟乃拌五弦之瑟，作以爲十五弦之瑟。」高誘注：「拌，分。」《文選·王褒〈洞簫賦〉》：「幸得謚爲洞簫兮，蒙聖王之渥恩。可謂惠而不費兮，因天性之自然。」

〔二三〕 擁鼻洛下之吟：指用雅音曼聲吟詠詩文。《晋書·謝安傳》：「（謝）安本能爲洛下書生詠，有鼻疾，故其音濁，名流愛其詠而弗能及，或手掩鼻以效之。」洛下，指洛陽。

〔二四〕 隱几《玉臺》之集：意謂靠着几案讀書。「隱几」亦作「隱机」，語出《莊子·齊物論》：「南郭子綦隱机而坐，仰天而嘘。」成玄英疏：「隱，憑也。子綦憑几坐忘，凝神遐想。」《玉臺》，即《玉臺新詠》，徐陵編，爲六朝詩歌總集，多選艷歌。

〔二五〕　抽豪：寫作。吴融《壬戌歲閿鄉卜居》：「六載抽毫侍禁闈，不堪多病決然歸。」豪，通「毫」，榆園本作「毫」。

〔二六〕　「隴首雲飛」二句：柳惲《擣衣詩》：「亭皋木葉下，隴首秋雲飛。」後柳永《曲玉管》詞亦有「隴首雲飛」句。洞庭葉下，《楚辭·屈原〈九歌·湘夫人〉》：「嫋嫋兮秋風，洞庭波兮木葉下。」

〔二七〕　秋士悲矣：宋玉《九辯》由「悲哉秋之爲氣也」引出士人感傷之愁，故云。

〔二八〕　壬申九月，杭州譚獻撰：譚集本無此十一字，據榆園本補。壬申，此爲同治十一年（一八七二）。

篋中詞叙〔一〕

國朝二百餘年，問學之業絶盛，固陋之習蓋寡。自六書、九數、經訓、文辭〔二〕，篆隸之字〔三〕，開方之圖〔四〕，推究于漢以後、唐以前者，備矣。至于填詞，僕少學焉，得本輒尋其所師，好其所未言，二十餘年而後寫定，就所睹記，題曰《篋中》。其事爲大雅所笑，其旨與凡人或殊〔五〕。

容若、竹垞而後[六]，且數變矣，論具卷中，不覶縷也[七]。李白、温岐，文士爲之[八]；昇元、靖康，君王爲之[九]；將相大臣，范仲淹、辛棄疾爲之[一〇]；文學侍從，蘇軾、周邦彦爲之[一一]；志士遺民，王沂孫、唐珏之徒，皆作者也[一二]。

昔人之論賦曰「懲一而勸百」，又曰「曲終而奏雅」。[一三]麗淫麗則，辨于用心[一四]；無小非大，皆曰立言[一五]。惟詞亦有然矣。

譚獻叙，光緒四年立秋日[一六]。

【注】

[一]《篋中詞》：譚獻所編清人詞選集。正集六卷，始編于光緒二年（一八七六）爲官安慶時，前五卷選録清初以來諸家詞，其中嘉慶以前多從王昶《國朝詞綜》與黄燮清《國朝詞綜續編》中選出，嘉慶、道光以下則多從各種傳抄別集采録。共選二百十二家。第六卷爲譚獻自作《復堂詞》。所選詞有編者大量評點，每一詞人之後多加總評或選録説明。續集四卷，爲正集編成後續有所得，隨時補録而成。有光緒八年（一八八二）初刻本及光緒十一年（一八八五）《半厂叢書初編》本。馮煦序述緣起云：「仲修有《篋中詞》今集之選，始于國初，迄于并世作者，而以所爲《復堂詞》一卷附焉，刻于江寧，屬爲校字。是選與青浦王氏（王昶）、海鹽黄氏（黄燮清）頗有異同，旨隱辭微，且出二家外。其題詞名者從別集，僅題名者從諸家選本，第就篋中所存，甄采百一，布之

四方，以爲喤引。續有所得，則仿補人、補詞之例。又宋代曾慥《樂府雅詞》、趙聞禮《陽春白雪》、周密《絶妙好詞》，皆以己作與諸家并列，仲修猶前志也。刻既竟，爰述其緣起如此。」

［二］　六書：古人所歸納的漢字造字方法，即象形、指事、會意、形聲、轉注、假借。其名稱或有不同説法。《周禮·地官·保氏》：「五曰六書。」鄭玄注引鄭司農曰：「六書，象形、會意、轉注、處事、假借、諧聲也。」

［三］　篆隸之字：兩種漢字字體，指成于秦的大篆、小篆，和成于漢的隸書。

［四］　開方：指數學中求方根的運算。《周髀算經》卷上「勾股圓方圖」，趙君卿注：「勾股各自乘，并之爲弦實，開方除之，即弦也。」

［五］　或：《篋中詞》作「所」。

［六］　容若：即納蘭性德。參見「納蘭詞」一則注［一］。竹垞：即朱彝尊。參見「朱彝尊詞」一則注［一］。

［七］　覶縷：原意爲委曲，《古文苑》載王延壽《王孫賦》：「忽踴逸而輕迅，羌難得而覶縷。」章樵注：「覶縷，委曲也。」此指詳述。蘇軾《答陳季常書》之二：「恐此書到日，已在道矣，故不覶縷。」

［八］　李白：《尊前集》録李白詞十二首，最著名者爲《菩薩蠻》（平林漠漠煙如織）、《憶秦娥》（簫聲咽），黄昇《唐宋諸賢絶妙詞選》卷一收此二詞，并云：「二詞爲百代詞曲之祖。」或云爲

托名僞作。温岐：即温庭筠。晚唐詞人，被後世奉爲唐五代花間詞派的先導。

［九］昪元：五代十國時南唐烈祖李昪年號（九三七—九四三）。靖康：北宋欽宗趙桓年號（一一二六—一一二七）。

［一〇］范仲淹：北宋詞人，開豪放詞先聲。辛棄疾：南宋詞人，與蘇軾同被後世視爲宋代豪放詞派代表。

［一一］蘇軾：被後世奉爲豪放詞派代表，與辛棄疾并稱「蘇辛」。周邦彦：北宋詞人，其詞當時即負盛名，被後人視爲詞家正聲，尤爲清代常州詞派所尊奉。

［一二］王沂孫、唐珏：皆爲南宋末遺民詞人。

［一三］「昔人之論賦曰」四句：見《漢書·司馬相如傳贊》：「揚雄以爲靡麗之賦，勸百而風一，猶騁鄭衛之聲，曲終而奏雅，不已戲乎？」「勸百而風（諷）一」即「懲一而勸百」之意。

［一四］麗淫麗則：語出揚雄《法言·吾子》：「詩人之賦麗以則，辭人之賦麗以淫。」則，合于法度。淫，過度。司馬光注：「其文皆主于靡麗，而詩人以之立法則，辭人徒誇誕過實，不可爲法。」

［一五］立言：古人視立德、立功、立言爲三不朽，語見《左傳·襄公二十四年》：「『大上有立德，其次有立功，其次有立言。』雖久不廢，此之謂不朽。」」。

［一六］譚獻叙，光緒四年立秋日：譚集本無此十字，據《篋中詞》補。光緒四年，公元一八七八年。

蘋洲漁唱叙△[一]

浙水以西，嘉禾之里[二]，蓋樂府之職志，而倚聲之林淵也[三]。珂雪把梅村之袖，竹垞拍飲水之肩，四方歌曲，莫能相尚[四]。

吾友嘉興張公束[五]，陶靈碧山，標體白石[六]。擷梅溪之秀而芟其蕪[七]，玩夢窗之奇而割其纇[八]。先哲可作[九]，後來交推[一〇]。結交十五六年，唱予數十百調[一一]。公束以稚圭揭櫫[一二]，不佞以止庵津逮[一三]，而同有法于皋聞[一四]，以爲樹比興于慢、令，通弦雅于犯、引[一五]。譬之染黛妝蛾，短長入鏡[一六]；成塵拂麝，冷暖皆香[一七]。琴緒分明，酒鄉棲逸[一八]，抑亦磊落如昔、顰笑無端者矣[一九]。

公束去年賦《春柳》四詩，傳唱東南[二〇]，身世之感，民物之故[二一]，托興如見，而棫詞可通[二二]。予閲歲乃始和之[二三]。折腰淪落[二四]，拄笏偃蹇[二五]，同心離居[二六]，兩刀一鞘[二七]。斯敬通、孝標[二八]，各當自叙可乎？審定公束詞卷，附以誶之[二九]。

譚獻撰[三〇]。

【注】

〔一〕蘋洲漁唱叙：此文人文本未收，據譚集本補入。或爲初稿，譚獻另有《寒松閣詞序》，文字與此篇大同小異。補編本收此文，又重收《寒松閣詞序》。《蘋洲漁唱》：張鳴珂詞集，可能爲其初擬之名。早期詞集名《秋風紅豆樓詞鈔》，四卷，稿本藏復旦大學圖書館（已刊《詞學》第十七輯，有姚大勇所撰《簡述》）。今傳詞集名《寒松閣詞》，四卷，有光緒十年（一八八四）江西書局刻《寒松閣集》本。張鳴珂（一八二九—一九〇八），原名國檢，字公束，號玉珊，晚號寒松老人、窳翁，浙江嘉興人。咸豐十一年（一八六一）拔貢，清選訓導，官江西德興知縣、義寧知州。受業于薛時雨、黄燮清。詞以婉麗著稱，宗南宋姜、張風雅詞派。馬蘭芬序其詞集云：「張君玉珊家槜李（嘉興别稱），年纔弱冠，雅好譜詞，著有《秋風紅豆樓詞鈔》，一日寄予索序。讀之，以温（温庭筠）、李（李商隱）之才，寫纏綿之格，春情豐繁，秋思往復，筆意最近静志居（朱彝尊）。」李慈銘序云：「至于倚聲尋律，圭臬姜、張，玉屑天風，葩流藻采，雖才情爛漫尚遜竹垞，而龢䚡宫商，嚴辨去上，則本其師黄君之學，于樊榭山民爲近，有非朱、李諸老所及講者。」謝章鋌序云：「君生長詞人薈萃之鄉，濡染已非尋常，又得韵甫黄氏（黄燮清）爲之導師。卷首所載商榷諸言，可藥末派，可起正宗。故君所涉筆，銅簧新炙無其脆，彈丸脱手無其靈。」冒廣生《小三吾亭詞話》卷四云：「嘉興張公東大令鳴珂，所謂浙西三詞家之一者也。公東少學詞于黄韵甫，其後成就，乃遠出韵甫之上。」其師黄燮清《寒松閣詞題評》則直言「其粗率淺滑處乃詞中大病」，「總欠醖釀沉著，味之殊少深趣」。

［二］「浙水」二句：指今浙江嘉興地區，在浙水之西。浙水，即錢塘江。嘉禾，嘉興宋代爲嘉禾郡。彙編本據寒松閣鈔本《寒松閣詞》載譚獻序，文字有異，云：「夫以珂雪（曹貞吉）鬱鬱，把梅村（吴偉業）之袖；竹垞（朱彝尊）朗朗，拍飲水（納蘭性德）之肩。姜、張、吴、史，商羽流徵之音，溯厥遺風，實在長水。」把袖、拍肩，形容親密相交。語出郭璞《游仙詩》其三：「左挹浮丘袖，右拍洪崖肩。」

［三］「蓋樂府」二句：謂嘉興爲詞人薈萃之鄉。職志：原意爲掌旗幟的官。司馬遷《史記·張丞相列傳》：「沛公以周昌爲職志，周苛爲客。」司馬貞索隱：「官名也。職，主也。志，旗幟也。謂掌旗幟之官也。」此處意爲標誌。林淵：淵藪。此指詞人聚集處。

［四］「珂雪把梅村之袖」四句：彙編本無。

［五］張公束：即張鳴珂。

［六］「陶靈」二句：謂取尚于南宋王沂孫、姜夔風雅一派。陶靈，陶冶性靈。鍾嶸《詩品上》評阮籍云：「而《詠懷》之作，可以陶性靈，發幽思。」顔之推《顔氏家訓·文章》云：「至于陶冶性靈，從容諷諫，入其滋味，亦樂事也。」此處有浸淫其中之意。標體：標舉其風格。

［七］梅溪：即史達祖。

［八］夢窗：即吴文英。割其纇：去除其疵病。纇，原意爲絲的結節，此指疵病、缺點。《説

文解字・糸部》：「纇，絲節也。」段玉裁注：「絲之約結不解者曰纇。引申之，凡人之愆尤皆曰纇。」

［九］先哲可作：意謂前賢有後繼之人。先哲，先世賢人。《文選・張衡〈思玄賦〉》「仰先哲之玄訓兮」，張銑注：「哲，智。」作，起，死而復生，此意爲有後繼者。《國語・晋語》：「趙文子與叔向游于九原，曰：『死者若可作也，吾誰與歸？』」韋昭注：「作，起也。」

［一〇］後來交推：意謂時人交相推許。

［一一］「結交十五六年」二句：譚獻初識張鳴珂在同治六年（一八六七），時兩人作爲薛時雨門下士，同受聘于浙江書局，此後交游唱和頗密。唱予，應爲「唱于」，應和。語出《莊子・齊物論》：「前者唱于，而隨者唱喁。泠風則小和，飄風則大和。」成玄英疏：「于、喁，皆是風吹樹動前後相隨之聲也。」

［一二］公束以稚圭揭櫫：謂張鳴珂作詞尊奉周之琦。稚圭，即周之琦，參見「周之琦詞」一則注［一］。揭櫫，標誌。《周禮・秋官・職金》：「楬而璽之。」鄭玄注引鄭司農曰：「今時之書，有所表識，謂之楬櫫。」《説文解字・木部》：「楬，楬櫫也。」段玉裁注：「楬櫫，漢人語，許（慎）以漢人常語爲訓，故出櫫字于説解。」

［一三］不佞以止菴津逮：謂本人以周濟所論爲學詞途徑。據譚獻《復堂諭子書》云：「甲寅年（咸豐四年，一八五四）館山陰村舍，始填詞，旋又棄去。後乃尊信張皋文（張惠言）、周保緒（周濟）先正之言，鋭意爲之。」譚獻《井華詞叙》亦云：「獻既冠填詞，淑艾于張皋聞、周止盦。」津

逮，由津渡而到達對岸，譬喻引導後學。酈道元《水經注・河水二》：「層山石室中，有積書卷帙，而世罕有津逮者，因謂之積書岩。」王先謙《天禄琳琅跋》：「仰見聖學博大，囊括萬有，足以津逮儒生，準繩百代。」

〔一四〕而同有法于皋聞：彙編本、補編本無此七字。皋聞，即皋文，張惠言。

〔一五〕弦雅：指音樂。犯、引：原爲詞調的類别，此指代詞調。

〔一六〕「染黛妝蛾」二句：意謂猶如女子妝扮，無施不宜。短長，眉之長短。

〔一七〕「成塵拂麝」二句：意謂雖屢受挫折而情思不斷。此用温庭筠《達摩支曲》詩「搗麝成塵香不滅，拗蓮作寸絲難絶」句意。

〔一八〕「琴緒分明」二句：意謂其思緒均寄托于詩酒流連之中。語出《文選・王僧達〈祭顔光禄文〉》：「流連酒德，嘯歌琴緒。」李善注：「毛詩曰：嘯歌傷懷琴緒。緒，引緒也。」琴緒，琴聲所寄托的思緒。酒鄉，猶醉鄉。皮日休有《酒中十詠・酒鄉》詩。棲逸，隱居，賦閑。劉義慶《世説新語》有《棲逸》篇。

〔一九〕顰笑無端：没來由地忽皺眉忽癡笑，多因内心鬱悶而如此。矣：彙編本、補編本作「也」。

〔二〇〕賦《春柳》四詩：今存張鳴珂《寒松閣詩》卷三有《春柳用漁洋山人秋柳韵》詩四首。

〔二一〕民物：泛指人民、萬物。蔡邕《陳太丘廟碑銘》：「神化著于民物，形表圖于丹青。」

〔一二二〕 椷詞：信函。椷，原意爲容納，通「函」。司馬遷《史記・天官書》：「兔過太白，間可椷劍。」裴駰集解引蘇林：「椷音函。函，容也。其間可容一劍。」補編本此字前衍一「椷」字。

〔一二三〕 予閱歲乃始和之：《日記》卷五庚辰記：「和去年張公束《春柳》詩四律，同床各夢，語多岸異，不自覺也。」此庚辰爲光緒六年（一八八〇），則張鳴珂賦《春柳》詩在光緒五年（一八七九）。但譚集本未收譚獻和張鳴珂《春柳》詩作。予，譚集本誤作「子」，據彙編本改。

〔一二四〕 折腰：意謂張氏屈沉下僚。折腰，彎腰。《晋書・陶潛傳》載：陶淵明曾爲彭澤知縣，州郡派督郵巡視至縣，縣吏勸陶束帶迎見，他感歎説：「吾不能爲五斗米折腰，拳拳事鄉里小人邪！」

〔一二五〕 拄笏：形容在官而有閑情雅興。劉義慶《世説新語・簡傲》：「王子猷作桓車騎參軍，桓謂王曰：『卿在府久，比當相料理。』初不答，直高視，以手版拄頰云：『西山朝來，致有爽氣。』」手版，即朝笏。《宋書・禮志五》：「笏者，有事則書之……手板，則古笏矣。」偃蹇：困頓。《新唐書・段文昌傳》：「憲宗數欲親用，頗爲韋貫之奇詆，偃蹇不得進。」

〔一二六〕 同心離居：語出《古詩十九首・涉江采芙蓉》：「同心而離居，憂傷以終老。」此處喻與張鳴珂各處一地。

〔一二七〕 兩刀一鞘：語出温庭筠《碌碌古詞》：「一鞘無兩刃，徒勞油壁車。」原意謂一女不嫁二夫，此處自嘲爲張氏詞集作序者多人。

［二八］ 敬通、孝標：這是古代兩個終生落魄、懷才不遇的典型，用以譬況張鳴珂與自己。敬通，即馮衍。馮衍字敬通，漢京兆杜陵（今陝西西安東南）人，生活于王莽及東漢初光武帝時期，幼博覽群書，因遭人讒毀而不被重用。敬，補編本誤作「苟文」。孝標，即劉峻。劉峻（四六二—五二一），字孝標，本名法武，南朝梁平原郡（今屬山東）人。終生坎坷不得志。曾爲劉義慶《世説新語》作注。

［二九］ 誶：告知。《漢書·叙傳上》「既誶爾以吉象兮」，顔師古注：「誶，告也。」

［三〇］ 譚獻撰：譚集本、補編本無此三字，據彙編本補。由張鳴珂賦《春柳》詩之年，可推知此叙作于光緒六年（一八八〇）。

復堂詞録叙［一］

右録三百四十餘人，詞一千四百四十七首［二］。

叙曰：詞爲詩餘［三］，非徒詩之餘，而樂府之餘也［四］。律吕廢隊［五］，則聲音衰息；聲音衰息，則風俗遷改。《樂經》亡而六藝不完，樂府之官廢，而四始六義之遺，蕩焉泯焉［六］。夫音有抗隊［七］，故句有長短；聲有抑揚，故韵有緩促。生今日而求樂之似，不得不有取于詞矣。唐人樂府[八]，多采五七言絶句。自李太白創詞調[九]，比至宋初，慢詞尚少。至大晟之署，《應天長》、《瑞鶴仙》之屬，上薦郊廟[一〇]，拓大厥宇，正變日備[一一]。愚謂詞不必無《頌》，而大旨近《雅》。于《雅》不能大，然亦非小，殆《雅》之變者歟[一二]？其感人也尤捷[一三]，無有遠近幽深，風之使來[一三]。是故比興之義，升降之故[一四]，視詩較著，夫亦在于爲之者矣。上之言志，永言次之[一五]。志絜行芳，而後洋洋乎會于《風》、《雅》[一六]。瑚琢曼辭，蕩而不反，文焉而不物者[一七]，過矣靡矣，又豈詞之本然也哉？

獻十有五而學詩，二十二旅病會稽[一八]，乃始爲詞，未嘗深觀之也。然喜尋其旨于人事，論作者之世，思作者之人[一九]。三十而後，審其流別，乃復得先正緒言以相啟發[二〇]。年逾四十，益明于古樂之似在樂府，樂府之餘在詞。昔云「禮失而求之野」[二一]，其諸樂失而求之詞乎？然而靡曼熒眩[二二]，變本加厲，日出而不窮，因是以鄙夷焉，揮斥焉[二三]。又其爲體，固不必與莊語也[二四]，而後側出其言，旁通其情，觸類以感，充類以盡[二五]。甚且作者之用心未必然，而讀者之用心何必不然[二六]。言思擬議之窮[二七]，而喜怒哀樂之相發[二八]，嚮之未有得于詩者，今遂有得于詞。如是者年至五十，其見始定。先是寫本朝人詞五卷[二九]，以相證明。復就二十二歲以來，審定由唐至明之詞，始多所棄，中多所取，終則旋取旋棄，旋棄旋取，乃寫定此千篇，爲《復堂詞録》前集一卷，正集七卷，後集二卷[三〇]。其間字句不同，名氏互異，皆有據依，殊于流俗。其大意則折衷古今名人之論，而非敢逞一人之私言，故以論詞一卷附焉。《大雅》之才三十六，《小雅》之才七十二[三一]，世有其人，則終以詞爲小道也，亦奚不可之有？

光緒八年九月[三二]，譚獻書于安慶樅陽門内寓舍[三三]。

【注】

[一]《復堂詞録》：歷代詞選集，譚獻編成于光緒八年（一八八二）。十一卷，前集爲唐五代詞一卷，正集爲宋代七卷，後集爲金元一卷、明代一卷，詞論爲一卷。主要采擇于清代朱彝尊所編《詞綜》、沈辰垣等所編《歷代詩餘》及宋代周密所編《絶妙好詞》等詞籍，并參考了清代常州詞派張惠言所編《詞選》、周濟所編《宋四家詞選》。後又續有校補，光緒二十六年（一九九〇）譚獻擬付印，但次年即去世，刊刻未成。該書稿本曾爲今人黄裳所得，僅存八卷，佚最後三卷，藏國家圖書館。浙江圖書館藏有全部十一卷稿本，由羅仲鼎、俞浣萍整理，浙江古籍出版社二〇一六年出版。

[二] 詞一千四十七首：實爲一千五十三首。後譚獻又補入姜夔三首、辛棄疾二首、蘇軾一首。

〔三〕　詩餘：詞的别稱。流行于南宋，自張綖撰《詩餘圖譜》始，爲後世詞家沿用。

〔四〕　徒詩：指古代不入樂之詩。程大昌《考古編·詩論一》：「若夫邶、鄘、衛、王、鄭、齊、魏、唐、秦、陳、檜、曹、豳，此十三國者，諸皆可采，而聲不入樂，則直以徒詩著之本土。」

〔五〕　廢隊：衰亡，滅絶。隊，同「墜」。叢編本、補編本作「墜」。

〔六〕　「《樂經》亡」四句：《樂經》爲古代六經之一，據説亡于秦代。一説古無《樂經》，謂《樂經》爲古六經之一，實出于附會。六藝，即六經。四始六義：《毛詩序》以《風》、《小雅》、《大雅》、《頌》四者爲王道興衰之所由始。司馬遷《史記·孔子世家》認爲，《關雎》爲《風》之始，《鹿鳴》爲《小雅》之始，《文王》爲《大雅》之始，《清廟》爲《頌》之始，「四始」指《詩經》中《風》、《小雅》、《大雅》、《頌》四個部份的起始。六義，見于《毛詩序》：「故詩有六義焉，一曰風，二曰賦，三曰比，四曰興，五曰雅，六曰頌。」孔穎達疏：「風、雅、頌者，詩篇之異體；賦、比、興者，詩文之異辭耳。大小不同而得并爲六義者，賦、比、興是詩之所用，風、雅、頌是詩之成形，用彼三事，成此三事，是故同稱爲義，非别有篇卷也。」

〔七〕　抗隊：即抗墜。隊，同「墜」。

〔八〕　唐人：人文本脱此二字，據譚集本補。

〔九〕　李太白創詞調：參見「篋中詞叙」注〔八〕。

〔一〇〕　《應天長》、《瑞鶴仙》：此應指傳爲大晟府提舉的周邦彦《清真集》中的兩個詞調，皆爲他所首創的慢詞。上薦郊廟：指大晟府所製雅樂用于朝廷祭祀。

［一一］正變：原指《詩經》中的正風、正雅和變風、變雅。古人常用以指文學創作源流發展的演變規律。《晋書·庾峻傳》：「中庶子何劭論《風》、《雅》正變之義。」

［一二］《雅》之變：即變雅，指王朝中衰、綱紀大壞以後的詩歌。《毛詩序》：「至于王道衰，禮義廢，政教失，國異政，家殊俗，而變風變雅作矣。」

［一三］風之使來：指歌詞對人有教育、感化作用。《毛詩序》：「風，風也，教也；風以動之，教以化之。」

［一四］「比興之義」二句：張惠言《詞選序》認爲詩、詞同源，詞體應重比興，有意内言外之致，「蓋《詩》之比興變風之義，騷人之歌，則近之矣」。升降，應指時代盛衰。

［一五］「上之言志」二句：此以詩言志的原則爲出發點來論詞。語出《尚書·舜典》：「詩言志，歌永言，聲依永，律和聲。」永，同「詠」，引聲長歌。孔穎達疏：「教之詩、樂，所以然者，詩言人之志意，歌詠其義以長其言。樂聲依此長歌爲節，律吕和此長歌爲聲。」又《毛詩序》：「詩者，志之所之也。在心爲志，發言爲詩。情動于中而形于言，言之不足故嗟歎之，嗟歎之不足故永歌之，永歌之不足，不知手之舞之，足之蹈之也。」孔穎達疏：「詩者，人志意之所之適也。雖有所適，猶未發口，蘊藏在心，謂之爲志。發見于言，乃名爲詩。言作詩者，所以舒心志憤懣，而卒成于歌詠。」

［一六］「志絜行芳」二句：意謂作家品格高尚則作品的意藴深遠。司馬遷《史記·屈原賈

生列傳》：「其志潔，其行廉，其稱文小而其指極大，舉類邇而見義遠。其志潔，故其稱物芳。其行廉，故死而不容自疏。」這裏據以發揮常州詞派風雅比興之義。絜，同「潔」。

［一七］「琱琢曼辭」三句：出自張惠言《詞選序》對宋代某些詞人的批評。張氏認爲，詞之正聲，應是「惻隱盱愉，感物而發，觸類條鬯，各有所歸」，反之，則是「雕琢曼辭」，即用華麗的辭藻來妝飾作品。曼辭，美辭。宋詞人中，如柳永、黄庭堅、劉過、吴文英之倫，其病在「蕩而不反，傲而不理，枝而不物」。蕩而不反，側艷而近淫哇，如柳永、黄庭堅詞。傲而不理，狂豪粗疏，如劉過詞。枝而不物，瑣碎空洞，如吴文英詞。琱琢曼辭，原意是用言辭自我妝飾，語出《文選·司馬遷〈報任安書〉》：「今雖欲自雕瑑曼辭以自飾。」李善注引如淳云：「曼，美也。」惻隱，悲痛。《楚辭·劉向〈九歎·憂苦〉》「内惻隱而含哀」，王逸章句：「心常惻隱含悲而念君也。」盱愉，同「盱豫」、「睢盱」，歡悦。《易·豫》：「《象》曰：盱豫有悔，位不當也。」陸德明釋文引向秀：「睢盱，小人喜悦之貌。」

［一八］二十二旅病會稽：譚獻《復堂諭子書》：「甲寅年館山陰村舍，始填詞，旋又棄去。」譚獻二十二歲爲咸豐三年（一八五三）癸丑，自春至秋，在山陰某村學舍爲塾師，至暮秋返回杭州。此與「甲寅」不合。參見朱德慈《譚獻詞學活動徵考》。

［一九］「論作者之世」二句：謂考察與作品相關的時代和人事背景。語出《孟子·萬章下》：「頌其詩，讀其書，不知其人可乎？是以論其世也。」趙岐注：「頌其詩……讀其書，猶恐未

知古人高下，故論其世以別之也。」

〔二〇〕　先正：原指前代的賢臣。《尚書·説命下》：「昔先正保衡，作我先王。」孔安國傳：「正，長也，言先世長官之臣。」後泛指前代賢人。　緒言：已發而未充分展開的言論。語出《莊子·漁父》：「曩者先生有緒言而去。」陸德明釋文：「緒言，猶先言也。」成玄英疏：「緒言，餘論也。」郭慶藩集釋引俞樾曰：「緒言者，餘言也。先生之言未畢而去，是有不盡之言，故曰緒言。」此處應指常州詞派開創者張惠言及周濟、董士錫等先輩論詞宗旨。

〔二一〕　禮失而求之野：意謂丟失的某種正統可去民間尋找。傳爲孔子所言，但未載《論語》。《漢書·藝文志》：「仲尼有言：『禮失而求諸野。』方今去聖久遠，道術缺廢，無所更索，彼九家者，不猶瘉于野乎！」

〔二二〕　靡曼：指詞風纖弱柔美。劉勰《文心雕龍·章句》：「歌聲靡曼，而有抗墜之節也。」熒眩：眼眩，令人迷惑。《莊子·人間世》：「而目將熒之。」王弼注：「其言辯捷，使人眼眩也。」成玄英疏：「熒，眩也。」

〔二三〕　揮斥：原意爲放縱。語出《莊子·田子方》：「夫至人者，上窺青天，下潛黃泉，揮斥八極，神氣不變。」郭象注：「揮斥，猶放縱也。」此指排斥，指責。

〔二四〕　莊語：嚴正的議論。語出《莊子·天下》：「以天下爲沈濁，不可與莊語。」王先謙集解：「莊語，猶正論。」

〔二五〕「側出其言」四句：此謂詞體貴于比興，同于《易》。《易·繫辭上》：「引而伸之，觸類而長之，天下之能事畢矣。」孔穎達疏：「觸類而長之者，謂觸逢事類而增長之。若觸剛之事類，以此增長于剛；若觸柔之事類，以此增長于柔。」張惠言《茗柯文編·周易虞氏義序》論《易》之卦爻：「以陰陽消息，六爻發揮旁通，升降上下，歸于乾元用九，而天下治。依物取類，貫串比附，始若瑣碎，及其沉深解剥，離根散葉，鬯茂條理，遂于大道。」亦同于《詩》之比興。

〔二六〕「作者之用心未必然」二句：丁紹儀《聽秋聲館詞話》卷二十論讀詩詞者句句索解寄托之意云：「余謂詩意必如此詮釋方顯，亦太隱矣。然作者不宜如此，讀者不可不如此體會。」此書于同治八年（一八六九）九月刊于福州，譚獻的觀點或受到丁氏的影響。

〔二七〕言思擬議：揣度議論，即偏于理性的思維。語出《易·繫辭上》：「擬之而後言，議之而後動，擬議以成其變化。」劉勰《文心雕龍·議對》：「夫動先擬議，明用稽疑。」此指被視爲正宗的詩文。

〔二八〕喜怒哀樂之相發：指人的各種複雜感情。《禮記·中庸》：「喜怒哀樂之未發謂之中，發而皆中節謂之和。」《禮記·樂記》亦云：「夫民有血氣心知之性，而無哀樂喜怒之常，應感起物而動，然後心術形焉。」

〔二九〕「先是」二句：指編選《篋中詞》。參見「篋中詞叙」一則。

〔三〇〕後集二卷：此後有徐珂按語：「珂謹按：書成于光緒八年（一八八二）九月，未刊行，師歸道山矣。」（以後凡譚獻弟子徐珂爲《復堂詞話》所加按語，均置于注中。）

［三一］「《大雅》之才」二句：意謂詞雖難與詩文并，而作之非易。《毛詩序》：「雅者，正也，言王政之所廢興也。政有小大，故有《小雅》焉，有《大雅》焉。」

［三二］光緒八年：公元一八八二年。此年譚獻在權懷寧知縣任上。懷寧爲安慶府治。

［三三］安慶樅陽門：安慶城東南門，臨長江。在樅水之南，故名。譚獻《日記》甲戌：「解裝懷寧東城，出郭，看『樅陽門』三大字，挺秀俊雄。包慎伯（包世臣）定爲右軍（王羲之）少時書，而土人相傳爲魏武（曹操），皆不足信。」以上二句，人文本、叢編本、補編本無，據《復堂詞録》補。

秋夢庵詞鈔叙△［一］

蘭臺先生鬱乎著作之大手，發此妃儷之小文［二］。畺寓似不成之子［三］，鄭重皆有爲之言。寓意即工，得言忘象［四］。而獻猥以齊竽，濫夫曠聽［五］；俯求錯石［六］，遠賁隨珠［七］。縱心往復，擊節再三。煙之綿綿知其遠［八］，琴之渢渢知其清［九］，雎之關關知其和［一〇］，錦之爛爛知其采［一一］。猶復抉摘瑕璺［一二］，振拂羽翰［一三］。庶幾候蟲亦登《月令》［一四］，芘草且貢染人［一五］。聞聲相思，微塵何益［一六］？若夫《三都》之紙貴，不藉皇甫而傳[一七]。無補淵深,且安緘默。嶺雲在目,海思盈襟矣[一八]。

仁和譚獻拜識[一九]。

【注】

[一] 秋夢庵詞鈔叙:此文譚集本、人文本未收,據彙編本補入。補編本題作「秋夢盦詞序」。《秋夢庵詞鈔》:爲葉衍蘭晚年自編詞集。正集二卷、詞續一卷,光緒八年(一八八二)初刊于廣州。其詞集自序云:「余幼喜長短句,在書塾中偶得《花間集》一本,如獲異寶,時學爲之,未敢示人也。迄乎弱冠,填拍寖多,大都側艷之詞。酒闌燈畔,倚醉揮毫,散見舞裙歌扇中,無稿可録。壯歲而還,憂愁幽思,所作半緣寓感,又疊遭兵燹,十無一存。壬午秋間,乞假旋里,僅從故紙堆中檢得數首,同人復以昔時所録環示,叢殘拉雜,隨手抄存,釐爲二卷。索觀者衆,苦乏鈔胥,爰付手民,以代掌録。今年已垂暮,學道未能,不復作少年綺語。然春蠶未死,尚有餘絲,早雁新鶯,月闌花謝,情懷棖觸,忍俊不禁。嗣有所作,當續坿于後。麝香鸞彩,愛惜斯珍,聊以自娱,不堪問世。」葉衍蘭(一八二三—一八九七),字南雪,號蘭臺,又號曼伽,廣東番禺(今廣州)人,祖籍浙江餘姚。葉英華子,葉恭綽祖父。咸豐六年(一八五六)進士,改庶吉士,官吏部郎中、軍機章京。晚年辭官歸里,主講粤華書院。冒廣生、潘飛聲等從受詞學。其詞與汪瑔、沈世良并稱「粤東三家」。張景祁序其詞集云:「讀所著《秋夢盦詞》,雖不若竹垞(朱彝尊)、迦陵(陳維崧)

之富，而掃除浮艷，刻意標新，直合石帚（姜夔）之騷雅，夢窗（吴文英）之麗密，梅溪（史達祖）、竹山（蔣捷）之疏俊駘蕩而爲一手。」易順鼎序云：「即以詞境論之，潔净精微，追蹤白石；纏綿悱惻，嗣響碧山。蓋先生之詞品可見，先生之人品亦可見矣。」冒廣生《小三吾亭詞話》卷一云：「《秋夢庵詞》刻意夢窗，而得玉田（張炎）之神。」

［二］ 妃儷之小文：指詞。妃，匹配。《左傳·文公十四年》：「子叔姬妃齊昭公，生舍。」陸德明釋文：「妃，音配，本亦作配。」因詞常用偶句相對，故稱。

［三］ 畺寓似不成之子：意謂隱居廣州，仿佛無所成就。畺通「僵」。畺寓，補編本作「□禹」。

［四］ 得言忘象：謂得到其内涵之意義而忘其語言文字之表象。語出王弼《周易略例·明象》：「故言者所以明象，得象而忘言；象者所以存意，得意而忘象。」其意本《莊子·外物》：「言者，所以在得意，得意而忘言。」

［五］ 「而獻猥以齊竽」二句：這是譚獻的自謙之辭，稱自己是没有真才實學的人。《韓非子·内儲説上》：「齊宣王使人吹竽，必三百人。南郭處士請爲王吹竽，宣王説之，廩食以數百人。宣王死，湣王立，好一一聽之，處士逃。」

［六］ 錯石：謂相互砥礪、得到借鑒。《詩·小雅·鶴鳴》：「它山之石，可以爲錯。」鄭玄箋：「錯，石也，可以琢玉。」朱熹集傳引程頤：「玉之温潤，天下之至美也。石之粗厲，天下之至惡也。然兩玉相磨，不可以成器；以石磨之，然後玉之爲器得以成焉。」

［七］　遠賁隨珠：賁，盛飾。《尚書·湯誥》：「天命弗僭，賁若草木。」孔安國傳：「賁，飾也。」隨珠，古代傳説隨侯得到的寶珠。隨，一作「隋」。《淮南子·覽冥訓》：「譬如隋侯之珠。」高誘注：「隋侯，漢東之國，姬姓諸侯也。隋侯見大蛇傷斷，以藥傅之，後蛇于江中銜大珠以報之，因曰隋侯之珠，蓋明月珠也。」此喻葉氏的詞作。

［八］　綿綿：補編本作「□□」。

［九］　渢渢：形容琴聲宛轉悠扬。《左傳·襄公二十九年》：「爲之歌《魏》，曰：『渢渢乎，大而婉，險而易行。』」杜預注：「渢渢，中庸之聲。」譚集本作「諷諷」，據上海古籍出版社《葉衍蘭集》改。

［一〇］　雎之關關知其和：指其詞作像《詩·周南·關雎》一樣聲韵和諧。朱熹集傳：「孔子曰：《關雎》樂而不淫，哀而不傷，愚謂此言爲此詩者，得其性情之正、聲氣之和也。」

［一一］　錦：錦緞。爛爛：色彩鮮明貌。《詩·大雅·韓奕》「爛其盈門」，鄭玄箋：「爛爛，粲然鮮明，且衆多之貌。」

［一二］　抉摘瑕璺：指出缺點。抉摘，挑剔，指摘。瑕璺，玉石上的斑點和裂紋，喻缺點。揚雄《方言》第六：「器破而未離謂之璺。」洪適《歙硯説》：「石産于岩之左右，無定所，色擬端溪，粗而燥，復多瑕璺。」

［一三］　振拂羽翰：振翅欲飛，喻文辭飛動。羽翰，翅膀。鮑照《詠雙燕》：「雙燕戲雲崖，

羽翰始差池。」

［一四］ 候蟲亦登《月令》：謂詞作中即使歌詠各種昆蟲，也可從中看出季節的變化。候蟲，隨季節而生的昆蟲，如夏蟬、秋蛩等。鮑照《代白紵舞歌詞》：「弦悲管清月將入，寒光蕭條候蟲急。」《禮記·月令》按月記載當月的各種蟲類，故云「登《月令》」。

［一五］ 茈草且貢染人：謂即使吟詠各種花草，也可賦予人事的意義。茈草，即紫草，多年生草本植物，暗紫色，可作染料。《山海經·西山經》：「北五十里，曰勞山，多茈草，弱水出焉。」袁珂校注引吴任臣：「即紫草。」貢，供給。染人，原爲官名，據《周禮·天官·染人》：「染人，掌染絲帛。」

［一六］ 微塵：喻指微不足道者。陶弘景《冥通记》卷二：「微塵下俗，實所不究。」此處是譚獻的自謙之辭。

［一七］ 「三都」二句：稱譽葉氏詞作將廣爲流傳。據《晋書·左思傳》，左思作《三都賦》構思歷十年之久，但賦成後不爲時人所重，及皇甫謐爲作序，張載、劉逵爲作注，張華乃歎賞不已，豪富之家争相傳抄，洛陽紙價因之昂貴。

［一八］ 「嶺雲」二句：此表遥念之情。因葉衍蘭時居廣州，在嶺南，故云。葉衍蘭《瑣窗寒》（落拓江湖）詞序云：「譚仲修大令代訂詞集，賦此寄謝。」譚獻作《瑣窗寒·寄答葉蘭臺粵中》回贈，中有「恁荒凉、目送遥鴻，又説飛難到」等語，可參。

〔一九〕譚獻拜識：此叙未署時間，葉衍蘭《秋夢盦詞鈔自序》末署「光緒甲申仲秋端五」，是光緒十年（一八八四）八月五日作，則譚獻叙很可能作于光緒八年至十年間。

遺園詩餘跋△〔一〕

嶔崎歷落之人〔二〕，沈鬱頓挫之筆〔三〕。酒邊燈底，粉盝脂箱〔四〕，樂府遺風，幾于掃地而盡，竊願與海内志士文人一雪此謗。

謙老之詞如黄山之松，輪囷離奇〔五〕，即數寸盆盎中，仍作三十六峰頂上觀也。先生方欿然以晚學爲不盡曲折〔六〕，然如鹿太傅、寇萊公洎子瞻、幼安、裕之、卧子六七巨子〔七〕，皆倚聲大手，豈三五少年所可望哉？既壯謙老，亦自壯也。

甲申閏月〔八〕，始至合肥〔九〕，以此卷當傾蓋之契〔一〇〕。仁和學小弟譚廷獻識。

【注】

〔一〕遺園詩餘跋：此文譚集本、人文本、補編本未收，據彙編本補入。《遺園詩餘》：王尚辰詞集，一卷，有光緒二十一年（一八九五）廬州刊本。王尚辰（一八二六—一九〇二），字北垣，號謙齋，又號五峰居士、木雞老人、遺園老人。安徽合肥人。貢生。官翰林院典簿。游諸帥戎幕，咸豐十一年（一八六一），曾入蒙城説降苗沛霖。詩歌取法杜甫，譚獻選其與徐子苓、戴家麟詩爲《合肥三家詩鈔》。其自序述填詞經歷云：「光緒壬午（八年，一八八二）秋，方夢園（方濬頤）來自邗江，出詞强和，招入聽琴社。由是郵筒酬倡無虚日。……甲申（光緒十年，一八八四）夏，交譚仲修，暢聆緒論，得所皈依。遂搜討各家，幾廢寢食，沈思渺慮，頓悟詞旨，始知貞淫美刺，與六義合。……癸巳（光緒十九年，一八九三）重陽節，放棹西泠，適仲修新返武昌，爰取十年來所作百有餘闋，丐仲修定存一卷，名曰《詩餘》。」又其序李恩綬《縫月軒詞》云：「余近六十始填詞，迨譚公復堂宰吾邑，所作漸多。今集中《遺園詩餘》一卷是也。」邊保樞跋以爲其詞「蒼莽沉鬱，氣格殊勝，其綿邈處亦雅近南宋諸賢」，可參。

〔二〕嶔崎歷落：謂品格卓異，灑脱不拘。語出劉義慶《世説新語·容止》：「周伯仁（周顗）道：『桓茂倫（桓彝）嶔崎歷落，可笑人。』」嶔崎，山奇險，借指人品出衆。歷落，磊落。

〔三〕沈鬱頓挫：謂詞作的立意深沉而蘊藉，章法抑扬而有致。語出《新唐書·杜甫傳》引杜甫自述：「若令執先臣故事，拔泥涂之久辱，則臣之述作雖不足鼓吹《六經》，至沉鬱頓挫，隨時敏給，揚雄、枚皋可企及也。」

〔四〕粉奩脂箱：泛指古代妝具。吴自牧《夢粱録·嫁娶》：「先三日，男家送催妝髻、銷金蓋頭、五男二女花扇、花粉奩、洗項畫彩錢果之類。」

〔五〕輪囷離奇：樹木盤曲貌。語出《文選·鄒陽〈獄中上書自明〉》：「蟠木根柢，輪囷離奇。」李善注引張晏：「輪囷離奇，委曲盤戾也。」

［六］ 欿然：愁苦貌。曾鞏《送周屯田序》：「亦曷能使其不欿然于心邪？」

［七］ 鹿太傅：即五代鹿虔扆。寇萊公：即北宋寇準。子瞻：即北宋蘇軾。幼安：即南宋辛棄疾。裕之：即金代元好問。卧子：即明代陳子龍。均爲著名詞人。

［八］ 甲申閏月：光緒十年（一八八四）閏五月。按《遺園詩餘》尚有許惠、邊保樞、方濬頤跋，作于光緒九年至十三年之間。

［九］ 始至合肥：時譚獻任合肥知縣，與王尚辰相交在此年。（參《日記》卷六、《補録》卷二）

［一〇］ 傾蓋之契：謂友朋間關係親密。語出司馬遷《史記·魯仲連鄒陽列傳》：「諺曰：『白頭如新，傾蓋如故。』何則？知與不知也。」司馬貞索隱引《志林》：「傾蓋者，道行相遇，軿車對語，兩蓋相切，小欹之，故曰傾。」

校刻衍波詞序△［一］

許君邁孫篤好填詞［二］，與予同嗜。中年以來，予選録古今人詞成十餘卷［三］，邁孫則校刻古今名家倚聲別集，宋元以來成十餘家［四］。予愧泛濫［五］，不及邁孫之專也。

今年夏，予謝事賦歸[六]，乃晨夕來榆園[七]，坐竹石間，與邁孫縱論填詞正變[八]。皆以爲王貽上尚書以詩篇弁冕一代[九]，顧論者曰「王愛好」[一〇]，又曰「絶代消魂王阮亭」[一一]，其言不盡王詩之量[一二]，而于詞適合。出篋中《衍波詞》寫本共讀之，所謂「愛好」與「消魂」者，其在是與？邁孫以世鮮傳本，欣然手校付槧，布諸藝苑[一三]。邁孫舊藏《阮亭詩餘》一卷，只三十調，有尚書自叙[一四]，爲當日手定之本。今據以讎勘，并存叙目附後。嘗讀《帶經堂全集》[一五]，尚書撰述備具，而《衍波詞》未嘗著録，殆以少歲綺靡之習棄之[一六]。然則予與邁孫垂白之年，方與研尋先正之緒餘[一七]，微吟寄想，世事都忘，亦古今人之不相及也。

光緒十有三年閏月既望[一八]，譚獻書于榆園今雨樓下[一九]。

【注】

[一]　校刻衍波詞序：此文譚集本、人文本未收，據彙編本補入。《衍波詞》：王士禛詞集，二卷，較早有康熙六年（一六六七）刻孫氏留松閣《六家詩餘》本，通行有光緒十五年（一八八九）《榆園叢刻》本。許增附記云：「予舊藏《阮亭詩餘》一卷，從陶子縝（陶方琦）太史録副者，後有阮亭自序，其詞皆《衍波集》中所有，仲修謂當附録叙目，以存其真，因綴數語于後，俾讀者有所考焉。光緒丁亥六月既望，邁孫識。」其自序云：「向十許歲，學作長短句，不工輒棄去。……偶讀

《嘯餘譜》，輒拈筆填詞，次第得三十首。易安《漱玉》一卷，藏之文笥，珍惜逾恒，乃依其原韵盡和之，大抵涪翁所謂空中語耳。」王士禛（一六三四——一七一一），字子真，一字貽上，號阮亭、漁洋山人，濟南新城（今山東桓臺）人。順治十五年（一六五八）進士，選揚州推官，入爲户部主事，遷翰林院侍講，入值南書房，官至刑部尚書。謚文簡。爲清初詩壇宗主，創「神韵」説。有《帶經堂全集》等。亦工詞，其詞諸家有評，如聶先《百名家詞鈔》云：「《衍波詞》香艷驚人耳目，每讀一闋，便稱詞壇大觀，不知抹倒海内幾許詞人。至其縱筆任意之妙，公孫氏舞劍器，渾脱瀏漓，差足相擬。羨門先生（彭孫遹）每稱其佳句，云：『《衍波》一集，體備唐宋之長。』信乎！」彭孫遹《金粟詞話》云：「詠物詞極不易工，要須字字刻畫，字字天然，方爲上乘。即間一使事，亦必脱化無迹，乃妙。近在廣陵見程村（鄒祇謨）、阮亭諸作，便爲歎絶，殆幾幾乎致白石（姜夔）、梅溪（史達祖）頡頏今古矣。」謝章鋌《賭棋山莊詞話》卷八云：「阮亭沿鳳洲（王世貞）、大樽（陳子龍）緒論，心摹手追，半在《花間》，雖未盡倚聲之變，而敷辭選字，極費推敲。且其平日著作，體骨俱秀，故入詞即常語、淺語，亦自娓娓動聽。」陳廷焯《白雨齋詞話》卷三云：「漁洋詞含蓄有味，但不能沉厚，蓋含蓄之意境淺，沉厚之根柢深也。」又云：「漁洋小令，能以風韵勝，仍是做七絶慣技耳。然自是大雅，但少沉鬱頓挫之致。昔人謂漁洋詞爲詩掩，抑又過矣。」

［二］　許君邁孫：即許增。參見「許增詞」一則注［一］。

［三］　予選録古今人詞或十餘卷：指編《復堂詞録》。

［四］「邁孫則校刻」二句：指許增校刊《榆園叢刻》，所收有姜夔、張炎、王士禛、納蘭性德、郭麐、顧翰、項鴻祚、錢枚、王詒壽等宋元及清詞人詞集。譚獻爲撰《榆園叢刻叙》。以，彙編本作「而」。

［五］泛濫：此指多而蕪雜。

［六］予謝事賦歸：指譚獻光緒十三年（一八八七）因病辭去宿松知縣歸杭州。其《復堂諭子書》云：「且四月，挈汝母子至故鄉，無以爲家，賃廡轉徙，不遑安處。」

［七］榆園：許增所建庭園，又名娛園，故址在杭州東河金洞橋附近，據説原爲清初龔翔麟玉玲瓏館。譚獻《榆園記》云：「越光緒五年（一八七九）冬，獻歙令解官暫歸，與邁孫相見時，已買東城故家一宅，營築方新，款予今雨樓上，弦詩讀畫。……逡巡十年，獻謝病歸孥，僦居東城，相距百步，微吟落日中。過從既數，僮奴意親。」榆園，彙編本無此二字，據補編本補。

［八］正：補編本作「之」。

［九］王貽上：即王士禛。弁冕：古代禮冠，此引申爲居首位。《春秋穀梁傳·僖公八年》：「弁冕雖舊，必加于首。」楊士勛疏：「朝服者，天子則皮弁，諸侯則玄冠。弁冕者，謂白鹿皮爲弁冕，謂以木爲幹，衣之以布，上下纁垂旒者也。」

［一〇］王愛好：語出趙執信《談龍録》：「余門人桐城方扶南世舉，嘗問曰：『阮翁其大家乎？』曰：『然。』『孰匹之？』余曰：『其朱竹垞（朱彝尊）乎？王才美于朱，而學足以濟之；朱學

博于王，而才足以舉之。是真敵國矣。他人高自位置，强顔耳。』曰：『然則兩先生殆無可議乎？』余曰：『朱貪多，王愛好。』」

〔一一〕 絶代消魂王阮亭：語出宋琬《安雅堂未刻稿》卷五《題冒青若小像》，原句爲「絶代詩人王阮亭」。袁枚《隨園詩話》卷三：「或問：宋荔裳有『絶代消魂王阮亭』之説，其果然否？余應之曰：『阮亭先生非女郎，立言當使人敬，使人感且興，不必使人消魂也。』」此句爲袁枚所改。宋荔裳，即宋琬。

〔一二〕 不盡王詩之量：謂未必適合王士禛詩歌的情况。

〔一三〕 布：補編本作「佈」。

〔一四〕 「邁孫舊藏《阮亭詩餘》一卷」三句：王士禛《阮亭詩餘》，有二十九首，一首《浣溪沙》有目無詞。附録和漱玉詞十七首。有光緒六年（一八八〇）趙之謙刻本。王士禛《阮亭詩餘自叙》略云：「偶讀《嘯餘譜》，輒拈筆填詞，次第得三十首……余落魄之餘，聊以寄興，無心與秦七（秦觀）、黄九（黄庭堅）較工拙。」一般認爲是王士禛任職揚州以前的作品。

〔一五〕 嘗讀《帶經堂全集》：譚獻《日記》卷一癸亥：「購得漁洋山人《帶經堂全集》，曠代逸才，豈悠悠之口所能嗤點？論本朝詩，終當以漁洋爲第一。」時在同治二年（一八六三）。《帶經堂全集》，王士禛著述集，收録其創作的詩、文、雜著等作品，有乾隆七略書堂本，齊魯書社二〇〇七年出版點校本，名《王士禛全集》。

［一六］少歲綺靡之習：王士禛詞多爲康熙三年（一六六四）三十歲以前所作。其友人徐夜《衍波詞序》云：「貽上弱齡，性近騷怨，流連極致，爰有是編。」鄒祗謨《遠志齋詞衷》評王士禛《衍波詞》云：「約而言之，其工致而綺靡者，《花間》之致語也；其婉孌而流動者，《草堂》之麗字也。洵乎排黄（黄庭堅）軼秦（秦觀），凌周（周邦彦）駕柳（柳永），盡態窮姿，色飛魂斷矣。」可參。

［一七］先正之緒餘：指王士禛詞集。先正，指王士禛。緒餘，原是抽絲後留下的殘絲，常借指事物之殘餘。語出《莊子·讓王》：「道之真以治身，其緒餘以爲國家，其土苴以治天下。」陸德明釋文：「緒者，殘也，謂殘餘也。」此指詩文之外的餘事，謂填詞。

［一八］光緒十有三年：公元一八八七年。閏月：此年四月閏。

［一九］今雨樓：爲許增榆園中藏書樓。譚獻《榆園記》：「園左顧可十弓，今雨樓南嚮，高在林表。圖籍萬卷，主人丹黄讎勘遍矣。」

微波詞叙△［一］

浙西詞人［二］，雲屬霞舉，揭櫫六家［三］，以爲職志。先聲同調，接武旁流［四］，莫能盡也。乃有杳眇湘君之佩［五］，蒼凉成連之琴［六］。屈刀爲鏡［七］，唾地生珠［八］。如錢吏部謝盦先生《微波詞》[九]，非朱、厲以來所能蓋也[一〇]。

先生高言令德，曠代逸才，遐舉人海之中，托興國風之體。玄微其思[一一]，鏘洋其音[一二]，如謝朓、柳惲之詩[一三]，所謂芳蘭竟體者已[一四]。同時龔定盦儀曹[一五]，橫絶一世，目空千古，填詞超超[一六]，有飛仙劍客之概[一七]，而傾倒先生，若同工而異曲[一八]。其言曰：「疑澀于口而聲音欲飛，殆不可狀。」[一九]則夫六家之流，或有前賢之畏[二〇]。五十年來，傳本頗稀，許邁孫氏重刻于榆園，此非鄉曲之見[二一]，是爲騷雅之遺[二二]。卷中有句云「人爲傷心纔學佛」[二三]，予舉似邁孫，以爲倚聲家觸類之微言在是矣[二四]。

時光緒丁亥十月，仁和譚獻撰[二五]。

【注】

[一] 微波詞叙：此文人文本未收，據譚集本補入。《微波詞》，錢枚詞集，一卷，有光緒十五年（一八八九）榆園刻本。另有袁通選錢枚詞集，名《微波亭詞選》。微波，出于曹植《洛神賦》「托微波而通辭」。錢枚（一七六一——一八〇三），字枚叔，又字實盦，號謝盦，浙江仁和（今杭州）人。嘉慶四年（一七九九）進士，官吏部文選司主事。其詞集自序云：「未到中年，已多哀樂之感。承閑篋乏，援筆即書，每覽詞曲諸家，聲調迭起，輒謂情之所鍾，言各有當。……是以《西崑》

一集，妙擅無題；南唐諸作，偏工小令，蓋有用意尚巧，以少爲貴者焉。每一間寫，即效其格，抑揚其調，浩唐其心，侘傺所托，蓋可知矣。」楊芳燦《微波詞序》云：「……振觸離襟，調逸千秋，情深一往，世有解人，斯足傳矣。」郭麐《靈芬館詞話》卷二評其詞云：「錢謝庵詞，余從蘭村集中見其『楊花開瘦鯉魚肥』，爲之擊節。近得其《微波詞》一卷，步武南唐，神韻超絶。」

［二］人：榆園本《微波詞》作「家」。

［三］六家：浙西六家，清代六位浙西詞派的前期作家。康熙十八年（一六七九），嘉興龔翔麟將同籍詞人詞作輯爲《浙西六家詞》，刊刻于金陵，其中收朱彝尊《江湖載酒集》三卷，李良年《秋錦山房詞》一卷，沈皞日《柘西精舍詞》一卷，李符《耒邊詞》二卷，沈岸登《黑蝶齋詞》一卷，龔翔麟《紅藕莊詞》三卷。這標誌一代詞風的形成。

［四］接武：步履相接。半步爲武。語出《禮記·曲禮上》：「堂上接武，堂下布武。」鄭玄注：「武，迹也。」亦相接，謂每移足半躡之。」引申爲繼承之意。劉勰《文心雕龍·物色》：「古來辭人，異代接武。」

［五］杳眇：深邃貌。語出《文選·司馬相如〈上林賦〉》：「俯杳眇而無見，仰攀橑而捫天。」劉良注：「杳眇，深邃貌。」湘君之佩：《楚辭·屈原〈九歌·湘夫人〉》：「捐余玦兮江中，遺余佩兮澧浦。采芳兮杜若，將以遺兮下女。」即所謂有香草美人之托喻。按錢枚友人楊芳燦序其詞集云：「湘江淚竹，滴滴圓紅；洛浦情瀾，鱗鱗皺碧。迴腸蕩氣，吊夢歌離。爲此辭者，其古之

傷心人歟？」與譚獻此意可參。

[六] 成連之琴：指藝境高妙。成連爲春秋時著名琴家，俞伯牙之師。吴淑《事類賦·琴》「若夫水仙之引」注引《樂府解題》：「伯牙學琴于成連先生，三年不成。至于精神寂寞，情志專一，尚未能也。成連云：『吾師方子春今在東海中，能移人情。』乃與伯牙俱往，至蓬萊山，留伯牙曰：『子居習之，吾將迎之。』刺船而去，旬時不返。伯牙延望無人，但聞海水洞涌，山林窅冥，愴然歎曰：『先生移我情矣。』乃援琴而歌，曰作《水仙之操》。曲終，成連回，刺船迎之而還。伯牙遂爲天下妙矣。」

[七] 屈刀爲鏡：謂技藝高超。《太平廣記》卷五引《神仙傳》，謂孫博善神仙之術，「能引鏡爲刀，屈刀爲鏡，可積時不改，須博指之，乃復如故。後入林慮山，服神丹而仙去。」

[八] 唾地生珠：語出《莊子·秋水》：「子不見夫唾者乎？噴則大者如珠，小者如霧。」古有「唾地成文」之説，形容才思敏捷。馮贄《雲仙雜記》：「有人謁李賀，見其久而不言，唾地者三，俄而成文三篇。」

[九] 如：榆園本下有「杭州」二字。《微波詞》：譚集本作《微波亭詞》。

[一〇] 朱、厲：即朱彝尊、厲鶚。

[一一] 玄微其思：微妙難測的思緒。袁宏《後漢紀·明帝紀下》：「（佛經）世俗之人以爲虛誕，然歸于玄微深遠，難得而測。」

〔一二〕　鏘洋：原指美好的名聲，《文選·王儉〈褚淵碑文〉》：「愴悵餘徽，鏘洋遺烈。」劉良注：「鏘洋，德音也。」後形容美好的樂聲。薛元超《奉和同太子監守違戀》：「欲應重輪曲，鏘洋韵九韶。」

〔一三〕　謝朓（四六四—四九九）：字玄暉，南朝齊陳郡陽夏（今河南太康）人。初任竟陵王蕭子良功曹、文學，爲「竟陵八友」之一。出爲宣城太守，世稱遷尚書吏部郎。東昏侯時以事下獄死。與沈約共創「永明體」，詩風清新，圓美流轉，講究音律對偶，開啟唐代律絶之先河。世稱「小謝」。柳惲（四六五—五一七）：字文暢，南朝梁河東解州（今山西運城）人。歷任散騎常侍、左民尚書，吴興太守、廣州刺史。擅樂府詩，如《江南曲》、《擣衣詩》等，均清新流麗。

〔一四〕　芳蘭竟體：香氣滿身。語出《南史·謝覽傳》：「意氣閑雅，視瞻聰明，武帝目送良久，謂徐勉曰：『覺此生芳蘭竟體。』」此喻其詞多美人香草的比興寄托。

〔一五〕　龔定盦儀曹：即龔自珍，參見「龔自珍詞」一則注〔一〕。儀曹，禮部郎官的别稱。陸游《跋出疆行程》：「予在儀曹，與之同廊。」龔自珍曾任禮部主事。

〔一六〕　超超：謂超然出塵。陶潛《扇上畫贊》：「超超丈人，日夕在耘。」

〔一七〕　飛仙劍客之概：指龔詞有豪逸之氣概。其《湘月》詞云「怨去吹簫，狂來説劍，兩樣消魂味」，其友人洪子駿贈詞《金縷曲》云「俠骨幽情簫與劍，問簫心劍態誰能畫？」

［一八］　若同工而異曲：韓愈《進學解》：「子雲、相如，同工異曲。」

［一九］　「疑澀于口」二句：原注：《定庵文集·錢吏部詩集序後》云：「小樂府一卷，幽窅而情深，言古今所艱言，疑澀于口而聲音欲飛，殆不可狀。前哲有言，古今情之至者，樂器不能傳，文士不能狀，意者然乎？」

［二〇］　前賢之畏：謂其或可超越浙西六家。語出《論語·子罕》：「後生可畏，焉知來者之不如今也？」杜甫《戲爲六絶句》其一：「庾信文章老更成，凌雲健筆意縱横。今人嗤點流傳賦，不覺前賢畏後生。」

［二一］　鄉曲之見：謂鄙陋之見。鄉曲，此指偏僻的鄉村。

［二二］　騷雅：原爲屈原《離騷》與《詩經》中《大雅》、《小雅》的合稱，後借指中國古代詩歌優秀的傳統，與雅正相近，也指風流儒雅的風格。杜甫《陳拾遺故宅》詩：「有才繼騷雅，哲匠不比肩。」張炎《詞源》卷下：「白石詞……不惟清空，而且騷雅。」遺：榆園本、彙編本作「餘」。

［二三］　人爲傷心纔學佛：爲錢枚《浣溪沙·記夢》詞中之句。詞云：「春風吹夢引閑情，夢裏從他過一生。最無能耐是雞聲。　人爲傷心纔學佛，花如解語定憐卿。一番閑話記分明。」

［二四］　觸類之微言：指觸物而興的言外之意。

［二五］　時光緒丁亥十月，仁和譚獻撰：譚集本無此十二字，據榆園本補。「仁和譚獻撰」彙編本作「後學譚廷獻序」。光緒丁亥，即光緒十三年，公元一八八七年。

老學後盦自訂詞叙△[一]

昨歲涼秋九月，湖上晚歸[二]，偶率意爲長短句曰：「拂水楊枝依稀似，老子婆娑風月。」蓋謂何心盦先生也。入城以後，病忘按拍[三]，今讀先生自訂詞，乃憶之。

先生種桓公之柳，比召伯之棠[四]，寓公杖屨[五]，望若神仙，金石大年，正八十矣[六]。回憶冷泉判事[七]，南海建牙[八]，有如昨日。澄清夙志[九]，付之委轡看山[一〇]，而當年畫省之趨、青蒲之伏[一一]，則蓬萊雲氣尚裴回于寤寐間[一二]。悱惻纏綿[一三]，固先生之詞旨也。昔者烏衣公子[一四]，有公輔之器[一五]，結客少年之場[一六]，命疇嘯侶[一七]，五六十載，雨散雲飛之懷感深矣。[一八]

輦下文游[一九]，末座後生如獻者[二〇]，蒲柳蚤衰[二一]，猶得以飄蕭白髮從游在彭宣、盧植間[二二]，奉袂撰杖[二三]，與聞緒言[二四]，何其幸與！兩宋詞人之耆壽者[二五]，前稱子野，後則放翁[二六]。放翁樂府曲而至，婉而深，跌宕而昭彰[二七]，抑亦先生因寄所托[二八]，把臂遇之者乎[二九]？獻題先生《白門歸棹圖》云：「西風問渡。恁老倦津梁，柳枝非故。詞筆依然，寫愁無一語。」[三〇]舉似海内，尚不愧親炙之言以否[三一]？

弟子譚獻拜叙[三二]。

【注】

[一] 老學後盦自訂詞叙：此文人文本未收，據譚集本補入。稿本日記光緒十四年（一八八八）四月二十六日記，「正欲撰《心庵詞續集序》」，即此文。應作于此年前後。《老學後盦自訂詞》：何兆瀛詞集，二卷，有光緒十三年（一八八七）刻本。何兆瀛（一八〇九—一八九〇），字通甫，號青耜、青士，江蘇江寧（今南京）人，道光二十六年（一八四六）舉人。歷任杭嘉湖道、浙江鹽運使、代行浙江按察使、廣東鹽運使。博涉多通，以詩酒自娱，與王鵬運、端木埰等詞人唱和甚多。另有《心盦詞存》四卷，同治十二年（一八七三）武林刻本。《日記》卷七丁亥（光緒十三年，一八八七）自述與何兆瀛交往云：「謁上元何青耜先生。自粤東解鹺使任，作寓公杭州。八十耆英，聰明如少壯。接襶論文，如入古圖畫。」其友人許增有《致譚獻信札》云：「昨晤青耜丈，其仰佩詞學之深，幾至倒地百拜，有如『小十歲年紀方欲執贄門下』之語，不知老兄何以得此老如此之佩服。云《篋中詞》比皋文（張惠言）《詞選》高出十倍，《詞選》每闋後必砌入南宋國是，此却鄙人素不謂然者。」杜文瀾《憩園詞話》卷六評其詞云：「江寧何青耜都轉兆瀛，以名孝廉仕吾浙，洊升杭嘉湖道最久。……所著《心庵詞存》四卷，不拘格律，妙趣横生。」冒廣生《小三吾亭詞話》卷二云：「江寧何青耜兆瀛，與海秋（許宗衡）同里齊名。……論者謂何詞沉鬱，稍不逮許，而許之粗

率，則亦所無也。」《日記》卷四己卯則謂其詞「駘宕麗逸，如見六朝人物，與許海秋齊名，不虛也。」

［二］　湖：指杭州西湖。

［三］　入城以後，病忘按拍：據《日記》，譚獻于光緒十三年（一八八七）因病自宿松任上返回杭州，四月入城賃居。在此期間謁寓居杭州的何兆瀛。按拍：擊節，打拍子。花蕊夫人《宫詞》其九十五：「旋炙銀笙先按拍，海棠花下合梁州。」此指按譜填詞。

［四］　「桓公之柳」二句：此處將何兆瀛與古代重臣桓温、召伯相提并論。桓公之柳，用劉義慶《世説新語·言語》之典：「桓公北征，經金城，見前爲琅琊時種柳已皆十圍，慨然曰：『木猶如此，人何以堪！』攀枝執條，泫然流淚。」召伯之棠，用《詩·召南·甘棠》之典：「蔽芾甘棠，勿剪勿敗，召公所憩。」召伯，也稱召康公、召公，即姬奭，周文王之子，周武王、周公之同父異母弟。曾輔佐周武王滅商，被封于薊（今北京），建立北燕。據傳他常在棠樹下決獄治事，百姓後來作詩懷念他。《毛詩序》：「甘棠，美召伯也。」甘棠，又名棠梨、杜梨。

［五］　寓公：指流落寄居異鄉的官紳。何兆瀛此時寓居杭州，故稱。杖屨：原意爲手杖与鞋子，用作對老者的敬稱。古禮年五十可扶杖，年長者可先入室後脱鞋。《禮記·曲禮上》：「侍坐于君子，君子欠伸，撰杖屨，視日蚤莫，侍坐者請出矣。」孔穎達疏：「撰杖屨者，則君子自執杖，在坐著屨。」

［六］　「金石大年」二句：指長壽。《古詩十九首·迴車駕言邁》：「人生非金石，豈能長壽

考？」按舊法算，光緒十三年（一八八七）何兆瀛虛歲八十。

［七］冷泉判事：指何兆瀛曾任浙江按察使。冷泉，在杭州飛來峰下、靈隱寺前，此代稱杭州。判事，審理裁決獄訟，此指按察之職。《新唐書·百官志一》：「決斷不滯，與奪合理，爲判事之最。」

［八］南海建牙：指何兆瀛在廣東任鹽運使。南海，指廣東。建牙：古代武將出師前須樹立軍旗，謂之建牙。牙，牙旗。《晋書·姚興載記下》：「建牙誓衆，將赴長安。」後泛指大臣受朝廷之命擔任地方行政長官，設立衙門，樹立旗幟。

［九］澄清夙志：謂治理天下的志向。《後漢書·黨錮傳·范滂》：「滂登車攬轡，慨然有澄清天下之志。」

［一〇］委轡看山：指優游閑居。委轡，亦作「緩轡」，謂放鬆韁繩，騎馬緩行。《三國志·蜀書·郤正傳》：「盍亦綏衡緩轡，回軌易途。」陸游《秋思》：「委轡看山無鐵獺，拾樵煎茗有青猿。」

［一一］「畫省之趨」二句：指在朝廷做官。畫省，即尚書省。漢代尚書省以胡粉涂壁，紫素界之，畫古烈士像，故稱。徐堅《初學記》卷十一《職官部上》：「蔡質《漢官典職》曰：尚書奏事于明光殿，省中畫古烈士，重行書讚。」青蒲，《文選·任昉〈天監三年策秀才文〉》之三有「日伏青蒲」語，李周翰注：「青蒲，天子內庭也，以青色規之，而諫者伏其上。」

［一二］「蓬萊雲氣」二句：意謂朝夕仍不能忘懷朝廷政事。蓬萊，此指朝廷。褎回，同「徘徊」。寤寐，或醒或睡，指日夜。《詩·周南·關雎》：「窈窕淑女，寤寐求之。」毛傳：「寤，覺；寐，寢也。」

［一三］悱惻：憂鬱愁思。裴子野《雕蟲論》：「若悱惻芬芳，楚《騷》爲之祖。」（載李昉等編《文苑英華》卷七百四十二）

［一四］烏衣公子：謂出身爲名門華胄。何兆瀛之父何汝霖在道光時曾任禮部尚書、軍機大臣，故云。晉時王、謝等望族多聚居于建康烏衣巷，劉義慶《世説新語》劉孝標注引山謙之《丹陽記》：「烏衣之起，吴時烏衣營處所也。江左初立，琅玡諸王所居。」烏衣巷，在今江蘇南京秦淮河南。

［一五］公輔之器：謂具有朝廷大臣的才具。古代三公、四輔，均爲天子佐臣。《漢書·孔光傳》：「光凡爲御史大夫、丞相各再，壹爲大司徒、太傅、太師，歷三世，居公輔位前後十七年。」

［一六］結客少年之場：意謂在年輕人聚集的場所結交賓客。庾信《結客少年場行》：「結客少年場，春風滿路香。」

［一七］命疇嘯侣：呼朋唤友。語出曹植《洛神賦》，疇原作「儔」。疇通儔，儔，同類，伴侣。

［一八］雨散雲飛之懷感：謂離散之感。語出白居易《五年秋病後獨宿香山寺三絶句》其二：「飲徒歌伴今何在，雨散雲飛盡不回。」

〔一九〕　輦下文游：指譚獻早年在京城與何兆瀛的交往。輦下，皇帝車輿之下，此代指京城。《文選・司馬遷〈報任安書〉》：「得待罪輦轂下，二十餘年矣。」《漢書・司馬遷傳》顔師古注：「言侍從天子之車輿。」

〔二〇〕　末座後生：這是譚獻的自謙之詞。末坐，一作「末座」，座次的末位。《晋書・張憑傳》：「會王濛就（劉）惔清言，有所不通，憑于末坐判之，言旨深遠，足暢彼我之懷，一坐皆驚。」

〔二一〕　蒲柳蚤衰：比喻自己未老先衰。蚤，通「早」。劉義慶《世説新語・言語》：「蒲柳之姿，望秋而落；松柏之質，經霜彌茂。」蒲柳是一種入秋就凋零的樹木。陸璣《毛詩草木鳥獸蟲魚疏》卷上：「蒲柳有兩種：皮正青者曰小楊，其一種皮紅正白者曰大楊，其葉皆長廣似柳葉。」

〔二二〕　從游在彭宣、盧植間：意謂得以追隨何兆瀛。彭宣和盧植，都是漢代著名大臣，又是經學家。彭宣，字子佩，西漢淮陽陽夏（今河南太康）人，深通《周易》，任大司農、御史大夫、大司空，封長平侯。盧植（一三九—一九二），字子幹，東漢涿郡涿（今河北涿州）人。經學家，官至北中郎將、尚書。

〔二三〕　奉袂：即「捧袂」，謂侍奉長者。許慎《説文解字・衣部》：「袂，袖也。」王勃《滕王閣序》：「今兹捧袂，喜托龍門。」

〔二四〕　緒言：已發而不盡之言。參見「復堂詞録叙」一則注〔二〇〕。

〔二五〕　耆壽：長壽。《尚書・文侯之命》：「即我御事，罔或耆、壽，俊在厥服，予則罔克。」

孔安國傳：「即我治事之臣，無有耆宿壽考俊德在其服位，我則材劣無能之致。」

［二六］「前稱子野」二句：北宋詞人張先享年八十九歲，南宋詞人陸游享年八十六歲，均長壽。

［二七］跌宕而昭彰：謂詩文的氣勢縱放不拘，立意鮮明突出。語出蕭統《陶淵明集序》：「其文章不群，詞采精拔，跌宕昭彰，獨超衆類，抑揚爽朗，莫之與京。」

［二八］因寄所托：語出王羲之《蘭亭集序》：「或因寄所托，放浪形骸之外。」鍾嶸《詩品序》：「嘉會寄詩以親，離群托詩以怨。」

［二九］把臂：握持手臂，原意謂關係親密。劉義慶《世説新語・賞譽》：「謝公（謝安）道：『豫章（謝鯤），若遇七賢，必自把臂入林。』」此處指同入正道。

［三〇］題先生《白門歸棹圖》：指《臺城路・何青耜先生白門歸棹圖》詞，見《復堂詞》卷三。詞云：「三山二水渾蕭瑟，秋隨斷鴻來去。玉佩前塵，觚棱昨夢，吹墮蒼煙淒楚。花開背櫨。指白下門前，夕陽多處。葉葉輕帆，客心摇曳遽如許。沈吟今雨舊雨。記淮流月映，歌罷金縷。故國周遭，空城寂寞，眼底滄桑重數。西風問渡。恁老倦津梁，柳枝非故。詞筆依然，寫愁無一語。」

［三一］親炙：謂親受教育熏陶。語出《孟子・盡心下》：「非聖人而能若是乎？而況于親炙之者乎？」朱熹集注：「親近而熏炙之也。」

［三二］弟子譚獻拜叙：譚集本無此六字，據彙編本補。

蓮漪詞題識△[一]

屈搏象之力[二]，抽剥繭之思[三]。芳草未歇，獨鶴與飛，詞境似之。然而邁往不屑之韵[四]，往往遇之言外。側聞曉涵先生閎達大雅[五]，而珠玉咳唾[六]，乃觸物佇興。倚聲之學出入辛、姜[七]，抑亦神龍下宿藕絲孔矣[八]。僭加朱圍[九]，以識流别。

丁亥八月朔[一〇]，譚獻識。

詞以深婉爲主，然不諱淺，淺語必快；不諱拙，拙語必重。淺而快，南宋人亦能之；拙而重，非晚唐北宋不能爲。都雅名雋[一一]，深婉之津筏也[一二]。蓮漪詞人刻意倚聲，謬采蕘言[一三]。將移其貪多愛好之才，從事于深美閎約[一四]。此卷郵示，率加點勘，奇玉特珠，揭櫫什一[一五]。作者之林，庶與吴、史、姜、辛把臂耳[一六]。戊子處暑後五日[一七]，譚獻讀竟。

【注】

[一] 蓮漪詞題識：此文譚集本、人文本未收，據彙編本補入。《蓮漪詞》：鄭由熙詞集，二

卷，有光緒十六年（一八九〇）江右書局刻本。鄭由熙（一八二七—一九〇〇？），字伯庸，號曉涵，又號堅翁、嘯嵐道人，祖籍安徽歙縣，江蘇江寧（今南京）人。同治間優貢。以與太平軍作戰有功，保舉知縣，分發江西，歷署新昌、瑞金等縣，補靖安知縣，卒于官。喜填詞。其自跋述編詞集經過云：「曩昔刻《蓮漪詞》二卷，半得之舟車逆旅，譜律未携善本，剞劂又失讎校。近年一再翻閱，疵累畢呈。爰檢今舊作，重加删訂。舊作存少半，并今作增入，仍二卷。」其爲余庭訓《淑園詩餘》所作序云：「無論慢令犯引之辭，鐵撥銅弦之曲，壹以『尚清空』『忌質實』二義爲宗，餘論皆枝葉也。……國朝人文輩起，詞學大備。自陽湖、浙分派，流弊亦各有短長。樊榭（厲鶚）、飲水（納蘭性德），殆無右者。」可見詞學主張。張鳴珂序其詞集云：「曉涵鄭君十年前刻所著《蓮漪詞》兩卷，彫琢曼詞，蕩而不返，未盡善也。近乃悔其少作，復加芟改，存十之二，益以近製，仍分二卷，授予讀之。取徑于碧山（王沂孫）、玉田（張炎）之間，逼近稼軒（辛棄疾）、石帚（姜夔）。」

〔二〕搏象之力：喻傾其全力填小詞。王士禛《分甘餘話》：「所謂獅子博象兔，皆用全力。」

〔三〕抽剥藺之思：謂創作時用心細密，如抽絲剥藺。《文選·陸倕〈新漏刻銘〉》「微若抽藺」，呂向注：「言水下之微，如藺之抽絲。」

〔四〕邁往不屑之韵：謂超脱凡俗。語出王羲之《誡謝萬書》：「以君邁往不屑之韵，而俯同群辟，誠難爲意也。」不屑，輕視。

〔五〕閎達大雅：參見「筌月詞叙」一則注〔一八〕。

〔六〕 珠玉咳唾：參見「微波詞叙」一則注〔七〕。

〔七〕 辛、姜：即辛棄疾、姜夔。

〔八〕 神龍下宿藕絲孔矣：比喻以大才而從事被目爲小道的填詞。謝翱《晞髮集・秋風海上曲》詩：「水花生雲起如葑，神龍下宿藕絲孔。」藕絲孔極言其小。釋道世《法苑珠林》卷九有「阿修羅即便驚怖，遁走無處，入藕絲孔中」的記載。

〔九〕 僭加朱圍：謂用紅筆加圈。僭，越禮。這是謙詞。

〔一〇〕 丁亥八月朔：此爲光緒十三年（一八八七）八月初一。

〔一一〕 都雅：美好閑雅。《爾雅・釋訓》郭璞注：「雍容都雅之貌。」《三國志・吴書・孫韶傳》：「身長八尺，儀貌都雅。」《文選・嵇康〈琴賦〉》「若乃閑舒都雅」，李善注：「毛萇詩傳曰：都，閑也。」李延濟注：「都，美也。」名雋：俊秀出衆。

〔一二〕 津筏：渡河的木筏，多比喻引導寫作詩文的門徑。韓愈《送文暢師北游》：「開張篋中寶，自可得津筏。」津，彙編本誤作「律」。

〔一三〕 蕘言：芻蕘之言，指淺陋的見解，爲自謙之詞。劉禹錫《爲杜相公讓同平章事表》：「輒思事理，冀盡芻蕘。」芻蕘，原意爲割草采薪。《詩・大雅・板》：「先民有言，詢于芻蕘。」鄭玄箋：「芻蕘，薪采者。」孔穎達疏：「《説文》云：『薪，蕘也。』蕘即薪也。然則芻者飼馬牛之草，蕘者供燃火之草。」

［一四］深美閎約：此爲張惠言《詞選序》中評温庭筠詞之語，大意謂其詞比興遥深而格調高雅。

［一五］揭櫫：標誌。

［一六］與吴、史、姜、辛把臂耳：與南宋詞人吴文英、史達祖、姜夔、辛棄疾把臂入林。

［一七］戊子：此爲光緒十四年（一八八八）。

重刻拜石山房詞鈔序△［一］

蒹堂先生，吾友許君邁孫少從受詩學者也［二］。先生偃蹇乙科［三］，沈淪下僚，卒以簡書中吏議，蕉萃于晚歲［四］，僅而得歸，竟死于寇［五］，有識哀之。

先生早飲香茗［六］，詩篇深美而閎約［七］，五言善者，妙絶時人，雖登選樓［八］，亦亡愧色。刻意填詞，思旨高迥，聲哀厲而彌長，又未嘗不折衷柔厚［九］，使人識安雅之君子。與楊伯夔唱和，而清轉華妙［一〇］，反復勝邪。先生詞卷，近無錫有重刻本［一一］，皖浙之士，求而未過讀者衆。老成逝矣，遺書如綫［一二］。邁孫篤念師資，手自讎校，覆刻于榆園。少陵云：「今兹弟子，亦匪盛顏。」［一三］流離頓挫，大有所受，觀舞劍器，吾且爲邁孫賦之。

光緒戊子冬［一四］，仁和譚獻。

【注】

［一］重刻拜石山房詞鈔序：此文譚集本、人文本未收，據彙編本補入。《拜石山房詞鈔》：顧翰詞集，四卷，有道光十四年（一八三四）雙桂齋刊本、光緒十五年（一八八九）《榆園叢刻》本。顧翰（一七八二—一八六〇），字木天，號蒹塘，一作蕳堂、簡塘，江蘇金匱（今無錫）人。嘉慶十五年（一八一〇）舉人。歷官咸安宫教習，安徽含山、定遠、涇縣、太和知縣。後歸里任東林書院講席。祖輩顧奎光、顧斗光，父輩顧敏恒、顧敏愉皆能詞。爲詞人楊夔生甥輩，詞名相并。蔡宗茂（小石）序其詞集云：「辛巳歲，汪丈白也見示《七家詞選》，獲讀蒹塘先生所爲《緑秋草堂詞》，穆羽均調，奇弄迸發，深幸竹垞（朱彝尊）、迦陵（陳維崧）而後，克有嗣音。」丁紹儀《聽秋聲館詞話》卷六云：「其《拜石山房詞》，能兼竹垞、迦陵二家之長。」

［二］吾友許君邁孫少從受詩學：許增從顧翰學詩。譚獻《榆園記》：「邁孫早歲客皖，從詩老顧蒹塘受詩法，識淵源所自焉。」

［三］偃蹇乙科：謂中舉人後屢試不第。唐宋之後進士有甲乙科。明清時期科舉，稱進士試爲甲科，舉人試爲乙科。龔自珍《己亥雜詩》之七十四：「登乙科則亡姓氏，官七品則亡姓氏。」

［四］「以簡書中吏議」二句：顾翰任太和知縣期間，曾因虧空遭彈劾。黃燮清《國朝詞綜續編》卷五云：「蕳堂以知縣分發安徽，輕財好交游，卒以官逋罣誤。其性情肝膽，亦可想見。道

光己酉，晤于皖江旅舍，蒲團養寂，有蕭然出世之心，吁，可悲也。」簡書，指官府文書。《詩·小雅·出車》：「豈不懷歸，畏此簡書。」鄭玄箋：「簡書，戒命也。」孔穎達疏：「古者無紙，有事書之于簡，謂之簡書。」吏議，指司法官員給出的處分定罪的擬議。《文選·司马遷〈報任安書〉》：「因爲誣上，卒從吏議。」李周翰注：「有司以遷爲誣罔，天子終從獄吏之議。」蕉萃：同「憔悴」。

［五］　竟死于寇：顧翰于太平軍攻占無錫城時受傷，後因傷死于咸豐十年（一八六〇）四月。丁紹儀《聽秋聲館詞話》卷六云：「咸豐十年，丈寄余書，言于元旦易五品服，戲引東坡簪彩勝爲比。詎是年四月邑城陷，竟以被傷殞。」

［六］　早歆香茗：謂少年成名。茗，彙編本作「名」。

［七］　深美而閎約：參見「蓮漪詞題識」一則注［一三］。

［八］　登選樓：此指其詩可入選本。蕭統曾建文選樓，延賢士十餘人在此編《文選》。《江南通志·輿地志·揚州府》：「文選樓，在江都縣太平橋北旌忠寺。《大業拾遺記》云：『有梁昭明太子文選樓。』」

［九］　折衷：亦作「折中」，即儒家中庸之道。《禮記·中庸》：「執其兩端，用其中于民。」鄭玄注：「兩端，過與不及也。」又《楚辭·屈原〈九章·惜誦〉》：「令五帝以折中兮，戒六神與向服。」朱熹集注：「折中，謂事理有不同者，執其兩端而折其中，若《史記》所謂『六藝折中于夫子』是也。」引《史記》語見司馬遷《史記·孔子世家贊》。柔厚：温柔敦厚，即儒家所謂樂而不淫、哀

而不傷、怨而不怒之詩教。《禮記·經解》：「温柔敦厚，詩教也。」孔穎達疏：「詩依違諷諫，不指切事情，故云温柔敦厚是詩教也。……此一經以詩化民，雖用敦厚，能以義節之。欲使民雖敦厚不至于愚，則是在上深達于詩之義理，能以詩教民也。」

〔一〇〕　楊伯夔：即楊夔生。參見「評楊夔生《高陽臺·殘月》」一則注〔一〕。

〔一一〕　無錫有重刻本：應指《拜石山房詞鈔》道光十四年（一八三四）重刻本。

〔一二〕　琖：精緻的小酒杯。此言其稀缺。《禮記·明堂位》：「爵用玉琖仍雕。」孔穎達疏：「琖，夏后氏之爵名也。以玉飾之，故曰玉琖。」彙編本誤作「綫」。

〔一三〕　「少陵云」三句：此爲杜甫《觀公孫大娘弟子舞劍器行》詩序中語。意謂舞劍器者李十二娘爲公孫大娘弟子，但也已年老，借指許增，其中寓感時撫事之悲。盛顔，年輕時的容顔。鮑照《代貧賤苦愁行》：「盛顔當少歇，鬢髮先老白。」

〔一四〕　光緒戊子：此爲光緒十四年（一八八八）。

玉琴齋詞題辭△〔一〕

鄉讀鬘持老人《板橋雜記》〔二〕，一字一珠，一字一淚，非尋常説部可比〔三〕。《味外軒詩》不多見〔四〕，《感舊集》選録〔五〕，韵在弦指之外〔六〕，足闖宋人之室。

此卷手書透逸，詞格婉麗，與《金陵雜詩》相輝映[七]。先有駿公、展成兩跋[八]，後有思適、平津題記[九]，亦千古墨妙[一〇]。倘得句樵登槧[一一]，以賡其傳，實藝林奇迹也。初春雪霽，獲觀鴻秘[一二]，今年第一眼福耳。

光緒十五年正月十日[一三]，仁和許增謹志[一四]，時年六十六歲。

【注】

[一] 玉琴齋詞題辭：此文譚集本、人文本未收，據彙編本補入。《玉琴齋詞》：余懷詞集，一卷，稿本今藏南京圖書館，有民國十七年（一九二八）南京國學圖書館據原鈔影印本。余懷（一六一六—一六九六），明遺民，字澹心，一字無懷，號廣霞、曼翁，晚號鬘持老人。江寧（今江蘇南京）人，祖籍福建莆田。早年受吴偉業賞識，後入南京兵部尚書范景文幕，參加明末復社活動。晚年退居蘇州，以布衣終身。有《板橋雜記》等。其詞諸家有評，如吴偉業《玉琴齋詞題辭》云：「澹心之詞，大要本于放翁，而點染藻艷，出脱輕俊，又得諸《金荃》（温庭筠）、清真（周邦彦）。此由學富而才雋，無所不詣其勝耳。」尤侗《玉琴齋詞題辭》云：「清言綺語，絡繹奔赴。」沈雄《古今詞話・詞評》下卷引龔芝麓（龔鼎孳）云：「澹心余子，驚才絶艷，吐氣若蘭，而搦管題詞，直搴淮海之旗，奪小山之纛。」謝章鋌《賭棋山莊詞話》卷一云：「莆田余澹心（懷）喬寓金陵，推襟送抱，一時名士皆從之游。詞曰《秋雪》，阮亭（王士禛）稱其步武放翁（陸游）。」

［二］《板橋雜記》：余懷所撰筆記，成于康熙三十二年（一六九三），共三卷，分别爲雅游、麗品、佚事，記述明末南京秦淮河南岸長板桥一帶舊院名妓事迹及見聞。

［三］說部：小說筆記類著述。

［四］《味外軒詩》：余懷詩集，不分卷，收作者甲申年明亡以後詩作。有近人康爵《味外軒詩輯》鈔本，收詩二百餘首。上海古籍出版社二〇一一年出版的《余懷全集》收入其今存全部詩作。

［五］《感舊集》：指《漁洋山人感舊集》。清初王士禛編選，十六卷，收其平生師友之作，順治、康熙兩朝詩人共三百三十餘家，詩作二千五百多首。此書王士禛生前未編成刊刻，僅存鈔本，後由其弟子盧見曾整理，于乾隆十七年（一七五二）刊行，即雅雨堂刊本，寫刻精妙，後被清廷列爲禁書，故不易得見。上海古籍出版社二〇一四年影印出版。該書卷七選余懷詩二十二首。

［六］弦指之外：語出王士禛《戲仿元遺山論詩絶句》「解識無聲弦指妙」。無聲弦指，謂言外之意。蕭統《陶靖節傳》：「淵明不解音律，而蓄無弦琴一張，每酒適，輒撫弄以寄其意。」

［七］《金陵雜詩》：《感舊集》中所選余懷詩，多詠金陵古迹，如《長干秋興》、《謝公墩》、《孫楚酒樓》、《二十四航》、《雨花臺》、《勞勞亭》等。《感舊集》引《漁洋詩話》云：「余澹心居建康，常賦《金陵懷古》詩，不減劉賓客（劉禹錫）。」《余懷全集》中《詠懷古迹》共二十九首，有余懷題記云：「金陵，六朝建都之地，山水風流，甲于天下。喪亂以來，多爲茂草。予以暇日，尋攬古迹，形諸歌詠，以備采風。然舉目河山，傷心第宅，華清如夢，江南可哀。其爲悱惻，可勝道哉！」

〔八〕 駿公：即吴偉業，字駿公。展成：即尤侗，字展成。

〔九〕 思適：即顧廣圻，號思適居士。平津：即孫星衍，室名平津館。

〔一〇〕 墨妙：謂《玉琴齋詞》手稿的書法精妙。魯牧《懷素上人草書歌》：「筆精墨妙誠堪重。」柳詒徵《玉琴齋詞跋》云：「此稿書法清挺，後稍率易，然仍弈弈有神彩。」可參。

〔一一〕 句橅：書法用語，即「勾模」，勾勒描摹。登槧：刊刻。槧，古代書寫用的木板或木片。王充《論衡·量知》：「斷木爲槧，析之爲板，力加刮削，乃成奏牘。」

〔一二〕 鴻秘：珍貴的收藏，指余懷《玉琴齋詞》手稿。

〔一三〕 光緒十五年：公元一八八九年。

〔一四〕 仁和許增謹志：譚獻《補録》卷二光緒十五年正月初八日記：「邁孫又携示余澹心手稿《玉琴齋詞》，有梅村吴偉業、西堂（尤袤）題識，又有顧千里（顧廣圻）、孫伯淵（孫星衍）跋語，皆手迹。」又光緒十五年正月十一日記：「代許益齋跋《玉琴齋詞》。」則此篇實爲譚獻代許增作，應歸入譚獻文，故予增補。

眠琴閣詞序△〔一〕

夫新鶯晚燕，芳草落華，因寄所托，觸緒亡耑〔二〕，則倚聲長短之句，樂府所掌，原于騷雅，常談者見不談與[三]？

眠琴閣主人，佳公子若平原[四]，真名士爲諸葛[五]。青霞奇意，《白雪》新聲[六]。清泉絜其古懷，哀絲韵其微尚[七]。填詞如干首，挹元獻之袖，拍堯章之肩[八]。循轍者迹，離形者神[九]。不鄙謂予[一〇]，遠辱商榷，乃陳泱泱之齊風[一一]，問滔滔之閩海[一二]。既懷大國，復感舊游。通古人之未言，如吾意所欲出。世且曰文章得失，小不足數[一三]，吾則曰仁者見仁，知者見知[一四]。即以君「山外人家」、「鴉邊寒樹」之句[一五]，當《九辯》楚辭、三調漢曲可乎[一六]？

光緒十七年仲冬[一七]，仁和譚獻。

【注】

[一] 眠琴閣詞序：此文譚集本、人文本、補編本未收，據彙編本補入。《眠琴閣詞》：張僖詞集，六卷、外集一卷，有光緒二十一年（一八九五）石印本。張僖當年所作《眠琴閣詞自記》云：「復學爲詞，興到按拍，歌呼烏烏……粗涉樊籬，不求甚解，未知有合于意内言外之旨否耶？復堂大令以爲在玉田、碧山之間，推諉過當，未敢自信。」俞樾序云：「適張韵舫太守以所著《眠琴閣詞》自閩中寄示，余讀一過，圓美流轉如彈丸……洵白石、玉田之繼響矣。」張僖（一八五八—？），字和甫，號韵舫，又號遲園居士。山東濰縣人。光緒十二年（一八八六）進士，官福建泉州、興化知府。

〔二〕觸緒亡耑：某種心緒無端産生。觸緒，觸動心緒。令狐楚《爲樓煩監楊大夫請朝覲表》：「臣聞心孤者觸緒而悲，意切者發言皆懇。」亡耑，即無端。耑，同「端」。

〔三〕常談者見不談：謂過去人們常常談論，現在却不再談論。見，通「現」。

〔四〕平原：指戰國時趙國公子平原君趙勝。趙勝（約前三〇八—前二五一），趙武靈王之子，惠文王之弟，戰國四公子之一，號平原君。以禮賢下士聞名，門下食客至數千人。

〔五〕諸葛：三國蜀丞相諸葛亮。

〔六〕「青霞奇意」二句：謂其詞作善于在山水中寄托情意，猶如古曲再奏新聲。參見「東鷗草堂詞序」一則注〔一七〕。《白雪》，古琴曲名。《淮南子·覽冥訓》：「昔者師曠奏《白雪》之音，而神物爲之下降。」

〔七〕「清泉絜其古懷」二句：此承上二句之意，「清泉」代山水，「哀絲」代琴曲。絜，通「潔」。韵，應和。微尚，微小的心願。謝靈運《初去郡》詩：「伊余秉微尚，拙訥謝浮名。」

〔八〕「挹元獻之袖」二句：謂與宋代詞人晏殊、姜夔爲同道。挹袖、拍肩，挹，也作「把」，牽。參見「蘋洲漁唱叙」一則注〔一二〕。元獻，晏殊謚元獻。堯章，姜夔字堯章。

〔九〕「循轍者迹」二句：謂向前人學習時，如依循明顯的途轍只能模仿到外在的東西，只有脱略形迹才能得其神韵。

〔一〇〕不鄙謂予：即「謂予不鄙」，意謂不認爲我淺陋。

［一一］齊風：張僖爲山東濰縣人，此爲齊國故地，故云。

［一二］閩海：時張僖任福建興化知府，故云。

［一三］「文章得失」二句：謂在諸種文體中，詞體被視爲微不足道的卑體。

［一四］「仁者見仁」二句：見周濟《介存齋論詞雜著》：「既成格調，求無寄托，無寄托，則指事類情，仁者見仁，知者見知。」語本《易・繫辭上》：「仁者見之謂之仁，知者見之謂之知。」謂對同一問題各有見解。知，同「智」。

［一五］山外人家：見張僖《南浦・秋別用玉田韵》：「今夜知君何處宿，山外人家多少。」鴉邊寒樹：見張僖《木蘭花慢・燕》：「剩有昏鴉數點，伴他寒樹蕭條。」

［一六］《九辯》楚辭：指以宋玉《九辯》爲代表的楚辭作品。三調漢曲：指漢代的樂府歌曲。三調，是相和歌中的三種調式。《舊唐書・音樂志》：「平調、清調、瑟調，皆周房中曲之遺聲也，漢世謂之三調。」

［一七］光緒十七年：公元一八九一年。

薲波詞題識△［一］

澗公朗抱沖襟［二］，使飲醪者自醉［三］，詩卷長留，名家屈指［四］。而餘事爲詩人之詞，樂府雅辭，深有合于南宋名賢清空不質實之旨[五]。前之草窗，後有月坡[六]，把臂入林，此其選也。

壬辰七月既望[七]，譚獻識。

【注】

[一] 薲波詞題識：此文譚集本、人文本未收，補編本作「題記」，據彙編本補入。《薲波詞》：萬釗詞集。一卷，有光緒十九年（一八九三）《鶴澗詩龕集》本。曹孔昭題識云：「澗民少好填詞，本其豪邁之氣，大致于蘇辛爲近。嘗謂予曰：『詞律甚細，非思深力沈，莫窺其際。然思竭傷神，吾弗爲矣。』取舊作悉焚之。近數年來，又復稍稍爲之。頃以見示，裒然盈帙。觀其遺辭命意，則又在夢窗（吴文英）、玉田（张炎）間。抑亦善變而不失其正者與？竹垞（朱彝尊）有云『老去填詞，一半是、空中傳恨』，則又當于言外求之。」李東沅題識云：「澗盟與予論詞，謂泥于律則晦，失于律則野。至于專學一家，則尤迂拘而不化。講求不可不精，下筆終須有我。斯言也，詩文何獨不然？今觀其詞，益信隨手拈來，自然合拍，又何必十年不近樂器哉？」蔣兆蘭《詞説》云：「三十年前，與南昌萬澗盟論詞，附録于此。一曰，調如《賀新郎》、《沁園春》、《滿江紅》、《水調歌頭》等曲，皆不易填，意謂其易涉粗豪也。二曰，凡四言偶句，仄仄平平、平平仄仄者，上句第二字，下句第四字，古人多用入聲，蓋以兩仄相連，忌用上上去去，故以入聲間之也。又曰，元人詞斷不宜

近，蓋以元詞音律破壞，且非粗即薄。他山之助，不敢忘也。」萬釗（一八四四——一八九九），字澗民，號澗盟，江西南昌人，寓居上海。譚獻晚年好友。劉炳照《感知集》卷上有《南昌萬磵盟大令釗》詩詠之：「南昌有詩人，流寓江南久。佐幕來淞濱，鶴磵盟空負。魂兮歸故鄉，遺稿付誰謀？」下有注云：「君刻有《鶴磵詩龕》集，客死無子，餘稿散佚。」

［二］ 澗公：即萬釗。補編本作「□□」。朗抱沖襟：高潔曠達的胸懷。胡應麟《少室山房集·黄説仲詩草序》：「朗抱沖襟，汎洗塵俗。」

［三］ 醪：原意爲濁酒，此泛指酒。

［四］ 屈指：謂扳着手指計算，萬釗詩可入名家之列。

［五］ 深：補編本無。清空不質實之旨：張炎《詞源》卷下云：「詞要清空，不要質實。清空則古雅峭拔，質實則凝澀晦昧。姜白石（姜夔）詞如野雲孤飛，去留無迹。吴夢窗（吴文英）詞如七寶樓臺，眩人眼目，碎拆下來，不成片段。」意謂其詞近姜夔、張炎一路。清空後成爲清代浙派詞追求之境，多講究化實爲虚、去形攝神。

［六］ 草窗：南宋詞人周密號草窗。月坡：即孫麟趾，號月坡。參見「評孫麟趾《祝英臺近》」一則注［一］。

［七］ 壬辰：此爲光緒十八年，公元一八九二年。

蕉窗詞評語△[一]

有生氣，有真氣，一洗綺羅粉澤之態[二]。以石瞿之慧兒、璞齋之婉孋[三]，門内唱和之盛，有徐淑、李清照之不逮者[四]。循覽終卷，獨舉《丁卯西湖》一曲入《篋中詞續選》[五]，以當禾黍之歌[六]。

壬辰七月既望[七]，譚獻。

【注】

[一]　蕉窗詞評語：此文譚集本、人文本、補編本未收，據彙編本補入。補編本録譚獻癸巳九月《蕉窗詞叙》一文，但實爲論鄧瑜詩歌，而非詞叙。《蕉窗詞》：鄧瑜詞集，一卷，有光緒二十二年（一八九六）錢塘諸氏家刻《璞齋集》本。鄧瑜（一八四三—一九〇一），字慧珏，號蕉窗主人，江蘇金匱（今無錫）人，詞人諸可寶繼室。其父鄧恩錫、弟鄧濂皆能詞。

[二]　一洗綺羅粉澤之態：形容詞風華麗柔靡，一般指花間詞風。語出胡寅《酒邊詞序》：「及眉山蘇氏，一洗綺羅香澤之態，擺脱綢繆宛轉之度。」

[三]　石瞿：即鄧濂。參見「評鄧濂《摸魚兒・用稼軒韵題復堂填詞圖》」一則注[一]。慧

兄：姊姊的雅稱。兄，古代亦以稱姐。許慎《説文解字・女部》：「姊，女兄也。」璞齋：即諸可寶。參見「閲諸可寶詩詞」一則注［一］。婉儷：妻子的雅稱。儷，配偶。《左傳・成公十一年》：「婦人曰：『鳥獸猶不失儷，子將若何？』」杜預注：「儷，耦（偶）也。」

［四］徐淑：東漢隴西人，秦嘉妻，其與夫秦嘉贈答詩頗有名。鍾嶸《詩品中》云：「士會夫妻事既可傷，文亦悽怨。二漢爲五言者，不過數家，而婦人居二。徐淑叙别之作，亞于《團扇》矣。」李清照：宋代女詞人，與丈夫趙明誠分居兩地時多唱和之作。

［五］《丁卯西湖》一曲入《篋中詞續》選：《篋中詞》今集續卷四載鄧瑜《金縷曲・丁卯秋日游西湖》一首。

［六］禾黍之歌：指表達盛衰感慨的詩歌。語出《詩・王風・黍離》毛傳：「《黍離》，閔宗周也。周大夫行役至于宗周，過故宗廟宫室，盡爲禾黍。閔宗周之顛覆，彷徨不忍去而作是詩也。」後以「禾黍」表達故國之思或盛世不再的感傷。

［七］壬辰：此爲光緒十八年，公元一八九二年。

秋夢庵詞叙△［一］

竊嘗推大樂府，賡續興觀［二］，以爲短長其字，則情罔勿章［三］；玲瓏其聲，則聽亡不減[四]。于是平章衆製[五]，進退美文，由唐迄明，篋中寫定[六]，昭代作者，最録今集[七]。夙昔伫興而作，斯言一人之私。睇想神交[八]，沈吟元賞[九]，吾南海葉曼伽先生有同音焉[一〇]。

先生破萬卷而有神[一一]，成一家而不愧[一二]。承明奏賦，笙磬乎鄒、枚[一三]；名山著書，《簫》、《勺》乎儒、墨[一四]。摩天之刃，鋭而爲針[一五]；帝子之衣，紉而亡縫[一六]。舉宮而商而交應[一七]，側峰橫嶺而畢成[一八]。慎若數馬之對[一九]，曲求雕龍之心[二〇]。有觀樂者，得微悟焉[二一]。夫以「斜陽芳草」，淘洗希文[二二]；「缺月疏桐」，流連蘇子[二三]。煙柳唱危闌之倚[二四]，亂鴉送歸夢之濃[二五]。識忠愛之微言[二六]，固怨悱而不亂[二七]。文外獨絶[二八]，傳之其人[二九]。《秋夢盦詞》，風雲攬傈直之誠[三〇]，山水寄田間之興。變衰秋氣[三一]，落木蕭然[三二]；綺麗餘波，美人安在？非必索老嫗之解[三三]，是以流弦外之音[三四]。夢禪家學，郭景純之《游仙》[三五]；東塾師資，宋大夫之《九辯》[三六]。使我看朱而成碧[三七]，知君得魚而忘筌也已[三八]。

獻投老以來[三九]，同聲斯應，嶺表賢達，天涯素心[四〇]，東有沈、梁[四一]，望風懷思[四二]；西有王、況[四三]，撫塵結契[四四]。崑玉交映，井水聞歌[四五]。出門有必合之車[四六]，異曲有同工之奏。《花間》、《草堂》，去人不遠；拍肩挹袖[四七]，引以自豪。沫胝先生之倚聲[四八]，蔚跂《篋中》之續集[四九]。永嘉之末，聞正始之音[五〇]，若何而不歎息絶倒也？

光緒壬辰九秋，譚獻再識[五一]。

【注】

[一] 秋夢盦詞叙：此文人文本未收，據譚集本補入。上海古籍出版社謝永芳校點本《葉衍蘭集·附録三》作「秋夢盦詞鈔序」。《秋夢盦詞》：葉衍蘭詞集。葉衍蘭繼光緒十六年（一八九〇）在廣州刊印《秋夢盦詞》一卷後，又陸續編成《秋夢盦詞續》、《秋夢盦詞再續》各一卷，刊于光緒二十年（一八九四）。譚獻《續録》光緒十九年（一八九三）正月十四日：「翻閲《秋夢盦詞》。七十老翁，旖旎風華，不露頹脱。此翁自少壯以來殆專以倚聲爲寄者也。」應指此本。

[二] 賡續興觀：意謂繼承《詩經》的比興諷喻傳統。賡續，延續。賡，補編本誤作「庚」。興觀，指興觀群怨的儒家詩教。參見「蒿庵詞題辭」一則注[七]。

[三] 情罔勿章：意謂情感無不得到彰顯。罔，無。章，同「彰」。

[四] 聽亡不浹：意謂音調與情感無不切合。亡，無。浹，切合。李漁《閑情偶寄·詞曲上·音律》：「詞曲情文不浹，以其就北本增刪，割彼凑此，自難貼合。」可參。

[五] 平章：品評。劉禹錫《同樂天和微之深春》其十五：「追逐同游伴，平章貴價車。」梟

製：衆多詞作。

［六］「由唐迄明」二句：指作者所編《復堂詞録》。

［七］「昭代作者」二句：指作者所編《篋中詞》。昭代，此指清朝。昭指政治清明。崔涂《問卜》詩：「不擬逢昭代，悠悠過此生。」最録，聚而録之。最，聚合。陸游《淡齋居士詩序》：「最其詩，得三卷，屬某爲序。」

［八］睇想神交：懷念心意投合之友。睇，睇盼，眷念。神交，忘形之交，後亦稱慕名而未謀面之交。譚獻與葉衍蘭終生未謀面。《三國志・吴書・諸葛瑾傳》裴松之注引虞溥《江表傳》：「孤與子瑜，可謂神交，非外言所間也。」

［九］沈吟元賞：品味他們的佳作。元，善。《尚書・舜典》：「柔遠能邇，惇德允元。」孔安國傳：「元，善之長。」元，彙編本作「玄」。

［一〇］南海：彙編本作「嶺南」。耆：同「嗜」，愛好。《漢書・于定國傳》：「少時耆酒多過失。」顔師古注：「耆，讀曰嗜。」

［一一］破萬卷而有神：杜甫《奉贈韋左丞丈二十二韻》：「讀書破萬卷，下筆如有神。」

［一二］成一家：謂成一方面的專家。《文選・司馬遷〈報任安書〉》：「究天人之際，極古今之變，成一家之言。」

［一三］「承明奏賦」二句：意謂其辭賦可與漢代的鄒陽、枚乘相呼應。承明奏賦，事見揚

雄《甘泉賦》序：「孝成帝時，客有薦（揚）雄文似（司馬）相如者，上方郊祠甘泉泰畤、汾陰後土，以求繼嗣，召雄待詔承明之庭。正月，從上甘泉還，奏《甘泉賦》以風。」承明，承明殿，爲漢未央宮中殿名。笙磬：謂發出同樣的聲音，即創作取向相同。語出《詩・小雅・鼓鍾》：「鼓鍾欽欽，鼓瑟鼓琴，笙磬同音。」朱熹集傳：「同音，言其和也。」笙和磬，均爲古代樂器，一般在一起演奏。鄒陽、枚乘，均爲漢代辭賦家。磬，譚集本誤作「磐」，據彙編本改。

[一四]「名山著書」二句：意謂其著作可藏之名山，有益于禮樂教化。名山著書，見《文選・司馬遷〈報任安書〉》：「僕誠以著此書，藏諸名山，傳之其人。」《簫》、《勺》，古樂名。《漢書・禮樂志》：「行樂交逆，《簫》、《勺》群慝。」顔師古注引晋灼曰：「《簫》，舜樂也。《勺》，周樂也。」

[一五]「摩天之刃」二句：意謂其作品乃反復錘煉而成，猶磨杵成針之意。

[一六]「帝子之衣」二句：謂其作品精妙若天衣無縫。帝子，天上仙女。亡，無。

[一七]舉宮倚商而交應：意謂其作品音律諧和。

[一八]側峰橫嶺而畢成：意謂其作品内容富于變化。蘇軾《題西林壁》：「橫看成嶺側成峰，遠近高低各不同。」

[一九]慎若數馬之對：意謂在朝爲官忠誠謹慎。對，應對。語出司馬遷《史記・萬石張叔列傳》：「（石）建爲郎中令，書奏事，事下，建讀之，曰：『誤書！『馬』者與尾當五，今乃四，不足一。上譴死矣！』甚惶恐。其爲謹慎，雖他皆如是。」顔師古正義：「『馬』字下曲者尾，并四點爲

四足，凡五。」

［二一〇］曲求雕龍之心：意謂刻意于文字寫作。語出司馬遷《史記·孟子荀卿列傳》：「騶衍之術迂大而閎辯，奭也文具難施；淳于髡久與處，時有得善言。故齊人頌曰：『談天衍，雕龍奭，炙轂過髡。』」裴駰集解引劉向《別録》：「騶奭修衍之文，飾若雕鏤龍文，故曰『雕龍』。」

［二一一］「有觀樂者」二句：古人認爲「聲音之道與政通」（《禮記·樂記》），故統治者通過觀樂以知政教風俗得失。

［二一二］「夫以『斜陽芳草』」二句：范仲淹《蘇幕遮》詞有「山映斜陽天接水，芳草無情，更在斜陽外」的名句。范仲淹字希文。淘洗，猶言沉浸。

［二一三］「缺月疏桐」二句：蘇軾《卜算子》詞有「缺月掛疏桐，漏斷人初静」的名句。流連，猶言留戀。

［二一四］煙柳唱危闌之倚：辛棄疾《摸魚兒》詞有「休去倚危闌，斜陽正在，煙柳斷腸處」的名句。

［二一五］亂鴉送歸夢之濃：秦觀《滿庭芳》詞有「多少蓬萊舊事，空回首、煙靄紛紛。斜陽外，寒鴉萬點，流水繞孤村」的名句。鴉，彙編本作「雅」。

［二一六］識忠愛之微言：據説宋神宗讀到蘇軾《水調歌頭》詞「瓊樓玉宇，高處不勝寒」，「乃歎曰：『蘇軾終是愛君。』即量移汝州。」見楊湜《古今詞話》引《歲時廣記》。

［二一七］怨悱而不亂：意謂温柔敦厚。語出司馬遷《史記·屈原賈生列傳》：「《小雅》怨悱

而不亂。」

［二八］　文外獨絶：語出《梁書・文學傳》：「（王）籍……至若耶溪，賦詩云：『蟬噪林逾静，鳥鳴山更幽。』當時以爲文外獨絶。」

［二九］　傳之其人：見上引《文選・司馬遷〈報任安書〉》。

［三〇］　風雲攬儤直之誠：意謂詞中展示了作者爲官行政的真心，頗具風雲之氣。補編本脱「風雲」二字。儤直：也作「儤值」，指古代官吏在府衙連日值宿。楊鉅《翰林學士院舊規・初入儤直例》：「每新人入，五儤三直一點，自後兩直一點，兩人齊入即無點。初入亦須酌量都儤直數足三直多少。」

［三一］　變衰秋氣：語出《文選・宋玉〈九辯〉》：「悲哉秋之爲氣也，草木摇落而變衰。」

［三二］　落木蕭然：語出杜甫《登高》：「無邊落木蕭蕭下，不盡長江滚滚來。」

［三三］　必：補編本誤作「心」。老嫗之解：謂通俗易懂。惠洪《冷齋夜話》卷一：「白樂天每作詩，問曰解否？嫗曰解，則録之；不解，則易之。」

［三四］　弦外之音：指其詞作有言外之意。語出范曄《獄中與諸甥侄書》：「弦外之意，虚響之音，不知所從而來。」

［三五］　「夢禪家學」二句：謂作者有家學淵源。原注：「尊甫夢禪居士，有《小游仙詞》百章。」尊甫，對對方父親的敬稱，指葉衍蘭之父葉英華，號夢禪居士，有《花影吹笙詞鈔》二卷，附

《小游仙詞》一百首。參見「葉英華詞」一則注[一]。郭景純，即郭璞（二七六—三二四），字景純，其《游仙詩》最有名。

[三六]「東塾師資」二句：謂作者師從名儒。原注：「陳蘭甫先生，君師法所出。」陳蘭甫，即陳澧。參見「評陳澧《疏影·苔痕，越臺詞社作》」一則注[一]。宋大夫，指戰國時楚國辭賦家宋玉，無功名，但饒有才情，有《九辯》傳世，爲悲秋名作。辯，補編本作「辨」。

[三七] 看朱而成碧：謂老眼昏花。語出王僧孺《夜愁示諸賓》詩：「誰知心眼亂，看朱忽成碧。」看，補編本作「著」。

[三八] 知君：譚集本、補編本作「君知」，據彙編本改。得魚而忘筌：比喻達到目的後即忘其憑藉，以喻「得意而忘言」。語出《莊子·外物》：「筌者所以在魚，得魚而忘筌。」成玄英疏：「筌，魚笱也，以竹爲之，故字從竹。」又云：「魚兔得而筌蹄忘，玄理明而名言絶。」

[三九] 投老以來：指告老還鄉。王羲之《十七帖》：「實望投老，得盡田里骨肉之歡。」譚獻于光緒十三年（一八八七）四月因病辭官歸里。

[四〇] 素心：心地純真，毫無矯飾。陶潛《移居》其一：「聞多素心人，樂與數晨夕。」《莊子·天地》：「素逝而恥通于事。」成玄英疏：「素，真也。」《文選·顏延之〈陶徵士誄〉》：「長實素心。」李善注：「凡物無飾曰素。」素，補編本作「繫」。

[四一] 沈、梁：彙編本作「汪、沈」，自注云「汪芙生、沈伯眉」。汪芙生，即汪瑔，見「三家詞

叙」一則注〔二〕。沈，原注云「伯眉」。伯眉，即沈世良，見「三家詞叙」一則注〔八〕。梁，原注云「星海」，即梁鼎芬。梁鼎芬（一八五九—一九二〇），字星海，又字伯烈，號節庵，又號孤庵、病翁等，廣東番禺（今廣州）人。光緒六年（一八八〇）進士，授翰林院編修。歷任湖北安襄鄖荆道、按察使，署布政使，因彈劾李鴻章名震朝野。應張之洞聘，主講廣東廣雅書院和江蘇鍾山書院。後任溥儀毓慶宫行走。民國初在上海與樊增祥、繆荃孫等參加超社。有《款紅樓詞》一卷，民國二十一年（一九三二）排印本。葉恭綽《款紅樓詞跋》評其詞云：「丈少日入燕，即寓先大父南雪公（葉衍蘭）米南胡同宅，從南雪公學詞。……至先生詞筆清迴，極馨烈纏綿之況，當世自有定評。」

〔四二〕　望風懷思：語出《文選·李陵〈答蘇武書〉》：「遠托異國，昔人所悲，望風懷想，能不依依。」李周翰注：「望風，謂遠望也。」譚集本、補編本無此四字，據彙編本補。

〔四三〕　王、況：原注：「幼遐、夔笙二中書。」王鵬運、況周頤與鄭文焯、朱祖謀并稱晚清四大詞人。幼遐，即王鵬運，參見「評王鵬運《齊天樂·秋光》」一則注〔一〕。夔笙，即況周頤，參見「評況周頤《南浦·春草》」一則、「《薇省同聲集》」一則注〔一〕。

〔四四〕　撫塵結契：謂少年時即交好。撫塵，一種聚沙之類的兒童游戲。《藝文類聚》卷六引應璩《與曹公箋》：「昔漢光武與戴子高有撫塵之好。」楊慎《俗言》：「撫塵，謂童子之戲，若佛書所謂聚沙也。」結契，結交相得。劉知幾《思慎賦》：「餘推誠而禆耳，蕭結契而連朱。」譚集本、補編本無此四字，據彙編本補。

［四五］　崑玉交映：喻人才傑出。崑玉，崑崙山美玉。《文選·陸倕〈新刻漏銘〉》：「陸機之賦，虚握靈珠；孫綽之銘，空擅崑玉。」李周翰注：「靈珠、崑玉，喻文章之美也。」井水聞歌：謂如宋詞人柳永一樣，其詞作傳播甚廣。葉夢得《避暑録話》卷三：「嘗見一西夏歸朝官云：『凡有井水處，即能歌柳詞。』」此二句彙編本作「池波共皺，井水能歌」。

［四六］　出門有必合之車：似用「傾蓋」之典，謂友朋間關係親密。參見「遺園詩餘跋」一則注［一〇］。

［四七］　挹袖：參見「蘋洲漁唱叙」一則注［一一］。袖，《葉衍蘭集》作「衷」。

［四八］　沬胝：口中流沬，手上生繭，猶言拼全力。語出李商隱《韓碑》詩：「願書萬本書萬過，口角流沬右手胝。」沬，唾沬。《漢書·揚雄傳》：「蔡澤頷頤折頞，涕垂流沬。」胝，胼胝，手足長期摩擦而生的繭子。《荀子·子道》：「耕耘樹藝，手足胼胝。」《廣韵》：「胝，皮厚也。」

［四九］　蔚跂《篋中》之續集：意謂使自己《篋中詞》續集的選編更顯多彩。蔚跂，壯麗多姿。杜甫《觀公孫大娘弟子舞劍器行》序：「見臨潁李十二娘舞劍器，壯其蔚跂。」浦起龍《讀杜心解》：「言其光彩蔚然，而有舉足凌厲之勢。」跂，《葉衍蘭集》作「蹐」。

［五〇］　「永嘉之末」二句：意謂時當衰世，得聞純正的樂聲。語出《晋書·衛玠傳》：「昔王輔嗣吐金聲于中朝，此子復玉振于江表，微言之緒，絶絶而復續。不意永嘉之末，復聞正始之音。」

［五一］　光緒壬辰九秋，譚獻再識：譚集本無此十字，據彙編本補。光緒壬辰，此爲光緒十

八年（一八九二）。《秋夢庵詞鈔》二卷、《詞續》一卷、《詞再續》一卷，光緒十六年（一八九〇）刊于廣州。譚獻《日記》己丑（光緒十五年，一八八九）：「番禺葉南雪太守衍蘭介許邁孫以《秋夢盦詞》屬余讀定。綺密隱秀，南宋正宗。于予論詞頗心折，不覺爲之盡言。」再識：可知另文《秋夢庵詞鈔叙》作于前，此叙作于後。

泥雪堂詞鈔跋△[一]

嗟乎！子佩已矣，才高失職[二]，侘傺不平[三]。身世之故，托于倚聲，皆商音也[四]。擬去子目，合爲一卷。三復累欷[五]，録二闋入《篋中詞續》[六]。

光緒十八年[七]，歲次壬辰孟冬五日，仁和譚獻識。

【注】

〔一〕 泥雪堂詞鈔跋：此文譚集本、人文本、補編本未收，據彙編本補入。《泥雪堂詞鈔》：沈昌宇詞集，五卷，有民國六年（一九一七）日進公司排印本。沈昌宇（一八三六——一八八四？），字子佩，號竹亭鋤玉生，江蘇武進（今常州）人。同治三年（一八六四）舉人，官直隸永年候補知縣。工詩詞。除譚獻此跋外，另有任道鎔跋云：「如《滿江紅》八首，得磊落跌宕之概，錦瑟詞《邁陂塘》一首，悱惻纏綿，讀之酸楚。《水調歌頭》四首，激昂卓越，不讓皋文（張惠言）。」呂耀斗跋云：「吾鄉茗柯溯其源，未窮其委，得君乃大昌斯學。」

〔二〕 失職：失去常業。《周禮·地官·大司徒》：「十日以世事教能，則民不失職。」孫詒讓正義：「職謂四民之常職。」此指無官職。

〔三〕 侘傺：失意貌。《楚辭·屈原〈離騷〉》：「忳鬱邑余侘傺兮，吾獨窮困乎此時也。」王逸章句：「侘傺，失志貌。」

〔四〕 商音：商爲五音之一，其聲悲涼哀怨。陶潛《詠荊軻》：「商音更流涕，羽奏壯士驚。」

〔五〕 三復累欷：謂反復誦讀其詞作，不禁屢次欷歔不已。《文選·王褒〈洞簫賦〉》：「故聞其悲聲，則莫不愴然累欷，撆涕抆淚。」李善注引《廣雅》：「歔欷，悲也。」

〔六〕 録二闋入《篋中詞續》：《篋中詞》今集續卷四選沈昌宇詞二首，即《六州歌頭》（鵝黃淺嫩）、《蝶戀花》（布穀聲中鄉味苦）。

〔七〕 光緒十八年：公元一八九二年。

粉雲庵詞序△〔一〕

如煙綿綿，如月娟娟〔二〕。高秀得之六朝詩，幽奇得之西泠山水〔三〕。而性真所流，不掩其倜儻不群之勝概[四]。見鱗知龍，因羽求鳳。六橋都尉裒奇虛受[五]，妮古求是[六]，孟晉不已[七]，畏友益友[八]，衰遲何幸得見成容若、承子久替人邪[九]？

光緒十有九年春王正月[一〇]，譚獻。

【注】

[一] 粉雲庵詞序：此文譚集本、人文本、彙編本、補編本均未收，據國家圖書館藏《粉雲庵詞》縮微膠卷補入。《粉雲庵詞》：三多詞集，六卷，有三多門生董毓舒民國三十一年（一九四二）排印本。三多（一八七一—一九四一）：蒙古族，鍾依氏，漢姓張，名三多，字六橋，又署鹿樵、可園、瓜園，蒙古正白旗人，生于浙江杭州。光緒十七年（一八九一）舉人，光緒二十三年（一八九七）署杭州知府，後任庫倫（蒙古烏蘭巴托）辦事大臣、浙江武備學堂總辦、洋務局總辦、北京大學堂提調（校長）等職。民國後任盛京副都統兼守護大臣，在瀋陽管理故宮及關外三陵，僞滿時去長春，出任電氣株式會社總裁。晚寓北京東城板廠胡同，家有可園。從王廷鼎、俞樾、樊增祥等學書畫詩詞，有《可園詩抄》七卷，民國三十一年（一九四二）鉛印本。俞樾序其詞集云：「六橋性情中逸，舉止閑雅，一望而知秦七、黃九門徑中人。其于詩宜，其于詞更宜。婉媚深竅，讀之意消，殆所謂辭情兼勝者乎？余老矣，春蠶之絲，抽而欲盡，近所爲詩往往率易無味。于詩如此，于詞可知。讀六橋詩爲之三歎，其詩學與年俱進，其詞學亦必與年俱進。」蔣學堅

《懷亭詩話》卷四云：「長白六橋三多，夢薇（王廷鼎）門下士也。工詩詞，善琴畫，曾介夢薇以其所著《可園詩鈔》見質，先有德清俞曲園太史樾及夢薇兩序。」冒廣生《小三吾亭詞話》卷四云：「蒙古三六橋都護多，姿幹嫻雅。蓄一琴名丹鳳，撫弦動操，聽者情移。家有可園，具竹石之勝。春秋佳日，騎款段馬，沿西子湖行，垂髫俊童携酒榼尾之，輕裘緩帶，與柳絲花片相掩映，真濁世之翩翩者也。」

〔二〕　娟娟：明媚貌。司馬光《和楊卿中秋月》：「嘉賓勿輕去，桂影正娟娟。」

〔三〕　西泠：杭州西湖孤山南麓景區名，有橋名西泠，故稱。南朝齊錢塘名妓蘇小小墓在此，故亦稱西陵。田汝成《西湖游覽志》卷一：「西泠橋，一名西林橋，又名西陵橋，從此可往北山者。」此代指杭州西湖山水風光。

〔四〕　倜儻：卓異，不同尋常。《文選·司馬遷〈報任安書〉》：「古者富貴而名摩滅，不可勝紀，惟倜儻非常之人稱焉。」李善注：「《廣雅》曰：倜儻，卓異也。」

〔五〕　都尉：三多十三歲世襲輕車都尉，故稱。裒奇：懷抱奇志。裒，同「抱」。《後漢書·袁張韓周列傳》：「（周）興抱奇懷能，隨輩棲遲，誠可歎惜。」虛受：虛心待人。語出《易·咸》：「君子以虛受人。」孔穎達疏：「君子以虛受人者……空虛其懷，不自有實，受納于物，無所棄遺。」

〔六〕　妮古求是：親近古典，追求真理。妮，同「昵」，親近。陳繼儒有《妮古録》。

〔七〕　孟晋：努力進取。語出《文選·班固〈幽通賦〉》：「盍孟晋以迨群兮，辰倏忽其不再。」李善注引曹大家：「孟，勉也。晉，進也。」

［八］ 畏友：在道義、德行、學問諸方面互相勉勵，令人敬畏的友人。陸游《病起雜言》詩：「嚴師畏友在我傍。」蘇竣《雞鳴偶記》：「道義相砥，過失相規，畏友也。」益友：語出《論語·季氏》：「孔子曰：『益者三友……友直，友諒，友多聞，益矣。』」

［九］ 衰遲：此謂自己年老力衰。成容若、承子久替人：成容若，即納蘭性德，一名成德，葉赫那拉氏，字容若，滿洲正黄旗人。承子久，即承齡，字子久，滿洲鑲黄旗人。三多與納蘭性德、承齡均爲少數民族詞人，故云。替人，接替的人，即後繼者。王梵志《用錢索新婦》詩：「替人既到來，條録相分付。」《新唐書·杜審言傳》：「今且死固大慰，但恨不見替人云。」

［一〇］ 光緒十有九年：公元一八九三年。春王正月：即正月。顧炎武《日知録·王正月》：「未爲天子，雖爲建子而不敢謂之正。……已爲天子，則謂之正而復加王，以別于夏、殷。《春秋》『王正月』是也。」

留雲借月盦詞贈言△［一］

天涯同氣，相望相思。顔笑語言，千里一室［二］。昨奉清問，知不遐遺［三］。耿耿綿綿［四］，相見有日。授讀詞集，沫胝傾企［五］，而尤心折于柬嘯吾一調十二字［六］，與世年持論有笙磬之同[七]。遂達神旨，撰叙以應教[八]。

獻仲春之晦，自鄂歸里[九]，偃蹇杜門，隨身藥裹，而索居無俚[一〇]，夏間仍有楚游[一一]。武林朋好如雨[一二]，嘯吾、晋壬久爲異物[一三]，筱圃、笏臣持檄履公[一四]，竺潭在此亦未接襼[一五]。叔夜之懶[一六]，不可治如此。左右洗研名園，興復不淺[一七]。吴中勝流與幾輩周旋耶？何當過從，以療輖饑[一八]。獻甄録《篋中詞續》卷四，未刻，已選集中《柳梢青》（又是今宵）、《清平樂》（韶光虚度）、《喝火令》（酒醒詩魂瘦）、《梅子黄時雨》（無數樓臺）、《賀新凉》（雪意濃于酒）五篇[一九]。附塵雅聽，復頌動定翔吉[二〇]。

學小弟譚獻頓首，甲午暮春望日[二一]，杭州貫巷賃廡泐上[二二]。

【注】

[一] 留雲借月盦詞贈言：此文譚集本、人文本、補編本未收，據彙編本補入。《留雲借月盦詞》：劉炳照詞集。五卷，光緒十九年（一八九三）刊刻，光緒二十五年（一八九九）又刻《留雲借月庵詞續》一卷。後于光緒三十二年（一九〇六）增删重編，改名《無長物齋詞存》，五卷，有民國四年（一九一五）刊本。此文與下文收入《無長物齋詞存》，題《譚仲修大令書》。留雲借月，見朱敦儒《鷓鴣天·西都作》：「曾批給雨支風券，累上留雲借月章。」俞樾序其詞集云：「而循聲按拍，持律甚嚴，則非于此事三折肱者不能辨也。……歐陽公有言，詩必窮而後工，余謂詞亦

有然。……其自題《秋窗填詞圖》有云：『一寸詞腸，七分是血，三分是淚。』讀者勿徒賞其字句之工、音律之細也。」金武祥序云：「蓋在常州詞人，不爲宛鄰（張惠言）所拘，而能自成一家者。」鄭文焯《贈言》評其詞云：「深美閎約，小令酷似二晏；切情附物，則不亞碧山。」劉炳照（一八四七—一九一七），原名銘照，字伯蔭，一字光珊，號蕢塘，又號語石詞隱、抱翁，晚號復丁老人，江蘇陽湖（今常州）人。諸生，官候選訓導。擅填詞，流寓蘇州時，與夏孫桐、張上龢等在藝圃結鷗隱詞社。其《復丁詩紀》云：「藝圃猶存諫草樓，晚風香送白蓮秋。自從鷗隱聯詞社，落月晨星感舊游。」下自注：「蘇郡西偏有藝圃，爲勝國遺賢姜如農給諫僑寓之所。池荷多異種，純白無雜色。乙未七夕，偕張子純、陳同叔、夏閏枝、于仲威、褚繹堂、屺懷、叔問，結鷗隱詞社于此。」繆荃孫《藝風堂文漫存》卷二有《劉語石〈無長物齋詞存〉序》云：「光緒乙未，内兄夏閏枝與君結鷗隱詞社。」又在杭州與鄭文焯、俞樾、譚獻等交往唱酬，掌寒碧詞社多年，人稱譚獻之後的詞壇耆宿。

〔二〕　千里一室：蘇軾《生日蒙劉景文以古畫松鶴爲壽，且貺佳篇，次韵爲謝》：「問子一室間，寧有千里廓。」

〔三〕　遐遺：因遥遠而遺棄。《易·泰》：「包荒，用馮河，不遐遺。」王弼注：「用心弘大，無所遐棄。」孔穎達疏：「遐，遠也；遺，棄也。用心弘大，無所疏遠棄遺于物也。」

〔四〕　耿耿綿綿：白居易《長恨歌》有「耿耿星河欲曙天」、「此恨綿綿無絶期」等語，此借用來表達友朋思念之情。

［五］沫胝：參見「秋夢盦詞叙」一則注［四八］。傾企：想望，仰慕。范仲淹《與朱氏書》：「時請惠字，以慰傾企。」

［六］柬：信札。嘯吾：指友人宗山。宗山字嘯吾。

［七］笙磬之同：謂創作取向相同。參見「秋夢盦詞叙」一則注［一三］。

［八］撰叙以應教：指《留雲借月盦詞叙》。譚獻《續録》光緒二十年二月十三日記：「得常州劉炳照光珊吴下留園來書，寄新刻《留雲借月詞》五卷索序。展卷已有晋壬（吴唐林）、曲園（俞樾）、湝生（金武祥）、孟蕫（吴翊寅）四序，又有盛、左二跋，又遠索弁言，是亦不可以已乎！」

［九］「獻仲春之晦」二句：據《續録》，譚獻于此年二月二十二日坐江裕輪自武昌返杭，于二十九日到家。晦，月末。《左傳·僖公十五年》：「己卯晦，震夷伯之廟。」孔穎達疏：「晦，九月三十日。」

［一〇］索居無俚：譚獻妻于上年正月去世，故云。無俚，無聊。孫奕《履齋示兒編·總説·字訓辯》：「無聊之謂無俚。」

［一一］夏間仍有楚游：此年夏天是否返武昌，《日記》無記載。但下一年《日記》載二月初一抵武昌。

［一二］武林：杭州别稱，以武林山得名。朋好如雨：謂多友人。杜甫《秋述》：「常時車馬之客，舊，雨來；今，雨不來。」後以「舊雨」作爲老友的代稱。

［一三］　晋壬：指友人吳唐林，號晋壬。異物：指已死的人。語出《史記・屈原賈生列傳》：「化爲異物兮，又何足患！」司馬貞索隱：「謂死而形化爲鬼，是爲異物。」

［一四］　筱圃：指友人俞廷瑛，字筱圃。笏臣：指友人鄧嘉純，字笏臣。持檄履公：謂奉命擔任公職。

［一五］　竺潭：指友人邊保樞，字竺潭。接褸：猶言「把袂」，表示親昵。褸，衣袖。《文選・潘岳〈藉田賦〉》：「躡踵側肩，掎裳連褸。」李善注：「晋郭璞《方言注》曰：褸即袂字也。《説文》曰：袂，袖也。」

［一六］　叔夜之懶：三國魏名士嵇康字叔夜，以疏懶聞名。其《與山巨源絶交書》自述云：「性復疏懶，筋駑肉緩，頭面常一月十五日不洗；不大悶癢，不能沐也。每常小便而忍不起，令胞中略轉，乃起耳。又縱逸來久，情意傲散，簡與禮相背，懶與慢相成。」

［一七］　興復不淺：謂興致很高。語出劉義慶《世説新語・容止》，太尉庾亮登武昌南樓，「俄而率左右十許人步來，諸賢欲起避之，公徐云：『諸君少住，老子于此處，興復不淺。』便據胡床，與諸人詠謔，竟坐甚得任樂」。

［一八］　輖饑：饑餓。語出《詩・周南・汝墳》：「惄如調饑。」毛傳：調，朝也。鄭玄箋：「未見君子之時，如朝饑之思食。」輖一作「調」，通「朝」，早晨。唐陸德明釋文：「調……又作輖。」

［一九］　五篇：《篋中詞》今集續卷四即選此五詞。

［二〇］　動定翔吉：此爲祝禱語，謂起居作息平安吉祥。翔，通「祥」。

［二一］　甲午：此爲光緒二十年（一八九四）。

［二二］　賃廡：租借的房屋。譚獻自光緒十七年（一八九一）遷居黃醋園外。歐陽詹《太原旅懷呈薛十八侍御齊十二奉禮》詩：「糊口百家周，賃廡三月餘。」泐：書寫。

留雲借月盦詞贈言△[一]

昨與筱圃、竺潭清集[二]，正念大雅。復辱存問，慣遲作答，惠書來矣。新蘅老友海國廿年[三]，樂府橫逸[四]，而初刻幽微之致，不無變徵改弦[五]。煮夢庵精鑒[六]，而不多作，且多不存稿也。弟十日之內，仍有鄂游[七]。將來尚乞雅詞一二三冊，分貽梁節厂、萬劍盟諸同調[八]。《篋中詞續》卷四至鄂補刻，緩寄。茲以舊本先奉，《類集》附呈教正[九]。前貺書件誦佩[一〇]，惠章獎借，賡和別上[一一]。鄭叔問今之二窗[一二]，先生曾與贈縞否[一三]？公車罷後，仍客吳下否[一四]？亦聞聲未通謦咳[一五]。杜刻《詞律》[一六]，蘊梅與弟先後補校[一七]，榆園將補刻卷端[一八]。剞劂未成[一九]，故久未印行。四方知好，亦多欲先睹者。率爾布復，順承箸祉[二〇]。今秋尚有白下看山之興邪[二一]？

學小弟譚獻頓首。四月下旬五日[二二]，復堂倚裝[二三]。

【注】

[一] 留雲借月盦詞贈言：此文譚集本、人文本、補編本未收，據彙編本補入。

[二] 筱圃、竺潭：即俞廷瑛、邊保樞。

[三] 新蘅老友海國廿年：張景祁，又號新蘅主人，曾長期在臺灣任職。參見「張景祁詞」一則注[一]。

[四] 橫逸：恣肆奔放，不受拘束。劉劭《人物志·材理》：「好奇之人，橫逸而求異。」

[五] 「而初刻幽微之致」二句：謂張景祁創作面貌大變。譚獻謂其早年「填詞刻意姜、張，研聲刌律」，但後來經歷離亂，詞作「摧鋒落機，謝去斧藻……不無黄鐘瓦缶之傷」。參見「張景祁詞」一則。變徵，古代七聲聲階中的第四個音級，比徵低半音。《國語·周語下》「七律者何」，韋昭注：「周有七音，王問七音之律，意謂七律爲音器，用黄鍾爲宫，大蔟爲商，姑洗爲角，林鍾爲徵，南吕爲羽，應鍾爲變宫，蕤賓爲變徵也。」

[六] 煮夢庵：爲作者友人許增室名。參見「校刻衍波詞序」一則注[二]。譚獻有《齊天樂·許邁孫煮夢盦填詞圖》詞。

［七］仍有鄂游：謂計劃由杭州再往武昌。

［八］梁節厂：即梁鼎芬，號節庵。厂，同「庵」。此處有自注：「客鄂。」萬劍盟：即萬釗，字劍盟。此處有自注：「客滬。」

［九］《類集》：指《復堂類集》。《復堂類集》第二次刊印于光緒十一年（一八八五）。

［一〇］貺：賜與。《國語·魯語下》：「君之所以貺使臣，臣敢不拜貺。」韋昭注：「貺，賜也。」誦佩：稱贊佩服。

［一一］賡和：唱和。一般襲用他人原作之韻或題意。別上：謂另外呈閱。

［一二］鄭叔問：即鄭文焯，字叔問。二窗：指南宋詞人夢窗（吴文英）、草窗（周密）。

［一三］贈縞：謂結交。縞，縞帶，白色絹做成的衣帶。《左傳·襄公二十九年》：「（吴季札）聘于鄭，見子產，如舊相識。與之縞帶，子產獻紵衣焉。」駱賓王《夏日游德州贈高四詩》其四：「締交君贈縞，投分我忘筌。」

［一四］「公車罷後」二句：謂劉炳照考試落第後是否仍住蘇州。

［一五］謦咳：談笑。語出《莊子·徐無鬼》：「又況乎昆弟親戚之謦咳其側者乎？」郭慶藩《莊子集釋》引李頤云：「謦咳，喻言笑也。」

［一六］杜刻《詞律》：指杜文瀾于光緒二年（一八七六）刊刻的萬樹《詞律》。

［一七］韻梅：即張景祁，字韻梅。

〔一八〕 榆園將補刻卷端：指許增有將《詞律》刊入《榆園叢刻》的計劃。

〔一九〕 剞劂：原指刻鏤的刀具。《楚辭·嚴忌〈哀時命〉》：「握剞劂而不用兮，操規榘而無所施。」洪興祖補注引應劭：「剞，曲刀；劂，曲鑿。」後指雕刻書版。

〔二〇〕 箸祉：書信末尾的請安語，一般用于學者文人之間。

〔二一〕 白下：唐有白下縣，後因用作南京別名。《北齊書·顔之推傳》：「經長干以掩抑，展白下以流連。」

〔二二〕 四月下旬五日：爲甲午年（光緒二十年，一八九四）所作。

〔二三〕 倚裝：謂整裝待發。

留雲借月盦詞叙△〔一〕

予惟文學之術，各有本末。世稱填詞爲詩餘者〔二〕，豈不以流連哀樂，推尋比興〔三〕，言情只有一往，披文不主故常〔四〕。夙昔與達微鏡古之友〔五〕，有成言矣。劉君光珊，學有本末〔六〕，托于令、慢，惟敦《詩》説《禮》〔七〕，而後乃刻羽流徵以宣之〔八〕。游蕭寥，寄抑塞，雲月傾其衿抱〔九〕，師友與爲針芥〔一〇〕。陽羨山水之音，百年文獻之寄[一一]。顧以無當之卮[一二]，易缺之劍[一三]，君平棄世，世棄君平[一四]。不材散廢[一五]，以來酒所[一六]，相視無言而莫逆者也。

比受其《留雲借月》倚聲別集，微詠長歌[一七]，惝恍無主[一八]，消摇與游夫抑揚四上[一九]，出入華月[二〇]，整齊之者，厥軌可循。飄摇乎情靈[二一]，紉組乎騷怨[二二]，體製之當規也。而溯其流，而脉其源，晚唐閟以堂奥[二三]，五季掖其梯級[二四]，詞之本末，具于是焉。于是劉君曲折蟻旋之中[二五]，蜺舉鸞翔之表[二六]，願以自道三言，與之尚友千載[二七]。君詞有曰：「軌循姜、史，製規秦、柳，源溯馮、韋。」君所心得，吾何間然[二八]？乃叙君詞[二九]，亡以易之。

仁和譚獻題，時甲午立夏後三日[三〇]。

【注】

[一] 留雲借月盦詞叙：此文人文本未收，據譚集本補入。

[二] 稱：原作「偁」，據彙編本改。

[三] 推尋：原作「推焬」，據彙編本改。意爲推求尋索。蔡邕《文恭侯胡公碑》：「率慕《黄鳥》之哀，推尋《雅》意，彷徨舊之。」

［四］　不主故常：不拘守舊套常規。語出《莊子・天運》：「其聲能短能長，能柔能剛，變化齊一，不主故常。」成玄英疏：「齊變化之一理，豈可守故而執常！」

［五］　達微：洞察細微。《禮記・孔子閑居》「四方有敗，必先知之」，孔穎達疏：「以聖人行五至、三無，通幽達微，無所不悉，觀其萌兆，觀微知著。」鏡古：猶鑒古，考察鑒別古代的事物。

［六］　本末：彙編本作「淵原」。

［七］　禮：彙編本作「樂」。

［八］　刻羽流徵：本意爲演奏樂曲，此指按譜填詞。語出《文選・宋玉〈對楚王問〉》：「引商刻羽，雜以流徵，國中屬而和者不過數人而已。」商、羽、徵，均屬古代五音（五個音階）。

［九］　衿抱：即「襟抱」，情懷。

［一〇］　針芥：磁石引針，琥珀引芥，意謂如針芥般相投契。《續傳燈録・紹燈禪師》：「受具之後，瓶錫游方，造玉泉芳禪師法席，一見針芥相投，筌蹄頓忘。」

［一一］　「陽羨山水之音」二句：彙編本無。陽羨：今江蘇宜興。清代宜興屬常州府，此代指常州。

［一二］　無當之卮：没有底的酒器，比喻事物華麗而不實用。此當指詩文著作無補于時政。《韓非子・外儲説右上》：「一日，堂溪公見昭侯曰：『今有白玉之卮而無當，有瓦卮而有當，君渴將何以飲？』君曰：『以瓦卮。』」《文選・左思〈三都賦〉序》：「且夫玉卮無當，雖寶非用；侈

言無驗，雖麗非經。」劉良注：「卮，一名觶，酒器也。當，底也。」吕向注：「言有玉器無底，雖是寶物，終不堪用。」

［一三］易缺之劍：剛直的劍容易折斷，比喻剛正不阿的人不容于世。缺，損壞。《後漢書·黄瓊傳》：「常聞語曰：『嶢嶢者易缺，皦皦者易污。』」

［一四］「君平棄世」二句：語出李白《古風》其十三：「君平既棄世，世亦棄君平。」意謂劉炳照如嚴君平隱居不仕，不爲時所用。嚴君平（前八六——一〇），名遵，蜀郡（今四川成都）人。漢成帝時隱居市井中，以卜筮爲業，著《老子指歸》。

［一五］不材散廢：自謙爲無用之人。語出《莊子·人間世》：「散木也，以爲舟則沈，以爲棺槨則速腐，以爲器則速毁，以爲門户則液樠，以爲柱則蠹。是不材之木也，無所可用，故能若是之壽。」

［一六］酒所：原意爲酒意。《漢書·佞幸傳·董賢》：「上有酒所，從容視賢笑。」王先謙補注：「酒所猶酒意。」此指飲酒之處。

［一七］微詠長歌：猶短詠長歌。杜甫《狂歌行贈四兄》：「樓頭喫酒樓下卧，長歌短詠還相酬。」

［一八］惝恍：惆悵。《楚辭·遠游》：「怊惝恍而永懷。」王逸章句：「惆悵失望，志乖錯也。」恍同「怳」。

［一九］消摇：即逍遥。抑揚四上：意謂其詞之聲調抑揚多變。四、上，爲笛色譜中兩種

音調，四即宮，上即商。《楚辭·大招》：「四上競氣，極聲變只。」楚辭舊注未詳。《續文獻通考》卷一百零一《樂考》：「毛奇齡《竟山樂録》曰：「楚詞《大招》云：『四上競氣，極聲變只。』四上者，笛聲也。《笛色譜》：曰『四上尺工六爲宮商角徵羽。』四上，宮與商也。」

［二一〇］　出入華月：此切其詞集名「留雲借月」。華月，皎潔的月亮。

［二一一］　飄摇：彙編本作「感發」。

［二一二］　紃組乎騷怨：意謂以《離騷》爲規範。紃組，原意爲編織，語出《禮記·内則》：「執麻枲，治絲繭，織紝組紃。」孔穎達疏：「薄闊爲組，似繩者爲紃。」引申爲規範。騷怨，牢騷哀怨。司馬遷《史記·屈原賈生列傳》：「屈平之作《離騷》，蓋自怨生也。」唐甄《潛書·思憤》：「發爲騷怨之辭，肆爲狂悖之行。」

［二一三］　晚唐閟以堂奥：意謂其作品藴含有晚唐詞深遠的意境。閟，深藏。堂奥：深處。棗腆《答石崇》詩：「竊睹堂奥，欽蹈明規。」

［二一四］　五季掖其梯級：意謂五代詞是其創作依傍的臺階。五季，五代。掖，扶持，依傍。《詩·陳風·衡門序》：「衡門，誘僖公也。愿而無立志，故作是詩以誘掖其君也。」毛傳：「掖，扶持也。」補編本脱「級」以下至「蜕」共二十字。

［二一五］　于是劉：彙編本無此三字。蟻旋：像螞蟻一樣回旋，形容處境侷促。黄庭堅《僧景宗相訪寄法王航禪師》：「一絲不掛魚脱淵，萬古同歸蟻旋磨。」

［一二六］　蜕舉鸞翔：原指解脱仙化，此處謂能超然物外。王寵《飲顧淄川榮夫》：「蟬蜕迹已冥，鸞翔意俱往。」

［一二七］　尚友千載：上與古人爲友。朱熹《陶公醉石歸去來館》詩：「予生千載後，尚友千載前。」

［一二八］　吾何間然：意謂自己没有異議。

［一二九］　乃叙君詞：據譚獻《續録》光緒二十年（一八九四）二月十三日記載：「得常州劉炳照光珊吴下留園來書，寄新刻《留雲借月詞》五卷索序。」

［一三〇］　仁和譚獻題，時甲午立夏後三日：譚集本、補編本無此十三字，據彙編本補。甲午，光緒二十年（一八九四）。

三家詞叙△［一］

送遠碧草，登樓青山，目之所際，春秋佳色，此汪玉泉之詞也［二］。錦瑟幽憶［三］，奇珠轉圜［四］，裴回裴回［五］，采詩入樂，此葉南雪之詞也［六］。珮玉千聲，流水九曲，書藝正宗［七］，逆入平出，此沈伯眉之詞也［八］。夫以榮曜華茂，人間之松菊同生［九］；引商流徵，伶官則竹肉中吕[一〇]。既曰轉益多師[一一]，亦且同中見異[一二]。

賦當六義之一，宋、景喁于[一三]；詞出八代而還，比興十九。嶺表崇秀，海氣合離。敦乎風雅之林，蔚矣文章之府。匪獨國秀[一四]，亦有寓公[一五]。目論本朝，心儀曩哲[一六]。陳、梁振乎前轍[一七]，黎、張賡乎藝林[一八]。尚已東塾先生[一九]，文而又儒，開示承學[二〇]。武庫之無不有[二一]，文苑之當其難。乃至倚聲樂府，游藝名家。秦、晏、姜、張，入千金之冶[二二]；卿、雲、蘇、李[二三]，同異菭之岑[二四]。接武三家[二五]，比物此志[二六]。綺藻麗密，意内而言外；疏放豪逸，陳古以刺今。中原競爽者，在百年以前；海上同聲者，視三足之鼎。綿乎其思，琅乎其響，沈乎其抱，振乎其筋[二七]。溯自華年[二八]，洎于傳世。沈約緝韵，著録皆無凡語[二九]；汪倫客籍，井里所不敢私[三〇]。而我葉先生被服儒者[三一]，纏綿忠愛，香草之寄，瓊樓之吟[三二]，一殿靈光[三三]，操觚作賦[三四]。名山招隱，矸石神交[三五]。

獻方與梁節盦行歌互答江漢之濱[三六]，流連雲物，結想風期[三七]，撰《三家詞選》，以達神旨[三八]。沈、汪逝矣，牙琴調絶[三九]。行念南雪翁杖屨東山[四〇]，則天涯猶一室也[四一]。

光緒二十年甲午仲秋之月，杭州譚獻叙于復堂行邁[四二]。

【注】

[一]　三家詞叙：此文人文本未收，據譚集本補入。《三家詞》：即《嶺南三家詞》，後定名爲《粵東三家詞鈔》，三卷，光緒二十二年（一八九六）刊本。關于此書編撰始末，譚獻《續録》光緒十九年八月初十日記云：「葉蘭臺（葉衍蘭）屬選《嶺南三家詞》，爲沈伯眉（沈世良）、汪玉泉（汪瑔）及蘭翁，今日始就。審定圈識，寫目録寄去。沈爲《楞華館詞》，汪爲《隨山館詞》，葉爲《秋夢盦詞》。」又《續録》光緒二十一年三月上巳日記云：「得葉蘭臺粵華書院寄星海（梁鼎芬）函，屬予先閲。蓋以沈伯眉、汪玉泉及南雪詞屬予選定，將刻三家詞也。卷中先有張韵梅（張景祁）、玉珊（張鳴珂）鈐小印記選，予繼之，大同小異耳。」葉衍蘭《粵東三家詞鈔自序》述此書編纂經過甚詳：「余與伯眉、芙生（汪瑔）爲總角交，舞勺之年，即共學爲詞，剪燭聯吟，擘箋鬥句，無間晨夕。弱冠糊口四方，音塵頓隔。咸豐丙辰（六年，一八五六），余通籍假旋，《楞華詞》已付梓。迨光緒壬午（八年，一八八二）解組歸，伯眉墓有宿草矣。因與芙生互訂詞稿，剞劂甫竟，芙生又歸道山。余孤弦獨張，抑鬱誰語？海内詞人有淄澠味合者，不憚馳書千里以通縞紵，杭城譚仲修、張蘊梅論交尤摯。仲修有《篋中詞》之刻，曾將三人詞選入續編，別采數十闋，標爲『粵東三家』。復得蘊梅補輯遺漏，校讎聲律，與仲修各加弁言，先後寄粵。余惟故人唱和之情與良友切磋之誼均不可

没，遂鏤板以行。嗟夫！卌年舊雨，一曲春風，湖海題襟，恍如夢幻。余冉冉老矣，憂愁幽思，學道未能，日惟焚香寫經以懺少年綺語之過，而疇昔朋箋酬唱，謬役心脾者，猶不能割置焉，亦結習之未忘也。士衡之誚，法秀之訶，弗暇計已。光緒二十有二年（一八九六）歲次丙申仲夏之月刻成，曼伽并識。」可知此書始編時，沈世良已故，先有葉衍蘭與汪瑔互訂詞稿，不久汪氏又亡，乃委托譚獻以《篋中詞》所選三家詞爲基礎，加之張景祁相助增補校勘，于葉氏去世前一年，即光緒二十二年（一八九六）五月在廣州刊刻。

〔二〕　此汪玉泉之詞也：彙編本據光緒刻本《粵東三家詞鈔》作「此隨山之珍也」。汪玉泉：即汪瑔（一八二八——一八九一），字玉泉，號芙生，晚號越人，學者稱穀庵先生，原籍浙江山陰（今紹興），寄籍廣東番禺（今廣州）。咸豐初爲曲江知縣幕客，光緒初兩廣總督劉坤一聘其主持洋務。捐國子監生，獲同知銜。詩詞文俱工，其子汪兆銓、從子汪兆鏞傳其學。有《隨山館詞稿》一卷、《續稿》一卷，在《隨山館集》中。陳良玉序其詞集云：「曩與芙生共論此事，芙生以謂詞者，詩之餘也。詩緣情而綺靡，惟詞亦然。必先有悱惻芬芳之作，情之所至，文自生焉。清空可也，澀亦可也。非然者，鏤冰翦彩，真意不存，獨區區求工于字句間，庸有當乎？其持論如此。……今年良玉南歸，相見于端州，芙生出其詞，則別後所作，不及三十首，即舊與余輩倡和諸詞，亦十不存一。而細讀之，幾于篇篇有意，情紓語緩，自極杼軸之工。其于曩言，可云無愧。」冒廣生《小三吾亭詞話》卷二云：「《隨山館全集》詩及駢散文詞，色色皆似樊榭（厲鶚）。」并引沈世良評其詞云：「氣體超潔，邀月能語，遏雲不流，似黄鶴樓中玉笛。」《篋中詞》今集續卷四選其詞二首，即《百字令》（樓臺如夢）、《卜算子》（池館鎖黄昏）。

〔三〕　錦瑟幽憶：謂對逝去年華的追憶。語出李商隱《錦瑟》：「錦瑟無端五十弦，一弦一柱思華年。」

〔四〕　奇珠轉圜：此似喻指流轉各地。圜，補編本作「圓」。

〔五〕　裴回：即徘徊。流連之意。

〔六〕　此葉南雪之詞也：彙編本作「此秋夢之禪也」。葉南雪，即葉衍蘭。

〔七〕　書藝正宗：彙編本此句與下句「逆入平出」次序顛倒。藝，補編本誤作「執」。

〔八〕　此沈伯眉之詞也：彙編本作「此楞華之諦也」。且此數句置于序首。逆入平出：書法用語，指起筆時反向用筆，收筆時勢盡出鋒。包世臣《藝舟雙楫·跋榮郡王臨快雪内景二帖》：「而筆勢逆入平出，江左風流，僾然若接。」似比喻沈世良詞講究含而不露，題外起意。沈伯眉：即沈世良。沈世良（一八二三—一八六〇），字伯眉，廣東番禺（今廣州）人，貢生，官韶州府訓導。道光二十三年（一八四三），與譚瑩、金錫齡等結山堂詞社，咸豐三四年間，又與張深、葉衍蘭等結花田、訶林諸詞社。詞集初刻本名《小摩圍閣詞鈔》，二卷，爲其生前手定，陳澧校訂，屈向邦跋其詞集云：「其詞以清靈之筆，舒窈窕之想，出入白石、玉田，嗣響竹垞、樊榭，遥接浙派，以之角逐中原，堪稱健者。」收入《粤東三家詞鈔》者，名《楞華室詞鈔》，二卷。冒廣生《小三吾亭詞話》卷二評其詞云：「其詩規橅山谷，詞則繼響《山中白雲》也。」

［九］ 菊：補編本作「鞠」。

［一〇］ 則：彙編本作「之」。竹肉中呂：意謂合于音律。竹，管樂；肉，聲樂。呂，律呂，音律。陶潛《晋故征西大將軍長史孟府君傳》：「（桓温）又問聽妓，絲不如竹，竹不如肉，（孟嘉）答曰：『漸近自然。』」

［一一］ 轉益多師：意謂能廣泛學習前人創作經驗。語出杜甫《戲爲六絶句》其六：「別裁僞體親風雅，轉益多師是汝師。」

［一二］ 異：補編本誤作「益」。

［一三］ 宋、景：屈原弟子宋玉、景差，皆爲楚辭作家。喁于：相互應和。語出《莊子·齊物論》：「前者唱于，而隨者唱喁。」成玄英疏：「于喁，皆是風吹樹動前後相隨之聲也。」

［一四］ 國秀：國之俊秀，指在朝的官員。

［一五］ 寓公：此處指流寓的文人。

［一六］ 曩哲：先哲，前賢。杜甫《八哀詩·故右僕射相國張公九齡》：「骨驚畏曩哲，鬒變負人境。」

［一七］ 陳：即陳恭尹。陳恭尹（一六三一——一七〇〇），字元孝，號獨漉，廣東順德（今佛山順德區）人。明遺民，其詩與屈大均、梁佩蘭并稱「嶺南三大家」，有《獨漉堂詩餘》，在《獨漉堂

集》中。梁：即梁佩蘭。梁佩蘭（一六二九—一七〇五），字芝五，號藥亭，廣東南海（今廣州）人。康熙二十七年（一六八八）進士，選庶吉士，告歸。有《六瑩堂集》，詞附集中。

［一八］黎：即黎簡。黎簡（一七四七—一七九九），字簡民、未裁，號二樵、石鼎道人，廣東順德人。乾隆五十四年（一七八九）充選貢生，淡于仕進。嶺南詩人、書畫家。有《五百四峰草堂詩鈔》、《藥煙閣詞鈔》。張：即張維屏。張維屏（一七八〇—一八五九），字子樹，子曙，號南山，又號松軒、珠山老漁，廣東番禺（今廣州）人。道光二年（一八二二）進士，歷官湖北黄梅、廣濟知縣，江西南康知府。晚爲廣州學海堂學長。有《張南山詩文集》、《聽松廬詞鈔》（包括《海天霞唱》、《玉香亭詞》）。金菁茅序其詞集云：「先生髫齡即工倚聲，少作多散棄弗存。弱冠後往返萬里，登臨覽觀，興酣落筆，有瀏漓頓挫之致，名曰《海天霞唱》。嘗謂詞家蘇、辛、秦、柳，各有攸宜，軌範雖殊，不容偏廢。又謂以情勝者恐流于弱，以氣勝者懼失于粗，殆甘苦深歷之言也。」謝章鋌云：「然南山詞豪宕自喜，蓋有意蘇、辛而不至者，尚不能自踐其言。」（《賭棋山莊詞話》續編卷三）賡：延續。

［一九］尚：尊崇，仰慕。陶潛《與子儼等疏》：「雖不能爾，至心尚之。」。東塾先生：即陳澧。塾，原作「埻」，據彙編本改。

［二〇］開示承學：指陳澧在廣東興學授徒。

［二一］武庫之無不有：謂其胸中富有韜略。語出《晋書·杜預傳》：「朝野稱美，號曰『杜

武庫』，言其無所不有也。」

〔一一二〕秦、晏、姜、張：宋詞人秦觀、晏幾道、姜夔、張炎。千金之冶：冶千金于一爐，比喻熔鑄各家。

〔一一三〕卿：指司馬相如，字長卿。補編本誤作「鄉」。雲：指揚雄，字子雲。兩人爲漢代著名賦家。蘇：指蘇武。李：指李陵。兩人有相互贈答五言古詩。

〔一一四〕同異菭之岑：不同的青苔長在同一山上，比喻朋友間志同道合。郭璞《贈温嶠》：「人亦有言，松竹有林。及余臭味，異苔同岑。」菭，同「苔」，補編本誤作「落」。岑：小而高的山。《爾雅·釋山》：「山小而高曰岑。」原誤作「岺」，據彙編本改。

〔一一五〕接武：參見「微波詞叙」一則注〔四〕。

〔一一六〕此：原作「比」，據彙編本改。

〔一一七〕「綿乎其思」四句：謂思緒纏綿，音節響亮，懷抱深沉，筋脉振動。

〔一一八〕華年：青春年華。見前注「錦瑟幽憶」。

〔一一九〕「沈約緝韵」二句：原注：「伯眉選（彙編本作「定」）《嶺南詞》。」沈約（四四一—五一三），字休文，吴興武康（今浙江德清）人，歷仕宋、齊、梁三朝。南朝史學家、文學家，永明體詩人。曾撰聲律著作《四聲譜》，倡四聲八病之説。緝韵，指著《四聲譜》。緝，編輯，整理。

〔一二〇〕「汪倫客籍」二句：原注：「芙生家（彙編本作「先」）世浙東。」汪倫，字文焕，黟縣

(今安徽黄山)人,唐開元間任涇縣知縣,卸任後家于此,故云「客籍」。爲李白好友,李白曾作《贈汪倫》詩。此以擬寓居粤東的汪瑔。井里,鄉里。《荀子·大略》:「和之璧,井里之厥也。」杨倞注:「井里,里名。」此指原籍。

[三一] 瓊樓之吟:指蘇軾《水調歌頭》中秋詞,中有「又恐瓊樓玉宇」句。

[三二] 而我葉先生:彙編本作「曼伽則」。

[三三] 一殿靈光:靈光殿,漢景帝之子魯恭王劉餘所建。《文選·王延壽〈魯靈光殿賦并序〉》:「遭漢中微,盜賊奔突,自西京未央建章之殿,皆見隳壞,而靈光巋然獨存。」比喻其人物碩果僅存。

[三四] 操觚:寫作。參見「蹇庵詞序」一則注[四]。

[三五] 砎石:質地堅硬的石頭,比喻耿介的氣質。《晋書·孔坦傳》:「何知幾之先覺,砎石之易悟哉?」

[三六] 梁節盦:即梁鼎芬。江漢之濱:指武昌。譚獻應張之洞之邀主持湖北經心書院,在武昌與梁鼎芬交往。《續録》光緒二十三年三月二十九日:「晚應梁節庵之招,……相見皆纏綿敘舊。」

[三七] 結想風期:難忘彼此的情誼。風期,猶友誼、情誼。駱賓王《夏日游德州贈高四》詩序:「傾意氣于一言,締風期于千祀。」

〔三八〕　神旨：精神意旨。許慎《説文解字序》：「將以理群類，解謬誤，曉學者，達神旨。」徐鍇繫傳：「旨即意旨，字旨者，美也。多通用。」

〔三九〕　牙琴調絶：彙編本無此句。意爲世無知音。牙，指俞伯牙。《吕氏春秋・本味》：「鍾子期死，伯牙破琴絶弦，終身不復鼓琴，以爲世無足復爲鼓琴者。」

〔四〇〕　行念南雪翁杖屨東山：彙編本作「行念石林，琴歌家衖」。杖屨東山，用謝安典故，謂葉衍蘭晚年辭官隱居。屨，補編本作「履」。《晉書・謝安傳》：「寓居會稽，與王羲之及高陽許詢、桑門支遁游處，出則漁弋山水，入則言詠屬文，無處世意。……征西大將軍桓温請爲司馬，將發新亭，朝士咸送，中丞高崧戲之曰：『卿累違朝旨，高卧東山，諸人每相與言，安石不肯出，將爲蒼生何！』」杖屨，指長者。參見「老學後盦自訂詞叙」一則注〔五〕。東山，在會稽上虞（今屬浙江）西南四十五里。此泛指隱居之地。

〔四一〕　天涯猶一室：用王勃《送杜少府之任蜀州》「海内存知己，天涯若比鄰」詩意。

〔四二〕　光緒二十年甲午仲秋之月，杭州譚獻叙于復堂行邁：譚集本、補編本無此二十一字，此據彙編本補。據《續録》光緒二十年二月二十二日：「上江裕輪舶回杭。昨葉南雪以《詞續》（指《夢盦詞續》）寄示。」此稿可能爲囑編《嶺南三家詞》而寄。序寫成于此後的八月。光緒二十年，公元一八九四年。行邁：原有饑餓、疾病等義，但與文意不合。疑爲「行邁」，謂不停地行走，遠行。語出《詩・王風・黍離》：「行邁靡靡，中心摇摇。」馬瑞辰通釋：「邁亦爲行，對行言，則爲遠行。行邁連言，猶《古詩》云『行行重行行』也。」本年譚獻曾往返于武昌與杭州之間，此文應作于行旅中，故云。

井華詞叙△[一]

往歲叙蒙廬詩[二]，未及其詞者，則以沈子竺好樂府[三]，堂奥邃密，不當以詞爲詩之餘類及之也。

夫詞爲詩餘，固不足爲定論也。古者采詩入樂，八代之《鐃歌》、三調[四]，即入樂之詩。唐五七言古近體分[五]，詞始萌芽，將以樂府之歸墟[六]，溯濫觴于《三百》[七]。宋、元名家可以興觀、不忘比興者，曷敢以俳優畜之[八]？國朝文儒微言大義之學[九]，推極于文章之正變，于是乎倚聲樂府，無小非大，雅鄭之音[一〇]，昭昭然白黑分矣。

獻既冠填詞[一一]，淑艾于張臯聞、周止盦[一二]，應求于莊中白、陶子珍[一三]，而垂老有笙磬之同[一四]，莫如我沈子。諷《井華詞》，若游佳山水，一邱一壑[一五]，咫尺而千里[一六]；若聆古琴瑟，變宫變徵，出《風》而入《雅》[一七]，往往相視而笑，莫逆于心者已。沈子澂心[一八]，超然物表，哀樂可忘，而不能無所于寄。乃以可言者寄之詩，一言當言、未及得言者，脉脉焉以寄之詞[一九]。四方之交，亦有一意雅詞者，沈子論之曰：「文采斐然，惜少拙致[二〇]。」此言索解人不易，請舉以告讀《井華詞》心知其意者。

譚獻叙[二一]。

【注】

[一] 井華詞叙：此文人文本未收，據譚集本補入。《井華詞》：沈景修詞集，二卷，有光緒元年（一八七五）刻本、光緒二十五年（一八九九）刻本。張鳴珂叙評其詞云：「爇瓣香于黑蝶（沈岸登），旨遠音微；熏靈沆以碧螺（疑爲「碧山」之誤），甘回味雋。」鄭文焯題詞以爲「置諸碧山（王沂孫）詞中，殆不能辨」。許增跋云：「蒙廬詞人游藝兼長，倚聲亦全力所注，不以餘事曼衍，故矜慎婉約，韵態雙絶。」沈景修（一八三五—一八九九），字蒙叔、夢粟，號蒙廬、汲民、歐齋，晚號寒柯。浙江秀水（今嘉興）人，後卜居江蘇吴江盛澤鎮。咸豐十一年（一八六一）拔貢，援例爲教諭，歷署寧波、蕭山等地訓導。與譚獻同受知于薛時雨。善詩詞，有《蒙廬詩存》等。據譚獻《歐齋記》，「光緒十有三年（一八八七）夏四月，獻養痾歸里門，秀水沈子蒙叔方寓榆園」，則兩人交往多藉許增榆園。《續録》光緒十四年（一八八八）二月二十八日記：「爲蒙叔校定《井華詞》一卷。」

[二] 往歲叙蒙廬詩：譚獻曾撰《蒙廬詩叙》，署「光緒十有九年（一八九三）仲春七日」，此詞叙應作于其後。又譚獻光緒十九年正月二十日致張鳴珂書云：「蒙叔音問密邇，而不相見又

年餘矣。近日寫定詩稿，屬獻編次，大約可得七八卷，填詞清婉，不愧浙派。」此叙未言及沈氏去世，則應作于光緒二十五年（一八九九）之前。張鳴珂《井華詞叙》作于光緒二十一年（一八九五），約略同時。

［三］竺：通「篤」，厚，深。《楚辭・屈原〈天問〉》：「稷維元子，帝何竺之？」王逸章句：「竺，厚也。……竺，一作篤。」洪興祖補注：「《爾雅》云：『竺，厚也。』與篤同。」

［四］八代之《鐃歌》、三調：指漢魏六朝的樂府歌曲。《鐃歌》，古代軍樂，屬鼓吹曲。郭茂倩《樂府詩集》卷九十：「有有聲有辭者，若郊廟、相和、鐃歌、横吹等曲是也。」今傳有《鐃歌十八曲》。三調：見《眠琴閣詞序》注［一六］。

［五］古近體：補編本下有一「詩」字。

［六］歸墟：傳説中衆水匯聚之處。後喻事物之歸宿。《列子・湯問》：「渤海之東，不知幾億萬里，有大壑焉，實惟無底之谷，其下無底，名曰歸墟。」張湛注：「稱其無底者，蓋舉深之極耳。」

［七］濫觴于《三百》：意謂發源于《詩經》。

［八］俳優：古代從事娛戲的藝人。《荀子・王霸》：「俳優、侏儒、婦女之請謁以悖之。」楊倞注：「俳優，倡優。」畜：視爲，看待。《漢書・叙傳上》：「王莽少與穉（班）兄弟同列友善，兄事斿（班）而弟畜穉。」顔師古注：「事斿如兄，遇穉如弟。」

［九］微言大義之學：指清代常州學派的今文經學。微言大義，通過精妙的言辭發掘深奥

的義理，語出劉歆《移書讓太常博士》：「乃夫子没而微言絶，七十子卒而大義乖。」

［一〇］　雅鄭之音：雅樂和鄭聲。古代儒家認爲雅音中正，故爲正聲，鄭聲則爲淫邪之音。語出揚雄《法言·吾子》：「或問：交五聲十二律也，或雅或鄭，何也？曰：中正則雅，多哇則鄭。」後引申爲正與邪、高雅與低俗之分。劉勰《文心雕龍·體性》：「然才有庸儁，氣有剛柔，學有淺深，習有雅鄭。」

［一一］　冠：弱冠，二十歲。譚獻自謂二十二歲以後學填詞。

［一二］　淑艾：得益，受教。《孟子·盡心上》：「君子之所以教者五：有如時雨化之者，有成德者，有達財者，有答問者，有私淑艾者。」焦循正義：「私淑艾者，即私拾取也……未得爲孔子之徒，而拾取于相傳之人，故爲私。」張皋聞：即張惠言。皋聞，同皋文。周止盦：即周濟。

［一三］　應求：即同聲相應，同氣相求，指彼此因志趣投合而相交。莊中白：即莊棫。陶子珍：即陶方琦，譚獻友人。參見「評陶方琦《永遇樂·玉河橋觀荷》」一則注［一］。

［一四］　垂老：沈氏小譚獻三歲，享年六十五歲，去世時譚獻年六十八。兩人相識于榆園時皆已年過半百，故云。笙磬之同：謂創作取向相同。參見「秋夢盦詞叙」一則注［一三］。

［一五］　一邱一壑：劉義慶《世説新語·品藻》：「端委廟堂，使百官準則，臣不如亮；一丘一壑，自謂過之。」意謂縱情山水之間。邱，同「丘」。

［一六］　咫尺而千里：意謂由小見大。《南史·蕭賁傳》：「能書善畫，于扇上圖山水，咫尺

之内，便覺萬里爲遥。」楊炯《浮漚賦》：「寸步百川，咫尺千里。」

[一七]「變宫變徵」二句：意謂近于《詩經》的變風變雅，即衰世的詩歌。《毛詩序》：「至于王道衰，禮義廢，政教失，國異政，家殊俗，而變風變雅作矣。」變宫變徵，即古音階中的「二變」，見《後漢書・律曆志上》：「以黄鍾爲宫，太蔟爲商，姑洗爲角，林鍾爲徵，南吕爲羽，應鍾爲變宫，蕤賓爲變徵。」其音淒愴悲涼。

[一八]澂心：即澄心，心情清静。《文子・上義》：「老子曰：『凡學者能明于天人之分，通于治亂之本，澄心清意以存之，見其終始，反于虚無，可謂達矣。』」

[一九]脉脉：深藏于内心的感情。《古詩十九首・迢迢牽牛星》：「盈盈一水間，脉脉不得語。」

[二〇]拙致：質樸自然的風致。竇泉《述書賦下》：「拙，不依緻巧曰拙。」羅大經《鶴林玉露》卷三：「至于拙，則渾然天全，工巧不足言矣。」可參。

[二一]譚獻叙：譚集本、補編本無此三字，據彙編本補。

鶴緣詞序△[一]

學人君子，性行所發，始終如一。遭遇之通塞靡常，而貞之以常度[二]。材用不盡見于世，稍稍用矣，往往未竟其設施[三]。乃至偶寄于文辭，縑素流傳[四]，十失八九。

雖一斑可識全豹，而覽觀者瑋異之[五]，猶嗟惜之，如吾故友吕定子大夫者，可興感已。定子卓犖，志學純至，少有康濟之器[六]。通籍盛年，文章侍從[七]。會寰宇兵起，憂危夙抱，不欲旅進[八]，循資俸，廁通顯，爲壯士所匿笑。于是游于四方，攬山海之夷險，擴常變之籌策[九]。惟時封域重臣、壁壘元戎[一〇]，敬禮相接，諮詢機要。君劍佩奮發，胸有甲兵，然亦用而不盡用，坦然處之。而慷慨之氣，終欲爲康乂民物[一一]，償其夙志。出入軍中，逡巡有年[一二]。晉階監司[一三]，方簡授永定河道[一四]，未蒞官而逝。通塞靡常，而設施未竟，何吾友之蹇與[一五]？

憶與君相識輦下，已而來游杭州[一六]，文字盤桓相得也[一七]，而未悉觀篋衍[一八]。君以文爲餘事，不自收拾[一九]，身後叢殘散失[二〇]。今陳養原廉訪葺耆詞一卷[二一]，吉光之裘，片羽而已[二二]。定子填詞婉麗[二三]，樂府之餘，而通于比興，可諷詠也。遺集傳之其人，君之志行遭遇，必有瑋異而嗟惜之者，所謂以少勝者亦在是。

光緒己亥十二月[二四]，仁和譚獻撰。

【注】

[一] 鶴緣詞序：此文即譚集本中《吕大夫遺集叙》，人文本未收，據彙編本補入。補編本

題作「鶴緣詞」，僅録其中「相識輦下」以下部分。《鶴緣詞》：呂耀斗詞集，一卷，有光緒二十六年（一九〇〇）呂氏敬止堂刻本。其門生陳豪《鶴緣詞跋》述編集緣起云：「吾師陽湖呂庭芷先生既殁之五年，嗣君叔肅明府奉遺稿《鶴緣詞》一帙重付剞劂氏。」朱鴛雛《雙鳳閣詞話》云：「《鶴緣詞》一卷，陽湖呂庭芷（耀斗）號定子撰。譚仲修爲之序……蓋學《山中白雲》，而微涉綺薄。陳養廉（豪）則謂鳳鸞之瑞，未衝霄漢，乃僅以片羽與鶴爲緣。推求立言本末，導源六義，反復循誦，非一時一境可盡已。」（原載《二雛餘墨》，一九一八年小説叢報社出版，經孫克强、和希林點校整理，載南開大學文學院《文學與文化》二〇一四年第四期）呂耀斗（一八三〇—一八九五），字庭芷、定子，號鶴緣、鶴園，江蘇陽湖（今常州）人。道光三十年（一八五〇）進士，授翰林院功臣館纂修，遷文淵閣校理。入陝西爲劉傳銘幕僚，又任天津水師學堂總辦，署理直隸天津道，實授直隸永定河道，未及赴任而卒。工畫，兼能詞。

〔二〕　貞之以常度：謂保持一貫的爲人準則。貞，端方正直。《孔子家語·六本》：「孔子曰：『貞以幹之，敬以輔之，施仁無倦。』」王肅注：「貞正，以爲幹植。」常度，一定的規矩準則。《楚辭·屈原〈九章·懷沙〉》：「刓方以爲圜兮，常度未替。」王逸章句：「以言讒人譖逐放己欲使改行，亦終守正而不易也。」

〔三〕　設施：施展才華。王充《論衡·定賢》：「有高才潔行，無知明以設施之，則與愚而無操者，同一實也。」

［四］　縑素：細絹，這裏指書册。葛洪《抱朴子·遐覽》：「縑素所寫者，積年之中，合集所見，當出二百許卷。」

［五］　瑋異之：視其爲奇才。王逸《楚辭章句叙》：「楚人高其行義，瑋其文采，以相教傳。」《廣韵·上尾》：「瑋，玉名。」此處意爲稱美、珍視。

［六］　康濟之器：安民濟世的人才。《北齊書·武帝紀》：「君有康濟才，終不徒然。」

［七］　「通籍盛年」二句：指吕耀斗在二十歲時即中進士，授翰林院功臣館纂修。通籍，原意爲記名于門籍，此處謂在朝中有了名籍，指初作官。《漢書·元帝紀》：「令從官給事宫司馬中者，得爲大父母父母兄弟通籍。」顔師古注引應劭：「籍者，爲二尺竹牒，記其年紀名字物色，縣之宫門，案省相應，乃得入也。」

［八］　旅進：即旅進旅退，語出《禮記·樂記》：「進旅退旅，和正以廣。」鄭玄注：「旅，猶俱也。俱進俱退，言其齊一也。」此謂隨大流。王禹偁《待漏院記》：「復有無毁無譽，旅進旅退，竊位而苟禄，備員而全身者，亦無所取焉。」

［九］　「攬山海之夷險」二句：指吕耀斗在甘肅、陜西、福建等地任職奔走，并向當局獻時政之策。夷險：艱險。葛洪《抱朴子·交際》：「經夷險而不易情，歷危苦而相負荷者，吾未見其可多得也。」

［一〇］　封域重臣、壁壘元戎：指李鴻章、左宗棠等當朝大臣。

〔一一〕 康乂民物：謂使百姓生活安定。民物，百姓。康乂，安治。《尚書·康誥》：「若保赤子，惟民其康乂。」孔穎達疏：「《釋詁》云：康，安也；乂，治也。」

〔一二〕 逡巡：滯留。《後漢書·隗囂傳》：「舅犯謝罪文公，亦逡巡于河上。」李賢注：「逡巡，不進也。」

〔一三〕 監司：原指按察使，掌一省司法的長官。清代也稱地方司道和道員爲監司。呂耀斗實授直隸永定河道，故稱。

〔一四〕 永定河道：譚集本作「清河分巡」。

〔一五〕 蹇：困頓。《易·蹇》：「彖曰：蹇，難也，險在前也。」

〔一六〕 已而來游杭州：據呂耀斗弟子陳豪《鶴緣詞跋》所云「回首當年先生游杭，主紫陽講席」，則呂氏來杭是在紫陽書院任教。而，譚集本誤作「不」。

〔一七〕 文字盤桓相得：謂文字交往十分投合。江總《攝山棲霞寺山房夜坐簡徐祭酒周尚書并同游群彦》詩：「翻愁夜鐘盡，同志不盤桓。」

〔一八〕 篋衍：方形竹箱。《莊子·天運》：「夫芻狗之未陳也，盛以篋衍，巾以文綉，尸祝齊戒以將之。」成玄英疏：「衍，笥也。」這裏指書箱中的著作。

〔一九〕 自：補編本作「備」。

〔二〇〕 散失：補編本無「失」。

〔一一〕 陳養原廉訪：即陳允頤。陳允頤（一八四九—一八九九），字養原，號蘭墅，江蘇武進（今常州）人。同治十二年（一八七三）舉人。隨黎庶昌出使俄羅斯，任駐日本横濱等地領事，歸國後任内閣中書，入湖廣總督張之洞幕。光緒十三年（一八八七）授浙江杭嘉湖兵備道。官至浙江按察使。有《蘭墅詩存》。廉訪，對按察使的習稱。葺萶：編集。《集韵·緝》：「萶，聚貌。」補編本誤作「□看」。

〔一二〕 「吉光之裘」二句：意謂殘存的珍品，只是全部作品的一小部分。吉光，傳説中神獸名。《西京雜記》卷一：「武帝時西域獻吉光裘，入水不濡。」裘，補編本作「□」。

〔一三〕 定子：爲吕耀斗字，補編本誤作「定予」。

〔一四〕 「光緒己亥」二句：譚集本無。光緒己亥，光緒二十五年（一八九九）。

詞辨跋〔一〕

及門徐仲可中翰〔二〕，録《詞辨》索予評泊〔三〕，以示㮚範〔四〕。予固心知周氏之意〔五〕，而持論小異。大抵周氏所謂變，亦予所謂正也〔六〕，而折衷柔厚則同〔七〕。仲可比類而觀，思過半矣〔八〕。

【注】

［一］ 詞辨跋：此文載人文本《復堂詞話》。《詞辨》，唐宋人詞選，周濟編選，爲嘉慶十七年（一八一二）客于寶山吴淞（今入上海寶山區）時教授弟子而編。原稿十卷，後殘存二卷，于卷首附《介存齋論詞雜著》。周濟有《詞辨序》交代此書宗旨，并記述編撰緣起、體例及佚失經過云：「向次《詞辨》十卷：一卷起飛卿，爲正；二卷起南唐後主，爲變；名篇之稍有疵累者爲三、四卷；平妥清通、纔及格調者爲五、六卷；大體紕繆、精彩間出爲七、八卷；本事、詞話爲九卷；庸選惡札、述誤後生、大聲疾呼、以昭炯戒爲十卷。既成，寫本付田生，田生携以北，附糧艘行，衣袽不戒，厄于黄流，既無副本，惋歎而已。爾後稍稍追憶，僅存正、變兩卷，尚有遺落。頻年客游，不及裒集補緝，恐其久而復失，乃先録付刻，以俟將來。于虖！詞小技也，以一人之心思才力進退古人，既未必盡無遺憾，而尚零落，則述録之難爲何如哉！介存又記。」有道光二十七年（一八四七）吴縣潘曾瑋刊本、民國二年（一九一二）上海掃葉山房石印本，今有尹志騰點校《清人選評詞集三種》本，齊魯書社一九八八年版。周濟（一七八一——一八三九），字保緒，號未齋，一號止庵，又號介存居士，江蘇荆溪（今宜興）人。早年致力于經世之學，通兵家言，習擊刺騎射。嘉慶十一年（一八〇六）進士，授淮安府學教授，後退隱南京春水園，潛心撰述。有《晋略》、《介存齋集》等。專注于詞學。詞集有《存審軒詞》二卷，光緒十八年（一八九二）周恭壽刻《求志堂存稿彙編》本；《止庵詞》（一名《味隽齋詞》）一卷，道光間刊《周止庵遺稿》本。今有段曉華點校《周濟詞集輯

校》，華東師範大學出版社二〇一六年版。輯《詞辨》（附《介存齋論詞雜著》），編《宋四家詞選》，是常州詞派詞學理論的中堅人物。譚獻爲弟子徐珂點評《詞辨》中詞作，即稱《譚評詞辨》，《日記》及《補録》載徐珂與譚獻交往，爲光緒十四年（一八八八）、十七年（一八九一），跋或作于其間。

〔二〕及門：語出《論語・先進》：「子曰：『從我于陳蔡者，皆不及門也。』」後指受業弟子。徐仲可中翰：即徐珂。中翰是清代内閣中書的簡稱，這裏是對徐珂的美稱。參見「徐珂詞」一則注〔一〕。

〔三〕評泊：評點，評論。王士禛《池北偶談》：「李子田云：評泊者，論貶人，是非人也。」

〔四〕榘範：一作「矩範」，規範，法式。三種本作「規範」。揚雄《太玄經・瑩》：「因革國家之矩範也。矩範之動，成敗之効也。」范望注：「範，法也。」

〔五〕心：此據人文本。補編本作「以」，三種本作「深」。周氏：即周濟。

〔六〕「大抵」二句：據周濟《詞辨序》，所謂詞之正聲，是「藴藉深厚」者，編在卷一；而正聲之次，則是「駿快馳騖，豪宕感激」者，編在卷二。前者以温庭筠爲冠，後者以李煜爲首。

〔七〕折衷柔厚：參見「重刻拜石山房詞鈔序」一則注〔九〕。

〔八〕思過半矣：謂領悟大半。《易・繫辭下》：「知者觀其彖辭，則思過半矣。」孔穎達疏：「思慮有益，以過半矣。」

紫藤花館詞跋△[一]

尊者踐南唐之迹[二]，雖未去町畦，而清真婉約[三]，自是本色詞人。杭州譚獻。

【注】

[一] 紫藤花館詞跋：此文譚集本、人文本、補編本未收，據彙編本補入。《紫藤花館詞》又名《瓊簫詞》，劉觀藻詞集，一卷，有同治八年（一八六九）刊本。劉觀藻（一八二九—一八六〇），字玉叔，浙江江山人。劉履芬弟。監生，捐得分巡道銜。丁紹儀《聽秋聲館詞話》卷十六云：「浙之江山縣，雖衝途而遠界江閩，自來無講倚聲者。劉泖生太守（劉履芬）與弟玉叔上舍，生長江左，始以工詞聞。」賈敦艮序其詞集云：「江山劉君玉叔善填詞，筆力清超，語意豪放，是能以詩爲詞者。」吳嘉淦跋云：「玉叔少時未嘗爲詞，一二年間始習之。其始不免涉于豪放，人皆以蘇、辛目之。及與子綉（潘遵璈）、浣花（宋志沂）諸子游，漸識宋賢蹊徑，約而彌精，煉而不肆，駸駸乎登草窗（周密）、玉田（張炎）之堂而嚌其胾矣。」蔣敦復跋云：「白石（姜夔）之清空，玉田之諧婉，草窗之凄戾，日湖（陳允平）之深穩，集中能兼而有之矣。然猶未入北宋人之室也。」杜文瀾

《憩園詞話》卷五云：「泖生介弟玉叔茂才觀察，著有《紫藤花館詞》，娓娓言情，一氣舒卷，别有雋逸之致，可稱小宋（宋志沂）。惜早已亡矣。」

［二］尊者：對劉觀藻的稱呼。踐南唐之迹：意謂貼近南唐後主李煜的詞風。

［三］清真：真實自然。舊題司空圖《詩品·形容》：「絶佇靈素，少迴清真。」楊廷芝《詩品淺解》：「言人能存心摹想得見本來面目，而清真之氣不逾時來矣。」婉約：委婉含蓄，音律協諧，風格柔美。陸機《文賦》：「或清虚以婉約，每除煩而去濫。」

醉盦詞别集跋△［一］

俯拾即是，實獲我心［二］。文生不若情生，巧者乃兼習者。古人不見我，來者後爲誰［三］？舉宫宫應，舉商商應［四］，絲不如竹，竹不如肉［五］，此曲只應天上有也［六］。

復堂弟譚獻識。

【注】

［一］醉盦詞别集跋：此文譚集本、人文本、補編本未收，據彙編本補入。《醉盦詞别集》，王繼香詞集，二卷，今存稿本。另有《醉盦詞幸草》，四卷。郭傳璞序其詞集云：「今夏出其所著

《醉盦詞》四卷，屬爲序。讀終，則君之洊丁離亂，漂泊湖海，風木之悲，荆樹之戚，與夫覽古傷今、寫艷詠物之篇皆在。」李慈銘跋其詞集云：「止軒以集白石（姜夔）句及詞之調名，獨出新意，如天衣無縫，可謂善變而不離宗者矣。人或視爲鬥巧，不知此所謂雅訓也。」王繼香（一八四六—一九〇五），字子獻、止軒，號醉盦、蓼齋，浙江會稽（今紹興）人。光緒十五年（一八八九）進士，改庶吉士，授翰林院編修。官至河南候補知府。工書法篆刻，擅詩詞駢文。有《止軒集》未刊稿。譚獻同治十年（一八七一）有《鏡湖行贈王繼香》詩。

按：查浙江圖書館藏《醉盦詞别集》稿本，此跋後尚有一段譚獻所書小字，末鈐「復堂填詞」印，彙編本未收，録下備參：「《蕃錦》集詩爲詞，注家有不得其原句者。浩博之籍，取材鄧林既多矣，今白石詞一篇之中，因難見巧，前賢畏後生邪？詞闋名曲折如千金一冶，光色不復辨，皆可陶覆启閟。吾友張蘇甫《新蘅》外集，意匠所運，宧窔斯洞。思古旹畫水畫火同能獨勝之旨，似宜割愛，遴十一二，厠大集卷中，則集句有襯字、詞名有消滅者就窆矣。」

［二］「俯拾即是」二句：王氏此集是集南宋詞人姜夔詞句和詞調名而成，但又自然天成，故云。

［三］「古人不見我」二句：《楚辭・遠游》：「往者余弗及兮，來者吾不聞。」陳子昂《登幽州臺歌》：「前不見古人，後不見來者。」

［四］「舉宫宫應」二句：謂嚴格合于詞之聲律。《莊子・徐無鬼》：「鼓宫宫動，鼓角角動，音律同矣。」成玄英疏：「置一瑟于堂中，置一瑟于室内，鼓堂中宫、角，室内弦應而動，斯乃五音

六律聲同故也。」

［五］「絲不如竹」二句：意謂弦樂比不上管樂，管樂比不上聲樂。參見「三家詞叙」一則注［一〇］。

［六］此曲只應天上有：謂其集句詞仿佛出于天然，非人工雕琢所能及。語出杜甫《贈花卿》：「此曲只應天上有，人間能得幾回聞。」

蹇庵詞序△［一］

倚聲家學樂府遺音［二］，情文麗密，不欲率爾操觚［三］，雖于兩宋名家所造未深，然已超塵入雅。辱垂訊問，願以先輩名言云：填詞以澀，又謂離合頓挫，通于行文［四］，大端則詞尚比興，小而字句各有氣類，勿以片瑕累連城［五］。我誦臧大雅，當哂此雷門布鼓［六］。

譚獻識。

【注】

［一］蹇庵詞序：此文譚集本、人文本未收，據彙編本補入。補編本作「蹇庵詞」。《蹇庵

詞》爲鄧邦達詞集，二卷，卒後由從弟鄧邦述所輯録，有民國二十一年（一九三二）刊本。鄧邦述序云：「至其爲詞，則上承處州公（鄧嘉縝）之緒教，嫻音詠者四十餘年。平生致力于秦太虛（秦觀）、王碧山（王沂孫）兩家爲最深。……故其所作皆音節諧婉，思致綿邈，而無澀苦堅深之弊，亦不爲佻巧佚蕩之辭，蓋幾幾乎升堂嚌胾矣。」鄧邦達（一八五七—一九二八），字誦臧、仲璋，號蹇庵，江蘇江寧（今南京）人。鄧廷楨曾孫，鄧爾咸孫，鄧嘉縝子。光緒十七年（一八九一）舉人，官江西瑞金知縣。民國初年與孫濬源、金嗣芬在南京賽靈修館結詞社。譚獻《篋中詞》未選鄧邦達詞。《續録》光緒二十四年（一八九八）六月二十日記：「仲璋來訪，以《睫巢詞稿》見質。」則此序作于其時或稍後。

［二］倚聲家學樂府遺音：鄧邦達曾祖父鄧廷楨爲清代著名詞人，父鄧嘉縝亦能詞，能繼承家學，致力于填詞，故云。嵇康《琴賦》：「情舒放而遠覽，接軒轅之遺音。」戴明揚注引梁章鉅：「黃帝使伶倫截竹，樂律起于黃帝，故云『接軒轅之遺音』。」

［三］率爾操觚：本意爲文思敏捷，成文迅疾，後世多指草率成文。語出《文選·陸機〈文賦〉》：「或操觚以率爾，或含毫而邈然。」李善注：「觚，木之方者，古人用之以書，猶今之簡也。」張銑注：「觚，木也，古人用之以爲筆也。率爾，謂文速成。」率爾，急遽，輕率。《論語·先進》：「子路率爾而對。」何晏集解：「率爾，先三人對。」

［四］「又謂離合頓挫」二句：意謂詞的章法曲折變化，與古文寫作相通。參見「評辛棄疾

《漢宫春·立春》」一則注〔二〕。

〔五〕以片瑕累連城：意謂不因微小瑕疵而損傷整體價值。歐陽詹《瑾瑜匿瑕賦》：「矧乃珪或致磨，璧當可指；終酬九年之積，不損連城之美。」題下注云：「物無終美，捨短從長。」連城，即和氏璧，指珍貴之物。

〔六〕誦臧：鄧邦達字。雷門布鼓：意謂在能手面前賣弄本領。《漢書·王尊傳》：「（王）尊曰：『毋持布鼓過雷門！』」顔師古注：「雷門，會稽城門也，有大鼓。越擊此鼓，聲聞洛陽，故（王）尊引之也。布鼓謂以布爲鼓，故無聲。」

二、《譚評詞辨》部分

評温庭筠《菩薩蠻》五闋△[一]

以《士不遇賦》讀之最確[二]。

【注】

[一]　此則人文本未收，據《清人選評詞集三種·譚評詞辨》（下稱「三種本」）補入。以下均周濟《詞辨》上卷。温庭筠（八一二？—八六六）：原名岐，更名庭筠，字飛卿，太原祁（今山西祁縣）人。屢試不第，任隨縣尉、方城尉，官至國子助教。詩賦與李商隱齊名，時稱「温李」。精通音律，能逐弦吹之音，爲側艷之詞，詞風穠麗密緻。其詞諸家有評，如黄昇《唐宋諸賢絶妙詞選》卷一云：「温庭筠詞極流麗，宜爲《花間集》之冠。」周濟《介存齋論詞雜著》云：「飛卿醖釀最深，故其言不怒不懾，備剛柔之氣。」劉熙載《藝概》卷四云：「温飛卿詞精妙絶人，然類不出乎綺怨。」《花間集》收其詞六十六首。温庭筠《菩薩蠻》其一：「小山重疊金明滅。鬢雲欲度香腮雪。懶起畫蛾眉。弄妝梳洗遲。　照花前後鏡。花面交相映。新貼綉羅襦。雙雙金鷓鴣。」其二：「水精

簾裏頗黎枕。暖香惹夢鴛鴦錦。江上柳如煙。雁飛殘月天。　藕絲秋色淺。人勝參差剪。雙鬢隔香紅。玉釵頭上風。」其三：「玉樓明月長相憶。柳絲裊娜春無力。門外草萋萋。送君聞馬嘶。　畫羅金翡翠。香燭銷成淚。花落子規啼。緑窗殘夢迷。」其四：「寶函鈿雀金鸂鶒。沉香閣上吴山碧。楊柳又如絲。驛橋春雨時。　畫樓音信斷。芳草江南岸。鸞鏡與花枝。此情誰得知？」其五：「南園滿地堆輕絮。愁聞一霎清明雨。雨後却斜陽。杏花零落香。　無言勻睡臉。枕上屏山掩。時節欲黄昏。無憀獨倚門。」

［二］以：三種本下有「上」字。《士不遇賦》：董仲舒最早作《士不遇賦》，司馬遷繼之作《悲士不遇賦》，陶潛又作《感士不遇賦》。張惠言《詞選》卷一評《菩薩蠻》其一云：「此感士不遇也。篇法仿佛《長門賦》，而用節節逆叙，此章從夢曉後領起。『懶起』二字，含後文情事。『照花』四句，《離騷》『初服』之意。」陳廷焯《白雨齋詞話》卷一評云：「温麗芊綿，已是宋、元人門徑。」又云：「飛卿詞，如『懶起畫蛾眉，弄妝梳洗遲』，無限傷心，溢于言表。」可參。

評温庭筠《更漏子》△［一］

（評下闋）似直下語，正從「夜長」逗出，亦書家無垂不縮之法［二］。

【注】

［一］　此則人文本未收，據三種本補入。温庭筠《更漏子》：「玉爐香，紅蠟淚。偏照畫堂秋思。眉翠薄，鬢雲殘。夜長衾枕寒。　梧桐樹，三更雨。不道離愁正苦。一葉葉，一聲聲。空階滴到明。」

［二］　無垂不縮：此借書法用語，指運筆有回環映帶，將説盡而未盡，有含蓄藴藉之致。姜夔《續書譜·總論》：「翟伯壽問于米老（米芾）曰：『書法當如何？』米老曰：『無垂不縮，無往不收。』」《佩文齋書畫譜》卷四釋云：「謂直下筆，既下復上，至中間則垂而頭員（圓）。」用之作詞，如陳匪石《宋詞舉》所云：「温、韋小令作法，句句垂，句句縮，言盡意不盡，比興之體，深厚之旨，以藴藉出之。」謝章鋌《賭棋山莊詞話》卷八評云：「語彌淡，情彌苦，非奇麗爲佳者矣。」陳廷焯《詞則·大雅集》卷一云：「後半闋無一字不妙，沉鬱不及上二章，而凄警特絶。」可參。

評温庭筠《南歌子》三闋［一］

盡頭語，單調中重筆，五代後絶響。［二］　源出古樂府。［三］　「百花時」三字，加倍法，亦重筆也。［四］

【注】

［一］ 温庭筠《南歌子》其一：「手裏金鸚鵡，胸前綉鳳凰。偷眼暗形相。不如從嫁與，作鴛鴦。」其二：「似帶如絲柳，團酥握雪花。簾卷玉鈎斜。九衢塵欲暮，逐香車。」其三：「倭墮低梳髻，連娟細掃眉。終日兩相思。爲君憔悴盡，百花時。」

［二］ 此評《南歌子》其一。盡頭語：顯露直白的語句，也稱決絶語，如《南歌子》其一中的「不如從嫁與，作鴛鴦」。單調：樂曲一闋而成的詞調。唐五代小令多單調。重筆：即複筆，如詞中前説「鸚鵡」、「鳳凰」，末説「鴛鴦」，相互映射，就言外有意。湯顯祖《評花間集》卷一評云：「短調中能尖新而轉换，自覺雋永可思。腐句腐字一毫用不着。」可參。

［三］ 此評《南歌子》其二。

［四］ 此評《南歌子》其三。加倍法：接近劉勰《文心雕龍・隱秀》所謂「隱以復意爲工」，屬于煉意功夫。施補華《峴傭説詩》評杜詩：「『感時花濺淚。恨別鳥驚心』，『無風雲出塞，不夜月臨關』，是律句中加一倍寫法。」《南歌子》其三前寫女子相思情態，末又加上此相思乃在百花盛開時，也是言外有意，故云「亦重筆也」。唐圭璋將重筆解爲「拙重之筆」，恐未切。陳廷焯《詞則・閑情集》卷一評云：「低回欲絶。」可參。

評温庭筠《夢江南》[一]

猶是盛唐絶句[二]。

【注】

[一] 温庭筠《夢江南》：「梳洗罷，獨倚望江樓。過盡千帆皆不是，斜暉脉脉水悠悠。腸斷白蘋洲。」

[二] 盛唐絶句：盛唐詩人所作絶句，多景中寓情、含蓄蘊藉，此詞寫女子懷人，與之相近，故云。陳廷焯《雲韶集》卷一評云：「絶不着力，而款款深深，低徊不盡，是亦謫仙才也。吾安得不服古人？」可參。

評韋莊《菩薩蠻》四闋△[一]

亦填詞中《古詩十九首》，即以讀《十九首》心眼讀之[二]。强顔作愉快語，怕斷腸，腸亦斷矣。[三]（評「如今却憶江南樂」句）半面語。（評下闋）意不盡而語盡。

「却憶」、「此度」四字度人金針。[四] 項莊舞劍，怨而不怒之義。[五] （評「洛陽才子他鄉老」句）至此揭出。[六]

【注】

[一] 韋莊（八三六—九一〇）：字端己，長安杜陵（今陝西西安）人。唐乾寧元年（八九四）進士，任校書郎、左補闕等職，入蜀後爲前蜀主王建門下侍郎兼吏部尚書、同平章事。詞與温庭筠齊名，有《浣花集》。其詞諸家有評，如周濟《介存齋論詞雜著》云：「端己詞精艷絶倫，初日芙蓉春月柳，使人想見風度。」陳廷焯《白雨齋詞話》卷一云：「韋端己詞，似直而紆，似達而鬱，最爲詞中勝境。」王國維《人間詞話》云：「韋端己詞，骨秀也。」《花間集》收其詞四十八首。韋莊《菩薩蠻》其一：「紅樓别夜堪惆悵。香燈半卷流蘇帳。殘月出門時。美人和淚辭。　琵琶金翠羽。弦上黄鶯語。勸我早歸家。緑窗人似花。」其二：「人人盡説江南好。游人只合江南老。春水碧于天。畫船聽雨眠。　壚邊人似月。皓腕凝霜雪。未老莫還鄉。還鄉須斷腸。」其三：「如今却憶江南樂。當時年少春衫薄。騎馬倚斜橋。滿樓紅袖招。　翠屏金屈曲。醉入花叢宿。此度見花枝。白頭誓不歸。」其四：「洛陽城裏春光好。洛陽才子他鄉老。柳暗魏王堤。此時心轉迷。　桃花春水渌。水上鴛鴦浴。凝恨對殘暉。憶君君不知。」

[二] 此評《菩薩蠻》其一。《古詩十九首》：爲東漢後期無名文人所作五言古詩，多寫游子

思婦之情。鍾嶸《詩品》以爲「文温以麗，意悲而遠」，陳繹曾《詩譜》評其「情真，景真，事真，意真」，陸時雍《古詩鏡》贊云「深衷淺貌，短語長情」。張惠言《詞選》卷一評云：「此詞蓋留蜀後寄意之作，一章言奉使之志，本欲速歸。」許昂霄《詞綜偶評》云：「語意自然，無刻畫之痕。」陳廷焯《詞則·大雅集》卷一云：「深情苦調，意婉詞直，屈子《九章》之遺意。」可參。

［三］　此評《菩薩蠻》其二。强顔作愉快語：言「春水碧于天。畫船聽雨眠」之寫江南美景，顯歡快情狀，只是表面上如此。愉，三種本作「歡」。怕斷腸，腸亦斷矣：指結語「未老莫還鄉。還鄉須斷腸」。三種本「斷腸」作「腸斷」。張惠言《詞選》卷一評云：「此章述蜀人勸留之辭。即下章云『滿樓紅袖招』也。江南即指蜀，中原拂亂，故曰『還鄉須斷腸』。」陳廷焯《雲韶集》卷一云：「意中是鄉思，筆下却説江南風景好，真是淚溢中腸，無人省得。結言風塵辛苦，不到暮年，不得回鄉，預知他日還鄉必斷腸也，與第一語口氣合。」可參。

［四］　此評《菩薩蠻》其三，爲夾評。此則人文本未收，據三種本補入。張惠言《詞選》卷一評云：「上云『未老莫還鄉』，猶冀老而還鄉也。其後朱温篡成，中原愈亂，遂決勸進之志。故曰『如今却憶江南樂』，又曰『白頭誓不歸』。則此詞之作，其在相蜀時乎？」陳廷焯《雲韶集》卷一云：「風流自賞，决絶語正是凄楚語。」可參。

［五］　此評《菩薩蠻》其四。項莊舞劍：語出司馬遷《史記·項羽本紀》「項莊舞劍，意在沛公」，意謂别有所指。怨而不怒：語出《國語·周語》，意謂能控制哀怨情緒，不至過分而成憤怒。

《論語・陽貨》云「詩……可以怨」，朱熹集注即謂「怨而不怒」。張惠言《詞選》卷一評云：「此章致思唐之意。」陳廷焯《詞則・大雅集》卷一云「中有難言之隱」，或指詞中「洛陽才子他鄉老」等語所隱寓的故國之思，可參。

［六］此爲夾評。此則人文本未收，據三種本補入。至此揭出：指《菩薩蠻》四闋所寓故國之思。陳廷焯《白雨齋詞話》卷一評云：「端己《菩薩蠻》四章，惓惓故國之思，而意婉詞直，一變飛卿面目，而消息正自相通。」可參。

評歐陽炯《南鄉子》［一］

未起意先改，直下語似頓挫［二］。「認得行人驚不起」，頓挫語似直下［三］。「驚」字倒裝。

【注】

［一］歐陽炯（八九六—九七一）：益州華陽（今四川成都）人。前蜀王衍時爲中書舍人，後蜀時拜門下侍郎兼户部尚書、平章事，隨後蜀主孟昶降宋，除翰林學士，卒贈工部尚書。其詞諸家有評，如沈雄《古今詞話・詞評》上卷云：「《蓉城集》曰：『歐陽炯，首叙《花間集》者』……其詞

大抵婉約輕和，不欲强作愁思者也。」況周頤《歷代詞人考略》卷六云：「歐陽炯詞，艷而質，質而愈艷，行間句裏，却有清氣往來。大概詞家如炯，求之晚唐五代，亦不多覯。」《花間集》收其詞十七首，多爲艷詞。也爲《花間集》作序。歐陽炯《南鄉子》：「岸遠沙平。日斜歸路晚霞明。孔雀自憐金翠尾。臨水。認得行人驚不起。」

[二] 頓挫：指抑揚跌宕。《文選·陸機〈文賦〉》：「箴頓挫而清壯。」張銑注：「頓挫，猶抑折也。」

[三] 頓挫語似直下：卓人月《古今詞統》卷一引徐士俊評云：「説『驚起』者，淺矣。」陳廷焯《雲韶集》卷一云：「遣詞用意，俱有別致。」可參。

評馮延巳《蝶戀花》四闋[一]

金碧山水，一片空濛，此正周氏所謂「有寄托入、無寄托出」也。[二]

此闋叙事。[三]

行雲、百草、千花、香車、雙燕，必有所托。[四]

宋刻玉玩，雙層浮起，筆墨至此，能事幾盡。[五]

【注】

[一] 馮延巳（九〇三—九六〇）：一名延嗣，字正中，廣陵（今江蘇揚州）人。南唐中主李

璟時官至左僕射同中書門下平章事。其外孫陳世修輯有《陽春集》傳世，并序云：「公以金陵盛時，内外無事，朋僚親舊，或當燕集，多運藻思，爲樂府新詞，俾歌者倚絲竹而歌之，所以娱賓而遣興也。日月寖久，録而成編。觀其思深辭麗，均律調新，真清奇飄逸之才也。」其詞諸家有評，如周濟《介存齋論詞雜著》云：「皋文曰：『延巳爲人專蔽固嫉，而其言忠愛纏綿，此其君所以深信而不疑也。』」劉熙載《藝概》卷四云：「韋端己、馮正中諸家詞，留連光景，惆悵自憐，蓋亦易飄颻于風雨者。」又云：「馮延巳詞，晏同叔（晏殊）得其俊，歐陽永叔（歐陽修）得其深。」陳廷焯《雲韶集》卷一云：「正中詞爲五代之冠。正中詞高處入飛卿（温庭筠）之室，却不相沿襲；雅麗處時或過之。」馮煦《唐五代詞選序》云：「吾家正中翁，鼓吹南唐，上翼二主，下啟晏、歐，實正變之樞紐，短長之流别也。」馮延巳《蝶戀花》（又名《鵲踏枝》）其一：「六曲闌干偎碧樹。楊柳風輕，展盡黄金縷。誰把鈿箏移玉柱？穿簾海燕雙飛去。　滿眼游絲兼落絮。紅杏開時，一霎清明雨。濃醉覺來鶯亂語。驚殘好夢無尋處。」其二：「誰道閑情抛棄久？每到春來，惆悵還依舊。日日花前常病酒。不辭鏡裏朱顔瘦。　河畔青蕪堤上柳。爲問新愁，何事年年有？獨立小樓風滿袖。平林新月人歸後。」其三：「幾日行雲何處去？忘了歸來，不道春將暮。百草千花寒食路。香車繫在誰家樹？　淚眼倚樓頻獨語。雙燕飛來，陌上相逢否？撩亂春愁如柳絮。悠悠夢裏無尋處。」其四：「庭院深深深幾許？楊柳堆煙，簾幕無重數。玉勒雕鞍游冶處。樓高不見章臺路。　雨横風狂三月暮。門掩黄昏，無計留春住。淚眼問花花不語。亂紅飛過秋千去。」按不同版本有異文。

［二］　此評《蝶戀花》其一。「金碧山水」二句：意謂馮延巳詞如金碧山水畫，風格工整富丽，但整體意境又顯得迷茫、縹緲。濛，人文本作「蒙」。金碧山水，中國山水畫之一種，以初唐畫家李思訓、李昭道父子作品爲代表。其畫以泥金、石青和石緑爲主色，比青緑山水多泥金一色。《佩文齋書畫譜》卷十一引《湯垕畫鑒》：「李思訓畫著色山水，用金碧暉映，自爲一家法。」有寄托入、無寄托出：語見周濟《介存齋論詞雜著》：「初學詞求有寄托，有寄托，則表裏相宣，斐然成章。既成格調，求無寄托，無寄托，則指事類情，仁者見仁，知者見知。」其《宋四家詞選目録序論》又云：「夫詞，非寄托不入，專寄托不出。」「寄托出入」説後成爲常州詞派的核心觀點。陳廷焯《雲韶集》卷一評云：「雅秀工麗，是歐公（歐陽修）之祖。」又《白雨齋詞話足本》卷一云：「憂讒畏譏，思深意苦。」可參。

［三］　此評《蝶戀花》其二。此闋叙事：謂將閨情寓于寫景之中，故多叙事之筆。陳廷焯《白雨齋詞話足本》卷八評云：「可謂沉著痛快之極，然却是從沉鬱頓挫來，淺人何足知之？」可參。

［四］　此評《蝶戀花》其三。必有所托：張惠言《詞選》卷一評云：「忠愛纏綿，宛然《騷》、《辨》之義。延巳爲人，專蔽嫉妒，又敢爲大言，此詞蓋以排間異己者，其君之所以信而弗疑也。」陳廷焯《詞則・大雅集》卷一云：「低回曲折，藹乎其言，可以群，可以怨，情詞悱惻。『雙燕』二語，映首章。」可參。

［五］　此評《蝶戀花》其四。按此首一作歐陽修詞。宋刻玉玩，雙層浮起：此爲比喻語，指

出詞作層深而渾成的特點。王又華《古今詞論》引毛先舒云：「偶拈永叔（歐陽修）詞云：『淚眼問花花不語，亂紅飛過鞦韆去。』此可謂層深而渾成。何也？因花而有淚，此一層意也；因淚而問花，此一層意也；花竟不語，此一層意也；不但不語，且又亂落，飛過鞦韆，此一層意也。人愈傷心，花愈惱人，語愈淺，而意愈入，又絶無刻畫費力之迹，謂非層深而渾成耶？」張惠言《詞選》卷一評云：「『庭院深深』，閨中既以邃遠也；『樓高不見』，哲王又不寤也；『章臺』『游冶』，小人之徑；『雨横風狂』，政令暴急也；『亂紅飛去』，斥逐者非一人而已。殆爲韓（韓琦）、范（范仲淹）作乎？」以爲必有寄托。黄蘇《蓼園詞選》云：「首闋因楊柳煙多，若幕之重重者，庭院之深以此，即下句章臺不見亦以此。總以見柳絮之迷人，加之雨横風狂，即擬閉門，而春已去矣。不見亂紅之盡飛乎？語意如此，通首詆斥，看來必有所指。第詞旨穠麗，即不明所指，自是一首好詞。」陳廷焯《雲韶集》卷一云：「連用三『深』字，妙甚。偏是樓高不見，試想千古有情人讀至結處，無不淚下。絶世至文。」可參。

評馮延巳《浣溪沙》[一]

開北宋疏宕之派[二]。

【注】

〔一〕 馮延巳《浣溪沙》：「馬上凝情憶舊游。照花淹竹小溪流。鈿箏羅幕玉搔頭。 早是出門長帶月，可堪分袂又經秋。晚風斜日不勝愁。」按此首應爲五代詞人張泌作，見《花間集》卷四。

〔二〕 北宋疏宕之派：此「疏宕」應相對于花間詞的密麗而言，指北宋初期晏殊、歐陽修爲代表的從容淡雅詞風，也包括後起的蘇軾，如馮煦《宋六十一家詞選例言》就認爲歐詞「疏雋開子瞻」。張泌雖亦爲花間詞人，但《浣溪沙》一首確較疏宕清麗。陳廷焯《雲韶集》卷一評云：「流水對。工麗芊綿，深深疑疑。」可參。

評晏殊《踏莎行》△〔一〕

刺詞。〔二〕 （評「高臺樹色陰陰見」句）正與斜陽相映。〔三〕

【注】

〔一〕 晏殊（九九一——一〇五五）：字同叔，撫州臨川（今屬江西）人。少以神童薦，賜同進士出身，授秘書省正字，遷太常寺奉禮郎，拜翰林學士，擢太子左庶子。宋仁宗時官至同中書門下平章事兼樞密使，罷相後出知潁州、陳州、許州，知河南府兼西京留守，遷兵部尚書，封臨淄公。卒謚元獻。工詩文，詞承晚唐五代遺風，風流蘊藉，與歐陽修并稱「晏歐」。有《珠玉詞》。其詞諸家有評，如劉攽《中山詩話》云：「晏元獻尤喜江南馮延巳歌詞，其顧自作，亦不減延巳。」王灼《碧雞漫志》卷二云：「晏元獻公、歐陽文忠公，風流蘊藉，一時莫及，而温潤秀潔，亦無其比。」周濟《宋四家詞選目録序論》云：「晏氏父子，仍步温、韋。」晏殊《踏莎行》：「小徑紅稀，芳郊緑遍。高臺樹色陰陰見。春風不解禁楊花，濛濛亂撲行人面。　翠葉藏鶯，朱簾隔燕。爐香静逐游絲轉。一場愁夢酒醒時，斜陽却照深深院。」

［二］刺詞：怨刺之作，意謂詞旨在政治諷刺。《漢書·禮樂志》：「周道始缺，怨刺之詩起。王澤既竭，而詩不能作。」張惠言《詞選》卷一評云：「此詞亦有所興，其歐公《蝶戀花》之流乎？」黄蘇《蓼園詞選》云：「按此篇仍前章之意，托興既同，而結構各異。首三句言花稀而葉盛，喻君子少而小人多也。『高臺』指帝閽。『東風』二句，小人如楊花之輕薄，易動摇君心也。『翠葉』二句，喻事多阻隔。『爐香』句，喻己心之鬱紆也。『斜陽却照深深院』，言不明之日難照此淵衷也。臣心與閨意雙關寫去，細思自得之耳。」可參。

［三］此爲夾評。此評人文本未收，據三種本補入。正與斜陽相映：指末句「斜陽却照深深院」。

評歐陽修《采桑子》△[一]

（評起句）掃處即生。[二]　（評「笙歌散盡游人去」二句）悟語是戀語。[三]

【注】

[一]　此則人文本未收，據三種本補入。歐陽修（一〇〇七—一〇七二）：字永叔，號醉翁，晚號六一居士，吉州廬陵（今江西吉安）人。宋仁宗天聖八年（一〇三〇）進士。授秘書省校書郎，遷右正言、知制誥。出知滁州、揚州、潁州。回朝任翰林學士。拜樞密副使。官至參知政事，以太子少師致仕，卒謚文忠。爲北宋詩文革新運動領袖，蘇軾、王安石等皆出其門下。有《六一詞》、《醉翁琴趣外篇》。其詞諸家有評，如羅大經《鶴林玉露》卷二云：「歐陽公雖游戲作小詞，亦無愧唐人《花間集》。」馮煦《蒿庵論詞》云：「宋初大臣爲詞者……獨文忠與元獻，學之既至，爲之亦勤，翔雙鵠于交衢，馭二龍于天路。且文忠家廬陵，而元獻家臨川，詞家遂有西江一派。其詞與元獻俱出南唐，而深致則過之。」歐陽修《采桑子》：「群芳過後西湖好，狼藉殘紅。飛絮濛濛。垂柳闌干盡日風。　笙歌散盡游人去，始覺春空。垂下簾櫳。雙燕歸來細雨中。」

[二]　此爲夾評。掃處即生：語出沈括《夢溪筆談·雜志二》：「常謂校書如掃塵，一面掃，

一面生，故有一書每三四校猶有脱繆。」朱翊《題校書圖》：「我聞校書如掃塵，塵隨帚去輒隨有。」此以掃落葉爲喻，旋掃旋生，「群芳過後」爲「掃」，「西湖好」及以下所寫寂静之景爲「生」。俞陛雲《唐五代詞選釋》評云：「西湖在宋時極游觀之盛，此詞獨寫静境，别有意味。」可參。

〔三〕此爲夾評。「悟語」指「春空」，亦爲詞人所賞的自然之趣，故又是「戀語」。陳廷焯《詞則·别調集》卷一評云：「(「始覺春空」)四字猛省。」可參。

評歐陽修《蝶戀花》△〔一〕

(評上闋「窄袖輕羅」二句)小人常態。〔二〕　(評下闋「露重煙輕」二句)君子道消。〔三〕

【注】

〔一〕此則人文本未收，據三種本補入。歐陽修《蝶戀花》：「越女采蓮秋水畔。窄袖輕羅，暗露雙金釧。照影摘花花似面。芳心只共絲爭亂。　鸂鶒灘頭風浪晚。霧重煙輕，不見來時伴。隱隱歌聲歸棹遠。離愁引著江南岸。」

〔二〕此爲夾評。謂有所譏刺。

〔三〕此爲夾評。君子道消：《易·泰》：「《彖》曰：……君子道長，小人道消也。」這裏是反用其意，意謂賢愚顛倒，是國衰之象。陳廷焯《詞則·閑情集》卷一評云：「與元獻作同一纏綿，語更婉雅。」則視爲閨情詞。

評晏幾道《臨江仙》[一]

（評「落花人獨立」二句）名句，千古不能有二[二]。（評下闋）所謂柔厚在此[三]。

【注】

[一]　晏幾道（一〇三八—一一一〇）：字叔原，號小山。撫州臨川（今屬江西）人，晏殊第七子。曾任太常寺太祝，宋神宗熙寧七年（一〇七四）因事牽連下獄。元豐時曾官潁昌府許田鎮監官，後退居京師賜第。詞與其父齊名，并稱「二晏」。有《小山詞》。其自序云：「叔原往者浮沉酒中，病世之歌詞不足以析酲解慍，試續南部諸賢緒餘，作五七字語，期以自娱，不獨叙其所懷，兼寫一時杯酒聞見，及同游者意中事。……追維往昔過從飲酒之人，或壠木已長，或病不偶，考其篇中所記悲歡離合之事，如幻如電，如昨夢前塵，但能掩卷憮然，感光陰之易遷，歎境緣之無實也。」其詞諸家有評，如黄庭堅《小山詞序》云：「及獨嬉弄于樂府之餘，而寓以詩人之句法，清壯頓挫，能動摇人心，士大夫傳之，以爲有臨淄（晏殊）之風耳。」周濟《介存齋論詞雜著》云：「晏氏

父子，仍步温、韋，小晏精力尤勝。」陳廷焯《白雨齋詞話》卷一云：「北宋晏小山工于言情，出元獻、文忠之右，然不免思涉于邪，有失風人之旨，而措詞婉妙，則一時獨步。」馮煦《蒿庵論詞》云：「淮海（秦觀）、小山，真古之傷心人也，其淡語皆有味，淺語皆有致。」晏幾道《臨江仙》：「夢後樓臺高鎖，酒醒簾幕低垂。去年春恨却來時。落花人獨立，微雨燕雙飛。　記得小蘋初見，兩重心字羅衣。琵琶弦上説相思。當時明月在，曾照彩雲歸。」

［二］名句：此評詞中「落花人獨立，微雨燕雙飛」二句。卓人月《古今詞統》卷九評云：「晚唐麗句。」陳廷焯《詞則·大雅集》卷一云：「『落花』十字，自是天生好言語。」唐圭璋《唐宋詞簡釋》指出：「『落花』二句，原爲唐末翁宏之詩，妙在拈至此處，襯副得宜，且不明説春恨，而自以境界會意。落花、微雨，境極美；人獨立、燕雙飛，情極苦。」可參。

［三］所：三種本作「可」。柔厚：即温柔敦厚。楊萬里《誠齋集》卷一百十四評云：「惟晏叔原『落花人獨立，微雨燕雙飛』，可謂好色而不淫矣。」陳廷焯《白雨齋詞話》卷一云：「『落花人獨立，微雨燕雙飛』……既閑婉，又沉着。」可參。

評柳永《傾杯樂》△［一］

耆卿正鋒［二］，以當杜詩［三］。　（評上闋「何人月下臨風處」二句）《文賦》云「扶質

立幹」[四]。（評下闋「想綉閣深沉」二句）忠厚悱惻，不愧大家。[五]（評「楚峽雲歸」三句）寬處坦夷，正見家數。[六]

【注】

[一] 柳永（九八七？—一〇五五後）：初名三變，字景莊，後更名永，字耆卿。排行第七，人稱「柳七」。祖籍河東（今山西永濟），徙居崇安（今福建武夷山市）。爲舉子時多游狹邪，流連于汴京秦樓楚館，善作教坊歌詞，廣爲傳唱。後游歷各地，宋景祐元年（一〇三四）登進士第，歷官睦州團練推官、餘杭令、定海鹽場監官、泗州判官、太常博士，終官屯田員外郎，世稱「柳屯田」。擅慢詞，多自創新聲，是宋代第一個專力作詞的作家。有《樂章集》。其詞諸家有評，如李之儀《跋吴思道小詞》云：「至唐末，遂因其聲之長短而以意填之，始一變以成音律，大抵以《花間集》中所載爲宗，然多小闋。至柳耆卿始鋪叙展衍，備足無餘。形容盛明，千載如逢當日。較之《花間》所集，韵終不勝，由是知其爲難能也。」李清照《詞論》云：「逮至本朝，禮樂文武大備，又涵養百年，始有柳屯田永者，變舊聲作新聲，出《樂章集》，大得聲稱于世。雖協音律，而辭語塵下。」黄昇《唐宋以來絶妙詞選》卷五云：「長于纖艷之詞，然多近俚俗，故市井之人悦之。」周濟《介存齋論詞雜著》云：「耆卿爲世訾謷久矣，然其鋪叙委宛，言近旨遠，森秀幽淡之趣在骨。耆卿樂府多，故惡濫可笑者多，使能珍重下筆，則北宋高手也。」江順詒《詞學集成》卷五云：「耆卿詞細密

而妥溜，明白而家常，善于序事，有過前人。」馮煦《蒿庵論詞》云：「耆卿詞曲處能直，密處能疏，奡處能平，狀難狀之景，達難達之情，而出之以自然，自是北宋巨手。然好爲俳體，詞多媟黷，有不僅如《提要》所云以俗爲病者。」夏敬觀《吷庵詞評》云：「耆卿詞當分雅、俚二類。雅詞用六朝小品文賦作法，層層鋪叙，情景兼融，一筆到底，始終不懈。俚詞襲五代淫詖之風氣，開金元曲子之先聲，比于里巷歌謡，亦復自成一格。」柳永《傾杯樂》：「木落霜洲，雁横煙渚，分明畫出秋色。暮雨乍歇，小檝夜泊，宿葦村山驛。何人月下臨風處，起一聲羌笛。離愁萬端，聞岸草、切切蛩吟如織。　爲憶。芳容别後，山遥水遠，何計憑鱗翼？想繡閣深沉，怎知憔悴損、天涯行客。楚峽雲歸，高唐人散，寂寞狂蹤迹。望京國。空目斷、遠峰凝碧。」

[二] 正鋒：意爲正面鋪叙。柳永慢詞善鋪叙展衍，前人多有稱説。

[三] 以當杜詩：杜甫詩長篇亦善鋪叙，宋人有將杜詩與柳詞并提者，如張端義《貴耳集》卷上：「杜詩、柳詞，皆無表德，只是直説。」

[四] 此爲夾評。此評人文本未收，據三種本補入。扶質立幹：意謂就像樹的主幹和枝葉，因内容充實，故辭藻繁茂。質，事物的根本。《文選·陸機〈文賦〉》云：「理扶質以立幹，文垂條以結繁。」李善注：「言文之體，必須以理爲本。」

[五] 此爲夾評。此評人文本未收，據三種本補入。

[六] 此爲夾評。此評人文本未收，據三種本補入。家數：指詩文等技藝的家法傳統及流派

風格。嚴羽《滄浪詩話·答出繼叔臨安吴景仙書》：「世之技藝，猶各有家數。」此指柳永自成一家。

評秦觀《滿庭芳》△[一]

淮海在北宋，如唐之劉文房[二]。下闋不假雕琢，水到渠成，非平鈍所能藉口。[三]

【注】

[一]　秦觀（一〇四九—一一〇〇）：字少游，一字太虚，號淮海居士。揚州高郵（今屬江蘇）人。宋元豐八年（一〇八五）進士，授定海主簿，改蔡州教授。元祐三年（一〇八八）應制科，除宣教郎、太學博士，遷秘書省正字兼國史院編修官，授宣德郎。爲蘇門四學士之一。紹聖初坐元祐黨籍，貶杭州通判，監處州酒税，徙郴州，編管横州，再貶雷州。徽宗即位後北歸，卒于藤州。有《淮海集》、《淮海居士長短句》。其詞諸家有評，如李清照《詞論》云：「秦即專主情致，而少故實，譬如貧家美女，雖極妍麗豐逸，而終乏富貴態。」張炎《詞源》卷下云：「秦少游詞體製淡雅，氣骨不衰。清麗中不斷意脉，咀嚼無滓，久而知味。」朱彝尊《詞綜》卷六引蔡伯世云：「子瞻（蘇軾）辭勝乎情，耆卿（柳永）情勝乎辭。辭情相稱者，惟少游而已。」周濟《宋四家詞選目録序論》云：「少游最和婉醇正，稍遜清真（周邦彦）者辣耳。少游意在含蓄，如花初胎，故少重筆。」秦觀《滿庭

芳》：「山抹微雲，天連衰草，畫角聲斷譙門。暫停征棹，聊共引離樽。多少蓬萊舊事，空回首、煙靄紛紛。斜陽外，寒鴉萬點，流水繞孤村。銷魂。當此際，香囊暗解，羅帶輕分。漫贏得青樓，薄幸名存。此去何時見也？襟袖上、空惹啼痕。傷情處，高城望斷，燈火已黄昏。」

〔二〕劉文房：即唐詩人劉長卿。劉長卿（？—七九〇？）字文房，宣城（今屬安徽）人，寓居京兆（今陝西西安）。唐天寶中進士，歷官海鹽令、南巴尉、監察御史、轉運判官、睦州司馬、隨州刺史。擅五言，自稱「五言長城」。有《劉長卿集》。方回《瀛奎律髓》云：「細味其詩，思織幽緩，不及賈島之深峭，又不似張籍之明白，蓋頗欠骨力，而有委曲之意耳。」周履靖《騷壇秘語》云：「劉長卿最得騷人之興，專主情景。」可知其詩風。

〔三〕此爲夾評。此評人文本未收，據三種本補入。平鈍：過于質樸，以致平庸遲鈍。鍾嶸《詩品序》云：「至使膏腴子弟，恥文不逮，終朝點綴，分夜呻吟，獨觀謂爲警策，衆睹終淪平鈍。」周濟《宋四家詞選》評云：「將身世之感打并入艶情，又是一法。」陳廷焯《詞則·大雅集》卷二云：「詩情畫景，情詞雙絶。」可參。

評秦觀《望海潮·洛陽懷古》△〔一〕

（評下闋）陳隋小賦縮本，填詞家不以唐人爲止境也。〔二〕

【注】

[一] 此則人文本未收，據三種本補入。秦觀《望海潮・洛陽懷古》：「梅英疏淡，冰澌溶泄，東風暗换年華。金谷俊游，銅駝巷陌，新晴細履平沙。長記誤隨車。正絮翻蝶舞，芳思交加。柳下桃蹊，亂分春色到人家。　西園夜飲鳴笳。有華燈礙月，飛蓋妨花。蘭苑未空，行人漸老，重來是事堪嗟。煙暝酒旗斜。但倚樓極目，時見棲鴉。無奈歸心，暗隨流水到天涯。」蹊，原作「溪」，是事，原作「事事」，據《淮海居士長短句》（徐培均校注本）改。

[二] 此爲夾評。陳隋小賦縮本：意謂此與六朝小賦筆法類似。一般認爲六朝賦艷冶雕琢，多用駢偶。縮本，指縮小的文本。趙翼《題金素中西瀛小築圖》詩其二：「縮本摹來雖尺幅，胸中海岱已全涵。」周濟《宋四家詞選》評云：「兩兩相形，以整見勁。」可參。

評周邦彦《蘭陵王・柳》[一]

已是磨杵成針手段[二]，用筆欲落不落。（評「愁一箭風快」等句）此類噴醒，非玉田所知[三]。（評「斜陽」句）「斜陽」七字，微吟千百遍，當入三昧，出三昧[四]。

【注】

［一］周邦彦（一〇五六—一一二一）：字美成，號清真居士，錢塘（今浙江杭州）人。早年疏雋少檢，宋元豐初赴汴京游太學，獻《汴都賦》，受神宗賞識，任試太學正。元祐中出爲廬州教授，轉荆州，調溧水令，紹聖間任國子主簿、秘書省正字。徽宗時官校書郎、考功員外郎、衛尉宗正少卿兼儀禮局檢討，知隆德、明州，入秘書監，進徽猷閣待制，提舉大晟府。後知順昌、處州，提舉南京鴻慶宫。有《清真集》。其詞諸家有評，如樓鑰《攻媿集》卷五十一《清真先生文集序》云：「樂府播傳，風流自命，又性好音律，如古之妙解，顧曲名堂，不能自已。」强焕《題周美成詞》云：「其撫寫物態，曲盡其妙。」劉肅《周邦彦詞注序》云：「周美成以旁搜遠紹之才，寄情長短句，縝密典麗，流風可仰，其徵辭引類，推古誇今，或借字用意，言言皆有來歷，真足冠冕詞林。」陳振孫《直齋書録解題》卷二十一云：「多用唐人詩句隱括入律，渾然天成，長調尤善鋪叙，富艷精工，詞人之甲乙也。」張炎《詞源》卷下云：「美成詞，只當看他渾成處，于軟媚中有氣魄，采唐詩融化如自己者，乃其所長，惜乎意趣却不高遠。」沈義父《樂府指迷》云：「凡作詞當以清真爲主。蓋清真最爲知音，且無一點市井氣，下字用意，皆有法度，往往自唐宋諸賢詩句中來，而不用經史中生硬字面，此所以爲冠絶也。」劉體仁《七頌堂詞繹》云：「周美成不止能作情語，其體雅正，無旁見側出之妙。」周濟《介存齋論詞雜著》云：「美成思力獨絶千古，如顏平原（顏真卿）書，雖未臻兩晋，而唐初之法至此大備，後有作者，莫能出其範圍矣。」又《宋四家詞選目録序論》云：「清真，集大成

者也。……問途碧山（王沂孫），歷夢窗（吴文英）、稼軒（辛棄疾），以還清真之渾化，余所望于世之爲詞人者蓋如此。」王國維《清真先生遺事》云：「而詞中老杜，非先生不可。……今其聲雖亡，讀其詞者，猶覺拗怒之中，自饒和婉，曼聲促節，繁會相宣，清濁抑揚，轆轤交往，兩宋之間，一人而已。」周邦彦《蘭陵王·柳》：「柳陰直。煙裏絲絲弄碧。隋堤上、曾見幾番，拂水飄綿送行色。登臨望故國。誰識。京華倦客？長亭路，年去歲來，應折柔條過千尺。　閑尋舊蹤迹。又酒趁哀弦，燈照離席。梨花榆火催寒食。愁一箭風快，半篙波暖，回頭迢遞便數驛。望人在天北。　凄惻。恨堆積。漸别浦縈回，津堠岑寂。斜陽冉冉春無極。念月榭携手，露橋聞笛。沉思前事，似夢裏，淚暗滴。」

［二］　磨杵成針手段：此處指其錘煉精微。相傳李白少時讀書，未成棄去，道逢老媪磨杵，白問其故，曰：「作針。」白感其言，遂卒業。見祝穆《方輿勝覽·眉州·磨針溪》。後因以「磨杵成針」比喻立志不移，功到自然成。

［三］　非玉田所知：玉田，即張炎。其《詞源》卷下曾評周邦彦詞「失之軟媚」、「意趣却不高遠」。周濟《宋四家詞選》評云：「客中送客，一『愁』字代行者設想。以下不辨是情是景，但覺煙靄蒼茫。『望』字、『念』字尤幻。」陳廷焯《白雨齋詞話》卷一云：「『閑尋舊蹤迹』二疊，無一語不吞吐，只就眼前景物，約略點綴，更不寫淹留之故，却無處非淹留之苦。」可參。

［四］　入三昧，出三昧：三昧，梵文音譯，意譯爲「定」，意謂專注一境而不散亂。慧遠《念佛

三昧詩集序》：「夫三昧者何？專思寂想之謂也。」此謂須專注吟味，方能得其意境。梁令嫻《藝蘅館詞選》乙卷引梁啟超評云：「『斜陽』七字，綺麗中帶悲壯，全首精神提起。」可參。

評周邦彥《齊天樂》△[一]

（評起句「緑蕪彫盡臺城路」）亦是以掃爲生法。[二]（評「渭水西風」三句）點化成句，開後來多少章法。[三]（評「醉倒山翁」二句）結束出奇，正是哀樂無端。[四]

【注】

[一] 此則人文本未收，據三種本補入。周邦彥《齊天樂》：「緑蕪彫盡臺城路，殊鄉又逢秋晚。暮雨生寒，鳴蛩勸織，深閣時聞裁剪。雲窗静掩。歎重拂羅裀，頓疏花簟。尚有練囊，露螢清夜照書卷。荆江留滯最久，故人相望處，離思何限。渭水西風，長安亂葉，空憶詩情宛轉。憑高眺遠。正玉液新篘，蟹螯初薦。醉倒山翁，但愁斜照斂。」

[二] 以掃爲生法：同「掃處即生」，參見「評歐陽修《采桑子》」一則注[二]。陳廷焯《雲韶集》卷四評云：「只起二句，便覺黯然銷魂。下字用意，無不精煉。太白『西風殘照』後，有嗣音矣。」俞陛雲《唐五代兩宋詞選釋》云：「起二句，籠罩一切。」可參。

［三］「點化成句」二句：此爲夾評。「渭水西風」二句用賈島《憶江上吳處士》「秋風生渭水，落葉滿長安」句意。陳廷焯《詞則·大雅集》評云：「『渭水西風』三句，蒼涼沉鬱，開白石（姜夔）、碧山（王沂孫）一派。」王國維《人間詞話删稿》云：「『西風吹渭水，落葉滿長安』，美成以之入詞，白仁甫（白樸）以之入曲，此借古人之境界爲我之境界者也。」喬大壯批《片玉集》云：「『渭水』八字作對，慢詞于此加入重大之境，非片玉不能爲之。」可參。

［四］「結束出奇」二句：此爲夾評。陳廷焯《白雨齋詞話》卷一評云：「幾于愛惜寸陰，日暮之悲，更覺餘于言外，此種結構，不必多費筆墨，固已意無不達。」可參。

評周邦彦《六醜·薔薇謝後作》△［一］

但以七言古詩長篇法求之［二］，自悟。（評「願春暫留」三句）逆入平出，亦平入逆出［三］。（評「爲問家何在」三句）搏兔用全力［四］。（評「静繞珍叢底」五句）處處斷，處處連。［五］（評後結「恐斷紅」二句）仍用逆挽，此《片玉》所獨。［六］

【注】

［一］周邦彦《六丑·薔薇謝後作》：「正單衣試酒，悵客裏、光陰虚擲。願春暫留，春歸如

過翼。一去無迹。爲問家何在？夜來風雨，葬楚宫傾國。釵鈿墜處遺香澤。亂點桃蹊，輕翻柳陌。多情爲誰追惜？但蜂媒蝶使，時叩窗槅。東園岑寂。漸蒙籠暗碧。静繞珍叢底，成歎息。長條故惹行客。似牽衣待話，别情無極。殘英小、强簪巾幘。終不似、一朵釵頭顫裊，向人攲側。漂流處、莫趁潮汐。恐斷紅、尚有相思字，何由見得？」

〔二〕七言古詩長篇法：古詩長篇更講究章法，周邦彦慢詞似之。徐師曾《文體明辯》論七言古詩云：「其爲則也，聲長字縱，易以成文，故藴氣琱辭，與五言略異。」陳廷焯《雲韶集》卷四評云：「美成詞，大半以紆徐曲折制勝，妙于紆徐曲折中，有筆力，有品骨，故能獨步千古。」夏敬觀手評《清真集》云：「一氣貫注，轉折處如天馬行空。所用虚字，無一不與文情相合。」可參。

〔三〕此爲夾評。此評人文本未收，據三種本補入。謂此三句寫傷春，中間頗多轉折。周濟《宋四家詞選》評云：「十三字，千回百折，千錘百煉，以下如鵬羽自逝。」陳匪石《宋詞舉》云：「前者以意言，後者以筆言。實則作者此時已入化境，並無平逆之成心耳。」可參。

〔四〕此爲夾評。此評人文本未收，據三種本補入。搏兔用全力：參見「蓮漪詞題識」一則注〔一二〕。陳廷焯《白雨齋詞話》卷一評云：「『爲問家何在』，上文有『悵客裏光陰虚擲』之句，此處點醒題旨，既突兀，又綿密，妙只五字束住。」可參。

〔五〕此爲夾評。此評人文本未收，據三種本補入。周濟《宋四家詞選》評云：「不説人惜花，却説花戀人。不從無花惜春，却從有花惜春。不惜已簪之殘英，偏惜欲去之斷紅。」

［六］　此爲夾評。此評人文本未收，據三種本補入。黄蘇《蓼園詞選》評云：「結處尤纏綿無已，耐人尋繹。」陳洵《抄本海綃説詞》云：「言外有無限意思，讀之但覺回腸蕩氣，復何處尋其源耶？」可參。

評周邦彦《大酺》△［一］

（評「墻頭青玉旆」三句）辟灌皆有賦心，前周後吴，所以爲大家也。［二］　（評「行人歸意速」二句）此亦新亭之淚。［三］　（評「況蕭索」四句）一句一折，一步一態，然周昉美人，非時世妝也［四］。

【注】

［一］　評周邦彦《大酺》：此則人文本未收，據三種本補入。周邦彦《大酺》：「對宿煙收，春禽静，飛雨時鳴高屋。墻頭青玉旆，洗鉛霜都盡，嫩梢相觸。潤逼琴絲，寒侵枕障，蟲網吹黏簾竹。郵亭無人處，聽檐聲不斷，困眠初熟。奈愁極頻驚，夢輕難記，自憐幽獨。　行人歸意速。最先念、流潦妨車轂。怎奈向、蘭成憔悴，衛玠清羸，等閑時、易傷心目。未怪平陽客，雙淚落、笛中哀曲。況蕭索、青蕪國。紅糝鋪地，門外荆桃如菽。夜游共誰秉燭？」鉛霜，《譚評詞辨》作「鉛

華」。樂廣，《譚評詞辨》作「衛玠」。此詞或題作「春雨」。

〔二〕　此爲夾評。辟灌：即千辟萬灌，意謂反復錘煉。語出袁枚《隨園詩話》卷七：「赤堇之銅，良金也，而必加千辟万灌之鑄。」賦心：内在的精神。《西京雜記》引司馬相如曰：「賦家之心，苞括宇宙，總攬人物，斯乃得之于内，不可得而傳。」前周後吴：指周邦彦與吴文英。前人常以周、吴并提，如黄昇《中興以來絶妙詞選》卷十引尹焕《片玉集序》云：「求詞于吾宋者，前有清真，後有夢窗，此非焕之言，天下之公言也。」沈義父《樂府指迷》云：「夢窗深得清真之妙。」

〔三〕　此爲夾評。新亭之淚：表示雖有歸計而無可奈何的心情。新亭，故址在今南京市南。西晋滅亡後，東晋貴族及大臣到建康城外新亭飲酒，「周侯中坐而歎曰：『風景不殊，正自有山河之異！』皆相視流淚。」（劉義慶《世説新語·言語》）

〔四〕　此爲夾評。一步一態：王又華《古今詞論》引毛先舒云：「長調如嬌女步春，旁去扶持，獨行芳徑，一步一態，一態一變。」「周昉美人」二句：意謂後結數語用典，格調古雅而非追求時尚。周昉（生卒年不詳），字仲朗，又字景玄，京兆（今陝西西安）人。生活于中唐代宗、德宗時期，曾任越州、宣州長史。能書擅畫，其所畫仕女容貌端莊，體態豐肥，是盛唐時期的典型裝扮。有《簪花仕女圖》傳世。時世妝：時髦的裝束。白居易有《時世妝》詩：「腮不施朱面無粉，烏膏注唇唇似泥，雙眉畫作八字低，妍媸黑白失本態，妝成盡似含悲啼，圓鬟無鬟堆髻様，斜紅不暈赭面狀。」此是中唐時期的裝飾。

評周邦彦《滿庭芳》△[一]

（評「地卑山近」二句）《離騷》廿五，去人不遠。[二]　（評「且莫思身外」二句）杜詩韓筆[三]。

【注】

[一]　此則人文本未收，據三種本補入。周邦彦《滿庭芳》：「風老鶯雛，雨肥梅子，午陰嘉樹清圓。地卑山近，衣潤費爐煙。人静烏鳶自樂，小橋外、新緑濺濺。憑欄久，黄蘆苦竹，疑泛九江船。　年年。如社燕，飄流瀚海，來寄修椽。且莫思身外，長近尊前。憔悴江南倦客，不堪聽、急管繁弦。歌筵畔，先安枕簟，容我醉時眠。」

[二]　此爲夾評。《離騷》廿五：意謂有所寄托。屈原楚辭作品以《離騷》爲首，舊説共廿五篇。王逸《楚辭章句序》：「而屈原履忠被譖，憂悲愁思，獨依詩人之義，而作《離騷》……遂復作《九歌》以下凡二十五篇。」黄蘇《蓼園詞選》評云：「『地卑』至『九江船』，言其地之僻也。」可參。

[三]　此爲夾評。杜詩韓筆：杜甫之歌詩，韓愈之文筆。語出杜牧《讀韓杜集》：「杜詩韓筆愁來讀，似倩麻姑癢處搔。」「且莫思身外，長近尊前」二句化用杜甫《絶句漫興》「莫思身外無窮

事，且盡生前有限杯」句意。黄蘇《蓼園詞選》評云：「『且莫思』句至末，寫其心之難遣也。」可參。

評周邦彦《少年游》[一]

麗極而清，清極而婉[二]，然不可忽過「馬滑霜濃」四字[三]。

【注】

[一] 周邦彦《少年游》：「并刀如水，吴鹽勝雪，纖指破新橙。錦幄初温，獸香不斷，相對坐調笙。　低聲問，向誰行宿？城上已三更。馬滑霜濃，不如休去，直是少人行。」

[二] 麗極而清，清極而婉：孫麟趾《詞逕》評云：「恐其平直，以曲折出之，謂之婉。如清真『低聲問』數句，深得婉字之妙。」陳廷焯《雲韶集》卷四云：「秀艷。情急而語甚婉約，妙絶古今。」可參。

[三] 馬滑霜濃：前人評論中均關注後結中此四字。如潘游龍《古今詩餘醉》評云：「説盡冬景行路意思，展轉有味。」沈謙《填詞雜説》云：「言馬言他人，而纏綿偎倚之情自見。」陳廷焯《雲韶集》卷四云：「情急而語甚婉約，妙絶古今。」可參。

評周邦彦《花犯·梅花》△[一]

（評上闋「依然舊風味」句）逆入。[二]　（評「去年勝賞曾孤倚」句）平出。[三]　（評下闋「今年對花太匆匆」句）放筆爲直幹[四]。　「凝望久」以下，筋摇脉動[五]。　（評「相將見」二句）如顔魯公書，力透紙背。[六]

【注】

［一］　周邦彦《花犯·梅花》：「粉墻低，梅花照眼，依然舊風味。露痕輕綴。疑净洗鉛華，無限佳麗。去年勝賞曾孤倚。冰盤同燕喜。更可惜、雪中高樹，香篝熏素被。　今年對花最匆匆，相逢似有恨，依依愁悴。吟望久，青苔上，旋看飛墜。相將見，翠丸薦酒，人正在、空江煙浪裏。但夢想，一枝瀟灑，黄昏斜照水。」

［二］　此爲夾評。此評人文本未收，據三種本補入。逆入：參見「三家詞叙」一則注［八］。

［三］　此爲夾評。此評人文本未收，據三種本補入。平出：參見「三家詞叙」注［八］。陳洵《抄本海綃説詞》評云：「起七字，極沉著，已將三年情事，一齊攝起。『舊風味』，從『去年』虚提。『露痕』三句，復爲『照眼』作周旋。然後『去年』逆入，『今年』平出，『相將』倒提，『夢想』逆挽。圓

美不難，難在渾勁。」可參。

〔四〕　此爲夾評。此評人文本未收，據三種本補入。放筆爲直幹：意謂不委曲掩抑，能直抒胸臆。語出杜甫《戲爲韋偃雙松圖歌》：「已令拂拭光凌亂，請公放筆爲直幹。」陳廷焯《雲韶集》卷四評云：「此詞非專詠梅花，以寄身世之感耳。」可參。

〔五〕　筋摇脉動：謂寫得富有生氣，通篇皆活。筋脉，指書法中的筆勢。王羲之《題衛夫人筆陣圖後》：「夫欲書者，先乾研墨，凝神静思，預想字形大小、偃仰、平直、振動，令筋脉相連，意在筆前，然後作字。」也指作品的脉絡。俞陛雲《唐五代兩宋詞選釋》評云：「下闋自『凝望久』至結句，純從空處落筆，非實賦梅花。閏庵（夏孫桐）云：『此數語極吞吐之妙。』」可參。

〔六〕　此爲夾評。此評人文本未收，據三種本補入。顔魯公書：顔真卿（七〇九—七八四）封魯郡公，人稱顔魯公，爲唐代著名書法家，楷書渾厚强勁，被稱爲「顔體」。黄蘇《蓼園詞選》評云：「總是見宦迹無常，情懷落寞耳。忽借梅花以寫，意超而思永。」陳洵《海綃説詞》云：「『相將』以下，却在題後盤旋，收處復一筆鈎轉。往來順逆，盤控自如，圓美不難，難在拙厚。」可參。

評周邦彦《浪淘沙慢》△〔一〕

（評上闋「正拂面」二句）「難忘」在此。〔二〕　（評下闋「翠尊未竭」二句）所謂以無厚入有間[三]，「斷」字、「殘」字，皆不輕下。（評「恨春去」三句）本是人去「不與人期」，翻說是無憀之思[四]。

【注】

[一]　周邦彦《浪淘沙慢》：「曉陰重，霜凋岸草，霧隱城堞。南陌脂車待發。東門帳飲乍闋。正拂面、垂楊堪攬結。掩紅淚、玉手親折。念漢浦、離鴻去何許？經時信音絶。情切。望中地遠天闊。向露冷風清，無人處、耿耿寒漏咽。嗟萬事難忘，惟有輕別。翠尊未竭。憑斷雲、留取西樓殘月。羅帶光消紋衾疊。連環解、舊香頓歇。怨歌永、瓊壺敲盡缺。恨春去、不與人期，弄夜色，空餘滿地梨花雪。」

[二]　此爲夾評。此評人文本未收，據三種本補入。「難忘」在此：指下闋「嗟萬事難忘，惟有輕別」句所指。陳洵《抄本海綃説詞》評云：「自起句至『親折』，皆是追叙別時。下二段全寫憶別，上下神理，結成一片，是何等力量。」可參。

[三]　以無厚入有間：語出《莊子·養生主》，意爲游刃有餘。俞陛雲《唐五代兩宋詞選釋》評云：「『翠尊』至『敲壺』數語，分六七層寫來，但見其宛轉而凄艷，而不覺其藻飾堆疊。閏庵（夏孫桐）亦云：『此七八句全是直寫正面，再接再厲，急管繁弦，聲聲入破矣。』」可參。

[四]　無憀之思：空虛煩悶、百無聊賴的心情。李商隱《離亭賦得折楊柳二首》其一：「暫

憑樽酒送無憀，莫損愁眉與細腰。」馮浩注引《通鑒注》：「無憀，無聊賴也。」憀，三種本作「聊」，據人文本改。陳洵《海綃説詞》評云：「『不與人期』者，不與人以佳期也。『梨花』無情，固不如『拂面垂楊』。」俞陛雲《唐五代兩宋詞選釋》云：「結處梨花如雪，在空際寫怨，而先以『恨春去』句動蕩之。末二句用倒裝法，不著一平率之筆也。」可參。

評陳克《菩薩蠻》二闋△[一]

（評「赤闌橋盡香街直」一闋）李義山詩，最善學杜[二]。（評「醉眼不逢人」二句）風刺顯然。[三]　（評「緑蕪墻繞青苔院」一闋「蝴蝶上階飛」二句）不聞不見無窮。[四]

【注】

[一] 陳克（一〇八一—一一三七？）：字子高，號赤城居士，臨海（今屬浙江）人，寓居金陵（今江蘇南京）。宋高宗紹興初入吕祉幕，官勅令所删定官。隨吕祉去淮西撫軍，遇叛軍被害。有《赤城詞》。其詞諸家有評，如陳振孫《直齋書録解題》卷二十一云：「詞格頗高麗，晏（晏殊）、周（周邦彦）之流亞也。」周濟《介存齋論詞雜著》云：「子高不甚有重名。然格韵絶高，昔人謂晏、周之流亞。晏氏父子，俱非其敵；以方美成，則又擬于不倫；其温（温庭筠）、韋（韋莊）高弟乎？

比温則薄，比韋則悍，故當出入二氏之門。」陳廷焯《白雨齋詞話》卷一云：「陳子高詞婉雅閑麗，暗合温、韋之旨。」陳克《菩薩蠻》其一：「赤闌橋盡香街直。籠街細柳嬌無力。金碧上青空。花晴簾影紅。　黄衫飛白馬。日日青樓下。醉眼不逢人。午香吹暗塵。」其二：「緑蕪墻繞青苔院。中庭日淡芭蕉卷。蝴蝶上階飛。風簾自在垂。　玉鉤雙語燕。寶甃楊花轉。幾處簸錢聲。緑窗春夢輕。」

〔二〕「李義山詩」二句：意謂陳克詞風接近前代周邦彦等人，猶如唐代李商隱詩善學杜甫。李商隱，號義山，其詩學杜甫爲前人公論，如蔡絛《蔡寬夫詩話》云：「王荆公晚年亦喜稱義山詩，以爲唐人知學老杜而得其藩籬，唯義山一人而已。」又葉夢得《石林詩話》云：「唐人學老杜，唯商隱一人而已，雖未盡造其妙，然精密華麗，亦自得其仿佛。」

〔三〕此爲夾評。此評人文本未收，據三種本補入。風刺：即諷刺。張惠言《詞選》卷二評云：「此刺時也。」可參。

〔四〕此爲夾評。此評人文本未收，據三種本補入。張惠言《詞選》卷二評云：「此自寓也。」陳廷焯《詞則·大雅集》卷二云：「工雅纖麗，温、韋流派。」唐圭璋《唐宋詞簡釋》以爲「通首寫景，而人之閑適自如，即寓景中」，可參。

評陳克《謁金門》二闋△[一]

（評「愁脉脉」一闋「小樓山幾尺」句）不如不見。[二]（評「簾外落花飛不得」二句）宰相何故失此人。[三]（評「花滿院」一闋「紅雨入簾寒不卷」二句）簾既不卷，屏又掩之，亦加倍寫。[四]（評「消息不知郎近遠」二句）不怨簾，亦不怨屏。[五]

【注】

［一］ 此則人文本未收，據三種本補入。陳克《謁金門》其一：「愁脉脉。目斷江南江北。煙樹重重芳信隔。小樓山幾尺？ 細草孤雲斜日。一晌弄晴天色。簾外落花飛不得。東風無氣力。」其二：「花滿院。飛去飛來雙燕。紅雨入簾寒不卷。小屏山六扇。 翠袖玉笙凄斷。脉脉兩蛾愁淺。消息不知郎近遠。一春長夢見。」

［二］ 此爲夾評。

［三］ 此爲夾評。宰相何故失此人：謂當權者未識其才。黄蘇《蓼園詞選》評云：「落花到地聽無聲，怨矣；曰『飛不得』，其怨更深。首闋（指上闋）言事多阻隔，次闋（指下闋）言少吹嘘之力，總是爲身世所感也。」陳廷焯《詞則·大雅集》卷二云：「中有怨情。」可參。

〔四〕 此爲夾評。加倍，參見「評温庭筠《南歌子》三闋」一則注〔四〕。陳廷焯《詞則·大雅集》卷二評云：「和凝詞『拂水雙飛來去燕，到檻小屏山六扇。』此詞用其語，更覺婉麗。」可參。

〔五〕 此爲夾評。

評史達祖《雙雙燕·春燕》△〔一〕

（評「過春社了」三句）藏過一番感歎。〔二〕 （評「差池欲往」二句）爲「還」字、「又」字張本。〔三〕 （評「還相雕梁藻井」二句）挑按見指法，再摶弄便薄。〔四〕 （評「紅樓歸晚」句）換筆。〔五〕 （評「應自棲香正穩」句）換意。〔六〕 （評「愁損翠黛雙蛾」二句）收足，然無餘味。〔七〕

【注】

〔一〕 此則人文本未收，據三種本補入。史達祖（一一六三？—一二二〇？）：字邦卿，號梅溪，汴（今河南開封）人。久居杭州。屢試不第，中年在揚州及荆漢一帶任幕職，爲韓侂胄所賞識，入中書省爲堂吏，曾隨李壁使金。後韓侂胄被誅，坐受黥刑，死于貶所。有《梅溪詞》。其詞諸家有評，如陳造《竹屋癡語序》云：「高竹屋（高觀國）與史梅溪，皆周（周邦彦）、秦（秦觀）之詞，所作要是不經人道語。其妙處，少游、美成亦未及也。」陸輔之《詞旨》云：「周清真之典麗，姜白石之騷雅，史梅溪之句法，吴夢窗之字面，取四家之所長，去四家之所短，此翁（指張炎）之要訣。」李調元《雨村詞話》卷三云：「史達祖《梅溪詞》最爲白石所賞，煉句清新，得未曾有。」史達祖《雙雙燕·春燕》：「過春社了，度簾幕中間，去年塵冷。差池欲住，試入舊巢相并。還相雕梁藻井。又軟語、商量不定。飄然快拂花梢，翠尾分開紅影。芳徑。芹泥雨潤。愛貼地争飛，競誇輕俊。紅樓歸晚，看足柳昏花暝。應自棲香正穩。便忘了、天涯芳信。愁損翠黛雙蛾，日日畫欄獨憑。」

〔二〕此爲夾評。藏過一番感歎：鄧廷楨《雙硯齋詞話》評云：「大抵寫怨銅駝，寄懷毳幕，非止流連光景、浪作艷歌也。」俞陛雲《唐五代兩宋詞選釋》云：「歸來社燕，回憶去年，題前著筆，便留旋轉之地。」可參。

〔三〕此爲夾評。王世貞《弇州山人詞評》評云：「可謂極形容之妙。」可參。

〔四〕此爲夾評。挑按見指法：這是借古琴彈奏的指法，形容描寫燕子時所用的渲染筆法。右手食指向外彈名爲「挑」，左手手指壓弦名爲「按」。俞陛雲《唐五代兩宋詞選釋》評云：「爲燕語傳神尤妙。」可參。

〔五〕此爲夾評。黄昇《中興以來絶妙詞選》卷七評云：「形容盡矣。姜堯章（姜夔）極稱其『柳昏花暝』之句。」王士禛《花草蒙拾》云：「以爲詠物至此，人巧極天工矣。」俞陛雲《唐五代兩宋詞選釋》云：「『柳昏花暝』傳爲名句，多少朱門興廢，皆在『看足』兩字之中。」可參。

［六］　此爲夾評。換意：周濟《宋四家目録序論》評張炎詞云：「筆以行意也，不行須換筆；換筆不行，便須換意。玉田（張炎）惟換筆，不換意。」黄蘇《蓼園詞選》評云：「『棲香正穩』以下至末，似有所指，或于朋友間有不能踐言者乎？」可參。

［七］　此爲夾評。俞陛雲《唐五代兩宋詞選釋》評云：「結句因燕書未達，念及倚闌人，餘韵悠然。」吴世昌《詞林新話》則以爲「又轉入『畫欄獨憑』，用燕入人，全篇主題破壞」，所見不同，可參。

評吴文英《憶舊游·别黄澹翁》△［一］

正面已足［二］。深湛之思，最是善學清真處［三］。（評「送人猶未苦」二句）飛鳥側翅。［四］　（評「西湖斷橋路」三句）講章法。［五］

【注】

［一］　吴文英（一二〇二—一二六〇？）：字君特，號夢窗，晚號覺翁，四明鄞縣（今浙江寧波）人。本爲翁姓，翁逢龍弟，翁元龍兄，過繼吴姓。一生未第，游幕終身，宋寧宗嘉定十三年（一二二〇）入臨安府尹袁韶幕，理宗紹定以後入江南東路提舉常平司幕，淳祐年間入紹興知府史宅之幕，再隨史氏入杭京幕，開慶年間爲嗣榮王趙以芮門客。宋亡前後歸寓蘇州。有《夢窗甲乙丙

丁稿》。其詞諸家有評，如黄昇《中興以來絶妙詞選》卷十引尹焕《片玉集序》云：「求詞于吾宋者，前有清真，後有夢窗，此非焕之言，天下之公言也。」張炎《詞源》卷下云：「吴夢窗詞如七寶樓臺，眩人眼目，碎拆下來，不成片段。」沈義父《樂府指迷》云：「夢窗深得清真之妙，其失在用事下語太晦，人不可曉。」吴文英《憶舊游・別黄澹翁》：「送人猶未苦，苦送春、隨人去天涯。片紅都飛盡，正陰陰潤緑，暗裏啼鴉。賦情頓雪雙鬢，飛夢逐塵沙。歎病渴凄凉，分香瘦減，兩地看花。

西湖斷橋路，想繫馬垂楊，依舊攲斜。葵麥迷煙處，問離巢孤燕，飛過誰家？故人爲寫深怨，空壁掃秋蛇。但醉上吴臺，殘陽草色歸思賒。」

〔二〕 正面已足：足，三種本誤作「是」，據人文本改。俞陛雲《唐五代兩宋詞選釋》評云：「稿中贈友之詞，凡題中用『餞』字者皆送友，此用『別』字，及末句言『吴臺歸思』，如此作爲留別，非送行也。首三句傷春與傷別合寫。」可參。

〔三〕 是：三種本誤作「足」，據人文本改。善學清真：陳廷焯《詞則・大雅集》卷三評云：「平常意，一折便深。」俞陛雲《唐五代兩宋詞選釋》云：「夢窗服膺片玉（周邦彦），此詞開合頓挫處，頗似片玉也。」可參。

〔四〕 此爲夾評。此評人文本未收，據三種本補入。飛鳥側翅：仇遠《葛雄女子舞劍歌》有「側身捷如飛鳥輕」詩句，此似形容起筆輕靈。鄭文焯《手批夢窗詞》評云：「起韵飄渺空靈，非覺翁（吴文英）不能到此境。」可參。

〔五〕 此爲夾評。此評人文本未收，據三種本補入。

評吴文英《點絳唇·試燈夜初晴》△〔一〕

（評「卷盡浮雲」句）此起稍平。〔二〕 （評「輦路重來」二句）便見拗怒。〔三〕 （評「情如水」三句）咳唾珠玉，此足當之。〔四〕

【注】

〔一〕 此則人文本未收，據三種本補入。吴文英《點絳唇·試燈夜初晴》：「卷盡浮雲，素娥臨夜新梳洗。暗塵不起。酥潤凌波地。 輦路重來，仿佛燈前事。情如水。小樓熏被。春夢笙歌裏。」

〔二〕 此爲夾評。劉永濟《微睇室説詞》評云：「『卷盡』二句指初晴也。」可參。

〔三〕 此爲夾評。拗怒：原意爲壓抑憤怒，《文選·班固〈西都賦〉》：「乃拗怒而少息。」李善注：「拗，猶抑也。」後用爲論文藝之術語，意謂曲折變化，如王國維《人間詞話·附録》論周邦彦詞之妙解音律云：「今其聲雖亡，讀其詞者，猶覺拗怒之中，自饒和婉。」此指不平，相對于起句之平而言。唐圭璋《唐宋詞簡釋》評云：「换頭陡入舊情，想到當年燈市之景。」可參。

〔四〕 此爲夾評。陳廷焯《詞則·別調集》評云：「艷語不落俗套。」劉永濟《微睇室説詞》

云：「譚獻評此詞二句爲『咳唾珠玉』，蓋贊其用意深微而吐詞温麗也。」可參。

評吴文英《齊天樂》△[一]

雖亦是平起[二]，而結響頗遒[三]。（評「凉颸乍起」句）領句，亦是提肘書法。[四]（評「但有江花」二句）便沉著。[五]（評下闋）追叙。[六]

【注】

[一] 吴文英《齊天樂》：「煙波桃葉西陵路，十年斷魂潮尾。古柳重攀，輕鷗驟别，陳迹危亭獨倚。凉颸乍起。渺煙磧飛帆，暮山横翠。但有江花，共臨秋鏡照憔悴。　華堂燭暗送客，眼波回盼處，芳豔流水。素骨凝冰，柔葱蘸雪，猶憶分瓜深意。清尊未洗。夢不濕行雲，漫沾殘淚。可惜秋宵，亂蛩疏雨裏。」

[二] 亦：三種本誤作「不」，據人文本改。平起：此詞寫懷人之情，而起筆即用王獻之《桃葉歌》之渡口分離典故，故曰「平起」。陳洵《海綃説詞》評云：「『西陵』，邂逅之地，提起；『斷魂潮尾』，跌落；中間送客一事，留作换頭點睛；三句相爲起伏，最是局勢精奇處。譚復堂乃謂平起，不知此中曲折也。」可參。

［三］　結響頗遒：結尾以景結情，用「亂蛩疏雨」映襯人之無眠，收束懷人之思，顯得遒勁有力，故云。

［四］　此爲夾評。此評人文本未收，據三種本補入。提肘書法：包世臣《藝舟雙楫・論書一》：「余既心儀遒麗之旨，知點畫細如絲髮，皆須全身力到，始歎前此十年，學成提肘，不爲虛費也。」「凉飈乍起」以下三句寫臨江風景，而以此句領起，猶如寫大字須提肘懸腕，方纔有力。

［五］　此爲夾評。此評人文本未收，據三種本補入。此二句情景兼寫，言無佳人共賞秋景，故稱「沉著」。

［六］　此爲夾評。此評人文本未收，據三種本補入。下闋補寫舊游離別情事，故爲追敘。

評吴文英《風入松》△［一］

此是夢窗極經意詞，有五季遺響［二］。（評「黄蜂」二句）西子衾裙拂過來，是癡語，是深語。［三］（評「惆悵雙鴛」二句）温厚。［四］

【注】

［一］　吴文英《風入松》：「聽風聽雨過清明。愁草瘞花銘。樓前緑暗分携路，一絲柳，一寸

柔情。料峭春寒中酒，交加曉夢啼鶯。　西園日日掃林亭。依舊賞新晴。黄蜂頻撲秋千索，有當時、纖手香凝。惆悵雙鴛不到，幽階一夜苔生。」

［二］　五季遺響：指接近《花間集》中五代詞人情景兼融之作。遺響，前人作品的氣韻風貌。胡應麟《詩藪·古體下》：「《木蘭歌》是晋人擬古樂府……尚協東京（東漢）遺響。」陳廷焯《雲韶集》卷八評云：「情深而語極純雅，詞中高境也。　婉麗處亦見別致。」可參。

［三］　此爲夾評。此評人文本未收，據三種本補入。形容摹寫女子情態逼真如在目前。陳洵《海綃説詞》評云：「見鞦韆而思纖手，因蜂撲而念香凝，純是癡望神理。」可參。西子，西施，指代美人。人文本無此二字，據三種本補。

［四］　此爲夾評。此評人文本未收，據三種本補入。許昂霄《詞綜偶評》評云：「結句亦從『全由履迹少，并欲上階生』化出。」俞陛雲《唐五代兩宋詞選釋》云：「結處『幽階』六字，在神光離合之間，非特情致綿邈，且餘音裊裊也。」可參。

評周密《玉京秋》△［一］

南渡詞境高處，往往出于清真。［二］　（評「玉骨西風」二句）何必非髀肉之歎。［三］

【注】

［一］ 周密（一二三二——一二九八）：字公謹，號草窗、四水潛夫、弁陽老人。祖籍濟南（今屬山東），流寓吴興（今浙江湖州）。少游浙閩，入臨安府幕僚，監河劑局，歷兩浙運司掾、豐儲倉檢察、義烏令。入元不仕，徙居杭州，一心撰述。曾學詞于楊纘，與張炎等結西湖吟社。編《絶妙好詞》七卷，爲南宋詞重要選本。有《蘋洲漁笛譜》、《草窗詞》。周濟《宋四家詞選目録序論》評其詞云：「草窗鏤冰刻楮，精妙絶倫，但立意不高，取韵不遠，當與玉田抗行，未可方駕王（王沂孫）、吴（吴文英）也。」周密《玉京秋》：「煙水闊。高林弄殘照，晚蜩凄切。碧砧度韵，銀床飄葉。衣濕桐陰露冷，采凉花、時賦秋雪。難輕别。一襟幽事，砌蛩能説。客思吟商還怯。怨歌長、瓊壺暗缺。翠扇恩疏，紅衣香褪，翻成消歇。玉骨西風，恨最恨、閑却新凉時節。楚簫咽。誰寄西樓淡月？」

［二］ 「南渡詞境」二句：此詞境界空闊，善于用秋日特徵性景物多方烘托客居之愁，與周邦彦詞相近。其中「怨歌長、瓊壺暗缺」一句，更是逕從清真《浪淘沙》「怨歌永，瓊壺敲盡缺」翻來。陳廷焯《雲韶集》卷八評云：「此詞精金百煉，既雄秀，又婉雅，幾欲空絶古今。」又評「怨歌長」二句云：「一『暗』字，其恨在骨。悽悽惻惻，可以怨矣。」可參。

［三］ 此爲夾評。此評人文本未收，據三種本補入。髀肉之歎：意謂生活安逸而無所作爲。《三國志·蜀書·先主備傳》裴松之注引《九州春秋》云：「備住荆州數年，嘗于（劉）表坐起

至厠，見髀裏肉生，慨然流涕。還坐，表怪問備，備曰：『吾常身不離鞍，髀肉皆消。今不復騎，髀裏肉生。日月若馳，老將至矣，而功業不建，是以悲耳。』」

評周密《解語花》△[一]

層折斷續，熔煉瀝液[二]。（評「淺薄東風」二句）柔厚在此，豈非風詩之遺？[三]

【注】

[一] 周密《解語花》：「晴絲罥蝶，暖蜜酣蜂，重檐卷春寂寂。雨萼煙梢，壓闌干、花雨染衣紅濕。金鞍誤約。空極目、天涯草色。閬苑玉簫人去後，惟有鶯知得。餘寒猶掩翠户，梁燕乍歸，芳信未端的。淺薄東風，莫因循、輕把杏鈿狼藉。塵侵錦瑟。殘日緑窗春夢窄。睡起折花無意緒，斜倚秋千立。」

[二] 層折斷續：謂詞意多層轉折，時斷時續。熔煉瀝液：經過熔化煉製，然後提取精華。《文選·陸機〈文賦〉》：「傾群言之瀝液，漱六藝之芳潤。」李周翰注：「瀝液，涓滴也。」比喻精華。

[三] 此爲夾評。此評人文本未收，據三種本補入。在：補編本作「至」。風詩之遺：譚獻或以爲此處之怨東風，寄托了亡宋遺民情懷，同于《詩經》變風，所謂亡國之音哀以思，故云。風

詩，《詩經》中《國風》。

評王沂孫《眉嫵·新月》△[一]

聖與精能[二]，以婉約出之。以詩派律之，大歷諸家，去開、寶未遠[三]。（評「料素娥」句）玉田正是勁敵，但士氣則碧山勝矣。[四]（評「便有團圓意」二句）寓意自深[五]，音辭高亮，歐、晏如《蘭亭》真本[六]，此僅一翻[七]。（評「太液池猶在」二句）蹊徑顯然。[八]

【注】

［一］王沂孫（一二四〇？—一三一〇？）：字聖與，一字詠道，號碧山、中仙、玉笥山人，會稽（今浙江紹興）人。南宋亡後，官元慶元路學正。與周密、張炎有交往，宋亡後與仇遠、張炎等編《樂府補題》。有《花外集》，又名《碧山樂府》。其詞諸家有評，如張惠言《詞選》云：「碧山詠物諸篇，并有君國之憂。」周濟《介存齋論詞雜著》云：「中仙最多故國之感，故著力不多，天分高絶，所謂意能尊體也。中仙最近叔夏（張炎）一派，然玉田自遜其深遠。」又《宋四家目録序論》云：「碧山饜心切理，言近旨遠，聲容調度，一一可循。……碧山胸次恬淡，故黍離、麥秀之感，只以唱

歎出之，無劍拔弩張習氣。……詠物最争托意隸事處，以意貫串，渾化無痕，碧山勝場也。」陳廷焯《白雨齋詞話》卷二云：「王碧山詞，品最高，味最厚，意境最深，力量最重。感時傷世之言而出以纏綿忠愛，詩中之曹子建（曹植）、杜子美（杜甫）也。」王沂孫《眉嫵·新月》：「漸新痕懸柳，淡彩穿花，依約破初暝。便有團圓意，深深拜，相逢誰在香徑？畫眉未穩。料素娥、猶帶離恨。最堪愛、一曲銀鉤小，寶簾掛秋冷。　千古盈虧休問。歎慢磨玉斧，難補金鏡。太液池猶在，凄凉處、何人重賦清景？故山夜永。試待他、窺户端正。看雲外山河，還老桂花舊影。」

［二］　精能：精通熟練。皇甫湜《韓文公墓志銘》：「然而栗密窈眇，章妥句適，精能之至，入神出天。」

［三］　「大歷諸家」二句：指大歷十才子，李端、盧綸、錢起、司空曙、韓翃等，爲中唐時著名詩人群體。以盛唐王維等爲宗，多寫自然山水及鄉情旅思，擅五言近體，語言優美，音律協和，然有時失于雕琢。開、寶：開元、天寶，唐玄宗年號。此指盛唐詩風。

［四］　「玉田」二句：「料素娥」數句由月及人，刻畫精細。意謂此種特點與張炎相近，但碧山筆力更勝。

［五］　此爲夾評。此評人文本未收，據三種本補入。寓意自深：張惠言《詞選》評云：「碧山詠物諸篇，并有君國之憂。此喜君有恢復之志，而惜無賢臣也。」沈祥龍《論詞隨筆》云：「詠物之作，在借物以寓性情，凡身世之感、君國之憂，隱然藴于其内，斯寄托遥深，非沾沾焉詠一物矣。

如王碧山詠新月之《眉嫵》……皆别有所指，故其詞鬱伊善感。」可參。

［六］歐、晏如《蘭亭》真本：意謂其綿邈深情，是從模仿歐陽修與二晏而來。《蘭亭》真本，指王羲之《蘭亭集序》行書真迹，已佚，後人摹本頗多。

［七］此爲夾評。此評人文本未收，據三種本補入。翻：摹寫，移植。

［八］蹊徑顯然：「太液池猶在」數句用前朝君主太液賞月的典故，寫物是人非之感，雖微而顯，故云。蹊徑，門徑。劉勰《文心雕龍·知音》：「獨有此律，不謬蹊徑。」

評王沂孫《齊天樂·螢》△［一］

（評「誤我殘編」二句）二句亦寓言。［二］（評「樓陰時過數點」三句）拓成遠勢，過變中又一法。［三］（評「漢苑飄苔」三句）可謂盤拏倔强矣。［四］（評「已覺蕭疏」二句）繞梁之音。［五］

【注】

［一］此則人文本未收，據三種本補入。王沂孫《齊天樂·螢》：「碧痕初化池塘草，熒熒野光相趁。扇薄星流，盤明露滴，零落秋原飛燐。練裳相近。記穿柳生凉，度河分暝。誤我殘編，

翠囊空歎夢無準。 樓陰時過數點，倚欄人未睡，曾賦幽恨。漢苑飄苔，秦宮墜葉，千古淒涼不盡。何人爲省？但隔水餘輝，倚林殘影。已覺蕭疏，更堪秋夜永。」綀，當作「練」。

［二］ 此爲夾評。二句亦寓言：意謂有寄托。此用車胤螢光夜讀之典，自歎國已亡，讀書無用。

［三］ 此爲夾評。三句爲迴變，以「幽恨」二字領起下文，抒發人之古怨今愁，故云「拓成遠勢」。

［四］ 此爲夾評。盤拏倔强：形容用典紆曲而强勁有力。語出杜甫《李潮八分小篆歌》：「八分一字直百金，蛟龍盤拏肉屈强。」「漢苑」、「秦宮」等典故均關合宋亡，故云「千古淒涼不盡」。

［五］ 此爲夾評。繞梁之音：末結暗寓南宋遺民的艱難處境，用遞進筆法，令人回味無窮，故云。語出《列子・湯問》：「昔韓娥東之齊，匱糧，過雍門，鬻歌假食，既去，而餘音繞梁欐，三日不絕。」

評王沂孫《齊天樂・蟬》△［一］

此是學唐人句法、章法［二］，「庾郎先自吟愁賦」，遜其蔚跂［三］。（評「西窗過雨」句）亦排宕法。［四］ （評「銅仙鉛淚似洗」三句）極力排蕩。［五］ （評「病翼驚秋」三句）玩

其弦指，收裹處有變徵之音。[六]（評「謾想薰風」二句）掉尾不肯直瀉，然未自在。[七]

【注】

[一] 王沂孫《齊天樂·蟬》：「一襟餘恨宫魂斷，年年翠陰庭樹。乍咽凉柯，還移暗葉，重把離愁深訴。西窗過雨。怪瑶佩流空，玉筝調柱。鏡暗妝殘，爲誰嬌鬢尚如許？ 銅仙鉛淚似洗，歎携盤去遠，難貯零露。病翼驚秋，枯形閲世，消得斜陽幾度？餘音更苦。甚獨抱清商，頓成凄楚。漫想薰風，柳絲千萬縷。」

[二] 學唐人句法、章法：唐人詠蟬詩篇，多將蟬與人時而分説，時而合寫，如虞世南《蟬》、駱賓王《在獄詠蟬》等，此篇亦然，故云。

[三] 庾郎先自吟愁賦：此是姜夔《齊天樂·蟋蟀》詞首句。北朝庾信有《愁賦》，宋人常稱引，今傳《庾子山集》無。遜其蔚跂：謂姜夔詞同爲詠物，亦稍遜其雄渾多姿。蔚跂，參見「秋夢盦詞叙」一則注[四九]。

[四] 此爲夾評。此評人文本未收，據三種本補入。排宕法：「西窗過雨」不用蟬之典而轉寫秋雨，是推開一筆，故云。

[五] 此爲夾評。此評人文本未收，據三種本補入。三句用金銅仙人故事，似與蟬無關，也是推開的筆法。排蕩即「排宕」。

〔六〕　此爲夾評。此評人文本未收，據三種本補入。弦指：弦外之音，言外之意。收裹處：即結尾收束之句。「消得斜陽幾度」與結尾「謾想薰風」二句有呼應。變徵之音：悲涼之聲。《史記·刺客列傳》：「高漸離擊筑，荆軻和而歌，爲變徵之聲，士皆垂淚涕泣。」周濟《宋四家詞選》評云：「此家國之恨。」陳廷焯《白雨齋詞話》卷二云：「詠蟬諸篇，低回深婉，托諷于有意無意之間，可謂精于比義。」可參。

〔七〕　此爲夾評。此評人文本未收，據三種本補入。意謂結尾曲而不直，宕開一境，轉出盛時景象，但終覺突兀，不夠自然渾成。

評王沂孫《高陽臺·和周草窗寄越中諸友韵》△〔一〕

《詩品》云「反虛入渾」〔二〕，妙處傳矣。（評「相思一夜窗前夢」二句）點逗清醒。〔三〕（評「况游驄古道」二句）又是一層鈎勒。〔四〕

【注】

〔一〕　王沂孫《高陽臺·和周草窗寄越中諸友韵》：「殘雪庭除，輕寒簾影，霏霏玉管春葭。小帖金泥，不知春在誰家？相思一夜窗前夢，奈個人、水隔天遮。但淒然，滿樹幽香，滿地橫斜。　江南自是離愁苦，况游驄古道，歸雁平沙。怎得銀箋，殷勤與説年華？如今處處生芳草，縱憑高、不見天涯。更消他，幾度春風，幾度飛花。」「庭除」一作「庭陰」，「春在」一作「春是」。

［二］　反虚入渾：此詞下闋「如今處處生芳草」數句，抒憂生念亂之情，却以藴藉之筆出之，有纏綿悱惻之致，詞境渾成，故云。反虚入渾，語出舊題司空圖《詩品·雄渾》：「反虚入渾，積健爲雄。」意謂不執著于物象而達于渾然一體之境。反，同「返」。楊廷芝《詩品淺解》：「必返而求之于虚，一物不著，自到渾然之地。」張惠言《詞選》評云：「此傷君國晏安，不思國恥，天下將亡也。」陳廷焯《詞則·大雅集》卷四云：「一片熱腸，無窮哀感，《小雅》怨悱而不亂。」

［三］　此爲夾評。此評人文本末收，據三種本補入。點逗清醒：二句點明思念身在臨安的友人周密，故云。

［四］　此爲夾評。此評人文本未收，據三種本補入。鈎勒：也作「勾勒」，原爲書畫技法，即用綫條鈎畫出物像或文字的輪廓，使形象更爲醒豁。任淵等注《山谷内集詩注·次韵謝黄斌老送墨竹十二韵》：「江南鐵鉤鎖，最許誠懸會。」引山谷自注：「世傳江南李主作竹，自根至梢，極小者二鈎勒成，謂之鐵鈎鎖。自云：惟柳公權有此筆法。」宣鼎《夜雨秋燈録續集·丹青奇術》：「鲍往墓上伏地一滚，瞑目久之，起則把筆勾勒，敷色渲染，舉示其子孫戚屬，無不驚爲酷肖。」周濟《介存齋論詞雜著》云：「清真（周邦彦）渾厚，正在鈎勒處見。他人一鈎勒便刻削，清真愈鈎勒，愈渾厚。」夏敬觀《蕙風詞話詮評》釋云：「勾勒者，于詞中轉接提頓處，用虚字以顯明之也。……清

真非不用虛字勾勒，但可不用者即不用。其不用虛字，而用實字或静辭，以爲轉接提頓者，即文章之潛氣内轉法。」此二句爲具體描寫「江南自是離愁苦」的情景，以「况」字領起，「游驄」、「歸雁」更突出離别思念之情，故云。

評王沂孫《掃花游・緑陰》△[一]

刺朋黨日繁。[二]　（評「亂碧迷人」二句）風刺。[三]

【注】

[一]　王沂孫《掃花游・緑陰》：「捲簾翠濕，過幾陣殘寒，幾番風雨。問春住否？但匆匆暗裏，换將花去。亂碧迷人，總是江南舊樹。謾凝佇。念昔日采香，人更何許？　芳徑携酒處。又蔭得青青，嫩苔無數。故林晚步。想參差漸滿，野塘山路。倦枕閑床，正好微曛院宇。送凄楚。怕凉聲、又催秋暮。」

[二]　刺朋黨日繁：此是周濟《宋四家詞選》評語，譚獻襲之。按碧山此詞，有「但匆匆暗裏，换將花去」、「又蔭得青青，嫩苔無數」、「想參差漸滿，野塘山路」等語形容緑陰，周濟、譚獻以爲有譏刺南宋末年賈似道等小人當朝之意，恐未必然。陳廷焯《雲韶集》卷九評云：「寫惜春情

意，亦蘊藉深婉，不作激迫之詞，自是碧山本色。」可參。

〔三〕　此爲夾評。此評人文本未收，據三種本補入。

評王沂孫《瑣窗寒》△〔一〕

（評「數東風」二句）幽咽如訴。〔二〕　（評「曾見，雙蛾淺」）章法。〔三〕　（評「試憑他」二句）宕逸得未曾有，碧山勝處獨擅。〔四〕

【注】

〔一〕　此則人文本未收，據三種本補入。王沂孫《瑣窗寒》：「趁酒梨花，催詩柳絮，一窗春怨。疏疏過雨，洗盡滿階芳片。數東風、二十四番，幾番誤了西園宴。認小簾朱户，不如飛去，舊巢雙燕。　曾見。雙蛾淺。自別後多應，黛痕不展。撲蝶花陰，怕看題詩團扇。試憑他、流水寄情，遡紅不到春更遠。但無聊、病酒厭厭，夜月荼蘼院。」此詞一題「春思」。

〔二〕　此爲夾評。

〔三〕　此爲夾評。此句爲下闋换頭，由上闋春景轉入春思，章法顯然，故云。

〔四〕　此爲夾評。宕逸：奔放灑脱。郎瑛《七修類稿·辯證·米字法貫休》：「米字宕逸可愛，近多效之。」前句謂團扇題詩，由此忽聯想到紅葉題詩典故，一筆宕開，筆致灑脱而不拘牽，故云。

評張炎《解連環・孤雁》△[一]

（評「楚江空晚」三句）亦是側入，而氣傷于僄。[二]（評「寫不成書」二句）檇李指痕。[三]（評「想伴侣」三句）如話。[四]（評「暮雨相呼」二句）浪花圓蹴，頗近自然。[五]

【注】

［一］此則人文本未收，據三種本補入。張炎（一二四八——一三一九後）：字叔夏，號玉田，晚號樂笑翁，循王張俊六世孫。祖籍鳳翔成紀（今甘肅天水），寓居臨安（今浙江杭州）。曾祖張鎡、父張樞，均爲詞人。宋亡時家産籍没，以賣卜爲生，終老布衣。元初曾北游大都（今北京），晚年落魄，游于金陵、蘇杭一帶。與周密、楊纘等爲詞友，結西湖吟社。有《山中白雲詞》。其詞諸家有評，如仇遠《山中白雲詞序》云：「讀《山中白雲詞》，意度超玄，律吕協洽，不特可寫青檀口，亦可被歌管薦清廟。方之古人，當與白石老仙（姜夔）相鼓吹。」周濟《介存齋論詞雜著》云：「玉田，近人所最尊奉，才情詣力亦後諸人，終覺積穀作米，把纜放船，無開闊手段。然其清絶處，自不易到。玉田詞佳者匹敵聖與（王沂孫），往往有似是而非處，不可不知。叔夏所以不及前人處，

只在字句上着功夫，不肯换意。若其用意佳者，即字字珠輝玉映，不可指摘。」陳廷焯《白雨齋詞話》卷二云：「玉田詞感傷時事，與碧山（王沂孫）同一機軸，只是沉厚不及碧山。」劉熙載《藝概·詞曲概》云：「張玉田詞，清遠藴藉，凄愴纏綿，大段瓣香白石（姜夔），亦未嘗不轉益多師。」張炎《解連環·孤雁》：「楚江空晚。悵離群萬里，恍然驚散。自顧影、欲下寒塘，正沙净草枯，水平天遠。寫不成書，只寄得、相思一點。料因循誤了，殘氈擁雪，故人心眼。　誰憐旅愁荏苒？謾長門夜悄，錦箏彈怨。想伴侣、猶宿蘆花，也曾念春前，去程應轉。暮雨相呼，怕驀地、玉關重見。未羞他、雙燕歸來，畫簾半卷。」「沙净」一作「沙静」，「欲下」一作「却下」。

〔二〕　此爲夾評。氣傷于慓：慓，輕薄。段玉裁《説文解字注》：「慓，輕也。楚凡相輕薄……或謂之慓也。」陳匪石《宋詞舉》評此詞「漸開纖巧之端，學者宜審此中分寸」，可參。

〔三〕　此爲夾評。言此二句雖有巧思，但畢竟圭角太過分明，不夠渾成，有刻意痕迹。檇李指痕：檇李，菓名，李子的一種，産于浙江嘉興一帶。或許因其表皮紅紫圓潤，易留指痕，故有此譬。孔齊《至正直記》載曰：「錢塘張叔夏嘗賦孤雁詞，有『寫不成書，只寄得、相思一點』，人皆稱曰『張孤雁』。」鄧廷楨《雙硯齋詞話》評云：「《解連環》詠孤雁云『寫不成書，只寄得、相思一點。料因循誤了，殘氈擁雪，故人心眼』，類皆遺聲赴節，好句如仙。」

〔四〕　此爲夾評。

〔五〕　此爲夾評。意謂此二句用崔涂《孤雁》詩句「暮雨相呼疾，寒塘欲下遲」，能自然熨帖。

圓蹴，形容圓潤跳蕩。

評張炎《高陽臺·西湖春感》△[一]

（評「能幾番游」二句）運掉虛渾[二]。　（評「東風且伴薔薇住」二句）玉田云：「最是過變不可斷了曲意。」[三]　措注。是玉田，他家所無。[四]　（評「當年燕子知何處」三句）章法。[五]

【注】

[一]　張炎《高陽臺·西湖春感》：「接葉巢鶯，平波卷絮，斷橋斜日歸船。能幾番游？看花又是明年。東風且伴薔薇住，到薔薇、春已堪憐。更凄然，萬緑西泠，一抹荒煙。　當年燕子知何處？但苔深韋曲，草暗斜川。見説新愁，如今也到鷗邊。無心再續笙歌夢，掩重門、淺醉閑眠。莫開簾。怕見飛花，怕聽啼鵑。」

[二]　運掉：即運掉自如，謂筆力運行迴旋十分自然。運掉，運轉擺動。李綱《論節制之兵》：「故以身運臂，以臂使指……苟筋骸之散而臂不能相運掉，則亦無所事事矣！」虛渾：即返虛入渾。詞中「能幾番游」數句寫盛時不再，語意悲凉，低迴沉吟，甚見筆力，故云。張惠言《批校山中白雲詞》評云：「陸文奎跋語所云：『淳祐、景定間，王邸侯館，歌舞升平，君王處樂，不知老

之將至……餘情哀思，聽者淚落，君亦因是棄家，遠游無方者。』此詞蓋斯時作也。時叔夏年二十八，此後皆入元所作。」陳廷焯《白雨齋詞話》卷二云：「淒涼哀怨，鬱之至，厚之至，與碧山（王沂孫）自出一手。」可參。

［三］「玉田云」二句：補編本後有「是也」二字。引語見張炎《詞源》卷下。此論慢詞謀篇以過片爲關鍵，要注意承上啟下，意脉不斷。此詞「當年燕子知何處」二句爲過片，遥應上闋「能幾番游」數語，見昔盛而今衰，以下抒家國興亡之「新愁」，章法甚爲講究。

［四］此爲夾評。此評人文本未收，據三種本補入。措注：即處置，安排。沈祥龍《論詞隨筆》評云：「下句即從上句轉出，而意更深遠。」唐圭璋《唐宋詞簡釋》云：「『東風』兩句，自爲開合，寄慨亦深。」可參。

［五］此爲夾評。此評人文本未收，據三種本補入。章法：補編本作「换頭見章法」。陳匪石《宋詞舉》評云：「第一句曰『當年燕子知何處』，近與『萬緑』、『荒煙』之地，遠與『能幾番游』之時，嶺斷雲連，作提空之筆，即玉田所謂『過變不可斷了曲意』者，故譚獻標出『章法』二字。」可參。

評張炎《甘州·餞沈秋江》△［一］

一氣旋折［二］，作壯詞須識此法［三］。白石嚶求稼軒［四］，脱胎耆卿［五］，此中消息，願與

知音人參之。（評「一字無題處」二句）頗恢詭。[六]（評「有斜陽處」二句）不著屠沽。[七]

【注】

[一] 張炎《甘州・餞沈秋江》：「記玉關踏雪事清游。寒氣脆貂裘。傍枯林古道，長河飲馬，此意悠悠。短夢依然江表，老淚灑西州。一字無題處，落葉都愁。載取白雲歸去，問誰留楚佩，弄影中洲？折蘆花贈遠，零落一身秋。向尋常、野橋流水，待招來、不是舊沙鷗。空懷感，有斜陽處，却怕登樓。」

[二] 一氣旋折：盤旋曲折，又一氣貫串。此詞叙事轉折頗多，但俱不離興亡之感，故云。陳匪石《宋詞舉》評云：「蓋此詞以事之曲折爲文之波瀾。」可參。

[三] 壯詞：《甘州》即《八聲甘州》，此調宜表達蒼涼悲壯之情。陳廷焯《詞則・大雅集》卷四評云：「蒼涼悲壯，盛唐人悲歌之詩，不是過也。」可參。

[四] 白石嚶求稼軒：周濟《宋四家詞選目録序論》云：「白石脱胎稼軒，變雄健爲清剛，變馳驟爲疏宕。蓋二公皆極熱中，故氣味吻合。」譚獻認爲姜夔詞從辛棄疾變化而來，繼承了周濟的觀點，又認爲張炎從姜夔來。嚶求：語出《詩・小雅・伐木》：「嚶其鳴矣，求其友聲。」意爲志同道合。毛傳：「君子雖遷于高位，不可以忘其朋友。」

[五] 脱胎耆卿：柳永慢詞意多轉折，又善于鋪叙，其《八聲甘州》（對瀟瀟暮雨灑江天）爲

傳世名篇。耆卿，即柳永。

〔六〕此爲夾評。此評人文本未收，據三種本補入。意謂用紅葉題詩之典出人意料，十分奇特。陳匪石《宋詞舉》評云：「使唐人題葉故實，化頑艷爲悲凉，又可悟死典活用之法。」可參。恢詭：怪異。語出《莊子·齊物論》：「故爲是舉莛與楹，厲與西施，恢詭譎怪，道通爲一。」成玄英疏：「恢者，寬大之名。詭者，奇變之稱。」

〔七〕此爲夾評。此評人文本未收，據三種本補入。不著屠沽：意謂結句雖從辛棄疾《摸魚兒》「休去倚危欄，斜陽正在，煙柳斷腸處」化出，但有新意，不落常人俗套。屠沽，本指屠牲沽酒者，比喻出身微賤之輩。語出《後漢書·文苑傳下·禰衡傳》：「或問衡曰：『盍從陳長文、司馬伯達乎？』對曰：『吾焉能從屠沽兒耶！』」

評唐珏《水龍吟·白蓮》〔一〕

汐社諸篇〔二〕，當以江淹《雜詩》法讀之〔三〕。更上則郭璞《游仙》、元亮《讀山海經》〔四〕。字字詄麗〔五〕，字字瓏玲〔六〕，學者取月，于此梯雲〔七〕。（評「太液池空」三句）開。〔八〕（評「別有凌空一葉」二句）推闡以盡能事。〔九〕（評「珠房淚濕」三句）合。〔一〇〕（評「奈香雲易散」三句）一唱三歎，有遺音者矣。〔一一〕

【注】

［一］　唐珏（一二四七—？）：字玉潛，號菊山，會稽（今浙江紹興）人。宋亡後，元僧楊璉真伽發宋帝陵，唐珏出資收遺骸，葬蘭亭山，移宋故宮冬青樹植其上以爲標記。《樂府補題》存其詞四首。唐珏《水龍吟·白蓮》：「淡妝人更嬋娟，晚奩净洗鉛華膩。泠泠月色，蕭蕭風度，嬌紅欲避。太液池空，霓裳舞倦，不堪重記。歎冰魂猶在，翠輿難駐，玉簪爲誰輕墜？　別有凌空一葉，泛清寒、素波千里。珠房淚濕，明璫恨遠，舊游夢裏。羽扇生秋，瓊樓不夜，尚遺仙意。奈香雲易散，綃衣半脱，露凉如水。」題又作「浮翠山房擬賦白蓮」。

［二］　汐社諸篇：應指宋遺民詞作，往往詠物寄托，同題分詠，即《樂府補題》中所輯。汐社，宋遺民謝翺在元初創立于紹興的文社。方鳳《謝君翺行狀》載：「（謝翺）後避地浙水東，留永嘉、括蒼四年，往來鄞越復五年，大率不務爲一世人所好，而獨求故老與同志，以證其所得。會友之所名汐社，期晚而信，蓋取諸潮汐。」

［三］　江淹《雜詩》：江淹有《雜體詩三十首》，爲模擬古人之作，被蕭統選入《文選》，其特點，如李善注所云：「江之此製，非直學其體，而亦兼用其文。」

［四］　郭璞《游仙》：郭璞有《游仙詩十四首》，鍾嶸《詩品中》以爲「坎壈詠懷，非列仙之趣」。元亮《讀山海經》：陶潛有《讀山海經》詩十三首。陶潛字元亮。

［五］　詄麗：同「軼麗」，飄逸清麗。

［六］字字瓏玲：三種本無此四字。

［七］「學者取月」二句：登雲梯而取月，喻此乃學詞的有效途徑。于，三種本作「放」，據人文本改。

［八］此爲夾評。此評人文本未收，據三種本補入。開：前正寫白蓮，此三句放開，暗用白蓮典，故云。

［九］此爲夾評。此評人文本未收，據三種本補入。推闡以盡能事：三種本無「事」字，據人文本補。此換頭二句拓開用想象之筆，故云。

［一〇］此爲夾評。此評人文本未收，據三種本補入。合：拓開後又關合到白蓮，故云。

［一一］此爲夾評。此評人文本未收，據三種本補入。末結設想白蓮謝後境況，故云。周濟《介存齋論詞雜著》評云：「玉潛非詞人也。其《水龍吟·白蓮》一首，中仙（王沂孫）無以遠過，信乎忠義之士，性情流露，不求工而自工。」可參。

評李清照《浣溪沙》［一］

易安居士獨此篇有唐調［二］，選家爐冶［三］，遂標此奇。

【注】

［一］　李清照（一〇八四—一一五六？）：　號易安居士，濟南章丘縣明水鎮人。父李格非爲宋元祐學士，夫趙明誠爲徽宗時宰相趙挺之之子。因元祐黨籍，夫婦屏居青州（今山東益都）。後明誠起知萊州、淄州，清照隨之。北宋亡後南渡，明誠復知江寧，清照隨其渡江至建康。明誠死，清照晚年流寓浙江多地，後避地金華，往來于金華、臨安之間。自幼即有才名，工詩文，精于金石圖籍校勘。論詞創「別是一家」之説，其詞號「易安體」，有《漱玉集》。其詞諸家有評，如王灼《碧雞漫志》卷二評其詞云：「作長短句，能曲折盡人意，輕巧尖新，姿態百出。」沈謙《填詞雜説》云：「男中李後主，女中李易安，極是當行本色。」李調元《雨村詞話》卷三云：「易安在宋諸媛中，自卓然一家，不在秦七（秦觀）、黄九（黄庭堅）之下。詞無一首不工，煉處可奪夢窗（吴文英）之席，其麗處直參片玉（周邦彦）之班。蓋不徒俯視巾幗，直欲壓倒鬚眉。」陳廷焯《白雨齋詞話》卷二云：「李易安詞獨辟門徑，居然可觀。其源自從淮海（秦觀）、大晟（周邦彦）來，而鑄語則多生造。婦人有此，可謂奇矣。」李清照《浣溪沙》：「髻子傷春懶更梳。晚風庭院落梅初。淡雲來往月疏疏。　玉鴨熏爐閑瑞腦，朱櫻鬥帳掩流蘇。通犀還解辟寒無？」

［二］　唐調：　謂接近晚唐韓偓、温庭筠等人香奩艷詞風格。

［三］　爐冶：　冶煉。此指精心選擇。《晋書・文苑傳・王沈》：「融融者皆趨熱之士，其得爐冶之門者，惟挾炭之子。」周濟《介存齋論詞雜著》評云：「閨秀詞惟清照最優，究苦無骨，存一

篇尤清出者。」可參。

評李後主《玉樓春》[一]

豪宕[二]。

【注】

[一]　以下均録自周氏《詞辨》下卷。譚獻有評語：「周氏以此卷爲變，截斷衆流，解人不易索也。」李後主：即李煜。李煜（九三七—九七八），初名重嘉，字重光，徐州（今屬江蘇）人，南唐中主李璟子，宋建隆二年（九六一）即位于金陵，史稱後主。國亡被擄至汴京，後被毒死。多才多藝，精于音律，尤工于詞。前期詞多寫宫廷游宴生活及艷情閑愁，後期詞則抒發亡國之恨。後人輯其詞與李璟詞爲《南唐二主詞》。其詞諸家有評，如沈謙《填詞雜説》云：「男中李後主，女中李易安，極是當行本色。」周濟《介存齋論詞雜著》云：「李後主詞，如生馬駒，不受控捉。毛嬙、西施，天下美婦人也，嚴妝佳，淡妝亦佳，粗服亂頭，不掩國色。飛卿（温庭筠），嚴妝也；端己（韋莊），淡妝也；後主，則粗服亂頭矣。」陳廷焯《白雨齋詞話》卷七云：「李後主、晏叔原（晏幾道）皆非詞中正聲，而其詞則無人不愛，以其情勝也。情不深而爲詞，雖雅不韵，何足感人？」李後主

《玉樓春》：「晚妝初了明肌雪。春殿嬪娥魚貫列。鳳簫聲斷水雲間，重樓霓裳歌遍徹。臨風誰更飄香屑？醉撲闌干情未切。歸時休放燭花紅，待踏馬蹄清夜月。」

〔二〕豪宕：亦作「豪蕩」，指感情奔放，不受拘束。周濟以李後主詞爲變，稱其爲「豪宕感激」。因此詞極寫宫中縱情游樂之場面，流露人君洋洋自得之情懷，故云。語出杜甫《觀公孫大娘弟子舞劍器行》序：「自此草書長進，豪蕩感激。」沈際飛《草堂詩餘正集》卷二引楊慎評云：「何等富麗侈縱，觀此那得不失江山？」陳廷焯《雲韶集》卷二十四云：「風雅疏狂，失人君之度矣。」可參。

評李後主《臨江仙》△〔一〕

（評「爐香閑裊鳳凰兒」三句）三句疑出續貂。〔二〕

【注】

〔一〕此則人文本未收，據三種本補入。李後主《臨江仙》：「櫻桃落盡春歸去，蝶翻輕粉雙飛。子規啼月小樓西。玉鈎羅幕，惆悵暮煙垂。　別巷寂寥人散後，望殘煙草低迷。爐香閑裊鳳凰兒。空持羅帶，回首恨依依。」

〔二〕　此爲夾評。續貂：指末三句爲後人所續，并非出自李煜手筆。曾鞏《寄留交代元子發》詩：「倚玉詎應公論許，續貂還恐邑人非。」蔡絛《西清詩話》載，此詞是「後主圍城中作長短句，未就而城破。……余嘗見殘稿點染晦昧，心方危窘，不在書耳。」譚獻贊同此説。陳廷焯《詞則·別調集》卷一評云：「低徊留戀，宛轉可憐。」可參。

評李後主《相見歡》〔一〕

濡染大筆〔二〕。

【注】

〔一〕　李後主《相見歡》：「林花謝了春紅。太匆匆。無奈朝來寒雨晚來風。　胭脂淚，相留醉，幾時重？自是人生長恨水長東。」「相留」一作「留人」。

〔二〕　濡染大筆：原指書畫作者在運筆時揮灑寫意，而非精雕細刻。語出李商隱《韓碑》詩：「公退齋戒坐小閤，濡染大筆何淋漓。」濡染，浸濕。何薳《春渚紀聞·紫姑大書字》：「墨漿以大器貯，備濡染也。」後主此詞情景渾淪一氣，不對景物作細緻刻畫，概括力强而包孕豐富，故云。陳廷焯《詞則·大雅集》卷一評云：「後主詞悽惋出飛卿（温庭筠）之右，而騷意不及。」王國維《人間詞話》云：「詞至李後主而眼界始大，感慨遂深，遂變伶工之詞而爲士大夫之詞。……『自是人生長恨水長東』……《金荃》、《浣花》能有此氣象耶？」可參。

評李後主《清平樂》[一]

「淚眼問花花不語，落紅飛過秋千去」，與此同妙。[二]

【注】

[一] 李後主《清平樂》：「別來春半。觸目柔腸斷。砌下落梅如雪亂。拂了一身還滿。雁來音信無憑。路遥歸夢難成。離恨恰如春草，更行更遠還生。」「柔腸」一作「愁腸」。

[二] 「淚眼問花」二句：見歐陽修《蝶戀花》詞（一謂馮延巳詞）。落，原作「亂」。這是寫春愁離恨的名句，妙在意層深而語渾成，歐陽修「離恨漸遠漸無窮，迢迢不斷如春水」（《踏莎行》），秦觀「恨如芳草，萋萋剗盡還生」（《八六子》），與李後主詞中「離恨恰如春草，更行更遠還生」，均是采用了同樣的層遞寫法。沈際飛《草堂詩餘續集》卷上評云：「是『恨如芳草，剗盡還生』稿子。」王又華《古今詞論》引毛先舒云：「人愈傷心，花愈惱人，語愈淺而意愈入，又絶無刻畫費力之迹，謂非層深而渾成耶？然作者初非措意，直如化工生物，筍未出而苞節已具，非寸寸爲之

也。」陳廷焯《雲韶集》卷一云：「歐陽公『離愁漸遠漸無窮』二語，從此脱胎。」可參。

評李後主《浪淘沙》[一]

雄奇幽怨，乃兼二難[二]，後起稼軒，稍傖父矣[三]。

【注】

[一] 李後主《浪淘沙》：「簾外雨潺潺。春意闌珊。羅衾不耐五更寒。夢裏不知身是客，一晌貪歡。獨自莫憑欄。無限江山。别時容易見時難。流水落花春去也，天上人間。」

[二] 「雄奇幽怨」二句：此詞時空境界闊大，感慨蒼茫，故雄奇；情感哀怨淒涼，肝腸寸斷，故幽怨。二者兼之甚難，故云。胡仔《苕溪漁隱叢話》前集卷五十九引蔡絛評云：「南唐李後主歸朝後，每懷江山，且念嬪妾散落，鬱鬱不自聊。嘗作長短句『簾外雨潺潺……』，含思悽惋，未幾下世。」卓人月《古今詞統》卷七引徐士俊云：「『花歸而人不歸，寓感良深，若作『春去也』，便犯春意句。」沈際飛《草堂詩餘正集》卷一云：「『夢覺』語妙，那知半生富貴，醒亦是夢耶？末句可言不可言，傷哉！」陳廷焯《詞則·大雅集》卷一云：「結得怨惋，尤妙在神不外散，而有流動之致。」王闓運《湘綺樓詞選》前編云：「高妙超脱，一往情深。」可參。

［三］「後起稼軒」二句：辛棄疾詞也兼有雄奇與幽怨兩種風格，如周濟《宋四家詞選目録序論》所言，「稼軒斂雄心，抗高調，變温婉，成悲凉」，但比後主尚遜，其《介存齋論詞雜著》又云「稼軒不平之鳴，隨處輒發，有英雄語，無學問語，故往往鋒穎太露」。後人以粗豪學稼軒，淪爲傖父。傖父，南北朝時南人譏北人粗鄙之蔑稱。傖，粗俗，鄙陋。語出劉義慶《世説新語·雅量》：「昨有一傖父來寄亭中，有尊貴客，權移之。」劉孝標注引《晉陽秋》：「吴人以中州人爲傖。」

評李後主《虞美人》二闋［一］

二詞終當以神品目之［二］。（評「春花秋月何時了」一闋）後主之詞，足當太白詩篇［三］，高奇無匹。

【注】

［一］李後主《虞美人》其一：「風迴小院庭蕪緑。柳眼春相續。憑闌半日獨無言。依舊竹聲新月似當年。　笙歌未散尊前在。池面冰初解。燭明香暗畫堂深。滿鬢青霜殘雪思難任。」其二：「春花秋月何時了。往事知多少？小樓昨夜又東風。故國不堪回首月明中。　雕闌玉砌應猶在。只是朱顔改。問君能有幾多愁？恰似一江春水向東流。」

［二］　神品：最精妙的作品。古人將書畫作品分出等第，神品爲其中之一。朱景玄《唐朝名畫録序》云：「以張懷瓘《書品》斷神、妙、能三品，定其等格，上中下又分爲三。其格外有不拘常法，又有逸品，以表其優劣也。」陶宗儀《輟耕録·叙畫》云：「氣韻生動，出于天成，人莫窺其巧者，謂之神品。」沈際飛《草堂詩餘續集》卷下評《虞美人》其一云：「此亦在汴京憶舊乎？……華疏采會，哀音斷絶。」陳廷焯《雲韶集》卷一評其二云：「一聲慟歌，如聞哀猿，嗚咽纏綿，滿紙血淚。」可參。

［三］　足當太白詩篇：陳郁《藏一話腴》内編卷上評云：「太白云：『請君試問東流水，别意與之誰短長。』江南後主曰：『問君還有幾多愁？恰似一江春水向東流。』略加融點，已覺精彩。」可參。所引詩句出自李白《金陵酒肆留别》。

評蜀主孟昶《玉樓春》△［一］

此詞終當存疑，未必東坡點竄［二］。

【注】

［一］　此則人文本未收，據三種本補入。蜀主孟昶（九一九—九六五）：初名孟仁贊，字保

元，後蜀高祖孟知祥第三子，邢州龍崗（今河北邢臺）人，生于太原（今屬山西）。任東川節度使、同中書門下平章事，明德元年（九三四）即帝位，在位三十一年，奢侈爲樂，國亡後降宋暴卒。孟昶《玉樓春》：「冰肌玉骨清無汗。水殿風來暗香滿。繡簾一點月窺人，倚枕釵横雲鬢亂。起來瓊户啟無聲，時見疏星渡河漢。屈指西風幾時來？只恐流年暗中换。」此篇初載張邦基《墨莊漫録》卷九，屬詩屬詞，尚無定論。

〔一一〕未必東坡點竄：譚獻認爲此詞應是孟昶原作。蘇軾《洞仙歌》序云：「余七歲時，見眉州老尼，姓朱，忘其名，年九十歲。自言嘗隨其師入蜀主孟昶宫中，一日大熱，蜀主與花蕊夫人夜納凉摩訶池上，作一詞，朱具能記之。今四十年，朱已死久矣，人無知此詞者，但記其首二句，暇日尋味，豈《洞仙歌令》乎？乃爲足之云。」詞云：「冰肌玉骨，自清凉無汗。水殿風來暗香滿。繡簾開、一點明月窺人，人未寢，欹枕釵横鬢亂。　起來携素手，庭户無聲，時見疏星度河漢。試問夜如何？夜已三更，金波淡、玉繩低轉。但屈指、西風幾時來，又不道流年、暗中偷换。」點竄：潤飾、删削之意。李商隱《韓碑》詩：「點竄《堯典》、《舜典》字，塗改《清廟》、《生民》詩。」按：此詞是否東坡據孟昶之作加工，歷來有不同意見。周紫芝《竹坡詩話》云：「世傳此詩爲花蕊夫人作，東坡嘗用此詩作《洞仙歌》曲。或謂東坡托花蕊以自解耳，不可不知耳。」

評鹿虔扆《臨江仙》[一]

哀悼感憤[二]，終當存疑[三]，當以入正集[四]。

【注】

[一]　鹿虔扆（生卒年不詳）：後蜀進士，官永泰軍節度使，進檢校太尉，加太保。與歐陽炯、毛文錫等以小詞供奉後主孟昶，爲時人所忌，號爲「五鬼」。蜀亡不仕。《花間集》收詞六首。鹿虔扆《臨江仙》：「金鎖重門荒苑静，綺窗愁對秋空。翠華一去寂無蹤。玉樓歌吹，聲斷已隨風。　煙月不知人事改，夜闌還照深宫。藕花相向野塘中。暗傷亡國，清露泣香紅。」

[二]　哀悼感憤：張德瀛《詞徵》卷五評云：「五代詞嘲風笑月，惆悵自憐，其能如韋端己、鹿虔扆之寄托深遠者，亦僅矣。」張宗橚《詞林紀事》卷二引倪瓚云：「鹿公高節，偶爾寄情倚聲，而曲折盡變，有無限感慨。」李冰若《花間集評注》引楊慎云：「故宫禾黍之思，令人黯然。」陳廷焯《雲韶集》卷一云：「『一聲河滿子，雙淚落君前。』深情苦調，有《黍離》、《麥秀》之悲。」可參。

[三]　終當存疑：此詞寫作背景不詳，後人多以爲是傷前蜀之亡，然難以確定。王國維《鹿太保詞輯本跋》云：「《樂府紀聞》謂其『國亡不仕，詞多感慨之音』，蓋指《臨江仙》一調言之。然

《花間集》輯于蜀廣政三年（九四〇），首載此詞，此時後蜀未亡。若云傷前蜀，則虔扆固任于（孟）昶矣。《紀聞》之言，實無所據。」即爲存疑之意。

［四］入正集：此處原有徐珂按語：「正集即《詞辨》上卷。」周濟以此詞選入《詞辨》下卷，所謂「變」者；譚獻認爲當入上卷，所謂「正」者。

評范仲淹《蘇幕遮》［一］

大筆振迅［二］。

【注】

［一］范仲淹（九八九—一〇五二）：字希文，祖籍邠（今陝西彬縣），徙居吴縣（今江蘇蘇州）。幼孤，隨母改適朱姓，名説。宋真宗大中祥符八年（一〇一五）進士，授廣德軍司理參軍。仁宗朝累遷吏部員外郎、權知開封府。以龍圖閣直學士與韓琦同爲陝西經略安撫副使、參知政事。主持慶歷新政未果，出爲河東陝西宣撫使，歷知鄧州、杭州、青州、潁州。卒謚文正。有《范文正公集》二十卷。今存詞五首。范仲淹《蘇幕遮》：「碧雲天，黄葉地。秋色連波，波上寒煙翠。山映斜陽天接水。芳草無情，更在斜陽外。　黯鄉魂，追旅思。夜夜除非，好夢留人睡。明月樓

高休獨倚。酒入愁腸，化作相思淚。」

［二］大筆振迅：此詞從大處落筆，境界闊大，抒離情却不衰頹，柔而有骨，故云。振迅，亦作「振訊」，激励，奮起。《公羊傳·莊公八年》「出曰祠兵，入曰振旅」，何休注：「將入嫌于廢之，故以振訊士衆言之。」彭孫遹《金粟詞話》評云：「范希文《蘇幕遮》一調，前段多入麗語，後段純寫柔情，遂成絶唱。」王奕清等《歷代詞話》卷四引《詞苑》云：「公之正氣塞天地，而情語入妙至此。」張惠言《詞選》云：「此去國之情。」許昂霄《詞綜偶評》云：「『酒入愁腸』二句，鐵石心腸人，亦作此消魂語。」可參。

評范仲淹《漁家傲》［一］

沉雄似張巡五言［二］。

【注】

［一］范仲淹《漁家傲》：「塞下秋來風景異。衡陽雁去無留意。四面邊聲連角起。千嶂裏。長煙落日孤城閉。　濁酒一杯家萬里。燕然未勒歸無計。羌管悠悠霜滿地。人不寐。將軍白髮征夫淚。」

[二] 沉雄：深沉而雄健。此詞感情複雜交織，「燕然未勒」之壯志與「將軍白髮」之蒼涼兼而有之，故云。如《詩・小雅・四牡》「豈不懷歸，王事靡盬，我心傷悲」，毛傳云：「思歸者，私恩也；靡盬者，公義也；傷悲者，情思也。」此詞與之意近。張巡五言：張巡爲唐代安史之亂中保衛睢陽城的英雄，其五言詩作有《聞笛》、《守睢陽作》等，感慨蒼涼，凜然有生氣。沈際飛《草堂詩餘正集》卷一評云：「希文道德未易窺，事業不可筆記。『燕然未勒』句，悲憤鬱勃，窮塞主安得有之？」彭孫遹《金粟詞話》云：「『將軍白髮征夫淚』，亦復蒼涼悲壯，慷慨生哀。」先著、程洪《詞潔》卷二云：「一幅絕塞圖，已包括于『長煙落日』十字中。唐人塞下詩最工、最多，不意詞中復有此奇境。」可參。

評蘇軾《卜算子・雁》[一]

皋文《詞選》，以《考槃》爲比，其言非河漢也。[二] 此亦鄙人所謂「作者未必然，讀者何必不然」。[三]

【注】

[一] 蘇軾（一〇三七—一一〇一）：字子瞻，一字和仲，號東坡居士，眉州眉山（今屬四川）人。蘇洵子。宋仁宗嘉祐二年（一〇五七）與弟蘇轍同登進士第。後中才識兼茂明于體用科，授

大理評事，簽書鳳翔府判官。與王安石政見不合，自請外任，出爲杭州通判，歷知密州、徐州。神宗元豐二年（一〇七九）罹「烏臺詩案」，貶黄州團練副使。哲宗立，起知登州，旋除起居舍人，遷中書舍人，又遷翰林學士知制誥，知禮部貢舉，出知杭州、揚州、定州。哲宗親政後遠貶惠州、儋州。徽宗時遇赦北還，卒于常州。高宗時贈太師，謚文忠。詩文書畫均卓然大家，有《東坡樂府》。其詞諸家有評，如趙令畤《侯鯖録》卷八云：「魯直（黄庭堅）云，東坡居士曲，世所見者數百首，或謂于音律小不諧。居士詞横放傑出，自是曲子縛不住者。」陳師道《後山詩話》：「退之（韓愈）以文爲詩，子瞻以詩爲詞，如教坊雷大使之舞，雖極天下之工，要非本色。」胡寅《題酒邊詞》云：「及眉山蘇氏，一洗綺羅香澤之態，擺脱綢繆宛轉之度，使人登高望遠，舉首高歌，而逸懷浩氣超然乎塵垢之外。于是《花間》爲皂隸，而柳氏（柳永）爲輿臺矣。」王灼《碧雞漫志》卷二云：「長短句雖至本朝盛，而前人自立，與真情衰矣。東坡先生非心醉于音律者，偶爾作歌，指出向上一路，新天下耳目，弄筆者始知自振。」又云：「東坡先生以文章餘事作詩，溢而作詞曲，高處出神入天，平處尚臨鏡笑春，不顧儕輩。」劉辰翁《辛稼軒詞序》云：「詞至東坡，傾蕩磊落，如詩如文，如天地奇觀，豈與群兒雌聲學語較工拙？」沈義父《樂府指迷》云：「近世作詞者不曉音律，乃故爲豪放不羈之語，遂借東坡、稼軒諸賢自諉。諸賢之詞，固豪放矣，不豪放處，未嘗不叶律也。」元好問《新軒樂府引》云：「唐歌詞多宫體，又皆極力爲之。自東坡一出，情性之外不知有文字，真有『一洗萬古凡馬空』氣象。」俞彦《爰園詞話》云：「子瞻詞無一語著人間煙火，此自大羅天上一種，不必與少游（秦觀）、易安（李清照）輩較量體裁也。」王士禛《帶經堂詩話》卷二十八云：「詞如少游、易安，固是本色當行，而東坡、稼軒直以太史公筆力爲詞，可謂振奇矣。」郭麐《靈芬館詞話》卷一云：「東坡以横絶一代之才，凌厲一世之氣，間作倚聲，意若不屑，雄詞高唱，別爲一宗。」周濟《宋四家詞選目録序論》云：「蘇、辛并稱，東坡天趣獨到處，殆成絶詣。而苦不經意，完璧甚少。」又《介存齋論詞雜著》云：「人賞東坡粗豪，吾賞東坡韶秀。韶秀是東坡佳處，粗豪則病也。」劉熙載《藝概·詞概》云：「東坡詞頗似老杜詩，以其無意不可入，無事不可言也。若其豪放之致，則時與太白爲近。」陳廷焯《白雨齋詞話》卷一云：「蘇、辛并稱，然兩人極不相似。魄力之大，蘇不如辛；氣體之高，辛不逮蘇遠矣。東坡詞寓意高遠，運筆空靈，措語忠厚，其獨至處，美成、白石亦不能到。」王國維《人間詞話》云：「東坡之詞曠，稼軒之詞豪。無二人之胸襟而學其詞，猶東施之效捧心也。」況周頤《蕙風詞話》卷一云：「東坡、稼軒其秀在骨，其厚在神。初學看之，但得其粗率而已。其實二公不經意處，是真率非粗率也。」蘇軾《卜算子·雁》：「缺月掛疏桐，漏斷人初静。誰見幽人獨往來？縹緲孤鴻影。　驚起却回頭，有恨無人省。揀盡寒枝不肯棲，寂寞沙洲冷。」

〔二二〕「臯文《詞選》」三句：三種本無「其」，據人文本補。「槃」，三種本、補編本誤作「盤」。《類編草堂詩餘》卷一引鮦陽居士《復雅歌詞》云：「『缺月』，刺明微也。『漏斷』，暗時也。『幽人』，不得志也。『獨往來』，無助也。『驚鴻』，賢人不安也。『回頭』，愛君不忘也。『無人省』，君不察也。『揀盡寒枝不肯棲』，不偷安于高位也。『寂寞吴江冷』（一本作此），非所安也。此詞與

《考槃》詩極相似。」張惠言(皋文)《詞選》全迻録此評，可能東坡此詞合于其「以道賢人君子幽約怨悱不能自言之情」(《詞選序》)的論詞宗旨。《考槃》，《詩·衛風》篇名。毛傳：「《考槃》，刺莊公也。不能繼先公之業，使賢者退而窮處。」朱熹集傳云：「詩人美賢者隱處澗谷之間。」黄庭堅《跋東坡樂府》評云：「東坡道人在黄州時作，語意高妙，似非吃煙火食人語。非胸中有萬卷書，筆下無一點塵俗氣，孰能至此？」黄蘇《蓼園詞選》云：「此詞乃東坡自寫在黄州之寂寞耳。初從人説起，言如孤鴻之冷落，第二闋專就鴻説，語語雙關。格奇而語雋，斯爲超詣神品。」可參。

［三］此亦句：譚獻在《復堂詞録叙》中曾提出此觀點，此處則復以作品證之。

評蘇軾《賀新凉》△［一］

頗欲與少陵《佳人》一篇互證［二］。(評下闋)下闋別開異境，南宋惟稼軒有之，變而近正。［三］

【注】

［一］《詞辨》光緒戊寅本、民國掃葉山房本均未載蘇軾《賀新凉》，而選李玉《賀新凉》「篆縷銷金鼎」一闋。蘇軾《賀新凉》：「乳燕飛華屋。悄無人，桐陰轉午，晚凉新浴。手弄生綃白團扇，

扇手一時似玉。漸困倚，孤眠清熟。簾外誰來推綉户？枉教人、夢斷瑶臺曲。又却是，風敲竹。石榴半吐紅巾蹙。待浮花浪蕊都盡，伴君幽獨。穠豔一枝細看取，芳心千重似束。又恐被秋風驚緑。若待得君來向此，花前對酒不忍觸。共粉淚，兩簌簌。」一題作「夏景」。

〔二〕杜甫（少陵）《佳人》：「絶代有佳人，幽居在空谷。自云良家女，零落依草木。關中昔喪亂，兄弟遭殺戮。官高何足論，不得收骨肉。世情惡衰歇，萬事隨轉燭。夫婿輕薄兒，新人美如玉。合昏尚知時，鴛鴦不獨宿。但見新人笑，那聞舊人哭。在山泉水清，出山泉水濁。侍婢賣珠回，牽蘿補茅屋。摘花不插發，采柏動盈掬。天寒翠袖薄，日暮倚修竹。」唐汝洵《唐詩解》評云：「此詩叙事真切，疑當時實有是人。然其自况之意，蓋亦不淺。夫少陵冒險以奔行在，千里從君，可謂忠矣，然肅宗慢不加禮，一論房琯而遂廢斥于華州，流離艱苦，采橡粟以食，此與『倚修竹』者何異耶？吁！讀此而知唐室待臣之薄也。」黄周星《唐詩快》云：「題只『佳人』二字耳，初未嘗云『歎佳人』、『惜佳人』也，然篇中可勝歎惜乎？此詩蓋爲佳人而發，但不知作者果爲佳人否？則觀者果當作佳人觀否？請試參之。」此即譚獻所謂「作者未必然，讀者何必不然」之旨。

〔三〕此爲夾評。此評人文本未收，據三種本補入。變而近正：周濟《詞辨》將蘇軾此詞置于卷二，即所謂「變」，其《詞辨序》釋云：「駿快馳騖，豪宕感激，……然猶皆委曲以致其情，未有亢厲剽悍之習，抑亦正聲之次也。」譚獻則以爲此詞也近「藴藉深厚」的正聲。胡仔《苕溪漁隱叢話》前集卷三十九評云：「如《賀新郎》（即《賀新凉》）詞『乳燕飛華屋』，本詠夏景，至換頭但詠榴花，蓋文章之妙，詞意到處即爲之，不可以繩墨限也。」項安世《項氏家説》卷八云：「蘇公『乳燕飛華屋』之句，興寄最深，有《離騷》之遺法，蓋以興君臣遇合之難，一篇之中，殆不止三致意焉。瑶臺之夢，主恩之難常也。幽獨之情，臣心之不變也。恐西風之驚緑，憂讒之深也。冀君來而共泣，忠愛之至也。其首尾佈置，全類《邶・柏舟》。或者不察其意，多疑末章轉賦石榴，似與上章不屬，而不知此篇意最融貫也。」丁紹儀《聽秋聲館詞話》卷十一云：「其詞寄托深遠，與詠雁《卜算子》同一比興。乃楊湜《詞話》謂爲酒間召妓鋪叙實事之作，謬妄殊甚。」黄蘇《蓼園詞選》云：「前一闋是寫所居之幽僻，次闋又借榴花以比此心之藴結，未獲達于朝廷，又恐其年已老也。末四句，是花是人，婉曲纏綿，耐人尋味不盡。」可參。

評王安國《清平樂》△[一]

（評「滿地殘紅宫錦污」二句）倒裝二句，以見筆力。[二]　（評「不肯畫堂朱户」二句）品格自高，言爲心聲。[三]

【注】

[一]　此則人文本未收，據三種本補入。王安國（一〇二八—一〇七四）：字平甫，臨川（今

屬江西撫州）人。王安石弟。宋神宗熙寧初賜進士及第，除武昌軍節度推官，西京國子教授。後召爲崇文院校書，改秘閣校理。與王安石政見不合，後爲吕惠卿構陷，放歸田里。今存詞三首。王安國《清平樂》：「留春不住。費盡鶯兒語。滿地殘紅宫錦污。昨夜南園風雨。　小憐初上琵琶。曉來思繞天涯。不肯畫堂朱户，春風自在楊花。」按此首應爲王安石作，有墨迹，見周紫芝《竹坡詩話》卷一。黄昇《唐宋諸賢絶妙詞選》卷二作王安國詞。

［二］此爲夾評。

［三］此爲夾評。品格自高：譚獻以爲此二句亦有寄托，以楊花自在、不傍豪門喻人之品格孤高，故云。言爲心聲：語出揚雄《法言·問神》：「故言，心聲也；書，心畫也。聲畫形，君子小人見矣。」

評辛棄疾《青玉案·元夕》△［一］

稼軒心胸，發其才氣，改之而下則獷。［二］（評「更吹落，星如雨」句）賦色瑰異。［三］（評「衆裏尋他」三句）何嘗不和婉。［四］

【注】

［一］辛棄疾（一一四〇—一二〇七）：初字坦夫，改幼安，歷城（今山東濟南）人。早年在

金，受業于亳州劉瞻，與黨懷英爲同舍生。宋紹興三十一年（一一六一）完顔亮南侵，辛棄疾聚衆兩千，隸耿京爲掌書記，奉表南歸，于建康受高宗召見，授右承務郎。張安國叛殺耿京，棄疾縛安國獻俘行在，改差江陰簽判，改廣德軍通判。通判建康府時上《美芹十論》、《九議》，獻恢復大計。歷知滁州、倉部郎官、江東安撫司參議官、江西提點刑獄、京西轉運判官，任湖北、湖南等地轉運副使、安撫使等要職。被劾落職，卜居江西上饒帶湖凡十年，自號稼軒居士。光宗紹熙三年（一一九二）起爲福建提點刑獄，知福州兼福建安撫使，又因事罷帥任，閑置鉛山瓢泉八年。寧宗嘉泰三年（一二〇三）起知紹興府兼浙東安撫使，改知鎮江府。再以言者論列，奉祠歸鉛山。卒謚忠敏。有《稼軒長短句》。其詞諸家有評，如范開《稼軒詞序》云：「公一世之豪，以氣節自負，以功業自許，方將斂藏其用以事清曠，果何意于歌詞哉？直陶寫之具耳。故其詞之爲體，如張樂洞庭之野，無首無尾，不主故常，又如春雲浮空，卷舒起滅，隨所變態，無非可觀。無他，意不在于作詞，而其氣之所充，蓄之所發，詞自不能不爾也。」劉克莊《辛稼軒集序》云：「公所作大聲鏜鞳，小聲鏗鍧，横絶六合，掃空萬古，自有蒼生以來所無。其穠麗綿密者，亦不在小晏（晏幾道）、秦郎（秦觀）之下。」劉辰翁《辛稼軒詞序》云：「及稼軒横豎爛漫，乃如禪宗棒喝，頭頭皆是；又如悲笳萬鼓，平生不平事并巵酒，但覺賓主酣暢，談不暇顧。詞至此亦足矣。」元好問《新軒樂府引》云：「坡（蘇軾）以來……辛幼安諸公，俱以歌詞取稱，吟詠性情，留連光景，清壯頓挫，能起人妙思。亦有語意拙直、不自緣飾、因病成妍者，皆自坡發之。」《四庫全書總目》卷一百九十八《稼軒詞提要》云：「其詞慷慨縱橫，有不可一世之概，于倚聲家爲變調。而異軍突起，能于剪紅刻翠之外，屹然别立一宗，迄今不廢。」鄒祇謨《遠志齋詞衷》云：「詞至稼軒，經子百家，行間筆下，驅斥如意。」周濟《介存齋論詞雜著》云：「稼軒不平之鳴，隨處輒發，有英雄語，無學問語，故往往鋒穎太露。然其才情富艷，思力果鋭，南北兩朝，實無其匹，無怪流傳之廣且久也。……後人以粗豪學稼軒，非徒無其才，并無其情。稼軒固是才大，然情至處，後人萬不能及。」劉熙載《藝概·詞曲概》云：「稼軒詞龍騰虎擲，任古書中理語、廋語，一經運用，便得風流，天姿是何夐異！」辛棄疾《青玉案·元夕》：「東風夜放花千樹。更吹落，星如雨。寶馬雕車香滿路。鳳簫聲動，玉壺光轉，一夜魚龍舞。　蛾兒雪柳黄金縷。笑語盈盈暗香去。衆裏尋他千百度。驀然回首，那人却在，燈火闌珊處。」

〔二〕「稼軒心胸」二句：而，三種本作「以」，據人文本改。改之而下則獷：改之，即劉過，字改之。獷，即粗豪之意。黄昇《花庵詞選》云：「改之，稼軒之客。詞多壯語，蓋學稼軒者也。」張炎《詞源》卷下云：「辛稼軒、劉改之作豪氣詞，非雅詞也。」張惠言《詞選》云：「其蕩而不反，傲而不理，枝而不物，柳永、姜夔、劉過、吴文英之倫，亦各引一端，以取重于當世。」傲而不理，即指劉過詞，亦粗豪之意。陳廷焯《雲韶集》卷五評云：「題甚秀麗，措辭亦工絶，而其氣是雄勁飛舞，絶大手段。」又《詞則·閑情集》卷二云：「艷體亦以氣行之，是稼軒本色。」可參。

〔三〕此爲夾評。此評人文本未收，據三種本補入。

［四］ 和婉：末三句自憐幽獨，而不直説，耐人尋味，故云。彭孫遹《金粟詞話》評云：「辛稼軒『驀然回首，那人却在，燈火闌珊處』，秦（秦觀）、周（周邦彦）之佳境也。」可參。

評辛棄疾《念奴嬌·書東流村壁》△［一］

大踏步出來，與眉山同工異曲［二］。然東坡是衣冠偉人，稼軒則弓刀游俠。［三］（評「樓空人去」二句）當識其俊逸、清新兼之。故實。［四］

【注】

［一］ 辛棄疾《念奴嬌·書東流村壁》：「野棠花落，又匆匆、過了清明時節。剗地東風欺客夢，一枕雲屏寒怯。曲岸持觴，垂楊繫馬，此地曾輕别。樓空人去，舊游飛燕能説。聞道綺陌東頭，行人長見，簾底纖纖月。舊恨春江流未斷，新恨雲山千疊。料得明朝，尊前重見，鏡裏花難折。也應驚問，近來多少華髮？」

［二］ 大踏步出來二句：此詞起筆破空而來，用直叙法，故云。眉山，即蘇軾。楊慎《詞品》卷四評云：「『舊恨』二句，纖麗語，膾口之極。」陳廷焯《雲韶集》卷五云：「起筆愈直愈妙，不減清真，而俊快過之。『舊恨』二句，矯首高歌，淋漓悲壯。」可參。

〔三〕　衣冠偉人：士大夫中文豪。王鏊《震澤長語·夢兆》：「謁范文正廟，少憩忽坐睡，夢一衣冠偉人來謁。」弓刀游俠：豪俠英武之士。

〔四〕　此爲夾評。此評人文本未收，據三種本補入。俊逸、清新兼之：此詞言情，却不穠艷，顯得清雅脱俗，故云。故實：此二句用徐州燕子樓唐代張盼盼事，故云。參見蘇軾《永遇樂》（明月如霜）詞。

評辛棄疾《祝英臺近》△〔一〕

（評「腸斷點點飛紅」三句）一波三過折〔二〕。（評「是他春帶愁來」三句）托興深切，亦非全用直筆。〔三〕

【注】

〔一〕　此則人文本未收，據三種本補入。辛棄疾《祝英臺近》：「寶釵分，桃葉渡，煙柳暗南浦。怕上層樓，十日九風雨。斷腸片片飛紅，都無人管，更誰勸、流鶯聲住？　鬢邊覷。試把花卜歸期，才簪又重數。羅帳燈昏，哽咽夢中語。是他春帶愁來，春歸何處？却不解、帶將愁去。」「更誰勸」一本作「倩誰喚」。

［二］　此爲夾評。一波三過折：即一波三折，言章法跌宕起伏，富于變化。原爲書法語，《宣和書譜》卷五：「然其一波三折，筆之勢亦自不苟，豈其意與筆正特見嚴謹，亦可嘉矣。」舊題朱勝非《紺珠集》卷二：「三折筆：鍾繇弟子宋翼，每畫一波三折筆。作一戈，如百鈞弩；作一點，如高峰墜石；作一牽，如百歲枯籐；作一放縱，如驚蛇入草。此三折之法。」包世臣《藝舟雙楫・答（吴）熙載九問》：「每作一波，常三過折，無垂不縮，無往不收，先生每舉此語以示學者。」

［三］　此爲夾評。托興深切：關于此詞是否有寄托，歷來有歧見。張端義《貴耳集》卷下云：「吕婆（吕正己之妻）有女事辛幼安，因有微事觸其怒，竟逐之，今稼軒『桃葉渡』詞因此而作。」張惠言《詞選》云：「此與德祐太學生二詞（指《百字令》、《祝英臺近》）用意相似，『點點飛紅』，傷君子之棄；『流鶯』，惡小人得志也；『春帶愁來』，其刺趙、張乎？」黄蘇《蓼園詞選》云：「此必有所托，而借閨怨以抒其志乎？」陳廷焯《詞則・大雅集》卷二云：「諷刺語却婉雅。」然沈謙《填詞雜説》云：「稼軒詞以激揚奮厲爲工，至『寶釵分，桃葉渡』一曲，昵狎温柔，魂銷意盡。才人伎倆，真不可測。」將其視爲艷詞。譚獻顯然主張有所寄托。亦非全用直筆：指後結三句言情極盡曲折之致。沈祥龍《論詞隨筆》云：「詞貴愈轉愈深。稼軒云：『是他春帶愁來，春歸何處？却不解、帶將愁去。』……下句即從上句轉出，而意更深遠。」可參。

評辛棄疾《木蘭花慢·滁州送范倅》△[一]

只結語沉鬱骯髒[二]，振起全詞。

【注】

[一] 此則人文本、三種本未收，據補編本補入。辛棄疾《木蘭花慢·滁州送范倅》：「老來情味減，對别酒，怯流年。况屈指中秋，十分好月，不照人圓。無情水都不管。共西風、只管送歸船。秋晚蓴鱸江上，夜深兒女燈前。　征衫。便好去朝天。玉殿正思賢。想夜半承明，留教視草，却遣籌邊。長安故人問我，道愁腸殢酒只依然。目斷秋霄落雁，醉來時響空弦。」

[二] 沉鬱：深沉蘊藉。劉歆《與揚雄書》：「非子雲澹雅之才，沉鬱之思，不能經年鋭精，以成此書。」嚴羽《滄浪詩話·詩評》：「子美（杜甫）不能爲太白（李白）之飄逸，太白不能爲子美之沉鬱。」骯髒：意爲高亢剛直。趙壹《疾邪詩》其二：「伊優北堂上，骯髒倚門邊。」結語表老來壯心不已，故云。陳廷焯《雲韶集》卷二十四評云：「此稼翁晚年筆墨，不必十分經營，只信手寫去，如聞餓虎吼嘯之聲，古今詞人焉得不望而却步？」可參。

評辛棄疾《摸魚兒·淳熙己亥……》△[一]

權奇倜儻[二]，純用太白樂府詩法[三]。（評「見説道，天涯芳草無歸路」句）開。[四]　（評「君不見，玉環飛燕皆塵土」句）合。[五]

【注】

[一]　辛棄疾《摸魚兒·淳熙己亥自湖北漕移湖南，同官王正之置酒小山亭賦》：「更能消、幾番風雨，匆匆春又歸去。惜春長怕花開早，何况落紅無數。春且住。見説道，天涯芳草無歸路。怨春不語。算只有殷勤，畫檐蛛網，盡日惹飛絮。　長門事，准擬佳期又誤。蛾眉曾有人妒。千金縱買相如賦，脉脉此情誰訴？君莫舞。君不見，玉環飛燕皆塵土。閑愁最苦。休去倚危欄，斜陽正在，煙柳斷腸處。」

[二]　權奇倜儻：參見「粉雲庵詞序」一則注[三]。卓人月《古今詞統》卷十五評云：「稼軒中年被劾，凡十六章，自况凄楚。」許昂霄《詞綜偶評》云：「『春且住』二句，是留春之辭。結句即義山（李商隱）『夕陽無限好，只是近黄昏』之意。『斜陽』以喻君也。」沈祥龍《論詞隨筆》云：「感時之作，必借景以形之。如稼軒云『算只有殷勤，畫檐蛛網，盡日惹飛絮』，……不言正意，而言外

有無窮感慨。」陳廷焯《白雨齋詞話》卷一云：「詞意殊怨，然姿態飛動，極沉鬱頓挫之致。起句『更能消』三字，是從千迴萬轉後倒折出來，真是有力如虎。」又云：「怨而怒矣。然沉鬱頓宕，筆勢飛舞，千古所無。」可參。

〔三〕 太白樂府詩法：指其詞章法、筆法如李白樂府體詩《行路難》、《將進酒》、《蜀道難》等，開合動蕩，變化多端。王世貞《藝苑卮言》云：「太白古樂府，窈冥惝恍，縱横變幻，極才人之致。」

〔四〕 此爲夾評。此評人文本未收，據三種本補入。以懸揣想象之辭表留春之意，宕開一筆，故云「開」。

〔五〕 此爲夾評。此評人文本未收，據三種本補入。稼軒自我寬慰之語，以消解上面不平之意，故云「合」。

評辛棄疾《水龍吟·旅次登樓》〔一〕

裂竹之聲，何嘗不潛氣内轉〔二〕。

【注】

〔一〕 辛棄疾《水龍吟·旅次登樓》：「楚天千里清秋，水隨天去秋無際。遥岑遠目，獻愁供恨，玉簪螺髻。落日樓頭，斷鴻聲裏，江南游子。把吴鈎看了，闌干拍遍，無人會，登臨意。休説鱸魚堪膾。盡西風、季鷹歸未？求田問舍，怕應羞見，劉郎才氣。可惜流年，憂愁風雨，樹猶如此。倩何人唤取，紅巾翠袖，揾英雄淚？」按此首一題作《登建康賞心亭》。

〔二〕「裂竹之聲」二句：意謂其情緒雖慷慨激昂，但筆致却跌宕婉曲。裂竹之聲，高亢剛烈之聲。杜甫《玄都壇歌寄元逸人》詩：「子規夜啼山竹裂，王母晝下雲旗翻。」王惲《浣溪沙》：「雨點鳴鐃裂竹聲，併隨牙板一時停。」又竹亦可指笛，用李謨吹笛典故。朱勝非編《紺珠集》卷三：「李舟好事，嘗得村舍煙竹，截以爲笛，堅如鐵石，以遺李謨。謨吹笛天下第一，夜月泛舟吹，其聲韵逸發。俄有客舟至，登岸請笛吹之，其聲清壯，可以裂石，謨甚異之。及入破，呼吸盤辟，笛忽破碎，客忽不見。疑即蛟龍也。」潛氣内轉，指内斂含蓄的深情流動。語出繁欽《與魏文帝箋》：「潛氣内轉，哀音外激。……凄入肝脾，哀感頑艷。」清人後多用以論書法，譚獻等人用以論駢文，又移之論詞。如朱一新《無邪堂答問》云：「駢文體格已卑，故其理與填詞相通。潛氣内轉，上抗下墜，其中自有音節，多讀六朝文則知之。」況周頤《蕙風詞話》卷一云：「駢體文亦有暗轉法，稍可通于詞。」夏敬觀《蕙風詞話詮評》云：「文賦詩詞，皆須知此法，即潛氣内轉也。不知此法，皆非高品。一意相貫，或直下，或倒裝，或前後挪移，總由筆氣筆力運用之。有轉接提頓，而離迹象，行文之妙訣也。」參見「評王沂孫《高陽臺·和周草窗寄越中諸友韵》」一則注〔四〕。李佳《左庵詞話》卷上評云：「辛稼軒詞，慷慨豪放，一時無兩，爲詞家别調。集中多寓意作，如……

『把吴鈎看了，欄杆拍遍，無人會，登臨意。』……此類甚多，皆爲北狩南渡而言。以是見詞不徒作，豈僅批風詠月？」陳廷焯《詞則・放歌集》卷一云：「雄勁可喜。一結風流悲壯。」可參。

評辛棄疾《永遇樂・京口北固亭懷古》[一]

起句嫌有獷氣[二]。使事太多，宜爲岳氏所譏[三]。非稼軒之盛氣，勿輕染指也[四]。

【注】

[一] 辛棄疾《永遇樂・京口北固亭懷古》：「千古江山，英雄無覓，孫仲謀處。舞榭歌臺，風流總被，雨打風吹去。斜陽草樹，尋常巷陌，人道寄奴曾住。想當年、金戈鐵馬，氣吞萬里如虎。　元嘉草草，封狼居胥，贏得倉皇北顧。四十三年，望中猶記，烽火揚州路。可堪回首，佛狸祠下，一片神鴉社鼓。憑誰問、廉頗老矣，尚能飯否？」

[二] 獷氣：粗獷豪邁之氣。張炎《詞源》卷下云：「辛稼軒、劉改之作豪氣詞，非雅詞也。」楊慎《詞品》卷四評云：「稼軒詞中第一。發端便欲涕落，後段一氣奔注，筆不得遏。廉頗自擬，慷慨壯懷，如聞其聲。」宋翔鳳《樂府餘論》云：「辛稼軒《永遇樂・京口北固亭懷古》一詞，意在恢復，故追數孫、劉，皆南朝之英主。屢言佛貍，以拓跋比金人也。」周濟《宋四家詞選》云：「有英主

則可以隆中興，此是正説。英主必起于草澤，此是反説。」李佳《左庵詞話》卷上云：「此闋悲壯蒼涼，極詠古能事。」可參。

〔三〕「使事太多」二句：補編本前有「且」字。岳珂《桯史》卷三云：「（辛稼軒）既而又作一《永遇樂》，序北狩事，……特置酒召數客，使妓迭歌，益自擊節，遍問客，必使摘其疵，遜謝不可。客或措一二辭，不契其意，又弗答，然揮羽四視不止。余時年少，勇于言，偶坐于席側，稼軒因誦啟語，顧問再四，余率然對曰：『……前篇（指《賀新郎》）豪視一世，獨首尾二腔，警語差相似；新作微覺用事多耳。』于是大喜，酌酒而謂坐中曰：『夫君實中予痼。』」鄧廣銘《稼軒詞編年箋注》以爲此事係岳珂虚構。

〔四〕「非稼軒之盛氣」二句：沈義父《樂府指迷》云：「近世作詞者，不曉音律，乃故爲豪放不羈之語，遂借東坡、稼軒諸賢自諉。諸賢之詞，固豪放矣，不豪放處，未嘗不叶律也。」彭孫遹《金粟詞話》評云：「稼軒之詞，胸有萬卷，筆無點塵，激昂排宕，不可一世。」陳廷焯《白雨齋詞話》卷一云：「才氣雖雄，不免粗魯。」可參。

評辛棄疾《漢宫春·立春》〔一〕

以古文長篇法行之。〔二〕

【注】

［一］ 辛棄疾《漢宮春・立春》：「春已歸來，看美人頭上，裊裊春幡。無端風雨，未肯收盡餘寒。年時燕子，料今宵、夢到西園。渾未辦、黄柑薦酒，更傳青韭堆盤。却笑東風從此，便薰梅染柳，更没些閑。閑時又來鏡裏，轉變朱顔。清愁不斷，問何人、會解連環？生怕見、花開花落，朝來塞雁先還。」

［二］ 以古文長篇法行之：譚獻《補録》卷一光緒四年三月初三日嘗云：「長短句必與古文辭通，恐二十年前人未之解也。」參見「評周邦彦《六醜・薔薇謝後作》」一則。周濟《宋四家詞選》評云：「『春幡』九字，情景已極不堪。燕子猶記年時好夢，黄柑青韭，極寫燕安鴆毒。換頭又提動黨禍，結用雁與燕激射，却稍帶五國城舊恨。辛詞之怨，未有甚于此者。」可參。

評辛棄疾《蝶戀花・元日立春》［一］

旋撇旋挽。［二］

【注】

［一］ 辛棄疾《蝶戀花・戊申元日立春席間作》：「誰向椒盤簪彩勝？整整韶華，争上春風

鬢。往日不堪重記省。爲花長把新春恨。　春未來時先借問。晚恨開遲，早又飄零近。今歲花期消息定。只愁風雨無憑準。」

［二］旋撇旋挽：剛剛放開，隨即收攏，指結尾二句伸縮自如。撇，撇開；挽，拉回。補編本前加「結處」二字。下闋承上「春恨」而來，因向來花期無定準；今歲花期已定，是撇開「春恨」，但風雨却無定準，又收回到「春恨」，故云。沈際飛《草堂詩餘正集》卷二評云：「椒盤彩勝之外，不純用時事，甚脱。爲花恨春，爲春惜花，説開一步，所以脱俗。」陳廷焯《雲韶集》卷五云：「只是惜春，却寫得姿態如許。筆致伸縮，真神品也。」其《白雨齋詞話》卷一云：「稼軒《蝶戀花·元日立春》云：『今歲花期消息定，只愁風雨無憑準。』蓋言榮辱不定，遷謫無常。言外有多少哀怨，多少疑懼！」可參。

評辛棄疾《菩薩蠻·書江西造口壁》△［一］

（評「西北是長安」二句）宕逸中亦深煉。［二］

【注】

［一］此則人文本未收，據三種本補入。辛棄疾《菩薩蠻·書江西造口壁》：「鬱孤臺下清江水。中間多少行人淚。西北望長安。可憐無數山。　青山遮不住。畢竟東流去。江晚正愁

余。山深聞鷓鴣。」「望長安」，三種本作「是長安」，據《稼軒詞編年箋注》改。

〔二〕此爲夾評。宕逸：謂此二句忽從眼前之江水轉念遠方之長安（汴京），是爲宕開之筆。深煉：云「可憐」，云「無數」，内含無窮哀怨之情，是爲深煉之辭。羅大經《鶴林玉露》卷四評云：「南渡之初，虜人追隆裕太后御舟至造口，不及而還，幼安自此起興。『聞鷓鴣』之句，謂恢復之事行不得也。」卓人月《古今詞統》卷五云：「忠憤之氣，拂拂指端。」周濟《宋四家詞選》云：「惜水怨山。」陳廷焯《雲韶集》卷五云：「血淚淋漓，古今讓其獨步。結二語號呼痛哭，音節之悲，至今猶隱隱在耳。」可參。

評姜夔《淡黃柳·客居合肥城南……》〔一〕

白石、稼軒，同音笙磬〔二〕。但清脆與鏜鎝異響〔三〕，此事自關性分〔四〕。

【注】

〔一〕姜夔（一一五五—一二二一？）：字堯章，饒州鄱陽（今江西波陽）人。早歲孤貧，成年後北游淮楚，南至瀟湘。識詩人蕭德藻，以侄女嫁之。隨歸湖州，卜居苕溪，號白石道人。與楊萬里、范成大爲忘年交。客合肥，詣石湖，范成大以歌妓小紅爲贈。宋光宗紹熙時出入貴胄張鑒之門，長達十年。後遷居杭州，曾上書論雅樂，進《大樂議》。與試禮部不第，以布衣終身。晚年困頓，旅食揚州、金陵等地。擅賞鑒，工書法，精音律，能自度曲，有《白石道人歌曲》，其中十七首自注工尺旁譜。後世視爲南宋風雅詞派代表詞人，與周邦彦并稱「周姜」，與張炎并稱「姜張」。其詞諸家有評，如黄昇《絶妙詞選》云：「白石詞極妙，不減清真（周邦彦），其間高處，有美成所不能及。善吹簫，自製曲，初則率意爲長短句，然後協以音律。」陳郁《藏一話腴》内編卷下云：「白石道人姜堯章，氣貌若不勝衣，而筆力足以扛百斛之鼎……襟期灑落，如晋宋間人，意到語工，不期于高遠而自高遠。」張炎《詞源》卷下云：「詞要清空，不要質實。清空則古雅峭拔，質實則凝澀晦昧。姜白石詞如野雲孤飛，去留無迹。」沈義父《樂府指迷》云：「姜白石清勁知音，亦未免有生硬處。」朱彝尊《詞綜·發凡》云：「世人言詞，必稱北宋，然詞至南宋始極其工，至宋季始極其變。姜堯章氏最爲傑出……填詞之雅，無過石帚。」汪森《詞綜序》云：「鄱陽姜夔出，句琢字鍊，歸于醇雅。」周濟《詞辨自序》云：「白石疏放，醖釀不深。」又《介存齋論詞雜著》云：「北宋詞多就景叙情，故珠圓玉潤，四照玲瓏。至稼軒、白石，一變而爲即事叙景，使深者反淺，曲者反直。稼軒鬱勃故情深，白石放曠故情淺。」劉熙載《藝概·詞概》云：「姜白石詞幽韵冷香，令人挹之無盡。擬諸形容，在樂則琴，在花則梅也。」王國維《人間詞話》云：「東坡之曠在神，白石之曠在貌。」姜夔《淡黄柳·客居合肥城南赤闌橋之西，巷陌凄凉，與江左異，惟柳色夾道，依依可憐，因度此曲，以紓客懷》：「空城曉角，吹入垂楊陌。馬上單衣寒惻惻。看盡鵝黄嫩緑，都是江南舊相識。正岑寂。明朝又寒食。强擕酒、小橋宅。怕梨花落盡成秋色。燕燕飛來，問春何在？唯有池塘自碧。」詞中「依依」，人文本作「依然」，此據夏承燾《姜白石詞編年箋校》。

〔二〕 同音笙磬：謂創作取向相同。參見「秋夢盦詞叙」一則注〔一三〕。此亦周濟之意，其《宋四家詞選目録序論》云：「白石脱胎稼軒，變雄健爲清剛，變馳驟爲疏宕，蓋二公皆極熱中，故氣味吻合。」王闓運《湘綺樓選絶妙好詞》云：「亦以眼前語妙。」可參。

〔三〕 鏜鞳：鐘鼓聲，形容雄健之音。鞳，人文本誤作「褡」，據三種本改。江總《横吹曲》：「鏜鞳《漁陽摻》，怨抑胡笳斷。」白居易《敢諫鼓賦》：「音鏘鏘以鏜鞳，響容與以徘徊。」

〔四〕 此事自關性分：性分，天性，本性。周濟《介存齋論詞雜著》云：「稼軒鬱勃故情深，白石放曠故情淺；稼軒縱横故才大，白石局促故才小。」可參。

評姜夔《暗香》、《疏影》詠梅△〔一〕

石湖詠梅，是堯章獨到處。〔二〕 （評《暗香》「翠尊易泣」二句）深美有《騷》、《辨》意。〔三〕 （評《疏影》「還教一片隨波去」二句）跌宕昭彰。〔四〕

【注】

〔一〕 姜夔《暗香》：「舊時月色。算幾番照我，梅邊吹笛？喚起玉人，不管清寒與攀摘。何遜而今漸老，都忘却、春風詞筆。但怪得、竹外疏花，香冷入瑶席。江國。正寂寂。歎寄與路遥，夜雪初積。翠尊易泣。紅萼無言耿相憶。長記曾攜手處，千樹壓、西湖寒碧。又片片吹盡也，幾時見得？」《疏影》：「苔枝綴玉。有翠禽小小，枝上同宿。客裏相逢，籬角黄昏，無言自倚修竹。昭君不慣胡沙遠，但暗憶、江南江北。想佩環、月夜歸來，化作此花幽獨。猶記深宫舊事，那人正睡裏，飛近蛾緑。莫似春風，不管盈盈，早與安排金屋。還教一片隨波去，又却怨、玉龍哀曲。等恁時、重覓幽香？已入小窗横幅。」

〔一二〕「石湖詠梅」二句：指姜夔詠梅詞《暗香》、《疏影》。二詞原序云：「辛亥之冬，予載雪詣石湖。止既月，授簡索句，且徵新聲，作此兩曲。石湖把玩不已，使工伎肄習之，音節諧婉，乃名之曰《暗香》、《疏影》。」石湖在蘇州太湖之濱，爲范成大隱居時别墅，故范自號石湖居士。張炎《詞源》卷下評云：「詞之賦梅，惟姜白石《暗香》、《疏影》二曲，前無古人，後無來者，自立新意，真爲絶唱。」張惠言《詞選》云：「題曰石湖詠梅，此爲石湖作也。時石湖蓋有隱遁之志，故作此二詞以沮之。」周濟《介存齋論詞雜著》云：「惟《暗香》、《疏影》二詞，寄意題外，包藴無窮，可與稼軒伯仲，餘俱據事直書，不過手意近辣耳。」李佳《左庵詞話》云：「白石筆致騷雅，非他人所及，最多佳作。石湖詠梅二詞，尤爲空前絶後，獨有千古。……清虚婉約，用典亦復不涉呆相。」可參。

〔一三〕此爲夾評。此評人文本未收，據三種本補入。深美：即張惠言所謂「深美閎約」。有《騒》、《辨》意：謂有政治寄托。屈原《離騷》、宋玉《九辨》皆爲楚辭中比興之篇。陳廷焯《白雨齋詞話》卷二評云：「南渡以後，國勢日非，白石目擊心傷，多于詞中寄慨。不獨《暗香》、《疏影》二章發二帝之幽憤，傷在位之無人也。特感慨全在虚處，無迹可尋，人自不察耳。」張惠言《詞選》評《暗香》云：「首章言己嘗有用世之志，今老無能，但望之石湖也。」周濟《宋四家詞選》云：「前半闋言盛時如此，衰時如此。後半闋想其盛時，感其衰時。」張惠言《詞選》評《疏影》云：「此章更以二帝之憤發之，故有『昭君』之句。」周濟《宋四家詞選》云：「此詞以『相逢』、『化作』、『莫似』六字作骨，『莫似』五句，言其不能挽留，聽其自爲盛衰。」可參。

〔四〕 此爲夾評。此評人文本未收，據三種本補入。跌宕昭彰：意謂梅花已零落，由盛極忽轉衰，見人事變化之大而顯。參見「老學後盦自訂詞叙」一則注〔一七〕。謝章鋌《賭棋山莊詞話》卷一評云：「白石極純正嫻雅，然此闋及《暗香》闋則尚有可議，蓋白石字琢句煉，雕煉太過，故氣時不免滯，意時不免晦。」可參。

評陸游《朝中措》△〔一〕

放翁穠纖得中〔二〕，精粹不少〔三〕。南宋善學少游者惟陸〔四〕。（評「總是向人深處」二句）彌拙彌秀〔五〕。

【注】

［一］ 陸游（一一二五—一二一〇）：字務觀，號放翁，山陰（今浙江紹興）人。以蔭補登仕郎，從詩人曾幾游。三十歲應禮部試，得罪秦檜被黜。宋紹興二十八年（一一五八）始任福州寧德縣主簿，調福州決曹，兩年後除勅令所删定官，遷大理司直。孝宗即位後除樞密院編修官兼編類聖政所檢討官，賜進士出身。隆興初爲鎮江府通判，再改隆興府通判，因力説張浚北伐被免官。乾道五年（一一六九）差通判夔州，八年（一一七二）四川宣撫使王炎辟爲幹辦公事，從軍南鄭前線。王炎還朝，改除成都府安撫司參議官，歷蜀州通判、攝知嘉州、榮州事。淳熙二年（一一七五）四川制置使范成大延爲幕僚。淳熙五年（一一七八）出蜀東歸，除提舉福建常平茶事，改提舉江南西路常平茶鹽公事，後奉祠歸。復起知嚴州，歷軍器少監、禮部郎中。光宗即位，兼實録院檢討官，旋罷官歸田，閑居山陰十餘年。寧宗嘉泰二年（一二〇二）詔權同修國史、實録院同修撰，兼秘書監，升寶猷閣待制致仕。晚年閑居山陰。詩歌創作逾萬首，與尤袤、楊萬里、范成大并稱爲中興四大詩人。有《劍南詩稿》八十七卷，《渭南文集》五十卷，其中《放翁詞》，爲其手定，淳熙十六年（一一八九）《長短句序》云：「予少時汩于世俗，頗有所爲，晚而悔之。然漁歌菱唱，猶不能止。今絶筆已數年，念舊作終不可掩，因書其首，以識吾過。」其詞諸家有評，如黄昇《中興以來絶妙詞選》云：「余觀放翁之詞，尤其敷腴俊逸者也。」陳廷焯《雲韶集》卷六云：「放翁、稼翁（辛棄疾），掃盡綺靡，別樹詞壇一幟。然二公正自不同：稼翁詞悲而壯，如驚雷怒濤，雄視千

古；放翁詞悲而鬱，如秋風夜雨，萬籟呼號，其才力真可亞于稼軒。」劉熙載《藝概・詞曲概》云：「陸放翁詞安雅清贍，其尤佳者，在蘇（蘇軾）、秦（秦觀）間。然乏超然之致，天然之韵，是以人得測其所至。」陸游《朝中措》：「怕歌愁舞懶逢迎。妝晚托春酲。總是向人深處，當時枉道無情。關心近日，啼紅密訴，剪緑深盟。杏館花陰恨淺，畫堂銀燭嫌明。」一題「代譚德稱作」。

[二] 穠纖得中：意謂介于豐腴與纖細之間，恰到好處。語出《文選・曹植〈洛神賦〉》：「穠纖得中，修短合度。」李周翰注：「穠肥、纖細也。言肥細長短，正合體度。」

[三] 精粹：精細淳美。《後漢書・張衡傳》：「朋精粹而爲徒。」李賢注：「粹，美也。」

[四] 南宋善學少游者惟陸：此爲黄蘇《蓼園詞選》評語，譚獻襲之。楊慎《詞品》卷五評云：「放翁詞纖麗處似淮海，雄慨處似東坡。」可參。少游、淮海，皆指秦觀。

[五] 彌拙彌秀：此爲夾評。此評人文本未收，據三種本補入。意謂造語質樸，而寫情幽緲。劉勰《文心雕龍・神思》：「拙辭或孕于巧義，庸事或萌于新意。」可參。

評劉過《唐多令》△[一]

（評「舊江山渾是新愁」句）雅音。[二]

【注】

［一］評劉過《唐多令》：此則人文本未收，據三種本補入。劉過（一一五四—一二〇六）：字改之，號龍洲道人，吉州太和（今江西泰和）人。屢試不第，終生未仕。曾上書光宗論恢復大計，不報。流落江湖間，與辛棄疾、陳亮、陸游等交往，多有唱和。晚年居崑山（今屬江蘇）。有《龍洲詞》。其詞諸家有評，如黃昇《中興以來絕妙詞選》云：「改之，稼軒之客。詞多壯語，蓋學稼軒者也。」張炎《詞源》卷下云：「辛稼軒、劉改之作豪氣詞，非雅詞也。于文章餘暇，戲弄筆墨，爲長短句之詩耳。」劉熙載《藝概·詞曲概》云：「劉改之詞，狂逸之中，自饒俊致，雖沉著不及稼軒，足以自成一家。」劉過《唐多令》：「蘆葉滿汀洲。寒沙帶淺流。二十年、重過南樓。柳下繫船猶未穩，能幾日，又中秋。　黃鶴斷磯頭。故人曾到否？舊江山渾是新愁。欲買桂花同載酒，終不似，少年游。」

［二］雅音：此爲夾評。意謂抒胸中鬱悶而無粗獷之氣。

評劉過《玉樓春》［一］

能用齊梁小樂府意法入填詞［二］，便參上乘。

【注】

［一］　劉過《玉樓春》：此首《詞辨》光緒戊寅本、民國二年掃葉山房本作嚴仁詞。嚴仁（生卒年不詳），字次山，號樵溪，宋邵武（今屬福建）人。黄昇《中興以來絶妙詞選》卷五評云：「其詞極能道閨闈之趣。」劉過《玉樓春》：「春風只在園西畔。薺菜花繁蝴蝶亂。冰池晴緑照還空，香徑落紅吹已斷。　意長翻恨游絲短。盡日相思羅帶緩。寶奩明月不欺人，明日歸來君試看。」

［二］　用齊梁小樂府意法：此爲閨情詞，謂其立意及作法與齊梁樂府艷詩相近。補編本無「意」字。陳廷焯《雲韶集》卷七評云：「深情委婉，讀之不厭百回。」可參。

評蔣捷《賀新凉》［一］

瑰麗處，鮮妍自在。詞藻太密。［二］

【注】

［一］　蔣捷（生卒年不詳）：字勝欲，號竹山，陽羨（今江蘇宜興）人。先世爲當地巨族。宋咸淳十年（一二七四）進士。宋亡後不仕，隱居太湖竹山。元大德間被薦，不就。有《竹山詞》。其詞諸家有評，如毛晋《竹山詞跋》云：「昔人評詞，盛稱李氏（李璟、李煜）、晏氏（晏殊、晏幾道）

父子，及耆卿（柳永）、子野（張先）、少游（秦觀）、子瞻（蘇軾）、美成（周邦彥）、堯章（姜夔）止矣，蔣勝欲泯焉無聞。今讀《竹山詞》一卷，語語纖巧，真世說靡也；字字妍倩，真六朝隃也，豈其稍劣于諸公耶？或讀其『招落梅魂』一詞，謂其磊落橫放，與辛幼安（辛棄疾）同調，其殆以一斑而失全豹矣。」卓人月《古今詞統》卷十六云：「吐蘭吞蕙。」《四庫全書總目》卷一百九十九《竹山詞提要》云：「其詞煉字精深，調音諧暢，爲倚聲家之榘矱。」周濟《宋四家詞選目録序論》云：「竹山有俗骨，然思力沉透處，可以起懦。」陳廷焯《白雨齋詞話》卷一云：「竹山詞，外强中乾，細看來尚不及改之（劉過）。」蔣捷《賀新涼》：「夢冷黃金屋。歎秦箏、斜鴻陣裏，素弦塵撲。化作嬌鶯飛歸去，猶認紗窗舊緑。正過雨，荊桃如菽。此恨難平君知否？似瓊臺，涌起彈棋局。消瘦影，嫌明燭。　鴛樓碎瀉東西玉。問芳蹤，何時再展？翠釵難蔔。待把宮眉橫雲様，描上生綃畫幅。怕不是、新來妝束。彩扇紅牙今都在，恨無人，解聽開元曲。空掩袖，倚寒竹。」

〔一一〕「瑰麗」三句：陳廷焯《白雨齋詞話》卷八云：「此亦磊落可喜。竹山集中，便算最高之作。」劉熙載《藝概・詞曲概》云：「蔣竹山詞未及流動自然，然洗煉縝密，語多創獲。」可參。

增廣復堂詞話詳注

（中）

［清］譚獻◎著
方智範◎編注

華東師範大學出版社
·上海·

三、《篋中詞》部分

評吴偉業《浣溪沙》△[一]

本色詞人語[二]。

【注】

[一] 此則人文本未收，據《篋中詞》補入。吴偉業（一六〇九—一六七二），字駿公，號梅村，清江蘇太倉人。明崇禎四年（一六三一）進士，授翰林院編修，遷東宫侍讀、南京國子監司業，後辭官歸里。清順治十年（一六五三）出爲秘書院侍講，遷國子祭酒，辭官乞歸。有《梅村詞》一卷，《百名家詞鈔》本。在清初詩名震天下，爲「江左三大家」之一，詞亦被奉爲「本朝詞家之領袖」。其《題余澹心玉琴齋詞》自述云：「余少喜學詞，每自恨香奩豔情，當昇平游賞之日，不能涉思巧句，以規摹秦、柳。中歲，悲歌侘傺之響，間有所發，而轉喉捫舌，喑噫不能出聲。比垂老，而生氣漸已衰矣。此余詞所以不成也。」其詞諸家有評，如熊文舉爲其詞集題詞云：「情語不嫌其盡，終不露英雄兒女本色，似劍南（陸游）老子晚年句。」（《百名家詞鈔》引）聶先《百名家詞鈔》

云：「意氣遒上，感慨蒼凉，當以梅村爲冠。」王士禛《花草蒙拾》云：「婁東（吴偉業）驅使南北史，瀾翻泉涌，妥帖流麗，正是公歌行本色，要是獨絶。」彭孫遹《金粟詞話》云：「長調之難于小調者，難于語氣貫串，不冗不複，徘徊宛轉，自然成文。……吴祭酒（吴偉業）之高曠……皆卓然名家，照耀一代，長調之妙，斯歎觀止矣。」張德瀛《詞徵》卷六云：「吴梅村祭酒，爲本朝詞家之領袖，其出處絶類元之許衡。慢聲諸詞，吟歎頹息，蒼莽無盡，蓋所謂有爲言之者也。」陳廷焯《白雨齋詞話》卷三云：「吴梅村詞，雖非專長，然其高處，有令人不可捉摸者，此亦身世之感使然。」《篋中詞》今集卷一選吴偉業詞三首，即《浣溪沙》（斷頰微紅眼半醒）、《滿江紅》（沽酒南徐）、《賀新郎》（萬事催華髮）。

吴偉業《浣溪沙》：「斷頰微紅眼半醒。背人驀地下階行。摘花高處賭身輕。細撥熏爐香繚繞，嫩涂吟紙墨攲傾。慣猜閑事爲聰明。」

［二］本色詞人語：沈雄《古今詞話·詞評》下卷引熊雪堂評云：「情語不嫌其盡，終不露英雄兒女本色。」又引王士禛云：「小詞流麗穩貼，不徒直逼幼安也。」陳廷焯《雲韶集》卷十四云：「（評上闋）何等姿態。（評下闋）傳神繪影，千古詠美人者説不到此。」又《白雨齋詞話》卷五云：「閑情之作，雖屬詞中下乘，然亦不易工。……國朝吴梅村之『摘花高處賭身輕』，又『慣猜閑事爲聰明』……均不失爲風流酸楚。」可參。

評吳偉業《滿江紅・蒜山懷古》△[一]

澀于稼軒[二]。

【注】

[一] 此則人文本未收，據《篋中詞》補入。吳偉業《滿江紅・蒜山懷古》：「沽酒南徐，聽夜雨、江聲千尺。記當年、阿童東下，佛貍深入。白面書生成底用，蕭郎裙屐偏輕敵。笑風流、北府好談兵，參軍客。人事改，寒雲白。舊壘廢，神鴉集。儘沙沉浪洗，斷戈殘戟。落日樓船鳴鐵鎖，西風吹盡王侯宅。任黃蘆、苦竹打寒潮，漁樵笛。」

[二] 澀于稼軒：蒜山在鎮江，此詞用事典多，與辛棄疾《永遇樂・京口北固亭懷古》近似，故云。陳廷焯《雲韶集》卷十四云：「（評上闋）懷古蒼茫，議論雄快。（評下闋）可勝浩歎。悲鬱。」又《詞則・放歌集》卷三云：「此詞聲情悲壯，高唱入雲。（評「落日」句至末）頓挫生姿，哀感不盡，不專爲南徐寫照也。」可參。

評龔鼎孳《東風第一枝·春夜同秋岳》△[一]

有諷[二]。

【注】

[一] 此則人文本未收，據《篋中詞》補入。龔鼎孳（一六一五—一六七二）：字孝升，號芝麓，安徽合肥人。明崇禎七年（一六三四）進士，入清官至禮部尚書。曾大力促成被稱爲清初詞壇一大盛事的京師「秋水軒唱和」活動。有《香嚴詞》二卷，康熙中留松閣刊《國朝名家詩餘》本。其詞諸家有評，如紀映鍾序其詞集云：「而好爲詩餘，或慷慨悲歌，穿雲裂石，或柔情紛綺，觸絮黏香，殆亦似之。」聶先《百名家詞鈔》云：「其爲小調，論者稱其冰心鐵骨，饒有玉潤珠鮮之致。」沈雄《古今詞話·詞評》下卷王士禛《花草蒙拾》云：「合肥（龔鼎孳）乃備極才情，變化不測。」沈雄《國朝詞綜》云：「《香嚴》一集，如此雕搜彩致，仍歸生色真香，所謂妙音難文，未易爲淺人索解。」王昶《國朝詞綜》卷一引尤展成（尤侗）云：「先生詞如花間美人，自覺嫵媚，當與宋子京（宋祁）『紅杏枝頭』、晏同叔（晏幾道）『桃花扇底』并艷千古。」又引王阮亭（王士禛）云：「龔尚書《驀山溪》詞『重來門巷，盡日非紅雨』，不知其何以佳，但覺神馳心醉。」謝章鋌《稗販雜録》卷三《詞話紀餘》云：「江左

三家，吴梅村、龔芝麓俱以詞名。而龔不及吴，芝麓感慨有餘，纏綿不足也。」《篋中詞》今集卷一選龔鼎孳詞三首，即《點絳唇》（簾外河橋）、《東風第一枝》（鳳管排煙）、《薄倖》（碧簾風绾）。龔鼎孳《東風第一枝·春夜同秋岳》：「鳳管排煙，鵾笙沸月，歲華初到街鼓。柳絲約定歡期，花信吹開恨處。今宵酒盞，又勾引、蝶翻蜂聚。近小窗、紅雨生生，吹作一簾芳霧。　飛艷縷、紫絨偷度。挑錦字、玉麟舊侶。遠山千疊銷魂，畫屏一聯綉句。東風力軟，便逗起、春愁無數。趁踏青、好賦閑情，莫遣少年空去。」

［二］　有諷：鄒祗謨《倚聲初集》卷十六評云：「宋人嘔心鉥腑之句，合肥笑談間揮灑出之，驚才絶艷。前有邦卿（史達祖），後有予可，恐亦不免絶臏吐舌也。」又引阮亭（王士禛）云：「公天才絶艷，脱口矜雋。小令極多碎金，以《白門柳綺懺》二卷得之。」

評龔鼎孳《薄倖·秋岳將以病去湖上……》△［一］

去國懷人，日暮途遠。［二］

【注】

［一］　此則人文本未收，據《篋中詞》補入。龔鼎孳《薄倖·秋岳將以病去湖上，留飲寓齋，

命製一詞，即用其韵》：「碧簾風綰。度早燕、花橋月棧。喜賽酒、歌樓人在，共試錦燈春眼。倚曉欄、消瘦腰圍，晴湖十里空弦管。恨鳳佩星遥，瓊筝屏隔，不耐啼鶯冷暖。看麝粉、經行處，調馬路、綺羅飄散。待青回雙鬢，香添半臂，片帆吹送吴趨緩。聚稀歡短。勸煙篷、彩纜多情，莫負金樽滿。江頭鼓角，惱亂秦臺楚館。」

［二］去國懷人，日暮途遠：彭孫遹《金粟詞話》評云：「唯龔中丞芊綿温麗，無美不臻，直奪宋人之席。」鄒祗謨《倚聲初集》卷十八云：「讀此便覺白（白居易）、蘇（蘇軾）而後，又有二先生也。阮亭（王士禛）云：合肥作歌行，每用杜韵，雄深雅健，不可增減，妙如自運。此自天才不可學。」可參。

評趙進美《醉落魄·望月》△［一］

觚棱之夢［二］。

【注】

［一］此則人文本未收，據《篋中詞》補入。趙進美（一六二〇—一六九三）：字韞退、嶷叔，號清止，山東益都人。明崇禎十三年（一六四〇）進士。入清官至福建按察使。有《清止閣詞》一卷，附《清止閣集》。鄒祗謨《遠志齋詞衷》云：「阮亭（王士禛）嘗云：有詩人之詞，有詞人之詞。

詩人之詞，自然勝引，托寄高曠，如……益都（趙進美）諸公是也。」《篋中詞》今集卷一選趙進美詞一首，即《醉落魄·望月》：「木犀小院。碧雲夜静孤輪滿。亂紅送影湘裙展。六曲屏山，翠幕深深捲。　麯塵襪薄苔痕軟。畫樓咫尺清光遠。水沉香盡歸仍懶。綉被人寒，不共金鳧暖。」

［二］　觚稜之夢：觚稜本指宫闕，《文選·班固〈西都賦〉》：「設璧門之鳳闕，上觚稜而棲金爵。」吕向注：「觚稜，闕角也。」借指京城、故國。康有爲《出都留别諸公》：「俯仰觚稜十載間，扁舟江海得身閑。」鄒祗謨《倚聲初集》卷十評云：「何必辟寒犀始有暖氣耶？」可參。

評李雯《菩薩蠻》△［一］

亡國之音［二］。

【注】

［一］　此則人文本未收，據《篋中詞》補入。李雯（一六〇八—一六四七）：字舒章，號蓼齋，江蘇華亭（今屬上海松江）人，明崇禎十五年（一六四二）舉人，清順治初授弘文院撰文、中書舍人，充順天（今北京）鄉試同考官。與陳子龍、宋徵輿齊名，稱「雲間三子」。有《蓼齋詩餘》一卷，順治十四年（一六五七）石維崑刻《蓼齋集》本。其詞諸家有評，如沈雄《古今詞話·詞評》下卷引

曹顧庵云：「雲間諸子填詞，必不肯入姜（姜夔）之琢語，亦不屑爲柳七（柳永）俳調。舒章舍人，是歐（歐陽修）、秦（秦觀）入手處。」徐珂《近詞叢話》云：「雯字舒章，語多哀艷，逼近温（温庭筠）、韋（韋莊）。」《篋中詞》今集卷一選李雯詞八首，即《菩薩蠻》（薔薇未洗燕支雨）、《謁金門》（楓葉舞）、《鵲踏枝》（慘碧愁黄無氣力）、《鳳凰臺上憶吹簫》（漏咽銅龍）、《虞美人》（廉纖斷送荼蘼架）、《虞美人》（蜂黄蝶粉依然在）、《浪淘沙》（金縷曉風殘）、《風流子》（誰教春去也）。李雯《菩薩蠻》：「薔薇未洗燕支雨。東風不合催人去。心事兩朦朧。玉簫春夢中。　斜陽芳草隔。滿目傷心碧。不語問青山。青山響杜鵑。」

［二］　亡國之音：《毛詩序》：「亡國之音哀以思。」陳廷焯《雲韶集》卷十四評云：「（評上闋）凄艷。（評下闋）聲情俱妙。」可參。

評李雯《謁金門・紅葉》△［一］

凄咽。

【注】

［一］　此則人文本未收，據《篋中詞》補入。李雯《謁金門・紅葉》：「楓葉舞。染出江空天

暮。隔岸燕支新雨墮。小樓腸斷處。　疊疊亂紅秋露。又被西風吹去。翠袖拾來看幾度。欲題無一語。」

評李雯《鵲踏枝·落葉》△[一]

客子畏人[二]。

【注】

[一]　此則人文本未收，據《篋中詞》補入。李雯《鵲踏枝·落葉》：「慘碧愁黄無氣力。做盡秋聲，砌滿闌干側。疑是紗窗風雨入。斜陽又送棲鴉急。　不比落花多愛惜。南北東西，自有人知得。昨夜小樓寒四壁。半堆金井霜華白。」

[二]　客子：游子。王粲《懷德》詩：「鸛鵠在幽草，客子淚已零。」

評李雯《鳳凰臺上憶吹簫·次清照韵》△[一]

當言未言[二]。

【注】

［一］　此則人文本未收，據《篋中詞》補入。李雯《鳳凰臺上憶吹簫·次清照韵》：「漏咽銅龍，風銷蠟鳳，醒來猶倚香篝。對雙鸞臨鏡，妝罷還羞。滿目青山畫裏，縈別緒、生怕凝眸。難消受，一庭芳草，懶上簾鈎。　悠悠。春風度也，者千萬垂楊，不繫扁舟。自吹簫人去，煙鎖雲稠。應念別時清淚，登臨處、回首江流。東風緊，落花飛絮，遍寫離愁。」

［二］　當言未言：此寫閨情，暗傳離别相思之意，故云。

評李雯《虞美人·春雨》△［一］

《九辯》之遺［二］。

【注】

［一］　此則人文本未收，據《篋中詞》補入。李雯《虞美人·春雨》：「廉纖斷送荼蘼架。衣潤籠香罷。鷓鴣啼處不開門。生怕落花時候近黄昏。　艷陽慣被東君妒。吹雨無朝暮。絲絲只欲傍妝樓。卻作一江紅淚滿金篝。」

［二］　《九辯》之遺：《九辯》，參見「笙月詞叙」一則注［二六］。鄒祇謨《倚聲初集》卷九引王

士禛評云：「得春雨之魂。」可參。

評李雯《虞美人·惜春》△[一]

故國之思。

【注】

[一] 此則人文本未收，據《篋中詞》補入。李雯《虞美人·惜春》：「蜂黄蝶粉依然在。無奈春風改。小窗微切玉玲瓏。千里行塵不惜牡丹紅。　西陵松柏知何處？目斷金椎路。無端花絮上簾鈎。飛下一天春恨滿皇州。」

評李雯《浪淘沙·楊花》△[一]

哀于墮溷[二]。

【注】

[一] 此則人文本未收，據《篋中詞》補入。李雯《浪淘沙·楊花》：「金縷曉風殘。素雪晴

翻。爲誰飛上玉闌干？可惜章臺新雨後，踏入沙間。　沾惹忒無端。亂撲征鞍。一春幽夢緑屏閑。暗處消魂羅袖薄，與淚偷彈。」

［二］　哀于墮溷：指李雯此詞爲自己失節仕清寫照。也可謂概括了明末清初士大夫文人如吴偉業、龔鼎孳、宋徵輿、曹溶等的身世感慨。溷，糞坑。《梁書·儒林傳·范縝傳》：「（蕭）子良問曰：『君不信因果，世間何得有富貴，何得有賤貧？』縝答曰：『人之生譬如一樹花，同發一枝，俱開一蒂，隨風而墮，自有拂簾幌，墜于茵席之上；自有關籬墻，落于糞溷之側。墜茵席者，殿下是也；落糞溷者，下官是也。貴賤雖復殊途，因果竟在何處？』」

評李雯《風流子·送春同芝麓》△［一］

同病相憐。

【注】

［一］　此則人文本未收，據《篋中詞》補入。李雯《風流子·送春同芝麓》：「誰教春去也，人間恨、何處問斜陽。見花褪殘紅，鶯捎濃緑，思量往事，塵海茫茫。芳心謝，錦梭停舊織，麝月懶新妝。杜宇數聲，尚餘驚夢，碧欄三尺，空倚愁腸。　東君抛人易，回頭處、猶是昔日池塘。留下

長楊紫陌，付與誰行。想折柳聲中，吹來不盡，落花影裏，舞去還香。難把一尊輕送，多少暄凉。」

評曹溶《霓裳中序第一·鏡》△[一]

沉著似盛唐詩[二]。

【注】

[一] 此則人文本未收，據《篋中詞》補入。曹溶（一六一三—一六八五）：字潔躬，號秋岳，浙江嘉興人。明崇禎十年（一六三七）進士，官御史。入清官至户部侍郎。有《静惕堂詞》，康熙四十六年（一七〇七）朱丕戭刻本。其詞諸家有評，如朱彝尊序其詞集云：「數十年來，浙西填詞者，家白石（姜夔）而户玉田（張炎），春容大雅，風氣之變，實由先生。」彭孫遹《金粟詞話》云：「長調之難于小調者，難于語氣貫串，不亢不複，徘徊宛轉，自然成文。……唯……曹學士之恬雅，皆卓然名家，照耀一代，長調之妙，斯歎觀止矣。」沈雄《古今詞話·詞評》下卷云：「陳素庵曰：秋岳詞，從無一蹈襲之語，正不必擬之以周（周邦彦）、秦（秦觀），周、秦合讓一頭地。」《篋中詞》今集卷一選曹溶詞二首，即《薄倖》（緑楊絲綰）、《霓裳中序第一》（綉囊冷雲軟）。曹溶《霓裳中序第一·鏡》：「綉囊冷雲軟。古意何年讀秦篆。餘昀昀、冰心清淺。伴羅薦春衫，珠瑲玉串。凝愁

不捲。似新蟾、樓側初轉。怪生就、影兒無幾，終日向人滿。消遣。彩絲雙綰。仗頻磨、鉛華吹暖。依然相對天遠。况霜杵魂驚，霖鈴路斷。濃妝近來懶。只描得、長蛾一半。菱花裏、自看妖冶，却勝薄情眼。」

［二］沉著：謂着实而不輕浮。舊題司空圖《詩品》有「沉著」一品，楊振綱《詩品解》釋云：「纖則易至于冗，穠則或傷于肥，此輕浮之弊所由滋也，故進之以沉著。」可參。

評宋琬《蝶戀花・旅月懷人》△［一］

憂讒［二］。

【注】

［一］此則人文本未收，據《篋中詞》補入。宋琬（一六一四—一六七四）：字玉叔，號荔裳，山東萊陽人。順治四年（一六四七）進士。官至四川按察使。有《二鄉亭詞》一卷，《百名家詞鈔》本。董俞《二鄉亭詞小引》稱其慢詞「多商羽之音，秋飈拂林，哀泉動壑」，小令則「如新箏乍調，雛鶯初囀，尖佻新艷」。吴綺題詞云：「妙處難脱香艷之外，另臻化境。」施閏章題詞云：「詞固以艷麗爲工，尤須蘊藉，乃稱作手。讀《二鄉詞》，方可謂穠纖雅潔。」沈雄《古今詞話・詞評》下卷云：

「聞荔裳觀察，只閉户二月，而竟爲填詞老手。余最服其賦情之真摯，用語之蒼古，是以夙學之淹貫，而溢爲聲歌，故不難也。」《篋中詞》今集卷一選宋琬詞三首，即《浣溪沙》（乍暖猶寒二月天）、《蝶戀花》（月去疏簾才幾尺）、《滿江紅》（試問哀蛩）。宋琬《蝶戀花·旅月懷人》：「月去疏簾才幾尺。烏鵲驚飛，一片傷心白。萬里故人關塞隔。南樓誰弄梅花笛。　蟋蟀燈前欺病客。清影徘徊，欲睡何由得？牆角芭蕉風瑟瑟。生憎遮掩窗兒黑。」

［二］　憂讒：據《清史稿·宋琬傳》載：「（順治）十八年，擢按察使。時登州于七爲亂。琬同族子懷宿憾，因告變，誣琬與于七通，立逮下獄，并繫妻子。逾三載，下督撫外訊。巡撫蔣國柱白其誣，康熙三年放歸。」詞作于旅居武昌時。陳廷焯《雲韶集》卷十四云評：「此詞最佳，在不即不離之間，非真有本領者，無此貼切。」可參。

評宋徵輿《踏莎行·春閨風雨》△［一］

何減馮、韋［二］。

【注】

［一］　此則人文本未收，據《篋中詞》補入。宋徵輿（一六一八—一六六七）：字轅文，號直

方，又號佩月主人，江蘇華亭（今屬上海松江）人。宋徵璧從弟。順治四年（一六四七）進士，官至都察院左副都御史。明末與陳子龍、李雯等倡幾社，爲當時雲間詞派主要詞人。有《海閭香詞》一卷，清鈔本孔傳鐸《名家詞鈔》本。陳子龍《幽蘭草題詞》云：「宋子之詞俊以婉，淮海（秦觀）、屯田（柳永），肩隨而已。」沈雄《古今詞話·詞評》下卷引《倚聲集》云：「《幽蘭》諸詞，不及湘真（陳子龍），于新警中仍留蘊藉。以才情論，則轅文居勝。」《篋中詞》今集卷一選宋徵與詞八首，即《小重山》（春流半繞鳳凰臺）、《踏莎行》（錦幄銷香）、《憶秦娥》（黄金陌）、《浪淘沙令》（雁字起江干）、《蝶戀花》（寶枕輕風秋夢薄）、《玉樓春》（雕檪畫棟原無數）、《醉落魄》（無人到處）、《綺羅香》（寒食煙銷）。宋徵輿《踏莎行·春閨風雨》：「錦幄銷香，翠屏生霧。妝成漫倚紗窗住。一雙青雀到空庭，梅花自落無人處。　回首天涯，歸期又誤。羅衣不耐東風舞。垂楊枝上月華明，可憐獨上銀床去。」

［一二］馮、韋：指五代艷詞。沈雄《古今詞話·詞話》下卷引黄九煙評云：「蘭陵鄒祇謨、董以寧輩，分賦十六艷等詞，雲間宋徵輿、李雯，共拈『春風閨雨』諸什。……余數往來吳淞間過之，欲作一法曲弁言而未竟，殊爲欠事。」鄒祇謨《倚聲初集》卷十云：「紫府參差，青楓開落，絶不似人間境界。」可參。

評宋徵輿《憶秦娥・楊花》△[一]

身世可憐[二]。

【注】

[一] 此則人文本未收，據《篋中詞》補入。宋徵輿《憶秦娥・楊花》：「黄金陌。茫茫十里春雲白。春雲白。迷離滿眼，江南江北。　來時無奈珠簾隔。去時著盡東風力。東風力。留他如夢，送他如客。」

[二] 身世可憐：鄒祇謨《倚聲初集》卷五引王士禛評云：「較陳（陳子龍）不及，已入妙品。」陳子龍亦有《浣溪沙・楊花》詞，云「憐他飄泊奈他飛」。陳廷焯《雲韶集》卷十四云：「一起十字好。着筆秀而用意沉着。」可參。

評宋徵輿《浪淘沙令・秣陵秋旅》△[一]

縮本《哀江南賦》[二]。

【注】

[一] 此則人文本未收，據《篋中詞》補入。宋徵輿《浪淘沙令·秣陵秋旅》：「雁字起江干。紅藕花殘。月明昨夜照更闌。酒醒忽驚秋色近，回首長安。　零落曉風寒。鄉夢須還。鳳城衰柳不堪攀。木落秦淮人欲去，無限關山。」

[二] 縮本：參見「評秦觀《望海潮·洛陽懷古》」一則注[二]。《哀江南賦》：庾信身在北朝，思念故國，作此賦以寄意。鄒祗謨《倚聲初集》卷九引王士禛評云：「景差、宋玉之才。」可參。

評宋徵輿《蝶戀花·秋閨》△[一]

悱惻忠厚[二]。

【注】

[一] 此則人文本未收，據《篋中詞》補入。宋徵輿《蝶戀花·秋閨》：「寶枕輕風秋夢薄。紅斂雙蛾，顛倒垂金雀。新樣羅衣渾棄却。猶尋舊日春衫著。　偏是斷腸花不落。人苦傷心，鏡裏顏非昨。曾誤當初青女約。只今霜夜思量著。」

[二] 悱惻忠厚：鄒祗謨《倚聲初集》卷十一評云：「衣不如新，又翻一解。」王國維《人間詞

話删稿》云：「宋直方《蝶戀花》：『新樣羅衣渾棄却。猶尋舊日春衫著。』譚復堂《蝶戀花》：『連理枝頭儂與汝。千花百草從渠許。』可謂寄興深微。」可參。

評宋徵輿《玉樓春・燕》△[一]

探喉而出[二]。

【注】

[一] 此則人文本未收，據《篋中詞》補入。宋徵輿《玉樓春・燕》：「雕樑畫棟原無數。不問主人隨意住。紅襟惹盡百花香，翠尾掃開三月雨。　半年别我歸何處。相見如將離恨訴。海棠枝上立多時，飛向小橋西畔去。」

[二] 探喉而出：意謂肆口直言，如不假思索。

評王庭《暗香・漢口夜泊》△[一]

南渡樂章之奥[二]。

【注】

［一］　此則人文本未收，據《篋中詞》補入。王庭（一六〇七—一六九三），字言遠，又字邁人，浙江嘉興人。順治六年（一六四九）進士，官至山西布政使。王翃族弟，同師雲間陳子龍。有《秋閑詞》一卷，《百名家詞鈔》本。丁澎爲其詞集題詞云：「先生兩總雄藩，依然布素，從不作金華殿中語，故其小詞意旨超遠，有睥睨古今氣概，一似揮麈家言。」吴綺題詞云：「填詞妙麗，盡狃于風情婉孌，殊覺鬧人。兹以『秋閑』名詞，淡雅不俚，真刻不率……」聶先題詞云：「先生自序，尚有孰似孰優之問，故于句法章法之妙，從不拾人齒牙後慧，則知先生所藴深矣。」《篋中詞》今集卷一選王庭詞一首，即《暗香·漢口夜泊》：「半城落日。噪昏鴉驚起，垂天雲黑。小艇泊來，不住江南住江北。黄鶴樓荒何在？只十里、煙波凝碧。聽不到、醉酒仙人，樓上夜吹笛。　行客。眠未得。欲寄與暗懷，難附飛翼。停歌月出。鸚鵡洲横動寒色。歷歷晴川草樹，輕浪卷、一江風急。待曉發、雞唱也，滿帆霜白。」

［二］　南渡樂章之奥：雲間詞派獨宗北宋，此詞寫景如繪，然更有氣魄，精神飛揚，風調則近南宋。奥，奥妙，深奥微妙。傅毅《琴賦》：「盡聲變之奥妙，抒心志之鬱滯。」

評王士禛《點絳唇·春詞和漱玉韵》△［一］

源出小樂府［二］。

【注】

［一］此則人文本未收，據《篋中詞》補入。王士禛：參見「校刻衍波詞叙」一則注［一］。《篋中詞》今集卷一選王士禛詞八首，即《點絳唇》（水滿春塘）、《減字木蘭花》（紗窗夢起）、《醉花陰》（香閨小院閑清晝）、《浣溪沙》（北郭清溪一帶流）、《浣溪沙》（白鳥朱荷引畫橈）、《山花子》（斗帳初垂懶卸頭）、《蝶戀花》（凉夜沉沉花漏凍）、《賀新郎》（過雨花如綉）。王士禛《點絳唇·春詞和漱玉韵》：「水滿春塘，柳綿又蘸黄金縷。燕兒來去。幾陣梨花雨。　情似黄絲，歷亂難成緒。凝眸處。白蘋紅樹。不見西洲路。」

［二］源出小樂府：小樂府，指南朝樂府。鄒祇謨《倚聲初集》卷三評云：「『燕兒』二句，比司馬才仲（司馬槱）《黄金縷》詞更覺茗雅。」按宋詞人司馬槱有《黄金縷》詞，據傳爲錢塘名妓蘇小小而作。陳廷焯《雲韶集》卷十四評云：「婉雅，亦不讓原詞。」原詞指李清照《點絳唇》（寂寞深閨）一首。可參。

評王士禛《減字木蘭花·楊花和弇州韵》△［一］

嬋娟著眼［二］。

【注】

［一］此則人文本未收，據《篋中詞》補入。王士禛《減字木蘭花·楊花和弇州韵》：「紗窗夢起。極目玉關人萬里。斜綰千條。自古銷魂是灞橋。　春陰不盡。除却殘鶯誰借問。陌上樓前。消得香閨幾日憐。」弇州，即王世貞。王世貞《減字木蘭花·楊花》：「楊花亂起。摇蕩春光千萬里。無限長條。牽惹行人東陌橋。　楊花落盡。也省暮鴉來借問。且管生前。身後浮萍最可憐。」

［二］嬋娟著眼：謂楊花形象美好鮮明，如在目前。嬋娟，美好。《文選·張衡〈西京賦〉》：「嚼清商而却轉，增嬋娟以此豸。」薛綜注：「嬋娟此豸，姿態妖蠱也。」著眼，入眼。鄒祇謨《倚聲初集》卷五評云：「比弇州（王世貞）原詞，如東坡（蘇軾）和章質夫《楊花》，故當奪勝。」陳廷焯《雲韶集》卷十四云：「（評上闋）不着力而情詞兼勝。（評下闋）凄艷。」又《詞則·别調集》卷三云：「凄婉特絶，餘味不盡。」可參。

評王士禛《醉花陰·和漱玉詞》△［一］

含凄垂縮［二］，尚不墮入曲子［三］。

【注】

［一］　此則人文本未收，據《篋中詞》補入。王士禛《醉花陰・和漱玉詞》：「香閨小院閑清晝。屈戌交銅獸。幾日怯輕寒，簾局香濃，不覺春光透。　韶光轉眼梅花後。又催裁羅袖。最怕日初長，生受鶯花，打疊人消瘦。」原詞即李清照《醉花陰》（薄霧濃雲愁永晝）一首。

［二］　垂縮：即無垂不縮。參見「評温庭筠《更漏子》」一則注［二］。

［三］　尚不墮入曲子：謂雖艷而不似曲子之俗。鄒祇謨《倚聲初集》卷八評云：「有『生受』、『打疊』四字，此『瘦』遂不減前押。」馮金伯《詞苑萃編》卷八引鄒祇謨云：「《衍波詞》小令極哀艷之深情，窮倩盼之逸趣。其《醉花陰》、《浣溪沙》諸闋，不減南唐二主（李璟、李煜）也。」陳廷焯《雲韶集》卷十四云：「（評上闋）雅麗自是漁洋本色。（評結句）情不深，而詞極婉轉凄凉，并情亦深矣。」可參。

評王士禛《浣溪沙・出鎮淮門……》其一△［一］

名貴［二］。

【注】

［一］　此則人文本未收，據《篋中詞》補入。王士禛《浣溪沙・出鎮淮門……》其一：「北郭

青溪一帶流。虹橋風物眼中秋。緑楊城郭是揚州。　西望雷塘何處是，香魂零落使人愁。澹煙芳草舊迷樓。」王氏《浣溪沙》二首（其二見下）有序「出鎮淮門……」，文長不録。

［二］　名貴：此爲王士禛任揚州推官時著名的紅橋唱和之作。其《香祖筆記》卷十二云：「昔袁荆州籜庵于令自金陵過予廣陵，與諸名士泛舟紅橋，予昔賦三闋，所謂『緑楊城郭是揚州』者。諸君皆和，袁獨製套曲，時年八十矣。」馮金伯輯《詞苑萃編》卷十七《紀事》云：「紅橋在平山堂法海寺之側，王貽上司理揚州日，與諸名士游讌，司理賦《浣溪沙》云……」。和者有杜濬、邱象隨等，一時傳爲佳話。鄒祇謨《倚聲初集》卷三評云：「只『緑楊城郭』一句，抵多少江都賦詠！」陳廷焯《雲韶集》卷十四云：「『緑楊』七字江淮間取作畫圖，然此詞之妙，神韵天然，無一字不騷雅，此七字猶是寫景之工耳。」又《白雨齋詞話》卷十云：「遺詞琢句，較五代人更覺茗雅。邱季貞（象隨）和之云……婉雅芊麗。……然兩詞皆文過其質，其傳誦一時者，正以文勝也。」可參。

評王士禛《浣溪沙·出鎮淮門……》其二△［一］

風人之旨［二］。

【注】

［一］ 此則人文本未收，據《篋中詞》補入。王士禛《浣溪沙·出鎮淮門……》其二：「白鳥朱荷引畫橈。垂楊影裏見紅橋。欲尋往事已魂銷。 遥指平山山外路，斷鴻無數水迢迢。新愁分付廣陵潮。」

［二］ 風人之旨：康熙初大江南北局勢仍然動蕩，此詞觸景物而興家國身世之感。陳廷焯《詞則·大雅集》卷五評云：「遣詞琢句，較五代人更覺茗雅。」可參。

評王士禛《蝶戀花·和漱玉韵》△［一］

深于梁、陳［二］。

【注】

［一］ 此則人文本未收，據《篋中詞》補入。王士禛《蝶戀花·和漱玉韵》：「凉夜沉沉花漏凍。敧枕無眠，漸聽荒雞動。此際閑愁郎不共。月移窗罅春寒重。 憶共錦衾無半縫。郎似桐花，妾似桐花鳳。往事迢迢徒入夢。銀箏斷續連珠弄。」原詞即李清照《蝶戀花》（暖雨晴風初破凍）一首。

［二］　梁、陳：指六朝艷詩綺靡傳統。此詞寫閨情，故云。丁紹儀《聽秋聲館詞話》卷四評云：「乃吾鄉孫文靖（孫爾準）論詞，謂『妾是桐花郎是鳳，倚聲誰闢野狐禪』，一經拈出，令人爽然。蓋刻意求新，不免流于纖仄，然平心而論，亦未可全非。」謝章鋌《賭棋山莊詞話》卷八云：「且其平日著作，體骨俱秀，故入詞即常語淺語，亦自娓娓動聽。其『郎似桐花，妾似桐花鳳』之句，最爲擅名，然起結少味，殊非完璧。」陳廷焯《詞則・閑情集》卷三云：「此詞絶艷麗。一時京師盛傳，呼之爲王桐花。」可參。

評王士禛《賀新郎・夜飲用蔣竹山韵》△［一］

居然勝欲［二］。

【注】

［一］　此則人文本未收，據《篋中詞》補入。王士禛《賀新郎・夜飲用蔣竹山韵》：「過雨花如綉。正罘罳、低垂四面，繁英香透。結客十年知己少，何似銀箏翠袖。莫須問、濤飛山走。且解金龜休作惡，未傷神、絲竹中年後。空淚墮，金城柳。　長安一雨分新舊。更誰能、望塵膝席，争名雞口。高誓安期靈氣盡，一望三山似阜。但海水、盡成醇酒。鸚鵡螺杯金不落，問狂生、得

似公榮否？休暫住，握箏手。」蔣竹山，即蔣捷。蔣捷《賀新郎·兵後遇吴》原詞云：「深閣簾垂綉。記家人、軟語燈邊，笑渦紅透。萬疊城頭哀怨角，吹落霜花滿袖。影廝伴、東奔西走。望斷鄉關知何處，羡寒鴉、到著黄昏後。一點點，歸楊柳。相看只有山如舊。歎浮雲、本是無心，也成蒼狗。明日枯荷包冷飯，又過前頭小阜。趁未發、且嘗春酒。醉探枵囊毛錐在，問鄰翁、要寫牛經否？翁不應，但摇手。」

［二］勝欲：即蔣捷。鄒祇謨《倚聲初集》卷二十評云：「讀『金甌』諸語，使人欲淚。至『海水』數語，使人欲狂。阮亭又善作此等詞，使蘇公（蘇軾）與辛（辛棄疾）、陸（陸游）同時并賦，五花簟恐不在他人手也。」可參。

評吴兆騫《念奴嬌·家信至有感》△［一］

其氣不怯，宜乎生還［二］。

【注】

［一］此則人文本未收，據《篋中詞》補入。吴兆騫（一六三一——一六八四）：字漢槎，江蘇吴江（今蘇州）人。順治十四年（一六五一）舉人。因卷入科場案，被流放寧古塔（今黑龍江海

林），其好友顧貞觀央請納蘭性德出面營救，于康熙二十年（一六八一）贖回。有《秋笳集》八卷，今傳詞僅三首。郭麐《靈芬館詞話》卷二云：「吾鄉吴漢槎，以事戍寧古塔，所傳《秋笳集》，悲凉抑塞，真有崩雲裂石之音。」《篋中詞》今集卷一選吴兆騫詞一首，即《念奴嬌・家信至有感》：「牧羝沙磧，待風鬟唤作、雨工行雨。不是垂虹亭子上，休盼緑楊煙縷。白葦燒殘，黄榆吹落，也算相思樹。空題裂帛，迢迢南北無據。　消受水驛山程，燈昏被冷，夢裏偏叨絮。兒女心腸英雄淚，抵死偏縈離緒。錦字閨中，瓊枝海上，辛苦隨窮戍。柴車冰雪，七香金犢何處？」

［二］「其氣不怯」二句：此詞作于順治八年（一六六一）二月，吴兆騫時在寧古塔戍所，二十餘年後經納蘭性德等友人營救而生還。其中用蘇武之典，有「兒女心腸英雄淚」之句表明心迹，故云。郭則澐《清詞玉屑》卷一評云：「語出至情，故當獨擅。」可參。

評李天馥《憶王孫・春望》△［一］

人意中語［二］。

【注】

［一］　此則人文本未收，據《篋中詞》補入。李天馥（一六三七—一六九九）：字湘北，號容

齋，安徽合肥人，原籍河南永城。順治十五年（一六五八）進士，官至武英殿大學士。有《容齋詩餘》一卷，《百名家詞鈔》本。曹溶爲其詞集題詞云：「容齋早著盛名，詩文無所不妙，其爲填詞，則清姿朗調，原本秦（秦觀）、黄（黄庭堅），于冰心鐵骨中饒玉艷珠鮮之致。……昔楊用修（楊慎）評務觀（陸游）小詞纖艷似淮海（秦觀），沈雄似東坡（蘇軾）。予謂容齋能兼擅所長。」聶先《百名家詞鈔》云：「今鈔其填詞，如秋宵聞笛，縹緲之聲，沁人心腑。又如春曉舒蘭，芬芳襲人，最宜襟裾，其得詩餘之三昧者也。」《篋中詞》今集卷一選李天馥詞一首，即《憶王孫・春望》：「妒春良夜愛春朝。花外紅樓捲絳綃。極目香塵舊板橋。路迢迢。不見歸鞍見柳條。」

[二] 人意中語：趙令畤《侯鯖録》卷五：「逍遥子曰：樂天謂微之能道人意中語，僕于是益知樂天之言爲當也。」曾慥《類説》卷二十九：「杜秘書多情多才也，號善小詞，元微之所謂能道人意中語者，信有之也。」意中，心中。沈雄《古今詞話・詞評》下卷評云：「容齋詞深于意態……如『極目香塵舊板橋。路迢迢。不見歸鞍見柳條。』《憶王孫》之《春望》也，逼真北宋。」可參。

評孔尚任《鷓鴣天》△[一]

哀于《麥秀》[二]。

【注】

〔一〕　此則人文本未收，據《篋中詞》補入。孔尚任（一六四八——一七一八）：字季重，一字聘之，號東塘，自稱雲亭山人，山東曲阜人。官户部主事。有名作《桃花扇》傳世。《篋中詞》今集卷一選孔尚任詞一首，即《鷓鴣天》：「院静廚寒睡起遲。秣陵人老看花時。城連曉雨枯陵樹。江帶春潮壞殿基。　傷往事，寫新詞。客愁鄉夢亂如絲。不知煙水西村舍，燕子今年宿傍誰？」

〔二〕　哀于《麥秀》：此詞録自作者《桃花扇》傳奇，爲傷南明亡國而作。據司馬遷《史記·宋微子世家》記載，商朝舊臣箕子朝周，过故殷墟，感宫室毀壞，生禾黍，作《麥秀歌》以傷之：「麥秀漸漸兮，禾黍油油。彼狡童兮，不與我好兮！」表達了亡國之痛。陳廷焯《白雨齋詞話》卷六評云：「勝國之感，情文凄艷，較五代時鹿虔扆《臨江仙》一闋所謂『煙月不知人世改，夜闌還照深宫。藕花相向野塘中。暗傷亡國，清露泣香紅』者，可以媲美。」又《雲韶集》卷十四云：「此詞無限感慨，如讀楚騷，如讀漢樂府，如讀杜詩，其妙令人不可思議。」又《詞則·大雅集》卷五云：「哀怨無端，鹿虔扆《臨江仙》一闋猶遜其凄婉。」可參。

評曹貞吉《留客住·鷓鴣》△〔一〕

投荒念亂之感〔二〕。

【注】

［一］　此則人文本未收，據《篋中詞》補入。曹貞吉（一六三四—一六九六）：字升階，號實庵，山東安邱人。康熙三年（一六六四）進士，授内閣中書，官徽州同知、禮部儀制司郎中、湖廣學政。與浙西詞人朱彝尊、李良年等多有交往唱和，詞風相近，有《珂雪詞》三卷、補遺一卷，康熙刻本。其爲李良年《秋錦山房詞》作序云：「予近頗廢詩，以填詞自遣，適秋錦（李良年）以應詔北至，復時時過從，相與論詞，必盡掃蹊徑，獨露本色。嘗謂南宋詞人，如夢窗（吴文英）之密、玉田（張炎）之疏，必兼之乃工。今讀是集，洵非虛語。」其詞諸家有評，如吴綺爲其詞集題詞云：「《珂雪詞》字字香艷，至議論風生處，有烘雲托月之勢。」聶先《百名家詞鈔》云：「實庵先生長調之妙，妙絶古今，若使《花庵》選手見之，亦不能局于令、慢間矣。」馮金伯《詞苑萃編》卷八引王士禛云：「曹實庵不爲閨襜靡曼之音，而氣韻自勝，其淡處絶似宋人。」又卷八引朱彝尊云：「詞至南宋始工，斯言出，未有不大怪者，惟實庵舍人意與余合。今就詠物諸詞觀之，心摹手追，乃在中仙（王沂孫）、叔夏（張炎）、公謹（周密），兼出入天游（詹玉）、仁近（仇遠）之間。」田同之《西圃詞説》云：「本朝士夫，詞筆風流……而其間惟實庵先生，不習閨襜靡曼之音，既細詠之，反覺嫵媚之致，更有不減于諸家者，非其神氣獨勝乎？由是知詞之一道，亦不必盡假裙裾，始足以寫懷送抱也。」陳廷焯《白雨齋詞話》卷三云：「曹升六《珂雪詞》，在國初諸老中最爲大雅，才力不逮朱（朱彝尊）、陳（陳維崧），而取徑較正。國朝不乏詞家，《四庫》獨收《珂雪》，良有以也。」《篋中詞》今集卷一選

曹貞吉詞三首，即《留客住》（瘴雲苦）、《玉樓春》（蘼蕪一剪城南路）、《水龍吟》（平湖煙水微茫）。曹貞吉《留客住·鷓鴣》：「瘴雲苦。偏五溪、沙明水碧，聲聲不斷，只勸行人休去。行人今古如織，正復何事，關卿頻寄語。空祠廢驛，便征衫溼盡，馬蹄難駐。風更雨。一髮中原，杳無望處。萬里炎荒，遮莫摧殘毛羽。記否越王春殿，宮女如花，只今惟剩汝。子規聲續，想江深月黑，低頭臣甫。」

［二］投荒念亂之感：此詞爲憑吊南明永歷帝在雲南被吴三桂所害而作。又其弟曹申吉任貴州巡撫，亦被吴三桂殺害。投荒，流落至荒遠之地。獨孤及《爲明州獨孤使君祭員郎中文》：「公負譴投荒，予亦左衽異域。」

評曹貞吉《玉樓春·春晚》△［一］

警策［二］。

【注】

［一］此則人文本未收，據《篋中詞》補入。曹貞吉《玉樓春·春晚》：「蘼蕪一剪城南路。弱絮隨風亂如雨。垂鞭常到日斜時，送客每逢腸斷處。愔愔門巷春將暮。樹底蔫紅愁不語。

畫梁燕子睡方濃，落盡香泥却飛去。」

［二］警策：與平鈍相對，謂詞旨精警切要。此詞有歲月如流之感慨，令人警醒。《文選·陸機〈文賦〉》：「立片言而居要，乃一篇之警策。」李善注：「以文喻馬也。言馬因警策而彌駿，以喻文資片言而益明也。」陳廷焯《雲韶集》卷十四評云：「（評上闋）只如此寫，情味自勝。（評結句）其神味在骨不在貌。」又《詞則·大雅集》卷五云：「托意澹遠。」可參。

評曹貞吉《水龍吟·白蓮》△［一］

瑶臺嬋娟［二］。

【注】

［一］此則人文本未收，據《篋中詞》補入。曹貞吉《水龍吟·白蓮》：「平湖煙水微茫，個人仿佛橫塘住。碧雲乍起，羽衣初試，靚妝楚楚。露下三更，月明千里，悄無尋處。想蘆花蘋葉，空濛一色，迷玉井，峰頭路。莫是苧蘿未嫁，曳明璫、若耶歸去。游仙夢杳，瑶天笙鶴，凌波微步。宿鷺飛來，依稀難認，風吹一縷。泛木蘭舟小，輕綃掩映，問誰家女。」

［二］瑶臺嬋娟：謂此詞賦白蓮形象有仙女風姿。瑶臺，神仙居處。王嘉《拾遺記·昆侖

山》：「傍有瑶臺十二，各廣千步，皆五色玉爲臺基。」嬋娟，美人。

評江皋《江神子·秋柳》△[一]

每作一波，恒三過折[二]。

【注】

[一] 此則人文本未收，據《篋中詞》補入。江皋（一六三五—一七一五）：字在湄，號磊齋，安徽桐城人。順治十八年（一六六一）進士。有《染香詞》一卷，《百名家詞鈔》本。丁澎爲其詞集題詞云：「及見其詩餘，氣骨高華，有横截峨眉、矗立天梯之致。」江接芹題詞云：「海内稱詞家，東南以才華勝，西北以氣力雄，惟《染香詞》則兼擅其長。」沈雄《古今詞話·詞評》下卷云：「詞如菊英蘭畹，生色堪把，匪直如古人搆唱，抒寫厥裏已也，要與矜蟲門鶴者異耳。」又引吴榷曰：「旨取温柔，詞歸藴藉，所謂暱而閨幃，勿浸而巷曲，勿墮而庸套者是也。」《篋中詞》今集卷一選江皋詞一首，即《江神子·秋柳》：「幾枝疏樹近斜陽。弄煙光。漾横塘。最是西風、南浦路凄凉。樓上凝妝人不見，春夢裏，影微茫。　繫人愁處萬絲長。絮飛狂。燕飛忙。記得門前，曾控紫騮繮。此日腰支難門舞，消瘦盡，不堪量。」

［二］ 每作一波，恒三過折：參見「評辛棄疾《祝英臺近》」一則注［二］。

評毛先舒《滿江紅·暮春柳》△［一］

豐柔婀娜。

【注】

［一］ 此則人文本未收，據《篋中詞》補入。毛先舒（一六二〇——一六八八）：字稚黄，浙江仁和（今杭州）人。爲西泠十子之一。諸生。有《鸞情集》一卷，清鈔本孔傳鐸《名家詞鈔》本。其詞諸家有評，如謝章鋌《賭棋山莊詞話》卷八云：「毛稚黄先舒時有新意，短調亦善留餘，當時以『三瘦』得名。」李調元《雨村詞話》卷四云：「毛先舒騤，號稚黄，作《填詞名解》四卷，能發人所未發，較勝《圖譜》，然觀其自作《鸞情集》則多俗，何也？」《篋中詞》今集卷一選毛先舒詞二首，即《滿江紅》（一片殘陽）、《水龍吟》（恍然夢影樓臺）。毛先舒《滿江紅·暮春柳》：「一片殘陽，映幾處、河橋晴色。問當日、征衫別淚，爲誰沾濕？暮雨半疏魂欲斷，緑陰如幄愁無極。減風流、不似門腰支，初相識。　章臺路，春狼籍。灞水岸，煙斜織。盼香塵依舊，鈿車金勒。飛絮影隨風上下，離人望斷江南北。怕重來、剩有亂蟬嘶，千條碧。」

評毛先舒《水龍吟・一夜》△[一]

詩人之詞[二]。

【注】

[一]　此則人文本未收，據《篋中詞》補入。毛先舒《水龍吟・一夜》：「恍然夢影樓臺，花枝亂學宮腰舞。雲間羃著，微紅淡緑，懨懨眉嫵。明月雕闌，好風羅袖，半飄香雨。自空梁燕別，春深不見，絮簾外，雙雙語。　想得非關此世。飲瓊漿、夙曾邀取。如何一夜，樹頭樹底，殘英無主？光景流波，此身也是，西陵抔土。只鍾情無奈，年華垂老，越添凄楚。」

[二]　詩人之詞：清初詩壇有「國初三毛」之稱，即毛奇齡、毛先舒、毛際可，均以詩著名。

評沈謙《清平樂・羅帶》△[一]

小樂府遺意，與俳詞只隔一塵[二]，須嚴辨之。

【注】

［一］　此則人文本未收，據《篋中詞》補入。沈謙（一六二〇—一六七〇）：字去矜，號東江，浙江仁和（今杭州）人。明崇禎十五年（一六四二）補縣學生員，入清不仕。爲「西泠十子」之一。有《東江詩餘》三卷，康熙十五年（一六七六）刻《東江集》本。另有《填詞雜説》一卷，《詞韵略》一卷。其詞諸家有評，如沈雄《古今詞話·詞評》下卷云：「家去矜諸詞，率從屯田（柳永）、待制（周邦彦）浸淫而出，言情最爲濃摯，又必欲據秦（秦觀）、黄（黄庭堅）之壘以鳴得意，所以來宋歙浦（宋徵璧）之論詞書也。」謝章鋌《賭棋山莊詞話》卷八云：「沈去矜謙好盡好排，取法未高，故不盡倚聲三昧。長調意不副情，筆不副氣，徒覺拖沓耳，且時時闌入元曲。」《篋中詞》今集卷一選沈謙詞七首，即《清平樂》（香羅曾寄）、《蘇幕遮》（燕聲嬌）、《東風無力》（翠密紅疏）、《一萼紅》（漫窺簾）、《清平樂》（雪消水溢）、《浪淘沙》（彈淚溼流光）、《滿江紅》（獨對銀釭）。沈謙《清平樂·羅帶》：「香羅曾寄。小鳳盤雲膩。要識春來腰更細。剩得許多垂地。　玉鈎移孔難尋。有時捻著沉吟。蹤迹可知無定，兩頭都結同心。」

［二］　俳詞：指詼諧調笑之作。上引謝章鋌謂其詞「時時闌入元曲」，即俳詞之意。胡仔《苕溪漁隱叢話後集》卷七引《復齋漫録》云：「唐宰相鄭綮，爲詩好歇後句，行第五時人呼爲歇後鄭五，今人無有蓄其詩者。惟舊史載其一聯云：『只有兩行公廨淚，臨行灑向渡頭風。』真俳詞也。」

評沈謙《東風無力・南樓春望》△[一]

神似稼軒[二]。

【注】

[一]　此則人文本未收，據《篋中詞》補入。此爲沈謙自度曲。沈謙《東風無力・南樓春望》：「翠密紅疏，節候乍過寒食。燕銜簾，鶯睍樹，東風無力。正斜陽，樓上獨憑闌，萬里春愁直。情思厭厭，縱寫遍新詩，難寄歸鴻雙翼。玉簪恩，金鈿約，竟無消息。但蒙天捲地是楊花，不辨江南北。」

[二]　神似稼軒：或詞寄寓故國之思，詞境近似辛棄疾《摸魚兒》「休去倚危欄，斜陽正在煙柳斷腸處」等句。

評沈謙《清平樂》△[一]

源出《金荃》[二]。

【注】

［一］ 此則人文本未收，據《篋中詞》補入。沈謙《清平樂》：「雪消水溢。柳岸金芽出。漠漠暗塵縈寶瑟。坐轉一窗紅日。　博山香裊煙絲。閑愁閑悶誰知？欲解羅衣去睡，黄鶯又上花枝。」

［二］《金荃》：温庭筠詞集，已佚。歐陽炯《花間集序》：「近代飛卿，復有《金荃集》。」

評沈謙《浪淘沙》△［一］

天籟。

【注】

［一］ 此則人文本未收，據《篋中詞》補入。沈謙《浪淘沙》：「彈淚濕流光。悶倚回廊。屏閑金鴨裊餘香。有限青春無限事，不要思量。　只是軟心腸。驀地悲傷。别時言語總荒唐。寒食清明都過了，難道端陽。」

評沈謙《滿江紅·燈》△[一]

幽思[二]。

【注】

[一] 此則人文本未收，據《篋中詞》補入。沈謙《滿江紅·燈》：「獨對銀釭，聽街鼓、不堪愁絶。却又是、春陰陡暗，曉風偏劣。耿耿未成虚枕夢，摇摇轉覺空房怯。鎮凄凉、流淚濕黄昏，花重疊。　雲鬟擁，香肌瞥。徒想象，增嗚咽。怎照人歡會，照人離别。欲簡私書還剔起，怕看孤影將吹滅。却才餘一焰，解羅衣，翻成結。」

[二] 幽思：此寫女子春情，故云。

評吴綺《浣溪沙》△[一]

東風、紅豆，最下最傳[二]，似此含凄古淡，乃爲不負。

【注】

［一］　此則人文本未收，據《篋中詞》補入。　吴綺（一六一九—一六九四）：字薗次，號聽翁，又號紅豆詞人。　江蘇江都（今揚州）人，官湖州知府。　有《藝香詞》一卷，《百名家詞鈔》本。　其詞諸家有評，如朱彝尊爲其詞集題詞云：「薗次之詞，選調寓聲，各有旨趣，纏綿悱惻，足以興感，而不失詩人忠厚之意，豈特其詞之工也已。」聶先《百名家詞鈔》云：「先生之詞，香艷異常，詞名《藝香》，其果稱其實耶！」沈雄《古今詞話・詞評》下卷引王士禛云：「吴薗次太守，工爲小賦，雋逼庾（庾信）、鮑（鮑照），詞亦《哀江南》之流。」馮金伯《詞苑萃編》卷八引朱彝尊云：「薗次之詞，選調寓聲，各有旨趣。　其和平雅麗處，絶似陳西麓（陳允平）。」鄒祗謨《遠志齋詞衷》云：「廣陵諸子，善百（陳世祥）、薗次，巧于言情。　宗子梅岑（宗元鼎），精于取境。」陳廷焯《白雨齋詞話》卷三云：「吴薗次詞，調和音雅，情態亦濃，詞中小品也。　竹垞（朱彝尊）謂其似陳西麓（陳允平），亦漫爲許與之論。」《篋中詞》今集卷一選吴綺詞二首，即《浣溪沙》（南浦輕煙蘸碧波）、《浣溪沙》（吴苑青苔鎖畫廊）。　吴綺《浣溪沙》：「吴苑青苔鎖畫廊。　漢宫垂柳映紅墻。　教人愁殺是斜陽。　天上無端催曉暮，人間何事有興亡？可憐燕子只尋常。」

［二］　「東風、紅豆」二句：　徐釚《詞苑叢談》卷九云：「吴湖州詞，有『把酒祝東風，種出雙紅豆』（見《醉花間・春閨》），梁溪顧氏女子見而悦之，日夕諷詠，四壁皆書二語。　人因目湖州爲『紅豆詞人』。」

評佟世南《山花子》△[一]

不無「天際輕陰」之感[二]。

【注】

[一]　此則人文本未收，據《篋中詞》補入。佟世南（生卒年不詳）：字梅岑，漢軍正藍旗人。有《東白堂詞》一卷，《百名家詞鈔》本。曹溶爲其詞集題詞云：「東白新詞，纏綿温麗，無美不臻。其聲調在柳郎中（柳永）、秦淮海（秦觀）之間。」吴綺題詞云：「長調之妙，梅岑獨爲擅長。蓋其語氣醇雅，不冗不復，徘徊宛轉，自然成文，非學力與識見并到者不能也。」陳廷焯《雲韶集》卷十四評云：「梅岑詞善寫閨中情事，淒艷入神，不乖風雅。」《篋中詞》今集卷一選佟世南詞一首，即《山花子》：「芳信無由覓彩鸞。人間天上見應難。瑶瑟暗縈珠淚滿，不堪彈。　枕上彩雲巫岫隔，樓頭微雨杏花寒。誰在暮煙殘照裏，倚闌干。」

[二]　天際輕陰：虞集《蘇武慢》：「但清游、天際輕陰，未便暮愁離索。」謂抒懷舊之意。陳廷焯《雲韶集》卷十四云：「（評結句）情詞兼勝，少游之匹也。」可參。

評顧貞觀《南鄉子·搗衣》△[一]

清空若拭[二]。

【注】

[一] 此則人文本未收，據《篋中詞》補入。顧貞觀（一六三七—一七一四）：初名華文，字華封，改名華峰，號梁汾，江蘇無錫人。任秘書監典籍，隨康熙帝扈駕出巡，後因事落職南歸。康熙十一年（一六七二）舉人，官内閣中書。館納蘭性德家，爲忘年交。有《彈指詞》二卷，雍正二年（一七二四）刻本，與納蘭合選《今詞初集》二卷。其詞諸家有評，如曹溶爲其詞集題詞云：「讀《彈指詞》，有凌雲駕虹之勢，無鏤冰剪彩之痕。具此手筆，方可言香艷之妙。」聶先《百名家詞鈔》云：「今讀其《彈指詞》，則其考聲選調，吐華振響，浸浸乎薄辛（辛棄疾）、蘇（蘇軾）而駕周（周邦彦）、秦（秦觀）矣。」沈雄《古今詞話·詞評》下卷云：「兹讀《彈指詞》，妙麗勝人，及寄季子《金縷曲》（指寄吴兆騫「季子平安否」一首），歎其多情，于詞亦無欲盡之病。」王昶《國朝詞綜》卷五引杜紫綸（杜詔）云：「《彈指詞》極情之至，出入南北兩宋，而奄有衆長。」陳廷焯《白雨齋詞話》卷三云：「顧華峰詞全以情勝，是高人一著處。至其用筆，亦甚圓朗，然不悟沉鬱之妙，終非上乘。」

《篋中詞》今集卷一選顧貞觀詞五首，即《南鄉子》（嘹唳夜鴻鳴）、《雙雙燕》（單衣小立）、《石州慢》（一月長河）、《金縷曲》（季子平安否）、《金縷曲》（我亦飄零久）。顧貞觀《南鄉子·搗衣》：「嘹唳夜鴻鳴。葉滿階除欲二更。一派西風吹不斷，秋聲。中有深閨萬里情。　廊上月華清。廊下霜華結漸成。今夜戍樓歸夢裏，分明。人在回廊曲處迎。」

［二］　清空若拭：參見「蕡波詞題識」注［五］。謝章鋌《賭棋山莊詞話》卷七謂其「短調雋永」，「得周（周邦彥）、秦（秦觀）精處」，陳廷焯《雲韶集》卷十五評云：「凄凄切切，筆力甚精勁雄蒼。（評結句）凄婉。」可參。

評顧貞觀《石州慢·御河爲漕艘所阻》△［一］

貧士失職［二］。

【注】

［一］　此則人文本未收，據《篋中詞》補入。顧貞觀《石州慢·御河爲漕艘所阻》：「一月長河，奈阻崎嶇，玉京猶隔。滿身風露夜寒，誰問扣舷孤客。不如歸去，從教錦纜牙檣，釣絲莫負秋江碧。何事訪支機，悔乘槎蹤迹。　凄絶。無端閲遍，戰壘遺屯，郵亭敗壁。只得幾行，宫柳似

曾相識。琵琶響斷，那須月落回船，曲終始下青衫滴。曉鏡待重看，有霜華堪織。」

［二］貧士失職：即士不遇，因詞中有天涯淪落之意，故云。貧士，寒士，無官職的士子。陶潛有《詠貧士》七首。參見「泥雪堂詞鈔跋」一則注［二］。

評顧貞觀《金縷曲·寄吴漢槎》二首△［一］

使人增朋友之重，可以興矣［二］。

【注】

［一］此則人文本未收，據《篋中詞》補入。顧貞觀《金縷曲·寄吴漢槎》其一：「季子平安否？便歸來、生平萬事，那堪回首。行路悠悠誰慰藉？母老家貧子幼。記不起、從前杯酒。魑魅搏人應見慣，料輸他、覆雨翻雲手。冰與雪，周旋久。　淚痕莫滴牛衣透。數天涯、依然骨肉，幾家能彀。比似紅顏多薄命，更不如今還有。只絶塞、苦寒難受。廿載包胥承一諾，盼烏頭、馬角終相救。置此札，君懷袖。」其二：「我亦飄零久。十年來、深恩負盡，死生師友。宿昔齊名非忝竊，試看杜陵消瘦。曾不減、夜郎僝僽。薄命長辭知己別，問人生、到此凄凉否？千萬恨，爲君剖。　兄生丁未吾辛丑。共些時、冰霜摧折，早衰蒲柳。詞賦從今須少作，留取心魂相守。但願

得、河清人壽。歸日急翻行戍稿，把空名、料理傳身後。言不盡，觀頓首。」吴漢槎，即其友人吴兆騫。

［二］「使人增朋友之重」二句：顧貞觀自跋云：「二詞容若（納蘭性德）見之，爲泣下數行，曰：『河梁生别之詩，山陽死友之情，得此而三。此事三千六百日中，弟當以身任之，不俟兄再囑也。』余曰：『人壽幾何？請以五載爲期。』懇之太傅（納蘭明珠），亦蒙見許。而漢槎（吴兆騫）果以辛酉入關矣。附書志感，兼志痛云。」馮金伯《詞苑萃編》卷八引黄之隽評云：「顧梁汾寄吴漢槎寧古塔以詞代書《金縷曲》二闋，激昂悲壯，即置之稼軒集中，亦稱高唱。」謝章鋌《賭棋山莊詞話》卷七云：「《賀新凉》（即《金縷曲》）云云，濃至交情，艱難身世，蒼茫離思，愈轉愈深，一字一淚。吾想漢槎當日得此詞于冰天雪窖間，不知何以爲情！後來效此體者極多，然平鋪直叙，率覺嚼蠟。由無深情真氣爲之幹，而漫云以詞代書也。」陳廷焯《白雨齋詞話》卷三云：「只如家常説話，而痛快淋漓，宛轉反復，兩人心迹，一一如見。雖非正聲，亦千秋絶調也。……二詞純以性情結撰而成，悲之深，慰之至，丁寧告戒，無一字不從肺腑流出，可以泣鬼神矣。」又《雲韶集》卷十五云：「二詞如説話一般，而淋漓痛快，婉轉反復，兩人心事境况，一一可見。既悲之，復又慰藉之，情詞兼勝。」又云：「上章寄吴，歷歷叙其家事。此章兼自慨，將十年心迹舉以告吴，字字從肺腑流出。末段仍歸到吴身上，冀其留身後之名，情真語切。結二句妙，妙是寄書體。」可參。

評徐倬《金縷曲·中秋月食》△[一]

詞中杜陵[二]。此境宋人未有，遺山、伯雨之流也[三]。

【注】

［一］　此則人文本未收，據《篋中詞》補入。徐倬（一六二四—一七一三）：字方虎，號蘋村，浙江德清人。康熙十二年（一六七三）進士，官至禮部侍郎。有《水香詞》一卷，康熙刻《蘋村類稿》本。《篋中詞》今集卷一選徐倬詞一首，即《金縷曲·中秋月食》：「碧海品簾捲。問姮娥、清輝須惜，浮雲須遣。幾點憂時嫠婦淚，迸作九霄露泫。星影散、漫空飛繭。此夕風光猶較可，忍來宵、素魄留痕淺。桂華蠹，愁何展？　斗邊一角銀河顯。怨無端、投壺笑巧，南箕舌扁。更怕寒芒分道出，惱亂人間雞犬。天上恨、嬋娟難免。自有淩雲修月斧，奈瓊樓、玉宇非專典。霓裳袖，阿誰剪？」

［二］　杜陵：即杜甫。

［三］　遺山：即元好問。伯雨：即張雨（一二八三—一三五〇），原名澤之，字伯雨，一字天雨，元錢塘（今浙江杭州）人。棄家爲道士，法名嗣真，號貞居子、句曲外史，住持西湖福真觀、茅

山崇壽觀、元符宫。有《貞居詞》一卷。

評納蘭性德《念奴嬌·廢園》△[一]

周稚圭曰[二]：「或言納蘭容若，南唐李重光後身也[三]。予謂重光天籟也[四]，恐非人力所及。容若長調多不協律，小令則格高韵遠，極纏綿婉約之致，能使殘唐墜緒絶而復續[五]。第其品格，殆叔原、方回之亞乎[六]？」

【注】

[一] 此則人文本未收，據《篋中詞》補入。納蘭性德（一六五五——一六八五）：原名成德，避東宫諱改性德，字容若，號楞伽山人，正黄旗人。康熙時大學士明珠之子。年十七補諸生，二十歲成進士，任康熙帝侍衛，出入扈從，頗受恩遇。康熙十八年（一六七九）開博學宏詞試，得與朱彝尊、陳維崧、姜宸英等名士結識，相互唱和。與顧貞觀友誼最篤。詞集初名《側帽詞》，後經顧貞觀增補，名《飲水詞》，一卷，有道光光緒間南海伍氏刊《粤雅堂叢書》本；《通志堂詞》四卷，康熙三十年（一六九一）徐乾學刻《通志堂集》二十卷本；《納蘭詞》四卷，有光緒六年（一八八〇）許增娱園刻本。其詞諸家有評，如聶先《百名家詞鈔》云：「容若爲相國才子，少工填詞，香艷中

更覺清新，婉麗處又極俊逸，真所謂筆花四照，一字動移不得者也。」顧貞觀《通志堂詞序》云：「容若天資超逸，埠然塵外，所爲樂府小令，婉麗清凄，使讀者哀樂不知所主，如聽中宵梵唄，先凄惋而後喜悦。定其前身，此豈尋常文人所得到者？」馮金伯《詞苑萃編》卷八引顧貞觀云：「容若詞，一種凄惋處，令人不能卒讀，人言愁我始欲愁。」又引陳維崧云：「《飲水詞》哀感頑艷，得南唐二主之遺。」謝章鋌《賭棋山莊詞話》卷七云：「納蘭容若（成德）深于情者也。固不必刻畫《花間》，俎豆《蘭畹》，而一聲《河滿》，輒令人悵惘欲涕。」王國維《人間詞話》云：「納蘭容若以自然之眼觀物，以自然之舌言情，此由初入中原，未染漢人風氣，故能真切如此。北宋以來，一人而已。」《篋中詞》今集卷一選納蘭性德詞二十五首，即《江城子》（濕雲全壓數峰低）、《浣溪沙》（消息誰傳到拒霜）、《浣溪沙》（睡起惺忪强自支）、《浣溪沙》（記綰長條欲别難）、《浣溪沙》（腸斷班騅去未還）、《菩薩蠻》（問君何事輕離别）、《菩薩蠻》又（催花未歇花奴鼓）、《菩薩蠻》（晶簾一片傷心白）、《菩薩蠻》（烏絲畫作回文紙）、《清平樂》（風鬟雲賓）、《鞦韆索》（藥欄携手銷魂侣）、《鞦韆索》（游絲斷續東風弱）、《浪淘沙》（紅影濕幽窗）、《河傳》（春淺）、《臨江仙》（長記紗窗窗外語）、《念奴嬌》（片紅飛減）、《臺城路》（白狼河北秋偏早）、《玉連環影》（何處）、《蝶戀花》（辛苦最憐天上月）、《蝶戀花》（眼底風光留不住）、《蝶戀花》（又到緑楊曾折處）、《蝶戀花》（蕭瑟蘭成看老去）、《臨江仙》（飛絮飛花何處是）、《臨江仙》（帶得些兒前夜雪）、《念奴嬌》（楊花飛絮）。納蘭性德《念奴嬌·廢園》：「片紅飛減，甚東風不語，只催飄泊。石上胭脂花上露，誰與畫眉商略？碧甃瓶沉，紫錢釵掩，雀踏金鈴索。韶華如夢，爲尋好夢耽閣。　又是金粉空梁，定巢燕子，一口香泥落。欲寫雲箋憑寄與，多少心情難托。梅豆圓時，柳綿飄處，失記當初約。斜陽冉冉，斷魂分付殘角。」

〔二〕　周稚圭：即周之琦。以下引語，見金粱外史（周之琦）道光二十六年（一八四四）刊本《飲水詞》識語。

〔三〕　南唐李重光後身：此爲清人一般認識，如王煜《飲水詞抄》云：「或謂李煜轉身，殆以詞品相類也。」馮金伯《詞苑萃編》引陳其年（陳維崧）云：「《飲水詞》哀感頑艷，得南唐二主之遺。」李重光，即南唐後主李煜。

〔四〕　天籟：原指自然界的聲響，語出《莊子・齊物論》：「女（汝）聞人籟而未聞地籟，女（汝）聞地籟而未聞天籟夫！」後用以喻詩文有天然渾成的自然之趣。

〔五〕　殘唐墜緒：指晚唐五代花間詞傳統。墜緒，原指行將斷絶的皇統，《尚書・五子之歌》「荒墜厥緒」，孔安國傳：「太康失其業以取亡。」後以指將絶滅的傳統。韓愈《進學解》：「尋墜緒之茫茫，獨旁搜而遠紹。」

〔六〕　叔原：即晏幾道。方回：即賀鑄。亞：次于。《儀禮・士虞禮》：「俎入，設于豆東，魚亞之。」鄭玄注：「亞，次也。」

評納蘭性德《臺城路·塞外七夕》△[一]

逼真北宋慢詞[二]。

【注】

[一] 此則人文本未收，據《篋中詞》補入。納蘭性德《臺城路·塞外七夕》：「白狼河北秋偏早，星橋又迎河鼓。清漏頻移，微雲欲濕，正是金風玉露。兩眉愁聚。待歸踏榆花，那時才訴。只恐重逢，明明相視更無語。　人間別離無數。向堆瓮瓜果，碧天凝佇。連理千花，相思一葉，畢竟隨風何處。羈棲良苦。算未抵空房，冷香啼曙。今夜天孫，笑人愁似許。」

[二] 逼真北宋慢詞：此詞深情款款，頗似北宋秦、柳的言情之作。

評納蘭性德《蝶戀花》△[一]

勢縱語咽，淒澹無聊。延巳、六一而後[二]，僅見湘真[三]。

【注】

［一］此則人文本未收，據《篋中詞》補入。納蘭夫婦成婚三年，妻盧氏卒于康熙十六年（一六七七）五月。納蘭悼念其亡妻，作《蝶戀花》詞共四首，此爲其四。納蘭性德《蝶戀花》：「蕭瑟蘭成看老去。爲怕多情，不作憐花句。閣淚倚花愁不語。暗香飄盡知何處？　重到舊時明月路。袖口香寒，心比秋蓮苦。休説生生花裏住。惜花人去花無主。」

［二］延巳、六一而後：此是指歐陽修《蝶戀花》（庭院深深深幾許）詞，一作馮延巳詞。六一，即歐陽修。

［三］湘真：即明末詞人陳子龍。

評錢芳標《憶少年》△［一］

原出義山［二］。

【注】

［一］此則人文本未收，據《篋中詞》補入。錢芳標（一六三五—一六七九）：字葆芬、葆馚、寶汾，號蕅漁，江蘇華亭（今屬上海松江）人。康熙五年（一六六六）舉人，官中書舍人。康熙十七

年（一六七八）薦舉博學鴻詞，不赴。有《湘瑟詞》四卷，康熙十七年（一六七八）刻本。詞與董俞齊名，彭孫遹《金粟詞話》云：「董蒼水、錢寶汾，善爲婉麗之詞，亦往往風美動人。」王昶《國朝詞綜》引彭羨門（彭孫遹）云：「葆馚居清切之地，雍容都雅，名滿海内，乃詞名《湘瑟》，若以仲文自況。夫『曲終江上』句非不工，然寥寥十韵，何至乞靈神功？以視是編之驚才絶艷，大歷才人殆不免有愧色矣。」《篋中詞》今集卷一選錢芳標詞十首，即《憶少年》（小屏殘燭）、《臨江仙》（歷歷槿籬芳草徑）、《雙雙燕》（記休沐宴）《水龍吟》（黄昏庭院無人）、《薄倖》（綳襠殘綫）、《河傳》（南浦）、《齊天樂》（斜陽水廟停橈處）、《水龍吟》（乍晴紋簟凉多）、《望海潮》（窮桑一髮）、《疏影》（歸飛屬玉）。錢芳標《憶少年》：「小屏殘燭，小窗殘雨，小樓殘夢。銖衣已煙散，只蘅蕪香重。錦瑟華年愁裏送。便凄凉、也無人共。傷心白團扇，畫秦娥簫鳳。」

［二］原出義山：謂近李商隱《無題》之類情詩。陳廷焯《白雨齋詞話》卷三評云：「錢湘瑟工爲艷詞，造語尤妙。如《憶少年》……穠麗語能入幽境，意味便永。然亦僅在皮毛上求深厚，非吾所謂深厚也。」又《雲韶集》卷十五云：「（評上闋）字字仙艷，真楚騷之遺。（評下闋）婉麗。」又《詞則・閑情集》卷三云：「出入《風》、《騷》，乃臻斯境。彼好爲艷詞者，那得如此雅麗？」可參。

評錢芳標《臨江仙》△[一]

適怨清和，如聞錦瑟[二]。

【注】

[一] 此則人文本未收，據《篋中詞》補入。錢芳標《臨江仙》：「歷歷槿籬芳草徑，重來却是殘春。春光無恙客愁新。露桃花不見，何况倚花人？ 翠袖香微蟬鬢晚，當年幾遍逡巡。半篙溪水蹙魚鱗。夕陽叉手處，腸轉似車輪。」

[二] 「適怨清和」二句：宋人《許彦周詩話》評李商隱《錦瑟》詩云：「《古今樂志》云：『錦瑟之爲器也，其柱如其弦數。其聲有適、怨、清、和，又云感、怨、清、和。』昔令狐楚侍人能彈此四曲。詩中四句，狀此四曲也。」後人多以此説係穿鑿附會。

評錢芳標《雙雙燕·逢長安舊歌者》△[一]

固是推衍唐人[二]，正是詞家本色。

【注】

〔一〕　此則人文本未收，據《篋中詞》補入。錢芳標《雙雙燕·逢長安舊歌者》：「記休沐宴，喚宣武門西，蕊珠名部。丁香坼後，見慣白浮鳩舞。怊悵飛雲散去。似一枕、鈞天欲曙。誰知落拓逢伊，又是江南春暮。　無數。清衫淚雨。對榻畔茶煙，鬢絲千縷。烏衣殘照，剩否翠衿雙語。聞説華榱易主。漸老却、玄都千樹。贏得舊日何戡，莫唱渭城樂府。」

〔二〕　推衍唐人：此詞多化用唐人名句，如「誰知落拓逢伊，又是江南春暮」（杜甫）、「清衫淚雨」（白居易）、「烏衣殘照」、「漸老却、玄都千樹」（劉禹錫）、「莫唱渭城樂府」（王維）等，故云。

評錢芳標《水龍吟·詠螢》△〔一〕

當時貳臣倖進〔二〕，詞人刺之。

【注】

〔一〕　此則人文本未收，據《篋中詞》補入。錢芳標《水龍吟·詠螢》：「黄昏庭院無人，何來幾點疏星墜。未燒蘭焰，乍移桃簟，催將秋思。巧入低穿，銀床漸冷，銅鋪初閉。向畫闌干畔，齊紈試撲，忽又逐，墻陰起。　飄落溪頭山觜。也多情、草粘花綴。狂縱暗度，朝來那管，雨零風碎。隋苑荒凉，剩伊閲盡，年光如水。最無端賺得，玉階長信，瀉如鉛淚。」

［二］貳臣倖進：指康熙初輔政大臣鰲拜擅權、植黨營私。貳臣，指投降新朝爲官的人。朱珪《恭慶皇上御極六十年萬壽文》：「賜勝朝守節之謚，以顯忠也；貳臣有傳，以勵貞也。」倖進，希圖僥倖升官。《清史稿·選舉志五》：「捐棄階資，倖進者不以爲獎勵之公，而陰喜進取之獨巧。」

評錢芳標《薄倖·故衣》△［一］

取裁六朝樂府，聲情亦肖似矣。

【注】

［一］此則人文本未收，據《篋中詞》補入。錢芳標《薄倖·故衣》：「緉襠殘綫。記燈底、春葱緝遍。向四角、中央盤處，認取柔腸輪轉。恨寸絲、難繫郎心，空箱疊并班姬扇。負冷試并刀，香添蘄艾，多少深憐密眷。到夢醒、高唐後，愁不稱、沈腰鬆慢。枉熏籠珍重，魚鰾鳳淈，捲衣人比天猶遠。淚分明濺。待眠偎坐貼，新面縱軟體輕換。摩挲半晌，還怕繚綾易綻。」

評錢芳標《水龍吟・聞雁》△[一]

神味居然淮海[二]。

【注】

[一] 此則人文本未收，據《篋中詞》補入。錢芳標《水龍吟・聞雁》：「乍晴紋簟凉多，碎箏敲歇初更静。難成旅夢，一樽閑對，風簾燈影。隱隱高空，數聲何處，月微煙暝。爲稻粱催去，瀟湘千里，早排個，銜蘆陣。擬把江鄉書倩，水湛湛、遠灘楓冷。倦翮聯翩，夜寒應傍，鴨欄漁艇。塵滿鈿箏，十三弦柱，不堪重整。記廿年前向，秦郵野泊，有人同聽。」

[二] 淮海：即秦觀。

評錢芳標《望海潮・和少游韵》△[一]

當作于海事定後[二]。

【注】

［一］　此則人文本未收，據《篋中詞》補入。錢芳標《望海潮·和少游韵》：「窮桑一髮，銀濤千仞，羲輪吐盡朝華。徐福不歸，成連徑去，酸風亂點驚沙。何處碾雲車。有翠旓縹緲，珠樹交加。指點虛無，個中如睹織綃家。　荒墩又動金笳。正煙將著草，露未成花。樓蜃滅來，汀鷗狎罷，人間萬事空嗟。竿影壞墻斜。繞三姑廟側，叢荻神鴉。對此茫茫，只應沉醉是生涯。」

［二］　海事定後：指鄭成功之子鄭經拒絕清廷招撫，于康熙十九年（一六八〇）敗于臺灣事。

評彭孫遹《生查子》△［一］

唐調［二］。

【注】

［一］　此則人文本未收，據《篋中詞》補入。彭孫遹（一六三一—一七〇〇）：字駿孫，號羨門，又號金粟山人。浙江海鹽人。順治十六年（一六五九）進士，官内閣中書。康熙十八年（一六七九）召博學鴻詞，授翰林院編修，歷官禮部侍郎、吏部侍郎，充經筵講官，兼翰林院掌院學士，纂修《明史》總裁。詞多寫艷情，與王士禛齊名。有《延露詞》三卷，乾隆八年（一七四三）《松桂堂全

集》本，《金粟詞話》一卷。其詞諸家有評，如王士禛爲其詞集題詞云：「詞至金粟，情景兼勝。字字清麗，一語之工，能生百媚，不僅作六朝金粉也。其爲慷慨淋漓，沉雄悲壯處，能使古人縮舌。」聶先《百名家詞鈔》云：「讀先生之詞，情景超逸，飄飄欲仙，苟非名勒丹臺玉室者，烏得以有此？」鄒祇謨《遠志齋詞衷》云：「阮亭（王士禛）戲謂彭十是艷詞專家，余亦云：詞至金粟，一字之工，能生百媚，雖欲怫然不受，豈可得耶？」馮金伯《詞苑萃編》卷八引嚴繩孫云：「羨門驚才絶艷，長調數十闋，固堪獨步江左，至其小詞，啼香怨粉，怯月淒花，不減南唐風格。」陳廷焯《白雨齋詞話》卷三云：「彭羨門詞，意境較厚，但不甚沉着，仍是力量未足。」《篋中詞》今集卷一選彭孫遹詞八首，即《生查子》（薄醉不成鄉）、《浣溪沙》（客裏佳辰只自憐）、《柳梢青》（何事沉吟）、《宴清都》（四壁秋聲静）、《臨江仙》（青瑣餘煙猶在握）、《花心動》（幾陣西風）、《踏莎行》（鶯擲金梭）、《少年游》（花底新聲）。彭孫遹《生查子》：「薄醉不成鄉，轉覺春寒重。鴛枕有誰同，夜夜和愁共。夢好却如真，事往翻如夢。起立悄無言，殘月生西弄。」一題「旅夜」。

［一二］唐調：指其自然率真而言。謝章鋌《賭棋山莊詞話》卷八評云：「彭羨門真得温（温庭筠）、李（李商隱）神髓，由其骨妍，故辭媚而非俗艷。」丁紹儀《聽秋聲館詞話》卷二云：「彭羨門少宰……其旨趣頗近歐（歐陽修）、晏（晏殊），微乏風骨，且未精純耳。王氏《詞綜》（指《國朝詞綜》）録其《生查子》云……『鴛枕』本作『枕席』，蘭泉司寇（王昶）爲易『鴛』字，詩詞之辨，正在乎此，非深得詞家三昧者不解。」陳廷焯《雲韶集》卷十五云：「（評下闋）情詞楚楚，飛卿（温廷筠）之

匹也，秦（秦觀）、柳（柳永）云乎哉？」又《詞則·別調集》卷三云：「語甚別致。」可參。

評彭孫遹《柳梢青》△[一]

不嫌太盡[二]。

【注】

[一]　此則人文本未收，據《篋中詞》補入。彭孫遹《柳梢青》：「何事沉吟。小窗斜日，立遍春陰。翠袖天寒，青衫人老，一樣傷心。　十年舊事重尋。回首處、山高水深。兩點眉峰，半分腰帶，憔悴而今。」一題「感事」。

[二]　不嫌太盡：此詞憶舊，直抒胸臆，故云。陳廷焯《雲韶集》卷十五評云：「羨門詞洋溢海內，此詞尤膾炙人口，然煞是淒艷，哀感入神。」可參。

評彭孫遹《宴清都·螢火》△[一]

絶似中仙[二]。

【注】

〔一〕　此則人文本未收，據《篋中詞》補入。　彭孫遹《宴清都·螢火》：「四壁秋聲靜。疏簾外、幾點飛來破暝。　輕沾葉露，暗棲花蕊，亂翻銀井。　有時團扇驚回，又巧坐、人衣相映。　空自抱、半晌微光，願增照金樞景。　幾番去傍深林，來穿小幔，高低不定。　隨風欲墮，帶雨猶明，流輝耿耿。　隋家宮苑何在？腐草于今無片影。　向山堂、日伴幽人，琴書清冷。」

〔二〕　中仙：　即王沂孫。　王士禛《花草蒙拾》評云：「近得彭十詠螢詞，……不禁叫絕，即令梅溪（史達祖）復生，抽毫拂素，何以過之？」鄒祗謨《倚聲初集》卷十七引王士禛云：「從素紈得金粟此詞，至『輕沾葉露，暗棲花蕊』五句，歎爲傳神。　再讀至『隨風欲墮，帶雨猶明』，不禁叫絕。令梅溪而在，抽毫拂素，復何以過之乎？」二作（另一首指史達祖《雙雙燕·詠燕》）并傳千古，勿謂古今人不相及也。」則以爲近史達祖。　王、史兩家俱以詠物詞聞名。　鄒祗謨《遠志齋詞衷》云：「詠物固不可不似，尤忌刻意太似。　取形不如取神，用事不若用意。　……長調則阮亭贈雁，金粟詠螢、詠蓮諸篇，可謂神似矣。」陳廷焯《雲韶集》卷十五云：「通首無限凄感，楚騷樂府之遺。（評下闋）描寫正面亦有致。　傷今吊古，水逝煙銷，可勝痛哭。」可參。

評彭孫遹《花心動・早秋客思》△[一]

體素儲潔[二]。

【注】

[一] 此則人文本未收，據《篋中詞》補入。彭孫遹《花心動・早秋客思》：「幾陣西風，凉氣滿、林下乍收殘暑。極目江天，蹴雪驚沙，千里迢遥吴楚。殷勤謝茱萸灣水，爲儂好向秦溪去。還恐怕、關山重疊，雙魚無據。　冉冉年光欲暮。正思歸未得，含情欲語。待折疏華，寄取一枝，又遠隔層城路。倚樓人聽斷腸聲，驚秋客到傷心處。江南夢、一曲瀟瀟暮雨。」

[二] 體素儲潔：參見「笙月詞叙」一則注[二〇]。鄒祗謨《遠志齋詞衷》云：「詩語入詞，詞語入曲，善用之即是出處，襲而愈工。阮亭（王士禛）極持此論，嘗評金粟《花心動・秋思》詞有云：金粟乃云『驚秋客到傷心處。江南夢、一曲瀟瀟暮雨』，總由『暮雨瀟瀟郎不歸』生出如許心想。使拙筆爲之，便如芻狗再夢，數見不鮮矣。」又其《倚聲初集》卷十八云：「『倚樓』數語，宋大夫以來誰人更能道得。」可參。

評彭孫遹《踏莎行》△[一]

觸緒無端[二]。

【注】

[一] 此則人文本未收，據《篋中詞》補入。彭孫遹《踏莎行》：「鶯擲金梭，柳拋翠縷。盈盈嬌眼慵難舉。落花一夜嫁東風，無情蜂蝶輕相許。　尺五樓臺，秋千笑語。青鞋濕透燕支雨。流波千里送春歸，棠梨開盡愁無主。」

[二] 觸緒無端：謂其寄興不可指實，但言外有意。沈雄《古今詞話·詞話》下卷引《今世説》評云：「羡門驚才絶艷，詞家獨步。阮亭稱其吹氣如蘭，每當十郎，輒自愧傖父。故其詞綽然有生趣，又誕甚，耐人長想。如……『落花一夜嫁東風，無情蜂蝶輕相許』，無理而入妙，非深于情者不辨。」又《古今詞話·詞辨》上卷引王士禛云：「彭羡門善于言情，春暮之什，亦自矜勝。詞云：……此即張子野（張先）『不如桃杏，猶解嫁東風』也。」鄒祇謨《倚聲初集》卷十云：「張子野『不如桃杏，猶解嫁東風』，《詞筌》謂其無理而妙。（見賀裳《皺水軒詞筌》）金粟『落花』一語愈無理則愈妙。試與解人參之。」可參。

評彭孫遹《少年游・席上有贈》△[一]

自然湊泊[二]。

【注】

[一] 此則人文本未收，據《篋中詞》補入。彭孫遹《少年游・席上有贈》：「花底新聲，樽前舊侶，一醉盡生平。司馬無家，文鴛未嫁，贏得是虚名。　當時顧曲朱樓上，煙月十年更。老我青袍，誤人紅粉，相對不勝情。」

[二] 自然湊泊：謂自然而然地生成。湊泊，形成。此爲趙翼《甌北詩話》卷五論蘇軾詩之語：「此等詩雖非坡公著意之作，然自然湊泊，觸手生春，亦見其學之富而筆之靈也。」彭孫遹《金粟詞話》自云：「詞以自然爲宗，但自然不從追琢中來，便率易無味。如所云絢爛之極，乃造平淡耳。若使語意淡遠者稍加刻畫，鏤金錯綉者漸近天然，則駸駸乎絶唱矣。」可參。

評秦松齡《臨江仙·寒柳》△[一]

情景相副[二]。

【注】

[一] 此則人文本未收，據《篋中詞》補入。秦松齡（一六三七—一七一四）：字漢石，又字次叔，號留仙、對岩，江蘇無錫人。順治十二年（一六五五）進士，授國史館檢討。有《微雲詞》一卷，康熙間刻侯晰輯《梁溪詞選》本。其詞諸家有評，如聶先《百名家詞鈔》云：「先生以曠世之才，淵源家乘，陶情山水，衡泌棲遲，名士風流，徜徉養望，製有新詞，本乎心印，掩映前徽，吾無間矣。」沈雄《古今詞話·詞評》下卷云：「對岩以庾（庾信）、鮑（鮑照）雋才，燕（張説，封燕國公）、許（蘇頲，封許國公）大手，得心古學，海内推之。八越聯吟，已窺半豹，而《微雲》一帙，絶無俗惡字句，猶可想見『花影亂，鶯聲碎』于當年。」丁紹儀《聽秋聲館詞話》卷十五云：「如吾鄉秦對岩宫諭，……所著《微雲詞》不亞《秋水》（嚴繩孫詞集），如寒柳《臨江仙》云……詢足相埒。」《篋中詞》今集卷一選秦松齡詞一首，即《臨江仙·寒柳》：「向日風流今在否，寒鴉宿處分明。一灣殘照太無情。照他憔悴了，依舊下高城。　行處尚疑攀折盡，西風客路頻驚。樓頭翠管已無聲。紫騮

渾不顧，嘶過玉河冰。」

［二］　情景相副：郭則澐《清詞玉屑》卷二評云：「秦對岩宫諭初官檢討，緣奏銷案革職，亦入試得授編修。對岩嘗賦寒柳《臨江仙》云……言外不勝張緒靈和之感。」可參。

評尤侗《水龍吟·楊花和東坡韵》△［一］

似勝質夫［二］。

【注】

［一］　此則人文本未收，據《篋中詞》補入。尤侗（一六一八—一七〇四）：字展成，號西堂，又號悔庵，江蘇長洲（今蘇州）人。順治五年（一六四八）拔貢生，康熙十八年（一六七九）舉博學鴻詞，授翰林院檢討，官至侍講。有《百末詞》一卷，《百名家詞鈔》本。其詞諸家有評，如沈雄《古今詞話·詞評》下卷引《倚聲集》曰：「展成所作，字字雋脱，有瑶天笙鶴之致。」郭麐《靈芬館詞話》卷二云：「西堂《百末詞》，自以爲《花間》、《草堂》之餘。」王昶《國朝詞綜》卷七引曹顧庵（曹爾堪）云：「悔庵詞流麗圓轉，如細管臨風，新鶯啼樹，至其感慨詼諧，流傳酒樓郵壁，又天然工妙，直兼蘇、辛、秦、柳諸家所長。」陳廷焯《雲韶集》卷十五云：「西堂詞，情文相生，風流哀怨，令人不

忍釋手。」「西堂詞，穠麗中寓感慨，《騷》、《雅》變相也。」然其後所撰《白雨齋詞話》卷三則云：「西堂詞曲擅名一時，然皆不見佳。力量既薄，意境亦淺。專恃一二聰明語，以爲新奇獨得之秘，不值有識者一笑。」《篋中詞》今集卷一選尤侗詞三首，即《踏莎行》（獨上妝樓）、《齊天樂》（小園疏柳斜陽晚）、《水龍吟》（捲簾但見飛花）。尤侗《水龍吟·楊花和東坡韵》：「捲簾但見飛花，何時開起何時墜？玉人如夢，隨風游戲，幾多愁思。爲問章臺，青青在否？宫眉應閉。剩蠻腰解舞，飄摇上下，還學三眠三起。　分付雕梁燕子。好銜將、小巢縈綴。謝娘纖手，搓來捏去，團成復碎。忽地傷心，人間天上，落花流水。倩軟綿堪拭，此中洗面，只餘清淚。」

［二］似勝質夫：北宋章質夫，名楶，建州浦城（今屬福建）人。作《水龍吟》詠楊花：「燕忙鶯懶花殘，正堤上柳花飄墜。輕飛點畫青林，誰道全無才思。閑趁游絲，静臨深院，日長門閉。傍珠簾散漫，垂垂欲下，依前被，風扶起。　蘭帳玉人睡覺，怪春衣雪霑瓊綴。綉床旋滿，香毬無數，才圓欲碎。時見蜂兒，仰粘輕粉，魚吹池水。望章臺路杳，金鞍游蕩，有盈盈淚。」蘇軾有和作《水龍吟·次韵章質夫楊花詞》。

評高詠《聲聲慢·柳》△［一］

感起隋堤、漢苑［二］，便爾身世難堪。

【注】

［一］　此則人文本未收，據《篋中詞》補入。高詠（一六一九—？）：字阮懷，號遺山，安徽宣城人。貢生，康熙十八年（一六七九）舉博學鴻詞，授翰林院檢討。《篋中詞》今集卷一選高詠詞一首，即《聲聲慢·柳》：「隋堤鎖翠，漢苑飄金，啼鶯曉斷高枝。小繫青驄，忽聽玉笛橫吹。江南舊栽幾樹，未攀條、先已含悲。重記取，只當年張緒，仿佛豐姿。　驀地東風披處。永豐坊、那便腰細難支。似媚還愁，偷舒眠眼修眉。催人鬢容易老，是和煙、經雨垂垂。春占盡，向紅亭、又管別離。」

［二］　隋堤：隋煬帝时沿運河修築的御道，道旁植楊柳，後人稱爲隋堤。漢苑：漢代宫苑。意爲有故國之思。

評毛奇齡《南歌子》△［一］

五代單調［二］，幾成絶響。

【注】

［一］　此則人文本未收，據《篋中詞》補入。毛奇齡（一六二三—一七一六）：字大可，號西河，浙江蕭山（今屬杭州）人。康熙十八年（一六七九）舉博學鴻詞，授翰林院檢討。有《當樓詞》

一卷，清鈔本孔傳鐸《名家詞鈔》本。其詞諸家有評，如姜浚爲其詞集題詞云：「河右小令、中調宗李（李煜）、秦（秦觀）、張（張先）、晏（晏殊、晏幾道）之間，長調稍及周（周邦彦）、柳（柳永），總取其當家者，以《花間》、《草堂》不同時，小令、長調又不同體也。……河右隨體填合，不務一格，要其斷不爲辛（辛棄疾）、蔣（蔣捷）餘習，則自有坊域耳。」曾王孫題詞云：「其自運小令，琢字雕句，刻意不墮太平興國以後。……學河右者，當看其圓通，不當但仿其組織。」沈雄《古今詞話·詞評》下卷引《柳塘詞話》云：「文如異錦斑斕，情至之語，使人色飛魂動。近與竹垞（朱彝尊）、迦陵（陳維崧）輩，纂修之暇，不廢吟詠，穎異亦當前隊。」陳廷焯《白雨齋詞話》卷三云：「西河經術湛深，而作詩却能謹守唐賢繩墨，詞亦在五代宋初之間，但造境未深，運思多巧。境不深尚可，思多巧則有傷大雅矣。」《篋中詞》今集卷一選毛奇齡詞四首，即《南歌子》（高㠥宜墻窄）、《南歌子》（茜染墻頭草）、《南歌子》（鐵鑊生粱子）、《南柯子》（驛館吹蘆葉）。毛奇齡《南歌子》：「鐵鑊生粱子，銅樞種棗花。楊柳正藏鴉。閉門春晝静，是誰家？」

［二］單調：參見「評温庭筠《南歌子》三闋」一則注［二］。

評毛奇齡《南柯子·淮西客舍得陳敬止書有寄》△［一］

北宋句法。

【注】

［一］ 此則人文本未收，據《篋中詞》補入。毛奇齡《南柯子·淮西客舍得陳敬止書有寄》：「驛館吹蘆葉，都亭舞柘枝。相逢風雪滿淮西。記得去時殘燭，照征衣。 曲水東流淺，盤山北望迷。長安書遠寄來稀。又是一年秋色，到天涯。」

評鄧漢儀《小重山·金陵步芝麓韵》△［一］

從李後主《浪淘沙》出［二］。

【注】

［一］ 此則人文本未收，據《篋中詞》補入。鄧漢儀（一六一七—一六八九）：字孝威，江蘇泰州人。康熙十八年（一六七九）舉博學鴻詞，官内閣中書。與吴偉業、龔鼎孳等游。有《青簾詞》一卷，傳鈔本。其爲李元鼎詞集題詞，可見填詞宗尚：「《文江詞》清真澹雅而無富縟之累，深微高邈而無膚淺之譏，體格樸雅而風神自爾秀暢，胸懷磊落而氣韵復極安閑，其得《花間》之正傳者乎？」《篋中詞》今集卷一選鄧漢儀詞一首，即《小重山·金陵步芝麓韵》：「淮水橫拖柳綫柔。一曾聞簫鼓夜、美人游。一從好事斷香鈎。西窗月，不肯照梳頭。 苦雨更深秋。怎禁桐葉下、一

更愁。寒潮依舊繞城流。無人處，私倚閲江樓。」

［二］　從李後主《浪淘沙》出：意謂同抒故國之思。李煜在汴京懷念金陵之《浪淘沙》：「往事只堪哀。對景難排。秋風庭院蘚侵階。一行珠簾閑不捲，終日誰來？　金劍已沉埋。壯氣蒿萊。晚凉天净月華開。想得玉樓瑶殿影，空照秦淮。」

評孫致彌《解連環·秋夜感舊》△［一］

骨堅音脆。

【注】

［一］　此則人文本未收，據《篋中詞》補入。孫致彌（一六四二—一七〇九）：字愷似，號松坪，江蘇嘉定人。康熙二十七年（一六八八）進士，官至侍讀學士。有《别花餘事》二卷、《梅沜詞》四卷、《衲琴詞》一卷，康熙刻本。聶先《百名家詞鈔》云：「梅沜太史，精研譜調，字字從千鎚百煉而出，可以衙官姜（姜夔）、史（史達祖），奴隸辛（辛棄疾）、蘇（蘇軾），最妙在于用意，後于用筆。」馮金伯《詞苑萃編》卷八引樓敬思云：「孫松坪先生《别花餘事》絶似東山（賀鑄）、東堂（毛滂）、小山（晏幾道）、淮海（秦觀），《梅沜詞》則旁及于青兕（辛棄疾），而變化于樂笑（張炎）。其清空騷

雅，駸駸乎宋人之室矣。」《篋中詞》今集卷一選孫致彌詞一首，即《解連環・秋夜感舊》：「豆花微雨。傍半窗孤影，做成酸楚。枉怨悵、春帶愁來，怎解事秋風，不吹愁去。誰家方響，細按徹、雲藍小部。正凉欺瘦骨，尋思舊夢，醉懵騰處。　歸舟字能認否？只燒香汲井，分明蟾虎。悄記得、茉莉香中，伴玉漏聲沉，冰肌無暑。仙袂蟬紗，映澹月、輕如綸絮。怪姮娥、不爲人圓，看看四五。」

評張台柱《念奴嬌・暮春》△[一]

清麗。

【注】

[一]　此則人文本未收，據《篋中詞》補入。張台柱（生卒年不詳）：原名星耀，字砥中，浙江錢塘（今杭州）人。有《洗鉛詞》，未見傳本，另有《詞論》若干則，刊于《東白堂詞選》卷首，收入今人編《詞話叢編二編》（浙江古籍出版社）。丁紹儀《聽秋聲館詞話》卷五云：「錢塘張砥中（星耀），本名台柱，徐紫山（逢吉）《清波小志》言其人品甚不足道，而詞甚尖新。」《篋中詞》今集卷一選張台柱詞一首，即《念奴嬌・暮春》：「游絲裊裊，繫殘春不住，風吹欲絶。不怨柳梢花捲盡，但恨漫天如雪。江北江南，斷腸消息，燕共鶯兒説。盈盈一水，人間多少離別。　樓外一脉輕雲，

慣將夢阻，欲睡心先怯。江漫淚珠流不去，山斷離愁重接。羞理殘妝，胭脂淺澹，仗酒紅雙頰。沉吟坐久，畫屏飛上銀月。」

評朱彝尊《高陽臺·吴江葉元禮……》△[一]

遺山、松雪所不能爲[二]。

【注】

[一] 此則人文本未收，據《篋中詞》補入。朱彝尊（一六二九—一七〇九）：字錫鬯，號竹垞、金風亭長、小長蘆釣魚師，浙江秀水（今嘉興）人。康熙十八年（一六七九）舉博學宏詞，授翰林院檢討，充《明史》纂修官，後歷任日講起居注官、江南鄉試主考、入值南書房，晚年歸里，專心著述。通經史，擅詩詞，詩與王士禛齊名，詞與陳維崧相埒，爲清初浙西詞派領袖，論詞標榜「醇雅」，編有《詞綜》三十四卷，爲唐宋金元詞重要選本。有《曝書亭詞》七卷，康熙五十三年（一七一四）《曝書亭集》八十卷本。其詞諸家有評，如曹爾堪序其詞集云：「頃與錫鬯同客邗溝，出示近詞一帙，芊綿温麗，爲周（周邦彦）、柳（柳永）擅場，時復雜以悲壯，殆與秦缶燕筑相摩蕩，其爲閨中之逸調耶？爲塞上之羽音耶？盛年綺筆，造而益深，固宜其無所不有也。」李符爲之題詞云：

「集中雖多艷曲，然皆一歸雅正，不若屯田（柳永）《樂章》徒以香澤爲工者。從來托旨遥深，非假閨閣裙裾，不足以寫我情懷。《高唐》、《洛神》，婉而多諷，亦何傷于文人之筆，而况于詞乎？詞之能艷，能如竹垞，斯可矣。」聶先《百名家詞鈔》云：「《載酒詞》句琢字鍊，歸于醇雅，深得白石（姜夔）、梅溪（史達祖）之精髓，學者當洗滌腸胃讀之，以新耳目。」郭麐《靈芬館詞話》卷一云：「本朝詞人以竹垞爲至，一廢《草堂》之陋，首闡白石（姜夔）之風。……其所自爲，則才力既富，采擇尤精，佐以積學，運以靈思，直欲平視《花間》，奴隸周（周邦彦）、柳（柳永）。姜（姜夔）、張（張炎）諸子，神韵相同。至下字之典雅，出語之渾成，非其比也。」又云：「竹垞才既絶人，又能搜剔唐宋人詩中之字冷雋艷異者，取以入詞。至于鎔鑄自然，令人不覺，直是胸臆間語，尤爲難也。」馮金伯《詞苑萃編》卷八引沈融谷云：「其詞句琢字鍊，歸于醇雅，雖起白石（姜夔）、梅溪（史達祖）諸家爲之，無以過也。」陳廷焯《詞壇叢話》云：「竹垞之妙，其詠物諸作，則杯水可以作波濤，一簣可以成泰山。其感懷諸作，意之所到，筆亦隨之，筆之所到，信手拈來，都成異彩。」又《白雨齋詞話》卷三則云：「竹垞詞疏中有密，獨出冠時，微少沉厚之意。」《篋中詞》今集卷二選朱彝尊詞十八首，即《高陽臺》（橋影流虹）、《桂殿秋》（思往事）、《賣花聲》（衰柳白門灣）、《百字令》（崇墉積翠）、《百字令》（平林縹緲）、《河傳》（南陌）、《蝶戀花》（十里浮嵐山近遠）、《百字令》（横街南巷）、《蝶戀花》（十里雷塘歌吹遠）、《臨江仙》（菜甲齊開更斂）、《水龍吟》（當年博浪金椎）、《金縷曲》（誰在紗窗語）、《憶少年》（飛花時節）、《春風裊娜》（倩東君着力）、《暗香》（凝珠吹黍）、《綺羅香》（挾火難温)、《秦樓月》(凉煙翠)、《天仙子》(何處相逢緑楊路)。朱彝尊《高陽臺·吴江葉元禮,少日過流虹橋。有女子在樓上,見而慕之,竟至病死。氣方絶,適元禮復過其門,女之母以女臨終之言告葉,葉入哭,女目始瞑。友人爲作傳,余記以詞》:「橋影流虹,湖光映雪,翠簾不捲春深。一寸横波,斷腸人在樓陰。游絲不繫羊車住,倩何人、傳語青禽。最難禁、倚遍雕欄,夢遍羅衾。重來已是朝雲散,悵明珠佩冷,紫玉煙沉。前度桃花,依然開遍江潯。鍾情怕到相思路,盼長堤、草盡紅心。動愁吟、碧落黄泉,兩處誰尋?」朱氏尚有《流虹橋紀事送葉元禮歸吴江》詩及序記其事。

[二] 遺山、松雪:即元好問、趙孟頫。此詞寫愛情悲劇,哀感纏綿,元、趙亦工于言情,故云。陳廷焯《雲韶集》卷十五評云:「(評上闋)情關一座,誰能跳出? 低徊欲絶。(評「前度桃花」二句)『人面不知何處去,桃花依舊笑東風』,亦此意也。」又《詞則·别調集》卷三云:「淒警絶世。」可參。

評朱彝尊《桂殿秋》△[一]

單調小令,近世名家,復振五代、北宋之緒[二]。

【注】

[一] 此則人文本未收,據《篋中詞》補入。朱彝尊《桂殿秋》:「思往事,渡江干。青娥低映

越山看。共眠一舸聽秋雨，小簟輕衾各自寒。」

［二］復振五代、北宋之緒：此詞記與小姨馮事年少往事，含蓄不露。陳廷焯《雲韶集》卷十五評云：「真唐人化境。余常謂長調以南宋爲宗，小令則以五代、北宋爲宗，然不至于唐不止也。」丁紹儀《聽秋聲館詞話》卷二云：「史梅溪（史達祖）《燕歸梁》云：『獨卧秋窗桂未香。怕雨點飄凉。玉人只在楚雲旁。也著淚，過昏黄。　西風今夜梧桐冷，斷無夢，到鴛鴦。秋鉦二十五聲長。請各自，耐思量。』竹垞太史仿其意，而變其辭爲《桂殿秋》云……較梅溪詞尤含意無盡。」況周頤《蕙風詞話》卷五云：「或問國初詞人當以誰氏爲冠？再三審度，舉金風亭長對。問佳構奚若？舉《搗練子》（即《桂殿秋》）云云。」可參。

評朱彝尊《賣花聲・雨花臺》△［一］

聲可裂竹［二］。

【注】

［一］此則人文本未收，據《篋中詞》補入。朱彝尊《賣花聲・雨花臺》：「衰柳白門灣。潮打城還。小長干接大長干。歌板酒旗零落盡，剩有漁竿。　秋草六朝寒。花雨空壇。更無人處

一憑欄。燕子斜陽來又去，如此江山。」

［二］聲可裂竹：此悼明亡，乃感慨滄桑巨變之作。裂竹，參見「評辛棄疾《水龍吟・旅次登樓》」一則注［二］。陳廷焯《雲韶集》卷十五評云：「氣韵沉雄，却不涉叫囂，不流散漫，出蘇（蘇軾）、辛（辛棄疾）之上。（評「燕子斜陽來又去」二句）結得妙，妙在其味不盡。」可參。

評朱彝尊《百字令・度居庸關》△［一］

意深［二］。

【注】

［一］此則人文本未收，據《篋中詞》補入。朱彝尊《百字令・度居庸關》：「崇墉積翠，望關門一綫，似懸檐霤。瘦馬登登愁徑滑，何況新霜時候。畫鼓無聲，朱旗捲盡，惟剩蕭蕭柳。薄寒漸甚，征袍明日添又。　誰放十萬黄巾，丸泥不閉，直入車箱口。十二園陵風雨暗，響遍哀鴻離獸。舊事驚心，長途望眼，寂寞閑亭堠。當年鎖鑰，董龍真是雞狗。」

［二］意深：此亦悼明亡之作。郭麐《靈芬館詞話》卷二評云：「激昂慷慨，迦陵（陳維崧）爲最。竹垞亦時用其體，如『居庸關』……諸作，直欲平視辛、劉，自出機杼。」陳廷焯《雲韶集》卷十五

云：「（評上闋）寫曉起度關，畫所不到。上半寫景，以下必須吊古，議論縱横，慨當以慷。」可參。

評朱彝尊《河傳·送米紫來入燕》△[一]

漸近自然。

【注】

[一] 此則人文本未收，據《篋中詞》補入。朱彝尊《河傳·送米紫來入燕》：「南陌。歸客。紫騮驕。水驛山椒路遥。落花如雨煙外飄。河橋。折殘楊柳條。　別酒西堂官燭短。紅玉碗。醉也休辭滿。漏聲催。且徘徊。一杯。勸君更一杯。」

評朱彝尊《百字令·偶憶》△[一]

有潛氣内轉之妙[二]。

【注】

[一] 此則人文本未收，據《篋中詞》補入。朱彝尊《百字令·偶憶》：「横街南巷，記鈿車小

小，翠簾徐揭。綠酒分曹人散後，心事低回潛説。蓮子湖頭，枇杷花下，綰就同心結。明珠未斛，朔風千里催别。　同是淪落天涯，青青柳色，争忍先攀折。紅浪香温圍夜玉，墮我懷中明月。暮雨空歸，秋河不動，虬箭丁丁咽。十年一夢，鬢絲今已如雪。」

［二］潛氣内轉：參見「評辛棄疾《水龍吟・旅次登樓》」一則注［二］。陳廷焯《詞則・閑情集》卷四評云：「情不必深，詞却沉着。詞勝，情亦勝也。」可參。

評朱彝尊《蝶戀花・揚州早春，同沈覃九賦》△［一］

吞吐離即。

【注】

［一］此則人文本未收，據《篋中詞》補入。朱彝尊《蝶戀花・揚州早春，同沈覃九賦》：「十里雷塘歌吹遠。柳巷人家，蘸水鵝黄淺。游子春衣都未换。鈿車早已東城遍。　妝冷罷遮蟬雀扇。最恨微風，不放珠簾捲。斜露翠蛾剛半面。心飛玉燕釵頭顫。」

評朱彝尊《臨江仙》△[一]

風諭三昧[二]。

【注】

[一] 此則人文本未收，據《篋中詞》補入。朱彝尊《臨江仙》：「菜甲齊開更斂，柳綿欲起還沉。一春閑望費沉吟。酒旗風著力，花事雨驚心。　巷窄猧兒不吠，樓高燕子難尋。熏爐小篆疊重衾。緑陰猶未滿，庭院已深深。」

[二] 風諭三昧：謂能得諷諭之奥妙。三昧，參見「評周邦彦《蘭陵王・柳》」一則注[四]。

評朱彝尊《水龍吟・謁張子房祠》△[一]

何堪使洪、吴輩聞之[二]。

【注】

[一] 此則人文本未收，據《篋中詞》補入。朱彝尊《水龍吟・謁張子房祠》：「當年博浪金

椎，惜乎不中秦皇帝。咸陽大索，下邳亡命，全身非易。縱漢當興，使韓仍在，肯臣劉季？算論功三傑，封留萬户，都未是，平生意。　遺廟彭城故里。有蒼苔、斷碑橫地。千盤驛路，滿山楓葉，一灣河水。滄海人歸，圯橋石杳，古墻空閉。悵蕭蕭白髮，經過攬涕，向斜陽裏。」

［二］洪、吴輩：指洪承疇、吴三桂等降清明臣。陳廷焯《詞則·放歌集》卷三評云：「誠如先生言，何以阻立六國後耶？余嘗謂：子房漢之功臣，非韓之忠臣也。未遇黄石公以前，發于血性，成就未可限量；一遇黄石後，純用譎詐，殊乖于正。而尤謬在薦四皓一事，則亦并不得爲漢之忠臣矣！但就詞而論，筆力自是高絶。」可參。

評朱彝尊《金縷曲·初夏》△［一］

人才進退，知己難尋，所感甚深［二］。

【注】

［一］此則人文本未收，據《篋中詞》補入。朱彝尊《金縷曲·初夏》：「誰在紗窗語？是梁間、雙燕多愁，惜春歸去。早有田田新荷葉，占斷板橋西路。聽半部、新添蛙鼓。小白蔫紅都不見，但愔愔、門巷吹香絮。緑陰重，已如許。　花源豈是從來誤。尚依然、倚杏斷欄，笑桃朱户。

隔院秋千看盡拆，過了幾番疏雨。知永日、簸錢何處。午夢初回人定倦，料無心、肯到閑庭宇。空搔首，獨延佇。」

［二］所感甚深：譚獻以爲此詞有寄託。然陳廷焯《雲韶集》卷十五評云：「（評上闋）去華存實，此詞家老境，非聖手不能。（評下闋）春去奈何。情詞兼勝。」視爲一般傷春之作。

評朱彝尊《春風褭娜・游絲》△［一］

層臺嬋媛［二］。

【注】

［一］此則人文本未收，據《篋中詞》補入。朱彝尊《春風褭娜・游絲》：「倩東君著力，繫住韶華。穿小徑，漾晴沙。正陰雲籠日，難尋野馬，輕颺染草，細綰秋蛇。燕蹴還低，鶯銜忽溜，惹却黄鬚無數花。縱許悠揚度朱户，終愁人影隔窗紗。　惆悵謝娘池閣，湘簾乍捲，凝斜盼、今拂檐牙。疏籬罥，短墻遮。微風别院，好景誰家？紅袖招時，偏隨羅扇，玉鞭墮處，又逐香車。休憎輕薄，笑多情似我，春心不定，又繞天涯。」

［二］層臺嬋媛：層臺，高臺。《楚辭・招魂》：「層臺累榭，臨高山些。」王逸章句：「層、

累，皆重也。」嬋媛，劉向《九歎》：「心嬋媛而無告兮，口噤閉而不言。」漢王逸章句：「言己愁思，心中牽引而痛無所告語也。」陳廷焯《雲韶集》卷十五云評：「通首風流藴藉。（評上闋）風鬟霧髩，若有若無，極盡此題之妙。（評下闋）纏綿往復，情味無窮。風流婉麗，一至于此。」視爲情詞。

評朱彝尊《暗香・紅豆》△[一]

累累如貫珠[二]。

【注】

[一] 此則人文本未收，據《篋中詞》補入。朱彝尊《暗香・紅豆》：「凝珠吹黍。似早梅乍萼，新桐初乳。莫是珊瑚，零落敲殘石家樹。記得南中舊事，金齒屐、小鬟蠻女。向兩岸、樹底盈盈，抬素手，摘新雨。 延佇。碧雲暮。休逗入茜裙，欲尋無處。唱歌歸去。先向縷窗飼鸚鵡。惆悵檀郎路遠，待寄與、相思猶阻。燭影下，開玉盒，背人暗數。」

[二] 累累如貫珠：此言其流麗。參見「蒿庵詞序」一則注[一五]。累累，同「纍纍」。陳廷焯《雲韶集》卷十五評云：「（評上闋）淒麗。（評下闋）慧心密意，曲折傳出。」可參。

評朱彝尊《綺羅香・和宋别駕牧仲詠螢》△[一]

刺詞。

【注】

[一] 此則人文本未收，據《篋中詞》補入。朱彝尊《綺羅香・和宋别駕牧仲詠螢》：「挾火難温，浸星易墜，留拂井梧檐樹。傍牖依欄，暗裏慣窺人住。渾不辨、鬢霧殘妝，又何況、襪塵纖步。際新凉團扇初閑，輕羅撲向小兒女。　葳蕤深鎖院静，携照相思錦字，練囊縫取。憑仗微風，方便更教飛去。逗屋角、蛛網圓絲，避葉心、豆花斜雨。恣意向、月黑池塘，夜闌高下舞。」

評陳維崧《滿江紅・題顧梁汾》△[一]

失職不平[二]。

【注】

[一] 此則人文本未收，據《篋中詞》補入。陳維崧（一六二六—一六八二）：字其年，號迦

陵，江蘇宜興人。明諸生。少時家門鼎盛，屢試不售，束裝出游，曾寄寓如皋冒襄水繪園。康熙十八年（一六七九）舉博學鴻詞，官翰林院檢討，與修《明史》。初師陳子龍，與鄒祇謨、董文友等交好唱和，爲清初陽羨詞派領袖。擅駢文，尤以詞揚名天下。有《湖海樓詞》二十卷，乾隆六十年（一七九五）浩然堂刻本。其詞諸家有評，如蔣景祁序其詞集云：「讀先生之詞者，以爲蘇（蘇軾）、辛（辛棄疾）可，以爲周（周邦彦）、秦（秦觀）可，以爲温（温庭筠）、韋（韋莊）可，以爲《左》、《國》、《史》、《漢》、唐宋諸家之文亦可。蓋既具什伯衆人之才，而又篤志好古，取裁非一體，造就非一詣，豪情艷趁，觸緒紛起，而要皆含咀醖釀而後出。」沈雄《柳塘詞話》卷一云：「其年詞如潛夫（劉克莊）別調，一開生面。」郭麐《靈芬館詞話》卷一云：「迦陵詞伉爽之氣，清麗之才，自是詞壇飛將。竹垞（朱彝尊）所謂『前身定自青兕（辛棄疾）』，非妄譽也。然時有俗筆，村不可耐。」陳廷焯《白雨齋詞話》卷三云：「迦陵詞氣魄絶大，骨力絶遒，填詞之富，古今無兩。只是一發無餘，不及稼軒（辛棄疾）之渾厚沉鬱。然在國初諸老中，不得不推爲大手筆。」《篋中詞》今集卷二選陳維崧詞九首，即《東風第一枝》（檐溜纔停）、《滿江紅》（二十年前）、《夏初臨》（中酒心情）、《琵琶仙》（暝色官橋）、《慶春澤》（已近花朝）、《虞美人》（無聊笑捻花枝説）、《滿庭芳》（龍德殿邊）、《水龍吟》（水明樓下相看）、《摸魚子》（是誰家）。陳維崧《滿江紅・題顧梁汾》：「二十年前，曾見汝、寶釵樓下。春二月、銅街十里，杏衫籠馬。行處偏遭嬌鳥唤，看時誰讓珠簾挂。只沈腰、今也不宜秋，驚堪把。且給個，金門假。好長就，旗亭價。記爐煙扇影，朝衣曾惹。芍藥才填妃子曲，琵琶又聽商船話。笑落花、和淚一般多，沾羅帕。」一題「梁溪顧梁汾舍人過訪，賦此一贈，兼題其小像」。

[二] 失職不平：此爲感顧貞觀不遇于時而作，故云。陳廷焯《雲韶集》卷十六評云：「直起老横。血淚淋漓，其年詞多悲調，有不期然而然者。（評結句）不堪卒讀。」可參。

評陳維崧《夏初臨·本意》△[一]

故家喬木[二]，語自不同。

【注】

[一] 此則人文本未收，據《篋中詞》補入。陳維崧《夏初臨·本意》：「中酒心情，拆綿時節，懵騰剛送春歸。一畝池塘，緑陰濃撲簾衣。柳花攪亂晴暉。更晝梁、玉剪交飛。販茶船重，挑筍人忙，山市成圍。驀然却想，三十年前，銅駝恨積，金谷人稀。畫殘竹粉，舊愁寫向欄西。惆悵移時。鎮無聊、掐損薔薇。許誰知。細柳新蒲，都付鵑啼。」

[二] 故家喬木：喻指朝廷重臣後代。語出《孟子·梁惠王下》：「所謂故國者，非謂有喬木之謂也，有世臣之謂也。」趙岐注：「所謂是舊國也者，非但見其有高大樹木也，當有累世修德之臣，常能輔其君以道，乃爲舊國可法則也。」陳維崧祖父陳于廷爲明末重臣，父陳貞慧爲明末四

公子之一，家門鼎盛，自己入清爲遺民。此詞題下原注：「癸丑三月十九日，用楊孟載（楊基）韵。」癸丑爲清康熙十二年（一六七三），上推三十年爲甲申，即明崇禎十七年，三月十九日爲崇禎帝殉國之日。本篇顯爲悼明亡三十年而作。陳廷焯《雲韶集》卷十六評云：「（評上闋）寫來如畫。（評下闋）軒然波起。（評結句）令人只喚奈何。」可參。

評陳維崧《琵琶仙·閶門夜泊，用白石韵》△[一]

亦似海上未靖時作[二]。

【注】

［一］此則人文本未收，據《篋中詞》補入。陳維崧《琵琶仙·閶門夜泊，用白石韵》：「暝色官橋，消盡了、帶雨緑帆千葉。驛口夜火微紅，瓊簫正凄絶。記醉倚、銅街唤馬，更閑憑、畫樓聽鴂。無數前情，一番春恨，檣燕能説。　只細數、花艸吴宫，除夢裏、依稀舊時節。欲買韶光暫駐，待來春榆莢。縱尚有、鴟夷一舸，怕難禁、伍潮堆雪。悔殺麝帕鴛衾，那年輕别。」

［二］海上未靖：指康熙十六至十七年間鄭成功之子鄭經在福建沿海抗清事。陳廷焯《雲韶集》卷十六評云：「用白石（姜夔）韵，調亦似白石體，其年真無可無不可。」可參。

評陳維崧《慶春澤・春影》△[一]

尚有拙致，頻伽不能爲[二]。

【注】

[一] 此則人文本未收，據《篋中詞》補入。陳維崧《慶春澤・春影》：「已近花朝，未過春社，小樓盡日沉沉。暝色連朝，江南倦客難禁。門前緑水昏如夢，粉雲遮，失却遥岑。恁湔裙、不到溪邊，佳約空尋。　年時却是鶯花候，正黄歸柳靨，紅入桃心。舞扇歌衫，參差十里園林。東風吹織絲絲滿，做半寒、半暖光陰。問何時、日上花梢，細弄鳴禽？」春影，一作「春陰」，更合于詞意。

[二] 頻伽不能爲：指郭麐詞失于纖巧流利。參見「郭麐詞」、「常州詞派推尊詞體」等則。頻伽，即郭麐。

評陳維崧《滿庭芳・宣德窑青花脂粉箱……》△[一]

與《御香歌》并美[二]。

【注】

［一］此則人文本未收，據《篋中詞》補入。陳維崧《滿庭芳·宣德窑青花脂粉箱，爲萊陽姜學在賦》：「龍德殿邊，月華門内，萬枝鳳蠟熒煌。六宫半夜，齊起試新妝。詔賜口脂面藥，花枝裊、笑謝君王。燒瓷翠，調鉛貯粉，描畫兩鴛鴦。當初温室樹，宫中事秘，世上難詳。但銅溝漲膩，流出宫墻。今日天家故物，門攤賣、冷市閑坊。摩挲怯，内人紅袖，慟哭話昭陽。」

［二］與《御香歌》并美：陳維崧有七言歌行《顧尚書家御香歌》，詠崇禎帝賜顧尚書御香事。此詞借明代宫廷故物宣德窑青花瓷，抒物是人非之感，與其旨意相同，故云。陳廷焯《詞則·别調集》卷四評云：「（評結句）哀怨凄凉，鵾弦撥碎矣。」可參。

評陳維崧《摸魚子·聽白生琵琶》△［一］

拔奇本師長歌之外［二］。

【注】

［一］此則人文本未收，據《篋中詞》補入。陳維崧《摸魚子·聽白生琵琶》：「是誰家、本師絶藝，檀槽掐得如許。半彎邏逤無情物，惹我傷今吊古。君何苦。君不見、青衫已是人遲暮。江東煙

樹。縱不聽琵琶，也應難覓，珠淚有乾處。　凄然也，似聽秋宵愁訴。燈前一對兒女。忽然凉瓦颯然飛，千載老狐人語。渾無據。君不見、澄心結綺皆塵土。兩家後主。爲一兩三聲，也曾聽得，撇却故宫去。」《湖海樓詞》此詞前有序：「家善百（陳世祥）自崇川來，小飲冒巢民（冒辟疆）先生堂中，聞白生璧雙亦在河下，喜甚，數使趣之。須臾，白生抱琵琶至，撥槽按拍，宛轉作陳、隋數弄，頓爾至致，余也悲從中來，并不自知其何以故也。别後寒燈孤館，雨聲蕭槭，漫賦此詞，時漏已下四鼓矣。」徐釚《詞苑叢談》卷九云：「白生名珏，字璧雙，通州人，琵琶第一手。吴梅村爲作《琵琶行》。」

［一二］　拔奇本師長歌之外：謂此詞凄厲可與白生演奏媲美。拔奇，突出，挺立。《文選・任昉〈王文憲集序〉》：「拔奇取異，興微繼絶。」

朱彝尊、陳維崧詞

錫鬯、其年出，而本朝詞派始成［一］。顧朱傷于碎［二］，陳厭其率［三］，流弊亦百年而漸變。錫鬯情深［四］，其年筆重［五］，固後人所難到。嘉慶以前爲二家牢籠者，十居七八。

【注】

［一］　錫鬯、其年出：前人常將朱彝尊、陳維崧詞并提，如馮金伯《詞苑萃編》卷八引曹溶

云：「其年與錫鬯并負軼世才，同舉博學鴻詞，交又最深，其爲詞亦工力悉敵。《烏絲》、《載酒》，一時未易軒輊也。」出，人文本作「行」。

〔二〕 朱傷于碎：謂朱詞不免有瑣碎、繁雜之病。郭麐《靈芬館詞話》卷一云：「竹垞才既絶人，又能搜剔唐宋人詩中之字冷雋艷異者，取以入詞。」陳廷焯《白雨齋詞話》卷三云：「竹垞《江湖載酒集》灑落有致，《茶煙閣體物集》組織甚工，《蕃錦集》運用成語，别具匠心，然皆無甚大過人處。」王闓運《湘綺樓詞選序》更云「其詞稿率多點易，再三斟酌，自以爲盡善，……其所作乃如嚼蠟，浙派之木者也，未爲浙派也。」可參。

〔三〕 陳厭其率：謂陳詞有時過于率易。郭麐《靈芬館詞話》卷一云：「迦陵詞伉爽之氣，清麗之才，自是詞壇飛將。……然時有俗筆，村不可耐。」謝章鋌《賭棋山莊詞話》卷一云：「迦陵則《湖海樓集》哀然數寸許。然腹笥既富，成篇自易，堆垛之病，同于繁縟。……然迦陵流蕩浩瀚，時少停滀，其率易處，頗不宜取法。」可參。

〔四〕 錫鬯情深：沈雄《古今詞話·詞評》下卷引江尚質云：「竹垞檢討每拈一調，務爲精警，奇思妙句，總不猶人。良由夙昔之博洽典籍，以暨平生之周覽山川，復得勝情如此。」鈕琇《觚剩》卷四云：「竹垞朱十中年以後，出其詩古文之餘力，專攻于詞。故指事肖物，有從革之工，無雕繪之迹。即其裘馬輕狂，妳昵兒女，亦偶然遥情所托，非若淺斟低唱、滴粉搓酥，專引紅妝爲知己者也。」謝章鋌《賭棋山莊詞話》卷一云：「國初詞場諸老，蘊藉端推竹垞，即紙醉金迷，亦復令人意遠。如贈女郎細細、逢呂二梅、贈伎餅兒、蠟兒、張琦琦、張伴月、贈歌者陳郎，以及偶憶、感舊諸作，莫不關注遥深，閑情自永。」可參。

［五］　其年筆重：陳廷焯《詞壇叢話》云：「陳其年詞，縱横博大，海走山飛，其源亦出蘇辛，而力量更大，氣魄更勝，骨韵更高，有吞天地、走風雷之勢，前無古，後無今。」可參。

評嚴繩孫《南歌子》△［一］

能用重筆［二］。

【注】

［一］　此則人文本未收，據《篋中詞》補入。嚴繩孫（一六二三—一七〇二）：字蓀友，號藕漁，江蘇無錫人。康熙十八年（一六七九）舉博學鴻詞，授翰林院檢討，官至中允。有《秋水詞》二卷，雨青草堂寫刻本。其詞諸家有評，如曹溶爲其詞集題詞云：「詞以自然爲宗，如秋水不事雕琢，而動中羽商，手和筆調，河南書法，幾與怒猊渴驥并騁千載也。」聶先《百名家詞鈔》云：「詞本以艷情麗質爲宗，而出語天然蘊藉，始號作手。才如秋水，可謂穠纖合度，潑墨淋漓，足稱當代大家。」沈雄《古今詞話・詞評》下卷引《柳塘詞話》云：「余于《秋水詞》中，見蓀友所製娟娟静好，行

役寄情如此，亦詞品之最上乘也。」馮金伯《詞苑萃編》卷八引張漁川（張四科）云：「國初詞家，小長蘆（朱彝尊）而外，斷推秋水，小詞精妙，一時作者未易幾也。樊榭（厲鶚）論詞絶句曰：『閑情何礙寫雲藍，淡處翻濃我未諳。獨有藕漁工小令，不教賀老占江南。』斯言當矣。」陳廷焯《白雨齋詞話》卷三云：「余觀蓀友詞色澤有餘，措詞亦閑雅，雖不能接武方回（賀鑄），固出電發（徐釚）之右。」況周頤《蕙風詞話補編》卷一云：「無錫嚴藕漁所著《秋水詞》風格在梁汾（顧貞觀）、容若（納蘭性德）之間。」《篋中詞》今集卷二選嚴繩孫詞五首，即《南歌子》（積潤初消砌）、《雙調望江南》（歌宛轉）、《風流子》（荀郎多恨後）、《御街行》（算來不似瀟瀟雨）、《菩薩蠻》（君恩自古如流水）。

嚴繩孫《南歌子》：「積潤初消砌，輕陰尚覆城。薔薇花外度流鶯。却道年來渾是不勝情。　青鏡人如昨，朱弦手盡生。斷腸天氣舊池亭。夢裏紅香清露泣三更。」

［二］能用重筆：此亦複筆之意。郭則澐《清詞玉屑》卷一評云：「皆托意言外，凄惋欲絶。」可參。

評嚴繩孫《雙調望江南》△［一］

稼軒之神［二］。

【注】

［一］　此則人文本未收，據《篋中詞》補入。嚴繩孫《雙調望江南》：「歌宛轉，風日渡江多。柳帶結煙留淺黛，桃花如夢送横波。一覺懶雲窩。　曾幾日，輕扇掩纖羅。白髮黄金雙計拙，緑陰青子一春過。歸去意如何？」

［二］　稼軒之神：似指近稼軒隱居江西時詞風。陳廷焯《雲韶集》卷二十四則評云：「其情如水，其詞若仙，宜太鴻（厲鶚）稱其獨步江南也。」又《白雨齋詞話》卷三云：「情詞雙絶，似此真有賀老（賀鑄）意趣。」可參。

評嚴繩孫《菩薩蠻》△［一］

丁紹儀云：「二詞似有所諷。」［二］

【注】

［一］　此則人文本未收，據《篋中詞》補入。嚴繩孫《菩薩蠻》：「君恩自古似流水。梨園又選良家子。都作六宫愁。傳言放杜秋。　不須矜艷冶。明日承恩者。澹掃便朝天。路人知可憐。」

［二］　二詞似有所諷：除此首外，指所選另一首《御街行·中秋》。引語見丁紹儀《聽秋聲

館詞話》卷二。丁氏并云：「康熙己未召試博學鴻詞，吾鄉嚴蓀友中允適病甚，只成《省耕》一詩，不得進呈。聖祖久知其名，謂史館不可無此人，引唐人祖詠『南山陰嶺秀』故事，特授檢討，預修《明史》，爲四布衣之一。旋轉中允，乞病歸家，居藕蕩橋，自稱藕漁。」郭則澐《清詞玉屑》卷一評云：「秋紈迸淚，曉鏡擔愁，似有所感而發。」可參。

評孫枝蔚《臨江仙》△[一]

岸異[二]。

【注】

[一] 此則人文本未收，據《篋中詞》補入。孫枝蔚（一六二〇——一六八七）：字豹人，號溉堂，陜西三原人。康熙十八年（一六七九）舉博學鴻詞，官内閣中書。有《溉堂詩餘》一卷，康熙刻本。其詞諸家有評，如尤侗序其詞集云：「先生以《溉堂詞》一卷見示。予讀之，有飛揚跋扈之氣，嶔崎磊落之思，噌吰鏜鞳之音，渾脱瀏灕之勢，此先生本色也。……詞雖一技，擬之《草堂》，其在辛（辛棄疾）、蘇（蘇軾）間乎？」聶先《百名家詞鈔》云：「讀《溉堂詞》，覺元聲充塞，有非南唐、北宋人所能及。若以針灸鍊僻好奇之病，自有脱皮换骨之效。」沈雄《古今詞話・詞話》下卷

引吴薗次（綺）云：「近如錦瑟（汪懋麟）、溉堂，亦足旗鼓中原也。」吴偉業爲其詞集題詞云：「劍拔弩張之態，噴薄楮墨間，想古人擊碎唾壺時，亦復爾爾。」《篋中詞》今集卷二選孫枝蔚詞一首，即《臨江仙》：「春到揚州人又去，獨看東閣梅花。高樓何處弄琵琶。不知人意懶，空自鬥繁花。　帶雨早潮何太急，望中離恨無涯。孤舟明日聽啼鴉。多情江上客，不獨爲思家。」

［二］　岸異：獨特不凡。王士禛《池北偶談·谷音》：「其人皆節俠跅弛之士，詩亦岸異可喜。」《古今詞話·詞評》下卷引尤侗評云：「豹人老矣，元龍湖海之氣未除。而有時寄托閑情，作喁喁兒女語者，猶之東坡令朝雲唱『花褪殘紅』，稼軒『倩盈盈翠袖，揾英雄淚』。」陳廷焯《雲韶集》卷十六云：「（評上闋）風流淒感。（評結句）情詞雙絶，非出入兩宋者不能。」可參。

評李良年《暗香·緑萼梅》△［一］

白石故以幽勝［二］。

【注】

［一］　此則人文本未收，據《篋中詞》補入。李良年（一六三五—一六九四）：字武曾、符曾，號秋錦，浙江秀水（今嘉興）人。康熙十八年（一六七九）舉博學鴻詞。有《秋錦山房詞》一卷、《浙

西六家詞》本。其詞諸家有評，如曹貞吉序其詞集云：「秋錦論詞，必盡掃蹊徑，獨露本色。嘗謂南宋詞人如夢窗（吴文英）之密，玉田（張炎）之疏，必兼之乃工。今讀是集，洵非虚語。」陳廷焯《白雨齋詞話》卷三云：「二李詞絶相類，大約皆規模南宋，羽翼竹垞者。符曾較雅正，而才氣則分虎（李符）爲勝。」《篋中詞》今集卷二選李良年詞四首，即《柳梢青》（春事闌探）、《暗香》（春纔幾日）、《疏影》（旗亭隴首）、《蝶戀花》（映水藤邊千萬縷）。李良年《暗香·緑萼梅》：「春纔幾日。早數枝開遍，笑他紅白。仙徑曾逢，萼緑華來記相識。修竹天寒翠倚，翻認了、暗侵苔色。縱一片、月底難尋，微暈怎消得。　脉脉。清露濕。便静掩簾衣，夜香難隔。吴根舊宅。籬角無言照溪側。只有樓邊易墮，又何處、短亭風笛。歸路杳、但夢繞，銅坑斷碧。」

［二］白石故以幽勝：此爲詠梅之作，感懷今昔，幽韵冷香，顯有仿效姜夔《暗香》痕迹。陳廷焯《雲韶集》卷十六評云：「（評上闋）襯染有情，筆力亦精勁。（評下闋）凄艷。（評結句）凄切芊綿。」又《詞則·別調集》卷四云：「雅麗而清勁，不失南宋名賢矩矱。」可參。

評李良年《疏影·秋柳》△［一］

澀處可味［二］。

【注】

［一］　此則人文本未收，據《篋中詞》補入。李良年《疏影·秋柳》：「旗亭隴首。正新霜乍點，斜日風驟。一片秋聲，幾樹蕭疏，驚心十里津堠。行人欲折還教住，爲記得、別離時候。灑渭城、朝雨如煙，曾向畫橋分手。　何處無情玉笛，忍教一夜裏，飛墮江口。繫馬無人，認取寒枝，惟有曉鴉依舊。相思最是鴛鴦渡，應漸冷、碧紗窗牖。縱待得、來歲春還，只恐那人消瘦。」

［二］　澀處可味：譚獻論詞尚深澀，以糾浙派後繼者之薄滑。況周頤《蕙風詞話》卷五云：「澀之中有味、有韻、有境界，雖至澀之調，有真氣貫注其間。其至者可使疏宕，次亦不失凝重，難與貌澀者道耳。」夏敬觀《蕙風詞話詮評》釋云：「作澀調詞工者能凝重，乃當然之勢。能疏宕，則功夫深矣。余謂學夢窗（吳文英）太過者當令學稼軒（辛棄疾），即此意也。貌澀者不知此訣。」可參。陳廷焯《雲韶集》卷十六評云：「通首無一字不凄切，白石（姜夔）、梅溪（史達祖）之匹也。竹垞（朱彝尊）和作亦不能出此作之上，并存千古可也。（評結句）曲折纏綿。」可參。

評李良年《蝶戀花·渡口》△［一］

珠玉、六一［二］。

【注】

［一］此則人文本未收，據《篋中詞》補入。李良年《蝶戀花·渡口》：「映水藤邊絲萬縷。往事驚心，柳下斜陽路。渡口湔裙曾小住。年年別有流紅聚。燕也移巢誰可語。指點分明，翻似無憑據。鏡檻梨花留一樹。春風又到憑欄處。」

［二］珠玉、六一：謂近晏殊、歐陽修小令。陳廷焯《雲韶集》卷十六評云：「（評上闋）婉麗。（評結句）情詞兼勝，風韵無盡。」可參。

評李符《疏影·帆影》△［一］

惝恍迷離，意有所指［二］，絶似六朝賦手。

【注】

［一］此則人文本未收，據《篋中詞》補入。李符（一六三九—一六八九）：字分虎，號耕客，浙江秀水（今嘉興）人。有《耒邊詞》二卷，光緒四年孫氏望雲仙館刊《檇李遺書》本。其詞諸家有評，如朱彝尊序其詞集云：「李子分虎時時過從，相與論詞。其後分虎游屐所向，南朔萬里，詞帙之富，不減予曩日，殆善學北宋者。頃復示予近稿，益精研于南宋諸名家，而分虎之詞，愈變而極

工。」汪琬序云：「今讀分虎近製，超然自得，不涉時谿，其原殆出坡老（蘇軾）。」曹貞吉序云：「其温麗者真可分周（周邦彦）、柳（柳永）之席，而入《花間》之室；即間作辛（辛弃疾）、陸（陸游）體，而和平大雅，亦不至于鐵將軍銅綽板。」謝章鋌《賭棋山莊詞話》卷十云：「詞從南宋入手，時多浮漫，分虎先學北宋，故無此病。」陳廷焯《雲韶集》卷十六云：「分虎詞疏快處似竹山（蔣捷），而一種精深雅秀之致，是又竹屋（高觀國）化境，其年（陳維崧）、竹垞（朱彝尊）不可及矣，豈在符曾（李良年）下乎！」《篋中詞》今集卷二選李符詞一首，即《疏影・帆影》：「雙橈且住。趁風旌五兩，掛席吹去。側浸紋波，一片横斜，不礙招來鷗鷺。忽遮紅日江樓暗，只認是、凉雲飛度。待翠娥、簾底憑看，已過數重煙浦。　摇漾東西不定，乍眠碧草上，旋入高樹。荻渚楓灣，宛轉隨人，消盡斜陽今古。有時澹月依稀見，總添得客懷凄楚。夢醒來、雨急潮渾，倚榜又無尋處。」

［二］「惝怳迷離」二句：意謂意旨朦朧，若有寄托。惝怳、迷離，均有模糊、恍忽之意。梅堯臣《還吴長文舍人詩卷》詩：「譬如游國都，惝怳失阡陌。」吴衡照《蓮子居詞話》卷二評云：「耕客《耒邊詞》：『忽遮紅日江樓暗，只認是、凉雲飛度。待翠娥、簾底憑看，已過數重煙浦。』寫帆影，真入神之筆。」謝章鋌《賭棋山莊詞話》卷十云：「吴子律（吴衡照）賞其帆影詞『忽遮紅日江樓暗……』，謂爲入神之筆。予謂不若『荻渚楓灣，宛轉隨人，消盡斜陽今古』，其寄慨爲深遠也。」陳廷焯《雲韶集》卷十六云：「（評上闋）『影』字寫得低徊婉折，情詞都妙，洵是分鑣竹垞（朱彝尊）。　（評下闋）精深雅湛，真出入南北宋而自成一家者。」又《詞則・大雅集》卷五云：「繪影

處，妙有曲折之致。通首微嫌詞勝于情，國初諸公詠物之作，大都犯此病，蓋貌襲碧山（王沂孫）、叔夏（張炎），似是而非者也。如此篇猶爲稍勝者。」可參。

評吴棠楨《滿庭芳》△[一]

哀玉之音[二]。

【注】

［一］ 此則人文本未收，據《篋中詞》補入。吴棠楨（生卒年不詳）：字伯憩，號雪舫，浙江山陰（今紹興）人，諸生。有《吹香詞》一卷、《鳳車詞》一卷，《百名家詞鈔》本。其詞諸家有評，如聶先《百名家詞鈔》云：「《吹香》善學唐詞，故能一語之艷，令人魂絶，一字之工，令人色飛。《鳳車》能擅草窗（周密）、白石（姜夔）之長，不獨以寫麗揉香，争新競巧，見其皮毛，庶乎能讀先生詞也。」陳廷焯《雲韶集》卷十六云：「伯憩詞風流秀曼，不減南唐二主（李璟、李煜）。其一二沉雄之作尤不可及。」《篋中詞》今集卷二選吴棠楨詞三首，即《滿庭芳》（紅樹藏鴉）、《滿庭芳》（薝蔔含煙）、《薄倖》（辛夷樓外）。吴棠楨《滿庭芳》：「紅樹藏鴉，白蘋啼雁，西風吹就輕寒。小橋流水，鎮日憑欄杆。當日香堤載酒，倡樓女、迎下雕鞍。冰簾内，琴聲三疊，燈影落花殘。前歡。何處是，

多情雙鬢，白到潘安。便重重書札，難慰加餐。井上梧桐又墮，深閨夢、定問刀環。消魂也，斷煙新月，夜夜苧蘿山。」

［二］哀玉之音：謂此詞清妙，有如扣玉之聲。李德裕《追和太師嚴公同清遠道士游虎丘寺》：「共扣哀玉音，皆舒文綉段。」

沈豐垣詞[一]

沈遹駿倚聲柔麗，探源淮海、方回[二]，所謂層臺緩步，高榭風塵[三]，有竟體芳蘭之妙[四]。

【注】

［一］沈豐垣（生卒年不詳）：字遹聲，一字遹駿，號柳亭，浙江錢塘（今杭州）人。諸生。從沈謙游，與同里徐士俊、陸次雲、毛先舒、丁澎、洪昇等結西泠詞社，多有唱和。有《蘭思詞鈔》二卷，康熙十一年（一六七二）刻本。其詞諸家有評，如徐士俊序其詞集云：「吾友沈子遹聲，深于情者也。深于情而才足以副之，故其所爲詞言情者什之七，而無不臻于妙麗。」沈雄《古今詞話·詞評》下卷引洪昇云：「《蘭思詞》多天然妙語。」厲鶚《東城雜記》卷下云：「學于臨平沈去矜（沈謙），最工爲詞，纏綿處似柳屯田（柳永），清穩處似趙仙源（趙長卿）。至『不肯上鞦韆，爲怕東墻

近』之句，雖古人無以過之也。嘗愛東城之幽曠，因卜居焉。」《篋中詞》今集卷二選沈豐垣詞八首，即《江城子》（西風蕭颯做殘秋）、《浪淘沙令》（春色恁忽忙）、《浪淘沙令》（春冷却如秋）、《玉樓春》（早烏啼起銀蟾落）、《玉樓春》（韶光九十今餘幾）、《蝶戀花》（才得相逢春已暮）、《木蘭花慢》（慣銷沉歲月）、《賀新郎》（不放春光去）。

［二］淮海：即秦觀。方回：即賀鑄。

［三］「層臺緩步」二句：此爲張彥遠《法書要録》卷六《述書賦下》評虞世南書法之語。比喻超逸絶塵的高華境界。榭，叢編本、補編本、人文本作「謝」。

［四］竟體芳蘭：參見「微波詞叙」一則注［一二］。

評沈岸登《珍珠簾·簾》△［一］

漸開常州一派［二］。

【注】

［一］此則人文本未收，據《篋中詞》補入。沈岸登（一六五〇—一七〇二）：字覃九，一字南渟，浙江平湖人。有《黑蝶齋詞》一卷，光緒四年孫氏望雲仙館刻《槜李遺書》本。朱彝尊序其

詞集云：「詞莫善于姜夔，宗之者……皆具夔之一體。（楊）基之後，得其門者寡矣，其惟吾友沈覃九乎？覃九鮮交游，故無先達之之譽；又所作詞不多，人或見其一二，輒忽之。然其《黑蝶齋詞》一卷，可謂學姜氏（姜夔）而得其神明者矣。」陳廷焯《雲韶集》卷十七評云：「覃九長調固佳，小令尤神明乎白石。」《篋中詞》今集卷二選沈岸登詞三首，即《采桑子》（桃花馬首桃花放）、《珍珠簾》（緑筠剪取煙江畔）、《浣溪沙》（自在珠簾不上鈎）。沈岸登《珍珠簾・簾》：「緑筠剪取煙江畔。依然是、帝子啼痕紅染。細節理千絲，愛玉鈎長綰。象篋犀釘初上了，勝一片、湘雲纖軟。深院。更白珠連綴，翠羽横捲。　最怕陌上鈿車，被春風摇曳，暗藏人面。惆悵碧紋回，有冷波吹練。鎮日珊瑚慵不起，便串斷、蜻蜓誰管。銀蒜。休誤了歸來，畫梁雙燕。」

［二］　漸開常州一派：常州詞派張惠言、張琦等詞人多此類詠物工致之作。

評沈岸登《浣溪沙》△［一］

比興温厚［二］。

【注】

［一］　此則人文本未收，據《篋中詞》補入。沈岸登《浣溪沙》：「自在珠簾不上鈎。篆煙微

潤逼香篝。薄羅衫子疊春愁。　乳燕寒深渾不語，落花風定也難收。謝娘且莫倚西樓。」

［二］　比興温厚：譚獻或以爲「乳燕寒深渾不語，落花風定也難收」等句言外别有所指，故云。陳廷焯《雲韶集》卷十七評云：「『疊春愁』妙。（評下闋）凄婉。凄而不婉，便失詞人之正。」又《詞則·閑情集》卷五云：「凄警語，微嫌小樣。」可參。

評龔翔麟《南浦·春水用玉田韻，同融谷賦》△[一]

南宋本色[二]。

【注】

［一］　此則人文本未收，據《篋中詞》補入。龔翔麟（一六五八——一七三三）：字天石，號蘅圃，浙江仁和（今杭州）人。康熙二十年（一六八一）副榜，官至監察御史。有《紅藕莊詞》一卷，《百名家詞鈔》本。其詞諸家有評，如曹溶爲其詞集題詞云：「讀《紅藕莊詞》，備美角勝，脱灑塵習，駕姜（姜夔）、史（史達祖）而上之，不獨使竹垞（朱彝尊）、融谷（沈皡日）獨擅所長也。」聶先《百名家詞鈔》云：「秋岳（曹溶）先生極稱蘅圃工長短句，大約以姜（姜夔）、史（史達祖）爲宗，而兼玉田（張炎）、西麓（陳允平）諸家之勝。聞其倚聲最早，無纖毫俗尚得以混其筆端。今展讀《紅藕莊

詞》，故有瑶天笙鶴之致。」謝章鋌《賭棋山莊詞話》卷十一云：「蘅圃交竹垞最早，爲倚聲最先，而所得比諸家較淺，綿麗不及竹垞，淡遠不及武曾（李良年）。」《篋中詞》今集卷二選龔翔麟詞一首，即《南浦·春水用玉田韻，同融谷賦》：「人柳乍三眠，聽流澌、廢苑春光才曉。臘雪未全消，寒沙外、半舊苔痕誰掃？東風幾日，鴨頭新漲冰錢小。是處翠波通短棹，冷浸六朝芳草。朱欄幾曲斜臨，影弓弓十里，香蹤不了。漂出落花多，虹橋口、曾有浣衣人到。遥峰縹緲，蠹蟬飛下游人悄。道是新煙未禁，燈舫秦淮還少。」

［二］南宋本色：此詞模寫物態，爲仿張炎之作。張炎早年有《南浦·春水》，稱名一時，人稱「張春水」。

評王允持《解連環》△［一］

斂抑斷續。

【注】

［一］此則人文本未收，據《篋中詞》補入。王允持（一六三七—一六九三）：字簡在，號陶村，江蘇無錫人。康熙二十四年（一六八五）進士。有《陶村詞》一卷，《百名家詞鈔》本。聶先《百

名家詞鈔》云：「簡在以名進士起家，博極群籍，出其餘技選調譜聲，絶無近人雕琢尖新之習。陽羨陳迦陵（陳維崧）謂其有清真（周邦彦）之秀麗，運白石（姜夔）之典雅，用梅溪（史達祖）之琢煉，運君特（吴文英）之工緻，能不褻，與當代諸公争雄長者，捨簡在其誰哉？」《篋中詞》今集二選王允持詞一首，即《解連環》：「亂帆零雨。對清尊瀲灔，緩歌金縷。便醉裏、暫解離愁，奈燈暗酒醒，兩眉還聚。寂寞芙蓉，但回首、露汀煙渚。聽琵琶水面，宛轉玉人，枕畔私語。無端頓成間阻。望關河浩渺，有恨誰訴？縱解寄、千里相思，怕回雁峰頭，峭難飛度。天末羈魂，夢不到、緑窗朱户。倩西風、一時吹轉，暮雲斷處。」

評沈崑《瑣窗寒・僧廬夜雨》△[一]

觸緒幽咽[二]。

【注】

[一] 此則人文本未收，據《篋中詞》補入。沈崑（生卒年不詳）：字玉山，號禾畊，浙江平湖人。康熙二十四年（一六八五）進士，官户部員外郎。有《味菜山房詞》。《篋中詞》今集卷二選沈崑詞一首，即《瑣窗寒・僧廬夜雨》：「雨細吹絲，風輕響葉，夜寒如此。圍香小閣，消受鳳衾鴛

被。恁而今、禪榻夢回，鬢絲微揚茶煙裏。奈一繩雁影，斜飛點點，又成心字。彈指。殘秋意。算瘦柳藏鴉，也飄空翠。多情老去，况客繁華勝地。問五湖、恁日移家，水雲掛席應早計。待歸來、底事歸遲，酒醒重門閉。」

［二］觸緒幽咽：此感懷身世之作，故云。但李佳《左庵詞話》卷下只賞其巧思，評云：「張炎詞『寫不成書，只寄得相思一點』，沈崑詞『奈一繩雁影，斜飛點點，又成心字』，周星譽『無賴是秋鴻，但寫人人，不寫人何處』，三詞詠雁字，各具巧思，皆不落恒蹊。」陳廷焯《雲韶集》卷十七云：「（評上闋）悽清之感。　觸物生愁。　（評結句）一片悽感，兼草窗（周密）、夢窗（吴文英）之長。」可參。

評梁佩蘭《山花子·湘妃廟》△［一］

善學唐人［二］。

【注】

［一］　此則人文本未收，據《篋中詞》補入。梁佩蘭（一六二九—一七〇五）：字芝五，號藥亭，廣東南海人。康熙二十七年（一六八八）進士。詩與屈大均、陳恭尹并稱「嶺南三大家」。與

納蘭性德交誼頗深。有《六瑩堂詩餘》一卷，康熙刻《六瑩堂集·二集》本。《篋中詞》今集卷二選梁佩蘭詞一首，即《山花子·湘妃廟》：「水闊瀟湘見二妃。江空露下少人知。一望渚煙迷到處，暗靈旗。　太息雅琴成絕調，并彈瑶瑟寄相思。奈有九峰遥對起，至今疑。」譚瑩《樂志堂詩集》卷六《三十六首專論嶺南人》評云：「嶺外論詩筆斬新，六瑩堂冠我朝人。倚聲僅有《山花子》，不吊湘妃吊洛神。」

［二］善學唐人：玩其詞境，似與錢起《湘靈鼓瑟》詩「流水傳湘浦，悲風過洞庭。曲終人不見，江上數峰青」等句意境近似。

評錢肇修《滿庭芳》△［一］

遲遲春晝，未久日斜，鶯聲蝶影，轉瞬皆非。此危辭也［二］。

【注】

［一］此則人文本未收，據《篋中詞》補入。錢肇修（一六五二—？）：字石臣，浙江錢塘（今杭州）人。戲劇家洪昇表兄弟。康熙三十年（一六九一）進士，官至監察御史。有《檗園詩餘》一卷，康熙刻本。《篋中詞》今集卷二選錢肇修詞一首，即《滿庭芳》：「酥雨澆花，暖雲蔭草，小庭春

晝遲遲。青桐幺鳳，高下逐花飛。綺閣重簾乍卷，鶯聲巧、催喚紅兒。有人伴，玉臺梳洗，學畫遠山眉。徘徊。重對鏡，試拈珠翠，耐可相宜。料熏爐初徙，香染羅衣。蝴蝶飛來雲鬢，釵梁上、顫動紅絲。閑凝望，憑欄未久，斜日墜樓西。」

［二］此危辭也：從譚獻概括詞意看，此確爲情辭危苦的傷春之詞。

評魏坤《摸魚子·清明》△［一］

遠懷如訴［二］。

【注】

［一］此則人文本未收，據《篋中詞》補入。魏坤（一六四六—一七〇五）：字禹平，號水村，浙江嘉善人。康熙三十八年（一六九九）舉人。與朱彝尊、王士禛、姜宸英等名士交往。有《水村琴趣》四卷。朱彝尊序其詞集云：「然則孝廉之詞力追南渡作者，雖由其才，亦遇其時，夫然而後工也。」李應機序云：「其所著詩餘，乃與周（周邦彥）、柳（柳永）之諸君爲同調。」王初桐《小嫏嬛詞話》卷三評云：「魏禹平《水村琴趣》，力追南渡作者。」陳廷焯《雲韶集》卷十七云：「禹平詞能得味外味，自是知音。」《篋中詞》今集卷二選魏坤詞一首，即《摸魚子·清明》：「禁煙時、賣餳天

氣，惜花人在花圃。曉窗才放些晴意，又恐惹東風妒。愁觸緒。盼寂寂、空梁舊燕新來去。桃門何處？記挑菜歸時，踏青散後，零落斷魂句。憑欄倦，眼底鄉關幾樹？夕陽一片凝佇。春山只隔蘼蕪影，渺渺江流如許。渾不語。望不見、春堤絲柳香車路。小樓獨住。儘數遍昏鴉，薄寒料峭，卧聽杏花雨。」

［二］遠懷：此指思鄉情懷。陳廷焯《雲韶集》卷十七評云：「（評上闋）語意筆力雅近美成（周邦彦）。（評下闋）情詞俱妙。（評結句）結得冷艷。」可參。

評徐瑶《惜紅衣・擬夢窗》△［一］

尤展成云：「惝恍迷離，得神光離合之妙。」［二］

【注】

［一］此則人文本未收，據《篋中詞》補入。徐瑶（生卒年不詳）：字天璧，江蘇宜興人，貢生。有《雙溪泛月詞》一卷，《百名家詞鈔》本。陳玉璂爲其詞集題詞云：「其詞凌今鑠古，先學秦（秦觀）、辛（辛棄疾），多豪健之致；近乃精研姜（姜夔）、史（史達祖），益復秀艷無比。」聶先《百名家詞鈔》云：「近來詞家好尚不同，取捨互異，要皆不得絶妙好詞耳。今觀天璧之詞，字字出人意

想外，句句在人口頭邊。創語尖新，煉調逸響，不雕刻以失之文，不變幻以失之野，足稱一代作者。」《篋中詞》今集卷二選徐瑶詞一首，即《惜紅衣・擬夢窗》：「雲母屏前，湘妃簾後，晚寒慵綉。驀地傷心，修蛾一痕皺。閑階輕步，曾乍遇、悄携纖手。波溜。無語暗憐，爲新來消瘦。香雲散久。玉碎花萎，春情已非舊。惟教驗取，羅袖盡湮透。待寫別來愁思，寄與斷魂知否？問甚時還許，十二玉樓重叩。」

［二］尤展成：即尤侗。神光離合：意謂其詞旨若隱若現，有朦朧之美。曹植《洛神賦》：「神光離合，乍陰乍陽。」李周翰注：「言神之光彩或明或暗。」陳廷焯《雲韶集》卷十七評云：「狄立人（狄億）謂：天璧才擅衆長，詞非一格。……余謂此詞誠佳，真《高唐》、《洛神》之流，但與夢窗（吴文英）貌似而神不似，不必儗夢窗也。」可參。

評杜詔《杏花天》△［一］

側艷正宗［二］。

【注】

［一］此則人文本未收，據《篋中詞》補入。杜詔（一六六六——一七三六）：字紫綸，號雲川，

江蘇無錫人。康熙五十一年（一七一二）進士，薦舉博學鴻詞。與顧貞觀、張梁、陳聶恒等交，曾在京結玉東詞社。有《雲川閣集詞》二卷，附于乾隆刊本《雲川閣集》。宋犖爲其詞集題辭云：「紫綸録示近詞一册，方之少作，更脱去凡艷，品格在草窗（周密）、玉田（張炎）之間。」王昶《國朝詞綜》卷二十引顧梁汾（顧貞觀）云：「浣花風流醞藉，詞如其人。麗而則，清而峭，晏、周之流亞也。」丁紹儀《聽秋聲館詞話》卷一云：「吾邑杜雲川太史（詔）……生平恬退寡營，少時從顧梁汾、嚴藕漁（嚴繩孫）兩先生游，故其詞如水碧金膏，纖塵不染。」《篋中詞》今集卷二選杜詔詞一首，即《杏花天》：「柳絲風剪青旗颭。吹遍了、杏花村店。滿浮蟻緑猩紅糝。怕是花濃酒釅。霞頰暈、朱唇乍點。煙鬟濕、粉痕猶斂。尋春那抱傷春怨。約略疏香小艷。」

［二］側艷正宗：指艷麗浮華的花間詞傳統。《舊唐書·文苑傳·温庭筠》：「能逐絃吹之音，爲側豔之詞。」陳廷焯《雲韶集》卷十八評云：「（評上闋）字字穠麗。（評結句）情詞之妙，直逼宋初。」可參。

評張梁《西子妝·和珠岩兄聽雨……》△［一］

徘徊婉約［二］，一往而深。

【注】

［一］　此則人文本未收，據《篋中詞》補入。　張梁（一六五七—一七三九）：字大木，一字奕山，號幻花，江蘇華亭（今屬上海松江）人。康熙二十五年（一六八六）進士，官行人司行人。與杜詔、陳聶恒等交，有《幻花庵詞鈔》八卷，乾隆刻本。其詞集自序云：「癸巳入都，識陳編修秋田（陳聶恒）、杜庶常紫綸（杜詔）、顧文學倚平（顧衡文），諸君詞壇名宿，皆相見恨晚，有玉東詞社之訂，自此所作日多。」馮金伯《詞苑萃編》卷八引柯南陔云：「幻花老人詩，旨趣在王（王維）、孟（孟浩然）間，而暇爲長短句，又能宗尚石帚（姜夔）、玉田（張炎），刊落凡艷。宋之色香味之外，而獨領其妙。平生專修净土，去來如意，凡有所作，皆從静境流出，故不假思惟，自然各臻其妙。」陳廷焯《雲韶集》卷十八云：「奕山詞格清俊，兼宋、元人之長。」《篋中詞》今集卷二選張梁詞一首，即《西子妝・和珠岩兄聽雨，次倚平韵，兼憶秋田、紫綸之作》：「浥翠窗深，啼紅徑悄，數日清觴慵舉。騷騷屑屑易黄昏，對孤檠、恍疑新旅。閑愁幾許？似吹動、一襟芳絮。染吟毫，悵風流雲散，重逢今雨。　良朋去。草色天涯，雁足渾無據。寂寥花館遠鐘寒，有誰憐、鬢絲千縷。飛飛倦羽。尚回首、香叢深處。攬離懷、不那梧桐一樹。」

［二］　徘徊：此處有曲折回環之意。

評徐逢吉《霓裳中序第一・旅舍送春》△[一]

鬥亂不亂[二]。

【注】

[一] 此則人文本未收，據《篋中詞》補入。徐逢吉（一六五五—一七四〇）：字紫山，自號青蓑老漁，浙江錢塘（今杭州）人。與厲鶚交往唱和，爲「西泠後十子」之一。有《柳州清響搖鞭集》、《微笑集》，未見傳本。其所作《秋林琴雅序》自述云：「去臘于友人華秋岳（華嵒）所讀樊榭《高陽臺》一闋，生香異色，無半點煙火氣，心嚮往之。新年過訪，披襟暢談，語語沁人心脾。遂相訂爲倡和之作。」馮金伯《詞苑萃編》卷八引厲鶚云：「徐丈紫山……其詞清微婉妙，絶似宋人。」《篋中詞》選徐逢吉詞一首，即《霓裳中序第一・旅舍送春》：「才看過寒食。滿眼溪山又凝碧。聽取乳鶯聲澀。把故國風光，年年拋擲。朱顏可惜。攬瓊芳、香怎留得。傷心似、明妃遠嫁，紅袖偷淚滴。　飄泊。吴南燕北。水雲寬、總没消息。何人憐我岑寂。小院秋千，高樓吹笛。離魂悄難覓。東風緊、孤帆落日。蒼茫裏、五湖煙浪，著此送春客。」

[二] 鬥亂不亂：語出《孫子兵法・勢篇》，原文爲：「紛紛紜紜，鬥亂而不可亂也。」意謂面

對複雜情勢，不可自亂陣脚。此形容全篇雖意象雜出，但旨意仍不離「送春」。

評厲鶚《齊天樂·吴山望隔江霽雪》△[一]

頓挫跌宕[二]。

【注】

[一] 此則人文本未收，據《篋中詞》補入。厲鶚（一六九二—一七五二）：字太鴻，一字雄飛，號樊榭，又號南湖花隱，浙江錢塘（今杭州）人，原籍浙江慈溪。少孤家貧，發憤讀書，康熙五十九年（一七二〇）舉人，乾隆元年（一七三六）薦舉博學宏詞試，不赴。設館授徒爲生，客居揚州馬氏兄弟小玲瓏山館近三十年，結社酬唱，主盟壇坫。精治宋詩，與查慎行齊名，有《宋詩紀事》。尤擅詞，爲浙派中堅，有《樊榭山房詞》二卷、《續集詞》一卷、《秋林琴雅》四卷、《續集集外詞》一卷，光緒十九年（一八九三）錢塘汪氏振綺堂刻《樊榭山房全集》本，另有《論詞絶句》、《絶妙好詞箋》七卷（與查爲仁合箋）。其詞諸家有評，如吴允嘉序其詞集云：「厲君太鴻于詩古文之外，刻意爲長短句，拈題選調，與紫山（徐逢吉）相倡和，大約懷古詠物之作爲多。數月之間，動成卷帙。聲諧律叶，骨秀神閑，當于豪蘇（蘇軾）膩柳（柳永）之間别置一席。至于琢句之隽，選字之新，直

與梅溪（史達祖）、草窗（周密）争雄長矣。」凌廷堪《梅邊吹笛譜目録跋後》云：「至厲太鴻出，而琢句鍊字，含宫咀商，净洗鉛華，力除俳鄙，清空絶俗，直欲上摩高（高觀國）、史（史達祖）之壘矣，又必以律調爲先，詞藻次之。」吴錫麒《詹石琴詞序》云：「吾杭言詞者，莫不以樊榭爲大宗。蓋其幽深窈眇之思，潔静精微之旨，遠緒相引，虚籟相生，秀水（朱彝尊）以來，厥風斯暢。」吴衡照《蓮子居詞話》卷三云：「樊榭有幽人氣，惟冷故峭，由生得新。當其沈思獨往，逸興遄飛，自成情理之高，無預搜討之末。」陳廷焯《白雨齋詞話》卷四云：「樊榭詞拔幟于陳（陳維崧）、朱（朱彝尊）之外，窈曲幽深，自是高境。然其幽深處，在貌而不在骨，絶非從楚騷來。故色澤甚饒，而沉厚之味終不足也。」《篋中詞》今集卷二選厲鶚詞十八首，即《齊天樂》（瘦筇如唤登臨去）、《百字令》（春光老去）、《疏影》（輕陰冉冉）、《揚州慢》（疏雨催妍）、《賣花聲》（花月秣陵秋）、《曲游春》（一水仙源曲）、《丁香結》（吹落嬌雲）、《眼兒媚》（一寸横波惹春留）、《慶清朝慢》（掃雪燈樓）、《玉漏遲》（薄游成小倦）、《百字令》（秋光今夜）、《憶舊游》（溯溪流雲去）、《齊天樂》（簟凄燈暗眠還起）、《八歸》（初翻雁背）、《高陽臺》（縞月啼香）、《掃花游》（折花泛舸）、《蕙蘭芳引》（塵沁短衣）、《聲聲慢》（簾垂有影）。

厲鶚《齊天樂・吴山望隔江霽雪》：「瘦筇如唤登臨去，江平雪暗風小。濕粉樓臺，釀寒城闕，不見春紅吹到。微茫越嶠。但半沍雲根，半銷沙草。爲問鷗邊，而今可有晋時棹？清愁幾番自遣，故人稀笑語，相憶多少。寂寂寥寥，朝朝暮暮，吟得梅花俱惱。將花插帽。向第一峰頭，倚空長嘯。忽展斜陽，玉龍天際繞。」

［二］　頓挫跌宕：此就詞作章法變化言。跌宕，也作跌蕩，指文筆、筆法豪放，富于變化。《朱子語類》卷一百二十五：「《莊子》跌蕩，《老子》收斂。」李佳《左庵詞話》卷上評云：「樊榭老人詞有云：『寂寂寥寥，朝朝暮暮，吟得梅花俱惱。』用疊字是從李易安（李清照）詞脱胎，然亦自諧。」陳廷焯《雲韶集》卷十八云：「（評上闋）雪霽晴景如畫。（評下闋）風流俊逸。（評結句）神來氣來，出徐紫山一闋之右。」又《白雨齋詞話》卷四云：「樊榭亦精于造句，如《齊天樂》云：『將花插帽。向第一峰頭，倚空長嘯』……自其外著者觀之，居然一樂笑翁（張炎）矣。」

評厲鶚《百字令·丁酉清明》△［一］

忍俊不禁［二］。

【注】

［一］　此則人文本未收，據《篋中詞》補入。厲鶚《百字令·丁酉清明》：「春光老去，恨年年心事，春能拘管。永日空園雙燕語，折盡柳條長短。白眼看天，青袍似草，最覺當歌懶。愔愔門巷，落花早又吹滿。　凝想煙月當時，餳簫舊市，慣逐嬉春伴。一自笑桃人去後，幾葉碧雲深淺。亂擲榆錢，細垂桐乳，尚惹游絲轉。望中何處，那堪天遠山遠。」

［二］　忍俊不禁：《五燈會元·洪州大寧道寬禪師》：「僧問：飲光正見爲甚麽見拈花却微笑？師曰：忍俊不禁。」此處謂熱愛清明風物人情而不能自制。陳廷焯《雲韶集》卷十八評云：「（評「恨年年心事」二句）恨得妙。（評下闋）凄切之情，雅正之筆。（評結句）悠然無際。」可參。

評厲鶚《揚州慢·廣陵芍藥》△［一］

縹緲之音［二］。

【注】

［一］　此則人文本未收，據《篋中詞》補入。厲鶚《揚州慢·廣陵芍藥》：「疏雨催妍，稚寒凝態，天涯相見魂銷。問春歸幾日，未盡減春韶。算亭北、新妝老去，不多風露，暗展輕綃。送杯中婪尾，香心欲話無聊。　鵶黄初試，記當年、曾識煙苗。奈月幌底籠，雲階斜倚，夢到迢迢。除却謝郎俊句，無人與、淺黛深描。想難禁攜贈，離情都在紅橋。」

［二］　縹緲之音：高棅《唐宋詩醇》卷六評李白《峨嵋山月歌》引劉辰翁：「含情悽惋，有《竹枝》縹緲之音。」此即常州派主張的「意在筆先，神餘言外」，感慨須在虚處，不可一語道破。莊棫

《復堂詞後叙》云：「又或用意太深，辭爲義掩，雖多比興之旨，未發縹緲之音。」

評厲鶚《賣花聲・徐翩翩畫扇……》△[一]

才人同感[二]。

【注】

[一] 此則人文本未收，據《篋中詞》補入。厲鶚《賣花聲・徐翩翩畫扇，自稱金陵蕩子婦》：「花月秣陵秋。十四妝樓。青溪回抱板橋頭。舊日徐娘無覓處，芳草生愁。金粉一時休。團扇誰留？殢人只是小銀鈎。句尾可憐書蕩婦，似訴飄流。」

[二] 才人同感：意謂團扇被捐棄，同于士子不遇于時。陳廷焯《雲韶集》卷十八云評：「起五字凄艷絶世。一味凄艷。只結二語可包括一篇《琵琶行》。」可參。

評厲鶚《曲游春・郊外探春作》△[一]

至境迷離[二]。

【注】

［一］此則人文本未收，據《篋中詞》補入。厲鶚《曲游春·郊外探春作》：「一水仙源曲，被柳條遮斷，千縷婀娜。有約湔裙，怪逢伊還向，重簾單舸。出意新梳裹。看揚鬢、蕊黃微涴。縱近來、遠似天涯，誰倩玉顏初破。　禁火。心情偏妥。伴錢藕偷分，鈿苻輕墮。容易斜陽，恐穿煙鳳子，尚尋珠唾。波面虹橋卧。恁怨咽、玉簫吹過。無奈澹月籠燈，翠扉恨鎖。」

［二］至境迷離：陳廷焯《雲韶集》卷十八評云：「（評上闋）情生文。（評下闋）詞絶麗，情絶深，而措語雅正，詞人有此，庶幾無憾。」可參。

評厲鶚《丁香結·暮春初霽用清真韵》[一]

太鴻思力可到清真[二]，苦爲玉田所累[三]。

【注】

［一］厲鶚《丁香結·暮春初霽用清真韵》：「吹落嬌雲，展開平碧，枝上雨殘猶隕。恨流光偏迅。數景物、剩得鶯憨蝶潤。小紅曾記否？朝醒殢、薄寒自忍。可惜游舫，散候定是，蕪菁開盡。　相引。早餖飣陰晴，花信催過幾陣。曲巷幽坊，柳綿竹粉，翠樓生暈。謝家飄蕩紫額，剪

麯塵盈寸。憑闌干那曲，治葉何人摘損？」

［二］ 思力：運思和筆力。趙翼《甌北詩話》卷二論杜詩：「蓋其思力沉厚，他人説到不過七、八分者，少陵必説到十分，甚至有十二、三分者。」周濟論詞亦重思力，其《介存齋論詞雜著》云：「美成思力獨絶千古，如顔平原書，雖未臻兩晋，而唐初之法，至此大備，後有作者，莫能出其範圍矣。讀得清真詞多，覺他人所作，都不十分經意。」清真：周邦彦。厲鶚《吴尺鳧玲瓏簾詞序》論其詞云：「兩宋詞派，推吾鄉周清真，婉約隱秀，律吕諧協，爲倚聲家所宗。」

［三］ 苦爲玉田所累：郭麐《靈芬館詞話》卷一評云：「大抵樊榭之詞，專學姜（姜夔）、張（張炎）。」厲鶚門生汪沆《槐塘文稿》卷二《秄香堂詞序》轉述其論詞語云：「惟有宋姜白石、張玉田諸君，清真雅正，爲詞律之極則。」可參。

評厲鶚《玉漏遲·永康病中夜雨感懷》△［一］

柔厚幽森［二］。

【注】

［一］ 此則人文本未收，據《篋中詞》補入。厲鶚《玉漏遲·永康病中夜雨感懷》：「薄游成

小倦。驚風夢雨，意長箋短。病與秋争，葉葉碧梧聲顫。濕鼓山城暗數，更穿入、漢雲千片。燈暈剪。似曾認我，茂陵心眼。少年不負吟邊，幾尉帛光陰，試香池館。歡境消磨，盡付砌蟲微歎。客子關情藥裹，覓何地、煙林疏散。懷正遠。胥濤曉喧楓岸。」

［二］柔厚幽森：陳廷焯《白雨齋詞話》卷四評云：「此詞似周草窗（周密），而騷情雅意，更覺過之。」可參。

評厲鶚《百字令・月夜過七里灘……》△［一］

與于湖《洞庭詞》壯浪幽奇，各極其勝［二］。

【注】

［一］此則人文本未收，據《篋中詞》補入。厲鶚《百字令・月夜過七里灘，光景奇絶。歌此調，幾令衆山皆響》：「秋光今夜，向桐江、爲寫當年高躅。風露皆非人世有，自坐船頭吹竹。萬籟生山，一星在水，鶴夢疑重續。拏音遥去，西岩漁父初宿。心憶汐社沉埋，清狂不見，使我形容獨。寂寂冷螢三四點，穿過前灣茅屋。林净藏煙，峰危限月，帆影揺空緑。隨風飄蕩，白雲還卧深谷。」

［二］于湖《洞庭詞》：即張孝祥《念奴嬌・過洞庭》詞。陳廷焯《雲韶集》卷十八評云：「無

一字不清俊，先生自云『幾令衆山皆響』，斯言信不誣也。（評下闋）千錘百煉之句。（評結句）結更高遠。」又其《白雨齋詞話》卷四云：「鍊字鍊句，歸于純雅，此境亦未易到也。」可參。

評厲鶚《憶舊游・辛丑八月既望……》△[一]

白石却步[二]。

【注】

[一]　此則人文本未收，據《篋中詞》補入。厲鶚《憶舊游・辛丑九月既望，風日清霽，喚艇自西堰橋沿秦亭法華灣洄，以達于河渚。時秋蘆作花，遠近縞目。回望諸峰，蒼然如出積雪之上，庵以秋雪名，不虛也。乃假僧榻，偃仰終日，惟聞棹聲掠波往來，使人絕去世俗營競所在。向晚宿西溪田舍，以長短句紀之》：「遡溪流雲去，樹約風來，山剪秋眉。一片尋秋意，是凉花載雪，人在蘆漪。楚天舊愁多少，飄作鬢邊絲。正浦溆蒼茫，凉隨野色，行到禪扉。　忘機。悄無語，坐雁底焚香，蛩外弦詩。又送蕭蕭響，盡平沙霜信，吹上僧衣。憑高一聲彈指，天地入斜暉。已斷隔塵喧，門前弄月漁艇歸。」

[二]　白石却步：此詞意境清虛絕塵，又撰詞序如小品，均近似姜夔。却步，後退，讓步。

陳廷焯《雲韶集》卷十八評云：「起三語寫景清妙。（評下闋）樊榭胸中本無些子俗意，落筆自與他人不同。『入』字煉。」可參。

評厲鶚《齊天樂·秋聲館賦秋聲》△[一]

詞禪[二]。

【注】

[一] 此則人文本未收，據《篋中詞》補入。厲鶚《齊天樂·秋聲館賦秋聲》：「簟凄燈暗眠還起，清商幾處催發。碎竹虛廊，枯蓮淺渚，不辨聲來何葉。桐飆又接。盡吹入潘郎，一簪愁髮。已是難聽，中宵無用怨離別。　陰蟲還更切切。玉窗挑錦倦，驚響檐鐵。漏斷高城，鐘疏野寺，遥送凉潮嗚咽。微吟漸怯。訝籬豆花開，雨篩時節。獨自開門，滿庭都是月。」

[二] 詞禪：謂賦秋聲而有禪意，所謂不著一字，盡得風流。陳廷焯《雲韶集》卷十八評云：「（評上闋）凄切哀怨。（評下闋）遣詞琢句忽離忽合，四面敷助，繪出秋聲，較之蔣竹山（蔣捷）《聲聲慢》一闋，體格雖不同，而凄怨之情則無不同也。」又《詞則·大雅集》卷五云：「筆意幽冷。」可參。

評厲鶚《八歸・隱几山樓賦夕陽》△[一]

無垂不縮[二]。

【注】

[一] 此則人文本未收，據《篋中詞》補入。厲鶚《八歸・隱几山樓賦夕陽》：「初翻雁背，旋催鴉翼，高樹半掛微暈。銷凝最是登樓意，常對亂波紅蘸，遠山青襯。不管長亭歌欲斷，漸照去、鞭痕將隱。想故苑、燕麥離離，滿地弄金粉。　何況春游乍歇，花愁多少，只惱黄昏偏近。冷和帆落，慘連笳起，更帶孤煙斜引。誤雕欄倚遍，霽色明朝也應準。無言處、望中容易，下却西墻，相思人老盡。」

[二] 無垂不縮：參見「評温庭筠《更漏子》」一則注[二]。陳廷焯《雲韶集》卷十八評云：「（評上闋）淋漓凄切，情詞兼有。（評下闋）凄絶。四面烘襯，逼出夕陽時凄慘景色來。」可參。

評厲鶚《高陽臺・落梅》△[一]

靚妝獨立之態[二]。

【注】

［一］此則人文本未收，據《篋中詞》補入。厲鶚《高陽臺·落梅》：「縞月啼香，青禽驚瘦，遺環與恨俱飄。雪没鞋痕，何人爲掃溪橋。東風欲避層臺遠，御風歸、第一春銷。惱相思、枝北枝南，冷夢迢迢。　山空記得吟疏影，拾參差碎玉，自裹冰綃。湖水無聲，流殘舊怨新嬌。餘酸已在濃陰裹，怕重屏、半萼難描。更堪他、消息經年，雨暮煙朝。」

［二］靚妝獨立之態：謂此詞以美女擬梅。靚妝，妝飾華美，此代指女子。陳廷焯《雲韶集》卷十八評云：「（評上闋）冷秀在骨。（評下闋）無一語不凄凉，無一字不精湛。結更一往凄絶。」可參。

評厲鶚《蕙蘭芳引·乾隆丙辰秋……》△［一］

關山失路，觸緒可憐，與登車攬轡者［二］，别是一種心眼。黄莘田詩：「我亦譬如騎竹日，所思人本不曾來。」［三］彼教所謂轉語［四］。

【注】

［一］此則人文本未收，據《篋中詞》補入。厲鶚《蕙蘭芳引·乾隆丙辰秋七月十日，行郯城

道上。殘暑猶熾，夾道楊柳依依，暫有慰于逆旅。予自庚子冬經此，已十七年，爾時樹猶未種也。江潭憔悴之感，在人更有甚于樹者。賦此闋書旗亭壁》：「塵沁短衣，話前事、倦途亭午。向畏景新秋，官柳自垂萬縷。繫人舊感，問翠黛、那時何處？等再來瞥見，付與騾綱鈴語。粉絮吹簾，柔枝縈扇，擁髻曾訴。念好個江南，争似路旁低舞。少年容易，鬢霜早聚。憔悴多、長夢晝橋煙浦。」

［二］　登車攬轡：見「老學後盦自訂詞叙」一則注［一〇］。

［三］　黄莘田（一六八三—一七六八）：即黄任，字于莘，又字莘田，號十硯老人，永福（今福建永泰）人。康熙時舉人，詩人，有《秋江集》、《香草箋》。這兩句詩出自其《所思》，見《黄任集（外四种）》，方志出版社二〇一一年版，第一六八页。

［四］　彼教所謂轉語：佛教禪宗有「轉語」一説，指撥轉心機，使對方恍然大悟的機鋒話語。彼教，指佛教。陳善《捫虱新話・悟百丈不昧因果》：「某甲對云：『不落因果，遂五百生，墜野狐身，今請和尚代一轉語，責脱野狐身。』」

評厲鶚《聲聲慢・停琴仕女圖》△［一］

如此方是清空不質實［二］。

【注】

［一］ 此則人文本未收，據《篋中詞》補入。厲鶚《聲聲慢·停琴仕女圖》：「簾垂有影，院靜無聲，誰家待月闌干。兩點深顰分付，次第眉山。嬋娟薄妝乍脱，便低鬟、更自幽妍。心事遠，看轉將瑶軫，尚怯春寒。只有梅花知得，愛香生弦外，韵在絲前。小立徘徊，肯教流響空煙。人間尚留粉本，不愁他、輕誤華年。凝望處，想參横、依約未眠。」

［二］ 清空不質實：參見「蕢波詞題識」一則注［五］。此詞詠侍女，遺貌取神，在傳遞「心事」上著力，故云。陳廷焯《雲韶集》卷十八評云：「（評上闋）字字凄清。（評下闋）凄婉。（評結句）詞不可無情，然有情無筆，竟似村歌，須觀其運筆之雅。」可參。

厲鶚詞

填詞至太鴻［一］，真可分中仙、夢窗之席［二］，世人争賞其餖飣寙弱之作［三］，所謂微之識碔砆也［四］。《樂府補題》别有懷抱［五］，後來巧構形似之言［六］，漸忘古意，竹垞、樊榭不得辭其過［七］。浙派爲人詬病，由其以姜、張爲止境［八］，而又不能如白石之澀、玉田之潤［九］，録乾隆以來詞慎取之［一〇］。

【注】

［一］ 太鴻：即厲鶚。

［二］ 真可分中仙、夢窗之席：補編本脱此句。中仙，即王沂孫。夢窗，即吴文英。

［三］ 飣餖：原指陳列的食品多且雜，比喻羅列、堆砌文辭。胡應麟《詩藪續編·國朝上》：「第詩文則飣餖多而鎔鍊乏，著述則剽襲勝而考究疎。」此指詞風駁雜堆垛。窳弱：衰弊。薛福成《寄龕文存序》：「言古文者，必宗桐城，號桐城派，其淵源所漸遠矣。厥後流衍益廣，不能無窳弱之病。」此指詞氣衰弱無力。謝章鋌《賭棋山莊詞話》卷九云：「宋詞三派，曰婉約，曰豪宕，曰醇雅，今則又益一派曰飣餖。……至國朝小長蘆（朱彝尊）出，始創爲徵典之作，繼之者樊榭山房。長蘆腹笥浩博，樊榭又熟于説部，無處展佈，借此以抒其叢雜，不足爲標準也。」虞集《中原音韵序》：「若周邦彦、姜堯章（姜夔）輩，自製譜曲，稍稱通律，而詞氣又不無卑弱之憾。」可參。

［四］ 微之識碔砆：謂不識其詞之佳處。語出元好問《論詩絶句》：「排比鋪張特一途，藩籬如此亦區區。少陵自有連城璧，争奈微之識珷玞。」珷玞，同「碔砆」。元稹曾在《唐故工部員外郎杜君墓係銘》中論杜甫詩的長處是「鋪陳終始，排比聲韵」，元好問譏其未能識杜詩之妙。微之，元稹之字。碔砆，舊題張華《博物志》卷四：「碔砆，怪石似美玉。」

［五］ 「《樂府補題》」二句：《樂府補題》，南宋遺民詞選，共選詞三十七首，分詠龍涎香、白蓮、蓴、蟬、蟹。朱彝尊推動了該書的刊刻傳佈，在京城廣爲唱和。其《樂府補題序》云：「誦其詞

可以觀志意所存。雖有山林友朋之娱，而身世之感，别有凄然言外者。其騷人《橘頌》之遺音乎？」厲鶚《論詞絶句》其六：「頭白遺民涕不禁，《補題》風物在山陰。殘蟬身世香蒪興，一片冬青冢畔心。」近人夏承燾《周草窗年譜》附有《樂府補題考》。

［六］巧構形似之言：語出鍾嶸《詩品序》。形似，指模擬物象。

［七］竹垞：即朱彝尊。樊榭：即厲鶚。

［八］以姜、張爲止境：蔣敦復《芬陀利室詞話》卷一云：「浙派詞，竹垞開其端，樊榭振其緒，頻伽（郭麐）暢其風，皆奉石帚（姜夔）、玉田（張炎）爲圭臬，不肯進入北宋一步，况唐人乎？」可參。

［九］白石之澀：包世臣《月底修簫譜序》云：「若夫感人之速者莫如聲，故詞倚聲。聲之得者又有三：曰清，曰脆，曰澀。不脆則聲不成，脆矣而不清則膩，清矣而不澀則浮。屯田（柳永）、夢窗（吴文英）以不清傷氣，淮海（秦觀）、玉田以不澀傷格，清真、白石則能兼三矣。」澀，指寫作生硬、不夠流暢。此處是相對于填詞浮滑而言。沈義父《樂府指迷》云：「姜白石清勁知音，亦未免有生硬處。」許昂霄《詞綜偶評》云：「詞中之有白石，猶文中之有昌黎（韓愈）。世固也以昌黎爲穿鑿生割者，則以白石爲生硬也亦宜。」可參。玉田之潤：張炎主張填詞要章法合度，平妥精粹，音律諧協，歌誦妥溜，故其詞潤。蔡嵩雲《柯亭詞論》云：「玉田輕圓甜熟，最易入手，不善學之，則流于滑易而不自覺，蓋無其懷抱與工力也。清初學玉田者，多蹈此弊。」可參。潤，和潤，

温潤。劉勰《文心雕龍·明詩》：「故平子（張衡）得其雅，叔夜（嵇康）含其潤。」

［一〇］詞：叢編本、人文本無此字。

評王時翔《踏莎行》△[一]

工于著句[二]。

【注】

［一］此則人文本未收，據《篋中詞》補入。王時翔（一六七五—一七四四）：字抱翼，又字皋謨，號小山，江蘇鎮洋（今太倉）人。諸生，官至四川成都知府。與同里結小山詞社，師顧貞觀，有《小山詩餘》四卷，乾隆王景元刻《小山詩文全稿》本。吴衡照《蓮子居詞話》卷四云：「太倉自梅村（吴偉業）祭酒以後，風雅之道不絶。王小山（時翔）與同里毛鶴汀（健）、顧玉停（陳垿）倡詞社。……小山自跋云：『余年十五，愛歐陽文忠（歐陽修）、晏叔原（晏幾道）、秦少游（秦觀）之作，摹其艷製，得一二百餘首。』蓋意主北宋，而以格韵自賞者。」小山詞社成員尚有王策、王愫、王嵩、毛健等。陳廷焯《詞壇叢話》云：「王小山詞，艷而清，微而遠，語不深而情至。時諸家皆效法南宋，小山獨宗北宋，而亦兼有南宋之長。」《篋中詞》今集卷二選王時翔詞二首，即《踏莎行》（嫩嫩煙

絲)、《緑意》(采香怎定)。王時翔《踏莎行》:「嫩嫩煙絲,輕輕風絮。絳旗斜颭秋千處。花枝照得畫樓空,薄情燕子和人去。　冷落闌干,凄清院宇。夕陽西下明殘雨。一雙紅豆寄相思,遠帆點點春江路。」

〔二〕工于著句:陳廷焯《雲韶集》卷十八評云:「(評上闋)情詞俱妙。(評下闋)寫景處情亦在内。」又《白雨齋詞話》卷四云:「小山詞,如……『一雙紅豆寄相思,遠帆點點春江路』……皆情詞凄婉,晏(晏殊)、歐(歐陽修)之流亞也。」可參。

評王時翔《緑意·新緑風雨庵分賦》△〔一〕

緑陰中有人,緑陰外有事,此賦物三昧〔二〕。

【注】

〔一〕此則人文本未收,據《篋中詞》補入。王時翔《緑意·新緑風雨庵分賦》:「采香怎定。被夜來風雨,芳林洗盡。嫩葉柔柯,漸覺森沉,裝點更饒幽景。輕絲微潤蒙茸碧,却小院、蘚痕交映。算一年、此最佳時,忘却落花凄冷。　休道尋春較晚,趁初霽、步屧閑園支徑。幾樹榆槐,幾本蕉桐,依約翠雲千頃。紅樓已怕珠簾隔,况又是、陰陰欲暝。怎奈他、不斷鶯聲,礙了倚欄人影。」

［二］「緑陰中有人」三句：楊鍾羲《雪橋詩話續集》卷四評云：「《緑意·風雨庵分賦新緑》云云，詞筆沉雋。」可參。

評王慓《清平樂》△［一］

森竦［二］。

【注】

［一］此則人文本未收，據《篋中詞》補入。王慓（生卒年不詳）：字存素，江蘇鎮洋（今太倉）人，諸生。小山詞社唱和者之一，有《林屋詩餘》。陳廷焯《雲韶集》卷十八云：「存素詞風流淒婉，亞于小山（王時翔）。」《篋中詞》卷二選王慓詞二首，即《清平樂》（海棠鋪徑）、《清平樂》（雨濛煙暝）。王慓《清平樂》：「雨濛煙暝。又是清明近。零落杏花渾欲盡。時節緑窗人静。含情獨上西樓。珠簾半捲銀鈎。縱有千絲楊柳，能藏幾許春愁？」

［二］森竦：原指樹木挺立，如隋煬帝《北鄉古松》詩：「古松惟一樹，森竦詎成林。」此謂有骨力，不軟媚。陳廷焯《雲韶集》卷十八評云：「（評上闋）婉約。（評下闋）低徊婉轉。」可參。

評毛健《疏影》△[一]

玩其斷續之妙[二]。

【注】

[一] 此則人文本未收，據《篋中詞》補入。毛健（生卒年不詳）：字今培，號鶴汀，江蘇鎮洋（今太倉）人，貢生。小山詞社唱和者之一，有《卧茨樂府》。王昶《國朝詞綜》卷二十五引王小山（王時翔）云：「鶴汀杜門家居，購唐宋以來諸名家樂府，遍覽而精收之，薈萃醞釀，久而後發，所著彌工，挹其神致，大都在蘋洲（周密）、花外（王沂孫）、玉田（張炎）之間。」又云：「鶴汀詞法南宋，幾與小山分道揚鑣。」《篋中詞》今集卷二選毛健詞一首，即《疏影》：「秦簫怨咽。比斷蛩孤雁，還更凄絶。消損東陽，幾夜秋風，瘦到詩魂花骨。燈昏香燼幽房冷，半睡裏、驚心暗怯。怪空階、寂寞無人，誰踏檻前殘葉？ 應是相思夢斷，餘情再喚轉，舊侶蝴蝶。玉珮歸來，淺倚銀屏，仿佛澹雲明滅。梅花小影紗窗下，恨只恨、角聲吹徹。待覓取、簾外幽蹤，已逐曉風殘月。」

[二] 玩其斷續之妙：陳廷焯《雲韶集》卷十八云：「（評上闋）音調清越，兼二窗（吴文英、周密）之長。（評下闋）一片凄感。（評結句）一往。」可參。

評王嵩《滿庭芳》△[一]

野雲孤飛，去留無迹[二]，妙在語言之外。

【注】

[一] 此則人文本未收，據《篋中詞》補入。王嵩（生卒年不詳）：字穎山，江蘇鎮洋（今太倉）人，諸生。小山詞社唱和者之一，有《别花人語》。王昶《國朝詞綜》卷二十五引王時翔云：「南宋詞人號稱極盛，然以夢窗（吴文英）之奇麗而不免于晦，以草窗（周密）之澹逸而或近于平，穎山詞能兼二窗之美而無其病。」陳廷焯《雲韶集》卷十九云：「穎山詞字字斟酌，亦不減滓虚。」《篋中詞》今集卷二選王嵩詞一首，即《滿庭芳》：「中酒心情，落燈天氣，凄清易到黄昏。暗尋殘夢，獨自啟重門。依舊曲欄人影，還空記、玉色香痕。凝情處、竹聲風韵，仿佛墜釵聞。消魂。思往事，分香小院，待月清尊。并蒼苔立處，摺摺羅裙。誰道仙衣化蝶，空餘下、一片苔紋。惆悵殺，好天良夜，餘恨隔前塵。」

[二] 野雲孤飛，去留無迹：此爲張炎《詞源》卷下評姜夔語，以證其「詞要清空，不要質實」的主張。

評王太岳《憶秦娥》△[一]

紆回隱軫，騷辯之遺[二]。

【注】

[一] 此則人文本未收，據《篋中詞》補入。王太岳（一七二二—一七八五）：字基平，號芥子，河北定興人。乾隆七年（一七四二）進士，官至雲南布政使。有《青虛山房集》，附詞。《篋中詞》今集卷二選王太岳詞二首，即《憶秦娥》（愁如織）、《憶秦娥》（人如削）。王太岳《憶秦娥》：「人如削。殘魂剩影難安著。難安著。亂鴉聲裏，暮雲樓閣。　閑處思量忙處錯。西園枉記春前約。春前約。而今已是，桂花零落。」

[二] 「紆回隱軫」二句：謂內心曲折豐富，有《楚辭》香草美人之托意。隱軫，即「隱賑」，富有。《文選·左思〈蜀都賦〉》「邑居隱賑」，劉逵注：「隱，盛也。賑，富也。」騷辯，《離騷》、《九辯》，代指《楚辭》作品。陳廷焯《雲韶集》卷十九評云：「芥子小令，不多而有味。（評下闋）情詞微婉。」可參。

評張四科《邁陂塘·秋荷》△[一]

火攻碧山[二]。

【注】

[一] 此則人文本未收，據《篋中詞》補入。張四科（一七一一—？）：字哲士，號漁川，陝西臨潼人。官候補員外郎。有《響山詞》四卷，乾隆刻本。其詞集自序云：「邇年社中以詞相倡和，余亦漫爲之。心薄綺羅薌澤之習，删削靡曼，以幾乎雅，而究未能也。」王昶《國朝詞綜》卷三十引厲樊榭（厲鶚）云：「張漁川詞，删削靡曼，歸于騷雅。其研詞鍊意，以樂笑翁（張炎）爲法。讀《響山》一編，覺《白雲》（《山中白雲詞》）未遠也。」陳廷焯《詞壇叢話》云：「……漁川以詞名臨潼……俱能出入兩宋，變化三唐。余每病諸公家數近小，只可稱名家，不足稱大家也。」又《白雨齋詞話》卷四云：「張哲士當時頗以詩詞名，……詞則規模樂笑翁，間有合處。」《篋中詞》今集卷二選張四科詞一首，即《邁陂塘·秋荷》：「問江南、西風消息，銀塘花事如許。霞衣葱袂渾無恙，但覺不勝風露。如解語。道自是、玉容不受人間暑。凉汀淡泞。正净展雲奩，倒窺天鏡，未省怨遲暮。鴛鴦夢，漸化零煙斷雨。冷香猶上詩句。涉江何限騷人意，似否舊時修嫭。凌杜渚。便傾蓋、相

逢早是違芳序。誰家棹女？怕明月重來，紅消翠減，煙唱渺然去。」

［二］火攻碧山：謂傾力模仿王沂孫詠物詞。火攻，一種中医療法，類似艾灸。張仲景《金匱要略·痓濕暍病》：「濕家……發其汗爲宜，慎不可以火攻也。」意謂用力不宜過猛。陳廷焯《雲韶集》卷二十評云：「起便凄警。（評上闋）清骨珊珊，言中有味。（評下闋）情詞凄怨。（評結句）怕水雲一朵，重返巫山，應有此感。」可參。

評史承謙《一萼紅·桃花夫人廟》△［一］

加一倍法［二］。

【注】

［一］此則人文本未收，據《篋中詞》補入。史承謙（一七〇七——一七五六）：字位存，號蘭浦，江蘇宜興人。諸生。有《小眠齋詞》二卷，乾隆刻本。其詞諸家有評，如儲國鈞序其詞集云：「而位存以熏香摘艷之才，爲滴粉搓酥之用，優游漸漬，久而益專。……大約于古人不屑屑句摩篇倣，而一種幽情逸韵，流于筆墨之外，蓋能自出杼軸，而又得體裁之正者。」謝章鋌《賭棋山莊詞話》續編卷三云：「其時厲（厲鶚）派方張，一唱百和，位存以窮老諸生，獨能于時風衆勢之所趨，

卓然不惑而不枉其才，卒之百年論定，雖異己者不能没其所長……」陳廷焯《詞壇叢話》云：「位存詞兼有衆美，純粹以精。」又《白雨齋詞話》卷六云：「位存詞規模較隘，而全篇精粹，亦能拔幟于陳（陳維崧）、朱（朱彝尊）之外。」《篋中詞》選史承謙詞一首，即《一萼紅・桃花夫人廟》：「楚江邊。舊苔痕玉座，靈迹是何年？香冷虚壇，塵生寶靨，千秋難釋煩冤。指芳叢、飄殘紅淚，爲一生、顔色誤嬋娟。恩怨前期，興亡閑夢，回首凄然。　似此傷心能幾，歎詩人一例，輕薄流傳。雨颯雲昏，無言有恨，憑欄罷鼓神弦。更休提、章臺何處，伴湘波、花木暗啼鵑。怊悵明璫翠羽，斷礎荒煙。」

［二］加一倍法：參見「評温庭筠《南歌子》三闋」一則注［四］。前人詩多視桃花夫人息嬀爲軟弱，此詞則感歎「千秋難釋煩冤」，批評「歎詩人一例，輕薄流傳」，即加倍寫法。陳廷焯《雲韶集》卷二十評云：「（評上闋）情詞悽楚。（評下闋）較白石『野老林泉，故王臺榭，呼喚登臨』之句亦不多讓。（評結句）凄切。」又《白雨齋詞話》卷四評云：「『清虚騷雅，用意忠厚。『至竟息亡緣底事，可憐金谷墜樓人』（杜牧《題桃花夫人廟》），適形其輕薄耳。」可參。

評蔣士銓《長亭怨慢・箇儂》△［一］

詩人比興［二］。

【注】

〔一〕 此則人文本未收，據《篋中詞》補入。蔣士銓（一七二五—一七八五）：字心餘，號清容，又號藏園，江西鉛山人。乾隆二十二年（一七五七）進士，官翰林院編修。有《銅弦詞》二卷，乾隆刊《忠雅堂詩集》本。其詞諸家有評，如丁紹儀《聽秋聲館詞話》卷十八云：「心餘太史頗以工詞稱，惜所著《銅弦詞》，時雜以詩句、曲句，王氏《詞綜》只選二闋而已。」謝章鋌《賭棋山莊詞話》卷一云：「學稼軒（辛棄疾）要于豪邁中見精微。……蔣藏園士銓爲善于學稼軒者。」陳廷焯《詞壇叢話》云：「心餘詞桀傲不馴，然其氣自不可掩。彼好爲艷詞麗句者，對之汗顔無地矣。」又《詞則·放歌集》云：「心餘亦好作壯語，但面目可襲，力量不可强，去迦陵（陳維崧）何可道里計也。」《篋中詞》今集卷二選蔣士銓詞三首，即《長亭怨慢》（畫檐上）、《水調歌頭》（偶爲共命鳥）、《賀新凉》（水鳥愁鐘鼓）。蔣士銓《長亭怨慢·箇儂》：「畫檐上、蟾鈎皎潔。也似揚州，二分明月。玉臂清輝，捲簾同坐、半窗雪。憑肩私語，無那箇儂癡絶。問河畔雙星，可真個、年年歡喜離別。笑多情誤我，耐盡燈花磨折。循墻對影，算名士、傾城相悦。縱然教、四角生輪，銷不去、天涯雙轍。且看你、晚風吹鬢，閑愁休説。」

〔二〕 詩人比興：此爲情詞，説有比興，或因詞中有「名士」、「閑愁」等語。

評蔣士銓《水調歌頭・舟次感成》△[一]

生氣遠出，善學坡仙[二]。

【注】

[一] 此則人文本未收，據《篋中詞》補入。蔣士銓《水調歌頭・舟次感成》：「偶爲共命鳥，都是可憐蟲。淚與秋河相似，點點注天東。十載樓中新婦，九載天涯夫婿，首已似飛蓬。年光愁病裏，心緒別離中。　詠春蠶，疑夏雁，泣秋蛩。幾見珠圍翠繞，含笑坐東風。聞道十分消瘦，爲我兩番磨折，辛苦念梁鴻。誰知千里夜，各對一燈紅。」

[二] 善學坡仙：此詞詠離別、懷妻子，末結「誰知千里夜，各對一燈紅」，與蘇軾《水調歌頭》「但願人長久，千里共嬋娟」詞意近似。

評蔣士銓《賀新涼・再疊韵東心齋、匏齋》△[一]

源出山谷《演雅》[二]。

【注】

［一］　此則人文本未收，據《篋中詞》補入。蔣士銓《賀新涼·再疊韵柬心齋、匏齋》：「水鳥愁鐘鼓。問何如、猩猩鸚鵡，皆能言語。燕子顛當誰高下，一樣傍人門户。孤雁把、更籌細數。蜂蜜蠶絲因何事，轉香丸、只有蜣螂許。蟬吸露，太清苦。　百蟲墐户争銜土。費商量、虎威狐假，鵲巢鳩主。蝴蝶飛飛迷香國，心死那家園墅。脱毛羽、號寒艱窶。不若蜉蝣衣裳美，海茫茫、精衛思填補。一聲鶴，渺然去。」

［二］　山谷《演雅》：黄庭堅有七言古詩《演雅》，歌詠多種鳥獸蟲魚，逞才使气，頗有諧趣。雅，爲古代博物類書《爾雅》、《埤雅》之「雅」。

評儲秘書《蝶戀花》△［一］

天際乍輕陰［二］。

【注】

［一］　此則人文本未收，據《篋中詞》補入。儲秘書（一七一八—一七八〇）：字玉函，江蘇宜興人。乾隆二十六年（一七六一）進士，官湖北鄖陽知府。有《花嶼詞》一卷，乾隆刻本。其詞

風近史承謙。瞿源洙序其詞集云：「玉涵少即天才清逸，于制藝外尤工詩詞，老宿俱讓席焉。今刊《花嶼詞》一卷，其于放翁（陸游）所謂跌宕者，吾弗能按也；其所謂簡古者，有目共睹，蓋不特擷《金荃》、《浣花》之旨，而于唐人五七言截句之風調深有合焉。」謝章鋌《賭棋山莊詞話》卷三云：「玉函與史位存兄弟投分甚深，故詞格亦頗相似，沉着則不及耳。」《篋中詞》選儲秘書詞一首，即《蝶戀花》：「乍減羅衣寒未褪。殢酒迷香，又是年時病。午院風柔輕醉醒。隔花燕語朦朧聽。往事千端閑記省。獨上高樓，望斷天涯信。細雨亂紅飄欲盡。捲簾惟有春陰近。」

［二］天際乍輕陰：指懷舊之感。參見「評佟世南《山花子》」注［二］。

評趙文哲《倦尋芳·送春》△［一］

態濃意遠［二］。

【注】

［一］此則人文本未收，據《篋中詞》補入。趙文哲（一七二五—一七七三）：字璞函，號損之，江蘇上海人。乾隆二十七年（一七六二）召試，賜舉人，官户部主事。在「前吴中七子」中填詞成就最著，有《娵雅堂詞集》四卷，乾隆刻本。王昶序其詞集云：「清虚騷雅，皆足與南宋人相上

下。」王昶《國朝詞綜》卷三十九引其友吴振（竹嶼）云：「趙璞函詞，瓣香于碧山（王沂孫）、蜕岩（張翥），故輕圓俊美，調協律諧。以近詞家論之，尤堪接武竹垞（朱彝尊），分鑣樊榭（厲鶚）。」陳廷焯《詞壇叢話》云：「璞函著詞最富，然不矜才，不使氣。温厚和平，婉而多諷。詞貴細婉而忌粗疏，璞函當無此譏。」又《白雨齋詞話》卷四云：「璞函詞，穠麗是其本色。然能規橅古人，不離分寸。故雅而不晦，麗而有則。視國初名家，正不多讓。」《篋中詞》今集卷二選趙文哲詞一首，即《倦尋芳》：「柳遮翠館，花落紅亭，催老芳序。滿目江山，何處送春歸去？漫惜侵簾鶯語滑，可憐隔浦鵑啼苦。最銷魂，是斜陽欲下，一庭疏雨。　悵往事，都如流水，人面重門，佳約無據。繫馬踟躕，不記舊時芳樹。青子緑陰空自好，年年總被東風誤。只多情，燕歸來，畫梁愁訴。」

［一二］　態濃意遠：語出王安石《虞美人》詠虞姬詩：「態濃意遠淑且真，同輦隨君侍君側。」此首送春，又闌入艷情，故云。陳廷焯《白雨齋詞話》卷四評云：「艷詞至竹垞，仙骨珊珊，正如姑射神人，無一點人間煙火氣。璞函則如麗娟、玉環一流人物，偶墮人間，亦非凡艷。此兩家艷詞之別也。」又卷六云：「『青子緑陰空自好，年年總被東風誤』，璞函送春詞也。意味極厚，詞之可以怨者。」又《詞則・大雅集》卷六云：「哀艷似夢窗（吴文英）手筆。」可參。

評鄭澐《齊天樂・歲晚寄懷》△[一]

森峻威夷[二]。

【注】

[一]　此則人文本未收，據《篋中詞》補入。鄭澐（？—一七九五）：字晴波，號楓人，江蘇儀徵人。乾隆三十年（一七六五）召試，授内閣中書，官至浙江督糧道。有《玉勾草堂詞》三卷，嘉慶刻本。其詞諸家有評，如陳鱣序其詞集云：「又好爲詞，小令則發纖穠于簡古，慢曲則寄至味于澹泊。直欲躪玉田（張炎）、攀石帚（姜夔）。」吴衡照《蓮子居詞話》卷四云：「廣陵吟事……鄭太守楓人先生（鄭澐）稍後起，倚聲之學，終推爲擅場。」陳廷焯《雲韶集》卷二十一云：「楓人詞氣骨蒼凉，在草窗（周密）、玉田之間。」《篋中詞》今集卷二選鄭澐詞二首，即《齊天樂》（雁風吹送燕南雪）、《水龍吟》（幾番風信吹寒）。鄭澐《齊天樂・歲晚寄懷》：「雁風吹送燕南雪，天涯坐驚孤抱。瘦沈腰輕，愁潘鬢減，目斷青山斜照。殘年遠道。記亂葉隨鞭，軟塵吹帽。賦罷銷魂，別腸如繭萬絲繞。　妝樓幾回夢好。寶釵頻卜夜，應令歸早。酒市清笳，江城暮笛，一種人間凄調。鄉書細草。問開到梅花，月明多少？有約看春，翠煙宫樹繞。」

［二］　森峻威夷：森峻，高峻，峭拔。威夷，逶迤，綿長。《文選·嵇康〈琴賦〉》「臨迴江之威夷」，吕延濟注：「威夷，長貌。」此詞中多直抒性情語，如「別腸如藕萬絲繞」，故顯峭拔；然又布局曲折，故云。

評林蕃鍾《清平樂》△［一］

含淒古澹［二］。

【注】

［一］　此則人文本未收，據《篋中詞》補入。林蕃鍾（一七四六—一七八四）：字毓奇，號蠡槎，江蘇吴縣（今蘇州）人。乾隆三十三年（一七六八）舉人，官華亭縣教諭。有《蘭葉詞》一卷，乾隆刻本。王昶《國朝詞綜》卷四十二引沈桐威（沈起鳳）謂其詞「以石帚（姜夔）、玉田（張炎）爲宗，而旁及于草窗（周密）、梅溪（史達祖）」。詞風與趙文哲、鄭澐等近，陳廷焯《詞壇叢話》云：「璞函詞，直逼朱（朱彝尊）、陳（陳維崧），分鑣樊榭（厲鶚）。芝田（朱澤生）、晴波（鄭澐）、蠡槎、蕢漁（沈起鳳）起而羽翼之，而詞又一變。」《篋中詞》今集卷二選林蕃鍾詞七首，即《清平樂》（晚妝初就）、《清平樂》（翠禽飛盡）、《玉樓春》（羅幃小幛殘寒淺）、《探春慢》（潮落沙平）、《珍珠簾》（暮帆微覺

西風勁)、《南浦》(薄霧散愁陰)、《梅子黄時雨》(殘葉離亭)。林蕃鍾《清平樂》:「翠禽飛盡。煙入疏簾暝。曲曲屏山閑小景。望裏江南遠近。　殘花飄落金樽。樓頭暮雨黄昏。一片緑陰芳草,春歸如夢無痕。」

〔二〕古澹:即古淡,古樸淡雅。韓愈《醉贈張秘書》詩:「張籍學古淡,軒鶴避雞群。」

評林蕃鍾《玉樓春》△〔一〕

微詞可悟〔二〕。

【注】

〔一〕此則人文本未收,據《篋中詞》補入。林蕃鍾《玉樓春》:「羅幃小障殘寒淺。訴到深情鶯語軟。城邊風約角聲來,窗外月和花影轉。　相逢暫遣愁蛾展。惜别每嫌銀燭短。今宵有酒爲君斟,明日畫橋春共遠。」

〔二〕微詞可悟:陳廷焯《雲韶集》卷二十一評云:「(評上闋)深得馮正中(馮延巳)、晏元獻(晏殊)之妙。　(評結句)真與晏、歐(歐陽修)一鼻孔出氣。」又《白雨齋詞話》卷四云:「蠡槎《玉樓春》云『今宵有酒爲君斟,明日畫橋春共遠』,語婉情深,令人心醉。」可參。

評林蕃鍾《探春慢·送陶净蘅歸杭》△[一]

蕭條温厚[二]。

【注】

[一] 此則人文本未收，據《篋中詞》補入。林蕃鍾《探春慢·送陶净蘅歸杭》：「潮落沙平，水回岸曲，新愁都入南浦。草色分凉，蘋香吹晚，秋滿畫橈移處。日暮鄉心急，料殘夢、寒飆隨去。相思立盡河橋，夕陽還在高樹。　長恨相如游倦，奈水色山光，佳約偏阻。寶瑟聲凄，古琴塵滿，君去不堪重撫。」

[二] 蕭條：寂寞，孤獨。《楚辭·遠游》「山蕭條而無獸兮」，王逸章句：「溪谷寂寥而少禽也。」

評林蕃鍾《珍珠簾·石湖爲白石老仙游衍地也……》△[一]

清絶滔滔[二]。

【注】

［一］　此則人文本未收，據《篋中詞》補入。林蕃鍾《珍珠簾·石湖爲白石老仙游衍地也，秋夜泊舟，有感而作》：「暮帆微覺西風勁。正閑看、幾處疏林殘暝。秋色畫橋邊，引十年游興。柳外新蟾涼意淺，早澹了、碧溪雲影。人静。愛入棹蘋香，翠痕千頃。　重問舊日詞仙，有花飛玉笛，雪依孤艇。零落翠樽空，幾月圓如鏡？今夜湖光留我住，但夢與閑鷗俱冷。還省。又隔院飄來，一聲清磬。」

［二］　清絶滔滔：滔滔，不絶貌。陳廷焯《雲韶集》卷二十一評云：「（評上闋）筆意亦雅近白石（姜夔）。　（評下闋）我吊古人，後人亦吊我，異代可以爲友。　（評結句）結綿邈。」又《詞則·别調集》卷五云：「（評下闋後數句）清虚騷雅，居然作手。」可參。

評林蕃鍾《南浦·題范青照蒼茫獨立圖》△［一］

大筆壓榨，士衡所謂「警策」［二］。

【注】

［一］　此則人文本未收，據《篋中詞》補入。林蕃鍾《南浦·題范青照蒼茫獨立圖》：「薄霧

散愁陰，愛清游、池閣霽痕初曉。殘葉下西風，芳堤外、一徑冷煙未掃。微茫遠渚，參差幾點賓鴻小。回首碧天空闊處，好景偏憐秋老。　此時獨立蒼茫，想杜陵老去，吟悰頻惱。有幾古今愁，凝淚眼、彈與露花霜草。蒼苔踏遍，斜川徑僻無人到。最是多情留客住，一片疏林殘照。」

［二］壓榨：此似有提煉之意。士衡所謂「警策」：參見「評曹貞吉《玉樓春・春晚》」一則注［二］。士衡，即陸機。

評林蕃鍾《梅子黄時雨・江邊觀人送别……》△［一］

雖未空際盤旋，而婉約有晚唐人絶句意思［二］。

【注】

［一］此則人文本未收，據《篋中詞》補入。林蕃鍾《梅子黄時雨・江邊觀人送别，愴然賦之。題本唐人，入詞自佳》：「殘葉離亭，正臨别黯然，聊共樽酒。甚解纜滄波，催人分手。一片愁痕空極浦，半江暝色迷寒岫。孤村口。落葉晚蟬，尚抱疏柳。　偏負。歌雲舞綉。漸傷心望到，幾處亭堠。笑我亦飄零，淚痕盈袖。涼意尚餘花影外，月明空照人歸後。重回首。玉闌夜寒依舊。」

〔二〕 空際盤旋：指詞作在結構上時空錯綜跳蕩，如吴文英詞即具此特點，周濟《介存齋論詞雜著》引良卿云「夢窗每于空際轉身，非具大神力不能」。陳廷焯《雲韶集》卷二十一評云：「（評上闋）好句，令讀者吟誦不置。（評下闋）送别覯别，直寫得一樣傷心。」可參。

評沈起鳳《玉蝴蝶·攬秀亭録别》△〔一〕

猶有古服勁裝之意〔二〕。

【注】

〔一〕 此則人文本未收，據《篋中詞》補入。沈起鳳（一七四一——一八〇二）：字桐威，號蕢波，江蘇吴縣（今蘇州）人。乾隆三十三年（一七六八）舉人，官安徽祁門、全椒訓導。有《吹雪詞》（又名《紅心詞》）一卷，乾隆刻本。王昶《國朝詞綜》卷四十二引褚筠心（褚廷璋）云：「桐威以度曲著名，吴中菊部求得新聲，奉爲珙璧。而詞亦清新，不墮王實甫、關漢卿蹊徑。」陳廷焯《雲韶集》卷二十一云：「桐威負絶世才，喜詼諧，所著多誚世人語，自是才人之筆，但不免口孽耳。詞則風流婉娩而清瘦在骨，要是本色。」又《白雨齋詞話》卷四評其《鬲溪梅令》、《謁金門》等詞，以爲「絶婉麗，得南唐二主（李璟、李煜）之遺」，「逼近五代，不襲宋人陳迹」。《篋中詞》今集卷二選沈起鳳詞一首，即《玉蝴蝶·攬秀亭録别》：「凉意乍歸庭樹，西風葉底，説與哀蟬。野色閑門，斜陽却照離筵。楚天遥、秋草如煙。想依然。酒邊風月，笛裏山川。　堪憐。幽花謝也，又看黄葉，起舞樽前。江冷丹楓，勸君且駐木蘭船。青衫雨、今朝别淚，紅橋月、後夜閑眠。怕無端。愁縈錦瑟，損盡華年。」

［二］古服勁裝：意謂遒勁而有古意。賀復徵《文章辨體彙選》卷三百七十六引《徐文長集》：「世好趙（孟頫）書者，取其媚也，責以古服勁裝，可乎？」勁裝，古代少數民族服裝。《佩文齋書畫譜·東丹王李贊華》引郭若虚《圖畫見聞志》，謂契丹人李贊華「善畫本國人物鞍馬，多寫貴人勁裝戎服。」

評黄景仁《醜奴兒慢》△［一］

名作，于律太疏［二］。

【注】

［一］此則人文本未收，據《篋中詞》補入。黄景仁（一七四九——一七八三）：字漢鏞，一字仲則，號鹿菲子。江蘇武進（今常州）人。監生，候選縣丞。乾隆東巡時召試二等，充武英殿簽

官。後貧病而卒。有《兩當軒全集》二十卷，中有《竹眠詞》三卷，道光八年（一八二八）刻本。吴蘭修《黄仲則小傳》云：「其詞激楚，如猿啼鶴唳，秋氣一何深也？」陳廷焯《雲韶集》卷二十三云：「仲則一代詩人，詞亦清奇桀傲，不落恒徑。」又《白雨齋詞話》卷四則云：「黄仲則《竹眠詞》鄙俚淺俗，不類其詩。」《篋中詞》今集卷二選黄景仁詞一首，即《醜奴兒慢》：「日日登樓，一換一番春色。者似卷如流春日，誰道遲遲？一片野風吹草，草背白煙飛。頽墻左側，小桃放了，没個人知。　嫣然一笑，分明記得，三五年時。是何人、挑將竹淚，粘上空枝。請試低頭，影兒憔悴浸春池。此間深處，是伊歸路，莫惹相思。」

〔二〕名作，于律太疏：譚獻《日記》辛巳（光緒七年，一八八一）云：「春光漸老，誦黄仲則詞『日日登樓……』不禁黯然。初月侵簾，逡巡徐步，遂出南門曠野舒眺，安得拉竹林諸人，作幕天席地之游。」李佳《左庵詞話》卷上評云：「此闋意清詞婉。」陳廷焯《白雨齋詞話》卷六云：「此一詞不過偶有所合耳，亦非超絶之作。」可參。

評沈清瑞《東風第一枝·樓陰月澹……》△〔一〕

語含比興。

【注】

［一］ 此則人文本未收，據《篋中詞》補入。沈清瑞（生卒年不詳）：初名南沅，字吉人，號芷生，太瘦生，江蘇長洲（今蘇州）人。乾隆二十五年（一七六〇）進士。有《沈氏群峰詞》一卷，嘉慶元年（一七九六）鶴壽山堂刊《沈氏群峰集》本。郭麐《靈芬館詞話》卷一云：「能爲南唐五季之詞者，自成容若（納蘭性德）後，斷推芷生爲第一。……諸作入之《花間集》中，誰復能辨？」吴衡照《蓮子居詞話》卷四云：「吴中擅詞學者，如……沈進士（清瑞）……各自名家，瓣香南渡，俱卓然可傳者也。」《篋中詞》今集卷二選沈清瑞詞一首，即《東風第一枝・樓陰月澹，巷曲花深，燈火夜闌，酒懷如許》：「火樹藏橋，香塵拂馬，愔愔巷陌春霽。低聲私祝東風，扶住俊游濃醉。杏花影裏，拚立盡、空濛月地。奈沉沉、蓮漏如年，隔院玉笙初起。漫吟遍、酒香紅被。空惹著、一襟芳思。自憐歌散旗亭，又趁燈疏柳市。釵樓信杳，問簾隙、玉人歸未？願將心、寄與冰蜍，照到畫屏山底。」

評吴錫麒《望湘人・春陰》△［一］

迷離悒怏，若近若遠［二］。

【注】

［一］　此則人文本未收，據《篋中詞》補入。吴錫麒（一七四六—一八一八）：字聖徵，號穀人，自署東皋生，浙江錢塘（今杭州）人。乾隆四十年（一七七五）進士，改庶吉士，授翰林院編修。嘉慶初入值上書房，轉侍講、侍讀，升國子監祭酒。乞養歸，主講安定、愛山、雲間諸書院。再至都補原官，旋南還揚州，爲安定書院講席。有《有正味齋詞》八卷，嘉慶十三年（一八〇八）錢塘吴氏刻《有正味齋全集》本。屬浙派後期代表詞人。其詞諸家有評，如謝章鋌《賭棋山莊詞學纂説》云：「吴穀人祭酒詞華蓋代，然偶以雕琢掩其才氣。」吴衡照《蓮子居詞話》卷四云：「穀人先生詞，有高妙語，有幽秀語。」陳廷焯《白雨齋詞話》卷四云：「惟詞則清和雅正，秀色有餘，出古詩駢文之右。」《篋中詞》今集卷二選吴錫麒詞二首，即《月華清》（鴉影偎煙）、《望湘人》（慣留寒弄暝）。吴錫麒《望湘人·春陰》：「慣留寒弄暝，非雨非暗，誤拋多少春色。半帶閑愁，半迷歸夢，黯黯蘼蕪空碧。閣處雲濃，禁餘煙重，欲移無力。最晚來、如雪東闌，一樹梨花明白。　孤負錫簫巷陌。已清明時過，懶携游屐。只潤逼熏爐，約略故香留得。天涯燕子，問伊來也，可有斜陽信息？聽傍人、半晌呢喃，似怨暮雲簾隙。」

［二］　「迷離悒怏」二句：此爲體物賦景之作，意境朦朧，若即若離，故云。悒怏，抑鬱不歡。梁紹壬《兩般秋雨庵隨筆》卷一評云：「余酷愛其《望湘人·春陰》詞一闋……細膩熨貼，玉田（張炎）、白石（姜夔），不得專美于前。」陳廷焯《雲韶集》卷二十二云：「（評下闋）松一步，正是逼近一

層，愈自凄絶。（評結句）結筆總須綿遠。」又《詞則·大雅集》卷六云：「低回婉轉，自是雅音，粗才摹仿不得。」可參。

吴錫麒詞

祭酒名德清才[一]，矜式後起[二]。詩規漁洋[三]，詞學樊榭[四]，可云正宗。而骨脆才弱[五]，成就甚小。

【注】

[一] 祭酒：即吴錫騏。

[二] 矜式後起：謂足爲後起者敬重和取法。《孟子·公孫丑下》：「使諸大夫、國人皆有所矜式。」趙岐注：「矜，敬也；式，法也。」

[三] 漁洋：即王士禛。

[四] 詞學樊榭：謝章鋌《賭棋山莊詞話》卷九云：「自叙《佇月樓分類詞選》有云：『慕竹垞（朱彝尊）之標韵，緬樊榭（厲鶚）之音塵。竊謂字脆則滯音，氣浮則滑響，詞俚則傷雅，意褻則病淫。』循究斯言，可以知其意旨與造詣矣。集中體物諸作，佳處真不讓朱、厲獨步。若祭酒者，

亦善學浙派，而爲其錚錚者歟？」

［五］「骨脆才弱」二句：梁紹壬《兩般秋雨庵隨筆》卷一云：「吳穀人祭酒詞華蓋代，然偶以雕琢掩其才氣。」陳廷焯《白雨齋詞話》卷六云：「穀人先生，天生一枝大雅之筆，益以才藻，合者可亞于樊榭，微嫌才氣稍遜。」可參。

評凌廷堪《摸魚兒·雨後江上晚眺》△［一］

奇情蹴起［二］。

【注】

［一］　此則人文本未收，據《篋中詞》補入。凌廷堪（一七五五—一八〇九）：字次仲，安徽歙縣人。乾隆五十五年（一七〇〇）進士，官寧國府教授。爲乾嘉樸學大師，精研音律，有《梅邊吹笛譜》二卷、《補録》一卷，光緒刻本。張其錦跋其詞集云：「吾師之詞不專主一家，而尤嚴于律，嘗自謂幼年精力誤弊于此。」陳廷焯《雲韶集》卷二十二云：「次仲詞精深雅秀，無一字不跳躍。」《篋中詞》今集卷二選凌廷堪詞一首，即《摸魚兒·雨後江上晚眺》：「暮天空、乍收凉雨，隔江飛過清冷。煙鬟綽約山容潔，掃得兩蛾幽靚。無限景。縱倩取、鏤冰琢雪應難詠，斜陽未暝。見別

浦殘荷，回汀折蓼，都作澹紅影。　江光遠，蹙起靴紋萬頃。微風却好初定。盈盈十五吴娃小，笑與碧波相映。嬌妒性。有意要、驚他沙上鴛鴦醒。翠裙半整。便急打蘭橈，空明擊碎，摇過采菱艇。」

［二］蹴起：突然掀起波瀾。吴琚《酹江月·觀潮應制》：「好是吴兒飛彩幟，蹴起一江秋雪。」後亦用作評論詩文之語，如蔣驥《山帶閣注楚辭·楚辭餘論》論《楚辭·遠游》：「自『掩浮雲而上征』以下，序次遠游，體徑平直；『臨睨舊鄉』數語，從故鄉蹴起波瀾，非惟情義所必然，亦文勢洄洑，不得不爾也。」可參。

評李方湛《齊天樂·雁》△［一］

精警［二］。

【注】

［一］此則人文本未收，據《篋中詞》補入。李方湛（一七六四—一八一六）：字光甫，號白樓，浙江仁和（今杭州）人。諸生。有《紅杏詞》二卷，嘉慶刻本。吴錫麒爲其詞集題詞云：「讀《紅杏詞》愛其情味綿邈，可以繼聲竹翁（蔣捷）。」郭麐《靈芬館詞話》卷二云：「淳甫（姜寧）與白樓、米樓（倪稻孫），同以詞名浙中，爲蘭泉先生（王昶）所賞。」《篋中詞》今集卷二選李方湛詞一首，即《齊天樂·

雁》：「燕歸換得哀鴻到，聲聲訴他憔悴。飛斷湘雲，叫殘塞月，蹤迹年年孤寄。寒蘆敗葦。怪影落圓沙，極天煙水。倦雨才停，數聲漁唱又驚起。　相思苦難説似，但長空宛轉，書個人字。旅館燈昏，寒閨漏永，同是夢魂千里。飄零身世。任石闕嘗銜，那能無淚。倚遍江樓，玉箏愁再理。」

［二］精警：精妙警辟。《明史・徐禎卿傳》：「（禎卿）詩鎔鍊精警，爲吴中詩人之冠。」吴衡照《蓮子居詞話》卷四評云：「李白樓《雁》云：『相思苦難説似，但長空宛轉，書個人字。』清思妙理，極熟題，誰解此戛戛獨造？」可參。

評吴翊鳳《玉樓春》△［一］

俊絶［二］。

【注】

［一］此則人文本未收，據《篋中詞》補入。吴翊鳳（一七四二—一八一九）：初名鳳鳴，字伊仲，號枚庵，一作眉庵，江蘇長洲（今蘇州）人。諸生。曾主湖南瀏陽書院。工畫，能詩詞，有《曼香詞》二卷，嘉慶十一年刻《與稽齋叢稿》本。其詞集自序云：「夙昔談藝時，競競奉五家（清真、白石、梅溪、草窗、玉田）爲茅蕝，思有以得其臭味，而合其旨趣。」「再續夢窗（吴文英）之舊譜，

一洗《草堂》之陋音。」其詞諸家有評，如吴衡照《蓮子居詞話》卷四云：「吴中擅詞學者，如……吴茂才翊鳳，各自名家，瓣香南渡，俱卓然可傳者也。」陳廷焯《雲韶集》卷二十二云：「伊仲詞既輕婉，又沉著，直與白石、梅溪化矣。」《篋中詞》今集卷三選吴翊鳳詞八首，即《玉樓春》（空園數日無芳信）、《齊天樂》（蘋花不暖鴛鴦夢）、《瑶花》（疏花散霧）、《桂枝香》（蘋風吹晚）、《倦尋芳》（碧雲向晚）、《滿庭芳》（花氣浮春）、《長亭怨》（正簾外）、《齊天樂》（十年不上吹笙路）。吴翊鳳《玉樓春》：「空園數日無芳信。側側殘寒猶未定。柳邊絲雨燕歸遲，花外小樓簾影静。　憑闌漸覺春光暝。悵望碧天帆去盡。滿堤芳草不成歸，斜日畫橋煙水冷。」

［二］　俊絶：清俊絶倫。陳廷焯《雲韶集》卷二十二評云：「（評上闋）南宋風格。（評結句）結七字七層，真名雋語。」可參。

評吴翊鳳《瑶花・翠鴛堂桃樹一株……》△［一］

名貴［二］。

【注】

［一］　此則人文本未收，據《篋中詞》補入。吴翊鳳《瑶花・翠鴛堂桃樹一株，鮮麗可愛。年

時載酒作洗花之宴，忽忽不知其樂也。步履重來，春風非昔，感而成此》：「疏花散霧，小雨收燈，過禁城寒食。尋春歸晚，誰念我、重上吹香巷陌。年芳輕别，早夢斷、謝橋春色。但盼到垂柳陰中，一片池塘自碧。　玉笙聲裏殘寒，想燕子歸來，春風猶識。彩雲飛過，斜陽外、閑却紅闌幾尺。苔陰小立，試重問、玉鈿遺迹。算惟有、冷月籠煙，照我夜分吹笛。」

［二］　名貴：陳廷焯《雲韶集》卷二十二評云：「（評上闋）字字凄感，却不落套語。（評下闋）艷絶，正是凄絶。（評結句）結亦古雅。」可參。

評吴翊鳳《桂枝香·壬辰秋……》△［一］

善用逆筆［二］。

【注】

［一］　此則人文本未收，據《篋中詞》補入。吴翊鳳《桂枝香·壬辰秋，蒙泉有湘中之游，蠡槎歌此調送之，邀予同作》：「蘋風吹晚。送兩槳寒潮，去程同遠。多少江南舊恨，客懷難遣。楚天歸夢沉沉闊，瑣窗寒、静隨宵掩。微霜影裏，香銷燭燼，乍聞新雁。　念自昔、紅亭翠館。悵十載盟鷗，便教飛散。數遍亂山荒驛，甚時重見。鄉關此後多風雪，怕黄昏、畫角吹怨。相思空記，

寒梅一樹，和香同剪。」

［二］善用逆筆：指此詞寫送客，却多處由今而追憶往昔相聚場景，如「多少江南舊恨」、「念自昔」、「悵十載」等語。

評吴翊鳳《倦尋芳》△［一］

意境深異［二］。

【注】

［一］此則人文本未收，據《篋中詞》補入。吴翊鳳《倦尋芳》：「碧雲向晚，倚遍危闌，誰伴荒寂。側側寒輕，可惜謝池春色。凉雨乍催花事去，東風只有重簾隔。料閑愁，有畫梁雙燕，似還相識。記那日、蘼蕪小院，羅幕香中，歌扇輕拍。露淺花深，相對細傾春碧。縹緲驚鴻何處所，夜寒空照西樓月。恁相思，對青燈，又成凄絶。」

［二］意境深異：陳廷焯《雲韶集》卷二十二評云：「（評上闋）輕婉。語極輕婉，却極沉著，不虚浮。（評下闋）情文相生，其妙令人不可思議。」可參。

評吴翊鳳《滿庭芳》△[一]

琴簫俊韵，秦七去人不遠[二]。

【注】

[一] 此則人文本未收，據《篋中詞》補入。吴翊鳳《滿庭芳》：「花氣浮春，鶯聲醉曉，芳堤最是新晴。畫船雙槳，天氣漸清明。燕蹴飛花紅雨，東風急、吹過高城。斜陽外，舊游何處？隔巷唤春餳。生平。消受處，夢餘斜月，醉後華燈。有粉柔香密，細與閑評。十載雅歌都廢，朱樓在，重到須驚。銷魂處，澹煙細雨，贏得暮愁生。」

[二] 秦七：即秦觀。秦觀《滿庭芳》（山抹微雲）爲名作，吴氏「高城」、「斜陽」、「銷魂」、「贏得」等語皆出此篇。

評吴翊鳳《齊天樂・掃癡垂問近況……》△[一]

秀絶。

【注】

［一］　此則人文本未收，據《篋中詞》補入。吴翊鳳《齊天樂·掃癡垂問近況，書以示之，時丙午三月，松陵舟中》：「十年不上吹笙路，相看俊游都老。野徑無花，閑門有燕，愁入故園芳草。燒燈過了。問隔水人家，煙冷多少？負盡年華，鈿車密約那曾到。　新來吟興漸懶，春衫都試遍，猶是寒峭。破夢燈痕，戀衣香氣，消領舊時懷抱。綠窗深窈。知柳外花邊，幾番殘照。如此溪山，甚時歸去好。」

評郭麐《臺城路·同嚴丈歷亭游舒氏園作》△［一］

雅令［二］。

【注】

［一］　此則人文本未收，據《篋中詞》補入。郭麐（一七六七—一八三一）：字祥伯，號頻伽，晚號復翁。江蘇吴江（今蘇州）人，遷浙江嘉善魏塘。嘉慶間貢生。曾從姚鼐學古文。久困科場，客游江淮，以坐館授徒爲業。有《靈芬館詞》七卷（包括《蘅夢詞》二卷、《浮眉樓詞》二卷、《懺餘綺語》二卷、《爨餘詞》一卷），光緒五年（一八七九）仁和許氏《榆園叢刻》本。另有《靈芬館詞

話》二卷、《詞品》十二則。有浙派殿軍之稱，推尊朱彝尊，其《靈芬館詞話》卷一云：「國朝詞人，以竹垞（朱彝尊）爲至，一廢《草堂》之陋，首闡白石（姜夔）之風。」其詞集自序云：「余少喜爲側艷之辭，以《花間》爲宗，然未暇工也。中年以往，憂患少歡，則益討沿詞家之源流，藉以陶寫厄塞，寄托清微，遂有會于南宋諸家之旨，爲之稍多，其于此事，不可謂不涉其藩籬者已。」其詞諸家有評，如吴衡照《蓮子居詞話》卷三云：「頻伽詞，專摹小長蘆（朱彝尊），清晰靈轉，幾于具體而又過之。」蔣敦復《芬陀利室詞話》卷一云：「浙派詞，竹垞（朱彝尊）開其端，樊榭（厲鶚）振其緒，頻伽（郭麐）暢其風，皆奉石帚（姜夔）、玉田（張炎）爲圭臬，不肯進入北宋人一步，况唐人乎？」陳廷焯《雲韶集》卷二十三云：「頻伽詞曲折深婉，古今罕有此筆致，尤工于小令，别有天地。」然其《白雨齋詞話》卷五則云：「（楊夔生、郭麐）兩君于詞，皆屬最下乘，匪獨不及陳（陳維崧）、朱（朱彝尊），亦去董文友（董以寧）、王小山（王時翔）遠甚。而世顧津津稱之，何也？」《篋中詞》今集卷三選郭麐詞六首，即《臺城路》（薄陰不散霜飛早）、《望湘人》（漸蕭蕭瑟瑟）、《疏影》（珠啼玉泣）、《疏影》（生香活色）、《賣花聲》（秋水淡盈盈）、《高陽臺》（暗水通潮）。郭麐《臺城路·同嚴丈歷亭游舒氏園作》：「薄陰不散霜飛早，園林深貯秋意。水木清蒼，陀陀高下，澹與暮雲無際。紅泥亭子。占一角孤城，七分煙水。最愛疏疏，竹竿萬個滴寒翠。　年來俊侶都散，便登山臨水，只恁憔悴。倦柳攀條，清流照鬢，暗老悲秋身世。荒寒如此。又畫角聲中，夕陽垂地。樹樹西風，暮鴉寒不起。」

［二］　雅令：謂典雅美善。令，善，美好。《詩·小雅·角弓》「此令兄弟」，鄭玄箋：「令，善

也。」陳廷焯《雲韶集》卷二十三評云：「（評上闋）寫景亦有筆致，有筆致有遠神。（評下闋）以情運詞。（評結句）情詞兼勝，凄警絶倫。」可參。

評郭麐《望湘人·用穀人先生韵》△[一]

清深婉麗。

【注】

[一] 此則人文本未收，據《篋中詞》補入。郭麐《望湘人·用穀人先生韵》：「漸蕭蕭瑟瑟，冷冷清清，客懷如許凄戀。哀柳翻鴉，枯荷鬧雨，子夜怨歌先變。鏡裏霜寒，煙前人瘦，眉邊山遠。儘哀弦、一曲思歸，飛起十三箏雁。　數盡更更點點。把孤衾斷夢，一宵尋遍。只文鴛綉枕，記得舊時曾薦。酒痕澹澹，淚痕重疊，濕了小蠻針綫。問何日、纖手親携，笑勸芳樽須滿？」

評郭麐《疏影·燭淚》△[一]

深思密藻，漸近張、周[二]。

【注】

［一］此則人文本未收，據《篋中詞》補入。郭麐《疏影·燭淚》：「珠啼玉泣。向畫筵深夜，相對愁絶。今世紅紅，宿世蟲蟲，生平最惜離别。風簾露席隨升降，判滴滿、爛銀荷葉。算芳心、未是灰時，肯怕界殘紅頰。便與紗籠護取，也應護不到，將灺時節。苦憶高樓，網户曈曨，照見粉痕明滅。羅襦低解聞薌澤，有誰問、階前堆積？只凄然、擁髻人人，愁涴石榴裙褶。」

［二］漸近張、周：此詠物之作，風格接近常州詞派張惠言、周濟詞。

評郭麐《疏影·惺泉浮香樓圖……》△［一］

亦本色語，運思窈曲［二］，便不覺其易盡。

【注】

［一］此則人文本未收，據《篋中詞》補入。郭麐《疏影·惺泉浮香樓圖，余舊爲作序并詩。今相見吴門，正梅花時，欲歸未得，復爲倚聲作此，不知有慨于其中也》：「生香活色。記舊曾相約，短棹游歷。認是西溪，千樹梅花，無人管領煙月。故家臺樹知何處？有野鶴、暫歸能說。見當時、二老風流，閑倚畫闌清絶。同向江湖流浪，欲歸那便肯，如此蹤迹。江北江南，銅井銅

坑，過了試花時節。人生但有三間屋，便無地、種梅也得。問何時、深閉柴門，穩卧故山風雪？」

［三］運思：構思。劉勰《文心雕龍·雜文》：「唯士衡（陸機）運思，理新文敏。」窈曲：深曲。

評郭麐《高陽臺·將返魏塘……》△［一］

中邊俱徹［二］。

【注】

［一］此則人文本未收，據《篋中詞》補入。郭麐《高陽臺·將返魏塘，疏香女子亦以次日歸吴下。置酒話别，離懷惘惘》：「暗水通潮，癡雲閣雨，微陰不散重城。留得枯荷，奈他先作離聲。清歌欲遏行雲住，露香纖、并坐調笙。莫多情、第一難忘，席上輕盈。　天涯我是飄零慣，任飛花無定，相送人行。見説蘭舟，明朝也泊長亭。門前記取垂楊樹，只藏他、三兩秋鶯。一程程、愁水愁風，不要人聽。」

［二］中邊俱徹：謂軒爽洞達，表裏明徹。語見曾國藩《挺經》。中，中心。邊，邊界。亦書法用語，劉熙載《藝概·書概》云：「骨氣而曰洞達者，中透爲洞，邊透爲達。洞達則字之疏密肥

瘦皆善，否則皆病。」丁紹儀《聽秋聲館詞話》卷十七評云：「吴江郭頻伽茂才流寓隨園……即席賦《高陽臺》云……芬芳悱惻，凄沁心脾。」郭則澐《清詞玉屑》卷八云：「歌筵臨別，最易消魂。」可參。

郭麐詞

南宋詞敝，瑣屑飣餖。朱、厲二家，學之者流爲寒乞[一]。枚庵高朗[二]，頻伽清疏[三]，浙派爲之一變。而郭詞則疏俊少年尤喜之。予初事倚聲，頗以頻伽名雋[四]，樂于風詠。繼而微窺柔厚之旨，乃覺頻伽之薄[五]。又以詞尚深澀[六]，而頻伽滑矣[七]，後來辨之。

【注】

［一］　寒乞：寒酸，小家子氣。多用來指作品意蘊淺薄，風神不足。張彦遠《法書要録・袁昂〈古今書評〉》：「徐淮南書如南岡士大夫，徒好尚風範，終不免寒乞。」姜夔《白石詩説》：「體物不欲寒乞。」

［二］　枚庵：即吴翊鳳。高朗：豁達開朗。劉義慶《世説新語・豪爽》：「王大將軍自目：『高朗疎率，學通《左氏》。』」

〔三〕　清疏：清朗疏淡。《南史·孔珪傳》：「珪風韵清疏，好文詠，飲酒七八斗。」吴衡照《蓮子居詞話》卷四評郭麐詞，謂「清晰靈轉」（卷三），「惟其不著色，所以爲高」，丁紹儀《聽秋聲館詞話》卷十七謂其「語最輕雋」，可參。

〔四〕　名雋：俊秀出衆。《唐宋詩醇》卷十八評杜甫《中宵》詩：「頷聯名雋，比之『月映清淮』之句，真復相似。」

〔五〕　薄：指意蘊單薄，相對于譚獻所倡導的「柔厚」而言。郭麐對浙派之「薄」、「淺」亦有認識，其《夢緑庵詞序》云：「故浙之爲詞者，有薄而無浮，有淺而無褻，有意不逮而無涂澤囂囂之習，亦樊榭之教然也。」

〔六〕　詞尚深澀：此爲常州派的主張，以宋代周邦彦、吴文英詞爲代表。如周濟《介存齋論詞雜著》批評浙派云：「論詞之人，叔夏（張炎）晚出，既與碧山（王沂孫）同時，又與夢窗（吴文英）別派，是以過尊白石（姜夔），但主清空。後人不能細研詞中曲折深淺之故，群聚而和之，并爲一談，亦固其所也。」

〔七〕　滑：流利、率易，不甚經意。周濟《介存齋論詞雜著》批評浙派學張炎詞云：「叔夏所以不及前人處，只在字句上著功夫，不肯换意，若其用意佳者，即字字珠輝玉映，不可指摘。近人喜學玉田，亦爲修飾字句易，换意難。」又《宋四家詞選目録序論》云：「玉田才本不高，專恃磨礱雕琢，裝頭作脚，處處妥當，後人翕然宗之。」

評劉嗣綰《木蘭花慢》△[一]

離即吞吐間求之[二]。

【注】

[一]　此則人文本未收，據《篋中詞》補入。劉嗣綰（一七六二—一八二〇）：字醉甫，一字簡之，號芙初，江蘇陽湖（今常州）人。嘉慶十三年（一八〇八）進士，授翰林院編修。有《筝船詞》二卷，道光六年（一八二六）大樹園刻《尚絅堂集》本。黄燮清《國朝詞綜續編》卷五云：「太史以相門子，績學能文。早歲落拓不偶，及入木天，官亦不顯。然著述宏富，自足名世。詞亦幽雋絶塵，不涉凡艷。」丁紹儀《聽秋聲館詞話》卷十五云：「汪紫珊太守所刊七家詞，以劉芙初太史《筝船詞》爲最，清而不佻，旨趣遥深。……即此數詞，感喟之忱，溢于言表，有非淺涉家所能窺測者。」《篋中詞》今集卷三選劉嗣綰詞一首，即《木蘭花慢》：「插天湖柳碧，渾不管，曉鶯愁。早紅被香消，翠簾燭散，人下西洲。匆匆幾聲絮語，怕風吹、不到謝橋頭。輸與瓜皮艇子，緑波雙剪江流。　朝來眉史記同修。小閣最清幽。便鈴語禁花，杵盟負月，悔了綢繆。芳心縱窺團扇，爲秦娥、簫譜又傷秋。欲倩行雲一片，替儂遮斷層樓。」

[二] 離即吞吐：意謂若即若離，若隱若現。

評楊夔生《高陽臺·殘月》△[一]

昂昂若千里之駒[二]。

【注】

[一] 此則人文本未收，據《篋中詞》補入。楊夔生（一七八一—一八四一）：初名承憲，字維政，改字伯夔，號浣薌，一作浣香，江蘇金匱（今無錫）人，詞人楊芳燦（蓉裳）長子。監生，官固安知縣、薊州知州。曾問詞于陶樑，從郭麐游，能詩文及詞，有《過雲精舍詞》二卷，隨園三十六種本；後又編成《真松閣詞》六卷，光緒十四年（一八八八）心禪室重刊本。另有《續詞品》一卷。方廷瑚序其詞集云：「《真松閣詞》六卷，譬之于文，殆合江（江淹）、鮑（鮑照）、徐（徐陵）、庾（庾信）爲一爐之冶，古艷以樹骨，悱惻以寓情，醲鬱以鑄詞，抑揚感慨以寄意，掩群雅而成專家。」丁紹儀《聽秋聲館詞話》卷八以爲「丈所致力固在石帚（姜夔）、玉田（張炎）兩家」，謝章鋌《賭棋山莊詞話》續編卷五則云其詞「涉歷諸派，不專一格……筆力瘦健，標奇領異」。《篋中詞》今集卷三選楊夔生詞三首，即《高陽臺》（隱霧蛾消）、《木蘭花令》（綠香綉帳懸空霧）、《一萼紅》（迥空明）。楊夔

生《高陽臺・殘月》：「隱霧蛾消，鏤雲額淺，清輝不耐團欒。銀漢初斜，瑶姬佩解闌珊。玉笙吹徹新凉夜，掩紗櫺、翠影層瀾。最關心、三五良宵，十二回闌。一鞭曾識來時路，過曉風疏柳，野水荒灣。畫角聲中，古今無限江山。半規淺暈傷心白，渺離愁、天上人間。捲簾衣、苔冷藏秋，花約輕寒。」

［一］昂昂若千里之駒：謂其詞出群、高潔。語出《楚辭・屈原〈卜居〉》：「寧昂昂若千里之駒乎？」王逸章句：「昂昂，志行高也。」

評楊夔生《木蘭花令》△［一］

《金荃》遺響［二］，不絶如縷。

【注】

［一］此則人文本未收，據《篋中詞》補入。楊夔生《木蘭花令》：「緑香綉帳懸空霧。長夜闌珊夢幽素。凄凄風止修竹閑，幾點凉螢照秋雨。　寶函香減玉衣寒，蠟樹煙殘掩朱户。楚魂愁謝泣枯蘭，鈿管裁詩唱《金縷》。」

［二］《金荃》遺響：此閨怨詞，近温庭筠詞風，故云。

評楊夔生《一萼紅・秋霖乍歇，同人泛舟環溪》△[一]

胸襟甚大，針綫甚細[二]，此非易到。

【注】

[一] 此則人文本未收，據《篋中詞》補入。楊夔生《一萼紅・秋霖乍歇，同人泛舟環溪》：「溯空明，好輕移吟鷁。迤邐過環溪。十里新晴，半汀殘靄，蘭橈試劃秋漪。翠藤翳、凉穿水曲，見數點、煙際暝鷗飛。載酒頻來，棹謳唱徹，西塞魚肥。　極目沙邊凝佇，渺雲圍松髻，霞剪荷衣。側唱吟商，當歌吹竹，幽思約上雙眉。看暮色、蒼然林表，好湖山、彈指入斜暉。只有西岩漁父，鎮是忘歸。」

[二] 針綫：喻指寫作時的研磨功夫。

評左輔《浪淘沙・曹溪驛折桃花一枝……》△[一]

所感甚大[二]。

【注】

［一］　此則人文本未收，據《篋中詞》補入。左輔（一七五一——一八三三）：字仲甫，號杏莊，江蘇陽湖（今常州）人。乾隆五十八年（一七九三）進士，官至湖南巡撫。有《念宛齋詞鈔》，嘉慶二十五年（一八二〇）裕德堂刊本。陳廷焯《白雨齋詞話》卷四云：「左仲甫詞，逸情雲上，愈唱愈高。」《篋中詞》今集卷三選左輔詞三首，即《浪淘沙》（水軟櫓聲柔）、《南浦》（潯陽江上）、《蘇幕遮》（玉波寒）。左輔《浪淘沙·曹溪驛折桃花一枝，數日零落，裹花片投之涪江，歌此送之》：「水軟櫓聲柔。草緑芳洲。碧桃幾樹隱紅樓。者是春山魂一片，招入孤舟。　鄉夢不曾休。惹甚閑愁。忠州過了又涪州。擲與巴江流到海，切莫回頭。」

［二］　所感甚大：謂由桃花推想開去，詞境開闊，詞意悠遠。陳廷焯《白雨齋詞話》卷四評云：「精警奇肆，言外有無窮幽怨。」可參。

評左輔《南浦·夜尋琵琶亭》△［一］

濡染大筆，此道遂尊［二］。

【注】

［一］　此則人文本未收，據《篋中詞》補入。左輔《南浦·夜尋琵琶亭》：「潯陽江上，恰三更、霜月共潮生。斷岸高低向我，漁火一星星。何處離聲刮起，撥琵琶、千載剩空亭。是江湖倦客，飄零商婦，于此蕩精靈。　且自移船相近，繞回闌、百折覓愁魂。我是無家張儉，萬里走江城。一例蒼茫吊古，向荻花、楓葉又傷心。只琵琶響斷，魚龍寂寞不曾醒。」

［二］　「濡染大筆」二句：此沿襲張惠言推尊詞體之説。此詞選入張惠言《詞選》。濡染大筆，參見「評李後主《相見歡》」一則注［二］。陳廷焯《詞則·大雅集》卷六評云：「靈光幽氣，筆態飛舞。『覓愁魂』三字，盡似奇警，究欠雅馴。後片愈唱愈高。」又《白雨齋詞話》卷四云：「極沉鬱，又極跳蕩。」又卷六云：「左仲甫《南浦·夜尋琵琶亭》一章，格調不凡。惟『繞回闌、百折覓愁魂』句，終嫌不大雅。」可參。

評左輔《蘇幕遮》△［一］

畏此簡書，徘徊求助，詞當賦于已達時［二］。

【注】

［一］此則人文本未收，據《篋中詞》補入。左輔《蘇幕遮》：「玉波寒，羅袂濕。怕上高樓，閑并秋花立。衣蝶香消簫鳳澀。好夢都闌，鬟影風吹急。　悄無言，愁不歇。此意沉吟，畢竟和誰説？要識阿儂心曲折。除向回廊，看取闌干月。」

［二］「畏此簡書」三句：左輔早年任安徽南陵、合肥知縣時，曾兩次因事被免職。簡書，官方文書。參見「重刻拜石山房詞鈔序」一則注［四］。已達：指左輔晚年成達官。

評沈蓮生《蝶戀花》△［一］

浮雲白日，與此同慨［二］。

【注】

［一］此則人文本未收，據《篋中詞》補入。沈蓮生（生卒年不詳）：字清愛，號遠亭。浙江平湖人。官安徽阜陽知縣。有《香草溪詞》二卷，嘉慶刻本。袁通爲其詞集題詞云：「綺思霞燦，柔情波瀠。直訝上友玉田（張炎），平視錫鬯（朱彝尊）。」黄燮清《國朝詞綜續編》卷三云：「遠亭詞旨幽微，宜于秋燈疏雨時誦之。」《篋中詞》今集卷三選沈蓮生詞二首，即《蝶戀花》（年去年來江

上燕)、《疏簾澹月》(墻陰那角)。沈蓮生《蝶戀花》:「年去年來江上燕。紅了桃花,緑了垂楊岸。鎮日闌干天樣遠。畫堂簾幕陰陰見。墻外誰家吹玉管?絮亂絲繁,天亦如人倦。香夢無端尋欲遍。夢回只在閑庭院。」

[二] 浮雲白日:語出《古詩十九首·行行重行行》:「浮雲蔽白日,游子不顧返。」表離别相思之意。

評曹言純《步蟾宫》△[一]

黄韵甫曰:「小令觸緒生情,瑣瑣如道家常,深得古樂府神理。」[二]

【注】

[一] 此則人文本未收,據《篋中詞》補入。曹言純(一七六七—一八三七):字絲贊,號古香,又號種水,浙江嘉興人。貢生。與郭麐唱和。有《種水詞》四卷,道光十一年(一八三一)刊本。蔣敦復《芬陀利室詞話》卷一云:「種水詞以清麗居宗,微嫌餖飣,浙派故也。」《篋中詞》今集卷三選曹言純詞四首,即《蝶戀花》(花外蕭索寒食雨)、《步蟾宫》(柳絲兩岸情難繫)、《胡搗練》(深枝密葉樹迷人)、《步蟾宫》(鳳脛燈小添油灼)。曹言純《步蟾宫》:「鳳脛燈小添油灼。夜垂

盡，不歸香幄。趕裁白紵作春衫，任兩手、春寒都著。佳期已誤虛前諾。算孤負、花陰池閣。逃禪服散儘歸來，也拚與、燒香丸藥。」

［二］黄韵甫曰：此黄燮清評語，轉引自《國朝詞綜續編》卷四。原文云：「《種水詞》慢聲樸老堅潔，自繞嫵媚，非時下輕攏慢撚者所能學步。小令觸緒生情，瑣瑣如道家常，深得古樂府神理。禾中朱（朱彝尊）、李（李良年）以來，斷推作手。」

評孫鼎烜《綺羅香·漢江作》△[一]

伯雨、仲舉妙處傳矣[二]。捫之有棱[三]，使人不思南宋。

【注】

［一］此則人文本未收，據《篋中詞》補入。孫鼎烜（生卒年不詳）：字耀乾，安徽休寧人，康熙、乾隆間人，有《耔香堂詞》三卷，乾隆二十九年（一七六四）刻本。汪沆序其詞集云：「竊聞余師樊榭（厲鶚）先生論詞之緒餘有年矣……今誦先生作，與余師論詞之旨宛相吻合，使置之曾端伯（曾慥）《樂府雅詞》、黄叔暘（黄昇）《花庵詞選》、周密《絶妙好詞》諸集中，定可并參一席也。」《篋中詞》今集卷三選孫鼎烜詞二首，即《綺羅香》（碎裂苔箋）、《二郎神》（凍雲紺合）。孫鼎烜《綺

羅香·漢江作》：「碎裂苔箋，亂揉班管，鬱鬱孤懷難寫。十載芳菲，恨别洛陽花社。折方疏、柳樹成圍，剪不斷、藕絲盈把。儘魂銷、情盡橋頭，人前難乞合歡假。幽期誰使間阻，常怨東風只妒，緑樽紅斝。剗却千山，還我舊時春夜。舞回風、衆裏搜羅，歌艷雪、暗中描畫。但多却、花絮飄零，做成鉛淚瀉。」

［二］伯雨：即張雨。參見「評徐倬《金縷曲·中秋月食》」一則注［三］。仲舉：即張翥。張翥（一二八七—一三六八），元詞人，字仲舉，號蜕庵，晋寧（今山西臨汾）人，爲杭州鈔庫副使，遂居杭州。累官翰林侍讀，兼國子祭酒，以翰林承旨致仕。有《蜕庵詞》二卷，其詞婉麗風流，有南宋舊格，被稱爲「元代詞宗」、「一代正聲」。

［三］捫之有棱：意謂柔中有剛。捫，摸。棱，棱角。劉熙載《藝概》稱張翥詞導源白石（姜夔），濟以稼軒（辛棄疾），陳廷焯《詞壇叢話》稱其詞能「鍊氣鍊骨」，此詞近之，故云。棱，標點本《篋中詞》誤作「稜」。

評孫鼎烜《二郎神·次韵和夢窗垂虹橋》△［一］

婉甚。

【注】

［一］　此則人文本未收，據《篋中詞》補入。孫鼎烜《二郎神·次韻和夢窗垂虹橋》：「凍雲紺合，風乍歇、水平如凝。正客鬢逢秋，鄰鐘催暮，才泛香鱸釣艇。況值春情闌珊後，怕玉瘦、花腴無定。看縷縷蝶波，迢迢鴉陣，暗嗟塵境。歸興。湖光瀲灔，青山滿鏡。更竹樹新晴，舊虹猶在，獨向汀洲弄影。塞雁無憑，江潮有信，堤上緑楊清冷。遥望處，時見流螢數點，未教花暝。」吴文英有《十二郎·垂虹橋》一首。《十二郎》即《二郎神》。

孫鼎烜詞△

休寧孫耀乾，乾隆中與汪西顥交［一］，《耔香堂詞》雅健，有夢窗、草窗遺意［二］。予録《篋中詞》竟，之官歙州［三］，始得之于岩市，録以補諸家所未及［四］。

【注】

［一］　汪西顥：即汪沆。汪沆（一七〇四—一七八四）：字西顥，一字師李，號槐塘，浙江錢塘（今杭州）人。受學于厲鶚，與杭世駿齊名。乾隆十二年（一七四七）舉博學鴻詞。曾纂修《浙江通志》、《西湖志》等書，有《槐塘詩文集》。

[二] 夢窗：即吴文英。草窗：即周密。

[三] 之官歙州：據譚獻《復堂諭子書》：「丁丑八月之官歙縣。」時光緒十年（一八七七）。

[四] 予録《篋中詞》竟以下：人文本、補編本無，據《篋中詞》補。

評張惠言《木蘭花慢·楊花》△[一]

擷兩宋之菁英[二]。

【注】

[一] 此則人文本未收，據《篋中詞》補入。張惠言（一七六一—一八〇二）：字皋文，號茗柯，江蘇武進（今常州）人。祖輩世代習儒，七試禮部不售，以訓蒙童爲生，嘗爲安徽歙縣經學家金榜家西席。嘉慶四年（一七九九）進士，改庶吉士，授翰林院編修，充實録館纂修官。于漢儒虞翻《易》學用力最勤，與惲敬同創「陽湖文派」。有《周易虞氏義》、《茗柯文編》等。與弟張琦同編《詞選》教授子弟，後被奉爲常州詞派開山宗師。有《茗柯詞》一卷，道光三年（一八二三）刻《受經堂彙稿》本。其詞諸家有評，如其弟子宋翔鳳《香草詞自序》云：「先生于學皆有源流，至于填詞，自得宗旨。其于古人之詞，必縋幽鑿險，求義理之所安，……其自爲詞也，必窮比興之體類，宅章

句于性情，蓋聖于詞者也。」黄燮清《國朝詞綜續編》卷四云：「皋文先生工古文辭賦，于經無所不通，尤粹于《易》、《禮》……詞宛轉有致。」張德瀛《詞徵》卷六云：「張茗柯謂：『爲人非表裏純白，不足爲第一流。』其所撰詞，實稱此語，蓋所謂蟬蜕穢濁，皭然涅而不淄者乎？」夏敬觀《蕙風詞話詮評》云：「張皋文、周止庵（周濟）輩尊體之説出，詞體乃大，其所自作，仍不能如其所説者，則先從南宋詞入手之故也。」沈曾植《菌閣瑣談》云：「皋文疏節闊調，猶有曲子律縛不住者。」《篋中詞》今集卷三選張惠言詞十首，即《木蘭花慢》（儘飄零盡了）、《水調歌頭》（東風無一事）、《水調歌頭》（百年復幾許）、《水調歌頭》（珠簾捲春曉）、《水調歌頭》（今日非昨日）、《水調歌頭》（長鑱白木柄）、《傳言玉女》（多謝東風）、《相見歡》（年年負却花期）、《木蘭花慢》（是春魂一縷）、《玉樓春》（一春長放鞦韆静）。張惠言《木蘭花慢・楊花》：「儘飄零盡了，誰人解，當花看。正風避重簾，雨回深幕，雲護輕幡。尋他一春伴侣，只斷紅、相識夕陽間。未忍無聲墜地，將低重又飛還。疏狂情性，算凄凉、耐得到春闌。但月地和梅，花天伴雪，合稱清寒。收將十分春恨，做一天、愁影繞雲山。看取青青池畔，淚痕點點凝斑。」

〔一二〕撮兩宋之菁英：謂能聚南北宋詠物詞之精華。撮，選取，聚合。邢昺《孝經注疏序》：「采摭菁英，芟去煩亂。」謝章鋌《賭棋山莊詞話》續編卷一評云：「詠楊花者，名作在前，難于措手。……雖未能拔奇于東坡（蘇軾）之外，亦自無限深情。」可參。

評張惠言《水調歌頭・春日賦示楊生子掞》五首△[一]

胸襟學問，醞釀噴薄而出。賦手文心，開倚聲家未有之境。[二]

【注】

[一] 此則人文本未收，據《篋中詞》補入。張惠言《水調歌頭・春日賦示楊生字掞》五首：其一：「東風無一事，妝出萬重花。閑來閱遍花影，惟有月鉤斜。我有江南鐵笛，要倚一枝香雪，吹徹玉城霞。清影渺難即，飛絮滿天涯。　飄然去，吾與汝，泛雲槎。東皇一笑相語，芳意落誰家？難道春花開落，又是春風來去，便了却韶華。花外春來路，芳草不曾遮。」其二：「百年復幾許？慷慨一何多。子當爲我擊筑，我爲子高歌。招手海邊鷗鳥，看我胸中雲夢，蔕芥近如何。楚越等閑耳，肝膽有風波。　生平事，天付與，且婆娑。幾人塵外相視，一笑醉顏酡。看到浮雲過了，又恐堂堂歲月，一擲去如梭。勸子且秉燭，爲駐好春過。」其三：「珠簾捲春曉，蝴蝶忽飛來。游絲飛絮無緒，亂點碧雲釵。腸斷江南春思，粘著天涯殘夢，剩有首重回。銀蒜且深押，疏影任徘徊。　羅帷捲，明月入，似人開。一樽屬月起舞，流影入誰懷？迎得一鉤月到，送得三更月去，鶯燕不相猜。但莫憑闌久，重露濕蒼苔。」其四：「今日非昨日，明日復何如？竭來真悔何事，不

讀十年書。爲問東風吹老，幾度楓江蘭徑，千里轉平蕪。寂寞斜陽外，渺渺正愁予。　千古意，君知否，只斯須。名山料理身後，也算古人愚。一夜庭前緑遍，三月雨中紅透，天地入吾廬。容易衆芳歇，莫聽子規呼。」其五：「長鑱白木柄，劚破一庭寒。三枝兩枝生緑，位置小窗前。要使花顔四面，和著草心千朵，向我十分妍。何必蘭與菊，生意總欣然。　曉來風，夜來雨，晚來煙。是他釀就春色，又斷送流年。便欲誅茅江上，只怕空林衰草，憔悴不堪憐。歌罷且更酌，與子繞花間。」

［一二］「胸襟學問」四句：謂能將儒家風騷傳統與辭賦家鋪張手法熔爲一爐，抒寫曠達情懷。張惠言擅作辭賦。文心，为文之用心。劉勰《文心雕龍·序志》：「夫文心者，言爲文之用心也。」亦可指文思。李佳《左庵詞話》卷上評云：「武進張臯文《茗柯詞》中，《水調歌頭》一闋，清空宛委，最堪諷詠。」謝章鋌《賭棋山莊詞話》續編卷一評其五云：「清空一氣，寄托遥深。」陳廷焯《白雨齋詞話》卷四云：「臯文《水調歌頭》五章，既沉鬱，又疏快，最是高境。陳（陳維崧）、朱（朱彝尊）雖工詞，究曾到此地步否？……熱腸鬱思，若斷仍連，全是《風》、《騷》變相。」又《詞則·大雅集》卷六評其三云：「熱腸鬱思，全是《風》、《騷》變相。此種起結，看似不甚費力，實乃高絶、精絶。」評其四云：「忽言情，忽寫景。若斷若連，似接不接。沉鬱頓挫，至斯已極。無處不咽住，咽則鬱，餘則厚矣。」評其五云：「一片神行，兼老坡（蘇軾）、幼安（辛棄疾）之長。」可參。

評張惠言《相見歡》△[一]

信手拈來。

【注】

[一] 此則人文本未收，據《篋中詞》補入。張惠言《相見歡》：「年年負却花期。過春時。只合安排愁緒，送春歸。 梅花雪。梨花月。總相思。自是春來不覺，去偏知。」

評張惠言《木蘭花慢·游絲同舍弟翰風作》△[一]

屈曲洞達[二]。

【注】

[一] 此則人文本未收，據《篋中詞》補入。張惠言《木蘭花慢·游絲同舍弟翰風作》：「是春魂一縷，銷不盡、又輕飛。看曲曲回腸，愁儂未了，又待憐伊。東風幾回暗剪，儘纏綿、未忍斷相思。除有沉煙細裊，閑來情緒還知。 家山何處棲遲？春容易，到天涯。但牽得春來，何曾繫

住，依舊春歸。殘紅更無消息，便從今、休要上花枝。待祝梁間燕子，銜他深度簾絲。」

［二］屈曲洞達：謂曲折而又暢達。屈曲，曲折。《文選·張衡〈東京賦〉》：「謻門曲榭，邪阻城洫」，薛綜注：「冰室門及榭，皆屈曲邪行，依城池爲道也。」洞達，流暢。王褒《洞簫賦》：「條暢洞達，中節操兮。」

評張惠言《玉樓春》△［一］

善學子野［二］。

【注】

［一］此則人文本未收，據《篋中詞》補入。張惠言《玉樓春》：「一春長放秋千静。風雨和愁都未醒。裙邊餘翠掩重簾，釵上落紅傷晚鏡。　朝雲捲盡雕闌暝。明月還來照孤憑。東風飛過悄無蹤，却被楊花微送影。」

［二］善學子野：此詞融入張先名作《天仙子》（水調數聲持酒聽）意境和字句，故云。子野，即張先。

張惠言詞△[一]

茗柯詞四十六首，久欲評注全本，遺餉學子[二]，病懶未就。今就《宛鄰詞選》附録及《詞綜續編》所采[三]，合録十闋，菁華略備。《詞選》附録諸家[四]，黄氏《續編》未載[五]，今删取附茗柯後，以志派别。

【注】

[一] 此則人文本、補編本未收，據《篋中詞》補入。

[二] 遺餉：饋贈。宗懔《荆楚歲時記》：「又以錦彩爲眼明囊，遞相遺餉。」

[三]《宛鄰詞選》：即張惠言、張琦兄弟合編《詞選》，二卷，編成于嘉慶二年（一七九七）。張琦號宛鄰，故名。選録唐五代宋詞四十四家，詞一百十六首，推崇北宋，以挽浙派尊南宋之失。後附張惠言、張琦詞。

[四]《詞選》附録諸家：張琦弟子鄭善長選二張詞，同時期常州籍詞人惲敬、丁履恒、錢季重、左輔、李兆洛、陸繼輅、黄景仁七人詞，及後學金應城、金式玉、鄭善長詞，共十二家、六十三首詞，爲附録一卷，附于《詞選》之後。

［五］　黄氏《續編》：即黄燮清編《國朝詞綜續編》，其卷四録張惠言詞三首，即《相見歡》（年年負却花期）、《木蘭花慢》（是春魂一縷）、《玉樓春》（一春長放秋千静）。

評張琦《六醜·見芙蓉花作》△［一］

美成思力［二］。

【注】

［一］　此則人文本未收，據《篋中詞》補入。張琦（一七六四—一八三三）：初名翊，字翰風，號宛鄰，江蘇武進（今常州）人。張惠言弟。嘉慶十八年（一八一三）舉人。歷任鄒平、章丘、館陶知縣。有《宛鄰文集》五卷、《立山詞》一卷，道光二十年（一八四〇）《宛鄰書屋叢書》本。陳廷焯《白雨齋詞話》卷四云：「張翰風詞，飛行絶迹不逮皋文，而宛轉纏綿處時復過之，真皋文伯仲也。」《篋中詞》今集卷三選張琦詞三首，即《六醜》（悵秋光漸老）、《摸魚兒》（漸黄昏）、《南浦》（驚回殘夢）。張琦《六醜·見芙蓉花作》：「悵秋光漸老，看點點、霜花飄足。庾郎正愁，愁來無處著。漫遮籬落。是處秋容好，岸邊深巷，見數枝幽獨。雕闌深護珍珠絡。閑倚香雲，斜欹暖玉。相看更燒銀燭。却清樽半醉，前事桭觸。蘭舟初泊。記雙紅梳掠。坐對名花晚，情莫莫。燈

前細語蛾綠。但回頭無奈，別離成各。西風緊、更催叢蓴。料得是、一樣心頭滋味，減來還惡。凝愁處、莫倚闌角。看一痕、澹月微雲裏，依然是昨。」

［二］美成思力：參見「評厲鶚《丁香結·暮春初霽用清真韵》」一則注［二］。美成，即周邦彥。

評張琦《摸魚兒》△［一］

風刺隱然［二］。

【注】

［一］此則人文本未收，據《篋中詞》補入。張琦《摸魚兒》：「漸黄昏、楚魂愁斷。啼鵑早又相喚。芳心欲寄天涯路，無奈水遥山遠。春過半。看絲影花痕，罥盡青苔院。好春一片。只付與輕狂，蜂兒蝶子，吹送午塵暗。　關山客，漫説歸期易算。知他多少凄怨。不曾真個東風妒，已是燕殘鶯懶。春晼晚。怕花雨朝來，一霎方塘滿。嫣紅誰伴？儘倚遍回闌，暮雲過盡，空有淚如霰。」

［二］風刺：即諷刺。語出《毛詩序》：「上以風化下，下以風刺上。」鄭玄箋：「風化、風刺，皆謂譬喻不斥言也。」

評張琦《南浦》△[一]

所謂深美閎約[二]。

【注】

[一]　此則人文本未收，據《篋中詞》補入。張琦《南浦》：「驚回殘夢，又起來、清夜正三更。花影一枝枝瘦，明月滿中庭。道是江南綺陌，却依然、小閣倚銀屏。悵海棠已老，心期難問，何處望高城？　忍記當時歡聚，到花時、長此托春酲。別恨而今誰訴，梁燕不曾醒。簾外依依香絮，算東風、吹到幾時停？向鴛衾無奈，啼鵑又作斷腸聲。」

[二]　深美閎約：參見「蓮漪詞題識」一則注[一三]。丁紹儀《聽秋聲館詞話》卷十九評云：「超俊不讓乃兄。」可參。

評二張詞[一]

翰風與哲兄同撰《宛鄰詞選》[二]，雖町畦未辟[三]，而奥窔始開[四]。其所自爲，大雅遒逸[五]，振北宋名家之緒[六]。其子仲遠序《同聲集》有云：「嘉慶以來，名家均從此出。」[七]信非虛語。周止齋益窮正變[八]，潘四農又持異論[九]。要之，倚聲之學由二張而始尊耳。

【注】

[一] 二張：指張惠言、張琦。

[二] 翰風：點校本《篋中詞》「風」作「豐」。哲兄：猶言令兄、賢兄，古人多用爲對他人兄長的敬稱。此稱張惠言。《文選·謝惠連〈西陵遇風獻康樂〉》詩「哲兄感仳别」，李善注：「兄謂靈運也。」

[三] 町畦：途徑。辟，同「闢」，開闢。《篋中詞》作「盡」。惲敬《堅白石齋詩集序》：「凡能于詩者，不得不自闢町畦，各尊壇坫。」

[四] 奥窔：原意爲堂室之内，《荀子·非十二子》：「奥窔之間，簟席之上，斂然聖王之文章具焉，佛然平世之俗起焉。」楊倞注：「西南隅謂之奥，東南隅謂之窔，言不出堂室之内也。」此喻奥妙精微之處。惲敬《重刻脉經序》：「若夫是書之精微博大，足以發軒岐之奥窔，通天地之門户。」

[五] 遒逸：雄健飄逸。趙彦衛《雲麓漫鈔》卷五評王獻之書法云：「筆力遒逸，真有父風。」

[六] 振北宋名家之緒：張惠言《詞選序》謂「宋之詞家，號爲極盛」，于北宋標舉張先、蘇軾、秦觀、周邦彦諸人，稱爲「淵淵乎文有其質」。緒，前人未竟之事業。《詩·魯頌·閟宫》「纘禹

之緒」,毛傳:「緒,業也。」鄭玄箋:「緒,事也。」

［七］ 仲遠:即張曜孫。張曜孫(一八〇八—一八六三):字仲遠,號升甫,晚號復生,江蘇武進(今常州)人。張琦子,張惠言侄。道光二十三年(一八四三)舉人,官湖北武昌知縣、漢陽同知、湖北督糧道,以道員補用。有《升甫詞》三卷,稿本。《同聲集》:清代詞選,張曜孫編選,十卷,録吴廷鈐、王曦、潘曾瑋、汪士進、王憲成、魯承齡、劉耀椿七人詞,人各一集,爲與常州詞派之同聲者,故名。有道光刊本。譚獻所引爲大意,其原文云:「而嘉慶詞人,其上者往往出此。」又云:「《詞選》之書,舊有附録七家,所以明源流之故,通古今之變。後之爲者,闕而未録。余嘗欲取嘉慶詞人之合者,匯爲一編,名曰《同聲集》,以著一家之言,備後來采摘。」參見「《同聲集》」一則注［一］。

［八］ 周止齋益窮正變:周濟《詞辨》分正、變二卷。參見「詞辨跋」一則注［一］。

［九］ 潘四農又持異論:指潘德輿《與葉生名澧書》對張惠言的非議。參見「潘德輿詞」一則。

評錢季重《六醜·朱藤》△［一］

寫仿清真,唐臨晋帖［二］,終非廖瑩中所能爲［三］。

【注】

［一］ 此則人文本未收，據《篋中詞》補入。錢季重（一七五八—一八二一）：原名夢蘭，字季重，號黄山，江蘇陽湖（今常州）人。諸生。有《黄山詞》，附張惠言《詞選》後。洪亮吉《北江詩話》卷一云：「同里錢秀才季重，工小詞，然飲酒使氣，有不可一世之概。」《篋中詞》今集卷三選錢季重詞二首，即《六醜》（正木棉乍試）、《四園竹》（蜂鬚蝶粉）。錢季重《六醜・朱藤》：「正木棉乍試，又砌石、紛披花萼。計春竟留，盡蜂狂蝶惡。亭午風弱。屈指人何在？小庭深處，剩一枝夭灼。燕支滿地餘香足。亂撷銀箏，輕調湘竹。回頭已成依約。聽風風雨雨，春去無脚。南園西閣。玉虎纏金鑰。一十三年久、香漠漠。兔葵燕麥森束。終有人護惜，也教錯愕。濃陰密、半來簾陌。也不是、當日勻香暈粉，珍珠落索。春雲裏、細語叮囑。恐飛紅、吹到他邊去，惹伊淚落。」

［二］ 唐臨晋帖：謂善于模仿，但未能出新意。唐人書法多臨摹晋人範本。語出陶宗儀《輟耕録・論詩》：「德機詩如何？曰：德機詩如唐臨晋帖。」

［三］ 終非廖瑩中所能爲：廖瑩中，南宋時人，依附權臣賈似道，擅書法，曾翻刻《淳化閣帖》。

評錢季重《四園竹》△［一］

用意深遠。

【注】

［一］　此則人文本未收，據《篋中詞》補入。錢季重《四園竹》：「蜂鬚蝶粉，不住鬧薔薇。紅凝綉幕，緑映窗紗，做得春肥。清晝長，閑拄杖、闌干獨倚。眼前棖觸相思。草離離。從兹緑到江南，料無有缺些兒。更想東風吹去，開到鄉園、舊日花枝。知也未？甚近日，香篝夢反稀。」

評丁履恒《緑意・雁》△［一］

人品甚高［二］。

【注】

［一］　此則人文本未收，據《篋中詞》補入。丁履恒（一七七〇—一八三二）：字若士，號冬心，江蘇武進（今常州）人。拔貢生，嘉慶十三年（一八〇八）召試，官山東肥城知縣。有《思賢閣詞草》二卷，咸豐四年（一八五四）聚珍本。丁紹儀《聽秋聲館詞話》卷二十云：「乾、嘉以來，玉田生詞風行海内，獨家若士大令履恒能窺其奥。」《篋中詞》今集卷三選丁屢恒詞一首，即《緑意》（暗蛩吟斷）、《滿庭芳》（冥霧沉山）。丁履恒《緑意・雁》：「暗蛩吟斷。又遠空嘹唳，數行驚雁。抛却梁州，萬里雲羅，猶帶塞聲凄怨。羅浮夢醒君歸去，那正好、草明香暖。怎知小别經年，却把鬢

華輕换。偏爲金商已逗，怕飛雪來寄，吴山湘岸。瘦影聯翩，還喜携群，小聚圓沙低暗。和煙冷抱蒹葭宿，早消盡、濃霜片片。到東風、吹入江南，又向塞垣飛遠。」

［二］人品甚高：意謂此是寓托自我遭際品格之作。丁紹儀《聽秋聲館詞話》卷二十評云：「如詠雁《疏影》（即《緑意》）云……不僅虎賁中郎，貌似而已。」張炎有名作《緑意》（碧圓自潔）詠荷葉，張惠言評云「此首自寓其意，遺簪不展，當年心苦可知」，又有《解連環》詠孤雁（楚江空晚），張惠言評云「此蓋在都時自寓之作」。（《皋文手批山中白雲詞》，《詞話叢編補編》第二册）可參。

評丁履恒《滿庭芳・北樓晚望》△［一］

氣體高妙［二］。

【注】

［一］此則人文本未收，據《篋中詞》補入。丁履恒《滿庭芳・北樓晚望》：「冥霧沉山，澹煙籠渚，畫出一片秋空。遠林霜葉，絢染十分紅。夢想來時陌上，相將見、應誤春工。知何處，水村山郭，澹蕩酒旗風。匆匆。又負了、黄花香晚，緑醑杯濃。算難將心事，訴與斷鴻。更向危闌

閑倚，蒼波渺、目斷孤篷。高城外，宛句雙水，流向夕陽東。」

［二］　氣體：指作品的氣勢與風格。陳善《捫虱新話》：「予觀國初文章，氣體卑弱，猶有五代餘習。」

評金應珹《湘春夜月·簾》△［一］

温潤縝密［二］。

【注】

［一］　此則人文本未收，據《篋中詞》補入。金應珹（生卒年不詳）：字子彦，安徽歙縣人。貢生，官禮部員外郎。張惠言弟子。有《蘭簃詞》，附張惠言《詞選》後。《篋中詞》今集卷三選金應珹詞三首，即《湘春夜月》（鎮愁人）、《湘春夜月》（捲簾旌）、《臨江仙》（篆煙厭厭人悄悄）。金應珹《湘春夜月·簾》：「鎮愁人，畫簾盡日低垂。一任蝶舞鶯歌，都付與斜暉。無奈梁間燕子，帶東風一縷，驀地歸來。又深苔細草，和將春思，吹入啼眉。　屏山倦倚，熏爐欲燼，寶篆微微。且上銀鈎，却放得纖纖月影，斜捲花枝。雕闌舊夢，倩誰刪、萬縷相思？算只是、把雙犀依舊，從教深押，莫問天涯。」

［二］　縝密：舊題司空圖《詩品》有「縝密」一品，楊廷芝《詩品淺解》釋云：「縝，縷也，結也。

密，稠也，秘也。縝現而密隱。」可參。

評金應瑊《臨江仙》△[一]

如明七子之擬古[二]。

【注】

[一] 此則人文本未收，據《篋中詞》補入。金應瑊《臨江仙》：「篆縷厭厭人悄悄，敧鬟慵倚銀屏。紅兒笑道月華明。海棠枝上，一半碧雲横。坐待窺窗窗正滿，一身花影亭亭。隔墻何處又吹笙。簾兒下了，雙袖悄寒生。」

[二] 明七子之擬古：明代前後七子詩，提倡復古，以擬古著稱一時。陳廷焯《詞則·別調集》卷六評云：「（評上闋）『一半』二字有情。（評下闋）旁面生情，極離合之妙。」可參。

評金式玉《六州歌頭》△[一]

言近旨遠[二]。

【注】

〔一〕　此則人文本未收，據《篋中詞》補入。金式玉（一七七四—一八〇一）：字朗甫，安徽歙縣人。嘉慶七年（一八〇二）進士。張惠言弟子。有《竹鄰詞》一卷，光緒間江陰繆氏刊《雲自在龕叢書·名家詞》本。陳廷焯《白雨齋詞話》卷四云：「金郎甫學于皋文（張惠言），《詞選》附録七首，意遠態濃，婉而多諷。」《篋中詞》選金式玉詞二首，即《六州歌頭》（重帷深鎖）、《南浦》（年年寄旅）。金式玉《六州歌頭》：「重帷深鎖，玉漏正三更。屏山暗，金荷燼，篆煙凝。短長亭。依約年時路，清溪曲，垂楊畔，朱門裏，晶簾下，月華明。風外翹鬟，掠削搔頭玉，隔住紅英。把花枝斜睇，雙靨淺霞生。芳意盈盈。更忪惺。　憶郎不見，眉翠薄，鬟雲亂，悄含情。飛鴻遠，空惆悵，望高城。只星星。飛絮天涯影，風搖漾，不曾停。人瘦損，花憔悴，總飄零。愁殺東風輕別，知何處、粉袖銀箏？怎禁他花外，殘點一聲聲。好夢頻驚。」

〔二〕　言近旨遠：語言淺近而涵義深遠，指有所寄托。語出《孟子·盡心下》：「言近而指遠者，善言也。」孫奭疏：「言辭之近而指意已遠者，乃爲善言者也。」

評鄭善長《緑意·殘荷》△〔一〕

叔夏却步〔二〕。

【注】

[一] 此則人文本未收，據《篋中詞》補入。鄭善長（生卒年不詳）：字掄元，以字行，安徽歙縣人。諸生。張惠言弟子。有《字橋詞》，附《詞選》後。陳廷焯《白雨齋詞話》卷四云：「鄭掄元《字橋詞》，思深意苦，深得中仙（王沂孫）之妙。」《篋中詞》今集卷三選鄭善長詞二首，即《綠意》（芳塘曲處）、《高陽臺》（暮雨催眠）。鄭善長《綠意·荷》：「芳塘曲處。看翠雲憔悴，收盡殘暑。記得羅衣，波上頻湔，嬌鬟一時相妒。而今一片煙波冷，只剩得、雙雙鷗鷺。知恁時、越女還來，空憶采蓮前度。　眼底紅芳嫁盡，但枯萁歷亂，堪訴愁苦。捲向熏風，坼向西風，消受斜陽無數。曉來清露憐儂甚，正無奈、盤心非故。只看他、鉛淚難收，灑向一池煙雨。」

[二] 叔夏却步：叔夏，即張炎，有《綠意》詠荷葉詞。謝章鋌《賭棋山莊詞話》續編卷一評云：「善長《殘荷》云『捲向熏風，坼向西風，消受斜陽無數』……而皆耐人尋味，固與如塗塗附者異矣。」陳廷焯《詞則·大雅集》卷六云：「思深意苦，得中仙（王沂孫）之骨髓矣。」可參。

評鄭善長《高陽臺·柳》[一]

常州詞派，不善學之，入于平鈍廓落[二]，當求其用意深雋處[三]。

【注】

［一］　鄭善長《高陽臺·柳》：「暮雨催眠，曉風催起，絲絲綰住春愁。依舊清明，還教伴我登樓。平蕪一片斜陽影，問韶光、何處勾留？怎憑他，醮盡流波，送盡行舟。　當年繫馬江南路，正歌臺月暗，舞榭風稠。纖手而今，攀來可記温柔？儂心化作天涯絮，怕重來、錯認簾鈎。便拚他、過了殘春，又是殘秋。」

［二］　入于平鈍廓落：譚獻《補録》卷二光緒十五年（一八八九）九月初五日記：「蒙叔（沈景修）示王四篁《賞眉齋詞》，云是周保緒（周濟）弟子。以示俞少甫，不以爲作家，今日閲之，平直而入于鈍，蓋不欲爲側艷而實無才韵，得師説之皮毛者。」可參看。廓落，結構松散，内容空泛。葛洪《神仙傳·王遠》：「遠有書與陳尉，其書廓落，大而不工。」

［三］　用意深雋：常州詞派作詞重立意，崇尚寄意題外，包藴無窮。周濟《介存齋論詞雜著》云：「學詞先以用心爲主，遇一事、見一物，即能沉思獨往，冥然終日，出手自然不平。」陳廷焯《詞則·别調集》卷六評云：「（評上闋）含情要眇。　（評下闋末數句）深婉沈篤，純乎碧山（王沂孫）詠物諸篇。」又《白雨齋詞話》卷四云：「掄元《高陽臺·柳》云……哀怨纏綿，碧山之深厚，玉田（張炎）之清雅，兩得之矣。」可參。

評錢枚《清平樂》△[一]

高格。

【注】

[一] 此則人文本未收，據《篋中詞》補入。錢枚：參見「微波詞叙」一則注[一]。《篋中詞》今集卷三選錢枚詞三首，即《風蝶令》（好夢難重作）、《清平樂》（斜風細雨）、《憶王孫》（短長亭子短長橋）。錢枚《清平樂》：「斜風細雨。總是銷魂處。儂自留人留不住。好夢幾時重作？天涯芳草悠悠。垂楊景裏登樓。望盡去帆千片，更無一個歸舟。」

錢枚詞△[一]

《微波詞》芳蘭竟體，秀絶人寰。有「人爲傷心纔學佛」語[二]，尤警絶。

【注】

[一] 此則人文本、補編本未收，據《篋中詞》補入。

［二］人爲傷心纔學佛：此爲錢枚《浣溪沙·記夢》中詞句。參見「微波詞叙」注［二三］。

評周濟《渡江雲·楊花》△［一］

怨斷之中，豪宕不減［二］。

【注】

［一］此則人文本未收，據《篋中詞》補入。周濟：參見「詞辨跋」一則注［一］。《篋中詞》今集卷三選周濟詞十首，即《渡江雲》（春風真解事）、《垂楊》（秋懷漸遠）、《徵招》（邊笳吹老天山雪）、《滿庭芳》（珍重經年）、《夜飛鵲》（春酣鎮無語）、《八六子》（竟春歸）、《蝶戀花》（柳絮年年三月暮）、《唐多令》（轉過赤欄橋）、《蝶戀花》（絡緯啼秋啼不已）、《金明池》（十五年前）。周濟《渡江雲·楊花》：「春風真解事，等閑吹遍，無數短長亭。一星星是恨，直送春歸，替了落花聲。憑闌極目，蕩春波、萬種春情。應笑人、春糧幾許，便要數征程。　冥冥。車輪落日，散綺餘霞，漸都迷幻景。問收向、紅窗畫篋，可算凋零？相逢只有浮萍好，奈蓬萊東指，弱水盈盈。休更惜，秋風吹老蒓羹。」

［二］「怨斷之中」二句：此詞寫柔情幽思，却境界開闊，多用健筆，故云。李商隱《柳枝五首序》：「作天海風濤之曲，幽憶怨斷之音。」

評周濟《垂楊·立冬前七日聞蟬和叔安》△[一]

開闔動蕩[二]。

【注】

[一] 此則人文本未收，據《篋中詞》補入。周濟《垂楊·立冬前七日聞蟬和叔安》：「秋懷漸遠。聽蒼黄病柳，一聲凄婉。曳入西風，可應還似秋前滿。分明凝絶重低轉。替人説、嫩凉池館。被連番、青女無情，把露華偷剪。　知否吟蛩乍緩。便户下床頭，不成濃暖。漫立高枝，夕陽偏向疏林展。誰留鬢影誰紈扇？但贏得、琴絲題怨。宵來霜月孤行，魂易斷。」

[二] 開闔動蕩：周濟《介存齋論詞雜著》自述作詞心得云：「次則講離合，成片段而無離合，一覽索然矣。」離合，即章法的開闔動蕩。

評周濟《徵招·冰鉦》△[一]

擲筆空際[二]，偉岸深警，如讀杜詩。

【注】

［一］此則人文本未收，據《篋中詞》補入。周濟《徵招·冰鉦》：「邊笳吹老天山雪，踆烏乍棲庭樹。露重卸金盤，聽商音凄苦。兒童驕自詡。便閑把、棘門軍聚。數點敲殘，千家寒月，隔墻砧杵。何處是靈津？流漸結、沖沖馬蹄難駐。待約鸛鵝齊沸，春池蛙鼓。熏風知幾度？向瑶榭、换將荷柱。漫凝想，鶴氅風姿，有顧榮揮羽。」

［二］擲筆空際：即周濟評吴文英詞云「空際轉身」之意。參見「評林蕃鍾《梅子黄時雨·江邊觀人送别……》」一則注［二］。

評周濟《滿庭芳·梨花》△［一］

逋峭［二］。

【注】

［一］此則人文本未收，據《篋中詞》補入。周濟《滿庭芳·梨花》：「珍重經年，玲瓏數朵，樓前越樣豐姿。東君著意，開比海棠遲。爛漫群芳似錦，深宵露、洗盡燕支。無人見，亭亭顧景，明月過墻時。渾疑逢洛浦，凌波佩解，天慰相思。正團圓果就，怎説將離？一剪紅襟斜度，窺

鴛枕、雲想輕移。年年約，湔裙俊侶，沉醉碧頗黎。」

［二］ 逋峭：本意爲屋柱曲折貌，也指人或詩文有風致。《魏書·文苑傳》：「（温子昇）不修容止，謂人曰：『詩章易作，逋峭難爲』。」周密《齊東野語》卷八：「魏收有『逋峭難爲』之語，人多不知其義。熙寧間，蘇子容（蘇頌）丞相奉使契丹，道北京時，文潞公（文彦博）爲留守，燕欵從容，因扣逋峭之義。蘇公曰：『向聞之宋元憲（宋庠）云，事見《木經》，蓋梁上小柱名，取其有折勢之義耳。』」徐度《却掃編》卷中亦載。此處指詞意曲折多姿。

評周濟《夜飛鵲·海棠和四篁》△［一］

閟約［二］。

【注】

［一］ 此則人文本未收，據《篋中詞》補入。周濟《夜飛鵲·海棠和四篁》：「春酣鎮無語，閑倚朝雲。渾不解，爲何人。胭脂著意暈雙頰，輕綃疊翠圓匀。生來七分媚骨，况霞明煙澹，作得三分。尋常伴侣，試新妝、漫約湔裙。　天上三郎撾鼓，催滿苑花枝，與鬥精神。一例團雲裁雪，流鶯暗約，蜂蝶空群。燒殘絳蠟，奈真妃、也則銷魂。待蒙蒙雨歇，可堪重訪，綺陌芳塵。」

［二］ 閎約：參見「願爲明鏡室詞稿序」一則注［三］。

評周濟《八六子》△［一］

温然其辭［二］。

【注】

［一］ 此則人文本未收，據《篋中詞》補入。周濟《八六子》：「竟春歸。落英孤負，海山冉冉晴暉。歎不共鶯衣熠耀，偏隨燕羽飄零，年光付誰？ 垂楊空門腰圍。只見陌頭泥滑，那聞駿馬嘶來。向翠樓、深處障風揄袖，惜春人去，艷情無極，只憑楚調湘弦急絙，秦聲羌管横吹。傍妝臺。游絲但牽恨回。」

［二］ 温然：温和貌。《詩・秦風・小戎》：「言念君子，温其如玉。」鄭玄箋：「念君子之性，温然如玉。」

評周濟《蝶戀花》△［一］

渾灝［二］。

【注】

［一］此則人文本未收，據《篋中詞》補入。周濟《蝶戀花》：「柳絮年年三月暮。斷送鶯花，十里湖邊路。萬轉千回無落處。隨儂只恁低低去。　滿眼頹垣欹病樹。縱有餘英，不直封姨妒。煙裏黄沙遮不住。河流日夜東南注。」

［二］渾灝：詞境渾成而氣象闊大。韓溎《澗泉日記》卷下：「周茂振製詞，雖規模小，不甚渾灝，然皆不苟作，篇篇運思皆工。」

評周濟《金明池·荷花》△［一］

風刺。

【注】

［一］此則人文本未收，據《篋中詞》補入。周濟《金明池·荷花》：「十五年前，明灣消夏，夜擁紅香酣睡。船唇畔、錦圍綉繞，三十六鴛鴦婣隊。甚頻將、楚水吴山，都化作、海蜃無憑雲氣。但戢翼僧廬，分他古佛，坐下蓮趺香靄。　雪藕留絲絲却在。又演出田田，弄波情態。金莖露、明擎在掌，争傾作、一池珠碎。定知他、弱不勝梁，似水荇牽風，空餘翠帶。待過了新秋，那時

重認，顧景珊珊環佩。」

周濟詞

茗柯《詞選》出[一]，倚聲之學日趨正鵠[二]。張氏甥董晉卿造微踵美[三]，予未得其全集[四]。止庵切磋于晉卿[五]，而持論益精。其言曰[六]：「慎重而後出之，馳騁而變化之，胸襟醞釀，乃有所寄。」又曰：「詞非寄托不入，專寄托不出。一物一事，引伸觸類[七]，意感偶生，假類必達，斯入矣。萬感橫集，五中無主[八]，赤子隨母笑啼，野人緣劇喜怒[九]，能出矣。」以予所見，周氏撰定《詞辨》、《宋四家詞筏》[一〇]，推明張氏之旨而廣大之，此道遂與于著作之林，與詩賦文筆同其正變也[一一]。止庵自爲詞精密純正[一二]，與茗柯把臂入林[一三]。予亦録十篇，與茗柯并。[一四]

【注】

[一]　茗柯《詞選》：即張惠言、張琦編《詞選》，又名《宛鄰詞選》。

[二]　正鵠：箭靶的中心，喻正確的目標。《禮記・中庸》：「子曰：『射有似乎君子，失諸

言射者失于正鵠，謂矢不中正鵠，不責他人，反鄉(向)自責其身。」」孔穎達疏：「正，謂賓射之侯。鵠，謂大射之侯。正鵠，反求諸其身。』」孔穎達疏：「正，謂賓射之侯。鵠，謂大射之侯。

[三] 晋卿：即董士錫。參見「評董士錫《江城子·丙寅里中作》」一則注[一]。造微：達到精妙的程度。齊己《酬微上人》詩：「古律皆深妙，新吟復造微。」踵美：繼承前人的功業和美德。愛新覺羅·玄燁《書畫譜序》：「故鍾繇書有其遺法，而王羲之踵美垂徽，祧前啟後。」

[四] 予未得其全集：此七字人文本、補編本無，據《篋中詞》補。

[五] 止庵切磋于晋卿：止庵，周濟號。周濟《詞辨自序》云：「余年十六學爲詞，甲子(一八〇四)始識武進董晋卿。晋卿年少于余，而其詞纏綿往復，窮高極深，異乎平時所仿效，心向慕不能已。晋卿爲詞，師其舅氏張皋文、翰風兄弟。……余遂受法晋卿，已而造詣日以異，論說亦互相短長。」

[六] 其言曰以下：此爲譚獻摘周濟言論要點而概述之，見周濟《介存齋論詞雜著》、《宋四家詞選目録序論》。

[七] 引伸觸類：周濟原文爲「引而伸之，觸類多通」。參見「復堂詞録叙」一則注[二五]。

[八] 五中無主：謂内心處于不自知狀態。五中，即五臟。《素問·陰陽類論》：「五中所主，何藏最貴？」王冰注：「五中謂五藏(臟)。」

[九] 「赤子」二句：謂産生自然而然的反應。野人，周濟《宋四家詞選目録序論》原作「鄉人」，指村野細民。緣劇，觀劇。

［一〇］《宋四家詞筏》：即《宋四家詞選》。周濟《止庵遺書》載《宋四家詞筏序》，可知此爲初名。參見「《宋四家詞選》」一則。

［一一］與詩賦文筆同其正變也：意即推尊詞體，與張惠言《詞選序》「無使風雅之士，懲于鄙俗之音，不敢與詩賦之流同類而風誦之也」意同。也，《復堂詞話》無，據《篋中詞》補。

［一二］止庵自爲詞：周濟撰有《味雋齋詞》、《存審軒詞》。

［一三］把臂入林：參見「老學後盦自訂詞叙」一則注［二七］。

［一四］予亦録十篇以下：此七字人文本、補編本無，據《篋中詞》補。

評董士錫《江城子·丙寅里中作》△［一］

格高。

【注】

［一］此則人文本未收，據《篋中詞》補入。董士錫（一七八二—一八三一）：字晉卿，一字損甫，江蘇武進（今常州）人，張惠言甥。嘉慶十八年（一八一三）副榜貢生，候選直隸州判。又歷主通州紫琅書院，揚州廣陵、泰州書院講席。從張惠言兄弟游，精古文辭及《周易》義理。有《齊

物論齋詞》一卷，道光三年（一八二三）刻《受經堂彙稿》本。周濟《味雋齋詞自序》云：「吾郡（指常州）自皋文（張惠言）、子居（惲敬）兩先生開闢榛莽，以《國風》、《離騷》之旨趣，鑄温（温庭筠）、韋（韋莊）、周（周邦彦）、辛（辛弃疾）之面目，一時作者競出，晉卿集大成。」沈曾植《菌閣瑣談》云：「《齊物論齋詞》，爲皋文正嫡。皋文疏節闊調，猶有曲子律縛不住者。在晉卿則應徽按柱，斂氣循聲，興象風神，悉舉騷雅。古懷納諸令慢，標碧山（王沂孙）爲詞家四宗之一。此宗超詣，晉卿爲無上上乘矣。玉田（张炎）所謂清空騷雅者，亦至晉卿而後盡其能事。其與白石（姜夔）不同者，白石有名句可標，晉卿無名句可標。其孤峭在此，不便摹擬亦在此。仲修備識淵源，對之一詞莫贊，毗陵詞人亦更無能嗣響者。可謂門風峻絶。」《篋中詞》今集卷三選董士錫詞二首，即《江城子》（寒風相送出層城）、《憶舊游》（恨繁華逝水）。董士錫《江城子·丙寅里中作》：「寒風相送出層城。曉霜凝。畫輪輕。墻内烏啼，墻外少人行。折盡垂楊千萬縷，留不住，此時情。　紅橋獨上數春星。月華生。水天平。鏡裏芙蓉，應向臉邊明。金雁一雙飛過也，空目斷，遠山青。」

評董士錫《憶舊游·寄題「落花人獨立，微雨燕雙飛」卷子》△[一]

鬱勃無端[二]。

【注】

［一］　此則人文本未收，據《篋中詞》補入。董士錫《憶舊游·寄題「落花人獨立，微雨燕雙飛」卷子》：「恨繁華逝水，萬點燕支，零亂成堆。花命如人薄，早芹泥送冷，獨下空階。燕兒似惜花落，雙影尚徘徊。又暗雨如絲，和愁織就，凄絶池臺。　蕭齋。怨離阻，盼舊侶歸時，與訴春懷。淚眼無晴日，有當年笑口，知爲誰開？買歡剩買腸斷，從此怕銜杯。算好夢偏遥，東風慣帶幽恨來。」

［二］　鬱勃：心中鬱結堵塞。《周禮·春官·典同》「弇聲鬱」，鄭玄注：「弇則聲鬱勃不出也。」周濟《介存齋論詞雜著》云：「稼軒（辛弃疾）鬱勃，故情深。」可參。

評汪士進《鵲橋仙》△［一］

嬋嫣百態［二］。

【注】

［一］　此則人文本未收，據《篋中詞》補入。汪士進（一七九六—一八五八）：字逸雲，江蘇陽湖（今常州）人。道光二十三年（一八四三）舉人。除《聽雨詞》一卷收入《同聲集》外，尚有《鬘

雲軒詞》二卷，同治十一年（一八七二）刻本。弟子蒯賀蓀序其詞集云：「（張惠言）編修，先生鄉里先輩，觀摩有自，宜乎此卷之直追白石（姜夔）、碧山（王沂孫）也。」《篋中詞》今集卷三選汪士進詞四首，即《醉花陰》（窗兒閃閃燈兒細）、《鵲橋仙》（幾重煙水）、《鵲橋仙》（誰知今夜）、《高陽臺》（人比花嬌）。汪士進《鵲橋仙》：「誰知今夜，簾垂風細，翻做淚痕凝面。隔林啼鳥兩三聲，似悔把、舊巢輕換。瑣窗深掩，花冠不整，道是紅鶯綠泫。早知見了又無言，怎背地、千思萬轉？」

［二］嬋嫣：同「嬋媛」，美好。蕭統《昭明太子集·七契》：「奇舞遞作，名謳斯召；約綽妍姿，嬋嫣宜笑。」

評承齡《金縷曲·蠟淚》△［一］

善學幼安［二］。

【注】

［一］此則人文本未收，據《篋中詞》補入。承齡（一八一四—一八六五）：字子久，一字叔度，號尊生、藏庵。裕瑚魯氏，滿洲正黄旗人。道光十六年（一八三六）恩科進士，官至貴州按察使。有《冰蠶詞》（一名《大小雅堂詩餘》）一卷，光緒十八年（一八九二）刻本。蠶，河北教育版《日

記》誤作「藺」，中華版已改正。其詞諸家有評，如潘曾瑋《周氏詞辨序》云：「友人承子久儀部好爲詞，嘗與余上下其議論，自三唐、兩宋，迄于元之季世，條分縷析，未嘗不以余言爲然。蓋子久與余皆取法于張氏（張惠言、張琦）。」徐郙序其詞集云：「詞則上法南唐，而旨近宋之吴夢窗（吴文英）、王聖與（王沂孫）。」李佳《左庵詞話》卷上云：「嗣嘉道間，子久方伯承齡著有《冰蠶詞》，一時許爲作家。然音調雅諧，猶嫌意少。」《篋中詞》今集選承齡詞五首，即《蝶戀花》（日日江樓愁獨憑）、《金縷曲》（莫剪燈花穗）、《采桑子》（水豐坊裏尋常見）、《憶舊游》（怎燕子鶯兒）、《雙雙燕》（玉釵股上）。承齡《金縷曲·蠟淚》：「莫剪燈花穗。炮啼痕、無情有恨，畫堂秋思。待把碧紗深深護，又被斜風吹起。更不管、玉釵憔悴。斗轉參横人將去，暗相和、銀箭翻濤水。點點是，別時淚。　華筵似夢從頭記。記春江、徵歌說劍，六朝游戲。十萬驪龍珠齊吐，分照花天酒地。剩狼籍、堆階紅膩。結客歸來黄金盡，爇香心、伴我修眉史。誰忍賦，短檠棄。」

［二］　善學幼安：辛棄疾有多首用《賀新郎》（即《金縷曲》）調的詠物詞，如賦水仙、賦海棠、賦琵琶等。幼安，即辛棄疾。

評承齡《采桑子》△［一］

妍妙。

【注】

〔一〕 此則人文本未收，據《篋中詞》補入。承齡《采桑子》：「永豐坊裏尋常見，瘦削腰肢。雙燕來時。一剪東風萬柳絲。　江南花事憑誰説，開到荼蘼。莫綰相思。如水春愁醉不知。」

評承齡《憶舊游·送春》△〔一〕

草窗勝境〔二〕。

【注】

〔一〕 此則人文本未收，據《篋中詞》補入。承齡《憶舊游·送春》：「怎燕子鶯兒，匆匆舞倦，便勸春歸？荏苒隨流水，算榆錢買得，能住多時。落花乍低還起，如訂隔年期。縱説道東風，年年依舊，老了楊枝。　徘徊。認蹤迹，是碧泛萍圓，紅沁苔肥。打疊和愁送，奈天涯夢遠，粘著游絲。綠陰近來門巷，蜂蝶不曾知。但目斷斜陽，芳園客去簾晝垂。」

〔二〕 草窗勝境：周密亦有送春詞，如《憶舊游·次韵箕房有懷東園》，意境近似。草窗，即周密。

評承齡《雙雙燕·白燕》△[一]

幽靚凄婉[二]。

【注】

[一] 此則人文本未收，據《篋中詞》補入。承齡《雙雙燕·白燕》：「玉釵股上，共幺鳳輕搖，舊時曾見。鉛華浄洗，漫問漢家宮殿。催得柳明花暗。掠飛絮，風前零亂。留他月影雕梁，囑咐晶簾休捲。芳院。梨雲片片。正蝶粉初乾，莫拋雙剪。傷春人老，憔悴雪香煙暖。翻妒愁痕太淺。想一縷、紅絲猶罥。樓中縱有春風，也恐鬢華早換。」

[二] 幽靚：猶深美。王禕《王忠文集·楊季子詩序》：「至于沖邃幽靚之思，往往能道人之所不能言。」

評潘德輿《蝶戀花·春暮寄景蘧》△[一]

駘蕩縹緲，何嘗非陽湖詞派[二]？

【注】

［一］　此則人文本未收，據《篋中詞》補入。潘德輿（一七八五—一八三九）：字彥輔，一字四農，號養一，一號天爾，又號艮亭居士、念石道人，江蘇山陽（今淮安）人。道光八年（一八二八）舉鄉榜第一，屢試不售，候補安徽知縣，晚任阜寧觀海書院、安東清漣書院講席。有《養一齋詞》三卷，咸豐三年（一八五三）刻本。其詞集自序述填詞經歷云：「余年二十七始學爲詞，愛韋端己（韋莊）、馮正中（馮延巳）風調。一歲得一卷，流轉友人，索之不可得。平心思之，情取跌宕，不無佻冶，無足恨也。兹帙起癸酉，至今得三卷，又自删其十之二。……余中年頗泛濫于稼軒（辛棄疾）、玉田（張炎）兩家，數歲來欲參北宋一唱三歎之旨，恨才思庸下，萬萬不足以追躡也。」《篋中詞》今集卷三選潘德輿詞二首，即《蝶戀花》（百尺高樓春色暮）、《望海潮》（欄杆醉拍）。潘德輿《蝶戀花・春暮寄景蘧》：「百尺高樓春色暮。不捲珠簾，怕惹粘窗絮。只有惜春鶯解語。隨風又入煙中樹。　陌上尋芳羞獨去。碧水紅橋，盡是相思處。吹盡殘花須閉户。繪畫漸有瀟瀟雨。」

［二］　「駘蕩縹緲」二句：謂意境詞旨朦朧難明，接近常州派詞風。駘蕩，放散，無拘束。《文選・謝朓〈直中書省〉》詩：「春物方駘蕩。」李善注引司馬彪：「駘蕩，猶放散也。」

評潘德興《望海潮·中秋無月》△[一]

亦在草窗、玉田間，何遽北宋[二]。

【注】

[一] 此則人文本未收，據《篋中詞》補入。潘德興《望海潮·中秋無月》：「闌干醉拍，銀蟾何處，涼雲湧似秋潮。慣聽西窗，無情暗雨，也宜讓出今宵。久客易魂銷。對金盤玉宇，倦眼無聊。何況朦朧，廣寒宮闕隔煙霄。　南天鄉樹迢遥。想一輪端正，光碾瓊瑶。兒女滿庭，朋儔倚閣，酒邊話我蓬飄。漏轉怯涼飆。歎彩箋慵賦，銀燭愁燒。只好酣眠，夢中歸蕩碧溪橈。」

[二] 何遽北宋：潘德興論詞崇尚北宋，其《與葉生名澧書》以爲詞「則莫盛于北宋。詞之有北宋，猶詩之有盛唐」，故云。參見下則。遽，争競。《楚辭·大招》：「春氣奮發，萬物遽只。」王逸章句：「遽，猶競也。」

潘德輿詞

四農大令《與葉生書》略曰[一]：「張氏《詞選》，抗志希古[二]，標高揭己[三]，宏音雅調，多被排擯。五代、北宋有自昔傳誦、非徒隻句之警者，張氏亦多愬然置之[四]。竊謂詞濫觴于唐，暢于五代，而意格之閎深曲摯，則莫盛于北宋。詞之有北宋，猶詩之有盛唐，至南宋則稍衰矣。」云云。張氏之後，首發難端，亦可謂言之有故。然不求立言宗旨[五]，而以迹論，則亦何異明中葉詩人之侈口盛唐耶[六]？宜《養一齋詞》平鈍淺狹[七]，不足登大雅之堂也。然其針砭張氏，亦是諍友[八]。

【注】

［一］ 四農大令：潘德輿曾任安徽知縣，故稱。大令，對知縣的尊稱。《與葉生書》：原題《與葉生名灃書》，見《養一齋集》卷二十二，中華書局一九八三年版。文字略有同異。

［二］ 抗志希古：懷有高尚志向，仰慕古人之道。語出《文選・嵇康〈幽憤詩〉》：「抗心希古，任其所尚。」吕延濟注：「希，慕也。言舉心慕古人之道。」

［三］　標高揭己：謂高自標榜。語出韓愈《祭河南張員外文》：「君德渾剛，標高揭己，有不吾如，唾猶泥滓。」《文選·張衡〈西京賦〉》「揭焉中峙」，李善注引《説文》：「揭，高舉也。」

［四］　恝然：冷淡，不在意。《孟子·萬章上》：「夫公明高以孝子之心，爲不若是恝。」趙岐注：「恝，無愁之貌。」焦循正義：「忽忘于心，即是無愁。」

［五］　旨：點校本《篋中詞》誤作「音」。

［六］　明中葉詩人之侈口盛唐：指明代弘治、正德年間「前七子」代表人物李夢陽、何景明等「文必秦漢，詩必盛唐」的復古主張。潘德興《養一齋詞自序》亦云：「竊論詞莫備于宋，莫高于北宋。詞尊北宋，猶詩崇盛唐，皆直接三百篇、漢魏樂府者也。」

［七］　平鈍淺狹：此爲清代學人之詞通病，譚獻多處以「平鈍」訾之。其評潘德興《蝶戀花》（百尺高樓春色暮）亦云：「駘蕩縹緲，何嘗非陽湖詞派？」即將其歸入張惠言等常州詞派一路。

［八］　静友：直言規勸之友。《白虎通·諫諍》引《孝經》：「大夫有諍臣三人，雖無道，不失其家。士有諍友，則身不離于令名。」

評宋翔鳳《高陽臺·次龔定庵韵》△［一］

婉約。

【注】

［一］　此則人文本未收，據《篋中詞》補入。宋翔鳳（一七七六—一八六〇）：字虞庭，一字于庭，江蘇長洲（今蘇州）人。嘉慶五年（一八〇〇）舉人。爲常州學派代表人物莊述祖之甥，從張惠言學。歷官泰州學正、旌德訓導、湖南新寧、耒陽等縣知縣，後以老乞歸。咸豐九年（一八五九）重賦鹿鳴，加知府銜。曾館鄧廷楨幕。有《浮谿精舍詞三種》（含《洞簫詞》一卷、《香草詞》二卷、《碧雲盦詞》二卷），光緒間江陰繆氏刊《雲自在盦叢書·名家詞》本；另有《樂府餘論》一卷等。其《香草詞序》云：「（張惠言）先生于學皆有源流，至于填詞，自得宗旨。其于古人之詞，必縋幽鑿險，求義理之所安，……其自爲詞也，必窮比興之體類，宅章句于情性，蓋聖于詞者也。」杜文瀾《憩園詞話》卷三云：「老友宋于庭司馬所作《樂府餘論》已摘録二則。司馬著作等身，兵燹後流傳甚少，深可慨已。今于《詞綜續編》中得讀其《香草詞》二闋。」《篋中詞》今集卷三選宋翔鳳詞一首，即《高陽臺·次龔定庵韵》：「雲疊離情，風牽别緒，過來幾個今宵。人在天涯，芳時各恨飄蕭。尊前莫唱傷心曲，有年時、種種無聊。怕蹉跎、冷到瓊花，咽到瓊簫。　休憎一水盈盈隔，唤蘭舟渡去，瑶想全抛。如此相逢，淚斑總漬冰綃。消愁説是杯中酒，爲愁多、酒也難消。又無端、玉頰微侵，却是紅潮。」

評汪全德《唐多令》△[一]

格韻俱遠[二]。

【注】

[一] 此則人文本未收，據《篋中詞》補入。汪全德（一七八三—一八二九）：字竹素，號修甫，一號小竹，江蘇儀徵人，嘉慶十年（一八〇五）進士，選庶吉士，散館改工部都水司主事，升員外郎，曾充江西吉南贛寧道，署江西布政使。有《崇睦山房詞》一卷，嘉慶二十四年（一八一九）刊《八家詞鈔》本。張德瀛《詞徵》謂其詞「如深閨少婦，畏見姑嫜」。《篋中詞》今集續卷三選汪全德詞五首，即《唐多令》（春水細紋生）、《探春慢》（薄靄籠寒）、《綠意》（春愁如綺）、《掃花游》（溪邊一樹）、《解連環》（小屏山北）。汪全德《唐多令》：「春水細紋生。春雲綠未成。趁東風、第幾山程。溪上碧桃開又落，啼不住，舊時鶯。　來日是清明。天涯節序更。一年年、飛絮關情。南國不歸春又晚，逢社燕，説飄零。」

[二] 格韻：格調韻味。

評汪全德《探春慢》△[一]

氣體甚高。

【注】

[一] 此則人文本未收，據《篋中詞》補入。汪全德《探春慢》：「薄靄籠寒，低雲破曉，雨絲吹上簾額。迎社榆錢，定巢燕子，長記江南此日。無那人憔悴，儘閑殺、吟箋賦筆。倦游懶起看花，風情惆悵似昔。　殘睡流鶯喚醒，剛報道禁煙，時候岑寂。研粉懷香，湔蘭祓夢，付與天涯淒惻。紅板橋邊路，問繫馬、當年舊宅。春水無言，照人愁鬢先白。」

評汪全德《綠意・春草和玉田》△[一]

北宋名篇，柔澹秀折。

【注】

[一] 此則人文本未收，據《篋中詞》補入。汪全德《綠意・春草和玉田》：「春愁如綺。

訝漸行漸遠，零亂天際。惻惻東風，剗盡還生，無端又引離思。蘼蕪舊夢新來少，見説道、春歸容易。任滿城、墜粉飄香，不到斷橋山寺。休唱江淹秀句，憶少年彩筆，應更憔悴。黯澹宮袍，倦倚危闌，怕看傷心煙翠。鈿車冷落西泠別，换幾度、燕泥芳砌。剩樂游、花外斜陽，照一帶無人地。」

評汪全德《掃花游・溪上見梨花已將落矣》△[一]

情語癡絶。

【注】

[一] 此則人文本未收，據《篋中詞》補入。汪全德《掃花游・溪上見梨花已將落矣》：「谿邊一樹，正過雨生寒，將煙似暝。早鶯漸近。把年來曉夢，向春啼醒。澹月生時，識得伶俜舊影。有誰問？是那日剪燈，門掩香徑。　池館芳信冷。憶翠袖單寒，一枝誰并。等閑窺鏡。怕何郎去後，懶殘宮粉。便到飄零，莫似楊花飛盡。晚風緊。怕星星、欲吹愁鬢。」

評周之琦《三姝媚·海淀集賢院……》△[一]

工力甚深。

【注】

[一] 此則人文本未收，據《篋中詞》補入。周之琦（一七八二—一八六二）：字稚圭，號耕樵，又號退庵，河南祥符（今開封）人。嘉慶十三年（一八〇八）進士，改庶吉士，官翰林院侍講、四川按察使、浙江布政使、廣西巡撫。有《心日齋詞集》六卷（包括《金梁夢月詞》二卷、《懷夢詞》一卷、《鴻雪詞》二卷、《退庵詞》一卷），嘉慶刻本。另輯《十六家詞選》十六卷。其詞諸家有評，如杜文瀾跋其詞集云：「蓋吾朝詞學盛行，才人輩出，往往摹仿兩宋，而此中格律音韵，不免參差，以講求未能精覈也。獨中丞細意探討，按節諧聲，不失半黍，海内知音者悉宗之。」黄燮清《國朝詞綜續編》卷六云：「《夢月詞》渾融深厚，語語藏鋒，北宋瓣香，于斯未墜。」謝章鋌《賭棋山莊詞話》卷二二云：「祥符周稚圭之琦著《金梁夢月詞》，短調學温（温庭筠）、李（李煜），長調學姜（姜夔）、史（史達祖）。」蔣敦復《芬陀利室詞話》卷一云：「官通顯，顧其詞憔悴婉篤，恤乎若有隱憂。」《篋中詞》今集卷三選周之琦詞五首，即《三姝媚》（交枝紅在眼）、《一枝春》（珂里新晴）、《瑞鶴

仙》（柳絲征袂綰）、《踏莎行》（勸客清樽）、《思佳客》（帕上新題間舊題）。周之琦《三姝媚·海淀集賢院有水石花柳之勝，予歲或數十信宿。戊寅春暮，獨游池畔，寓物寫情，弁陽翁所謂薄酒孤吟者也》：「交枝紅在眼。蕩簾波香深，鏡瀾痕淺。費盡春工，占勝游惟許，等閑鶯燕。步屧廊回，盈褪粉、蛛絲偷罥。小影伶俜，冷到梨雲，便成秋苑。　容易題襟吹散。又酒逐花迷，夢將天遠。繫馬垂楊，但翠眉還識，舊時人面。暗數韶華，空笑我、櫻桃三見。剩有盈盈蝴蝶，西窗弄晚。」

評周之琦《一枝春》△[一]

仙骨[二]。

【注】

[一]　此則人文本未收，據《篋中詞》補入。周之琦《一枝春》：「珂里新晴，試清游、過却愔愔巷陌。歡期暗數，艷景易成陳迹。旗亭喚酒，倩評跋、好春顏色。吟遍了、紫曲塵香，惟是燕鶯曾識。　幽蘭素芬堪摘。怕東風認作，尋常標格。琴心倦倚，夢裏水波空碧。何人寄語，但花外、玉簫知得。重看取、小字銀鈎，冷綃翠拭。」

［二］ 仙骨：比喻不同凡響的氣質。沈初《西清筆記·紀文獻》：「張南華前輩真天才……今所流傳詩畫，氣韻絶高，自有仙骨。」

評周之琦《瑞鶴仙·四月六日出都……》△［一］

仲宣灞岸之篇［二］。

【注】

［一］ 此則人文本未收，據《篋中詞》補入。周之琦《瑞鶴仙·四月六日出都，小憩盧溝橋偶述》：「柳絲征袂綰。試錦羽初程，玉驄猶戀。銅街佩聲遠。向天邊回首，故人如面。藤陰翠晚。但怪得、琴尊夢短。有游峰、知我心期，剛是褪紅曾見。　還看。珠巢題字，墨暈初乾，酒痕微泫。晴雲乍展。春已在，驛橋畔。問柔波一樣，仙源流下，爲底人間較淺？要重尋、京邑塵香，素襟漫浣。」較，點校本《篋中詞》誤作「校」。

［二］ 仲宣灞岸之篇：譚獻認爲此詞有感懷時局之意。王粲字仲宣，其《七哀詩》云：「南登灞陵岸，回首望長安。」灞陵爲漢文帝陵墓，王粲懷念文景之治，故有此語。

評周之琦《思佳客》△[一]

唐人佳境，寄托遥深，珠玉、六一之遺音也[二]。黄韵甫曰：「《夢月詞》語語藏鋒。」[三]

【注】

[一] 此則人文本未收，據《篋中詞》補入。周之琦《思佳客》：「帕上新題間舊題。苦無佳句比紅兒。生憐桃萼初開口，那信楊花有定時。　人悄悄，晝遲遲。殷勤好夢托蛛絲。綉幃金鴨熏香坐，説與春寒總不知。」

[二] 珠玉：即晏殊。六一：即歐陽修。蔣敦復《芬陀利室詞話》卷一云：「《思佳客》……凡此皆有《花間》風格，下亦不失爲小山父子（晏殊、晏幾道）。」可參。

[三] 黄韵甫：即黄燮清，其評見所編《國朝詞綜續編》卷六，原文云：「《夢月詞》渾融深厚，語語藏鋒，北宋瓣香，于斯未墜。」《夢月詞》：即《金梁夢月詞》。藏鋒：謂其詞含蓄内斂。

周之琦詞

稚圭中丞撰《心日齋十六家詞選》[一]，截斷衆流，金針度與[二]。雖未及皋文、保緒之陳義甚高[三]，要亦倚聲家疏鑿手也[四]。

【注】

[一] 中丞：明清時對巡撫的稱呼。周之琦曾官廣西巡撫，故稱。《心日齋十六家詞選》：即《心日齋十六家詞録》二卷，録晚唐温庭筠至元張翥共十六家詞，所選尤重聲律。有道光二十四年（一八四四）刊本。

[二] 截斷衆流：喻識見超越常人。葉夢得《石林詩話》卷上云，「禪宗論雲間有三種語」，「其二爲截斷衆流句，謂超出言外，非情識所到」。金針度與：謂將訣竅傳授給他人。語出元好問《論詩絶句》：「鴛鴦綉了從教看，莫把金针度與人。」

[三] 皋文：即張惠言。保緒：即周濟。

[四] 疏鑿手：元好問《論詩絶句》：「誰是詩中疏鑿手？暫教涇渭各清渾。」疏鑿，開鑿。

評吴慈鶴《高陽臺·新鶯》△[一]

吐屬非凡[二]，人品高峻。

【注】

［一］　此則人文本未收，據《篋中詞》補入。吴慈鶴（一七七八—一八二六）：字韵皋，號巢松，江蘇吴縣（今蘇州）人，嘉慶十四年（一八〇九）進士，官翰林院侍讀，典雲南鄉試，督學河南。與「吴中七子」交，有《鳳巢山樵詞》、《岑華館詞》。《篋中詞》今集卷三選吴慈鶴詞一首，即《高陽臺》（鑄柳涂金）。《高陽臺・新鶯》：「鑄柳涂金，妝花傅粉，東風多少商量。幾處芳菲，流鶯暗度宫商。天涯不是無春到，奈長堤、只有斜陽。剩相憐、高士雙柑，款語詩腸。　歌場舞榭匆匆换，有風翻翡翠，雨老鴛鴦。争似叮嚀，數聲猶繞銀墻。高樓也肯珠簾捲，怕幽懷、未慣雕梁。一任他、燕子雙棲，長傍流黄。」

［二］　吐屬：談吐，此指寫作。《三國志・魏書・阮瑀傳》「軍國書檄，多琳、瑀所作也」，裴松之注：「又其辭云：『他人焉能亂』，了不成語。瑀之吐屬，必不如此。」

評李堂《望湘人・秋水》△［一］

雅詞。

【注】

［一］　此則人文本未收，據《篋中詞》補入。李堂（一七七二—一八三一）：字允升，號西齋，

浙江仁和(今杭州)人。與厲鶚、倪稻孫、戴敦元有交往。有《梅邊笛譜》二卷,嘉慶刻本;《蓬窗剪燭集》二卷,嘉慶刻本。其詞諸家有評,如吳錫麒序其詞集云:「今西齋學樊榭(厲鶚)者也,然不猶乎人之學樊榭者也。其詠一事也,必比附而得神;其賦一物也,必推闡以盡致,即其清微幽眇,亦莫不按之而確、味之而深。」嚴元照序云:「力屏淫哇,獨存清響,詞品竣潔,居然堯章(姜夔)之耳孫矣。」郭麐《靈芬館詞話》卷一云:「近日浙中詞客以李西齋爲眉目。」吳衡照《蓮子居詞話》卷四云:「吾杭近日工詞者,琴隖(屠倬)、華海(孫顥元)而外,李西齋之學爲最深。《梅邊笛譜》精整圓潔。」《篋中詞》今集卷三選李堂詞二首,即《望湘人》(正回潮落處)、《小重山》(一枕涼生殘暑徂)。李堂《望湘人·秋水》:「正回潮落處,反照明邊,暮天初放新霽。半帶蘋風,半沉蘆雪,鷺下驚涼還起。碧極涵虛,澹將成夕,無痕無際。對一江、如練平鋪,畫出吳楓詩意。濠濮高蹤渺矣。坐苔磯窺見,鬢華如此。是何處人歸?櫓逐雁聲搖曳。溪頭漲合,亂和殘葉,冷浸漁扉深閉。又望斷、遠浦來帆,翠閣凝眸人倚。」

評汪潮生《高陽臺·鴛鴦湖春感……》△[一]

君聽空外音[二]。

【注】

［一］　此則人文本未收，據《篋中詞》補入。汪潮生（一七七七—一八三二）：字汝信，號飲泉，晚號冬巢，江苏儀徵人。乾隆六十年（一七九五）副貢。擅書畫，工詩詞，有《冬巢居士詞》四卷，道光六年（一八二六）刻本。黄承吉序其詞集云：「君猶酷嗜詩餘，所作婉約雋妙，兼具淮海（秦觀）、清真（周邦彦）之韵味，而于美成猶近。」包世臣《藝舟雙楫·爲朱震伯序〈月底修簫譜〉》云：「揚州專力詞學自冬巢汪君，冬巢受法于吴祭酒（吴錫麒），祭酒于詞尚傅色，其氣濁，其格靡，以膩、浮爲能事。冬巢力能擺脱本師，求諸兩宋以自立。」《篋中詞》今集卷三選汪潮生詞七首，即《高陽臺》（浪蹙鱗圓）、《高陽臺》（陌上春歸）、《百字令》（漏聲初轉）、《大酺》（正漏將殘）、《湘春夜月》（太凄清）、《木蘭花慢》（是誰家長笛）、《高陽臺》（暝外含晴）。汪潮生《高陽臺·鴛鴦湖春感，用玉田韵》：「浪蹙鱗圓，裙拖鴨裏，春心蕩起吴船。六柱窗低，愁風愁水年年。來時笑指垂楊問，問而今、芳草誰憐？意茫然、夢醒高樓，一碧如煙。　相思最是東風薄，共傾脂河水，流下晴川。鏡裏雙禽，幾時飛去湖邊？蘋花拂破空留影，誤佳期、只剩鷗眠。捲晴簾才聽流鶯，又聽啼鵑。」

［二］　君聽空外音：杜甫《搗衣》詩：「用盡闺中力，君聽空外音。」又《正法華經》有「聞空中聲音」之説，嚴羽《滄浪詩話》以「空中之音」借指言外之意。

評汪潮生《高陽臺·草色》△[一]

凄澹[二]。

【注】

[一] 此則人文本未收，據《篋中詞》補入。汪潮生《高陽臺·草色》：「陌上春歸，窗前晝静，芳塵只覺芊眠。帶著花陰，便教一碧如煙。吹來認得春風面。倩風光、點染春蔫。是誰將、無限相思，送到儂邊？　慵留蝴蝶飛還住，正紅肥緑潤，相映新鮮。無那離情，幾分憔悴堪憐。夢回河畔青青路，惹閑愁、望裏綿綿。鎮愁伊、那處遥看，那處低連。」

[二] 凄澹：謂意境凄迷，辭色淡雅。

評汪潮生《百字令》△[一]

少游、方回有此替人[二]。

【注】

［一］此則人文本未收，據《篋中詞》補入。汪潮生《百字令》：「漏聲初轉，又風聲吹起，夜痕愁絶。殘夢驚回無覓處，一枕春心寒怯。綉幕低垂，銀屏静掩，都與東風别。月明如鏡，向人依舊圓缺。空念望斷天涯，春光無奈，消息從誰説。不聽子規腸已斷，况是三更時節。燈穗斜飄，檐鈴倦語，早有敲窗葉。樓空人悄，笛聲還又嗚咽。」

［二］少游，即秦觀。方回：即賀鑄。替人：接替人，承繼者。參見「粉雲庵詞序」一則注［七］。

評汪潮生《大酺·寒夜》△［一］

麗密悲斷［二］。

【注】

［一］此則人文本未收，據《篋中詞》補入。汪潮生《大酺·寒夜》：「正漏將殘，燈初炧，蕭瑟寒生孤館。幽懷何處托？倚參差闌檻，月高天遠。秦鏡光寒，吴鈎佩冷，都是曾經幽怨。來朝有良約，便遥遥聽到，曉鐘敲斷。怕啼鴂聲多，亂鴉飛去，曙光猶淺。　伊家清夢轉。碧雲外、薄霧吹成片。且細把、心香爇了，一縷如絲，更誰來、雙紅添滿？獨自思量久，裁一尺、素縑題遍。

况零落、霜華晚。今夕何夕，都負年時鶯燕。畫簾幾重不捲。」

［二］悲斷：悲絶。

評汪潮生《湘春夜月》△［一］

婉約。

【注】

［一］此則人文本未收，據《篋中詞》補入。汪潮生《湘春夜月》：「太淒清，玉簫留住歌塵。誤却冉冉東風，都化夢無痕。一帶落花如霰，又月明如水，掩上閑門。料燕棲正穩，鶗啼易斷，争不銷魂？愁時夜永，歡來酒冷，人去燈昏。未了相思，空對著、一奩清影，偷覷雙身。年華晼晚，奈霎時、多少寒温。可念否、這心頭意緒，怔忡不定，才過今春。」

評汪潮生《木蘭花慢·秋感》△［一］

《士不遇賦》［二］，不徒作孤憤語［三］。

【注】

［一］　此則人文本未收，據《篋中詞》補入。汪潮生《木蘭花慢・秋感》：「是誰家長笛，做弄出，一天秋？早珠露盈盈，銀河淺淺，掛上簾鈎。勾留。野烏并影，數星期、何處問牽牛？難道徘徊不見，空傳玉宇瓊樓。　盈盼。芳緒總悠悠。鎮日幾回頭。但柳又輕黄，蕉仍重碧，聊與綢繆。知否？歲寒耐守，對寒梅、才許著春愁。誤了一生蛺蝶，前生誤了莊周。」

［二］《士不遇賦》：參見「評温庭筠《菩薩蠻》五闋」一則注［二］。

［三］　孤憤：因孤高而生之憤慨。司馬遷《史記・老子韓非列傳》：「（韓非）悲廉直不容于邪枉之臣，觀往者得失之變，故做《孤憤》。」司馬貞索隱：「孤憤，憤孤直不容于時也。」

評汪潮生《高陽臺・花陰》△［一］

沖微［二］。

【注】

［一］　此則人文本未收，據《篋中詞》補入。汪潮生《高陽臺・花陰》：「暝外含情，晴邊弄暝，滿庭香氣絲絲。緑意紅情，覺來濃到芳時。東風四面吹還遍，著些兒、扶上空枝。儘無聊、坐

久春深，簾影輕移。幽尋但見溶溶月，又疏煙漠漠，薄霧微微。幾個游蜂，偷來澹處閑窺。昏黄不是廉纖雨，佇蒼苔、濕了單衣。最低回、一片葳蕤，半晌迷離。」

［一］沖微：淡泊而不顯露。

汪潮生詞

《冬巢詞》粹美無疵［一］，深入宋賢之室。同時抗手［二］，有王西御《秋蓮子詞》［三］，惜未得見［四］。

【注】

［一］粹美：精美。張居正《答汪司馬南溟書》：「敷奏明切，文辭粹美，讀之再過，歎挹彌襟。」

［二］抗手：參見「東鷗草堂詞序」一則注［一〇］。

［三］王西御：即王僧保。王僧保（一七九二—一八五三），字西御，號秋蓮子，江蘇儀徵人。道光間諸生，咸豐元年（一八五一）舉人。咸豐三年（一八五三）太平軍陷揚州，絶食而死。有《秋蓮子詞》三卷，道光二十九年（一八四九）自刻本。其自序云：「夫予之所處可謂窮矣，姑藉是以抒其抑塞無聊而已。故自謂秋蓮子詞客，言摇落可傷，而苦心獨喻焉爾。」汪潮生跋其詞集

云：「南唐北宋，妙諦分明，西御得之深已。故内無艱深之意，外無虚飾之辭。」

［四］惜未得見：今人黃裳《來燕榭讀書記》載録：「《秋蓮子詞前後稿》三卷，儀徵西御王僧保撰。道光己酉刻。十行，二十一字。白口，左右雙邊。吴熙載書首，自序，目録。又嗣刊詞林叢著總目，四卷。後有倦翁、汪正鋆、汪奂之、蔣志凝、包慎言、姚東之、符葆森跋，黄承吉、汪潮生、孔繼（金榮）、王壽題辭。」

評尤維熊《應天長》△［一］

精到。

【注】

［一］此則人文本未收，據《篋中詞》補入。尤維熊（一七六二—一八〇九）：字祖望，號二娱，江蘇長洲（今蘇州）人。由拔貢生官訓導，擢雲南蒙自知縣。與「吴中七子」交，有《二娱小廬詞鈔》二卷，嘉慶十七年（一八一二）錢塘陳鴻壽刊《二娱小廬詩鈔》附。郭麐序其詞集云：「祖望以清爲質，樹體于雅，間有頽放，意過其通，故删之爲嚴。」又《靈芬館詞話》卷一云：「同輩工詞者，湘湄（袁棠）、二娱、甘亭（彭兆蓀）、蘭村（袁通）諸君外，作者寥寥。」丁紹儀《聽秋聲館詞話》卷

十二云：「所著《小廬詞》，頗能脱去塵坱。……似較西堂（尤侗）《百末詞》爲勝。」《篋中詞》今集卷三選尤維熊詞一首，即《應天長》：「懨懨人病了，又幾日妝臺，未梳蓬鬢。人遠天涯，只怕心期難問。黄鶯枝上語，偏没個、燕兒來信。空盼到、乍暖還寒，熟梅天近。睡也幾曾穩。便夢著些兒，杳無憑準。枕上斑斑，都是淚珠紅印。新來諸女伴，渾未解、舊來愁悶。錯道是、醒後朝慵，舞餘春困。」

評蕭師度《月下笛・秦淮水榭賦本意》△[一]

有數名篇。

【注】

[一] 此則人文本未收，據《篋中詞》補入。蕭師度（生卒年不詳）：字晋卿，江蘇太倉人，諸生。有《杏花疏影閣詞》。《篋中詞》今集卷三選蕭師度詞一首，即《月下笛・秦淮水榭賦本意》：「雁底懷人，蛩邊語恨，旅窗情味。疏風外，何處悠揚笛聲起。梅花自向秦淮落，蕩一點、涼煙暗墜。乍秋魂吹醒，銀蟾冷照，碧空無際。　人意。清如此。奈脆韵飄來，暗縈離思。寒鴉病翅。倦飛無限心事。月明酒醒天涯夜，第一是、闌干怕倚。甚此曲、已淒涼，還又移宫换徵。」

趙慶熺詞[一]

秋舲先生詞名甚著，竊嘗議其剽滑[二]，不能多録。

【注】

[一] 趙慶熺（一七九二—一八四七）：字繼揚，號秋舲，浙江仁和（今杭州）人。道光二年（一八二二）進士，官江西婺源縣學教諭，銓授陝西延川令，因病不赴，官金華府教授，未赴病故。有《香銷酒醒詞》一卷，同治七年（一八六八）西泠王氏重刊本。項名達序其詞集云：「此《香銷酒醒詞》爲秋舲少時作，其一往情深，諧姜（姜夔）、張（張炎）之聲，誼吴（吴文英）、蔣（蔣捷）之色，深入南宋諸名家三昧，所不待言。」張德瀛《詞徵》評云：「趙秋舲慶熺詞，如魏徵嫵媚，我見猶憐。」謝章鋌賞其小令云：「此種小令，柔脆輕圓，酷肖北宋人手筆。」（《賭棋山莊詞學纂説》）王蘊章《梅魂菊影室詞話》云：「故其所作，亦哀怨噍殺之音。然艷而失之纖，清而失之滑……」《篋中詞》今集卷三選趙慶熺詞一首，即《陌上花》：「西風畫角，荒城吹上、滿天霜氣。遠水斜陽，紅到亂山無際。樓臺一味銷魂色，翠袖有人寒倚。料珠簾半捲，斷愁如我，百端難理。向關河走馬，飄零長劍，舊夢凄凉空記。便作黄花，瘦也倩誰扶起？年來多少無名淚，何處生綃緘寄。但

青衫、幅幅啼痕印滿，湖波不洗。」

［一二］剽滑：輕浮而淺薄。柳宗元《答韋中立論師道書》：「故吾每爲文章，未嘗敢以輕心掉之，懼其剽而不留也。」《續修四庫全書提要》評云：「慶熺之詞，有聲當世。蓋清亮浮蕩易爲所引，其實淺薄而不能深入，剽滑而不能沉著，純粹無疵之作，不多見也。」可參。

評戈載《步月·春夜閑步》［一］

順卿謹于持律，剖及毫芒［二］。道光間吴越詞人從其説者［三］，或不免晦澀寙離，情文不副。然實爲聲律諍臣，不可就便安而偭越也［四］。

【注】

［一］戈載（一七八六——一八五六）：字弢甫，一字孟博，號順卿，一號寶士，江蘇吴縣（今蘇州）人。嘉慶十一年（一八〇六）諸生，官國子監典籍。中年後漫游，依人爲幕，晚歸鄉里。爲「吴中七子」之一。有《翠薇花館詞》三十四卷，嘉慶二十三年（一八一八）刻本。編有《詞林正韵》、《續絶妙好詞》、《宋七家詞選》七卷等，另有《詞律訂》、《詞律補》已散佚。其詞集自序云：「予于詞致力亦十數年，向時所製，刊成十卷，見聞未廣，校勘未精，草草問世，深自愧悔。……今春，王

井叔(王嘉禄)議刻《吴中七家詞》,以予謬竊時名,屬更録稿,同付刊行。予乃就十卷中遴其稍可者,重加訂正,又細考四聲,必求合于古人,且必求合于古人之名作以爲法。所選僅十之三,後益以庚辰(嘉慶二十五年,一八二〇)至今所作,共得一百五十一闋。」自詡「字字協律」。黄燮清《國朝詞綜續編》卷十云:「《翠薇詞》,音韵格律,毫忽必謹,能發明紅友(萬樹)之所不逮。予與順卿初未識面,而筆札往來,考論詞學,皆極諄詳懇摯,性真之契,固不在形迹也。」然頗遭批評,如謝章鋌《賭棋山莊詞話》續編卷五云:「戈寶士《翠薇花館詞》最多,……然平庸少味,閲至十篇,便令人昏昏欲睡。而其所自負者,以爲吾詞能辨四聲,能分宫調。」杜文瀾《憩園詞話》卷一云:「典簿所撰《翠薇花館詞》多至三十九卷,專主審音協律,致真意轉濟。」張爾田《孱守齋日記》云:「從朱古微(朱孝臧)丈假得《翠薇花館詞》殘本。戈氏以知律自詡,而實疏謬武斷,詞亦庸俗無他奇,不知何以得盛名于時也?」(載《史學年報》第二卷第五期,一九三八年)《篋中詞》今集卷三選戈載詞二首,即《蘭陵王》(畫橋直)、《步月》(梨月籠晴)。戈載《步月·春夜閑步》:「梨月籠晴,柳摇暝,綉堤夜景凄寂。嫩寒剪剪,逗一絲風力。記携酒、流水畫橋,聽鶯語、翠陰無迹。如今换,徹曉淚鵑,盡情啼急。　蘼蕪芳徑窄。香影夢模糊,雲暗愁碧。玉簫甚處,正燈飄華席。問知否、門外落紅,已零落、鈿車消息。歸來也,蓮漏隔花静滴。」

［二］　毫芒:比喻極細微。《文選·班固〈答賓戲〉》:「獨攄意乎宇宙之外,鋭思于毫芒之内。」張銑注:「毫芒,細小也。」毫,人文本作「豪」,可通。

［三］ 道光間吴越詞人：當指朱綬、沈傳桂、王嘉禄等人，時人稱爲「吴中七子」。

［四］ 偭越：背離。蔡寅《變雅樓三十年詩徵序》：「精言之，則格律繩尺，體裁嚴謹，劃然無可偭越。」

評仲湘《绿意·夏首春餘……》△［一］

忍俊不禁。

【注】

［一］ 此則人文本未收，據《篋中詞》補入。仲湘（一七九七—一八五三？）：字壬甫，又字子湘，號蘭修，江蘇吴江（今蘇州）人，諸生。與「吴中七子」、沈曰富等交，有《宜雅堂詞》、《紅豆庵詞》、《绿意庵詞》、《咒紅豆庵詞》各一卷，均爲鈔本。黄燮清《國朝詞綜續編》卷十云：「子湘詞婉轉幽媚，堂名宜雅，信乎其不愧也。」《篋中詞》今集卷三選仲湘詞一首，即《绿意·夏首春餘，萬絲如水，雨後意行，默有棖觸》：「垂楊巷陌。是一條別路，春去無迹。濕暈濛濛，不管傷心，直到天涯凝碧。高樓容易窗紗暗，漫指點、微茫林隙。念那人、婉娩芳年，有此鬢邊顏色。只歎清狂小杜，十年已爽約，閑恨空積。認取青袍，點點痕痕，淚比落花紅滴。雨餘長了無情草，合棄置、

尋春雙屐。到爾時、回首東風，剩聽子規啼徹。」

三昧。

評吴廷鉁《臺城路・落葉》△[一]

【注】

[一]　此則人文本未收，據《篋中詞》補入。吴廷鉁（生卒年不詳）：字彦懷，一字偉卿，江蘇常熟人，道光六年（一八二六）進士，官刑部員外郎。張琦婿，嘗從之學詞，其妻張緍英亦能詞。有《塔影樓詞》一卷，道光刊《同聲集》本。張琦卷首批語云：「托興遥深，用筆曲折，選言明净，已得詞家三昧。」張曜孫序其詞集云：「道光甲申，先子官山左，偉卿依居一年，與王子季旭（王曦）同受詞于先子，此卷即先子所點定者。」《篋中詞》今集卷三選吴廷鉁詞四首，即《臺城路》（寒枝未別聲先急）、《南浦》（幾陣響蕭蕭）、《山花子》（寂寞東籬菊已殘）、《高陽臺》（暖雪烘晴）。吴廷鉁《臺城路・落葉》：「寒枝未別聲先急，蕭蕭助人凄楚。帶月敲窗，和煙擁砌，一夜秋痕如許。飛花幾度。只略似花紅，也招風妒。百折愁腸，才看貼地又回舞。　空庭飄灑無數。莫呼童却掃，留待聽雨。低襯苔紋，細縈蝸篆，錯認玉人題句。家山舊路。記響踏斜陽，白雲深處。同是天

涯，總難忘故樹。」

評吴廷鉁《山花子》△[一]

一字一珠。

【注】

[一] 此則人文本未收，據《篋中詞》補入。吴廷鉁《山花子》：「寂寞東籬菊已殘。芙蓉獨自倚江干。紅樹斜陽無限好，當花看。 錦帳眠雲嫌被重，珠簾立月怯衣單。天氣兩般渾不定，暖還寒。」

評吴廷鉁《高陽臺》△[一]

雕塵鏤香，無微不入[二]，奇作也。

【注】

[一] 此則人文本未收，據《篋中詞》補入。吴廷鉁《高陽臺》：「暖雪烘晴，香雲繯雨，未飛

已是難禁。漫逐東風，天邊消息沉沉。珠簾十里都高捲，倚闌干、愁殺春深。最堪憐、低共游絲，暗裊墻陰。玉人應省飄零恨，怎輕幡綉就，莫護煙林。一樣韶華，群芳誰結同心？算他命比桃花薄，儘風流、不上瑶簪。却無端、賺得兒童，飛去還尋。」

［二］「雕塵鏤香」二句：此詞詠楊花，刻畫細緻而不露痕迹，故云。雕塵，語出《關尹子·一宇》：「言之如吹影，思之如雕塵。」謂不見形迹。鏤香意同。

評王曦《湘月》△［一］

氣體勝。

【注】

［一］此則人文本未收，據《篋中詞》補入。王曦（一七九六—一八四七）：字季旭，號鹿門，江蘇太倉人，諸生。工詞曲，通律吕。十試秋闈不遇，遂以游幕終其身。張琦婿，嘗從之學詞，有《鹿門詞》一卷，道光刊《同聲集》本。其妻張紈英亦能詞。張曜孫道光十五年（一八三五）序其詞集云：「《鹿門詞》二卷，季旭手寫，携以自娱。甲午游聊城，爲友人借閲，毁于火。貽書曜孫，爲檢舊藁，重録之。録畢未校，同里吕子星田見而善之，借讀一過，并墨識其佳處。第一卷則余照

舊藁，録其評點，郵寄季旭，并書數語于簡端。」王鴻序其詞謂「古雅幽秀，品格在白石（姜夔）上」。王燮清《國朝詞綜續編》卷十引嚴問樵（嚴保庸）云：「鹿門詞得初寫《蘭亭》之妙。」《篋中詞》今集卷三選王曦詞五首，即《湘月》（春風十里）、《水龍吟》（迢迢萬里長空）、《暗香》（半窗月白）、《水龍吟》（分明鏡裏朱顔）、《憶舊游》（更看花幾度）。王曦《湘月》：「春風十里，又無端吹度，一庭芳氣。鎮日簾櫳愁不捲，多少愛花深意。寶馬新游，雲晴風定，消得閑情未？香浮翠暖，相看如許清麗。　來向花下銜杯，《渭城》曲罷，莫綰青絲轡。屈指韶華容易過，忍誤春前歡醉。鬥草空階，尋芳雕檻，記取釵鈿墜。最憐嬌小，一般黛影柔媚。」

評王曦《水龍吟・鵲華橋踏月》△[一]

書家所謂逆入平出[二]。

【注】

[一]　此則人文本未收，據《篋中詞》補入。王曦《水龍吟・鵲華橋踏月》：「迢迢萬里長空，天如洗秋光净。藕花十丈，思量舊日，半湖煙艇。一霎西風，年華暗换，者番凄景。只多情夜月，黄昏照處，寫蘆荻，娟娟影。　萬户搗衣聲裏，悵無家、闌干獨憑。歸期未卜，姮娥知否，客愁孤

冷？萍梗飄摇，分明似我，游蹤不定。待來朝、早起開奩，却對著，團欒鏡。」

［二］逆入平出：參見「三家詞叙」一則注［八］。

評王曦《暗香·憶梅》△［一］

感遇［二］。

【注】

［一］此則人文本未收，據《篋中詞》補入。王曦《暗香·憶梅》：「半窗月白。又幾曾照見，舊時顔色。一曲《西洲》，夢裏依稀寄江北。清影莫教瘦損，况如此、天寒風急。應念我、客邸傷心，無處問消息。凄寂。愁易積。悵紙帳夜眠，誰共遥夕？蒼苔露濕。林下空來鎮相憶。爲問東風何處？怕負却、韶華難覓。却又早、吹破也，一聲鐵笛。」

［二］感遇：感慨自身際遇。古代文人多感遇之作。

評王曦《水龍吟·見海棠和内》△[一]

綿麗。

【注】

[一] 此則人文本未收，據《篋中詞》補入。王曦《水龍吟·見海棠和内》：「分明鏡裏朱顏，一般嬌映珠簾下。韶光如許，碧闌干外，數枝低亞。越樣紅酣，十分春透，粉痕還卸。正傷心時候，斜陽弄影，空認作，啼鵑化。　不恨花期短短，恨春來、幾番花謝。幡鈴護取，何曾留得，不教開罷。蝴蝶飛飛，而今尚記，舊時庭榭。祝花魂、憑處招他，算只有，春風夜。」

評王曦《憶舊游·春感和仲遠》△[一]

有諷[二]。

【注】

[一] 此則人文本未收，據《篋中詞》補入。王曦《憶舊游·春感和仲遠》：「更看花幾度，一

霎春光，已過三分。不管人憔悴，把幽情暗逗，添上眉痕。亂紅一片難掃，新緑又當門。待深壓重簾，任伊檐外，燕曉鶯昏。　消魂。游冶路，悵草色而今，不似湘裙。一樣關心甚，是誰家容易，度了良辰。可憐幾點飛絮，無處種愁根。好祝與東風，莫將春去更惱人。」

［二］　有諷：應指傷春中暗寓士不遇之感。

評江沅《高陽臺》二首△［一］

依約宛轉。　子蘭詞，滬上肆間未收得［二］。得其手書小篆三詞，以二篇入録［三］。

【注】

［一］　此則人文本未收，據《篋中詞》補入。江沅（一七六七—一八三八）：字子蘭，一字鐵君，號韜庵，江蘇吴縣（今蘇州）人。嘉慶十二年（一八〇七）優貢生。與「吴中七子」交，有《算沙室詞鈔》二卷，道光二十年（一八四〇）染香精舍刊本。《篋中詞》今集卷三選江沅詞三首，即《高陽臺》（早色侵衣）、《高陽臺》（小雨開晴）、《齊天樂》（送君情盡橋邊路）。江沅《高陽臺·春將去矣，芍藥盛開，碧水生波，臨風獨賞，以杳眇之韵，寫棖觸之思。僕本恨人，誰爲揾淚，世有情種，定許知音》：「早色侵衣，嫩陰閣雨，桐華乍覺春寒。回首池塘，渾忘舊日闌干。深深隔斷誰家

院，不分明、半下湘簾。最無端、短夢初醒，自怯風酸。新來懺盡相思句，任江南春色，吹上眉彎。那更殘紅，沾他幾縷愁煙。花間一晌聽啼鴂，甚今朝、略放春閑。小橋邊、近水樓臺，天際春山。」又：「小雨開晴，暖風吹醉，十分春到人間。流水生涯，看花須是今年。闌邊一碧盈盈好，小亭臺、閑殺神仙。嫩紅天、情劫三生，蝶夢初圓。前生種得相思穀，化香痕幾縷，猶剩餘煙。留伴黄昏，依然明月秋千。分明錯認天台路，逗春心、幾點遥山。恁緣慳，獨倚東風，更與誰看？」

[二] 肆間：坊間，書坊。

[三] 以二篇入録：《篋中詞》選三首，此謂「二篇」，應指所評《高陽臺》二首。

項鴻祚詞[一]

蓮生古之傷心人也[二]。蕩氣回腸，一波三折，有白石之幽澀而去其俗[三]，有玉田之秀折而無其率[四]，有夢窗之深細而化其滯[五]，殆欲前無古人。其《乙稿自序》「近日江南諸子競尚填詞，辨韵辨律，翕然同聲，幾使姜、張頫首[六]。及觀其著述，往往不逮所言」云云，婉而可思。又《丁稿序》云：「不爲無益之事，何以遣有涯之生？」亦可以哀其志矣。以成容若之貴、項蓮生之富，而填詞皆幽艷哀斷，異曲同工[七]，所謂别有懷抱者也。

【注】

［一］　項鴻祚（一七九八—一八三五）：原名繼章，鄉舉名鴻祚，字蓮生，改名廷紀，號憶雲、睡隱，浙江錢塘（今杭州）人。道光十二年（一八三二）舉人。再上春闈不第，歸即病重。事迹參見譚獻所撰《項君小傳》（見本書附録）。有《憶雲詞甲乙丙丁稿》四卷、補遺一卷，爲作者于道光三年至十五年間手訂詞稿，光緒二十一年（一八九五）《榆園叢刻》本。其詞諸家有評，如黄燮清《國朝詞綜續編》卷十三云：「《憶雲詞》，古艷哀怨，如不勝情，猿啼斷腸，鵑淚成血，不知其所以然也。懷才抑鬱，以一第終，悲哉！悲哉！」李佳《左庵詞話》卷上云：「錢塘項蓮生廷紀，道光朝頗擅詞名。所著《憶雲詞》四卷，能入宋人之室。與戈順卿（戈載）同時，聲律之學饒有講解。但蒙不甚喜讀，猶嫌其不甚醒豁耳。」謝章鋌《賭棋山莊詞話》續編卷三云：「蓮生深于情，小令尤佳。」王鵬運題其詞集云：「蓮生詞筆爲浙西後起，雄傑足殿全軍。清空婉約，能化竹垞（朱彝尊）之方重、樊榭（厲鶚）之堆垛。……其實蓮生心目仍囿浙西派中，長調擬玉田（張炎），小品言情，幽秀獨絶，時與北宋暗合，洵非頻伽（郭麐）、微波（錢枚）所能企及。」《篋中詞》今集卷四選項鴻祚詞二十一首，即《東風第一枝》（鬥草庭閑）、《南浦》（春水漲溪渾）、《水龍吟》（瑶池昨夜新涼）、《減字木蘭花》（闌珊心緒）、《湘月》（繩河一雁）、《清平樂》（水天清話）、《摸魚子》（正鴛機）、《蘭陵王》（晚陰薄）、《揚州慢》（脱葉辭螢）、《浣溪沙》（水近雷塘緩緩流）、《八聲甘州》（更不須携酒看黄花）、《水龍吟》（西風已是難聽）、《清平樂》（畫樓吹角）、《菩薩蠻》（草熏風暖天涯路）、《掃花游》

（畫檐翠濕）、《齊天樂》（山童莫唱青林樂）、《滿庭芳》（巷角疏花）、《八聲甘州》（界斜紅）、《玉漏遲》（病多歡意淺）、《臨江仙》（亂紅窣地春無主）、《山花子》（醉纈紅綃約翠鈿）。但均未置評。

〔二〕古之傷心人：項鴻祚《憶雲詞甲稿自序》云：「生幼有愁癖，故其情艷而苦，其感于物也鬱而深，連峰巉巉，中夜猿嘯，復如清湘戛瑟，魚沉雁起，孤月微明。其窅敻幽凄，則山鬼晨吟，瓊妃暮泣，風鬟雨鬢，相對支離，不無累德之言，抑變傷心之極致矣。」可參。

〔三〕白石之幽澀：參見「厲鶚詞」一則注〔二〕。俗：周濟《宋四家詞選目録序論》云：「白石號爲宗工，然亦有俗濫處、窮酸處、補湊處、敷衍處。」可參。

〔四〕玉田之秀折：錢斐仲《雨華庵詞話》云：「樂笑翁（張炎）詞，清空一氣，轉折隨手，不爲調縛。麗不染，淡不泛，斯爲聖手。」可參。率：輕率，隨意。鄧牧《山中白雲詞序》：「騷莫若姜（姜夔），放意或近率。」

〔五〕夢窗之深細：周濟《介存齋論詞雜著》云：「夢窗非無生澀處，總勝空滑。況其佳者，天光雲影，摇蕩緑波，撫玩無斁，追尋已遠。……君特（吴文英）意思甚感慨，而寄情閑散，使人不能測其中之所有。」戈載《宋七家詞選》云：「（夢窗）運意深遠，用筆幽邃，煉字煉句，迥不猶人。」可參。滯：滯澀，不流暢。《文選·宋玉〈高唐賦〉》：「九竅通鬱，精神察滯。」李善注引高誘：「鬱滯，不通也。」沈義父《樂府指迷》云：「夢窗深得清真之妙，其失在用事下語太晦，人不可曉。」田同之《西圃詞説》：「《樂府指迷》（應爲張炎《詞源》）云：『詞要清空，不要質實。』此八字是填詞家金科玉律。清空則靈，質實則滯，玉田所以揚白石而抑夢窗也。」可參。

［六］頫首：低頭。《漢書·陳勝項籍傳贊》：「百粵之君頫首係頸，委命下吏。」顔師古注：「鄧展曰：『頫音俯。』古俯字。」

［七］「以成容若之貴」三句：王國維《人間詞話删稿》云：「譚復堂《篋中詞選》謂：『蔣鹿潭《水雲樓詞》與成容若（納蘭性德）、項蓮生，二百年間，分鼎三足。』然《水雲樓詞》小令頗有境界，長調唯有氣格。《憶雲詞》精實有餘，超逸不足，皆不足與容若比。然視皋文（張惠言）、止庵（周濟）輩，則倜乎遠矣。」可參。成容若之貴：納蘭性德爲大學士明珠之子，康熙侍衛，身份顯貴。項蓮生之富：項鴻祚家産本富，後家道中落。

龔鞏祚詞［一］

定公能爲飛仙劍客之語［二］，填詞家長爪、梵志也［三］。昔人評山谷詩「如食蝤蛑，恐發風動氣」［四］，予于定公詞亦云。

【注】

［一］龔鞏祚（一七九二—一八四一）：原名自珍，字爾玉，一字璱人，號定庵，更名鞏祚，浙

江仁和(今杭州)人。嘉慶時舉人,授内閣中書,道光九年(一八二九)進士,擢宗人府主事,尋改禮部主客司主事。後辭官南歸,主講丹陽雲陽書院,旋卒。有《定庵詞》(含《無著詞》、《懷人館詞》、《小奢摩詞》、《影事詞》、《庚子雅詞》),上海涵芬樓《四部叢刊》本。其詞諸家有評,如李寶嘉《南亭詞話》云:「龔定庵《無著詞》云:『花底鞋兒花外月,月如弓,入懷同不同?』纖巧極矣。及觀定庵全集,又皆句奇語重,類商周人文字,而詞之側艷如此。可知退之韓愈《山石》,亦能做女郎詩也。」胡薇元《歲寒居詞話》云:「嘉道以來則以龔定庵、惲子居(鄆敬)、張皋文(張惠言)輩爲足繼雅音也。」段玉裁序其《懷人館詞》云:「自珍見余吴中,年方弱冠,余索觀其所業,詩文甚夥,間有治經史之作,風發雲逝,有不可一世之概。尤喜爲長短句……造意造言,幾如韓(韓愈)、李(李翱)之于文章,銀碗盛雪,明月藏鷺,中有異境。」《篋中詞》今集卷四選龔自珍詞六首,即《定風波》(燕子磯頭擫笛吹)、《清平樂》(垂楊近遠)、《鵲踏枝》(漠漠春蕪春不住)、《浪淘沙》(雲外起朱樓)、《卜算子》(江上有高樓)、《南浦》(羌笛落花天),但均未置評。

[二] 飛仙劍客之語:謂定庵詞想象奇麗狂放,多簫心劍態。謝章鋌《賭棋山莊詞話》續編卷五評云:「仁和龔定庵自珍恃才跅弛(放縱,不守規矩),狂名甚著,氣倍人前,言語震四壁。官禮部主事,隨班供職,與同寮有所辯論,其聲遠揚。……詩文皆不落凡近,詞凡五種,存者不多。……牢落百感,其不自得可慨矣。」可參。

[三] 填詞家長爪、梵志也:意謂其詞奇譎嘲謔。長爪:指唐詩人李賀,人稱長爪郎,語本

李商隱《李長吉小傳》：「長吉細瘦，通眉，長指爪。」其詩以奇譎著稱。梵志：即唐白話詩僧王梵志。王梵志（？—約六七〇），衛州黎陽（今河南浚縣）人，其詩多詠嘲戲謔。

［四］　昔人評山谷詩句：此爲蘇軾評論黄庭堅之語，指對「以俗爲雅」、「以故爲新」詩風的追求。見《東坡題跋》卷二《書黄魯直詩後》：「魯直詩文如蝤蛑、江瑶柱，格韵高絶，盤飧盡廢，然不可多食，多食則發風動氣。」山谷，即黄庭堅。蝤蛑，即今之梭子蟹。

評朱綬《選冠子·琵琶》△［一］

濡染淋漓。

【注】

［一］　此則人文本未收，據《篋中詞》補入。朱綬（一七八九—一八四〇）：字仲環，又字環之，晚改字仲潔，號酉生，江蘇昆山人，元和（今蘇州）籍。道光十一年（一八三一）舉人，曾佐林則徐、梁章鉅幕。爲「吴中七子」之一。有《知止堂詞録》三卷，道光刻本。論詞重聲律，其《桐月修簫譜序》云：「近年來填詞之學，吾吴爲盛。戈氏（戈載）首發音律之論，綬與沈閏生（沈傳桂）氏堅持之，得井叔（王嘉禄）而知爲學之未有盡也，于詞且然。」又《緹錦詞自序》云：「清真（周邦

彦）、白石（姜夔）、梅溪（史達祖）、碧山（王沂孫）皆所篤嗜，而私淑之願尤在夢窗（吴文英）、草窗（周密）。」戈載序其詞集云：「西生騷資雅骨，弄拍擄情，其意繚曲，其味雋永，以縝密爲尚，以綿麗爲宗，要自有清靈之氣行乎其間，故組織而無襞積之痕，醖釀而無沾滯之病。」黄燮清《國朝詞綜續編》卷十二云：「西生詞有白石之蒼，夢窗之麗，氣格清渾，不事字句雕飾，當于全體中求之也。大江南北，洵推作手。」杜文瀾《憩園詞話》卷五云：「素工詞，根底深厚，小令少而慢調多……詞中聲律之細，固不待言。」《篋中詞》今集卷四選朱綬詞二首，即《選冠子》（細馬妝殘）、《瑞鶴仙》（笑芙彫淚影）。朱綬《選冠子·琵琶》：「細馬妝殘，明駝影散，初寫漢宫離怨。刳檀木古，緪玉弦高，邏沙紫槽香滿。關塞荒凉路遥，攙入鄉愁，一聲蘆管。正將軍毳帳，傳歌沙漠，雁行飛斷。惆悵蕭郎舊知甚日、流響江南，釵樓稚小，手語漸成嬌軟。勾遮半面，側嚲雙鬟，領略酒邊燈畔。莫幺弦撥冷，春風還是，曲終人遠。」

評朱綬《瑞鶴仙·零雨飄風……》△[一]

綺密[二]。

【注】

［一］此則人文本未收，據《篋中詞》補入。朱綬《瑞鶴仙·零雨飄風，秋蕪被野，順卿調《齊天樂》見寄。情詞悱惻，歌不成聲，拈此奉答。義托閨襜，旨兼風諭，〈離騷〉之遺也》：「笑芙彫淚影。早柳外人家，虛檐秋净。妝眉妒明鏡。記蘼蕪采罷，墜雲難整。啼螿訴病。倚寒幬、淒凉自省。舊題紈、碎墨零煙，萬點怨紅新凝。芳塍。明璫緘字，換到爐熏，漸銷香餅，重簾度暝。斜照外，雨絲冷。歎悲黄書蝕，看朱歌斷，幾處銀瓶恨井。最堪憐、嬌稚鄰娃，夢歡未醒。」

［二］綺密：綺麗繁密。鍾嶸《詩品》評顔延之詩：「其源出于陸機，故尚巧似。體裁綺密，然情喻淵深，動無虛發，一句一字，皆致意焉。」

評沈傳桂《高陽臺·韶景方妍……》△［一］

以温、李詩筆入詞［二］，自是精品。

【注】

［一］此則人文本未收，據《篋中詞》補入。沈傳桂（一七九二—一八四九）：字隱之，一字閏生，號伽叔，江蘇長洲（今蘇州）人。道光十二年（一八三二）舉人，官松陵縣教諭。爲「吴

中七子」之一，有《清夢庵二白詞》五卷，道光二十五年（一八四五）刻本。其詞集自序云：「詞之爲道，意内言外。選音考律，務在精研。」黄燮清《國朝詞綜續編》卷十四引潘功甫（潘曾沂）云：「閏生詞，如踏葉孤嶺，落花空潭，口香莓苔，食冷煙火，其張王孫（張炎）之匹歟？抑白石（姜夔）之亞也？」杜文瀾《憩園詞話》卷五云：「吴中七子詞以二生爲巨擘，謂朱酉生（朱綬）、沈閏生也。……閱其詞，無一字不凝練，無一句不雕琢，却無一毫斧鑿痕。張叔夏（張炎）謂姜白石（姜夔）詞如野雲孤飛，去留無迹，正堪移贈。」郭則澐《清詞玉屑》卷五云：「其詞境二窗（吴文英、周密）爲近。潘功甫……洵能狀其幽峭。」《篋中詞》今集卷四選沈傳桂詞三首，即《高陽臺》（酒薄欺寒）、《疏影》（香塵散玉）、《踏莎行》（細緑迷鴉）。沈傳桂《高陽臺·韶景方妍，俊游久歇，言愁真欲愁矣》：「酒薄欺寒，衣單約暖，輕塵不散春濃。舊夢笙歌，依然十里簾櫳。看花莫問花深淺，有斜陽、總是愁紅。漫憐儂、燕子人家，細雨空濛。　歡盟已誤鈿車約，但閑憑綉檻，倦倚熏籠。廢緑亭臺，一鵑啼瘦東風。能消幾日尋芳去，便翠陰、换了香叢。更惺忪、短草平蕪，怨笛煙中。」

［一二］　以温、李詩筆入詞：此傷春之作，與晚唐温、李詩「刻意傷春復傷别」（李商隱《杜司勛》）的詩境相近。

評沈傳桂《踏莎行·春盡作》△[一]

晚唐樂府之遺。

【注】

[一]　此則人文本未收，據《篋中詞》補入。沈傳桂《踏莎行·春盡作》：「細緑迷鴉，疏紅醉蝶。一腔愁倩啼鶯説。東風吹淚過江城，黄昏細雨孤燈滅。　中酒心情，嫩寒時節。踏青人又銷魂别。碧煙如夢不開門，門前千點梨花雪。」

評袁祖德《金縷曲·詠雁》△[一]

危苦之言。

【注】

[一]　此則人文本未收，據《篋中詞》補入。袁祖德（一八一一—一八五三）：字又村，浙江錢塘（今杭州）人，官上海知縣。袁枚孫，袁通子。與蔣敦復交。《篋中詞》今集卷四選袁祖德詞

一首，即《金縷曲・詠雁》：「暝色沉寒角。正秋江、茫茫流水，客愁無著。斜日灘頭帆卸早，遠渚平沙漠漠。問塵海、此身何托？底事黄昏風漸緊，只一繩、來伴儂飄泊。霜意勁，酒潮薄。低回往事尋依約。算故國、近來煙景，儘輸猿鶴。却憶賓鴻辭海國，一樣汀洲寂寞。感幾度、雲停月落。鷺佇鷗延江上住，甚傷心、情緒全非昨。聽津鼓，數寒柝。」

評許謹身《齊天樂・落花》△[一]

哀語成讖[二]。

【注】

[一] 此則人文本未收，據《篋中詞》補入。許謹身（一八〇九—一八三六）：字瑞徵，號金橋，浙江仁和（今杭州）人。道光十三年（一八三三）進士，官兵部武選司主事。與黄燮清交，有《師竹軒詞鈔》一卷，咸豐八年（一八五九）刻本。黄燮清《國朝詞綜續編》卷十四云：「（金橋）詞婉妙聰俊，與《茶煙閣》（朱彝尊詞集）爲近，充以學力，所造殆不可量。」《篋中詞》今集卷四選許謹身詞二首，即《齊天樂》（春光三月渾如夢）、《高陽臺》（蝸篆粘窗）。許謹身《齊天樂・落花》：「春光三月渾如夢，匆匆又催天曙。幡影淒迷，鈴聲瑣碎，冷落幾重芳樹。回風自舞。便錦樣文章，

也埋黄土。癡絶雛鬟，小園尋覓幾回誤。　誰憐茵溷飄墮，算和泥同啄，梁燕辛苦。聚不成萍，散仍如雪，輸與柳堤煙絮。墻陰細語。説昨夜樓頭，剪燈細雨。到曉愔愔，隔窗啼杜宇。」

［二］　哀語成讖：指早亡。黄燮清《國朝詞綜續編》卷十四云：「金橋負才卓犖，與予交最摯。……卒年僅二十八歲，何天奪之速也！」

評孫麟趾《祝英臺近・訪馬守貞墓不得》△［一］

沉痛［二］。

【注】

［一］　此則人文本未收，據《篋中詞》補入。孫麟趾（一七九一——一八六〇）：字清瑞，號月坡，江蘇長洲（今蘇州）人。諸生。中年客居金陵湯貽汾琴隱園，與蔣敦復、劉履芬等酬唱，曾入常熟知縣陳心泉、寶山知縣張熙幕，晚年隱居鄉里。曾結江東詞社，成員有秦耀曾、孫若霖、孫廷璩、戈載等，多有唱和活動，刻《江東詞選》，湯貽汾評閲，謝章鋌《賭棋山莊詞話》續編卷三載其事。有《月坡詞》二卷，潘鍾瑞鈔《長嘯軒詩稿》本。錢符祚序其詞集云：「月坡則千變萬化，歸于一真。婉約清空，纏綿深至。無紛然雜出之語，有往復不窮之思。是殆得力于碧山（王沂孫）、玉

田(張炎),而不屑刻意求似者。」朱綬跋云:「浙派自樊榭(厲鶚)後,幾于人人模仿,惜僻澀太過,少飛動淡逸之致。今觀月坡詞,沖和恬定,無靡佻之習,無高亢之響,真如空山鼓琴,神思獨往,此爲能品,于以追蹤二雲,無難也。」另著《詞逕》一卷十六則,指示作詞門徑。劉履芬跋云:「長洲孫月坡,以詞名道咸間。客金陵西江最久,刻所著詞凡十餘種。余以丙辰丁巳間遇諸吴門。君年六十餘,雖歸里,家無一椽,僦居委巷中。一子婦、一女孫,親操井臼。君日扶杖游行街巷,賣文易粟,取供朝夕。庚申寇亂,以老病死。晚年嘗選所作爲《零珠》、《碎玉》兩編刻之。今余尚存刊本,内有脱葉,未由録補。《詞逕》一卷,嘗以寄余京都,僅而獲存。取以重刊,亦講詞學家不可少之書也。」蔣敦復《芬陀利室詞話》于兩人交往多有記載。《篋中詞》今集卷四選孫麟趾詞二首,即《祝英臺近》(懶看山)、《虞美人》(東風小院春寒淺)。孫麟趾《祝英臺近·訪馬守貞墓不得》:「懶看山,慵唤酒,來訪美人墓。隨著鐘聲,問到水邊路。只從芳草搜尋,斷碑捫遍,總不是、埋伊香土。恨難訴。可曾月夜魂歸,花底悄吟句。舊日羅裙,化作蝶飛去。自憐飄泊天涯,又逢寒食,便珠淚、也無彈處。」

[二] 沉痛:馬守貞即馬湘蘭,明代名妓,秦淮八艷之一,能詩善畫。終孤寂而死,墓在金陵。此爲憑吊之作,故云。余懷《板橋雜記》載馬湘蘭軼事甚詳。

評王憲成《祝英臺近》△[一]

巧思拙致，最是高手。

【注】

[一]　此則人文本未收，據《篋中詞》補入。王憲成（？—一八六一？）：字蓉洲，江蘇常熟人。道光二十五年（一八四五）進士，官兵科給事中。有《桐華仙館詞》一卷，道光刊《同聲集》本。《篋中詞》今集卷四選王憲成詞二首，即《祝英臺近》（洛城鐘）、《揚州慢》（水國魚鹽）。王憲成《祝英臺近》：「洛城鐘，梁苑樹，中有恨無數。脉脉相思，不記幾朝暮。盼他安石榴開，玉人歸未，怎瘦損、腰圍不顧？　信頻誤。便算清夢分明，夢醒總無據。彩筆書空，獨自背人語。早知春恁難歸，當時悔殺，怎容易、送將春去？」

評王憲成《揚州慢·壬寅四月過揚州，用白石韵》△[一]

鹺綱既壞[二]，海氛又惡[三]，杜詩韓筆[四]，斂抑入倚聲，足當詞史[五]。

【注】

［一］此則人文本未收，據《篋中詞》補入。王憲成《揚州慢·壬寅四月過揚州，用白石韵》：「水國魚鹽，雄關鎖鑰，過江第一官程。到竹西回首，山色斷空青。三百年來名勝地，珠零錦粲，人不知兵。盡緑楊紅藥，年年艷發雙城。　冥冥雲海，走魚龍、掠岸濤驚。悵獨客南來，大江東去，莫訴離情。忍憶平山堂下，青蕪遍、弦管無聲。笑浮雲游子，隱憂空逐潮生。」

［二］鹺綱既壞：指道光年間兩淮私鹽販運，造成官鹽滯銷。鹺綱，即鹽綱，成批運輸食鹽的組織。謝元淮《鹺言》詩其二：「鹺綱首兩淮，藏富爲外府。」

［三］海氛又惡：指道光年間英軍不停侵擾東南沿海，鴉片戰争爆發。

［四］杜詩韓筆：參見「評周邦彦《滿庭芳》」一則注［三］。

［五］足當詞史：周濟《介存齋論詞雜著》云：「詩有史，詞亦有史。」謂可由詞作知時代盛衰。

評周岱齡《八寶妝》△［一］

別有懷抱。

【注】

［一］　此則人文本未收，據《篋中詞》補入。周岱齡（生卒年不詳）：字延卿，號芥堂，河南祥符（今開封）人，乾隆五十九年（一七九四）舉人，官保定知府。周星譽、周星詒之父。《篋中詞》今集卷四選周岱齡詞一首，即《八寶妝·詠陳拜鄉八角陳鏡》：「翠箔成塵，銀華蝕土，一片南朝月冷。飛上棠梨雙蛺蝶，零亂隔江花景。歌殘桃葉，數聲金碗凄凉，江陵紫氣銷沉盡。剩有興亡遺鑒，芙蓉睡醒。　此日綉滿苔痕，繁華舊夢，擘箋人在荒梗。念誰伴、青磷碧草，恁雲母、畫屏猶整。好携去、金煙玉水，蟾蜍細細瑩珠粉。試照遍秦淮，菱花悵斷燕支井。」

周岱齡詞

芥堂先生循吏文人，倚聲餘事，又有「秋老花新，酒濃人澹」八字可入詞眼［一］。哲嗣叔畇觀察有《東鷗草堂詞》［二］，季貺太守有《曼熹詞》［三］，予叙刻于閩，《篋中》佚不可得，記此俟補［四］。

【注】

［一］　循吏文人倚聲餘事又：人文本、叢編本無此九字，據《篋中詞》補。秋老花新，酒濃人

澮：此是斷句。據《小説月報》第一一卷第一期（一九二〇年）窈九生《名人趣史》：「祥符周介堂先生岱齡，循吏文人，倚聲餘事。其斷句云：『緑上眉梢紅上靨，酒上心時。』又云：『一角紅蘭燕子飛。』又云：『酒濃人淡，秋老花新。』」詞眼：指全詞中最爲精彩和關鍵性的語句，最早見陸輔之《詞旨》，有「詞眼凡二十六則」。劉熙載《藝概·詞曲概》云：「其實輔之所謂眼者，仍不過某字工、某句警耳。余謂眼乃神光所聚，故有通體之眼，有數句之眼，前前後後無不待眼光照映。」

［二］鷗：點校本《篋中詞》作「漚」。哲嗣：敬稱他人之子。叔昫：即周星譼。

［三］季貺：即周星詒。貺，點校本《篋中詞》誤作「況」。

［四］哲嗣叔昫觀察以下：人文本、補編本無，據《篋中詞》補。

評黄曾《蝶戀花》［一］

大令審律甚嚴［二］，胸襟凡近［三］，詞多死句［四］，不能多録［五］。

【注】

［一］黄曾（一八〇二？——一八四八後）：字菊人，號瓶隱生，浙江錢塘（今杭州）人。道光十二年（一八三二）舉人，官直隸香河知縣。有《瓶隱山房詩鈔》，附詞八卷，道光二十七年（一八

四七）刻本。黄燮清《國朝詞綜續編》卷十三云：「菊人詞新警詭麗，獨絶一時。其守律之嚴，尤一字不苟。非惟才大，亦復心細。所著《瓶隱山房詞》，予爲手定而序之，蓋詞中之精品也。」杜文瀾《憩園詞話》卷三云：「黄菊人大令曾……性愛山水，遍游江浙名勝，復過燕趙，西涉河汾，故爲詞多空靈奇峭之音。」《篋中詞》今集卷四選黄曾詞一首，即《蝶戀花》：「廟子灣頭春正雨。送了征帆，添了新離緒。妾夢似潮流得去。隨郎直得江州住。　樓外落花空自舞。花自飄零，没個東風主。幾點越山青不語。朝朝飛入眉顰處。」

［二］大令：即黄曾。審律甚嚴：杜文瀾《憩園詞話》卷三云：「考律謹嚴，自命爲第一手。」謝章鋌《賭棋山莊詞話》續編卷四則謂「余以爲未免過譽。詞氣疏暢則有之，然可議處尚多」。可參。

［三］凡近：平庸淺薄。宋濂《林伯恭詩集序》：「永嘉舊傳四靈詩，識趣凡近而音調卑促。」

［四］死句：原爲佛家禪語，此謂句子呆板，少言外意。陸游《贈應秀才》詩：「我得茶山一轉語，文章切忌參死句。」王士禛《居易録》卷二十七：「語中有語，名爲死句；語中無語，名爲活句。予嘗舉似學詩者。」

［五］不能多録：人文本、補編本無此四字，據《篋中詞》補。

評姚燮《江城子》△[一]

幽倩[二]。

【注】

[一] 此則人文本未收，據《篋中詞》補入。姚燮（一八〇五—一八六四）：字梅伯，號野橋、復莊、大梅山民，浙江鎮海（今屬寧波）人。道光十四年（一八三四）舉人，後以謄録例選候補知縣，咸豐間寓居上海。擅繪畫，能填詞，有《疏影樓詞》五卷，道光十三年（一八三三）上湖草堂刊《大梅山館集》本。其自題詞集述填詞經歷云：「余幼輒耽此，搜宋元來諸家名集，沉浸討索，效之似，錮之益深。迨弱冠後，日與世涉，哀樂漸多，兼以友朋宴游，饑寒驅逐，每有感觸即寄之。數年以往，共得千闋餘，并少作刪存六一，釐爲五卷，各以類從。」丁紹儀《聽秋聲館詞話》卷十九云：「近日詞家鮮工歐（歐陽修）晏（晏殊）體者，獨鎮海姚梅伯孝廉《疏影樓詞》，頗具神似。」杜文瀾《憩園詞話》卷四云：「《續編》（指黄燮清《國朝詞綜續編》）中稱其跌宕新警，如山雞舞鏡，顧影自妍，能獨樹一幟，而不屑屑于模範，洵非虛譽。然讀其諸作，雖不模範，而格律仍無一字之譌，彌令歎服。」《篋中詞》今集卷四選姚燮詞二首，即《江城子》（綉罨六曲夕陽殘）、《高陽臺》（拭唾題

裙)。姚燮《江城子》:「綉罣六曲夕陽殘。夢漫漫。淚潸潸。桃葉東風,吹緑滿闌干。莫怨春紅遲二月,便開了,有誰看?」

〔二〕 幽倩:愁思幽深而意境鮮明。倩,鮮明。

評張金鏞《高陽臺·暝色在樹……》△〔一〕

幽致。

【注】

〔一〕 此則人文本未收,據《篋中詞》補入。張金鏞(一八〇五—一八六〇):譜名敦瞿,字良甫,改字笙伯,號海門,一號忍龕,浙江平湖人。道光二十一年(一八四一)恩科進士,改庶吉士,授翰林院編修,督湖南學政,升侍講。與王錫振、金安清、黄燮清等交,有《絳趺山館詞録》三卷,同治十年(一八七一)刻本。黄燮清《國朝詞綜續編》卷十八云:「其詞清微窅眇,矜煉之極,歸于自然。蓋于此事,積畢生之力爲之,所解悟深也。王少鶴(王拯)農部比之清真(周邦彦)、中仙(王沂孫),殆非虚語。」《篋中詞》今集卷四選張金鏞詞三首,即《賣花聲》(雲髻挽鴉雙)、《高陽臺》(病葉棲寒)、《水龍吟》(杯前一寸光陰)。張金鏞《高陽臺·暝色在樹,秋聲乍繁,即事言愁,率成此解》：「病葉棲寒，愁雲殢暝，簾櫳知爲誰開？幾日新霜，墻陰點遍蒼苔。薜蘿青斷當時徑，記深痕、曾綰瑶釵。鎮徘徊、一步回廊，便隔天涯。　蘭悰絮夢都消歇，只泠吟低唱，减盡清才。泫别疏花，海棠紅上階來。蜘蛛細寫春前影，又絲絲、替織愁懷。悄亭臺、漫問幽期，纖月弦才。」

評張金鏞《水龍吟・寄金眉生》△[一]

幽憶之音，拂拭而出[二]。

【注】

[一] 此則人文本未收，據《篋中詞》補入。張金鏞《水龍吟・寄金眉生》：「杯前一寸光陰，研箋寫作相思字。蕉痕憶夢，桐華選句，别來心事。萬里橋邊，三年笛裏，未消殘醉。記題詩拜石，煙蘿袖底，天風拂，秋雲碎。　飄零西窗蠟淚。渺歡悰、凉燈摇墜。青桐照影，蒼華壓鬢，獨憐憔悴。負了汀鷗，路長波闊，夜寒煙佩。倩江鴻寄與，綃輕墨瀋，化濛濛翠。」

[二] 拂拭：原意爲擦拭，此謂透過表層文字方能悟其幽憶之旨。

評王嘉禄《南浦·草色從魯逸仲體》△[一]

正宗[二]。

【注】

[一]　此則人文本未收，據《篋中詞》補入。王嘉禄（一七九七—一八二四）：字綏之，號井叔，江蘇長洲（今蘇州）人。庠生。爲「吴中七子」之一，有《桐月修簫譜》一卷，道光二年（一八二二）刊《吴中七家詞》本。郭麐序其詞集云：「綏之之詞，立言必雅，抽思必深，喜往復，善自道，于朱氏（朱彝尊）之言無不合者。小令慢調，駸駸乎窺五代兩宋之堂奥，而躋其䎸。」朱綬序云：「四聲嚴密，無一不與古人之製調相合。」黄燮清《國朝詞綜續編》卷十八云：「井叔詞宛轉幽媚，情景俱深，味之紆迴無極。」蔣敦復《芬陀利室詞話》卷二云：「井叔宗碧山（王沂孫）。」徐珂《近詞叢話》云：「王井叔客揚州數年，文采富艷，傾動時流。好填詞，所著《月底修簫譜》（此誤），倚聲家頗傳誦之。未幾搆疾遽卒，年猶未及三十也。」《篋中詞》今集卷四選王嘉禄詞一首，即《南浦·草色從魯逸仲體》：「東風怨碧，甚年年、吹轉舊池塘。一路花驄嘶去，釵扇趁尋芳。省記麝蘭埋恨，剩紅心、萬點涴凄香。又緑波天際，斷腸人遠，煙夢暗瀟湘。　那更倚樓望極，算江南、何處不斜陽？故國

相思難寄，空與采蘭茳。換了數聲啼鴂，恨青青，未抵暮愁長。歎鬢痕憔悴，賦情長自倦江郎。」

［二］正宗：北宋詞人孔夷（魯逸仲）有《南浦·旅懷》（風悲畫角）一首，黄蘇《蓼園詞選》評爲「詞旨含蓄，耐人尋味」，陳廷焯《白雨齋詞話》評爲「此詞遺詞琢句，工絶警絶，最令人愛」，王嘉禄詞仿其體，可參。

評吴廷燮《解連環》△［一］

語語有意，善學清真［二］。

【注】

［一］此則人文本未收，據《篋中詞》補入。吴廷燮（一八〇三—一八五六）：字彦宣、研仙，浙江海鹽人。諸生。有《小梅花館詞集》三卷，咸豐刻本。黄燮清《國朝詞綜續編》卷十八云：「彦宣詞胎息玉田，而參以白石之清、夢窗之艷，静好娟潔，自是雅音。」《篋中詞》今集卷四選吴廷燮詞二首，即《解連環》（峭寒輕閣）、《西子妝》（玉浦澄秋）。吴廷燮《解連環》：「峭寒輕閣。正歸來月下，五銖衣薄。鎖黛痕、依約凌波，認瓊佩綺環，是君還錯。一片秋聲，問何處、江蘺摇落？料盈盈待語，碧海青天，總怨離索。相思錦箋誤托。聽啼鵑萬里，還更棲泊。縱伴我、翠羽明

璫，早簾杏香沉，鬢影非昨。夢雨難招，被萬疊、湘雲迷著。又誰知、素紈剩寫，舊時瘦削。」

〔二〕善學清真：此首情詞，善寫閨怨，仿周邦彦《解連環》（怨懷無托），并用其韵。

評吴承勛《四犯翠連環·雙調自度曲》△〔一〕

芳蘭竞體。

【注】

〔一〕此則人文本未收，據《篋中詞》補入。吴承勛（生卒年不詳）：字子述，浙江錢塘（今杭州）人。諸生。按：俞廷瑛《瓊華詩集》卷三有《和吴子述表弟（恩慶）見寄原韵》詩，則或又字恩慶。與黄燮清交，有《影曇館詞》一卷，咸豐刊十家詞本。黄燮清《國朝詞綜續編》卷十九云：「道光壬辰秋，因許金橋（許謹身）獲交子述，十餘年來，久敬不衰。子述負才自異，于文字交鮮當意者，而于予獨密。所著《影曇館詞》幽膩冷艷，予嘗比之翡翠凌波，珊瑚篆月。至其音律綿細，毫忽不苟，尤爲近人所難。世有此才，老困一衿，且以幽憂死，遺孤復殤，可爲慘悼。存詞若干首，以壽其身後而已。」杜文瀾《憩園詞話》卷二云：「錢塘吴子述茂才承勛有《鬟雲鬆令》。」王蘊章《梅魂菊影詞話》云：「近從南陵徐積餘丈處假得金繩武刻《十家詞彙》，中有《影曇館詞》一種，爲仁和吴子述承勛作。其詞幽秀冷艷，黄韵珊（黄燮清）嘗比之『翡翠凌波，珊瑚篆月』，故是浙派中健者。」按：後人著述中常將此人與吴衡照（字子律）混淆。《篋中詞》今集卷四選吴承勛詞三首，即《四犯翠連環》（露剪聲輕）、《唐多令》（愁共水潺潺）、《探芳信》（戀芳晝）。吴承勛《四犯翠連環·雙調自度曲》：「露剪聲輕，風鈴語急，西園亂紅難繫。屈戌漫將春放了，孤負燕歸千里。舞腰慵未起。啼痕濕透秋千地。鬥香時節，鬥茶天氣，釀就愁滋味。此際休説銷魂，只緑陰芳草，那堪游戲。十二玉笙催夢遠，空誤鳳綃鴛綺。釅寒清似水，垂楊小院深深閉。鎮獨自、閑理霓裳譜，拋盡相思子。」

評吴承勛《唐多令》△[一]

青琴高響[二]。

【注】

[一] 此則人文本未收，據《篋中詞》補入。吴承勛《唐多令》：「愁共水潺潺。離人當暮餐。宫燕報平安。音書比夢難。景陽鐘、況禁他、杏子衣單。隔個窗兒同聽雨，消不得，是春寒。可似寒山？奉帚平明花落盡，閑殺了，好闌干。」

［二］　青琴：以青桐木製成的琴，其聲清揚。李嶠《烏》詩：「白首何年改，青琴此夜彈。」

評吴承勛《探芳信》△［一］

手書小箋署子述字，予于故書中收得之，愛其清綺［二］，録之。

【注】

［一］　此則人文本未收，據《篋中詞》補入。吴承勛《探芳信》：「戀芳晝。甚艷語傳歌，幽懷泥酒。歎倚樓人遠，闌干未全舊。飄煙拖月渾如夢，春比梨花瘦。最模糊、蝶恨瑶階，燕迷苔甃。　橋外亂紅驟。更心篆凝香，眉痕描岫。鏡裏消魂，敲缺唾壺否？玉笙吹徹離宫怨，斜照空回首。再休將、畫扇風流問柳。」

［二］　清綺：猶清麗。劉勰《文心雕龍·才略》：「魏文之才，洋洋清綺。」

評黄增禄《浪淘沙·天寒翠袖畫册》△［一］

比興。

【注】

〔一〕　此則人文本未收，據《篋中詞》補入。黄增禄（生卒年不詳）：字伯谷，號子芾，江蘇吴江（今蘇州）人。道光二十三年（一八四三）舉人。有《拜石詞》。《篋中詞》今集卷四選黄增禄詞一首，即《浪淘沙·天寒翠袖畫册》：「慵唱女兒箱。秋老瀟湘。一回徙倚一思量。偎玉誰教添半臂，怕冷殘陽。　獨自訴愁腸。閑立昏黄。莫輕彈淚濕衣裳。製作扇兜裁作簉，還要凄凉。」

評王效成《玉漏遲·秋翁約過……》△〔一〕

清深。

【注】

〔一〕　此則人文本未收，據《篋中詞》補入。王效成（一七九五？—一八四六？）：字約甫，號子頤，又號雪腴，安徽盱眙（今屬江蘇）人。道光十六年（一八三六）恩貢生。有《軒霞詞》一卷，咸豐五年（一八五五）《伊嵩室詩集》本。謝章鋌《賭棋山莊詞話》續編卷四云：「子頤詞雖無多，而饒有姜（姜夔）、史（史達祖）遺韵。」《篋中詞》今集卷四選王效成詞一首，即《玉漏遲·秋翁約過九峰草堂夜話，三鼓始歸》：「漏遲深巷窈。幽眠熟否？彈扉人到。重剪疏燈，共話樽前懷抱。

幾許風煙往事，却話到、淒涼都少。情暗惱。窗邊竹外，秋聲來早。白髮兩兩相看，甚磊落王郎，而今年少。青眼高歌，怕負浣花詩老。衫袖年時倦舞，且漫聽、荒雞催曉。歸路悄。依依素娥留照。」

評許宗衡《百宜嬌・冰花》△[一]

使事如水中鹽味[二]，長于換意[三]，深入南宋之室。

【注】

[一]　此則人文本未收，據《篋中詞》補入。許宗衡（一八一一—一八六九）：原名鯤，字海秋，號我園，江蘇上元（今南京）人。後移家揚州。咸豐二年（一八五二）進士，改庶吉士，授内閣中書，遷起居注主事，浮沉郎署二十餘年。長于古文，亦擅詩詞，早年有《拳峰館詞》稿本一卷，《玉井山館詩餘》一卷，同治刻本。其自序云：「余既才有不逮，又多輟作，舊時所得，率皆散棄。後雖未廢，要已荒落。長夏無事，檢取近稿，益以今歲所獲，凡四十餘闋，手録付梓，用代鈔胥。」其詞諸家有評，如謝章鋌《賭棋山莊詞話》續編卷五云：「其文夷猶自得，不爲桐城末派所囿，詩詞亦入格。蓋海秋固先治詞賦，與以古文餘力作韵語者不同也。詞名《玉井山館詩餘》，中有兩

闋，最足感人（指《金縷曲》『別有傷心處』、《霓裳中序第一》『清歌粲素靨』），嗟乎，酒場歌板，舉目滄桑，氛塵澒洞，此真回腸蕩氣時也。」冒廣生《小三吾亭詞話》卷一云：「上元許海秋中翰，負氣伉爽，有不可一世之慨。所著《玉井山館詩餘》，別有懷抱，雖稍近粗率，亦近詞一大家。」《篋中詞》今集卷四選許宗衡詞五首，即《百宜嬌》（鏤玉無煙）、《西窗燭》（薊門煙樹）、《中興樂》（繞樓一帶薜蘿墻）、《霓裳中序第一》（西風又蕭瑟）、《百宜嬌》（倚帽愁煙）。許宗衡《百宜嬌·冰花》：「鏤玉無煙，雕瓊有蕊，連夜小池風緊。欲語誰應，鏡中人笑，拈得一痕菱影。銷除紅淚，便唾點、細皺愁暈。恁鴛鴦、能耐宵寒，夢回雙抱香冷。　空惆悵、凌波舊印。蓮瓣幾時留？襪塵猶認。只恐消磨，不關開落，負爾聰明心性。霜華已老，願此後、東風無準。早猜詳、流水三生，上林難問。」

〔二〕　使事如水中鹽味：謂用典不露痕迹。薛雪《一瓢詩話》：「作詩用事，要如釋語，水中著鹽，飲水乃知。」

〔三〕　換意：參見「評史達祖《雙雙燕·春燕》」一則注〔六〕。

評許宗衡《西窗燭·寒月和青耜》△〔一〕

骨折魂驚〔二〕，語語沉痛。

【注】

［一］此則人文本未收，據《篋中詞》補入。許宗衡《西窗燭·寒月和青耜》：「薊門煙樹，照影蒼凉，啼鴉驚拍風翅。茫茫千里關山白，似雪路冰河，欲歸無地。憶舊游、夢裏簫聲，良夜歡悰如墜。和愁睡。玉宇瓊樓，人間天上，都是尋常事。便教萬古團欒好，恐耐到雞鳴，也非容易。忍思量、金粟前身，凍合三生清淚。」

［二］骨折魂驚：也可作心折骨驚，有膽戰心驚之意。語出《文選·江淹〈別賦〉》：「使人意奪神駭，心折骨驚。」李善注：「亦互文也。」

評許宗衡《中興樂·初秋同人……》△［一］

止庵《詞辨》所謂「既成格調求實，實則精力彌滿」者也［二］。

【注】

［一］此則人文本未收，據《篋中詞》補入。許宗衡《中興樂·初秋同人登龍樹寺凌虛閣，依李德潤瓊瑤集體》：「繞樓一帶薜蘿墻。西風瑟瑟橫塘。眼前春色，垂柳垂楊。蘆花容易如霜。雁聲長。幾時飛到，高城遠樹，亂堞斜陽。十年冠劍獨昂藏。古來事事堪傷。狐狸誰問，何況

豺狼。薊門山影茫茫。好秋光。無端孤負，闌干倚遍，風物蒼涼。」

[二] 止庵《詞辨》所謂句：所引見周濟《詞辨》所附《介存齋論詞雜著》。

評許宗衡《霓裳中序第一·秋柳》△[一]

念亂憂生[二]。

【注】

[一] 此則人文本未收，據《篋中詞》補入。許宗衡《霓裳中序第一·秋柳》：「西風又蕭瑟。一樹棲鴉驚落日。舊時門巷寂寂。折來殘客，有多少、心事誰識？樓臺影、絲絲如夢，憔悴倚荒碧。堪惜。十年蹤迹。莫又向、隋堤淒惻。臺城煙景非昔。千古傷心，如此顔色。幾人能遣得？倦眼青青淚濕。關山晚、只餘短鬢，忍與亂愁織。」

[二] 念亂憂生：況周頤《蕙風詞話補編》卷一評云：「（評下闋）念亂憂生，低徊欲絕。」可參。

評許宗衡《百宜嬌・道光己酉秋日……》△[一]

宋玉微詞，蘭成小賦[二]。

【注】

[一] 此則人文本未收，據《篋中詞》補入。許宗衡《百宜嬌・道光己酉秋日，雨中與西淵飲揚州湖舫》：「倚帽愁煙，泊舟疑夢，凄絶那知游倦。遠樹遮樓，望中人杳，落葉滿天殘恨。誰從吟處，尚記得、湖山春影？驀孤篷、點點秋聲，與君宜醉休醒。　空惆悵、酒杯易暝。雲色作濃陰，暮晴無準。三月桃花，一堤楊柳，簫鼓當時曾聽。荒園廢塚，怕此後、鶯聲難問。趁羈孤、百感茫茫，雨斜風整。」

[二] 宋玉微詞：指《九辯》。蘭成小賦：蘭成爲南北朝作家庾信小字，其擅作抒情小賦，如《枯樹賦》、《小園賦》等，多抒家國身世之感。

許宗衡詞

海秋先生，傷心人別有懷抱[一]，胸襟醖釀[二]，非尋常文士度越[三]。少鶴通政爲近詞一大宗[四]，齊名者有上元何青耜觀察[五]。

【注】

[一] 傷心人别有懷抱：許宗衡《金縷曲·書余淡心板橋雜記後并序》有長篇序文，記太平軍陷南京變亂，首句即爲「别有傷心處」。

[二] 胸襟醖釀：常州派周濟最重胸襟醖釀，認爲只有長期的生活積累和情感積澱，方能致渾厚之境，其《宋四家詞選目録序論》謂「賦情獨深，逐境必寤，醖釀日久，冥發妄中」。

[三] 度越：超過。《漢書·揚雄傳下》：「今揚子之書文義至深，而論不詭于聖人，若使遭遇時君，更閲賢知，爲所稱善，則必度越諸子矣。」

[四] 少鶴通政：即王拯。

[五] 何青耜觀察：即何兆瀛。何兆瀛曾任浙江按察使，簡稱觀察。

評王錫振《湘春夜月·花影》△[一]

悟境。

【注】

［一］　此則人文本未收，據《篋中詞》補入。王錫振（一八一五——一八七六）：改名拯，字定甫，一字少和，號少鶴，又號龍壁山人，廣西馬平（今屬柳州）人，原籍山陰（今浙江紹興）。道光二十一年（一八四一）恩科進士，授户部主事，充軍機章京，官太常寺卿、通政司通政使，署左副都御史。以古文名，又擅詩詞，與曾國藩等結文社，譽滿京洛。詞爲「嶺西五大家」之一，受常州詞派張惠言影響，爲王鵬運、況周頤鄉先輩，況氏年十二拜其爲師學詞。有《茂陵秋雨詞》四卷、《瘦春詞鈔》一卷，合爲《龍壁山房詞》，民國二十四年（一九三五）《嶺西五家詩文集·龍壁山房文集》桂林排印本。其詞集自序云：「夫詞雖小文，道由依永。情文繚繞，家風既愧碧山（王沂孫）；聲譜荒唐，工匠大慚紅友（萬樹）。爰事刪夷，都爲斯集。」其詞諸家有評，如張金鏞序其詞集云：「方諸兩宋，洵可高揖清真（周邦彦），平視聖與（王沂孫）。」杜文瀾《憩園詞話》卷三云：「其爲詞以南宋爲宗，音律至細。」又卷六云：「細讀其詞，如食哀家梨，甘而能脆，有幽瘦者，宜以啞觱篥吹之，足爲金粱夢月（周之琦）替人。」冒廣生《小三吾亭詞話》卷一云：「所著《茂陵秋雨詞》，置之迦陵（陳維崧）、飲水（納蘭性德）之間，非但不愧之而已。」《篋中詞》今集卷四選王錫振詞四首，即《湘春夜月》（夜朦朧）、《瑣窗寒》（小閣雲深）、《暗香》（亂峰翠匝）、《疏影》（江樓跨鶴）。王錫振《湘春夜月·花影》：「夜朦朧，天邊新月如弓。捲起一桁簾波，流影入芳叢。者是玉京魂魄，被西風吹落，拂地煙濃。算紅銷翠蝕，芳情不斷，只在虚空。畫樓西畔，金爐香燼，露冷霜重。步屧廊

回，驀憶得、闌干慵倚，雙鬟蓬鬆。重門掩静，又誰教、短夢惺忪？收不起、待明蟾落盡，心頭眼底，依舊無蹤。」

評王錫振《瑣窗寒・春寒》△[一]

俊絶。

【注】

[一] 此則人文本未收，據《篋中詞》補入。王錫振《瑣窗寒・春寒》：「小閣雲深，重衾玉暖，曉窗殊戀。香篝倦倚，贏得夢微香淺。步芳園、濃妝定稀，近來冷却看花眼。料銜泥未忍，杏梁深處，并巢雙燕。　池畔。冰澌亂。悄一點猩紅，露華偷展。桐花暗老，那忍鳳翎棲懶。奈晚來，宿酒漸消，驌驦又怯風似剪。憶錦袍、簾外人歸，把殿頭歌按。」

評王錫振《暗香・灤陽歲晚，行眺酒仙祠下》△[一]

有對此茫茫之慨[二]。

【注】

［一］　此則人文本未收，據《篋中詞》補入。王錫振《暗香・灤陽歲晚，行眺酒仙祠下》：「亂峰翠匝。笑幾人潦倒，相逢携鍤。霰影四遮，雪窖冰廬氣蕭颯。便擬沙場醉卧，渾忘却、東風鳴甲。甚歲晚、絶塞人家，簫鼓也迎臘。　閑踏。馬蹄怯。歎去國路遥，夜月殘闔。玉簫恨擪。回首中原黯如霎。多少飛蓬淚眄，待準備花時鑾榼。怕恁日、春去也，緑陰夢壓。」

［二］　對此茫茫：語見劉義慶《世説新語・言語》：「衛洗馬初欲渡江，形神慘悴，語左右云：『見此茫茫，不覺百端交集，苟未免有情，亦復誰能遣此！』」

評王錫振《疏影》△［一］

書劍從軍［二］，觚稜望闕［三］，感兼身世，語合情文。

【注】

［一］　此則人文本未收，據《篋中詞》補入。王錫振《疏影》：「江樓跨鶴。算那回草草，揮手雲壑。曾記花時，宋玉墻東，春來好景如昨。湖山金粉都拋盡，謾記憶、江南江北。好重尋、墩墅風流，剩有舊時屏箔。　誰念長楊往事？關河幾萬里，天浄塵幕？流水匆匆，四十年華，慘澹瓊

犀簾角。窮荒蛉蠃樽前在，倩玉手、駝酥更酌。判雁飛、不到天涯，只是夕陽紅薄。」

［二］書劍從軍：意謂書生投筆從戎。語出温庭筠《過陳琳墓》詩：「莫過臨風倍惆悵，欲將書劍學從軍。」

［三］觚棱望闕：意謂遥望故國關山。時當太平軍連續進攻江浙贛閩，政局危殆，王拯作爲朝臣，心繫國事，故云。觚棱，參見「評趙進美《醉落魄·望月》」一則注［二］。

評何兆瀛《金縷曲·燕》△［一］

情瀾不竭［二］，曲盡事理。

【注】

［一］此則人文本未收，據《篋中詞》補入。何兆瀛：參見「老學後盦自訂詞叙」一則。《篋中詞》今集卷四選何兆瀛詞七首，即《金縷曲》（辛苦銜泥燕）、《壺中天慢》（緇塵人老）、《卜算子》（鏡背一燈紅）、《月下笛》（一抹荒煙）、《南鄉子》（春事了殘紅）、《鞦韆索》（新詞多是銷魂語）、《臺城路》（修蛇曲折城南路）。何兆瀛《金縷曲·燕》：「辛苦銜泥燕。儘回翔、朝朝暮暮，雨絲風片。覓得新巢棲息穩，爲爾珠簾長捲。却换了、一般庭院。故主恩情還記否，記幾番、王謝堂前見。

曾舞得，紅襟倦。炎凉世事尋常變。見説道、寂寥羅雀，翟公門掩。曲曲雕梁泥落盡，紅剩斜陽一綫。聽枝上，流鶯低囀。似訴東鄰留滯爾，舊同群、軟語含凄怨。秋近矣，莫飛遠。」

〔二〕情瀾未竭：謂感情産生波瀾。趙完璧《雪中潘邊二老見枉夜歸有懷》詩：「情瀾未竭仙舟放，無影月中人不眠。」

評何兆瀛《壺中天慢·燈》△〔一〕

神明于《樂府補題》〔二〕，乃覺賦比興皆備。

【注】

〔一〕此則人文本未收，據《篋中詞》補入。何兆瀛《壺中天慢·燈》：「緇塵人老，被秋燈照出、傷心滋味。四壁蟲吟風斷續，抱影與愁同睡。枕冷黄粱，簪欺白髮，一穗花猶媚。玉蟲無賴，向人開作如意。當日膽怯空房，挑殘夜雨，泥檀奴同倚。倦蝶凄迷餘夢影，悵觸寒宵半臂。金粟痕空，銅荷塵瘦，煙也含清淚。比他團扇，舊情何忍捐棄？」

〔二〕神明：此謂精神相通。《禮記·檀弓上》：「其曰明器，神明之也。」孔穎達疏：「神明，微妨無方，不可測度，故云非人所知也。」《樂府補題》：參見「厲鶚詞」一則注〔五〕。

評何兆瀛《月下笛·獨游江亭，用玉田生韵》△[一]

幽澀[二]，爲玉田所無之境。

【注】

[一] 此則人文本未收，據《篋中詞》補入。何兆瀛《月下笛·獨游江亭，用玉田生韵》：「一抹荒煙，孤亭尚在，斷無人處。叢蘆瑟瑟，還是尋秋那時路。事前卧柳渾相識，早耐盡、年年冷雨。却重來攀折，霜顛顧影，獨行誰語。愁緒。嗟遲暮。待歸去江天，再盟鷗鷺。風塵倦旅。聽蟬何事酸苦。菀枯容易都成夢，問入夢有人醒否？剩幾點晨鴉，棲老禪門舊樹。」用玉田生韵：《全清詞鈔》作「用玉田生『孤游萬竹山中』韵」。此指張炎《月下笛》（萬里孤雲）一首，「孤游萬竹山中」爲詞序首句。

[二] 幽澀：相對淺俗、薄滑而言。參見「厲鶚詞」一則注[二]。

評何兆瀛《南鄉子》△[一]

高格。

【注】

［一］此則人文本未收，據《篋中詞》補入。何兆瀛《南鄉子》：「春時了殘紅。閑著闌干晝閣東。幾日杜鵑聲不斷，匆匆。一笛吹春唱《懊儂》。　無語下簾櫳。苦把春痕憶夢中。雨又不來雲又散，濛濛。滿院楊花滿院風。」

評何兆瀛《臺城路·過廢寺》△［一］

南宋平夷之韵［二］，北宋峭折之思［三］。

【注】

［一］此則人文本未收，據《篋中詞》補入。何兆瀛《臺城路·過廢寺》：「修蛇曲折城南路，倚筇還過蕭寺。掃葉門深，種花僧去，冷意野鷗知未？葦花滿地。有頭白人來，相看憔悴。瑟縮寒鴉，似曾相識一枝寄。　祇林無限往事，一般興廢感，都付深喟。詩夢煙空，酒人星散，眼底惟餘秋氣。流連荒砌。認疥壁蝸涎，模糊文字。鈴語催歸，夕陽天半墜。」

［二］平夷：平和，相對于險怪而言。張表臣《珊瑚鈎詩話》卷一：「（詩）以平夷恬淡爲上，怪險蹶趨爲下。」

［三］ 峭折：奇險曲折，相對于平鈍而言。王安石《寄慎伯筠》詩：「多爲峭句不姿媚，天骨老硬無皮膚。」

何兆瀛詞

何先生詞抗手許海秋［一］，齊名文苑，不虚也。但沉鬱稍不逮許，而無海老枯率之失［二］。

【注】

［一］ 許海秋：即許宗衡。

［二］ 枯率：此指粗疏而少文采。趙翼《甌北詩話·杜少陵詩》：「今觀夔州後詩，惟《秋興八首》……意味悠長，其他則意興衰颯，筆亦枯率，無復舊時豪邁沉雄之概。」

評陳元鼎《浪淘沙·姚江舟中》△［一］

編修《鴛鴦宜福詞》，艷冶纏綿［二］。予嘗借閲，可誦者多，惜未寫副［三］。黄氏所録殊未盡［四］，記以待補［五］。

【注】

［一］　陳元鼎（一八一七—一八六七）：字芰裳，號實庵，浙江錢塘（今杭州）人。道光二十七年（一八四七）進士，改庶吉士，授翰林院編修。後困頓京師，窮愁抑鬱而卒。有《鴛鴦宜福館吹月詞》二卷，同治元年（一八六二）刻本；《鴛鴦宜福館遺詞》一卷，光緒二十年（一八九四）雙照樓刻本。另選有《詞畹》，并輯《詞律補遺》。其詞集自序云：「余少嗜倚聲，偶有一二曲流播歌筵酒座間，遂爲詞家所賞，謂能免于仇山村（仇遠）言順律舛、律協言謬之譏。雖竊自疑，而好之日篤，積之亦日多。……半生結習，敝帚自珍，亟録而梓之。」黄燮清《國朝詞綜續編》卷二十云：「實庵詞賦情水漾，古艷天生。通籍後索米長安，窮愁放誕，借閑情以寫孤抱，詞學益進。咸豐壬子余以謁選入都，唱酬甚夥，惜未彙録。」杜文瀾《憩園詞話》卷二云：「所著《鴛鴦宜福館吹月詞》，美人香草，寄托遥深。而韵律謹嚴，尤爲近所罕覯。」又云：「近人能恪守萬紅友（萬樹）《詞律》，已不可多得，至深追南北宋矩矱者，尤難其人。實庵太史集中，無不推敲盡致。」《篋中詞》今集卷四選陳元鼎詞二首，即《浪淘沙》（新水短長橋）、《憶少年》（無風簾幕）。陳元鼎《浪淘沙·姚江舟中》：「新水短長橋。帆影迢迢。一痕眉月爲誰描？翠幕圍春花氣静，何處前宵？　冷雨又飄蕭。燭暗香消。酒醒時候最無聊。歸夢零星流不去，多事回潮。」

［二］　《鴛鴦宜福詞》：即《鴛鴦宜福館吹月詞》。艷冶纏綿：陳詞多艷體，故云。

［三］　寫副：另録副本。

［四］　黄氏所録：黄燮清《國朝詞綜續編》卷四十七録陳元鼎詞十六首。

［五］　予嘗借閲以下：人文本、補編本無，據《篋中詞》補。

評張炳堃《湘月・竹粉》△［一］

工而不縟［二］，寄托遥深。

【注】

［一］　此則人文本未收，據《篋中詞》補入。張炳堃（一八一七—一八七七？）：原名瀛皋，字鶴甫，號鹿仙，浙江平湖人。張金鏞弟。道光二十七年（一八四七）進士，改庶吉士，授翰林院編修，官湖北候補糧道。有《抱山樓詞録》四卷，光緒十五年（一八八九）刻本。與黄燮清交，助其校輯《國朝詞綜續編》。其詞諸家有評，如謝章鋌序其詞集云：「鹿仙觀察，浙産也，家世擅文章。予從潁叔見其詞，志和音雅，卓然能事。……君則清氣在筆先，無所爲涂澤焉、襞積焉，噫！可貴也。」陳元鼎題詞云：「小令、慢調皆有南宋遺軌，芬芳悱惻，則移我情。」黄燮清《國朝詞綜續編》卷二十云：「以秦（秦觀）、柳（柳永）之纏綿，寫蘇（蘇軾）、辛（辛棄疾）之豪邁，芬芳悱惻，能移我情。鹿仙爲海門太史（張金鏞）介弟，與《綘跗詞》面目各異，宗旨則同。才高律正，迴越時流。知

塤篪雅奏，其來有自。」杜文瀾《憩園詞話》卷四云：「寄托遥深，芬芳悱惻，不愧雙丁二陸之譽。」《篋中詞》今集卷四選張炳堃詞一首，即《湘月·竹粉》：「湘妃素面，被熏風賣弄，一夜勻染。瘦玉棱棱也自笑，學得吴儂妖艷。滴露成脂，捎雲作黛，曉鏡明波灔。桃花三兩，倚酣來鬥嬌臉。　誰念翠袖飄零，鉛華不御，掃雙蛾凄澹。日暮荒寒又底用，金碧檀欒妝點。采緑心情，啼紅顔色，自愛梳妝儉。待催秋到，暗霜來與銷減。」

［二］　縟：繁縟，富文采。《漢書·王莽傳下》：「德盛者文縟，宜崇其制度。」顔師古注：「縟，繁也。」

潘曾瑋詞△［一］

徐子陵序略曰［二］：「肇端房闥之近［三］，叙恨睽隔之交［四］，其愛也似褻［五］，其怨也似慕［六］。」余思之，余重思之，而卒無以解其旨之所在。

【注】

［一］　此則人文本未收，據《篋中詞》補入。潘曾瑋（一八一九—一八八六）：字寶臣，號季玉，一號玉泉，晚號養閑居士。江蘇吴縣（今蘇州）人，大學士潘世恩幼子。蔭生，官太常寺博士、

奉特旨賞員外郎、補刑部奉天司、升刑部福建司郎中，賜布政使銜，記名道台。其兄弟潘曾瑩、潘曾綬、潘曾沂，子侄輩潘遵祁、潘遵璈皆能詞，與「吴中七子」多有往還唱酬。有《玉洤詞》、《詠花詞》各一卷，光緒十三年（一八八七）刻本。其自序云：「余弱冠即學爲詞，當時儕輩謬相推許，輒自矜惜。及見張臯文、翰風兩先生《詞選》，讀其所爲序，乃悟向之所作如滅燭夜行，雖馳逐畢生，不離幽室，今而後始識康莊也。……余幼時之作十不一存，道光乙巳，張仲遠太守曾録三十首刊入《同聲集》中，今編自癸卯至癸丑（道光二十三年，一八四三——咸豐三年，一八五三）十年中所作共百首，名爲《玉洤詞》。」其兄潘曾瑩序云：「余弟季玉工填詞，清微綿渺，得弦外之旨。野橋（姚燮）不輕許人，而于玉詞輒歎羡不置，殆真能得白石遺意者。」杜文瀾《詠花詞題詞》云：「拜讀大著，得北宋之清空，兼南宋之幽秀。時而張、姜，時而蘇、辛，不拘一格，妙在擬雄渾則絶不叫囂，仿幽瘦則屏去晦澀。」《篋中詞》今集卷四選潘曾瑋詞七首，即《菩薩蠻》（芙蓉帳外燒銀燭）、《菩薩蠻》（輕雲冉冉籠殘月）、《菩薩蠻》（登樓一望傷心碧）、《菩薩蠻》（相思不語香閨裏）、《菩薩蠻》（東風吹醒桃花浪）、《菩薩蠻》（征鴻不到邊城遠）。

［二］　徐子陵序：徐子陵，應爲徐子苓。徐子苓（一八一二——一八七六），字叔偉，一字西叔，號毅甫，晚號龍泉老牧，安徽合肥人。曾選授和州學正，分修《安徽通志》，終歸隱巢湖龍泉山。與王尚辰、朱景昭并稱「廬州三怪」。是李鴻章啟蒙老師之一。《玉洤詞》徐序撰于道光二十七年（一八四七）。據今人黄裳《來燕榭讀書記》載：「《玉洤詞》一卷，吴縣潘曾瑋季玉撰。咸豐

刻，寫刻甚精。半葉九行，行十六字。白口，左右雙邊。咸豐四年（一八五四）馮桂芬題扉葉。道光甲辰（一八四四）姚燮序、陳克家序、徐子苓序、汪錫珪序、兄曾瑩序、自序。張曜孫、董思誠、尤堅、韓崇評跋。宋翔鳳、戈載等題贈。書面有端木埰泥金楷書一行云：『吴縣潘曾瑋著，庚申初春，壽陽師相持贈，古建康端木埰藏。』此本寫刻甚精，自序云書手爲蔣研詒。卷尾有『蘇城徐元圃局刻』一行。」

〔三〕　房闥之近：指閨怨題材。房闥，原意爲宫闈，《漢書·循吏傳序》：「孝惠垂拱，高后女主，不出房闥，而天下晏然。」顔師古注：「闥，宫中小門。」後也指閨房。

〔四〕　睽隔之交：指交游題材。王安石《謝徐秘校啟》：「比因幸會，得奉光儀，甫荷眷存之深，遂傷睽隔之遠。」睽，彙編本收徐子苓《玉淦詞序》（據咸豐四年刻本）、補編本誤作「睽」。

〔五〕　似：彙編本收徐子苓《玉淦詞序》作「如」。褻：過于輕慢。

〔六〕　其怨也似慕：蘇軾《前赤壁賦》：「如怨如慕，如泣如訴。」

評潘曾瑋《菩薩蠻》七首△〔一〕

鈎鎖斷續〔二〕，聲情相副，末章特開異境，乃不爲《金荃》所囿〔三〕。

【注】

［一］ 此則人文本未收，據《篋中詞》補入。潘曾瑋《菩薩蠻》：「芙蓉帳外燒銀燭。畫屏雙坐人如玉。相見定成歡。此時明月圓。 好春容易度，只怕春光去。海燕正孤飛。妒他雙影棲。」又：「輕雲冉冉籠殘月。横風吹散梨花雪。香夢已闌珊。覺來驚曉寒。 樽中春酒緑。惆悵《陽關曲》。門外送君行。別離無限情。」又：「登樓一望傷心碧。行人不見關山隔。清淚濕羅衣。忍看雙燕飛。 離愁千萬縷。簾外風還雨。野水漲紅橋。怎教魂不銷？」又：「相思不語香閨裏。時光虛度如流水。惜別又經年。歲寒霜雪天。 瑣窗人寂寂。欲問無消息。心事訴誰知？一鈎新月遲。」又：「東風吹醒桃花浪。雙堤一夜溪痕長。何日是歸程？盼將春水平。 欲歸仍未得。依舊長相憶。遥望玉門西。可憐人迹稀。」又：「征鴻不到邊城遠。迢迢萬里音書斷。脉脉依熏籠。燭銷殘淚紅。 別時曾記否？記得春將暮。春去又春回。望君君未歸。」又：「鄰家同戍遼陽轉。昨宵猶説瓜期緩。底事苦淹留？憶君愁復愁。 香銷銀篆冷。恨也無人省。夢影不分明。月華何處清？」

［二］ 鈎鎖：此似指作品結構脉絡的關聯、呼應。張懷瓘《書斷》卷上論張芝草書：「上下牽連，或借上字之下，而爲下字之上，奇形離合，數意兼包，若懸猿飲澗之象，鈎鎖連環之狀，神化莫若，變態不窮。」

［三］ 乃不爲《金荃》所囿：杜文瀾《憩園詞話》卷二云：「此七闋寄托遥深，纏綿宛轉，與

《握蘭》、《金荃集》之二十首，同一機杼。」可參。

評楊傳第《雙雙燕・詠蝶寄示仲儀》△[一]

宛鄰詞派不絶如綫[二]。

【注】

[一]　此則人文本未收，據《篋中詞》補入。楊傳第（一八一五？——一八六一）：字聽臚，號汀鷺，江蘇陽湖（今常州）人。學者包世臣婿。咸豐二年（一八五二）舉人，候補知府銜。朱德慈《近代詞人考録》（中國社會科學出版社二〇〇四年版）謂道光二十九年（一八四九）舉人，又謂官河南知府，浙江候補道，乃此傳附記葉名澧行事，誤。譚獻《亡友傳》記其生平。有《汀鷺詩餘》一卷，光緒間江陰繆氏刊《雲自在龕叢書・名家詞》本。《篋中詞》今集卷四選楊傳第詞二首，即《雙雙燕》（娉婷瘦影）、《齊天樂》（秣陵往事成惆悵）。楊傳第《雙雙燕・詠蝶寄示仲儀》：「娉婷瘦影，歎白騎重來，舊時庭院。珍叢試繞，愁絶翠陰零亂。猶記蛛絲宛轉。曾抱著、花枝低顫。只今墻角孤飛，還怕相逢羅扇。　悲咽。花枝不見。算舞向風前，斜曛相伴。憐儂癡小，如此凄凉怎遣？便有夢魂繾綣。奈香夢、醒來更怨。病翼能否驚秋？已是粉痕銷減。」

[二]　宛鄰詞派：即常州詞派。

評薛時雨《臨江仙·大風雨過馬當山》△[一]

結響甚遒[二]。

【注】

[一] 此則人文本未收，據《篋中詞》補入。薛時雨（一八一八—一八八五）：字慰農，一字澍生，晚號桑根老農，安徽全椒人。咸豐三年（一八五三）進士，官浙江嘉興知縣，同治三年官杭州知府。晚年歷主杭州崇文、江寧尊經、惜陰書院。在杭時譚獻拜爲師，交往密切，多有唱和。有《藤香館詞》一卷，同治刻本。楊叔懌序其詞集云：「惟其結想孤高，寄情綿邈，謝逋招隱，貨騎買舟，故能以嶔崎磊落之胸，發窅渺幽微之韵，洵可遠追白石，近抗迦陵也已。」蔣敦復《芬陀利室詞話》卷二云：「今于同人詞選中得《西湖艫唱》（其詞續集），讀之天骨開張，具見風力，非塵俗吏也。」《篋中詞》今集卷四選薛時雨詞四首，即《浪淘沙》（一夜響蕭騷）、《臨江仙》（雨驟風馳帆似舞）、《東風第一枝》（彩换桃符）《木蘭花慢》（問春風來處）。薛時雨《臨江仙·大風雨過馬當山》：「雨驟風馳帆似舞，一舟輕度溪灣。人家臨水有無間。江豚吹浪立，沙鳥得魚閑。　絶代才人天亦喜，借他隻手回瀾。而今無復舊詞壇。馬當山下路，空見野雲還。」

〔二〕　結響甚遒：謂結句遒勁有力。結響，此指下闋結句。

評薛時雨《東風第一枝·章江新年》△〔一〕

裂石穿雲，感均頑艷〔二〕。

【注】

〔一〕　此則人文本未收，據《篋中詞》補入。薛時雨《東風第一枝·章江新年》：「彩換桃符，聲喧竹爆，曈曈日射朱户。蘭閨喜溢芳朝，花市袂聯姹女。香車扶上，看風裏、楊枝如舞。最憐他，血色羅裙，付與九衢塵土。　池洗馬、艷名自古。椿繫馬、舊游記取。臨街新綉春燈，隔江罷聞戰鼓。韶華恰好，偏十日、九逢風雨。倚緑窗、輕按紅牙，補入《竹枝》新譜。」

〔二〕　裂石穿雲：形容音調高亢。陸游《黄鶴樓》：「平生最喜聽長笛，裂石穿雲何處吹？」感均頑艷：謂情調感傷而文字綺麗。繁欽《與魏文帝箋》：「凄入肝脾，哀感頑艷。」況周頤《蕙風詞話》卷五云：「問哀感頑艷，『頑』字何詮？釋曰：『拙不可及，融重與大于拙之中，鬱勃久之，有不得已者出乎其中而不自知，乃至不可解，其殆庶幾乎？』」夏敬觀《蕙風詞話詮評》云：「頑者，鈍也，愚也，癡也。以拙之極爲頑訓，亦無不可。」可參。

評薛時雨《木蘭花慢》△[一]

温厚得詩教。

【注】

[一] 此則人文本未收，據《篋中詞》補入。薛時雨《木蘭花慢》：「問春風來處，可經過，幾重山？慣偷揭朱簾，輕將離緒，逗入眉彎。機中織成錦字，更無人、重到玉門關。架上鸚哥自語，梁間燕子知還。經年漸減芳顔。愁不斷。淚空潸。想東君恩重，料非薄幸，只是緣慳。妝臺懶匀粉澤，盼書來、重整舊雲鬟。難得知心小婢，背人私祝刀環。」

評杜文瀾《臺城路·秦淮秋柳》△[一]

芳潤悱惻。

【注】

[一] 此則人文本未收，據《篋中詞》補入。杜文瀾（一八一五—一八八一）：字小舫，號憩園，

浙江秀水（今嘉興）人。諸生。出爲幕賓多年，入資爲縣丞，以功晋布政使銜，官江蘇按察使、兩淮鹽運使、蘇松太道員、常鎮通海道員。與蔣春霖、譚獻交。有《采香詞》（一名《曼陀羅花閣詞》）四卷，咸豐刻本。另撰《憩園詞話》六卷、《詞律校勘記》二卷、《詞律補遺》一卷、《詞律拾遺》六卷。謝章鋌《賭棋山莊詞話》續編卷五云：「詞清筆婉，言外殊多感慨。」周曾錦《卧廬詞話》云：「昔譚仲修謂蔣鹿潭，咸豐兵事，天挺此才，爲倚聲家老杜，斯言當矣。與蔣同時唱和而工力悉敵者，有秀水杜小舫文瀾。……讀蔣、杜二公之詞，覺白石、梅溪，去今未遠。」《篋中詞》今集卷四選杜文瀾詞一首，即《臺城路·秦淮秋柳》：「江南一夜江波冷，樓臺畫成秋意。舊院藏鶯，長橋繫馬，攀折游蹤難記。飄零燕子。認六代斜陽，倦魂醒未？怨笛誰家，後庭歌罷更憔悴。　桃根桃葉易老，渡頭空照影，羞鬥眉翠。舞扇勾雲，華燈背雨，都換傷春滋味。闌干傍水。問丁字簾前，細腰誰倚？無那西風，亂鴉啼又起。」

評黄長森《踏莎行·秋懷》△[一]

失職不平，婉曲可以諷矣。

【注】

［一］此則人文本未收，據《篋中詞》補入。黄長森（一八一七——一八七五？）：一名長生，

字襄男，一字樹夫，號曼庵，江西新城（今黎川）人。同治七年（一八六八）進士，官安徽銅陵、黟縣知縣。與譚獻交。有《自知齋詞》一卷，同治十三年（一八七四）《自知齋詩集》本。《篋中詞》今集卷四選黄長森詞二首，即《念奴嬌》（江聲悲壯）、《踏莎行》（玉宇天高）。黄長森《踏莎行·秋懷》：「玉宇天高，錦屏雲護。重簾窣地懷人暮。不知佳約負儂無，思量往事年年誤。　語蟀吟秋，饑烏繞樹。誰知鴻雁聲還苦。門前江水比愁深，江流不解流愁去。」

評喬守敬《掃花游·次廓父登城北樓韵》△[一]

幽怨而磊落，得力草窗[二]。

【注】

[一]　此則人文本未收，據《篋中詞》補入。喬守敬（一八〇三—一八五八）：字靖卿，一字蔗生，號醉笙，晚號笙巢，江蘇寶應人。道光十七年（一八三七）舉人，以授徒爲業。有《紅藤館詞》一卷，稿本，臺灣「中央圖書館」藏。嚴元照《笙巢詞序》云：「慢詞小令，天然合拍，進而求之，繼姜、周之遺響也。……笙巢之作，和雅清婉，可以悦人心意，予又于此卜笙巢之不終窮也。」《篋中詞》今集卷四選喬守敬詞三首，即《掃花游》（女墻一桁）、《法曲獻仙音》（晴緑愔愔）、《點絳唇》

（著意尋春）。喬守敬《掃花游・次廓父登城北樓韵》：「女墻一桁，認舊鎖春眉，此時應展。登臨送眼。數今朝薺麥，闊寒猶淺。往緒如塵，禁得東風忽轉。且微遣。看新緑漸圍，如掛纓冕。消凝心自遠。剩髡樹棲鴉，短籬呼犬。遥樹近堰。把年前草夢，一齊都剪。社鼓擂晴，恰好手翻白點。暗中换。對長空、與雲舒卷。」

［二］草窗：即周密。

評喬守敬《法曲獻仙音・春郊賦柳……》△［一］

似南宋人和清真詞體［二］。

【注】

［一］此則人文本未收，據《篋中詞》補入。喬守敬《法曲獻仙音・春郊賦柳，用碧山次草窗聚景亭梅韵，即擬其體》：「晴緑愔愔，殘葉淰淰，隱閣春情深淺。過社年光，困人時候，禁煙初换。認凍醒，巢鴉處，依依媚樹晚。已幽黯。甚勾來、舊時愁夢，應閑却、西角那回香輦。掩冉夕陽低，漸天涯、和草青遠。况又啼鶯，恁東風、塵絮吹滿。怕柔條折與，倩爾不勝凄怨。」

［二］似南宋人和清真詞體：南宋楊澤民、方千里遍和周邦彦詞，兩人各有《和清真詞》一

卷。陳允平亦有《西麓繼周集》。

評喬守敬《點絳唇》△[一]

温厚有餘味。

【注】

[一] 此則人文本未收，據《篋中詞》補入。喬守敬《點絳唇》：「著意尋春，樊川未是風流減。惜花人滿。只露看花眼。　還怕春深，花亦如人懶。笙歌散。留春一半。判與閑鶯燕。」

評范凌霳《邁陂塘·癸丑七夕和吴讓之》△[一]

詞史[二]。

【注】

[一] 此則人文本未收，據《篋中詞》補入。范凌霳（一七九二—一八七五）：字雨村，號胥庵，江蘇甘泉（今揚州）人。咸豐元年（一八五一）孝廉方正，同治三年（一八六四）主廣陵書院講

席。有《冷灰詞》一卷，咸豐十年（一八六〇）遲雲山館刊《淮海秋笳集》本。《篋中詞》今集卷四選范凌霞詞一首，即《邁陂塘·癸丑七夕和吴讓之》：「怕蟲鳴、草間私語，凄凉秋到平楚。銀河自昔傷離甚，豈獨今年牛女。何太苦。悵十里揚州，無復陳瓜處。鵲橋一度。願與爾南飛，女墻依約，風月未孤負。　隋堤路，鬼唱秋墳黄土。當時枉自歌舞。生離死别須臾耳，寂寞恒河沙數。愁萬縷。欲問遍青天，閶闔重重阻。桑榆已暮。但得見君平，支機辨石，蕭瑟任終古。」所和即吴熙載《摸魚兒·癸丑七夕寓邵伯埭作》，見後。

［二］　詞史：咸豐三年（一八五三，癸丑）正月太平軍建都南京，二月陷作者家鄉揚州，此詞關涉時事，故云。

評吴熙載《霓裳中序第一·見芙蓉花作……》△［一］

曲折。

【注】

［一］　此則人文本未收，據《篋中詞》補入。吴熙載（一七九九—一八七〇）：原名廷揚，字讓之，號晚學居士，江蘇儀徵人。長期寓居泰州、揚州。監生。篆刻大家。有《匏瓜室詞》一卷，

咸豐十年（一八六〇）遲雲山館刊《淮海秋笳集》本。《篋中詞》今集卷四選吴熙載詞二首，即《霓裳中序第一》（花光動木末）、《摸魚兒》（問天河）。吴熙載《霓裳中序第一・見芙蓉花作，和姚仲海、汪硯山，用草窗體》：「花光動木末。却又相逢成仿佛。還對青蘋柳葉。解道哭亡簪，已沉香屑。且莫與、褰裳人説。怕留待、冷波開鏡，錯認舊星曆。凄絶。錦城輕別。忍重憶、翠翹冰纈。霜華清夜盡徹。算化盡春魂，都迷殘蝶。薄寒才點骨。又遠浦、西風未歇。歸何處、凄涼荒徑，拂我鬢邊雪。」

評吴熙載《摸魚兒・癸丑七夕寓邵伯埭作》△[一]

甚見筆力。

【注】

[一] 此則人文本未收，據《篋中詞》補入。吴熙載《摸魚兒・癸丑七夕寓邵伯埭作》：「問天河、可能回挽？洗將離恨都去。雙星未識人間世，今夕那同前度。空自語。料不是銀潢，怎斷來時路？心傷莫訴。剩鵲噪荒城，畢逋予尾，瑟縮甚情緒。　盈盈步，尚憶當筵兒女。針樓依約如故。空階指著同生死，要與證盟休負。愁萬縷。縱卜了他生，先把今生誤。匏瓜獨處。任海

水枯時，昆明劫盡，難謝此心苦。」

評汪鋆《掃花游·秋陰》△[一]

不作昵昵喁喁[二]，是謂雅詞。

【注】

[一] 此則人文本未收，據《篋中詞》補入。汪鋆（一八一六——一八九〇？）：字研山，江蘇儀徵人。諸生。師從郭夔，與吴熙載、黄錫禧等交。有《梅邊吹笛詞稿》一卷、《續存》一卷，咸豐十年（一八六〇）遲雲山館刊《淮海秋笳集》本。其詞集自記云：「憶幼從郭少卿孝廉學賦。孝廉善填詞，曾隨作數首，不知所以爲詞也，即舍去。閲數年，與吴篆生友，知其詞，且知詞之難也，而更舍去。……癸丑後傭書棲雲山館，主人黄子鴻司馬工倚聲，昕夕與共，服習日深，遂亦效顰，有所作矣。……若夫效啼血于春鵑，矜寒吟于秋蟀，抑乎自然，以期訴其哀怨而已。」《續存》自記云：「獲購張皋文所輯《詞選》，復讀一過，如晤故人，未免怦然又有所作。」《篋中詞》今集卷四選汪鋆詞一首，即《掃花游·秋陰》：「晚煙漾碧，漸漠漠侵簾，愔愔吹户。悲秋甚處？正西風倦聽，寒蛩凄楚。望遠心情，舊日闌干怕撫。畫檐曙。有濕翠帶凉，來罥芳樹。　雲意和醒住。鎮閣

對夢籠愁，暗催詩句。故人在否？又黄昏過了，緑窗無語。團扇徘徊，更少寒鴉影妒。漏聲數。芭蕉、捲殘心素。」

［二］ 呢呢喁喁：小兒女之私語。韓愈《聽穎師彈琴》：「呢呢兒女語，恩怨相爾汝。」吴曾《能改齋漫録·僧義海評韓文公蘇東坡琴詩》解「呢呢」：「言輕柔細屑，真情出見也。」王實甫《西廂記》第二本第四折：「其聲低，似聽兒女語，小窗中喁喁。」

評王荌《賣花聲·憶梅》△［一］

漸近自然。

【注】

［一］ 此則人文本未收，據《篋中詞》補入。王荌（生卒年不詳）：字小汀，江蘇甘泉（今揚州）人。王僧保弟子，受知于汪潮生，與張丙炎、李肇增等結社唱和。有《受辛詞》一卷，咸豐十年（一八六〇）遲雲山館刊《淮海秋笳集》本。《篋中詞》今集卷四選王荌詞一首，即《賣花聲·憶梅》：「簾外是天涯。春在誰家？闌干倚到日西斜。縞袂不來天欲暮，閑殺窗紗。　消息隴頭賒。月暗雲遮。相思夜夜聽悲笳。翻被笳聲吹放了，頭上霜花。」

評黄涇祥《掃花游・宿遷道上賦楊花》△[一]

起結甚工。

【注】

[一]　此則人文本未收，據《篋中詞》補入。黄涇祥（一八三〇？—？）：字琴川，江西樂平人。諸生，官至知府。與蔣春霖、杜文瀾、吴熙載等交。曾參加泰州「九秋詞社」，有《荳蔻詞》一卷，咸豐十年（一八六〇）遲雲山館刊《淮海秋笳集》本。據杜文瀾《憩園詞話》卷三云：「同治癸亥春，鎮江、揚州水陸各軍，以餉缺將潰，金眉生（安清）廉訪承薛覲唐中丞會檄，馳駐泰州，設籌餉局以安軍心。三五月間，竟得爬梳就緒，乃以公暇廣招才士，大開詞壇。時喬鶴儕中丞師都轉兩淮，復能主持風雅。文墨之盛，遠近所傳，無殊王漁洋、盧雅雨之在揚州也。比有軍中九秋詞社爲秋角、秋堞等題，同作九人，今眉生與錢揆初（勗）觀察、黄子香（湘）太守、黄琴川（涇祥）刺史、姚子箴（輝第）、張子和（熙）兩大令、蔣鹿潭參軍均歸道山，僅宗湘文（源瀚）太守及余存耳，可勝黄壚之感。」《篋中詞》今集卷四選黄涇祥詞一首，即《掃花游・宿遷道上賦楊花》：「一天夢影，漫認不分明，只疑輕霧。褰帷獨覷。怪東風消息，枉吹前度。漾到花濃，那管將春飛暮。落無

數。動客裏亂愁，斜日孤戍。　黄意初逗樹。記脆縷柔條，那家藏住。蘼蕪滿路。有離魂繾綣，在鶯啼處。緑葉成陰，便約重來已誤。趁晴絮。送行人，一程程去。」

評郭夔《淡黄柳·歸自西山途中見江南山》△[一]

金陵陷後作[二]。

【注】

[一]　此則人文本未收，據《篋中詞》補入。郭夔（一八二三？—一八八五？）：字堯卿，江蘇江都（今屬揚州）人。諸生。與吴熙載等交。有《印山堂詞》一卷，咸豐十年（一八六〇）遲雲山館刊《淮海秋笳集》本。《篋中詞》今集卷四選郭夔詞三首，即《淡黄柳》（青山與客）、《琵琶仙》（何世人間）、《緑意》（曲池漾碧）。郭夔《淡黄柳·歸自西山途中見江南山》：「青山與客，相伴長途側。遠黛單衫同一色。會到蛾眉恨壓，不在江南在江北。　正愁極。野雲滿，隱斜日。怕來朝、又被濃陰隔。爲道天涯，任人憑吊，還有何人去得？」

[二]　金陵陷後：指咸豐三年（一八五三）二月太平軍攻陷南京之後。

評郭夔《琵琶仙·寄李冰署》△[一]

名作。

【注】

[一]　此則人文本未收，據《篋中詞》補入。郭夔《琵琶仙·寄李冰署》：「何世人間，信惟有、杜牧傷春傷别。空外清角吹寒，簫聲自凝咽。芳思渺、江湖夢隔，鎮吟冷、戍樓殘月。掌上擎腰，樽前落魄，秋盡時節。　又經歲、花發相思，正簾捲春風蕩香雪。知否一春新病，把心情銷歇？依舊舞，章臺細柳，認玉驄、幾許攀折。争似春日凝妝，翠樓愁絶。」

評郭夔《緑意·乙卯上巳》△[一]

曲折處有潛氣内轉之意。

【注】

[一]　此則人文本未收，據《篋中詞》補入。郭夔《緑意·乙卯上巳》：「曲池漾碧。更雨絲

縷縷，隨波攙入。如此園林，不管良辰，花草滿庭狼籍。鶯歌蝶舞堂前去，有燕子，似曾相識。想右軍、一叙當年，會得萬千今昔。休慨蘭亭已矣，看人事代謝，都成陳迹。是處天涯，猶有山陰，偏少謝公雙屐。多情常是清游阻，怕一誤、終成追憶。儘暫看、驀地新晴，還認舊時風日。」

評馬汝楫《二郎神》△[一]

士屈于不知己[二]。

【注】

[一] 此則人文本未收，據《篋中詞》補入。馬汝楫（生卒年不詳）：字濟川，江蘇江都（今屬揚州）人。咸豐舉人，官刑部主事。有《雲笙詞》一卷，咸豐十年（一八六〇）遲雲山館刊《淮海秋笳集》本。《篋中詞》今集卷四選馬汝楫詞一首，即《二郎神》：「一春冷淚，悄滴近、落花枝上。算不爲傷春，生憐花謝，人漸如花飄蕩。八字眉痕羞重掃，效若個、内家新樣。拚緑鬢易凋，纖腰易減，鏡臺慵傍。　凝望。柳陰陰處，幾家門巷。料燕子歸來，玳梁雙宿，那識空閨惆悵？綉不成紋，歌還誤拍，愁重可勝清恙。最苦是，夜夜青燈照影，夢寒綃帳。」

[二] 士屈于不知己：謂不得志。《詩·邶風·北門》毛傳：「《北門》，刺仕不得志也。言

衛之忠臣不得其志耳。」鄭玄箋：「不得其志者，君不知己志而遇困苦。」

評黄錫禧《聲聲慢·小秦淮清夢圖》△[一]

彈丸脱手[二]。

【注】

[一] 此則人文本未收，據《篋中詞》補入。黄錫禧（一八一〇—？）：字子鴻，一字勺園。江蘇甘泉（今揚州）人。官同知。吴熙載弟子。咸豐、同治間居泰州。有《棲雲山館詞》一卷，咸豐十年（一八六〇）遲雲山館刊《淮海秋笳集》本。其詞集自序云：「錫禧幼嗜倚聲，苦無師授，每作輒棄，存者不過十之二三。癸丑兵燹後，轉徙流離，稿盡散失。嗣因感事觸情，復得近作若干首。……于是以稿就吴讓之（熙載）師删削，猥蒙手録數十闋，示爲可存。」吴熙載《棲雲山館詞存跋》云：「子鴻弱冠，于讀書寫字而外，即好填詞，于諸家門户無所不窺，短章雅近五代。余今年六十有九，文業久廢，回憶少時，奉教于常州周保緒（周濟）、李申耆（李兆洛）、董晉卿（董士錫）、張翰風（張琦）諸先生，揚州之汪冬巢（汪潮生）、王西御（王僧保），諸公論議，幾同隔世。人琴之感，不能自已。篇什之佳，其能舍諸？」《篋中詞》今集卷四選黄錫禧詞六首，即《相見歡》（風絲摇

漾)等四首、《聲聲慢》(鷗波打槳)、《陌上花》(胭脂一抹)。黄錫禧《聲聲慢·小秦淮清夢圖》:「鷗波打槳,燕幕飄燈,那回曾檥扁舟。杜牧飄零,十年一夢揚州。銷魂又聽玉笛,唱《伊》、《凉》、幾度悲秋。愁正遠、記落花時節,相唤登樓。　一點窺人眉月,鎮煙籠楊柳,不上簾鈎。寂寞闌干,天寒翠袖香留。腰肢爲誰消瘦?卸殘妝、無語凝眸。深夜悄,濺花枝,清淚未收。」

[二] 彈丸脱手:形容詩思敏捷,作品流暢。語出蘇軾《次韻王定國謝韓子華飲》:「新詩如彈丸,脱手不移晷。」

評黄錫禧《陌上花·紅葉,庚申十月作》△[一]

深靚婉麗。

【注】

[一] 此則人文本未收,據《篋中詞》補入。黄錫禧《陌上花·紅葉,庚申十月作》:「胭脂一抹,疏林點綴,愁心濃澹。烏桕村邊,霜意淺烘深染。韶華漫説蕭條盡,又做十分濃艷。倚新妝對鏡,芙蓉應妒,倦憑欄檻。　化殘霞萬縷,吴江波冷,未許吟懷消减。認取荒溝,怕見故宫門掩。誰憐醉向樽前舞?還庇寒鴉千點。待東風,信息吹來,依舊好春重占。」

評姚正鏞《霓裳中序第一·同硯山吴陵城西看木芙蓉》△[一]

精粹[二]，南宋深處。

【注】

[一] 此則人文本未收，據《篋中詞》補入。姚正鏞（一八四三—一八八三後）：字仲海，一字仲聲，號柳衫、渤海外史，奉天蓋平（今遼寧營口蓋州）人。邑庠生。治金石，工書畫，隨父寓居江蘇泰州，與吴熙載、許宗衡等交。有《江上維舟詞》一卷，咸豐十年（一八六〇）遲雲山館刊《淮海秋笳集》本。其詞集自識云：「揆自甲寅、乙卯間，避居泰州，與張石樵（安保）、吴讓之諸先生游，睹盜賊之縱横，閔室家之漂摇，登高望遠，屬目憯心，注歎流離，于焉有作。」楊鍾羲《雪橋詩話》三集卷十二云：「甘泉李肇增冰署序《淮海秋笳集》云『秦川公子，茹歎流離，杜陵野翁，含傷羈泊』，蓋咸豐中兵事方棘時所刻也。皆南人，惟姚仲海爲蓋平人。譚復堂謂其詞『思力刻至，才性均厚，是一作家』。……仲海文藝擅絶一時，丙午、甲寅前後居揚州者十餘年，賊來遷避海陵（泰州）。」《篋中詞》今集卷四選姚正鏞詞二首，即《霓裳中序第一》（微飆蕩静碧）、《凄凉犯》（幾家落日）。姚正鏞《霓裳中序第一·同硯山吴陵城西看木芙蓉》：「微飆蕩静碧。惻惻昏鴉寒落日。

羈旅亂愁似織。正疏柳墮黄，殘蘆縈白。經秋暗憶。有一枝、開向幽夕。繁華盡、西風影裏，憔悴見顔色。拋擲。玉容誰惜？漾波底、嬌紅凝滴。蕭條留伴亂荻。亂落清煙，不傍阡陌。拒霜甘寂寂。問别怨、何人識得？應憐我，搴來木末，冷露淚同濕。」

[二] 精粹：精美，相對于堆砌蕪雜而言。

評姚正鏞《淒涼犯·寒鴉》△[一]

念亂之言，源于《小雅》[二]。

【注】

[一] 此則人文本未收，據《篋中詞》補入。姚正鏞《淒涼犯·寒鴉》：「幾家落日。黄昏過、殘鴉噪影群積。晚楓漸脱，荒江浩渺，暮山愁碧。更村舍、無煙向夕。繞空林、枯枝踏折。葉落失棲息。應念蕭條況，屋角霜濃，城頭月黑。羈懷倍楚，甚飄零、亂寒侵客。共是無依，漫回首、思歸未得。怕西風、一夜冷斷塞草色。」

[二] 源于《小雅》：《詩·小雅》多諷喻時政、反映喪亂的詩。

姚正鏞詞

仲海爲詞，思力甚刻至[一]，才性均厚[二]，是一作家。

【注】

[一] 刻至：講究遣字造句。方以智《通雅·詩説》：「造語刻至，匪夷所思。」

[二] 均厚：平和淳厚。宋祁《景文集·黄鍾爲律本賦》：「伶倫是司，裁筠均厚。」

評蔣春霖《木蘭花慢·江行晚過北固山》△[一]

子山、子美[二]，把臂入林。

【注】

[一] 此則人文本未收，據《篋中詞》補入。蔣春霖（一八一八—一八六八）：字鹿潭，江蘇江陰人，寄籍大興（今屬北京）。諸生。家道中落，科場不利，流寓揚州，曾任兩淮鹽運使東臺分司富安場大使，移家東臺。咸豐中太平軍事起，又流亡泰州、衢州，卒于吴江舟次。有《水雲樓

詞》二卷，咸豐十一年（一八六一）曼陀羅華閣刻本。其詞諸家有評，如杜文瀾《憩園詞話》卷四云：「余權泰州僉判，始與訂交，樂數晨夕，曾爲代刻《水雲樓詞》二卷，以版歸之。別數年，余權泰州掾，忽來晤，面目黧黑，黯然神傷，云將赴浙，依宗湘文（源瀚）太守。甫至震澤，亡于舟中，爲之墮淚。……鹿潭一往情深，性復倜儻，有豪俠氣。爲詞專取神韵，酒酣輒琅琅自歌之。嘗爲余言，欲采中晚唐佳句入詞，冀益深厚。今宗湘文太守續刻其遺詞四十九闋，果能不負所約，惟稍務色澤，不免間涉飣餖耳。」何詠《水雲樓詞序》云：「鹿潭所作，于九宫七始八十四調，不差累黍。而能天機開合，六情諧暢，別具工倕，自成馨逸。視夫膠柱聆音，引繩約尺，目論一孔，技窮三變者，不啻水觀海而泥《憶雲》矣。」陳廷焯《白雨齋詞話》卷五云：「蔣鹿潭《水雲樓詞》二卷，深得南宋之妙，于諸家中，尤近樂笑翁（張炎）。竹垞（朱彝尊）自謂學玉田，恐去鹿潭尚隔一層也。」冒廣生《小三吾亭詞話》卷一云：「江陰蔣鹿潭春霖所著《水雲樓詞》，多清商變徵之音，而流別甚正。……翁嘗權東臺場大使，其時帶甲天地，四方才士，多寓江北，若王雨嵐、楊柳門、姚西農、黃琴川、錢揆初、黃子湘諸人，皆以詩名。翁以舞劍扛鼎之雄，出輕攏緩撥之調，哀感頑艷，窮而愈工。」《篋中詞》今集卷五選蔣春霖詞二十三首，即《木蘭花慢》（泊秦淮雨霽）、《浪淘沙》（雲氣壓虛欄）、《柳梢青》（芳草閑門）、《踏莎行》（叠砌苔深）、《瑶花》（青房乍結）、《一萼紅》（短墻陰）、《揚州慢》（野幕巢烏）、《南浦》（緑意隱汀沙）、《鷓鴣天》（楊柳東塘細水流）、《三姝媚》（相思堤上柳）、《虞美人》（水晶簾捲澄濃霧）、《無悶》（花外東風）、《卜算子》（燕子不曾來）、《唐多令》（楓老樹流丹）、《東風第一枝》（糝草疑霜）、《臺城路》（驚飛燕子魂無定）、《渡江云》（春風燕市酒）、《臺城路》（兩年心事西窗雨）、《菩薩蠻》（鏤金屏扇雙金鳳）、《菩薩蠻》（銅鞮歌斷江煙白）、《卜算子》（丹嶺鳳凰兒）、《换巢鸞鳳》（雲涌蓀橈）、《琵琶仙》（天際歸舟）。蔣春霖《木蘭花慢·江行晚過北固山》：「泊秦淮雨霽，又燈火，送歸船。正樹擁雲昏，星垂野闊，暝色浮天。蘆邊。夜潮驟起，暈波心、月影蕩江圓。夢醒誰歌楚些，泠泠霜激哀弦。　嬋娟。不語對愁眠。往事恨難捐。看莽莽南徐，蒼蒼北固，如此山川。鈎連。更無鐵鎖，任排空、檣櫓自回旋。寂寞魚龍睡穩，傷心付與秋煙。」

［二］　子山、子美：南北朝時作家庾信、唐代詩人杜甫，作品多家國身世之感。此詞亦傷時感事，悲憤難抑，故云。陳廷焯《詞則·大雅集》卷六評云：「（評「暈波心」句）『圓』字警絶，不減『平沙落日圓』也。　（評「看莽莽南徐」至末）淋漓大筆。」可參。

評蔣春霖《浪淘沙》△［一］

鄭湛侯爲予言此詞本事［二］，蓋感兵事之連結，人才之惰窳而作［三］。

【注】

［一］　此則人文本未收，據《篋中詞》補入。蔣春霖《浪淘沙》：「雲氣壓虚欄。青失遥山。

雨絲風絮一番番。上巳清明都過了，只是春寒。　花發已無端。何况花殘。飛來蝴蝶又成團。明日朱樓人睡起，莫捲簾看。」

［二］ 鄭湛侯：即鄭襄，譚獻友人。

［三］ 惰窳：懶惰懈怠。《東觀漢記·吴良傳》：「議曹惰窳，自無袴，寧足爲不家給人足邪？」

評蔣春霖《柳梢青》△［一］

自然［二］。

【注】

［一］ 此則人文本未收，據《篋中詞》補入。蔣春霖《柳梢青》：「芳草閑門。清明過了，酒殢香塵。白楝花開，海棠花落，容易黄昏。　東風陣陣斜曛。任倚遍、紅欄未温。一片春愁，漸吹漸起，恰似春雲。」

［二］ 自然：此詞傷春，真情流露，不假雕飾。沈祥龍《論詞隨筆》：「詞以自然爲尚，自然者，不雕琢，不假借，不著色相，不落言詮也。」王國維《人間詞話》謂蔣春霖「小令頗有境界」，可參。

評蔣春霖《踏莎行・癸丑三月賦》△[一]

詠金陵淪陷事[二]，此謂詞史。

【注】

[一] 此則人文本未收，據《篋中詞》補入。蔣春霖《踏莎行・癸丑三月賦》：「疊砌苔深，遮窗松密。無人小院纖塵隔。斜陽雙燕欲歸來，捲簾錯放楊花入。　蝶怨香遲，鶯嫌語澀。老紅吹盡春無力。東風一夜轉平蕪，可憐愁滿江南北。」

[二] 金陵淪陷：指咸豐三年（一八五一，癸丑）二月太平軍攻陷南京，改稱天京。

評蔣春霖《揚州慢・癸丑十一月二十七日……》△[一]

賦體至此[二]，轉高于比興矣。

【注】

[一] 此則人文本未收，據《篋中詞》補入。蔣春霖《揚州慢・癸丑十一月二十七日賊趨京

口，報官軍收揚州》：「野幕巢烏，旗門噪鵲，譙樓吹斷笳聲。過滄桑一霎，又舊日蕪城。怕雙燕、歸來恨晚，斜陽頹閣，不忍重登。但紅橋風雨，梅花開落空營。劫灰到處，便遺民、見慣都驚。問障扇遮塵，圍棋賭墅，可奈蒼生。月黑流螢何處？西風黯、鬼火星星。更傷心南望，隔江無限峰青。」

［二］賦體：謂直陳當時戰亂，全是寫實。郭則澐《清詞玉屑》卷四評云：「詞之比興者易工，二詞（另一首爲《臺城路》）純用賦體而不損韵致，故可貴耳。」可參。

評蔣春霖《南浦·香草》△［一］

南唐之骨，北宋之神［二］，此才獨擅［三］。

【注】

［一］此則人文本未收，據《篋中詞》補入。蔣春霖《南浦·香草》：「緑意隱汀沙，雪痕消、又潤村村酥雨。山曉睡容蘇，斜陽外，深淺青無重數。飛飛蝴蝶，荒庭也是春來處。千里相思誰種出？攙了二分塵土。年年空怨裙腰，甚愁根欲剗，東風未許。接岸緑波平，銷魂事、第一送君南浦。鶯啼幾度。憑高不見天涯路。陌上閑花開落後，多少馬蹄歸去。」

［二］南唐之骨：謂此詞的立意气勢近于南唐二主。骨指風骨，包括意旨、氣勢、情感深度等。劉勰《文心雕龍·風骨》：「故練于骨者，析辭必精。」李白《宣州謝朓樓餞別校書叔云》詩：「蓬萊文章建安骨，中間小謝又清發。」

［三］北宋之神：謂其神韵接近北宋詞。

評蔣春霖《鷓鴣天》△［一］

字字用意［二］，氣體甚高，不易到也。

【注】

［一］此則人文本未收，據《篋中詞》補入。蔣春霖《鷓鴣天》：「楊柳東塘細水流。紅窗睡起喚晴鳩。屏間山壓眉心翠，鏡裏波生鬢角秋。　臨玉管，試瓊甌。醒時題恨醉時休。明朝花落歸鴻盡，細雨春寒閉小樓。」

［二］字字用意：陳廷焯《詞則·別調集》卷六評云：「造語精鍊。」可參。

評蔣春霖《三姝媚・送别黄子湘》△[一]

如誦中晚唐絶句詩。

【注】

[一] 此則人文本未收，據《篋中詞》補入。蔣春霖《三姝媚・送别黄子湘》：「相思堤上柳。唤漁童樵青，繫船沽酒。水鶴飛來，背亂山無語，共君招手。莫上層樓，春已在、斜陽時候。雁磧沙寒，潮落潮生，暮帆催又。　塵海吟身驚瘦。剩卅載才名，對花消受。尚著宫衣，聽夜窗弦索，淚殷雙袖。眼底滄桑，休更疊、哀蟬凄奏。怕問王孫芳草，淮陰渡口。」

評蔣春霖《虞美人》△[一]

斜陽煙柳，謝其温厚[二]。

【注】

[一] 此則人文本未收，據《篋中詞》補入。蔣春霖《虞美人》：「水晶簾捲澄濃霧。夜静凉

生樹。病來身似瘦梧桐。覺道一枝一葉怕秋風。　銀潢何日銷兵氣。劍指寒星碎。遥憑南斗望京華。忘却滿身清露在天涯。」

〔二〕「斜陽煙柳」二句：意謂此詞比辛詞《摸魚兒》「斜陽正在、煙柳斷腸處」句結得温厚。前人以爲辛詞以「斜陽」喻君王，但詞意殊怨，過于激切。謝，不如。《後漢書·宦者傳序》：「或稱伊霍之勛，無謝于往載。」

評蔣春霖《東風第一枝·春雪》△〔一〕

憂時盼捷，何減杜陵？南國廓清，詞人已死〔二〕。其志其遇，蓋可哀也。

【注】

〔一〕此則人文本未收，據《篋中詞》補入。蔣春霖《東風第一枝·春雪》：「糁草疑霜，融泥似水，飛花覓又無處。樹梢才褪遥峰，簾外暗兼細雨。輕冰半霎，甚倚著、東風狂舞。怕一番、暖意烘晴，還帶落梅消去。　花市冷、試燈已誤。芳徑滑、踏青尚阻。依然淺畫溪山，愁殺嫩寒院宇。春回萬瓦，聽滴斷、櫓聲凄楚。剩幾分、殘粉樓臺，好趁夕陽鈎取。」晴，點校本《篋中詞》誤作「睛」。

[二]　「南國廓清」二句：謂蔣春霖去世時，太平軍殘部及南方各地的動亂大都被清廷平息。

評蔣春霖《渡江雲・燕臺游迹……》△[一]

詞當作于庚申[二]。前使李謨事[三]，後闋以天寶應之[四]，鈎鎖精細。

【注】

[一]　此則人文本未收，據《篋中詞》補入。蔣春霖《渡江雲・燕臺游迹，阻隔十年，感事懷人，書寄王午橋、李閏生諸友》：「春風燕市酒，旗亭賭醉，花壓帽檐香。暗塵隨馬去，笑擲絲鞭，擫笛傍宫墻。流鶯别後，問可曾、添種垂楊？但聽得、哀蟬曲破，樹樹總斜陽。堪傷。秋生淮海，霜冷關河，縱青衫無恙，換了二分明月，一角滄桑。雁書夜寄相思淚，莫更談、天寶凄凉。殘夢醒，長安落葉啼螿。」

[二]　庚申：此指咸豐十年，公元一八六〇年。

[三]　李謨：唐朝開元年間宫廷梨園笛樂師。元稹《連昌宫詞》：「李謨壓笛傍宫墻，偷得新翻數般曲。」自注云：「玄宗嘗于上陽宫夜後新翻一曲，屬明夕正月十五日，潛游燈下，忽聞酒樓上笛奏前夕新曲，大駭之。明日，密遣捕捉笛者詰驗之。自云：『前夕竊于天津橋玩月，聞宫

中度曲，遂于橋柱上插譜記之。臣即長安少年善笛者李謨也。』玄宗異而遣之。」

〔四〕　天寶：咸豐十年（一八六〇）八國聯軍侵入北京，火燒圓明園，咸豐帝逃往熱河。與唐玄宗天寶十五載（七五六）安禄山反叛、玄宗倉皇奔蜀形勢相似。

評蔣春霖《臺城路·易州寄高寄泉》△〔一〕

豪竹哀絲〔二〕，一時并奏，「馬足」句千古。

【注】

〔一〕　此則人文本未收，據《篋中詞》補入。蔣春霖《臺城路·易州寄高寄泉》：「兩年心事西窗雨，闌干背燈敲遍。雪擁驚沙，星寒大野，馬足關河同賤。羈愁數點。問春去秋來，幾多鴻雁？忘却華顔顛，昔時顔色夢中見。　青衫鉛淚似洗，斷笳明月裏，凉夜吹怨。古石欹臺，悲風咽筑，酒罷哀歌難遣。飛花亂捲。對萬樹垂楊，故人青眼。霧隱孤城，夕陽山外遠。」

〔二〕　豪竹哀絲：指管弦樂器。此指情調既悲壯又哀怨。陸游《東津》：「打魚斫膾修故事，豪竹哀絲奉歡樂。」

評蔣春霖《换巢鸞鳳》△[一]

調易墮曲，宋詞原唱亦不免[二]。作者乃沉著而大雅。

【注】

[一] 此則人文本未收，據《篋中詞》補入。蔣春霖《换巢鸞鳳》：「雲涌蓀橈。正薇煙緑帳，夢警龍綃。秋肌凉玉粟，花鬟妥金翹。湘弦冰斷澀歸潮。洞庭野陰，霜鷩懶蛟。蘋颸冷，漸月墮、珮珠聲悄。青鳥。飛縹緲。沙路遠燈，細竹迷春嘯。顯岸交禽，香闌文鯉，暗泣菱絲紅老。誰爲天孫塞秋河？翠梭當夜呈雙笑。穿針樓，看疏星、白露横曉。」

[二] 「調易墮曲」二句：謂易作成散曲。《换巢鸞鳳》一調原唱，爲史達祖自度曲（人若梅嬌），平仄通叶，宋詞僅此一首。

評蔣春霖《琵琶仙·五湖之志久矣……》△[一]

屈曲洞達[二]，齊梁書體[三]。

【注】

［一］　此則人文本未收，據《篋中詞》補入。蔣春霖《琵琶仙·五湖之志久矣，羈紲江北，苦不得去。歲乙丑，偕婉君泛舟黄橋，望見煙水，益念鄉土。譜白石自度曲一章，以箜篌按之。婉君曾經喪亂，歌聲甚哀》：「天際歸舟，悔輕與、故國梅花爲約。歸雁啼入箜篌，沙洲共漂泊。寒未減、東風又急，問誰管、沈腰愁削。一舸青琴，乘濤載雪，聊共斟酌。　更休怨、傷别傷春，怕垂老心期漸非昨。彈指十年幽恨，損蕭娘眉萼。今夜冷，篷窗倦倚，爲月明、强起梳掠。怎奈銀甲秋聲，暗回清角。」

［二］　屈曲洞達：參見「評張惠言《木蘭花慢·游絲同舍弟翰風作》」一則注［二］。冒廣生《小三吾亭詞話》卷一評云：「鹿翁嘗有所暱，曰黄婉君者，聚散離合，恩極生怨，鹿翁卒爲婉君而死，婉君亦以死殉鹿翁。瀕死，向陳百生再拜乞佳傳，從容就絶。論者謂此足可慰鹿翁矣。鹿翁嘗偕婉君泛舟黄橋，望見煙水，念五湖之志，苦不得遂，譜《琵琶仙》詞，使婉君歌之，其聲甚哀。」可參。

［三］　齊梁書體：指南朝齊梁時以王羲之、王獻之父子爲代表的書法流派，崇尚婉曲而有中和之美。

蔣春霖詞

李冰叔曰[一]：「君爲詩恢雄骯髒[二]，若《東淘雜詩》二十首[三]，不減少陵秦州之作[四]。乃易其工力爲長短句，鏤情劌恨[五]，轉毫于銖黍之間[六]；直而致[七]，沉而姚[八]，曼而不靡[九]。」文字無大小，必有正變，必有家數[一〇]。《水雲樓詞》固清商變徵之聲[一一]，而流别甚正，家數頗大，與成容若、項蓮生二百年中分鼎三足[一二]。咸豐兵事[一三]，天挺此才[一四]，爲倚聲家杜老[一五]。而晚唐、兩宋一唱三歎之意，則已微矣。或曰：「何以與成、項并論？」應之曰：「阮亭、葆馚一流，爲才人之詞[一六]；宛鄰、止庵一派，爲學人之詞[一七]；惟三家是詞人之詞，與朱、厲同工異曲[一八]。其他，則旁流羽翼而已。」

【注】

[一]「李冰叔曰」以下所引：人文本、補編本無，據《篋中詞》補。李冰叔：即李肇增。李肇增（一八〇〇？—一八七〇？），字冰叔，號冰署，江蘇甘泉（今揚州）人。以參戎幕功官浙江新

昌、昌化知縣，署玉環同知。編有淮海詞人詞集《淮海秋笳集》，附自作《冰持庵詞》，咸豐十年（一八六〇）自刻本。所引語見其《水雲樓詞序》，撰于咸豐十一年（一八六一）。馮煦云：「咸、同之交，淮海間多詞人。若江陰蔣春霖鹿潭、江都丁至和保庵、甘泉李肇增冰叔、郭夔堯卿，并爲倚聲家泰斗。」（《蕙月詞序》，載《詞學季刊》第四輯，一九三五）

［二］　君爲詩恢雄骯髒：此句彙編本據《江陰先哲遺書》本《水雲樓詞》李肇增《水雲樓詞序》，作「吾獨美夫君爲詩恢雄骯髒」。恢雄，大氣。骯髒，參見「評辛棄疾《木蘭花慢・滁州送范倅》」一則注［二］。

［三］　《東淘雜詩》二十首：爲蔣春霖流寓東臺時所作組詩，約作于咸豐六年（一八五六）冬被免官羈留東淘時。東淘，今江蘇東臺縣安豐鎮。《嘉慶東臺縣志》：「縣南二十五里場曰安豐場，一名東淘，屬泰州分司。」二十，李肇增《水雲樓詞序》作「二十一」。

［四］　少陵秦州之作：唐安史之亂爆發後，杜甫于肅宗乾元二年（七五九）秋流落秦州（今甘肅天水），作《秦州雜詩二十首》。《唐宋詩醇》評云：「題曰《雜詩》，所感非一事，其作非一時，蓋甫棄官游秦，情非得已，身世之感，一寓于詩，即事命意，觸景成文，或繫于國，或繫于己，要以達其性情則一。」可參。

［五］　鏤情劌恨：與「劌心刳肺」意同，形容費盡心思，刻意表達内心情感。方東樹《答葉溥求論古文書》：「大文亦第期各適一世之用而已，而必劌心刳肺，斷斷焉以師乎古人若此者，何

也？以爲不如是，則不足以爲文也。」劌，割，傷。《禮記・聘義》：「廉而不劌，義也。」鄭玄注：「劌，傷也。」孔穎達疏：「言玉體雖有廉棱，而不傷割于物。」

［六］ 轉毫：猶轉筆，運筆，張紳《法書通釋・執使》：「轉筆宜左右迴顧，無使節目孤露。」此指寫作。銖黍之間：猶言方寸之間。此指小詞。銖、黍，皆爲古代微小的重量單位。蘇軾《貧家净掃地》詩：「德人抱衡石，銖黍安可庾。」

［七］ 直而致：直致，意謂自然率直，不假人工雕飾。袁宏《七賢序》論嵇康云：「舉體秀異，直致自高。」鍾嶸《詩品上》評陸機云：「但尚規矩，不貴綺錯，有傷直致之奇。」

［八］ 沉而姚：深沉而美好。姚，姚冶，美好。《荀子・非相》：「今世俗之亂君，鄉曲之儇子，莫不美麗姚冶，奇衣婦飾，血氣態度，擬于女子。」楊倞注：「《説文解字》曰：『姚，美好貌；冶，妖。』」

［九］ 曼而不靡：柔美而不華麗。劉勰《文心雕龍・章句》：「歌聲靡曼，而有抗墜之節也。」

［一〇］ 家數：參見「評柳永《傾杯樂》」一則注［六］。

［一一］ 《水雲樓詞》：蔣春霖詞集，爲作者居東臺壽聖寺水雲樓時所編，二卷。蔣氏亡後其友宗源瀚輯其未刻詞編成《水雲樓詞續》一卷，有《粟香室叢書》本。

［一二］ 成容若：即納蘭性德。項蓮生：即項鴻祚。

［一三］ 咸豐兵事：指咸豐元年（一八五一）洪秀全在廣西永安自號天王，建太平天國。

[一四] 天挺：謂天生就卓越超拔。《後漢書·黄瓊傳》：「光武以聖武天挺，繼統興業。」

[一五] 杜老：唐詩人杜甫，歷經安史之亂，于顛沛流離中寫下大量感傷時事的詩歌。

[一六] 阮亭：即王士禛。葆酚：即錢芳標。才人之詞：王、錢均爲清初詩人，又能詞，故云。

[一七] 宛鄰：應指張惠言、張琦兄弟。止庵：即周濟。學人之詞：張、周均爲清中期學者，又能詞，故云。

[一八] 朱：即朱彝尊。厲：即厲鶚。

評丁至和《慶清朝·春草》△[一]

《蓱緑》與《水雲》齊名[二]，胸襟未必盡同，填詞甚有工力。予篋中只續編一卷，僅録一闋俟補[三]。

【注】

[一] 原有自注：「閱八寒暑，稿數十易。」丁至和（一八一一—一八八三?）：字保庵，又號蓱緑詞人，江蘇江都（今屬揚州）人。諸生。幕游大江南北，困于貧病。曾應兩淮鹽運使方浚頤

邀預修《續修揚州府志》。幼即工詞，老而益進，與蔣春霖齊名，有《萍緑詞》（一名《十三樓吹笛譜》）三卷，續一卷、再續一卷、補遺一卷，咸豐十一年（一八六一）曼陀羅華閣刻本。其詞集自叙云：「詞至南宋，歎觀止矣。余頗好爲長短句，每拍一解，或十數日而後定，或十數月而後定。斤斤然蘄與古人相吻合，而猶未敢自信也。……吾將招石帚老仙（姜夔）以問之。」重刊詞集自跋云：「丁巳冬刊詞二卷于袁浦，越三年庚申，毁于兵燹。……是年三月，杜小舫（杜文瀾）觀察爲余删訂原稿，循聲按拍幾一載，存十之七、益以近作，重付手民，凡三卷，綜八十二首，庶幾于律無舛。」後又有《萍緑詞續編》一卷，同治七年（一八六八）刻本，其自序謂「辛酉後復搜舊譜及新詠，續存若干首」。李肇增序其詞集云：「君于詞托意深遠而詞律甚嚴，音節諧暢，又無宛轉牽就之病。」杜文瀾《憩園詞話》卷四云：「其爲詞寢饋南宋，吸白石之神髓，而又得力于草窗，其佳處有玉田所不及者。」然黄炳華跋其詞集則云：「惟一味模仿白石、夢窗，專從刻畫堆砌上著手，細膩有餘，蒼勁不足。且全集中無新意，鮮警句，平淡無奇，未能引人入勝。殆缺乏天才及讀書不多之故歟？」《篋中詞》今集卷五選丁至和詞四首，即《慶清朝》（燕陌泥蘇）、《月下笛》（開盡桐花）、《清平樂》（丁香開後）、《瑣窗寒》（碧瓦霜鋪）。丁至和《慶清朝·春草》：「燕陌泥蘇，苔茵凍坼，孤根同轉青陽。閑門晝掩，漸看春滿吟窗。十里馬蹄去後，緑腰裙繞蝶雙雙。燈期過，好尋嫩約，早鬥明妝。　猶記故園翠軟，又爲誰鋪遍，石冷臺荒？征袍淚染，謝池幽夢難忘。漫剔玉鈎卧碣，雨昏煙碧下雷塘。王孫老，賦歸未準，愁共波長。」

［二］《蓱緑》：即丁至和《蓱緑詞》。蓱，諸本均作「萍」。《水雲》：即蔣春霖《水雲樓詞》。黄炳華跋云：「作者與蔣鹿潭同時同游，且互相唱和，然試取蔣之《水雲樓詞》與此参互觀之，奚啻有上下床之别。甚哉！才力之不可强求也。」可參。

［三］余篋中只續編一卷以下：人文本、補編本無此十四字，據《篋中詞》補。續編一卷：指《蓱緑詞續編》一卷。所選後三首詞應是其後又補。李佳《左庵詞話》卷上引《慶清朝》等二詞評云：「觀此，固見詩詞研鍊之功不容或廢。但蒙細讀二詞，究未識其妙處。」可參。

評丁至和《月下笛·清明》△［一］

如新炙簧［二］。

【注】

［一］此則人文本未收，據《篋中詞》補入。丁至和《月下笛·清明》：「開盡桐花，天涯換了，緑陰芳樹。清游倦否？好山依舊眉嫵。鈿車望斷斜陽外，況更聽、江南夜雨。恨十年夢影，飄燈珠箔，竟成幽阻。前度。湔裙處。剩貼鏡文漪，撲衫香絮。塵侵翠黯，謝娘今在何許？梨雲滿地秋千散，任接葉、巢鶯自語。倩誰去、爲通辭，還把春愁寄與？」

［二］ 如新炙簧：謂其詞清新。古代在奏笙之前，要將簧片烘暖，使其聲清脆。崔顥《岐王席觀妓》：「拂匣先臨鏡，調笙更炙簧。」胡彦昇《樂律表微》卷七：「謂用熟銅片爲簧也，簧用蠟點，以火炙簧，調之使和，謂之暖笙。」

評丁至和《清平樂》△［一］

有意翻新。

【注】

［一］ 此則人文本未收，據《篋中詞》補入。丁至和《清平樂》：「丁香開後。小結同心就。日午畫堂沉翠漏。忽見青梅如豆。　去年人去京華。今年人未歸家。不是蕭郎漂泊，定應羞殺楊花。」

評丁至和《瑣窗寒·己未十月寓碧藤花廊……》△［一］

絲不如竹［二］。

【注】

[一]　此則人文本未收，據《篋中詞》補入。《瑣窗寒·己未十月寓碧藤花廊。西風樹樹，言愁欲愁，薄絮不温，孤樽自引，酒闌更促，憮然成章》：「碧瓦霜鋪，銀幡霧隱，亂鴉庭樹。琴書料理，静掩藤蘿雙户。盼凉風、雁音未來，五湖舊約成間阻。歎塵箋蠹管，年時猶賦，故人羈旅。秋暮。歸期誤。怕長鋏重彈，剪燈孤語。丹房夜永，只有白雲千古。打疏櫺、黄葉半階，蕭蕭認是江南雨。又怎知、香破梅花，夢醒啼翠羽。」

[二]　綠不如竹：即漸近自然之意。參見「醉盦詞別集跋」一則注[四]。

丁至和詞[一]

保庵頗以幽澀學石帚[二]，乃取其疏俊者[三]。

【注】

[一]　此則人文本、補編本未收，據《篋中詞》補入。

[二]　石帚：此指姜夔。

[三]　疏俊：疏放俊逸。也作「疏雋」。馮煦《蒿庵論詞》：「(歐陽修)即以詞言，亦疏雋開

子瞻，深婉開少游。」

評趙彦俞《瀟瀟雨·泊揚州東關外……》△[一]

玉田佳境[二]。

【注】

[一] 此則人文本未收，據《篋中詞》補入。趙彦俞（一八〇三—一八七五？）：字次梅，號次翁，江蘇丹徒（今屬鎮江）人。廩貢生，官江寧教諭。年六十游泰州，結識蔣春霖，始填詞。有《瘦鶴軒詞》一卷、續一卷，同治十二年（一八七三）刻本。其詞集自序云：「余生平不善填詞，壬戌游海陵，晤江陰蔣鹿潭于客舍。鹿潭以《水雲樓詞》著名者也。詩酒往來，相視莫逆。……時海陵大興詞會，鹿潭方與同人作《軍中九秋詞》，强余拈題，得『秋角』。異日，予賦《徵招》一闋，以稿示之。鹿潭曰：『吾固知君之必能詞也。』」陳作霖跋其詞集云：「清麗芊綿，按弦合拍，非老于律者不能。」杜文瀾《憩園詞話》卷四云：「其詞斠律極精，筆亦秀挺。……皆能清機徐引，意旨纏綿，詩人之詞，不愧老而好學。」《篋中詞》今集卷五選趙彦俞詞二首，即《憶少年》（陰陰時節）、《瀟瀟雨》（咿啞停弱櫓）。趙彦俞《瀟瀟雨·泊揚東關外，北風峭厲，寒氣襲人，卧聞柝聲，凄不成寐，

枕上拈此，以寄旅懷》：「咿啞停弱櫓，正嗚嗚，畫角起譙樓。怪垂楊幾樹，淒涼燈火，昔日揚州。怕說漫漫秋夜，今夜冷于秋。一様嚴城柝，敲碎心頭。驀記長安道上，聽騾綱鈴語，雨雪荒郵。渺天涯是夢，身世又扁舟。况依稀、隔江更鼓，把相思、零亂付東流。欹枕臥、爲春寒甚，莫典貂裘。」

［二］玉田佳境：《瀟瀟雨》即《八聲甘州》、《甘州》，張炎改此名。張炎喜填此調，趙詞意境與其《甘州》（記玉關、踏雪事清游）一首相近。

趙彦俞詞

次梅六十學詞，成就于鹿潭［一］，殊有俊語。

【注】

［一］成就于鹿潭：鹿潭即蔣春霖。杜文瀾《憩園詞話》卷四評云：「閲此，始知即鹿潭之玉成者。」

評程紹裘《瑣窗寒·櫓聲》△[一]

空際傳神，《樂府解題》所未有[二]。

【注】

[一] 此則人文本未收，據《篋中詞》補入。程紹裘（一七八九—一八六一）：字鶴衫，江蘇泰州人。曾游幕安徽。有《煙波漁唱詞》一卷，道光二十四年（一八四四）自刻本。《篋中詞》今集卷五選程紹裘詞一首，即《瑣窗寒·櫓聲》：「解纜旗亭，聲來柁尾，乍疑鴻語。低昂未穩，傍岸漫驚鷗鷺。蕩離魂、春酲半醒，是誰曲唱《瀟瀟雨》？看柳灣轉艇，菰蒲零亂，水窗涼聚。　如許。輕摇處。歎送盡行人，幾曾教住。催沉片月，隱約煙中前路。想紅閨、愁聽砌蟲，背燈擁髻知睡否？又天涯、歲晚江空，底事歸期誤。」

[二] 《樂府解題》所未有：此詠物詞，「櫓聲」爲詞中新穎之題，故云。《樂府解題》疑應爲《樂府補題》，爲詠物詞集。參見「厲鶚詞」一則注[五]。

評周作熔《祝英臺近》△〔一〕

秀絶。

【注】

〔一〕　此則人文本未收，據《篋中詞》補入。周作熔（一八一三—一八六〇）：一名在熔，字陶齋，一字瀟碧，浙江烏程（今湖州）人，原籍蘇州，徙居鹽城。廩生，官江蘇丹徒知縣。有《蕢月詞》一卷，朱孝臧鈔本。馮煦序其詞集謂「出入碧山、玉田間」。杜文瀾《憩園詞話》卷四云：「尤擅長于詞，與丁保庵、蔣鹿潭游，深究格律。」《篋中詞》選周作熔詞二首，即《祝英臺近》（曉妝慵）、《鷓鴣天》（池柳初裁細葉新）。周作熔《祝英臺近》：「曉妝慵，殘睡覺，春淺上蛾岫。錦帶移香，腰怯病來瘦。幾回釵卜燈窗，鵑啼月落，又枝外、青梅如豆。　步晴晝。記曾隔座傳杯，花徑共携手。別後相思，桃葉尚如舊。最憐一縷東風，吹愁不斷，竟亂似，空江煙柳。」

評周作熔《鷓鴣天》△[一]

神來[二]。

【注】

[一] 此則人文本未收，據《篋中詞》補入。周作熔《鷓鴣天》：「池柳初裁細葉新。夕陽紅濕畫欄春。日長人困慵梳洗，一鏡芙蓉認未真。　珠箔捲，寶爐温。濃歡斗帳怕輕分。彩蟾心事無人識，西北高樓掩暮雲。」

[二] 神來：謂靈感不期而来，如天神所授。殷璠《河岳英靈集序》：「夫文有神來、氣來、情來。」

評蔣敦復《大酺》△[一]

神似清真[二]。

【注】

［一］　此則人文本未收，據《篋中詞》補入。蔣敦復（一八〇八—一八六七）：初名金和，字純甫，改名爾諤，字子文，再易今名，號劍人，又號江東老劍、麗農山人，釋名妙塵，江蘇寶山（今屬上海）人。諸生。曾得到周濟賞識，據其《芬陀利室詞話》卷一云：「嘉慶末，余年童稚，始識陽湖周保緒先生于田若谷邑宰署中，蒙以奇童見稱」。屢試不利，浪游各地。後出家爲僧，還俗後應試，謀應太平軍不成，再爲僧。爲晚清常州詞派重要傳人，有《芬陀利室詞》五卷，同治元年（一八六二）刊本。其詞諸家有評，如王潤序其詞集云：「小令如《花間》，中調如北宋，慢聲如南渡。哀感頑艷，凄如心脾，亦由其流離世故，自傷情多也。」文機序其詞集云：「每一申紙，哀艷欲絕，比興所作，綿眇無極。顧君子山評之，以爲凄厲動魄，芬芳竟體，得力在《白雲》、白石間，是已。」黄燮清《國朝詞綜續編》卷二十一云：「鐵岸年少負才，而隱于浮屠氏。所著《芬陀利室詞》，頗犯綺語戒，豈落花禪榻，結習未除，抑憂憤不得志，有《離騷》美人之感乎？吾不能辨之矣。」《篋中詞》今集卷五選蔣敦復詞四首，即《大酺》（問一重山）、《蘭陵王》（暮煙直）、《阮郎歸》（玉驄人去畫樓西）、《買陂塘》（黯長亭）。蔣敦復《大酺》：「問一重山，兩重水，天涯知在何處？春來慣消瘦，儘羅衫寬著，黛眉愁嫵。陌上花開，樓頭燕過，芳訊玉關通否？無情終不信，把前番已悔，後期還誤。記楊柳陰中，封侯人遠，白頭飛絮。　最憐香夢苦。夜來恨、隔斷長亭樹。漫注念、踏青門草，寒食清明，畫羅裙底城南路。東風捲塵去，任一片、馬蹄紅雨。奈多病、傷遲暮。相逢須早，

縱是傾城顔色，華年那堪細數？」

［二］神似清真：周邦彦有《大酺·春雨》一首。

評蔣敦復《蘭陵王·秋柳，用清真韵》△［一］

以深重之筆，發綿邈之思［二］。

【注】

［一］此則人文本未收，據《篋中詞》補入。蔣敦復《蘭陵王·秋柳，用清真韵》：「暮煙直。凄斷湖橋瘦碧。陽關曲，前度送人，折取香綿贈行色。芳萍寄水國。誰識？鶯花故客。秋千畔、寒食舊游，韋杜城南去天尺。佳期杳無迹。只藕外停船，鷗際移席。音書珍重安眠食。看玉勒人去，畫樓天遠，長亭芳草接敗驛。隔雲樹江北。心惻。淚頻積。怨絮影飄零，長恁孤寂。腰肢有恨愁無極。奈萬里征戍，一聲哀笛。西風殘露，盡化作，淚痕滴。」

［二］「以深重之筆」二句：意謂用筆著力而用意婉約幽遠。綿邈，形容含意深遠。《文選·陸機〈文賦〉》「函綿邈于尺素」，劉良注：「綿邈，遠也。」

評蔣敦復《阮郎歸》△[一]

意本樂府[二]，調學南唐。

【注】

[一] 此則人文本未收，據《篋中詞》補入。蔣敦復《阮郎歸》：「玉驄人去畫樓西。天涯芳草低。落花情願作香泥。但隨郎馬蹄。 新燕語，舊鶯啼。小園蝴蝶飛。春風昨夜解羅幃。今朝裙帶吹。」

[二] 樂府：指漢魏樂府民歌，多情歌。

評蔣敦復《買陂塘·秋柳》△[一]

婉密。

【注】

[一] 此則人文本未收，據《篋中詞》補入。蔣敦復《買陂塘·秋柳》：「黯長亭、魂銷完未？

絲絲都入雙鬢。玉鞭遥指章臺路，一半夕陽紅冷。憔悴甚。歎生意無多，那管腰肢損。封侯未準。看瘦馬馱煙，征袍粘草，天遠畫樓近。空江外，剩有荻花摇暝。琵琶昨夜聲緊。關河縱不逢摇落，已是愁多成病。重自省。記春水盈盈，曾見當初影。今番酒盡。奈幾度西風，幾回殘月，愁夢幾時醒？」

評宋志沂《長亭怨慢·送泖生北上》△[一]

君子之交[二]，以言贈處[三]。

【注】

[一] 此則人文本未收，據《篋中詞》補入。宋志沂（一八三〇—一八六〇）：字銘之，號詠春、去垢，又號浣花，江蘇長洲（今蘇州）人。諸生。咸豐十年（一八六〇）太平軍李秀成陷蘇州，與父及子三代死于戰亂。與潘鍾瑞、劉履芬等結詞社，有《梅笛庵詞剩稿》一卷，同治十二年（一八七三）劉履芬輯《宋浣花詩詞》合刻本，并作序，謂「其爲詞得自性生，豪而不疏，清而不薄」。潘鍾瑞序其詞集云：「清空婉約，悱惻芬芳，不高亢，不冶靡，而于律韵，尤不使有毫髮憾。」譚獻曾爲《宋浣花詩詞》合刻本題《摸魚子·和泖生韵贈詠春》詞。杜文瀾《憩園詞話》卷五云：「序謂

『瓣香白石，取詞意題其居，并以名其集』。泖生寄余讀之，清空幽婉，兼得草窗神味，蓋不僅取梅邊之笛，更有得于《蘋洲》之譜也。」謂其不僅取徑姜夔，也師法周密。《篋中詞》今集卷五選宋志沂詞二首，即《夜行船》（一片寒雲江上路）、《長亭怨慢》（早過了清明寒食）。宋志沂《長亭怨慢·送泖生北上》：「早過了、清明寒食。燕燕飛時，送君爲客。不分垂楊，曉風依舊，畫橋碧。斷魂殘角。無計醉、春燈夕。澹月古墻陰，似夢裏、凄凉顔色。京國。羨劉郎此去，攬勝盡歸詩筆。狂游縱好，也須要、自家將息。怕倚枕、聽罷啼鵑，又蟲語、闌干秋澀。莫看劍登樓，回首江南江北。」

〔二〕 君子之交：語出《莊子·山木》：「且君子之交淡若水，小人之交甘若醴。君子淡以親，小人甘以絶。」成玄英疏：「無利故淡，道合故親；有利故甘，利盡故絶。」又《禮記·表記》：「故君子之接如水，小人之接如醴；君子淡以齣，小人甘以壞。」劉履芬《宋浣花遺詞序》云：「余僑居吴中，過蒙知愛，年既相若，居近比鄰。每及有作，互相欣賞，一字之師，銘心勿忘，兩家之僮，汗走于道。迨余游京國，離索曠居，千里征塵，閉帷獨坐，十函問訊，附竹不疏。」

〔三〕 以言贈處：語出《禮記·檀弓下》：「子路去魯，謂顔淵曰：『何以贈我？』……謂子路曰：『何以處我？』」謂朋友相别，互贈勉勵之言。又《荀子·大略》：「君子贈人以言，庶人贈人以財。」劉履芬《旅窗懷舊詩》云：「余乙卯北游，長洲宋詠春茂才以詞贈别。嗣余客京師，每家雁至，必有手書附訊，并寄詩云：『更誰駿骨市燕臺？何事驅車不早回？傳語故鄉春信動，隔溪梅樹又花開。』三千里外客子，讀之輒怦怦動也。」

宋志沂詞△[一]

浣花才人淪棄[二]，竟死兵戈[三]，遺草飄零[四]，有片羽之歎[五]。

【注】

[一] 此則人文本、補編本未收，據《篋中詞》補入。

[二] 才人淪棄：杜文瀾《憩園詞話》卷五云：「自幼沉静剛介，早歲游庠，文名藉藉，尤工詩詞，長老以遠大期之。」劉履芬《宋浣花遺詞序》云：「居恒悒怏，謂才僅中下，力弊衣食，與時大逆。」淪棄，淪落被棄。王昌齡《岳陽别李十七越賓》：「具陳江波事，不異淪棄迹。」

[三] 竟死兵戈：指咸豐十年（一八六〇）庚申四月太平軍將領李秀成攻破蘇州事。葉廷琯《感逝集》卷七云：「浣花……庚申之難，身陷賊窟，無由得脱，飲恨以終。」杜文瀾《憩園詞話》卷五載：「乃遘咸豐庚申之難，無力移家，與父及子三世殉焉。」

[四] 遺草飄零：遺稿散失。杜文瀾《憩園詞話》卷五載：「君詩詞稿均前失，賴其友劉泖生太守，就平日所存，録示其弟有年及其高足李彤伯，刻于吴門。」遺草，猶遺稿。劉禹錫《唐故衡州刺史吕君集紀》：「後十年，其子安衡泣捧遺草來謁，咨余紬之，成一家言，凡二百篇。」

［五］　片羽：即吉光片羽，吉光身上的一片毛，比喻殘存的藝術珍品。王世貞《題三吴楷法十册》之五：「此本乃故人子售余，爲直十千，因留置此，比于吉光之片羽耳。」吉光，古代傳説中的神獸，《海内十洲記·鳳麟洲》：「吉光毛裘，黄色，蓋神馬之類也。裘入水數日不沉，入火不燋。」

評劉履芬《長亭怨慢·秦淮枯柳和月坡》△［一］

對此茫茫［二］。

【注】

［一］　此則人文本未收，據《篋中詞》補入。劉履芬（一八二七—一八七九）：字彦清，一字泖生，號漚夢，祖籍浙江江山，客居江蘇蘇州。國子監生，捐户部主事，署嘉定知縣。譚獻友人。精古文辭，兼工長短句，與孫麟趾、杜文瀾等交，與潘鍾瑞、宋志沂等結詞社，其子劉毓盤爲近代詞學名家。有《鷗夢詞》一卷，光緒六年（一八八〇）《古紅梅閣遺集》本。丁紹儀《聽秋聲館詞話》卷十六云：「浙之江山縣，雖衢途而遠界江閩，自來無講倚聲者。劉泖生太守（履芬）與弟玉叔上舍（觀藻），生長江左，始以工詞聞。」《篋中詞》今集卷五選劉履芬詞五首，即《長亭怨慢》（又風

裏)、《疏影》(西風起矣)、《長亭怨慢》(漫回首)《蝶戀花》(幾日游蜂飛絮趁)、《蝶戀花》(細草平沙三月暮)。劉履芬《長亭怨慢・秦淮枯柳和月坡》:「又風裏、楊花吹盡。歎息沉埋,六朝金粉。便做蕭蕭,畫船聽雨,繫無分。暮笳聲慘,還偷伴、凄煙緊。不待訴飄零,早耐了、寒鴉成陣。愁損。記清秋蕩槳,慣惹翠消香褪。江關戍火,怎留得、少年青鬢?任想到、載酒評花,已孤負、天涯芳信。儘夜泊歌闌,常共離鴻緘恨。」

[二] 對此茫茫:參見「評王錫振《暗香・灤陽歲晚,行眺酒仙祠下》」一則注[二]。

評劉履芬《疏影》△[一]

方回逝矣,百身何贖[二]。

【注】

[一] 此則人文本未收,據《篋中詞》補入。劉履芬《疏影》:「西風起矣。問征鴻此去,書到曾未?算不分明,輕暖輕寒,又是者般天氣。梧桐瘦損琅玕碧,便寫個、相思誰寄?想曲欄、一半愁凝,倚了又還重倚。　孤負青山入畫,倦床無氣力,眉影銷翠。任爾天涯,願作扁舟,莫作無情江水。芙蓉也有三生恨,怎怪得、玉容憔悴?剩一秋、悵望銀河,幾點冷螢斜墜。」

〔二〕「方回逝矣」二句：北宋詞人賀鑄《芳心苦》詞詠荷花，有「當年不肯嫁東風，無端却被秋風誤」之句，表美人遲暮之慨，此詞中「芙蓉也有三生恨，怎怪得、玉容憔悴」兩句意旨近似。方回即賀鑄。百身何贖，爲沉痛悼念逝者之語。語出《詩·秦風·黄鳥》：「如可贖兮，人百其身。」鄭玄箋：「謂一身百死猶爲之，惜善人之甚。」

評劉履芬《蝶戀花》△〔一〕

江淹已擬惠休詩〔二〕。

【注】

〔一〕此則人文本未收，據《篋中詞》補入。劉履芬《蝶戀花》：「細草平沙三月暮。一夕花開，零落春無主。看作舞衣金縷縷。啼鵑何苦留人住。　斜掩翠翹迷處所。酒半相思，却聽連宵雨。銀燭乍銷窗未曙。斷魂只在閑庭户。」

〔二〕江淹已擬惠休詩：謂善于摹擬前人。語出李益《送賈校書東歸寄振上人》：「爲向東州故人道，江淹已擬惠休詩。」錢易《覽越僧詩集有寄》亦云：「莫學江淹擬惠休，碧雲才調已難酬。」據鍾嶸《詩品中》，南朝梁詩人江淹，「詩體總雜，善于摹擬」。惠休，南朝齊詩人，《詩品下》評云：「惠休淫靡，情過其才。」其詩多寫情語，富于辭采，又清新有民歌風味。

評孔廣牧《玲瓏四犯·叢卉含秋……》△[一]

不作隨指泛音，半甲半肉，所謂猱吟者是[二]。

【注】

[一] 此則人文本未收，據《篋中詞》補入。孔廣牧（一八三八—一八六三）：字力堂，山東曲阜人。有《飲冰子詞存》一卷，光緒十八年（一八九二）周恭壽刊《求恕齋叢書·心嚮往齋詩文集》本。《篋中詞》今集卷五選孔廣牧詞一首，即《玲瓏四犯·叢卉含秋，觸緒縈抱，仍用清真韵寫之》：「摇落墻陰，甚裊裊娟娟，還自嬌艷。瘦蝶闌珊，香罥數枝笑臉。門掩獨自聽秋，恁蘚徑、夢雲零亂。趁夜涼、月遲星换。一夕百回相見。 茗甌聊抵芳椒薦。已無眠、緑蕉休茜。東風誤我難重訴，怕展看花眼。誰引暗雨打窗，管不住、落紅千點。儘燕泥細認，春去也，琴絲散。」

[二] 「不作隨指泛音」三句：此以古琴彈奏的指法技巧爲喻，稱其詞自然而富于變化。泛音，指自然的音色，王坦《琴旨·泛音四準》：「泛音不假按抑，得自然之聲，雖與實音稍異，要不外乎五聲二變之理。」半甲半肉，是撥弦技巧，「甲」爲指甲，「肉」爲指肚。猱吟，彈奏古琴的指法，

左手按弦，往復移動，使發顫聲，小曰吟，大曰猱。方回《聽孫煉師琴》詩：「從容整暇未肎忙，小俟吟猱觀抑按。」王坦《琴旨·取吟定位》：「惟是得聲于徽分，往來摇動而取音者，謂之曰吟猱。猱在徽之上，取音不拘某聲之位俱可用，亦與律吕生聲之理無關。惟在徽分之下取音而爲吟者，此則有一定之理而不可易也。」自注：「按琴譜，有以在徽下取音爲猱，徽上取音爲吟；有以不拘徽之上下取音，寬大蒼老者爲猱，纖小韵致者爲吟。」

評江順詒《浣溪沙》△[一]

「楊柳」七字千古。

【注】

[一] 此則人文本未收，據《篋中詞》補入。江順詒：參見「願爲明鏡室詞稿叙」注[一]。《篋中詞》今集卷五選江順詒詞二首，即《浣溪沙》(楊柳當門青倒垂)、《摸魚兒》(倦西風)。江順詒《浣溪沙》：「楊柳當門青倒垂。一雙蝴蝶向人飛。封侯夫婿幾時回？ 西子湖邊尋舊夢，東風陌上寄相思。一春心事没人知。」

評江順詒《摸魚兒・秋燕》△[一]

比興貞正[二]。

【注】

[一] 此則人文本未收，據《篋中詞》補入。江順詒《摸魚兒・秋燕》：「倦西風、飄零人海，差池雙影飛遍。雕梁塵黯珠簾冷，留戀不須留戀。天不管。曾記得、飛花落絮深深院。凄涼頓換。看門巷烏衣，新雛解語，往事總如電。　歸思急，未許商量繾綣。辛勤誰判恩怨？軟紅誤人游仙路，那慣霜零露泫。愁一片。漫認作、天涯捐棄悲秋扇。春人未遠。盼銀押輕鈎，香泥重潤，依舊畫堂見。」

[二] 貞正：原指品德堅貞端方，此謂運用比興合于正軌。《晋書・隱逸傳・范粲》：「粲高亮貞正，有丹風。」

評王詒壽《虞美人・石門夜泊》二首△[一]

婉麗。真小樂府。

【注】

［一］　此則人文本未收，據《篋中詞》補入。王詒壽：參見「笙月詞叙」一則注［一］。《篋中詞》今集卷五選王詒壽詞五首，即《虞美人》（阻風中酒心情惡）、《虞美人》（悄帆風裏眠難穩）、《清平樂》（三更時候）、《揚州慢》（笙玉排雲）、《解語花》（初三月子）。王詒壽《虞美人·石門夜泊》：「阻風中酒心情惡。往事思量著。琵琶聲斷小樓空。只有三更街鼓五更鐘。　温香吟遍消魂句。誰作天涯侶。起來無語倚篷窗。月墮幾層煙水白茫茫。」又：「悄帆風裏眠難穩。紅颭孤燈影。不知今夜夢如何？偏是春來夜短醒時多。　打篷幾陣瀟瀟雨。抵死將愁絮。羅衾偎遍枕函單。又是柁樓人語説輕寒。」

評王詒壽《清平樂》△［一］

戀語癡語，推之忠愛。

【注】

［一］　此則人文本未收，據《篋中詞》補入。王詒壽《清平樂》：「三更時候。燈暗衾兒皺。月透瓊絲花影瘦。此際消魂知否？　東風幾陣輕寒。温香翠被重添。管取明朝風峭，囑郎休放歸船。」

評王詒壽《揚州慢·水郭西邊……》△[一]

居然石帚，不徒形似[二]。

【注】

[一] 此則人文本未收，據《篋中詞》補入。王詒壽《揚州慢·水郭西邊，河橋東畔，向來歌舞樓臺。爲蠡城最盛處，今皆鞠爲茂草矣。偶尋舊徑，愴然成詞》：「笙玉排雲，歌珠溜月，東風十里桃花。記春衫殢酒，是花底人家。自軍鼓、江南動後，燈樓釵館，都付啼鴉。剩青青芳草，煙痕猶似簾紗。　麗華散盡，儘飄零、鬢霧衫霞。便紅豆深情，青梅舊約，休問琵琶。我亦傷春杜牧，歡場夢、易觸天涯。悵夕陽無語，高城催起悲笳。」

[二] 「居然石帚」二句：謂近姜夔《揚州慢》(淮左名都)感慨今昔之旨。石帚，指姜夔。

評王詒壽《解語花·虎林旅次有贈》△[一]

一結沉痛[二]，得美成之髓[三]。

【注】

［一］此則人文本未收，據《篋中詞》補入。王詒壽《解語花・虎林旅次有贈》：「初三月子，開簾剛見，一彎眉淺。脉脉新愁，憑仗西風吹散。芙蓉燈影衫痕瘦，掩映燈前人面。儘貪他笑語，拚教閑了，行行箏雁。問年華三五，明嚧青鬢，羞殺尋常鶯燕。隔屋簫聲，應是不勝清怨。樽前漫觸飄零恨，我亦天涯蓬轉。算人生有幾，江樓此夕，花深香軟。」

［二］一結沉痛：指上闋結句「儘貪他笑語」數語。

［三］得美成之髓：周邦彦有《解語花・上元》詞。髓，精髓。

評張景祁《鷓鴣天・湖上修禊》△［一］

《詞綜續編》録吾輩詞皆少作［二］，自張韵梅以下有待論定，不悉録也。

【注】

［一］此則人文本未收，據《篋中詞》補入。張景祁（一八二七—一九〇〇）：原名左鉞，字孝威，號蘊梅，一號韵梅，又號新蘅主人，浙江錢塘（今杭州）人。爲薛時雨門生。同治十三年（一八七四）進士，改庶吉士歷任福建福安、臺灣淡水、福建連江知縣。曾與譚獻在浙江書局合作共

事，有詩酒文會。民國後與鄭孝胥等結社唱和。與譚獻、張鳴珂同稱「浙西三詞家」。有《新蘅詞》六卷、外集一卷，光緒九年（一八八三）百億梅花仙館刻本。葉衍蘭序其詞集云：「《新蘅詞》選調必精，摛辭必練，有石帚之清峭而不偏于勁，有梅溪之幽雋而不失之疏，有夢窗之綿麗而不病其穠，有玉田之婉約而不流于滑，尋聲于清濁高下之別，審音于舌腭唇齒之分，剖析微茫，力追正始。」《篋中詞》今集卷五選張景祁詞十首，即《鷓鴣天》（相逐雲軿到寺門）、《高陽臺》（月苦啼鵑）、《八歸》（煙寒鷺溆）、《秋宵吟》（暝螢飛）、《天仙子》（煙柳垂堤春已半）、《一枝春》（不管消寒）、《小重山》（幾點疏鴉眷柳條）、《雙雙燕》（玳梁對語）、《木蘭花慢》（萬重蓬海隔）、《秋霽》（盤島浮螺）。張景祁《鷓鴣天·湖上修禊》：「相逐雲軿到寺門。門前修禊水陰昏。麗人已過餘花氣，新柳初齊尚酒痕。　風急槳，浪湔裙。滿湖嵐翠掩遥村。明朝怕過西泠路，雨濕棠梨一斷魂。」

［二］《詞綜續編》録吾輩詞皆少作：黄燮清《國朝詞綜續編》卷二十一録譚獻詞《生查子》（牽衣話別時）等五首。

評張景祁《高陽臺》△［一］

掩抑如訴［二］。

【注】

［一］此則人文本未收，據《篋中詞》補入。張景祁《高陽臺》：「月苦啼鵑，堂空去燕，斷腸人正悲秋。素柰橫簪，雲鬟無限清愁。花陰暗怯金鈴報，訴心情、鸚母前頭。待勾留、江渚潮生，莫放行舟。　天涯豈料驚風鶴，念緑楊城郭，遽賦離憂。鏡檻琴臺，黯然一別妝樓。玉溪底事添惆悵，又無端、錦瑟成謳。綺窗幽、凉雨瀟瀟，怕上簾鈎。」

［二］掩抑如訴：白居易《琵琶行》：「弦弦掩抑聲聲思，似訴平生不得意。」掩抑，掩按抑遏，彈奏琵琶的手法，使聲調幽咽。

評張景祁《八歸・泊舟平望……》△［一］

石帚遂有替人［二］。

【注】

［一］此則人文本未收，據《篋中詞》補入。張景祁《八歸・泊舟平望，追憶舊游，感賦用白石韵》：「煙寒鷺溆，燈昏魚寨，闌夜戍鼓未歇。朱樓已隔蓬山遠，休問翠樽銷黯，玉笙凄切。尚憶垂虹秋色好，倚畫檻、爐香同撥。頓忘却、客裏行舟，不住喚鶗鴂。　誰念江鄉歲晚，淹留無

計，一笛離亭催別。赤欄橋畔，那時來路，落盡蘆花楓葉。縱淩波賦就，何處芳塵夢羅襪？君知否、片帆相送，惟有天邊，朦朧無恙月？」

［二］石帚遂有替人：姜夔有《八歸·湘中送吴德華》一首寫別情，故云。

評張景祁《天仙子》△［一］

骨清辭綺。

【注】

［一］此則人文本未收，據《篋中詞》補入。張景祁《天仙子》：「煙柳垂堤春已半。緑剪蘼蕪芳徑軟。殷勤織錦待郎歸，雲鬟亂。鸞鏡照心千里遠。風裏落紅抛采扇。蝶夢如塵迷故苑。知他何處繫花驄，釵影顫。金樽滿。高燭當樓簾不捲。」

評張景祁《一枝春·落梅》△［一］

茵溷飄零［二］，感均頑艷。

【注】

［一］ 此則人文本未收，據《篋中詞》補入。張景祁《一枝春·落梅》：「不管清寒，問東風、忍把高枝輕掃？瑶臺夢杳，未許探芳重到。生涯慣冷，任籬落、水邊都好。誰會得、千種飄零，并入笛聲凄調。 仙雲甚時流照？歎珠塵半委，萼華空老。無言更苦，肯怨早春啼鳥。關山去也，又蹴損、馬蹄多少。還盼取、點額人歸，翠樽共倒。」

［二］ 茵溷飄零：謂人生遭際變化莫測。《梁書·儒林傳·范縝》：「人之生譬如一樹花，同發一枝，俱開一蔕，隨風而墮，自有拂簾幌墜于茵席之上，自有關籬墻落于糞溷之側。」厲鶚《閏四月二十一日集竹墩積照堂聯句用顏魯公石尊聯句韵》：「茵溷各安遇，蘭艾紛殊根。」

評張景祁《小重山》△［一］

高尋歐、晏［二］，參異己之長。

【注】

［一］ 此則人文本未收，據《篋中詞》補入。張景祁《小重山》：「幾點疏鴉春柳條。江南煙草緑、夢迢迢。十年舊約斷瓊簫。西樓下，何處玉驄驕。 酒醒又今宵。畫屏殘月上、篆香銷。

憑將心事記回潮。青溪水，流得到紅橋。」

［二］尋：跟隨，依循。歐、晏：歐陽修、晏殊。

評張景祁《雙雙燕·秋燕》△［一］

繚曲往復［二］，不數梅溪［三］。

【注】

［一］此則人文本未收，據《篋中詞》補入。張景祁《雙雙燕·秋燕》：「玳梁對語，歎門巷烏衣，舊家誰主？巢痕剛暖，又觸故園離緒。漫約催歸伴侶。看玉剪、將飛還住。自憐瀚海飄零，也學年年羈旅。辛苦。天涯倦羽。怕負了深閨，寄書香縷。重簾空捲，咫尺畫堂何處？容易流光夢雨。便消瘦、紅襟如許。何況萬里西風，更送玉關人去。」

［二］繚曲：婉曲含蓄。王鳴盛《十七史商榷·南史合宋齊梁陳書六·以婦人爲一世》：「但蕭子顯措詞繚曲，未易了耳。」

［三］不數梅溪：謂不亞于史達祖《雙雙燕》詠燕詞。數，亞于，次于。蘇軾《謝賜御書詩表》：「文不數于游、夏，書已逼于鍾、王。」

評張景祁《木蘭花慢》△[一]

清新相接[二]，婉約可歌。

【注】

[一]　此則人文本未收，據《篋中詞》補入。張景祁《木蘭花慢》：「萬重蓬海隔，幾開落、碧桃花。歎蟬鬢棲塵，鉥衣濕露，飄泊憐他。芳華。暗隨流水，托春潮流夢到天涯。杏鈿愁拋翠帶，流綿疑撲香車。　堪嗟。洛浦朝霞。珠箔捲，暮雲遮。想低回倚扇，凄凉擁髻，燭淚紅斜。盧家。玳梁燕子，但年年江國老風沙。獨自憑欄望遠，暝煙催送歸鴉。」

[二]　清新：張炎《詞源》卷下云詞要「特立清新之意」，李漁《窺詞管見》云：「文字莫不貴新，而詞爲尤甚，不新，可以不作。意新爲上，語新次之，字句之新又次之。」彭孫遹評李清照詞云：「用淺俗之語，發清新之思，詞意并工。」可參。

評張景祁《秋霽·基隆秋感》△[一]

笳吹頻驚[二]，蒼涼詞史，窮髮一隅[三]，增成故實。

【注】

[一] 此則人文本未收，據《篋中詞》補入。張景祁《秋霽·基隆秋感》：「盤島浮螺，痛萬里胡塵，海上吹落。鎖甲煙消，大旗雲掩，燕巢自驚危幕。乍聞唳鶴。健兒罷唱從軍樂。念衛霍。誰是漢家、圖畫壯麟閣。　遥望故壘，毳帳凌霜，月華當天，空想横槊。捲西風、寒鴉陣黑，青林凋盡怎棲托？歸計未成情味惡。最斷魂處，惟見莽莽神州，暮山銜照，數聲哀角。」

[二] 笳吹頻驚：指法國侵略軍屢次侵擾臺灣基隆。張景祁晚年宦游臺灣淡水、基隆等地，光緒十年至十一年（一八八四—一八八五）間，作詞多首。除此詞，如《酹江月》（樓船望斷）自序：「法夷既據基隆，擅設海禁。初冬，余自新竹舊港内渡，遇敵艘巡邏者駛及之，幾爲所困……」，《望海潮》（插天翠壁）自序：「基隆爲全臺鎖鑰，春初海警狎至，上游拔重兵堵守。突有法蘭兵輪一艘入口游弋，傳是越南奔北之師，意在窺伺……」，可參。笳吹，指邊地戰事。杜審言《送崔融》：「旌旗朝朔氣，笳吹夜邊聲。」

［三］　窮髮一隅：北方不毛之地，此借指臺灣基隆。《莊子·逍遥游》：「窮髮之北有冥海者，天池也。」成玄英疏：「地以草爲毛髮，比方寒沍之地，草木不生，故名窮髮，所謂不毛之地。」

張景祁詞

韵梅早飲香名，填詞刻意姜、張，研聲刌律［一］，吾黨六七人奉爲導師［二］。故山兵劫［三］，同好晨星［四］，亂定重見，君已摧鋒落機［五］，謝去斧藻［六］。中年哀樂，登科已遲［七］，又復屈承明之著作［八］，走海國之鞾板［九］，不無黄鐘瓦缶之傷［一〇］。倚聲日富，規制益高，駸駸乎北宋之壇宇［一一］。江東獨秀［一二］，其在斯人乎？外集集古［一三］，多長篇奇製，如《洞仙歌》、《解連環》之組紃石帚［一四］，真無縫鉄衣也［一五］。當以全集沾被藝林［一六］，不悉登也。

【注】

［一］　刌律：使樂曲中節合律。刌，刌度。語出《漢書·元帝紀贊》：「自度曲，被歌聲，分刌節度，窮極幼眇。」刌，點校本《篋中詞》作「切」。

[二] 吾黨：對同鄉的稱呼。黨，鄉黨。語出《論語·子路》：「葉公語孔子曰：『吾黨有直躬者，其父攘羊，而子證之。』」邢昺疏：「言吾鄉黨中有直身而行者。」

[三] 故山兵劫：指咸豐十年（一八六〇）二月、十一年（一八六一）十二月太平軍將領李秀成兩陷杭州。

[四] 同好晨星：喻友人稀少。蘇軾《祭范蜀公文》：「今如晨星，存者幾人？」

[五] 摧鋒落機：謂挫敗鋭氣，擺脱塵心。曹植《封二子爲公謝恩章》：「文無升堂廟勝之功，武無摧鋒接刃之効。」落機，劉長卿《負謫後登干越亭》詩：「牢落機心盡，惟憐鷗鳥親。」機，機心，機巧功利之心。《莊子·天地》：「吾聞之吾師，有機械者必有機事，有機事者必有機心。機心存于胸中，則純白不備。」

[六] 斧藻：修飾。揚雄《法言·學行》：「吾未見好斧藻其德，若斧藻其楶者也。」《文選·王融〈三月三日曲水詩序〉》：「斧藻至德，琢磨令範。」劉良注：「斧藻，修飾也。」

[七] 「中年哀樂」二句：張景祁同治十三年（一八七四）成進士，年已四十八歲，故云。

[八] 屈承明之著作：張景祁在入翰林院後，曾充武英殿協修、國史館協修，後因與上司不和，改授知縣，分發福建，故云。承明，指在朝爲官。參見「東鷗草堂詞序」一則注[一一]。著作，著作郎，三國時魏明帝始置，屬中書省，掌編纂國史。

[九] 走海國之鞾板：張景祁晚年渡海赴臺灣，宦游淡水、基隆等地。海國，指臺灣。鞾

板，穿靴執板，謂官宦生涯。韡同「靴」。賀鑄《冬夜寓直》：「十年泥滓賤，半生靴板忙。」

［一〇］　黄鐘瓦缶：喻賢才不用，庸才顯赫。《楚辭・屈原〈卜居〉》：「黄鐘毁棄，瓦釜雷鳴。讒人高張，賢士無名。」李周翰注：「瓦釜，喻庸下之人；雷鳴者，驚衆也。」黄鐘，古樂十二律之一，音最高亢。此指樂器，以喻賢人。瓦缶，也作「瓦釜」，陶製的鍋子。

［一一］　駸駸乎：漸進貌。李翺《故處士侯君墓志》：「每激發，則爲文達意，其高處駸駸乎有漢魏之風。」壇宇：界域。《荀子・儒效》：「君子言有壇宇，行有防表，道有一隆。」王念孫《讀書雜志・荀子》釋云：「壇，堂基也；宇，屋邊也。『言有壇宇』，猶曰言有界域。」

［一二］　江東獨秀：李延壽《南史・謝密傳》附《謝莊傳》：「時南平王鑠獻赤鸚鵡，普詔群臣爲賦。太子左衛率袁淑文冠當時，作賦畢示莊。及見莊賦，歎曰：『江東無我，卿當獨秀！我若無卿，亦一時之傑。』」《四庫全書總目提要》評張炎《山中白雲詞》云：「接武姜夔，宛然後勁，宋元之間，亦可謂江東獨秀矣。」

［一三］　外集集古：《新蘅詞》外集一卷，均爲集古詞。

［一四］　《洞仙歌》：「櫻桃過了，又芭蕉新展。團扇風前衆香滿。自秋帆雨送，錦字雲稀，煙外柳、和夢和愁都綰。　鸞箋封半篋，彩筆蟬嫣，出袖當年喜初見。一片楚騷心，怨緑啼紅，只無奈、湘皋人遠。又屈指西風燕歸時，忍重問，橋東木樨庭院。」《解連環・題宫人斜倚薰籠圖》：「麝沈金鴨。正瑶宫漏静，嫩寒初怯。唤侍兒、密焙薰籠，已弱不勝扶，凍眸微合。懶甚腰支，看

踠地、綉衣斜搭。笑瓏鬆鬢彈，睡態未蘇，似醉春檣。生香更添艾納。任羅衾半角，紅浪堆壓。剩幾縷、心字成灰，把寂寞珍珠，悄封檀匣。撥罷釵蟲，颺寶篆、指痕新掐。但盈盈、夜窗送曙，淚凝絳蠟。」組紃：參見「留雲借月盦詞叙」一則注[二二]。此借指模擬創作。

[一五] 無縫銖衣：意謂模仿得不露痕迹。銖衣，神仙所穿極輕的衣服。李昉等編《太平廣記·岑文本》：唐貞觀中，岑文本下朝多于山亭避暑，日午時寐初覺，遇上清童子。「問曰：『衣服皆輕細，何土所出？』對曰：『此是上清五銖服。』又問曰：『比聞六銖者天人衣，何五銖之異？』對曰：『尤細者則五銖也。』」贾至《贈薛瑶英》：「舞怯銖衣重，笑疑桃臉開。」也：點校本《篋中詞》無。

[一六] 當以全集以下：人文本無此十二字，據《篋中詞》補。沾被：影響所及。宋濂《題朱彦修遺墨後》：「由是先生之道沾被滋廣，而三尺之童亦知先生之賢。」

評孫德祖《高陽臺·酒樓秋柳》△[一]

惻愴傷懷[二]，拔奇古人之外。

【注】

[一] 此則人文本未收，據《篋中詞》補入。孫德祖（一八四〇—一九〇八）：字彦清，號峴

子，會稽（今浙江紹興）人。同治六年（一八六七）舉人，官浙江淳安教諭。有《寄龕詞》四卷，光緒二十六年（一九〇〇）刻本。《篋中詞》今集卷五選孫德祖詞二首，即《浣溪沙》（一雨瀟瀟濕畫橈）、《高陽臺》（紅板橋頭）。孫德祖《高陽臺·酒樓秋柳》：「紅板橋頭，青花簾裏，西風吹老吴山。慘碧絲絲，是誰抹上涼煙？澹澹斜陽鴉點外，照離情、別夢都酸。最難忘、金勒驕嘶，芳草樓前。　鏡中潘鬢知何似？度清秋冷節，殘月年年。羌笛聲中，幾人摇落江關。醉來濕盡相思字，祝長條、休拂朱欄。待芳塵、漬個愁痕，留與人看。」

［二］惻愴：也作「愴惻」，悲痛。《文選·潘岳〈寡婦賦〉》「心摧傷以愴惻」，吕向注：「愴惻，悲傷也。」

評朱孝起《一萼紅·湖上春游》△［一］

神韻獨絶，使人不思少游［二］。

【注】

［一］此則人文本未收，據《篋中詞》補入。朱孝起（生卒年不詳）：字百原，號蓮卿、廉卿，浙江錢塘（今杭州）人。諸生。曾在河南任書記。譚獻《亡友傳》記其生平。有《韵蘭詞》。《篋中

詞》今集卷五選朱孝起詞五首，即《一萼紅》（燒痕平）、《八聲甘州》（算繁華）、《人月圓》（小樓東畔前溪側）、《河傳》（簾捲）、《蝶戀花》（老去逢春春漸短）。朱孝起《一萼紅·湖上春游》：「燒痕平。悄東風一夜，吹緑上南屏。天半箏弦，湖邊簫鼓，并作一片春聲。澹黄柳才拖金縷，看幾時飛絮幾時萍。一樣韶華，問渠攀折，何似飄零？　落日又催寒信，檢裝綿半臂，便覺多情。冪樹煙濃，回船浪急，天氣難定陰晴。黯回首，踏歌聲斷，莫忘却、前度白鷗盟。腸斷年年芳草，只近離亭。」

［二］不思少游：秦觀《八六子》詞有「倚危亭，恨如芳草，萋萋剗盡還生」等句，此詞結語與之相近。

評朱孝起《八聲甘州·南屏山看紅葉》△［一］

「墻花拂面枝」，惟樂天知之耳［二］。此篇危苦悲哀，不能卒讀，拔奇古人之外。

余有《長亭怨》和作［三］，廉卿又和一闋。

【注】

［一］此則人文本未收，據《篋中詞》補入。朱孝起《八聲甘州·南屏山看紅葉》：「算繁華、

已到盡頭時，零落好收場。怎重新裝點，枝枝葉葉，一片春光。埋怨天公多事，幻影太荒唐。幾日西風急，又早飄揚。　却似悲歌舞定，已回腸斷了，再續回腸。問秋波臨去，何苦一回望？冷落心情到此，怎當伊、濸抹與濃妝？休留戀、早些打點，衰草斜陽。」

［二］「墻花拂面枝」二句：元禛有《酬翰林白學士代書一百韻》致好友白居易，其中「山岫當街翠，墻花拂面枝」二句，寫景真切。譚獻與朱孝起爲至交，故云。

［三］余有《長亭怨》和作：譚獻有《長亭怨慢・霜楓漸盡，書和廉卿》（又消受、江楓低舞）一首，爲其早年所作，見《復堂詞》卷一。

評朱孝起小令△[一]

蓮卿小令，姚冶跌宕[二]，從投贈小箋中補録二首[三]。

【注】

［一］　此則人文本未收，據《篋中詞》補入。

［二］　姚冶：妖艷。參見「蔣春霖詞」一則注［八］。跌宕：富于變化。

［三］　投贈小箋：指朱孝起致譚獻信札。補録二首：《篋中詞》所補詞一首爲《人月圓》：

「小樓東畔前溪側，門巷緑苔横。四時風景，十年蹤迹，步步關情。玉人去也，舊曾游處，最怕經行。多情只有，道旁芳草，不忍重生。」另一首爲《河傳》：「簾捲。風軟。曉妝時。擁髻慵慵起遲。玉肌褪殘雙臂支。腰肢。綉衾知未知。病過春分寒惻惻。無氣力。莫近紗窗立。掩重門。款柔魂。温存。雨聲和夢昏。」

評朱孝起《蝶戀花·丁丑孟春將去河陽作》△[一]

風調駘蕩[二]。　蓮卿從南陽寄近詞[三]，又録其一。

【注】

[一]　此則人文本未收，據《篋中詞》補入。朱孝起《蝶戀花·丁丑孟春將去河陽作》：「老去逢春春漸短。客裏看花，倍覺花光軟。歸雁風高吹又斷。太行山色和天遠。　三宿略同桑下館。除却家鄉，總未留連慣。緊著腰綿鬆著釧。十年消息從頭算。」

[二]　風調：猶言風格、格調。魏慶之《詩人玉屑》卷十引李錞《李希聲詩話》：「古人作詩正以風調高古爲主，雖意遠語疏，皆爲佳作。」駘蕩：參見「評潘德輿《蝶戀花·春暮寄景蘧》」一則注[二]。

［三］　從南陽寄近詞：譚獻《亡友傳》：「遭亂走河南，爲書記，益鬱鬱。」寄詞應在此時。南陽在河南。

評潘介繁《賣花聲》△［一］

超妙。

【注】

［一］　此則人文本未收，據《篋中詞》補入。潘介繁（一八二八—一八九三）：字穀人，號椒坡，潘希甫長子，江蘇吴縣（今蘇州）人。咸豐二年（一八五二）舉人，歷署湖北咸寧、湖南臨湘等地知縣，湖南茶陵知州。曾助黄燮清校理《國朝詞綜續編》，有《曉夢春紅詞》一卷，同治刻本。吴嘉洤序其詞集云：「其詞以婉約綿麗爲宗，而語有含蓄，味之無盡。小令出入于温飛卿（温庭筠）、韋端己（韋莊）之間，長調取法于草窗（周密）、碧山（王沂孫），以漸近于張春水（張炎）之自然。」杜文瀾《憩園詞話》卷二云：「幼年即承家學，詞賦俱工，出語必驚其長老。詞雖刊刻，已付劫灰。精力方强，造詣正未可量。即此引商刻羽，白石（姜夔）不得專美于前矣。」《篋中詞》今集卷五選潘介繁詞三首，即《浣溪沙》（燕子來時掩緑窗）、《賣花聲》（好夢倩誰招）、《長亭怨慢》（曾

幾度）。潘介繁《賣花聲》：「好夢倩誰招？闌夜迢迢。薄寒無賴展冰綃。一樣黄昏春院月，一樣魂銷。惜别憶河橋。鉛淚偷拋。綠窗慵把玉箏調。開盡櫻桃簾不捲，明日花朝。」

評潘介繁《長亭怨慢·延青水榭餞春》△[一]

刀揮不斷[二]，慢詞佳境。

【注】

[一] 此則人文本未收，據《篋中詞》補入。潘介繁《長亭怨慢·延青水榭餞春》：「曾幾度、曲欄閑憑。綠易成陰，晚煙烘暝。一鏡涼漪，更無人處、水風定。斷魂江渚，怕折取、蘋花贈。杜宇苦無愁，又啼老、蘼蕪香徑。誰省？道天涯春去，還把春愁消領。傷春似我，奈偏向、樽前長醒。好寄語、燕子歸時，休負却、西家妝靚。問笛裏江城，甚日花間同聽？」

[二] 刀揮不斷：李白《將進酒》：「抽刀斷水水更流。」此謂脉絡連貫，即張炎《詞源》卷下所謂作慢詞要「意脉不斷」。

評高望曾《蝶戀花》△[一]

合作[二]。

【注】

[一]　此則人文本未收，據《篋中詞》補入。高望曾（生卒年不詳）：字稚顔，一字成父，號茶庵，浙江仁和（今杭州）人。諸生。捐福建同知、署將樂令。卒年五十二。譚獻《七友傳》記其生平。與吴中詞人及蔣春霖、郭夔等交往唱和，有《茶夢庵稿》三卷，光緒十六年（一八九〇）杭州刻本。丁紹儀《聽秋聲館詞話》卷十一云：「仁和高茶庵明經（望曾）與譚君仲修先後游閩，均工長短句。仲修善小令，茶庵善慢詞，其押韵尤響。」又卷十六云：「茶庵曾集近人詞得二百餘家，擬彙爲《詞賸》，未成，遭亂散失無存。前歲薄游吴中，復得六十餘家，出以示余，半爲余所未見，亟鈔入《詞補》。」則丁紹儀《國朝詞綜補》亦得高氏之助。杜文瀾《憩園詞話》卷五評其詞云：「今讀司馬詞，有與蔣鹿潭（蔣春霖）、郭堯卿（郭夔）諸君唱和，固屬同調，其詞筆致幽秀，出顯入微，洵推作手。」《篋中詞》今集卷五選高望曾詞三首，即《蝶戀花》（樓上春寒眠未穩）、《大聖樂》（苔徑雲荒）、《一萼紅》（漾簾旌）。高望曾《蝶戀花》：「樓上春寒眠未穩。樓角鶯啼，香夢頻催醒。卅六

紋窗人語静。半簾斜日扶花影。　憔悴芳姿羞對鏡。倦倚妝臺，有恨無人省。燕子不來空自等。碧闌干外東風冷。」

［二］合作：謂詞作合于法度。謝赫《古畫品録・陸杲》：「體致不凡，跨邁流俗，時有合作，往往出人。」

評高望曾《一萼紅》△［一］

通于比興。

【注】

［一］此則人文本未收，據《篋中詞》補入。高望曾《一萼紅》：「漾簾旌。正層陰凄黯，啼破乳鳩聲。蘚澀墻腰，苔侵屐齒，落英堆滿閑庭。休重問、畫樓妝曉，懶梳裹、人意殢春醒。燕子歸來，小桃門巷，花事飄零。　回憶天涯路遠，歎萋萋芳草，亂逐愁生。南浦煙帆，西泠風笛，説甚年少心情？儘盼斷、斜陽消息，釀餘寒、空外暮雲横。怕聽得樽前低唱，一曲《霖鈴》。」

評諸可寶《浣溪沙》△[一]

宕逸[二]。

【注】

[一] 此則人文本未收，據《篋中詞》補入。諸可寶（一八四五—一九〇三）：字遲菊，號璞齋，浙江錢塘（今杭州）人。同治六年（一八六七）舉人，官江蘇崑山知縣。游楚二十年，任湖北榷局文書，主鄂志局。與譚獻、樊增祥等交好，有《璞齋詞》（又名《捶琴詞》）一卷，光緒二十二年（一八九六）錢塘諸氏家刻《璞齋集》本。其詞集自叙云：「詩餘爲詞，頗惑妍唱。規矩樂府，經營意匠。譬諸好弄，或者騰謗。陶寫哀樂，雅音無當。蚓瓸之笛，鐺腹之笙。過而録之，以傳吾情。」張炳堃評云：「《捶琴詞》作穿雲裂石之聲，小令又極柳蟬鶯嬌之致，其得于天者獨優。」（徐珂《清代詞學概論》引）《篋中詞》今集卷五選諸可寶詞四首，即《浣溪沙》（舊恨新愁兩不饒）、《摸魚兒》（夢横塘）、《蝶戀花》（野狐弦索龜年口）、《玉交枝》（仙源楫）。諸可寶《浣溪沙》：「舊恨新愁兩不饒。人間何事只魂銷。寸箋難寫畫難描。　酸入天心梅子雨，信回江口雪花潮。小樓排日盼歸橈。」

[二] 宕逸：參見「評王沂孫《瑣窗寒》」一則注[四]。

評諸可寶《蝶戀花·春盡日》△[一]

衆中制淚[二]，澤畔行吟[三]。

【注】

[一] 此則人文本未收，據《篋中詞》補入。諸可寶《蝶戀花·春盡日》：「野狐弦索龜年口。幾遍東華塵涴袖。點點飛綿，一樣風光，百樣難依舊。剛説嬉春偏病酒。連陰早是黄昏後。柳薄桐微厚。已覺腰圍鬆八九。今年又到愁時候。」

[二] 衆中制淚：李廓《落第》詩：「榜前潛制淚，衆裏自嫌身。」制，控制，抑制。

[三] 澤畔行吟：《楚辭·漁父》：「屈原既放，游于江潭，行吟澤畔，顔色憔悴，形容枯槁。」行吟，邊走邊吟詩。

評諸可寶《玉交枝·爲陶湘眉學使同年題桃花畫扇》△[一]

陶湘眉云[二]：「八字銷魂[三]。」

【注】

［一］此則人文本未收，據《篋中詞》補入。諸可寶《玉交枝·爲陶湘眉學使同年題桃花畫扇》：「仙源楫。武陵春與秦淮接。秦淮接。官奴選勝，和根和葉。舊時紺唾香留褶。新來皾面潮生頰。潮生頰。那人一樣，可憐顏色。」

［二］陶湘眉：即陶方琦。

［三］八字銷魂：應指末兩句。

評樊增祥《采桑子·荆江晚泊》△［一］

凄婉。

【注】

［一］此則人文本未收，據《篋中詞》補入。樊增祥（一八四六—一九三一）：原名樊嘉，字嘉父，一字雲門，號樊山，别署天琴，湖北恩施人。光緒三年（一八七七）進士，改庶吉士。官陝西宜川、渭南等縣知縣，累官至陝西布政使、江寧布政使護理兩江總督，辛亥後以遺老居北京，曾任國民政府參政院參政。出李慈銘、張之洞之門，與易順鼎齊名。民國初在上海發起成立超社。

工詩詞，擅艶體，有《樊山詞》三卷，民國十四年（一九二五）廣益書局排印《樊山詩詞文稿》本。又輯《微雲榭詞選》。于同治十三年（一八七四）在京應試時與譚獻定交，後在武昌經心書院重逢，樊增祥以所作詩詞呈教。其《五十麝齋詞賡叙》自述學詞經歷云：「余年十二學詩，十六學爲詞，二十以後始讀紅友（萬樹）《詞律》。歲庚午，與諸遲菊同年定交，遲菊精音律，相與往復討論，乃知學詞閫域。自後從愛師（李慈銘）、子珍（陶方琦）游，而所學益進。始學蘇（蘇軾）、辛（辛棄疾）、龍洲（劉過），繼乃專意南唐二主（李璟、李煜）及清真（周邦彦）、白石（姜夔）。」《篋中詞》今集卷五選樊增祥詞四首，即《采桑子》（娟娟月子隨人慣）、《金縷曲》（江外青青柳）、《齊天樂》（雕輪試碾瀛洲路）、《菩薩蠻》（朱樓桂館參差起）。樊增祥《采桑子・荆江晚泊》：「娟娟月子隨人慣，寫影春田。鎖夢秋煙。曾見家鄉幾度圓？　碧鸞一去桐心悴，燕子簾前。鷗鷺江邊。一樣青燈一樣眠。」

評樊增祥《金縷曲・闌干，同愛伯、子縝》△[一]

汐社遺音[二]。

【注】

[一]　此則人文本未收，據《篋中詞》補入。樊增祥《金縷曲・闌干，同愛伯、子縝》：「江外

青青柳。倚東風、回廊幾曲，斷魂時候。細燕輕貍都不隔，卍字玲瓏嵌透。曾幾度、玉羅衫袖。一樹東頭梨花景，熨微寒、總在春前後。同徙倚，聽清漏。　如今得似當時否？繞銀墻、輕紅一抹，緒風吹舊。録曲凝塵輕拍遍，空認指痕纖瘦。恁步屧、鄰家聲逗。畫遍相思都無迹，剩回文、不斷苔花綉。明月底，怕回首。」愛伯，即李慈銘。子禎，即陶方琦。

[二] 汐社：參見「評唐珏《水龍吟·白蓮》」一則注[二]。

評程耀采《金縷曲·桂花》△[一]

沉鬱[二]。

【注】

[一] 此則人文本未收，據《篋中詞》補入。程耀采（生卒年不詳）：字心梅，浙江錢塘（今杭州）人。好小詩、填詞、篆刻。流寓上海卒。譚獻《亡友傳》記其生平。其詞載丁紹儀《國朝詞綜補·續編》卷七。《篋中詞》今集卷五選程耀采詞一首，即《金縷曲·桂花》：「冰麝成塵搗。散秋魂、長廊深護，曲房低抱。涼露無聲飄瑶圃，從把蘭芳傾倒。試檢與、玄霜應好。貽我無聊深感汝，掩疏櫳、月怨黄昏悄。單枕側，暗相繞。　司香舊職珠宫小。笑吴剛、三生艷福，教人偷了。

幾度西風傳消息，贏得濃熏沁腦。又只恐、嬌黄吹老。雙燕故來窺葉底，戀餘情、怕計秋期早。酣夢乍，已驚曉。」

[二] 沉鬱：參見「評辛棄疾《木蘭花慢·滁州送范倅》」注[二]。

評張鳴珂《綺羅香·和羊辛楣》△[一]

回腸欲絶[二]。

【注】

[一] 此則人文本未收，據《篋中詞》補入。張鳴珂：參見「蘋洲漁唱叙」一則注[一]。《篋中詞》今集卷五選張鳴珂詞四首，即《綺羅香》（蝶夢剛回）、《甘州》（甚年時）、《南浦》（溪雨夜簾纖）、《東風第一枝》（石屋横琴）。張鳴珂《綺羅香·和羊辛楣》：「蝶夢剛回，蠶絲盡吐，多少纏綿吟緒。青鳥傳言，又報碧雲期誤。畫簾半、飛絮偏縈，曲欄外、落花無主。看熏爐、心字香銷，迢迢蓮漏夜如許。　紅墻遥指一抹，猶記雙雙拜月，嫦娥應妒。彩筆携來，替寫十眉新譜。歎團扇、漸欲捐秋，問桃葉、幾曾名渡？任拋殘、紅豆相思，斷腸人共語。」羊辛楣，即羊復禮。

〔二〕　回腸欲絶：謂愁苦、悲痛之情鬱結難解。唐彦謙《春陰》詩：「一寸回腸百慮侵，旅愁危涕兩争禁。」

評張鳴珂《甘州》△〔一〕

此是安石碎金〔二〕。

【注】

〔一〕　此則人文本未收，據《篋中詞》補入。張鳴珂《甘州》：「甚年時，蹤迹似浮萍，東風又天涯。望鄉關渺邈，羊車未到，開落桃花。可是棲香願滿，疏雨冷琵琶。忍聽哀蟬曲，愁鬢都花。記得鳳喈橋畔，展眉奩殘月，同倚窗紗。道尋春未晚，仙夢碧城遮。剪淞波、緑蕪千里，誤幾回、燕子傍誰家？魂歸也、有垂楊處，啼殺昏鴉。」

〔二〕　安石碎金：謂其詞精粹簡約。典出劉義慶《世説新語・文學》：「桓公（桓温）見謝安石作簡文（晋簡文帝司馬昱）謚議，看竟，擲與坐上諸客曰：『此是安石碎金。』」安石，謝安，字安石。

評張鳴珂《南浦・春水，用〈山中白雲詞〉韵》△[一]

今之張春水[二]。

【注】

[一] 此則人文本未收，據《篋中詞》補入。張鳴珂《南浦・春水，用〈山中白雲詞〉韵》：「溪雨夜簾纖，趁東風、著力溶溶流曉。新漲漸平堤，垂楊外、一帶林塘如掃。偷窺鏡面，理妝十五漁娃小。南浦那時曾賦別，腸斷緑波春草。　年年開遍桃花，數江鄉又是，鱖魚肥了。杜若暗生香，汀洲畔、可有搴芳人到？煙波杳渺，湔裙佇立風前悄。回首畫船天上坐，載得落紅多少？」

[二] 張春水：即張炎，其《南浦・春水》詞名重一時。

評陶方琦《永遇樂・玉河橋觀荷》△[一]

元人絶勝之作。

【注】

［一］　此則人文本未收，據《篋中詞》補入。陶方琦（一八四五—一八八五）：字子縝，一作子珍，號湘湄（一作湘眉），一號蘭當，浙江會稽（今紹興）人。光緒二年（一八七六）恩科進士，授翰林院編修，督學湖南。病卒北京，年僅四十。爲李慈銘弟子。譚獻《亡友傳》記其生平，又爲撰《陶編修傳》。工古詩文詞，有《蘭當詞》二卷，光緒十六年（一八九〇）湖北書局刻《湘麋閣遺詩》本。其詞集自序云：「而尚欲以意内言外之旨，求合乎《楚辭》，而不敢離其本誼也。」樊增祥《二家詞賡序》云：「是時李愛伯（李慈銘）民部師爲詞壇祭酒，獨厚吾兩人，有『黄梅能、秀』之契，嘗以兩家詞卷示潘文勤（潘祖蔭），文勤答書曰：『兩生皆俊人，陶詞是野橋（姚燮）一派體格，大段成就；樊詞稍淺而氣清，他日必名家。』……樂府尤近夢窗，每出一篇，十色五光，眩人心目，躡其蹤由，渺無定處，屢舉樂笑翁『七寶樓臺』之喻相規切，而君然弗顧也。……而亦自變其穠麗之習，康樂芙蓉，盡謝雕飾，嘗手定《蘭當詞》三十餘闋，皆清真、白石佳境，無復綺縟之舊，余篇篇評點，心形俱服。」《篋中詞》今集卷五選陶方琦詞五首，即《永遇樂》（水殿柔瀾）、《長亭怨》（苦曉雨）《瑣窗寒》（衫色扶秋）、《滿庭芳》（碧樹初蟬）、《浪淘沙》（寒色動簾旌）。陶方琦《永遇樂·玉河橋觀荷》：「水殿柔瀾，貝宫麗粉，掩映斜照。太液流光，石鯨微動，那許秋風到。翠華飛雨，金盤承露，多少銖衣圍繞。涼生處、碧幢飛舞，遂有人窺蓬島。　重重深緑，鳳城濃靄，仿佛銀河初曉。十二雕欄，三千素面，秋色遲晴昊。紅墻擫笛，迷離宫怨，香夢人間醒早。芳樽側、客塵休浣，仙源路渺。」

評陶方琦《長亭怨・雨感》△[一]

幽怨。

【注】

[一] 此則人文本未收，據《篋中詞》補入。陶方琦《長亭怨・雨感》：「苦曉雨、纏綿催冷。楝葉清陰，畫簾摇暝。珍簟方床，暗愁不似夢時醒。紗帷人静。獨吹爇、沉檀鼎。待離袂重熏，又還惜、餘香猶剩。　偏恨。者天涯飛絮，長與春心無定。蘭情水盼，也解道、鏡中花影。更莫憶、月底銀箏，是扶酒、殢愁曾聽。恁奈何、紈扇吹凉，未秋先省。」

評陶方琦《浪淘沙・病中得仲修青浦道中書》△[一]

情至之語，誦之黯然。

【注】

[一] 此則人文本未收，據《篋中詞》補入。陶方琦《浪淘沙・病中得仲修青浦道中書》：

「寒色動簾旌。愁緒零星。棲鴉煙點短長亭。多少江南風雪路，多少離情。　病榻黯難勝。燭炧香凝。梅花如霰夢無憑。便有夢隨流水去，也化春冰。」

評曾行淦《江南好》二首△[一]

如聞水樂[二]。

【注】

[一]　此則人文本未收，據《篋中詞》補入。曾行淦（生卒年不詳）：字湘蘋，一作蘋湘。江西長寧（今尋烏）人。與馮煦交，有《蘋湘詞》一卷，寶應劉氏食舊德齋寫本。《篋中詞》今集卷五選曾行淦詞四首，即《琵琶仙》（天闊潮寒）、《江南好》（青溪曲）、《江南好》（秦淮好）、《瑣窗寒》（疏柳摇寒）。《江南好》：「青溪曲，閑立夕陽時。欲采蘋花秋水遠，畫簾單舸夢遲遲。何處小姑祠？」又：「秦淮好，終古水西流。流水送春春送客，夜深吹笛上高樓。樓下木蘭舟。」

[二]　水樂：悦耳的流水聲，以喻其詞流暢動聽。蘇軾《東陽水樂亭》：「流泉無弦石無竅，强名水樂人人笑。」

評曾行淦《瑣窗寒》△[一]

庸峭之致[二]，南宋高手。

【注】

[一] 此則人文本未收，據《篋中詞》補入。曾行淦《瑣窗寒》：「疏柳摇寒，黄昏人静，畫簾慵捲。空階小立，閑煞紵衣綃扇。轉明河、更闌未沉，離愁不似新凉淺。怪亂苔四壁，殘蛩低絮，乍驚秋换。　腸斷。芳游懶。記門掩梨花，翠樽同款。銀箋欲寄，争奈吴山籠晚。料西窗、聽雨自眠，夢回水驛天樣遠。待歸時、檢與征衫，淚點和塵浣。」

[二] 庸峭：原意爲屋勢傾斜，喻其詞筆勢曲折有致。宋祁《宋景文公筆記・釋俗》：「今造屋勢有曲折者謂之庸峻，齊、魏間以人有儀矩可喜者謂之庸峭，蓋庸峻也。」

評莊棫《壺中天慢》△[一]

屈曲洞達，一轉一深[二]。

【注】

［一］　此則人文本未收，據《篋中詞》補入。　莊棫：參見「蒿庵詞題辭」一則注［一］。《篋中詞》今集卷五選莊棫詞十二首，即《壺中天慢》（行雲何處）、《垂楊》（東風幾日）、《鳳凰臺上憶吹簫》（瓜渚煙消）、《菩薩蠻》（曈曨紅日才當午）、《菩薩蠻》（寶函鈿雀金泥鳳）、《菩薩蠻》（六銖衣薄迷香霧）、《高陽臺》（長樂溪邊）、《揚州慢》（飛絮時光）、《夜飛鵲》（河橋送行處）、《高陽臺》（飄拂微風）、《唐多令》（燈燄似凝脂）、《虞美人》（悠悠客鬢生華髮）。　莊棫《壺中天慢》：「行雲何處，却分明依舊，昨宵華月。　城上烏啼啼未曉，正好三更時節。　巷口煙深，窗間燭暗，乍見心先怯。　那能再與，殷勤深訴離別。　　回憶往日來時，手中團扇，竟難教抛撇。　幾曲銀屏天樣遠，尚有輕紗隔絶。　欲住無言，爲愁含笑，待與何人説？遥知去後，比前更覺凄切。」

［二］　一轉一深：謂由上一意轉出下一意。　沈祥龍《論詞隨筆》：「詞貴愈轉愈深。」

評莊棫《垂楊》△［一］

哀于《片玉》，厚于屯田［二］。

【注】

[一] 此則人文本未收，據《篋中詞》補入。莊棫《垂楊》：「東風幾日。怎留人不住，更添金縷。睍睆流鶯，依稀似欲留人語。儂心縱使從君訴。奈飛燕、雕梁嬌妒。傍長堤、一碧無情，任玉驄嘶去。　淒楚連宵苦雨。竟沾水漬泥，不堪重顧。鬢已如絲，笛中偏惹閑情緒。柔枝婀娜誰攀折？但贏得、離愁幾許。年年涴地青青，休怨汝。」

[二] 「哀于《片玉》」二句：《片玉》，周邦彦詞集。屯田，即柳永。陳廷焯《白雨齋詞話》卷六評云：「蒿庵……《垂楊》云云，此類皆含無限情事，鬱之至，厚之至，似又深于碧山（王沂孫）。詞至是，可以興，可以怨矣。」可參。

評莊棫《鳳凰臺上憶吹簫》△[一]

清空如話[二]。不至輕僄[三]，消息甚微[四]。

【注】

[一] 此則人文本未收，據《篋中詞》補入。莊棫《鳳凰臺上憶吹簫》：「瓜渚煙消，蕪城月冷，何年重與清游？對妝臺明鏡，欲説還羞。多少東風過了，雲縹緲、何處勾留？都非舊，君還記

否，吹夢西洲？。　悠悠。芳辰轉眼，誰料到而今，盡日樓頭。念渡江人遠，儂更添憂。天際音書久斷，還望斷、天際歸舟。春回也，怎能教人，忘了閑愁？」

［二］　清空如話：《唐宋詩醇》卷二十六引沈德潛評白居易《覽盧子蒙侍御舊詩，多與微之唱和，感今傷昔，因贈子蒙，題于卷後》詩云：「屈折赴題，清空如話，别是一種風格。」

［三］　輕僄：即「輕剽」，輕浮，躁急。《三國志·魏書·崔琰傳》「魯國孔融」裴松之注引司馬彪《九州春秋》：「然其所任用，好奇取異，皆輕剽之才。」

［四］　消息：奥妙，底裏。袁枚《隨園詩話》卷六：「昌黎硬語横空，而元相以此二聯稱之，此中消息，非深于諸者不知。」陳廷焯《白雨齋詞話》卷六評云：「純是變化《風》、《騷》，温（温庭筠）、韋（韋莊）幾非所屑就，尚何有于姜（姜夔）、史（史達祖）？」又《詞則·大雅集》卷六云：「幽絶，深絶。」可參。

評莊棫《菩薩蠻》三首△［一］

語語温厚［二］。

【注】

［一］　此則人文本未收，據《篋中詞》補入。莊棫《菩薩蠻》：「曈曨紅日才當午。一鈎新月

天邊吐。相去幾多時。參差形影隨。　深宵朱户裏。環佩聲徐起。倘許共徘徊。羅幃可暫開。」又：「寶函鈿雀金泥鳳。釵梁欹側雲鬟重。莫遣夢兒酣。江南春色闌。　音書金雁斷。芳草芙蓉岸。當户理機絲。年年戰士衣。」又：「六銖衣薄迷香霧。畫屏曲曲山無數。生小愛新妝。輸人眉黛長。　夢回深院静。月過秋千影。宫裏醉西施。烏啼臺上時。」

［二］　語語温厚：陳廷焯《白雨齋詞話》卷五評云：「蒿庵《菩薩蠻》諸詞，全祖飛卿（温庭筠），而去其穠麗之態，略帶本色，境地甚高。……和平温厚，感人自深。」又卷六評第二首云：「意亦有所刺，而筆墨又别，正不必襲温、韋陳迹。」可參。

評莊棫《高陽臺·長樂渡》△［一］

駘蕩怨抑之境，爲前人所未開。

【注】

［一］　此則人文本未收，據《篋中詞》補入。莊棫《高陽臺·長樂渡》：「長樂溪邊，秦淮水畔，莫愁艇子曾携。一曲《西河》，樽前往事依稀。浮萍緑漲前溪遍，問六朝、遺迹都迷。映玻璃、白下城南，武定橋西。　行人共説風光好，愛沙邊鷗夢，雨後鶯啼。投老方回，練裙十幅誰題？

相思子夜春還夏，到歡聞、先已凄凄。更休提、柳外斜陽，煙外長堤。」

評莊棫《夜飛鵲・落葉》△[一]

頓挫排蕩[二]，深入北宋之室。

【注】

[一]　此則人文本未收，據《篋中詞》補入。莊棫《夜飛鵲・落葉》：「河橋送行處，都已辭枝。傍岸却自依依。穠花艷蕊曾陪侍，如今不是將離。重來更知何日，待春風轉後，柳便生稊。暫時去也，便天涯、恁用凄其？　透迤平沙回望，餘塵漸堆積，疑是成蹊。可否回思前度，深深蔭藹，草緑還迷？新霜一拂，怎匆匆、便改芳姿。但徘徊衰草，延緣古道，惆悵長堤。」

[二]　排蕩：謂情感激蕩。劉熙《釋名・釋言語》：「蕩，盪也。排蕩去穢垢也。」

評莊棫《高陽臺・丙子清明……》△[一]

碧山、白雲之調[二]，屈原、宋玉之心[三]，興寄百端，望古遥集，止庵所謂能出者也[四]。

【注】

〔一〕此則人文本未收，據《篋中詞》補入。莊棫《高陽臺·丙子清明，題郭湘渠上河圖一角畫扇，吊古愴今，憂生念亂，不自知其咄嗐也》：「飄拂微風，芊眠嬌柳，上河時候清明。扇底揺春，誰人一角重臨？鑾輿猶記揚州駐，比趙家、圖畫難尋。久消沉、夢華舊録，且説東京。才人何事依門户，數弁州舊恨，直到而今。倦客相看，此時别自傷心。金戈鐵馬經過眼，記百年、河外霓旌。付閑情、渡頭艇子，打槳來迎。」

〔二〕碧山、白雲：即王沂孫、張炎。

〔三〕屈原、宋玉之心：指幽憂憤悱之情。

〔四〕止庵所謂能出者也：周濟《宋四家詞選目録序論》云：「夫詞非寄托不入，專寄托不出。……雖鋪叙平淡，摹繢淺近，而萬感横集，五中無主……抑可謂能出矣。」止庵，即周濟。

莊棫詞△〔一〕

予録《篋中詞》，終以中白〔二〕，非徒齊名之標榜，同聲之喁于〔三〕，亦以比興柔厚之旨相贈處者二十年。〔四〕向序其詞有曰：「閨中之思，靈均之遺則，動于哀愉而不能已。」[五]中白嘗曰：「非我佳人[六]，莫之能解也。」

【注】

[一]　此則人文本未收，據《篋中詞》補入。

[二]　終以中白：譚獻編《篋中詞》，正集五卷，以莊棫爲終（點校本《篋中詞》莊棫後又增馮煦、馮煦兩家），餘皆附以女流，故云。

[三]　喁于：相互應和。參見「三家詞叙」一則注[一三]。

[四]　亦以比興柔厚之旨句：據譚獻《亡友傳》：「咸豐五年（一八五五）游京師，以資絀不得上官，待試京兆，居蕭寺中，門多長者車轍。獻揖君顧亭林祠下，遂稱知己。」又據《日記》卷七戊子：「咸豐戊午叔子（易佩紳）與莊中白（棫）送予廣慧寺，三人相向，哭失聲。」戊午爲咸豐八年（一八五八），送行處爲北京廣慧寺（「蕭寺」），此年莊棫與譚獻同赴京應試，由是相識訂交。《篋中詞》正集編成于光緒四年（一八七八），前後正二十年。莊棫爲譚獻所作《復堂詞叙》，有「夫義可相附，義即不深；喻可專指，喻即不廣」，「自古詞章，皆關比興，斯義不明，體製遂舛」等著名論斷（見陳廷焯《白雨齋詞話》卷五引）。

[五]　向序其詞有曰：所引參見「蒿庵詞題辭」一則。靈均，即屈原。

[六]　佳人：指君子賢人。《楚辭·屈原〈九章·悲回風〉》：「惟佳人之永都兮，更統世而

自睨。」朱熹集注：「佳人，原自謂也。」

評莊棫《唐多令》、《虞美人・懷魯仲實》△[一]

二詞皆于時事多所棖觸[二]，非苟作者。

【注】

[一] 此則人文本未收，據《篋中詞》補入。莊棫《唐多令》：「燈焰似凝脂。紅心草恐非。冪煙煤、一樣迷離。照得空庭都四徹，原不藉、蠟成堆。影隔便難知。光留許衆窺。也曾看、鏡裏蛾眉。窗外北風冰正沍，只微火，轉淒其。」《虞美人・懷魯仲實》：「悠悠客鬢生華髮。十載音書絶。枕函殘夢醒微茫。瞥見南飛烏鵲不成行。故人識我詞中意。説也先憔悴。蓬萊方丈不須游。近日乘槎直到海西頭。」

[二] 棖觸：感觸。李商隱《戲題樞言草閣三十二韻》：「君時卧棖觸，勸客白玉杯。」朱鶴齡注引《廣韻》：「棖，觸也。南人以觸物爲棖。」

評馮燾《一痕沙》△[一]

脆如新簧[二]。

【注】

[一] 此則人文本未收，據《篋中詞》補入。馮燾（？—一八七九）：字次泉，江蘇金壇人。馮煦兄。據馮煦此年作詩《己卯除夕，仲兄没兩月矣，感而賦此，并悼伯兄》，光緒六年（一八八〇）二月二十日馮煦致譚獻書云「正月歸窨應葬先兄」，知馮燾于光緒五年（一八七九）卒。《篋中詞》今集卷五選馮燾詞一首，即《一痕沙》：「月子彎彎清絶。秋到海棠如雪。砧杵夜千家。又天涯。　道是那時輕别。誤殺鬢邊華髮。等得浙江潮。上蘭橈。」

[二] 脆如新簧：謂其詞清新。參見「評丁至和《月下笛·清明》」一則注[二]。

評馮煦《一枝花·曉經秦郵，過故居作》△[一]

幽咽怨斷，夢華詞境，感遇爲多。

【注】

［一］　此則人文本未收，據《篋中詞》補入。馮煦（一八四四—一九二七）：字夢華，號蒿盦，晚號蒿叟、蒿隱，江蘇金壇（一云丹徒）人。光緒八年（一八八二）舉人，光緒十二年（一八八六）進士，授翰林院編修。歷任安徽鳳陽知府、山西河東道、四川按察使、安徽巡撫等。辛亥革命後曾督辦江淮賑務，主纂《江南通志》。以遺老寓居上海，與沈曾植、繆荃孫等結逸社。能詩詞，曾協助譚獻參校《篋中詞》、《復堂類集》。有《蒙香室詞》（又名《蒿盦詞》）二卷，民國二年（一九一三）刻《蒿盦類稿》本。編有《宋六十一家詞選》十二卷。朱孝臧序其詞集云：「君詞瓣香石帚（姜夔），又出入草窗（周密）、玉田（張炎）間。數十年前，吾鄉詞宗譚復堂大令已傾心斂手，固無俟孝臧妄贅一語也。」冒廣生《小三吾亭詞話》卷四云：「金壇馮夢華中丞煦，早飲香名，填詞大手。」《篋中詞》今集卷五選馮煦詞八首，即《一枝花》（帆影收殘驛）、《琵琶仙》（何事西風）、《江南好》（青溪曲）、《江南好》（三月暮）、《南鄉子》（一葉碧雲輕）、《河傳》（城闕）、《霓裳中序第一》（孤蟾下倦驛）、《甘州》（甚匆匆）。馮煦《一枝花・曉經秦郵，過故居作》：「帆影收殘驛。問訊鷗邊消息。霜重未黃寒柳外，曉風急。湖水湖煙，一抹傷心碧。甚處尋秦七？衰草微雲，依然舊日詞筆。城陰濕。歸路暗驚非昔。東偏三五畝，薜蘿宅。十載塵顏，算只有頹波識。俊游忘不得。認禿樹荒祠，乳鴉猶帶離色。」

評馮煦《琵琶仙·野泊寄拂青》△[一]

綿綿無盡[二]。

【注】

[一]　此則人文本未收，據《篋中詞》補入。馮煦《琵琶仙·野泊寄拂青》：「何事西風，又催我、一點征帆東下。無那寒驛燈昏，沉沉怨遥夜。秋色裏、青袍似草，算離恨、不堪重寫。倦倚煙篷，霜空雁杳，誰共情話？　最惆悵、石老雲荒，漸忘却、城陰舊游冶。剩有一弓殘月，映晴川如畫。添幾許、枯荷敗葦，便夢回、誤了亭榭。爲語沙際輕鷗，恁時來也。」

[二]　綿綿無盡：謂含不盡之意。白居易《長恨歌》：「此恨綿綿無絶期。」

評馮煦《江南好》二首△[一]

單調漸近自然[二]。

【注】

［一］　此則人文本未收，據《篋中詞》補入。《江南好》：「青溪曲，稚柳不勝春。獨自吹香橋下過，晚鶯如夢絮如塵。怊悵更何人。」又：「三月暮，何事更干卿？草長鶯飛春水皺，勞勞亭下五清明。東望不勝情。」

［二］　單調：謂小令。

評馮煦《南鄉子》△［一］

顧影矜寵［二］。

【注】

［一］　此則人文本未收，據《篋中詞》補入。馮煦《南鄉子》：「一葉碧雲輕。建業城西雨又晴。換了羅衣無氣力，盈盈。獨倚闌干聽晚鶯。　何處是歸程？脉脉斜陽滿舊汀。雙槳不來閑夢遠，誰迎？白戀蘋花住一生。」

［二］　顧影矜寵：語出杜甫《驄馬行》「顧影驕嘶自矜寵」，寫大宛花驄馬顧盼自雄，借喻懷才不遇之意。邵寶《邵二泉先生分類集注杜詩》：「自矜寵，謂馬自顧其影而嘶聲高亮，若矜詩人

之寵異也。」

評馮煦《霓裳中序第一・丙子元夕……》△[一]

回曲隱軫[二]。

【注】

[一]　此則人文本未收，據《篋中詞》補入。馮煦《霓裳中序第一・丙子元夕，與次泉踏月夔州城東》：「孤蟾下倦驛。落盡江梅春是客。城上夜烏正寂。漸星暗戍樓，煙沉荒磧。誰歌楚魄？罷玉樽、腸斷今夕。空凝望、峽門秋練，一道界寒白。　游歷。柳邊坊陌。有箔影、釵光似織。年年歸計不得。曲榭懸燈，小檻横笛。斷雲迷故國。忍重問、傳柑信息。君休歎、圍爐兒女，尚守杜陵宅。」

[二]　隱軫：參見「評王太岳《憶秦娥》」一則注[二]。

評徐燦《踏莎行》△[一]

興亡之感，相國愧之[二]。

【注】

［一］ 此則人文本未收，據《篋中詞》補入。徐燦（生卒年不詳）：字湘蘋，又字明深，晚號紫箮，江蘇長洲（今蘇州）人。順治時大學士陳之遴繼室。有《拙政園詩餘》三卷，乾隆三十三年（一七六八）耕煙館刻本。其夫陳之遴序其詞集云：「湘蘋吟詠益廣，好長短句愈于詩，所愛玩者，南唐則後主，宋則永叔（歐陽修）、子瞻（蘇軾）、少游（秦觀）、易安（李清照），明則元美（王世貞）。」其詞諸家有評，如李調元《雨村詞話》卷四云：「近來才女，應以徐燦爲第一。……所著有《拙政園詞》，皆絶工艷流麗。」王昶《國朝詞綜》卷四十七引《林下詞選》云：「湘蘋夫人善屬文，兼精書畫，詩餘得北宋風格，絶去纖佻之習。」馮金伯《詞苑萃編》卷八引陳維崧《婦人集》云：「徐湘蘋才鋒遒麗，生平著小詞絶佳，蓋南宋以來，閨房之秀，一人而已。其詞娣視淑真（朱淑真），姒蓄清照（李清照）。」吴衡照《蓮子居詞話》卷四云：「徐湘蘋夫人《拙政園詞》，清新獨絶，爲閨閣弁冕。」陳廷焯《雲韶集》卷二十三云：「湘蘋夫人詞宛轉嫻雅，麗而不佻，足以并肩李易安，俯視朱淑真。」《篋中詞》今集卷五選徐燦詞四首，即《踏莎行》（芳草纔芽）、《永遇樂》（翠帳春寒）、《永遇樂》（無恙桃花）、《唐多令》（玉笛攧清秋）。徐燦《踏莎行》：「芳草纔芽，梨花未雨，春魂已作天涯絮。品簾宛轉爲誰重？金衣飛上櫻桃樹。　故國茫茫，扁舟何許。夕陽一片江流去。碧雲猶疊舊河山，月痕休到深深處。」

［二］「興亡之感」二句：徐燦夫陳之遴早年與錢謙益參加明末東林黨和復社活動，爲崇禎

進士，官翰林院編修、中允，降清後巴結順治時權貴多爾袞，累遷弘文院大學士，位當相國。此詞有故國之思，故云。陳廷焯《雲韶集》卷二十三評云：「（評上闋）不減北宋諸家。（評結句）此種筆墨，歐陽公（歐陽修）不得專美于前。」又《白雨齋詞話》卷五云：「湘蘋《踏莎行》云：『碧雲猶疊舊河山，月痕休到深深處。』既超逸，又和雅，筆意在五代北宋之間。」可參。

評徐燦《永遇樂・病中》△[一]

相國加膝墜淵，愆咎自積，此詞殊怨[二]。

【注】

［一］此則人文本未收，據《篋中詞》補入。徐燦《永遇樂・病中》：「翠帳春寒，玉墀雨細，病懷如許。永晝愔愔，黄昏悄悄，金博添愁炷。薄幸楊花，多情燕子，時向瑣窗細語。怨東風、一夕無端，狼藉幾番紅雨。　曲曲闌干，沉沉簾幕，嫩草王孫歸路。短夢飛雲，冷香侵佩，別有傷心處。半暖微寒，欲晴還雨。消得許多愁苦。」

［二］「相國」三句：加膝墜淵，語出《禮記・檀弓下》：「今之君子，進人若將加諸膝，退人若將墜諸淵。」謂愛之抱于膝，憎之推于淵，比喻任用人反覆無常。指順治帝對陳之遴的態度多

次變化，終被革職籍没，死于戍所。陳廷焯《雲韶集》卷二十三評云：「（評上闋）風流閑雅，自不可及。（評下闋）凄艷如此。（評結句）筆致可喜。」可參。

評徐燦《永遇樂・舟中感舊》△[一]

外似悲壯，中實悲咽，欲言未言[二]。

【注】

［一］此則人文本未收，據《篋中詞》補入。徐燦《永遇樂・舟中感舊》：「無恙桃花，依然燕子，春景多別。前度劉郎，重來江令，往事何堪説。近水殘陽，龍歸劍杳，多少英雄淚血。千古恨、河山如許，豪華一瞬抛撇。白玉樓前，黃金臺畔，夜夜只留明月。休笑垂楊，而今金盡，穠李還銷歇。世事流雲，人生飛絮，都付斷猿悲咽。西山在、愁容慘黛，如共人凄切。」

［二］「外似悲壯」三句：陳廷焯《雲韶集》卷二十三評云：「通首感慨無限，運用成典處，無堆垛之迹，有唱歎之神，真兩宋諸家之勁敵也。不謂婦人有此傑筆，幾令李易安避席。」可參。

評金莊《清平樂》△[一]

大手筆[二]。

【注】

[一]　此則人文本未收，據《篋中詞》補入。金莊（生卒年不詳）：字子嚴，江蘇上元（今南京）人，王雲門妻。有怡堂諸刻。《篋中詞》今集卷五選金莊詞二首，即《清平樂》（凄凉晚色）、《玉樓春》（早烏啼起銀蟾落）。金莊《清平樂》：「凄凉晚色。絲雨和愁織。夢到楚江行不得。一片濕雲吹隔。　年時曾憶城東。杏花點點飛紅。門外憑他寒食，玉關自有春風。」

[二]　大手筆：陳廷焯《雲韶集》卷二十三評云：「（評上闋）筆力精鍊。（評下闋）字字婉約。」可參。

評賀雙卿《惜黄花慢·孤雁》△[一]

清空一氣如拭[二]。忠厚之旨，出于風雅[三]。

【注】

［一］　此則人文本未收，據《篋中詞》補入。賀雙卿（一七一五—？）：字秋碧，江蘇丹陽人。其金壇周氏妻。受夫家虐待而死。有《雪壓軒詞》一卷，南陵徐氏刊《小檀欒室彙刻閨秀詞》本。其詞諸家有評，如黄燮清《國朝詞綜續編》卷二十二云：「雙卿詞如小兒女喁喁絮絮，訴説家常，見見聞聞，思思想想，曲曲寫來，頭頭是道，作者不自以爲詞，閲者亦忘其爲詞，而情真語質，直接三百篇之旨，豈非天籟，豈非奇才！乃其所遇之窮，爲古今才媛所未有。每誦一過，不知涕之何從也。」丁紹儀《聽秋聲館詞話》卷十六云：「雙卿生有夙慧，嫁金壇周姓樵子家。無紙墨，所爲詩詞悉蘆葉寫之。」陳鋭《裒碧齋詞話》云：「黄韵珊（黄燮清）《詞選》亦取以爲本朝閨秀之冠，如《孤雁》、《殘燈》，尤其擅名者也。」陳廷焯《白雨齋詞話》卷五云：「其旨幽深窈曲，怨而不怒，古今逸品也。」繆荃孫《雙卿詞序》云：「然其詞清絶幽絶，如橄欖，如檳榔，細味之而佳愈出，不特閨秀罕見其偶，即《散記》（指《西青散記》，史震林撰，載賀雙卿生平及詩詞）中所載詩詞，亦不能不讓其獨樹一幟，此其所以可傳也。……夫以雙卿之才與雙卿之遇，讀其所著，無不爲其悵惘。」《篋中詞》選賀雙卿詞二首，即《惜黄花慢》（碧盡遥天）、《鳳凰臺上憶吹簫》（已暗忘吹）。賀雙卿《惜黄花慢·孤雁》：「碧盡遥天。但暮霞散綺，碎剪紅鮮。聽時愁近，望時怕遠，孤鴻一個，去向誰邊？素霜已冷蘆花渚，更休倩、鷗鷺相憐。暗自眠。鳳凰縱好，寧是姻緣？　凄凉勸你無言。趁一沙半水，且度流年。稻粱初盡，網羅正苦，夢魂易驚，幾處寒煙。斷腸可是嬋娟意，寸心裹、多

少纏綿。夜未闌。倦飛便宿平田。」

［二］　清空一氣：《唐宋詩醇》卷二十六評白居易《覽盧子蒙侍御舊詩，多與微之唱和，感今傷昔，因贈子蒙，題于卷後》詩引盧世漼云：「清空一氣，直從肺腑中流出，不知是血是淚，筆墨之痕俱化。」

［三］　忠厚之旨，出于風雅：陳廷焯《白雨齋詞話》卷五評其上闋云：「讀此覺『雖速我訟，亦不我從』（出《詩·召南·行露》，『我』原爲『女』），尚嫌過激，不及此和平中正也。」評下闋云：「此詞悲怨而忠厚，讀竟令人泣數行下。」又《詞則·別調集》卷六云：「鵑血猿聲，令人腸斷。」可參。

評賀雙卿《鳳凰臺上憶吹簫·殘燈》△［一］

別調［二］。

【注】

［一］　此則人文本未收，據《篋中詞》補入。賀雙卿《鳳凰臺上憶吹簫·殘燈》：「已暗忘吹，欲明誰剔，向儂無焰如螢。聽土階寒雨，滴破殘更。獨自懨懨耿耿，難斷處、也忒多情。香膏盡，

芳心未冷，且伴雙卿。　星星。　漸微不動，還望你淹煎，有個花生。　勝野塘風亂，摇曳魚燈。　辛苦秋蛾散後，人已病、病減何曾。　相看久，朦朧成睡，睡去還驚。」

［二］　别調：另一種格調，相對于正聲而言。　陳廷焯《詞則·别調集》卷六評云：「情文酸楚，不堪卒讀。」可參。

評顧信芳《浣溪沙》四首△［一］

幾可抗手梁汾［二］。

【注】

［一］　此則人文本未收，據《篋中詞》補入。　顧信芳（生卒年不詳）：字湘英，江蘇吴縣（今蘇州）人。　庶吉士顧秉直女，諸生程鍾妻。　有《生香閣詞》。　《篋中詞》今集卷五選顧信芳詞四首，即《浣溪沙》：「一樹清陰倚粉墻。　雨餘小院澹斜陽。　笛聲掩抑似回腸。　蟾影穿簾千點雪，玉魂和夢一絲香。　殘燈無焰更凄凉。」又：「鳳髻梳成整翠鈿。　珊珊玉骨自生憐。　未灰心事鵲爐煙。　粉蝶帶香迷遠夢，冰蠶縈繭怯春寒。　惜花人老落花天。」又：「嫩緑新紅映碧池。　纖纖弱柳鬥腰肢。　一枝紅恨寄相思。　微雨燕歸春寂寂，暖香花睡日遲遲。　小樓人懶似游絲。」又：

「一雁横飛萬里秋。西風人倚木蘭舟。蕭蕭南浦碧雲稠。　腸是有情牽别恨，心因無蔕殢離愁。夕陽影裏憑危樓。」

[二]　幾可抗手梁汾：梁汾即顧貞觀。顧貞觀小令極情之至，艷而不邪，故云。

評顧樹芬《浣溪沙·楊花》△[一]

天籟。

【注】

[一]　此則人文本未收，據《篋中詞》補入。顧樹芬（生卒年不詳）：字春榮，江蘇長洲（今蘇州）人。朱雲翔妻。《篋中詞》今集卷五選顧樹芬詞一首，即《浣溪沙·楊花》：「昨夜東風透露臺。無端柳絮遍蒼苔。一春心事又成灰。　無力自隨流水去，有情還伴落花來。天涯游子幾時回？」

評李佩金《菩薩蠻·秋夜書懷》△[一]

五代十國之遺[二]。

【注】

［一］ 此則人文本未收，據《篋中詞》補入。李佩金（生卒年不詳）：字紉蘭，江蘇長洲（今蘇州）人。知州李邦燮女，山陰何仙帆妻。與京城女詞人楊芸交，卒于杭州。有《生香館詞集》二卷，南陵徐氏刊《小檀欒室彙刻閨秀詞》本。彭儷鴻序其詞集云：「而紉蘭則自爲新婦，遽賦遠征。從公子而侍親，指長天而寫怨。衛女思國，當感念于淇泉；班姬悲秋，益欷歔于紈扇。永夜還家之夢，何處望鄉之臺。……不無愁歎之言，惟以蒼涼爲主。」郭麐《靈芬館詞話》卷二評云：「生香女士，秀骨天成，雋思雲構，冰雪比清，蘭蕙其穆。《生香》一集與《琴清》（楊芸《琴清閣詞》）相伯仲，而幽抑纏綿，似復過之，《漱玉》未能專美于前也。」吴衡照《蓮子居詞話》卷四云：「近來林下之秀，無過于長洲紉蘭李氏《生香館詞》，如鳥中子規，自是天地間愁種。」《篋中詞》今集卷五選李佩金詞三首，即《菩薩蠻》（冰輪碾破遥空碧）、《蝶戀花》（記得黄昏耽静坐）、《金縷曲》（月照梨花白）。李佩金《菩薩蠻·秋夜書懷》：「冰輪碾破遥空碧。砧聲敲冷相思夕。望斷雁來天。瀟湘煙水寒。　玲瓏花裏月。知否人間别？一樣去年秋。如何幾樣愁？」

［二］ 五代十國之遺：即謂承接花間詞傳統。

評李佩金《金縷曲・暮春月夜……》△〔一〕

筆勢奇縱，清照却步。《生香館詞》未見，待補。

【注】

〔一〕　此則人文本未收，據《篋中詞》補入。李佩金《金縷曲・暮春月夜，懷林風畹蘭于吴中，時予將赴中州，感賦此解》：「月照梨花白。背銀屏、疏檠黯淡，薄寒猶怯。煙暝一星摇欲墮，幾樹香桃紅濕。却正是、銷魂時節。夢影迷離歸路遠，聽啼鵑、泣遍春山碧。飛不度，暮江闊。　柔腸細綴丁香結。想于今、去原有恨，住還無益。兩地相思終不見，何似翻然輕别。怕此後，更無消息。一點墨痕千點淚，看鸞箋、都漬殷紅色。虬箭響，四更徹。」

評沈芳《一枝春・春雨》△〔一〕

神來。

【注】

［一］　此則人文本未收，據《篋中詞》補入。沈芳（生卒年不詳）：字夢湘，江蘇吴縣（今蘇州）人。諸生顧昌賢（春山）繼室。有《寂寥詞》。黄燮清《國朝詞綜續編》卷二十三云：「夫人好讀書，耽吟詠，兼工繪事……詞律謹嚴，神韻超妙，足以洗刷浮濫。」《篋中詞》今集卷五選沈芳詞一首，即《一枝春·春雨》：「作弄輕寒，又廉纖、釀出離愁多少。香車待覓，小徑濕煙難掃。蕭條院宇，漸緑長、滿階芳草。空自望、千里行雲，雁足不傳書到。黄昏最憐人悄。正疏簾半捲，一燈相照。十年舊事，頓使暗縈懷抱。寒衾倦聽，和鶯語、隔窗催曉。腸斷是、零落梨花，好春易老。」

評莊盤珠《踏莎行·春柳》△［一］

一何浩渺。

【注】

［一］　此則人文本未收，據《篋中詞》補入。莊盤珠（生卒年不詳）：字蓮佩，江蘇陽湖（今常州）人。莊闟和女，舉人吴軾妻。姿性明慧，工倚聲，有《秋水軒詞》一卷，南陵徐氏刊《小檀欒室

彙刻閨秀詞》本。丁紹儀《聽秋聲館詞話》卷五云：「有蕭山女史天水氏愛其詞，爲付剞劂。因詞旨悱惻，疑抱天壤玉郎之憾，序中深致惋惜，似不知爲同邑孝廉吴軾室，門無塵雜，静好相莊。」徐珂《近詞叢話》云：「毗陵多閨秀……固皆以工詩詞著稱于世者也。今以莊氏言之……自康熙以迄同治，凡得二十二人，皆以詩詞名于時，而盤珠尤著。」《篋中詞》今集卷五選莊盤珠詞四首，即《踏莎行》（最怕殘春）、《踏莎行》（曉月離亭）、《菩薩蠻》（群芳逞媚韶光裏）、《探芳信》（冷消息）。莊盤珠《踏莎行・春柳》：「曉月離亭，斜陽古渡。有時遮斷行人路。桃花作伴過清明，誰家池館藏煙雨。　拂岸千絲，縈橋萬縷。影隨流水何曾去。笑他無計綰東風，濛濛吹起漫江絮。」

評莊盤珠《菩薩蠻・春蘭》△[一]

古詩高境。

【注】

[一]　此則人文本未收，據《篋中詞》補入。莊盤珠《菩薩蠻・春蘭》：「群芳逞媚韶光裏。一花秀影偏無比。草緑不逢人。空山忽見君。　立鶯遺世獨。獨抱幽香宿。春澹只如秋。芳心不貯愁。」

評莊盤珠《探芳信·絡緯》△[一]

奇筆[二]。

【注】

[一] 此則人文本未收，據《篋中詞》補入。莊盤珠《探芳信·絡緯》：「冷消息。到曉露墻根，晚煙籬隙。正綉衾夢斷，西風豆花急。殘燈窗裏明還暗，月在窗前白。忽驚猜、巷北街西，那家宵績。何日便成匹。怪響引絲長，緩憐絲澀。静夜寒閨，幽韵雜刀尺。亂愁誰颺千條縷，争把秋心織。便無愁、也自聽他不得。」

[二] 奇筆：李佳《左庵詞話》卷上評云：「詠物妙在不即不離，自無呆相。」王藴章《然脂餘韵》卷二云：「末句如率更（歐陽詢）得意書，鐵畫銀鈎，力透紙背。」可參。

評吴藻《木蘭花慢·擬草窗》△[一]

樂章高格，非苟作者。

【注】

［一］此則人文本未收，據《篋中詞》補入。吴藻（一七九七—一八六二）：字蘋香，號玉岑子，浙江仁和（今杭州）人。黄氏妻。中經離憂，晚年奉道，師從陳文述，與趙慶熺、魏謙升、張應昌、張景祁等交游。有《花簾詞》、《香南雪北詞》各一卷，道光刻本。其詞諸家有評，如魏謙升序其詞集云：「往時厲樊榭（厲鶚）徵君、吴穀人（吴錫麒）祭酒先後居是地（指杭州南湖香南雪北廬），詞亦同出一源。自祭酒之亡也，或慮壇坫無人，詞學中絶，不謂繼起者乃在閨閣之間。」趙慶熺序云：「花簾主人，工愁者也。花簾主人之詞，善寫愁者也。不處愁境，不能言愁；必處愁境，何暇言愁？裊裊然，荒荒然，幽然，悄然，無端而愁，即無端而詞。」梁紹壬《兩般秋雨庵隨筆》卷二云：「吴蘋香女史初好讀詞曲，或勸之曰：『何不自作？』遂援筆賦《浪淘沙》云。」黄燮清《國朝詞綜續編》卷二十四云：「初刻《花簾詞》，豪俊敏妙，兼而有之；續刻《香南雪北詞》，以清微婉約爲宗，亦久而愈醇也。嘗與研訂詞學，輒多慧解創論，時下名流，往往不逮。其名噪大江南北，信不誣也。」《篋中詞》今集卷五選吴藻詞三首，即《木蘭花慢》（明湖千萬頃）、《月華清》（柳稚匀黄）、《風流子》（闌干十二曲）。吴藻《木蘭花慢・擬草窗》：「明湖千萬頃，正春曉，鏡奩張。看日脚煙浮，魚天漲碧，鷗夢迷香。横塘。鈿車綉幄，趁流蘇、髻子鬱金裳。空翠遥分鬢影，亂紅低颭釵梁。　垂楊。嫩緑回黄。開燕剪，弄鶯簧。認第三橋畔，花驄慣識，酒市深藏。匆忙。畫船去也，漸鐘催、暝色入斜陽。銀鑰重關乍掩，半山浩月飛光。」

評吴藻《月華清》△[一]

用意甚深。

【注】

[一] 此則人文本未收，據《篋中詞》補入。吴藻《月華清》：「柳稚勾黄，梅嬌墮粉，綺櫳春暗如霧。曉鏡圓冰，羞見遠山眉嫵。計芳信、逝水年華，疏俊侣、畫船簫鼓。輕誤。問舊時羅袖，淚痕紅否？　棐几重尋笙譜。說鬥草無心，減蘭空賦。燕去塵梁，强半綉簾香阻。玉纖冷、怨寫琴絲，銀燭短、悶敲釵股。遲暮。又碧雲四合，晚陰窗户。」

評吴藻《風流子》△[一]

高華[二]。

【注】

[一] 此則人文本未收，據《篋中詞》補入。吴藻《風流子》：「闌干十二曲，重回首、争忍酌

金卮。悵昨夜雨疏，今朝風驟，落花小徑，飛絮平池。餞春會、離歌三兩闋，添譜《懊儂》詞。芳草有情，緑應如此，夕陽無主，紅不多時。　韶華歸何處？垂楊繫不定，還裊煙絲。一霎人間天上，香冷雲癡。近黄昏院落，湘簾半捲，玉階小立，數遍胭脂。腸斷數聲啼鳥，都在空枝。」

［二］　高華：典雅華美。胡仔《苕溪漁隱叢話後集·張芸叟》：「杜牧之詩，風調高華，片言不俗。」

評關鍈《高陽臺·夕陽》△［一］

忽聞變徵［二］。

【注】

［一］　此則人文本未收，據《篋中詞》補入。關鍈（一八二二—一八五七）：字秋芙，號妙妙道人，浙江錢塘（今杭州）人。譚獻好友蔣坦妻。譚獻《亡友傳·蔣坦》云：「室人關鍈，號秋芙女士，唱隨爲樂。」有《夢影樓詞》一卷，咸豐四年（一八五四）錢塘蔣氏刻本。其自跋云：「余學道十年，綺語之戒，誓不墮入。于歸後藹卿（蔣坦）擘牽，卒蹈故轍，然閨房唱酬，得亦旋棄。自交沈湘佩（沈善寶）、湘濤（沈允慎）諸君，箋筒往來，人始有知余詞者。邇來篇章較多，藹卿爲存數十首

梓行之，塵世于是知有《夢影樓詞》矣。」黄燮清序其詞集云：「非夢而疑于夢，非影而托于影，詞之妙境也。借影狀夢，于夢求影，詞之化境也。女士真知詞者哉！」況周頤《玉棲述雅》云：「情文相生，漸饒煙水迷離之致。」王藴章《然脂餘韵》卷四云：「《夢影詞》淵源浙派，刻意清新。」《篋中詞》今集卷五選關鍈詞五首，即《高陽臺》（淚雨飄愁）《蝶戀花》（幾日池塘雲不住）、《高陽臺》（斷雁飄愁）、《清平樂》（畫梁春淺）、《南樓令》（夢醒杏花叢）。關鍈《高陽臺·夕陽》：「斷雁飄愁，盤鴉聚暝，一鞭殘夢歸鞍。酒醒郵程，嶺雲隴樹漫漫。渡江幾點歸帆影，近荒林、一帶楓殷。最難堪、第一峰前，立馬斜看。　而今休説鄉關路，剩濛濛野水，瘦柳漁灣。短帽西風，古今無此荒寒。蘆笳聲裏旌旗起，問當年、誰姓江山？有悠悠、幾處牛羊，短笛吹還。」

〔二〕　忽聞變徵：變徵，參見「井華詞叙」一則注〔一八〕。況周頤《玉棲述雅》嘗評關鍈詞，引《高陽臺·夕陽》「短帽西風，古今無此荒寒」句，以爲「亦外孫齏臼也」（「絶妙好辭」之隱語，見劉義慶《世説新語·捷悟》）。王藴章《然脂餘韵》卷四評云：「（秋芙詞）最佳者莫如《夕陽》一首，調寄《高陽臺》云云，沈雄激宕，中邊俱徹，閨中若準『張春水』之例，正可稱爲『關夕陽』也。」可參。

評關鍈《南樓令》△〔一〕

百端交集。

【注】

［一］　此則人文本未收，據《篋中詞》補入。關鍈《南樓令》：「夢醒杏花叢。春寒淺閣鐘。近黄昏、便起東風。已過今年三月半，却只是，雨蒙蒙。　小膽怯屏空。濃愁斂碧峰。好琴弦、怎被塵蒙？算是多情雙燕子，還肯到，舊房櫳。」

評鄭芥仙《滿庭芳・用徐君寶妻韵》△［一］

鄭爲山陽程振室，殉亂爲此詞，見儀徵程畹《潛庵復筆》。

【注】

［一］　此則人文本未收，據《篋中詞》補入。鄭芥仙（生卒年不詳）：江蘇山陽（今淮安）人。程振妻。咸豐間死于揚州戰亂。《篋中詞》今集卷五選鄭芥仙詞一首，即《滿庭芳・用徐君寶妻韵》：「三月煙花，二分明月，香車陌上如流。變來今日，犀甲帶吴鈎。何日王師雨洗，長驅入、迅掃貔貅。危城裏、天荆地棘，不是等閑愁。　長淮三百里，回頭一笑，夢也休休。幸分飛兩地，翻謝河洲。自顧此生安寄，問前生、著甚來由？只餘得，青磷碧血，何處十三樓。」

評邊浴禮《齊天樂》△[一]

置之《絶妙好詞》中[二]，亦屬上乘。

【注】

[一] 此則人文本未收，據《篋中詞》補入。邊浴禮（一八二〇—一八六一）：字子廉，一字夔友，號袖石，直隸任邱（今屬河北）人。道光二十四年（一八四四）進士，改庶吉士，授翰林院編修，咸豐三年（一八五三）補授江西道監察御史，官至河南布政使。與金泰、沈濤等唱和，後沈濤編成《洺州唱和詞》。有《健修堂詩集》，附《空青館詞》三卷，道光刻本。沈濤序其詞集云：「邊君袖石問詞法于陶鳬薌（陶樑）先生，得不傳之秘。在天雄幕中所作甚多，近游洺州，出以相示。宫商要眇，分刌吻合，并皆佳妙。體物尤色色工絶，類《樂府補題》中語。」《篋中詞》今集續卷一選邊浴禮詞五首，即《齊天樂》（碧雲界破殘陽影）、《雙雙燕》（杏梢粉墜）、《石州慢》（薄暝摇窗）、《齊天樂》（不多征路千餘里）、《踏莎行》（香霧籠嬌）。邊浴禮《齊天樂》：「碧雲界破殘陽影，敲春數聲疏雨。塘澀冰澌，堤回草夢，人在畫樓凝佇。垂楊自舞。望千里蘅皋，舊愁來處。寶帶塵封，倚欄空索彩桃句。　年華頓成過羽。甚東風薄幸，離恨吹聚。麝帕香盟，鸞釵密約，

禁得幾番孤負？星郵路阻。盼不到天涯，洞簫庭户。緑漲煙深，斷魂雙燕語。」澌，點校本《篋中詞》誤作「撕」。

〔二〕《絶妙好詞》：周密所編宋人詞選。參見「讀《絶妙好詞箋》」一則注〔一〕。

評邊浴禮《雙雙燕·用史梅溪韵》△〔一〕

雅令婉約〔二〕。

【注】

〔一〕此則人文本未收，據《篋中詞》補入。邊浴禮《雙雙燕·用史梅溪韵》：「杏梢粉墜，糁一味春愁，畫泥香冷。烏衣舞舊，怯伴曉鶯飛并。自别飛簾露井。便棲也、何曾棲定？幾回覓遍巢痕，塵鎖茜紗窗影。花徑。苔紋緑潤。忍忘了盧家，玉容嬌俊。海天寥阻，微雨織成新暝。何處雕梁睡穩？好盼到、社前歸信。省他十二朱樓，鎮日澹妝人憑。」

〔二〕雅令：參見「評郭麐《臺城路·同嚴丈歷亭游舒氏園作》」一則注〔二〕。

評邊浴禮《石州慢·初寒》△[一]

幽咽如訴。

【注】

[一] 此則人文本未收，據《篋中詞》補入。邊浴禮《石州慢·初寒》：「薄暝摇窗，凉吹暗喧，梧葉吹落。瓦溝霜色微明，陡覺寒生羅幕。才眠又起，厭聽唧唧陰蟲，哀音啼遍闌干角。瘦影一燈紅，伴愁人蕭索。　芳約。麝囊粉褪，鴛帕香黦，不成拋却。傷别傷秋，此恨年年經著。瓊簫籠未，料得似水鴛衾，夜深好夢頻擔閣。憔悴怯添衣，漸纖腰如削。」

評邊浴禮《踏莎行》△[一]

高秀。

【注】

[一] 此則人文本未收，據《篋中詞》補入。邊浴禮《踏莎行》：「香霧籠嬌，錦霞圍艷。翠羅

屏角初相見。紫蘭芽小不禁風，當時猶被春拘管。夢短愁長，情深歡淺。俊游回首空腸斷。江南江北枉相思，緑陰青子年華晚。」

邊浴禮詞△

座主南皮張薌濤先生《書目答問》，著録本朝詞人別集只十二家，以《空青詞》終，激賞可想。往年求之未得見也，《篋中詞》刻成，始識邊卓存太守，貽予家集。[一]袖石方伯詩篇富有，已名其家[二]，填詞刻意南宋，位置在草窗、玉田間，亟甄録之[三]。《篋中詞續》托始于此，以後隨得隨抄，不更詮次。[四]

【注】

[一] 座主南皮張薌濤……貽予家集：人文本、補編本無，據《篋中詞》補。座主句：指張之洞，爲譚獻中舉時座主之一。譚獻《復堂諭子書》云：「丁卯鄉試獲舉，年已三十六矣。同榜多聞人，亦多舊交。座主爲故禮部侍郎太和張霽亭公、今粵督南皮張薌濤公。」張之洞（一八三七—一九〇九），字孝達，號香濤、薌濤，又號壹公、無競居士，晚號抱冰。直隸南皮（今屬河北）人。同治二年（一八六三）中進士第三名探花，授翰林院編修，歷任教習、侍讀、侍講、内閣學士、山西巡

撫、署理兩廣、湖廣、兩江總督、軍機大臣，官至體仁閣大學士。卒謚文襄。是清代洋務派代表人物，與曾國藩、李鴻章、左宗棠并稱晚清「四大名臣」。《書目答問》，共五卷，是張之洞于同治十三年（一八七四）任四川學政時爲指引學生讀書門徑而編，收經、史、子、集、叢書五部著作兩千餘種。初刻于光緒二年（一八七四）。

［二］方伯：地方長官，明清時布政使的習稱。《空青詞》，即《空青館詞》。邊卓存，即邊葆樞，邊浴禮之子，譚獻友人。

［三］亟甄録之：人文本、補編本無此四字，據《篋中詞》補。詩篇富有，已名其家：人文本無此八字，據《篋中詞》補。邊浴禮年方弱冠已作詩千首，被目爲才子。其詩激昂排蕩，尤擅七古，有《袖石詩鈔》。

［四］《篋中詞續》托始于此以下：人文本、補編本無，據《篋中詞》補。《篋中詞》續集自邊浴禮始，故云。

評金泰《鷓鴣天》△［一］

以氣體勝。

【注】

［一］此則人文本未收，據《篋中詞》補入。金泰（？—一八六四）：字改之，安徽英山（今屬

湖北黄岡)人。官浙江仁和知縣,曾入李鴻章幕。有《佩蘅詞》一卷、《補遺》一卷,《安徽清代名家詞》本。與邊浴禮、沈濤等唱和,爲《洺州唱和詞》作者之一。邊浴禮序其詞集云:「君詞筆早見賞于郭上舍頻伽(郭麐),沈匏翁(沈濤,號匏廬)亦以《飲水》、《側帽》相擬。芊綿清麗,時人殆無其匹。」邊保樞跋云:「光緒乙酉,保樞久客武林,長夏逭暑,爰取《洺州唱和詞》、《燕築雙聲》及曩時郵筒往復簡零箋,一一輯録,得詞三十四闋,刻爲補遺。又以原版庋存京師,南中印行絶尠,遂重鋟之,以廣其傳,終先志也。」《篋中詞》今集續卷一選金泰詞三首,即《鷓鴣天》(勝業坊前見凈持)《石州慢》(鴛瓦新霜)、《摸魚子》(只疏疏)。金泰《鷓鴣天》:「勝業坊前見凈持。冶妝猶畫入時眉。合情强倚東風笑,塵暗當年舊舞衣。　金縷管,玉交巵。詞人争賦小楊枝。除他一片秋江月,曾照芙蓉泣露時。」

評金泰《石州慢·初寒》△[一]

有神味。改之曉行詞有「曉風殘月太淒凉,更無一樹垂楊柳」二語[二],甚疏快[三]。

【注】

[一]　此則人文本未收,據《篋中詞》補入。金泰《石州慢·初寒》:「鴛瓦新霜,寒到客邊,

絲鬢催白。無邊木葉砧聲，添助半空風力。高樓漫倚，過盡幾陣歸鴉，塵沙吹暗斜陽色。燈影上重簾，儘消魂今夕。回憶。年時妝閣。簫局香温，鏡臺花密。千里關山，雲樹一重重隔。征衣未寄，只怕倚竹牽蘿，唾絨窗下閑刀尺。待問訊平安，付南飛鴻翼。」

［二］「曉風殘月太淒涼，更無一樹垂楊柳」二語：爲金泰《踏莎行·曉行》詞句，見《佩蘅詞》（《安徽清代名家詞》第一集）。

［三］疏快：明快爽朗，相對于密麗言。張祥齡《半篋秋詞序録》：「詞有南北，出主入奴：喜疏快者，麗密以爲病；注氣局者，烹鍊以爲嗤。求悦于人難矣。」

評金泰《摸魚子·題邊袖石聽雁聽風雨圖》△［一］

纏綿悱惻，一結尤淒黯［二］。

【注】

［一］此則人文本未收，據《篋中詞》補入。金泰《摸魚子·題邊袖石聽雁聽風雨圖》：「只疏疏、不多水墨，皴來秋色如許。一繩凉雁飛無定，響遍一天風雨。聽得否？偏有個、悲秋人在消魂處。年年聽取。那怪得青衫，者般憔悴，絲鬢半霜縷。淒迷甚，夢裏深閨砧杵。夜寒吹上

窗户。層陰眼底關河隔，還憶金臺倦旅。離思苦。問何不、傳言商略同歸去？人生幾度？得小住家山，對床燒燭，遣此歲華暮。」

[二] 一結：指上闋「那怪得青衫」三句。凄黯：凄凉暗淡。姜夔《凄凉犯》序：「出城四顧，則荒煙野草，不勝凄黯。」

評馮志沂《蝶戀花》二首△[一]

二篇高秀，居然作家。

【注】

[一] 此則人文本未收，據《篋中詞》補入。馮志沂（一八一一—一八六七）：字魯川，一字述仲，山西代州（今代縣）人。道光十六年（一八三六）進士。授刑部主事，升任郎中，歷官安徽廬州知府、鳳潁六泗道，署安徽按察使。從梅曾亮學古文，與張穆、朱琦、曾國藩等相唱和。有《西隃山房詞》，咸豐十一年（一八六一）刻本。《篋中詞》今集續卷一選馮志沂詞二首，即《蝶戀花》（雨過空庭人寂寂）、《蝶戀花》（老圃花殘風露冷）。馮志沂《蝶戀花·春暮》：「雨過空庭人寂寂。細掃春苔，不見春歸迹。飛絮初晴無氣力。因風還度疏簾隙。 不耐閑階頻佇立。靜掩房櫳，

猶怯輕寒襲。斷夢惺忪何處笛？聲聲裊入爐煙碧。」又《蝶戀花·秋蝶》：「老圃花殘風露冷。是汝生遲，莫怨流光迅。半晌斜陽花外影。餘温且曬零星粉。萬紫千紅摇落盡。不信人間，曾有花似錦。燕已南歸鶯又噤。憑誰訴與西風聽？」

馮志沂詞△

魯川廉訪官比部時[一]，予入都游從，屢過談藝。一日酒酣，忽謂予曰：「子鄉先生龔定庵言詞出于《公羊》[二]，此何説也？」予曰：「龔先生發論，不必由中[三]，好奇而已。第以意内言外之旨[四]，亦差可傅會[五]。」魯翁曰：「然則近代多艷詞，殆出于《穀梁》乎[六]？」蓋魯翁高文絶俗，不屑爲倚聲，故尊前諧語及此[七]，忽忽將卅載[八]。從先生族子笠尉傳寫少作二詞[九]，偶記老輩風流談笑于此。

【注】

[一] 比部：明清時對刑部司官的習稱。

[二] 鄉先生龔定庵：龔自珍亦浙江杭州人，與譚獻同鄉，故稱。《公羊》：即《春秋公羊傳》。清代常州學派莊存與、莊述祖、劉逢禄等，根據今文《春秋公羊傳》立説，故又稱今文經學

派、公羊學派。龔自珍曾從劉逢禄治今文經學。

［三］由中：即「由衷」，發自内心。《左傳·隱公三年》：「信不由中，質無益也。」

［四］意内言外：張惠言《詞選序》云：「《傳》曰：意内而言外謂之詞。」語出許慎《説文解字》。

［五］傅會：因古事而結合當世之事。司馬遷《史記·袁盎鼂錯列傳贊》：「盎雖不好學，亦善傅會，仁心爲質，引義忼慨。」

［六］《穀梁》：即《春秋穀梁傳》。

［七］故尊前諧語以下：人文本無，據《篋中詞》補。補編本則未收「忽忽將」以下文字。

［八］忽忽：謂時間倏忽，人已衰老。《楚辭·屈原〈離騷〉》：「日忽忽兮其將暮。」王逸章句：「日又忽忽去，時將欲暮，年歲且盡，言己衰老。」

［九］笠尉：即馮焯。參見「評馮焯《念奴嬌·題許邁孫敬亭夕夢圖》」一則注［一］。

評楊汝燮《揚州慢》△［一］

丁紹儀云：「此詞作于淮鹽改票後。鹺商失業，市景日落，不無今昔之慨。」［二］

【注】

［一］　此則人文本未收，據《篋中詞》補入。楊汝燮（生卒年不詳）：字湘槎，江蘇無錫人，諸生，老于幕府。楊：《篋中詞》原誤作「孫」，點校本已校改。據丁紹儀《聽秋聲館詞話》卷二，楊汝燮爲乾隆時舉博學鴻詞、官江西德興知縣楊度汪之孫，丁紹儀中表丈，有詞二卷，曾摘抄十餘闋，全稿散佚。《篋中詞》今集續卷一選楊汝燮詞一首，即《揚州慢》：「香袖長垂，翠樓閑倚，捲簾十里新晴。聽新腔水調，正夜月初生。幾回過、臨江竹徑，隔煙回首，曾認青青。算芳春好景，淮南第一揚城。　而今寂寞，剩紅橋、波影空横。自爛漫花飛，風流夢覺，莫再多情。三十六宫禾黍，墻高處、古樹雲平。更雷塘凄雨，孤舟愁絶長更。」

［二］　丁紹儀云：所引見其《聽秋聲館詞話》卷二。此爲節録，全文云：「此詞作于淮鹽改票後。揚州爲鹽院駐節地，繁盛甲東南。道光間陶文毅（陶澍）請改票運，雖取效一時，而鹺商失業，市景日落，不無今昔之慨。」

評湯貽汾《長亭怨慢·衰柳》△［一］

力透紙背［二］。

【注】

［一］　此則人文本未收，據《篋中詞》補入。湯貽汾（一七七七—一八五三）：字若儀，號雨生，晚號粥翁、琴隱，江蘇武進（今常州）人。官浙江樂清協副將，擢温州副總兵，不赴。歸隱金陵，築琴隱園于雞籠山下。咸豐三年（一八五三）二月太平軍破金陵，投水死。先後與董士錫、孫麟趾、蔣敦復等交，論詞贊同蔣氏「以無厚入有間」之説。有《琴隱園詞集》（又名《畫眉樓倚聲》）四卷，同治十年（一八七一）刻本。并評閲《江東詞選》。丁紹儀《聽秋聲館詞話》卷三云：「武臣能詩者多，能詞者少，得之于公，尤爲可貴。」杜文瀾《憩園詞話》卷三云：「詩三十六卷，所附《畫眉樓倚聲》四卷，皆能抒情合度，絶無叫囂靡曼之音，得詞之正軌。」《篋中詞》今集續卷一選湯貽汾詞一首，即《長亭怨慢·衰柳》：「更誰向、灞橋攀折？萬里關河，一天風雪。古陌人稀，幾絲猶向馬頭拂。蕭蕭短鬢，正顧影、同凄絶。盼斷七香車，還只當、聽鶯時節。休説。賺高樓翠袖，望眼欲穿天末。浮萍散了，怕流水、也應消歇。最苦是、落葉江城，剩一笛、風前幽咽。算夢裏腰肢，誰解眉頭千結？」

［二］　力透紙背：語本顏真卿《張長史十二意筆法記》：「其用鋒，常欲使其透過紙背，此成巧之極矣。」後形容詩文作品深刻有力，如趙翼《甌北詩話·陸放翁詩》：「意在筆先，力透紙背。」蔣敦復《芬陀利室詞話》卷二評云：「雨翁嘗作《衰柳》、《衰草》二詞，倚《長亭怨慢》，余與孫月坡（孫麟趾）和之。其詞感物比興，凄婉欲絶。」可參。

評趙懷玉《浪淘沙》△[一]

丁紹儀云：「王氏《詞綜》二集誤倒『情人』二字，殊失詞意。」[二]

【注】

[一] 此則人文本未收，據《篋中詞》補入。趙懷玉（一七四七—一八三三）：字億孫，號味辛，江蘇武進（今常州）人。乾隆四十五年（一七八〇）召試賜舉人，官中書、青州丞、山東登州知府。有《亦有生齋詞鈔》五卷，嘉慶刻本。周儀暐序其詞集云：「頡頏晏（晏殊）、范（范成大），出入秦（秦觀）、蘇（蘇軾）。銷稼軒（辛棄疾）激楚之音，擯夢窗（吳文英）浮懵之色。」《篋中詞》今集續卷一選趙懷玉詞一首，即《浪淘沙》：「茶熟酒微温。消盡黄昏。看燈情異去年人。只有半床殘月到，許客平分。寂寞杜司勛。傷別傷春。自來好夢不曾真。依約畫簾風過處，昨夜星辰。」

[二] 丁紹儀云以下：所引之語，見其《聽秋聲館詞話》卷四，原文爲：「王氏《詞綜》二集，于第三句誤倒『情』『人』二字，殊失詞意，録以正之。」王氏《詞綜》，即王昶編《國朝詞綜》。

評馮焯《念奴嬌·題許邁孫敬亭夕夢圖》△[一]

多少和婉。

【注】

[一] 此則人文本未收，據《篋中詞》補入。馮焯（生卒年不詳）：字子明，號笠尉，山西代州（今代縣）人，馮志沂族子。官安徽巡檢。譚獻友人。有《道華堂詞》。《篋中詞》今集續卷一選其詞二首，即《念奴嬌》（春光澹沱）、《疏影》（春歸太早）。馮焯《念奴嬌·題許邁孫敬亭夕夢圖》：「春光澹沱，恨年年啼鴂，春歸何處？席帽鞭絲寒食過，重指敬亭山路。芳草粘天，羅裙化蝶，已是傷情緒。花飛又見，垂楊風起吹絮。　凝想新月樓頭，剪燈深夜裏，梨雲夢雨。一自贈環常惜別，誤了美人遲暮。心字香焦，臂支玉冷，不信真黄土。澹煙散盡，那堪山遠平楚。」

評馮焯《疏影》△[一]

邊卓存曰[二]：「細膩風光，近惟《金梁夢月詞》中有此上乘[三]。」

【注】

［一］ 此則人文本未收，據《篋中詞》補入。馮焯《疏影》：「春歸太早。剩落紅成陣，蝴蝶飛繞。幾折回廊，幾點苔痕，依約屧聲曾到。蘼蕪襯出裙腰緑，背倩影、傷心斜照。甚東風、直恁無情，便把柳枝吹老。　相見盧家堂後，鬟雲才挽上，無愁嬌小。坐近燈前，佩促襟遲，斂衽回波微笑。簾紋窣地爐煙結，那一霎、何曾看飽？儘舊時、未解相憐，腸斷玉階秋草。」

［二］ 邊卓存：即邊保樞。

［三］ 《金粱夢月詞》：周之琦詞集。參見「評周之琦《三姝媚・海淀集賢院有水石花柳之勝……》」一則注［一］。

評丁彦和《更漏子》△［一］

超妙。

【注】

［一］ 此則人文本未收，據《篋中詞》補入。丁彦和（一七九三—一八六〇）：字暢之，江蘇無錫人。丁紹儀叔。諸生。被太平軍所殺。《篋中詞》今集續卷一選丁彦和詞一首，即《更漏

子》：「露初凝，風漸起。月到碧天如洗。深夜夢，少年心。沉吟誤到今。　秋將盡。愁難整。更被笛聲勾引。千重水，萬重山。征人何日還？」

評史震林《丁香結·冬日與夢覘入南山……》△[一]

丁紹儀云：「翛然之致，如見其人。」[二]

【注】

[一]　此則人文本未收，據《篋中詞》補入。史震林（一六九三—一七七九）：字公度，號瓠岡，一作梧岡，江蘇金壇人。乾隆二年（一七三七）進士，官淮安府教授。《篋中詞》今集續卷一選史震林詞一首，即《丁香結·冬日與夢覘入南山訪友未遇，借宿村舍》：「犬吠疏籠，鵲喧深篠，漠漠水村煙墅。望暮雲凝處。斷煙外、草色枯黃如土。連岡痕尚黑，殘燎在、石棱盡露。柴門還有未掩，破屋茅茨新補。　仙路。指直北峰頭，一綫迂回難度。月冷霜濃，幽人好在，定添新句。長是寒夜酒醒，更覺離情苦。待春回重見，心與梅花并吐。」

[二]　丁紹儀云以下：所引評語見其《聽秋聲館詞話》卷十六。翛然，無拘無束，超脱。《莊子·大宗師》：「翛然而往，翛然而來而已矣。」成玄英疏：「翛然，無係貌也。」

評劉家謀《山花子》△[一]

名貴。

【注】

[一] 此則人文本未收，據《篋中詞》補入。劉家謀（一八一四—一八五三）：字仲爲，號芑川，又號外丁卯橋居士，福建閩縣（今福州）人。劉勷兄。道光十二年（一八三二）舉人。官臺灣教諭。有《斫劍詞》一卷，道光二十九年（一八四九）刊《芑川先生合集東洋小草》本。謝章鋌《賭棋山莊詞話》卷一云：「戊申，予依劉芑川（劉家謀）于東寧，唱和頗多。」卷十二又云：「聞芑川居臺後，所作甚富，兼攬小晏（晏幾道）、大蘇（蘇軾）之勝。乃烽火厄之，波濤厄之，遺集已蒼茫不可問。」丁紹儀《聽秋聲館詞話》卷十六云：「（與黄宗彝）二君詞均學辛（辛棄疾）、劉（劉過）……」《篋中詞》今集續卷一選劉家謀詞一首，即《山花子》：「七里横塘半里山。山光無數翠眉彎。風亦多情吹客去，又吹還。　殘夢如煙尋不得，沾襟多少淚痕斑。剩有舊時杯底月，忍重看。」

評劉勷《水龍吟・塵》△[一]

感憤無憀[二]。

【注】

[一]　此則人文本未收，據《篋中詞》補入。劉勷（一八三六—一九〇四）：字贊軒，福建閩縣（今福州）人，劉家謀弟。同治三年（一八六四）舉人，應禮部試報罷，官寧德教諭。謝章鋌曾于咸豐五至六年間館于其家。爲聚紅榭詞社東道主之一。有《效顰詞初稿》一卷，咸豐刻本。謝章鋌序其詞集云：「是時贊軒方治舉子業，予則撰定舊所作文，贊軒見予詞，獨欣喜，乃學詞，而其詞駸駸日上。」另有《非半室原刻詞存》一卷，民國十年（一九二一）印本，據作者自序，「因取前後已梓未梓者，悉行删定，僅存百餘闋，名曰《詞存》，猶詩存意，以志少年孟浪之過也」。《篋中詞》今集續卷一選劉勷詞一首，即《水龍吟・塵》：「簾前幾陣狂風，登樓一望迷南北。濛濛驟起，紛紛自擾，斜陽欲黑。舞榭燈昏，妝臺釵冷，模糊春色。歎遮來難覓，掃來仍聚，染雙鬢，誰人識？　無賴青青垂柳，又愁痕、雨邊暗織。半粘去馬，半隨流水，銷魂行客。十斛量愁，千重疑夢，青衫淚濕。好拂衣歸去，低回明鏡，把朱顏惜。」

［二］　感憤無憀：無憀，無可依賴。丁紹儀《聽秋聲館詞話》卷十六評云：「似有慨于時事而作。」然謝章鋌《賭棋山莊詞話》續編卷一則云：「無錫丁杏舲（丁紹儀）采入《聽秋聲館詞話》，疑爲慨時之作。其時粵匪披猖，閩中大警，贊軒非無憂憤之篇。而此詞則實因朝雲在殯，柳枝不來，感逝傷離，所遭輒不如意而作，無關時事也。」可參。

劉勷詞△

閩中詞人，道咸間唱和頗盛［一］。予在閩所識［二］，如劉贊軒、謝枚如輩［三］，皆作手也。社集有《聚紅榭詩詞》之刻［四］，《篋中》佚去［五］，從丁氏《聽秋聲館詞話》補録一二［六］，當更訪之。

【注】

［一］　道咸間：道光、咸豐年間。唱和頗盛：劉勷《非半室詞存自叙》云：「余幼好詩，不知詞之格調也。甫冠，見謝枚如（謝章鋌）《酒邊詞》，亦好之，遂事枚如。比邀高文樵（高思齊）、徐雲汀（徐一鶚）、梁禮堂（梁鳴謙）、林錫三（林天齡）輩在家結聚紅社，月課詩詞，約八九年，類梓社詩四卷，余亦梓《效顰詞》。」據劉榮平《聚紅榭唱和考論》，聚紅榭活動時間在咸豐六年（一八五

六）至同治二年（一八六三）之間。

［二］　予在閩：譚獻于咸豐八年（一八五八）至同治四年（一八六五）在福州，供職于福建學使徐樹銘幕。

［三］　謝枚如：即謝章鋌。參見「評謝章鋌《賣花聲・寒鴉》」一則注［一］。

［四］　《聚紅榭詩詞》：即《聚紅榭雅集詩詞》，謝章鋌輯，爲聚紅榭詞社唱和詩詞的合集。參見「聚紅榭雅集詩詞」一則注［三］。

［五］　《篋中》佚去以下：人文本、補編本無，據《篋中詞》補。此指《篋中詞》今集正編未選劉、謝等人詞。

［六］　從丁氏《聽秋聲館詞話》補録一二：丁紹儀《聽秋聲館詞話》卷十六録劉勷《水龍吟》（簾前幾陣狂風）、《菩薩蠻》（朦朧花影空庭鎖）二首。

評倪稻孫《長亭怨慢・楚游歸經琵琶亭》△［一］

丁紹儀云：「悲凉蒼秀，直合石帚、玉田二家爲一。」［二］　憔悴婉篤，梁塵不飛［三］。

【注】

［一］ 此則人文本未收，據《篋中詞》補入。倪稻孫（生卒年不詳）：字穀民，號米樓，又號西湖漁隱，浙江仁和（今杭州）人。諸生。有《夢隱詞》一卷，道光刊《雲林堂詞集配補鈔》本。其詞集自志云：「不師秦七（秦觀），不師黄九（黄庭堅），酒邊花外，熏香綉絲，懷我白石（姜夔）。」江藩序其詞集云：「米樓之詞……洵煉清圓，點染工麗，雖不能并駕姜（姜夔）、張（張炎），其竹屋（高觀國）、梅溪（史達祖）之同調與？」吴衡照《蓮子居詞話》卷四云：「倪米樓（稻孫）之詞俊。」陳廷焯《雲韶集》卷二十三云：「米樓詞抑揚婉轉中而字字沉静，深得南宋之妙。」《篋中詞》今集續卷一選倪稻孫詞三首，即《長亭怨慢》（又行盡）、《憶舊游》（又携琴話雨）、《鷓鴣天》（簾外濃陰護緑苔）。倪稻孫《長亭怨慢・楚游歸經琵琶亭》：「又行盡、凄凄三楚。倦客單衣，薄游情緒。縱有琵琶，半生淪落、向誰語？别離于此，盼不到、江南樹。江上已秋風，却送我、揚舲歸去。重住。看扁舟來往，裊裊艷歌無數。青衫淚點，早吹作、驛亭殘雨。算那日、一醉成吟，便贏得、風流千古。認幾疊遥山，還似秋娘眉嫵。」

［二］ 丁紹儀云以下：所引評語見其《聽秋聲館詞話》卷十七。石帚、玉田，即姜夔、張炎。

［三］ 梁塵不飛：謂其詞哀傷過度，使梁上之塵也静而不飛。辛弘智《自君之出矣》：「自君之出矣，梁塵静不飛。」古人以「梁塵飛」形容歌聲的高妙動聽，《太平御覽》卷五百七十二引劉向《别録》：「漢興以來，善歌者魯人虞公，發聲清哀，蓋動梁塵。」陸機《擬古詩・擬東城一何

高》：「一唱萬夫歎，再唱梁塵飛。」陳廷焯《雲韶集》卷二十三評云：「（評上闋）一片凄感。（評下闋）風流凄楚，骨韵都高，不減姜白石。雜以議論，筆飛墨舞。」可參。

評倪稻孫《憶舊游·汪四古愚招……》△[一]

如聞洞簫[二]。

【注】

[一] 此則人文本未收，據《篋中詞》補入。倪稻孫《憶舊游·汪四古愚招同金二葉山、吴大山尊、繆大樂山、劉大芙初游平山堂，歸舟泊緑陰中。古愚琅然鼓琴，風水相應，滌盡塵坱，不知客愁消向何處也》：「又携琴話雨，載酒澆愁，扶上輕橈。送得春歸去，儘鶯華歷亂，春也蕭騷。細數隋堤煙柳，幾樹學弓腰。只遠水堪憐，濃陰可惜，緑到船梢。　情遥。聽弦語，似訴我飄零，十載勞勞。一掬江湖淚，説一分離索，一種魂銷。剩有相思千點，流不下紅橋。待唤起玉人，嗚嗚咽咽吹洞簫。」

[二] 如聞洞簫：洞簫聲哀怨悲凉，故云。蘇軾《前赤壁賦》：「客有吹洞簫者，倚歌而和之。其聲嗚嗚然，如怨如慕，如泣如訴。」

評倪稻孫《鷓鴣天》△[一]

壯其蔚跂[二]。

【注】

[一] 此則人文本未收，據《篋中詞》補入。倪稻孫《鷓鴣天》：「簾外濃陰護緑苔。牡丹花霧結樓臺。鶯吟燕舞催春去，掃榻焚香引夢來。　今古事，没蒿萊。玉人相對且銜杯。琴心寫就相如怨，孤負江東作賦才。」

[二] 蔚跂：參見「秋夢盦詞叙」一則注[四九]。

評鄧廷楨《金縷曲·對月有感》△[一]

寓言十九[二]。

【注】

[一] 此則人文本未收，據《篋中詞》補入。鄧廷楨（一七七五—一八四六）：字維周，號嶰

筠，晚號妙吉祥室老人、剛木老人，江蘇江寧（今南京）人。嘉慶六年（一八〇一）進士，改庶吉士，授翰林院編修。歷任寧波、西安、延安、榆林知府，湖北按察使，江西布政使，安徽、浙江巡撫，兩廣、閩浙總督。在廣東、福建抗英，被遣戍伊犁。召還任陝西巡撫、署陝甘總督，卒于官。有《雙硯齋詞鈔》二卷，咸豐間滇中刻本。另有《雙硯齋詞話》一卷。與林則徐多唱和。宋翔鳳序其詞集云：「其自製詞則雍容和諧，寫其一往。纖掔之音，遝濫之響，與塵坌而共洗，偕風露而俱清。雖所存無多，而所托甚遠。」謝章鋌《賭棋山莊詞話》續編卷二云：「亦自清氣往來。」《篋中詞》今集續卷一選鄧廷楨詞六首，即《金縷曲》（悄影來秋館）、《買陂塘》（悔殘春）、《青玉案》（天涯未識春來處）、《高陽臺》（徑轉疏花）、《好事近》（雲母小窗虚）、《酷相思》（百五芳期過也未）。鄧廷楨《金縷曲·對月有感》：「悄影來秋館。正初更、溶溶鉛水，粉墻西畔。半玦清光原自好，那用鏡奩全展？尚讓與、下弦一半。寄語姮娥須鄭重，占高寒、莫誤吴牛喘。弓樣掛，玉繩轉。炎涼過眼年光换。一憑他、陰晴圓缺，天長地遠。八萬三千修月户，付與吴剛總管。料也怕、金盆太滿。儘有婆娑丹桂影，閟天香、不遣當風散。長似此，麗霄漢。」

［一二］　寓言十九：意謂有寄托。語出《莊子·寓言》，原意爲寄托寓意的部分在《莊子》一書中占比很大。陸德明釋文：「寓，寄也。以人不信己，故托之他人，十言而九見信也。」

評鄧廷楨《買陂塘·贖裘》△[一]

姿態横生[二]。

【注】

[一] 此則人文本未收，據《篋中詞》補入。鄧廷楨《買陂塘·贖裘》：「悔殘春、爐邊買醉，豪情脱與將去。雲煙過眼尋常事，怎奈天寒歲暮。寒且住。待積取叉頭，還爾綈袍故。喜餘又怒。悵子母頻權，皮毛細相，斗擻已微蛀。銅斗熨，皺似春波無數。酒痕襟上猶涴。歸來未負三年約，死死生生漫訴。凝睇處。歎毳幕氊廬，久把文姬誤。花風幾度。怕白袷新翻，青蚨欲化，重賦贈行句。」

[二] 姿態横生：語出蘇軾《答謝民師書》：「文理自然，姿態横生。」

評鄧廷楨《高陽臺·五泉山燕集》△[一]

竟有新亭之淚[二]。

【注】

［一］　此則人文本未收，據《篋中詞》補入。鄧廷楨《高陽臺·五泉山燕集》：「徑轉疏花，畦連寒菜，籃輿一路秋光。琴筑聲清，冷泉緩瀉鴛漿。憑高莫向闌干倚，倚闌干、容易斜陽。寫閑情，細把金英，淺醉瑶觴。　欃槍未掃《鐃歌》唱，歎軍符憔悴，戰壘蒼凉。飲至筵開，愁聽滿耳《伊》、《凉》。却憐老圃霜華重，怕孤他、晚節幽香。乍歸來、燈火城南，澹月昏黄。」

［二］　新亭之淚：參見「評周邦彦《大酺》」一則注［三］。

評鄧廷楨《好事近》△［一］

韵勝［二］。

【注】

［一］　此則人文本未收，據《篋中詞》補入。鄧廷楨《好事近》：「雲母小窗虚，窗濾金波疑濕。摇曳柳煙如夢，蕩一絲寒碧。　天涯猶有未歸人，遥夜耿相憶。料得平沙孤雁，聽征鴻嘹嚦。」

［二］　韵勝：詞寫閨婦懷人，意境幽遠，以情韵取勝。

評鄧廷楨《酷相思·寄懷少穆》△[一]

三事大夫[二]，憂生念亂[三]，「敦我」之歎，其氣已餒[四]。

【注】

[一] 此則人文本未收，據《篋中詞》補入。鄧廷楨《酷相思·寄懷少穆》：「百五芳期過也未？但笳吹、催千騎。看珠澥、盈盈分兩地。君住也、緣何意？儂去也、緣何意？召綬徵和醫并至。眼下病、肩頭事。怕愁重、如春擔不起。儂去也、心應碎。君住也、心應碎。」少穆：林則徐，字少穆。

[二] 三事大夫：指鄧廷楨。三事大夫原爲西周時期設置的官職，指常伯、常任、準人。後指官位很高的三公。《詩·小雅·雨無正》：「三事大夫，莫肯夙夜。」孔穎達疏：「三事大夫，爲三公耳。」當時林則徐與鄧廷楨均爲國家中流砥柱。

[三] 憂生念亂：爲政局動蕩、民生艱難而憂慮。此語來自作者好友莊棫，如其《高陽臺》小序云：「丙子清明，題郭湘渠上河圖一角畫扇，吊古傖今，憂生念亂，不自知其咄唶也。」

[四] 「敦我」之歎：古代忠臣的歎息。語出《詩·邶風·北門》：「王事敦我，政事一埤遺

我。」關于詩旨，《毛詩序》云：「刺士不得志也。言衛之忠臣不得其志爾。」鄭玄箋：「不得其志者，君不知己志，而遇困苦。」

評夏埮《壽樓春·園林寂寞……》△[一]

無一字不工。

【注】

[一]　此則人文本未收，據《篋中詞》補入。夏埮（一七九六——一八四三）：字子俊，號去疾，江蘇上元（今南京）人。道光十五年（一八三五）進士，官知縣。有《篆枝堂詞存》一卷，同治九年（一八七〇）刊《篆枝堂詩存》本。《篋中詞》今集續卷一選夏埮詞三首，即《壽樓春》（斜陽花梢紅）、《摸魚兒》（弄輕寒）、《綺羅香》（洗夢無痕）。夏埮《壽樓春·園林寂寞，春事忽半，老冉冉其將至，不自知其音之凄也。示通甫》：「斜陽花梢紅。又清明草草，吹瘦東風。隔歲春衫襟上，酒香猶濃。人不見、煙橫空。障遠天、吴山千重。且拓鏡窺愁，偎衾待夢。教下小簾櫳。風箏落，闌干東。是誰家笑語，兒女花叢。一種江南天氣，薄寒初融。芳草路，知應同。還冷吟、嬌鶯聲中。問多少香塵，長安狹斜飛玉驄？」

評夏塽《綺羅香·春水》△[一]

渾雄[二]。

【注】

[一] 此則人文本未收，據《篋中詞》補入。夏塽《綺羅香·春水》：「洗夢無痕，照愁有影，何苦盈盈如此？曲曲柔腸，化作一江春水。剛換得、幾尺新潮，還攙著、舊時清淚。又匆匆、送盡歸帆，落紅捲浪櫓聲起。　年年鷗鷺望我，見説前盟尚在，蘋花風裏。可惜春歸，孤負故人雙鯉。便濃似、百斛春醪，渾不醉、天涯游子。怕依舊、吟斷回波，去來潮信駛。」

[二] 渾雄：詞境渾成，用筆有力。唐順之《與楊朋石祠祭》：「所示諸文皆清新紆徐，有作者之意，宜更渾雄以畜之，昌博以發之，則古調可幾也。」

評黄燮清《燭影摇紅·南昌元夕》△[一]

駘蕩有神韵，不著力。

【注】

［一］　此則人文本未收，據《篋中詞》補入。黄燮清（一八〇五——一八六四）：原名憲清，字韵珊，又字韵甫，號吟香舫主人、兩園主人，浙江海鹽人。道光十五年（一八三五）舉人，後屢試不第，以實録館謄録用湖北知縣，因病未赴，晚任湖北宜都、松滋知縣。有《倚晴樓詩餘》（又名《拙宜園詩餘》）四卷，同治六年（一八六七）錢塘宗景藩刻《倚晴樓集》本。輯成《國朝詞綜續編》二十四卷。《篋中詞》今集續卷一選黄燮清詞一首，即《燭影摇紅·南昌元夕》：「燈火江城，翠屏紅照魚龍舞。麝熏低裊綉輪風，粉市香成霧。草草鶯啼燕語。散珠塵、幾聲漏鼓。畫籠殘燭，送了黄昏，只應歸去。　鈿閣釵簾，故人明鏡傷幽索。玉梅花是去年栽，開到相思處。閑把闌干細數。一根根、無聊意緒。夜寒停夢，月静重門，星繁高樹。」

評顧翰《清平樂》△［一］

得文章加一倍法［二］。

【注】

［一］　此則人文本未收，據《篋中詞》補入。顧翰：參見「重刻拜石山房詞鈔序」一則注

［一］。丁紹儀《聽秋聲館詞話》卷六以爲其詞「能兼竹垞（朱彝尊）、迦陵（陳維崧）兩家之長」。《篋中詞》今集續卷一選顧翰詞五首，即《清平樂》（翠陰如掃）、《憶舊游》（趁潮荒淺瀨）、《虞美人》（凄凄凉月如煙白）、《百字令》（烏篷當日）、《玉漏遲》（四圍雲影帖）。顧翰《清平樂》：「翠陰如掃。衰柳長干道。扣上緑窗金了鳥。總有閑愁飛到。　芙蓉照影荒渠。鏡中憔悴如余。空自朱樓臨水，頻年不見雙魚。」

［二］　得文章加一倍法：參見「評温庭筠《南歌子》三闋」一則注［四］。

評顧翰《虞美人・深秋閨意》△［一］

深婉。

【注】

［一］　此則人文本未收，據《篋中詞》補入。顧翰《虞美人・深秋閨意》：「凄凄凉月如煙白。午夜緑陰直。遠山如黛拂殘螺。玉雁天高簾角近秋河。　鵲爐火冷灰盈寸。自抱玻璃枕。下階蘭葉謝枯香。今夜新寒羅袂有微霜。」

評顧翰《百字令・重過碧社湖感舊》△[一]

精粹不減竹屋、草窗[二]。

【注】

[一] 此則人文本未收，據《篋中詞》補入。顧翰《百字令・重過碧社湖感舊》：「烏篷當日，記閑盟鷗侶、曾問幽浦。十畝疏香争透水，隔斷南湖煙渡。翠帔相扶，紅衣欲蜕，單舸尋秋路。明蟾墮影，滿身都染清露。　那便夢隔雲波，魚莊蟹簖，零落今如許。不信繁華容易散，只有寒潮今古。髡柳荒橋，枯荷廢苑，野鴨西風語。何年此地，一蓑來卧煙雨？」

[二] 竹屋、草窗：即高觀國、周密。

評顧翰《玉漏遲・癸未七夕微雨……》△[一]

險韵鮮穩[二]，賦情駘蕩，何減尹惟曉《末利》詞[三]。

【注】

［一］　此則人文本未收，據《篋中詞》補入。顧翰《玉漏遲·癸未七夕微雨，同人坐雲心山館，鄒君蓮舫未娶，詞以調之》：「四圍雲影帖。星河一道，遮將周匝。竹閣新涼，睡起欲拋羅箑。煙暝檐前雙鵲，輕墮下、枯桐蠹葉。微雨濕。似熒熒數點，淚痕棲睫。　聘錢慣貰黃姑，奈良期阻滯，阮囊羞澀。懶捲珠簾，蛛網低垂犀押。應念穿針人獨，正花下、銅鋪未闔。尋綉篋。翠縷暗縈纖甲。」

［二］　險韵：險僻難押的詩詞韵脚。李漁《閑情偶寄·詞曲上·音律》：「以第二人作《西廂》，即不敢用此險韵矣。」此詞按戈載《詞林正韵》押十七、十八、十九部入聲韵，屬于押險韵。

［三］　尹惟曉《末利》詞：尹焕字惟曉，山陰（今浙江紹興）人，南宋嘉定時人，有《霓裳中序第一·茉莉詠》詞一首：「青顰粲素靨。海國仙人偏耐熱。餐盡香風露屑。便萬里凌空，肯憑蓮葉。盈盈步月。悄似憐、輕去瑶闕。人何在？憶渠癡小，點點愛輕撧。　愁絶。舊游輕别。忍重看、鎖香金篋。凄涼清夜簟席。杳杳詩魂，真化風蝶。冷香清到骨。夢十里、梅花霽雪。歸來也，懨懨心事，自共素娥説。」亦押入聲險韵。末利，即茉莉。

顧翰詞△

蒹塘先生倚聲名家[一]，自成馨逸[二]。朋輩中頻伽、伯夔莫能相掩[三]。十五年前許邁孫見示[四]，未及甄録，頃復借馮笠尉藏本抄入補遺[五]。邁孫、笠尉，皆先生詞弟子也[六]。

【注】

[一] 蒹塘先生：即顧翰。

[二] 馨逸：原指酒香。語出酈道元《水經注·河水四》：「别調氛氳，不與他同，蘭薰麝越，自成馨逸。」後指美妙飄逸的風格。鄭燮《儀真縣江村茶社寄舍弟書》：「王逸少、虞世南書，字字馨逸，二公皆高年厚福。」

[三] 頻伽：即郭麐。伽原作「迦」。伯夔：即楊夔生。

[四] 十五年前以下：人文本、補編本無，據《篋中詞》補。許邁孫：即許增。

[五] 馮笠尉：即馮焯。

[六] 先生詞弟子：許增、馮焯在安徽時都曾從顧翰學詩詞。

評莊縉度《賀新涼·和蒹塘韵》△[一]

一何綺[二]。

【注】

[一] 此則人文本未收，據《篋中詞》補入。莊縉度（一七九九—一八五二）：字眉叔，一字裴齋，號伯邕，又號黄雁山人，江蘇陽湖（今常州）人。經學家莊存與曾孫。道光十六年（一八三六）進士，官户部主事，改同知。有《黄雁山人詞》四卷，江陰繆氏雲輪閣鈔本。李佳《左庵詞話》卷下云：「顧蒹塘（顧翰）贊曰：『洞簫飄揚，碧笙幽咽。鶯脰秋波，蛾眉古月。芳草入性，奇花初胎。玉人天際，靈光徘徊。』可以想其詞境。」《篋中詞》今集續卷一選莊縉度詞一首，即《賀新涼·和蒹塘韵》：「九陌黄塵淺。向長安、車如流水，馬如飛電。昨日斜陽今日雨，做盡淚絲花片。恐誤了、鬱金雙燕。如此樓臺春世界，悵紅絲、只繫他人綫。尋舊夢，畫梁選。　幽篁掩露珠千點。伴深閨、一雙翠袖，暗愁難遣。試問天邊眉樣月，去照誰家庭院？且莫詠、秋風團扇。製就齊紈光皎潔，便携來、障得凝酥面。研妙墨，好題遍。」

[二] 綺：綺麗，華美。

評汪淵《一枝春·用弁陽嘯翁韵》△[一]

幽怨。

【注】

[一] 此則人文本未收，據《篋中詞》補入。汪淵（一八五一——一九二〇）：字時甫，一字詩圃，號詞癡，安徽績溪人，寄籍休寧。優選拔貢，以授徒爲業。有《藕絲詞》四卷，光緒七年（一八八一）新安茹古堂刻本；《瑶天笙鶴詞》二卷，民國四年（一九一五）鉛印本；又有集句詞《麝塵蓮寸集》四卷、《補遺》一卷，光緒十六年（一八九〇）刻本；未刊稿《虀鹽詞》二卷。《篋中詞》今集續卷一選汪淵詞四首，即《一枝春》（一樹棠梨）、《三姝媚》（胥江停旅棹）、《望湘人》（怪啼鴂多事）、《鷓鴣天》（梅雪吹殘玉笛風）。汪淵《一枝春·用弁陽嘯翁韵》：「一樹棠梨，傍塵簃、吹出廉纖春雨。茸帷夢醒，淚滴紅蘭無緒。圓冰自抱，甚慵畫、兩彎眉嫵。應是怕、楊柳青青，欲上翠樓愁聚。閑從鈿屏遮處。把琳腴飲罷，重歌《金縷》。蓉笙葉脱，試掐紫釵遺譜。情傷小玉，料花好、也遭風妒。空脉脉、心事箋天，倩誰寄語？」

按：譚獻曾爲汪淵《麝塵蓮寸集》作序一篇，録下備參：「夫搗麝成塵，芳馨之性不改；拗蓮作寸，高潔之致長留。五金同爐，千絲成錦，是謂妙手，是謂匠心。然而古詩百一，寓言十九，修辭者意内而言外，尚友者誦詩而讀書。痦堂《香屑》之千篇，竹垞《蕃錦》爲一集。此空中語，作如是觀。疇昔皖公山下，得讀《藕絲詞》卷，未詳名輩，望若古人。繼知并世之賢豪，有此軼群之浩唱，心儀日想，閲歲經年。辱示新編，并聆寄語，乃知千雲一色，無間于山川；八音成聲，遥同夫琴瑟也已。杭州譚獻撰。」

評汪淵《三姝媚·姑蘇晚泊》△[一]

探喉而出[二]，漸近自然。

【注】

[一] 此則人文本未收，據《篋中詞》補入。汪淵《三姝媚·姑蘇晚泊》：「胥江停旅棹。正林浮寒煙，山銜殘照。涼殺西風，把藕花吹瘦，蘋花吹老。蛩語莛莛，更助我、孤篷吟悄。一笛催愁，一燈摇夢，五湖歸好。 聽遍吴歌低裊。便觸起天涯，悲秋懷抱。岸柳蕭疏，料詩人殘鬢，不輸多少。舊約重尋，奈渡口、白鷗都杳。惆悵楓橋月落，霜烏啼曉。」

[二] 探喉而出：參見「評宋徵輿《玉樓春·燕》」一則注[二]。

評汪淵《鷓鴣天》△[一]

姿妍情婉。

【注】

[一] 此則人文本未收，據《篋中詞》補入。汪淵《鷓鴣天》：「梅雪吹殘玉笛風。薄寒如水潑花叢。盆蘭報放雙頭紫，墻杏偷窺半面紅。　扶醉過，桂堂東。愁聽孤燕語簾櫳。銷凝最是天涯路，芳草斜陽一碧中。」

評於士廉《甘州》△[一]

彈丸脱手[二]。

【注】

[一] 此則人文本未收，據《篋中詞》補入。於士廉（生卒年不詳）：浙江人。《篋中詞》今集續卷一選於士廉詞二首，即《甘州》（望人家）、《念奴嬌》（驚風凄切）。於士廉《甘州》：「望人家、

宛在水中央，江闊暮潮生。對蘆花兩岸，西風斷雁，斜日荒汀。是處漁歌唱晚，欸乃數峰青。渺渺煙波遠，極目蒼冥。莫把闌干頻倚，怕登高臨遠，無限歸情。念鑒湖此際，紅樹半江明。問何事、飄零蹤迹？負故鄉、鱸膾與蒓羹。况催我、不如歸好，杜宇聲聲。」

［二］彈丸脱手：參見「評黄錫禧《聲聲慢·小秦淮清夢圖》」一則注［二］。

評王尚辰《貂裘换酒·雪後飲蠟梅花下》△［一］

筆情拗怒［二］，而醖釀出之［三］。

【注】

［一］此則人文本未收，據《篋中詞》補入。王尚辰：參見「遺園詩餘跋」一則注［一］。《篋中詞》今集續卷一選王尚辰詞三首，即《貂裘换酒》（雪又飛花也）、《清平樂》（綺窗春透）、《賣花聲》（小鳥自呼晴）。王尚辰《貂裘换酒·雪後飲蠟梅花下》：「雪又飛花也。不數他、綃金帳裏，按歌傳斝。曾記尋梅閑覓句，翠袖衝寒强把。倚瘦竹、風神尤雅。凍羽嘈嘈驚夢醒，喜窺人、眉月疏枝掛。是一幅，有情畫。　謾題四十年前話。每遇著、寒香冷艷，淚珠偷灑。彈指華鬘塵劫换，萬紫千紅長價。想風韵、猶推林下。醉起巡檐頻索笑，素兒呵、小摘兜紅帕。含磬

口，意難寫。」

［二］拗怒：參見「評吳文英《點絳唇・試燈夜初晴》」一則注［三］。

［三］醖釀出之：涵育使之成熟。嚴羽《滄浪詩話・詩辨》：「然後博取盛唐名家，醖釀胸中，久之自然悟入。」周濟《宋四家詞選目録序論》云：「賦情獨深，逐境必寤，醖釀日久，冥發妄中。」可參。

評王尚辰《清平樂・盆梅作花，詞以寵之》△［一］

豪竹哀絲［二］，坐中并起［三］。

【注】

［一］此則人文本未收，據《篋中詞》補入。王尚辰《清平樂・盆梅作花，詞以寵之》：「綺窗春透。風暖梅香逗。索笑頻年人似舊。點額偏憐紅瘦。一枝聊慰相思。傳來芳信誰知？眉月窺簾如畫，銷魂又近花時。」

［二］豪竹哀絲：參見「評蔣春霖《臺城路・易州寄高寄泉》」一則注［二］。

［三］坐中并起：形容激動之狀。坐，同「座」。起，站立。

評王尚辰《賣花聲》△[一]

消息甚大。

【注】

[一] 此則人文本未收，據《篋中詞》補入。王尚辰《賣花聲》：「小鳥自呼晴。午夢零星。强起上空亭。煙雨冥冥。晚風吹落紙鳶聲。洍西舊路怕經行。熱淚漸枯青塚瘦，淚亦成冰。看到梨花香雪冷，又是清明。」

評方濬頤《垂楊·本意，用周保緒韵》△[一]

清空如話。

【注】

[一] 此則人文本未收，據《篋中詞》補入。方濬頤（一八一五—一八八九）：字子箴，號夢園，安徽定遠人。道光二十四年（一八四四）進士，授編修，官至四川按察使。與王尚辰多有唱

和。有《古香凹詩餘》一卷，光緒十年（一八八四）刻本。劉湝年序其詞集云：「詩餘乃作于六十歲以後，不三年，得三百餘闋之多。……綜而觀之，其豪放者似蘇（蘇軾）辛（辛棄疾），綿麗者似秦（秦觀）柳（柳永），穎慧處似清真（周邦彥），又似梅溪（史達祖）；整練處兼似玉田（張炎）。」《篋中詞》今集續卷一選方濬頤詞三首，即《惜紅衣》（涌出冰輪）、《垂楊》（春來憶遠）、《憶少年》（辛夷塢裏）。方濬頤《垂楊·本意，用周保緒韵》：「春來憶遠。說當年手種，舞腰柔婉。待月誃邊，半空摇曳金絲滿。榮枯争奈流光轉。却輪與、驛亭山館。竟無端、厄等焦桐，負化工風剪。肥上攀條尚緩。盼後圃成陰，幾番寒暖。補柳沿湖，也曾親見眉痕展。而今絮雪粘歌扇。可藏得、鶯啼烏怨。紅橋牽住游人，青不斷。」

評趙對澂《點絳唇·春草和林和靖》△[一]

氣體自勝。

【注】

[一] 此則人文本未收，據《篋中詞》補入。趙對澂（一七九八—一八六〇）：字子澂、念堂，號野航，又號浮槎山樵，安徽合肥人。道光間廩生，歷任亳州、和州、池州學正，擢知縣，死于太平

軍破城時。有《小羅浮館詞》八卷，咸豐八年（一八五八）刊本。丁紹儀《聽秋聲館詞話》卷十九云：「合肥趙野航對澂，官廣德學正，城陷殉難。著有《小羅浮館詞》，陳叔安明府知余輯補《詞綜》，出以見示，囑選數闋，以彰忠節。奈通首完善者百無一二。中如『夾溝驛吊烈女秀姐』……皆絶好題目，而詞甚粗淺。」《篋中詞》今集續卷一選趙對澂詞七首，即《點絳唇》（陌上人回）、《乳燕飛》（芳草斜陽路）、《鳳凰臺上憶吹簫》（芍藥階前）、《虞美人》（千金一劍留身畔）、《風流子》（曉風吹不斷）、《蝶戀花》（聒耳聲聲行不得）、《酹江月》（凄凉夜色）。趙對澂《點絳唇・春草和林和靖》：「陌上人回，亂紛紛地春無主。六橋何處？落盡棠梨雨。　欲訪離宫，又是斜陽暮。牽愁去。煙嵐無數。來日西陵路。」

評趙對澂《乳燕飛》△[一]

觸類引申[二]，人物身世之感，不得以狎詞少之[三]。

【注】

[一]　此則人文本未收，據《篋中詞》補入。趙對澂《乳燕飛》：「芳草斜陽路。好風光、偶然勾引，尋春情緒。十二闌干低壓水，轉過小橋西去。才現出、青油門户。夾岸垂楊争繫馬，認庭

前、一本櫻桃樹。料不比，天台誤。　畫屏曲曲鴛鴦護。任隔簾、猧兒輕吠，鸚哥學語。盼到回眸剛欲笑，又被琵琶遮住。儘一串、歌喉吞吐。客裏看花容易老，判銷魂、莫放年華度。聽耳畔，鵑聲苦。」

［二］觸類引申：謂比興寄託。參見「復堂詞録」一則注［二五］。

［三］狎詞：輕慢戲謔之詞。少：輕視，鄙視。《史記・蘇秦列傳》：「顯王左右素知秦，皆少之。」司馬貞索隱引劉氏云：「少，謂輕之也。」

評趙對澂《鳳凰臺上憶吹簫・再和漱玉詞》△［一］

《長門賦》本是寓言［二］，消息可以微悟。

【注】

［一］　此則人文本未收，據《篋中詞》補入。趙對澂《鳳凰臺上憶吹簫・再和漱玉詞》：「芍藥階前，荼蘼架下，相逢一任低頭。認苔痕泥印，量遍春鈎。幾曲闌干遮斷，衣香在、人影全休。安排就，情濃似酒，緒亂如秋。　知否？驚鴻瞥眼，除却夢魂中，怎得勾留？願化成輕燕，飛傍朱樓。日日穿簾來去，鏡臺畔、好自凝眸。癡心甚，也知無分，聊與消愁。」

[二]《長門賦》本是寓言：司馬相如作《長門賦》，叙陳皇后失寵于漢武帝事，後世往往取以比况士人不遇于時。

評趙對澂《虞美人・懷友人塞外》△[一]

奪胎李益詩句[二]，聲可裂竹。

【注】

[一] 此則人文本未收，據《篋中詞》補入。趙對澂《虞美人・懷友人塞外》：「千金一劍留身畔。萬里音書斷。忽看隻雁影横秋。料得征人此際定回頭。胡笳拍遍關山路。都是相思處。穹廬四覆野茫茫。只有故園明月照邊墻。」

[二] 奪胎李益詩句：李益多邊塞詩，如《夜上受降城聞笛》：「回樂烽前沙似雪，受降城外月如霜。不知何處吹蘆管，一夜征人盡望鄉。」《從軍北征》：「天山雪後海風寒，横笛偏吹《行路難》。磧裏征人三十萬，一時回首月中看。」此詞似之。奪胎，原爲道教語，謂脱去凡胎而成神仙，後比喻師法前人而能出新。陳善《捫虱新話・文章有奪胎換骨法》：「文章雖不要蹈襲古人一言一句，然古人自有奪胎換骨等法，所謂靈丹一粒，點鐵成金也。」

評趙對澂《風流子·懷李小薌皖城》△[一]

癡語正是三昧[二]。

【注】

[一] 此則人文本未收，據《篋中詞》補入。趙對澂《風流子·懷李小薌皖城》：「曉風吹不斷，捲簾幕、正值落花飛。悵旅館淒凉，難拋舊侶，書帷寂寞，慣惹相思。問江上、子規啼徹夜，可向故人催？一曲《陽關》，偏多別調，幾番梅雨，怕誤佳期。　游絲牽繫處，那堪憶昔時，楊柳依依。況是淮南客去，嶺北書稀。歎游子浮雲，成年飄蕩，天涯芳草，滿目離披。何日西窗樽酒，刻燭分題？」

[二] 癡語：此謂情深之語。董其昌《畫禪室隨筆·書琵琶行題後》：「白香山深于禪理，以無心道人作此有情癡語。」

評趙對澂《蝶戀花·鷓鴣》△[一]

巧語如俳[二]，後闋格高。

【注】

〔一〕 此則人文本未收，據《篋中詞》補入。趙對澂《蝶戀花・鷓鴣》：「聒耳聲聲行不得。誰是哥哥，漫喚生疏客。水驛山程啼欲絶。隔花又送音凄惻。　暫借一枝休歎惜。許爾高飛，莫管江南北。前度詩人頭已白。歸期未向天涯覓。」

〔二〕 巧語：靈巧之語。蘇軾《次韵和王鞏六首》其五：「巧語屢曾遭薏苡，廋詞聊復托芎藭。」俳：俳偕，戲謔。

評趙對澂《酹江月・秋夜憶許知白、楊楚帆》△〔一〕

一結奇響，想見嵚崎〔二〕。

【注】

〔一〕 此則人文本未收，據《篋中詞》補入。趙對澂《酹江月・秋夜憶許知白、楊楚帆》：「凄涼夜色，又沉沉做出、別離景况。舊雨蕭條新雨散，不管有人惆悵。花外鐘聲，池邊月影，都是愁心釀。墜歡如夢，重陽時節俱忘。　爲問北馬南船，天涯覊滯，來去應無恙。嬴得隨身詩卷在，一掃風塵模樣。破帽籠頭，短衣縛褲，到處憑飄蕩。盤空野鶴，人間可許依傍？」

［二］嶔崎：參見「遺園詩餘跋」一則注［二］。

趙對澂詞

野航名雋之才，運思婉密而激楚[一]，亦學蘇、辛[二]，倚聲可當名家。惟以闌入散曲[三]，微茫處未免染指[四]。佳篇不止于此，往往韵雜律疏，未能多誦。

【注】

［一］激楚：原爲楚歌舞名，其聲高亢凄清。《楚辭·招魂》：「宫庭震驚，發激楚些。」蔣驥《山帶閣注楚辭》：「激楚，楚歌舞之名。其節最爲漂疾，故衆音競作，至于宫庭震驚，以發起而助之也。」

［二］亦學蘇、辛：丁紹儀《聽秋聲館詞話》卷十九評趙詞，引顧翰言學蘇（蘇軾）、辛（辛棄疾）兩家云：「如天仙化人，不可仿佛，最不易學，亦不宜學，非若姜（姜夔）、史（史達祖）諸家，各有軌轍可循。」可參。

［三］闌入散曲：謂跨越或混淆詞、曲體製界限。趙對澂善曲，撰有《小羅浮仙館雜曲》。

［四］微茫處：此指細小模糊處。染指：比喻參與其中。蘇軾《次韵水宫》：「丹青偶爲

戲，染指初嘗黿。」

評趙彦倫《鳳凰臺上憶吹簫·和李易安韻》△[一]

峭茜幽艷[二]。

【注】

[一] 此則人文本未收，據《篋中詞》補入。趙彦倫（生卒年不詳）：字雲持，號懿士，安徽合肥人。同治元年（一八六二）舉人。有《香徑詞》。《篋中詞》今集續卷一選趙彦倫詞一首，即《鳳凰臺上憶吹簫·和李易安韻》：「月滿離亭，天荒花國，斷腸重問妝樓。正銀雲橫漢，又早清秋。只得臨歧數語，相思恨、都付東流。低回久，似楊花辭樹，尚想風留。休休。傷心景色，倩龍眠山翠，送到簾鈎。任愁生杯底，淚在心頭。贏得巢痕新掃，消魂地、省我回眸。何心見，枝名連理，草號牽牛。」

[二] 峭茜：也作「峭蒨」。左思《招隱詩二首》其二：「峭茜青葱間，竹柏得其真。」李善注：「峭蒨，鮮明貌。」呂延濟注：「峭蒨，青葱茂盛美貌。」

評李恩綬《百字令・春柳》△[一]

倚新聲玉田差近[二]。

【注】

[一] 此則人文本未收，據《篋中詞》補入。李恩綬（一八三五—一九一一）：字丹叔，號亞白、亞伯，晚號訥庵，祖籍舒城（今屬安徽），後遷江蘇丹徒（今屬鎮江）。附貢生。候選訓導。因科舉不利，遂棄筆壯游。被合肥肥西周老圩聘教家塾。里人私謚文靖先生。受薛時雨賞識，與譚獻等結爲吟社。有《縫月軒詞録》（又名《讀騷閣詞》）一卷、《續録》一卷，光緒三十年（一九〇四）上海蜚英書館石印本。譚獻有《縫月軒詞録題辭》，署「奉題亞白先生《讀騷閣詞卷》，同門愚弟譚廷獻稿草」。王尚辰序其詞集云：「丹叔年已周甲，其婿楊彦三茂才暨及門諸子意將梓君之詞，皆復堂所審定者。」《篋中詞》今集續卷一選李恩綬詞五首，即《百字令》（段橋新霽）、《水龍吟》（西風抱犢山家）、《點絳唇》（疑雨疑煙）、《湘春夜月》（問并刀）、《鵲踏枝》（弱縷依依春弄影）。李恩綬《百字令・春柳》：「段橋新霽，又柔絲千縷、遞來春信。細馬穿過披拂好，偏是清明時近。朧月昏黃，輕煙澹碧，鎖住香簾影。妝臺臨水，玉人猜是蘇姓。却記笛唱《陽關》，酒斟祖道，夢

惹鶯兒醒。無數夭桃紅簇處，點綴詩家清景。葉才半抽，花還未放，不管東風緊。絲絲顏色，阿儂如此青鬢。」

［二］倚新聲玉田差近：此評借用朱彝尊《解珮令·自題詞集》語：「不師秦七，不師黄九，倚新聲、玉田差近。」玉田，即張炎。

評李恩綬《水龍吟·牽牛花》△［一］

碧山法乳［二］，後結尤奇。

【注】

［一］此則人文本未收，據《篋中詞》補入。李恩綬《水龍吟·牽牛花》：「西風抱犢山家，英英幾簇飄凉翠。蔓織青綃，唾分碧玉，顫時魂醉。曙日烘遲，秋煙籠遍，怕他憔悴。眷天孫何處，一枝折贈，可能會，相思意？　本是藥籠中物，怎無端、被人游戲。情牽兒女，愁盈河漢，干花何事？籬脚星沉，陌頭月墮，曉行攬轡。且聲聲扣角，攀條摘葉，濺英雄淚。」

［二］碧山法乳：謂取法于王沂孫。法乳，佛教語，比喻佛法，謂佛法如乳汁哺育衆生。《涅槃經·如來性品》：「飲我法乳，長養法身。」

評李恩綬《點絳唇·秋陰》△[一]

雋永。

【注】

[一]　此則人文本未收，據《篋中詞》補入。李恩綬《點絳唇·秋陰》：「疑雨疑煙，涼陰一片秋娘宅。芙蓉采得。閣住晴湖色。　天外斜陽，鴉返應相識。寒瑤瑟。眉峰愁窄。容易紗窗黑。」

評李恩綬《湘春夜月·春水》△[一]

高秀不讓叔夏[二]。

【注】

[一]　此則人文本未收，據《篋中詞》補入。李恩綬《湘春夜月·春水》：「問并刀，可能劃斷離愁？偏是新水方生，却漲到汀洲。二月荻芽半吐，尚殘春未送，先送行舟。測相思深淺，也應勝似，千尺東流。　卿姑小別，片帆隱約，望倚高樓。且憑闌干貪看，向波光溜處，想像明眸。銀

河渡汝，卜歸期，約在初秋。悄無語，勸東風莫緊，怕教吹皺，比似眉頭。」

［二］ 高秀：高雅清秀。鄧椿《畫繼》卷三評范正夫畫：「長于水墨雜畫，標格高秀。」叔夏：即張炎。張炎有《南浦·春水》詞。

評李恩綬《鵲踏枝·無錫舟中賦新柳》△［一］

亞白示予《縫月軒詞》三十餘首，蓋少作也。補采一闋，殊有駘蕩之致。

【注】

［一］ 此則人文本未收，據《篋中詞》補入。李恩綬《鵲踏枝·無錫舟中賦新柳》：「弱縷依依春弄影。畫櫓摇過，衝破黄昏暝。二月虹橋先有信，酒旗青處東風緊。 近水樓臺重記省。帶雨低垂，欲繫游人艇。萬縷煙痕縈不盡。絲絲緑比吴娘鬢。」

評潘慎生《探芳信·感春》△［一］

騷雅［二］。

【注】

［一］　此則人文本未收，據《篋中詞》補入。潘慎生（一八二六？—一八六五？）：字子慎，安徽懷寧人。道光二十九年（一八四九）舉人。有《徵息齋詞録》一卷，民國鈔本。《篋中詞》今集續卷一選潘慎生詞二首，即《探芳信》（漸春過）、《虞美人》（年來誰念休文瘦）。《探芳信・感春》：「漸春過。正新緑初肥，閑愁無那。任朱欄倚遍，離人只思卧。紗窗夢向天涯晚，偏被楊花裹。篆煙消、風轉回欄，又簾鈎墮。　金屋年時左。憐鎮日飛紅，春陰未破。錦瑟飄零，消息夜燈炧。欲將芳訊傳青鳥，更雨深青瑣。玉驄遥，深院重門静鎖。」

［二］　騷雅：參見「微波詞叙」一則注［二二］。

評江泰鈞《滿江紅・辛酉送春》△［一］

開闔關鎖［二］，唐人詩法。

【注】

［一］　此則人文本未收，據《篋中詞》補入。江泰鈞：生平不詳。《篋中詞》今集續卷一選江泰鈞詞一首，即《滿江紅・辛酉送春》：「恁遣春歸，無賴是、朝朝雨風。剩一縷、將離情緒，知爲

誰容？擬托鷓鴣通款語，杜鵑何事促青驄。盼梁間、燕子却飛回，銜片紅。春來也，前度逢。春去也，何處蹤？便留春春住，不管愁儂。説與有家歸未得，傷春都作可憐蟲。最魂銷、破曉一聲聲，山寺鐘。」

［二］開闔關鎖：此就詞的結構章法而言。開闔，指結構的鋪陳、收合等變化。姜夔《白石詩説》：「小詩精深，短章藴藉，大篇有開闔，乃妙。」關鎖，指篇章關鍵處。郎瑛《七修續稿・詩文・碧沚詩》：「此詩流麗暢逸，而第七句關鎖處，即景生情，警拔深契雲卿家法。」

評左錫璇《蝶戀花》△［一］

名作。

【注】

［一］此則人文本未收，據《篋中詞》補入。左錫璇（一八二九—一八九五）：字芙江，號小桐，江蘇陽湖（今常州）人。左輔孫女，武進觀察袁績懋繼室，後隨夫寓閩中。有《碧梧紅蕉館詞》一卷，南陵徐氏刊《小檀欒室彙刻閨秀詞》本。《篋中詞》今集續卷一選左錫璇詞一首，即《蝶戀花》：「月過西窗涼似水。人在天涯，秋在蟲聲裏。一院濕煙飛不起。臨風咽盡相思味。珠楯

玉欄閑徙倚。良夜迢迢，欲遣愁無計。卜得燈花私自喜。無言悄把銀箏理。」

評楊琇《江城子》△[一]

人意中語，詞家上乘[二]。

【注】

[一] 此則人文本未收，據《篋中詞》補入。楊琇（生卒年不詳）：字倩玉，浙江錢塘（今杭州）人，沈豐垣妻。丁紹儀《聽秋聲館詞話》卷四云：「錢塘女史楊倩玉，名琇，美而慧。同邑沈裔聲（豐垣）艷其才，聘爲妾。中更多故，幸而獲偕，即《隨園詩話》所謂楊大姑也。」有《遠山樓詞》。《篋中詞》今集續卷一選楊琇詞一首，即《江城子》：「綉帷睡起倚香篝。鏡光浮。翠雲流。向午厭厭，猶自怯梳頭。廿四番風吹欲盡，花縱好，爲誰留？　背人獨上最高樓。捲簾鈎。黯凝眸。信道垂楊，難繫是孤舟。渺渺關山煙水外，芳草路，織成愁。」

[二] 「人意中語」二句：參見「評李天馥《憶王孫·春望》」一則注[二]。丁紹儀《聽秋聲館詞話》卷四評云：「命與才妨，能毋致慨。」可參。

評丁芝仙《憶王孫》△[一]

警絶。

【注】

[一] 此則人文本未收，據《篋中詞》補入。丁芝仙（生卒年不詳）：丁紹儀姑，譚獻好友楊炳妻。《篋中詞》今集續卷一選丁芝仙詞一首，即《憶王孫》：「梧桐分緑上雕欄。幕捲簾垂夜未闌。玉骨珊珊慣耐寒。掩青鸞。絶代蛾眉稱意難。」

評董祐誠《菩薩蠻》△[一]

張韵梅曰[二]：「情至文生[三]，麗而有則[四]。」舊恨新愁，鈎鎖完密，花驛、畫樓皆夢境。

【注】

[一] 此則人文本未收，據《篋中詞》補入。董祐誠（一七九一——一八二三）：初名曾臣，字方立，江蘇陽湖（今常州）人。嘉慶二十三年（一八一八）舉人。工駢體文詞，通數理、輿地之學。有《蘭

石詞》一卷，同治八年（一八六九）四川成都寓舍家刻《董方立遺書》本。其兄董基誠序其詞集云：「方立既早棄辭賦之學，于詞尤不常作。此亦于殁後從友人所集録者，附存于遺書後，固知非方立意也。」《篋中詞》今集續卷二選董祐誠詞七首，即《菩薩蠻》（銀燈別夜飛金雀）、《菩薩蠻》（江南剗地花如海）、《菩薩蠻》（黄昏風雨連天草）、《菩薩蠻》（簾前一夜霜華紫）、《臺城路》（秋窗一片黄昏影）、《水龍吟》（捲簾還是清明）、《翠樓吟》（夢冷金娥）。董祐誠《菩薩蠻》：「簾前一夜霜華紫。青梅生結酸辛子。花驛曉風寒。誰憐翠袖單。　明河鷩鵲影。點點孤桐井。欲雨淚闌干。春殘夢未殘。」

〔二〕　張韵梅：即張景祁。

〔三〕　情至文生：《歷代詩餘》卷一百十三引湯顯祖《玉茗堂集》：「詞至西蜀、南唐，作者日盛，往往情至文生，纏綿流露。」

〔四〕　麗而有則：揚雄《法言·吾子》：「詩人之賦麗以則，辭人之賦麗以淫。」則，合于法度。參見「篋中詞叙」一則注〔一四〕。

董祐誠詞△

往年與莊仲求數乾隆以來陽羨詞流〔一〕，幾幾人握蛇珠〔二〕。而董晉卿先生《齊物論齋詞》迄未過讀[三]，頗以爲憾。仲求盛稱《蘭石詞》，予亦未見《方立遺書》也。已而得遺書刻本于廠肆[四]，又爲許竹篔持去[五]。十餘年後，始重購于滬瀆[六]。既沫胝駢儷文[七]，乃甄録令慢[八]，冠《篋中詞續》二卷之前[九]。仲求已逝，誰與賞奇？此卷仍隨得隨抄，《齊物論齋詞》猶係寤思[一〇]。

【注】

[一] 莊仲求：即莊士敏。莊士敏（一八三四—一八七九），字仲求，號玉餘先生，江蘇武進（今常州）人。附貢生。福建候補同知，署霞浦知縣，福建候補知府。精駢體文，尤善尺牘。有《能懼思齋文集》，已佚，尚存《玉餘外編文鈔》一卷、《玉餘尺牘附編》八卷。譚獻好友，有《莊君仲求小傳》記其生平。陽羨：今江蘇宜興，清代屬常州府。此應指常州。

[二] 幾幾：猶言幾乎。人握蛇珠：比喻才華卓越。語出《文選・曹植〈與楊德祖書〉》：「當此之時，人人自謂握靈蛇之珠，家家自謂抱荊山之玉。」李善注：「《淮南子》曰：隨侯之珠。高誘曰：隨侯見大蛇傷斷，以藥傅而涂之。後蛇于大江中銜珠以報之，因曰隨侯之珠。」

[三] 董晉卿：即董士錫，有《齊物論齋詞》。周濟《味雋齋詞自序》評其詞云：「吾郡臯文（張惠言）、子居（惲敬）兩先生開闢榛莽，以《國風》、《離騷》之旨趣，鑄温（温庭筠）、韋（韋莊）、周（周邦彦）、辛（辛棄疾）之面目，一時作者競出，晉卿集大成。」沈曾植《菌閣瑣談》云：「《齊物論齋

詞》，爲皋文正嫡。皋文疏節闊調，猶有曲子律縛不住者。在晉卿則應徽按柱，斂氣循聲，興象風神，悉舉騷雅。古懷納諸令慢，標碧山（王沂孫）爲詞家四宗之一。此宗超詣，晉卿爲無上上乘矣。玉田（張炎）所謂清空騷雅者，亦至晉卿而後盡其能事。其與白石（姜夔）不同者，白石有名句可標，晉卿無名句可標。其孤峭在此，不便摹擬亦在此。仲修備識淵源，對之一詞莫贊。毗陵詞人，亦更無能嗣響者，可謂門風峻絶。」

［四］已而得遺書以下：人文本、補編本無，據《篋中詞》補。

［五］許竹篔：即許景澄，譚獻友人。許景澄（一八四五—一九〇〇），原名癸身，字竹篔，一作竹筠。浙江嘉興人。同治七年（一八六八）進士，選庶吉士，授翰林院編修。歷任工部左侍郎、總理各國事務衙門大臣兼工部左侍郎、吏部右侍郎、京師大學堂總教習等職，出任駐法國等歐洲六國公使。主鎮壓義和團，反對對外宣戰，與袁昶同被斬于北京菜市口。宣統初追謚文肅。有《許文肅公遺稿》、《出使函稿》等。

［六］滬瀆：古水名，即吴淞江下游近海处一段（今黄浦江下游）。劉義慶《世説新語·德行》：「袁府君即日便征……戰于滬瀆，敗。」後代指上海。

［七］沬胝：參見「秋夢盦詞叙」一則注［四八］。

［八］令慢：小令、慢詞，此代指詞體。

［九］冠《篋中詞續》二卷之前：《篋中詞》今集續卷二以董祐誠始，故云。

［一〇］ 寤思：思念，掛念。語出《詩·周南·關雎》：「求之不得，寤寐思服。」

葉英華詞[一]

夢禪居士有《小游仙詞·法駕導引》一百首[二]，托興幽微，辭條豐蔚[三]，談者與樊榭老人《絕句三百首》并稱[四]，不愧也。

【注】

［一］ 葉英華（一八〇二—一八六五）：字蓮裳，號夢禪居士，廣東番禺（今廣州）人。葉衍蘭父，葉恭綽曾祖。有《花影吹笙詞鈔》二卷，光緒三年（一八七七）刊本。潘祖蔭序詞集編成經過云：「同年葉君蘭臺（葉衍蘭）搜輯年丈蓮裳先生詞稿，經數年而成帙，屬蔭序之以付梓。丈舊有手定稿，毀于兵，蘭臺梓之，意甚摯。」葉衍蘭等三子跋云：「乙丑歲（同治四年，一八六五），衍蘭奉諱南旋，于故紙中遍行搜討，覓得詞一百十餘首，隨獲隨編，不復能按年排比。所存不過十之三四，敬謹詳校，釐爲二卷。」冒廣生《小三吾亭詞話》卷一云：「《花影吹笙詞》，爲蘭臺先生尊人蓮裳英華所作。後附《小游仙詞》一百首，讀者如聽鈞天廣樂也。詞凡二卷，皆搜輯于兵火之餘，馨逸自成，南宋遺則。……吴縣潘文勤（潘祖蔭）序之，謂當其哀樂所流，纏綿靡極，亦自有不

得已之故在也。」《篋中詞》今集續卷二選葉英華詞一首，即《内家嬌》（層欄花影下）。

［二］《小游仙詞》：附于《花影吹笙詞鈔》之後，其自序謂是「學步曹唐，希蹤郭璞」之作，沈世良跋則云「位置當在玉田（張炎）、夢窗（吴文英）間，非僅爲嶺南樊榭（厲鶚）翁也」。《法駕導引》：爲《小游仙詞》一百首所用詞調。

［三］辭條豐蔚：形容文詞豐富。語出劉義慶《世説新語·文學》：「（殷浩）爲謝標榜諸義，作數百語，既有佳致，兼辭條豐蔚，甚足以動心駭聽。」

［四］樊榭老人《絶句三百首》：厲鶚于康熙四十九年（一七一〇）作《游仙百詠》，時年十九，後又作《續游仙百詠》、《再續游仙百詠》，于康熙五十二年（一七一三）將游仙絶句三百首結集，《自序》謂其宗旨在「事雖寄于游仙，情則等于感遇」。

評張延邴《曲游春·春霽，擬出游未果》△［一］

婉曲幽秀。

【注】

［一］此則人文本未收，據《篋中詞》補入。張延邴（生卒年不詳）：原名丙，字漁村，一字娱

存，安徽合肥人。道光時貢生，官署候選訓導。有《延青堂詩詞集》，民國四年（一九一四）上海排印本。《篋中詞》今集續卷二選張延邴詞三首，即《減字木蘭花》（珠簾乍捲）、《曲游春》（春向沉陰閟）、《邁陂塘》（蕩秋情）。張延邴《曲游春·春霽》：「春向沉陰閟，却鶯聲啼轉，初日紅襯。乍染胭脂，便熏桃醉李，孕香成陣。柳眼舒嬌困。説一晌、腰肢眠損。願從今、試舞風前，天公可也憐憫。意穩。新晴定準。算上巳清明，佳節都近。芳草多情，把翠舄銀鈎，生生淺印。笑挽年光問。問客裏，如何安頓？偏是摇曳游絲，墮空又隱。」

評張延邴《邁陂塘·秋煙》△[一]

隱軫徘徊，語含騷雅。

【注】

[一] 此則人文本未收，據《篋中詞》補入。張延邴《邁陂塘·秋煙》：「蕩秋情、一痕煙活，前村雨過塵净。破晴樹杪棲雲斷，閃閃斜陽紅映。凝暮景。却界破青苔，暈合遥山頂。凄迷做冷。漸林際歸鴉，天邊叫雁，墟落散人影。瀰漫處，凉月波平如鏡。汲泉自煮茶鼎。菰蒲叢裏香粳熟，晚飯舵樓親領。浮雲窨。雜幾許、漁炊併入湖中艇。西風不定。驀罥去沙洲，吹開渡

口，水氣白千頃。」

評夏寶晋《湘春夜月》△[一]

少游神味[二]。

【注】

[一]　此則人文本未收，據《篋中詞》補入。夏寶晋（一七九〇—一八六七）：字玉延，號慈仲，江蘇高郵人。嘉慶十八年（一八一三）舉人，歷任山西絳州、浮州、和順、寧鄉知縣，代州、朔州、和州知府。歸里主崇川書院、紫琅書院講席。郭麐賛婿。有《冬生草堂詞》四卷（含《笛椽詞》二卷、《湖中明月詞》一卷、《琴隱詞》一卷），咸豐四年（一八五四）浦江草堂刻本。王守義跋述三詞集創作時間云：「《笛椽》乃公未遇時之所作，《琴隱》乃公作官時之所作，《湖中明月》乃公退隱時之所作。」其《笛椽詞》自序云：「昔稱樂府，今乃徒歌。聲之不被，譜亦何施？取彼苦調，寫我怨思。柯亭有竹，豈無人知？」謝章鋌《賭棋山莊詞話》續編卷三云：「玉延爲郭頻伽麐女夫，其詞宛轉關生，知其濡染者深矣。」《篋中詞》今集續卷二選夏寶晋詞五首，即《高陽臺》（月引昏黄）、《水調歌頭》（三載不相見）、《湘春夜月》（可憐春）、《徵招》（凄晨會得東風怨）、《踏莎行令》（宛轉

藤蘿）。夏寶晋《湘春夜月》：「可憐春，是誰排定陰晴？料他一樹垂楊，還記得清明。莫管鬧紅閑事，但花開如夢，花落才醒。便金鈴悄繫，游絲細綰，空自零星。秋蓬書客，閑窗瘦骨，寒谷餘生。春窄愁寬，偏又是、故鄉芳草，緑與煙平。蒼茫何處？伴斜陽、留戀高城。想此際、遍天涯無數，樓臺歷歷，更有誰登？」

［二］少游：即秦觀。

夏寶晋詞

夏玉延爲郭頻伽之甥［一］，所謂「山抹微雲女婿」也［二］。高秀之致，欲度冰清［三］。

【注】

［一］郭頻伽：即郭麐。甥：女婿。《孟子·萬章下》：「舜尚見帝，帝舘甥于貳室。」趙岐注：「《禮》，謂妻父曰外舅，謂我舅者，吾謂之甥。堯以女妻舜，故謂舜甥。」

［二］山抹微雲女婿：秦觀《滿庭芳》詞有「山抹微雲」句，聞名于時，蔡絛《鐵圍山叢談》卷四載：「（范）温嘗預貴人家會，貴人有侍兒，善歌秦少游長短句，坐間略不顧温。温亦謹，不敢吐一語。及酒酣歡洽，侍兒者始问：『此郎何人耶？』温遽起，叉手而對曰：『某乃山抹微雲女婿

也。』聞者多絶倒。」范温爲秦觀婿。

［三］　度：仿效，師法。《左傳·襄公三十一年》：「（君子）進退可度，周旋可則。」今人楊伯峻注：「度，《説文解字》，法制也。可度即可法，與可則同義。」冰清：形容詞句清新脱俗。梅堯臣《樂掾自淮南回示新詩》：「淮南歷覽還宣城，囊多佳句何冰清。」

評顔錫名《點絳唇·早秋寄懷羅藕廉》△［一］

集句如自運［二］。

【注】

［一］　此則人文本未收，據《篋中詞》補入。顔錫名（一八〇一—一八七〇）：字子嘉，號艮亭，江蘇丹徒（今屬鎮江）人。歲貢生。有《借一枝軒詞鈔》。《篋中詞》今集續卷二選顔錫名詞二首，即《踏莎行》（夢醒西堂）、《點絳唇》（槭槭凄凄）。顔錫名《點絳唇·早秋寄懷羅藕廉》：「槭槭凄凄，庾郎先自驚秋早。西風斜照。人共梧桐老。　獨上層樓，目極江南道。征鴻杳。美人芳草。此際愁多少。」

［二］　集句：集合前人之句以成篇什。此詞詠秋，集合了李清照、姜夔、李白、李煜等前代

詞人句意。袁枚《隨園詩話》卷七：「集句，始傅咸。傅咸有《回文反覆詩》，又作《七經詩》；其《毛詩》一篇，皆集經語，是集句所由始矣。」自運：自己創作。張丑《清河書畫舫·仇英》：「實甫（仇英）畫蹟，臨摹遠勝自運。」

劉逢禄詞[一]

禮部經學淵源皋文、方耕兩大師[二]。《易》、《書》、《公羊》[三]，可云卓爾。而「凌雲」辭賦，揖讓馬、揚[四]。倚聲之學，猶復洞究源流。嘗撰《詞雅》五卷、八十家、三百首[五]，自叙以爲「唐五代宋氏所傳[六]，才士名卿，閎意眇指[七]，正變聲律具矣」云云。集中詞只七首[八]，亦所謂「善《易》者不言《易》也」[九]。前選録未登[一〇]，補抄一闋以識淑艾[一一]。《詞雅》一編，不知傳寫尚有其人否？

【注】

[一] 劉逢禄（一七七六——一八二九）：清經學家、詞人。字申受，號申甫，一號思誤居士，江蘇武進（今常州）人。嘉慶十九年（一八一四）進士，改翰林院庶吉士，授禮部主事，補儀制司主事。爲清代乾嘉年間常州今文經學派的代表人物，主張「務通大義，不專章句」，曾授龔自珍《公

羊春秋》之學。撰有《公羊春秋何氏解詁箋》一卷、《春秋公羊經何氏釋例》十卷等經學著作。《篋中詞》今集續卷二選劉逢禄詞一首，即《蝶戀花》：「欲寄芳心無一字。忽見飄紅，攬取還凝睇。似葉似花春已逝。可堪薄命輕于紙。　昨夜飛霜凋晚翠。綉被春寒，强自扶愁起。雁字一行家萬里。書成難覓西流水。」

［二］　禮部：即劉逢禄。皋文：即張惠言。方耕：即莊存與。莊存與（一七一九——一七八八），字方耕，號養恬，江蘇武進（今常州）人。乾隆進士，授翰林院編修，屢遷内閣學士，擢禮部侍郎，督直隸學政。治六經，長于春秋公羊學，爲清代今文經學首倡者。有《劉禮部集》。

［三］　《易》、《書》、《公羊》：指劉逢禄研究《周易》、《尚書》、《春秋公羊傳》的經學著作，如《卦象陰陽大義》、《尚書今古文集解》、《春秋公羊經何氏釋例》等。

［四］　「而凌雲『辭賦』」二句：謂其辭賦創作并不比古人的作品遜色。據司馬遷《史記·司馬相如列傳》記載，司馬相如以所作《大人賦》獻給漢武帝，「天子大悦，飄飄有凌雲之氣，似游天地之間」。此以「凌雲」代指劉逢禄的辭賦作品。揖讓：謙讓。人文本作「讓揖」。《左傳·昭公二十五年》：「子大叔見趙簡子，簡子問揖讓、周旋之禮焉，對曰：『是儀也，非禮也。』」馬、揚，漢代辭賦家司馬相如和揚雄。

［五］　《詞雅》五卷：此書未見載録。

［六］　宋氏：人文本無「氏」，據《篋中詞》補。

［七］ 閎意眇指：宏大高遠的意旨。語出《漢書・揚雄傳下》：「今吾子乃抗辭幽説，閎意眇指，獨馳騁于有亡之際。」眇，高遠。《楚辭・屈原〈九章・哀郢〉》：「心嬋媛而傷懷兮，眇不知其所蹠。」朱熹集注：「眇，猶遠也。」

［八］ 集中詞只七首：劉逢禄《劉禮部集》卷十一爲詩詞，有光緒十八年（一八九二）延暉承慶堂重刻本。

［九］ 善《易》者不言《易》也：意謂精于此道，反而不輕易有所述作。語出司馬光《資治通鑒・魏紀七・正始九年》：「何晏聞平原管輅明于術數，請與相見。十二月丙戌，輅往詣晏，晏與之論《易》。時鄧颺在坐，謂輅曰：『君自謂善《易》，而語初不及《易》中辭義，何也？』輅曰：『夫善《易》者不言易也。』晏含笑贊之曰：『可謂要言不煩也！』」

［一〇］ 前選録未登以下：人文本、補編本無，據《篋中詞》補。前選録未登，指《篋中詞》正集五卷未選劉逢禄詞。

［一一］ 識：記載。淑艾：受益。參見「井華詞叙」一則注［一三］。

評蔣坦《霓裳中序第一・湖上用草窗韻》△［一］

殊有鬼氣。

【注】

［一］　此則人文本未收，據《篋中詞》補入。蔣坦（一八二三——一八六一）：字平伯，號藹卿，浙江錢塘（今杭州）人，蔣恭亮族弟。諸生。死于太平軍陷杭州後。譚獻好友，有《亡友傳》記其生平。有《百合詞》二卷，咸豐二年（一八五二）刊本；《夕陽紅半樓詩詞稿》，民國三年（一九一四）石印本。《篋中詞》今集續卷二選蔣坦詞三首，即《霓裳中序第一》（移篷翠嶂叠）、《賣花聲》（露氣薄如煙）、《清平樂》（去年今日）。蔣坦《霓裳中序第一・湖上用草窗韵》：「移篷翠嶂叠。路轉漁灣風鬧葉。醉把蘋絲自結。漸柳市上燈，蘆漪催月。殘梅點雪。向晚來、吹滿行篋。春懷冷，十年影事，怎對鷺鷗説？　清切。小橋泉咽。念橋上、題詩字滅。江潭依舊賦别。甚夢解珠鞋，兆驗金玦。看花人漸缺。更怕聽、《陽關》舊闋。凄迷甚、滿湖風起，吹過紙蝴蝶。」草窗韵，指周密《霓裳中序第一》（湘屏展翠叠）一首。

蔣坦詞△［一］

藹卿刻《百合詞》，屬予校定，已三十年矣。浩劫塵沙［二］，吟朋凋謝［三］，篋中久佚，刻集仍從黄選補録［四］。

【注】

［一］此則人文本未收，據《篋中詞》補入。

［二］浩劫塵沙：指戰亂。杜甫《送盧十四弟侍御護韋尚書靈櫬歸上都二十韵》：「戎狄乘妖氣，塵沙落禁闈。」

［三］吟朋：詩友。胡宿《文恭集·送張學士赴邵武兼過吴中别墅》：「吴地吟朋如見問，爲言江令憶鯷魚。」凋謝：去世。韓愈《寄崔二十六立之》詩：「朋交日凋謝，存者逐利移。」

［四］黄選：指黄燮清選編《國朝詞綜續編》。

評潘鴻《念奴嬌·和張韵梅》△［一］

凄戾至不忍讀［二］。

【注】

［一］此則人文本未收，據《篋中詞》補入。潘鴻（生卒年不詳）：字儀甫，號鳳洲，浙江仁和（今杭州）人，爲潘承翰次子。同治九年（一八七〇）舉人，官内閣中書，升侍讀。有《萃堂詞録》一卷，附于《萃堂詩録》，光緒三十三年（一九〇七）刻本。同治元年（一八六二）譚獻在福州時與之

初交，《日記》同治元年：「潘少梅（承翰）丈携仲子鴻鳳洲過訪。鳳洲英年颯爽，方治九流，亦有志六書之學；龍文千里，望而生畏。」潘承翰，字少梅，道光增貢，曾主持杭州宗文義塾。《篋中詞》今集續卷二選潘鴻詞五首，即《念奴嬌》（水沉香爐）、《月華清》（刀唱金環）、《菩薩蠻》（畫樓一夜風兼雨）、《菩薩蠻》（沉沉小院飛香雪）、《齊天樂》（翠樓吹笛行雲散）。潘鴻《念奴嬌·和張韵梅》：「水沉香爐，撥寒灰、剩有春心一縷。如此青袍芳草色，酒醒天涯何處？花惱含愁，蓬飄墮夢，握手渾無語。天風吹斷，隔簾還認飛絮。鸚鵡莫話三生，一般憔悴，忍見輕紅雨。寶鏡團圞休照影，空把柔情付與。宛轉蠶絲，叢殘蠹粉，那有傷春句？回廊倚遍，夜來風露如許。」

［二］凄戾：也作「悽戾」，凄切悲哀。鍾嶸《詩品中》評劉琨詩：「其源出于王粲，善爲悽戾之詞，自有清拔之氣。」

評潘鴻《月華清·八月三十夜江舟玩月》△［一］

情瀾回薄，靈緒低迷［二］。

【注】

［一］此則人文本未收，據《篋中詞》補入。潘鴻《月華清·八月三十夜江舟玩月》：「刀唱

金環，鈎懸瓊玦，紅窗簾捲愁憑。桂景婆娑，記得晚來妝靚。甚玉階、兔竊霓裳，便碧海、鸞孤冰鏡。吹暝。正凉風飄樹，滿江煙凝。脉脉相看不語，有宛轉腸輪，夕波同證。過了圓時，滅燭那堪重贈？算夢魂、盼到佳期，怕此後、陰晴莫定。空剩。者雙蛾瘦減，傷愁多病。」

[二] 情瀾：情感波瀾。回薄：盤旋。《文選・賈誼〈鵩鳥賦〉》：「萬物回薄，振李周翰注：「回薄振蕩，相轉無常。」靈緒：心緒。汪軔《湘靈曲和子載韵》：「渺渺白咽靈緒。」

評潘鴻《齊天樂・中秋夜用竹屋懷梅溪韵》△[一]

跌宕昭彰，情靈不匱[二]。

【注】

[一] 此則人文本未收，據《篋中詞》補入。潘鴻《齊天樂・中秋夜用竹酒年年，「翠樓吹笛行雲散。今朝怕逢晴霽。破鏡飛還，明珠弄罷，回首佳人千里。空堂·井畔桐疏，幾番醒醉。莫便窺簾，舊時歡夢被鈎起。還憐瑤殿竊藥，玉顏偏耐得，寂與寄？」庭中桂老，獨抱冰心不二。嬋娟似此。更風露人間，夜凉如水。滅燭思量，

[二] 情靈：心靈。《晉書・阮籍嵇康等傳論》：「咸能符契情靈，各敦交于晚笛，或相思而動駕。」不匱：不竭，不乏。《詩・大雅・既醉》：「孝子不匱，永傳：「匱，竭。」鄭玄箋：「孝子之行非有竭極之時。」

潘鴻詞

鳳洲逸才微尚[一]，洞明流變，文心詩品，唾地成珠[二]。然而江東兵法，固才學也[三]。

【注】

[一] 微尚：微小的志趣、意愿。《文選・謝靈運〈初去郡〉》詩：「伊余秉微尚，拙訥謝浮名。」張銑注：「秉持微小。浮，過也。惟我持此小尚山水之節，又疎拙蹇訥，故辭浮過之名。」

[二] 唾地成珠：參見「微波詞叙」一則注[六]。

[三] 「江東兵法」二句：意謂不能專心一志，堅持到底。語出司馬遷《史記・項羽本紀》：「于是項梁乃教籍(項羽)兵法。籍大喜。略知其意，又不肯竟學。」江東，指項羽，因其起家江東。竟，完畢。

評宗山《齊天樂·山行阻雨》△[一]

筋脉甚細[二]。

【注】

[一] 此則人文本未收，據《篋中詞》補入。宗山（一八三九？—一八八六）：姓魯氏，字小梧，又作嘯吾、嘯梧，隸内務府鑲黄旗漢軍，奉天鐵嶺（今屬遼寧）人。官浙江候補同知，權乍浦縣同知，故稱郡丞、司馬。喜爲詞曲，嘗與江順詒結詞社，并爲其《詞學集成》參訂。有《窺生鐵齋詞》一卷，光緒十一年（一八八五）杭州刻《侯鯖詞》本。江順詒《詞學集成》多處引宗山論詞之語。《篋中詞》今集續卷二選宗山詞二首，即《齊天樂》（墻陰不斷蝸涎篆）、《一萼紅》（映斜陽）。宗山《齊天樂·山行阻雨》：「墻陰不斷蝸涎篆，濃雲四圍如冪。瀑瀉珠簾，苔斑石井，陡覺單衣寒惻。淹留楚客。問千里離魂，甚時歸得？更有秋蟲，籬根獨自怨幽寂。　惱殺黄昏容易，想燈前兒女，空卜消息。孤枕啼痕，空階急點，隔著幽窗同滴。四弦漫拍。聽黄葉聲多，酒腸偏窄。篷底瀟瀟，曲終衫更濕。」

[二] 筋脉：參見「評周邦彦《花犯·梅花》」一則注[五]。

評宗山《一萼紅》△[一]

一味本色語，爲有寄托，爲無寄托[二]，樂府上乘。

【注】

[一]　此則人文本未收，據《篋中詞》補入。宗山《一萼紅》：「映斜陽。認疏林幾簇，一色好秋光。轉緑回黄，微酣薄醉，臨風頓换新妝。尚約略、重來門巷，似桃花、前度引劉郎。不是春深，是秋漸老，莫漫尋芳。　此際停車却好，正鐘聲催晚，漁火微茫。輕拂生綃，濃皴畫稿，胭脂多買何妨。却笑我、青衫依舊，聽琵琶、淪落感秋娘。不信良媒難托，猶傍宫墻。」

[二]　爲有寄托，爲無寄托：謂寄托在有無之間。周濟《介存齋論詞雜著》云：「初學詞求有寄托，有寄托，則表裏相宣，斐然成章。既成格調求無寄托，無寄托，則指事類情，仁者見仁，知者見知。」

評邊葆樞《浪淘沙·夜雨書懷》△[一]

疏俊。

【注】

［一］　此則人文本未收，據《篋中詞》補入。邊葆樞（一八八〇年前後在世）：一作邊保樞，字卓存、拙存，號竺潭、竹潭。直隸任邱（今屬河北）人。邊浴禮少子。同治九年（一八七〇）舉人。官浙江仁和場鹽大使。徐珂《清稗類鈔》載：「光緒時，漢軍宗嘯吾司馬山、任邱邊竺潭鹺尹葆樞皆需次于浙，過從甚密。」有《劍虹盦詞》一卷，光緒十一年（一八八五）刊《窺生鐵齋詞三種》本。《篋中詞》今集續卷二選邊葆樞詞二首，即《浪淘沙》（涼雨忽瀟瀟）、《酷相思》（記得年時江上住）。邊葆樞《浪淘沙·夜雨書懷》：「涼雨忽瀟瀟。霜葉微彫。便非愁病也無聊。悔殺錢塘江上住，鄉思如潮。　客路尚飄摇。禁得魂銷。斷腸人在可憐宵。只有秋聲聽不慣，窗外芭蕉。」

邊葆樞詞△［一］

竺潭爲袖石方伯少子［二］，倚聲家學，能補《空青詞》未有之格調［三］。

【注】

［一］　此則人文本未收，據《篋中詞》補入。

［二］　袖石：即邊浴禮。方伯：謂其任布政使。

[三] 能補《空青詞》未有之格調：邊浴禮有《空青館詞》三卷，譚獻評爲「刻意南宋，位置在草窗、玉田間」。參見「邊浴禮詞」一則。

評吳唐林《摸魚子・燕集吳陵……》[一]

晉壬如虹之氣，不屑爲滴粉搓酥語[二]，而情深一往，無愧古人。

【注】

[一] 吳唐林（一八三五—一八九〇）：字子高，號晉壬、西臣，又號蒼篆，江蘇陽湖（今常州）人。咸豐十一年（一八六一）舉人，官浙江候補知府，譚獻友人。有《橫山草堂詞》一卷，光緒十一年（一八八五）杭州刻《侯鯖詞》本。《篋中詞》今集續卷二選吳唐林詞二首，即《摸魚子》（問城西）、《疏影・武清道中見楊花》（玉關消息）。吳唐林《摸魚子・燕集吳陵城西草堂，和呂鶴緣太史韵》：「問城西、小橋煙柳，春來幾見歌舞？文筇載酒重游歷，似識當年張緒。凝眺處。但一抹、荒煙零落秋無主。羈愁誰訴？試喚醒盟鷗，招來倦蝶，坐聽怨蛩語。憑高望，何處故鄉雲樹？浮蹤空逐萍絮。秋花不比春花色，何況更經風雨。斷腸句。怕譜入冰弦，應更添凄楚。相思寄否？寫十幅蕉陰，半池楓葉，流恨過江去。」

［二］　滴粉搓酥：形容女子濃艷的裝飾，此指艷語。王明清《玉照新志》卷四：「錢塘幕府樂籍，有名姝張足女名濃者，名藝妙天下，君（左與言）頗顧之。如『無所事，盈盈秋水，淡淡春山』……及『堆雲翦水，滴粉搓酥』，皆爲濃而作。當時都人有『曉風殘月柳三變，滴粉搓酥左與言』之對。」

評鄧嘉純《後庭宴》△［一］

非必《花間》之雋，足當《草堂》之腴［二］。

【注】

［一］　此則人文本未收，據《篋中詞》補入。鄧嘉純（一八三八—一九〇六）：字笏臣，江蘇江寧（今南京）人。鄧爾恒子，鄧廷楨孫。光緒六年（一八八〇）進士，官浙江處州知府。譚獻友人。有《空一切盦詞》，由其侄鄧邦述彙録付梓，民國九年（一九二〇）鄧氏《雙硯齋叢書》本。張德瀛《詞徵》卷六云：「鄧笏臣（嘉純）詞，如圓荷小葉，因風捲舒。」《篋中詞》今集續卷二選鄧嘉純詞二首，即《臺城路》（庭柯已報凄凉信）、《後庭宴》（别思春濃）。鄧嘉純《後庭宴》：「别思春濃，歡場夢短。小屏風外斜陽晚。枕鸞釵鳳自成雙，湘裙憐我腰圍減。　些兒水驛山程，争信比天還遠。麝煤金斗，難熨眉痕展。愁重酒嫌輕，花開簾不捲。」

［一二］《草堂》：即《草堂詩餘》。

俞廷瑛詞△[一]

以上五家合刻《俟鯖詞》[二]，傳唱西泠[三]。《瓊華室》一卷[四]，熨帖頗近陳西麓[五]。

【注】

［一］俞廷瑛（一八二五—一八九〇後）：字小甫、筱甫，號紫卿，江蘇吴縣（今蘇州）人。諸生。官鄞縣縣丞、候補浙江通判。能詩詞，爲南社文人徐珂（後師從譚獻）學詞入門導師。有《瓊華室詞》二卷、續一卷，光緒九年（一八八三）刊《瓊華詩集》本。其自序云：「詞有定律，少時不甚爲之，嫌其拘也。光緒戊寅、己卯（四年至五年，一八七八—一八七九）間，預西泠吟社，社中諸子以詞相尚，從而效之。十年以來，積三百餘首，删其二而存其一，則仁和譚君仲儀所訂定也。」張德瀛《詞徵》卷六云：「俞小甫廷瑛詞，如陳壽摛文，但取質直。」郭則澐《清詞玉屑》卷五云：「所著《瓊華室詞》清綺不俗。」《篋中詞》今集續卷二選俞廷瑛詞一首，即《買陂塘》：「算年光、春分過了，匆匆又是寒食。羅衣生恐吴綿薄，天氣陰晴難測。春信息。只廿四番風，已剩三分一。錫簫

巷陌。看冷葉淘槐，柔條插柳，好景畫難得。尋芳去，細認裙腰草色。可憐天水同碧。桃花零落梨花瘦，飛到楊花無力。情脉脉。悵亭榭依然，楚潤都非昔。似曾相識。問檐下鸜哥，梁間燕子，可記舊蹤迹？」

［二］以上五家以下：人文本無此十三字，據《篋中詞》補。《侯鯖詞》：吴唐林編選，五卷，收入鄧嘉純《空一切盦詞》、俞廷瑛《瓊華室詞》、宗山《窺生鐵齋詞》、遍保樞《劍虹盦詞》、吴唐林《横山草堂詞》。有光緒十一年（一八八五）杭州刊本，吴唐林當年中秋作序。

［三］西泠：此代杭州。參見「粉雲庵詞序」一則注［二］。

［四］《瓊華室》一卷：補編本作「《瓊華室詞》一卷」，人文本無「一卷」。瓊，一作「璚」。「璚」同「瓊」。

［五］熨帖：貼切，妥帖。參見「劉炳照詞」一則注［一］。陳西麓：即陳允平。陳允平（一二〇五？—一二八〇？），字君衡，一字衡仲，號西麓，四明（今浙江寧波）人。南宋淳祐時爲餘姚知縣，旋罷去，往來杭州一帶，德祐時授沿海制置司參議官。入元不仕。詞有《西麓繼周集》一卷、《日湖漁唱》一卷。張炎《詞源》卷下評其詞云：「近代陳西麓所作，本製平正，亦有佳者。」周濟《宋四家詞選》云：「西麓和平婉麗，最合世好。但無健舉之筆，沉摯之思，學之必使生氣沮喪，故爲後人拈出。」陳廷焯《白雨齋詞話》卷二云：「西麓亦取法清真（周邦彦），集中和美成者十有二三，想見服膺之意。」

評王映薇《臨江仙·江上阻風》△[一]

俯仰欲絶[二]。

【注】

[一] 此則人文本未收，據《篋中詞》補入。王映薇（一八〇八—一八六八後）：字紫垣。安徽合肥人，諸生，官教諭。有《漱潤齋詩餘》一卷，同治七年（一八六八）吴門刊本。《篋中詞》今集續卷二選王映薇詞二首，即《醜奴兒令》（不情最是天邊月）、《臨江仙》（載酒湖山佳處去）。王映薇《臨江仙·江上阻風》：「載酒湖山佳處去，大江滚滚東流。打頭風惡滯孤舟。濕雲雙袖冷，明月一肩愁。回首蔣山青未了，六朝金粉勾留。客懷鄉食兩悠悠。身如紅豆樹，無那白門秋。」

[二] 俯仰：一俯一仰，謂沉思之間。

楊錦雯詞△[一]

絅士與張藴梅少時唱和最久[二]，刻意姜、史[三]，律吕叶洽。殉變後遺稿散失[四]，從《新蘅詞》附録采補一闋[五]，亦吉光片羽矣。

【注】

[一] 此則人文本未收，據《篋中詞》補入。楊錦雯（？—一八六一）：字晚嵐，號絅士，浙江錢塘（今杭州）人。諸生。《篋中詞》今集續卷二選楊錦雯詞一首，即《暗香》：「翠禽寂寞。怕冷香未透，潛催東閣。喚醒緑華，月底濛濛吐僵萼。前度春風易轉，休更怯、凄迷霜角。奈遍覓、鶴夢無蹤，疏影出籬落。　愁魄。又漠漠。似倩女乍離，華蝶依約。誤將笑索。癡絶雲痕怎棲托？追念關山雨細，知倦客、年時飄泊。共舊恨、吹幾縷，暝煙澹薄。」

[二] 張藴梅：即張景祁。

[三] 姜：即姜夔。史：即史達祖。

[四] 殉變後遺稿散失以下：補編本無，據《篋中詞》補。殉變：指楊錦雯于咸豐十一年（一八六一）太平軍再陷杭州時殉清。

[五] 《新蘅詞》：張景祁詞集。

評馬賡良《疏影·娱園早梅》△[一]

幽勝。

【注】

[一] 此則人文本未收，據《篋中詞》補入。馬賡良（一八三五—一八八九）：字幼眉，一字白華，號鷗堂，浙江會稽（今紹興）人。譚獻友人，曾應請爲《復堂日記》撰序，譚獻爲其《鷗堂詩》撰序。有《鷗堂詞》。《篋中詞》今集續卷二選馬賡良詞二首，即《疏影》（鷗邊檥艇）、《浣溪沙》（蕭寺鶯聲唤夢醒）。馬賡良《疏影·娱園早梅》：「鷗邊檥艇。正園林雪後，煙景清冷。悄步尋芳，瞥見緗梅，數枝籬落斜整。龍綃細襯香猶澀，是春色、江南初醒。好唤他、野鶴歸來，相伴月黄人静。　每憶消寒時節，悵雲凝月凍，芳信難訂。驀地冰花，飛上煙梢，紙閣蘆簾都稱。青裙縞袂誰描寫，有一角、銀塘偷影。只新詞、石帚難追，孤負此花幽勝。」

評易佩紳《采桑子》△[一]

超超[二]。

【注】

[一] 此則人文本未收，據《篋中詞》補入。易佩紳（一八二七—一九〇六）：字子笏，號笏山，晚號壺天遁叟，湖南龍陽（今漢壽）人。咸豐八年（一八五八）舉人，有軍功，官江蘇布政使。易順鼎父，譚獻友人。有《函樓詞鈔》一卷，光緒刻本。其自叙云：「氣斂則心鬱，鬱則必舒，舒則有聲。詩之聲或沈重而難宣，不如詞之聲輕揚而易暢。」《篋中詞》今集續卷二選易佩紳詞三首，即《采桑子》（客行正對鴻來處）、《踏莎行》（客雁何之）、《阮郎歸》（朱樓翠閣捲簾時）。易佩紳《采桑子》：「客行正對鴻來處，鴻過汀洲。客在孤舟。鴻到天南報客愁。　去留一樣蒼茫感，遠道回頭。高處凝眸。風裏砧聲月下樓。」

[二] 超超：參見「微波詞叙」一則注[一四]。

評袁棠《賀聖朝·春水和青庵》△[一]

觀河面皺之歎[二]。

【注】

[一]　此則人文本未收，據《篋中詞》補入。袁棠（一七六〇—一八一〇）：字尚木，一字甘林，號湘湄，江蘇吴江（今蘇州）人。嘉慶元年（一七九六）舉人，爲兩江總制鐵保記室。少與郭麐等游，結竹溪草堂詩社。有《洮瓊館詞》三卷，民國十五年（一九二六）杭州朱氏排印《寶彝室集》本。郭麐《靈芬館詞話》卷一云：「余未識湘湄時，聞鐵門（朱春生）誦其小詞云：『人遠。人遠。風颭落花庭院。』心竊好之。後盡見其所著詞，蓋不多作也。時余方篤嗜，每有作，心使湘湄定之。湘湄不肯道一語。近余于此事漸懶，方欲盡懺綺語，而湘湄以《濃睡樓詞》見示，不兩月中已得百餘首，上者《高唐》、《洛神》，小者亦闖《花間》之室，愛賞不置。」丁紹儀《聽秋聲館詞話》卷三云：「袁丈湘湄棠家藏宋周益公洮瓊研，因以名館，并所著詞。……丈吴江人，居蘇城，工詩，善繪事，詞名震一時。」《濃睡樓詞》即《洮瓊館詞》。《篋中詞》今集續卷二選袁棠詞四首，即《清平樂》（屋山如許）、《浪淘沙》（迷路得花看）、《賀聖朝》（漲痕潑緑連芳

草)、《偷聲木蘭花》(霜華微糝苔痕皺)。袁棠《賀聖朝·春水和青庵》:「漲痕潑緑連芳草。載落紅多少?惜花借問可回流,縱回流春杳。　油花空卜,魚書空寄,望歸船不到。年年歲歲縠紋生,只湔裙人老。」

[二]　觀河面皺:比喻人有生滅之變,而佛性永恒。《首楞嚴經》卷二:「波斯匿王言:『我生三歲,慈母携我謁耆婆天,經過此流,爾時即知是恒河水。』佛言:『汝今自傷髮白面皺,其面必竟皺于童年,則汝今時觀此恒河,與昔童時觀河之見有童耄否?』王言:『不也。』佛言:『皺者爲變,不皺非變也。變者受滅,彼不變者,元無生滅。』」

評嚴元照《念奴嬌》△[一]

過變以下[二],沉鬱頓挫[三]。

【注】

[一]　此則人文本未收,據《篋中詞》補入。嚴元照(一七七三—一八一七):字九能,號修能、悔庵、蕙櫋,浙江歸安(今湖州)人。貢生,工詩詞古文,尤擅訓詁學。有《柯家山館詞》三卷,補一卷,許增娱園鈔本。許增跋其詞集云:「九能詞力摹姜(姜夔)、張(張炎),而不能入細,亦嘉

道時作手也。」丁紹儀《聽秋聲館詞話》卷二十云：「嚴修能明經元照居吳興而贅于吳，流寓吾鄉最久，中年病歸，僦居柯家山，遂以名詞。……明經殁時，年甫中壽，今遺稿僅存，尚未刊也。」《篋中詞》今集續卷二選嚴元照詞四首，即《念奴嬌》（紅樓珠箔）、《定風波》（一寸光陰一寸金）、《生查子》（珠簾一半垂）、《祝英臺近》（峭寒輕）。嚴元照《念奴嬌》：「紅樓珠箔，護輕寒、四面垂垂不捲。鴛甃幾番連夜雨，添了曉妝春倦。柳待摇波，梅還慳雪，未覺東風軟。横塘路迴，踏青情緒先懶。　望極迢遞春江，歸帆何處？芳草和天遠。欲寄天涯無好夢，夢與行雲都斷。鸞鏡塵昏，獸爐香冷，憔悴無人管。西園花事，一年判付鶯燕。」

〔二〕　過變以下：指下闋。詞體多爲雙調，下闋首句一般稱爲過片，如與上闋首句不同者，就稱爲過變或换頭。張炎《詞源》卷下：「最是過片不要斷了曲意，須要承上接下。」

〔三〕　沉鬱頓挫：内涵深沉蘊藉，筆法抑揚有致。後用爲對杜甫詩歌的風格總括。語出《新唐書·文藝傳上·杜甫》：「若令執先臣故事，拔泥涂之久辱，則臣之述作雖不足鼓吹《六經》，至沉鬱頓挫，隨時敏給，揚雄、枚臯可企及也。」劉壎《隱居通議·詩歌二》：「沉鬱頓挫，哀而不傷，發乎情，止乎禮義之言也。」

評嚴元照《定風波·擬六一詞》△[一]

顧蒹塘云[二]：「深情以淺語出之，使人低回不盡。」

【注】

[一] 此則人文本未收，據《篋中詞》補入。嚴元照《定風波·擬六一詞》：「一寸光陰一寸金。養花天氣半晴陰。莫管新來人漸老。還要。玉觴花下十分深。往事分明還記得。傾國。清歌一曲墮瑤簪。幾日懨懨成酒病。休問。去年花放到而今。」

[二] 顧蒹塘：即顧翰。

評嚴元照《生查子》△[一]

顧蒹塘云：「結句從『天寒翠袖』翻出。」[二]

【注】

[一] 此則人文本未收，據《篋中詞》補入。嚴元照《生查子》：「珠簾一半垂，睡起舞情緒。

殘夢未分明，却被流鶯誤。　蔫紅濕不飛，纖柳隨風舞。羅袖翠雙籠，獨自看春雨。」

［一］　天寒翠袖：出自杜甫《佳人》：「天寒翠袖薄，日暮倚修竹。」

評嚴元照《祝英臺近》△[一]

小人難養，趙孟所貴，作如是讀[二]。

【注】

［一］　此則人文本未收，據《篋中詞》補入。嚴元照《祝英臺近》：「峭寒輕，晴晝永，特地捲珠箔。池上桃花，紅意已非昨。倚欄欲問東風，吹開幾日，又何苦、將他吹落。　怨風惡。細算却是桃花，生來命原薄。隨意夭斜，只合傍籬約。無端移近房櫳，釀成春恨，悔當日、用心真錯。」

［二］　「小人難養」三句：此詞詠桃花，譚獻以爲有所諷喻。小人難養，語出《論語・陽貨》：「子曰：『唯女子與小人爲難養也，近之則不孫（遜），遠之則怨。』」劉寶楠正義：「此爲有家國者戒也。」趙孟所貴，語出《孟子・告子上》：「孟子曰：『欲貴者，人之同心也。人人有貴于己者，弗思耳矣。人之所貴者，非良貴也。趙孟之所貴，趙孟能賤之。』」意謂依靠權臣而享尊貴是不可靠的。趙孟，即春秋時晉國權臣趙盾，字孟。但丁紹儀《聽秋聲館詞話》卷二十云：「後二闋

（指此詞及《鷓鴣天》）似爲悼其姬人香修作。」

評徐廷華《蝶戀花》二首△[一]

海氛正亟[二]，雜進群言，寓意顯然。

【注】

[一] 此則人文本未收，據《篋中詞》補入。徐廷華（一七九七—一八六〇？）：字子楞，江蘇陽湖（今常州）人，諸生。有《一規八棱硯齋詞》一卷，光緒九年（一八八三）武昌寓齋刊《一規八棱硯齋事物集》本。《篋中詞》今集續卷二選徐廷華詞二首，即《蝶戀花》（花事方濃風信緊）、《蝶戀花》（百舌一聲先弄巧）。徐廷華《蝶戀花·庚子春日》：「花事方濃風信緊。香重紅酣，驀被春寒禁。乞護春陰天未肯。緑章消息無憑準。　窣地簾櫳深院静。燕子窺人，時度差池景。綉幕重重遮不定。一雙蛺蝶穿花徑。」又：「百舌一聲先弄巧。小夢驚回，處處聞啼鳥。滿地楊花春去早。榆錢落盡人方曉。　天意十分寒料峭。雨僝風僽，還向枝頭鬧。寄語牡丹休更好。芭蕉新入彈章稿。」

[二] 海氛正亟：參見「評王憲成《揚州慢·壬寅四月過揚州，用白石韵》」一則注[三]。

評吴存義《臺城路》△[一]

王介甫「秦淮感舊」[二]，把臂入林。

【注】

[一] 此則人文本未收，據《篋中詞》補入。吴存義（一八〇二—一八六八）：字和甫，號荔裳，江蘇泰興人，祖籍安徽休寧。道光十八年（一八三八）進士，選庶吉士，授翰林院編修。督雲南學政。直南書房，擢侍講，累遷侍讀學士，署禮部侍郎。同治間署工部侍郎，出督浙江學政。官至吏部左侍郎。爲譚獻業師，同治六年（一八六七）與浙江巡撫馬新貽奏開浙江書局，任譚獻爲總校之一。譚獻《復堂諭子書》云：「泰興吴和甫侍郎督浙學，予不得與考校，而論學尤契。吾之中年虚鋒略盡，漸有見素儲樸之意者，吾師泰興公教也。」有《横山草堂詞》一卷，光緒十一年（一八八五）杭州刻《侯鯖詞》本。《篋中詞》今集續卷一選吴存義詞二首，即《臺城路》（十年不踏青溪路）、《浣溪沙》（翠縷挑成韵字紗）。吴存義《臺城路》：「十年不踏青溪路，昔游夢痕重歷。吹絮樓臺，藏烏楊柳，多少六朝芳迹。艷歌數疊。有鏡檻摇波，燈船蕩夕。滴盡蓮花，水邊猶響隔簾笛。　寒潮飄折鐵鎖，剩石城艇子，蕭瑟秋荻。灰冷紅羊，桁抛朱雀，誰問渡旁桃葉？蔣山

暈碧。怕舊燕斜陽，都迷巷陌。算最無情，女墻深夜月。」

［二］王介甫「秦淮感舊」：應指王安石名作《桂枝香·金陵懷古》詞。

評吳存義《浣溪沙》△［一］

如嘲似惜。

【注】

［一］此則人文本未收，據《篋中詞》補入。吳存義《浣溪沙》：「翠縷挑成韵字紗。倦依簫局按紅牙。日痕才上馬纓花。玳瑁釵梁雲景膩，芙蓉裙衩水紋斜。更携綉帖過西家。」

評徐延祺《菩薩蠻》二首△［一］

二詞自爲開闔［二］。

【注】

［一］此則人文本未收，據《篋中詞》補入。徐延祺：參見「夢草詞題詞」一則注［一］。

《篋中詞》今集續卷二選徐延祺詞二首，即《菩薩蠻》（玉郎何處貪游冶）、《菩薩蠻》（翠蛾長日懨懨病）。徐延祺《菩薩蠻》：「玉郎何處貪游冶？鞭絲馳逐章臺馬。楊柳慣驕春。飛花亂撲人。　雨雲翻覆手。意氣看杯酒。燕子不歸來。落紅空委苔。」又：「翠蛾長日懨懨病。紅妝評泊青銅鏡。枝上數青梅。暗中春已歸。　日長添晝漏。怯把輕鸞綉。十二玉闌干。花開獨自看。」

［二］二詞自爲開闔：此謂二詞相互呼應。

評張道《三姝媚》△［一］

便可平揖蔣、史［二］。

【注】

［一］此則人文本未收，據《篋中詞》補入。張道（一八二二—一八六二）：原名炳傑，字伯幾，號少南，又號鶴背生，浙江錢塘（今杭州）人，諸生。有《漁浦草堂詩餘》二卷、《影香詞》一卷，咸豐刻本。其自序云「秦七、黄九、小晏之流，哀悱駘蕩，凄觸頑艷，可深感矣」，可見填詞趣尚。李佳《左庵詞話》卷上云：「浙江張道少南，有《影香》、《雪煩》二詞，不下百餘首，意織語

練。……」《篋中詞》今集續卷二選張道詞二首，即《三姝媚》（西風捎墜葉）、《綺羅香》（意意情情）。張道《三姝媚》：「西風捎墜葉。聽鈿紗窗底，暗蛩啼歇。記得年時，有幾番憐惜，幾番疼熱。綉幕妝屏，肯提起、一聲離別。鳳帶雙雙，挼著同心，手兒親結。今後腰肢如捻，繫不定、畫鸞珠袚。鈿尺量、還向緑沉箱裏，舊香空疊。便遣髯奴遥寄，怕塵拋露撇。有甚心情，重坐凉煙細月。」

［二］平揖蔣、史：謂可與蔣捷、史達祖相平。平揖，謂雙方地位對等，各拱手而不拜，引申爲相等、相平。《舊唐書・韋辭傳》：「足以平揖古賢，氣吞時輩。」

評徐本立《大聖樂・春日》△［一］

細腰輕軀［二］。

【注】

［一］此則人文本未收，據《篋中詞》補入。徐本立（一八二二—一八七四）：字子堅，號誠庵，浙江德清人。道光二十六年（一八四六）舉人，權江蘇南匯知縣。有《荔園詞》二卷，同治十年（一八七一）刻本，另有《詞律補遺》八卷。杜文瀾《憩園詞話》卷四云：「余校刊萬紅友（萬樹）《詞

律》時，俞蔭甫（俞樾）太史言同鄉徐誠庵大令刻有《詞律拾遺》，亟索之。書凡八卷，補調補體，并訂正闕譌，頗有繩愆糾謬之功。時誠庵亡矣，家世寒薄，因即購其原板，附校刊《詞律》并行，以副其嘉惠詞學之志。因得讀其《荔園詞》。」後有潘鍾瑞注，叙其生平及交往云：「誠庵僅一權南匯令，調闈差又不得内簾，無所展布，賫志以終。」「誠庵寓與余館頗近，常與余過從論詞。余曾有詞調增輯，誠庵從余借觀，有補調、補體之分，嗣後遂成《詞律補遺》之刻。而余書因循不就。」俞樾序其詞集云：「徐誠庵大令，余三十六年前與同補博士弟子員者也。今需次吴下，而余適寓吴。晨夕過從，相得甚歡，出所著《荔園詞》二卷見示。余讀之，則與紫霞翁（楊纘）所論《作詞五要》，無一不合，蓋嚴于持律者也。」《篋中詞》今集續卷二選徐本立詞二首，即《大聖樂》（濃露迎花）、《賀新郎》（夜色明于水）。徐本立《大聖樂·春日》：「濃露迎花，澹煙送月，正逢佳序。看小園、十二闌干，燕子歸來，猶記那時庭户。幾樹碧桃開後，認重印、弓彎循翠廡。凝望久，問迢遞綺窗，誰見嬌嫵？　非瓊舊家伴侣。要青鳥殷勤頻寄語。漸番風吹遍，柳綿摇落，韶華如羽。待向綉屏尋佳約，怕今夜、黄昏還細雨。更闌夢，又瞥見、巫雲飛去。」

［一二］　細腰輕軀：也作「細骨輕軀」，原形容女子身材輕柔曼妙，此比喻詞境柔美動人。語出王嘉《拾遺記》卷九：「爾非細骨輕軀，那得百琲真珠？」

評徐本立《賀新郎·泊舟滬瀆》△[一]

白傅詩篇，不嫌太盡[二]。

【注】

[一] 此則人文本未收，據《篋中詞》補入。徐本立《賀新郎·泊舟滬瀆》：「夜色明于水。是何人、及時行樂，燕巢沉醉？依樣姑胥纖月景，移照瀛壖佳麗。堆幾許、階前蠟淚。道是柘枝顛未了，乍朝暾、替却蘭膏膩？長夜飲，此何地？ 匆匆玉漏笙歌裏，更誰知、金戈鐵馬，四郊多壘。盡道諸戎能掎鹿，倚作長城萬里。便壁上、閑觀來此。同是通宵人不寐，只迂生、獨爲聞雞起。渾欲擊，唾壺碎。」

[二] 「白傅詩篇」二句：此以白居易新樂府詩爲譬，謂雖不含蓄却不愧名作。白傅，白居易晚年曾官太子少傅，故稱。

徐本立《詞律拾遺》[一]

誠庵撰《詞律拾遺》，搜采極博，審音矜慎，倚聲家功臣也。杜觀察踵武成書[二]，校勘益密，張韵梅復正其譌失云[三]。

【注】

[一]《詞律拾遺》：撰于同治十二年（一八七三），八卷。前六卷補萬樹《詞律》之未備，以未收詞爲補調，計增一百六十五調、一百七十九體；已收而未盡其體爲補體，增三百十六體。後二卷訂正《詞律》原書爲補注。俞樾《詞律拾遺序》云：「至萬氏出，而規矩先民，張皇幽眇，爲詞家功臣。今徐君拾遺補闕，繩愆糾謬，又爲萬氏功臣。」

[二]杜觀察：即杜文瀾。踵武：繼承前人事業。《楚辭·屈原〈離騷〉》：「忽奔走以先後兮，及前王之踵武。」王逸章句：「踵，繼也。武，迹也。」張爾田《孱守齋日記》云：「得杜小舫《校正詞律》（即《詞律校勘記》）善本。紅友論律，每謹于去上，可謂能抉聲奥者。不知詞中入聲字亦有一定繩墨也，杜校補苴罅漏，時有所見，而言之不詳，是亦千慮一失已。」（載《史學年報》第二卷第五期，一九三八年）可參。

[三]張韵梅復正其譌失：張景祁也曾參與其事。譌，同「訛」，訛誤，錯謬。補編本誤作「僞」。

評易順鼎《疏影·詠桂》△[一]

吹蘭散雪[二]，空艷絶塵。

【注】

[一] 此則人文本未收，據《篋中詞》補入。易順鼎（一八五八—一九二〇）：字實甫、仲碩、中實，號眉孫、琴志，晚號哭庵、一广居士等，湖南龍陽（今漢壽）人，易佩紳之子。光緒元年（一八七五）舉人。曾被張之洞聘爲兩湖書院經史講席。以進呈三省河圖，加按察使銜。曾督辦江陰江防、江楚轉運，任廣西、雲南、廣東等地道臺，官至陝西布政使。民國初曾策動上書請願復辟帝制，被袁世凱任命爲印鑄局局長。工詩詞，晚年避居京滬間，鼎足騷壇。有《鬘天影事譜》四卷，光緒二十二年（一八九六）《哭庵叢書》本。其自序云：「余年十三四即學爲詞，篇成，雖友人稱善，未能自慊也。曩歲游京師，始獲讀宋名家詞如吴君特（吴文英）、周公謹（周密）其人者，尋聲按譜，時一效顰。」其詞諸家有評，如陳鋭《裒碧齋詞話》云：「易實甫詞，才大如海，惟忍俊不禁，猶有少年豪氣未除。」夏敬觀《忍古樓詞話》云：「漢壽易實甫觀察順鼎，文思泉涌，下筆驚人。晚年潦倒故都，有江淹才盡之歎。江夏樊樊山（樊增祥）曾目爲六十歲神童，以相譏諷。樊山文詞

艷治，至老猶然，一時同輩，因亦目爲八十歲美女，以爲對值。然實甫詩詞多可傳之作，文品實較樊山爲高。」冒廣生《小三吾亭詞話》卷三云：「實甫近日詩詞，多墮惡道，要其聰明絶世，當筵倚馬，則固萬人敵也。其丁戊之間行卷，爲二十歲以前所作，紉蘭搴芷，《騷》、《辯》之遺，潘文勤（潘祖蔭）歎爲天才，不妄也。」《篋中詞》今集續卷二選易順鼎詞四首，即《憶舊游》（正新涼款蝶）、《疏影》（瑶華寄語）、《蝶戀花》（閑把欄杆都遍數）、《霜花腴》（亂山做雨）。易順鼎《疏影·詠桂》：「瑶華寄語。正碧山喚起，仙夢如霧。剪碎秋心，寸感難銷，微熏冷麝凄苦。金風翠雨全身濕，渾不見、花魂來處。待問他、小謫根由，頭白廣寒宫女。　怊悵蛛絲蘚砌，嫩涼過幾日，霜訊飄羽。一角蟾天，似有低鬟，悄倚懸香幽樹。殘煙剩水年芳在，算錯向、景娥池住。自甚時、都没行蹤，付與暗塵爲主。」

［二］　吹蘭散雪：此詞賦詠銀桂，故言其似蘭之香，似雪之白。

評易順鼎《霜花腴·和叔由》△［一］

一字不輕下［二］，是謂雅詞。

【注】

［一］　此則人文本未收，據《篋中詞》補入。易順鼎《霜花腴·和叔由》：「亂山做雨，怪楚

天、行雲也不思歸。社燕初來，殘梅未掃，簾櫳似是還非。客愁暗隨。憶小樓、瓦當油衣。乍銷魂、一夜聽殘，曉妝慵問杏花遲。縱有離情黯黯，但春歡半點，終勝秋悲。舊國清游，華年影事，東風暗裏推移。柳邊路歧。已十年、吟盡斜暉。怕歸鞍、又到春深，更吟金萬絲。」

［二］一字不輕下：謂其下筆鄭重，嚴于推敲字句。陸游《入蜀記》卷三：「（東坡）樂府云：『故壘西邊，人道是、當日周郎赤壁』，蓋一字不輕下如此。」

評易順豫《臺城路》△［一］

潛氣内轉。

【注】

［一］此則人文本未收，據《篋中詞》補入。易順豫（一八六五——一九二九後）：字由甫，號叔由，又號伏庵，易順鼎弟。光緒二十九年（一九〇三）進士。官江西吉安知府。有《琴思樓詞》一卷，民國三年（一九一三）長沙石印本。冒廣生《小三吾亭詞話》卷三云：「實甫（易順鼎）近狂，由甫近狷，實甫之有由甫，真子瞻（蘇軾）之有子由（蘇轍）也。」又云：「覺成容若（納蘭性德）、項蓮生（項鴻祚）去人不遠也。」《篋中詞》今集續卷二選易順豫詞三首，即《臺城路》（杜郎已是尋春

倦）、《浪淘沙》（窗雨夜潺潺）、《霓裳中序第一》（凉蟾墮怨魄）。易順豫《臺城路》：「杜郎已是尋春倦，東風又吹愁滿。住燕簾櫳，啼鶯巷陌，知我銷魂曾遍。深杯更勸。奈消酒無多，舊情都淺。錦瑟飄零，爲誰曲曲寫清怨？　空階暗沉雨綫。隔朱欄一角，人似天遠。翠箔飄燈，青衫信馬，贏得幾回腸斷。重來未晚。早忘了花前，那時人面。縱有千金，換華年不轉。」

評易順豫《浪淘沙》△[一]

天生好言語[二]。

【注】

[一]　此則人文本未收，據《篋中詞》補入。易順豫《浪淘沙》：「窗雨夜潺潺，歸思闌珊。春宵自暖客衾寒。最是欲眠眠不得，憶著幽歡。　隔了一重關。便隔蓬山。夢回容易夢尋難。尋到斷魂樓那角，小小三間。」

[二]　天生好言語：謂其自然天成。魏慶之《詩人玉屑》卷二十一引晁無咎云：「近世以來作者，皆不及秦少游（秦觀），如『斜陽外，寒鴉數點，流水繞孤村』，雖不識字，亦知是天生好言語。」

易順鼎、易順豫詞△[一]

易氏二妙[二]，倚聲家之丁、陸矣[三]。

【注】

[一] 此則人文本、叢編本、補編本未收，據《篋中詞》補入。

[二] 二妙：原稱晋時同以才藝著名的衛瓘、索靖二人，《晋書·衛瓘傳》：「瓘學問深博，明習文藝，與尚書郎敦煌索靖俱善草書，時人號爲一臺二妙。」金代作家段克己、段成己兄弟早以文章擅名，趙秉文稱爲二妙，即名其合編詩集爲《二妙集》。

[三] 丁、陸：爲清季四大藏書家瞿氏、楊氏、丁氏、陸氏中的二位，即錢塘丁丙八千卷樓、歸安陸心源皕宋樓。丁丙（一八三二——一八九九），字嘉魚，一字松生，晚號松存，别署錢塘流民、八千卷樓主人、竹書堂主人等，浙江錢塘（今杭州）人。諸生。左宗棠以補用知縣薦往江蘇，加同知銜，不赴。家世經營布業，富于資財，家多藏書，著述頗富，工書畫。陸心源（一八三四——一八九四），字剛甫，號存齋，晚號潛園老人。浙江歸安（今湖州）人。官至福建鹽運使。富收藏，精金石之學。

評鄭由熙《浪淘沙・新淦舟次》△[一]

佳俠含光[二]。

【注】

[一] 此則人文本、叢編本、補編本未收，據《篋中詞》補入。鄭由熙：參見「蓮漪詞題識」一則注[一]。《篋中詞》今集續卷二選鄭由熙詞二首，即《菩薩蠻》（風風雨雨春過半）、《浪淘沙》（禽語尚綿蠻）。鄭由熙《浪淘沙・新淦舟次》：「禽語尚綿蠻。春事闌珊。年光輕暖又輕寒。小坐無聊長是睡，夢斷香殘。　起向舵樓看。江闊雲寬。碧螺染盡佛頭鬟。寶劍名花都不愛，只愛青山。」

[二] 佳俠含光：此以美女光彩動人爲喻。語出《漢書・外戚傳上・孝武李夫人》：「佳俠函光，隕朱榮兮。」顏師古注引孟康曰：「佳俠，猶佳麗。」指美人。含，同「函」。含光，見宋玉《登徒子好色賦》：「此郊之姝，華色含光。體美容冶，不待飾裝。」

評沈景修《一萼紅・家祥叔蘿庵憶月圖》△[一]

探喉而出。

【注】

[一] 此則人文本未收，據《篋中詞》補入。沈景修：參見「井華詞叙」一則注[一]。《篋中詞》今集續卷二選沈景修詞五首，即《一萼紅》（倚墻根）、《祝英臺近》（晷紋移）、《卜算子》（雙燕入簾櫳）、《踏莎行》（草長紅心）、《一枝春》（一夜風欺）。沈景修《一萼紅・家祥叔蘿庵憶月圖》：「倚墻根。有藤蘿窣地，幽緑鎖閑門。互竹編籬，通泉引沼，爐篆輕漾簾紋。最難忘、凉宵似水，呼月上、留客倒芳樽。悴葉零秋，疏花媚夕，容易黄昏。　惆悵滄桑浩劫，莽家山焦土，無計逃秦。草没頹垣，苔封荒甃，蟲語空吊斜曛。歎多少、分飛旅燕，認香泥、猶戀舊巢痕。擬泛清溪罨畫，載酒尋君。」

評沈景修《祝英臺近・秋蝶》△[一]

托意幽遐，含凄古澹。

【注】

［一］ 此則人文本未收，據《篋中詞》補入。沈景修《祝英臺近・秋蝶》：「景紋移，爐篆冷，午睡北窗醒。手擘蠻箋，几席喜清瑩。最憐小蝶情癡，背人偷墮，却誤認、畫屏花景。 棲乍定。趁伊栩栩游仙，替寫彩衣靚。倚翠偎紅，舊夢忍重省。怎禁粉褪涼煙，殘英尚抱，早瘦怯、一絲風勁。」

評沈景修《踏莎行・題宗載之大令陌上尋鈿圖》△［一］

絶似小晏［二］。

【注】

［一］ 此則人文本未收，據《篋中詞》補入。沈景修《踏莎行・題宗載之大令陌上尋鈿圖》：「草長紅心，桐垂碧乳。香車塵碾湖邊路。平波飄瞥見驚鴻，春山依約通眉語。 翠羽音沉，錦衾夢阻。今宵酒醒人何處？重來崔護已銷魂，杜鵑啼過西泠去。」

［二］ 絶似小晏：晏幾道情詞淡語有味，淺語有致，善以景物和夢境寫相思別離，此詞似之。

評沈景修《一枝春·上巳前一日風雨》△[一]

繚而曲，如往而復[二]，惟其情至，乃爾韵長。

【注】

[一] 此則人文本未收，據《篋中詞》補入。沈景修《一枝春·上巳前一日風雨》：「一夜風欺，怕明朝、委地殘紅無數。枝頭杜宇，商略送春歸去。西湖爛漫，偏閑却、畫船簫鼓。强自把、病酒心情，覓到翠鬟深處。　徘徊石欄題句。又新詞掩抑，撩人愁緒。梨雲夢淺，肯與暫時留住。水村山郭，儘消受、冷煙疏雨。幸嫩約、明日芳辰，踏青儻誤。」

[二] 「繚而曲」二句：謂詞意曲折回環。語出韓愈《送李愿歸盤谷序》：「窈而深，廓其有容；繚而曲，如往而復。」

評陳翰《柳色黄》△[一]

以氣體勝。

【注】

［一］　此則人文本未收，據《篋中詞》補入。陳翰（一八五五—一八九六）：字裕楣，號子峻，一號德軒，湖南湘鄉人。朱德慈《近代詞人考録》作陳瀚。咸豐元年（一八五一）舉人，曾入曾國藩、楊昌濬幕。有《劍閑齋詞》一卷，《劍閑齋遺集》排印本。《篋中詞》今集續卷二選陳翰詞一首，即《柳色黄》：「太液池邊，清露當春，疏影摇月。長條稚柳婆娑，裊娜嬌黄未歇。東風無賴，切莫吹起楊花，濛濛飛作芳池雪。但願眼長青，管人間離别。　癡絶。翠樓人倦，望到天涯，斜陽一抹。容易光陰，又是凉秋時節。新愁舊恨，縱有寄字征鴻，夢魂難度江潮闊。者心緒千端，更何人能説？」

評吴恩慶《南浦·草色》、《瀟瀟雨·落葉》△［一］

右二詞可入草窗之選［二］，「落葉」一闋尤嫖姚［三］。

【注】

［一］　此則人文本未收，據《篋中詞》補入。吴恩慶：生平不詳。《篋中詞》今集續卷二選吴恩慶詞二首，即《南浦》（殘燒未全蘇）、《瀟瀟雨》（洞庭波起矣）。吴恩慶《南浦·草色》：「殘燒未

全蘇，倩東風、一夜長堤吹醒。送別最魂銷，橫橈處、泊岸渌波相映。萋迷入畫，殘紅點綴飛花影。一樣鬢絲飄慘緑，妒殺美人妝鏡。凝眸直到天涯，望依稀似我，青袍一領。舊夢鎖池塘，迷離遍、侵入簾波難定。斜陽作暝，凄香怨碧蘼蕪徑。幾疊裙腰何處覓，悄向苔階偷并。」《瀟瀟雨·落葉》：「洞庭波起矣，便疏林、葉葉動離聲。怪霜風漸緊，繁枝删減，蕭槭無情。莫問西宫南内，秋草没階平。誰訴當年幽怨，蛩語凄清。又況哀蟬一曲，西風殘照裏，那忍重聽？渺天涯樹樹，閑短鬢星星。最迷離、宵闌人静。是伊誰、步屧響空庭？風過也、亂敲窗下，幽夢還驚。」

［二］草窗之選：指周密編選《絶妙好詞》。

［三］嫖姚：勁疾有力。嫖，也作「票」。《漢書·霍去病傳》「大將軍受詔，予壯士，爲票姚校尉」，顔師古注：「票姚，勁疾之貌也。」

評鄧濂《摸魚兒·用稼軒韵題復堂填詞圖》△［一］

一滴知大海味［二］。

【注】

［一］此則人文本未收，據《篋中詞》補入。鄧濂（一八五五——一八九九）：字似周，號石臞、

石瞿，又號㔶庵，江蘇金匱（今無錫）人。諸生，授候選訓導。光緒中爲「梁溪七子」之一。與許增交。有《㔶庵詞》一卷，民國二十四年（一九三五）《㔶庵集》石印本。《篋中詞》今集續卷二選鄧濂詞三首，即《摸魚兒》（聽聲聲）、《秋波媚》（幾絲垂柳趁風斜）、《摸魚兒》（最銷魂）。鄧濂《摸魚兒·用稼軒韵題復堂填詞圖》：「聽聲聲、鷓鴣啼雨，班騅江上休去。緑陰换盡天涯樹，忍把華年重數。君且住。看門外關山，何處非歧路。紅襟寄語。奈説盡飄零，春風不管，身世逐飛絮。　蛾眉好，翻使嬋娟耽誤。東鄰莫更相妒。金徽本是無情物，一點琴心誰訴？翹袖舞。怕瓊佩珊珊，容易淹塵土。相思最苦。便結就同心，西陵松柏，也是可憐處。」

［二］一滴知大海味：乾隆帝愛新覺羅·弘曆《御製詩集·一片雲》詩序：「以片目之，所謂一滴水知大海味也。」

評鄧濂《秋波媚》△［一］

凄澹入神。

【注】

［一］此則人文本未收，據《篋中詞》補入。鄧濂《秋波媚》：「幾絲垂柳趁風斜。可可著棲

昨宵朱鳥窗西坐，茜月澹銀紗。斷煙凄雨，矮篷殘燭，如鴉。春愁一片，漸吹漸亂，絶似楊花。此天涯。」

評鄧濂《摸魚兒》△[一]

婉曲。　前卷刻成，祥符周季貺以丁氏《詞編》已刻之四十一卷至五十八卷，又未刻寫本十八卷屬校[二]，復采獲二十餘調如右[三]。

【注】

[一]　此則人文本未收，據《篋中詞》補入。鄧濂《摸魚兒》：「最銷魂、緑陰門巷，蒙蒙只欲成雨。畫樓雙掩葳蕤鑰，誰與東風爲主？樓外路。剩三兩、吴鶯忍淚看春去。逢人暗訴。道莫再開簾，好春只在，煙草可憐處。　還記得，渺渺緑波前度。杏鈿零落無數。春愁除是花能解，猶傍玉樽低舞。春也苦。問底事、當時錯信啼鵑語？如今且住。試留取殘紅，玉京墳畔，贏我斷腸句。」

[二]　周季貺：即周星貽。《詞編》：即丁紹儀編《國朝詞綜補》。參見「《詞綜補編》與《續詞綜》」一則。

［三］　二十餘調：采録自鄧濂至姚輝第，詞共計二十五首。

評許增《菩薩蠻・題復堂填詞圖》［一］

邁孫老去填詞，傳頻伽、蘘塘本師衣缽［二］。頻年校刻古今名家詞集，千金一冶［三］。而矜慎下筆，一字未安，不欲問世。因與鄧石瞿均登題圖一調［四］。

【注】

［一］　許增（一八二四—一九〇三）：字益齋，號邁孫，浙江仁和（今杭州）人。官道員。收藏既富，喜勘訂校刻書籍，能詩詞。爲杭州榆園主人，室名煮夢庵。有《煮夢庵詞》一卷，鄭氏師儉堂鈔本。譚獻《榆園記》云：「邁孫早歲客皖，從詩老顧蘘塘（顧翰）受詩法，識淵源所自焉。少好姜（姜夔）、張（張炎）倚聲之學，自號鬻夢生，園有邃室，顔『鬻夢盦』。嘗績《填詞圖》，今者老去，填詞未忘結習，空中著語，則古人先我而爲之。君戢舂古近詞學善本書，校刻數十卷，臧之『鏤塵吹景』之齋。君香草美人，佇興而作詞，多寓言。」按清代詞人有《填詞圖》題詠風習，如康熙十七年（一六七八）陳維崧有《迦陵填詞圖》，道光六年（一八二六）戈載作《填詞圖》廣徵題詠。王尚辰《致譚獻信札》：「復堂使君用稼軒《摸魚兒》『斜陽煙柳』詞句作圖徵題，春光將去，傷心人別

有懷抱，例步原韵質之法家。」《篋中詞》今集續卷二選許增詞一首，即《菩薩蠻·題復堂填詞圖》：「迷濛稚柳春將半。隔花春遠天涯遠。誤了踏青期。紅鵑盡日啼。　千金誰買賦？那有旁人妒。都道不如休。花飛樓上愁。」

［二］頻伽、蒹塘：即郭麐、顧翰。鉢：《篋中詞》作「盋」。

［三］千金一冶：冶千金于一爐，意謂匯集諸家于一編。許增《榆園叢刻》刻入宋及清人多家詞集。

［四］因與鄧石瞿句：人文本、補編本無此句，據《篋中詞》補。鄧濂《摸魚兒》（聽聲聲）一首題爲《用稼軒韵題復堂填詞圖》。譚獻《復堂詞》有《齊天樂·許邁孫煮夢盦填詞圖》一首。

評鄭方坤《踏莎行》△［一］

有靈識我，無主憐君［二］，可微悟也。

【注】

［一］此則人文本未收，據《篋中詞》補入。鄭方坤（一六九三—？）：字則厚，號荔鄉，福建建安（今建甌）人。雍正元年（一七二三）進士，官山東兖州知府。有《青衫詞》一卷，乾隆刻《蔗尾

詩集》本。謝章鋌《賭棋山莊詞話》卷六云：「荔鄉與兄石幢（鄭方城），猶子有隣（鄭天錦），以時文雄長閩中，稱三鄭。而荔鄉詩古文辭頗不愧方家，其詞則見賞于蔣鉛山（蔣士銓）。大抵佳處，却有《後村别調》（劉克莊词集）風味。」《篋中詞》今集續卷二選鄭方坤詞一首，即《踏莎行》：「暖日初熏，惠風微扇。繁紅開遍閑庭院。一年好景數春三，如何花好人偏懶？　香冷金猊，塵封箏雁。斜陽自向雕欄轉。沉沉簾幕鎮長垂，畫堂誤了歸來燕。」

［二］「有靈識我」二句：亦感士不遇之意。語出温庭筠《過陳琳墓》詩：「詞客有靈應識我，霸才無主獨憐君。」

評戴敦元《減字木蘭花》△［一］

清節名臣［二］，情深語婉，希文、永叔之流亞［三］。

【注】

［一］　此則人文本未收，據《篋中詞》補入。戴敦元（一七六七—一八三四）：字吉旋，號金溪，浙江開化人。乾隆五十五年（一七九〇）進士，授刑部主事，典山西鄉試，累遷郎中。嘉慶時爲廣東高廉道，道光初擢江西按察使，官至刑部尚書。卒謚簡恪。有《漚塵詩餘》一卷，道光二十

六年（一八四六）浙江督學使署刊《戴簡恪公遺集》本。郭麐《靈芬館詞話》卷二評其《南浦》（鷗外夢長閑）一闋云：「金溪精研經史，而下筆乃清空如此。」《篋中詞》今集續卷二選戴敦元詞一首，即《減字木蘭花》：「金風玉露。秋正佳時人却去。雙槳孤燈。望斷遥天雁一繩。　花間定憶。憑處闌干痕待覓。莫道更深。别酒無多緩緩斟。」

［二］清節名臣：《清史稿·戴敦元傳》稱其爲官「清介自持，克盡職守」。

［三］希文、永叔之流亞：范仲淹、歐陽修皆以名臣而能詞，故云。流亞，同類人物。《三國志·蜀書·董劉馬陳董吕傳論》：「吕乂臨郡則垂稱，處朝則被損，亦黄、薛之流亞矣。」

評范鍇《點絳唇》△［一］

沉痛。

【注】

［一］此則人文本未收，據《篋中詞》補入。范鍇（一七六五——一八四四）：原名音，字聲山，號白舫，浙江烏程（今湖州）人。貢生。有《苕溪漁隱詞》二卷，道光十四年（一八三四）刻本。《篋中詞》今集續卷二選范鍇詞一首，即《點絳唇》：「永夜輕寒，鏡臺慵剪燈花墜。蜀箋光膩。學寫

相思字。　煙水迢迢，欲寄憑誰寄？春來事。滿林紅翠。只有人憔悴。」

評程定謨《八聲甘州・春陰》△[一]

怨詞。

【注】

[一]　此則人文本未收，據《篋中詞》補入。程定謨（生卒年不詳）：字心宇，江蘇昭文（今常熟）人。嘉慶五年（一八〇〇）舉人，官翰林院典籍。有《小書舟樂府》三卷，道光十八年（一八三八）刻本。其詞集自序云：「自乾隆壬子究心詞學，迄今三十餘年矣。區區之意，必依萬紅友（萬樹）《詞律》，參諸《宋六十家》暨《山中白雲詞》，而從其使字之嚴者。」《篋中詞》今集續卷二選程定謨詞一首，即《八聲甘州・春陰》：「蕩簾波、一片翠模糊，輕陰澹霏霏。問春痕幾許？雕欄四面，昏曉都迷。道是養花天氣，花景没些兒。暗裏番風换，誤了芳時。　幾度似傳晴意，奈遥空閣住，不見游絲。只汀煙如墨，濃壓畫檐低。閉窗紗、暖香沉碧，夢醒來、疑是夕陽西。無憑準、聽紅樓外，兩樣鳩啼。」

評儲徵甲《洞仙歌》△[一]

温厚悱惻。

【注】

[一] 此則人文本未收,據《篋中詞》補入。儲徵甲(一七六五—?):字紀堂,江蘇宜興人。舉人,官安徽青陽教諭。有《種竹山房詞鈔》一卷,道光刻本。朱腹序其詞集云:「《種竹山房詞》其玉田(張炎)之嗣音與?……意境高遠,而鮮斧鑿之痕,則其詩與詞一也。」《篋中詞》今集續卷二選儲徵甲詞一首,即《洞仙歌》:「梅天過了,尚蕭蕭殘雨。付與羈人作淒楚。憶秋宵、聽遍春國餘寒,都不似、者様荒寒情緒。　瑶臺應不遠,遥想朱樓,也聽丁冬鐸鈴語。欹枕數深更,入曉行雲,可遮到、鄉關煙樹?怕潤逼、衣篝未成熏,欲寄與都梁,斷鴻無據。」

評董基誠《南浦》△[一]

幽峭。

【注】

［一］　此則人文本未收，據《篋中詞》補入。董基誠（一七八七—一八四七）：字子詵，號玉椒，江蘇陽湖（今常州）人。董祐誠兄。嘉慶二十二年（一八一七）進士，官河南開封知府。有《玉椒詞》一卷，民國三十年（一九四一）武進董氏刊《廣川詞録》本。《篋中詞》今集續卷二選董基誠詞一首，即《南浦》：「幽夢戀重衾，睡沉沉、却被曉鴉催醒。獸炭爐熏篝，人初起、慵髻未忺重整。畫堂晝悄，玉簫吹徹無人省。極目西風殘照外，惟見驚鴻不定。　無端明月還來，隔花枝扶起，纖纖瘦影。依約認嬋娟，欄干曲、又共梅魂都暝。空階夜永，枉教踏遍冰苔冷。除是相逢期夢裏，記否昨宵香徑？」

評顧翃《水龍吟·落葉》△［一］

遂與汐社諸君把臂［二］。

【注】

［一］　此則人文本未收，據《篋中詞》補入。顧翃（一七八五—一八六一）：字駿孫，號蘭厓，江蘇無錫人。顧斗光孫，顧翰弟。貢生。有《金粟庵詞》，道光九年（一八二九）《同岑五家詩鈔·

金粟庵集》附。其序汪承慶《墨壽閣詞鈔》云：「能合姜（姜夔）、張（張炎）、朱（朱彝尊）、厲（厲鶚）爲一手，而運以綺思，緯以靈襟。」可見詞學趨向。《篋中詞》今集續卷二選顧翃詞一首，即《水龍吟·落葉》：「世間一樣飄零，無情猶作回風舞。閑門不掃，空階欲没，瀟瀟似雨。楓外江寒，蘆邊霜早，雁歸何處？悵疏林易别，故枝難戀，便渺渺，天涯去。　回首荒庵落木，問年來、有誰能住？夕陽染後，三分在水，一分在樹。莫怨秋聲，那知秋到，無聲更苦。待消他幾疊，琴絲宛轉，寫哀蟬譜。」

［二］　汐社：參見「評唐珏《水龍吟·白蓮》」一則注［二］。

評周僖《凄涼犯·德州道中遇雪……》△［一］

換筆換意［二］。

【注】

［一］　此則人文本未收，據《篋中詞》補入。周僖（一七七九—？）：字東俟，號山樵，江蘇鎮洋（今太倉）人。諸生。有《蘭藻堂樂府》。其《納蘭詞序》評汪元治（珊漁）詞云：「如謂珊漁詞騷情雅骨，悱惻芬芳，髣髴納蘭氏（納蘭性德），以似己者而好之，則又淺之乎言珊漁矣。」可知詞學

趨向。《篋中詞》今集續卷二選周僖詞一首，即《淒涼犯·德州道中遇雪，寄京華故人》：「垂楊縱解回青眼，枯條難綰離別。亂山自住，行人自去，暮笳寒咽。征衣暗裂。又一片、西風弄雪。路蒼茫、心隨倦馬，林杪望孤驛。回首旗亭路，粉壁題詩，翠樽傾碧。故人念否？雁雙飛、旋分南北。細數歸期，料一樹、梅花正發。把相思、和夢寄與寄未得。」

〔二〕　換筆換意：參見「評史達祖《雙雙燕·春燕》」一則注〔六〕。

評陳澧《疏影·苔痕，越臺詞社作》△〔一〕

如太白古風，多少和婉〔二〕。蘭甫先生〔三〕，孫卿、仲舒之流〔四〕，文而又儒，粹然大師〔五〕，不廢藻詠。填詞朗詣〔六〕，洋洋乎會于《風》、《雅》〔七〕。乃使綺靡、奮厲兩宗〔八〕，廢然知反〔九〕。

【注】

〔一〕　陳澧（一八一〇—一八八二）：字蘭甫，號東塾，又號江南倦客，廣東番禺（今廣州）人。道光十二年（一八三二）舉人，屢試不中，官廣東河源縣訓導，先後任學海堂學長、菊坡精舍山長數十年。著述宏富，能填詞，道光二十三年（一八四三）與同鄉黄玉階、許玉彬等結越臺詞社。有《憶江南館詞》(又名《燈前細雨詞》)一卷,光緒三十年(一九〇四)番禺微尚齋刻本。其自序述填詞經歷云:「余少日偶爲小詞,桂君星垣見之曰:『此詩人之詞也。』自是十餘年不復作。……今年下第歸,行篋書少,鉛槧遂輟。江船雨夜,稍稍爲詞,以銷旅愁。時方以廣文待選,取杜詩語,題之曰《燈前細雨詞》,并舊作都爲一卷。」冒廣生《小三吾亭詞話》卷二云:「粤中詞人,三家之先,推嘉應吴石華學博蘭修、番禺陳蘭甫京卿澧。學博之詞,詞人之詞;京卿之詞,則學人之詞也。京卿邃于説經,品詣高雅。所著《東塾叢書》,風行于世。」《篋中詞》今集續卷二選陳澧詞六首,即《齊天樂》(倦游諳盡江湖味)、《疏影》(空庭雨積)、《百字令》(江流千里)、《摸魚兒》(繞城陰)、《甘州》(漸斜陽)、《高陽臺》(新曙湖山)。陳澧《疏影・苔痕,越臺詞社作》:「空庭雨積。漸染成淺黛,延緣墻隙。正是池塘,春草生時,難辨兩般顔色。閑門深掩無人到,已滿地、翠煙如織。又暗添、幾縷蝸涎,裊裊篆文猶濕。　應誤回欄倚遍,怕行近滑了,穿花雙屐。似澹還濃,漠漠平鋪,只道緑槐陰密。黄昏小立成凄黯,却看到、斜陽成碧。謝樹頭、吹落嫣紅,一霎破伊岑寂。」

〔二〕「如太白古風」二句:人文本無,據《篋中詞》補入。

〔三〕甫:人文本作「浦」。

〔四〕孫卿:即荀子,戰國後期儒家代表人物。仲舒:即董仲舒,西漢武帝時儒家代表人物。

〔五〕師:人文本作「儒」。

［六］　朗詣：通達。劉義慶《世説新語·賞譽》：「劉琨稱祖車騎爲朗詣，曰：『少爲王敦所歎。』」

［七］　洋洋乎會于《風》、《雅》：此爲鍾嶸評阮籍詩之語。其《詩品上》云：「而詠懷之作，可以陶性靈，發幽思。言在耳目之内，情寄八荒之表。洋洋乎會于《風》、《雅》，使人忘其鄙近，自致遠大。頗多感慨之詞。厥旨淵放，歸趣難求。」洋洋，美盛貌。《論語·泰伯》：「子曰：師摯之始，《關雎》之亂，洋洋乎盈耳哉！」劉寶楠正義引《漢書·延篤傳》注：「洋洋，美也。」

［八］　綺靡：原意爲語言精妙，此指艷麗詞風。語出《文選·陸機〈文賦〉》：「詩緣情而綺靡。」李善注：「綺靡，精妙之言。」奮厲：原意謂激勵、振奮，如曾鞏《都官員外郎胥君墓志銘》：「君少孤，能自奮厲，力學問，工爲文章。」此指雄豪詞風。

［九］　廢然知反：消除疑慮，改弦更張。語出《莊子·德充符》：「而適先生之所，則廢然而反。」郭象注：「廢向者之怒而復常。」

評陳澧《甘州·惠州朝雲墓……》△［一］

柔厚衷于詩教［二］。

【注】

［一］ 此則人文本未收，據《篋中詞》補入。陳澧《甘州·惠州朝雲墓，每歲清明，傾城士女酹酒羅拜。坡公詩云「丹成逐我三山去，不作巫山雲雨仙」，予謂朝雲倘隨坡公仙去，轉不如死葬豐湖耳》：「漸斜陽、澹澹下平堤，塔影浸微瀾。問秋墳何處？荒亭葉瘦，廢碣苔斑。一片零鐘碎梵，飄出舊禪關。杳杳松林外，添作荒寒。　須信竹根長卧，勝丹成遠去，海上三山。只一抔香塚，占斷小林巒。似家山、水仙祠廟，有西湖、爲鏡照花鬟。休腸斷、玉妃煙雨，謫墮人間。」

［二］ 柔厚衷于詩教：憑吊朝雲，而無凄然之歎，即詩教所謂温柔敦厚，哀而不傷。

陳澧詞△［一］

梁節庵爲東塾入室弟子［二］，手録先生遺詞見示，補列卷中。

【注】

［一］ 此則附《高陽臺》(新曙湖山)後，人文本、補編本未收，據《篋中詞》補入。

［二］ 梁節庵句：梁鼎芬早年曾求學于菊坡精舍，爲院長陳澧弟子。

評姚輝第《换巢鸞鳳·寒夜同人小飲秋滿樓即席有贈》△[一]

綺麗中有飛騰之致[二]。

【注】

[一]　此則人文本未收，據《篋中詞》補入。姚輝第（一八一八—？）：字子箴，號稚香，河南輝縣人。道光十八年（一八三八）進士，官江蘇上海知縣。有《菊壽盦詞稿》四卷，咸豐刻本。姚變爲其詞集作弁言云：「揆其大旨，趨鮮乖方。極爾低徊，義懲破析。例今作者洵梅里、西溪之替手，抑《箏船》（劉嗣綰詞集）、《飲水》（納蘭性德詞集）之同聲。」《篋中詞》今集續卷二選姚輝第詞一首，即《换巢鸞鳳·寒夜同人小飲秋滿樓即席有贈》：「葉落銅溝。向枇杷巷曲，試覓清游。共停青雀舫，誰裼紫貂裘？唤茶鸚鵡隔簾鈎。道有客來，登花外樓。纏綿語，早聽徹，翠壺殘漏。　消受。燈邊酒。爇盡水沉，麝火團紅獸。梅萼横釵，橙香噀剪，春到玉人衫袖。畫鼓冬冬又催年，河橋暗緑千絲柳。留仙裙，問東風、何事吹皺？」

[二]　飛騰：騰躍，超越。王世貞《無憑》詩：「世情工頓挫，吾意豈飛騰。」

《詞綜補編》與《續詞綜》△[一]

三十年前客閩，與無錫丁君杏舲相識[二]，君方纂《詞綜補編》[三]，予告以黄霽青觀察屬草[四]，已有成書，韵珊大令益之搜討[五]。東南兵事方亟[六]，殆不可知其成毁矣。丁氏采輯之旨，前人已録者，間爲補詞，而補人尤多。亂定以來，鉛槧日出，黄氏《續詞綜》刻于漢上[七]，丁君書刻于吴中[八]，四十卷中著録千餘人。予掇篋中未備者[九]，别裁續録如右。慘緑少年[一〇]，晚餘白首，雲愁海思，積習未忘，掩卷慨然。

【注】

[一] 此則補編本未收，人文本有删削，據《篋中詞》補入。

[二] 「三十年前」二句：《補録》卷一同治二年七月初十日：「閱無錫丁紹儀所爲《國朝詞綜補》。」但日記中無在福州與丁紹儀相識記載。丁君杏舲：即丁紹儀。丁紹儀（一八一五—一八八四）：字杏舲，一字原汾，江蘇無錫人。援例捐藩經歷，分發湖北，署東湖知縣。後游幕臺灣，任汀州同知、上洋通判。有《聽秋聲館詞話》二十卷。

[三] 《詞綜補編》：即《國朝詞綜補》。丁紹儀編選，五十八卷，續編十八卷。爲續王昶《國

朝詞綜》而編。上起順治朝，下訖晚清，選清詞人一千三百餘家，續編選在世詞人四百餘家。中華書局一九八六年影印本，改名《清詞綜補》。其《聽秋聲館詞話》卷六述此書編撰經過甚詳：「惟青浦王蘭泉（王昶）司寇《國朝詞綜》，選擇最爲美備。然其書成于嘉慶初元，迄今已六十餘年，即乾嘉以前，亦多遺漏。余念兵燹後，文字摧殘不少，詞雖無適于用，亦一時風雅所繫，爰就耳目所及，凡司寇未入選而其人堪論定者，彙録爲《國朝詞綜補》六十卷，計得一千五百餘家。生存各家，未忍屏置，亦仿王氏例，彙爲二集十二卷。終以僻處海澨，蒐羅未廣爲憾。聞吴縣戈寶士明經載有《續絶妙好詞》，嘉善黄霽青太守安濤有《續詞綜》之輯，所采定多佳什，覓其書不獲。周季貺（周星貽）司馬云：『戈氏詞未刊，黄氏《詞續》係藏黄韵珊大令憲清家，亂後存否，未由知矣。』太守著述，余只見《詩娱室詩集》，與《靈芬館詞話》所録《摸魚兒》一闋而已。」所述卷數與詞人數與今傳本不同，乃丁氏見到黄燮清《國朝詞綜續編》後又作删定。

［四］　黄霽青觀察：即黄安濤。黄安濤（一七七七—一八四八）：字凝輿，號霽青、葵衣居士，浙江嘉善魏塘鎮人。嘉慶十四年（一八〇九）進士，散館授編修。任貴州主考官，遷文淵閣校理、國史館提調，官至廣東高州、潮州知府。罷官後主上海書院、嘉興鴛湖書院。北京宣南詩社成員之一，有《緑箋詞鈔》二卷。屬草：起草文稿。

［五］　韵珊：即黄燮清。

［六］　東南兵事方亟以下至而補人尤多：人文本無，據《篋中詞》補。東南兵事方亟：指太

平軍與清軍在江南一帶戰事。

［七］ 黄氏《續詞綜》刻于漢上：黄燮清《國朝詞綜續編》同治十二年（一八七三）刊刻于武昌。

［八］ 丁君書刻于吴中：丁紹儀《國朝詞綜補》書稿成于光緒九年（一八八三），初刊于光緒二十年（一八九四）前後。

［九］ 予掇篋中未備者以下：人文本、補編本無，據《篋中詞》補。

［一〇］ 慘緑少年：身穿淡緑衣衫的少年，指風度翩翩的公子哥兒。此指丁紹儀。慘緑，淺緑色。語出張固《幽閑鼓吹》：「潘孟陽初爲户部侍郎，太夫人憂惕，謂曰：『以爾人材，而在丞郎之位，吾懼禍之必至也。』户部解喻再三，乃曰：『不然，試會爾列，吾觀之。』因偏招深熟者。客至，夫人垂簾視之，既罷會，喜曰：『皆爾之儔也，不足憂矣。末座慘緑少年何人也？』答曰：『補闕杜黄裳。』夫人曰：『此人全别，必是有名卿相。』」

評徐一鶚《柳梢青·蓼花》△［一］

高朗［二］。

【注】

［一］　此則人文本未收，據《篋中詞》補入。徐一鶚（一八一七—一八七四）：字文汀，號雲鷹，改號雲汀，福建閩縣（今福州）人，道光二十四年（一八四四）舉人，官寧德教諭。主講道南書院，任臺灣某縣學教諭。爲聚紅榭詞社中專司考評的「祭酒」之一，并建「榕陰吟社」。有《宛羽堂詩鈔》二卷，附詞十六首。謝章鋌《賭棋山莊詞話》續編卷五云：「四十年前，有烏山十才子，徐雲汀一鶚教諭其一也。君早以詩名，善爲淡遠偶句，同人傳爲『雲汀派』。既而爲詞，蕭疏自喜。」參見「閱《聚紅榭雅集詩詞》」一則。《篋中詞》今集續卷三選徐一鶚詞一首，即《柳梢青・蓼花》：「水國蕭然。疏疏幾點，殘照堪憐。烏桕千株，叢蘆一片，相映增妍。　扁舟曾宿江天。看瑟瑟、涼搖暮煙。病酒衰顔，斷篷孤影，瘦到今年。」

［二］　高朗：猶高明，謂高超美善。《詩・大雅・既醉》：「昭明有融，高朗令終。」

評沈世良《蘭陵王・感舊用〈片玉詞〉韵》△［一］

筆筆中鋒［二］，清真法乳，此調幾成《廣陵散》矣［三］。

【注】

［一］　此則人文本未收，據《篋中詞》補入。沈世良：參見「三家詞叙」一則注［一］。《篋中詞》今集續卷三選沈世良詞三首，即《清平樂》（茶奩藥鼎）、《渡江雲》（城笳吹恨起）、《蘭陵王》（錦波直）。沈世良《蘭陵王·感舊用〈片玉詞〉韵》：「錦波直。單舸輕衫揚碧。平橋外，無限柳條，鏡水梳春醮愁色。離情渺水國。憔悴江南舊客。重來問、蛛網小門，花落嫣紅早盈尺。荒苔没行迹。況燕去人非，塵滿歌席。銅鞮誰唱猩唇食？但恨繞箏柱，淚縈羅帕，夢程迢遞附雁驛。高樓認西北。　酸惻。怨懷積。記麝篝香深，鸞帳春寂。仙源路杳情何極。空對燭呼酒，攏船邀笛。沉思眉暈，曉鏡裏，翠暗滴。」

［二］　筆筆中鋒：此借用書法用語，謂用筆處處正鋒。趙孟頫《識王獒之七月帖》云：「書，心畫也，觀其筆法正鋒，腕力遒勁，即同其人品。」周邦彦詞多轉折，于轉折處亦能見筆力。

［三］　幾成《廣陵散》：謂將成絶響。《廣陵散》，琴曲名。嵇康善弾此曲，秘不授人。《晋書·嵇康傳》：「康將刑東市，太學生三千人請以爲師，弗許。康顧視日影，索琴彈之，曰：『昔袁孝尼嘗從吾學《廣陵散》，吾每靳固之，《廣陵散》于今絶矣！』」

《粤三家詞》[一]

嶺南文學，流派最正，近代詩家，張、黎大宗[二]，餘韵相禪[三]。填詞有陳蘭甫先生[四]，文儒蔚起，導揚正聲。葉南雪爲春蘭，沈伯眉爲秋菊[五]，婆娑二老[六]，并秀一時。約梁君星海將合二集[七]，益以寓賢汪玉泉[八]，爲《粤三家詞》云[九]。

【注】

[一] 此則補編本未收，據《篋中詞》補入。

[二] 張、黎大宗：譚獻《三家詞叙》中也有「黎、張賡乎藝林」的話。張、黎，即張維屏、黎簡，均爲清代中期嶺南詩人。

[三] 禪：替代，傳授。《莊子·寓言》：「萬物皆種也，以不同形相禪。」成玄英疏：「禪，代也。」

[四] 陳蘭甫：即陳澧。甫，人文本、《篋中詞》作「浦」。

[五] 「葉南雪」二句：葉南雪，即葉衍蘭。沈伯眉，即沈世良。春蘭、秋菊：喻各具其美。《楚辭·屈原〈九歌·禮魂〉》：「春蘭兮秋菊，長無絶兮終古。」洪興祖補注：「古語云：春蘭秋菊，各一時之秀也。」《篋中詞》今集續卷三選沈世良詞三首，即《清平樂》（茶奩藥鼎）、《渡江雲》

（城笳吹恨起）、《蘭陵王》（錦波直）。

［六］婆娑：花草枝葉扶疏貌，也形容人之閑散自得。《文選·班彪〈北征賦〉》：「聊須臾以婆娑。」李善注：「婆娑，容與之貌也。」容與，逍遥。

［七］梁君：即梁鼎芬。星海：人文本、叢編本無，據《篋中詞》補。

［八］寓賢汪玉泉：即汪瑔。汪瑔原籍浙江山陰（今紹興），寄寓廣州，故云。

［九］《粤三家詞》：即《粤東三家詞鈔》，葉衍蘭編選。參見「三家詞叙」一則注［一］。

評黄宗彝《步蟾宫》△［一］

托興人事。

【注】

［一］此則人文本未收，據《篋中詞》補入。黄宗彝（一八一二？——一八六一）：原名熥，字聖謨，又字肖岩，福建侯官（今福州）人，曾在臺灣依劉家謀，以太學生終。謝章鋌《賭棋山莊文集》卷二有《黄君宗彝别傳》。參與聚紅榭詩詞唱和，參見「閲《聚紅榭雅集詩詞》」一則。有《婆梭詞》一卷，咸豐八年（一八五八）福州刻本。謝章鋌《賭棋山莊詞話》卷六云：「肖岩自臺灣歸，復

之寧洋。壬子夏，余于菁城讀其詞一卷，兼攬南北宋之勝，傳作也。」丁紹儀《聽秋聲館詞話》卷十六云：「（劉家謀、黄宗彝）二君詞均學辛（辛棄疾）、劉（劉過）。」《篋中詞》今集續卷三選黄宗彝詞一首，即《步蟾宫》：「風簾怕礙金釵滑。好穩步、凌波羅襪。貪看明月可中庭，偏過了、團圓十八。冬冬街鼓如相答。早聽到、雞聲雜沓。清宵已是不成眠，更何處、鳴機軋軋。」

評羊復禮《百字令·月夜十刹海觀荷》△[一]

辛楣文采，最近齊梁[二]，運筆倚聲，寓意高秀。即此片玉[三]，已兼白石、碧山[四]，仰窺秦、晁矣[五]。

【注】

［一］　羊復禮（一八四〇—一八九二後）：字乾生，一字敦叔、敦夏，號辛楣、心梅，一號禔庵，浙江海寧人。同治三年（一八六四）舉人。官江蘇同知提調書局、廣西泗城知府。有《辛楣詩鈔詩餘》。《篋中詞》今集續卷三選羊復禮詞二首，即《好女兒》（蓼影蘋花）、《百字令》（凉蟾飛白）。羊復禮《百字令·月夜十刹海觀荷》：「凉蟾飛白，看緑荷萬柄，風來香滿。隱約雲横瓊島碧，半是廣寒宫殿。柳外星高，桐間露濕，想像天閶遠。妝樓千尺，土花綉嚙蟬鈿。當年避暑

離宫，鬧紅深處，四面窗紗茜。水佩風裳依舊是，不信繁華都换。鴛宿花寒，鷺依人瘦，遥盼銀河斷。晶簾如水，幾聲玉笛凄眷。」

［二］ 齊梁：指南朝齊、梁時代的詩歌風格，多吟詠風雲、月露，音律精細，辭藻巧艷。

［三］ 即此片玉以下：人文本、補編本無，據《篋中詞》補。片玉：原比喻賢才之一。《晋書·郤詵傳》：「（武帝）問詵曰：『卿自以爲何如？』詵對曰：『臣舉賢良對策，爲天下第一，猶桂林之一枝，崑山之片玉。』」此謂《篋中詞》所選羊復禮詞僅極少篇章，如零珠碎玉。

［四］ 白石、碧山：即姜夔、王沂孫。

［五］ 秦、晁：即秦觀、晁補之。

評蔣恭亮《長相思》△［一］

格高［二］。　賓梅老友詩詞矜慎，亂後竟罕遘遺墨［三］。

【注】

［一］ 蔣恭亮（一八一三—一八六一）：字賓梅，浙江錢塘（今杭州）人，蔣坦族兄。諸生。死于太平軍陷杭州時。譚獻《亡友傳》記其生平。有《花韵軒詩餘》一卷，道光二十八年（一八四

八)刊《花韻軒詩詞合鈔》本。《篋中詞》今集續卷三選蔣恭亮詞一首,即《長相思》:「思綿綿。恨綿綿。舊約西窗信杳然。黄花又一年。　風可憐。雨可憐。小院燈殘人未眠。雁聲啼遠天。」

[二]　格高:人文本未收,據《篋中詞》補入。

[三]　罕遘遺墨:難見其遺作。遘,遭逢,遇見。

評徐芝淦《玉樓春》△[一]

情靈諧暢,小詞妙境。

【注】

[一]　此則人文本未收,據《篋中詞》補入。徐芝淦(生卒年不詳):字少梅,浙江德清人。咸豐五年(一八五五)舉人,官户部主事。有《桐香館詞》。《篋中詞》今集續卷三選徐芝淦詞四首,即《浣溪沙》(楊柳灣頭泊畫橈)、《浣溪沙》(霧閣雲窗半掩開)、《眼兒媚》(昏黄銀燭小窗西)、《玉樓春》(空階點滴黄昏雨)。徐芝淦《玉樓春》:「空階點滴黄昏雨。燈灺酒闌人悄語。欲眠未可起無聊,打疊相思千萬縷。　相思不見添離緒。一寸芳心應暗許。天涯我亦看花回,生怕重來春已去。」

評嚴廷中《祝英臺近》△[一]

鬱伊噴薄[二]，觸類而長。

【注】

[一] 此則人文本未收，據《篋中詞》補入。嚴廷中（一七九六—一八六四）：字石卿，號秋槎、秋查，雲南宜良人。諸生，官山東萊陽少尹，攝福山、諸城等縣事。有《麝塵詞》一卷，同治十三年（一八七四）豐潤趙氏刻《明湖四刻詞鈔》本。張祿卿序其詞集云：「而復探姜（姜夔）、張（張炎）之窈渺，辛（辛棄疾）、蘇（蘇軾）之豪宕，雜以竹窗、蘋洲（周密）之醒豁，柳七（柳永）、黄九（黄庭堅）之旖旎。」按宋代無詞人號竹窗，此應是「竹山」（蔣捷）或「竹屋」（高觀國）之誤。清人常將此二人并提，如丁紹儀《聽秋聲館詞話》卷二十云：「浙詞多法姜、張，吴下則不然。然究其指歸，不外竹山、竹屋數家。」況周頤《蕙風詞話續編》卷二云：「充其才力所至，庶幾嗣響《水雲》（蔣春霖）。端木子疇（端木埰）前輩評其《麝塵集》曰：『天分甚高，下筆有鐫鑱造物之致，而瑕瑜互見。想見其傲岸自雄，不受切磋處。』」《篋中詞》今集續卷三選嚴廷中詞一首，即《祝英臺近》：「夢初醒，簾不捲，針綫近來懶。幾個黄昏，逐漸帶圍減。吴娘自入朱門，空房小膽，偏住

在、深深深院。　倚欄遍。多日門掩梨花，芳徑緑苔滿。鏡裏襟邊，瘦也没人見。呢喃燕子歸來，匆匆又去，剛訴得、春愁一半。」

［二］　鬱伊：憂憤鬱結。《後漢書·崔寔傳》：「是以王綱縱弛于上，智士鬱伊于下。」李賢注：「鬱伊，不申之貌。」噴薄：迸發。辛棄疾《蘭陵王》詞：「西風黄菊香噴薄。」

評侯家鳳《齊天樂·辛巳送春》△［一］

有同床各夢，有影事前塵［二］，離即吞吐間得之。

【注】

［一］　此則人文本未收，據《篋中詞》補入。侯家鳳（一八五四—一八九二）：字翔千，號夢玉，江蘇金匱（今無錫）人。諸生，官訓導。有《遥情詞》。《篋中詞》今集續卷三選侯家鳳詞一首，即《齊天樂·辛巳送春》：「游絲不繫韶光住。闌風又將花妒。葉底尋紅，愁邊夢緑，凄斷世間兒女。愁春不去。更月暗燈窗，數聲啼宇。解道銷魂，隔簾雙燕替人語。　天涯漫指歸路。向高樓極目，芳草無數。綉幕圍香，畫欄倚玉，猶記曾聽鶯處。舊歡無據。自化作飛雲，鎮啼紅雨。譜入《陽關》，此情應更苦。」

［二］ 影事前塵：前迹，往事。原爲佛教語，《楞嚴經》卷二：「佛告阿難，一切世門大小内外、諸所事業各屬前塵。」又卷五：「縱滅一切見聞覺知，内守幽閑，猶爲法塵分別影事。」

評田林《解連環・燕子來遲，悵然有作》△［一］

寓意自工，氣體高渾［二］。

【注】

［一］ 此則人文本未收，據《篋中詞》補入。田林（生卒年不詳）：字志山，江蘇上元（今南京）人。諸生。《篋中詞》今集續卷三選田林詞一首，即《解連環・燕子來遲，悵然有作》：「到時何晚？語喃喃似説，煙程來遠。問杏花、久矣飄殘，正苔碧泥香，落英千點。曲浦平橋，一瞬過、飛飛又轉。恰樓頭有女，凝妝獨立，綉簾初捲。　韶光爲誰荏苒？早蘆芽出水，柳絲青遍。喜舊巢、梁上依然，得仍與多情，主人相見。怪雨蠻風，訴不盡、旅愁離怨。正溪雲、如葉如花，賴伊碎剪。」

［二］ 高渾：高超渾厚。袁枚《隨園詩話補遺》卷五：「同年許紅橋朝謂余曰：……偶見僧玉峰有句云：『蘆花兩岸白，江水一天秋。』自愧不如僧之高渾。」

評李蒤《凄凉犯・蘆花》△[一]

亦脆亦澀。

【注】

[一] 此則人文本未收，據《篋中詞》補入。李蒤（生卒年不詳）：字芬宇，號瘦人，江蘇上元（今南京）人。諸生。有《瘦人詩餘》三卷，嘉慶刻本。孫星衍序其詞集云：「讀之但覺其感人深至，是真從至性中流出者。」洪亮吉序云：「其境地之清遠，音律之諧切，于南渡後可以追白石（姜夔）、玉田（張炎），即在近時，亦可頡頏竹垞（朱彝尊）、紅友（萬樹）。」《篋中詞》今集續卷三選李蒤詞一首，即《凄凉犯・蘆花》：「荻花蕭瑟。江南岸、凄凉一片吹白。此中處士，憑揮玉麈，素懷誰說？閑雲幾疊？更黃葉、丹楓寂寞。是行人、愁堆鬢髮，飛作一江雪。獨自舟中望，雁宿平沙，鷺飛難識。潮生遠浦，響西風、便知消息。不是楊花，記當日、曾經送客。最關情、斷岸小艇繫夜月。」

評舒位《緑意·落葉》△[一]

高格遠韵。

【注】

[一] 此則人文本未收，據《篋中詞》補入。舒位(一七六五—一八一五)：字立人，號鐵雲，順天大興(今屬北京)人。乾隆五十三年(一七八八)舉人。屢試進士不第，以游幕爲生。有《琴尾詞》(又名《青燈詞》)。《篋中詞》選舒位詞一首，即《緑意·落葉》：「青燈促漏，聽瑣窗點點，風雨依舊。一葉秋聲，飛入誰家？知他好夢難又。東君不到梧桐院，有幾處、銀床鴛甃。想轆轤、汲井人歸，擁起夜寒雙袖。　無奈開簾細數，小園曲徑畔，紅掃鸞帚。眼底關山，只有歸鴉，記得門前烏桕。分明北渚微波下，渾不似、柳梢春後。等再催、九月疏砧，冷到寄衣時候。」

評吴震《南浦·題趙吟卿允懷桃花春影卷》△[一]

一氣如話[二]，別調風吹。

【注】

［一］　此則人文本未收，據《篋中詞》補入。吴震（一七九六？—一八五九？）：字壽之，號瘦青，江蘇常熟人。諸生。有《拜雲閣樂府》二卷，咸豐刻本。另有與孫原湘等唱和之《消寒詞》。《篋中詞》今集續卷三選吴震詞二首，即《南浦》（休再説飄零）、《解連環》（盡扶春倦）。吴震《南浦·題趙吟卿允懷桃花春影卷》：「休再説飄零，便門前、樹也都無尋處。何況此中人，天涯夢、尋遍不曾相遇。相思似水，不堪回首仙源路。燕亦商量無可奈，只是向人凄訴。　花邪還是人邪？對銷魂唤殺，依然不語。可惜一枝紅，傷心色、留在焉支殘譜。明明是淚，未應彈碎清明雨。還怕春風藏不住，畫也通靈飛去。」

［二］　一氣如話：《唐宋詩醇》卷二十一評白居易《寄微之三首》云：「清空一氣如話，三首直如一首。反覆讀之，令人心惻惻，殊難爲懷。」

評沈兆霖《洞仙歌·重九後一日渡淮》△［一］

民物之懷［二］，觸緒自露。

【注】

［一］此則人文本未收，據《篋中詞》補入。沈兆霖（一八〇一—一八六二）：字尺生，號朗亭，又號雨亭，浙江錢塘（今杭州）人。道光十六年（一八三六）進士，官至陝甘總督。有《尺生詞》一卷，附于《沈文忠公集》，同治八年（一八六九）刻本。《篋中詞》今集續卷三選沈兆霖詞一首，即《洞仙歌·重九後一日渡淮》：「蒲帆一葉，倩輕風吹去。萬疊靴文織秋浦。更魚罾冷落，釣艇橫斜，早圖就，紅樹青山行旅。長堤留綫影，堤外迷漫，幾點疏煙辨村塢。贏得水雲寬，荻葦零星，但添了、野鷗沙鷺。歎一望、原空稻粱稀，聽一片酸聲，雁投荒渚。」

［二］民物：即民胞物與，謂關愛百姓。張載《西銘》：「民吾同胞，物吾與也。」

評吴嘉洤《月下笛·棲鴉》△［一］

警絕。《儀宋堂詞》未得見。

【注】

［一］此則人文本未收，據《篋中詞》補入。吴嘉洤（一七九〇—一八六五）：字清如，一字澂之，江蘇吴縣（今蘇州）人。道光十八年（一八三八）進士，官户部員外郎。曾主平江書院講席。

爲「吴中七子」之一，有《秋緑詞》一卷，道光二年（一八二二）《吴中七家詞》本；《儀宋堂詞集》二卷（包括《秋緑詞》一卷、《蟬前蝶後詞》一卷），民國十年（一九二一）刊《儀宋堂集》本。其詞集自序云：「洎交朱君環之（朱綬）、沈君隱之（沈傳桂），兩君皆工于詞，予始稍稍爲之，成章而已。繼交戈君順卿（戈載），乃始精究陰陽清濁之分，九宫八十一調之變，又以暇日遍覽南宋以來諸大家之集，互參博考，而知諸子所論撰，殆無累黍異。後每得一解，必蘄合乎古人之繩尺而止。」蔣敦復《芬陀利室詞話》卷三云：「詞筆如春蘭初花，幽芳襲人。……長調風格，在山村（仇遠）、蜕岩（張翥）間。」《篋中詞》今集續卷三選吴嘉洤詞一首，即《月下笛・棲鴉》：「密葉烘秋，疏林顫雨，夜深寒峭。西風漸老。瘦翎漸褪青小。故宫終古垂楊夢，幾度荒煙蔓草。有三分明月，巢邊移近，賺伊驚曉。　群噪。知多少？看薄暝樓臺，墨翻林杪。霜濃半飽，可憐身世枯槁。一枝借得斜陽暖，又早被、黄昏换了。最凄咽，對孤燈彀彀，啼過破廟。」

評張熙《玉漏遲・己酉十二月望日……》△[一]

澹語彌深旨[二]。

【注】

［一］ 此則人文本未收，據《篋中詞》補入。張熙（一八一〇？—一八六七）：字子和，一作志和，號紫禾，又作耔荷，浙江山陰（今紹興）人。納貲歷署江蘇溧陽、興化、丹徒等縣知縣。與孫麟趾、丁至和等交。有《三影樓劫餘草》一卷，咸豐刻本。杜文瀾《憩園詞話》卷四云：「幼即好爲倚聲之學，其友爲刊《主客圖》。後與丁荓綠（丁至和）諸君游，慕兩宋風味，乃盡棄舊學，并素所得意句而摧燒之，别成精句爲《扁舟草》數十闋。」《篋中詞》今集續卷三選張熙詞一首，即《玉漏遲·己酉十二月望日，寒雨侵簾，夜窗無月，譜此志感》：「寂寞聽亂雨。敲愁做冷，撩人心緒。殘響瀟瀟，捲起濕煙如絮。聽説梅花瘦了，歎林下、無人來去。誰共證、燈昏小閣，夢流何處？倚遍十二闌干，悵有約樓頭，歡游多阻。月到團圞，偏被白雲遮住。悄數一年幾見，只剩有、今宵三五。天欲曙。停琴幾回延佇。」

［二］ 彌：滿，飽含。《楚辭·大招》：「茝蘭桂樹，鬱彌路兮。」王逸章句：「鬱鬱然滿路。」

評陳景雍《臺城路·枯樹》△［一］

題外振奇［二］，固是騷雅。

【注】

［一］　此則人文本未收，據《篋中詞》補入。陳景雍（一八二〇—一八五四）：字希唐，熙堂，河南商丘人。咸豐二年（一八五二）進士，官湖北通山知縣。有《春影樓詞》。《篋中詞》今集續卷三選陳景雍詞一首，即《臺城路·枯樹》：「倡條冶葉都消歇，天涯儘牽離緒。淺剩殘紅，低縈慘緑，此景并難重遇。斜陽古渡。記閑繫漁船，半經樵斧。寫出凄凉，賦才愁殺庾開府。　誰將竹籬悄護？恐東風不到，斷岸荒渚。病骨空存，情根未剗，側卧幾堆黄土。寒鴉無數。奈雨雪殘年，破巢難補。寄語同群，一枝休自誤。」

［二］　振奇：追求新奇。蘇舜欽《石曼卿詩集序》：「而曼卿之詩，又特振奇發秀。」

評陳慶藩《慶春澤·送春》△［一］

宕逸［二］。

【注】

［一］　此則人文本未收，據《篋中詞》補入。陳慶藩（生卒年不詳）：字子宣，湖北江夏（今屬武漢）人。道光二十四年（一八四四）舉人，官中書。兩江總督陳鑾子，陳慶溥兄。有《九福研齋

詞》。《篋中詞》今集續卷三選陳慶藩詞二首，即《蝶戀花》（暖意絲絲寒剪剪）、《慶春澤》（徑掩蒼苔）。陳慶藩《慶春澤・送春》：「徑掩蒼苔，窗圍翠幕，惜花中酒心情。短夢如煙，一春記不分明。落紅爭忍匆匆別，下空階、宛轉無聲。數郵籤、芳草天涯，多少長亭。　離情欲共楊花訴，奈楊花蹤迹，先自飄零。知道難留，何妨且伴雲停。」

［二］宕逸：奔放灑脱。郎瑛《七修類稿・辯證・米字法貫休》：「米（芾）字宕逸可愛，近多效之。」

評陳慶溥《臺城路・枯柳》△［一］

語意奇雋［二］。

【注】

［一］此則人文本未收，據《篋中詞》補入。陳慶溥（生卒年不詳）：字子虔，號心泉，湖北江夏（今屬武漢）人，官江蘇吴江知縣。兩江總督陳鑾子，陳慶藩弟。與孫麟趾交。有《籬壑詞》二卷，吴縣王氏學禮齋鈔稿本。其序勒方錡《榑洲詞》云：「填詞者其病有二：清詞麗句，則聲律不諧；引商刻羽，又葩采不流。人憚其難，而目爲小道，其實欲爲之而不能，非能之而不爲也。……西江

勒子少仲《榑洲詞》二卷，不惟協律比律吕，而意趣迴不猶人，直與兩宋媲美。」可見詞學趣尚。丁紹儀《聽秋聲館詞話》卷十五云：「雖生長朱門，而詞甚凄婉。」《篋中詞》今集續卷三選陳慶溥詞一首，即《臺城路·枯柳》：「眼中多少飄零苦，無情也成憔悴。不肯藏鴉，由他繫馬，那有婆娑生意。繁花去矣。怕經歷紅羊，自家枯死。一角紅樓，夕陽無語對秋水。河梁記曾送别，幾番攀折後，衰謝容易。絮影全空，長條已盡，莫問楊枝年紀。凄凉燕子，似相對呢喃，樹猶如此。昔日青青，可憐殘夢裏。」

［二］　語意奇雋：郭則澐《清詞玉屑》卷四評云：「其詞凄警，蓋傷于遇。鄂城陷後，和孫月坡（孫麟趾）詠枯柳《齊天樂》（即《臺城路》）云……玩其詞意，或哀青墨卿中丞也。」可參。青墨卿，即青麐，姓圖門氏，號墨卿，滿洲正白旗人，湖北巡撫，咸豐四年（一八五四）太平軍攻陷武昌，朝廷問罪被處死。

孫麟趾輯詞［一］

嘉慶以來五六十年，南國才人雅詞日出。不僅常州流派，大都取材南宋［二］，婉約清超，拍肩挹袖［三］。王侍郎《詞綜》成，膚語未濯［四］，而名手以隱秀相尚者［五］，不爲所掩。吴人孫麟趾月坡，掉鞅詞壇[六]，往往有汐社遺風[七]，分題唱和，不欲爲箏琶俗響[八]。嘗舉樊榭、蠡槎、枚庵、穀人、頻伽[九]、小竹、稚圭爲《七家詞選》，五十五篇[一〇]，以示揭櫫[一一]。復輯《詞綜》以後作者，撰《絶妙近詞》[一二]，去取矜慎，殆可繼踵草窗[一三]，沖澹幽微，如讀中唐七言詩。往年一見于亡友高茶庵處[一四]，未及甄録。今得劉彦清藏本[一五]，采擷名篇，賡録入《篋中》之選。

【注】

[一] 孫麟趾：參見「評孫麟趾《祝英臺近》」一則注[一]。

[二] 材：點校本《篋中詞》作「裁」。

[三] 拍肩挹袖：謂旨趣相同。參見「蘋洲漁唱叙」一則注[二]。

[四] 膚語未濯：膚淺空泛的風氣未能去除。胡應麟《少室山房筆叢·四部正譌中》：「今讀此書，所稱仁義道德，皆剽拾老莊之膚語，傅合周孔之庸言。」濯，洗滌，去除。

[五] 隱秀：或含蓄，或警策。此指重比興寄托的一路。劉勰《文心雕龍·隱秀》：「是以文之英蕤，有秀有隱。隱也者，文外之重旨者也；秀也者，篇中之獨拔者也。」范文瀾注：「重旨者，辭約而義富，含味無窮。陸士衡（陸機）云『文外曲致』，此隱之謂也。獨拔者，即士衡所云『一篇之警策也』。」

[六] 掉鞅：原謂駕戰車沖入敵陣，從容整理馬脖子上的皮帶，以示御術高超。語出《左

傳・宣公十二年》：「吾聞致師者，左射以菆，代御執轡，御下兩馬，掉鞅而還。」杜預注：「掉，正也，示閑暇。」鞅，套在牛馬頸上的皮帶。陸德明釋文：「鞅，《説文》云：『頸皮也。』」一説套在馬腹上，《左傳・僖公二十八年》杜預注：「在腹曰鞅。」後比喻從容顯示才華。李商隱《爲裴懿無私祭薛郎中文》：「鄉塾掉鞅，文林勵戈。」

［七］　汐社遺風：指南宋遺民詠物寄托之作。

［八］　箏琶俗響：指俗艷之作。語出黄庭堅《山谷内集・寄題榮州祖元大師此君軒》詩：「滿堂洗盡箏琶耳，請師停手恐斷絃。」周濟《止庵遺書・宋四家詞筏序》云：「近世爲詞者，莫不低首姜、張，以温、韋爲緇撮，巾幗秦、賀，箏琶柳、周，傖楚蘇、辛。」

［九］　伽：點校本《篋中詞》作「迦」。

［一〇］　《七家詞選》：即孫麟趾編《國朝七家詞選》，一卷。選厲鶚詞十四首，林蕃鍾詞三首，吴翊鳳詞六首，吴錫麒詞三首，郭麐詞十八首，汪全德詞七首，周之琦詞四首，合共五十五首。重審音協律，爲後期浙派選本。輯成後未付梓，道光三十年（一八五〇）嘉興邵建詩從孫麟趾處獲此稿，咸豐三年（一八五三）刊印，并作序，云：「比之戈典簿順卿（戈載）《宋七家詞選》，雖所取較約，而精純實過之，和璧隋珠，自足遥相輝映。」樊榭，即厲鶚。螽槎，即林蕃鍾。枚庵，即吴翊鳳。穀人，即吴錫麒。頻伽，即郭麐。小竹，即汪全德。稚圭，即周之琦。

［一一］　揭櫫：標誌，表記。亦作「楬櫫」。參見「蘋洲漁唱叙」一則注［一二］。

[一二] 《絶妙近詞》：孫麟趾編選，六卷。仿朱彝尊《詞綜》，輯王昶《國朝詞綜》之後作者，計八十九家，詞二百六十首，録詞多與姜夔詞風相近者。有咸豐刊本。陳慶溥序其詞集云：「雖博不及《詞綜》，而精妙過之。詞人姓氏，賴此以傳，不至湮没，厥功甚偉。名曰《絶妙近詞》，蓋沿弁陽老人（周密）《絶妙好詞》之例，《好詞》得樊榭（厲鶚）箋之，尤足醒目。」但程秉釗跋則以爲「篇中所録諸家爵里，闕誤者甚多」。

[一三] 草窗：即周密。此指其所編《絶妙好詞》。

[一四] 往年一見于以下：人文本、補編本無，據《篋中詞》補。高茶庵：即高望曾。

[一五] 劉彦清：即劉履芬。

評謝章鋌《賣花聲·寒鴉》△[一]

噌吰鏜鎝[二]，弦管皆喑[三]。

【注】

[一] 此則人文本未收，據《篋中詞》補入。謝章鋌（一八二〇—一九〇三）：字枚如，又號藤陰客、江田生，晚號藥階退叟，福建長樂人。光緒三年（一八七七）進士，授中書舍人。主講江

西白鹿洞書院、福州致用書院。有《酒邊詞》八卷，光緒十五年（一八八九）福州刻《賭棋山莊全集》本。著《賭棋山莊詞話》十卷、續編五卷。丁紹儀《聽秋聲館詞話》卷十九云：「雖宗法半在蘇（蘇軾）、辛（辛棄疾），亦頗饒雅韵。」冒廣生《小三吾亭詞話》卷四云：「集中《百字令》八闋，聲情激越，絶似迦陵（陳維崧）《滿江紅》諸作。舍人詞，豪放是其本色，不悉登也。」因譚獻編選《篋中詞》時未見《聚紅榭詩詞》一書（參見《篋中詞》續集卷一劉勷詞評語）。今集續卷三僅選謝章鋌詞一首，即《賣花聲・寒鴉》：「無計避凄凉。獨自翱翔。孤村蕭瑟已斜陽。流水一彎山一角，黯黯垂楊。大屋少餘糧。忍盡饑腸。啼聲啞啞夜初長。萬點風霜烏桕樹，天地茫茫。」

［二］噌吰鏜鎝：鐘鼓聲。此形容聲音宏亮。《文選・司馬相如〈長門賦〉》：「擠玉户以撼金鋪兮，聲噌吰而似鍾音。」李善注：「噌吰，聲也。」江總《横吹曲》：「鏜鎝《漁陽摻》，怨抑胡笳斷。」劉克莊《辛稼軒集序》：「公所作大聲鏜鎝，小聲鏗鍧，横絶六合，掃空萬古，自有蒼生以來所無。」

［三］喑：啞。

評姚鼐《臺城路・秋蝶》△［一］

夫惟大雅，卓爾不群，倚聲得此，文儒乃爲游藝［二］。

【注】

［一］　此則人文本未收，據《篋中詞》補入。姚鼐（一七三二——一八一五）：字姬傳，一字夢谷，號惜抱，安徽桐城人。乾隆二十八年（一七六三）進士，官禮部主事、刑部郎中、四庫全書纂修官。後歷主江南梅花、鍾山、紫陽等書院講席。從劉大櫆學古文，精研經學，爲桐城派代表作家之一，輯有《古文辭類纂》七十五卷。能詞，有《惜抱軒詞》一卷，同治五年（一八六六）省心閣重刊《惜抱軒全集・詩後集》本。丁紹儀《聽秋聲館詞話》卷十五云：「桐城姚姬傳先生鼐，因王西莊（王鳴盛）光禄『專力則精，雜學則粗』二語，輟詞不作，今《惜抱軒集》中所附數闋而已。然如和鄭前村詠鄰女《桂枝香》……雖專門家無以過，微嫌隸事稍多耳。」《篋中詞》今集續卷三選姚鼐詞二首，即《水龍吟》（楚江漠漠連天）、《臺城路》（粉墻翅底尋芳處）。姚鼐《臺城路・秋蝶》：「粉墻翅底尋芳處，栩栩夢回情老。冷露垂乾，微陽烘暖，一徑西園重到。寒枝自抱。恍穿入深深，壓簾春曉。甚又驚飄，却和輕葉墜煙草。　流年偷换漫道。雙飛境幾度，而今黄了。砌暗蘭衰，籬荒菊瘦，故侶相逢應少。樓陰静悄。正欲向東家，又依殘照。倚檻誰看？滿庭風裊裊。」

［二］　文儒乃爲游藝：意謂身爲古文家而染指小詞。游藝，原意爲游于六藝，語出《論語・述而》：「子曰：志于道，據于德，依于仁，游于藝。」劉寶楠正義引鄭玄注：「游謂閑暇無事于之游。」此指填詞之類。

評楊秉桂《摸魚子》△[一]

幽抑怨斷，如讀晚唐人詩。

【注】

[一] 此則人文本未收，據《篋中詞》補入。楊秉桂（一七八〇—一八四三）：原名慶譽，字蕊周，號辛甫，晚號蟾翁，又號潛叟，江蘇吴江（今蘇州）人。道光十七年（一八三七）貢生，候選訓導。有《潛吉堂詞録》一卷，道光刻本。《篋中詞》今集續卷三選楊秉桂詞二首，即《摸魚子》（恁窺檐）、《摸魚子》（耐清馨）。楊秉桂《摸魚子》：「耐清馨、野塍花放，撩人饒有芳思。青青薺菜輕苞坼，不數等閑紅紫。還記起。只一度、蘼蕪春去寥蕭矣。紅襟燕子。憑踏軟珊鈎，棲眈珠箔，一瞥眇無際。　休重話，變幻滄桑舊事。烏衣門巷如水。凄凉佛屋塵羹冷，同證斷篷身世。春便至。我已是、霜華滿鬢成秋意。如何料理？但悄吐蠶絲，暗銷蟲蠟，譜入蔚藍紙。」

評沈曰富《買陂塘·白蓮》△[一]

高逸。

【注】

[一] 此則人文本未收，據《篋中詞》補入。沈曰富（一八〇八—一八五八）：字沃之，號南山，江蘇吴江（今蘇州）人。道光十九年（一八三九）舉人，曾任教職。姚椿弟子。有《受恒受漸齋集》，中收詞一卷，光緒十三年（一八八七）家刻本。與兄弟沈曰壽、沈曰康共結紅梨詞社，吴中士人多參與唱和。其序柳以蕃《食古齋詩餘》云：「石帚（姜夔）、玉田（張炎），將有嗣響。蕡洲（周密）浮糜，豈得專美。」可見詞學趣尚。《篋中詞》今集續卷三選沈曰富詞一首，即《買陂塘·白蓮》：「忒微茫、溶溶月色，美人家在前浦。紅情緑意堪持贈，冷抱一重幽素。天欲暮。似織罷機絲，吹化凉煙去。爲伊小住。只倚玉無痕，偎香有夢，自恨不如鷺。田田外，一段相思最苦。夜深多少風露。鉛華洗盡天姿見，相對何須解語。愁幾許？著一片秋陰，顧景華如霧。持杯問取。縱雪貌難酡，風裳耐冷，獨立甚情緒？」

吴江三家△[一]

以上吴江三家，學行敦茂[二]，文辭爾疋[三]。寓興長短句，是爲緒餘[四]，是爲正軌。

【注】

[一]　此則人文本未收，據《篋中詞》補入。吴江三家：除楊秉桂、沈曰富外，尚有陳壽熊。陳壽熊（一八一二—一八六〇），原名燾，字獻青，號子松，江蘇吴江（今蘇州）人。諸生。精《易》學。有《静遠堂詩餘》一卷，光緒十八年（一八九二）蘇州五畝園刻《静遠堂集》本。《篋中詞》今集續卷三選陳壽熊詞一首，即《乳燕飛》（雲氣浮平野）。

[二]　敦茂：敦厚美好。歸有光《送許子雲之任分宜序》：「民俗敦茂，易以爲治。」

[三]　爾疋：雅正，文雅。疋同「雅」。《史記·儒林列傳》：「文章爾雅，訓辭深厚。」司馬貞索隱：「謂詔書文章雅正。」疋，點校本《篋中詞》誤作「匹」。王灼《碧雞漫志》卷一：「中正則雅。」張炎《詞源·雜論》：「詞欲雅而正，志之所之，一爲情所役，則失其雅正之音。」

[四]　緒餘：謂學行、文辭之外的餘事，指填詞。參見「校刻衍波詞序」一則注[一六]。

評王潤《三姝媚·真州道中》△[一]

句法、章法，不墜止庵周氏師傳[二]。

【注】

[一] 此則人文本未收，據《篋中詞》補入。王潤（一八〇二—一八五二）：字沛堂，號四篁，浙江會稽（今紹興）人。曾官江蘇南匯縣丞，與吴中七子及蔣敦復交。有《賞眉軒自喜集》四卷，咸豐刻本。其序蔣敦復詞集云：「小令如《花間》，中調如北宋，慢聲如南渡。哀感頑艷，凄人心脾，亦由其流離世故，自傷情多也。」蔣敦復《芬陀利室詞話》卷一云：「道光壬寅、癸卯間，余被蜚語，易僧服避人于南匯。時會稽王四篁潤爲二尹（對縣丞的俗稱），邑人顧澹園上舍成順、李吟香明經墀相與訂方外交。……澹園喜填詞，余舉意内言外及有厚入無間之説告之，四篁復舉仇山村（仇遠）『言順律舛，律協言繆』俱非詞家本色語。澹園恍然悟曰：『填詞三十年，今始得正法眼藏也。』」《篋中詞》今集續卷三選王潤詞一首，即《三姝媚·真州道中》：「遥嵐嵌缺樹。露青青芙蓉，野煙初曙。吒犢聲中，見麥鬚如戟，背風低舞。古苑荒凉，橫斷碣、蒼苔深護。一隊神鴉，飛上靈旗，蔣侯何處？　嗚咽邗流千古。送不盡閑愁，任潮來去。翠竹江村，問寶坊香積，亂紅迷

路。燕子歸來，知故榭、今誰爲主？料向雕梁同惜，天涯倦羽。」

［二］不墜：不失。止庵周氏：即周濟。

評孔廣淵《百字令·重過袁江有感》△［一］

憂患之言，不嫌太盡。

【注】

［一］此則人文本未收，據《篋中詞》補入。孔廣淵（生卒年不詳）：字蓮伯，山東曲阜人。有《兩部鼓吹軒詩餘》。《篋中詞》今集續卷三選孔廣淵詞二首，即《百字令》（荒涼如此）、《摸魚兒》（背斜陽）。孔廣淵《百字令·重過袁江有感》：「背斜陽、尋閑出郭，岸蘆聲遞前導。一彎淺水橋穿過，幾個打魚舟小。鴉陣繞。看倦羽、飛還密點疏林杪。炊煙青裊。漸射雉城東，半輪寒月，出樹澹相照。　飛蓬鬢，陡被西風吹槁。菊花空伴人老。袖籠畢卓持螯手，何處酒樓重到？形景吊。剩瘦骨塵秋，天末知音少。不如歸好。掩兩扇荆扉，黄粱飯熟，落得晚餐飽。」

評張僖《南歌子》△[一]

自然名雋。

【注】

[一] 此則人文本未收，據《篋中詞》補入。張僖：參見「眠琴閣詞序」一則注[一]。《篋中詞》今集續卷三選張僖詞七首，即《南歌子》（新釀和酒醉）、《南浦》（昨夜醉離筵）、《高陽臺》（夕陽迷山）、《木蘭花慢》（笑雙雙燕子）、《清平樂》（狂花易落）、《虞美人》（妝成斜倚湘奩坐）、《生查子》（捲起水晶簾）。張僖《南歌子》：「新釀和愁醉，輕帆帶夢低。夕陽衰柳問隋堤。怕聽露筋祠外，亂鴉啼。　浪迹留鴻爪，鄉心付馬蹄。蕭蕭黄葉撲征衣。無數好山相送，過淮西。」

評張僖《木蘭花慢・燕》△[一]

托興幽遐。

【注】

［一］此則人文本未收，據《篋中詞》補入。張信《木蘭花慢・燕》：「笑雙雙燕子，又辛苦，壘香巢。正細啄芹泥，斜穿芳徑，玉剪低拋。年年社前社後，覓幽棲、占得畫梁高。似説主人情重，呢喃軟語誰教？　最憐瘦羽翛翛。分柳影，拂花梢。看引雛上下，緑陰庭院，紅雨溪橋。秋來便歸甚處？問烏衣、鄉路夢迢迢。剩有昏鴉數點，伴他寒樹蕭條。」

評張信《清平樂》△［一］

一何温厚。

【注】

［一］此則人文本未收，據《篋中詞》補入。張信《清平樂》：「狂花易落。罥住秋千索。一點春心何處，知有幾重簾幕？　濛濛暗柳啼鴉。又催春過鄰家。獨有寒潮信準，隨人直到天涯。」

評張僖《虞美人》△[一]

人意中語。

【注】

[一] 此則人文本未收，據《篋中詞》補入。張僖《虞美人》：「妝成斜倚湘奩坐。日影秋窗過。爲誰歡笑爲誰顰？算是不曾瞞却鏡中人。　熏香小閣涼如水。慵把冰弦理。問伊倘解别離愁。待看歸來消瘦似儂不？」

評葉衍蘭《長亭怨慢》△[一]

振響哀弦[二]。

【注】

[一] 此則人文本未收，據《篋中詞》補入。葉衍蘭：參見「秋夢庵詞鈔叙」一則注[一]。《篋中詞》今集續卷三選葉衍蘭詞四首，即《長亭怨慢》（已拚作）、《珍珠簾》（楚天環佩清秋迥）、

《青玉案》(櫻桃未洗枝頭露)、《垂楊》(章臺夢杳)。葉衍蘭《長亭怨慢》：「已拚作、天涯羈旅。半壁殘燈，恁般離緒。珊淚緘紅，瑶情化碧，奈何許？斷魂千疊，都做盡、愁絲縷。影事忒凄凉，可記得、文鴛雙屨？　延佇。只梧桐院落，幾點冷風疏雨。秋心一握，化蝴蝶、夢中飛去。又恐隔、霧露芙蓉，訴釵約、無人爲主。剩澹月銀屏，猶照亂紅深處。」

［二］　哀弦：悲凉的琴瑟聲。曹丕《善哉行》：「哀弦微妙，清氣含芳。」

評葉衍蘭《珍珠簾·題高唐神女圖》△［一］

直揭本旨［二］，大筆淋漓。

【注】

［一］　此則人文本未收，據《篋中詞》補入。葉衍蘭《珍珠簾·題高唐神女圖》：「楚天環佩清秋迥，悄姍姍、惟見行雲微步。蘭澤散芳馨，壓六宫眉嫵。巫峽生涯原是夢，渾不怕、細腰人妒。凝佇。望縹緲仙軿，鬟鬟風霧。　休説幻想荒唐，只微詞托興，一篇遺賦。幽咽到驚鴻，寫洛川神浦。翠蓋霓旌無處所，總腸斷、峰頭朝暮。愁緒。認倩影陽臺，春風留住。」

［二］　直揭本旨：應指詞中「只微詞托興，一篇遺賦」二句。

評葉衍蘭《垂楊》△[一]

去國之思[二]，韵合《騷》、《辯》。

【注】

[一] 此則人文本未收，據《篋中詞》補入。葉衍蘭《垂楊》：「章臺夢杳。記陌頭弄色，嫩黄初裊。舞損纖腰，小垂煙態偎人抱。那知堤畔凋零早。絮飛盡、翠樓春峭。剩當時、汁染青衫，漬淚痕多少？　猶説靈和殿好。奈朝雨幾番，也摧殘照。倩影依依，怎禁憔悴香塵掃？攀條更恨長安道。怕重問、燕昏鶯曉。歎風前一樣蕭疏，絲鬢老。」

[二] 去國：此指離開京城。顔延之《和謝靈運》詩：「去國還故里，幽門樹蓬藜。」按：葉衍蘭于光緒八年（一八八二）秋由京師歸里。謝永芳校點《葉衍蘭集》謂此詞作于光緒十年（一八八四）前後，爲和張鳴珂同調之作，可參。

評汪遠孫《催雪・和夢窗韵》△[一]

湛深之思。

【注】

[一]　此則人文本未收，據《篋中詞》補入。汪遠孫（一七九四—一八三六）：字久也，號小米，又號借閑漫士，浙江錢塘（今杭州）人。嘉慶二十二年（一八一七）進士，官内閣中書。與姚燮交。有《借閑生詞》一卷，道光二十年（一八四〇）錢塘振綺堂刊《借閑生詩詞》本。《篋中詞》今集續卷三選汪遠孫詞一首，即《催雪・和夢窗韵》：「風冷偏尖，雲凍欲墮，悄覺簾櫳似水。早爐歇茶煙，雙鬟慵起。雁訊天涯來也，問可見、瓊妃摇仙佩？尋詩何處，灞橋懶去，蠣窗深閉。　詞麗。醸緑蟻。尚掃徑顧虚，銷凝庭砌。怕稍緩些時，便攙春意。望斷梅花帳底，夢吹落、飛英香盈被。閑殺了、吟絮清才，暗揾相思珠淚。」

評王壽庭《長亭怨慢・媚波樓聽雨偶占》△[一]

款款語出以澹雅[二]。

【注】

［一］　此則人文本未收，據《篋中詞》補入。王壽庭（一八〇五？——一八六〇）：字養初，江蘇吳縣（今蘇州）人。布政使理問銜屬吏，死于太平軍攻陷蘇州時。有《吟碧山館詞》一卷，光緒十年（一八八四）吳郡潘氏刊《四家詩詞》本。潘鍾瑞序其詞集云：「自以宗風，瓣香中仙（王沂孫），顏其室曰吟碧山館。」杜文瀾《憩園詞話》卷五云：「此君詞筆清健，頗多懷古之作，洵有心人也。」《篋中詞》今集續卷三選王壽庭詞一首，即《長亭怨慢·媚波樓聽雨偶占》：「漸窗外、凉雲凝碧。幾陣瀟瀟，似疏還密。夢短愁長，畫樓人静、遠聞笛。翠樽休勸，容易惹、嬋媛泣。縱不病懨懨，也瘦似、梅花堪惜。　凄惻。剩靈犀一點，未許小鬟偷識。籠燈欲去，莫相送、鬱金堂北。看濕透、遍地青苔，怕羅襪、明朝留迹。怎燕子無心，猶説盧家消息。」

［二］　款款：誠懇。《楚辭·屈原〈卜居〉》：「吾寧悃悃欵欵樸以忠乎？」王逸章句：「志純一也。欵，一作『款』。」洪興祖補注：「款，苦管切，誠也。」

評潘遵璈《探芳信·樓陰殢夢……》△［一］

有離即之妙。

【注】

［一］此則人文本未收，據《篋中詞》補入。潘遵璈（一八二六—一八六〇）：字子綉，號譜士，又號幻薲詞客，江蘇吴縣（今蘇州）人。咸豐九年（一八五九）貢生。死于太平軍攻陷蘇州時。作詞師法南宋周密，有《香隱庵詞》二卷，咸豐八年（一八五八）刻本。吴嘉洤序其詞集云：「而其所爲詞，若得乎秋氣之甚深，而言之彌工。集中詠秋諸作極幽憂愁思之致，其爲獨弦之歌歟？其爲嘹天之鶴歟？如怨如慕，如泣如訴，抑何慘惻善感如是也。其殆有不得已于言者歟？」蔣敦復跋其詞集云：「大著亦從玉田、草窗入手，却不域于南渡，上推之至南唐北宋，所造各有所得，一種芳菲悱惻之情，深得詞中三昧，于鄙人之言有相印證處。」《篋中詞》今集續卷三選潘遵璈詞三首，即《探芳信》（步幽窈）、《曲游春》（薄雨收塵後）、《踏莎行》（細草生齊）。潘遵璈《探芳信·樓陰殢夢，簾波蕩春，小憩園林，感吟成調》：「步幽窈。正柳眼開初，花魂醒了。算一年芳事，閑中占多少？夕陽樓閣遲歸燕，簾捲人偏悄。訴柔情、絶似游絲，向空斜裊。　天氣嫩晴好。怕謝盡荼蘼，錦書還渺。試問東風，能否把愁掃？闌干曲録同誰倚？淚染紅心草。暗銷凝、不信嬉春尚早。」

評潘遵璈《曲游春·春末同游虎丘……》△［一］

咽而後流，得澀字法［二］。

【注】

［一］此則人文本未收，據《篋中詞》補入。潘遵璈《曲游春·春暮同游虎丘，小桃吐紅，芳草凝碧，撫今懷古，未免有情》：「薄雨收塵後，又畫船簫鼓，催破岑寂。俊侶看春，黯銷魂不在，眼前裙屐。懶盡東風力。斜陽外、柳絲垂碧。莫幾番、鬥草籌花，忘却燕鶯消息。小立。樓陰數尺。便挽住韶華，愁緒如織。迤邐探幽，歎真娘墓古，那招香魄？寫恨蟬箋擘。算惟有、青山能識。更晚來醉倒情癡，倚窗弄笛。」

［二］「咽而後流」二句：參見「厲鶚詞」一則注［九］。

評潘鍾瑞《長亭怨慢·柳絮飛庭，春事盡矣》△［一］

《士不遇賦》，含凄古澹。

【注】

［一］此則人文本未收，據《篋中詞》補入。潘鍾瑞（一八二三—一八九〇）：字麟生，號瘦羊，又號香禪居士。江蘇吴縣（今蘇州）人。增貢生，太常寺博士。死于太平軍攻陷蘇州時。與潘遵璈、吴嘉淦、王壽庭、宋志沂、蔣敦復、劉履芬等結社唱和，精音律，嘗助杜文瀾校正《詞律》。

有《香禪精舍詞》四卷，光緒十年（一八八四）刻本。蔣敦復跋其詞集云：「填詞家往往丐裙帶餘香，作乞憐兒女子態，以是爲工，未免貽笑大方。作者能脱此窠臼，自攄襟抱，而渾脱瀏漓如公孫大娘舞，神乎技矣。」杜文瀾《憩園詞話》卷五云：「究心律吕，能以清氣行乎句間，妍麗盡致。」《篋中詞》今集續卷三選潘鍾瑞詞一首，即《長亭怨慢・柳絮飛庭，春事盡矣》：「最無奈、飄零風絮。道是離人，淚痕如許。點上儂襟，舊時餘暈，更難數。可憐情盡，猶未得、埋香土。小院畫簾垂，且約共、殘紅留住。　淒楚。歎浮萍後果，落向硯池終誤。斜陽影裏，蕩一縷、愁魂銷處。早不曾、同著春來，又何苦、同春歸去？算謝女多才，應也無心吟汝。」

評劉觀藻《垂楊・衰柳》△[一]

婉篤之致，彥清且難爲兄矣[二]。

【注】

[一]　此則人文本未收，據《篋中詞》補入。劉觀藻：參見「紫藤花館詞跋」一則注[一]。

《篋中詞》今集續卷三選劉觀藻詞一首，即《垂楊・衰柳》：「啼鶯已散。甚舊巢露處，暮鴉猶戀。翠羽黃金，舞枝無力纖腰倦。當年走馬章臺畔。怎煙縷、銷殘芳岸？送行人、欲折長條，却最增淒惋。記得青青未遠。悵千里隋堤，剪刀驚换。笛不須吹，曉風殘月難遣。秋千閑殺無人管。怕寂寞、那家深院。門前一角青山，深漸見。」

［二］彦清：即劉履芬，劉觀藻兄。

評楊葆光《瑶華·承露盤》△［一］

杜詩韓筆，凌厲無前，此事自關襟抱［二］。

【注】

［一］此則人文本未收，據《篋中詞》補入。楊葆光（一八三〇——一九一二）：字古醖，號蘇盦，又號紅豆詞人，江蘇婁縣（今上海松江）人。諸生，官浙江龍游、新昌知縣，晚年寓滬，任麗則吟社社長。有《蘇盦詞録》一卷，附于《蘇盦集》後，光緒九年（一八八三）杭州自刻本。其詞集自序云：「詞人自束髮讀書，見重耆宿，所期望不止此，其止此，豈非命耶？」《篋中詞》今集續卷三選楊葆光詞二首，即《憶舊游》（記山横淺黛）、《瑶華》（官家富貴）。楊葆光《瑶華·承露盤》：「官家富貴，歷盡人間，算天漿猶缺。神明臺上，君不見、有個銅仙高絶。吉雲五色，只臣朔、親探丹穴。剩到今草没黄圖，空道肌膚如雪。漢家軼事遥稽，數五利文成，堪笑覆轍。天高雲表，千

歲後、還共煙霞澌滅。西王母去，縱靈液、堪供饕餮。問古來多少神仙，嘗遍玉杯寒澈？」

［二］　自關襟抱：況周頤《蕙風詞話》卷二云：「填詞第一要襟抱。惟此事不可强，并非學力所能到。」可參。

楊葆光詞△

古醖老困場屋［一］，仕宦不進，豪情古意，寓于詩文。集中《沁園春·詠帳》四闋［二］，寓言身世，倜儻權奇［三］，别録他卷［四］。

【注】

［一］　古醖：點校本《篋中詞》作「古韞」。場屋：科場。司馬光《資治通鑒·唐武宗會昌六年》：「景莊老于場屋，每被黜，母輒撻景讓。」胡三省注：「唐人謂貢院爲場屋，至今猶然。」

［二］　《沁園春·詠帳》四闋：其一：「天地爲廬，網括洪荒，豈不快哉？燦紅珠如斗，幽居小築，白縑爲裏，復壁重開。殿指三雲，圖装五日，富麗風華點綴才。疑明月，擁生綃獨坐，聚雪皚皚。　安排。新様重裁。問若個銷金醉飲來。想櫻酣後，色縈繒綫，芙蓉深處，清絶纖埃。玳瑁相兼，琉璃互映，貴主連珠早孕胎。同心結，有魚龍鸞鳳，七寶樓臺。」其二：「刻畫金絲，玉質

仙姿，位置個人。甚春融鴛枕，夏抒象簟，秋凉扇怯，冬暖爐熏。省識翔鸞，休驚夜鶴，四寶相依往返頻。紅羅覆，數珠瑠瑟瑟，百子圖新。　相親。莫笑橫陳。悄不覺微太半晌身。喜合歡裁就，被池熨貼，文濤翻出，紗碧停勻。綉黼高張，青綾自障，無礙潛窺笑與顰。懷人處，只夜談霜月，未涴征塵。」其三：「十載飄萍，幕啟蓮花，淥水正濃。便論衡藏得，才傾當世，青囊連就，儉亦家風。指點梅花，評量夜月，幾度離情怨曉鐘。閑尋夢，把雙鈎潛放，一枕惺忪。　紗籠。也自從容。許錦綉門人橐筆從。記分弓射敵，曾依戎幄，下帷課讀，不礙游蹤。翠羽翩翩，明光皓皓，多少嘉賓入幕逢。風流甚，文綉衾奇暖，裹住嬌慵。」其四：「散盡春愁，劫運初過，脉脉自傷。道綺羅零落，幾回懸榻，氍毹乍展，忽又登場。簟拂湘君，幌牽雲母，手據胡床細較量。情難遣，倩羅幃綉幕，繫定柔腸。　芬芳。絢爛休忘。更四角爐安百濯香。聚琉璃珠玉，玲瓏雜寶，夜光明月，圍繞紅墻。護到文鴦，夢來舞蝶，五色迷離織錦裳。非非想，看九真絕妙，親入仙鄉。」

〔三〕倜儻權奇：參見「粉雲庵詞序」一則注〔三〕。

〔四〕別録他卷：人文本、補編本無此四字，據《篋中詞》補。楊葆光《沁園春·詠帳》四闋《篋中詞》未載録。

評汪初《湘月・春懷》△[一]

有春事，有春人，意内言外。

【注】

[一]　此則人文本未收，據《篋中詞》補入。汪初（一七七七—一八〇八）：字問樵，號絳人，浙江錢塘（今杭州）人。諸生。有《滄江虹月詞》一卷，趙氏壽華軒鈔本。沈星煒序其詞集云：「其中懷人詠古諸篇，并皆佳妙。至閨情纖麗之作，尤其所長。」吴衡照《蓮子居詞話》卷四云其詞「皆翩翩有致」。《篋中詞》今集續卷三選汪初詞二首，即《湘月》（清明近了）、《轆轤金井》（春風多事）。汪初《湘月・春懷》：「清明近了，漸雨絲風片，做成愁樣。花外樓高人獨倚，燕子歸來無恙。珠箔飄燈，銀屏掩夕，多少傷春想。柔魂如縷，昵他蘭篆摇颺。　所思人隔天涯，蘼蕪夢斷，桃葉春江上。賣過杏花鶯語懶，閑殺柳邊深巷。扇底紅稀，鏡中翠斂，心事難安放。聽殘蓮漏，峭寒輕撲綃帳。」

評郭鍾岳《浣溪沙》二首△[一]

温、韋遺響。

【注】

［一］　此則人文本未收，據《篋中詞》補入。郭鍾岳（生卒年不詳）：字叔高，一字外峰，江蘇江都（今屬揚州）人。官浙江同知。有《和天倪齋詞》三卷，光緒刻本。其詞集自序云：「噫！余豈詞人也歟哉？蘇（蘇軾）、辛（辛棄疾）之豪情跌宕，姜（姜夔）、柳（柳永）之纏綿悱惻，草窗（周密）、《花間》，固未夢見。倘有以此贊之，不敢受也。」《篋中詞》今集續卷三選郭鍾岳詞三首，即《浣溪沙》（眉鎖春愁畫不平）、《浣溪沙》（軟倦惟宜鎮日眠）、《蘇幕遮》（鬥芳菲）。郭鍾岳《浣溪沙》：「眉鎖春愁畫不平。玉階斜立意忪惺。緑拈芳草怨無情。　風漾波光千尺碧，雨餘山色一痕青。怕尋歡樂背人行。」又：「軟倦惟宜鎮日眠。芳菲無限好春天。追思往事憶年年。　鬥草緑沾衫袖底，摘花紅壓鬢雲偏。斷腸同此畫廊前。」

評汪清冕《高陽臺·用張玉田「西湖春感」韵》△［一］

此亦令威城郭之痛［二］。

【注】

［一］　此則人文本未收，據《篋中詞》補入。汪清冕（生卒年不詳）：字子周，又作莒洲，浙江

錢塘（今杭州）人。有《酒邊人倚紅樓詞》。《篋中詞》今集續卷三選汪清冕詞二首，即《高陽臺》（洞古猿空）、《齊天樂》（劫灰堆裏兵初洗）。汪清冕《高陽臺・用張玉田「西湖春感」韵》：「洞古猿空，亭荒鶴老，儘教閑殺游船。一樣春光，如何不似當年？東風縱解憐西子，者情懷、憔悴誰憐？興蕭然，獨立蒼茫，冷吊荒煙。　無端觸我滄桑感，剩寥寥花月，寂寂山川。芳草斜陽，傷心第幾橋邊？紅樓杳眇人何處？咒楊枝、懶起愁眠。怕窺簾、瘦了明蟾，損了啼鵑。」

［二］　令威城郭之痛：即物是人非之悲。干寶《搜神記》：「遼東城門有華表柱，忽有一白鶴來集，言曰：『有鳥有鳥丁令威，去家千歲今來歸，城郭如故人民非，何不學仙去，空見冢累累。』」此詞或爲太平軍陷杭州而作。

評汪清冕《齊天樂・燹餘歸里……》△［一］

浩劫茫茫，是爲詞史［二］。

【注】

［一］　此則人文本未收，據《篋中詞》補入。汪清冕《齊天樂・燹餘歸里，百感叢生，痛飲狂歌，繼之以詞，用周美成韵》：「劫灰堆裏兵初洗，歸來正逢春晚。巷陌人家，孤露滿地，荊榛誰

東南烽火幾載，可憐焦土下，陳人何限。碧血青燐，紅顏白骨，腸到九回頻轉。登樓望遠。只江上鯿魚，趁時堪薦。老淚沾襟，兩峰眉自斂。」

［二］「浩劫茫茫」二句：同前詞「令威城郭之痛」意。查慎行《敬業堂詩集·黎我山城北福泉山張三丰禮斗亭尚存》詩：「窮塵滾滾孤亭在，浩劫茫茫百戰餘。華表鶴歸應有淚，舊時城郭半丘墟。」

評蔣曰豫《南浦·秋水，用玉田「春水」韻》△［一］

婉約可歌。

【注】

［一］此則人文本未收，據《篋中詞》補入。蔣曰豫（一八三〇—一八七五）：字侑石，一作友石，自號後白石生。江蘇陽湖（今常州）人。諸生，官直隸蔚州知州。有《秋雅詞》一卷，光緒三年（一八七七）蓮池書局刻《蔣侑石遺書》本。《篋中詞》今集續卷三選蔣曰豫詞二首，即《南浦》（一碧澹如煙）、《賀新涼》（夢雨敲詩屋）。蔣曰豫《南浦·秋水，用玉田「春水」韻》：「一碧澹如

煙，便和雲、净洗珠塵浮曉。倒落雁聲寒，憑喚醒、滿鏡清愁難掃。眉痕瘦後，影娥畫出孤峰小。試向池塘尋舊句，不見夢中芳草。采香人去空山，想蘋風裊處，緩歌未了。鷗外問斜陽，可還記、那日湔裙曾到？相思渺渺，葉題空寄靈槎悄。回首芙蓉湖畔路，今夜落紅多少？」

評蔣曰豫《賀新涼·雨後觀荷……》△[一]

樂府雅辭。

【注】

[一] 此則人文本未收，據《篋中詞》補入。蔣曰豫《賀新涼·雨後觀荷，因感吴中舊游，用竹山韵》：「夢雨敲詩屋。界凉煙、鏡光微動，泫紅低撲。依約湔裳湖陰路，可信秋眉换緑。鎮鉛淚、浪浪如簌。還恐羅衣催褪早，展芳雲、借潤融簫局。憐夜永，耿明燭。羽璫垂手猶疑玉。趁琴歌、酒賦未倦，冶盟重卜。俊粉疏香銷沉盡，獨對溪山小幅。終不似、舊時裝束。風露清愁隨處有，只無人、解奏江南曲。抒遠思，寫青竹。」

評楊廷棟《玲瓏玉・藕絲》△[一]

體物賦心[二]，可通風興[三]。

【注】

[一] 此則人文本未收，據《篋中詞》補入。楊廷棟（生卒年不詳）：字載安，號東甫，江蘇吴江（今蘇州）人。諸生。有《東甫詩餘》。《篋中詞》今集續卷三選楊廷棟詞二首，即《南歌子》（簾幕寒重鎖）、《玲瓏玉》（圓玉擎來）。楊廷棟《玲瓏玉・藕絲》：「圓玉擎來，且横截、付與銀刀。纏綿不斷，甚時早種情苗。最愛蓮筒佐飲，稱風前搔首，詞鬢飄蕭。凉招。看當筵、冰水共調。憐伊玲瓏心孔，便真個、記取登盤碎嚼，任棼如難理，瓊思偏饒。遞到葱纖，尚輕盈、皓腕紛撩。癡蠶縛定，那算堅牢。莫成片，是相思、愁緒未消。」

[二] 體物：摹狀事物。《文選・陸機〈文賦〉》：「詩緣情而綺靡，賦體物而瀏亮。」賦心：參見「評周邦彦《大酺》」注[二]。

[三] 風興：猶言風雅比興。

評鄭文焯《湘月・壞塔山塘秋集分題》△[一]

漸離倚筑[二]。

【注】

[一] 此則人文本未收，據《篋中詞》補入。鄭文焯（一八五六——一九一八）：字俊臣，一字叔問，號小坡、瘦碧，晚號大鶴山人，又號冷紅詞客，奉天鐵嶺（今屬遼寧）人，隸正黄旗漢軍籍。光緒元年（一八七五）舉人。曾官内閣中書，七試禮部不中，棄官南游，久客蘇州，爲江蘇巡撫陳啟泰等人幕賓。辛亥革命後以遺老自居。工詞，與王鵬運、況周頤、朱祖謀并稱晚清四大詞人。有《樵風樂府》九卷（包括《瘦碧詞》、《冷紅詞》、《比竹餘音》等集），民國二年（一九一二）吴氏雙照樓刻本；另有《詞源斠律》等。詞宗南宋姜夔，其《瘦碧詞自叙》云：「白石（姜夔）一布衣，才不爲時求，心不與物競。獨以歌曲聲江湖，幸免于慶元僞學之黨籍，可不謂之知幾者乎？知幾故言能見道，吾是以有取焉。」其詞諸家有評，如張祥齡《瘦碧詞序》云：「兼善則白石、片玉（周邦彦），偏美則竹屋（高觀國）、梅溪（史達祖）。若孔門而用詞，則姜夔升堂，清真（周邦彦）入室，君特（吴文英）、張炎童冠之數，君與數子日高揖于尊俎之間矣。」俞樾《瘦碧詞序》云：「論其身世，頗類玉田

（張炎），其人其詞，則雅近清真、白石。……君詞體潔旨遠，句妍韵美。」陳鋭《裒碧齋詞話》云：「鄭叔問詞，剥膚存液，如經冬老樹，時一著花，其人品亦與白石爲近。」「近年詞家推鄭文焯氏，殫精覃思，每一調成，必三五易稿，其意境格趣，殆不僅冠絶本朝而已。」蔡嵩雲《柯亭詞論》云：「大鶴詞吐屬騷雅，深入白石之室，令引近尤佳。學清真，升堂而已。辛亥以後諸慢詞，長歌當哭，不知是聲是淚是血，殆所謂亡國之音哀以思歟？此則變徵之聲，不可以家數論者。」冒廣生《小三吾亭詞話》卷二云：「鐵嶺鄭叔問舍人文焯，爲蘭坡（鄭瑛棨）中丞之子。家世蘭錡，累葉通顯。叔問獨羈棲吴下，爲東諸侯賓客。其神致清朗，懷抱沖遠，真衛洗馬（衛玠）一流人物。所著《瘦碧》、《冷紅》諸詞，規橅石帚（姜夔），即製一題、下一字，亦不率意。本朝詞家雖多，若能研究音律，深明管弦聲數之異同，上以考古燕樂之譜者，凌次仲（凌廷堪）外，此爲僅見。」《篋中詞》今集續卷三選鄭文焯詞六首，即《湘月》（夜鈴語斷）、《八聲甘州》（唤吟邊）、《壽樓春》（聽吴謳銷魂）、《虞美人》（斷魂空畫相思景）、《摸魚兒》（渺吴天）、《東風第一枝》（玉門新梅）。鄭文焯《湘月·壞塔山塘秋集分題》：「夜鈴語斷，更斜陽瘦影，誰問今古？獨立蒼茫鎮占老，一角青山無主。衰草叢生，枯楓倒出，時見歸禽度。殘烽零劫，仗他半壁支拄。長見峭倚荒天，凄涼如筆，寫愁邊風雨。不許登臨怕倦客，題遍傷心秋句。卧影空丘，招魂破寺，剩有孤雲駐。夢魂飛上，故王臺榭何處？」

［一二］漸離倚筑：指慷慨悲壯之聲。司馬遷《史記·刺客列傳》：「（燕）太子及賓客知其事

者，皆白衣冠以送之。至易水之上，既祖，取道。高漸離擊筑，荆軻和而歌，爲變徵之聲，士皆垂淚涕泣。又前而爲歌曰：『風蕭蕭兮易水寒，壯士一去兮不復還！』復爲慷慨羽聲，士皆瞋目，髮盡上指冠。于是荆軻遂就車而去，終已不顧。」

評鄭文焯《八聲甘州·西樓九日》△[一]

弦弦掩抑聲聲思[二]。

【注】

[一]　此則人文本未收，據《篋中詞》補入。鄭文焯《八聲甘州·西樓九日》：「喚吟邊、瘦月替珠燈，扶魂上西樓。歎芳時俊侶，尊前掇送，墜夢難收。又是黄花勸客，須插少年頭。明日風成陣，緑減汀洲。　笛外亂峰無語，甚秋腸寸裂，還聽吹秋。想湖亭夕宴，歌淚迸波流。自銷凝、斷襟零佩，剩水雲、冷畫兩三鷗。休重向、小簾深處，殘葉題愁。」

[二]　弦弦掩抑聲聲思：爲白居易《琵琶行》詩句，指不得意而又難訴説之情思。

評鄭文焯《虞美人》△[一]

尚是北宋小令。

【注】

[一] 此則人文本未收，據《篋中詞》補入。鄭文焯《虞美人》：「斷魂空畫相思景。細語成凄哽。鸜哥猶喚舊坊名。幾度尋春簾幕誤人迎。　年時繫馬門前柳。樹更如腰瘦。月朧懸淚夜盈盈。長見小樓圓夢到天明。」

評鄭文焯《摸魚兒·金山留雲亭……》△[一]

名士新亭之涕[二]。

【注】

[一] 此則人文本未收，據《篋中詞》補入。鄭文焯《摸魚兒·金山留雲亭餞沈仲夏中丞，酒半聞江上笛聲，起亂煙衰柳間。感音而作，不自覺其辭之掩抑也》：「渺昊天、覓愁無地，江山如此誰

醒？亂雲空逐驚濤去，人共一亭幽迥。斜月近。怕重見、青樽中有山河影。吟魂自警。對潮打孤城，煙生壞塔，笛語夜淒哽。招提境，還作青門帳飲。中流同是漂梗。當年擊楫英雄老，輪與過江魚艇。愁暗省。換滿目、胡沙蠻氣連天并。苔茵坐冷。任怪石能言，荒波變酒，莫更賦離景。」

〔三〕名士新亭之涕：參見「評周邦彦《大酺》」一則注〔三〕。

評鄭文焯《東風第一枝・春雪和梅溪韵》△〔一〕

邦卿失色〔二〕。

【注】

〔一〕此則人文本未收，據《篋中詞》補入。鄭文焯《東風第一枝・春雪和梅溪韵》：「玉門新梅，珠敲暗竹，江鄉半釀寒暖。粉雲幾處愁深，素波者番恨淺。尋香舊徑，趁細屧、弓痕輕軟。怕笛邊、誤約飛花，閣住小簾歸燕。　沙草際、漸迷望眼。風絮裏、暗消醉面。乍看舞鶴閑庭，又尋印鴻故苑。吴篷誰倚？畫澹遠、山眉如綫。更鏡娥、含淚窺人，夢想縞衣重見。」

〔二〕邦卿：即史達祖，其《東風第一枝・春雪》刻畫細微，組織精緻，爲詠物名作。失色：因羞愧而改變神色。《莊子・天地》「子貢卑陬失色」，成玄英疏：「卑陬，慚怍之貌。頊頊，自失之貌。既被詆訶，顏色自失。」

鄭文焯詞△[一]

兄文焜曰[二]：「從弟小坡，少工側艷，而不盡協律。南游十年，學琴于江夏李復翁[三]，討論古音，乃大悟四上競氣之旨[四]，于樂紀多所發明[五]。故其爲詞，聲出金石，極命風謠，感興微言，深美閎約[六]。如楊守齋所譏轉摺怪異成不祥之音者[七]，庶幾免與？」易順鼎實父曰[八]：「追探兩宋，精辨七始[九]，抉微睎奥[一〇]，梳節披奏[一一]，聽于無聲[一二]，眇忽成律[一三]。使樂官比響，不累于詠歌[一四]；文士摛華，靡淆于弦笛[一五]。故能鬱伊善感，和平蕩聽[一六]。」《瘦碧詞》研討聲律，辟灌光氣[一七]，夢窗善學清真[一八]。

【注】

［一］此則人文本未收，據《篋中詞》補入。

［二］文焜（生卒年不詳）：即鄭文焜，字玉良，號崑林，陝西西安人，占籍浙江衢縣。鄭文焯從兄。道光間歲貢。有《率性吟稿》六卷，鈔本。所引文出自其《瘦碧詞序》，文字略有删减。

［三］　學琴于江夏李復翁：據鄭文焯婿戴正誠《鄭叔問先生年譜》載：「光緒八年壬午，鄂人李天復（李廷璧）精于琴律，得浦城祝鳳喈秘傳。先生從之討論古音，大悟四上競氣之旨，于樂紀多所發明。」（民國三十年刊本）光緒八年，公元一八八二年。江夏，今屬湖北武漢。

［四］　四上競氣之旨：參見「留雲借月盦詞叙」一則注［一九］。旨，彙編本所輯鄭文焯《瘦碧詞序》作「指」。

［五］　樂紀：此處應泛指古代音樂類典籍。鄭文焯致張爾田書云：「曩嘗博徵唐宋樂紀，及管色八十四調，求之三年，方稍悟樂祖微眇。」

［六］　「極命風謡」三句：語見張惠言《詞選序》，原文爲：「其緣情造端，興于微言，以相感動。極命風謡里巷男女哀樂，以道賢人君子幽約怨悱不能自言之情。……而温庭筠最高，其言深美閎約。」

［七］　楊守齋：即楊纘。楊纘（約一二四一前後在世），字繼翁，號守齋，一號紫霞翁，嚴陵人，居錢塘（今浙江杭州）。宋度宗時，女爲淑妃，官列卿。擅彈琴，又能自度曲。著《紫霞洞譜》。張炎《詞源》卷下云：「近代楊守齋精于琴，故深知音律，有《圈法周美成詞》，與之游者周草窗（周密）、施梅川（施岳）、徐雪江（不詳）、奚秋崖（奚淢）、李商隱（李彭老）。每一聚首，必分題賦曲。但守齋持律甚嚴，一字不苟作，遂有《作詞五要》，觀此，則詞欲協音，未易言也。」《詞源》後附録楊守齋《作詞五要》，其四云：「第四要隨律押韵。如越調《水龍吟》、商調《二郎神》，皆合用平入聲

韵。古詞俱押去聲，所以轉摺怪異，成不祥之音。昧律者反稱賞之，是真可以解頤而啟齒也。」

［八］ 易順鼎實父曰：所引文出自其《瘦碧詞序》，文字略有删減。

［九］ 七始：古代以十二律中的黄鐘、林鐘、太簇爲天地人之始；姑洗、蕤賓、南吕、應鐘爲春夏秋冬之始，合稱「七始」。《尚書大傳》卷一下：「故聖王……定以六律、五聲、八音、七始。」鄭玄注：「七始，黄鐘，林鐘、大蔟、南吕、姑洗、應鐘、蕤賓也。」

［一〇］ 抉微睎奥：發掘事物的奥秘。沈德符《野獲編補遺·列朝·聖主兼三教》：「至三教一論，和合同異，具在御制集中，尤爲抉微扼要，萬古至言。」

［一一］ 梳節披奏：按着節拍演奏。節，原作「櫛」，據彙編本所輯易順鼎《瘦碧詞序》改。

［一二］ 無聲：即老子所謂「大音希聲」之意。王弼注：「聽之不聞名曰希。不可得聞之音也。有聲則有分，有分則不宫而商矣。分則不能統衆，故有聲者非大音也。」

［一三］ 眇忽：頃刻，瞬息。《朱子語類》卷五十九：「見此良心，其存亡只在眇忽之間，才操便在這裏，才舍便失去。」

［一四］ 「樂官比響」二句：意謂演奏者其曲調能與歌唱相協調。累，牽累，妨礙。

［一五］ 「文士摛華」二句：意謂文人創作歌詞其文字能合于音律。摛華，寫作。葛洪《抱朴子·明本》：「摛華騁豔，質直所不尚。」淆，淆亂。弦笛，樂器，此借指音律。

［一六］ 蕩聽：動聽。《禮記·樂記》「天地相蕩」，鄭玄注：「蕩，猶動也。」

［一七］　辟灌：參見「評周邦彦《大酺》」注［一二］。光氣：光彩。

［一八］　夢窗善學清真：此比擬鄭文焯詞上探兩宋，猶如吳文英之學周邦彦。

評王詠霓《滿江紅·偕叔勻游夕照寺》△［一］

超妙。

【注】

［一］　此則人文本未收，據《篋中詞》補入。王詠霓（一八三八—一九一五）：字子裳，號六潭，浙江黄岩人。同治六年（一八六七）舉人，光緒六年（一八八〇）進士，官安徽鳳陽、太平知府。與譚獻爲同年友，譚獻曾爲撰《六潭文集叙》。有《芙蓉秋水詞》、《桐絮詞》各一卷，光緒刻《函雅堂集》本。郭傳璞序其詞集云：「歎其緣情遠，體物工，擇言雅，持律嚴，不必祖禰姜（姜夔）張（張炎），而自中程度。」《篋中詞》今集續卷三選王詠霓詞二首，即《滿庭芳》（小閣緘愁）、《滿江紅》（終古斜陽）。王詠霓《滿江紅·偕叔勻游夕照寺》：「終古斜陽，照不盡、西去亂山。都分付、倦鴉千點，隔住遥天。壞塔雲迷鈴語寂，空樓秋迴笛聲寒。剩一園、芳草女墻青，棲暮煙。荒林外，誰閉關？望窮處，倚闌干。對幾株疏柳，夢似江南。多少西風紅葉怨，也隨流水到人間。又怎知、凉近月昏黄，和恨看？」

評余夔《疏影·題羅浮仙夢仕女》△[一]

殊有幽澀之致。

【注】

[一] 此則人文本未收，據《篋中詞》補入。余夔（生卒年不詳）：字琴庵，有《説劍廬詞》。《篋中詞》今集續卷三選余夔詞二首，即《疏影》（溶溶冷月）、《菩薩蠻》（春心攙入蘼蕪夢）。余夔《疏影·題羅浮仙夢仕女》：「溶溶冷月。正玉壺夜静，香更清澈。倚遍闌干，偏是今年，瘦了一庭晴雪。慨慨守定參横影，怎耐得、舞衫凄切？最憶他、玉笛吹殘，淺水江南時節。　無奈楊枝力軟，便芳情依舊，也成蝴蝶。道是冰魂，裹住相思，怕被東風吹泄。枝頭任有靈禽唤，更莫管、夢痕難接。儘化來、一縷愁絲，繞著春雲寒怯。」

評蘇汝謙《摸魚兒·歸故山》△[一]

濺淚驚心，杜陵詩句[二]。

【注】

［一］此則人文本未收，據《篋中詞》補入。蘇汝謙（一八一九—一八六九）：一名謙，字煦谷，一作虛谷，號雪坡，廣西桂林靈川人。道光二十三年（一八四三）舉人，官直隸新樂知縣，升薊州知州。工填詞，擅書畫。有《雪波詞》一卷，同治刻本。其自序述填詞經歷云：「余少不喜倚聲，後游周稚圭（周之琦）中丞幕，得讀其《金梁夢月詞》，并見所選古詞二十家。花朝月夕，時聞緒論，稍識此中門徑，然未嘗作也。辛亥逆泉陷永安，余佐荔江戎幕，吾友王君少鶴（王錫振）適隨帥節來駐于此。君故精詞，每侘傺不自得，有所作，强余屬和。……越歲丙辰，奉慈輿北行，復與少鶴會京師。酒酣耳熱，時一唱和。」《篋中詞》今集續卷四選蘇汝謙詞四首，即《好事近》（簾隙夜寒輕）、《摸魚兒》（歎飄零）、《南浦》（金粉六朝山）、《醉蓬萊》（又長亭繫馬）。蘇汝謙《摸魚兒·歸故山》：「歎飄零、十年書劍，無端荒了三徑。斜陽牧笛羌村晚，迤邐杜陵歸興。山外影。剛轉過、寒雲一角柴門静。雙棕細認。有父老殷勤，墻頭遞酒，殘燭夜深秉。還山夢，一霎荒雞喚醒。角聲無數凄警。男兒未了封侯願，那便屋烏棲定。閑自省。算贏得、朱顏未老頻看鏡。煙空帳冷。問岩桂蕭蕭，遲誰同賦，招隱事幽屏？。」

［二］「濺淚驚心」二句：意謂感傷時事之作。杜甫于長安陷落後作《春望》，有「感時花濺淚，恨别鳥驚心」二句。

評蘇汝謙《醉蓬萊·春柳，回新樂後作》△[一]

寓興徘徊，深于《騷》、《辯》。

【注】

[一] 此則人文本未收，據《篋中詞》補入。蘇汝謙《醉蓬萊·春柳，回新樂後作》：「又長亭繫馬，小閣藏鴉，一番春暖。萬縷千條，試東風如剪。處處逢迎，年年攀折，更幾人青眼。彭澤腰肢，章臺眉嫵，舊游都懶。離恨重重，畫闌干外，和雨和煙，蔚藍天遠。莽莽關河，聽角聲淒斷。旖旎光陰，飄零蹤迹，付燕窺鶯唤。情短情長，夢回空惱，舊家池館。」

蘇汝謙詞△

唐子實《涵通樓師友文鈔》附龍、王、蘇三君填詞，篋中久佚。今況舍人持示《雪波詞》，采擷卷中，皆唐刻未見者。[二] 桂林山水奇麗，唐畫宋詞之境。蘇君超超，非少鶴丈所能掩[二]，亦不負靈區矣[三]。後起有王幼遐、況夔笙[四]，宫商舉應[五]，伶翟争傳已[六]。

【注】

［一］　唐子實以下至皆唐刻未見者：此數句人文本、補編本無，據《篋中詞》補。咸豐四年（一八五四），廣西臨桂人唐岳（號子實）輯刻《涵通樓師友文鈔叢書》，其中附龍啟瑞（龍繼棟之父）《漢南春柳詞鈔》一卷、王鵬運前輩親戚王拯《瘦春詞鈔》一卷、蘇汝謙《雪波詞鈔》一卷。今況舍人持示《雪波詞》：《篋中詞》選蘇汝謙詞四首，但未選龍啟瑞詞。況舍人，即況周頤。

［二］　少鶴丈：即王錫振（王拯），參見「評王錫振《湘春夜月・花影》」一則注［一］。

［三］　靈區：謂奇美之地，指廣西桂林。宋濂《寶蓋山實際禪居記》：「而林樾鬱蒼，儼與靈區奥壤相埒。」

［四］　王幼遐、況夔笙：即王鵬運、況周頤，俱爲廣西桂林籍詞人。冒廣生《小三吾亭詞話》卷一云：「粤西詞家，定甫（王錫振）以後，推王幼遐鵬運、況夔笙周頤。」蔡嵩雲《柯亭詞論》云：「清詞派别，可分三期。……第三期詞派創自王半塘（王鵬運），葉遐庵（葉恭綽）戲呼爲桂派，予亦姑以桂派名之。和之者有鄭叔問（鄭文焯）、況蕙風（況周頤）、朱彊村（朱孝臧）等，本張皋文（張惠言）意内言外之旨，參以凌次仲（凌廷堪）、戈順卿（戈載）審音持律之説，而益發揮廣大之。」況周頤《粤西詞見跋》云：「綜論國朝吾粤詞人，朱小岑（依真）先生倡之于前，龍、王、蘇三先生繼起而振興之，一二作者，類能擺脱窠臼，各抒性情，造詣所獨得，流傳雖罕，派别具存。今半塘王前輩大昌詞學，所著《袖墨》、《味梨》等集，微尚亦不甚相遠，殆不期然而然耶？」

[五] 舉應：指填詞唱和。參見「醉盦詞别集跋」一則注[三]。

[六] 伶翟：樂官。此泛指詞家。伶，參見「笙月詞叙」一則注[一一]。翟，古代教羽舞的低級樂官。《禮記・祭統》：「翟者，樂吏之賤者也。」鄭玄注：「翟謂教羽舞者也。」

評陶邦穀《摸魚子・重游皖城，遇于蓮生感贈》△[一]

漸近自然。

【注】

[一] 此則人文本未收，據《篋中詞》補入。陶邦穀（生卒年不詳）：字峴農，有《浮尊詞》。《篋中詞》今集續卷四選陶邦穀詞二首，即《唐多令》（殘葉墜樓頭）、《摸魚子》（數垂楊）。陶邦穀《摸魚子・重游皖城，遇于蓮生感贈》：「數垂楊、短長亭畔，孤篷還檥煙浦。吴頭楚尾漂零久，贏得鬢添霜縷。愁日暮。换幾處樓臺、欲問春何處？零歌斷舞。只郭外滄江，波光渺渺，問訊舊鷗鷺。　尋芳路，却有琴樽俊侶。幽衷難共人語。荷衣脱了還重著，廿載雪鴻來去。歸興阻。問甚日乘潮，同唤西陵渡？離愁幾許？待補屋牽蘿，開簾過酒，長與結鄰住。」

評萬釗《憶秦娥》△[一]

高格。

【注】

[一]　此則人文本未收，據《篋中詞》補入。萬釗：參見「蕢波詞題識」一則注[一]。《篋中詞》今集續卷四選萬釗詞三首，即《憶秦娥》（春流碧）、《長亭怨慢》（記垂柳）、《酷相思》（最憶南山幽絶處）。萬釗《憶秦娥》：「春流碧。故人家住青溪側。青溪側。畫船同載，夜深横笛。　而今望斷鍾山色。離懷空對垂楊陌。垂楊陌。雨昏煙暝，暮寒如織。」

評萬釗《酷相思·憶鶴澗》△[一]

抱山誓水[二]，遠想沖襟[三]，遂使六橋、三竺間增成故實[四]。澗民詩人之詞[五]，清空不質實[六]。

【注】

［一］　此則人文本未收，據《篋中詞》補入。萬釗《酷相思・憶鶴澗》：「最憶南山幽絶處。澗瀉寒泉亭葦樹。石屋秀、煙霞古。更萬竹、青迷樵徑路。花落也、春將暮。猿嘯也、天將暮。招老鶴、苔邊語。記蠟屐、穿雲携箄具。悔撇却、松關去。待縛個、茅亭住。」

［二］　抱山誓水：萬釗此詞流連山水以寄懷抱，故云。

［三］　遠想沖襟：曠達出塵的襟懷。遠想，遐想。嵇康《言志》詩：「遠想出宏域，高步超常倫。」劉義慶《世説新語・言語》：「悠然遠想，有高世之志。」沖襟，《晋書・王湛王述等傳論》：「懷祖鑒局夷遠，沖衿玉粹。」衿，同「襟」。

［四］　六橋、三竺：杭州西湖蘇堤上有六座橋，自南向北依次是映波、鎖瀾、望山、壓堤、東浦、跨虹。杭州西湖天竺山有三寺，稱「天竺三寺」，即上天竺寺、中天竺寺、下天竺寺，現名法喜寺、法净寺、法鏡寺，均係古代名刹。參見田汝成《西湖游覽志》卷二、卷十一。

［五］　詩人之詞：萬釗有《鶴澗詩龕詩》，譚獻爲作叙云：「竊闚君之遺辭用心，鬱乎其抱，未嘗不温然。其辭無深文棘句，而諄諄娓娓，得力于温柔敦厚之詩教。激宕慷慨，則折衷于雅裁，尤拳拳于友朋離合之際。」又評云：「閲澗民《中日紀事》新樂府十六章。體仿香山（白居易），沉鬱頓挫，有杜陵（杜甫）遺意。」

［六］　清空不質實：參見「蕢波詞題識一則」注［五］。

評章黼《探春·同人蘇公祠訪梅》△[一]

無假絲竹[二]。

【注】

[一]　此則人文本未收，據《篋中詞》補入。章黼（一七八〇—一八五八）：字次白，號息翁，浙江仁和（今杭州）人。嘉慶優貢，官松陽縣教諭，先後監理浙東紫陽書院、崇文書院、西湖書院等。譚獻友人。有《梅竹山房詞鈔》二卷，同治刻本。杜文瀾《憩園詞話》卷三云：「仁和章次白明經黼，以優行貢成均，就養于喆嗣子辛大令姚江學署。文名著浙東西，詞不多作，則矜慎再三，無率意句，考律亦細。」《篋中詞》今集續卷四選章黼詞一首，即《探春·同人蘇公祠訪梅》：「嵐染空青，草抽嫩碧，曉日烘晴乍暖。瘦策閑尋，短墻低護，孤嶼幾枝開半。湖氣欲成煙，漸浮動、一林香淺。却憐苔徑餘寒，珊珊瓊佩來緩。　莫似羅浮村遠。想學士高吟，也曾魂斷。萬里春來，十年人老，付與翠禽啼怨。倚遍曲闌干，舊時夢、被風吹亂。落月窺樽，水仙還許相伴。」

[二]　無假絲竹：謂其詞音韵諧和。

評吴蘭修《臺城路·秋葉》△[一]

蕭疏。

【注】

[一] 此則人文本未收，據《篋中詞》補入。吴蘭修（一七八九—一八三九）：字石華，廣東嘉應人。嘉慶十三年（一八〇八）舉人，官信宜縣教諭。阮元爲兩廣總督時聘爲學海堂堂長。有《桐花閣詞》一卷、《桐花閣詞補遺》一卷，宣統三年（一九一一）刻本。李佳《左庵詞話》卷上云：「新著《桐花閣稿》，多清新可愛。」謝章鋌《賭棋山莊詞話》卷二云：「石華短調絶佳。」冒廣生《小三吾亭詞話》卷二云：「粤中詞人，三家之先，推嘉應吴石華學博（吴蘭修）、番禺陳蘭甫京卿（陳澧）。學博之詞，詞人之詞；京卿之詞，則學人之詞也。」《篋中詞》今集續卷四選吴蘭修詞三首，即《臺城路》（寒林漸做傷心色）、《臺城路》（閑庭葉落無人掃）、《減字木蘭花》（春衫乍换）。吴蘭修《臺城路·秋葉》：「寒林漸做傷心色，零星又逢秋景。烏桕村灣，丹楓驛路，幾樹凉蟬催暝。照點點微黄，瘦偎鴉影。囑咐西風，好教留取畫疏冷。　黄昏還更悉索，柴門深掩處，吹滿三徑。儘給茶爐，半堆棋院，清絶有誰同聽？蕭蕭夜静。正夢繞闌干，打櫓驚醒。看雨開門，月

痕如水净。」

評吴蘭修《臺城路·月夜和黎星初寄懷韵》△[一]

淼瀰伊鬱[二]。

【注】

[一]　此則人文本未收，據《篋中詞》補入。吴蘭修《臺城路·月夜和黎星初寄懷韵》：「閑庭葉落無人掃，凄凄一丸明月。竹碎廊虚，桐疏院静，誤是三分殘雪。柔腸寸折。問世間紅樓，幾人凄絶？踏影空檐，欲將心與瘦梅説。　良宵如許寂寂，只銀墻隔處，都似天末。恁到圓期，那曾雙照，二十九回同缺。瓊簫冷咽。又一曲《凉州》，倚欄吹徹。只恐明朝，短絲添鬢髮。」

[二]　淼瀰伊鬱：謂憂憤深廣。淼瀰，水深廣貌。陸游《入蜀記》卷一：「江面渺瀰無際，殊可畏。」伊鬱，同「鬱伊」，憂憤鬱結。《文選·何晏〈景福殿賦〉》：「感乎溽暑之伊鬱，而慮性命之所平。」吕向注：「溽暑伊鬱，氣不通也……伊鬱，不通而憂乎。」

評端木埰《齊天樂·薄暮經米市胡同……》△[一]

《思舊》之賦，主客千秋[二]。

【注】

[一] 此則人文本未收，據《篋中詞》補入。端木埰（一八一六—一八九二）：字子疇，江蘇江寧（今南京）人。道光二十九年（一八四九）優貢，以薦除内閣中書。後充會典館總纂，官至内閣侍讀。工書，善詩詞，有《碧瀣詞》二卷，光緒十六年（一八九〇）刻《薇省同聲集》本，另有《宋詞賞心録》一卷。其詞集自序云：「初侍金（偉君）先生，首熟碧山（王沂孫）《齊天樂》一闋，吟諷既熟，作輒倚之。于諸名家又篤耆碧山，諸君詞皆有名，遂僭以《碧瀣》自張其編。露氣之下，被者爲瀣，以是爲碧山之唾餘可也，爲中仙之藥轉可也，若以爲《花外》嗣音，則不敢也。」況周頤師從之。《篋中詞》今集續卷四選端木埰詞二首，即《齊天樂》（一聲彈指分今昔）、《齊天樂》（冷雲低冪簾櫳影）。端木埰《齊天樂·薄暮經米市胡同，青士舊居也，觸往寄懷》：「一聲彈指分今昔，光陰卅年飛度。舊雨蕭寥，晨星錯落，往事不堪回溯。前塵細數。幸矍鑠靈光，巋然如故。人海抽身，歸帆安穩片帆渡。蘇堤春事正好，羨使君管領，風月佳處。玉笛徵歌，金樽酹酒，爲問歡悰

幾許？天涯倦旅。但訴與離愁，已堪淒楚。那更津橋，杜鵑聲又苦。」

［二］「《思舊》之賦」二句：向秀過嵇康舊居，作《思舊賦》，懷念被司馬氏所殺的好友嵇康、呂安，表達了對好友的追悼之情及易代之際的畏禍心理。主，指向秀。客，指嵇康、呂安。三人均爲「竹林七賢」名士。此詞是懷念何兆瀛之作。何兆瀛號青士，端木埰在京時與之多交往唱酬。

評端木埰《齊天樂·秋向盡矣……》△［一］

時急移寓。自記云：「君衡舊作，句句題魂，不黏不脱，我則非黏即脱也。」［二］

【注】

［一］此則人文本未收，據《篋中詞》補入。端木埰《齊天樂·秋向盡矣，苦雨釀寒，客窗枯坐，百感交集，漫成一闋》：「冷雲低冪簾櫳影，秋陰釀來何驟？細不成絲，輕如散麴，作弄霜威僝僽。霏霏住否？正落葉聲中，暗蛩暗後。夢醒空齋，峭寒清逼瑣窗透。　侵尋時序逝水，記良宵迓客，剛剪春韭。翠減宫槐，華開野菊，又是授衣時候。相如病久。對枯樹黄疏，夜燈青瘦。羨到棲鴉，卜居渾未有。」下有自注：「時急覓移寓。」

[二] 君衡：即南宋詞人陳允平。不黏不脱：王士禛《帶經堂詩話》：「詠物之作，須如禪家所謂不黏不脱、不即不離，乃爲上乘。」

端木埰詞△[一]

疇老《碧瀣詞》下卷皆用此調[二]，變態生姿，兹録遒峻者一篇于此[三]。

【注】

[一] 此則人文本未收，據《篋中詞》補入。

[二] 下卷皆用此調：《碧瀣詞》下卷皆用《齊天樂》詞調，填詞五十首，幾占全部詞作之半。

[三] 遒峻：指筆力雄健超拔。歐陽修《跋李翰林昌武書》：「昌武筆畫遒峻，蓋欲自成一家。」于此：補編本無此二字，據《篋中詞》補。

評許玉瑑《一萼紅·凉露欲霜……》△[一]

因寄所托。

【注】

［一］　此則人文本未收，據《篋中詞》補入。許玉瑑（一八二七—一八九四）：初名賡颺，字虞臣，改名後字起上，號鶴巢、巢隱，一號績之，江蘇吴縣（今蘇州）人。受業于馮桂芬，同治三年（一八六四）舉人，屢試不第，留寓京師，入貲爲中書舍人，轉爲刑部郎中。其詞收入《薇省同聲集》一卷名《獨弦詞》，其單行詞集名《詩契齋詞鈔》六卷（第六卷爲曲），又有名《城南拜石詞》一卷，諸集所收詞作互有出入。參見林玫儀《晚清許玉瑑詞作之蒐集與整理》一文（載《詞學》第三十輯）。《篋中詞》今集續卷四選許玉瑑詞二首，即《一萼紅》（度蕭辰）、《聲聲慢》（苔深門掩）。許玉瑑《一萼紅・凉露欲霜，墻角秋花猶娟娟》：「度蕭辰。已重陽展後，風雨一經旬。荒徑凄迷，孤花寂寞，霜曉還又工顰。鬟鴉畔、商量位置，怕命薄、薌澤總難親。翠袖天寒，碧山人遠，誰與温存？　無語暗通芳意，且搓酥滴粉，與説前因。雪雁銜蘆，冰蠶作繭，身世同此辛勤。但羞與、朝花門艷，耐孤冷、偎影壞籬根。漫説黄花傲霜，獨自嶙峋。」

評王鵬運《齊天樂・秋光》△［一］

野雲孤飛，去來無迹［二］。

【注】

［一］　此則人文本未收，據《篋中詞》補入。王鵬運（一八五〇——一九〇四）：字幼遐，一作幼霞，號半塘老人、鶩翁，廣西臨桂（今桂林）人，祖籍浙江山陰（今紹興）。同治九年（一八七〇）舉人，應試未中，優游京華，任内閣中書、侍讀學士、江西道監察御史、禮科掌印給事中，曾上書彈劾李鴻章父子。戊戌變法時參與維新運動。晚年南歸，主辦揚州儀董學堂，執教上海南洋公學。其填詞始于同鄉前輩王錫振（王拯）影響，有《半塘定稿》二卷，光緒中臨桂王氏刻本。致力于校勘詞籍，編成《四印齋所刻詞》，爲研習詞學者所重。其詞諸家有評，如朱祖謀序其詞集云：「君天性和易，而多憂戚，若别有不堪者。既任京秩，久而得御史，抗疏言事，直聲震内外。然卒以不得志去位。其遇厄窮，其才未竟厥施，故鬱伊不聊之概，一于詞陶寫之。……君詞導源碧山（王沂孫），復歷稼軒（辛棄疾）、夢窗（吴文英），以還清真（周邦彦）之渾化，與周止庵（周濟）氏説，契若針芥。」鍾德祥序云：「今再讀其詞，幼眇而沉鬱，義隱而指遠，腷臆而若有不可于明言，蓋斯人胸中别有事在，而犖然不能行其志也。」陳鋭《裦碧齋詞話》云：「王幼遐詞，如黄河之水，泥沙俱下，以氣勝者也。」冒廣生《小三吾亭詞話》卷一云：「余戊戌入都，始與幼遐定交……其所爲詞，泠泠纍纍，若鳴雜佩。」葉恭綽《廣篋中詞》卷二云：「幼遐先生于詞學獨探本原，兼窮蘊奥，轉移風會，領袖時流，吾常戲稱爲『桂派』先河，非過論也。彊村翁（朱祖謀）學詞，實受先生引導。文道希（文廷式）丈之詞，受先生攻錯處亦正不少。清季能爲東坡、片玉、碧山之詞者，吾于先生無

間焉。」蔡嵩雲《柯亭詞論》云：「清詞派別，可分三期……第三期詞派，創自王半塘，葉遐庵（葉恭綽）戲呼爲『桂派』，予亦姑以『桂派』名之。和之者有鄭叔問、況蕙風、朱彊村等。本張皋文（張惠言）『意内言外』之旨，參以淩次仲（淩廷堪）、戈順卿（戈載）審音持律之説，而益發揮光大之。此派最晚出，以立意爲體，故詞格頗高；以守律爲用，故詞法頗嚴。今世詞學正宗，唯有此派。」《篋中詞》今集續卷四選王鵬運詞三首，即《齊天樂》（新霜一夜秋魂醒）、《宴清都》（歡意隨春減）、《綺羅香》（雨斷雲流）。王鵬運《齊天樂·秋光》：「新霜一夜秋魂醒，凉痕沁人如醉。葉染輕黄，林彫暗緑，野色猶堪描繪。危樓倦倚，對一抹斜陽，冷翻鴉背。振觸愁心，暮煙明滅斷霞尾。遥山青到甚處，澹雲低蘸影，都化秋水。蟹籪燈疏，雁汀月小，滴盡鮫人清淚。孤檠綻蕊。算夜讀秋窗，尚饒滋味。夢落江湖，曙光摇萬葦。」

［二］「野雲孤飛」二句：參見「評王嵩《滿庭芳》」一則注［二］。

評王鵬運《宴清都·四月望日……》△［一］

每作一波，恒三過折［二］。

【注】

［一］ 此則人文本未收，據《篋中詞》補入。王鵬運《宴清都·四月望日，謝子石前輩招飲花之寺》：「歡意隨春減。闌干外、惱人新緑都换。番風次第，荼蘼過了，華年難絆。依依就地持觴，漫惆悵、尋春較晚。試憑高、認取春痕，亂紅零落誰管？　年年對酒傷春，蘭成憔悴，《愁賦》應懶。鶯簾按拍，鸞箋覓句，舊游煙散。休嫌絮影飄零，仗迷却、天涯望眼。醉歸來、鼓角嚴城，輕寒乍轉。」

［二］「每作一波」二句：即一波三折，指章法變化。參見「評江皋《江神子·秋柳》」一則注［二］。

評王鵬運《綺羅香·和李芋亭舍人雨後見月》△［一］

清真法乳［二］。

【注】

［一］ 此則人文本未收，據《篋中詞》補入。王鵬運《綺羅香·和李芋亭舍人雨後見月》：「雨斷雲流，天空翳净，寂寂虚堂延竚。望裏嬋娟，依約鏡中眉嫵。任高寒、玉宇瓊樓，休孤負、翠樽金縷。算姮娥、省識琴心，冰弦塵掩向誰譜？　流光彈指暗换，猶記東涂西抹，年時三五。斷夢迷

煙，羸得凄凉箏語。待放將、一片空明，爲照徹、萬家砧杵。且婆娑、弄影花陰，漫教幽興阻。」

［二］ 清真：即周邦彦。

王鵬運詞

《袖墨詞》千辟萬灌［一］，幾無爐錘之迹［二］，一時無兩。

【注】

［一］《袖墨詞》：王鵬運詞集，爲《半塘定稿》中丙戌（光緒十二年，一八八六年）至己丑（光緒十五年，一八八九年）所作詞。千辟萬灌：謂反復錘煉的功夫。參見「評周邦彦《大酺》」一則注［二］。

［二］ 爐錘：錘煉。亦作「爐鎚」。蘇軾《次韵孫莘老見贈時》：「爐鎚一手賦形殊，造物無心敢忘渠。」

評況周頤《南浦・春草》△［一］

字字《離騷》屈、宋心［二］。

【注】

［一］ 此則人文本未收，據《篋中詞》補入。況周頤（一八六一——一九二六）：原名周儀，後因避溥儀諱，改名周頤。字夔生，一字揆孫，又號玉梅詞人，晚號蕙風詞隱，廣西臨桂（今桂林）人。原籍湖南寶慶（今邵陽）。光緒五年（一八七九）舉人，官内閣中書，調會典纂修，入張之洞、端方幕。晚年流寓上海，鬻文自給。早歲受教于王錫振（王拯），後與王鵬運訂文字交，有《新鶯詞》、《玉梅詞》等，并撰《蕙風詞話》五卷、《續編》二卷，收入民國十四年（一九二五）中國書店《蕙風叢書》。其《餐櫻詞自序》自述學詞經歷云：「余自同治壬申、癸酉間，即學填詞，所作多性靈語，有今日萬不能道者，而尖艷之譏，在所不免。光緒己丑，薄游京師，與半塘共晨夕，半塘詞夙尚體格，于余詞多所規誡。又以所刻宋、元人詞屬爲校讎，余自是得窺詞學門徑。所謂重拙大，所謂自然從追琢中出，積心領神會之，而體格爲之一變。」其詞諸家有評，如陳銳《褒碧齋詞話》云：「況夔笙詞，手眼不必甚高，字字銖兩求合，其涉獵之精，非餘子可及。」冒廣生《小三吾亭詞話》卷一云：「婉約微至，多可傳之作。」王國維《人間詞話·附録》云：「蕙風詞小令似叔原，長調亦在清真、梅溪間，而沉痛過之。」蔡嵩雲《柯亭詞論》云：「蕙風詞才情藻麗，思致淵深，小令得淮海、小山之神，慢詞出入片玉、梅溪、白石、玉田間。吐屬雋妙，爲晚清諸家所僅有。然以好作聰明語，有時不免微傷氣格。」葉恭綽《廣篋中詞》云：「夔笙先生與幼遐翁崛起天南，各樹旗鼓。半塘氣勢宏闊，籠罩一切，蔚爲詞宗；蕙風則寄興淵微，沉思獨往，足稱巨匠。各有真價，固無庸爲

之軒輊也。」《篋中詞》今集續卷四選況周頤詞二首，即《南浦》（南浦黯銷魂）、《齊天樂》（沈郎已是判憔悴）。況周頤《南浦·春草》：「南浦黯銷魂，共春波、誤入江郎《愁賦》。金谷悄和煙，王孫去、猶自萋萋無數。愁苗豔種，夕陽消盡成今古。依樣東風依樣緑，人老翠雲深處。　憑欄無限芳菲，待輕陰薄暝，殷勤乞與。生意重低回，長亭路、争忍玉驄輕去。春人似海，算來誰識紅心苦？何況深深深徑曲，猶有抱香蘅杜。」

［二］屈、宋：即屈原、宋玉。

《薇省同聲集》

往者，陽湖張仲遠叙録嘉慶詞人爲《同聲集》[一]，以繼《宛陵詞選》[二]。深美閎約之旨未墜[三]，而佻巧奮末者自熄[四]，顧有以平鈍雷同相訾者[五]。近歲中書諸君子有《薇省同聲集》，作者四人，人各有格，而襟抱同棲于大雅[六]。幼遐絜精[七]，夔笙隱秀[八]，將冶南北宋而一之，正恐前賢畏後生也[九]。

【注】

［一］張仲遠：即張曜孫。《同聲集》：參見「張琦詞」一則、「《同聲集》」一則注［一］。

[二]《宛陵詞選》：即張惠言、張琦編《詞選》。

[三] 深美閎約：參見「蓮漪詞題識」注[一三]。

[四] 佻巧：浮華輕巧。沈德潛《說詩晬語》卷上：「七言律，平叙易于徑遂，雕鏤失之佻巧，比五言爲尤難。」此指艷麗詞風。奮末：參見「願爲明鏡室詞稿序」一則注[二〇]。此指剛健詞風。

[五] 以平鈍雷同相訾者：指潘德輿對張惠言的批評，參見「潘德輿詞」一則。訾，指責。《禮記·曲禮上》「不苟訾」，孔穎達疏：「相毁曰訾。」

[六]《薇省同聲集》：彭鑾編選，共五卷，收録端木埰《碧瀣詞》二卷、許玉瑑《獨弦詞》一卷、王鵬運《袖墨詞》一卷、況周頤《新鶯詞》一卷。有光緒十六年（一八九〇）刊本。四人均爲内閣中書，故稱薇省詞人。薇省，即紫薇省，代指内閣。唐開元初取天文紫微垣之義，改中書省爲紫微省，省中種紫薇花，故亦稱紫薇省。彭鑾當年作《薇省同聲集叙録》云：「鑾守邕州之明年，政暇閑事吟弄，顧窮山簾箐，無可是正。京華文讌，思之黯然。幸舊日吟侣端木子疇前輩、許鶴巢比部、王佑遐閣讀閑有書來，每貽近作，兼多見憶之什。……暇日整比，都爲一編，益以臨桂況夔生舍人所爲，命曰《薇省同聲集》。」同棲于大雅：四家皆宗常州派宗旨，故云。

[七] 幼遐：即王鵬運。絜精：即潔精，純潔精嚴。歸登《享惠昭太子廟樂章》：「鳳笙如聞，歆其潔精。」

［八］　夔笙：即況周頤。隱秀：謂深于比興。

［九］　前賢畏後生：參見「微波詞敘」一則注［一七］。

評沈昌宇《六州歌頭·新柳》△［一］

如怨如慕，百端交集。

【注】

［一］　此則人文本未收，據《篋中詞》補入。沈昌宇：參見「泥雪堂詞鈔跋」一則注［一］。《篋中詞》今集續卷四選沈昌宇詞二首，即《六州歌頭》（鵝黃淺嫩）、《蝶戀花》（布穀聲中鄉味苦）。沈昌宇《六州歌頭·新柳》：「鵝黃淺嫩，春意十分嬌。吹不斷，揉還亂，一條條。蘸春潮。細雨輕煙裏，拖著地，扶雖起，人半醉，和愁倚，赤欄橋。短陌長亭，舊日分携處，驄馬先驕。況陽關極目，萬里碧迢迢。一例魂銷。笛聲高。　玉樓天半，珠簾捲，東風軟，鬥纖腰。從一去，人何許？應堪共春遥。鎮無憀。早又春來候，雙蛾皺，不堪描。煙外縷，風中絮，莫輕飄。引作晴絲萬丈，應堪繫、江上蘭橈。閉星星倦眼，愁恨且同抛。眠過花朝。」

評沈昌宇《蝶戀花·盧溝道中》△[一]

牢愁結轖[二]，乃成達觀。

【注】

[一] 此則人文本未收，據《篋中詞》補入。沈昌宇《蝶戀花·盧溝道中》：「布穀聲中鄉味苦。笑拂征衫，到此行應住。去便歸來來又去。勞勞一道長亭路。送燠噓寒君自誤。極目天涯，何處無風雨。指點白雲閑自語。鳥飛漸近天空處。」

[二] 牢愁：憂愁。《漢書·揚雄傳上》：「又旁《惜誦》以下至《懷沙》一卷，名曰《畔牢愁》。」李奇注：「牢，聊也，與君相離愁而無聊也。」結轖：喻心中鬱結不舒。枚乘《七發》：「意者久耽安樂，日夜無極，邪氣襲逆，中若結轖。」劉良注：「言邪氣因爲逆迕于腹中也。轖，車籍交革也，其結有此矣。」

沈昌宇詞

子佩才人失職[一]，侘傺不平，身世多感，托諸倚聲，填詞百篇，皆商聲也。

【注】

[一] 才人失職：籜公《忍寒漫録》云：「子佩先生承其鄉先哲之餘緒，又值咸豐兵事，故多激昂慷慨之音。所謂『流別甚正，家數頗大』者也。」可參。

程頌萬詞[一]

湘社詞人[二]，齊驅掉鞅[三]，子大芳蘭竟體[四]，騷雅翂䬠[五]。

【注】

[一] 程頌萬（一八六五—一九三二）：字子大，號鹿川，晚號十髮居士。湖南寧鄉人。監生，屢試未第，候補道員，爲張之洞倚重，曾充湖廣撫署文案。任湖北自强學堂（今武漢大學前

身）提調（校長）、岳麓書院學監。晚年寓居上海曾參加漚社。擅書法及詩詞，有《美人長壽庵詞集》六卷，光緒二十七年（一八九一）刊寧鄉程氏《十髮盦叢書》本。其詞諸家有評，如陳鋭《裒碧齋詞話》評云：「程子大詞，源于三十六體，粉氣脂光，令人不可逼視。」徐珂《近詞叢話》引王鵬運語云：「子大詞清麗綿至，取徑白石、夢窗、清真，而直入温、韋，得夔笙微尚專詣以附益之，宜其相得益彰矣。」況周頤爲其詞集題記云：「十髮先生《美人長壽盦詞》，于宋人近清真、白石，其緻密綿麗之作，又似夢窗，于國朝近朱錫鬯（朱彝尊）《載酒》、《琴趣》兩集，勝處兼而有之。清而不枯，艷而有骨，以昔之鄒、董，今之郭、姚例君，非知君詞者也。」「余嘗謂清真詞是兩宋關鍵，子大勝處，酷似清真，是不爲南北宋兩派所囿者。」冒廣生《小三吾亭詞話》卷三云：「寧鄉程子大太守頌萬，著有《美人長壽庵詞》。其自序云：『運會陸沉，詞流羈苦。』其忠愛綿惻掩抑零亂之語，極其至者，蓋嘗躐詩一等，直接《離騷》。其詞清而不枯，艷而有骨。」《篋中詞》今集續卷四選程頌萬詞二首，即《清平樂（夢魂何處）》、《宴清都》（生夢無鷗管）。

［二］　湘社詞人：清光緒十七年（一八九一）二月至四月，程頌萬假長沙周氏蜕園結湘社，月必數集，文采風流，極一時之盛。湘社主要成員有易順鼎、易順豫、鄭襄、程頌芳等。後易順鼎、程頌萬將唱和作品編成《湘社集》四卷，有光緒十七年（一八九一）長沙蜕園刻本，後收入《十髮庵叢書》。譚獻《日記》辛卯記云：「寧鄉程頌萬子大在長沙聯湘社唱酬，如二易、何、王，英英俠少，而吾友江夏鄭湛侯（鄭襄）以風塵吏虱其間，刻行《湘社集》。」徐珂輯《六憶詞》載：「光緒辛

卯，龍陽易實甫觀察順鼎、叔由大令順豫，甯鄉程海年大令頌芳、子大觀察頌萬，假長沙周氏蜕園結湘社，月必數集，文采風流，極一時之盛，海内稱之。」（見《香艷叢書》）。

［三］ 齊驅掉鞅：謂在詞壇同顯才華。參見「孫麟趾輯詞」一則注［六］。

［四］ 芳蘭竟體：謂多比興。參見「微波詞叙」一則注［一二］。

［五］ 馚馡：香氣濃鬱貌。

評王廷鼎《玉京秋·秋雨》△［一］

托興幽微，聲辭相副。

【注】

［一］ 此則人文本未收，據《篋中詞》補入。王廷鼎（一八四〇—一八九二）：字銘之，號夢薇、懶鶴，又號瓠樓、壺楼。江蘇震澤（今屬吴江）人。官浙江麗水縣丞。師從俞樾。俞樾《春在堂雜文五編》卷三有《王夢薇傳》。有《紫薇花館詞稿》一卷，又名《春光百一詞》，光緒十七年（一八九一）刻《紫薇花館全集》本。其詞集自序云：「余于倚聲之學素未問津，中歲研經，更不暇及。然亦有見獵心喜而偶一爲之者，任意矢口，未必竟不成詞，而亦未嘗自以爲詞也。」其《春光百一

詞引》又云：「爰就《春光好》調，自正月朔起，至三月晦止，摭其故實，按日成章。益以三春六節，得九十九闋。……復補《迎春》、《送春》兩闋，以盡餘意，則得數百一。」俞樾序云：「今年又以《春光好》詞命題，夢薇用花農之例，成詞一百一闋，名曰《春光百一詞》，美哉異曲同工矣。」《篋中詞》今集續卷四選王廷鼎詞一首，即《玉京秋·秋雨》：「雲欲没。佳人肯來否？金風拂拂。散不成絲，急偏有陣，淋漓未絶。已是荒凉景況，近愁人、重九時節。儘連朝、冷霧欺花，寒煙病葉。不信黄梅仿佛。盼高雲、一天爽歇。倒瀉銀河，真成孤負，中秋明月。玉露彫傷，何處認、縹緲芙蓉城闕？還凄切。繞砌啼蛩絮説。」

王廷鼎詞

夢薇通經稽古[一]，發爲高文。填詞未嘗專詣[二]，而騷怨所激[三]，頓折沉揚，頗近晚宋。

【注】

[一] 通經稽古：據蔣學堅《懷亭詩話》卷四：「震澤王夢薇少府廷鼎，以宰倅需次我浙，遂家于杭。才高學邃，極爲德清俞曲園太史樾所器重，稱爲入室弟子。余訪倪倬雲明經鍾祥于戴

園，曾一遇之，别後十餘年矣。……頃忽以所著《紫薇花館集》見寄，余竭數日力讀之。……少府深于經學、小學，旁及琴書醫畫，靡所不工。即以詩論，亦不在唐之摩詰（王維）、甫里（陸龜蒙）、宋之石湖（范成大）、放翁（陸游）下也。」

［二］　專詣：專攻。王世貞《弇州四部稿·王夢澤集序》：「先生有專詣，而明卿取兼能。」

［三］　騷怨：參見「留雲借月盦詞叙」一則注［二二］。

評三多《昭君怨·曉游》△［一］

三河年少，風流自賞［二］。

【注】

［一］　此則人文本未收，據《篋中詞》補入。三多：參見「粉雲庵詞序」注［一］。《篋中詞》今集續卷四選三多詞二首，即《昭君怨》（新霽落花春曙）、《緑意》（非珠不玉）。三多《昭君怨·曉游》：「新霽落花春曙。驕馬一鞭何處？緩轡踏芳洲。繞紅樓。　簾裏有人如玉。簾外有人愁緑。相見正無因。捲簾頻。」

［二］　「三河年少」二句：語出敖陶孫《詩評》評曹植詩云：「曹子建如三河少年，風流自

賞。」此借指三多作爲貴胄子弟的風流和才情。三河，指漢代河東、河内、河南三郡，近洛陽，爲京畿之地。司馬遷《史記·貨殖列傳》：「夫三河在天下之中，若鼎足，王者所更居也，建國各數百千歲，土地小狹，民人衆，都國諸侯所聚會，故其俗纖儉習事。」

評三多《緑意·月夜》△[一]

清綺[二]。

【注】

［一］　此則人文本未收，據《篋中詞》補入。三多《緑意·月夜》：「非珠不玉。甚彩光一片，流照如燭。敲了窗櫺，上了簾櫳，尋到畫闌干曲。方暉恰好中庭印，飛白寫、幾竿修竹。更隔墻、花影無聲，那有凌波芳躅。　鈎起年時往事，水邊悄喚看，纖手親掬。别樣清宵，依樣黄昏，冷煞琴臺簫局。凝眸半晌遥相憶，憶則憶、渠儂幽獨。等恁時、雙拜瓊樓，要乞綺歌重續。」

［二］　清綺：參見「評吴承勛《探芳信》」一則注［二］。

三多詞

六橋都尉學于夢薇[一]，倚聲乃冰寒于水[二]。

【注】

[一] 夢薇：即王廷鼎。

[二] 冰寒于水：謂勝出一籌。語出《荀子·勸學》：「青出于藍而勝于藍，冰出于水而寒于水。」

評程承澍詞二首△[一]

詞妙在澀，一調直到汴宋。

【注】

[一] 此則人文本未收，據《篋中詞》補入。程承澍（生卒年不詳）：一作程澍，字宇遷，號澗西，又號廿園，安徽廬江人。有《匏笙詞甲乙稿》二卷，光緒三十四年（一九〇八）京華書局排印

本。張鋆衡爲其詞集題詞，略述生平云：「程子甘園，皖江盛閥，潙水名流。詩存述德之編，人實藝林之雋。中原凌厲，懷抱激昂。遂舉孝廉，雅稱才子。北羈燕邸，賦帝京之名篇；南下洞庭，酹湘纍以殘酒。……于是感事撫時，倚聲製曲。載罹寒暑，集爲此詞。命曰《匏笙》，離爲二卷。近嗤竹垞（朱彝尊），遠挹美成（周邦彦）。」《篋中詞》今集續卷四選程承澍詞二首，即《六州歌頭》（乳鵝屏底）、《月下笛》（脱葉收螢）。程承澍《六州歌頭》：「乳鵝屏底，碧簟展吟床。新浴起，緘羅帔，卸銀璫。褪殘妝。半彈華蕤枕，壺漏罄，衣露冷，釵雲整，夜燒香。步屧伶俜，立盡芭蕉影，隔住紅墻。竹摇窗燭暝，苔襯襪羅凉。拾翠回廊。没思量。舊時湖舫，鷗吹浪，菱歌唱，入斜陽。粘荇帶，擎荷蓋，覆鴛鴦。夢魂忙。悵夢回亭榭，晶簾外，月昏黄。蘭棹轉，人去遠，憶横塘。粉袖瑶箏已罷，調冰席、歡會難忘。但魚缸破寂，二十五聲長。輾轉柔腸。」《月下笛》：「脱葉收螢，凉波回雁，畫橋横笛。斜陽柳色。隱帶池臺金碧。憑雕欄、吹落玉梅，鶴樓聽雨餘浪迹。想漁謳《水調》，龍吟天籟，韵傳遥夕。重尋郢曲，奈淚滿銅駝，斷腸塵陌。哀腔裂石。棖觸柯亭詞客。夜蒼茫、飛鴻唳秋，蘆花露點漁火白。黯思量，問曉風殘月裏，誰按拍？」

評徐珂《采桑子》△[一]

自然。

【注】

〔一〕　此則人文本未收，據《篋中詞》補入。徐珂（一八六九—一九二八）：原名昌，字仲可，别署中可、仲玉、鍾玉，浙江仁和（今杭州）人。光緒十五年（一八八九年）舉人，官内閣中書，改同知。曾在天津任袁世凱幕僚，商務印書館編輯，上海《外交報》、《東方雜誌》編輯。南社成員，并在上海參加鷗社。編有《清稗類鈔》、《清詞選集評》等，撰《清代詞學概論》。父恩綬與譚獻爲故交，遂從譚獻學詞，有《純飛館詞》一卷，民國三年（一九一四）排印《天蘇閣叢刊》一集本；《純飛館詞續》一卷，民國十二年（一九二三）《天蘇閣叢刊》二集本；《純飛館詞三集》一卷，收入《寶彝室集刊》。夏敬觀《忍古樓詞話》云：「杭縣徐仲可舍人珂，早歲學詞于譚復堂，《續篋中詞》曾收數闋。復堂評周止庵《詞辨》，爲仲可作也。仲可著述最勤，晚卜居康橋（今滬西康家橋，近静安寺），與余比鄰，朝夕相過，輒以所撰筆記詩文詞就相商榷，謙問再四，恂恂然君子人也。……仲可有《純飛館詞》，癸亥以後詞，則尚未付梓。」俞樾序稱其詞「清麗芊綿，詞家正軌也」。《篋中詞》今集續卷四選徐珂詞二首，即《采桑子》（黄昏幾陣瀟瀟雨）、《疏簾澹月》（羅浮春暖）。徐珂《采桑子》：「黄昏幾陣瀟瀟雨，綺閣疏欞。孤館寒更。付與春宵各自聽。　紅鵑啼瘦清明節，飛絮冥冥。嫩葉青青。一様東風兩樣聲。」

評徐珂《疏簾澹月·梅花爲彝齋賦》△[一]

筆能逆入平出[二]。

【注】

[一] 此則人文本未收，據《篋中詞》補入。徐珂《疏簾澹月·梅花爲彝齋賦》：「羅浮春暖。正一片隨流，和夢都遠。賺得檐前獨笑，爲誰簾捲？澹黄月色回欄底，認眉痕、舊時曾展。珮環聲悄，啼殘翠羽，儘容凄戀。　漫冷却、芳心一半。有空際仙雲、流照亭院。忍著横斜雙影，鏡瀾清淺。東風消息還宜準，怕高樓、玉笛吹怨。夜寒人静，相偎素袂，冷香熏遍。」

[二] 逆入平出：參見「三家詞叙」一則注[八]。

評劉炳照《清平樂》△[一]

高秀。

【注】

［一］ 此則人文本未收，據《篋中詞》補入。劉炳照：參見「留雲借月盦詞贈言」二則及「留雲借月盦詞叙」一則。《篋中詞》今集續卷四選劉炳照詞五首，即《柳梢青》（又是今宵）、《清平樂》（韶光虚度）、《喝火令》（酒醒詩魂瘦）、《梅子黄時雨》（無數樓臺）、《賀新涼》（雪意濃于酒）。劉炳照《清平樂》：「韶光虚度。黯黯添愁緒。砌下落梅紅似雨。莫對逋仙説與。　年年淚濕青衫。路遥歸夢難酣。自恨不如芳草，隨春緑到東南。」

評劉炳照《梅子黄時雨》△［一］

詞賦本意，清空幽裊，直到古人［二］。

【注】

［一］ 此則人文本未收，據《篋中詞》補入。劉炳照《梅子黄時雨》：「無數樓臺，鎮梅雨釀寒，庭院如水。和濕霧濃煙，作成秋意。不管孤眠人怕聽，空階滴得秋心碎。深閨裏，望遠有人，攲枕垂淚。　猶記。堤楊凝翠。自纖腰瘦後，今更憔悴。只燕子知人，相思情味。不是花魂呼不醒，近來天亦愁如睡。渾無計。替儂把花扶起。」

[二] 直到古人：賀鑄《青玉案》「梅子黄時雨」名句，寫思美人之意，此詞意旨亦同。

劉炳照詞△

集中細意熨帖[一]，情文相生，完篇雅製，美不勝録，擷小令之高朗，慢詞之自然者[二]。光珊自道[三]，有「軌循姜、史，製規秦、柳，源溯馮、韋」語[四]，既攄心得[五]，亦表正宗[六]，庶乎不愧。《篋中》録朋舊詞[七]，以《留雲借月盦》終卷[八]，其諸孔翠之尾乎[九]？

【注】

[一] 集：指劉炳照詞集《留雲借月盦詞》。細意熨帖：語出趙翼《甌北詩話·查初白詩》：「内召以後，更細意熨貼，因物賦形，無一字不穩愜。」

[二] 擷小令之高朗以下：人文本無此十二字，據《篋中詞》補。

[三] 光珊：即劉炳照。

[四] 參見「留雲借月盦詞叙」一則。

[五] 攄：抒發。《文選·班固〈西都賦〉》：「願賓攄懷舊之蓄念，發思古之幽情。」李善注：「《廣雅》曰：攄，舒也。」

［六］　亦：補編本作「又」。

［七］　《篋中》録朋舊詞以下：人文本無，據《篋中詞》補。

［八］　以《留雲借月庵》終卷：劉炳照《復丁詩紀》戊戌：「《篋中》别集廣搜遺，賤子曾經杖屨隨。會得斜陽煙柳意，挑燈怕讀《復堂詞》。」下自注：「譚復堂先生舊曾相識，病廢家居，踵門求見，縱談詞學，引爲同志。出《斜陽煙柳填詞圖》索題，并贈榆園精刻《唐文粹》及各家詞集。未幾即歸道山。君選《篋中》集以拙詞爲殿，倚聲家一知己也。」《篋中詞》刊行時，在劉炳照之後，又選入鍾景、吕泰、馬寶文三人詞，并附女流。

［九］　孔翠之尾：喻其雖置于末，實爲精華。孔翠，孔雀和翠鳥。《文選·左思〈蜀都賦〉》：「孔翠群翔，犀象競馳。」李善注：「孔，孔雀也；翠，翠鳥也。」

評鍾景《高陽臺》△［一］

著色透紙，清談如面語。

【注】

［一］　此則人文本未收，據《篋中詞》補入。鍾景（一八一〇？—一八六六後）：原名毓奇，

字嵩生，號紅蕪主人，浙江海寧人。諸生。官直隸東光知縣。有《籋雲書屋詩鈔》，附《紅蕪詞鈔》二卷，光緒二十二年（一八九六）刻本。胡承頤跋其詞集云：「嵩生先生長短句追蹤兩宋，有目共賞。」并稱其《疏影》一闋「情韵綿邈，音調諧婉」。方廷瑚跋云：「集中長調，柔情綺語，古意淫思，兼有姜、張之勝；小令脆于哀梨，圓如鶯語。」《篋中詞》今集續卷四選鍾景詞三首，即《高陽臺》（瘦竹敲凉）、《青玉案》（棲鴉垂柳河橋路）、《八聲甘州》（聽迷離）。鍾景《高陽臺》：「瘦竹敲凉，破蕉捲夢，斜陽獨自憑樓。紅豆歌餘，沉吟燕侣鶯儔。無情雙雁傳書懶，替西風、只帶新秋。數從頭、如水韶華，盡付東流。　當年彩筆緘情處，記翠屏嘤貯，銀燭春留。密意歡悰，都成别後閑愁。花前心緒知何似？似楊絲、難綰難收。晚飈柔、怕睹飛英，休上簾鈎。」

評鍾景《八聲甘州·秋意釀寒……》△[一]

弦弦咽悒深深思。

【注】

[一]　此則人文本未收，據《篋中詞》補入。鍾景《八聲甘州·秋意釀寒，夕陽弄暝，登樓眺遠，影物凄其，旅思鄉愁，毫端畢集》：「聽迷離、漁唱起斜陽，長空笛音哀。看煙屯衰草，風梳敗

葉，霜信先催。懶上危樓獨倚，雁影正南來。蹤迹年年滯，怕説秋歸。寂寞銀箋彩筆，恨雙魚都杳，書也慵裁。問故園籬畔，叢菊向誰開？料今宵、天寒酒醒，有秋聲、和夢落江隈。還惆悵、更無人處，自勸螺杯。」

評吕泰《臨江仙》△[一]

後章代家人語[二]。

【注】

[一] 此則人文本未收，據《篋中詞》補入。吕泰（生卒年不詳）：字階甫，有《豢鶴山房詞》。《篋中詞》今集續卷四選吕泰詞六首，即《臨江仙》（獨客篷窗行不得）、《臨江仙》（見説征人容易瘦）、《菩薩蠻》（韶華戰鼓聲中過）《菩薩蠻》（當年癡處情根種）、《洞仙歌》（春愁已罷）、《洞仙歌》（韶華冉冉）。吕泰《臨江仙》：「見説征人容易瘦，夢回仔細端相。水沉香裊客衾凉。欲歸歸未得，燕子話雕梁。　擬倩聲聲鄰院笛，倩他譜出回腸。加餐兩字却尋常。背人何處寄？無語立斜陽。」

[二] 後章代家人語：指下闋轉换場景，從對面（家人）著筆。

評呂泰《洞仙歌》△[一]

前闋一綫，次章結語仍回應[二]。

【注】

[一] 此則人文本未收，據《篋中詞》補入。呂泰《洞仙歌》：「春愁已罷，剩秋心悄悄。比似金猊篆煙裊。恁爐空雞舌，鼎缺龍涎，灰未冷、只是一絲難了。　纖腰無一把，怯怯亭亭，絶勝邯鄲舊才調。言笑忒矜持，家住江南，怕嫁得、長安年少。却斜倚、熏籠待眠時，試偷取金錢，夜闌私禱。」

[二] 次章：指下闋。

評呂泰《洞仙歌》△[一]

沉痛在團扇一葉[二]。

【注】

［一］　此則人文本未收，據《篋中詞》補入。呂泰《洞仙歌》：「韶華冉冉，又春光微逗。寂寞蘭閨怎能夠？漸鶯簧婉約，蝶板翩翩，已到了、勾動閑愁時候。　情多容易怨，怨極生憐，憐取修蛾兩眉皺。團扇未經秋，難道今生，總不合、王昌消受。卜愜願、何時爇心香，須莫似今宵，一燈廝守？」

［二］　沉痛在團扇一葉：作者自注：「蘭成（庾信）《怨歌行》諸篇，往往自喻。偶賦《洞仙歌》，以當《感士不遇賦》。」可參。庾信有《怨歌行》等詩篇，多自傷身世。詞中「團扇未經秋，難道今生，總不合、王昌消受」數句，其意緣自班婕妤《怨歌行》詠團扇詩：「新裂齊紈素，皎潔如霜雪。裁成合歡扇，團團如明月。出入君懷袖，動搖微風發。常恐秋節至，涼飇奪炎熱。棄捐篋笥中，恩情中道絕。」

評馬寶文《金縷曲》△［一］

芷民好倚聲，稿草散落。此調綿邈迴蕩［二］。

【注】

［一］　此則人文本未收，據《篋中詞》補入。馬寶文（生卒年不詳）：字芷民，又字相如，自號

柳隱詞人，江蘇武進（今常州）人。諸生。有《茶山草堂詞》一卷。《篋中詞》今集續卷四選馬寶文詞一首，即《金縷曲》：「花事銷春雨。問天涯、緑肥紅瘦，送春何處？曲曲闌干都倚遍，眼底垂楊亂舞。最厭聽、聲聲杜宇。門掩梨花寒料峭，猛思量、覓遍傷心句。忍細把，殘紅數。　東風抵死催春去。任撩人、旗亭芳草，畫橋輕絮。卧病閨人慵未起，剩有春魂幾許？肯再把、柔情説與。欲碎春心腸易斷，耐良宵、無計將情補。休被覺，儂辛苦。」

［二］綿邈：參見「評蔣敦復《蘭陵王·秋柳，用清真韵》」一則注［二］。

鍾景、吕泰、馬寶文詞△［一］

以上三人，劉光珊以《夙昔同聲録》示［二］，遂附光珊著録。

【注】

［一］此則人文本、補編本未收，據《篋中詞》補入。

［二］劉光珊：即劉炳照。《夙昔同聲録》：此應爲其朋舊所作詞的寫本，未見著録。

評錢斐仲《高陽臺・戊申清明》△[一]

上乘[二]。

【注】

[一] 此則人文本未收，據《篋中詞》補入。錢斐仲(一八〇九—一八六〇後)：一作斐文，字餐霞，浙江秀水(今嘉興)人。山西布政使錢昌齡女，德清戚士元妻。有《雨花盦詩餘》一卷，同治七年(一八六八)刊本。況周頤《玉棲述雅》云：「秀水錢餐霞斐文《雨花盦詩餘》，輕清婉約，思致絶佳。」《篋中詞》今集續卷四選錢斐仲詞三首，即《虞美人》(分明殘月窗紗濾)《高陽臺》(銜肉鴉盤)、《鷓鴣天》(臺榭新晴燕子飛)。錢斐仲《高陽臺・戊申清明》：「銜肉鴉盤，飛灰蝶舞，纍纍多少荒墳。芳草萋萋，染他幾許啼痕。東風不管傷心地，放垂楊、冷眼窺人。暗銷凝、岸草江蒲，都返春魂。　平橋曲水依然在，但歡情頓減，疏了芳樽。摇雨孤篷，重來不是尋春。無端逗起閑情緒，恨桃花、點綴柴門。再休題，那處芳津，那日湔裙。」

[二] 上乘：況周頤《玉棲述雅》評云：「『摇雨孤篷，重來不是尋春』，從張玉田句『能幾番游，看花又是明年』化出。」可參。

評錢斐仲《鷓鴣天》△[一]

可以怨[二]。

【注】

[一] 此則人文本未收，據《篋中詞》補入。錢斐仲《鷓鴣天》：「臺榭新晴燕子飛。畫欄芳草緑萋萋。自憐多病彫青鬢，可奈閑愁壓翠眉。　魂黯黯，夢依依。落花如淚點春衣。情癡枉是傷春去，迢遞東皇那得知？」

[二] 可以怨：語見《論語・陽貨》。參見「蒿庵詞題辭」一則注[七]。